16	3	2	13
5	10	11	8
9	6	7	12
4	15	14	1

Coleção LESTE

Lev Tolstói

ANNA KARIÊNINA

Tradução, posfácio e notas
Irineu Franco Perpetuo

Prefácio
Thomas Mann

editora■34

EDITORA 34

Editora 34 Ltda.
Rua Hungria, 592 Jardim Europa CEP 01455-000
São Paulo - SP Brasil Tel/Fax (11) 3811-6777 www.editora34.com.br

Copyright © Editora 34 Ltda., 2021
Tradução © Irineu Franco Perpetuo, 2021
Prefácio © Thomas Mann, 1939
by arrangement with S. Fischer Verlag Gmbh, Frankfurt am Main

A FOTOCÓPIA DE QUALQUER FOLHA DESTE LIVRO É ILEGAL E CONFIGURA UMA
APROPRIAÇÃO INDEVIDA DOS DIREITOS INTELECTUAIS E PATRIMONIAIS DO AUTOR.

Título original:
Anna Kariênina

Imagem da capa:
Édouard Manet, Berthe Morisot au bouquet de violettes, *1872,
óleo s/ tela, 55,5 x 40,5 cm, Musée d'Orsay, Paris*

Capa, projeto gráfico e editoração eletrônica:
Franciosi & Malta Produção Gráfica

Preparação:
Cide Piquet

Revisão:
Beatriz de Freitas Moreira

1ª Edição - 2021, 2ª Edição - 2023 (1ª Reimpressão - 2025)

CIP - Brasil. Catalogação-na-Fonte
(Sindicato Nacional dos Editores de Livros, RJ, Brasil)

T598a Tolstói, Lev, 1828-1910
    Anna Kariênina / Lev Tolstói; tradução,
posfácio e notas de Irineu Franco Perpetuo;
prefácio de Thomas Mann. — São Paulo:
Editora 34, 2023 (2ª Edição).
    864 p. (Coleção LESTE)

Tradução de: Anna Kariênina

ISBN 978-65-5525-057-2

    1. Ficção russa. I. Perpetuo, Irineu
Franco. II. Mann, Thomas, 1875-1955.
III. Título. IV. Série.

CDD - 891.73

ANNA KARIÊNINA

Prefácio, *Thomas Mann* 7

Parte I 25
Parte II 143
Parte III 265
Parte IV 381
Parte V 465
Parte VI 579
Parte VII 697
Parte VIII 797

Lista dos principais personagens 848

Posfácio, *Irineu Franco Perpetuo* 851

Sobre o autor 860
Sobre o tradutor 861

ANNA KARIÊNINA

Thomas Mann[1]

Hoje, às dez horas da manhã, é maré-cheia. As águas, trazendo espumas borbulhantes e águas-vivas — essas crianças primitivas do mar que a grande madrasta indiferente deixará na parte seca, entregues à morte por evaporação —, empurram a praia estreita até quase o pé de minha cabine de praia e, às vezes, para fugir de uma inundação irregular que avança, preciso erguer minhas pernas que estão envoltas na manta — uma alegria exaltada e respeitosa no coração pela travessura que o poderoso faz comigo, e que minha simpatia — ternura originária e entusiasmo sereno que engrandecem a alma — está bem distante de sentir como um incômodo.

Ninguém ainda está se banhando. Aguardam o aquecimento do ar do meio-dia para adentrar a passos lentos no mar vazante — entre gritinhos evanescentes que o contato hesitante, medroso e atrevido com o colossal desencadeia —, observados com rigor pelos salva-vidas de coletes, que tocam atentamente a corneta, vigiando as asneiras diletantes. Meu local de trabalho, o mais esplêndido que conheço, está isolado. Se, no entanto, ele estivesse também no burburinho, o ruído isolante do rebentar das ondas, as paredes laterais das cabines de praia, esses assentos, que me são familiares desde a infância e protegem de maneira única, não deixariam chegar qualquer perturbação. Adorada situação, incomparavelmente satisfatória e adequada, que a vida naturalmente insiste em me proporcionar! Sob um céu em que enormes continentes de nuvens deslizantes dividem as profundezas azuis, o mar rebenta, escurecendo-se verde contra o claro horizonte, em sete ou oito linhas brancas que se espraiam, a perder de vista, de ambos os lados. Algo esplendoroso acontece mais adiante, onde o banco de areia força a primeira e mais alta arrebentação das ondas que o atingem. A brilhante parede verde-garrafa metálica, íngreme, côncava e declinante se chocando e se desmanchando em espuma numa sempre recorrente queda, formando com seu es-

---
[1] Escrito no Grand Hotel Huis ter Duin no balneário de Noordwijk, na Holanda, onde o escritor se hospedou no verão de 1939, quando estava exilado da Alemanha, e publicado como prefácio à edição norte-americana de *Anna Kariênina* (Nova York, Random House, 1939). A tradução é de Marcella Marino Medeiros Silva e José Feres Sabino.

trondo abafado o baixo fundamental para a ebulição e o marulho mais agudos da arrebentação mais próxima e do refluxo — o olho nunca se cansa desse espetáculo, nem o ouvido dessa música!

Não há melhor lugar para o meu propósito: rememorar contemplativamente o grandioso livro cujo nome escrevi na abertura destas linhas. Aqui, uma antiga associação de ideias, eu arriscaria dizer inata, se concretiza para mim: a unidade espiritual de duas experiências elementares, das quais uma é a parábola da outra: o mar e a épica. O elemento da épica com sua vastidão rolante, com seu sopro de primordialidade e aroma de vida, com seu amplo ritmo murmurante, com sua monotonia custosa — como se assemelha ao mar, como o mar se assemelha a ela! É do elemento homérico que falo, do eterno-narrativo como arte-natureza, como ingênua magnificência, corporeidade, objetualidade, saúde imortal, realismo imortal. Isso era forte em Tolstói, muito mais forte do que em qualquer artista épico da época moderna, o que diferencia seu gênio, senão segundo o grau, ao menos segundo o gênero, da grandeza doentia, do extasiado e grotesco apocalipticismo de Dostoiévski. Ele mesmo disse sobre sua obra de mocidade *Infância* e *Juventude*: "Sem falsa modéstia, ela é um pouco como a *Ilíada*".[2] É a mais pura verdade, e, apenas por motivos externos, a frase se aplica ainda melhor à grande obra de sua maturidade, *Guerra e paz*. Aplica-se a tudo o que escreveu. O poder puramente narrativo de sua obra é incomparável, cada contato com ele, mesmo lá onde ele não mais queria a arte, quando a difamava, a desdenhava e só se servia dela automaticamente para dar lições de moral, oferece ao talento que sabe receber (e não há outro) torrentes de força e revigoramento, de sede criativa primordial e de saúde. A arte raramente se aproximou tanto da natureza; sua impetuosa e evidente criatividade é apenas outra manifestação da própria natureza, e reler Tolstói, deixar surtir sobre si o efeito da grandeza perfeitamente clara e verdadeira dessa épica, da acuidade animal desse olhar, desse gesto simples e forte do artista, que não é obscurecido por nenhuma mística, é escapar de todo e qualquer perigo da artificialidade e das frivolidades doentias e regressar à casa da originalidade e da saúde, àquilo que em nós mesmos é saudável e original.

Certa vez, Turguêniev disse: "Todos nós viemos do *Capote* de Gógol" — um gracejo assustador, que revela a extraordinária uniformidade, unici-

---

[2] Trata-se na verdade de duas obras, que fazem parte de uma trilogia: *Infância* (1852), *Adolescência* (1854) e *Juventude* (1856). No Brasil, a trilogia foi traduzida por Rubens Figueiredo (São Paulo, Todavia, 2018).

dade e densidade da tradição literária russa. De fato, seus mestres e gênios surgem todos ao mesmo tempo, eles se dão as mãos, frequentam muitas vezes o mesmo círculo. Nikolai Gógol leu em voz alta *Almas mortas* para o grande Púchkin, e o autor de *Ievguêni Oniéguin* caiu na gargalhada — e de repente ficou triste. Liérmontov é contemporâneo dos dois. Quase nos esquecemos que Turguêniev nasceu apenas quatro anos depois de Liérmontov e dez antes de Tolstói — a quem ele pediu no leito de morte, através de uma comovente carta de fé na arte humanista, que voltasse para a literatura — pois como Dostoiévski, Leskov e Tolstói, ele se tornou célebre na segunda metade do século XIX. O que chamo de densidade da tradição fica patente na anedota que vincula a obra artisticamente mais bela de Tolstói, *Anna Kariênina*, a Púchkin.

Na primavera de 1873, num certo fim de tarde, o conde Lev Nikoláievitch adentrou o quarto de seu primogênito, que lia para a velha tia exatamente os *Contos de Biélkin* de Púchkin. O pai pegou o livro e leu as palavras: "As visitas se reuniram na casa de campo". "É assim que se deve começar!", disse. Então se dirigiu a seu escritório e escreveu: "Tudo era confusão na casa dos Oblônski". Essa foi a primeira frase de *Anna Kariênina*. O atual começo — a frase sobre as famílias felizes e infelizes — foi introduzido posteriormente.

Trata-se de uma historinha maravilhosa. Ele já havia começado tantas coisas e triunfado em sua execução. Ele foi o festejado criador do *epos* nacional russo na moderna forma romanesca, o gigantesco panorama *Guerra e paz*. E estava prestes a superar, formal e artisticamente, tanto na linguagem quanto na composição, essa obra de fôlego de seus trinta e cinco anos de idade na obra com que se ocupava então e que se pode denominar, sem sombra de dúvida, o maior romance social da literatura mundial. Mas ele caminhava a esmo e inquieto em sua casa, procurando ajuda, e não sabia ainda como começar. Púchkin o ensinou a começar, a tradição o ensinou a começar, o mestre clássico, de cujo mundo o seu, geral e sobretudo pessoal, já estava bem afastado, o ajudou em sua timidez inicial e o lembrou como pôr a mão na massa e conduzir o leitor *in medias res* sem hesitar. A unidade está produzida, a continuidade daquela admirável família intelectual que chamamos de literatura russa está preservada por meio desse pequeno fato histórico.

Merejkóvski[3] mostra que, dentre esses intelectuais, apenas Púchkin nos parece histórico e pré-moderno. Ele teria engendrado uma esfera própria,

---

[3] Dmitri Merejkóvski (1866-1941), romancista, poeta, pensador religioso e crítico literário russo.

sensível-irradiante, ingênua e jovial-poética. Com Gógol, no entanto, começa imediatamente o que Merejkóvski denomina "a crítica" ou "a passagem da criação inconsciente para a consciência criativa", o que para ele significa não só o fim da poesia no sentido de Púchkin, mas também o começo de algo novo e vindouro. A observação é verdadeira e muito perspicaz. Heine falou algo muito parecido sobre a era de Goethe, uma época estética, uma época da arte e da intuição irônico-objetiva, da qual ele havia sido o representante e senhor do Olimpo, e que chegara ao fim com sua morte. O que agora se inicia é uma época de decisões, de luta de convicções, de compromissos sociais, uma época, sim, da política e, dito sucintamente: da moral — de uma moral que marca com o selo da frivolidade toda visão de mundo puramente estética.

Tanto nas constatações de Heine quanto nas da Merejkóvski se misturam a intuição de uma transformação temporal com a intuição de uma oposição intemporal permanente. Schiller, em seu imortal ensaio, logra expressá-la com a fórmula do "ingênuo" e do "sentimental".[4] O que Merejkóvski denomina "a crítica" ou "a consciência criativa", o moderno e o vindouro, em contraste com a criação inconsciente de Púchkin, é exatamente o que Schiller compreende pelo termo "sentimental" em oposição a "ingênuo", introduzindo também o aspecto temporal e evolutivo e declarando — *pro domo*, como se sabe — o "sentimental", a criação da consciência e da crítica, em suma, a moralidade, como o mais novo e mais moderno estágio de desenvolvimento.

É preciso, então, dizer duas coisas: primeiro, Tolstói, segundo sua convicção original, está inteiramente do lado dos princípios estéticos puramente artísticos, objetivo-formais e antimorais; segundo, mesmo aquela mudança histórico-intelectual que Merejkóvski nota, aquela virada da simplicidade de Púchkin para a responsabilidade crítica e a moralidade, adquiriu formas tão radicais e trágicas, que ele, numa crise severa e dolorosa, sem nunca conseguir se livrar de sua potente arte, rejeitou e negou a própria arte como um luxo ocioso, voluptuoso e imoral, e passou a considerar válida unicamente a doutrina moral, benéfica aos homens, no máximo revestida com os trajes da arte.

No tocante ao primeiro ponto, temos declarações cristalinas suas sobre a ideia de que um talento puramente artístico é superior àquele que tem um

---

[4] O autor se refere ao ensaio de Friedrich Schiller, "Über naive und sentimentalische Dichtung", de 1795. No Brasil, há tradução de Márcio Suzuki em *Poesia ingênua e sentimental* (São Paulo, Iluminuras, 1991).

matiz social. Em 1859, aos 31 anos, ele fez uma conferência na Sociedade Moscovita dos Amigos da Literatura Russa, de que era membro, em que enfatizou de modo tão veemente as vantagens do elemento puramente artístico sobre todas as outras tendências da época, que o presidente da sociedade, Khomiakov,[5] teria lhe explicado em sua resposta que um servo da arte pura pode muito bem, sem saber ou querer, se tornar um crítico social. A crítica de seu tempo viu no autor de *Anna Kariênina* o produtivo apologista da objetividade artística livre, o representante de uma capacidade psicológica, imparcial e não filosófica de criar figuras humanas, e considerou esse naturalismo o elemento caracteristicamente novo, para o qual o público, acostumado a ver na obra de arte "ideias políticas e sociais", deveria primeiro amadurecer. De fato, isso era um lado da questão. Como artista e filho de seu tempo, isto é, do século XIX, Tolstói foi um naturalista e representou sob esse aspecto — no sentido de uma "tendência" — o novo. Como intelectual, no entanto, ele foi além do novo ou aspirou, entre tormentos e lutas, a algo que estava além de sua época naturalista: uma concepção da arte que a aproximava mais do espírito, do conhecimento, da "crítica" que da natureza; os comentadores de 1875 que procuravam, abalados pela primeira parte de *Anna Kariênina* (que havia sido publicada numa revista, *Mensageiro Russo*), preparar gentilmente o público para o naturalismo da obra, não imaginaram que o autor já rumava fortemente para uma posição antiarte, a qual já estava atrapalhando muito a elaboração de sua obra maior e colocando em risco sua conclusão.

Esse desenvolvimento iria longe, a veemência de sua lógica não recuava diante de nada — nem diante do absurdo e do ridículo, muito menos diante da aversão à cultura. Não muito depois, ele veio a lamentar publicamente ter escrito *Infância* e *Juventude*, obra de sua mais tenra mocidade: tão ruim, tão sem frescor, tão literário, tão pecaminoso era aquele livro; ele iria condenar todo "aquele papo-furado artístico" "que recheava os doze volumes de sua obra" e "a que os homens de nosso tempo atribuíam um valor imerecido". Era esse "valor imerecido" que eles atribuíam à própria arte, por exemplo, aos dramas de Shakespeare. Ele chegou a colocar — precisamos dizê-lo com respeito e sem rir, ou então apenas com um riso bem baixo e cauteloso — a autora de *A cabana do pai Tomás*, Mrs. Beecher Stowe, bem acima de Shakespeare.

---

[5] Aleksei Khomiakov (1804-1860), teólogo, filósofo e poeta russo, co-fundador do movimento eslavófilo.

É preciso entender isso corretamente. O ódio de Tolstói por Shakespeare, datado de muito antes do que se costuma supor, significa resistência à natureza universal que tudo consente, inveja do atormentado moralmente diante da felicidade universal e da ironia do criador absoluto; significa o esforço para afastar-se da natureza, da ingenuidade e da indiferença moral em direção ao espírito, no sentido moral-crítico da palavra, à valorização moral e ao aprimoramento doutrinário. Em Shakespeare, Tolstói odiava-se a si mesmo, sua enorme força vital, que também era originalmente natural e artístico-amoral, e da qual sua luta pelo bem, pela verdade e pelo justo, pelo sentido da vida, pela doutrina sadia, era apenas uma forma de expressão ascética, o que faz com que essa luta venha acompanhada daquela titânica inabilidade que nos obriga a sorrir com respeito. E, no entanto, é justamente a aplicação paradoxalmente ascética de um desamparo titânico que brota de uma força primordial que, do ponto de vista artístico, confere à sua obra a gigantesca forma moral, aquela carga e tensão muscular moral de um Atlas, que nos faz pensar no patético universo das figuras de Michelângelo.

Eu disse que seu ódio por Shakespeare vem de muito antes do que se costuma supor. Mas tudo o que posteriormente amigos e admiradores, como Turguêniev, vieram a lamentar — sua negação da arte e da cultura, seu moralismo radical, os veneráveis e questionáveis sermões proféticos e penitenciais de seus últimos anos — tem origem muito antes, e é um erro completo imaginar esse processo psíquico como uma crise de conversão que aconteceu de repente em seus últimos anos, que seu começo tenha algo a ver com a velhice de Tolstói. É o mesmo erro que se repete na opinião popular de que Richard Wagner, no *Parsifal*, teria de repente se tornado crente — trata-se, ao contrário, de um desenvolvimento perfeitamente consequente e absolutamente necessário, cuja direção aparece clara e nítida no *Navio Fantasma* e no *Tannhäuser*. Assim, o francês Vogüé[6] teve razão quando afirmou, ao receber a notícia de que o grande escritor russo estaria agora "paralisado por um tipo de loucura mística", que há muito já previa isso; o germe do desenvolvimento intelectual de Tolstói já estava posto em *Infância* e *Juventude*, e a psicologia de Lióvin em *Anna Kariênina* indica claramente o rumo que tomaria em seguida.

É verdade, Lióvin, o único herói do poderoso romance — um marco

---

[6] Eugène-Melchior de Vogüé (1848-1910), diplomata francês, orientalista, arqueólogo e crítico literário, autor de *O romance russo* (1886), obra de grande importância para a assimilação da literatura russa no Ocidente.

glorioso e indestrutível no caminho repleto de sofrimento do poeta, um monumento de força imagética elementar e vital que, por ação do fermento de seu refinamento de consciência e temor a Deus, é, ao mesmo tempo, elevado e rebaixado — esse Lióvin é Tolstói, quase que completamente ele mesmo, até em sua vocação artística. Ele transferiu a esse personagem não só os fatos e dados decisivos de sua vida exterior: suas experiências como fazendeiro, seu amor e noivado (tais quais em sua autobiografia), o divinamente belo e terrível acontecimento do nascimento de seu primeiro filho — mas também sua vida interior, seu conflito de consciência, suas ruminações sobre o sentido da vida e a tarefa do homem, sua difícil luta pelo bem e o justo, que o distancia tão profundamente das atividades da vida urbana, seu terrível ceticismo em relação à cultura em si ou àquilo que a sociedade denominava cultura, ceticismo que o aproximava cada vez mais dos anacoretas e niilistas... A única coisa que distingue Tolstói de Lióvin é que este não era um grande artista. Mas, para poder apreciar *Anna Kariênina* não apenas artisticamente, mas também humanamente, o leitor deveria se impregnar da ideia de que foi Konstantin Lióvin quem escreveu o romance; e em vez de empunhar a varinha, apontando as incomparáveis belezas da enorme pintura, farei melhor em falar das dificílimas e adversas condições sob as quais a obra nasceu.

Essa é a expressão correta: a obra nasceu; mas por pouco ela jamais teria nascido. Uma obra desse tipo, tão alegre, tão impactante, tão perfeita, tão completa no todo e nos detalhes, dá a impressão de que seu autor teria se entregado a ela de corpo e alma, e, impulsionado pela bem-aventurança, a teria levado, por assim dizer, de uma vez só ao papel. Isso é um erro — embora, de fato, o nascimento de *Anna Kariênina* pertença à época mais feliz e harmônica de Tolstói. Ele a escreveu durante os quinze primeiros anos de seu casamento com a senhora cuja representação poética é Kitty Scherbátskaia, e que posteriormente teve de sofrer tanto por seu Lióvotchka, até o ancião, bem perto da morte, a abandonar e fugir. Foi ela que, apesar das constantes gravidezes e dos abundantes deveres como fazendeira, mãe e dona de casa, copiou de punho próprio *Guerra e paz* sete vezes — o primeiro e colossal fruto intelectual daquele período, que conferiu ao sujeito cético e introspectivo uma relativa tranquilidade no animalismo patriarcal da vida conjugal e familiar no campo; e a pobre condessa ansiava desesperadamente pelo pequeno Lev, que virara "o profeta de Iásnaia Poliana" e conseguira — aliás, de maneira torturante, até o fim da vida nem mesmo conseguira de todo — ruminar intelectualmente e reprimir em si todas as paixões sensuais e instintivas — família, nação, estado, igreja, o amor, a caça —, em suma, toda a vida corporal, mas em especial a arte, que para ele significava essencialmente sensualidade e vida corporal.

Aqueles quinzes anos foram, assim, anos bons e felizes, embora, de um ponto de vista posterior e mais elevado, bons apenas em um sentido baixo e animalesco. *Guerra e paz* fez de Tolstói "o grande escritor da Rússia", e como tal ele se pôs a escrever um novo *epos* histórico-nacional: tinha em mente um romance sobre Pedro, o Grande, e sua época; e por meses ele se dedicou aos amplos e minuciosos estudos preparatórios nas bibliotecas e arquivos de Moscou. "Lióvotchka lê e lê", consta das cartas da condessa. Ele leu demais? Teria assim descoberto tanta coisa que acabou perdendo o apetite? Curioso! Ele se deu conta de que a figura do tsar reformador, impositor do processo civilizatório, não lhe era simpática. Ele queria permanecer no papel que lhe havia sido atribuído de épico-nacional do povo russo, fazendo o mesmo que havia feito em *Guerra e paz*. Mas não conseguia, a obra inesperadamente relutava em sair. Depois de um infinito esforço preparatório, ele jogou tudo fora, sacrificou todo o seu investimento de tempo e estudo e tomou um rumo completamente diferente: o da perdição de Anna Kariênina, o romance moderno da alta sociedade de Petersburgo e Moscou.

O começo, com a ajuda de Púchkin, foi leve e alegre. Mas não por muito tempo; houve também bloqueios de que o leitor, descontraído e envolvido na leitura, não suspeita — por semanas, meses, o trabalho se arrastou com muita dificuldade, e até mesmo parou. O que acontecia? Preocupações caseiras, doenças das crianças, oscilações de sua saúde — ah, isso não era nada, uma tarefa como *Anna Kariênina* é muito mais forte do que isso — ou deveria ser. Perturbadoras, de fato, são as dúvidas sobre a importância e as urgências pessoais de nossas ações, perturbadora, por exemplo, é a pergunta sobre se não faríamos melhor em aprender grego para entender a fundo o Novo Testamento; se as escolas para os filhos de camponeses, que tínhamos fundado, não demandam muito mais nosso tempo e nosso pensamento; se as belas-letras não seriam uma futilidade e se não seria nosso dever, e não corresponderia muito mais às nossas necessidades, nos aprofundar em livros de teologia filosófica para enfim encontrar o sentido da vida. O contato com o mistério da morte, que o falecimento de seu irmão mais velho lhe trouxe, provocara uma enorme impressão em sua vitalidade, de uma força que tocava o místico, e exigiu uma elaboração espiritual — não no sentido estético, mas numa obra de confissão segundo o modelo de Agostinho e Rousseau. Tal obra, tão sincera quanto um homem pode ser, já povoava seus pensamentos e lhe causava uma crescente falta de motivação para escrever um romance. Ele realmente teria interrompido *Anna Kariênina* e jamais o teria terminado, se não tivesse sido iniciada precipitadamente a publicação do romance na revista *Mensageiro Russo*, do senhor Katkov, impondo ao autor deveres para com o editor e os leitores.

Em janeiro de 1875 e nos três meses subsequentes, partes do romance foram publicadas naquela revista. Depois a publicação foi interrompida porque o autor não tinha mais nada para entregar. Nos primeiros meses do ano seguinte, vieram outros fragmentos — e então uma pausa de sete meses; em dezembro, mais uma porção. Isso que nos encanta, e que só podemos imaginar como tendo sido gestado em estado de permanente inspiração — havia sido gestado sob os gemidos de Tolstói. "A tediosa e horrível Anna Kariênina", escreveu de Samara, local onde bebia leite de égua. Sic! Literalmente! "Finalmente", afirma em março de 1876, "eu preciso concluir o romance, já estou farto." É claro que isso não aconteceu sem que no meio-tempo a vontade, o zelo, o encantamento se restabelecessem. Mas justo nessa época as coisas andavam mais devagar — graças à insaciabilidade artística, que implicava um eterno limar, modelar e melhorar, e que insistia num acabamento linguístico tal da narração que a mais insuficiente tradução ainda deixa transparecer. Esse santo maravilhoso, quanto menos acreditava na arte, mais a levava a sério.

A publicação, que foi suspensa diversas vezes, se arrastou até o oitavo livro — e então cessou de todo; pois agora a questão havia se tornado política, e o escritor épico-nacional da Rússia havia dito tantas heresias nessa última parte sobre a eslavofilia, o entusiasmo pelos irmãos búlgaros, sérvios, bósnios em sua luta pela liberdade contra os turcos, sobre a propaganda chamariz dos voluntários e sobre as loucuras patrióticas da sociedade russa, que Katkov não ousou imprimi-la. Ele exigiu cortes e mudanças, que o autor ofendido recusou. Tolstói publicou separadamente a parte final, acompanhada de uma nota sobre essa discordância.

O que denominei sem pudores o maior romance social da literatura mundial é um romance *contra* a sociedade — a epígrafe bíblica: "Minha é a vingança, diz o senhor", já o anuncia. O impulso moral da obra era sem dúvida censurar a sociedade pela crueldade fria e excludente com que punia o pecado amoroso de uma mulher no fundo honrada e orgulhosa, em vez de entregar a Deus a expiação de seus pecados — o que a sociedade poderia ter feito sem se preocupar, pois afinal é da sociedade e de suas leis irrevogáveis que Deus também se serve para se vingar: a medonha fatalidade e inevitabilidade do destino de Anna, e o modo como este resulta, passo a passo, até o terrível fim, são prova de sua afronta contra as leis morais. Há assim certa contradição no motivo moral original do autor, na acusação que ele ergue contra a sociedade; pois surge a questão de como Deus poderia punir se a sociedade não se comportasse como de fato se comporta. Costume e moralidade, como se diferenciam, em que medida são — em suma — o mesmo e coincidem no âmago do ser humano vinculado socialmente? Essa pergunta paira insolúvel sobre a obra. Mas esta não precisa responder questões, seu papel é apenas aproximá-las tanto quanto possível dos sentimentos, conferindo-lhes a mais alta e mais dolorosa potência da dúvida — e o que garante isso é o amor do narrador por sua criatura, a quem ele impõe dolorosa e implacavelmente tantos sofrimentos.

Nota-se que Tolstói ama muito Anna. A obra leva seu nome; não poderia ser o de nenhum outro personagem. Seu herói, no entanto, não é o amante de Anna, o limitado cavalheiro e ultracorreto oficial de guarda conde Vrônski; também não é Aleksei Aleksândrovitch, o marido de Anna, por mais que esse incomparável personagem do homem traído, ao mesmo tempo repugnante e superior, cômico e comovente, tenha sido moldado com a mais profunda arte. O herói é outro personagem, que não tem nada a ver com o destino de Anna, e cuja introdução de certo modo altera a temática do romance, quase deslocando para segundo plano seu motivo primeiro: trata-se de Konstantin Lióvin, o introspectivo, imagem do próprio autor — e é só ele que, por meio de seu olhar e pensamento, da força singular e da insistência obstinada de sua consciência crítica, transforma o grande romance social em uma obra avessa à sociedade.

Que rapaz extraordinário esse representante do autor no romance! O que no teatro de tese francês se denominava *raisonneur* é por ele representado no universo social de Tolstói, mas de que modo não-francês! Para poder ser um crítico da sociedade, teria de ser também um homem da sociedade; mas, justo isso, esse *raisonneur* atormentado e radicalmente estranho, que está ligado por nascimento à alta sociedade russa, não é. Forte e tímido, rebelde e cheio de dúvidas, dotado de uma peculiar inteligência natural, plena, desamparada e antilógica, Lióvin está no fundo convencido de que a decência, a franqueza, a seriedade e a autenticidade só são possíveis ao ser humano na solidão, no estar consigo em silêncio, e que toda a vida social o torna um tagarela, mentiroso e idiota. Podemos observar, nas ocasiões em que tinha de entabular uma conversa, participar socialmente e expressar seu "ponto de vista" nos salões de Moscou e em eventos culturais, como o convívio humano ganha o matiz da tolice, e como ele, sempre corado de vergonha, se vê transformar em um tagarela, um papagaio e idiota. Descobriremos que esse rousseauniano, na verdade, considera a grande civilização urbana, junto com tudo o que está ligado a ela em termos de intelecto e do falatório da vida cultural, um lodaçal de pecado, e que só a vida no campo é digna do homem, mas não a vida no campo que o citadino, numa condescendência sentimental, acha atraente (como o instruído irmão de Lióvin, que se gaba, por assim dizer, de encontrar prazer em uma ocupação tão inculta como pescar), mas sim a vida real, séria, que exige esforço físico, que coloca o homem de modo concreto e evidente na natureza, cuja "beleza" o hóspede citadino admira sentimentalmente.

A moral e o escrúpulo de Lióvin têm algo de muito físico, algo que se relaciona com o corpo e está ligado a ele. "Preciso de atividade física", ele diz a si mesmo, "senão meu caráter decididamente se estraga." E então resolve ceifar com os camponeses, o que lhe causa o mais elevado prazer físico-moral (um capítulo esplendoroso e realmente tolstoiano!). Seu desprezo pelo "intelectual" é radical, ou melhor, sua contraditória descrença nele, que lhe causa estranhamento enquanto homem da civilização; quando é obrigado a dar satisfação, essa descrença o conduz a paradoxos e opiniões indizíveis entre homens civilizados, como, por exemplo, suas afirmações sobre a educação popular, ou pior, sobre a educação em geral. Ele se posiciona em relação ao povo assim como em relação à natureza: "O mesmo povo que você ama, como afirmou" — "Eu nunca afirmei isso, pensou Konstantin Lióvin." — "Mas por que vou me incomodar com [...] escolas para as quais não mandarei meus filhos, para as quais os camponeses não querem mandar seus filhos, e para as quais não tenho a firme convicção de que devem ser mandados?" — "Um mujique alfabetizado é um trabalhador que lhe será mais estimado e prestativo." — "Não, pergunte a quem quiser", respondeu Konstantin determinado, "o alfabetizado é muito pior como trabalhador". — "Você admite que a educação é um bem para o povo?" — "Admito", respondeu Lióvin sem hesitar, logo percebendo que dissera algo diferente do que na verdade pensara... Que ruim! Um caso difícil e perigoso! Ele reconhece o benefício da "educação", porque o que ele "realmente" pensa a esse respeito é indizível e também impensável no século XIX.

É claro que ele se move nas formas de pensamento desse século, que são de certo modo científicas. Ele não "vê a humanidade não como algo exterior às leis zoológicas, mas, pelo contrário, vê sua dependência do meio e, nessa dependência, procura as leis de seu desenvolvimento". É assim ao menos que um erudito o compreende, e aqui é Taine que ele mais ou menos segue — bom e velho século XIX. Mas há algo nele que ou recua diante da cientificidade de sua época ou vai além dela, algo desesperadamente ousado, inconfessável e impossível de ser dito. Ele se deita de costas e observa o alto céu sem nuvens. "Por acaso não sei", ele pergunta, "que isso é um espaço infinito, e não uma abóbada redonda? Porém, por mais que aperte os olhos e force a vista, não tenho como não vê-la redonda e limitada e, apesar de meu conhecimento da infinitude do espaço, tenho razão, sem dúvida, ao vê-lo como uma abóbada azul, e mais razão do que quando me esforço para ver além disso... Seria isso a fé?"

Mas, fé ou novo realismo — já não se trata da cientificidade do século XIX. Em certa medida, isso lembra Goethe. Também o comportamento cético-realista e renitente de Lióvin-Tolstói para com o patriotismo, os irmãos eslavos e os voluntários de guerra desperta essa lembrança. Ele recusa tomar parte nesse entusiasmo, ele está solitário no meio daquilo, assim como Goethe esteve na época da Guerra de Libertação — embora, nos dois casos, algo novo, o elemento democrático, tenha se unido ao movimento nacional, e pela primeira vez a vontade pública tenha definido a ação do governo. Isso também é o século XIX, e Lióvin ou "Lióvotchka", como dizia a pobre condessa Tolstói, não consegue lidar com as verdades de seu tempo, desoladoras para ele. Ele está um passo à frente, e não posso deixar de chamá-lo um passo muito perigoso, que, se não for acompanhado pelo mais profundo amor à verdade e simpatia humana, pode conduzir ao obscurantismo e à barbárie. Hoje, não é de forma alguma um sinal de coragem individual descartar o cultivo científico do século XIX para retornar ao "mito", à "fé", ou seja, a uma vulgaridade condenável e assassina da cultura. Isso tem ocorrido massivamente, embora não seja um passo para a frente, mas cem quilômetros para trás. Um tal passo só conduz para a frente e é efetivo para a humanidade quando seguido imediatamente por outro passo, que do novo realismo da "firme abóbada azul" conduza ao nem antigo, nem novo, mas eterno e humano idealismo da verdade, da liberdade e do conhecimento. Hoje há uma grande preponderância de ideias estúpidas sobre o conceito de atraso...

Isso precisava ser dito. Lióvin não consegue lidar com as ideias de seu tempo, não consegue aceitá-las. O que chamei de sua escrupulosidade e moralidade física é profundamente abalado pela experiência dos mistérios transparentes e fisicamente transcendentes do nascimento e da morte, e o que a época lhe ensina sobre o organismo e sua aniquilação, sobre a indestrutibilidade da matéria, sobre a lei da conservação da energia, sobre a evolução etc., não só lhe parece uma perfeita ignorância sobre a questão do sentido da vida, mas também uma forma de pensamento que torna impossível o conhecimento daquilo que lhe é necessário. Que uma bolha, um organismo, se desprenda na infinitude do tempo, do espaço, da matéria, que ela paire por certo tempo para então vir a estourar, e que essa bolha possa ser ele, Lióvin, isto lhe soa como uma maldosa troça de um demônio, a qual não podemos refutar, mas que temos de superar tomando outro caminho que não o da refutação, para não sermos obrigados a nos suicidar.

O que, diante de sua necessidade profunda, parece ser uma mentira mortal e uma forma de pensamento que não é de modo algum um instrumento para o conhecimento da verdade real, é o materialismo naturalista do século XIX, que nasce de um amor honesto pela verdade, mas vem acompanhado de muita escuridão e desconsolo inúteis. Um pouco de iluminação e espiritualidade, sem prejuízo da honestidade, seria necessário para corresponder à vida e a seus desejos mais profundos. Há certo humor no fato de que um simples mujique mostre ao introspectivo o caminho para sair do desespero. Esse mujique o ensina ou o lembra do que ele já sabe há tempos: que o natural, inato e imposto a todos nós é viver para nosso bem-estar físico e encher a barriga, mas que isso não é justo nem correto, senão que temos de viver "da verdade", "para a alma", "como Deus quer", para "o bem", e essa necessidade é, para nós, tão inata e imposta como a necessidade de encher a barriga. Isso, com efeito, é maravilhoso; pois a convicção certa e comum a todos os humanos de que é vergonhoso viver apenas para o corpo e que deveríamos viver muito mais para Deus, para a verdade e para o bem, não tem nada a ver com a razão; é aliás contrária a ela; pois a razão antes nos exorta a cuidar de nosso bem-estar físico e, em nome desse interesse, a explorar o próximo o mais que possamos. O conhecimento do bem, afirma Lióvin, não está no âmbito da razão; o bem está fora do nexo científico de causa e efeito. O bem é um milagre, porque se furta ao entendimento e pode ser compreendido por qualquer pessoa.

Há algo além da triste ciência do século XIX, a qual renuncia a todo sentido da vida, algo com que se pode ir além da ciência, algo espiritual, um sentido: a obrigação suprarracional do ser humano para com o bem. Esse conhecimento ridiculamente simples encanta e alegra demais Konstantin Lióvin. Em sua alegria, ele se esquece de refletir que a triste ciência materialista do século XIX também derivava da aspiração humana pelo bem e que, por idealismo, por um terrível e amargo amor à verdade, rejeitava um sentido à vida. Ela também vivia para Deus — ao negá-lo. Há também isso, e Lióvin se esquece. Da arte ele nem precisa se esquecer; ao que parece, ele não sabe nada sobre ela, ele a conhece apenas como tagarelice cultural e social sobre Lucca,[7] Wagner e pinturas. Essa é a diferença entre ele e Lev Tolstói. Este co-

---

[7] Pauline Lucca (1841-1908), cantora de ópera nascida em Viena. Chegou à Rússia

nhecia a arte; sofreu tremendamente por, com e para ela, realizou nela coisas gigantescas, como nós jamais esperaríamos realizar, e talvez seja justamente a força extrema de sua vocação artística a explicação de por que ele não enxergou que o conhecimento do bem não é um motivo para negar a arte, muito pelo contrário. A arte é o símbolo mais belo, mais rigoroso, mais alegre e piedoso de toda suprarracional aspiração humana pelo bem, pela verdade e pela perfeição; e o sopro do mar rolante da épica não expandiria tão vivamente nosso peito se não trouxesse consigo o forte e refrescante aroma do espiritual e do divino.

Noordwijk aan Zee, julho de 1939

---

no começo dos anos 1870. Obteve grande sucesso nos papéis de Zerlina (no *Don Giovanni* de Mozart) e Carmen (na *Carmen* de Bizet). No romance, Lióvin assiste a uma ópera estrelada por ela (parte VII, cap. VI).

ANNA KARIÊNINA

Traduzido do original russo *Sobránie sotchinênia v 22 tómakh* (Obras reunidas em 22 tomos) de L. N. Tolstói, Moscou, Khudójestvennaia Literatura, 1978-1985.

As notas da edição russa fecham com (N. da E.); as do tradutor, com (N. do T.).

"Minha é a vingança e a recompensa."[1]

---

[1] Epígrafe tomada da Bíblia: "Minha é a vingança e a recompensa, ao tempo que resvalar o seu pé; porque o dia da sua ruína está próximo, e as coisas que lhes há de suceder, se apressam a chegar" (Deuteronômio 32:35). Estas palavras foram repetidas na Epístola aos Romanos, do apóstolo Paulo: "Não vos vingueis a vós mesmos, amados, mas dai lugar à ira, porque está escrito: Minha é a vingança, eu recompensarei, diz o Senhor". Romanos 12:19. (N. da E.)

PARTE I

I

Todas as famílias felizes são parecidas, cada família infeliz é infeliz a seu próprio modo.

Tudo era confusão na casa dos Oblônski. A esposa descobriu que o marido tivera um caso com sua ex-governanta francesa, e informou-lhe que não podia viver na mesma casa que ele. Esta situação prolongava-se já pelo terceiro dia, fazendo-se sentir de forma aflitiva nos cônjuges, em todos os membros da família e em toda a criadagem. Todos os membros da família e da criadagem percebiam que não havia sentido em sua convivência, e que até pessoas reunidas por acaso em qualquer hospedaria estavam mais ligadas entre si do que eles, membros da família e da criadagem dos Oblônski. A mulher não saía de seu quarto, o marido não estava em casa pelo terceiro dia. As crianças corriam pela casa toda, como perdidas; a preceptora inglesa brigara com a governanta e escrevera um bilhete a uma amiga, pedindo que lhe encontrasse um novo emprego; o cozinheiro saíra da casa na véspera, exatamente na hora do jantar; a auxiliar de cozinha e o cocheiro tinham pedido as contas.

No terceiro dia após a briga, o príncipe Stepan Arkáditch Oblônski — Stiva, como o chamavam em sociedade —, na hora de costume, ou seja, às oito da manhã, não acordou no quarto da esposa, mas em seu gabinete, em um sofá de marroquim. Virou o corpo roliço e bem cuidado nas molas do sofá, como se desejasse voltar a dormir um pouco, abraçou com força o travesseiro do outro lado e apertou-o contra a face; de repente, porém, deu um salto, sentou-se no sofá e abriu os olhos.

"Sim, sim, como foi?", pensou, lembrando o sonho. "Sim, como foi? Sim! Alábin dava um jantar em Darmstadt; não, não era em Darmstadt, mas algo americano. Sim, é que no sonho Darmstadt ficava na América. Sim, Alábin dava um jantar em mesas de vidro, sim, e as mesas cantavam *Il mio tesoro*,[1] e não era *Il mio tesoro*, mas algo melhor, e havia umas garrafinhas pequenas, e elas eram mulheres", lembrava.

Os olhos de Stepan Arkáditch brilhavam, alegres, e ele ficou pensativo, sorrindo. "Sim, era bom, muito bom. Teve ainda muita coisa excelente, só que não dá para dizer com palavras, nem exprimir os pensamentos depois de acordado." E, notando a faixa de luz que irrompia ao lado de uma das corrediças de feltro, baixou com alegria os pés do sofá, encontrou os chinelos de feltro dourado bordados pela esposa (presente de aniversário do ano anterior) e, sem se levantar, seguindo o velho hábito de nove anos, esticou a mão para o lugar do dormitório em que seu roupão ficava pendurado. Daí se lembrou, de repente, como e por que não dormira no quarto da esposa, mas no gabinete; o sorriso desapareceu de seu rosto, ele franziu a testa.

"Ah, ah, ah! Aaa!...", pôs-se a mugir, lembrando tudo que acontecera. E voltaram a surgir em sua imaginação todos os detalhes da briga com a mulher, todo o caráter inescapável de sua situação e, o mais torturante de tudo, sua própria culpa.

"Sim! Ela não vai perdoar, e não pode perdoar. E o mais horrível é que a culpa é toda minha, é minha culpa, mas não sou culpado. Todo o drama está aí", pensava. "Ah, ah, ah", repetia, com desespero, lembrando as impressões que mais lhe pesavam daquela briga.

O mais desagradável de tudo fora aquele primeiro instante em que, ao voltar do teatro, feliz e satisfeito, trazendo na mão uma pera enorme para a mulher, não a encontrara na sala de visitas; para seu espanto, tampouco a encontrara no gabinete e, finalmente, vira-a no quarto, segurando o bilhete nefasto, que tudo revelava.

Ela, aquela Dolly sempre preocupada, atarefada e, na opinião dele, de ideias curtas, estava sentada com o bilhete na mão, fitando-o com uma expressão de horror, desespero e ira.

— O que é isso? Isso? — ela perguntava, apontando para o bilhete.

Como acontece com frequência, ao se lembrar daquilo, Stepan Arkáditch não se atormentava tanto com o fato em si quanto com a resposta que dera às palavras da mulher.

Naquele instante, acontecera com ele o que acontece com as pessoas colhidas inesperadamente em algo vergonhoso demais. Não conseguira preparar seu rosto à situação em que se viu, diante da esposa, após a descoberta de sua culpa. Em vez de ofender-se, renegar, justificar-se, pedir perdão, até mesmo ficar indiferente — qualquer coisa teria sido melhor do que o que ele

---

[1] Ária de tenor da ópera *Don Giovanni*, de Mozart. (N. do T.)

fez! —, seu rosto, de forma completamente involuntária (reflexos do cérebro, pensou Stepan Arkáditch, que adorava fisiologia),[2] de repente se abriu em um sorriso corriqueiro, bondoso e, por isso, estúpido.

Não conseguia se perdoar por aquele sorriso estúpido. Ao ver tal sorriso, Dolly estremeceu como de uma dor física, desencadeando, como o ardor que lhe era próprio, torrentes de palavras cruéis, e saiu do quarto. Desde então não queria ver o marido.

"A culpa é toda daquele sorriso estúpido", pensou Stepan Arkáditch.

"Mas o que fazer? Que fazer?", dizia para si, desesperado, sem encontrar resposta.

II

Stepan Arkáditch era um homem sincero consigo mesmo. Não podia se enganar e convencer-se de que se arrependia de sua conduta. Não podia se arrepender agora do que se arrependera há seis anos, quando cometera a primeira infidelidade à esposa. Não podia se arrepender de que ele, um homem belo e amoroso de trinta e quatro anos, não estivesse apaixonado pela esposa, mãe de cinco filhos vivos e dois mortos, apenas um ano mais jovem do que ele. Arrependia-se apenas de não ter sabido esconder melhor da esposa. Sentia, porém, todo o peso de sua situação, e tinha pena da esposa, dos filhos e de si. Talvez tivesse sabido esconder melhor da esposa seus pecados se imaginasse que a notícia agiria daquela forma sobre ela. Jamais refletira com clareza sobre essa questão, porém tinha a vaga impressão de que a esposa adivinhara há tempos que ele não lhe era fiel, e fazia vista grossa. Parecia-lhe até que ela, uma mulher extenuada, envelhecida, que já estava feia e não se destacava em nada, uma mulher simples, apenas uma boa mãe de família, devesse, por um sentido de justiça, ser condescendente. Ocorreu, porém, exatamente o contrário.

"Ah, é horrível! Ai, ai, ai! Horrível", Stepan Arkáditch repetia para si, e não conseguia pensar numa saída. "E como era bom até então, como vi-

---

[2] Oblônski tem em mente *Reflexos do cérebro*, obra de I. M. Sétchenov (1829-1905) publicada em 1863. Nela, Sétchenov afirma que todos os atos da vida consciente e inconsciente têm origem nos reflexos. Em 1873, publicou *Estudos psicológicos*. A fisiologia materialista atraiu então muitos contemporâneos. Os *Reflexos* eram citados, falados e discutidos por toda parte, inclusive por aqueles que só os conheciam de ouvir dizer (a esse respeito, ver L. F. Pantelêiev, *Memórias*, Moscou, 1958, p. 526). (N. da E.)

víamos bem! Ela estava satisfeita, feliz com as crianças, eu não a atrapalhava em nada, deixava-a fazer o que quisesse com os filhos e a casa. Verdade que não era bom que ela tivesse sido governanta em nossa casa. Não era bom! Há algo de trivial, de vulgar em cortejar a própria governanta. Mas que governanta! (Recordou vivamente os olhos negros e malandros de *mademoiselle* Roland e seu sorriso.) Afinal, enquanto ela esteve em nossa casa eu não me permiti nada. E o pior de tudo é que ela já... Tudo isso parece até de propósito. Ai, ai, ai! Aiaiai! Mas e então, o que fazer?"

Não havia resposta além daquela que a vida dá às questões mais complicadas e insolúveis. A resposta é: devem-se viver os pormenores do dia, ou seja, esquecer. Esquecer-se no sonho já não era possível; pelo menos até a noite, não dava para voltar para a música cantada pelas garrafinhas-mulheres; em consequência, era preciso se esquecer no sonho da vida.

"Então vamos ver", Stepan Arkáditch disse para si e, levantando-se, vestiu o roupão cinza de forro de seda azul, atou as borlas com um nó e, enchendo fartamente de ar a ampla caixa torácica, com o passo habitualmente animado dos pés virados para fora, que levavam seu corpo robusto com tanta facilidade, aproximou-se da janela, ergueu a corrediça e tocou alto a campainha. Ao toque, entrou imediatamente um velho amigo, o camareiro Matviei, trazendo roupa, sapatos e um telegrama. Atrás de Matviei entrou também o barbeiro, com petrechos para a barba.

— Tem papel da repartição? — perguntou Stepan Arkáditch, pegando o telegrama e sentando-se defronte ao espelho.

— Na mesa — respondeu Matviei, olhando de modo interrogativo e com simpatia para o patrão e, depois de esperar um pouco, acrescentou, com um sorriso astuto: — Veio gente do aluguel de carruagens.

Stepan Arkáditch não respondeu nada, e só olhou para Matviei pelo espelho; nos olhares que trocaram no espelho ficava evidente como entendiam um ao outro. Era como se Stepan Arkáditch perguntasse: "Por que você diz isso? Por acaso você não sabe?".

Matviei colocou as mãos no bolso da jaqueta, afastou a perna e, em silêncio, bonachão, quase sorrindo, olhou para o patrão.

— Mandei que viessem no domingo e, até então, que não se incomodassem nem o incomodassem inutilmente — proferiu a frase visivelmente preparada de antemão.

Stepan Arkáditch entendeu que Matviei quisera fazer uma brincadeira e chamar a atenção. Rasgou o telegrama, leu corrigindo mentalmente as palavras erradas de sempre, e seu rosto ficou radiante.

— Matviei, minha irmã Anna Arkádievna vem amanhã — disse, detendo por um minuto a mão lustrosa e roliça do barbeiro, que abria um caminho rosado entre suas suíças longas e encaracoladas.

— Graças a Deus — disse Matviei, demonstrando com essas palavras que, a exemplo do patrão, compreendia o significado daquela chegada, ou seja, que Anna Arkádievna, a amada irmã de Stepan Arkáditch, podia contribuir para a reconciliação de marido e esposa.

— Sozinha ou com o esposo? — perguntou Matviei.

Stepan Arkáditch não pôde responder, pois o barbeiro estava ocupado de seu lábio superior, e levantou um dedo. Matviei assentiu com a cabeça, no espelho.

— Sozinha. Preparo o quarto de cima?

— Comunique a Dária Aleksândrovna, será onde ela mandar.

— Dária Aleksândrovna? — repetiu Matviei, como que em dúvida.

— Sim, comunique. Pegue o telegrama, entregue, faça o que ela disser.

"Quer colocar à prova", entendeu Matviei, mas disse apenas:

— Sim, senhor.

Stepan Arkáditch já estava lavado e barbeado, e se preparava para se vestir quando Matviei, pisando devagar o tapete macio com as botas rangentes, voltou para o quarto, com o telegrama na mão. O barbeiro já não estava.

— Dária Aleksândrovna mandou comunicar que vai sair. Que ele — ou seja, o senhor — faça como preferir — disse, sorrindo apenas com os olhos que cravou no patrão, colocando as mãos nos bolsos e inclinando a cabeça de lado.

Stepan Arkáditch ficou em silêncio. Depois, um sorriso bom e algo penoso surgiu em seu belo rosto.

— Hein? Matviei? — disse, meneando a cabeça.

— Não é nada, senhor, dá-se um jeito — disse Matviei.

— Dá-se um jeito?

— Exatamente, senhor.

— Você acha? Quem é? — perguntou Stepan Arkáditch, ouvindo barulho de roupa de mulher atrás da porta.

— Sou eu, senhor — disse uma voz feminina firme e agradável, e de trás da porta assomou o severo rosto bexiguento de Matriona Filimônovna, a babá.

— E então, Matriocha?[3] — perguntou Stepan Arkáditch, indo ao seu encontro, na porta.

---

[3] Diminutivo de Matriona. (N. do T.)

Apesar de Stepan Arkáditch ser completamente culpado perante a esposa, e sentir-se assim, quase todos na casa, inclusive a babá, melhor amiga de Dária Aleksândrovna, estavam do lado dele.

— E então? — ele disse, triste.

— Vá, senhor, volte a se desculpar. Talvez Deus acuda. Está sofrendo muito, dá dó de ver, e tudo em casa está de pernas para o ar. Senhor, é preciso ter pena das crianças. Desculpe-se, senhor. Que fazer? Quem comeu a carne...

— Pois não vai me receber.

— Mas faça a sua parte. Deus é misericordioso, ore a Deus, senhor, Deus é misericordioso.

— Está bem, vá — disse Stepan Arkáditch, enrubescendo de repente. — Bem, vamos nos vestir — dirigiu-se a Matviei e despiu o roupão, decidido.

Matviei já segurava a camisa preparada como um colar de cavalo, e, soprando algum fiapo invisível, enfiou-a com evidente satisfação no corpo bem tratado do patrão.

III

Depois de se vestir, Stepan Arkáditch borrifou perfume, ajustou os punhos da camisa, distribuiu pelos bolsos, com movimentos costumeiros, *papirossas*,[4] carteira, fósforos, o relógio com duas correntes e berloque e, sacudindo o lenço, sentindo-se limpo, cheiroso e fisicamente alegre, apesar de sua desgraça, partiu, com ambas as pernas ligeiramente trêmulas, para a sala de jantar, onde já o esperava o café e, ao lado do café, cartas e papéis da repartição.

Stepan Arkáditch sentou-se, leu as cartas. Uma era bastante desagradável: de um comerciante que estava comprando um bosque na propriedade da esposa. Era indispensável vender aquele bosque; mas agora, antes da reconciliação com a mulher, não se podia falar naquilo. O mais desagradável era a intromissão desse interesse pecuniário no caso urgente de sua reconciliação com a esposa. E a ideia de que ele podia ser guiado por tal interesse, de que, pela venda daquele bosque, procuraria a reconciliação com a mulher, essa ideia o ofendia.

---

[4] Cigarro com boquilha de cartão. (N. do T.)

Terminadas as cartas, Stepan Arkáditch aproximou de si os papéis da repartição, folheou rapidamente dois casos, fez algumas notas com um lápis grande e, afastando os casos, pegou o café; durante o café, desdobrou o jornal matutino, ainda úmido de tinta, e se pôs a ler.

Stepan Arkáditch recebia e lia um jornal liberal, não extremista, mas da tendência apoiada pela maioria.[5] E, apesar de nem a ciência, nem a arte, nem a política o interessarem em particular, ele apoiava com firmeza, em todos esses temas, os pontos de vista apoiados pela maioria e seu jornal, e mudava-os quando a maioria mudava ou, melhor dizendo, não era ele que os mudava, mas estes que mudavam imperceptivelmente dentro dele.

Stepan Arkáditch não escolhia nem tendências, nem pontos de vista, mas essas tendências e pontos de vista vinham a ele por si sós, do mesmo modo como ele não escolhia as formas dos chapéus ou das sobrecasacas, mas adotava os que os outros vestiam. E para ele, que vivia em uma sociedade notória, ter um ponto de vista, além da exigência de alguma atividade intelectual que normalmente se desenvolve na idade madura, era tão indispensável como ter um chapéu. Se havia um motivo para preferir a tendência liberal à conservadora, que também era apoiada por muitos de seu círculo, decorria não de ele achar a tendência liberal mais racional, mas de ela se aproximar mais de seu modo de vida. O partido liberal dizia que tudo na Rússia ia mal e, de fato, Stepan Arkáditch tinha muitas dívidas, e o dinheiro, decididamente, não dava. O partido liberal dizia que o matrimônio era uma instituição caduca, que era indispensável recriá-lo e, de fato, a vida familiar proporcionava pouca satisfação a Stepan Arkáditch, constrangendo-o a mentir e fingir, o que era tão repugnante à sua natureza. O partido liberal dizia, ou melhor, pressupunha que a religião era apenas um freio para a parte bárbara da população e, de fato, Stepan Arkáditch não podia suportar nem o mais curto *molében*[6] sem dor nas pernas, nem conseguia entender o porquê daquelas palavras terríveis e grandiloquentes a respeito do outro

---

[5] Oblônski lê o jornal *A Voz*, de A. Kraiévski — órgão do funcionário público liberal, que apelidaram de "barômetro da opinião pública". A ideia de um "tradicionalismo teimoso, que freia o progresso" foi expressa no boletim do jornal *A Voz* (1873, nº 21). Lá se fala dos "guardiães assustados", que veem por toda parte "o espectro vermelho... ou a hidra de 18.000 cabeças". É possível que Tolstói tivesse diante de si exatamente este número do jornal ao escrever a cena da leitura matinal de Oblônski. (N. da E.)

[6] Na Igreja Ortodoxa, breve serviço religioso de súplica ou louvação a Deus, Maria ou aos santos. (N. do T.)

mundo, quando podia ser tão divertido viver neste. Além disso, Stepan Arkáditch, que gostava de piadas espirituosas, apreciava desconcertar, de vez em quando, as pessoas pacíficas, dizendo que, se tivesse que se orgulhar de sua estirpe, não deveria parar em Riúrik[7] e renegar o primeiro fundador — o macaco. Assim, a tendência liberal tornou-se um hábito de Stepan Arkáditch, e ele apreciava seu jornal como um charuto depois do jantar, devido à neblina ligeira que ele produzia em sua cabeça. Leu o editorial, que explicava que, em nossa época, é completamente inútil erguer o clamor de que o radicalismo ameaçaria engolir todos os elementos conservadores e de que o governo devia tomar medidas para esmagar a hidra revolucionária e que, pelo contrário, "em nossa opinião, o perigo reside não na imaginária hidra revolucionária, mas no tradicionalismo teimoso, que freia o progresso", etc. Leu também outro artigo, de finanças, que mencionava Bentham e Mill, e dava finas alfinetadas no ministério. Com a compreensão rápida que lhe era característica, entendeu o significado de cada alfinetada: de quem e para quem era dirigida, em cada caso específico, e isso, como sempre, lhe proporcionou alguma satisfação. Porém, a satisfação daquele dia fora envenenada pelos conselhos de Matriona Filimônovna e pelo fato de as coisas irem tão mal em casa. Leu também que o conde Beust,[8] dizia-se, chegara a Wiesbaden, que não era mais necessário ter cabelos grisalhos, sobre uma carruagem ligeira à venda, e sobre uma pessoa jovem oferecendo serviços; tais notícias, porém, não lhe proporcionaram a silenciosa satisfação irônica de antes.

Depois de terminar o jornal e tomar uma segunda xícara de café e *kalatch*[9] com manteiga, ele se levantou, sacudiu as migalhas de pão do colete e, endireitando o peito vasto, deu um sorriso feliz, não porque levasse algo especialmente agradável na alma; o sorriso feliz fora provocado pela boa digestão.

Porém, esse sorriso feliz imediatamente o fez lembrar de tudo, e ele ficou pensativo.

---

[7] Personagem mítico que teria fundado a monarquia russa, no século IX. (N. do T.)

[8] Friedrich Ferdinand von Beust (1809-1886), chanceler do Império Austro-Húngaro, adversário político de Bismarck. Seu nome é frequentemente mencionado nas crônicas políticas dos jornais dessa época. Wiesbaden é um balneário. Beust e Bismarck tiveram influência decisiva no desenvolvimento do conflito militar nos Bálcãs. Tolstói aborda na última parte do romance acontecimentos ligados à guerra dos povos eslavos contra o domínio da Turquia. (N. da E.)

[9] Pão de trigo em forma de cadeado. (N. do T.)

Duas vozes de criança (Stepan Arkáditch reconheceu as vozes de Gricha, o menino mais novo, e Tânia,[10] a menina mais velha) soaram atrás da porta. Carregavam alguma coisa, que tinham deixado cair.

— Eu disse que não dá para colocar passageiros no teto — gritava a menina, em inglês —, agora pegue!

"Tudo está uma confusão", pensou Stepan Arkáditch, "as crianças estão correndo sozinhas por aí." E, indo até a porta, chamou-as. Elas largaram o porta-joias que fazia as vezes de trem e foram até o pai.

A menina, a favorita do pai, correu com ousadia, abraçou-o e, rindo, pendurou-se no seu pescoço, regalando-se como sempre com o cheiro conhecido de perfume que emanava de suas suíças. Depois de beijá-lo, por fim, no rosto corado pela posição inclinada, e radiante de ternura, a menina soltou as mãos e quis correr de volta; o pai, porém, a deteve.

— E a mamãe? — perguntou o pai, passado a mão pelo pescocinho liso e delicado da filha. — Olá — disse, sorrindo para o menino que viera cumprimentá-lo.

Reconhecia amar menos o menino, e sempre se esforçava para ser justo; o menino, porém, sentia, e não respondeu com um sorriso ao sorriso frio do pai.

— Mamãe? Levantou-se — respondeu a filha.

Stepan Arkáditch suspirou. "Quer dizer, passou de novo a noite inteira sem dormir", pensou.

— E então, ela está alegre?

A menina sabia que houvera uma briga entre pai e mãe, que a mãe não podia estar alegre, que o pai devia saber disso, e que ele estava fingindo ao perguntar de modo tão ligeiro. E enrubesceu pelo pai. Este compreendeu de imediato, e também enrubesceu.

— Não sei — ela disse. — Ela não nos mandou estudar, mandou que fôssemos passear com *miss* Hoole, na casa da vovó.

— Pois vá, minha Tantchúrotchka. Ah, sim, espere — disse ele, segurando-a, contudo, e acariciando sua mãozinha delicada.

Tirou da lareira, onde a colocara na véspera, uma caixa de bombons, e lhe deu dois, escolhendo os favoritos dela, de chocolate e *fondant*.

— Para Gricha? — disse a menina, apontando para o de chocolate.

— Sim, sim. — E, acariciando mais uma vez seu ombrinho, beijou-a na raiz dos cabelos e no pescoço, e liberou-a.

---

[10] Diminutivos, respectivamente, de Grigóri e Tatiana. (N. do T.)

— A carruagem está pronta — disse Matviei. — Mas tem uma peticionária — acrescentou.

— Está aqui faz tempo? — perguntou Stepan Arkáditch.

— Uma meia horinha.

— Quantas vezes mandei anunciar imediatamente?

— É preciso permitir ao senhor pelo menos acabar de tomar o café — disse Matviei, com aquele tom amistoso e rude com o qual era impossível se zangar.

— Pois bem, que venha logo — disse Oblônski, franzindo o cenho de enfado.

A peticionária, mulher do *stabskapitan*[11] Kalínin, pedia algo impossível e incoerente; porém, Stepan Arkáditch, como de hábito, fez com que ela se sentasse, escutando-a com atenção e sem interromper, deu-lhe um conselho detalhado sobre a quem se dirigir, e até, com desenvoltura e correção, com sua letra graúda, comprida, bela e nítida, redigiu um bilhetinho para uma pessoa que poderia ajudá-la. Depois de liberar a mulher do *stabskapitan*, Stepan Arkáditch pegou o chapéu e parou, pensando se não havia se esquecido de algo. Deu-se que não esquecera nada além do que desejava esquecer: a esposa.

"Ah, sim!" Baixou a cabeça, e seu belo rosto assumiu uma expressão angustiada. "Ir ou não ir?", disse a si mesmo. E uma voz interna lhe dizia que ir não era necessário, que aquilo não podia dar em nada além de falsidade, que corrigir, consertar a relação era impossível, pois era impossível fazer com que ela fosse novamente atraente e capaz de despertar amor, ou fazer com que ele ficasse velho e incapaz de amar. Além de falsidade e mentira, nada podia sair dali; e a falsidade e a mentira eram repugnantes à sua natureza.

"Contudo, tem que ser em algum momento; afinal, isso não pode ficar assim", disse, tentando incutir-se ousadia. Endireitou o peito, sacou uma *papirossa*, acendeu, deu duas baforadas, jogou-a no cinzeiro de madrepérola, percorreu a sala de visitas escura com passos rápidos e abriu uma outra porta, para o dormitório da esposa.

---

[11] Patente militar entre primeiro-tenente e capitão, abolida com a Revolução Russa. (N. do T.)

IV

Dária Aleksândrovna, de blusinha e com os cabelos outrora espessos e formosos, mas agora ralos, presos em trança na nuca, de faces cavadas e esquálidas e grandes olhos assustados, que saltavam da magreza do rosto, estava de pé, em meio a objetos esparramados pelo quarto, na frente de um guarda-roupa aberto, no qual ela escolhia alguma coisa. Ao ouvir os passos do marido, parou, olhando para a porta, tentando inutilmente conferir ao rosto uma expressão severa e de desprezo. Sentia que o temia, e temia o encontro iminente. Acabava de tentar fazer o que já tentara fazer umas dez vezes naqueles três dias: separar as coisas suas e das crianças, que levaria à casa da mãe, e novamente não conseguira se decidir; porém agora, como nas vezes anteriores, dissera a si mesma que aquilo não podia ficar assim, que devia tomar alguma medida, puni-lo, cobri-lo de vergonha, vingar nem que fosse uma pequena parte da dor que ele lhe causara. Continuava a dizer que iria embora, porém sentia que isso era impossível; era impossível porque não conseguia se desacostumar de considerá-lo seu marido e amá-lo. Além disso, sentia que se ali, em sua casa, mal conseguia tomar conta de seus cinco filhos, seria ainda pior aonde fosse com todos eles. E com efeito, naqueles três dias, o caçula adoecera por ter sido alimentado com caldo estragado, e os outros, na véspera, quase tinham ficado sem jantar. Sentia que era impossível partir; porém, enganando a si mesma, continuava separando as coisas e fingindo que partiria.

Ao ver o marido, colocou a mão em uma gaveta do guarda-roupa, como se procurasse algo, e olhou para ele apenas quando chegou bem perto de si. Só que o rosto ao qual quisera conferir uma expressão severa e decidida exprimia consternação e sofrimento.

— Dolly! — disse ele, com voz baixa e tímida. Enfiou a cabeça entre os ombros, desejando assumir aspecto sofredor e submisso, mas mesmo assim resplandecia em frescor e saúde.

Com um olhar rápido, ela fitou aquela figura de frescor e saúde resplandecente da cabeça aos pés. "Sim, ele está feliz e satisfeito!", pensou. "E eu?! E essa bondade repugnante, pela qual ele é tão amado e louvado; odeio essa bondade", pensou. Sua boca se contraiu, os músculos da bochecha tremiam do lado direito do rosto pálido e nervoso.

— Do que necessita? — ela disse, com uma voz de peito rápida, que não era a sua.

— Dolly! — ele repetiu, com voz trêmula. — Anna vai chegar agora.

— Pois bem, e eu com isso? Não posso recebê-la! — gritou.

— Mas é preciso, porém, Dolly...

— Vá, vá, vá! — ela gritava, sem olhar para ele, como se o grito fosse causado por uma dor física.

Stepan Arkáditch conseguira ficar tranquilo quando pensava na esposa, conseguira ter esperança de que *daria um jeito* em tudo, como dissera Matviei, e conseguira ler o jornal e tomar café com tranquilidade, porém, ao ver aquele rosto agoniado e sofrido, ao ouvir aquele tom de voz submisso e desesperado, a respiração lhe faltou, algo lhe subiu à garganta, e lágrimas brilharam em seus olhos.

— Meu Deus, o que eu fiz? Dolly! Pelo amor de Deus!... Afinal... — não conseguiu continuar, tinha um soluço parado na garganta.

Ela fechou o guarda-roupa com um estrondo e olhou para ele.

— Dolly, o que posso dizer?... Só uma coisa: perdão, perdão... Lembre, será que nove anos de vida não podem redimir uns minutos, minutos...

De pé, de olhos baixos, ela escutava, esperando o que ele diria, como que implorando que ele a fizesse mudar de ideia.

— Minutos... minutos de arrebatamento... — ele proferiu, querendo prosseguir, porém, a essas palavras, como se provocado por uma dor física, os lábios dela voltaram a se contrair e o músculo da bochecha voltou a saltar do lado direito do rosto.

— Vá, vá embora daqui! — ela gritou, de forma ainda mais estridente. — E não me fale de seus arrebatamentos, de suas torpezas!

Ela quis sair, mas cambaleou, e segurou no encosto da cadeira para se apoiar. O rosto dele se alargou, os lábios incharam, os olhos verteram lágrimas.

— Dolly! — proferiu, já soluçando. — Pelo amor de Deus, pense nas crianças, elas não têm culpa. O culpado sou eu, castigue-me, faça-me expiar minha culpa. O que eu puder fazer, estou pronto para tudo! Sou culpado, não há palavras para dizer como sou culpado! Mas me perdoe, Dolly!

Ela se sentou. Ele ouvia sua respiração pesada e ruidosa, e teve uma pena indizível dela. Ela quis começar a falar algumas vezes, mas não conseguia. Ele esperava.

— Você se lembra das crianças para brincar com elas, mas eu me lembro e sei que agora elas estão perdidas — disse ela, evidentemente repetindo uma daquelas frases que falara para si mesma mais de uma vez naqueles três dias.

Ela o chamara de "você", e ele a olhou com gratidão e se moveu para pegar a sua mão, porém ela se afastou, com asco.

— Penso nas crianças e, por isso, faria de tudo no mundo para salvá-

-las; só que eu mesma não sei como salvá-las: levando-as embora do pai ou deixando-as com um pai depravado — sim, com um pai depravado... Pois bem, diga, depois de... do que aconteceu, seria possível vivermos juntos? Isso seria possível? Diga-me, isso seria possível? — repetia, levantando a voz. — Depois de meu marido, o pai dos meus filhos, ter um caso amoroso com a governanta de seus filhos...

— Mas o que... Mas o que fazer? — ele disse, com voz de lástima, sem saber o que dizia, e baixando a cabeça cada vez mais.

— O senhor é abjeto, asqueroso! — ela gritou, inflamando-se cada vez mais. — Suas lágrimas são água! O senhor jamais me amou; o senhor não tem coração nem dignidade! Para mim, o senhor é vil, abjeto, um estranho, sim, um estranho! — ela pronunciava com dor e ódio aquela palavra que achava horrível, *estranho*.

Ele olhou para ela, e o ódio expresso em seu rosto deixou-o assustado e surpreso. Não entendia que sua pena por ela a irritava. Ela enxergava compaixão nele, mas não amor. "Não, ela me odeia. Não vai perdoar", pensou.

— Isso é horrível! Horrível! — ele ouvia.

Nessa hora, no outro quarto, gritou uma criança, provavelmente depois de uma queda; Dária Aleksândrovna apurou o ouvido, e seu rosto suavizou-se de repente.

Aparentemente, recobrara os sentidos por alguns segundos, como se não soubesse onde estava e o que fazia, e, levantando-se rápido, deslocou-se até a porta.

"Afinal, ela ama minha criança", pensou, notando a mudança no rosto dela ao grito infantil, "a *minha* criança; como então pode me odiar?"

— Dolly, tenho mais uma palavra — ele proferiu, indo atrás dela.

— Se o senhor vier atrás de mim, vou chamar as pessoas, as crianças! Para que todos saibam que o senhor é um canalha! Vou-me embora agora, e o senhor vai morar aqui com sua amante!

E ela saiu, batendo a porta.

Stepan Arkáditch suspirou, enxugou o rosto e, com passos silenciosos, pôs-se a sair do quarto. "Matviei diz: dá-se um jeito; mas como? Não vejo sequer possibilidade. Ai, ai, que horror! E com que trivialidade ela gritou", disse para si mesmo, lembrando-se do grito e das palavras: canalha e amante. "Pode ser que as meninas tenham escutado! Uma trivialidade horrível, horrível." Stepan Arkáditch ficou sozinho por alguns segundos, enxugou os olhos, suspirou e, aprumando o peito, deixou o quarto.

Era sexta-feira e, na sala de jantar, o relojoeiro alemão dava corda no relógio.

Stepan Arkáditch se lembrou da brincadeira que fazia com aquele relojoeiro calvo e pontual: "Deram corda no alemão a vida inteira para ele dar corda no relógio", e sorriu. Stepan Arkáditch adorava uma boa piada. "E pode ser que se dê um jeito! Uma expressãozinha boa: *dar um jeito*", pensou. "Preciso usá-la."

— Matviei! — gritou. — Arranje tudo para Anna Arkádievna com Mária, na sala de visitas — disse a Matviei, que aparecera.

— Sim, senhor.

Stepan Arkáditch vestiu a peliça e saiu para a varanda.

— Não vai comer em casa? — disse Matviei, acompanhando-o.

— Como for. Mas tome, para as despesas — disse, tirando dez rublos da carteira. — Será suficiente?

— Suficiente ou não, pelo visto, teremos que nos virar — disse Matviei, batendo a portinhola e voltando para a varanda.

Enquanto isso, Dária Aleksândrovna, que acalmara a criança e entendera, pelo som da carruagem, que o marido partira, regressou ao quarto de dormir. Era seu único refúgio dos assuntos domésticos que a cercavam assim que ela aparecia. Mesmo agora, no curto espaço de tempo em que fora ao quarto das crianças, a inglesa e Matriona Filimônovna tinham conseguido fazer algumas perguntas que não admitiam protelação, e que apenas ela poderia responder: como vestir as crianças para o passeio? Deveriam tomar leite? Era para buscar outro cozinheiro?

— Ah, deixem-me, deixem-me! — ela disse e, de regresso ao quarto, voltou a se sentar no mesmo lugar em que falara com o marido, apertando as mãos descarnadas com anéis que desciam pelos dedos ossudos, e pondo-se a rever na memória toda a conversa recém-acontecida. "Foi embora! Mas será que terminou *com ela*?", pensava. "Por acaso ele a vê? Por que não perguntei? Não, não, a reconciliação é impossível. Ainda que fiquemos na mesma casa, somos estranhos. Estranhos para sempre!", ela voltou a repetir, de forma especialmente significativa, a palavra que achava horrível. "E como eu amei, meu Deus, como o amei!... Como o amei. E agora, por acaso, eu não o amo? Não o amo ainda mais do que antes? O mais horrível, o principal, é que...", começou, mas não concluiu o pensamento, pois Matriona Filimônovna assomou detrás da porta.

— Mande buscar meu irmão — disse — que ele prepara o jantar; senão, as crianças vão ficar sem comer até as seis horas, que nem ontem.

— Pois bem, já vou dar as ordens. E mandaram buscar leite fresco?

E Dária Aleksândrovna mergulhou nos assuntos do dia, afogando neles por algum tempo seu pesar.

V

Stepan Arkáditch fora bem na escola devido a suas boas aptidões, porém era preguiçoso e travesso e, por isso, formou-se como um dos últimos, mas, apesar de sua vida sempre desregrada, da patente baixa e da pouca idade, ocupava o posto honroso e bem remunerado de chefe de uma repartição moscovita. Recebera tal posto através do marido da irmã Anna, Aleksei Aleksândrovitch Kariênin, que ocupava um dos cargos mais elevados no ministério ao qual a repartição pertencia; contudo, se Kariênin não tivesse designado seu cunhado, Stipa Oblônski por meio de uma centena de pessoas conhecidas, irmãos, irmãs, parentes, primos, tios, tias, tê-lo-ia recebido mesmo assim, ou algum equivalente, com os seis mil de vencimentos que lhe eram necessários, já que seus negócios, apesar da situação satisfatória da esposa, estavam em situação precária.

Metade de Moscou e Petersburgo era de parentes e amigos de Stepan Arkáditch. Nascera em meio a gente que era e permanecia forte em seu mundo. Um terço era pessoal do Estado, velhos que tinham sido amigos de seu pai e o haviam conhecido de fraldas; outro terço o tratava por "você", e o terceiro terço eram pessoas que ele conhecia bem; em consequência, aqueles que distribuíam bens terrenos na forma de cargos, arrendamentos, concessões e coisas do gênero eram todos seus amigos, e não tinham como evitá-lo; e Oblônski não precisava se esforçar particularmente para receber um posto vantajoso; só precisava não recusar, não invejar, não brigar, não se ofender, o que ele, pela bondade que lhe era peculiar, jamais fazia. Teria achado ridículo se lhe dissessem que não receberia um cargo com os vencimentos de que necessitava, ainda mais porque não exigia nada de extraordinário; queria apenas o que recebiam seus coetâneos, e tinha condições de desempenhar aquela função tão bem quanto qualquer outro.

Stepan Arkáditch não era querido por todos que o conheciam apenas pelo caráter bom e alegre e pela honestidade indubitável, porém nele, em sua aparência bela e luminosa, olhos cintilantes, sobrancelhas e cabelos negros, faces alvas e coradas, havia algo que suscitava fisicamente a benevolência e a alegria nas pessoas que o encontravam. "A-ha! Stiva! Oblônski! É ele", diziam quase sempre, com um sorriso contente, os que o encontravam. Ainda que acontecesse de, depois de conversar com ele, nada de particularmente feliz tivesse ocorrido, no dia seguinte, e no subsequente, as pessoas igualmente se alegravam ao encontrá-lo.

Ocupando pelo terceiro ano o posto de chefe de uma das repartições de Moscou, Stepan Arkáditch adquirira, além do afeto, o respeito dos colegas de trabalho, subordinados e superiores que lidavam com ele. As principais qualidades de Stepan Arkáditch, que lhe granjearam o respeito generalizado no trabalho, consistiam, em primeiro lugar, em uma extrema indulgência para com os outros, baseada na consciência de seus próprios defeitos; em segundo, em seu absoluto liberalismo, não aquele sobre o qual lia nos jornais, mas o que estava em seu sangue, graças ao qual tratava todas as pessoas de uma única forma, absolutamente igual, fosse qual fosse sua posição ou nome; e, em terceiro lugar, o principal: na absoluta indiferença para com o caso de que se ocupava, em consequência da qual jamais se arrebatava, nem cometia erros.

Ao chegar ao local de trabalho, acompanhado de um porteiro reverente, Stepan Arkáditch entrou de pasta em seu pequeno gabinete, vestiu o uniforme e ingressou na repartição. Todos os escrivães e servidores se levantaram, cumprimentando-o com alegria e respeito. Com a pressa de sempre, Stepan Arkáditch passou a seu lugar, apertou as mãos dos colegas e se sentou. Brincou e falou um pouco, exatamente o adequado, e começou as tarefas. Ninguém sabia traçar melhor do que Stepan Arkáditch a linha entre liberdade, simplicidade e formalidade que era necessária para resolver as tarefas de forma agradável. Com a alegria e o respeito de todos da repartição de Stepan Arkáditch, o secretário entrou com papéis e proferiu, no tom familiar e liberal que fora introduzido por Stepan Arkáditch:

— Conseguimos aquelas informações do governo da província de Penza. O senhor poderia...

— Finalmente recebemos? — afirmou Stepan Arkáditch, colocando o dedo no papel. — Pois bem, senhores... — E o trabalho na repartição começou.

"Se eles soubessem", pensava, inclinando a cabeça com ar significativo enquanto ouvia o relatório, "o menino culpado que seu presidente era meia hora atrás!" E seus olhos riram durante a leitura do relatório. O trabalho deveria prosseguir até as duas horas, sem interrupção e, às duas — intervalo e almoço.

Ainda não eram duas horas quando as grandes portas de vidro da sala da repartição se abriram de repente, e alguém entrou. Todos os funcionários debaixo do retrato do tsar e atrás do prisma triangular com a águia bicéfala, felizes com a distração, olharam para a porta; porém, o vigia que estava na entrada expulsou imediatamente o intruso, fechado atrás dele a porta de vidro.

Depois da leitura do caso, Stepan Arkáditch se levantou, esticou-se e, prestando tributo ao liberalismo da época, pegou uma *papirossa* na repartição e entrou em seu gabinete. Dois camaradas, o servidor veterano Nikítin e o *Kammerjunker*[12] Grinévitch saíram com ele.

— Vamos conseguir terminar depois do almoço — disse Stepan Arkáditch.

— Conseguiremos fácil! — disse Nikítin.

— Esse Fomin deve ser um enorme velhaco — disse Grinévitch, a respeito de um dos participantes do caso que eles estavam analisando.

Stepan Arkáditch fez uma careta às palavras de Grinévitch, fazendo-o sentir que era impróprio emitir julgamento antecipadamente, e não lhe respondeu nada.

— Quem foi esse que entrou? — perguntou ao vigia.

— Alguém, Vossa Excelência, que entrou sem pedir, assim que eu me virei. Perguntava pelo senhor. Disse: quando os membros saírem, então...

— Onde está ele?

— Deve ter saído para o saguão, mas já está vindo. É a mesma pessoa — disse o vigia, apontando para um homem de ombros largos, compleição forte e barba encaracolada, que subia correndo os degraus gastos da escadaria de pedra, sem tirar o gorro de pele de carneiro. Um funcionário magro que descia com uma pasta se deteve, lançou um olhar de desaprovação na direção das pernas do que corria e, depois, fitou Oblônski de forma interrogativa.

Stepan Arkáditch estava de pé no topo da escada. Seu rosto reluzente e bondoso resplandeceu ainda mais atrás do colarinho bordado do uniforme quando ele reconheceu aquele que corria.

— Mas é ele! Lióvin, finalmente! — pôs-se a falar, com um sorriso amistoso e malicioso, olhando para Lióvin, que se aproximava. — Como você não ficou enojado de vir me encontrar nesse *antro*? — disse Stepan Arkáditch, não se satisfazendo em apertar a mão, e beijando o amigo. — Está aqui faz tempo?

— Cheguei agora, e estava com muita vontade de vê-lo — respondeu Lióvin, olhando ao redor acanhado, mas também zangado e irrequieto.

— Pois bem, vamos para o gabinete — disse Stepan Arkáditch, conhecendo o acanhamento exasperado e cheio de amor-próprio do amigo; e, tomando-o pela mão, arrastou-o consigo, como se o guiasse entre perigos.

---

[12] Um dos graus inferiores da tabela de patentes que regulava o serviço público da Rússia antes da Revolução de 1917. (N. do T.)

Stepan Arkáditch chamava quase todos seus conhecidos de "você"; velhos de sessenta anos, meninos de doze, atores, ministros, mercadores e ajudantes-generais, de modo que muitos que ele tratava por "você" se encontravam nos pontos extremos da escala social, e teriam se espantado se soubessem que, através de Oblônski, tinham algo em comum. Chamava de você todos com que tomava champanhe, tomava champanhe com todos e, por isso, ao se encontrar, na presença dos subordinados, com algum de seus "vocês" *infames*, como designava, brincando, muitos de seus amigos, ele, com seu tato característico, conseguia diminuir a impressão desagradável que isso causava nos subordinados. Lióvin não era um "você" infame, porém Oblônski, com seu tato, sentia que Lióvin pensava que ele poderia não desejar mostrar sua proximidade na frente dos subordinados e, por isso, apressou-se em conduzi-lo a seu gabinete.

Lióvin era quase da mesma idade de Oblônski, e não o chamava de "você" apenas por causa do champanhe. Lióvin era seu camarada e amigo desde o começo da juventude. Gostavam um do outro apesar das diferenças de personalidade e de preferências, como se gostam os amigos que se conheceram no começo da juventude. Porém, apesar disso, como frequentemente acontece com pessoas que escolheram diferentes ramos de atividade, cada um deles, embora racionalmente até justificasse a atividade do outro, desprezava-a no fundo do coração. Cada um achava que a vida que levava era a única vida de verdade, e que a do amigo era apenas um espectro. Ao ver Lióvin, Oblônski não podia conter um leve sorriso malicioso. Quantas vezes já o vira chegar a Moscou, vindo do campo, onde fazia alguma coisa, mas o que exatamente, Stepan Arkáditch jamais pudera compreender direito, e não tinha interesse. Lióvin chegava a Moscou sempre alvoroçado, apressado, algo embaraçado e irritado com esse embaraço e, na maioria das vezes, com opiniões completamente novas e inesperadas. Stepan Arkáditch ria delas, e gostava disso. Exatamente do mesmo modo que Lióvin, no fundo do coração, desprezava o modo de vida urbano de seu amigo e seu emprego, que achava um disparate, rindo-se deles. A diferença, porém, consistia em que Oblônski, ao fazer o que todos fazem, ria com segurança e bonomia, enquanto Lióvin era inseguro e, por vezes, zangado.

— Estávamos esperando por você há tempos — disse Stepan Arkáditch, entrando no gabinete e soltando a mão de Lióvin, como que para mostrar que ali o perigo terminava. — Estou muito, muito feliz em vê-lo — prosseguiu. — Pois bem, mas e você? Como está? Quando chegou?

Lióvin ficou em silêncio, olhando para os rostos desconhecidos dos dois camaradas de Oblônski, especialmente para as mãos do elegante Grinévitch, com aqueles dedos finos e brancos, com aquelas unhas amarelas compridas e curvadas nas pontas e abotoaduras brilhantes tão enormes na camisa que, aparentemente, absorviam toda a sua atenção e não lhe davam liberdade de pensamento. Oblônski imediatamente reparou e riu-se.

— Ah, sim, permitam-me apresentá-los — disse. — Meus camaradas: Filipp Ivânitch Nikítin, Mikhail Stanislávitch Grinévitch — e, virando-se para Lióvin: — Membro ativo do *zemstvo*,[13] o novo homem do *zemstvo*, um ginasta, que levanta cinco *puds*[14] com uma mão só, pecuarista, caçador e meu amigo, Konstantin Dmítritch Lióvin, irmão de Serguei Ivânitch Kóznychev.

— Muito prazer — disse o velhinho.

— Tenho a honra de conhecer seu irmão, Serguei Ivânitch — disse Grinévitch, estendendo a mão fina de unhas compridas.

Lióvin franziu o cenho, apertou a mão com frieza e imediatamente se virou para Oblônski. Embora tivesse o maior respeito por seu meio-irmão, escritor conhecido em toda a Rússia, não podia suportar quando se referiam a ele não como Konstantin Lióvin, e sim como irmão do célebre Kóznychev.

— Não, não sou mais membro ativo do *zemstvo*. Briguei com todo mundo e não vou mais às reuniões — disse, dirigindo-se a Oblônski.

— Que rápido! — disse Oblônski, com um sorriso. — Mas como? Por quê?

— É uma longa história. Um dia eu conto — disse Lióvin, porém imediatamente se pôs a contar. — Pois bem, para ser breve, estou convicto de que não existe nem pode existir nenhuma atividade no *zemstvo* — pôs-se a falar, como se algo o ofendesse —, por um lado é um brinquedo, estão brincando de parlamento, e não sou jovem o suficiente, nem velho o suficiente, para me distrair com brinquedos; e, por outro lado (engasgou), é um meio para a *coterie* do distrito ganhar um dinheirinho. Antes eram as tutelas, os tribunais, e agora o *zemstvo*... não sob o aspecto de propinas, mas sob o aspecto de vencimentos imerecidos — disse, com tamanho ardor que era como se algum dos presentes discutisse seu ponto de vista.

— E-he! Vejo que você agora está em uma nova fase e virou conservador — disse Stepan Arkáditch. — Aliás, porém, depois falamos disso.

— Sim, depois. Mas eu precisava vê-lo — disse Lióvin, contemplando a mão de Grinévitch com ódio.

---

[13] Conselho rural criado em 1864, cujos membros eram eleitos entre os proprietários. (N. do T.)

[14] Antiga medida russa de peso equivalente a 16,3 kg. (N. do T.)

Stepan Arkáditch deu um sorriso quase imperceptível.

— Você não dizia que nunca mais usaria roupa europeia? — disse, contemplando sua roupa nova, pelo visto, de alfaiate francês. — É isso! Estou vendo: uma nova fase.

Lióvin enrubesceu de repente, mas não como enrubescem os adultos — de leve, sem perceber —, mas como enrubescem as crianças, sentindo-se ridículo em seu acanhamento, envergonhando-se disso e enrubescendo ainda mais, quase até as lágrimas. E era tão estranho ver aquele rosto inteligente e viril em um estado tão infantil, que Oblônski parou de olhar para ele.

— Sim, mas onde vamos nos encontrar? Afinal, preciso muito, muito falar com você — disse Lióvin.

Oblônski ficou pensativo.

— Pois bem: vamos almoçar no Gúrin e conversamos lá. Estou livre até as três.

— Não — respondeu Lióvin, depois de refletir —, ainda tenho que ir a um lugar.

— Certo, está bem, então jantamos juntos.

— Jantar? Mas não é nada de especial, só preciso dizer umas duas palavras, perguntar, e depois papeamos.

— Então já diga agora as duas palavras, e conversamos depois do jantar.

— As duas palavras são as seguintes — disse Lióvin — e, aliás, não é nada de especial.

O rosto de Lióvin assumiu de repente uma expressão feroz, vinda do esforço de dominar seu acanhamento.

— O que os Scherbátski andam fazendo? Está tudo como antes? — disse.

Stepan Arkáditch, que já sabia há muito tempo que Lióvin era apaixonado por sua cunhada Kitty, riu de forma quase imperceptível, e seus olhos cintilaram de alegria.

— Você disse duas palavras, mas eu não posso responder a essas duas palavras, porque... Perdoe-me por um minutinho...

O secretário entrou com respeito familiar e a consciência discreta, comum a todos os secretários, de sua superioridade perante o chefe nos assuntos do serviço, aproximou-se de Oblônski com uns papéis e, com ar de interrogação, pôs-se a explicar alguma dificuldade. Stepan Arkáditch, sem ouvir até o fim, colocou afetuosamente a mão na manga do secretário.

— Não, o senhor vai fazer como eu disse — disse, suavizando a observação com um sorriso e, explicando de forma sucinta seu entendimento do caso, empurrou os papéis e disse: — Faça desse jeito, por favor. Por favor, desse jeito, Zakhar Nikítitch.

O secretário se retirou, envergonhado. Durante a deliberação com o secretário, Lióvin, totalmente recomposto de sua perturbação, estava de pé, com as duas mãos apoiadas na cadeira e um sorriso malicioso no rosto.

— Não entendo, não entendo — disse.

— O que você não entende? — disse Oblônski, com um sorriso igualmente alegre e puxando uma *papirossa*. Esperava alguma tirada estranha de Lióvin.

— Não entendo o que vocês fazem — disse Lióvin, dando de ombros. — Como você consegue fazer isso a sério?

— Por quê?

— Porque não dá em nada.

— É o que você acha, mas estamos atulhados de trabalho.

— De papéis. Pois bem, mas você tem um dom para isso — acrescentou Lióvin.

— Ou seja, você acha que tenho um defeito?

— Pode ser que sim — disse Lióvin. — Mas mesmo assim eu contemplo a sua grandeza e me orgulho de ter um homem tão grandioso como amigo. Contudo, você não respondeu à minha pergunta — acrescentou, fazendo um esforço desesperado para olhar nos olhos de Oblônski.

— Certo, está bem, está bem. Espere um pouco e chegaremos lá. É bom que você tenha três mil *dessiatinas*[15] no distrito de Karázin, e esses músculos, e o frescor de uma moça de doze anos; você também será um de nós. Sim, e sobre aquilo que você perguntou: não houve mudanças, mas é uma pena que você tenha ficado tanto tempo sem vir.

— Mas por quê? — perguntou Lióvin, assustado.

— Ah, por nada — respondeu Oblônski. — Conversaremos. Mas por que, especificamente, você veio?

— Ah, disso falaremos mais tarde — disse Lióvin, voltando a enrubescer até as orelhas.

— Pois bem. Entendi — disse Stepan Arkáditch. — Veja: gostaria de convidá-lo à minha casa, porém minha mulher não está muito bem de saúde. Mas é o seguinte: se você quiser vê-los, agora eles provavelmente estão no Jardim Zoológico, das quatro às cinco. Kitty patina. Vá até lá, eu também darei uma passada, e jantaremos juntos em algum lugar.

— Maravilha. Bem, até logo.

---

[15] Antiga medida agrária russa equivalente a 1,09 hectare. (N. do T.)

— Olhe lá, eu o conheço, você é capaz de esquecer ou partir para o campo de repente! — gritou Stepan Arkáditch, rindo.

— Não, de verdade.

E, lembrando-se apenas quando já estava na porta de que se esquecera de cumprimentar os camaradas de Oblônski, Lióvin saiu do gabinete.

— Deve ser um senhor muito enérgico — disse Grinévitch, quando Lióvin saiu.

— Sim, meu caro — disse Stepan Arkáditch, assentindo com a cabeça —, é um felizardo. Três mil *dessiatinas* no distrito de Karázin, tudo pela frente, e um frescor desses! Nada a ver comigo.

— Do que se queixa, Stepan Arkáditch?

— Ah, estou mal, estou péssimo — disse Stepan Arkáditch, suspirando pesadamente.

VI

Quando Oblônski perguntou a Lióvin por quê, precisamente, viera, Lióvin enrubesceu e ficou zangado consigo mesmo por ter enrubescido, pois não pudera responder-lhe: "Vim fazer uma proposta à sua cunhada", embora tivesse vindo apenas por isso.

Os Lióvin e os Scherbátski eram antigas casas da nobreza de Moscou, e sempre houvera relações próximas e amistosas entre elas. Tal ligação reforçara-se ainda mais nos tempos de estudante de Lióvin. Preparara-se para a universidade e nela ingressara junto com o jovem príncipe Scherbátski, irmão de Dolly e Kitty. Nessa época, Lióvin ficava bastante na casa dos Scherbátski, apaixonara-se pela casa dos Scherbátski. Por mais estranho que possa parecer, Konstantin Lióvin apaixonara-se exatamente pela família, em particular pela metade feminina da família Scherbátski. Lióvin não se lembrava de sua mãe, e sua única irmã era mais velha, de modo que, na casa dos Scherbátski, vira primeira vez aquele núcleo familiar educado e honrado da nobreza antiga do qual fora privado com a morte do pai e da mãe. Todos os membros daquela família, em especial a metade feminina, pareciam-lhe cobertos por um véu misterioso e poético, e ele não apenas não enxergava nenhum defeito, como adivinhava por detrás desse véu poético que as cobria sentimentos elevados e qualidades de todos os gêneros. Por que aquelas três senhoritas precisavam falar um dia francês e outro inglês; por quê, em certas horas, revezavam-se ao piano, cujos sons sempre ouvia nos aposentos do irmão, em cima, onde estudava com ele; por que recebiam aqueles professores de literatura francesa, música, desenho, dança; por quê, em certas horas, todas as três senhoritas iam de caleche com *mademoiselle* Linon ao Bulevar Tverskói, de casaco de cetim — Dolly com um longo, Natália com um médio, e Kitty com um tão curto que todos podiam ver suas perninhas esbeltas, de meias vermelhas bem apertadas; por que precisavam percorrer o Bulevar Tverskói acompanhadas de um lacaio com cocar dourado no chapéu; ele não entendia nada daquilo, nem muitas outras coisas que ocorriam naquele mundo misterioso, mas sabia que tudo o que lá ocorria era maravilhoso, e estava apaixonado exatamente pelo caráter misterioso do que acontecia ali.

Na época de estudante, quase se apaixonou pela mais velha, Dolly, mas ela logo foi dada em matrimônio a Oblônski. Depois começou a se apaixonar pela segunda. Era como se sentisse que devia se apaixonar por uma das irmãs, apenas não conseguia discernir exatamente por qual. Porém, Natália também, assim que apareceu em sociedade, casou-se com o diplomata Lvov. Kitty ainda era criança quando Lióvin saiu da universidade. O jovem Scherbátski, que entrara na marinha, afogou-se no Mar Báltico, e a convivência de Lióvin com a família, apesar de sua amizade com Oblônski, se tornou mais rara. Porém, naquele ano, no começo do inverno, quando chegou a Moscou depois de um ano no campo e viu os Scherbátski, Lióvin entendeu por qual das três devia de fato se apaixonar.

Nada teria parecido mais simples do que ele, de boa linhagem, mais rico do que pobre, de trinta e dois anos, fazer uma proposta à princesa Scherbátskaia; todas as probabilidades eram de que imediatamente fosse reconhecido como um bom partido. Só que Lióvin estava apaixonado e, por isso, achava que Kitty era tão perfeita em todos os sentidos, uma criatura tão acima de tudo o que era terreno, e ele uma criatura terrena tão baixa, que não conseguia nem pensar que os outros, ou ela mesma, pudessem considerá-lo digno dela.

Depois de passar dois meses em Moscou, como que inebriado, vendo Kitty quase todo dia na sociedade, que passara a frequentar para encontrá-la, Lióvin subitamente decidiu que aquilo não podia ser, e partiu para o campo.

A convicção de Lióvin de que aquilo não podia ser baseava-se em que, aos olhos dos parentes, ele era um partido desvantajoso e indigno para a encantadora Kitty, e ela própria não podia amá-lo. Aos olhos dos parentes, ele — já aos trinta e dois anos — não possuía uma ocupação normal e definida, nem posição na sociedade, enquanto seus colegas já tinham — um era coronel e ajudante de campo, outro professor, outro um respeitado dirigente, diretor de banco e de estradas de ferro, ou presidia uma repartição, como Oblônski; já ele (que sabia muito bem o que deveria parecer para os outros) era um proprietário de terras, ocupado com criar gado, atirar em narcejas e cuidar de obras, ou seja, um tipo medíocre que não daria em nada, e que fazia, no entendimento da sociedade, o que fazem as pessoas que não prestam para nada.

Encantadora e misteriosa, Kitty não tinha como amar um homem tão feio, como ele se achava e, principalmente, tão simples, que não se destacava em nada. Além disso, sua relação prévia com Kitty, a relação de um adulto com uma criança, em consequência da amizade com o irmão dela, parecia-lhe mais um obstáculo para o amor. Acreditava que um homem feio e bom, como ele se achava, podia ser amado como amigo, porém, para ser amado com o amor com o qual ele amava Kitty, era preciso ser um homem belo e, mais importante, especial.

Ouvira que as mulheres amam com frequência pessoas feias e simples, mas não acreditou, pois julgava por si mesmo que só podia amar mulheres belas, misteriosas e especiais.

Porém, depois de passar dois meses sozinho no campo, convenceu-se de que essa não era como as paixões que experimentara no começo da juventude; de que aquele sentimento não lhe dava um minuto de sossego; de que não podia viver sem decidir se ela seria ou não sua esposa; e de que aquele desespero vinha apenas de sua imaginação, pois não tinha nenhuma evidência de que seria rejeitado. E agora chegara a Moscou com a firme resolução de fazer uma proposta e se casar, se fosse aceito. Ou... nem podia pensar no que seria dele caso fosse rejeitado.

VII

Tendo chegado a Moscou no trem da manhã, Lióvin passou na casa de seu irmão mais velho por parte de mãe, Kóznychev e, depois de se trocar, entrou no gabinete dele, com a intenção de contar imediatamente a que viera, e pedir conselho: o irmão, porém, não estava sozinho. Encontrava-se com ele um conhecido professor de filosofia que viera de Khárkov especialmente para esclarecer um mal-entendido entre eles, provocado por uma questão filosófica muito importante. O professor estava empenhado em uma ardente polêmica contra os materialistas, a qual Serguei Kóznychev acompanhava com interesse, e, depois de ler o último artigo do professor, escrevera-lhe uma carta com suas objeções; recriminava-o por fazer demasiadas concessões aos materialistas. E o professor viera imediatamente, em busca de se entenderem. O assunto era a questão em voga: existe uma fronteira entre os fenômenos psíquicos e fisiológicos na atividade humana? E onde ela está?

Serguei Ivânovitch recebeu o irmão com o sorriso frio e afetuoso que dirigia a todos e, depois de apresentá-lo ao professor, prosseguiu a conversa.

O homenzinho amarelo de óculos e testa estreita se distraiu da conversa por um instante para cumprimentar e prosseguiu com o assunto, sem prestar atenção em Lióvin. Lióvin se sentou para esperar pela partida do professor, mas logo se interessou pelo tema da conversa.

Lióvin vira e lera nas revistas artigos sobre aquele assunto, interessando-se por ele como desenvolvimento dos fundamentos das ciências naturais que conhecera na universidade, quando estudante, porém jamais aproximara tais conclusões científicas a respeito da origem animal do homem, os reflexos, a biologia e a sociologia, das questões sobre o sentido da vida e da morte que, nos últimos tempos, vinham-lhe à mente com frequência cada vez maior.

Ao ouvir a conversa do irmão com o professor, reparava que eles ligavam questões científicas e espirituais, algumas vezes quase chegando àquelas questões; porém, tinha a impressão de que, a cada vez que se aproximavam de algo importante, imediatamente se afastavam, apressados, para novamente se afundar em uma região de subdivisões finas, ressalvas, citações, alusões, referências a autoridades, e ele tinha dificuldade em entender do que se falava.

— Não posso admitir — disse Serguei Ivânovitch, com sua dicção elegante e sua habitual clareza e precisão de linguagem, —, não posso absolutamente concordar com Keiss, quando diz que a representação do mundo exterior decorre de impressões. Não recebi o conceito mais básico de *ser* através dos sentidos, pois não há um órgão especial para a transmissão desse conceito.

— Sim, porém eles, Wurst e Knaust, e também Pripássov,[16] vão lhe responder que a sua consciência de ser decorre do conjunto de todas as sensações, que essa consciência de ser é o resultado das sensações. Wurst chega a falar diretamente que, se não há sensações, não há conceito de ser.

— Digo o contrário — começou Serguei Ivânovitch...

Daí, porém, Lióvin novamente teve a impressão de que eles, ao se aproximarem do mais importante, voltavam a se afastar, e resolveu propor uma questão ao professor.

---

[16] Keiss, Wurst, Knaust e Pripássov são nomes fictícios e paródicos. (N. da E.)

— Quer dizer que se minhas sensações forem aniquiladas, se meu corpo morrer, já não poderá haver nenhuma existência? — perguntou.

Com enfado, e como se a interrupção lhe causasse dor mental, o professor lançou um olhar ao estranho inquiridor, mais parecido com um *burlak*[17] que com um filósofo, e transferiu os olhos para Serguei Ivânovitch, como se perguntasse: o que dizer? Porém, Serguei Ivânovitch, que estava longe de falar com o mesmo esforço e unilateralidade do professor, e cuja mente era ampla o suficiente para responder ao professor e, ao mesmo tempo, compreender o ponto de vista simples e natural a partir do qual fora formulada a pergunta, riu e disse:

— Não temos o direito de decidir essa questão...

— Não temos os dados — afirmou o professor, e prosseguiu sua argumentação. — Não — disse —, assinalo que, se, como Pripássov diz de modo direto, a sensação também tem sua base na impressão, então devemos distinguir severamente esses dois conceitos.

Lióvin parou de escutar e passou a esperar pela partida do professor.

VIII

Quando o professor saiu, Serguei Ivânovitch dirigiu-se ao irmão.

— Estou muito contente por você ter vindo. Vai ficar quanto tempo? E a propriedade?

Lióvin sabia que a propriedade era de pouco interesse para o irmão mais velho, que perguntara só para lhe fazer uma concessão, e, por isso, respondeu apenas a respeito da venda do trigo e do dinheiro.

Lióvin queria falar ao irmão de sua intenção de se casar e pedir seu conselho, estava firmemente decidido a isso; porém, ao ver o irmão, escutar sua conversa com o professor, e depois ouvir aquele tom involuntariamente protetor com o qual o irmão o interrogara a respeito dos assuntos da propriedade (a herdade da mãe deles não tinha sido dividida, e Lióvin administrava ambas as partes), Lióvin sentiu que, por algum motivo, não conseguiria começar a falar com o irmão acerca de sua decisão de se casar. Sentia que seu irmão não examinaria a questão da forma como ele desejava.

— Pois bem, e como anda o *zemstvo*? — perguntou Serguei Ivânovitch, que se interessava muito pelo *zemstvo*, ao qual atribuía grande importância.

— Ah, na verdade não sei...

---

[17] Trabalhador que arrastava barcos contra a correnteza com cordas. (N. do T.)

— Como? Pois você não é membro da administração?

— Não, não sou mais membro; saí — respondeu Konstantin Lióvin —, e não vou mais às reuniões.

— Pena! — proferiu Serguei Ivânovitch, franzindo o cenho.

Para se justificar, Lióvin se pôs a narrar o que ocorria nas reuniões de seu distrito.

— Mas é sempre assim! — interrompeu-o Serguei Ivânovitch. — Nós, russos, somos sempre assim. Tavez seja um bom traço nosso, a capacidade de enxergar nossos defeitos, só que passamos das medidas, consolamo-nos com a ironia que temos sempre na ponta da língua. Digo-lhe apenas que dê esses direitos, como nossas instituições rurais, a outro povo europeu, aos alemães ou ingleses, e eles vão forjar sua liberdade a partir delas, enquanto nós só fazemos rir.

— Mas o que fazer? — disse Lióvin, culpado. — Foi minha última tentativa. E me empenhei com toda a alma. Não consigo. Sou incapaz.

— Você não é incapaz — disse Serguei Ivânovitch —, não encare a questão assim.

— Pode ser — respondeu Lióvin, triste.

— E você sabe que nosso irmão Nikolai está de novo aqui?

Nikolai era irmão mais velho e de sangue de Konstantin Lióvin e meio-irmão de Serguei Ivânovitch, um homem arruinado que dissipara a maior parte de sua fortuna, convivia com o pior e mais estranho tipo de sociedade e era brigado com os irmãos.

— O que você está dizendo? — gritou Lióvin, com horror. — Como você sabe?

— Prokófi o viu na rua.

— Aqui em Moscou? Onde está ele? Você sabe? — Lióvin se levantou da cadeira, como se se preparasse para sair imediatamente.

— Lamento ter lhe dito isso — disse Serguei Ivânitch, balançando a cabeça diante da agitação do irmão caçula. — Mandei apurar onde ele mora e lhe enviei sua letra de câmbio de Trúbin, que eu paguei. Veja o que ele me respondeu.

E Serguei Ivânovitch entregou ao irmão um bilhete que estava debaixo de um peso de papéis.

Lióvin leu a estranha caligrafia familiar: "Peço encarecidamente que me deixe em paz. É a única coisa que exijo de meus amados irmãos. Nikolai Lióvin".

Lióvin leu e, sem erguer a cabeça, ficou de pé na frente de Serguei Ivânovitch, com o bilhete na mão.

Em sua alma brigavam o desejo de esquecer na hora o irmão infeliz e a consciência de que aquilo seria mau.

— Pelo visto, ele quer me ofender — prosseguiu Serguei Ivânovitch —, só que não tem como me ofender, e eu desejaria de todo o coração ajudá-lo, porém sei que não há como fazer isso.

— Sim, sim — respondeu Lióvin. — Entendo e estimo a sua postura para com ele; porém, vou visitá-lo.

— Se você quer, vá, mas eu não aconselho — disse Serguei Ivânovitch. — Ou seja, com relação a mim, não tenho medo, ele não vai fazer você brigar comigo; mas, por você, eu o aconselho a não ir. Não há como ajudar. Enfim, faça como quiser.

— Pode ser que não haja como ajudar, mas eu sinto, especialmente em um momento desses — mas isso é outra coisa —, eu sinto que não posso ficar tranquilo.

— Pois bem, isso eu não entendo — disse Serguei Ivânovitch. — Entendo uma coisa — acrescentou —, é uma lição de humildade. Passei a encarar de outra forma, com mais condescendência, o que se chama infâmia, depois que nosso irmão Nikolai se tornou aquilo que é... Você sabe o que ele fez...

— Ah, é horrível, horrível! — repetia Lióvin.

Após receber do lacaio de Serguei Ivânovitch o endereço do irmão, Lióvin preparou-se para visitá-lo imediatamente, porém, depois de ponderar, decidiu adiar a incursão para a noite. Antes de tudo, para ter tranquilidade de espírito, era necessário resolver o assunto que o levara a Moscou. Do irmão, Lióvin foi à repartição de Oblônski e, após se informar sobre os Scherbátski, encaminhou-se para onde lhe disseram que poderia encontrar Kitty.

IX

Às quatro horas, sentindo o coração bater, Lióvin desceu da sege de aluguel no Jardim Zoológico e percorreu a vereda que levava à colina e ao rinque, sabendo que provavelmente a encontraria lá, pois vira a carruagem dos Scherbátski na entrada.

Era um dia claro e gélido. Na entrada, havia fileiras de carruagens, trenós, cocheiros, gendarmes. Pessoas asseadas, cujos chapéus reluziam ao sol cintilante, pululavam no acesso e nas veredas varridas, entre casinhas russas com entalhes no telhado; as velhas bétulas frondosas do jardim, com todos os ramos pendendo com a neve, pareciam adornadas de novos atavios solenes.

Ele ia pela vereda que levava ao rinque e dizia para si mesmo: "Não devo ficar nervoso, tenho que me acalmar. O que você tem? O que acontece? Cale-se, estúpido", dirigia-se a seu próprio coração. E, quanto mais tentava se acalmar, mais presa ficava sua respiração. Um conhecido passou e o chamou, mas Lióvin nem sequer o reconheceu. Foi até as colinas nas quais ressoavam as cadeias dos pequenos trenós a subir e a descer, ecoavam os trenozinhos a deslizar e ouviam-se vozes alegres. Percorreu ainda alguns passos, o rinque abriu-se à sua frente, e ele imediatamente a reconheceu entre todos os patinadores.

Ficou sabendo que ela estava lá pela felicidade e pânico que tomaram seu coração. Ela conversava com uma dama, na extremidade oposta do rinque. Não parecia haver nada de especial em seu traje, nem em sua postura; porém, para Lióvin, era tão fácil reconhecê-la naquela multidão quanto uma rosa entre urtigas. Ela iluminava tudo. Era o sorriso que irradiava tudo ao redor. "Será que eu consigo ir até lá, no gelo, chegar perto dela?", pensou. Tinha a impressão de que o lugar onde ela estava era um santuário inacessível, e por pouco não desistiu de ir até lá, de tanto medo. Teve de fazer um esforço para se controlar e levar em conta que todo tipo de gente andava ao redor dela, e que ele também poderia ir até lá para patinar. Encaminhou-se para baixo, evitando olhar muito para ela, como para o sol, porém viu-a mesmo sem olhar, como o sol.

Naquele dia e naquela hora, reuniam-se no gelo pessoas do mesmo círculo, todas conhecidas entre si. Havia ali mestres da patinação, ostentando sua arte, e aprendizes, atrás das poltronas, com movimentos tímidos e desajeitados, além de meninos e velhos que patinavam por motivos de saúde; Lióvin achava-os todos eleitos pela felicidade por estarem ali, perto dela. Aparentemente, todos os patinadores passavam por ela, alcançavam-na, até mesmo dirigiam-lhe a palavra e se divertiam de forma completamente independente dela, aproveitando o gelo esplêndido e o bom tempo.

Nikolai Scherbátski, primo de Kitty, de jaqueta curtinha e calças apertadas, estava sentado em um banco, de patins e, ao avistar Lióvin, gritou-lhe:

— Ah, o primeiro patinador da Rússia! Está aí faz tempo? O gelo está esplêndido, calce os patins.

— Nem tenho patins — respondeu Lióvin, espantando com sua ousadia e desembaraço na presença dela, e sem perdê-la de vista nem por um segundo, mesmo sem olhar para ela. Sentia o sol a se aproximar. Ela estava em um canto e, abrindo obtusamente os pezinhos estreitos nas botas de cano alto, e visivelmente tímida, patinou até ele. Um menino em trajes russos, que acenava com desespero e se inclinava até o chão, ultrapassou-a. Ela não patinava com muita firmeza; tirando as mãos do pequeno regalo pendurado em um cordão, mantinha-as de prontidão e, olhando para Lióvin, que reconhecera, sorria para ele, e de seu próprio medo. Quando a curva terminou, tomou impulso com o pezinho flexível e patinou direto até Scherbátski; e, segurando no braço dele e rindo, meneou a cabeça para Lióvin. Estava mais linda do que ele imaginara.

Ao pensar nela, conseguia evocá-la por inteiro, especialmente aquele encanto de cabecinha loira e fascinante, com expressão de brilho e bondade infantil, assentada com tanta liberdade nos airosos ombros de moça. O caráter infantil da expressão de seu rosto, combinado com a delicada beleza do corpo, conferia-lhe um encanto especial, que ele recordava bem; porém, o que sempre espantava, como algo inesperado, era a expressão de seus olhos dóceis, tranquilos e sinceros, e particularmente seu sorriso, que sempre conduzia Lióvin a um mundo de magia, onde ele se sentia enternecido e plácido como só conseguia se lembrar em raros dias da primeira infância.

— Está aqui faz tempo? — ela disse, dando-lhe a mão. — Grata — acrescentou, quando ele ergueu o lenço que lhe caíra do regalo.

— Eu? Faz pouco, ontem... quer dizer, hoje... cheguei... — respondeu Lióvin que, de nervoso, não entendera de pronto a pergunta. — Queria visitar sua casa — disse e, lembrando-se imediatamente com que intenção a procurara, perturbou-se e corou. — Não sabia que a senhorita patinava, e que patinava maravilhosamente.

Ela o observava com atenção, como se desejasse compreender o motivo de sua perturbação.

— Há que valorizar o seu elogio. Reza por aqui a lenda de que o senhor é o melhor dos patinadores — ela disse, sacudindo com a mãozinha na luva negra as agulhas de gelo que lhe haviam caído no regalo.

— Sim, já patinei com paixão; queria alcançar a perfeição.

— Ao que parece, o senhor faz tudo com paixão — ela disse, rindo. — Tenho muita vontade de ver como patina. Calce os patins, e vamos patinar juntos. "Patinar juntos! Mas isso é possível?", pensou Lióvin, olhando para ela.

— Calço já — disse.

E foi calçar os patins.

— Fazia tempo que não vinha, senhor — disse o monitor, segurando-lhe a perna e atarraxando o salto. — Depois do senhor, não há mais mestres entre os nobres. Estaria bem assim? — disse, apertando o cadarço.

— Está bem, está bem, depressa, por favor — respondeu Lióvin, contendo com dificuldade o sorriso de felicidade que involuntariamente surgira em seu rosto. "Sim", pensou, "isso é que é vida, isso é que é felicidade! *Juntos*, ela disse, *vamos patinar juntos*. Digo-lhe agora? Mas é por isso mesmo que tenho medo de dizer, porque agora estou feliz, feliz ainda que só de esperança... E então?... Mas é preciso! É preciso, é preciso! Xô, fraqueza!"

Lióvin ficou de pé, tirou o casaco e, embalando no gelo áspero junto à casinha, saiu correndo pelo gelo liso, patinando sem esforço, como se acelerasse, retardasse e dirigisse a carreira apenas com sua vontade. Aproximou-se dela tímido, mas seu sorriso voltou a tranquilizá-lo.

Ela lhe deu a mão e eles foram lado a lado, acelerando o passo e, quanto mais rápido, mais forte ela apertava a mão dele.

— Com o senhor eu aprenderia depressa, por algum motivo confio no senhor — ela lhe disse.

— E eu tenho confiança em mim quando a senhorita se apoia em mim — ele disse, mas imediatamente ficou assustado com o que dissera, e corou. E, de fato, bastou ele proferir aquelas palavras e de repente, como o sol se escondendo atrás das nuvens, o rosto dela perdeu o aspecto afável, e Lióvin percebeu o conhecido jogo que significava esforço de pensamento: em sua testa lisa formara-se uma ruga.

— Algo lhe desagrada? Aliás, não tenho direito de perguntar — afirmou, rápido.

— Por quê?... Não, nada me desagrada — ela respondeu, fria, acrescentando imediatamente: — O senhor não viu *mademoiselle* Linon?

— Ainda não.

— Vá atrás dela, ela gosta muito do senhor. — "O que é isso? Eu a afligi. Senhor, ajude-me!", pensou Lióvin, e foi correndo até a velha francesinha de madeixas grisalhas sentada no banco. Sorrindo e exibindo os dentes falsos, ela o recebeu como a um velho amigo.

— Sim, crescemos — ela disse, indicando Kitty com os olhos — e envelhecemos. O *tiny bear*[18] já ficou grande! — prosseguiu a francesa, rindo, e lembrou-lhe da brincadeira que fazia com as três senhoritas, dizendo que eram os três ursinhos do conto de fada inglês. — O senhor se lembra como dizia?

Ele decididamente não se lembrava, mas já fazia dez anos que ela ria da brincadeira, que adorava.

— Pois bem, vá patinar, vá. E nossa Kitty virou uma boa patinadora, não é verdade?

---

[18] "Ursinho", em inglês no original. (N. do T.)

Quando Lióvin voltou a se aproximar de Kitty, seu rosto não estava mais severo, os olhos guardavam o mesmo olhar sincero e afetuoso, porém Lióvin tinha a impressão de que sua afetuosidade possuía um tom peculiar, propositadamente tranquilizador. E ficou triste. Depois de falar da velha governanta e de suas esquisitices, ela lhe perguntou de sua vida.

— O senhor não fica entediado no campo, no inverno? — ela disse.

— Não, não é chato, fico muito ocupado — ele disse, sentindo que ela o subjugava com aquele tom tranquilizador, o qual ele não tinha forças de superar, exatamente como ocorrera no começo do inverno.

— O senhor vai ficar bastante? — Kitty perguntou-lhe.

— Não sei — ele respondeu, sem pensar no que dizia. Ocorreu-lhe a ideia de que, caso cedesse àquele tom tranquilizador e amigo, voltaria a ir embora sem decidir nada, e resolveu se sublevar.

— Como não sabe?

— Não sei. Depende da senhorita — ele disse, horrorizando-se imediatamente com suas palavras.

Sem ouvir, ou sem querer ouvir aquelas palavras, ela como que tropeçou, bateu duas vezes o pezinho, e apressou-se para longe dele. Patinou até *mademoiselle* Linon, disse-lhe algo e dirigiu-se à casinha, onde as damas tiravam os patins.

"Meu Deus, o que eu fiz? Senhor meu Deus! Ajude-me, instrua-me", rezou Lióvin; e, sentindo ao mesmo tempo a necessidade de fazer um gesto intenso, tomou impulso e descreveu círculos abertos e fechados.

Nessa hora, um dos jovens, o melhor dos novos patinadores, saiu da cafeteria com uma *papirossa* na boca e, tomando impulso, lançou-se escada abaixo de patins, saltitando com estrondo. Saiu voando para baixo e, sem sequer mudar a posição natural das mãos, patinou pelo gelo.

— Ah, é um truque novo! — disse Lióvin, subindo imediatamente para realizar aquele novo truque.

— Não se mate, isso é para quem já tem prática! — gritou-lhe Nikolai Scherbátski.

Lióvin subiu os degraus, tomou o quanto pôde de impulso lá em cima e se lançou para baixo, mantendo o equilíbrio com movimentos dos seus braços desabituados àquilo. No último degrau, enganchou-se, porém, com um leve toque de mão no gelo, fez um movimento forte, dominou-se e, rindo, saiu patinando.

"É simpático, é gentil", Kitty pensou nessa hora, saindo da casinha com *mademoiselle* Linon e fitando-o com um sorriso de afeto silencioso, como a um irmão muito querido. "Por acaso eu tenho culpa, por acaso fiz algo de mal? Dizem: é coquetismo. Sei que não o amo; mas mesmo assim ele me deixa alegre e é muito simpático. Mas por que foi dizer aquilo?...", pensava.

Ao ver Kitty indo embora e encontrando a mãe na escada, Lióvin, que ficara vermelho com a movimentação rápida, parou e refletiu. Tirou os patins e alcançou mãe e filha na entrada do jardim.

— Estou muito feliz em vê-lo — disse a princesa. — Recebemos às quintas-feiras, como sempre.

— Ou seja, hoje?

— Ficaremos muito felizes em vê-lo — disse a princesa, seca.

Tal secura desgostou Kitty, que não podia conter o desejo de compensar a frieza da mãe. Virou a cabeça e, com um sorriso, proferiu:

— Até logo.

Nessa hora, Stepan Arkáditch, com o chapéu de lado, rosto e olhos cintilantes, entrou no jardim como um feliz vencedor. Porém, ao chegar à sogra, respondeu à sua pergunta a respeito da saúde de Dolly com uma cara de tristeza e culpa. Depois de falar baixo e triste com a sogra, endireitou o peito e tomou Lióvin pelo braço.

— E então, vamos? — perguntou. — Pensei em você o tempo todo, e estou muito, muito feliz por você ter vindo — disse, fitando-o nos olhos com ar significativo.

— Vamos, vamos — respondeu Lióvin, contente, ainda ouvindo o som da voz que lhe dissera "Até logo", e vendo o sorriso com o qual aquilo foi dito.

— Inglaterra ou Hermitage?

— Para mim tanto faz.

— Pois bem, vamos ao Inglaterra[19] — disse Stepan Arkáditch, escolhendo-o porque lá, no Inglaterra, ele devia mais do que no Hermitage. Por isso, achava ruim evitar aquele hotel. — Você está de sege de aluguel? Que maravilha, então vou dispensar a minha.

Os amigos ficaram calados por todo o caminho. Lióvin pensava no significado daquela mudança de expressão no rosto de Kitty, e ora se assegurava de que havia esperança, ora caía em desespero e via com clareza que a esperança era insensata e, além disso, sentia-se um homem totalmente diferente, em nada parecido com o que era antes do sorriso e das palavras *até logo*.

Durante o caminho, Stepan Arkáditch compunha o *menu*.

— Você gosta de pregado? — disse a Lióvin, insinuante.

---

[19] Hotel de má reputação na rua Petrovka, em Moscou. (N. da E.)

— O quê? — perguntou de volta Lióvin. — Pregado? Ah, sim, adoro pregado, *tremendamente*.

X

Quando Lióvin entrou no hotel com Oblônski, não teve como não notar uma expressão algo peculiar, como um resplendor contido, no rosto e em toda a figura de Stepan Arkáditch. Oblônski tirou o sobretudo e, com o chapéu de banda, passou ao restaurante, dando ordens aos tártaros de fraque e guardanapo que grudavam nele. Cumprimentando com uma mesura quem encontrava à direita e à esquerda, e recebendo os conhecidos de todos os lugares com a mesma alegria, foi até o bufê, petiscou vodca e peixe e disse à francesinha maquiada, de fita, renda e madeixas da mesa da recepção algo que fez a tal francesinha rir abertamente. Lióvin, por seu turno, não tomou vodca apenas porque se sentia ofendido por essa francesinha, que lhe parecia toda fabricada com seus cabelos postiços, *poudre de riz* e *vinaigre de toilette*.[20] Afastou-se dela apressadamente, como de um lugar sujo. Toda sua alma estava repleta de lembranças de Kitty, e um sorriso de triunfo e felicidade brilhava em seus olhos.

— Por aqui, Vossa Excelência, por favor, aqui não o incomodarão, Vossa Excelência — disse um velho tártaro esbranquiçado particularmente grudento, de pélvis larga debaixo das abas compridas do fraque. — O chapéu, por favor, Vossa Excelência — disse a Lióvin, cuidando também do convidado de Stepan Arkáditch em sinal de consideração a ele.

Estendendo instantaneamente uma toalha nova na mesa redonda sob uma lâmpada de bronze, que já tinha uma toalha por cima, ele puxou umas cadeiras de veludo e se postou na frente de Stepan Arkáditch de guardanapo e ficha na mão, aguardando ordens.

— Caso queira, Vossa Excelência, um gabinete privado vai ficar vago agora: o príncipe Golítsyn com uma dama. Recebemos ostras frescas.

— Ah! Ostras!

Stepan Arkáditch ficou pensativo.

— Que tal mudarmos de planos, Lióvin? — disse, com o dedo parado no cardápio. E seu rosto exprimia uma séria perplexidade. — As ostras são boas? Olhe lá!

— São de Flensburg, Vossa Excelência, de Oostende não temos.

---

[20] "Pó de arroz" e "vinagre de toucador", em francês no original. (N. do T.)

— De Flensburg ou de onde for, são frescas?

— Recebemos ontem.

— Não podemos então começar com ostras, e depois mudar todos os planos? Hein?

— Para mim dá na mesma. O que mais gosto é de *schi*[21] e mingau; mas, pelo jeito, não tem disso aqui.

— O senhor deseja mingau *à la russe*?[22] — disse o tártaro, inclinando-se para Lióvin como uma babá para um bebê.

— Não, sem brincadeira; o que você trouxer estará bem. Patinei e tenho vontade de comer. E não ache — acrescentou, notando a expressão de insatisfação no rosto de Oblônski — que não aprecio a sua escolha. Vou comer bem, e com satisfação.

— Sem dúvida! Digam o que disserem, essa é uma das satisfações da vida — disse Stepan Arkáditch. — Pois bem, meu irmão, traga-nos duas, ou melhor, três dezenas de ostras, sopa de legumes...

— *Printanière*[23] — secundou o tártaro. Porém Stepan Arkáditch, pelo visto, não queria lhe proporcionar a satisfação de designar os pratos em francês.

— De legumes, sabe? Depois pregado com molho grosso, e depois... rosbife; mas fique de olho para vir do bom. Daí capões, e o que mais?, pois bem, conservas.

Lembrando-se do hábito de Stepan Arkáditch de não designar os pratos em francês, não repetiu depois dele, mas propiciou-se o prazer de repetir para si mesmo todo o pedido de acordo com o cardápio — *Soup printanière*; *turbot sauce Beaumarchais*; *poularde à l'estragon*; *macédoine de fruits*... — e imediatamente, como se fosse de molas, largou um cardápio encadernado e pegou outro, a carta de vinhos, oferecendo-a a Stepan Arkáditch.

— O que vamos tomar?

— O que quiser, só que pouco, champanhe — disse Lióvin.

— Como? Para começar? Aliás, está certo, pois seja. Você gosta do de selo branco?

— *Cachet blanc* — secundou o tártaro.

— Pois bem, traga dessa marca e as outras, depois veremos.

---

[21] Sopa de repolho. (N. do T.)

[22] Essa, como as outras expressões que se seguem neste capítulo, estão em francês russificado no original. (N. do T.)

[23] Sopa feita com vegetais da época da primavera. (N. do T.)

— Sim, senhor. Que vinho de mesa deseja?

— Traga *Nuits*. Não, melhor um *Chablis* clássico.

— Sim, senhor. Quer o *seu* queijo?

— Sim, bem, parmesão. Ou você gosta de outro?

— Não, para mim dá na mesma — disse Lióvin, sem conseguir reprimir um sorriso.

E o tártaro saiu correndo, com as abas esvoaçando sobre a pélvis larga e, em cinco minutos, precipitava-se com um prato de ostras abertas em conchas de madrepérola e uma garrafa entre os dedos.

Stepan Arkáditch amarrotou o guardanapo engomado, enfiou-o no colete e, dispondo os braços de forma tranquila, atacou as ostras.

— Nada mau — disse, arrancando-as da concha de madrepérola com um garfinho de prata e engolindo uma após a outra. — Nada mau — repetia, erguendo os olhos úmidos e cintilantes ora para Lióvin, ora para o tártaro.

Lióvin também comeu as ostras, embora preferisse pão branco com queijo. Mas se deliciava com Oblônski. Mesmo o tártaro, tirando a rolha e vertendo o vinho espumante nos finos cálices de boca larga, contemplava Stepan Arkáditch com um evidente sorriso de satisfação, alisando a gravata branca.

— Mas você não gosta muito de ostra? — disse Stepan Arkáditch, esvaziado sua taça. — Ou está preocupado? Hein?

Queria que Lióvin estivesse alegre. Lióvin, porém, não apenas não estava alegre, como estava constrangido. Com o que levava na alma, sentia-se horrorizado e embaraçado na taberna, entre gabinetes em que se jantava com damas, no meio daquela correria e balbúrdia; aquela decoração de bronze, o espelho, o gás, o tártaro, tudo o ofendia. Temia macular o que lhe preenchia a alma.

— Eu? Sim, estou preocupado; porém, além do mais, tudo isso me constrange — disse. — Você não pode imaginar como, para mim, habitante do campo, tudo isso é extravagante, como as unhas daquele senhor que vi no seu escritório...

— Sim, vi que as unhas do pobre Grinévitch interessaram-no muito — disse Stepan Arkáditch, rindo.

— Não consigo — respondeu Lióvin. — Tente se pôr no meu lugar, do ponto de vista de um habitante do campo. No campo, a gente se esforça para colocar as unhas em um estado no qual seja confortável trabalhar com elas; para tanto, cortamos as unhas, às vezes arregaçamos as mangas. Mas aqui as pessoas deixam as unhas crescer o quanto podem e se engancham com abotoaduras em forma de pires, de modo que não possam fazer nada com as mãos.

Stepan Arkáditch deu um riso alegre.

— Sim, isso é um sinal de que ele não precisa fazer trabalho pesado. Quem trabalha é a sua mente...

— Talvez. Mas mesmo assim eu acho extravagante, como é extravagante que nós, gente do campo, nos esforcemos para terminar de comer o mais rápido possível, para ficarmos em condições de fazer nosso trabalho, enquanto nós aqui nos esforçamos para adiar o quanto pudermos o fim da refeição e, para isso, comemos ostras...

— Pois bem, é óbvio — secundou Stepan Arkáditch. — Afinal, este é o objetivo da educação: fazer de tudo um prazer.

— Bem, se o objetivo é este, então eu queria ser um selvagem.

— Mas você é um selvagem. Vocês, os Lióvin, são todos uns selvagens.[24]

Lióvin suspirou. Lembrou-se do irmão Nikolai, sentiu vergonha e dor, e franziu o cenho; Oblônski, porém, pôs-se a falar de um tema que imediatamente o atraiu.

— E então, hoje à noite você vai à nossa casa, quer dizer, aos Scherbátski? — disse, afastando as conchas vazias e ásperas e aproximando o queijo, com um brilho significativo nos olhos.

— Sim, vou sem falta — respondeu Lióvin. — Embora tenha tido a impressão de que a princesa me convidou a contragosto.

— O que é isso? Que absurdo! É o jeito dela... Mas passe para cá, meu irmão, a sopa!... É o jeito dela, da *grande dame* — disse Stepan Arkáditch. — Também vou, mas preciso comparecer ao ensaio do coro da condessa Bánina. Mas você não é mesmo um selvagem? De que forma explicar seu desaparecimento repentino de Moscou? Os Scherbátski me perguntavam de você sem cessar, como se eu tivesse que saber. Mas eu só sei de uma coisa: você sempre faz o que ninguém faz.

— Sim — disse Lióvin, devagar e comovido. — Você tem razão, sou selvagem. Só que minha selvageria não é ter partido, mas sim ter vindo agora. Agora eu vim...

---

[24] A "selvageria", no sentido de originalidade de comportamento e de opiniões, independentemente das regras aceitas por todos, era um traço característico de "todos os Tolstói": "Você tem a selvageria comum aos Tolstói", escreveu L. N. Tolstói, em carta, a A. A. Tolstáia, a qual, por sua vez, chamava-o de "Leão (significado em russo do prenome Lev) que ruge". (N. da E.)

— Ah, que felizardo você é! — secundou Stepan Arkáditch, fitando Lióvin nos olhos.

— Por quê?

— Reconheço os cavalos briosos por suas marcas,[25] reconheço os jovens apaixonados pelo olhar — declamou Stepan Arkáditch. — Você tem tudo pela frente.

— E você por acaso deixou tudo para trás?

— Não, talvez não para trás, mas você tem um futuro, e eu tenho um presente, e um presente vacilante.

— Como assim?

— Nada bom. Pois bem, não quero falar de mim e, além disso, não dá para explicar tudo — disse Stepan Arkáditch. — Então, para que você veio a Moscou?... Ei, leve embora! — gritou para o tártaro.

— Você não adivinha? — respondeu Lióvin, não tirando de Stepan Arkáditch os olhos de um brilho profundo.

— Adivinho, mas não posso ser o primeiro a tocar no assunto. Já por isso você pode ver se adivinhei certo ou não — disse Stepan Arkáditch, olhando para Lióvin com um sorriso fino.

— Pois bem, o que me diz? — disse Lióvin, com voz trêmula, e sentido que todos os seus músculos do rosto tremiam. — Como você vê isso?

Stepan Arkáditch sorveu o copo de *Chablis* devagar, sem tirar os olhos de Lióvin.

— Eu? — disse Stepan Arkáditch. — Não desejo nada além disso, nada. É o melhor que poderia acontecer.

— Mas você não está enganado? Você sabe do que estamos falando? — proferiu Lióvin, cravando os olhos no interlocutor. — Você acha que é possível?

— Acho que é possível. Por que não seria possível?

— Mas você acha mesmo que é possível? Não, diga tudo o que você acha! Pois bem, mas se, se uma rejeição estiver à minha espera?... Tenho até certeza...

— Mas por que você acha isso? — disse Stepan Arkáditch, rindo do nervosismo do outro.

— É a impressão que tenho, às vezes. Afinal, isso seria horrível para mim e para ela.

---

[25] "Reconheço os cavalos briosos pelas marcas em brasa." Oblônski cita Púchkin ("De Anacreonte") duas vezes (e em ambas, de forma inexata), primeiro nessa conversa com Lióvin, depois no encontro com Vrônski (capítulo XVII). (N. da E.)

— Bem, em todo caso não há nada de horrível para a moça. Toda moça se orgulha de receber propostas.

— Sim, toda moça, mas não ela.

Stepan Arkáditch riu-se. Conhecia bem o sentimento de Lióvin, sabia que para ele as moças do mundo se dividiam em dois tipos: um tipo eram todas as moças do mundo, exceto ela, e essas tinham todas as fraquezas humanas, e eram moças muito comuns; o segundo tipo era ela sozinha, sem nenhuma fraqueza, e acima de toda a humanidade.

— Pare, pegue molho — disse, segurando a mão de Lióvin, que afastava o molho de si.

Lióvin, obediente, serviu-se de molho, mas não deixou Stepan Arkáditch continuar comendo.

— Não, pare você, pare — disse. — Lembre-se de que para mim é uma questão de vida ou morte. Nunca falei disso com ninguém. E não posso falar com ninguém disso como falo com você. Pois você e eu somos alheios em tudo; diferentes preferências, opiniões, tudo; mas eu sei que você gosta de mim e me entende, e por isso eu gosto tremendamente de você. Mas, pelo amor de Deus, seja absolutamente franco.

— Digo-lhe o que penso — disse Stepan Arkáditch, sorrindo. — Mas digo-lhe ainda mais; minha esposa é uma mulher assombrosa... — Stepan Arkáditch suspirou ao se lembrar de sua relação com a esposa e, depois de se calar por um minuto, prosseguiu: — Ela tem o dom da previsão. Ela penetra no âmago das pessoas, mas isso não é tudo; ela sabe o que vai acontecer, especialmente no tocante a matrimônios. Ela, por exemplo, previu que Chakhovskáia se casaria com Brenteln. Ninguém queria acreditar, e foi o que aconteceu. E ela está do seu lado.

— Mas como?

— Além de gostar de você, ela diz que Kitty impreterivelmente será sua esposa.

A estas palavras, o rosto de Lióvin iluminou-se de repente, com um sorriso de uma comoção próxima às lágrimas.

— Ela diz isso! — exclamou Lióvin. — Sempre disse que ela é um encanto, a sua esposa. Mas chega, chega de falar disso — disse, levantando-se do lugar.

— Está bem, mas sente-se, olhe a sopa.

Lióvin, porém, não podia se sentar. Percorreu o aposento-gaiola duas vezes, piscou os olhos para disfarçar as lágrimas e só então voltou a se sentar à mesa.

— Entenda — disse — que isso não é amor. Estive apaixonado, mas não é isso. Não é meu sentimento, mas uma força exterior que se apossou de mim. Afinal, eu fui embora porque decidi que isso não podia ser, está entendendo, uma felicidade tamanha que não existe na Terra; porém, lutei comigo mesmo e vi que não dá para viver sem isso. E preciso resolver...

— Por que você foi embora?

— Ah, pare! Ah, quantos pensamentos! Quanto é preciso indagar! Escute. Talvez você não possa imaginar o que aquilo que disse fez comigo. Estou tão feliz que até virei um patife; esqueci tudo... Fiquei sabendo hoje que meu irmão Nikolai... sabe, ele está aqui... e eu me esqueci até dele, tenho a impressão de que ele também é feliz. Isso é um tipo de loucura... Mas uma coisa é horrível... Você é casado, conhece essa sensação... É horrível que nós, velhos, já com um passado... não de amor, mas de pecados... de repente nos aproximemos de uma criatura pura, inocente; isso é repugnante, e por isso não há como não se sentir indigno.

— Pois bem, mas seus pecados são poucos.

— Ah, mesmo assim — disse Lióvin —, mesmo assim, "lendo com repugnância minha vida, estremeço e amaldiçoo, lastimo amargamente"...[26] Sim.

— Que fazer, o mundo é assim — disse Stepan Arkáditch.

— O único consolo é como o daquela oração que sempre amei: que não seja perdoado por meus méritos, mas por misericórdia. Só assim ela também poderá perdoar.

XI

Lióvin esvaziou sua taça, e eles ficaram em silêncio.

— Devo ainda lhe dizer uma coisa. Você conhece Vrônski? — Stepan Arkáditch perguntou a Lióvin.

— Não, não conheço. Por que pergunta?

— Dê-me mais uma — Stepan Arkáditch dirigiu-se ao tártaro que enchia as taças e girava perto deles exatamente quando não era necessário.

— Por que deveria conhecer Vrônski?

— Você deveria conhecer Vrônski porque é um dos seus concorrentes.

— Quem é Vrônski? — disse Lióvin e, daquela expressão infantil e

---

[26] Lióvin cita o poema "Recordação", de Púchkin, que Tolstói amava. "Desses versos", disse, "e dessas palavras há uns cinco, talvez dez no mundo todo". (N. da E.)

triunfante que Oblônski acabara de admirar, seu rosto de repente ficou raivoso e antipático.

— Vrônski é um dos filhos do conde Kirill Ivânovitch Vrônski, e um dos melhores exemplares da juventude dourada de São Petersburgo. Conheci-o em Tver, quando eu servia lá, e ele fora para o alistamento de recrutas. Terrivelmente rico, bonito, ótimas relações, ajudante de campo e, além disso, um rapaz muito gentil e bom. Mas é mais do que simplesmente um bom rapaz. Como fiquei sabendo aqui, ele é instruído e muito inteligente; é um homem que vai longe.

Lióvin franziu o cenho e se calou.

— Pois bem, ele apareceu por aqui logo depois de você, percebi que está apaixonado por Kitty até o pescoço, e você entende que a mãe...

— Desculpe-me, mas não entendo nada — disse Lióvin, com um ar carrancudo e sombrio. E imediatamente se lembrou de seu irmão Nikolai, e de como era um patife por ter podido esquecê-lo.

— Mas espere, espere — disse Stepan Arkáditch, rindo-se e tocando-lhe o braço. — Eu lhe disse o que sei, e repito que, nesse assunto sutil e delicado, até onde posso supor, acho que as chances estão do seu lado.

Lióvin recuou na cadeira, seu rosto estava pálido.

— Mas eu o aconselharia a decidir o caso o mais rápido possível — prosseguiu Oblônski, enchendo a taça dele.

— Não, grato, não posso beber mais — disse Lióvin, afastando sua taça. — Vou ficar bêbado... Pois bem, e como você está? — prosseguiu, desejando obviamente mudar o curso da conversa.

— Mais uma palavra: em todo caso, aconselho a resolver a questão rápido. Não aconselho a falar hoje — disse Stepan Arkáditch. — Vá amanhã cedo, faça a proposta clássica, e que Deus o abençoe...

— Você ainda quer me visitar para caçar? Pois venha então na primavera — disse Lióvin.

Agora estava arrependido de todo coração por ter começado essa conversa com Stepan Arkáditch. Seu sentimento *especial* fora profanado pela conversa a respeito da concorrência de um oficial de São Petersburgo, pelas propostas e conselhos de Stepan Arkáditch.

Stepan Arkáditch riu-se. Compreendia o que se passava na alma de Lióvin.

— Alguma hora eu vou — disse. — Sim, meu irmão, as mulheres são a hélice em torno da qual tudo gira. Pois minhas coisas vão mal, muito mal. E tudo por causa de mulher. Diga-me com franqueza — disse, pegando um charuto e segurando a taça com uma mão —, dê-me um conselho.

— Mas a respeito de quê?

— Veja o que é. Suponhamos que você seja casado, ame a esposa, mas se enamore de outra mulher...

— Desculpe, mas decididamente não entendo, como... assim como não entenderia se agora, depois de comer, fosse direto a uma padaria e roubasse um *kalatch*.

Os olhos de Stepan Arkáditch brilharam mais do que o normal.

— Por quê? Às vezes, o *kalatch* tem um cheiro irresistível.

> *Himmlisch ist's wenn ich bezwungen*
> *Meine irdische Begier;*
> *Aber doch wenn's nicht gelungen*
> *Hatt'ich auch recht hubsch Plaisir.*[27]

Ao dizer isso, Stepan Arkáditch deu um sorriso fino. Lióvin tampouco conseguiu não sorrir.

— Sim, mas sem brincadeira — prosseguiu Oblônski. — Você entende que a mulher é uma criatura encantadora, dócil, amorosa, pobre, sozinha, que sacrificou tudo. Agora, quando a coisa já está feita, você entende, por acaso ela deve ser abandonada? Suponhamos: separar-se, para não arruinar a vida familiar; mas não dá para ter pena dela, dar um jeito, amenizar?

— Pois bem, desculpe-me. Você sabe que, para mim, as mulheres se dividem em dois tipos... ou seja, não... melhor: há a mulher, e há... Não vejo nem vi fascínio em criaturas caídas;[28] aquelas como a francesinha maquiada da mesa de recepção, de madeixas, são uns répteis, e as caídas, igualmente.

— E a do Evangelho?

— Ah, pare! Cristo jamais teria dito aquelas palavras se soubesse como seriam mal empregadas. De todo o Evangelho, são as únicas palavras lembradas. Aliás, não estou dizendo o que penso, mas o que sinto. Tenho repugnância por mulheres caídas. Você tem medo de aranhas, e eu desses répteis.

---

[27] "Era celestial quando eu dominava/ Meus desejos terrenos/ Porém, quando não conseguia/ Obtinha imediatamente um lindo prazer", em alemão no original. Citação imprecisa de um dos *Nachgelesene Gedichte 1812-27*, de Heinrich Heine (1797-1856): "*Himmlisch wars, wenn ich bezwang/ Meine sündige Begier/ Aber wenns mir nicht gelang/ Hätt ich doch ein gross Pläsier*" (Era celestial quando eu dominava/ Meus desejos pecadores/ Porém, quando não conseguia/ Obtinha então grande prazer). (N. do T.)

[28] Paráfrase de um verso do personagem Walsingham, em *O festim nos tempos da peste*, de Púchkin: "criatura caída, porém encantadora". (N. da E.)

Afinal, você provavelmente não estudou as aranhas, nem conhece seus costumes: eu também não.

— É bom para você falar assim; dá na mesma, como para aquele senhor de Dickens, que joga todas as questões difíceis com a mão esquerda, por cima do ombro direito.[29] Só que a negação do fato não é resposta. Que fazer então, diga-me, que fazer? A esposa envelhece, mas você está cheio de vida. Antes de dar uma olhada ao redor você já sente que não pode amar a esposa, por mais que a respeite. Daí, de repente, o amor aparece, e você já era, já era! — proferiu Stepan Arkáditch, com desespero triste.

Lióvin sorriu.

— Sim, já era — prosseguiu Oblônski. — Mas o que fazer?

— Não roubar o *kalatch*.

Stepan Arkáditch desatou a rir.

— Oh, moralista! Entenda, porém, há duas mulheres: uma insiste apenas em seus direitos, e esses direitos são o amor que você não pode lhe dar; e a outra sacrifica tudo a você, e não exige nada. O que você faz? Como se comporta? É um drama terrível.

— Se você quer minha profissão de fé a esse respeito, vou lhe dizer que não acho que aí haja drama. Eis o motivo. Na minha opinião, o amor... ambos os amores que, lembre-se, Platão define em *O banquete*, ambos os amores servem de pedra de toque para as pessoas. Alguns só entendem um amor, outros, o outro. E aqueles que entendem apenas o amor não platônico falam inutilmente em drama. Diante desse amor não pode haver drama nenhum. "Agradeço-lhe pela satisfação, meus respeitos", eis aí todo o drama. E o amor platônico não pode ter drama, pois nesse amor tudo é claro e puro, porque...

Nesse instante, Lióvin lembrou-se de seus pecados e da luta interna que vivenciara. E acrescentou, inesperadamente:

— Aliás, pode ser que você tenha razão. Com grande probabilidade... Só que eu não sei, decididamente não sei.

— Pois veja — disse Stepan Arkáditch —, você é uma pessoa muito íntegra. É a sua qualidade e o seu defeito. Você tem caráter íntegro e quer que toda a vida seja constituída de fenômenos íntegros, mas isso não acontece. Assim, você despreza a atividade do serviço público porque deseja que a ação coincida sempre com os fins, mas isso não acontece. Você também quer que

---

[29] John Podsnap, personagem de *O amigo comum* (1865), último romance acabado do inglês Charles Dickens (1812-1870). (N. da E.)

a atividade de um homem sempre tenha um fim, que o amor e a vida familiar estejam sempre unidos. Mas isso não acontece. Toda a diversidade, todo o encanto, toda a beleza da vida é constituída de sombra e luz.

Lióvin suspirou e não respondeu nada. Pensava em si e não escutava Oblônski.

E, de repente, ambos sentiram que, embora fossem amigos, embora tivessem jantado juntos e bebido vinho, o que deveria tê-los aproximado ainda mais, cada um só pensava em si e não tinha nada a ver com o outro. Oblônski já experimentara mais de uma vez essa separação extrema que acontecia depois do jantar, em vez de aproximação, e sabia o que devia fazer neste caso.

— A conta! — gritou, e saiu para o salão vizinho, no qual imediatamente encontrou um ajudante de ordens conhecido, com o qual entabulou conversa sobre uma atriz e seu protetor. E, na conversa com o ajudante de ordens, Oblônski sentiu um alívio imediato e descanso da conversa com Lióvin, que sempre lhe causava uma tensão mental e espiritual muito grande.

Quando o tártaro surgiu com a conta de vinte e seis rublos e uns copeques, mais o acréscimo da gorjeta, Lióvin, que em outros tempos, como habitante do campo, teria se horrorizado com sua parte, de catorze rublos, agora não prestou atenção naquilo, pagando e dirigindo-se para casa, para se trocar e se encaminhar para os Scherbátski, onde se decidiria o seu destino.

XII

A princesa Kitty Scherbátskaia tinha dezoito anos. Era seu primeiro inverno em sociedade. Seus êxitos mundanos eram maiores que os das irmãs mais velhas, e maiores do que a própria princesa esperava. Além dos jovens que dançavam nos bailes de Moscou, e que estavam quase todos apaixonados por Kitty, já no primeiro inverno apresentaram-se dois partidos sérios: Lióvin e, imediatamente depois de sua partida, o conde Vrônski.

A aparição de Lióvin no começo do inverno, suas visitas constantes e o evidente amor por Kitty foram o motivo das primeiras conversas sérias dos pais de Kitty a respeito de seu futuro — e de discussões entre eles. O príncipe estava do lado de Lióvin, dizendo que não desejava nada melhor para Kitty. Já a princesa, com o típico hábito feminino de contornar as questões, dizia que Kitty era jovem demais, que Lióvin não mostrava de jeito nenhum ter intenções sérias, que Kitty não tinha afeição por ele, e outros argumentos; mas não dizia o principal, ou seja, que esperava partidos melhores para a filha, que Lióvin lhe era antipático e que ela não o entendia. Quando, então, Lióvin partiu subitamente, a princesa ficou feliz e disse ao marido, triunfante: "Veja, eu tinha razão". E quando Vrônski apareceu, ela ficou ainda mais feliz, confirmando sua opinião de que Kitty merecia um partido não simplesmente bom, mas brilhante.

Para a mãe, não podia haver nenhuma comparação entre Vrônski e Lióvin. A mãe não apreciava os juízos estranhos e bruscos de Lióvin, nem sua falta de jeito na sociedade, fundada, em sua opinião, no orgulho, e no que ela entendia como aquela vida selvagem no campo, ocupada com gado e mujiques; também desaprovava bastante que ele, apaixonado por sua filha, ficasse um mês e meio frequentando sua casa, como que à espera, espreitando, como se tivesse medo de lhes fazer uma grande honra com uma proposta de casamento, e sem entender que, quando se vai a uma casa de moça solteira, é preciso se explicar. E, de repente, sem se explicar, partiu. "Ainda bem que ele é tão pouco atraente que Kitty não se apaixonou por ele", pensava a mãe.

Vrônski satisfazia todos os desejos da mãe. Muito rico, inteligente, nobre, a caminho de uma brilhante carreira militar na corte, e um homem fascinante. Não havia como desejar nada melhor.

Vrônski cortejava Kitty abertamente nos bailes, dançava com ela e frequentava a casa, ou seja, não havia como duvidar da seriedade de suas intenções. Porém, apesar disso, por todo aquele inverno a mãe se encontrava em estado de terrível desassossego e nervosismo.

A princesa se casara trinta anos antes, em esponsais arranjados pela tia. O noivo, do qual tudo já se sabia com antecedência, viera, vira a noiva e fora visto; a tia casamenteira apurou e transmitiu as impressões mútuas; as impressões tinham sido boas; depois, em um dia determinado, a proposta esperada foi feita e aceita pelos pais. Tudo transcorreu de forma muito fácil e simples. Pelo menos essa era a impressão da princesa. Porém, com suas filhas, viu que aquele assunto que lhe parecia corriqueiro, casá-las, não era fácil nem simples. Quantos temores experimentara, quantas ideias meditara, quanto dinheiro gastara, quantas desavenças com o marido na hora de casar as filhas mais velhas, Dária e Natália! Agora que a caçula entrava na vida social, experimentava os mesmos temores, as mesmas dúvidas e ainda mais brigas com o marido do que por causa das mais velhas. O velho príncipe, como todos os pais, era particularmente suscetível a respeito da honra e da pureza de suas filhas; tinha um ciúme insensato delas, especialmente de Kitty, que era a favorita, e a cada passo fazia cenas com a princesa por ela comprometer a filha. A princesa estava habituada a isso desde a filha mais velha, mas agora sentia que a suscetibilidade do príncipe tinha ainda mais fundamento. Via que, nos últimos tempos, muita coisa mudara nas maneiras da sociedade, que os deveres de mãe haviam se tornado ainda mais difíceis. Via que as moças da idade de Kitty formavam certos grupos, frequentavam uns cursos,[30] dirigiam-se com liberdade aos homens, caminhavam sozinhas na rua, muitas não faziam reverência e, o mais importante, todas estavam firmemente convencidas de que escolher marido era assunto delas, e não dos pais. "Agora não se casa como antigamente", pensavam e diziam todas as moças, e mesmo as pessoas de idade. Mas como se casava hoje era algo que a princesa não conseguia saber. O costume francês — os pais decidindo o destino dos filhos — não era aceito, era condenado. O costume inglês — a completa independência das moças — também não era aceito, e impossível na sociedade russa. O costume russo do casamento arranjado era considerado, por algum motivo, hediondo; todos riam dele, inclusive a princesa. Porém, como devia ser feito o casamento, ninguém sabia. Todos os que aconteciam de conversar com a princesa a esse respeito só lhe diziam uma coisa: "Perdão, em nossa época já é hora de deixar de lado esse velho hábito. Afinal, quem vai contrair matrimônio são os jovens, não os pais; ou seja, deve-se deixar os jovens se arranjarem como podem". Isso era bom de dizer para quem não tinha filha; mas a princesa compreendia que, ao se aproximar de alguém, a filha podia se apaixonar, e se apaixonar por alguém que não desejasse desposá-la, ou por alguém que não servisse para marido. E, por mais que incutissem na princesa que em nossa época os jovens deviam arranjar seu próprio destino, ela não conseguia acreditar nisso, como não podia acreditar que houvesse uma época em que o melhor brinquedo para crianças de cinco anos fossem pistolas carregadas. Por isso, a princesa se preocupava mais com Kitty do que com as filhas mais velhas.

Temia agora que Vrônski se limitasse apenas a cortejar a filha. Via que a filha já estava apaixonada por ele, mas se consolava com o fato de ele ser um homem honrado que, portanto, não faria aquilo. Mas também sabia que, com a atual liberdade de comportamento, era fácil virar a cabeça de uma moça, e que os homens em geral encaravam essa falta de maneira leviana. Na semana anterior, Kitty narrara à mãe sua conversa com Vrônski duran-

---

[30] Em 1º de novembro de 1872, em Moscou, foram abertos os Cursos Superiores para Mulheres do professor V. I. Guerrier (1837-1919), com o objetivo de "dar às moças que concluíram o colegial ou o instituto a possibilidade de prosseguir sua educação". Os cursos de Guerrier ensinavam literatura russa e geral, história russa e geral, história da arte e da civilização, física, línguas estrangeiras, matemática e higiene. (N. da E.)

te a mazurca. Tal conversa tranquilizou a mãe de forma parcial; porém, completamente tranquila ela não conseguia ficar. Vrônski dissera a Kitty que ele e o irmão estavam tão habituados a obedecer à mãe que jamais tomavam alguma decisão importante sem se aconselhar com ela. "E agora, como uma felicidade especial, aguardo que minha mãezinha venha de São Petersburgo", disse.

Kitty contou isso sem conferir importância alguma às palavras. A mãe, porém, compreendia-as de outra forma. Sabia que a velha era aguardada de um dia para outro, sabia que a velha ficaria feliz com a escolha do filho, e achava estranho que, temendo ofender a mãe, ele não fizesse a proposta: contudo, desejava tanto o matrimônio e, acima de tudo, apaziguar suas inquietações, que acreditava nisso. Por mais amargor que sentisse agora ao ver a infelicidade da filha mais velha, Dolly, que se preparava para deixar o marido, o nervosismo com a decisão do destino da filha caçula absorvia todos seus sentimentos. O dia de hoje, com a aparição de Lióvin, acresceu-lhe um novo desassossego. Temia que a filha, que alguma vez tivera, na sua opinião, um sentimento por Lióvin, rejeitasse Vrônski por excesso de honra, e que, de modo geral, a chegada de Lióvin embrulhasse e atrasasse um assunto que estava tão perto da conclusão.

— E ele, chegou faz tempo? — a princesa disse, a respeito de Lióvin, quando voltaram para casa.

— Hoje, *maman*.

— Quero dizer uma coisa... — começou a princesa e, por sua fisionomia séria e excitada, Kitty adivinhou qual seria o assunto.

— Mamãe — ela disse, ruborizando e se virando rapidamente para ela —, por favor, por favor, não diga nada a esse respeito. Eu sei, eu sei de tudo.

Desejava o mesmo que a mãe desejava, porém os motivos do desejo da mãe ofendiam-na.

— Só quero dizer que, depois de dar esperanças a um...

— Mamãe, querida, pelo amor de Deus, não diga. É tão horrível falar disso.

— Não digo, não digo — disse a mãe, ao ver lágrimas nos olhos da filha —, mas só uma coisa: você me prometeu que não vai ter segredos comigo. Não é?

— Nunca, mamãe, nunca — respondeu Kitty, enrubescendo e encarando a mãe. — Mas não tenho nada a dizer agora. Eu... eu... ainda que quisesse, não saberia o que dizer, e como... Eu não sei...

"Não, não há como ela mentir com esses olhos", pensou a mãe, rindo-se do seu nervosismo e da sua felicidade. A princesa ria também de que a pobrezinha achasse tão imenso e significativo o que agora acontecia em sua alma.

XIII

Entre o almoço e o começo da noite, Kitty experimentou uma sensação análoga à que experimenta um jovem antes da batalha. Seu coração batia com força, e os pensamentos não se detinham em nada.

Sentia que aquela noite, em que os dois se encontrariam pela primeira vez, seria decisiva para seu destino. E os imaginava incessantemente, ora separados, ora juntos. Quando pensava no passado, detinha-se com satisfação e ternura nas lembranças de suas relações com Lióvin. As lembranças da infância e da amizade de Lióvin com seu irmão morto conferiam um encanto poético especial a suas relações com ele. O amor dele, do qual estava segura, lisonjeava-a e alegrava-a. E era agradável se lembrar de Lióvin. Às lembranças de Vrônski, pelo contrário, misturava-se algo de embaraçoso, embora ele fosse um homem sociável e tranquilo no mais alto grau; havia certa falsidade, não nele, que era muito simples e gentil, mas nela mesma, enquanto com Lióvin ela se sentia totalmente serena e natural. Porém, em compensação, bastava pensar no futuro com Vrônski e se erguia diante dela uma perspectiva de felicidade brilhante; já com Lióvin, o porvir se apresentava nebuloso.

Ao subir para se vestir para a noite e se olhar no espelho, constatou com alegria que estava em um de seus bons dias, e em plena posse de todas as forças, o que seria muito necessário para o que tinha pela frente: sentia uma tranquilidade interior e uma graça livre nos movimentos.

Às sete e meia, quando acabara de entrar na sala de visitas, o lacaio anunciou: "Konstantin Dmítritch Lióvin". A princesa ainda estava em seu quarto, e o príncipe não tinha descido. "Pois seja", pensou Kitty, e todo seu sangue afluiu ao coração. Ao fitar o espelho, horrorizou-se com sua palidez.

Agora sabia com certeza que ele viera mais cedo para surpreendê-la sozinha e fazer a proposta. Só então, pela primeira vez, todo o caso se apresentou para ela de uma forma completamente nova e diferente. Só então compreendeu que a questão não se referia apenas a ela — com quem seria feliz e a quem amava —, mas que, naquele instante, deveria ofender um homem a quem amava. E ofender cruelmente... Por quê? Porque ele, tão querido, amava-a, estava apaixonado. Porém não havia o que fazer, era preciso, era necessário. "Meu Deus, será que eu mesma é que terei de lhe dizer?", pensava. "Mas o que vou dizer? Por acaso vou lhe dizer que não o amo? Não é verdade. O que vou lhe dizer? Direi que amo outro? Não, é impossível. Vou embora, vou embora."

Já chegara à porta quando ouviu os passos dele. "Não! Não seria honesto. O que temer? Não fiz nada de mau. O que tiver que ser, será! Vou dizer a verdade. Não posso ficar constrangida com ele. É isto", disse para si mesma, ao ver aquela figura tímida e forte com os olhos reluzentes voltados para ela. Ela o encarou diretamente, como a implorar clemência, e estendeu-lhe a mão.

— Parece que não cheguei na hora, é cedo demais — disse, examinando a sala vazia. Ao ver que suas expectativas se confirmaram, que ninguém o impediria de se expressar, seu rosto ficou sombrio.

— Oh, não — disse Kitty, sentando-se à mesa.

— Porém, era apenas isso que eu queria, para surpreendê-la sozinha — começou, sem se sentar nem olhar para ela, para não perder a ousadia.

— Mamãe logo vai descer. Ontem ela ficou muito cansada. Ontem...

Falava sem saber o que os lábios diziam, e sem tirar dele o olhar suplicante e afetuoso. Ele olhou para ela; ela corou e se calou.

— Disse que não sei por quanto tempo vou ficar... que isso depende da senhorita...

Ela ia baixando a cabeça cada vez mais, sem saber o que responderia ao que estava se aproximando.

— Que isso depende da senhorita — ele repetiu. — Eu queria dizer... eu queria dizer... Eu vim para isso... para que... seja a minha esposa! — ele soltou, sem saber o que dizia; porém, ao sentir que o mais terrível tinha sido dito, deteve-se e olhou para ela.

Ela respirava pesadamente, sem olhar para ele. Estava em êxtase. Sua alma estava repleta de felicidade. Jamais esperara que a declaração de amor provocasse uma impressão tão forte. Isso se prolongou, porém, apenas por um instante. Ela se lembrou de Vrônski. Ergueu para Lióvin os olhos claros e justos e, ao ver seu rosto desesperado, respondeu, apressada:

— Isso não pode ser... perdoe-me...

Quão próxima dele estivera um minuto atrás, quão importante era para sua vida! E quão alheia e distante se tornara agora!

— Não podia ser de outra forma — ele disse, sem olhar para ela.

Fez uma reverência e quis partir.

XIV

Só que nessa mesma hora a princesa entrou. Em seu rosto, transpareceu o horror, ao vê-los sozinhos, de cara aflita. Lióvin inclinou-se para ela, sem dizer nada. Kitty calava, sem erguer os olhos. "Graças a Deus recusou", pensou a mãe, e em seu rosto resplandeceu o sorriso habitual com que recebia as visitas de quinta-feira. Sentou-se e começar a interrogar Lióvin sobre sua vida no campo. Ele voltou a se sentar, esperando pela chegada das visitas para sair sem ser percebido.

Em cinco minutos, veio a amiga de Kitty que se casara no inverno passado, a condessa Nordston.

Era uma mulher seca, amarela, de olhos negros e brilhantes, doentia, nervosa. Amava Kitty, e seu amor por ela, como sempre acontece nas casadas com relação às solteiras, exprimia-se no desejo de desposar Kitty de acordo com seu ideal e, por isso, desejava uni-la a Vrônski. Sempre achara Lióvin, que encontrara com frequência no começo do inverno, desagradável. Ao encontrá-lo, sua ocupação constante e adorada era fazer piada com ele.

— Adoro quando ele me fita do alto de sua grandeza: ou interrompe sua conversa erudita comigo por eu ser burra, ou é condescendente. Eu também gosto muito disso: é *condescendente* comigo! Fico muito feliz por ele não poder me suportar — dizia, a seu respeito.

Tinha razão, pois Lióvin de fato não podia suportá-la, desprezando-a por se orgulhar e considerar um mérito seu nervosismo, seu desprezo refinado e indiferente por tudo que era rude e cotidiano.

Entre Nordston e Lióvin estabelecera-se aquele tipo de relação que não é raro de se encontrar na sociedade, em que duas pessoas, exteriormente em termos amigáveis, desprezam-se em tal grau que não podem sequer se dirigir uma à outra a sério, e não conseguem tampouco se ofender uma com a outra.

A condessa Nordston imediatamente caiu em cima de Lióvin.

— Ah! Konstantin Dmítritch! Veio de novo à nossa Babilônia devassa — disse, estendendo-lhe a minúscula mão amarela e recordando suas afirmações, ditas em algum momento do começo do inverno, a respeito de que Moscou era uma Babilônia. — E então, Babilônia se emendou ou o senhor se estragou? — acrescentou, fitando Kitty com um risinho.

— Fico muito lisonjeado, condessa, por se lembrar assim de minhas palavras — respondeu Lióvin, conseguindo se recompor e retornando de imediato à relação brincalhona e hostil com a condessa Nordston. — Na verdade, elas tiveram um efeito muito forte sobre a senhora.

— Ah, como não! Eu anoto tudo. Pois bem, Kitty, você voltou a patinar?

E se pôs a falar com Kitty. Por mais embaraçoso que fosse para Lióvin ir embora agora, ainda assim seria mais fácil do que ficar a noite inteira e ver Kitty, que fitava-o de vez em quando e evitava seu olhar. Queria se levantar, porém a princesa, notando que estava calado, dirigiu-se a ele:

— O senhor ficará muito tempo em Moscou? Afinal, o senhor, ao que parece, anda ocupado com o formidável *zemstvo*, e não pode ficar muito.

— Não, princesa, o *zemstvo* não me ocupa mais — disse. — Vim por alguns dias.

"Hoje ele tem algo de peculiar", pensou a condessa Nordston ao contemplar seu rosto severo e sério, "algo que o impede de participar das nossas querelas. Mas vou induzi-lo. Amo terrivelmente fazê-lo de tonto na frente de Kitty, e farei."

— Konstantin Dmítritch — disse —, explique-me, por favor, o que quer dizer isto, o senhor que sabe tudo: na nossa aldeia, em Kaluga, todos os mujiques e suas mulheres beberam tudo o que tinham, e agora não nos pagam nada. O que isso quer dizer? O senhor sempre elogia muito os mujiques.

Nessa hora, mais uma dama entrou no aposento, e Lióvin se levantou.

— Perdoe-me, condessa, mas, na verdade, não sei nada sobre isso e não posso lhe dizer nada — ele disse, observando o militar que vinha atrás da dama.

"Esse deve ser Vrônski", pensou Lióvin e, para se certificar, olhou para Kitty. Ela já tinha conseguido olhar para Vrônski, e fitou Lióvin. E apenas por essa expressão dos olhos, que cintilavam contra sua vontade, Lióvin compreendeu que ela amava aquele homem, tão certo quanto se ela mesma tivesse lhe contado com palavras. Mas que tipo de homem era aquele?

Agora, por bem ou por mal, Lióvin não podia deixar de ficar; precisava apurar que tipo de homem era aquele que ela amava.

Há pessoas que, ao encontrar um rival bem-sucedido em alguma coisa, estão prontas, de imediato, a virar as costas a tudo de bom que há nele, e só ver o mal; há pessoas que, pelo contrário, mais do que tudo desejam encontrar nesse rival bem-sucedido as qualidades com as quais ele o derrotou, buscando, com uma dor agoniante no coração, apenas o que é bom. Lióvin pertencia a essa segunda categoria. Não teve dificuldade, contudo, em encontrar o que era bom e atraente em Vrônski. Isso logo se revelou a seus olhos. Vrônski era um moreno não muito alto, encorpado, com um rosto bondoso e belo, extraordinariamente tranquilo e firme. Em seu rosto e figura, do cabelo preto cortado rente e do queixo recém-barbeado ao uniforme largo e novo em folha, tudo era simples e, ao mesmo tempo, elegante. Depois de dar passagem à dama que entrava, Vrônski foi até a princesa e, posteriormente, até Kitty.

Na hora em que se aproximou dela, os belos olhos cintilaram com ternura especial e, com um sorriso quase imperceptível, feliz e de modéstia triunfante (assim parecia a Lióvin), inclinando-se sobre ela com respeito e cuidado, deu-lhe sua mão pequena, porém larga.

Depois de cumprimentar a todos e dizer algumas palavras, sentou-se, sem nenhuma vez fitar Lióvin, que não lhe tirava os olhos de cima.

— Permita apresentar-lhe — disse a princesa, apontando para Lióvin. — Konstantin Dmítritch Lióvin. Conde Aleksei Kiríllovitch Vrônski. Vrônski se ergueu e, fitando os olhos de Lióvin com amabilidade, apertou-lhe a mão.

— Ao que parece, eu deveria ter jantado com o senhor neste inverno — disse, abrindo seu sorriso simples e franco —, porém o senhor partiu para o campo de forma inesperada.

— Konstantin Dmítritch despreza e odeia a cidade e a nós, urbanos — disse a condessa Nordston.

— Minhas palavras devem ter tido um efeito muito forte sobre a senhora para que se lembre delas — disse Lióvin e, ao se lembrar que já o dissera, corou.

Vrônski lançou um olhar para Lióvin e para a condessa Nordston e sorriu.

— E o senhor fica sempre no campo? — perguntou. — Acho que o inverno deve ser chato.

— Não é chato quando há o que fazer, e ficar sozinho não é chato — respondeu Lióvin, brusco.

— Adoro o campo — disse Vrônski, reparando no tom de Lióvin e fazendo de conta que não tinha reparado.

— Mas espero, conde, que o senhor não concordaria em viver sempre no campo — disse a condessa Nordston.

— Não sei, não tentei por muito tempo. Tive uma sensação estranha — prosseguiu. — Nunca tive tantas saudades do campo, da aldeia russa, com as alpargatas e mujiques, como quando passei um inverno em Nice, com minha mãe. Nice é chata por si só, vocês sabem. E mesmo Nápoles, Sorrento, só são boas por pouco tempo. E exatamente lá lembrei-me da Rússia de forma especialmente viva, e exatamente do campo. É como se...

Falava dirigindo-se a Kitty e a Lióvin, mudando de um para o outro o olhar amável e tranquilo, e dizendo, obviamente, o que lhe passava pela cabeça.

Ao perceber que a condessa Nordston queria dizer algo, deteve-se, sem terminar o que começara a falar, e se pôs a escutá-la com atenção.

A conversa não parou por um instante, de modo que a velha princesa, que sempre mantinha no estoque, para o caso de falta de assunto, duas armas pesadas — a educação clássica e a atual, e o serviço militar obrigatório — não se viu forçada a apresentá-las, e a condessa Nordston não se viu forçada a provocar Lióvin.

Lióvin queria participar da conversa geral, mas não conseguia; a cada minuto dizia para si: "Vá embora agora", mas não ia, esperando alguma coisa.

A conversa versava sobre espíritos e mesas que giram,[31] e a condessa Nordston, que acreditava no espiritismo, pôs-se a contar dos prodígios que vira.

— Ah, condessa, leve-me impreterivelmente, pelo amor de Deus, leve-me até eles! Nunca vi nada de extraordinário, embora busque por toda parte — disse Vrônski, rindo.

— Está bem, no próximo sábado — respondeu a condessa Nordston.

— E o senhor, Konstantin Dmítritch, acredita? — perguntou a Lióvin.

— Por que me pergunta? Afinal, a senhora sabe o que vou dizer.

— Mas quero ouvir a sua opinião.

— Minha opinião é apenas — respondeu Lióvin — que essas mesas que giram demonstram que a assim chamada sociedade instruída não está acima dos mujiques. Eles acreditam em mau-olhado, em encosto, em feitiço, e nós...

— Como assim, não acredita?

— Não posso acreditar, condessa.

— Mas e se eu mesma vi?

— As camponesas também contam que viram *domovói*.[32]

— Então o senhor acha que não estou dizendo a verdade? — e deu um riso desenxabido.

— Ah, não, Macha,[33] Konstantin Dmítritch está dizendo que não po-

---

[31] Em 1875, a revista *Mensageiro Russo* publicou artigos sobre o espiritismo: "Mediunidade", do professor I. P. Wagner, e "Fenômenos mediúnicos", do professor A. M. Bútlerov. "Os artigos no *Mensageiro Russo* alarmaram-me terrivelmente", reconheceu Tolstói. Tolstói apenas começou em *Anna Kariênina* a crítica do espiritismo, que se tornou uma "tendência" da moda nos círculos sociais dos anos 1870. Em seguida, escreveu uma sátira dos espíritas em "Os frutos do Iluminismo" (1890). (N. da E.)

[32] No folclore eslavo, o espírito que protege a casa. (N. do T.)

[33] Diminutivo de Mária. (N. do T.)

de acreditar — disse Kitty, corando por Lióvin, que percebeu e, ainda mais irritado, quis responder, porém Vrônski, com seu sorriso franco e alegre, imediatamente acorreu em auxílio da conversa, que ameaçava ficar desagradável.

— O senhor descarta a possibilidade por completo? — perguntou. — Nós admitimos a existência da eletricidade, que não conhecemos; por que não pode haver uma nova força, que não conhecemos, a qual...

— Quando a eletricidade foi descoberta — Lióvin interrompeu, rápido —, descobriu-se apenas o fenômeno, sem que se soubesse de onde vinha e o que causava, passando-se séculos até que pensassem em sua aplicação. Já os espíritas, pelo contrário, começaram falando de mesinhas que escrevem e almas que chegam, e depois se puseram a dizer que há uma força desconhecida.

Vrônski escutava Lióvin com atenção, como sempre escutava, visivelmente interessado em suas palavras.

— Sim, mas os espíritas dizem: agora não sabemos que força é essa, mas há uma força, e ela atua nessas condições. Que os cientistas decifrem em que consiste essa força. Não, não vejo por que não possa haver uma nova força, se ela...

— Porque — Lióvin voltou a interromper —, na eletricidade, cada vez que você esfrega breu na lã, verifica-se um fenômeno conhecido, só que aqui não é toda vez, ou seja, não se trata de um fenômeno natural.

Provavelmente sentindo que a conversa assumia um caráter sério demais para a sala de visitas, Vrônski não retrucou e, tentando mudar o tema da conversa, deu um sorriso alegre e se voltou para as damas.

— Vamos experimentar agora, condessa — começou; Lióvin, porém, desejava demonstrar o que pensava.

— Penso — prosseguiu — que essa tentativa dos espíritas de explicar seus prodígios como uma nova força é o maior fiasco. Falam abertamente em força espiritual, e querem submetê-la a um experimento material.

Todos esperavam quando ele terminaria, e ele o sentiu.

— E eu penso que o senhor dará um médium excelente — disse a condessa Nordston —, há um certo êxtase no senhor.

Lióvin abriu a boca, quis dizer algo, corou e nada disse.

— Senhorita princesa, por favor, vamos experimentar as mesas agora — disse Vrônski. — A senhora princesa permite?

E Vrônski se ergueu, procurando uma mesinha com os olhos.

Kitty se levantou para buscar a mesinha e, ao passar ao lado de Lióvin, seus olhos se encontraram. Toda sua alma se compadecia dele, ainda mais porque lamentava a infelicidade de que ela era a causa. "Se puder me perdoar, perdoe", dizia o olhar dela, "estou tão feliz."

"Odeio a todos, a senhorita e a mim", respondeu o olhar dele, e Lióvin procurou o chapéu. Porém, não era seu destino partir. No instante em que se acomodavam em torno da mesinha e ele se preparava para sair, entrou o velho príncipe, o qual, depois de cumprimentar as damas, dirigiu-se a Lióvin.

— Ah! — começou, contente. — Chegou faz tempo? Eu não sabia que você estava aqui. Fico muito feliz por vê-lo.

O velho príncipe às vezes tratava Lióvin por "você", às vezes por "senhor". Abraçou Lióvin e, ao falar com ele, não reparou em Vrônski, que estava de pé, aguardando com calma que o príncipe se dirigisse a ele.

Kitty sentiu que, depois do ocorrido, a afetuosidade do pai era dura para Lióvin. Também notou a frieza com que, por fim, o pai respondeu à saudação de Vrônski, e como Vrônski, com amável perplexidade, olhava para o príncipe, tentando compreender, sem conseguir, como era possível alguém ser hostil a ele; e ela corou.

— Príncipe, libere Konstantin Dmítritch para nós — disse a condessa Nordston. — Queremos fazer uma experiência.

— Que experiência? Girar mesas? Pois bem, desculpem-me, senhoras e senhores, mas, na minha opinião, é mais gostoso brincar de passa-anel — disse o velho príncipe, olhando para Vrônski e adivinhando qual era sua intenção. — O anel ainda faz sentido.

Vrônski fitou o príncipe, admirado com seus olhos firmes, e, sorrindo de leve, imediatamente pôs-se a falar com a condessa Nordston sobre o grande baile da semana seguinte.

— Espero que a senhorita vá — dirigiu-se a Kitty.

Assim que o velho príncipe se afastou dele, Lióvin saiu, imperceptivelmente, e a última impressão que levou daquela noite foi o rosto sorridente e feliz de Kitty ao responder à pergunta de Vrônski sobre o baile.

XV

Quando a noite acabou, Kitty narrou à mãe sua conversa com Lióvin e, apesar de toda a pena que tinha dele, alegrava-lhe a ideia de que recebera uma *proposta*. Não tinha dúvida de que se comportara como devia. Só que ficou muito tempo sem conseguir conciliar o sono, na cama. Uma impressão perseguia-a com insistência. Era o rosto de Lióvin, de sobrancelhas franzidas, de pé, ouvindo o pai e observando-a e a Vrônski de um jeito sombrio e triste, com seus olhos bondosos. Compadecia-se tanto dele que lágrimas lhe vieram aos olhos. Imediatamente, porém, pensou naquele pelo qual o trocara. Lembrava-se vivamente de seu rosto másculo e resoluto, de sua nobre tranquilidade, que irradiava bondade em tudo, e para todos; lembrava-se do amor daquele que amava, e voltou a sentir alegria na alma, deitando-se no travesseiro com um sorriso de felicidade. "Pena, pena, mas o que fazer? Não tenho culpa", dizia para si; porém, uma voz interior lhe dizia outra coisa. Não sabia se se arrependia por ter atraído Lióvin ou por tê-lo recusado. Porém, sua felicidade fora envenenada pela dúvida. "Senhor, tende piedade, Senhor, tende piedade, Senhor, tende piedade!", repetia para si, enquanto adormecia.

Nessa hora, embaixo, no pequeno gabinete do príncipe, transcorria uma daquelas cenas entre os pais, que se repetia com frequência, por causa da filha amada.

— O quê? Vou dizer o quê! — gritava o príncipe, agitando os braços e imediatamente fechando o roupão de pele de esquilo. — A senhora não tem honra, dignidade, está envergonhando e arruinando a filha com esse arranjo vil e estúpido de casamento!

— Príncipe, tenha piedade, pelo amor de Deus, o que eu fiz? — disse a princesa, a ponto de chorar.

Feliz e satisfeita com a conversa com a filha, fora dar boa-noite ao príncipe, como de costume e, embora não tencionasse lhe falar da proposta de Lióvin, nem da recusa de Kitty, fez ao marido uma alusão ao fato de que achava que o assunto com Vrônski estava totalmente resolvido, e que seria decidido assim que a mãe dele chegasse. E então, a estas palavras, o príncipe de repente se encolerizou e se pôs a berrar palavras indecentes.

— O que fez? Veja o que fez: em primeiro lugar, fisgou o noivo, e toda Moscou vai falar, e com razão. Se der um serão, chame todo mundo, não apenas os pretendentes escolhidos. Chame todos esses *molengas* (como o príncipe chamava os jovens moscovitas), chame um pianista, e que dancem, mas não faça como hoje, ao juntar os pretendentes. Isso me dá nojo, nojo, e a senhora conseguiu virar a cabeça da garota. Lióvin é um homem mil vezes melhor. E esse almofadinha de São Petersburgo, eles são produzidos por máquina, todos parecem iguais, são todos lixo. Ainda que ele fosse de sangue principesco, minha filha não precisaria dele!

— Mas o que eu fiz?

— Pois isso... — gritou o príncipe, irado.

— Sei que, se for escutá-lo — interrompeu a princesa —, jamais casaremos nossa filha. Se for assim, então precisamos ir para o campo.

— Melhor irmos.

— Mas espere. Por acaso sou eu que fisgo? Não fisguei ninguém. Simplesmente um jovem, e muito bom, se apaixonou por ela, e ela, ao que parece...

— Ah, veja o que lhe parece! E se ela estiver de fato apaixonada, e ele quiser esse casamento tanto quanto eu?... Oh! Que meus olhos não tivessem visto!.. "Ah, espiritismo, ah, Nice, ah, ao baile..." — E o príncipe, imaginando imitar a esposa, fazia uma reverência a cada palavra. — E assim produzimos a infelicidade de Kátienka,[34] como ela de fato vai enfiar na cabeça...

— Mas por que você acha isso?

— Eu não acho, eu sei; para essas coisas, quem tem olho somos nós, não as mulheres. Vejo um homem que tem intenções sérias, que é Lióvin; e vejo um codorniz, como esse escrevinhador, que só quer se divertir.

— Pois bem, você já enfiou isso na cabeça...

— Você vai se lembrar, porém vai ser tarde, como com a Dáchenka.[35]

— Certo, está bem, está bem, não falemos disso — deteve-o a princesa, lembrando-se da infelicidade de Dolly.

— Excelente, adeus!

E, benzendo um ao outro, porém sentindo que cada um permanecia com sua opinião, os cônjuges se separaram.

Inicialmente, a princesa tivera a firme convicção de que aquela noite decidira o destino de Kitty, e de que não podia haver dúvidas quanto às intenções de Vrônski; as palavras do marido, porém, perturbaram-na. E, voltando a seus aposentos, repetia em seu coração, exatamente como Kitty, com horror perante o futuro desconhecido: "Senhor, tende piedade, Senhor, tende piedade, Senhor, tende piedade!".

XVI

Vrônski jamais conhecera a vida familiar. Sua mãe, na juventude, fora uma brilhante mulher da sociedade, que tivera, durante o casamento, e es-

---

[34] Diminutivo de Ekaterina. (N. do T.)

[35] Diminutivo de Dária. (N. do T.)

pecialmente depois, muitos romances, conhecidos de todo mundo. Quase não se lembrava do pai, e fora criado no Corpo de Pajens.

Tendo saído muito jovem da escola, como um oficial brilhante, logo entrou na roda dos militares ricos de São Petersburgo. Embora frequentasse eventualmente a sociedade petersburguense, todos os seus interesses amorosos eram fora dela.

Em Moscou, experimentara pela primeira vez, após o luxo e a rudeza da vida em Petersburgo, os encantos da proximidade de uma moça da sociedade, meiga e inocente, que o amava. Não lhe passava pela cabeça que pudesse haver algo de mau em suas relações com Kitty. Nos bailes, dançava sobretudo com ela; frequentava sua casa. Falava com ela daquilo que normalmente se fala em sociedade, qualquer bobagem, mas uma bobagem à qual ele conferia um significado especial por causa dela. Embora não lhe dissesse nada que não pudesse dizer na frente de todos, sentia que ela dependia dele cada vez mais e, quanto mais sentia isso, mais gostava, e seu sentimento por ela se tornava mais terno. Não sabia que seu modo de conduta com relação a Kitty tinha um nome determinado, ou senha, fisgar senhoritas sem intenção de se casar, e que esse fisgar era uma das condutas nocivas comuns entre jovens brilhantes como ele. Tinha a impressão de ser o primeiro a descobrir essa satisfação, e se deleitava com a descoberta.

Se pudesse ouvir a conversa dos pais dela naquela noite, se pudesse se colocar no ponto de vista da família e saber que Kitty seria infeliz, caso não se casasse com ela, ficaria muito espantado e não acreditaria. Não poderia acreditar que aquilo que proporcionava uma satisfação tão grande e boa a ele e, principalmente, a ela, podia ser nocivo. Poderia acreditar ainda menos que devia se casar.

Para ele, o matrimônio jamais fora uma possibilidade. Não apenas não gostava da vida doméstica, mas, conforme sua visão de mundo de homem solteiro, encarava a família e, especialmente, o marido, como algo de estranho, hostil e, acima de tudo, ridículo. Porém, embora Vrônski não desconfiasse do que os pais tinham dito, sentiu, ao entrar na casa dos Scherbátski, naquela noite, que a misteriosa ligação espiritual entre ele e Kitty se consolidara então com tanta força que seria necessário fazer alguma coisa. Mas o que podia e devia ser feito, ele não conseguia atinar. "É encantador", pensou, voltando dos Scherbátski, de onde levava, como sempre, uma sensação agradável de pureza e frescor, devida em parte a não ter fumado a noite inteira, junto com uma nova sensação de enternecimento diante do amor dela por ele, "é encantador que nada tenha sido dito nem por mim, nem por ela, mas nos entendemos tanto nessa conversa invisível de olhares e tons de voz, que agora ficou mais claro do que nunca: ela disse que me ama. E com que doçura, com que simplicidade e, principalmente, com que confiança! Eu me sinto melhor, mais puro. Sinto que tenho um coração, e que há muito de bom dentro de mim. Aqueles doces olhos apaixonados! Quando ela disse: *e também...*" "Pois bem, e então? Então, nada. É bom para mim e bom para ela." E começou a imaginar onde terminaria aquela noite.

Calculou mentalmente os lugares para os quais poderia ir. "O clube? Uma partida de *bésigue*,[36] champanhe com Ignátov? Não, não vou. O Château des Fleurs,[37] encontrar Oblônski, cançonetas, cancã? Não, basta! Gosto dos Scherbátski exatamente porque na casa deles me torno melhor. Vou para casa." Foi direto para seu quarto, no Dussot, mandou trazerem a ceia e, despido, assim que conseguiu colocar a cabeça no travesseiro, caiu no sono profundo e tranquilo de sempre.

XVII

No dia seguinte, às onze horas da manhã, Vrônski foi à estação da ferrovia de Petersburgo encontrar a mãe, e a primeira pessoa que viu nos degraus da grande escadaria foi Oblônski, esperando a irmã, que vinha no mesmo trem.

— Ah! Vossa Excelência! — gritou Oblônski. — Veio atrás de quem?

— De mamãe — respondeu Vrônski, sorrindo como todos que encontravam Oblônski, apertando sua mão e subindo a escadaria com ele. — Deve chegar agora de São Petersburgo.

— Fiquei esperando por você até as duas horas. Para onde foi depois dos Scherbátski?

— Para casa — disse Vrônski. — Devo admitir que estava me sentindo tão bem depois de sair da casa deles que não tive vontade de ir a lugar nenhum.

— Reconheço os cavalos briosos por suas marcas, reconheço os jovens apaixonados pelo olhar — declamou Stepan Arkáditch, exatamente como fizera antes com Lióvin.

---

[36] Jogo de cartas francês, jogado em duas pessoas. (N. do T.)

[37] Nome de um estabelecimento de diversões organizado à maneira do *café-chantant* parisiense. No palco se apresentavam dançarinas, cançonetistas, ginastas, ciclistas. Em Moscou, o Château des Fleurs pertencia ao empresário Bekker, no parque Petróvski. (N. da E.)

Vrônski sorriu com cara de quem não negava, porém imediatamente mudou de assunto.

— E quem você veio encontrar? — perguntou.

— Eu? Uma mulher bonitinha — disse Oblônski.

— Veja só!

— *Honni soit qui mal y pense!*[38] Minha irmã, Anna.

— Ah, Kariênina? — disse Vrônski.

— Ela mesma, conhece?

— Acho que sim. Ou não... Na verdade, não me lembro — respondeu, distraído, Vrônski, a quem o nome Kariênina fazia obscuramente imaginar algo afetado e tedioso.[39]

— Porém Aleksei Aleksândrovitch, meu célebre cunhado, você conhece. Todo mundo o conhece.

— Reconheço de reputação e de rosto. Sei que é inteligente, erudito, algo religioso... Mas você sabe, não é a minha... *not in my line*[40] — disse Vrônski.

— Sim, é um homem muito notável; algo conservador, mas uma pessoa excelente — observou Stepan Arkáditch —, uma pessoa excelente.

— Pois bem, melhor para ele — disse Vrônski, rindo. — Ah, você está aqui — dirigiu-se ao lacaio da mãe, um velho alto, que estava junto à porta —, venha cá.

Nos últimos tempos, para além do agrado que Stepan Arkáditch causava em todos, Vrônski se sentia ainda mais ligado a ele porque, em sua imaginação, associava-o a Kitty.

— Bem, e então, no domingo faremos um jantar para a *diva*? — disse a ele, tomando seu braço com um sorriso.

— Sem falta. Estou colhendo assinaturas. Ah, ontem você conheceu meu amigo Lióvin? — perguntou Stepan Arkáditch.

— Como não? Mas ele partiu um pouco cedo.

---

[38] Em francês no original. Divisa da Ordem da Jarreteira, a mais antiga da Inglaterra: "Maldito seja quem pensa mal disso". (N. do T.)

[39] Serguei Tolstói, filho do escritor, conta que seu pai estudou grego na década de 1870, para ler Homero, e certa vez lhe disse: "*Karenon*, em Homero, é cabeça. Dessa palavra veio-me o sobrenome Kariênin". E Serguei acrescenta: "Não teria ele dado esse nome ao marido de Anna porque Kariênin é um homem mental, porque nele o raciocínio predomina sobre o coração, ou seja, o sentimento?". (N. do T.)

[40] "Não é a minha área", em inglês no original. (N. do T.)

— É um rapaz excelente — prosseguiu Oblônski. — Não é verdade?

— Não sei por quê — respondeu Vrônski —, em todos os moscovitas, obviamente excetuando aquele com que estou falando — inseriu, brincando —, há algo de ríspido. Estão sempre retrucando, ficam bravos, como se todos quisessem dar algo a entender...

— Isso mesmo, verdade, é isso... — disse Stepan Arkáditch, com um riso alegre.

— Então, é para logo? — Vrônski dirigiu-se a um funcionário.

— O trem está vindo — respondeu o funcionário. A aproximação do trem evidenciava-se cada vez mais nos movimentos dos preparativos na estação, na correria dos empregados, na aparição de gendarmes, funcionários e gente que fora receber o trem. Através do vapor congelado, avistavam-se trabalhadores de peliças curtas e botas suaves de feltro, cruzando os trilhos da estrada curva. Ao longe, nos trilhos, ouvia-se o assobio da locomotiva e o deslocamento de algo pesado.

— Não — disse Stepan Arkáditch, que tinha muita vontade de narrar a Vrônski as intenções de Lióvin para com Kitty. — Não, você julgou mal o meu Lióvin. Verdade que ele é muito nervoso e fica desagradável, mas, em compensação, outras vezes é muito gentil. Tem uma natureza bastante honrada e justa, e um coração de ouro. Contudo, ontem havia motivos especiais — prosseguiu Stepan Arkáditch, totalmente esquecido da simpatia franca que experimentara na véspera pelo amigo, e experimentando agora o mesmo, só que por Vrônski. — Sim, havia um motivo para ele se sentir especialmente feliz ou especialmente infeliz.

Vrônski se deteve e fez uma pergunta direta:

— Como assim? Quer dizer que ontem ele fez uma proposta à sua *belle-soeur*?...[41]

— Pode ser — disse Stepan Arkáditch. — Tive essa impressão ontem. Porém, se ele saiu cedo e ainda por cima de mau humor, então... Ele está apaixonado há bastante tempo, e isso me dá muita pena.

— Veja só!... Aliás, eu acho que ela pode contar com um partido melhor — disse Vrônski e, aprumando o peito, pôs-se novamente em marcha. — Aliás, não o conheço — acrescentou. — Sim, é uma situação dura! Por isso a maioria prefere se relacionar com as Klaras. Pois então o fracasso só demonstra que você não tem dinheiro suficiente, mas, aqui, a sua dignidade é que está na balança. Mas veja o trem.

---

[41] Cunhada, em francês no original. (N. do T.)

De fato, a locomotiva já assobiava ao longe. Alguns minutos depois, a plataforma tremeu e, chamejando o vapor que o frio desviava para baixo, a locomotiva avançou, a alavanca da roda do meio se contraindo e distendendo lenta e compassadamente, e o maquinista a cumprimentar, coberto de gelo; e atrás do tênder, cada vez mais lento, e sacudindo mais a plataforma, vinha o vagão com as bagagens e um cão que gania; por fim, chegaram os vagões de passageiros, estremecendo antes de parar.

Garboso, o condutor bem-vestido saltou depois de dar um apito, e atrás deles puseram-se a sair os passageiros impacientes, um por um: um oficial da guarda, ereto e de olhar severo; um mercador buliçoso com uma sacola, rindo alegre; um mujique com um saco em cima do ombro.

Postado ao lado de Oblônski, Vrônski contemplava os vagões e os passantes, completamente esquecido da mãe. O que ficara sabendo de Kitty excitara-o e alegrara-o. Seu peito se aprumou involuntariamente, e os olhos cintilaram. Sentia-se vitorioso.

— A condessa Vrônskaia está naquele compartimento — disse o condutor garboso, indo até Vrônski.

As palavras do condutor despertaram-no e forçaram-no a se lembrar da mãe e do iminente encontro com ela. No coração, não respeitava a mãe e, sem dar-se conta, não a amava, embora, de acordo com as ideias do círculo em que vivia, e com sua educação, não pudesse imaginar tratá-la de outro modo senão com o mais alto grau de obediência e deferência, tanto maiores no exterior quanto menores eram seu respeito e amor interiores por ela.

XVIII

Vrônski seguiu o condutor até o vagão e, na entrada do compartimento, deteve-se para dar passagem a uma dama que saía. Com o tato habitual de homem da sociedade, com apenas um olhar à aparência da dama Vrônski determinou que ela pertencia à mais alta-roda. Desculpou-se e teria entrado no vagão, porém sentiu a premência de olhar para ela mais uma vez — não porque fosse muito bonita, nem por causa do garbo e da graça modesta evidentes em toda sua figura, mas porque, na expressão do rosto donairoso, quando ela passou ao seu lado, havia algo de particularmente afável e suave. Quando ele olhou para trás, ela também virou a cabeça. Os olhos cinzentos e cintilantes, que pareciam negros devido aos cílios espessos, detiveram-se em seu rosto com atenção e benevolência, como se ela o reconhecesse, para de imediato passar à multidão de transeuntes, como que procurando alguém. Neste breve olhar, Vrônski conseguiu notar a animação contida que brincava em seu rosto e esvoaçara entre os olhos cintilantes, e o sorriso quase imperceptível que curvara seus róseos lábios. Era como se o excesso de algo enchesse de tal forma seu ser e se manifestasse, a despeito de sua vontade, ora no olhar, ora no sorriso. Ela ofuscava intencionalmente a luz de seus olhos, mas esta cintilava contra a vontade em seu sorriso quase imperceptível.

Vrônski entrou no vagão. Sua mãe, uma velha seca de olhos negros e cachos, apertou os olhos ao fitar o filho, e deu um leve sorriso com os lábios finos. Após se levantar da poltroninha e entregar a bolsa à criada, ofereceu a mão seca ao filho e, erguendo a cabeça dele de sua mão, beijou-o no rosto.

— Recebeu o telegrama? Está com saúde? Graças a Deus.

— Chegou bem? — disse o filho, sentando-se a seu lado e ouvindo sem querer uma voz feminina atrás da porta. Sabia que era a voz da dama que encontrara à entrada.

— Mesmo assim, não concordo com o senhor — dizia a voz da dama.

— É um ponto de vista de São Petersburgo, minha senhora.

— Não de Petersburgo, mas simplesmente feminino — ela respondeu.

— Pois bem, permita-me beijar sua mão.

— Até a próxima, Ivan Petróvitch. Mas veja se meu irmão não está aí, e mande-o vir me encontrar — disse a dama, à porta, voltando a entrar no compartimento.

— E então, encontrou seu irmão? — disse Vrônskaia, dirigindo-se à dama.

Vrônski então se lembrou de que aquela era Kariênina.

— Seu irmão está aqui — disse, levantando-se. — Desculpe-me, não a reconheci, pois nossa apresentação foi tão curta — disse Vrônski, inclinando-se — que a senhora, provavelmente, não se lembra de mim.

— Oh, não — ela disse —, eu o teria reconhecido, já que falei do senhor com a sua mamãe, me parece, a viagem inteira — disse, finalmente permitindo que a animação que pedia para sair se manifestasse em seu sorriso.

— Chame-o então, Aliocha[42] — disse a velha condessa. Vrônski saiu à plataforma e gritou:

— Oblônski! Aqui!

Kariênina, contudo, não esperou pelo irmão e, ao avistá-lo, saiu do vagão com um passo leve e decidido. E, assim que o irmão a alcançou, ela, com

---

[42] Diminutivo de Aleksei. (N. do T.)

um movimento que surpreendeu Vrônski pelo caráter resoluto e pela graça, tomou-o pelo pescoço com a mão esquerda, puxou-o rapidamente para si e beijou-o com força. Sem tirar os olhos dela, Vrônski observava-a e, sem saber o porquê, sorriu. Porém, ao se lembrar de que a mãe o aguardava, voltou a entrar no vagão.

— Não é verdade que é um encanto? — disse a condessa, a respeito de Kariênina. — Seu marido colocou-a comigo, o que me deixou muito contente. Conversei com ela a viagem toda. Bem, e você, dizem... *vous filez le parfait amour. Tant mieux, mon cher, tant mieux.*[43]

— Não sei a que está se referindo, *maman*[44] — respondeu o filho com frieza. — Enfim, *maman*, vamos.

Kariênina voltou a entrar no vagão para se despedir da condessa.

— Pois bem, condessa, a senhora encontrou seu filho, e eu, meu irmão — disse, alegre. — E todas as minhas histórias se esgotaram; não teria nada mais para contar.

— Ah, não, querida — disse a condessa, tomando a mão dela —, com a senhora eu rodaria o mundo sem me chatear. A senhora é uma daquelas mulheres queridas com as quais é tão agradável falar quanto ficar em silêncio. Quanto a seu filho, por favor, não pense: é impossível não se afastar nunca.

Kariênina ficou imóvel, mantendo-se bem ereta, com os olhos a sorrir.

— Anna Arkádievna — disse a condessa, explicando ao filho — tem um filhinho de oito anos, do qual nunca se afastou, e se atormenta o tempo todo por tê-lo deixado em casa.

— Sim, eu e a condessa falamos de filhos o tempo todo, eu do meu, ela do dela — disse Kariênina, e um sorriso voltou a iluminar seu rosto, um sorriso carinhoso, dirigido a ele.

— Isso provavelmente a entediou muito — ele disse, agarrando na hora, de pronto, a bola de coquetismo que lhe fora atirada. Porém ela, pelo visto, não queria continuar a conversa naquele tom, e se dirigiu à velha condessa.

— Sou-lhe muito grata. Nem vi o dia de ontem passar. Até logo, condessa.

— Adeus, minha amiga — respondeu a condessa. — Deixe-me beijar seu rostinho lindo. Como uma velha, digo-lhe de forma franca e simples que adorei a senhora.

Por mais estereotipada que fosse aquela frase, Kariênina, pelo visto,

---

[43] "Você persegue o amor perfeito. Tanto melhor, meu querido, tanto melhor", em francês no original. (N. do T.)

[44] "Mamãe", em francês no original. (N. do T.)

acreditou de todo o coração, alegrando-se. Enrubesceu, curvou-se de leve, ofereceu o rosto aos lábios da condessa, voltou a se aprumar e, com aquele mesmo sorriso ondulando entre os lábios e os olhos, deu a mão a Vrônski. Este apertou a pequena mão que lhe fora ofertada e, como se fosse algo especial, ficou feliz com o modo enérgico com que ela agitou sua mão, com força e ousadia. Ela partiu com o passo rápido que levava com estranha ligeireza seu corpo fornido.

— Muito gentil — disse a velha.

Seu filho pensava o mesmo. Seguiu-a com os olhos até sua graciosa figura desaparecer, e o sorriso permaneceu em seu rosto. Pela janela, viu como ela se aproximou do irmão, deu-lhe o braço e se pôs, animada, a narrar ao irmão algo que, obviamente, não tinha nenhuma relação com ele, Vrônski, que se aborreceu por isso.

— E então, *maman*, a senhora está perfeitamente bem? — repetiu, dirigindo-se a mãe.

— Tudo ótimo, maravilhoso. Alexandre foi muito gentil. E Marie ficou muito bonita. Ela é muito interessante.

E novamente se pôs a narrar o que a interessava acima de tudo, o batismo do neto, devido ao qual fora a São Petersburgo, e o favor especial do soberano por seu filho mais velho.

— Aí vem o Lavrénti — disse Vrônski, olhando pela janela. — Agora vamos, se quiser.

O velho mordomo, que viajara com a condessa, apareceu no vagão para informar que estava tudo pronto, e a condessa se levantou para ir.

— Vamos, agora tem pouca gente — disse Vrônski.

Uma moça pegou a bolsa e o cachorrinho; o mordomo e o funcionário, outras bolsas. Vrônski tomou a mãe pelo braço; porém, quando já tinham saído do vagão, de repente uns homens de rosto assustado passaram ao lado, correndo. O chefe da estação também passou correndo, com sua boina de cor rara. Pelo visto, ocorrera algo incomum. As pessoas se afastavam do trem.

— O quê?... O quê?... Onde?... Jogou-se!... Foi esmagado!... — ouvia-se entre os passantes.

De braço dado com a irmã, e também de cara assustada, Stepan Arkáditch voltou e parou, evitando a multidão, na entrada do vagão.

As damas entraram no vagão, enquanto Vrônski e Stepan Arkáditch foram atrás da multidão para apurar detalhes da desgraça.

O vigia, quer por estar bêbado, ou agasalhado demais por causa do forte frio, não escutara o trem deslocando-se para trás, e fora atropelado.

Ainda antes do retorno de Vrônski e Oblônski, as damas ficaram sabendo dos detalhes pelo mordomo.

Oblônski e Vrônski tinham visto o cadáver desfigurado. Oblônski obviamente sofria. Encrespara-se, e parecia prestes a chorar.

— Ah, que horror! Ah, Anna, se você visse! Ah, que horror! — repetia.

Vrônski calava-se, e seu belo rosto estava sério, mas absolutamente tranquilo.

— Ah, se a senhora visse, condessa — disse Stepan Arkáditch. — E a mulher dele está aí... Que horrível vê-la... Ela se jogou em cima do corpo. Dizem que ele sozinho sustentava uma família imensa. Que horror!

— Não dá para fazer algo por ela? — disse Kariênina, com um sussurro embargado.

Vrônski olhou para ela e saiu imediatamente do vagão.

— Já venho, *maman* — acrescentou, virando-se na porta.

Quando ele regressou, depois de alguns minutos, Stepan Arkáditch já estava falando com a condessa sobre uma nova cantora, enquanto a condessa fitava a porta impaciente, à espera do filho.

— Agora vamos — disse Vrônski, saindo.

Saíram juntos. Vrônski ia na frente, com a mãe. Atrás ia Kariênina, com o irmão. Na saída, Vrônski foi alcançado pelo chefe da estação.

— O senhor deu a meu assistente duzentos rublos. Poderia designar a quem eles são destinados?

— À viúva — disse Vrônski, encolhendo os ombros. — Não entendo por que perguntar.

— O senhor deu? — gritou Oblônski de trás e, apertando o braço da irmã, acrescentou: — Muito gentil, muito gentil! Não é verdade que é um rapaz excelente? Meus respeitos, condessa.

Ele e a irmã pararam, procurando a criada dela.

Quando eles partiram, a carruagem dos Vrônski já se afastara. As pessoas que saíam falavam o tempo todo da ocorrência.

— Que morte horrível! — disse um senhor, passando ao lado. — Dizem que se partiu em dois.

— Pelo contrário, acho que é a mais leve, instantânea — observou um outro.

— Como não tomam medidas? — disse um terceiro.

Kariênina sentou-se na carruagem, e Stepan Arkáditch viu, com surpresa, que seus lábios tremiam, e que ela continha as lágrimas com dificuldade.

— O que você tem, Anna? — perguntou, depois de percorrerem algumas centenas de braças.

— Um mau agouro — ela disse.

— Que bobagem! — disse Stepan Arkáditch. — Você chegou, isso é o principal. Não pode imaginar quanta esperança tenho em você.

— Conhece Vrônski faz tempo? — ela perguntou.

— Sim. Sabe, temos esperança de que ele se case com Kitty.

— Sim? — disse Anna, baixo. — Pois bem, agora vamos falar de você — acrescentou, sacudindo a cabeça, como se quisesse afugentar fisicamente algo supérfluo que a incomodava. — Vamos falar dos seus assuntos. Recebi a sua carta e vim.

— Sim, toda a esperança está em você — disse Stepan Arkáditch.

— Pois bem, conte-me tudo.

E Stepan Arkáditch se pôs a narrar. Ao chegar em casa, Oblônski ajudou a irmã a descer, apertou sua mão e se dirigiu à repartição.

XIX

Quando Anna entrou no aposento, Dolly estava sentada na pequena sala de visitas com um menino gorducho de cabeça loira, que agora já era parecido com o pai, ouvindo sua lição de leitura em francês. O menino lia, girando na mão e tentando arrancar do blusão um botão que estava quase caindo. A mãe afastara sua mão algumas vezes, mas a mãozinha gorda voltava a agarrar o botão. A mãe arrancou o botão, colocando-o no bolso.

— Sossegue as mãos, Gricha[45] — disse, voltando a se encarregar de sua manta, um trabalho antigo ao qual ela sempre se lançava nas horas duras e que, agora, empreendia com nervosismo, retorcendo os dedos e contando os pontos. Embora, na véspera, tivesse mandado dizer ao marido que não era de sua conta se a irmã dele viria ou não, preparara tudo para sua chegada, aguardando a cunhada com agitação.

Dolly estava arrasada por seu pesar, totalmente absorvida por ele. Lembrava-se, contudo, de que Anna, a cunhada, era esposa de uma das personalidades mais importantes de São Petersburgo, e uma *grande dame* petersburguense. E, graças a essa circunstância, não cumprira o que dissera ao marido, ou seja, não se esquecera de que a cunhada estava chegando. "Sim, afinal Anna não tem culpa de nada", pensava Dolly, "a respeito dela sempre ouvi as melhores coisas e, com relação a mim, vi nela apenas carinho e ami-

---

[45] Diminutivo de Grigóri. (N. do T.)

zade." Verdade que, até onde conseguia se lembrar da impressão que os Kariênin lhe deixaram em Petersburgo, não apreciara a casa deles; havia algo de falso em todo seu modo de vida doméstico. "Mas por que não vou recebê-la? Só não vá tentar me consolar!", pensou Dolly, "todo consolo, toda exortação e todo o perdão cristão, em tudo isso eu já repensei milhares de vezes, e de nada adiantou."

Em todos aqueles dias, Dolly estivera sozinha com as crianças. Falar de seu pesar ela não queria e, com tal pesar na alma, não tinha como falar de outra coisa. Sabia que, de uma forma ou de outra, contaria tudo a Anna, e ora se alegrava com a ideia de que contaria, ora se agastava com a inevitabilidade de falar de sua humilhação com ela, irmã dele, e ouvir frases feitas de consolo e exortação.

Como ocorre com frequência, ao olhar para o relógio, esperando a cada minuto, deixou passar justamente aquele em que a visita chegou, pois não escutou a campainha.

Ao ouvir o ruído do vestido e dos passos ligeiros já à porta, deu uma olhada, e seu rosto atormentado exprimiu sem querer não alegria, mas espanto. Levantou-se e abraçou a cunhada.

— Mas como, já chegou? — disse, beijando-a.

— Dolly, como estou contente em vê-la!

— Também estou contente — disse Dolly, com um sorriso débil e tentando apurar, pela expressão do rosto de Anna, se ela já sabia. "Com certeza sabe", pensou, notando compaixão na face de Anna. — Pois bem, vamos, vou levá-la ao seu quarto — prosseguiu, tentando adiar a explicação o máximo possível.

— É Gricha? Meu Deus, como cresceu! — disse Anna e, ao beijá-lo, sem tirar os olhos de Dolly, deteve-se e enrubesceu. — Não, permita-me que não vá a lugar nenhum.

Tirou o lenço, o chapéu e, quando este se enganchou em uma mecha de seus cabelos negros, que se encrespavam por toda parte, desenroscou-o com uma sacudida da cabeça.

— E você está radiante de felicidade e saúde! — disse Dolly, quase com inveja.

— Eu?... Sim — disse Anna. — Meu Deus, Tânia![46] Tem a mesma idade do meu Serioja[47] — acrescentou, dirigindo-se à menina que corria. Pegou-

---

[46] Diminutivo de Tatiana. (N. do T.)

[47] Diminutivo de Serguei. (N. do T.)

-a pela mão e a beijou. — Que encanto de menina, que encanto! Mostre-me todos.

Chamava-os, lembrando-se não apenas dos nomes, mas dos anos, meses, personalidade e doenças de todos os filhos, o que Dolly não teve como não valorizar.

— Pois bem, então vamos a eles — disse. — Vássia[48] agora está dormindo, pena.

Depois de dar uma olhada nas crianças, sentaram-se, já sozinhas, na sala de visitas, para o café. Anna pegou a bandeja e, depois, afastou-a.

— Dolly — disse —, ele me contou.

Dolly encarou Anna com frieza. Esperava agora uma frase de compaixão fingida; só que Anna não disse nada disso.

— Dolly, querida! — disse. — Não quero lhe dizer nada a esse respeito, nem consolar; isso é impossível. Porém, queridinha, estou simplesmente com pena, com pena de você, de todo o coração!

Por trás dos cílios espessos, lágrimas se mostraram de repente em seus olhos cintilantes. Sentou-se mais perto da cunhada e tomou a mão dela em sua mão pequena e enérgica. Dolly não se esquivou, porém sua face não perdeu a expressão seca. Disse:

— Não há como me consolar. Tudo está perdido depois do que aconteceu, tudo acabou!

Assim que ela o disse, a expressão de seu rosto se abrandou de repente. Anna levantou a mão seca e magra de Dolly, beijou-a e disse:

— Mas Dolly, o que fazer, o que fazer? Qual é a melhor conduta nessa situação horrível? É nisso que precisa pensar.

— Está tudo terminado, e nada mais — disse Dolly. — E o pior de tudo, entenda, é que não posso deixá-lo; há as crianças, estou atada. Mas não posso viver com ele, para mim é uma tortura vê-lo.

— Dolly, minha querida, ele me falou, mas eu quero escutar de você, conte-me tudo.

Dolly fitou-a, interrogativa.

No rosto de Anna havia simpatia e amor sinceros.

— De acordo — disse, de repente. — Mas vou contar desde o começo. Você sabe como eu me casei. Graças à educação de *maman*, eu era não apenas inocente, como tola. Não sabia de nada. Dizem, eu sei, que os maridos contam às mulheres de sua vida pregressa, mas Stiva... — corrigiu-se —, Stepan Arkáditch não me disse nada. Você não vai acreditar, mas até então eu

---

[48] Diminutivo de Vassíli. (N. do T.)

achava que era a única mulher que ele tinha conhecido. Vivi assim por oito anos. Entenda que eu não apenas não suspeitava de infidelidade, como considerava uma impossibilidade e daí, imagine, com isso em mente, ficar sabendo de repente de todo o horror, de toda a baixeza... Entenda-me. Estar completamente segura de sua felicidade e, de repente... — prosseguiu Dolly, segurando os soluços — e receber uma carta... uma carta dele à amante, à minha governanta. Não, isso é horrível demais! — Sacou rapidamente o lenço e cobriu o rosto. — Ainda compreendo o arrebatamento — prosseguiu, depois de um silêncio —, mas o engano, usar de astúcia para me enganar... com quem?... Continuar a ser meu marido junto com ela... isso é horrível! Você não tem como entender...

— Oh, não, eu entendo! Entendo, querida Dolly, entendo — disse Anna, apertando a mão dela.

— E você acha que ele entende todo o horror da minha situação? — continuou Dolly. — Nem um pouco! Ele está feliz e satisfeito.

— Oh, não! — interrompeu Anna, rapidamente. — Ele se lamenta, está morto de arrependimento...

— E ele é capaz de arrependimento? — interrompeu Dolly, examinando o rosto da cunhada com atenção.

— Sim, eu o conheço. Não podia encará-lo sem pena. Nós duas o conhecemos. Ele é bom, mas orgulhoso, e agora está tão humilhado. O que mais me tocou (e daí Anna adivinhava o que podia tocar Dolly) é que duas coisas o atormentam: ter culpa perante os filhos e que, amando você.... sim, amando mais do que tudo no mundo — interrompeu apressadamente Dolly, que desejava retrucar —, causou-lhe dor, matou-a. "Não, não, ela não vai perdoar", diz ele o tempo todo.

Dolly olhava pensativa para além da cunhada, enquanto ouvia suas palavras.

— Sim, compreendo que sua situação é horrível; é pior para o culpado do que para o inocente — disse —, se ele sente que sua infelicidade vem da culpa. Mas como perdoar, como voltar a ser sua esposa depois dela? Viver com ele agora seria uma tortura, exatamente porque eu o amei do jeito que amei, porque amo o antigo amor que tinha por ele...

E os soluços interromperam suas palavras.

Porém, como que de propósito, a cada vez que se acalmava, punha-se novamente a falar do que a irritava.

— Afinal ela é jovem, afinal é bonita — prosseguiu. — Você entende, Anna, quem levou minha juventude e beleza? Ele e seus filhos. Eu o servi, e nesse serviço foi-se embora tudo que era meu, e agora ele, evidentemente, aprecia mais qualquer criatura fresca e vulgar. Certamente falavam de mim entre eles ou, pior ainda, silenciavam, você entende? — O ódio voltou a arder em seus olhos. — E depois disso ele vem me dizer... Como vou poder acreditar nele? Jamais. Não, já está tudo acabado, tudo que constituía o conforto, a compensação pelo trabalho, pelos tormentos... Acredita? Há pouco eu estava ensinando Gricha: antes era uma alegria, agora é uma tortura. Por que me esforço, dou duro? Pelas crianças? É um horror que minha alma de repente tenha sofrido uma reviravolta e, em lugar do amor e ternura, agora só tenho raiva dele, sim, raiva. Eu o mataria e...

— Dolly, minha querida, eu entendo, mas não se torture. Você está tão ofendida, tão agitada, que vê as coisas de modo muito alterado.

Dolly se calou, e as duas ficaram em silêncio por alguns minutos.

— O que fazer, Anna? Pense, ajude. Refleti muito e não vejo nada.

Anna não conseguia pensar em nada, porém seu coração reagia de imediato a cada palavra, a cada expressão do rosto da cunhada.

— Vou dizer uma coisa — disse Anna. — Sou irmã dele, conheço seu caráter, sua capacidade de esquecer tudo, tudo (fez um sinal em frente à testa), essa capacidade de se arrebatar completamente, mas também de se arrepender completamente. Agora ele não acredita nem entende como pôde fazer aquilo que fez.

— Não, ele entende, ele entendeu! — interrompeu Dolly. — Mas eu... você está se esquecendo de mim... será que para mim é fácil?

— Espere. Quando ele falou comigo, reconheço que não tinha compreendido ainda todo o horror da sua situação. Eu só via a ele, e que a família estava abalada; fiquei com pena, mas agora, falando com você, eu, como mulher, vejo outra coisa; vejo os seus sofrimentos, e não tenho como dizer que pena tenho de você! Porém, Dolly, minha querida, entendo totalmente seus sofrimentos, só não sei... não sei o quanto ainda há de amor por ele no seu coração. Isso você é que sabe, se há o suficiente para ser possível perdoar. Se houver, então perdoe!

— Não — começou Dolly, porém Anna interrompeu-a, beijando sua mão mais uma vez.

— Conheço o mundo melhor do que você — disse. — Sei como pessoas como Stiva encaram isso. Você diz que ele falou de você *com ela*. Não foi assim. Essas pessoas cometem infidelidades, porém o lar e a esposa são seus santuários. De certa forma, seguem desprezando essas mulheres, que não misturam com a família. Traçam uma espécie de linha intransponível entre a família e elas. É algo que não entendo, mas é assim.

— Sim, mas ele a beijou...

— Dolly, espere, queridinha. Eu vi Stiva quando estava apaixonado por você. Lembro-me dessa época, quando ele vinha à minha casa e chorava ao falar de você, e que poesia e elevação você representava para ele, e sei que, quanto mais viveu com você, mais elevada para ele você se tornou. Pois acontecia de rirmos dele porque, a cada palavra, acrescentava: "Dolly é uma mulher espantosa". Você sempre foi e permaneceu uma divindade para ele, e isso não foi um arrebatamento...

— Mas e se esse arrebatamento se repetir?

— Não pode, conforme entendo...

— Sim, mas você perdoaria?

— Não sei. Não posso julgar... Não, eu posso — disse Anna, depois de refletir; e, apreendendo a situação mentalmente e pesando-a na balança interior, acrescentou: — Não, eu posso, posso, posso. Sim, eu perdoaria. Eu não seria mais a mesma, não, mas perdoaria, e perdoaria como se não tivesse acontecido, não tivesse acontecido de jeito nenhum.

— Pois bem, é evidente — interrompeu Dolly, rapidamente, como se dissesse o que pensara mais de uma vez —, de outra forma não seria perdão. Se for para perdoar, é completamente, completamente. Pois bem, vamos, vou levá-la ao seu quarto — disse, levantando-se, e abraçando Anna no caminho. — Minha querida, como estou feliz por você ter vindo, como estou feliz. Fiquei aliviada, muito mais aliviada.

XX

Todo aquele dia Anna passou em casa, quer dizer, na casa dos Oblônski, e não recebeu ninguém, embora alguns de seus conhecidos que conseguiram saber de sua chegada tivessem procurado por ela naquele mesmo dia. Anna passou a manhã inteira com Dolly e as crianças. Apenas mandou um bilhete para o irmão, para que ele jantasse em casa, sem falta. "Venha, por Deus misericordioso", escreveu.

Oblônski jantou em casa; a conversa versou sobre assuntos gerais, e a mulher falou com ele, chamando-o de "você", o que antes não acontecia. Nas relações entre marido e esposa, permanecia aquele mesmo alheamento, mas já não se falava mais de separação, e Stepan Arkáditch viu uma possibilidade de explicação e reconciliação.

Logo depois do jantar, chegou Kitty. Conhecia Anna Arkádievna, mas muito pouco, e fora então à casa da irmã não sem medo de encontrar aquela dama da sociedade petersburguense que todos elogiavam tanto. Mas constatou imediatamente que caiu no agrado de Anna Arkádievna. Anna deleitava-se visivelmente com sua beleza e juventude, e antes que Kitty se apercebesse já se sentia não apenas sob sua influência, como apaixonada por ela, do jeito que moças jovens podem se apaixonar por damas mais velhas e casadas. Anna não parecia uma dama da sociedade, nem a mãe de um filho de oito anos; pela flexibilidade dos movimentos, pelo frescor e animação constantes em seu rosto, que se destacavam ora no sorriso, ora no olhar, parecia uma garota de vinte, não fosse pela expressão séria e por vezes triste dos olhos, que espantava e atraía Kitty. Kitty sentia que Anna era simples em absoluto e não escondia nada, porém levava em si um outro mundo elevado, com interesses complexos e poéticos que lhe eram inatingíveis.

Depois do jantar, quando Dolly ingressou em seu quarto, Anna se ergueu rapidamente e foi até o irmão, que fumava um charuto.

— Stiva — disse, com uma piscada alegre, fazendo o sinal da cruz sobre ele e indicando a porta com os olhos. — Vá, e que Deus o ajude.

Compreendendo-a, ele largou o charuto e desapareceu atrás da porta.

Quando Stepan Arkáditch saiu, ela voltou ao sofá, onde se sentou, rodeada pelas crianças. Seja por terem visto que mamãe amava a titia, ou por sentirem um fascínio especial por ela, as duas mais velhas, com as menores atrás, como acontece frequentemente com as crianças, já tinham grudado na tia nova antes do jantar, e não se afastaram dela. E entre elas se estabeleceu uma espécie de jogo, que consistia em sentar o mais próximo possível da tia, roçá-la, segurar sua mão pequena, beijá-la, brincar com a aliança ou roçar os babados de seu vestido.

— Pois bem, pois bem, como estávamos sentados antes — disse Anna Arkádievna, acomodando-se em seu novo lugar.

E Gricha voltou a enfiar a cabeça debaixo da mão dela, encostar a cabeça em seu vestido e resplandecer de orgulho e felicidade.

— Mas então, quando vai ser o baile? — ela se dirigia a Kitty.

— Na semana que vem, e um baile maravilhoso. Um daqueles bailes em que sempre nos divertimos.

— Mas existem bailes em que sempre nos divertimos? — disse Anna, com zombaria meiga.

— É estranho, mas existem. Sempre nos divertimos nos Bobríschev, nos Nikítin também, mas nos Mejkóv é sempre chato. A senhora por acaso não reparou?

— Não, minha querida, para mim não existem mais bailes divertidos — disse Anna, e Kitty viu em seus olhos aquele mundo particular que lhe era vedado. — Para mim existem aqueles que são menos duros e tediosos...

— Como *a senhora* pode se entediar em um baile?

— Por que *eu* não poderia me entediar em um baile? — perguntou Anna.

Kitty reparou que Anna sabia qual seria a resposta subsequente.

— Porque a senhora é sempre a melhor de todas.

Anna tinha a capacidade de corar. Corou e disse:

— Em primeiro lugar, jamais; em segundo, se fosse assim, de que me serviria?

— A senhora vai a esse baile? — perguntou Kitty.

— Acho que será impossível não comparecer. Tome isso — disse a Tânia, que arrancava com ligeireza a aliança de seu dedo branco e fino na extremidade.

— Ficarei muito feliz se for. Queria muito vê-la em um baile.

— Se eu chegar a ir, pelo menos vou me consolar com a ideia de que isso lhe proporcionará satisfação... Gricha, por favor, não puxe, eles já são tão desgrenhados — disse, ajeitando a mecha de cabelo solto com que Gricha brincava.

— Imagino-a no baile de lilás.

— Por que inevitavelmente de lilás? — perguntou Anna, rindo. — Pois bem, crianças, vão, vão. Ouçam, *miss* Hoole está chamando para o chá — disse, afastando as crianças de si e encaminhando-as para a sala de jantar.

— Eu sei por que está me chamando para o baile. Espera muito desse baile, e deseja que todos estejam lá, participando.

— Como a senhora sabe? Sim.

— Oh! Como a senhorita está em uma fase boa — prosseguiu Anna. — Lembro-me e conheço essa névoa azul, semelhante à das montanhas da Suíça. Essa névoa que cobre tudo nessa época bem-aventurada, em que a infância acabou de terminar, e daquele círculo imenso, feliz, alegre, parte um caminho cada vez mais estreito, e é alegre e penoso entrar nessa série de salas, embora sejam iluminadas e maravilhosas... Quem não passou por isso?

Kitty sorriu em silêncio. "Mas como ela passou por isso? Como eu queria conhecer esse romance por inteiro", pensou Kitty, recordando a aparência nada romântica de Aleksei Aleksândrovitch, seu marido.

— Sei alguma coisa. Stiva me contou, e dou-lhe os parabéns, gosto muito dele — continuou Anna. — Encontrei Vrônski na estação ferroviária.

— Ah, ele estava lá? — perguntou Kitty, enrubescendo. — Mas o que Stiva lhe disse?

— Stiva me contou tudo. E eu ficaria muito feliz. Ontem viajei com a mãe de Vrônski — prosseguiu —, e ela não ficou quieta, só me falou dele; é o seu favorito; sei como as mães são parciais, porém...

— Mas o que a mãe lhe narrou?

— Ah, muita coisa! Sei que é o favorito dela, mas mesmo assim ficou evidente que se trata de um cavalheiro... Bem, por exemplo, contou que ele queria dar toda sua fortuna ao irmão, que já na infância fez algo de extraordinário, salvou uma mulher na água. Em uma palavra, um herói — disse Anna, sorrindo e se lembrando dos duzentos rublos que ele dera na estação.

Não contou, porém, destes duzentos rublos. Por algum motivo, não gostava de se lembrar disso. Sentia que aí havia algo que se referia a ela, e que não deveria haver.

— Ela me pediu muito para visitá-la — prosseguiu Anna —, também ficarei feliz em ver a velha, e amanhã a visitarei. Entretanto, graças a Deus, Stiva está há bastante tempo com Dolly no gabinete — acrescentou Anna, mudando o tema da conversa e se levantando algo aborrecida, na impressão de Kitty.

— Não, primeiro eu! Não, eu! — gritavam as crianças, que tinham terminado o chá e corriam para a tia Anna.

— Todos juntos! — disse Anna e, sorrindo, correu ao encontro deles, abraçando e derrubando todo o amontoado de crianças que se remexiam e ganiam de êxtase.

XXI

Na hora do chá dos adultos, Dolly saiu do seu aposento. Stepan Arkáditch não veio. Devia ter saído do aposento da esposa pela porta dos fundos.

— Temo que você vá passar frio lá em cima — notou Dolly, dirigindo-se a Anna. — Gostaria de mudá-la para baixo, daí ficamos mais perto.

— Ah, por favor, não se preocupe comigo — respondeu Anna, perscrutando o rosto de Dolly e tentando entender se houvera ou não reconciliação.

— Vai ser mais claro para você aqui — respondeu a cunhada.

— Estou lhe dizendo que durmo sempre, em qualquer lugar, como uma marmota.

— Qual é o problema? — disse Stepan Arkáditch, saindo do gabinete e dirigindo-se à esposa.

Por seu tom, Kitty e Anna compreenderam imediatamente que houvera reconciliação.

— Quero mudar Anna para baixo, mas é preciso pendurar as cortinas. Ninguém sabe fazer isso, tenho que ver eu mesma — respondeu Dolly, dirigindo-se a ele. "Sabe Deus se reconciliaram-se por completo", pensou Anna ao ouvir o tom dela, frio e calmo.

— Ah, basta, Dolly, de ver dificuldade em tudo — disse o marido. — Pois bem, se quiser, eu faço tudo... "Sim, devem ter se reconciliado", pensou Anna.

— Eu sei como você faz tudo — respondeu Dolly. — Diz ao Matviei para fazer o que é impossível, vai embora, e ele se atrapalha todo — e o habitual riso zombeteiro franziu os lábios de Dolly ao dizer isto. "Completa, completa, uma reconciliação completa", pensou Anna, "graças a Deus!", e, alegrando-se por ter sido a causa, foi até Dolly e beijou-a.

— Nada disso, por que você despreza tanto Matviei e a mim? — disse Stepan Arkáditch, dirigindo-se à esposa com um sorriso quase imperceptível.

A noite inteira, Dolly foi levemente zombeteira com o marido, como sempre, e Stepan Arkáditch esteve satisfeito e feliz, mas apenas o suficiente para demonstrar que, depois de perdoado, não esquecera sua culpa.

Às nove e meia, a conversação doméstica especialmente alegre e agradável à mesa de chá dos Oblônski foi interrompida por um fato, pelo visto simples, que, porém, por algum motivo, pareceu estranho. Ao falar de conhecidos em comum de São Petersburgo, Anna ergueu-se com rapidez.

— Ela está no meu álbum — disse — e, a propósito, vou mostrar meu Serioja — acrescentou, com um orgulhoso sorriso maternal.

Por volta das dez, horário em que de hábito se despedia do filho e o punha para dormir, frequentemente antes de ir para um baile, ficava triste por estar tão longe dele; e, não importa do que se falasse, seu pensamento voltava sempre para seu Serioja de cachos. Tinha vontade de olhar o seu retrato e falar com ele. Aproveitou o primeiro pretexto e, com seu passo leve e decidido, foi atrás do álbum. A escada que subia para seu quarto dava no patamar da grande e aquecida escada de entrada.

Na hora em que saía da sala de visitas, uma campainha soou na antessala.

— Quem pode ser? — disse Dolly.

— Para mim é cedo, para outros é tarde — observou Kitty.

— Decerto são uns papéis — acrescentou Stepan Arkáditch e, quando Anna passou ao lado da escada, um criado acorreu para informar do recém-chegado, que estava de pé, junto à luminária. Anna, ao olhar para baixo, imediatamente reconheceu Vrônski, e uma estranha sensação de satisfação e medo de repente agitou seu coração. Estava de pé, sem tirar o sobretudo, extraindo algo do bolso. No instante em que ela passava pelo meio da escada, ele ergueu os olhos, avistou-a e a expressão de seu rosto fez-se algo envergonhada e assustada. Inclinando a cabeça de leve, ela passou, e atrás de si soou a voz potente de Stepan Arkáditch, convidando-o a entrar, e a voz baixa, suave e calma de Vrônski, recusando.

Quando Anna regressou com o álbum, ele já não estava, e Stepan Arkáditch contou que viera saber de um jantar que dariam no dia seguinte, para uma celebridade recém-chegada.

— Não quis entrar de jeito nenhum. Estava meio estranho — acrescentou Stepan Arkáditch.

Kitty enrubesceu. Achou que tinha entendido por que ele viera e não entrara. "Esteve na nossa casa", pensou, "não me encontrou e achou que eu estivesse aqui; só que não entrou por achar que estava tarde, e porque Anna está aqui."

Todos se entreolharam sem dizer nada, e passaram a examinar o álbum de Anna.

Não havia nada de extraordinário ou estranho no fato de um homem ir à casa de um amigo às nove e meia para saber os detalhes de um jantar planejado e não entrar; mas todos acharam estranho. Quem mais achou aquilo estranho e ruim foi Anna.

XXII

O baile tinha apenas começado quando Kitty e a mãe adentraram pela grande escadaria inundada de luz, cheia de flores e lacaios com pó de arroz e cafetã vermelho. Dos salões chegava-lhes um rumor constante de movimento, como uma colmeia, e, enquanto ajeitavam os cabelos na frente do espelho, no patamar entre as portas, soou o som nítido e cauteloso dos violinos da orquestra, dando início à primeira valsa. Um velhinho em trajes civis que arrumava as pequenas têmporas grisalhas em outro espelho, irradiando cheiro de perfume, deparou-se com elas na escada e deu passagem, admirando visivelmente Kitty, que não conhecia. Um jovem imberbe, um daqueles jovens da sociedade que o príncipe Scherbátski chamava de *molengas*, de colete exageradamente aberto, enquanto arrumava a gravata branca, cumprimentou-as e, depois de passar ao lado, correndo, voltou para convidar Kitty para a quadrilha. A primeira quadrilha já fora concedida a Vrônski, ela devia conceder ao jovem a segunda. Um militar, abotoando a luva, manteve-se afastado, junto à porta e, acariciando os bigodes, admirava a rosada Kitty.

Embora toalete, penteado e todos os preparativos para o baile tivessem custado a Kitty grande trabalho e reflexão, agora, em seu complexo vestido de tule de barra rosa, ela se comportava no baile com tamanha liberdade e simplicidade que era como se todas aquelas rosetas e rendas, todos os detalhes da toalete não tivessem custado um minuto de atenção a ela e aos de casa, como se tivesse nascido com aquele tule e aquele penteado alto, com uma rosa e duas folhas em cima.

Quando a velha princesa, antes de entrar no salão, quis ajustar a faixa que a cingia, Kitty afastou-se de leve. Sentia que tudo nela devia estar bom e gracioso por si só, e que nada precisava ser corrigido.

Kitty estava em um de seus dias felizes. O vestido não apertava em lugar nenhum, a gola Bertha de rendas não estava caindo, as rosetas não amassaram nem soltaram; os sapatos cor-de-rosa de salto alto e curvo não machucavam, e sim agradavam aos pezinhos. As tranças espessas e loiras mantinham-se naquela cabecinha como se fossem de seu próprio cabelo. Todos os três botões estavam abotoados, sem se rasgar, na luva comprida que revestia-lhe a mão, sem ocultar sua forma. O veludo negro do medalhão rodeava-lhe o pescoço com especial ternura. Esse veludo era um encanto, e em casa, olhando para o pescoço no espelho, Kitty sentia que o veludo falava. De todo o resto ainda poderia haver dúvida, mas o veludo era um encanto. Kitty sorriu também ali, no baile, ao contemplá-lo no espelho. Nos ombros e braços nus, Kitty sentia o frio do mármore, uma sensação de que particularmente gostava. Os olhos brilhavam, e os lábios rubros não tinham como não sorrir com a consciência de sua atração. Nem bem conseguira entrar no salão e chegar à multidão de damas de tule-faixa-rendas-flores, que esperavam um convite para a dança (Kitty jamais ficava naquela multidão), e já foi convidada para uma valsa, e convidada pelo melhor cavalheiro, o principal cavalheiro da hierarquia do baile, o famoso diretor de bailes, o mestre de cerimônias, o casado, belo e esbelto Iegóruchka Korsúnski. Logo que deixou a condessa Bánina, com a qual bailara a primeira valsa, examinou sua propriedade, ou seja, alguns pares que tinham se posto a dançar, avistou Kitty entrando e acorreu a ela com aquele peculiar passo esquipado e desenvolto que é próprio apenas dos diretores de baile e, inclinando-se, sem sequer perguntar se ela queria, esticou o braço para enlaçar sua cintura fina. Ela procurou ao redor, com o olhar, alguém para entregar o leque, e a anfitriã, rindo, pegou-o.

— Que bom que a senhorita chegou na hora — ele disse, enlaçando sua cintura —, em vez desse costume de se atrasar.

Curvando-se, ela colocou a mão esquerda no ombro dele, e os pezinhos de botinhas rosa movimentaram-se de forma rápida, ligeira e ritmada pelo parquete escorregadio, ao compasso da música.

— Valsear com a senhorita é um descanso — ele disse, quando se lançaram aos primeiros passos lentos da valsa. — Um encanto, que leveza, *précision*[49] — dizia a ela o mesmo que dizia a quase todos que conhecia bem.

Ela sorriu ao elogio e, por cima do ombro dele, continuava a examinar a sala. Não era uma novata, para a qual todos os rostos do baile se fundiam em uma impressão mágica; tampouco era uma moça esmaecida, para a qual todos os rostos do baile eram tão conhecidos que davam tédio; encontrava-se em posição intermediária, estava animada mas, ao mesmo tempo, dominava-se o suficiente para conseguir observar. Via que, no canto esquerdo da sala, agrupara-se a flor da sociedade. Lá estava a bela Lídia, incrivelmente desnuda, mulher de Korsúnski, lá estava a anfitriã, lá reluzia a careca de Krívin, sempre com a flor da sociedade; para lá olhavam os jovens, sem ousar se aproximar; lá ela encontrou os olhos de Stiva e, depois, avistou a figura encantadora e a cabeça de Anna, vestida de veludo negro. *Ele* também estava lá. Kitty não o via desde a noite em que rejeitara Lióvin. Com seus olhos hipermetropes, Kitty reconheceu-o imediatamente, e até reparou que ele a fitava.

— E então, outra valsa? A senhora não está cansada? — disse Korsúnski, arquejando de leve.

— Não, grata.

— Para onde devo levá-la?

— Parece-me que Kariênina está aqui... leve-me até ela.

— Para onde mandar.

E Korsúnski saiu valsando, com passos medidos, diretamente até o grupo do canto esquerdo do salão, dizendo: "*Pardon, mesdames, pardon, pardon, mesdames*"[50] e, manobrando entre um mar de rendas, tules e fitas, e sem se enganchar sequer em uma pluma, girou com firmeza sua dama, de modo a descobrir suas perninhas finas de meias rendilhadas, e fazer a cauda do vestido se abrir em leque e cobrir os joelhos de Krívin. Korsúnski fez uma reverência, aprumou o peito aberto e esticou o braço, para levá-la a Anna

---

[49] "Precisão", em francês no original. (N. do T.)

[50] "Perdão, senhoras", em francês no original. (N. do T.)

Arkádievna. Kitty, corando, tirou a cauda de cima do joelho de Krívin e, algo zonza, olhou ao redor, buscando Anna. Anna estava de pé, rodeada de mulheres e homens, conversando. Anna não trajava lilás, como Kitty desejara sem falta, mas um vestido negro de veludo, de corte baixo, que deixava descobertos seu peito e ombros cheios e torneados, como que de marfim antigo, e os braços arredondados de pulso fino e minúsculo. O vestido era todo revestido de guipura veneziana. Em sua cabeça, nos cabelos negros, que eram os seus, sem aditivos, havia uma pequena guirlanda de amores-perfeitos, assim como na faixa preta da cintura, entre rendas brancas. Seu penteado não era notável. Notáveis eram apenas aqueles aneizinhos curtos e insubordinados de cabelo encaracolado, que sempre escapavam para a nuca e as têmporas. No pescoço cinzelado e forte havia um fio de pérolas.

Kitty vira Anna todos os dias, apaixonara-se por ela e imaginara-a inevitavelmente de lilás. Porém agora, vendo-a de preto, sentia que não tinha entendido todos seus encantos. Agora via-a de forma completamente nova e inesperada. Agora compreendia que Anna não podia estar de lilás, e que seu encanto consistia exatamente em que sempre sobressaía em sua toalete, e que a toalete jamais se fazia visível nela. O vestido negro de rendas pomposas tampouco se fazia visível; era somente uma moldura, e quem se fazia visível era apenas ela, simples, natural, elegante e, além disso, alegre e animada.

Estava de pé, mantendo-se extraordinariamente ereta, como sempre, e, quando Kitty se aproximou do grupo, falava com o dono da casa, com a cabeça levemente virada para ele.

— Não, não vou atirar pedras — respondia —, embora não entenda — prosseguiu, dando de ombros, e imediatamente, com um sorriso meigo e protetor, dirigiu-se a Kitty. Depois de lançar um furtivo olhar feminino para sua toalete, fez um movimento de cabeça quase imperceptível, mas entendido por Kitty como de aprovação à sua toalete e beleza. — A senhorita entrou no salão dançando — acrescentou.

— É uma das minhas ajudantes mais fiéis — disse Korsúnski, inclinando-se para Anna Arkádievna, que ainda não tinha visto. — A princesa ajuda a deixar o baile alegre e lindo. Anna Arkádievna, uma valsa — disse, curvando-se.

— Mas vocês se conhecem? — perguntou o anfitrião.

— Quem não conhecemos? Eu e minha mulher somos como lobos brancos, que todo mundo conhece — respondeu Korsúnski. — Uma valsa, Anna Arkádievna.

— Não danço quando é possível não dançar — ela disse.

— Mas aqui isso não é possível — respondeu Korsúnski. Nessa hora, Vrônski se aproximou.

— Pois bem, se aqui não é possível não dançar, então vamos — ela disse, sem dar atenção ao cumprimento de Vrônski, e levando rapidamente a mão ao ombro de Korsúnski.

"Por que ela está descontente com ele?", pensou Kitty, reparando que Anna não respondera ao cumprimento de Vrônski de propósito. Vrônski aproximou-se de Kitty, lembrou-a da primeira quadrilha e lamentou não ter tido a satisfação de vê-la todo aquele tempo. Kitty observava Anna a valsar, admirando-a, e ouvia-o. Esperava que ele a convidasse para a valsa, porém ele não convidou, e ela o encarou com espanto. Ele corou e se apressou em convidá-la a valsar, porém, assim que a tomou pela cintura e deu o primeiro passo, a música parou de repente. Kitty olhou para o rosto dele, que estava tão próximo, e por muito tempo depois, ao longo de anos, aquele olhar cheio de amor com que ela então o fitara, e ao qual ele não respondera, cortaria seu coração com torturante vergonha.

— *Pardon, pardon!* Valsa, valsa — Korsúnski gritava, do outro lado da sala e, agarrando a primeira senhorita que apareceu, pôs-se a bailar.

XXIII

Vrônski dançou algumas valsas com Kitty. Depois da valsa, Kitty foi até a mãe, mal conseguiu trocar algumas palavras com Nordston e Vrônski já veio atrás dela, para a primeira quadrilha. Na hora da quadrilha não foi dito nada de significativo, houve uma conversa entrecortada ora a respeito dos Korsúnski, marido e mulher, que ele descreveu, de forma muito divertida, como amáveis crianças de quarenta anos, ora sobre o futuro teatro público, e só uma vez a conversa tocou-a de modo vivo, quando ele perguntou de Lióvin, se estava ali, acrescentando que gostara bastante dele. Mas Kitty tampouco esperava muito da quadrilha. Aguardava a mazurca com o coração na mão. Tinha a impressão de que tudo devia se decidir na mazurca. O fato de, durante a quadrilha, ele não tê-la convidado para a mazurca não a perturbou. Estava segura de que dançaria a mazurca com ele, como nos bailes anteriores, e recusou cinco convites, dizendo-se ocupada. Todo o baile, até a última quadrilha, foi para Kitty um sonho mágico de cores, sons e movimentos alegres. Só não dançava quando se sentia cansada demais, e pedia para repousar. Porém, após dançar a última quadrilha com um dos jovens enfadonhos que não tivera como recusar, aconteceu-lhe de estar *vis-à-vis* com Vrônski e

Anna. Não se encontrara com Anna desde sua chegada e, então, de repente voltou a vê-la de forma completamente nova e inesperada. Via nela aqueles traços de excitação com o sucesso que conhecia tão bem. Via que Anna estava inebriada com o vinho da admiração que suscitava. Conhecia aquela sensação, conhecia seus sinais e os via em Anna — via o brilho trêmulo e inflamado de seus olhos, o sorriso de alegria e excitação que curvava seus lábios sem querer, a graça distinta, a precisão e a leveza dos movimentos.

"Quem?", perguntava para si, "todos ou um só?" E, sem ajudar o aflitivo jovem com o qual dançava a reatar o fio perdido da meada da conversa, e submetendo-se externamente aos estrondosos e alegres gritos imperiosos de Korsúnski, que ora lançavam todos no *grand rond*, ora na *chaîne*, ela observava, e seu coração ia ficando cada vez mais apertado. "Não, não foi o enlevo da multidão que a embriagou, mas a admiração de um só. E quem é esse um? Por acaso seria ele?" Cada vez que ele falava com Anna, ardia nos olhos dela um brilho de alegria, e um sorriso de felicidade curvava seus lábios rubros. Era como se ela se esforçasse para não exprimir aqueles sinais de alegria que, contudo, afloravam em seu rosto por si mesmos. "Mas e ele?" Kitty fitou-o e ficou horrorizada. O que Kitty imaginara com tanta clareza no espelho do rosto de Anna, enxergava em Vrônski. Onde tinham ido parar seus modos sempre tranquilos e resolutos, e a expressão facial de calma despreocupada? Não, agora, cada vez que se dirigia a ela, arqueava um pouco a cabeça, como se desejasse tombar na sua frente, e seu olhar exprimia apenas obediência e medo. "Não quero ofender", era o que seu olhar parecia dizer a cada vez, "mas quero me salvar, e não sei como." Havia em seu rosto uma expressão que ela jamais vira antes.

Falavam de conhecidos em comum, entabulavam a mais insignificante das conversas, porém Kitty tinha a impressão de que cada palavra que proferiam decidia o destino deles, e o seu próprio. O estranho era que, embora eles de fato falassem de como Ivan Ivânovitch era ridículo com seu francês, e de que poderiam ter encontrado um partido melhor para Ielétskaia, ao mesmo tempo essas palavras tinham para eles todo um significado, que eles sentiam tanto quanto Kitty. O baile inteiro, o mundo inteiro, tudo se cobria de nuvens na alma de Kitty. Apenas a severa escola da educação que lhe fora incutida amparava-a e forçava-a a fazer o que lhe era exigido, ou seja, dançar, responder a perguntas, falar, até mesmo rir. Porém, antes do começo da mazurca, quando já arrumavam as cadeiras e alguns pares se deslocavam do salão pequeno para o grande, Kitty viu-se em instantes de desespero e horror. Tinha recusado cinco, e agora não bailava a mazurca. Nem havia esperança de ser convidada, justamente porque tinha sucesso demais na sociedade, e não podia passar pela cabeça de ninguém que não tivesse sido requisitada até então. Era preciso dizer à mãe que estava doente e ir embora para casa, mas nem para isso tinha forças. Sentia-se morta.

Foi para o fundo da pequena sala de visitas e se abandonou em uma poltrona. A saia vaporosa do vestido ergueu-se como uma nuvem ao redor de seu talhe esbelto; uma mão nua, magra e macia de moça, largada sem forças, afundara nas pregas da túnica rosada; na outra, segurava o leque, abanando o rosto acalorado com movimentos rápidos e breves. Contudo, a despeito de seu aspecto de borboleta que acabara de agarrar uma folha de grama, prestes a abrir as asas irisadas e alçar voo, um terrível desespero lhe comprimia o coração.

"Pode ser que eu tenha me enganado, pode ser que não tenha acontecido?"

E voltava a recordar tudo que tinha visto.

— Kitty, o que é isso? — disse a condessa Nordston, que se aproximara dela de modo inaudível, pelo tapete. — Não entendo.

O lábio inferior de Kitty tremia; ela se levantou rápido.

— Kitty, você não vai dançar a mazurca?

— Não, não — disse Kitty, com a voz trêmula de lágrimas.

— Ele a convidou para a mazurca na minha frente — disse Nordston, sabendo que Kitty entenderia quem eram ele e ela. — Ela disse: mas o senhor não vai dançar com a princesa Scherbátskaia?

— Ah, para mim dá na mesma! — respondeu Kitty.

Além dela, ninguém entendia sua situação, ninguém sabia que, na véspera, rejeitara um homem a quem talvez amasse, e o rejeitara porque acreditara em outro.

A condessa Nordston encontrou Korsúnski, com o qual dançara a mazurca, e mandou-o convidar Kitty.

Kitty dançou com ele no primeiro par e, felizmente, não teve que falar, pois Korsúnski corria o tempo todo, comandando seus domínios. Vrônski e Anna postaram-se praticamente na sua frente. Via-os com seus olhos hipermetropes, via-os também de perto, quando os pares se encontraram, e quanto mais os via, mais se assegurava de que sua infelicidade se realizara. Via que eles se sentiam a sós naquele salão cheio. E no rosto de Vrônski, sempre tão resoluto e independente, via aquela expressão de desconcerto e submissão que a espantara, parecida com a cara que um cachorro inteligente faz quando é culpado.

Anna sorria, e seu sorriso se transmitiu a ele. Ficou pensativa, e ele se pôs sério. Alguma força sobrenatural arrastava os olhos de Kitty para o rosto de Anna. Ela estava encantadora em seu vestido preto simples, estavam encantadores seus braços fornidos de braceletes, estava encantador o pescoço firme com o fio de pérolas, estavam encantadores os cabelos encrespados do penteado desordenado, estavam encantadores os movimentos graciosos e leves dos pequenos pés e mão, estava encantador aquele belo rosto em sua animação; havia, contudo, algo de horrível e cruel em seu encanto.

Kitty admirava-a ainda mais do que antes, e sofria cada vez mais. Kitty sentia-se esmagada, e seu rosto o demonstrava. Quando Vrônski a viu, ao dar de encontro com ela na mazurca, não a reconheceu de imediato, de tão mudada.

— Que baile maravilhoso! — ele disse, para dizer algo.

— Sim — ela respondeu.

No meio da mazurca, ao repetir um passo complicado, recém-inventado por Korsúnski, Anna foi parar no meio do círculo, escolheu dois cavalheiros e chamou uma dama e Kitty. Kitty encarou-a assustada, aproximando-se. Apertando os olhos, Anna fitou-a e, sorrindo, apertou-lhe a mão. Ao perceber, porém, que o rosto de Kitty respondera a seu sorriso apenas com uma expressão de desespero e perplexidade, deu-lhe as costas e se pôs a conversar alegremente com a outra dama.

"Sim, ela tem algo de estranho, demoníaco e encantador", Kitty disse para si.

Anna não queria ficar para cear, porém o anfitrião pôs-se a pedir.

— Chega, Anna Arkádievna — disse Korsúnski, colocando a mão nua dela debaixo da manga de seu fraque. — Tenho uma grande ideia para o cotilhão! *Un bijou!*[51]

— Não, não vou ficar — respondeu Anna, sorrindo; porém, apesar do sorriso, Korsúnski e o anfitrião entenderam, pelo tom decidido com que ela respondeu, que não ficaria.

— Não, dancei mais em um único baile em Moscou, o seu, do que em todo o inverno em São Petersburgo — disse Anna, procurando com o olhar Vrônski, que estava por perto. — Preciso descansar antes da viagem.

— A senhora está realmente decidida a partir amanhã? — perguntou Vrônski.

— Sim, creio — respondeu Anna, como que se espantando com a ousadia da pergunta; porém, o irresistível brilho trêmulo de seus olhos e sorriso incendiaram-no quando ela o disse.

Anna Arkádievna não ficou para cear e partiu.

---

[51] "Uma joia!", em francês no original. (N. do T.)

XXIV

"Sim, há em mim algo de repulsivo, hediondo", disse Lióvin, saindo da casa dos Scherbátski e dirigindo-se a pé à do irmão. "E não sirvo para as outras pessoas. É o orgulho, dizem. Não, nem orgulho eu tenho. Se fosse orgulhoso, eu não teria me colocado nessa posição." E imaginou que Vrônski, feliz, bondoso, inteligente e calmo, provavelmente jamais teria se encontrado na situação horrível em que ele estivera naquela noite. "Sim, ela tinha de escolhê-lo. Tinha de ser, e não tenho de quem nem por que me queixar. O culpado sou eu. Que direito tinha eu de pensar que ela desejaria unir sua vida à minha? Quem sou eu? E o que eu sou? Um homem insignificante, que não presta para nada, nem para ninguém." E se lembrou de seu irmão Nikolai, detendo-se com alegria nessa recordação. "Por acaso ele não tem razão, e tudo no mundo é ruim e sórdido? E será que julgamos o irmão Nikolai, no presente e no passado, com justiça? Evidentemente, do ponto de vista de Prokófi, que o viu de peliça esfarrapada e bêbado, é um homem desprezível; porém, conheço-o de outra forma. Conheço sua alma e sei que somos parecidos. E eu, em vez de sair à sua procura, vim jantar, e logo aqui." Lióvin se aproximou de uma lanterna, leu o endereço do irmão em um papelzinho e chamou uma sege de aluguel. Ao longo de todo o comprido trajeto até a casa do irmão, Lióvin se recordou de forma viva de todos os fatos que sabia da vida de Nikolai. Lembrou-se de como o irmão, na universidade, e um ano depois de concluí-la, apesar das zombarias dos colegas, vivera como um monge, observando rigorosamente todos os ritos religiosos, serviços, jejuns, e fugindo de todos os prazeres, especialmente mulheres; e, depois, quão repentina fora sua queda, como se aproximara das pessoas mais vis e se abandonara aos mais desregrados excessos. Lembrou depois a história do menino que ele trouxera do campo para educar e que, em um acesso de raiva, espancara tanto que desencadeou um caso no qual foi acusado de mutilação. Lembrou depois a história de um trapaceiro para o qual perdera dinheiro, dera uma letra de câmbio e depois prestara queixa, afirmando que fora enganado. (Era esse dinheiro que tinha sido pago por Serguei Ivânitch). Depois se lembrou da noite que passara na polícia, por arruaça. Lembrou-se do vergonhoso processo que abrira contra o irmão Serguei Ivânitch porque não teria recebido sua parte da propriedade da mãe; e, o último episódio, quando partira para o serviço em uma região ocidental e fora levado a julgamento por bater em um sargento... Tudo aquilo era horrivelmente sórdido, mas Lióvin não o achava tão sórdido quanto poderia parecer àqueles que não conheciam Nikolai Lióvin, não conheciam toda sua história, não conheciam seu coração.

Lióvin lembrava-se de como, na época em que Nikolai estava em seu período de devoção, jejum, monges e serviços eclesiásticos, quando buscou na religião uma ajuda, um freio à sua natureza apaixonada, não apenas ninguém o apoiou, como todos, inclusive ele, se riram. Provocaram-no, chamaram-no de Noé, de monge; porém, quando ele caiu, ninguém o ajudou, e todos lhe voltaram as costas, com horror e asco.

Lióvin sentia que o irmão Nikolai, na alma, lá no fundo da alma, apesar de toda a fealdade de sua vida, não era mais equivocado do que aqueles que o desprezavam. Não tinha culpa de ter nascido com um caráter incontrolável e inteligência algo limitada. Contudo, sempre quisera ser bom. "Vou lhe dizer tudo, vou fazer com que ele diga tudo e demonstrarei a ele que o amo e, por isso, entendo-o", decidiu Lióvin, sozinho, ao se aproximar, pelas onze horas, do hotel designado no endereço.

— Em cima, 12º e 13º — o porteiro respondeu à pergunta de Lióvin.

— Está em casa?

— Deve estar.

A porta do 12º estava entreaberta e de lá, em um feixe de luz, saía a fumaça espessa de tabaco ruim e fraco, e uma voz que Lióvin não conhecia; porém Lióvin imediatamente ficou sabendo que o irmão estava lá; ouviu sua tosse.

Quando ele chegou à porta, a voz desconhecida disse:

— Tudo depende de quão razoável e consciente for ao conduzir o assunto.

Konstantin Lióvin lançou um olhar pela porta e viu que quem estava falando era um jovem de cabeleira imensa e *podiovka*,[52] e uma jovem marcada pela varíola, de vestido de lã sem manga nem gola, estava sentada no sofá. Seu irmão não estava visível. O coração de Konstantin deu um aperto dolorido à ideia de que seu irmão vivia no meio daquelas pessoas estranhas. Ninguém o escutou, e Konstantin, tirando as galochas, pôs-se a ouvir o que dizia o senhor de *podiovka*. Falava de algum empreendimento.

— Pois bem, o diabo que as carregue, as classes privilegiadas — proferiu a voz do irmão, tossindo. — Macha![53] Traga-nos a ceia e vinho, se tiver sobrado, senão vá buscar.

---

[52] Casaco pregueado na cintura. (N. do T.)

[53] Diminutivo de Mária. (N. do T.)

A mulher se levantou, saiu de trás do tabique e viu Konstantin.

— Tem um senhor aqui, Nikolai Dmítritch — disse.

— Quem deseja? — disse a voz de Nikolai Lióvin, zangada.

— Sou eu — respondeu Konstantin Lióvin, saindo à luz.

— *Eu* quem? — repetiu a voz de Nikolai, ainda mais zangada. Deu para ouvi-lo se levantando com rapidez, tropeçando em algo, e Lióvin viu diante de si, à porta, a figura imensa, magra e encurvada do irmão, tão conhecida e ainda assim surpreendente em seu aspecto selvagem e doentio, de olhos grandes e assustados.

Estava ainda mais magro do que três anos atrás, quando Konstantin Lióvin vira-o pela última vez. Trajava uma sobrecasaca curta. As mãos e os ossos largos pareciam ainda mais enormes. Os cabelos tinham se tornado mais ralos, os mesmos bigodes retos pendiam sobre os lábios, os mesmos olhos fitavam o recém-chegado com estranheza e ingenuidade.

— Ah, Kóstia![54] — exclamou, de repente, ao reconhecer o irmão, e seus olhos reluziram de alegria. Porém, no mesmo instante, lançou um olhar para o jovem e fez aquele movimento convulsivo de cabeça e pescoço que Konstantin conhecia tão bem, como se a gravata o machucasse; e uma expressão totalmente diferente, selvagem, sofrida e cruel marcou seu rosto descarnado.

— Escrevi ao senhor e a Serguei Ivânitch dizendo que não os conheço, nem quero conhecer. O que você quer, do que precisa?

Não se parecia em nada com o que Konstantin havia imaginado. Ao pensar nele, Konstantin Lióvin esquecera o que havia de mais duro e nocivo em seu caráter, e que tornava o trato com ele tão difícil; e agora, ao ver seu rosto, especialmente aquele giro convulsivo de cabeça, lembrava-se de tudo aquilo.

— Não preciso vê-lo para nada — respondeu, tímido. — Simplesmente vim vê-lo.

A timidez do irmão, pelo visto, amainou Nikolai. Contraiu os lábios.

— Ah, então é assim? — ele disse. — Pois bem, entre, sente-se. Quer cear? Macha, traga três porções. Não, espere. Você sabe quem é esse? — dirigiu-se ao irmão, apontando para o senhor de *podiovka*. — É o senhor Krítski, meu amigo dos tempos de Kíev, um homem notável. Evidentemente é perseguido pela polícia, pois não é um canalha.

E, conforme seu hábito, olhou ao redor, para todos que estavam no aposento. Ao ver que a mulher, postada junto à porta, preparava-se para sair,

---

[54] Diminutivo de Konstantin. (N. do T.)

gritou-lhe: "Espere, eu disse". E, com aquela inabilidade, com aquela incoerência na fala que Konstantin conhecia tão bem, ele, olhando para todos, pôs-se a narrar ao irmão a história de Krítski: como fora expulso da universidade por organizar uma sociedade em benefício dos estudantes pobres e escolas dominicais,[55] como depois ingressara como professor em uma escola popular, como também fora expulso de lá, e depois levado a julgamento por alguma coisa.

— O senhor é da universidade de Kíev? — Konstantin Lióvin disse a Krítski, para quebrar o incômodo silêncio que se estabelecera.

— Sim, era de Kíev — disse Krítski, zangado, franzindo o cenho.

— E essa mulher — Nikolai Lióvin interrompeu, apontando para ela — é a minha companheira de vida, Mária Nikoláievna. Eu a tirei de uma casa — e virou o pescoço enquanto dizia isso. — Só que eu a amo e respeito, e a todos que querem me conhecer — acrescentou, levantando a voz e ficando carrancudo — peço que a amem e respeitem. É a mesma coisa que minha esposa, a mesma coisa. Pois bem, você sabe com quem está lidando. E se achar que está se rebaixando, a porta da rua é a serventia da casa.

E seus olhos voltaram a percorrer todos, interrogativamente.

— Não entendo por que eu me rebaixaria.

— Então mande trazer a ceia, Macha: três porções, vodca e vinho... Não, espere... Não, não precisa... Vá.

XXV

— Pois veja — prosseguiu Nikolai Lióvin, franzindo a testa com esforço e contraindo-se. Tinha dificuldade visível em imaginar o que dizer e o que fazer. — Está vendo, então... — Apontou, no canto do quarto, para umas barras de ferro, amarradas com barbante. — Está vendo aquilo? É o começo de uma coisa nova que estamos empreendendo. Essa coisa é uma cooperativa de produção...

Konstantin quase não escutava. Examinava seu rosto doentio e tísico, tinha cada vez mais pena dele, e não conseguia se obrigar a ouvir o que o irmão contava sobre a cooperativa. Via que essa cooperativa era apenas uma

---

[55] As escolas dominicais foram criadas para os trabalhadores de fábrica. Por isso, os revolucionários da década de 1870 viam o trabalho nas escolas dominicais como uma das formas de "ir ao povo". (N. da E.)

âncora para salvá-lo do desprezo por si mesmo. Nikolai Lióvin continuava falando:

— Você sabe que o capital oprime o trabalhador, e os nossos trabalhadores, os mujiques, arcam com todo o ônus do trabalho e se encontram numa posição em que, por mais que trabalhem, não poderão sair de sua situação de gado. Todos os lucros que remuneram o trabalho, com os quais eles poderiam melhorar sua situação, desfrutar de lazer e, em seguida, de educação, toda remuneração excedente lhes é subtraída pelos capitalistas. E a sociedade está constituída de modo que, quanto mais eles trabalharem, mais os mercadores e latifundiários vão enriquecer, enquanto eles permanecerão bestas de carga para sempre. Essa ordem precisa ser modificada — concluiu, fitando o irmão de modo interrogativo.

— Sim, evidentemente — disse Konstantin, observando o rubor que surgira debaixo dos ossos salientes da face do irmão.

— Então vamos formar uma cooperativa de serralheiros, em que toda a produção, os lucros e, principalmente, as ferramentas de produção, tudo será comum.

— E onde vai ser a cooperativa?

— Na aldeia de Vozdriom, na província de Kazan.

— Mas por que em uma aldeia? Acho que há muito trabalho nas aldeias. Para que uma cooperativa de serralheiros em uma aldeia?

— Porque os mujiques agora são tão escravos quanto eram antes, e por isso o senhor e Serguei Ivânitch olham com tamanho desagrado quem deseja tirá-los dessa escravidão — disse Nikolai Lióvin, bravo com a objeção.

Konstantin suspirou enquanto examinava o quarto sombrio e imundo. Aparentemente, esse suspiro deixou Nikolai ainda mais bravo.

— Conheço as opiniões aristocráticas do senhor e de Serguei Ivânitch. Sei que ele emprega todas as forças de seu intelecto para justificar o mal existente.

— Não, mas por que você está falando de Serguei Ivânitch? — indagou Lióvin, sorrindo.

— Serguei Ivânitch?[56] Veja por quê! — Nikolai Lióvin gritou, de repente, ao ouvir o nome de Serguei Ivânovitch —, veja por quê... Mas o que dizer? Só uma coisa... Por que você veio? Você despreza isso, ótimo, vá com Deus, vá com Deus! — gritava, levantando-se da mesa. — Vá, vá!

— Não desprezo nada — disse Konstantin Lióvin, tímido. — Não estou nem discutindo.

---

[56] Forma abreviada de Ivânovitch. (N. do T.)

Nessa hora, Mária Nikoláievna voltou. Nikolai Lióvin encarou-a, zangado. Ela foi até ele, rápido, sussurrando-lhe algo.

— Não estou bem de saúde, fiquei irritadiço — afirmou Nikolai Lióvin, acalmando-se e respirando pesadamente —, e depois você vem me falar de Serguei Ivânitch e seu artigo. É um tamanho absurdo, tamanha falsidade, tamanho autoengano. O que pode escrever sobre a justiça um homem que não a conhece? O senhor leu o artigo? — dirigiu-se a Krítski, voltando a se sentar à mesa e afastando as *papirossas* fumadas pela metade, para liberar espaço.

— Não li — disse Krítski, sombrio e visivelmente sem vontade de participar da conversa.

— Por quê? — Nikolai Lióvin agora abordava Krítski, zangado.

— Pois não acho necessário perder tempo com isso.

— Ora, desculpe, mas como o senhor sabe que é perda de tempo? Para muita gente, esse artigo é inacessível, ou seja, está acima deles. Mas comigo é outra coisa, eu vejo através de suas ideias e sei por que é fraco.

Todos ficaram em silêncio. Krítski levantou-se devagar e pegou o chapéu.

— Não quer cear? Pois bem, adeus. Venha amanhã com o serralheiro.

Assim que Krítski saiu, Nikolai Lióvin sorriu e deu uma piscada.

— Também é ruim — afirmou. — Afinal, eu vejo...

Nessa hora, porém, Krítski chamou-o, à porta.

— O que ainda quer? — disse, e foi ao encontro dele, no corredor. Deixado a sós com Mária Nikoláievna, Lióvin se dirigiu a ela:

— Faz tempo que está com meu irmão? — disse a ela.

— Já é o segundo ano. A saúde dele ficou muito ruim. Bebe demais — ela disse.

— Ou seja, o que bebe?

— Bebe vodca, e isso lhe faz mal.

— E bebe muito? — sussurrou Lióvin.

— Sim — ela disse, lançando um olhar tímido à porta, onde surgiu Nikolai Lióvin.

— De que estavam falando? — disse, carrancudo e levando os olhos assustados de um para outro. — De quem?

— De nada — respondeu Konstantin, confuso.

— Se não quer dizer, faça como quiser. Só que ela tão tem nada para falar com você. É uma meretriz, e você é um fidalgo — ele disse, virando o pescoço.

— Vejo que você viu tudo, entendeu e avaliou tudo, e sente comiseração por meus descaminhos — pôs-se a falar novamente, elevando a voz.

— Nikolai Dmítritch, Nikolai Dmítritch — voltou a sussurrar Mária Nikoláievna, aproximando-se dele.

— Certo, está bem, está bem!... Mas e a ceia? Ah, está aqui — afirmou, ao ver o lacaio com uma bandeja. — Aqui, ponha aqui — proferiu, zangado, apanhando imediatamente a vodca, enchendo um cálice e bebendo com avidez. — Tome, quer? — dirigiu-se ao irmão, alegrando-se imediatamente. — Pois bem, basta de Serguei Ivânitch. Estou mesmo feliz por vê-lo. Diga o que quiser, não somos estranhos. Pois bem, beba. Conte, o que você anda fazendo? — prosseguiu, mastigando com avidez um pedaço de pão e enchendo mais um cálice. — Como você vive?

— Vivo sozinho no campo, como antes, ocupando-me da propriedade — respondeu Konstantin, observando com horror a avidez com que o irmão bebia e comia, e tentando ocultar que o notava.

— Por que não se casou?

— Não aconteceu — respondeu Konstantin, enrubescendo.

— Por quê? Eu estou acabado! Estraguei a minha vida. Disse e digo que, se tivessem me dado a minha parte quando eu precisava, toda minha vida teria sido diferente.

Konstantin Dmítritch apressou-se em mudar o rumo da conversa.

— Você sabia que o seu Vaniuchka[57] trabalha no meu escritório em Pokróvski? — disse.

Nikolai virou o pescoço e ficou pensativo.

— Mas me conte, como está Pokróvski? A casa ainda está de pé, as bétulas, e a sala de aula? E Filipp, o jardineiro, está vivo? Como me lembro do caramanchão e do divã! Pois veja, não mude nada na casa, mas se case logo e volte a estabelecer as coisas como eram. Daí irei visitá-lo, se a sua mulher for boa.

— Então venha me visitar agora — disse Lióvin. — Arranjaríamos isso muito bem!

— Iria visitá-lo se soubesse que não vou encontrar Serguei Ivânitch.

— Não vai encontrá-lo. Vivo completamente independente dele.

— Sim, mas, diga o que disser, você terá que escolher entre mim e ele — disse, olhando timidamente nos olhos do irmão. Essa timidez afetou Konstantin.

---

[57] Diminutivo de Ivan. (N. do T.)

— Se quiser saber toda minha confissão com relação a isso, digo-lhe que, na sua briga com Serguei Ivânitch, não tomo partido nem de um, nem de outro. Ambos estão errados. Você está mais errado no aspecto exterior, e ele no interior.

— Ah, ah! Você entendeu isso, você entendeu isso? — gritou Nikolai, alegre.

— Só que eu, pessoalmente, se você quiser saber, valorizo mais a amizade com você, porque...

— Por que, por quê?

Konstantin não podia dizer que o valorizava mais porque Nikolai era infeliz e precisava de sua amizade. Nikolai, porém, entendeu que ele queria dizer exatamente aquilo e, franzindo o cenho, pegou mais vodca.

— Basta, Nikolai Dmítritch! — disse Mária Nikoláievna, esticando a mão roliça e nua para a garrafinha.

— Deixe! Não encha! Eu bato! — ele gritou. Mária Nikoláievna abriu um sorriso dócil e bondoso, que se transmitiu para Nikolai, e pegou a vodca.

— E você acha que ela não entende nada? — disse Nikolai. — Entende tudo isso melhor do que todos nós! Não é verdade que ela tem algo de bom, de gentil?

— A senhora nunca esteve antes em Moscou? — disse-lhe Konstantin, para dizer algo.

— E não a chame de *senhora*. Ela tem medo disso. Ninguém nunca a chamou de *senhora*, exceto o juiz de paz que a julgou por querer sair da casa de libertinagem. Meu Deus, quanto absurdo no mundo! — gritou, de repente. — Essas novas instituições, esses juízes de paz, *zemstvo*, que pouca vergonha!

E se pôs a narrar suas desavenças com as novas instituições.

Konstantin Lióvin escutava-o, e sua negação de todas as instituições sociais, que compartilhava com ele e exprimia com frequência, tornara-se agora, nos lábios do irmão, uma ideia desagradável.

— No outro mundo entenderemos isso tudo — disse, brincando.

— No outro mundo? Oh, não gosto desse outro mundo! Não gosto — disse, parando os olhos assustados e ferozes no rosto do irmão. — Embora possa parecer que escapar de toda a torpeza e confusão, minha e dos outros, seria bom, acontece que eu tenho medo da morte, tenho um medo horrendo da morte. — Estremeceu. — Mas beba algo. Quer champanhe? Ou vamos para algum lugar. Vamos aos ciganos! Sabe, gosto muito de canções ciganas e russas.

Sua língua começou a se enrolar, e ele passou a pular de um tema para outro. Com a ajuda de Macha, Konstantin convenceu-o a não ir a lugar nenhum e o pôs para dormir, totalmente bêbado.

Macha prometeu a Konstantin escrever no caso de necessidade e convencer Nikolai Lióvin a ir morar com o irmão.

XXVI

Konstantin Lióvin saiu de Moscou de manhã, chegando em casa à noite. No caminho, no vagão, falou com os vizinhos de política, das novas estradas de ferro e, assim como em Moscou, foi tomado por uma confusão de ideias, insatisfação consigo mesmo, vergonha de algo; porém, ao chegar à sua estação, reconhecer o cocheiro zarolho Ignat, com a gola do cafetã erguida, ao avistar, na luz pálida que vinha das janelas da estação, seu trenó atapetado, seus cavalos de caudas amarradas em arreios com argolas e franjas, quando o cocheiro Ignat, ainda arrumando as coisas, contou-lhe as novidades da aldeia, da chegada do contratador e do parto de Pava, sentiu que a confusão se dissipava aos poucos, e a vergonha e insatisfação consigo mesmo passavam. Sentiu-o apenas ao ver Ignat e os cavalos; porém, quando envergou o sobretudo de peles que lhe trouxeram, sentou-se agasalhado no trenó e partiu, ponderando a respeito das ordens que daria na aldeia e olhando para o sofrido porém galhardo cavalo do Don, que tinha sido de sela e estava atrelado de lado, passou a entender o que acontecera de forma completamente diferente. Sentiu ser ele mesmo, e não queria ser diferente. Agora, queria apenas ser melhor do que fora. Em primeiro lugar, a partir daquele dia, decidiu que não teria mais esperanças numa extraordinária felicidade proporcionada pelas bodas e, em consequência, não desdenharia do presente. Em segundo lugar, nunca mais se permitiria ser arrebatado pela paixão sórdida cuja lembrança o atormentara tanto quando ele se preparava para fazer sua proposta. Depois, lembrando-se do irmão Nikolai, decidira consigo mesmo que nunca mais se permitiria esquecê-lo, que o acompanharia sem perder de vista, para estar pronto para ajudá-lo quando estivesse mal. E isso seria logo, ele o sentia. Depois, mesmo a conversa do irmão a respeito do comunismo, que na hora ele tratara com tamanha ligeireza, agora obrigava-o a refletir. Considerava a modificação das condições econômicas um absurdo, porém sempre sentira a injustiça de sua abundância em comparação com a pobreza do povo, e agora decidira para si que, para se sentir completamente justo, embora trabalhasse muito e não vivesse com luxo, trabalharia ainda mais e se permitiria ainda menos luxo. Achava aquilo tão fácil de fazer que passou o caminho todo com os sonhos mais agradáveis. Com uma sensação animada de esperança em uma vida nova e melhor, entrou em casa às nove da noite.

Da janela do quarto, Agáfia Mikháilovna, velha aia que desempenhava a função de governanta, iluminava a neve do patamar em frente à casa. Ainda não tinha adormecido. Acordado por ela, Kuzmá correu até a varanda, sonolento e descalço. A perdigueira Laska também deu um pulo e ganiu, quase batendo nas pernas de Kuzmá e se esfregando nos joelhos de Lióvin, erguendo-se e desejando, mas não ousando, colocar as patas dianteiras em seu peito.

— Voltou logo, meu pai — disse Agáfia Mikháilovna.

— Aborreci-me, Agáfia Mikháilovna. É bom ser visita, mas em casa é melhor — respondeu, e passou ao gabinete.

O gabinete se iluminou lentamente com a luz que trouxeram. Destacaram-se os detalhes conhecidos: chifres de veado, prateleiras de livros, o espelho, a estufa com o respiradouro, que há muito tempo precisava de reparos, o sofá do pai, uma mesa grande, um livro aberto em cima da mesa, um cinzeiro quebrado, um caderno com sua letra. Ao ver aquilo tudo, instantaneamente vieram-lhe dúvidas a respeito da possibilidade de construir a vida nova com que sonhara no caminho. Era como se todos aqueles traços de sua vida o agarrassem e dissessem: "Não, você não vai fugir de nós, nem será outro, mas vai ser exatamente como foi: com as dúvidas, a eterna insatisfação consigo mesmo, as tentativas inúteis de correção, a degradação e a expectativa eterna de uma felicidade que não lhe foi dada e lhe é impossível".

Porém, se suas coisas lhe diziam isso, outra voz em sua alma dizia que não era necessário se submeter ao passado, e que era possível fazer de si mesmo o que quisesse. E, ao ouvir essa voz, foi até o canto, onde havia dois pesos de um *pud*, e se pôs a fazer ginástica, erguendo-os e tentando incutir ânimo em si mesmo. Passos rangeram à porta. Ele baixou os pesos, apressado.

O administrador entrou e disse que tudo, graças a Deus, corria bem, mas informou que o trigo-sarraceno queimara na nova secadora. A notícia irritou Lióvin. A secadora nova fora construída e parcialmente inventada por Lióvin. O administrador sempre fora contra a secadora e agora, com triunfo secreto, relatava que o trigo-sarraceno tinha queimado. Lióvin, porém, estava firmemente convicto de que o cereal queimara apenas porque não haviam sido tomadas as medidas que ele prescrevera centenas de vezes. Ficou agastado, e passou uma reprimenda no administrador. Contudo, havia uma ocorrência importante e feliz: a cara Pava, sua melhor vaca, comprada em uma feira, parira.

— Kuzmá, dê-me o sobretudo de peles. E mande trazerem uma lanterna, vou dar uma olhada — disse ao administrador.

O curral das vacas caras era logo atrás da casa. Atravessando o pátio entre montes de neves e lilases, chegou ao curral. Um cheiro tépido de estrume emanou quando a porta presa pelo frio se abriu, e as vacas, espantadas com a luz incomum da lanterna, remexeram-se na palha fresca. O dorso liso, malhado e escuro da vaca holandesa cintilou. Berkut, o touro, estava deitado, com a argola no beiço, e fez menção de se levantar, porém repensou e apenas resfolegou duas vezes, quando passaram a seu lado. Pava, uma beldade vermelha, imensa como um hipopótamo, virada de costas, protegia a bezerra dos intrusos, farejando-o.

Lióvin entrou na baia, deu uma olhada em Pava e ergueu a bezerra vermelha e malhada em suas pernas longas e vacilantes. Alvoroçada, Pava quis mugir, mas sossegou quando Lióvin aproximou a novilha dela e, respirando pesadamente, pôs-se a lambê-la com a língua áspera. A novilha, fuçando, empurrava o focinho para debaixo da virilha da mãe e girava o rabo.

— Para cá com a luz, Fiódor, para cá com a lanterna — disse Lióvin, observando a novilha. — Igual à mãe! A cor é a do pai, mas não importa. Muito boa. Comprida e de ancas cavadas. Vassíli Fiódorovitch, não é uma beleza? — dirigiu-se ao administrador, com o qual se reconciliara completamente por influência da alegria pela novilha.

— E como poderia ser ruim? Ah, o contratador Semion veio no dia seguinte à sua partida. É preciso se acertar com ele, Konstantin Dmítritch — disse o admininstrador. — Eu havia lhe prevenido a respeito da máquina.

Bastou essa questão para fazer Lióvin entrar em todos os detalhes da propriedade, que era grande e complexa, e ele, do curral, foi diretamente para o escritório e, depois de falar com o administrador e com o contratador Semion, voltou para casa e foi diretamente para a sala de visitas, no andar de baixo.

XXVII

A casa era grande e antiga e, embora Lióvin morasse sozinho, aquecia e ocupava a casa inteira. Sabia que aquilo era estúpido, sabia que era inclusive nocivo e contrário a seus novos planos atuais, mas aquela casa era todo um mundo para Lióvin. Era o mundo em que tinham vivido e morrido seu pai e mãe. Tinham vivido a vida que Lióvin considerava o ideal absoluto de perfeição, que ele sonhava recomeçar com sua mulher, com sua família.

Lióvin mal se lembrava da mãe. A recordação dela era uma lembrança sagrada, e sua futura esposa devia ser, em sua imaginação, uma repetição do santo e encantador ideal materno.

Não apenas não conseguia imaginar o amor por uma mulher sem o casamento, como primeiro imaginava uma família, e só depois a esposa que lhe daria essa família. Por isso, seu conceito de matrimônio não se parecia com o conceito da maioria de seus conhecidos, para os quais o matrimônio era um dos muitos assuntos cotidianos: para Lióvin, era o principal assunto da vida, do qual dependia toda a felicidade. E agora tinha que se recusar a isso!

Quando entrou na pequena sala de visitas em que sempre tomava chá, acomodou-se em sua poltrona com um livro, e Agáfia Mikháilovna lhe trouxe o chá com seu habitual "Eu também vou me sentar, meu pai", e se sentou na cadeira junto à janela, ele sentiu que, por mais estranho que fosse, não se apartara de seus sonhos, e que não poderia viver sem eles. Fosse com ela ou com outra, aquilo haveria de acontecer. Lia o livro, pensava no que lia, parava para ouvir Agáfia Mikháilovna, que tagarelava sem descanso; e, ao mesmo tempo, diversas imagens da propriedade e da futura vida doméstica apareciam em sua imaginação, sem conexão. Sentia que, nas profundezas de sua alma, algo se estabelecera, se refreara e se assentara.

Ouvia Agáfia Mikháilovna contar como Prókhor se esquecera de Deus e, com o dinheiro que Lióvin lhe dera para comprar um cavalo, bebia até cair, e espancava a mulher até a morte; ouvia e lia o livro, lembrando-se de todo o percurso das ideias suscitadas pela leitura. Era o livro de Tyndall sobre o calor.[58] Lembrava-se de como condenara Tyndall por se jactar da astúcia da execução de suas experiências e pela carência de olhar filosófico. E de repente emergiu uma ideia feliz: "Daqui a dois anos, terei duas vacas holandesas no rebanho, Pava ainda pode estar viva, há as doze filhas jovens de Berkut, e se, para arrematar, juntarmos ainda essas três, vai ser uma maravilha!". E retomou a leitura.

"Pois bem, eletricidade e calor são a mesma coisa; mas seria possível, na equação que resolve o problema, colocar uma grandeza no lugar da ou-

---

[58] John Tyndall (1820-1893), físico inglês. Em 1872, Tolstói leu seu livro *O calor como meio de movimento*, cuja tradução russa foi publicada em 1864. Reflexões acerca da natureza dos fenômenos físicos foram preservadas no diário de Tolstói. (N. da E.)

tra? Não. Mas e então? A ligação entre todas as forças da natureza se faz sentir de forma instintiva... Será especialmente agradável quando a filha de Pava for uma vaca vermelha malhada, e todo o rebanho, ao qual juntaremos essas três... Magnífico! Ir ao encontro do rebanho com a mulher e visitas... A mulher diz: Kóstia e eu cuidamos dessa novilha como um bebê. Mas como isso pode lhe interessar tanto? — diz uma visita. Tudo que o interessa me interessa. Mas quem é ela?" E se lembrava do que acontecera em Moscou... "Mas o que fazer?.. A culpa não é minha. Só que agora tudo vai ser diferente. É um absurdo achar que a vida não permite, que o passado não permite. É preciso lutar para viver melhor, muito melhor..." Ergueu a cabeça e ficou pensativo. A velha Laska, que ainda não digerira completamente a alegria de sua chegada e que, depois de sair correndo para latir pelo pátio, regressara, agitando a cauda e trazendo o cheiro de ar consigo, foi até ele e enfiou a cabeça em sua mão, com um ganido queixoso, exigindo suas carícias.

— Quem diria — disse Agáfia Mikháilovna. — E o cão... Afinal, entende que o dono chegou e está chateado.

— Por que chateado?

— Por acaso eu não vejo, meu pai? Tive tempo de conhecer os fidalgos. Cresci com fidalgos desde a infância. Não é nada, meu pai. Basta ter saúde e a consciência limpa.

Lióvin fixou o olhar nela, espantado com o quanto a aia entendera seus pensamentos.

— E então, trago mais um chazinho? — ela disse e, pegando a xícara, saiu.

Laska continuava enfiando a cabeça embaixo da mão do dono. Lióvin acariciou-a, e ela imediatamente se enrolou como um anel, colocando a cabeça na pata traseira esticada. Como sinal de que agora tudo estava bom e propício, ela, abrindo a boca de leve, estalou os lábios viscosos, ajeitando-os melhor em torno dos dentes velhos, e se amainou, em beatífica tranquilidade. Lióvin observou seus últimos movimentos com atenção.

"Também vou ficar assim!", disse para si mesmo. "Também vou ficar assim! Não é nada... Tudo está bem."

XXVIII

Depois do baile, de manhã cedo, Anna Arkádievna mandou ao marido um telegrama a respeito de sua partida de Moscou naquele mesmo dia.

— Não, eu preciso, preciso ir — explicava a mudança de planos à cunhada em um tom de quem se lembrava de tantas coisas que nem dava para enumerar —, não, é bem melhor ir hoje!

Stepan Arkáditch não jantara em casa, mas prometeu vir para acompanhar a irmã, às sete horas.

Kitty tampouco viera, mandando um bilhete em que alegava estar com dor de cabeça. Dolly e Anna jantaram sozinhas, com as crianças e a inglesa. Talvez por serem volúveis, ou muito sensíveis, e sentirem que a Anna daquele dia não tinha nada a ver com a do dia em que tanto tinham gostado dela, que agora não se preocupava com elas, o fato é que as crianças repentinamente interromperam sua brincadeira com a tia e seu amor por ela, não se importando nem um pouco com sua partida. Anna passara a manhã inteira ocupada com os preparativos da viagem. Escrevera bilhetes aos conhecidos de Moscou, fizera as contas e se aprontara. De modo geral, Dolly achava que ela não estava com o espírito tranquilo, mas com aquele desassossego de alma que Dolly conhecia muito bem, que não acontece sem motivo e, na maior parte das vezes, oculta uma insatisfação consigo mesma. Depois do jantar, Anna foi ao quarto se trocar, e Dolly a seguiu.

— Como você está estranha hoje! — disse Dolly.

— Eu? Você acha? Não estou estranha, mas me sinto mal. Isso acontece comigo. Fico com vontade de chorar. É muito estúpido, mas ocorre — disse Anna, rápido, baixando o rosto enrubescido para a bolsinha de brinquedo em que colocava sua touca de dormir e os lenços de cambraia. Seus olhos possuíam um brilho particular, e se contraíam em lágrimas, sem parar. — Assim como não tinha vontade de sair de São Petersburgo, agora não quero ir embora daqui.

— Você veio para cá e fez uma boa ação — disse Dolly, examinando-a com atenção.

Anna encarou-a com os olhos úmidos de lágrimas.

— Não diga isso, Dolly. Não fiz nada, nem podia fazer. Frequentemente me espanto com as pessoas que fazem combinação para me mimar. O que eu fiz, o que podia fazer? No seu coração havia amor suficiente para perdoar...

— Sabe Deus o que teria sido sem você! Como você é feliz, Anna! — disse Dolly. — Tudo na sua alma é luminoso e bom.

— Todo mundo tem seus *skeletons*,[59] como dizem os ingleses.

---

[59] "Esqueletos", em inglês no original. (N. do T.)

— Onde estão os seus *skeletons*? Tudo em você é tão luminoso.

— Eles existem! — disse Anna, de repente, e inesperadamente, depois das lágrimas, um sorriso finório e engraçado curvou seus lábios.

— Pois bem, então os seus *skeletons* são engraçados, e não sombrios — disse Dolly, rindo.

— Não, são sombrios. Sabe por que vou hoje, e não amanhã? É uma confissão que me oprime, e quero fazer a você — disse Anna, lançando-se decidida na poltrona e fitando Dolly diretamente nos olhos.

E, para seu espanto, Dolly viu que Anna tinha corado até as orelhas, até os cachinhos crespos de cabelo preto na altura do pescoço.

— Sim — prosseguiu Anna. — Você sabe por que Kitty não veio jantar? Está com ciúmes de mim. Eu estraguei... fui o motivo de o baile, para ela, ter sido uma tortura, em vez de alegria. Mas é verdade, verdade que não sou culpada, ou só um pouco culpada — disse, esticando com a voz fina a palavra "pouco".

— Oh, como você disse isso de um jeito parecido com Stiva! — disse Dolly, rindo.

Anna ficou ofendida.

— Oh não, oh não! Não sou Stiva — disse, carrancuda. — Estou lhe dizendo porque nem por um minuto me permito duvidar de mim mesma — disse Anna.

Porém, na hora em que pronunciava tais palavras, sentia que eram injustas; não apenas duvidava de si, como ficava abalada ao pensar em Vrônski, e ia embora mais rápido do que queria apenas para não encontrá-lo mais.

— Sim, Stiva me disse que você dançou a mazurca com ele, e que ele...

— Você não pode imaginar como foi ridículo. Eu só queria ser a casamenteira, e de repente foi completamente outra coisa. Pode ser que eu, contra minha vontade...

Enrubesceu e se levantou.

— Oh, eles sentem isso na hora! — disse Dolly.

— Mas eu ficaria desesperada se houvesse algo de sério da parte dele — Anna interrompeu-a. — Estou segura de que tudo vai se esquecer, e de que Kitty vai parar de me odiar.

— Aliás, Anna, para dizer a verdade, não desejo muito esse casamento para Kitty. É melhor isso se desfazer se ele, Vrônski, pôde se apaixonar por você em um único dia.

— Ah, meu Deus, isso seria tão estúpido! — disse Anna, e um rubor espesso de satisfação voltou a aparecer em seu rosto quando ouviu a ideia que a ocupava expressa em palavras. — Pois bem, vou-me embora depois de transformar Kitty, de que tanto gostei, em uma inimiga. Ah, como ela é meiga! Mas você vai corrigir isso, Dolly? Sim?

Dolly mal podia conter o riso. Gostava de Anna, mas apreciava ver que ela também tinha fraquezas.

— Inimiga? Não pode ser.

— Queria tanto que a senhora gostasse de mim como eu gosto da senhora; e, agora, gosto da senhora ainda mais — disse Anna, com lágrimas nos olhos. — Ah, como estou tola hoje!

Passou o lenço pelo rosto e começou a se vestir.

Na hora da partida, chegou Stepan Arkáditch, atrasado, com o rosto corado e alegre, cheirando a vinho e charutos.

A sentimentalidade de Anna contagiara Dolly que, ao abraçar a cunhada pela última vez, cochichou:

— Lembre-se, Anna: o que você fez por mim, jamais esquecerei. E lembre-se de que eu a amo e sempre vou amar, como minha melhor amiga!

— Não entendo por que isso — disse Anna, beijando-a e escondendo as lágrimas.

— Você me entendeu e me entende. Adeus, meu encanto!

XXIX

"Pois bem, está tudo acabado, e graças a Deus", foi o primeiro pensamento que ocorreu a Anna Arkádievna quando se despediu pela última vez do irmão, que lhe barrara a passagem para o vagão até o terceiro sinal. Sentou em sua poltroninha, ao lado de Ánnuchka,[60] e examinou o vagão-dormitório na penumbra. "Graças a Deus, amanhã verei Serioja e Aleksei Aleksândrovitch, e minha vida vai transcorrer boa e costumeira, como antes."

Com o mesmo cuidado que tivera o dia inteiro, Anna preparou-se para a viagem com satisfação e apuro; com os dedos pequenos e hábeis, abriu e fechou a bolsinha vermelha, tirou uma pequena almofada, colocou-a nos joelhos e, agasalhando os pés com cuidado, sentou-se tranquilamente. Uma dama doente já se deitara, para dormir. Duas outras damas puseram-se a falar com ela, e uma velha gorda agasalhou as pernas e fez observações a respeito da calefação. Anna respondeu-lhes com algumas palavras, porém, não prevendo interesse na conversa, pediu a Ánnuchka que pegasse uma lanterninha, prendeu-a no braço da poltrona e tirou da bolsa uma espátula e um

---

[60] Diminutivo de Anna. (N. do T.)

romance inglês. No começo, não conseguiu ler. Primeiro, o vozerio e o vaivém incomodavam; depois, quando o trem se pôs em movimento, não havia como não ouvir o barulho; depois a neve, que batia na janela esquerda e escorria pelo vidro, a visão do condutor coberto de neve, passando ao lado, e as conversas sobre como era terrível a nevasca lá fora distraíam sua atenção. Mais adiante, tudo continuava exatamente igual; os mesmos solavancos e batidas, a mesma neve na janela, as mesmas mudanças bruscas do calor do vapor para o frio, e de volta para o calor, o mesmo tremeluzir dos mesmos rostos na penumbra e as mesmas vozes, e Anna passou a ler e entender o que lia. Ánnuchka já cochilava, segurando a bolsinha vermelha em cima dos joelhos com as mãos largas dentro de luvas, uma das quais estava rasgada. Anna Arkádievna lia e entendia, mas não estava gostando de ler, ou seja, de acompanhar a representação das vidas de outras pessoas. Queria muito viver ela mesma. Ao ler como a heroína do romance tomava conta de um doente, tinha vontade de, com passos inaudíveis, ir ao quarto do doente; ao ler que um membro do parlamento fazia um discurso, tinha vontade de fazer aquele discurso; ao ler como lady Mary cavalgara atrás da matilha, provocara a cunhada e assombrara a todos com sua ousadia, tinha vontade de fazer o mesmo. Mas não havia nada a fazer e, pegando a espátula lisa com suas mãozinhas, forçava-se a ler.

O herói do romance já começava a conquistar sua felicidade inglesa, um baronato e uma propriedade, e Anna a desejar ir com ele até essa propriedade quando, de repente, sentiu que devia ser uma vergonha para ele e para ela. Mas por que uma vergonha para ele? "Por que uma vergonha para mim?", perguntava-se, com assombro ofendido. Largou o livro e se recostou no espaldar da poltrona, segurando a espátula com força, com ambas as mãos. Não havia nada de vergonhoso. Examinou todas suas recordações de Moscou. Todas eram boas, agradáveis. Lembrou-se do baile, lembrou-se de Vrônski e sua cara apaixonada e submissa, lembrou-se de como lidara com ele: não havia nada de vergonhoso. Porém, ao mesmo tempo, nesse mesmo ponto das recordações, a sensação de vergonha se reforçava, como se uma voz interna, exatamente ali, quando se lembrava de Vrônski, lhe dissesse: "Quente, muito quente, ardente". "Mas o quê?", dizia para si mesma, resoluta, ajeitando-se na poltrona, "o que isso quer dizer? Por acaso estou com medo de olhar isso de frente? Mas o que é isso? Será que entre mim e esse oficial menino existem e podem existir relações diferentes das que estabeleci com todos os conhecidos?" Deu uma risada de desprezo e voltou a apanhar o livro, porém, decididamente, não conseguia mais entender o que lia. Passou a espátula pelo vidro, depois encostou sua superfície lisa e fria no rosto e por pouco não riu em voz alta com a alegria despropositada que, de repente, se apossou dela. Sentia que seus nervos esticavam-se, como cordas cada vez mais tensas, apertadas por uma cravelha. Sentia que seus olhos se abriam cada vez mais, que os dedos das mãos e dos pés se agitavam, nervosos, que algo no peito lhe apertava a respiração e que todas as imagens e sons atingiam-na com ardor extraordinário naquela penumbra trêmula. Via-se incessantemente em momentos de dúvida, se o vagão ia para a frente, para trás, ou estava parado. Ao seu lado estava Ánnuchka, ou uma estranha? "O que é aquilo no braço da poltrona, um sobretudo ou um animal? E sou eu que estou aqui? Eu mesma, ou uma outra?" Tinha medo de se entregar àqueles devaneios. Algo, porém, arrastava-a para lá, e ela podia entregar-se ou se abster a seu bel-prazer. Ergueu-se para voltar a si, afastou a manta e tirou a pelerine do vestido quente. Recobrou os sentidos por um instante, entendendo que o homem magro que entrara vestido de casaco comprido de nanquim com alguns botões faltando era o foguista, que estava examinando o termômetro, que o vento e a neve prorrompiam atrás dele, pela porta; porém, depois tudo voltou a se confundir... Aquele homem de talhe comprido pusera-se a trincar alguma coisa na parede, a velha começara a esticar as pernas ao longo de toda a extensão do vagão, enchendo-o com uma nuvem negra; depois houve uns rangidos e batidas medonhas, como se dilacerassem alguém; depois, uma chama vermelha cegou os olhos, e depois tudo se cobriu de sombras. Anna sentia-se despencar. Tudo aquilo, contudo, não dava medo, era engraçado. A voz do homem agasalhado e coberto de neve gritou-lhe algo ao ouvido. Ela se levantou e voltou a si; entendeu que tinham chegado à estação, e que aquele era o condutor. Pediu a Ánnuchka que voltasse a lhe dar a pelerine e o lenço que tirara, colocou-os e se dirigiu à porta.

— Deseja sair? — perguntou Ánnuchka.

— Sim, estou com vontade de respirar. Aqui está muito quente.

E abriu a porta. A nevasca e o vento romperam em sua direção e começaram a discutir com ela na porta. Ela achou aquilo bom. Descerrou a porta e saiu. Como se apenas estivesse à sua espera, o vento soprava com alegria, querendo agarrá-la e carregá-la, porém ela, com braço forte, agarrou o poste gelado e, segurando o vestido, desceu à plataforma e foi para detrás do vagão. O vento, que era forte no terraço, estava mais calmo atrás dos vagões. Com prazer, enchendo o peito, aspirava o ar congelado da neve e, perto do vagão, observava a plataforma e a estação iluminada.

XXX

Terrível, a tempestade irrompeu entre as rodas dos vagões, pelas colunas, pelos cantos da estação. Vagões, colunas, pessoas, tudo que dava para ver revestira-se de neve de um lado, e ia sendo cada vez mais coberto. Por um instante, a tempestade se acalmou, mas depois voltou a atacar com tamanho ímpeto que parecia impossível fazer frente a ela. Enquanto isso, algumas pessoas corriam, conversando com alegria, fazendo as tábuas da plataforma ranger, abrindo e fechando o tempo todo as grandes portas. A sombra curva de um homem esgueirou-se aos pés dela, e ouviam-se batidas de martelo no ferro. "Dê o telegrama!", soou uma voz zangada, do outro lado das trevas da tempestade. "Para cá, por favor!? Vinte e oito!", gritaram ainda várias vozes, e pessoas agasalhadas cobertas de neve puseram-se a correr. Dois senhores, com a chama da *papirossa* na boca, passaram a seu lado. Ela aspirou o ar mais uma vez, para tomar fôlego, e já estava tirando a mão do regalo para se apoiar no poste e entrar no vagão, quando um homem de casaco militar tapou a luz oscilante da lanterna a seu lado. Olhou e, no mesmo instante, reconheceu o rosto de Vrônski. Colocando a mão na aba do quepe, inclinou-se para ela e perguntou se precisava de alguma coisa, no que poderia servi-la. Ela ficou bastante tempo sem responder, contemplando-o e, apesar da sombra em que ele estava, viu, ou achou que viu a expressão de seu rosto e olhos. Novamente, era aquela expressão de admiração respeitosa que tivera tanto efeito sobre ela na véspera. Naqueles últimos dias, e mesmo hoje, dissera mais de uma vez a si mesma que Vrônski era um dentre aquelas centenas de jovens, sempre os mesmos, que encontrava por toda parte, que jamais se permitiria sequer pensar nele; porém, agora, no primeiro instante em que o encontrava, era tomada por uma sensação de orgulho feliz. Não precisava perguntar por que ele se encontrava lá. Sabia tão bem quanto se ele mesmo tivesse dito que se encontrava lá para estar onde ela estava.

— Não sabia que o senhor tinha vindo. Por que veio? — disse, liberando a mão que deveria agarrar o poste. E uma alegria e felicidade incontíveis se irradiaram em seu rosto.

— Por que vim? — repetiu, fitando-a diretamente nos olhos. — A senhora sabe que vim para estar onde a senhora está — disse. — Não posso fazer outra coisa.

Nessa hora, como se superasse os obstáculos, o vento cobriu o teto do vagão de neve, estremecendo uma placa de ferro solta, enquanto o apito grosso da locomotiva mugia à frente, lamentoso e lúgubre. Todo o horror da nevasca mostrava-se agora ainda mais magnífico. Ele dizia exatamente o que a alma dela desejava, embora sua razão o temesse. Ela não respondeu nada, e ele viu o conflito em seu rosto.

— Desculpe-me se o que falei não lhe agrada — ele disse, submisso.

Ele falou com cortesia e respeito, porém tão firme e obstinado que ela ficou muito tempo sem conseguir responder.

— O que o senhor está dizendo é ruim, e eu lhe peço, caso seja um bom homem, que esqueça o que disse, como eu esquecerei — ela disse, por fim.

— Nenhuma de suas palavras, nenhum de seus movimentos eu jamais poderia, nem hei de esquecer...

— Basta, basta! — ela gritou, tentando, em vão, conferir uma expressão severa a seu rosto, que ele examinava com avidez. E, agarrando o poste gelado, subiu os degraus, ingressando rapidamente na entrada do vagão. Porém, nessa pequena entrada, parou, ponderando, em sua imaginação, sobre o que ocorrera. Sem se lembrar nem de suas palavras, nem das dele, entendia com os sentidos que aquela conversa momentânea aproximara-os terrivelmente; e isso a deixava assustada e feliz. Depois de ficar parada por alguns segundos, entrou no vagão e se sentou em seu lugar. Aquele estado mágico de tensão que inicialmente a atormentara não apenas se renovava, como se fortalecia, chegando ao ponto de ela ter medo de que algo se rompesse dentro de si, de tão tendida. Passou a noite inteira sem dormir. Contudo, na tensão e nos delírios que enchiam sua imaginação não havia nada de desagradável e lúgubre; pelo contrário, havia algo de alegre, abrasador e estimulante. Ao amanhecer, Anna cochilou, sentada na poltrona e, ao despertar, já estava claro, iluminado, e o trem se aproximava de São Petersburgo. Apoderaram-se dela imediatamente pensamentos a respeito da casa, do marido, do filho e dos assuntos do dia que tinha pela frente.

Em Petersburgo, assim que o trem parou e ela saiu, o primeiro rosto em que prestou atenção foi o do marido. "Ah, meu Deus! Como ele foi ficar com as orelhas assim?", pensou, olhando para sua figura gelada e imponente, e especialmente para a cartilagem das orelhas, que agora a espantavam, escorando as abas do chapéu redondo. Ao vê-la, ele foi ao seu encontro, armando nos lábios o habitual riso zombeteiro, e olhando diretamente para seus olhos grandes e cansados. Uma sensação desagradável apertou seu coração ao encontrar seu olhar obstinado e cansado, como se ela esperasse vê-lo diferente. Ficou especialmente espantada com o sentimento de insatisfação para consigo mesma que experimentou ao se encontrar com ele. Tal sentimento era antigo e conhecido, similar à condição de hipocrisia que experimentava nas relações com o marido; só que antes ela não notava essa sensação, de que agora se dava conta de forma clara e dolorida.

— Sim, como você pode ver, o seu meigo marido, meigo como no primeiro ano de matrimônio, ardia de desejo de vê-la — ele disse, com a voz fina e vagarosa, e com o tom que quase sempre empregava com ela, um tom de zombaria contra quem falasse a sério aquilo que dissera.

— Serioja está bem? — ela perguntou.

— E essa é toda a recompensa — ele disse — pelo meu ardor? Ele está bem, está bem...

XXXI

Toda aquela noite, Vrônski nem tentou dormir. Ficou sentado em sua poltrona, ora lançando o olhar diretamente para a frente, ora examinando quem entrava e saía, e, se antes ele já assombrava e perturbava os desconhecidos com seu aspecto de calma inabalável, agora parecia ainda mais orgulhoso e autossuficiente. Olhava para as pessoas como se fossem coisas. Um jovem nervoso que trabalhava no tribunal distrital e estava sentado na sua frente odiava-o por causa disso. O jovem pediu-lhe fogo, puxou conversa e até chegou a lhe dar um encontrão para fazê-lo sentir que não era uma coisa, mas uma pessoa, porém Vrônski continuava sempre a encará-lo como uma lanterna, e o jovem fez uma careta, sentindo que perdia o controle de si devido à pressão de não ser reconhecido como gente e, por causa disso, não conseguia dormir.

Vrônski não via nada nem ninguém. Sentia-se um tsar, não por crer que produzira uma impressão em Anna, ainda não acreditava nisso, mas porque a impressão que ela produzira nele causava-lhe felicidade e orgulho.

O que sairia daquilo tudo ele não sabia, nem pensava a respeito. Sentia que todas as suas forças, até então dissolutas e dispersas, estavam reunidas e, com uma energia terrível, direcionavam-se para um fim bem-aventurado. E estava feliz com isso. Sabia apenas que lhe dissera a verdade, que fora para onde ela estava, que toda a felicidade da vida, o único sentido da vida ele agora encontrava em vê-la e ouvi-la. E, ao sair do vagão, em Bologovo, para tomar água de seltz, as primeiras palavras que disse, sem querer, foram as que estavam em sua mente. E estava contente por tê-las dito, por ela agora saber aquilo e pensar naquilo. Passou a noite inteira sem dormir. De volta a seu vagão, não parou de rememorar todas as situações em que a vira, todas as suas palavras e, em sua imaginação, fazendo o coração parar, turbilhonavam quadros do futuro possível.

Ao sair do vagão, em São Petersburgo, sentia-se animado e fresco depois da noite de insônia, como após um banho frio. Ficou parado, junto a seu vagão, aguardando a saída dela. "Vou vê-la mais uma vez", dizia para si, com um sorriso involuntário, "verei seu andar, seu rosto; vai dizer alguma coisa, virar a cabeça, lançar um olhar, talvez sorrir." Porém, antes de vê-la, avistou seu marido, que o chefe da estação guiava com cortesia entre a multidão. "Ah, sim! O marido!" Só agora, pela primeira vez, Vrônski entendia com clareza que havia um marido ligado à pessoa dela. Sabia que ela tinha marido, porém não acreditava em sua existência, e só veio a crer completamente então, ao vê-lo, com sua cabeça, ombros e pernas nas calças pretas; em especial, quando viu aquele marido tomar-lhe o braço tranquilamente, com um sentimento de propriedade.

Ao ver Aleksei Aleksândrovitch com sua cara fresca de petersburguense e a figura severa e segura, de chapéu redondo e costas algo salientes, acreditou nele e experimentou uma sensação desagradável, similar à que experimentaria uma pessoa atormentada pela sede que chegasse a uma fonte e lá encontrasse um cachorro, ovelha ou porco, que bebera e turvara a água. O andar de Aleksei Aleksândrovitch, mexendo toda a pélvis e as pernas obtusas, ofendia Vrônski especialmente. Considerava ser o único a ter o direito indiscutível de amá-la. Ela, porém, continuava a mesma; e seu aspecto continuava a agir sobre ele do mesmo jeito, animando-o fisicamente, excitando-o e enchendo sua alma de felicidade. Mandou que o lacaio alemão, que acorrera da segunda classe, apanhasse suas coisas e saísse, enquanto ele mesmo foi até ela. Viu o primeiro encontro de marido e esposa e notou, com agudeza de apaixonado, os indícios de leve constrangimento com que ela falou com o marido. "Não, ela não o ama, nem pode amá-lo", decidiu, consigo mesmo.

Já na hora em que se aproximou de Anna Arkádievna, por trás, reparou com alegria que ela sentiu sua chegada, deu uma olhada e, ao reconhecê-lo, voltou a se dirigir ao marido.

— Passou bem a noite? — disse, fazendo uma reverência para ela e para o marido, e deixando a cargo de Aleksei Aleksândrovitch aceitar o cumprimento e reconhecê-lo ou não, como preferisse.

— Grata, muito bem — ela respondeu.

Seu rosto parecia cansado, sem aquele jogo de animação que prorrompia ora no sorriso, ora nos olhos; porém, no momento único em que o viu, algo cintilou em seus olhos e, embora essa chama tenha se apagado instantaneamente, ele ficou feliz com aquele momento. Olhava para o marido para saber se ele conhecia Vrônski. Aleksei Aleksândrovitch examinou Vrônski com insatisfação, relembrando distraidamente de quem se tratava. Aqui, a calma e a presunção de Vrônski esbarravam na presunção fria de Aleksei Aleksândrovitch, como uma gadanha em uma pedra.

— Conde Vrônski — disse Anna.

— Ah! Nós nos conhecemos, ao que parece — disse Aleksei Aleksândrovitch, com indiferença, dando a mão. — Foi para lá com a mãe e voltou com o filho — disse, pronunciando com clareza, como se cada palavra valesse um rublo. — O senhor está voltando de férias, certo? — disse e, sem esperar resposta, dirigiu-se à mulher com seu tom brincalhão: — E então, muitas lágrimas foram derramadas em Moscou na despedida?

Ao se dirigir assim à mulher, dava a entender a Vrônski que desejava ficar a sós e, virando-se para ele, deu um toque no chapéu; só que Vrônski se dirigiu a Anna Arkádievna:

— Espero ter a honra de visitá-los — disse. Aleksei Aleksândrovitch fitou Vrônski com os olhos cansados.

— Ficaria muito feliz — disse, com frieza —, recebemos às segundas-feiras. — Em seguida, dispensando Vrônski por completo, disse à esposa: — Que bom que tenho exatamente meia hora de tempo para recebê-la, e que posso demonstrar toda minha ternura — prosseguiu, com o mesmo tom brincalhão.

— Você acentua essa ternura em excesso para que eu a valorize mais — ela disse, com o mesmo tom brincalhão, apurando o ouvido involuntariamente para o som dos passos de Vrônski, que ia atrás deles. "Mas o que isso tem a ver comigo?", pensou, e se pôs a perguntar ao marido como Serioja passara o tempo sem ela.

— Oh, maravilhosamente! Mariette diz que ele foi muito gentil e... devo afligi-la... não teve saudade de você, não tanta quanto o seu marido. Mas mais uma vez *merci*,[61] minha amiga, por ter me agraciado com um dia. Nosso querido samovar vai ficar encantado. (Chamava de samovar a célebre condessa Lídia Ivânovna, porque ela sempre se agitava e fervia com tudo.) Ela perguntou de você, deveria visitá-la hoje. Afinal, o coração dela se compadece por todos. Agora, além de todos seus afazeres, está preocupada com a reconciliação dos Oblônski.

A condessa Lídia Ivânovna era amiga de seu marido, e centro de um dos círculos da sociedade de Petersburgo aos quais Anna estava ligada de forma mais próxima, através do marido.

---

[61] "Obrigado", em francês no original. (N. do T.)

— Pois eu escrevi para ela.

— Mas ela precisa de tudo em detalhes. Vá se não estiver cansada, minha amiga. Pois bem, Kondráti vai levá-la de carruagem, e eu vou para o comitê. Não vou mais jantar sozinho — disse Aleksei Aleksândrovitch, já não mais em tom brincalhão. — Você não acredita como me acostumei...

E, depois de apertar longamente a mão dela, acomodou-a na carruagem com um sorriso especial.

XXXII

A primeira pessoa a receber Anna em casa foi o filho. Ele desembestou pela escada, apesar do grito da governanta e, com arrebatamento desesperado, gritou: "Mamãe, mamãe!". Após correr até ela, pendurou-se no seu pescoço.

— Eu lhe disse que era a mamãe! — gritou à governanta. — Eu sabia!

E o filho, assim como o marido, provocou em Anna um sentimento similar à decepção. Imaginara-o melhor do que era na realidade. Precisava descer à realidade para apreciá-lo como era. Porém, mesmo do jeito que era, estava encantador com seus cachos loiros, olhos azuis e perninhas cheias e bem torneadas em meias justas. Anna teve um prazer quase físico ao sentir sua proximidade e carinhos, e um alívio moral ao encontrar seu olhar cândido, crédulo e amoroso, e ouvir suas perguntas ingênuas. Anna pegou os presentes mandados pelos filhos de Dolly e contou ao filho que em Moscou havia uma menina chamada Tânia, e que Tânia sabia ler, e até ensinava outras crianças.

— E daí, sou pior do que ela? — perguntou Serioja.

— Para mim, você é melhor que todos no mundo.

— Eu sei — disse Serioja, sorrindo.

Anna mal conseguira terminar o café e anunciaram a condessa Lídia Ivânovna. A condessa Lídia Ivânovna era uma mulher alta e corpulenta, de rosto doentio, amarelado, e formosos olhos negros e reflexivos. Anna gostava dela, mas agora era como se a visse pela primeira vez, com todos os seus defeitos.

— Pois bem, amiga, você levou o ramo de oliveira? — perguntou a condessa Lídia Ivânovna, assim que entrou no aposento.

— Sim, está tudo encerrado, mas nada disso era tão grave como pensamos — respondeu Anna. — Em geral, minha *belle-soeur* é drástica demais.

Porém, a condessa Lídia Ivânovna, que se interessava por tudo que não lhe dizia respeito, tinha o hábito de jamais escutar o que a interessava; ela interrompeu Anna:

— Sim, há muito pesar e mal no mundo, e agora estou tão agoniada.

— Mas por quê? — perguntou Anna, tentando reprimir o riso.

— Começo a ficar cansada de quebrar lanças inutilmente pela verdade, e às vezes saio completamente dos eixos. O caso das irmãzinhas (era uma instituição filantrópica, religiosa e patriótica) estava indo às maravilhas, só que não dá para fazer nada com aqueles senhores — acrescentou a condessa Lídia Ivânovna, em tom zombeteiro de submissão ao destino. — Eles pegaram a ideia, deformaram-na e depois consideraram-na ínfima e insignificante. Dois ou três homens, dentre os quais o seu marido, compreendem toda a importância do caso, mas os outros apenas largaram. Ontem Právdin me escreveu...

Právdin era um famoso pan-eslavista no exterior, e a condessa Lídia Ivânovna narrou o conteúdo de sua carta.

Depois a condessa narrou outras contrariedades e intrigas contra a unificação das igrejas e partiu, apressada, já que naquele dia ainda tinha que comparecer a reuniões de uma sociedade e do Comitê Eslavo.

"Bem, tudo isso já existia antes; mas por que antes eu não notava? — disse Anna, para si mesma. — Ou hoje ela é que estava muito irritada? Mas, de fato, é ridículo: seu objetivo é a virtude, ela é cristã, mas se zanga o tempo todo, sempre tem inimigos, e sempre são inimigos em prol do cristianismo e da virtude."

Após a condessa Lídia Ivânovna veio uma amiga, a mulher do diretor, narrando todas as notícias da cidade. Às três horas, foi embora, prometendo vir para o jantar. Aleksei Aleksândrovitch estava no ministério. Ao ser deixada sozinha, Anna empregou o tempo antes da refeição presenciando o jantar do filho (que comia em separado) e colocando em ordem suas coisas, lendo e respondendo os bilhetes e cartas que se acumulavam em sua mesa.

A sensação de vergonha sem motivo que experimentara na viagem desapareceu por completo, junto com a agitação. Em suas condições habituais de vida, voltava a se sentir firme e impecável.

Recordava com espanto seu estado da véspera. "O que houve? Nada. Vrônski disse uma estupidez à qual era fácil dar um fim, e eu respondi da forma devida. Não preciso nem devo falar disso ao marido. Falar disso significa conferir-lhe uma importância que não possui." Lembrava-se de como havia contado sobre uma quase confissão que um jovem subordinado do marido lhe fizera em São Petersburgo, e de como Aleksei Aleksândrovitch responderá que, vivendo em sociedade, toda mulher podia estar sujeita àquilo, porém confiava completamente em seu tato, e jamais se permitiria rebaixar a si mesmo e a ela ao ponto dos ciúmes. "Ou seja, para que falar? Sim, graças a Deus, não há o que falar", disse para si mesma.

XXXIII

Aleksei Aleksândrovitch voltou do ministério às quatro horas, porém, como ocorria com frequência, não conseguiu ir até a esposa. Passou pelo gabinete para receber os peticionários que o aguardavam e assinar alguns papéis trazidos por seu secretário. Para o jantar (sempre vinham três pessoas jantar com os Kariênin) vieram: uma velha prima de Aleksei Aleksândrovitch, o diretor do departamento com a mulher, e um jovem recomendado a Aleksei Aleksândrovitch para o serviço. Anna foi à sala de visitas para recebê-los. Às cinco horas em ponto, antes de o relógio de bronze de Pedro I dar a quinta batida, Aleksei Aleksândrovitch entrou, de gravata branca e fraque com duas estrelas, pois tinha de sair logo após o jantar. Cada minuto da vida de Aleksei Aleksândrovitch estava ocupado e determinado. E, para conseguir fazer o que o aguardava a cada dia, mantinha a mais severa pontualidade. "Sem pressa e sem descanso", era a sua divisa. Enxugando a testa, entrou no salão, cumprimentou a todos e se sentou, apressado, sorrindo para a esposa.

— Sim, acabou minha solidão. Você não acredita como é incômodo (acentuou a palavra *incômodo*) jantar sozinho.

No jantar, pôs-se a falar com a esposa dos assuntos de Moscou, perguntando sobre Stepan Arkáditch com um sorriso zombeteiro; a conversa, porém, versou principalmente sobre generalidades, assuntos de trabalho e da sociedade petersburguense. Depois do jantar, ele passou meia hora com os convidados e, após apertar a mão da mulher, com um sorriso, saiu e se encaminhou para o conselho. Dessa vez, Anna não foi nem para a casa da princesa Betsy Tverskáia, que, sabendo de sua chegada, convidara-a para a noite, nem ao teatro, onde tinha um camarote. Não saiu principalmente porque o vestido com o qual contava não tinha ficado pronto. Ao se ocupar de sua toalete, depois da partida das visitas, Anna ficou, de modo geral, bastante agastada. Antes da ida a Moscou, ela, que em geral era uma mestra em se vestir bem sem gastar muito, entregara três vestidos à modista, para modificações. Os vestidos deviam ser modificados para se tornar irreconhecíveis, e tinham que ter ficado prontos há três dias. Deu-se que dois deles não estavam prontos em absoluto, e um não fora modificado do jeito que Anna desejava. A modista viera se explicar, assegurando que assim seria melhor, e Anna se enervara tanto que depois ficou até com vergonha de se lembrar. Para se acalmar de vez, foi ao quarto das crianças e passou a noite inteira com o filho, colocando-o ela mesma para dormir, benzendo-o e cobrindo-o com a manta. Estava feliz por não ter ido a lugar nenhum e passado a noite tão bem. Encontrava-se muito leve e tranquila, e via com muita clareza que tudo o que lhe parecera tão importante na ferrovia era apenas um daqueles incidentes comuns e insignificantes da vida em sociedade, e que não havia nada para se envergonhar diante de ninguém, nem diante de si mesma. Anna se sentou junto à lareira com um romance inglês e aguardou o marido. Às oito e meia em ponto, a campainha soou, e ele entrou no quarto.

— Finalmente é você! — ela disse, estendendo-lhe a mão.

Ele beijou sua mão e se sentou junto a ela.

— Vejo que, no geral, sua viagem deu certo — ele disse.

— Sim, muito — ela respondeu, pondo-se a narrar tudo desde o começo: sua viagem com Vrônskaia, sua chegada, o incidente na estrada de ferro. Depois contou sua impressão de pena, inicialmente do irmão, depois de Dolly.

— Não creio que seja possível perdoar um homem desses, ainda que seja seu irmão — disse Aleksei Aleksândrovitch, severo.

Anna sorriu. Entendia que ele dizia aquilo exatamente para demonstrar que razões familiares não podiam impedi-lo de expressar sua opinião franca. Conhecia aquele traço de seu marido, e gostava dele.

— Estou feliz por tudo ter terminado de forma propícia, e por você ter chegado — prosseguiu. — Pois bem, o que dizem por lá da nova lei que levei ao conselho?

Anna não ouvira falar nada a respeito dessa lei, e ficou com vergonha por ter podido esquecer tão fácil de algo tão importante para ele.

— Aqui, pelo contrário, fez muito barulho — ele disse, com sorriso de autossatisfação.

Ela via que Aleksei Aleksândrovitch queria informá-la de algo a respeito daquele assunto que o agradava muito, e fez perguntas que o induziram a narrar. Com o mesmo sorriso de autossatisfação, ele contou das ovações que recebera em consequência dessa lei.

— Estou muito, muito feliz. Isso demonstra que, finalmente, começa a se estabelecer entre nós um ponto de vista racional e firme nessa questão.

Depois de tomar o segundo copo de chá com creme e pão, Aleksei Aleksândrovitch se levantou e passou a seu gabinete.

— Mas você não foi a lugar nenhum; passou tédio, não? — disse.

— Oh, não! — ela respondeu, erguendo-se e conduzindo-o ao gabinete, pelo salão. — O que você está lendo agora? — ela perguntou.

— Agora estou lendo Duc de Lille, *Poésie des enfers*[62] — respondeu. — Um livro bastante notável.

Anna sorriu, como se sorri das fraquezas das pessoas amadas e, colocando seu braço debaixo do dele, conduziu-o à porta do gabinete. Conhecia seu hábito, que se tornara indispensável, de ler à noite. Sabia que, apesar das obrigações de serviço que devoravam quase todo seu tempo, ele considerava seu dever acompanhar tudo de notável que aparecia na esfera intelectual. Sabia também que o que de fato o interessava eram livros de política, filosofia e teologia, que a arte lhe era, por natureza, totalmente alheia, porém que, apesar disso, ou melhor, em consequência disso, Aleksei Aleksândrovitch não deixava passar nada que fazia barulho nessa área, considerando seu dever ler tudo. Sabia que nas áreas de política, filosofia, teologia, Aleksei Aleksândrovitch tinha dúvidas e investigava; porém, em questões de arte e poesia, especialmente de música, de cujo entendimento estava completamente privado, possuía as opiniões mais determinadas e firmes. Adorava falar de Shakespeare, Rafael, Beethoven, da importância das novas escolas de poesia e de música, que classificava com uma lógica muito clara.

— Pois bem, fique com Deus — ela disse, à porta do gabinete, onde já estavam preparados, do lado da poltrona, um abajur e uma garrafa de água. — E eu vou escrever para Moscou.

Ele tomou a mão dela e voltou a beijá-la.

"Mesmo assim é um homem bom, justo, bondoso, e notável em sua área", Anna dizia para si mesma, voltando para seu quarto, como que defendendo-o de alguém que o acusasse e dissesse que era impossível amá-lo, "mas por que tem as orelhas tão estranhas e salientes? Será que cortou o cabelo?"

Às doze horas em ponto, quando Anna ainda estava sentada à escrivaninha, redigindo uma carta para Dolly, soaram passos regulares, de chinelos, e Aleksei Aleksândrovitch, lavado, penteado, com um livro debaixo do braço, foi até ela.

---

[62] Nome inventado, que lembra vagamente Leconte de Lisle (1818-1894). O título do livro (*Poesia dos infernos*) tem caráter paródico. (N. da E.)

— Está na hora, está na hora — disse, com um sorriso peculiar, e foi para o dormitório.

"E com que direito olhou para ele daquele jeito?", pensou Anna, recordando o olhar de Vrônski para Aleksei Aleksândrovitch.

Depois de se despir, entrou no dormitório, porém em seu rosto já não havia aquela animação que, durante a estada em Moscou, tanto irradiara de seus olhos e sorriso: pelo contrário, agora sua chama parecia extinta, ou escondida em algum lugar distante.

XXXIV

Ao sair de São Petersburgo, Vrônski deixou seu grande apartamento na rua Morskáia para o querido amigo e camarada Petrítski.

Petrítski era um jovem tenente, sem nada de especial, que não apenas não era rico, como crivado de dívidas, estava sempre bêbado ao anoitecer e frequentemente ia parar no calabouço devido a diversas histórias ridículas e imundas, mas que era amado pelos camaradas e pela chefia. Ao chegar a seu apartamento, vindo da estrada de ferro, às doze horas, Vrônski viu, na entrada, uma sege de aluguel conhecida. Ainda atrás da porta, ao apertar a campainha, ouviu uma gargalhada masculina, uma voz feminina balbuciando em francês e um grito de Petrítski: "Se for um dos facínoras, não deixe entrar!". Vrônski não pediu ao ordenança que o anunciasse, e ingressou silenciosamente no primeiro aposento. A baronesa Shilton, amiga de Petrítski, resplandecente em seu vestido lilás de cetim e o rostinho loiro e rubro, como um canarinho, enchendo o quarto inteiro com seu sotaque parisiense, estava sentada na frente de uma mesa redonda, fazendo café. Petrítski, de casaco, e o capitão de cavalaria Kameróvski, de uniforme completo, provavelmente recém-chegado do serviço, estavam sentados a seu redor.

— Bravo! Vrônski! — berrou Petrítski, erguendo-se com um salto e fazendo estrépito com a cadeira. — O dono da casa em pessoa! Baronesa, café para ele, da cafeteira nova. Pois não esperávamos! Tomara que esteja satisfeito com a nova decoração do seu gabinete — disse, apontando para a baronesa. — Afinal, vocês se conhecem?

— Sem dúvida! — disse Vrônski, com um sorriso alegre, apertando a mãozinha da baronesa. — Como não? É uma velha amiga.

— O senhor voltou para casa depois de uma viagem — disse a baronesa —, então vou correr. Ah, vou embora nesse instante, se estiver incomodando.

— A senhora está em casa onde estiver, baronesa — disse Vrônski. — Olá, Kameróvski — acrescentou, apertando a mão de Kameróvski com frieza.

— Pois o senhor nunca sabe dizer coisas tão graciosas — a baronesa dirigiu-se a Petrítski.

— Como não? Depois do jantar falarei melhor.

— Mas depois do jantar não vale! Pois bem, enquanto lhes dou café, vão se lavar e se arrumar — disse a baronesa, voltando a se sentar e girando com cuidado o parafuso da cafeteira nova. — Pierre, passe o café — dirigiu-se a Petrítski, que chamava de Pierre devido a seu sobrenome, sem esconder suas relações com ele. — Vou colocar.

— Vai estragar.

— Não, não vou estragar! Pois bem, e a sua esposa? — a baronesa disse, de repente, interrompendo a conversa de Vrônski com o camarada. — O senhor não trouxe a esposa? Aqui, nós o casamos.

— Não, baronesa. Nasci cigano e morrerei cigano.

— Tanto melhor, tanto melhor. Dê-me a mão.

E a baronesa, sem soltar Vrônski, se pôs a lhe narrar seus últimos planos de vida, intercalando com piadas e pedindo seu conselho.

— Ele não quer me dar o divórcio de jeito nenhum! O que devo fazer, então? (*Ele* era seu marido.) Agora quero abrir um processo. O que o senhor me aconselha? Kameróvski, fique de olho no café, que transbordou; veja, estou ocupada com negócios! Quero um processo, pois necessito de meus bens. O senhor entende essa estupidez? Por eu lhe ter sido infiel — disse, com desprezo —, ele quer se aproveitar de minha propriedade.

Vrônski ouvia com satisfação o balbucio alegre da bela mulher, fazia-lhe coro, dava-lhe conselhos meio jocosos e, no geral, adotou de imediato o tom com que habitualmente se dirigia a esse tipo de mulher. Em seu mundo petersburguense, todas as pessoas se dividiam em duas categorias contraditórias. Uma categoria era a mais baixa: pessoas vulgares, tolas e, principalmente, ridículas, que acreditavam que um homem devia viver com uma única mulher, com a qual era casado, que as moças tinham que ser inocentes, as mulheres, recatadas, os homens, viris, sóbrios e resolutos, que se deve educar os filhos, ganhar o próprio pão, pagar as dívidas, e outras tolices do gênero. Era a categoria das pessoas ultrapassadas e ridículas. Porém, havia outra categoria de pessoas, verdadeiras, às quais todos eles pertenciam, na qual era preciso ser, principalmente, elegante, belo, magnânimo, ousado, alegre, entregar-se a qualquer paixão sem enrubescer e rir de todos os demais.

Apenas no primeiro instante, Vrônski ficou aturdido após as impressões do mundo completamente diferente que trouxera de Moscou; contudo, de imediato, como se colocasse os pés em chinelos velhos, entrou em seu mundo alegre e agradável de antes.

O café não chegou a ficar pronto, mas salpicou em todos, ao transbordar, produzindo exatamente o necessário, ou seja, um pretexto para barulho e risos, ao sujar o tapete caro e o vestido da baronesa.

— Pois bem, agora adeus, senão o senhor jamais vai se limpar, e terei na minha consciência o pior crime de uma pessoa honrada, a falta de asseio. Então o senhor aconselha faca na garganta?

— Sem falta, e de modo que sua mãozinha fique perto dos lábios dele. Ele vai beijar a sua mãozinha, e tudo vai terminar de forma feliz — respondeu Vrônski.

— Então, agora, ao Francês! — E, farfalhando o vestido, desapareceu.

Kameróvski também se levantou, e Vrônski, sem aguardar sua saída, deu-lhe a mão e se dirigiu para o banheiro. Enquanto se lavava, Petrítski lhe descrevia, em breves traços, sua situação, e o quanto havia se modificado desde a partida de Vrônski. Não possuía dinheiro algum. O pai dissera que não daria, nem pagaria as dívidas. O alfaiate queria-o preso, e um outro também ameaçava com a prisão, impreterivelmente. O comandante do regimento declarara que, se os escândalos não cessassem, ele teria que ir embora. Estava farto da baronesa, a não mais poder, especialmente porque ela queria lhe dar dinheiro o tempo todo; mas havia uma beldade, que ele mostraria a Vrônski, um encanto, naquele estilo oriental severo, "*genre*[63] escrava Rebeca, entende?". Também se desentendera na véspera com Berkochóv, e queria enviar padrinhos de duelo mas, obviamente, não daria em nada. No geral, tudo era esplêndido, e extraordinariamente divertido. E, sem permitir ao camarada que se aprofundasse nos detalhes de sua situação, Petrítski se pôs a narrar todas as notícias interessantes. Ao ouvir os relatos tão familiares de Petrítski, em meio à mobília tão familiar de seu apartamento de três anos, Vrônski experimentou a sensação agradável de regresso à vida habitual e despreocupada de Petersburgo.

— Não pode ser! — gritou, soltando o pedal do lavatório em que molhara o pescoço vermelho e saudável. — Não pode ser! — gritou, à notícia de que Laura se unira a Miliêiev e largara Fertinghof. — E ele continua igualmente estúpido e satisfeito? Pois bem, e Buzulúkov?

---

[63] "Gênero", em francês no original. (N. do T.)

— Ah, com Buzulúkov aconteceu uma história... Um encanto! — gritou Petrítski. — Afinal, sua paixão são os bailes, e ele não perde um baile da corte. Dirigiu-se a um grande baile, de capacete novo. Você viu os capacetes novos? São muito bons, leves. Ele estava lá... Não, escute.

— Sim, estou escutando — respondeu Vrônski, esfregando-se com uma toalha felpuda.

— Passou uma grande princesa com um embaixador e, para sua desgraça, falavam dos capacetes novos. A grande princesa queria mostrar um dos capacetes novos... Veem nosso queridinho parado. (Petrítski imita sua pose com o capacete.) A grande princesa pede-lhe que entregue o capacete — ele não entrega. O que é isso? Começam a lhe piscar, acenar, a fazer cara feia. Entregue. Não entrega. Está petrificado. Você pode imaginar!... Daí aquele... como se chama... já quer lhe tirar o capacete... ele não entrega!... Arranca-o dele e entrega à grande princesa. "Mas que novidade", diz a grande princesa. Vira o capacete e, imagine, bumba! Uma pera, bombons, duas libras de bombons!... Tinha juntado aquilo tudo, nosso queridinho!

Vrônski estourou de rir. E muito tempo depois, quando já estava falando de outra coisa, abriu sua gargalhada saudável, exibindo os dentes fortes e perfeitos, ao se lembrar do capacete.

Após saber todas as notícias, Vrônski, com a ajuda de um lacaio, envergou o uniforme e foi se apresentar. Depois disso, tencionava ir à casa do irmão, à de Betsy, e fazer algumas visitas para começar a frequentar a sociedade em que poderia encontrar Kariênina. Como sempre em São Petersburgo, saiu de casa para não voltar antes de tarde da noite.

PARTE II

I

No final do inverno, na casa dos Scherbátski, teve lugar uma junta médica que deveria decidir em que situação se encontrava a saúde de Kitty e o que era necessário empreender para o restabelecimento de suas forças debilitadas. Ela estava doente e, com a aproximação da primavera, sua saúde ficara pior. O médico da casa ministrou-lhe óleo de fígado de bacalhau, depois ferro, depois nitrato de prata, porém, como nem o primeiro, nem o segundo, nem o terceiro ajudaram e ele aconselhou que ela partisse para o exterior na primavera, chamaram um doutor famoso. O famoso doutor, um homem extremamente bonito, que ainda não era velho, exigiu examinar a paciente. Insistiu, com satisfação particular e aparente, que o pudor de donzela era apenas um resquício de barbárie, e que não havia nada mais natural do que um homem que ainda não era velho apalpar uma jovem moça nua. Achava aquilo natural porque o fazia todo dia e, em sua opinião, não sentia nem pensava nada de mal ao fazê-lo, e, portanto, considerava o pudor da moça não apenas um resquício de barbárie, como uma ofensa contra ele.

Assim, era preciso resignar-se; embora todos os médicos tivessem estudado na mesma escola, pelos mesmos livros, soubessem a mesma ciência, e embora algumas pessoas dissessem que aquele médico famoso era ruim, na casa da princesa e em seu círculo se admitia, por algum motivo, que apenas aquele famoso doutor sabia algo de especial, e era o único que podia salvar Kitty. Depois de um exame atento e de sondar com batidas dos dedos a paciente desconcertada e aturdida de vergonha, o famoso doutor, tendo lavado as mãos de forma zelosa, estava na sala de visitas, falando com o príncipe. O príncipe franzia o cenho e tossia ao ouvir o médico. Como homem vivido, nem tolo nem doente, não acreditava na medicina e, no fundo da alma, irritava-se com toda aquela comédia, ainda mais porque talvez fosse o único a entender por completo o motivo da doença de Kitty. "Isso é um cão ladrador", pensava, atribuindo mentalmente ao médico a denominação de um dicionário de caça, enquanto escutava sua tagarelice a respeito dos sintomas da doença da filha. Enquanto isso, o doutor continha com dificuldade uma expressão de desprezo por aquele velho fidalgo, descendo com dificuldade a seu nível raso de compreensão. Entendia que não havia por que falar com o velho, e que a cabeça da casa era a mãe. Tinha a intenção de reservar suas pérolas para ela. Nessa hora, a princesa entrou na sala com o médico da casa. O príncipe se afastou, tentando não fazer notar como achava ridícula toda aquela comédia. A princesa estava desconcertada, e não sabia o que fazer. Sentia-se culpada perante Kitty.

— Pois bem, doutor, decida o nosso destino — disse a princesa. — Conte-me tudo. — "Existe esperança?", quis dizer, mas seus lábios tremeram, e ela não conseguiu pronunciar a pergunta. — E então, doutor?...

— Princesa, agora vou conferenciar com meu colega, e então terei a honra de informar-lhe minha opinião.

— Então devemos deixá-los?

— Como preferir.

Suspirando, a princesa saiu.

Quando os doutores ficaram a sós, o médico da casa se pôs, acanhado, a expor sua opinião de que havia o início de um processo tuberculoso, porém... etc. O famoso doutor ouvia-o e, no meio de seu discurso, olhou para seu grande relógio de ouro.

— Certo — disse. — Porém...

Respeitoso, o médico da casa parou no meio do discurso.

— Como o senhor sabe, não temos como determinar o início de um processo tuberculoso; até a aparição de cavidades, não há nada determinado. Mas podemos suspeitar. E há indicações: má nutrição, agitação nervosa, e assim por diante. A questão é a seguinte: diante da suspeita de processo tuberculoso, o que se deve fazer para reforçar a nutrição?

— Bem, mas o senhor sabe que aí sempre há motivos morais e espirituais ocultos — permitiu-se acrescentar, com um sorriso fino, o médico da casa.

— Sim, isso está subentendido — respondeu o famoso doutor, voltando a olhar para o relógio. — Perdão; a ponte do Iauza já está liberada ou é preciso fazer todo o contorno? — perguntou. — Ah! Está liberada. Pois bem, então consigo chegar em vinte minutos. Como dissemos, a questão está colocada assim: reforçar a nutrição e colocar os nervos em ordem. Uma ligada à outra, é preciso agir em todos os lados da esfera.

— E a viagem ao exterior? — perguntou o médico da casa.

— Sou inimigo de viagens ao exterior. E permita-me observar: se existe o início de um processo tuberculoso, o que não temos como saber, então a viagem ao exterior não irá ajudar. São indispensáveis procedimentos para reforçar a nutrição, e não para prejudicar.

E o famoso doutor começou a expor seu plano de tratamento com águas de Soden, prescrição cuja principal vantagem, obviamente, consistia em não poder prejudicar.

O médico da casa ouviu com atenção e respeito.

— Porém, em prol da viagem ao exterior, eu colocaria a mudança de hábitos, o afastamento das condições que provocam lembranças. E depois, a mãe quer — disse.

— Ah! Pois bem, nesse caso, que fazer, que vão; só que aqueles charlatães alemães vão prejudicar... Precisam obedecer... Pois bem, que vão.

Voltou a dar uma olhada no relógio.

— Oh! Já está na hora — e foi até a porta.

O famoso doutor anunciou à princesa (ditado pelo senso de decoro) que precisava ver a paciente mais uma vez.

— Como! Examinar mais uma vez! — exclamou a mãe, com horror.

— Oh, não, só alguns detalhes, princesa.

— Por obséquio.

E a mãe, acompanhada do médico, entrou na sala de visitas, atrás de Kitty. Emagrecida e enrubescida, com um brilho peculiar nos olhos, devido à vergonha, Kitty estava de pé, no meio do aposento. Quando o doutor entrou, ela corou, e seus olhos se encheram de lágrimas. Toda a sua doença e o tratamento pareciam-lhe uma coisa tão estúpida, até ridícula! Seu tratamento lhe parecia tão ridículo quanto colar os cacos de um vaso partido. Seu coração estava partido. Como queriam tratá-lo com pílulas e pós? Não devia, porém, afligir a mãe, ainda mais porque esta se considerava culpada.

— Tenha a bondade de se sentar, princesa — disse o famoso doutor.

Com um sorriso, sentou-se na frente dela, tomou-lhe o pulso e novamente se pôs a fazer perguntas enfadonhas. Ela respondeu e, de repente, se levantou, brava.

— Desculpe-me, doutor, mas isso, na verdade, não leva a nada, e já é a terceira vez que o senhor me pergunta a mesma coisa.

O doutor não se ofendeu.

— Irritação de doente — disse à princesa, quando Kitty saiu. — Aliás, acabei...

E o doutor, tratando a princesa como uma mulher de inteligência excepcional, avaliou a situação da filha de forma científica, concluindo com a instrução de como beber aquelas águas, que não eram necessárias. À pergunta sobre ir ou não ao exterior, o doutor mergulhou em reflexões, como se resolvesse uma questão difícil. Por fim, a solução foi apresentada: ir, não confiar nos charlatães, e consultá-lo a respeito de tudo.

Depois da saída do doutor, era como se algo feliz tivesse ocorrido. A mãe se alegrou ao voltar para a filha, e Kitty fingiu ter se alegrado. Agora, acontecia-lhe de fingir com frequência, quase sempre.

— Estou saudável de verdade, *maman*. Porém, se a senhora quer ir, vamos! — disse e, tentando demonstrar que se interessava pela viagem iminente, pôs-se a falar dos preparativos e da partida.

II

Logo depois do médico, veio Dolly. Ela sabia que haveria uma junta médica naquele dia e, apesar de recém-recuperada do parto (dera à luz uma menina, no final do inverno), apesar de ter muitas preocupações e aflições próprias, largou a adoentada menina de peito e foi saber da sorte de Kitty, que se decidia naquela ocasião.

— Pois bem, e então? — disse, sem tirar o chapéu, ao entrar na sala de visitas. — Vocês estão todas alegres. Deve estar tudo bem, não?

Tentaram lhe contar o que o doutor dissera, mas deu-se que, embora o médico tivesse falado bem, por muito tempo, não havia como transmitir o que dissera. A única coisa interessante era que tinham decidido ir para o exterior.

Sem querer, Dolly soltou um suspiro. Sua melhor amiga, a irmã, estava de partida. E sua própria vida não era alegre. Depois da reconciliação, as relações com Stepan Arkáditch eram vexatórias. O arranjo costurado por Anna revelou-se precário, e a concórdia familiar voltava a se fender no mesmo ponto. Não houvera nada definitivo, porém Stepan Arkáditch quase nunca estava em casa, dinheiro em casa também não havia quase nunca, suspeitas de infidelidade do marido atormentavam Dolly o tempo todo, e ela as afugentava, temendo os sofrimentos dos ciúmes por que passara. A primeira explosão de ciúmes, uma vez vivida, não podia se repetir, e nem a descoberta de uma infidelidade tinha como agir sobre ela da mesma forma que da primeira vez. Uma tal descoberta, agora, apenas a privaria de hábitos domésticos, e ela se permitia ser enganada, desprezando a ele e, mais do que tudo, a si mesma por essa fraqueza. Ainda por cima, as preocupações de uma família grande atormentavam-na sem cessar: ora era a alimentação do bebê de peito que não dava certo, ora uma babá que ia embora, ora, como no momento, uma das crianças que adoecia.

— Então, como estão os seus? — perguntou a mãe.

— Ah, *maman*, a senhora já tem muitas aflições. Lily ficou doente, tenho medo de que seja escarlatina. Agora saí para saber das coisas, mas vou ficar enclausurada permanentemente se for, Deus me livre, escarlatina.

Depois da partida do doutor, o velho príncipe também saiu de seu gabinete e, após oferecer a face a Dolly e conversar com ela, dirigiu-se à esposa:

— O que decidiram, vão? Pois bem, e comigo, o que querem fazer?

— Acho que você deve ficar, Aleksandr Andrêitch — disse a esposa.

— Como queira.

— *Maman*, por que papai não vai conosco? — disse Kitty. — Vai ser melhor para ele e para nós.

O velho príncipe se levantou e passou a mão nos cabelos de Kitty. Ela ergueu o rosto e olhou para ele com um sorriso forçado. Sempre tivera a impressão de que, de toda a família, ele era quem melhor a entendia, embora pouco lhe dirigisse a palavra. Na qualidade de caçula, era a favorita do pai, e tinha a impressão de que seu amor por ela fazia-o perspicaz. Agora, ao encontrar seus olhos azuis e bondosos, que a fitavam fixamente desde o rosto encarquilhado, tinha a impressão de que o príncipe via através dela e compreendia tudo de ruim que acontecia lá dentro. Corando, inclinou-se para o pai, esperando um beijo, porém ele apenas deu um tapinha nos cabelos dela e afirmou:

— Esses estúpidos cabelos postiços! Não dá para chegar na filha de verdade, e você fica acariciando os cabelos de defuntas. Pois bem, Dólinka — dirigiu-se à filha mais velha —, o que o seu bonitão anda aprontando?

— Nada, papai — respondeu Dolly, compreendendo que o marido era o assunto. — Está sempre fora, quase não o vejo — não pôde deixar de acrescentar, com um sorriso zombeteiro.

— Como assim, ainda não foi para o campo vender o bosque?

— Não, está sempre nos preparativos.

— Veja só! — disse o príncipe. — Então, também devo fazer preparativos? Às ordens, senhora — dirigiu-se à esposa, sentando. — E veja bem, Kátia — acrescentou, para a filha caçula —, alguma vez, um belo dia, você vai acordar e dizer para si mesma: olhe como estou absolutamente saudável e feliz, vou sair de novo para um passeio no gelo com papai. Hein?

O que o pai disse parecia muito simples, porém Kitty, a essas palavras, ficou confusa e perdida, como um criminoso que é surpreendido. "Sim, ele sabe tudo, entende tudo e, com essas palavras, está me dizendo que, apesar de ser vergonhoso, é necessário superar a vergonha." Não teve ânimo para inventar uma resposta. Tentou começar, e de repente se debulhou em lágrimas e saiu correndo do aposento.

— Veja as suas piadas! — a princesa censurou o marido. — Você sempre... — e começou um discurso exprobratório.

O príncipe ouviu em silêncio a longa recriminação da princesa, porém seu rosto foi ficando cada vez mais carrancudo.

— Ela é tão digna de pena, pobrezinha, tão digna de pena, e você não percebe que se machuca com qualquer alusão ao motivo. Ah! Enganar-se assim com as pessoas! — disse a princesa e, por sua mudança de voz, Dolly e o príncipe entenderam que ela falava de Vrônski. — Não entendo como não existem leis contra pessoas tão sórdidas e vis.

— Ah, antes não tivesse ouvido! — afirmou o príncipe, sombrio, levantando-se da poltrona como se quisesse sair, mas parando na porta. — Há leis, mãezinha, e como você me provocou a isso, vou lhe dizer quem tem culpa de tudo: você e você, só você. Leis contra esses sujeitos sempre houve, e há! Sim, se tivesse acontecido algo que não deve acontecer, eu, ainda que velho, desafiaria para um duelo aquele janota. Sim, agora cure-a, chame esses charlatães.

O príncipe, aparentemente, ainda tinha muito a dizer, mas, assim que a princesa ouviu seu tom de voz, acalmou-se de imediato e se arrependeu, como sempre acontecia nas questões sérias.

— Alexandre, Alexandre — sussurrou, avançando e debulhando-se em lágrimas.

Assim que ela se pôs a chorar, o príncipe também se amainou. Acercou-se dela.

— Pois bem, basta, basta! Também é duro para você, eu sei. Que fazer? A desgraça não é grande. Deus de misericórdia... tende piedade.... — disse, já sem saber o que dizia, respondendo ao beijo úmido da princesa, que sentiu na mão, e saiu do aposento.

Ainda antes, quando Kitty saíra do aposento em lágrimas, Dolly, com seu costume maternal e familiar, viu de imediato que ali se apresentava um assunto feminino, e se preparou para resolvê-lo. Tirou o chapéu e, arregaçando "moralmente" as mangas, preparou-se para agir. Na hora do ataque da mãe contra o pai, tentou contê-la, na medida em que permitia o respeito filial. Na hora da explosão do pai, ficou quieta; sentia vergonha da mãe e ternura pelo pai, por ter logo voltado a ser benevolente; porém, quando o pai saiu, aprontou-se para fazer o mais importante e necessário: ir até Kitty e tranquilizá-la.

— Faz tempo que eu queria lhe contar, *maman*: a senhora sabia que Lióvin queria fazer uma proposta a Kitty da última vez que esteve aqui? Ele disse a Stiva.

— Mas como assim? Não entendo...

— Então será que Kitty o rejeitou? Ela não lhe disse?

— Não, ela não falou nada nem de um, nem de outro; é orgulhosa demais. Mas eu sei que tudo isso é por causa...

— Sim, imagine se ela tiver rejeitado Lióvin, e ela não o teria rejeitado se não houvesse o outro, eu sei... E depois o outro a enganou de forma tão horrível.

Era terrível demais para a princesa pensar quão culpada era perante a filha, e ficou zangada.

— Ah, eu já não entendo mais nada! Hoje em dia todo mundo quer viver de acordo com sua própria cabeça, ninguém conta nada para as mães, e depois...

— *Maman*, vou até ela.

— Vá. Por acaso eu lhe proibi? — disse a mãe.

III

Ao entrar no pequeno quarto de Kitty, bonitinho, cor-de-rosa, com bonequinhas *vieux saxe*,[1] um quartinho tão jovial, rosado e alegre quanto era a própria Kitty dois meses atrás, Dolly recordou como tinham decorado aquele quartinho no ano passado, com quanta alegria e amor. Seu coração gelou ao avistar Kitty, sentada em uma cadeira baixa, perto da porta, com os olhos imóveis e fixos em um canto do tapete. Kitty olhou para a irmã e a expressão fria e algo severa de seu rosto não se modificou.

— Já vou embora, ficarei enclausurada, e você não poderá me visitar — disse Dária Aleksândrovna, sentando-se perto dela. — Gostaria de falar com você.

— A respeito de quê? — indagou Kitty, rápido, erguendo a cabeça, assustada.

— A respeito de quê, senão do seu pesar?

---

[1] "Antiga porcelana da Saxônia", em francês no original. (N. do T.)

— Não tenho pesar.

— Chega, Kitty. Por acaso você acha possível eu não saber? Sei de tudo. E acredite, isso é tão insignificante... Todas nós passamos por isso.

Kitty ficou em silêncio, e seu rosto tinha uma expressão severa.

— Ele não merece que você sofra por sua causa — prosseguiu Dária Aleksândrovna, atacando diretamente a questão.

— Sim, porque ele me desprezou — afirmou Kitty, com voz trêmula. — Não fale! Por favor, não fale!

— Mas quem lhe disse isso? Ninguém disse isso. Estou certa de que ele estava apaixonado por você e continuou apaixonado, porém...

— Ah, para mim o mais horrível de tudo é essa comiseração! — gritou Kitty, zangando-se de repente. Virou-se na cadeira, corou e se pôs a mexer os dedos, apertando a fivela do cinto ora com uma mão, ora com outra. Dolly conhecia o jeito da irmã de agarrar as coisas quando estava inflamada; sabia que Kitty era capaz, em momentos de exaltação, de se esquecer de si mesma e dizer muitas coisas desnecessárias e desagradáveis, e queria tranquilizá-la; só que já era tarde.

— O que, o que você quer me dar a entender, o quê? — disse Kitty, rápido. — Que eu estava apaixonada por um homem que não queria saber de mim, e que morro de amor por ele? E quem me diz isso é minha irmã, que acha que... que... que se comisera!.. Não quero essa compaixão e fingimento!

— Kitty, você está sendo injusta.

— Por que você me atormenta?

— Mas eu, pelo contrário... Vejo que está aflita...

Porém Kitty, em seu ardor, não a ouvia.

— Não há por que se afligir comigo, nem me consolar. Sou tão orgulhosa que jamais me permitirei amar um homem que não me ama.

— Mas não estou dizendo... Só uma coisa, diga-me a verdade — Dária Aleksândrovna pediu, tomando-a pelas mãos —, diga-me, Lióvin falou com você?...

A lembrança de Lióvin, aparentemente, privou Kitty do derradeiro autocontrole; deu um pulo da cadeira e, jogando a fivela no chão, e fazendo gestos rápidos com os braços, pôs-se a falar:

— E por que, ainda por cima, Lióvin? Não entendo, para que você tem que me atormentar? Disse e repito que sou orgulhosa, e que nunca, *nunca* faria o que você fez, ao voltar para um homem que a traiu, que ama outra mulher. Eu não entendo, não entendo isso! Você consegue, mas eu não consigo!

Após dizer essas palavras, olhou para a irmã e, ao ver que Dolly estava calada, de cabeça baixa, triste, Kitty, em vez de sair do quarto, como tencionava, sentou-se junto à porta e, cobrindo o rosto com um lenço, baixou a cabeça.

O silêncio se prolongou por dois minutos. Dolly pensava em si. Sua humilhação, que ela sempre sentia, ressoou de forma especialmente dolorosa ao ser lembrada pela irmã. Não esperava tamanha crueldade da caçula, e ficou brava com ela. Porém, de repente, ouviu um farfalhar de vestido, junto com soluços contidos, e mãos vindas de baixo lhe enlaçaram o pescoço. Kitty estava de joelhos na sua frente.

— Dólinka, sou tão, tão infeliz! — sussurrava, culpada.

E o doce rosto coberto de lágrimas se escondeu na saia do vestido de Dária Aleksândrovna.

Como se as lágrimas fossem o óleo indispensável, sem o qual a máquina das relações entre as duas irmãs não podia andar direito, após as lágrimas elas não conversaram a respeito do que as preocupava; porém, falando de outros assuntos, entenderam-se. Kitty compreendeu que as palavras que saíram do seu coração a respeito da infidelidade do marido e da humilhação tinham ferido a irmã no mais fundo da alma, mas que ela a perdoava. Dolly, por seu turno, entendeu tudo que quisera saber; assegurara-se de que suas suposições estavam corretas, de que o pesar, o pesar incurável de Kitty consistia exatamente em que Lióvin fizera uma proposta e fora recusado, porém Vrônski a iludira, e ela estava pronta para amar Lióvin e detestar Vrônski. Kitty não proferiu uma palavra a esse respeito; falou apenas de seu estado de espírito.

— Não tenho nenhum pesar — ela disse, acalmando-se —, mas você pode entender que tudo se tornou nojento, asqueroso e rude para mim, principalmente eu mesma. Você não pode imaginar que pensamentos nojentos eu tenho a respeito de tudo.

— Mas como você pode ter pensamentos nojentos? — perguntou Dolly, rindo.

— Os mais nojentos e rudes; nem posso lhe dizer. Não é angústia, não é tédio, é muito pior. Como se tudo que havia de bom em mim tivesse se escondido, e só sobrasse o que é nojento. — Pois bem, como vou lhe dizer? — prosseguiu, ao ver a perplexidade nos olhos da irmã. — Papai se põe a falar comigo agora... tenho a impressão de que ele só acha que preciso me casar. Mamãe me leva a um baile: tenho a impressão de que ela só me leva para me casar o quanto antes, e se livrar de mim. Sei que é injusto, mas não consigo expulsar esses pensamentos. Os assim chamados pretendentes, eu não posso nem ver. Tenho a impressão de que eles estão tirando as minhas medidas. Antes, ir a algum lugar de vestido de baile era pura satisfação, eu me deleitava; agora tenho vergonha, é incômodo. Pois bem, o que você quer? O médico... Bem...

Kitty titubeou; queria falar ainda que, desde que se operara essa mudança, Stepan Arkáditch se tornara insuportavelmente desagradável para ela, que não podia vê-lo sem imaginar o que havia de mais rude e repugnante.

— Pois então, tudo se apresenta para mim em seu aspecto mais rude e nojento — prosseguiu. — Essa é a minha doença. Pode ser que passe...

— Mas não fique pensando...

— Não consigo. Só estou bem com as crianças, só na sua casa.

— Pena que você não pode ficar lá em casa.

— Não, eu vou. Tive escarlatina, vou convencer *maman*.

Kitty conseguiu o que queria, foi até a irmã e, durante toda a escarlatina, que realmente se manifestou, tomou conta das crianças. As irmãs fizeram as seis crianças passarem bem pela doença, só que a saúde de Kitty não melhorou e, na quaresma, os Scherbátski partiram para o exterior.

IV

O mais alto círculo de São Petersburgo é, no fundo, um só; todos se conhecem, até se frequentam. Porém, esse grande círculo tem suas divisões. Anna Arkádievna Kariênina possuía amigos e ligações fortes em três círculos distintos. Um era o círculo oficial, do serviço, do marido, que consistia em seus colegas de trabalho e subordinados, unidos e separados pelas condições sociais da forma mais variada e caprichosa. Agora, Anna tinha dificuldade em recordar o sentimento de reverência quase devota que, no começo, tivera por aquelas pessoas. Agora conhecia-os todos, como as pessoas se conhecem em uma cidade de província; sabia os hábitos e fraquezas de cada um, onde o sapato de cada um apertava; conhecia suas relações uns com os outros e com a alta chefia; sabia quem se apoiava e quem apoiava quem, e quem se aproximava e se afastava de quem, e por quê; porém, esse círculo de interesses governamentais masculinos jamais pudera interessá-la, apesar das exortações da condessa Lídia Ivânovna, e ela o evitava.

Outro pequeno círculo próximo a Anna era aquele através do qual Aleksei Aleksândrovitch fizera sua carreira. O centro desse pequeno círculo era a condessa Lídia Ivânovna. Era um círculo de mulheres velhas, feias, virtuosas e devotas, e de homens inteligentes, estudados e ambiciosos. Uma das pessoas inteligentes que pertenciam a esse círculo denominara-o de "consciência da sociedade petersburguense". Aleksei Aleksândrovitch tinha esse pequeno círculo em conta muito alta, e Anna, que sabia se enturmar com todos, fizera amigos ali no começo de sua vida em São Petersburgo. Só que agora, depois da volta de Moscou, esse círculo se tornara insuportável para ela. Tinha a impressão de que ela e os outros fingiam o tempo todo, e sentia tamanho tédio e incômodo em tal sociedade que visitava a condessa Lídia Ivânovna o mínimo possível.

Por fim, o terceiro círculo com o qual ela tinha ligações era o da sociedade propriamente dita, a sociedade dos bailes, jantares, toaletes brilhantes, uma sociedade que se apoiava com uma mão na corte para não cair no *demi-monde* que os membros desse círculo julgavam desprezar, porém cujos gostos eram não apenas parecidos, como os mesmos. Sua ligação com esse círculo era através da princesa Betsy Tverskáia, mulher de seu primo, que tinha mil e duzentos rublos de renda e que gostara de Anna desde sua aparição em sociedade, cortejava-a e atraía-a para seu círculo, rindo-se da condessa Lídia Ivânovna.

— Quando for velha e feia, vou fazer igual — dizia Betsy —, mas para a senhora, uma mulher jovem e formosa, ainda é cedo para frequentar aquele asilo.

No começo, Anna evitara a sociedade da princesa Tverskáia o quanto podia, pois exigia despesas acima de seus meios e, de coração, preferia o primeiro; porém, após a viagem a Moscou, foi o contrário. Evitava seus amigos circunspectos e frequentava a alta sociedade. Lá encontrava Vrônski, experimentando uma alegria perturbadora. Encontrava-o com especial frequência na casa de Betsy, que era parente de Vrônski, sua prima. Vrônski estava em todos os lugares onde pudesse encontrar Anna, falando-lhe, quando possível, de seu amor. Ela não lhe dava nenhum pretexto mas, a cada vez que o encontrava, acendia-se em sua alma a mesma sensação de animação que a surpreendera aquele dia, no vagão, quando o avistara pela primeira vez. Sentia que, ao vê-lo, a alegria cintilava em seus olhos e seus lábios se franziam em um sorriso, e ela não conseguia abafar a expressão dessa alegria.

No começo, Anna acreditava sinceramente estar incomodada com ele por tomar a liberdade de segui-la; porém, logo após o retorno de Moscou, quando foi a um serão em que esperava encontrá-lo, ao qual ele não compareceu, ela compreendeu, devido à tristeza que a dominou, que estava se iludindo, que aquela perseguição não apenas não lhe era desagradável, como constituía todo o interesse de sua vida.

A célebre cantora[2] cantou pela segunda vez, e toda a alta sociedade foi ao teatro. Ao avistar, de sua poltrona na primeira fileira, a prima, Vrônski, sem esperar o intervalo, foi até o camarote dela.

— Por que o senhor não veio jantar? — ela lhe disse. — Admira-me a clarividência dos apaixonados — acrescentou, com um sorriso, de forma que apenas ele escutasse: — *Ela não estava*. Mas venha depois da ópera.

Vrônski fitou-a de forma interrogativa. Ela assentiu com a cabeça. Ele agradeceu com um sorriso e se sentou a seu lado.

— E como me lembro de suas zombarias! — prosseguiu a princesa Betsy, que encontrava especial satisfação em acompanhar o êxito daquela paixão. — No que tudo isso foi dar! Foi capturado, meu querido.

— Só desejo isso, ser capturado — respondeu Vrônski, com seu sorriso tranquilo e bondoso. — Se tenho queixas, é apenas de que fui pouco capturado, para dizer a verdade. Começo a perder a esperança.

— Mas que esperança pode ter? — disse Betsy, ofendida por seu amigo. — *Entendons nous...*[3] — Em seus olhos, porém, faiscavam centelhas que diziam que ela entendia muito bem, exatamente como o primo, que esperança ele podia ter.

— Nenhuma — disse Vrônski, rindo e exibindo os dentes perfeitos. — Perdão — acrescentou, tirando o binóculo das mãos de Betsy e pondo-se a examinar a fileira oposta de camarotes por cima de seus ombros nus. — Tenho medo de ficar ridículo.

Sabia muito bem que, aos olhos de Betsy, e de todas as pessoas da sociedade, não corria o risco de passar ridículo. Sabia muito bem que, aos olhos daquelas pessoas, o papel de amante infeliz de moças e mulheres livres em geral podia ser ridículo: porém o papel de homem que grudava em uma mulher casada e, houvesse o que houvesse, empenhava sua vida em arrastá-la para o adultério, era um papel que possuía algo de belo, majestoso, e jamais poderia ser ridículo; e, portanto, com um sorriso de felicidade e orgulho brincando debaixo do bigode, largou o binóculo e olhou para a prima.

— E por que o senhor não veio jantar? — ela disse, contemplando-o.

— Preciso lhe contar. Estava ocupado, e sabe com o quê? Dou-lhe cem, mil chances... não vai adivinhar. Estava reconciliando um marido ofendido com a esposa. Sim, é verdade!

— Como assim, e reconciliou?

---

[2] Referência a Christina Nilsson (1843-1921), soprano sueca que se apresentou com grande sucesso entre 1872 e 1885 nos teatros Bolchói e Mariinski. (N. da E.)

[3] "Entendamo-nos", em francês no original. (N. do T.)

— Quase.

— O senhor tem que me contar isso — ela disse, levantando-se. — Venha no próximo intervalo.

— Não posso; vou ao Teatro Francês.

— Depois da Nilsson? — perguntou, horrorizada, Betsy, que era incapaz de distinguir Nilsson de qualquer corista.

— Que fazer? Tenho um encontro lá, ainda esse caso de reconciliação.

— Benditos sejam os reconciliadores, deles será o reino dos céus — disse Betsy, lembrando-se de algo parecido, que ouvira em algum lugar. — Pois bem, então se sente, conte, como é isso?

E ela voltou a se sentar.

V

— É um pouco indiscreto, mas tão meigo que tenho uma vontade terrível de contar — disse Vrônski, fitando seus olhos risonhos. — Não vou dizer os nomes.

— Melhor, eu vou adivinhar.

— Escute só: caminhavam dois jovens felizes...

— Evidentemente, oficiais do seu regimento?

— Não disse oficiais, simplesmente dois jovens depois do almoço...

— Traduzindo: depois de beber.

— Pode ser. Vão jantar na casa de um camarada, no mais alegre estado de espírito. E veem uma mulher bonitinha ultrapassá-los numa sege de aluguel, dar uma olhada e, pelo menos essa foi a impressão deles, acenar com a cabeça e rir. Eles, evidentemente, vão atrás dela. Galopam a toda. Para seu espanto, a beldade se detém na entrada da mesma casa à qual eles iam. A beldade sobe correndo ao andar de cima. Eles veem apenas os lábios rubros sob um véu curto e pezinhos pequenos e maravilhosos.

— O senhor conta com tamanho sentimento que tenho a impressão de que é um desses dois.

— Depois do que a senhora acabou de me dizer? Pois bem, os jovens entram na casa do camarada, é um jantar de despedida. Lá, sim, eles bebem, talvez um pouco demais, como sempre ocorre nos jantares de despedida. E, durante o jantar, indagam quem mora no andar de cima da casa. Ninguém sabe a resposta, só o lacaio do anfitrião: lá em cima moram umas *mademoiselles*, responde, sempre há muitas. Depois do jantar, os jovens se dirigem ao gabinete do anfitrião e escrevem uma carta à desconhecida. Escrevem uma carta apaixonada, uma declaração, que levam para cima em pessoa, para esclarecer o que não estivesse completamente inteligível na carta.

— Por que me conta esse tipo de baixeza? E então?

— Tocam a campainha. Sai uma moça, eles entregam a carta e asseveram que ambos estão tão apaixonados que vão morrer imediatamente, ali, na porta. Perplexa, a moça leva o recado. De repente, aparece um senhor de suíças como salsichas, vermelho como um caranguejo, declara que naquela casa não mora ninguém além de sua esposa, e expulsa ambos.

— Como o senhor sabe que as suíças dele são, como diz, como salsichas?

— Mas escute. Hoje eu fui reconciliá-los.

— Pois bem, e então?

— Daí vem o mais interessante. Acontece que se trata de um casal feliz, um conselheiro titular e sua esposa. O conselheiro titular presta uma queixa, eu sou o conciliador, e de que tipo! Asseguro-lhe que Talleyrand não é nada em comparação comigo.

— Mas onde está a dificuldade?

— Pois me escute... Desculpamo-nos da forma devida: "Estamos em desespero, pedimos perdão pelo infeliz mal-entendido". O conselheiro titular de salsichas se derrete, porém também deseja exprimir seus sentimentos e, assim que começa a exprimi-los, começa a se inflamar e dizer grosserias, e novamente devo lançar mão de todos meus talentos diplomáticos. "Concordo que o comportamento deles não foi bom, porém peço-lhe levar em conta o mal-entendido, a juventude; depois, os jovens tinham acabado de almoçar. O senhor entende. Eles se arrependem de todo coração, pedem perdão por sua falta." O conselheiro titular volta a amolecer: "Concordo, conde, e estou pronto para perdoar, mas compreenda que minha esposa, minha esposa, uma mulher honrada, esteve sujeita à perseguição, às grosserias e insolências de uns moleques abjetos...". A senhora entende que os tais moleques estavam lá, e tive que acalmá-los. Novamente lanço mão da diplomacia, e novamente, quando a questão está para ser concluída, meu conselheiro titular se inflama, cora, as salsichas se erguem, e novamente me derramo em sutilezas diplomáticas.

— Ah, a senhora tem que ouvir isso! — entre risos, Betsy dirigiu-se a uma dama que entrou no seu camarote. — Ele me divertiu muito.

— Pois bem, *bonne chance*[4] — acrescentou, dando a Vrônski um dedo livre da mão que segurava o leque e, com um movimento de ombro, bai-

---

[4] "Boa sorte", em francês no original. (N. do T.)

xou o corpete do vestido que se erguera, para ficar completamente nua, como se deve, ao ir para a frente, para a ribalta, à luz do gás e aos olhos de todos.

Vrônski dirigiu-se ao Teatro Francês, onde de fato tinha que ver o comandante do regimento, que não perdia nenhuma apresentação daquele teatro, para tratar de sua pacificação, que o ocupava e entretinha já há três dias. Estavam envolvidos nesse caso Petrítski, do qual ele gostava, e um outro rapaz excelente, que chegara há pouco tempo, um camarada excepcional, o jovem príncipe Kédrov. E o principal é que os interesses do regimento estavam envolvidos.

Ambos eram do esquadrão de Vrônski. Recorrera ao comandante do regimento um funcionário público, o conselheiro titular Vénden, com uma queixa contra seus oficiais, que tinham ofendido a esposa dele. Sua jovem esposa, de acordo com a narração de Vénden — ele era casado há meio ano —, estava na igreja com a mãe e, sentindo de repente uma indisposição decorrente de seu estado interessante, não podia mais ficar de pé, e foi para casa na primeira sege de aluguel que passou. Daí os oficiais saíram em seu encalço, assustaram-na e ela, ainda mais indisposta, correu para dentro de casa, pela escada. O próprio Vénden, de regresso da repartição, ouviu a campainha e algumas vozes, saiu e, ao ver os oficiais bêbados com uma carta, enxotou-os. Pedia um castigo exemplar.

— Bom, como quiser — o comandante do regimento disse a Vrônski, convidando-o —, mas Petrítski continua impossível. Não passa uma semana sem história. Esse funcionário público não vai deixar o caso de lado, vai levar adiante.

Vrônski via toda a feiura do caso, e que não podia haver duelo, que deveria ser feito de tudo para aplacar o conselheiro titular e abafar o caso. O comandante do regimento convocara Vrônski justamente por saber que se tratava de um homem nobre, inteligente e, principalmente, que tinha apreço pela honra do regimento. Haviam deliberado e decidido que Petrítski e Kédrov deviam ir com Vrônski pedir desculpas ao conselheiro titular. Tanto o comandante do regimento quanto Vrônski entendiam que o nome de Vrônski e o monograma de *Flügeladjutant*[5] deviam contribuir muito para aplacar o conselheiro titular. E, de fato, esses dois meios se revelaram parcialmente efetivos; porém, o resultado da reconciliação permanecia duvidoso, como Vrônski havia contado.

---

[5] Entre o final do século XVIII e a Revolução de 1917, patente de oficial do séquito do imperador. (N. do T.)

Ao chegar ao Teatro Francês, Vrônski foi para o foyer com o comandante do regimento e lhe narrou seu sucesso, ou insucesso. Após matutar sobre tudo, o comandante do regimento resolveu deixar o caso sem consequências, porém depois, por prazer, pôs-se a interrogar Vrônski a respeito dos detalhes da entrevista, sem conseguir segurar o riso por muito tempo ao ouvir Vrônski contar como o conselheiro titular, depois de tranquilizado, voltara a se exaltar ao se lembrar dos detalhes do caso, e como Vrônski, nas últimas meias palavras de reconciliação, fez uma manobra e retirou-se, empurrando Petrítski na sua frente.

— Uma história desagradável, mas engraçada. Kédrov não pode se bater com este senhor! Ele ficou mesmo tão terrivelmente exaltado? — voltou a perguntar, rindo. — E como Claire está hoje! Um portento! — disse, a respeito da nova atriz francesa. — Por mais que você assista, a cada dia está diferente. Só as francesas conseguem isso.

VI

A princesa Betsy, sem esperar o fim do último ato, saiu do teatro. Foi só ela conseguir entrar em seu banheiro, cobrir o rosto longo e pálido de pó, esfregá-lo, ajeitar o penteado e mandar servir chá na grande sala de visitas, que as carruagens começaram a chegar, uma atrás da outra, à sua casa imensa, na Bolcháia Morskáia. Os convidados ingressavam na entrada ampla, e o porteiro obeso que, pelas manhãs, lia jornais atrás da porta de vidro, para edificação dos transeuntes, abria essa porta imensa silenciosamente, dando passagem aos recém-chegados.

Quase ao mesmo tempo entraram a dona da casa, com penteado e rosto refeitos, por uma porta, e os convidados, por outra, na grande sala de visitas com paredes negras, tapetes felpudos e uma mesa fortemente iluminada, reluzindo sob a luz das velas com a toalha branca, o samovar prateado e a porcelana diáfana do jogo de chá.

A anfitriã se sentou atrás do samovar e tirou as luvas. Deslocando cadeiras e poltronas com o auxílio de lacaios imperceptíveis, a sociedade se acomodou, dividida em dois grupos: junto ao samovar, com a dona da casa, e no canto oposto da sala, perto da bela mulher de um embaixador, de veludo preto e sobrancelhas pretas e pronunciadas. Em ambos os grupos, a conversa, como sempre, vacilou nos primeiros minutos, interrompida por encontros, cumprimentos, ofertas de chá, como se buscasse onde se deter.

— Ela é extraordinariamente boa como atriz; é evidente que aprendeu com Kaulbach[6] — disse um diplomata do círculo da mulher do embaixador. — Viram como ela caiu...

— Ah, por favor, não digamos nada a respeito da Nilsson! Não é possível dizer nada de novo a respeito dela — afirmou uma dama loira gorda, vermelha, sem sobrancelhas nem cabelo postiço, de vestido velho de seda. Era a princesa Miagkáia, conhecida pela simplicidade e rudeza no trato, e apelidada *enfant terrible*. A princesa Miagkáia estava sentada no meio, entre os dois círculos e, apurando o ouvido, participava ora de um, ora de outro. — Hoje três homens me disseram essa mesma frase sobre Kaulbach, estavam absolutamente de acordo. E a frase, não sei por quê, agradou-lhes muito.

A conversa foi interrompida por essa observação, e voltou a ser preciso inventar um tema novo.

— Conte-nos algo divertido, só que não maldoso — disse a mulher do embaixador, grande mestra da conversa elegante, chamada em inglês de *small talk*, dirigindo-se ao diplomata, que tampouco sabia o que começar agora.

— Dizem que isso é muito difícil, que apenas a maldade é engraçada — começou, com um sorriso. — Mas vou tentar. Dê-me um tema. A questão toda é o tema. Quando o tema é dado, fica fácil costurar a partir dele. Acho com frequência que os conversadores célebres do século passado teriam dificuldades, hoje, em falar com inteligência. Tudo que é inteligente já cansou tanto...

— Isso já foi dito há muito tempo — interrompeu a mulher do embaixador, rindo.

A conversa começou, suave, mas justamente por ser suave demais, voltou a cessar. Fez-se necessário lançar mão do recurso autêntico, que nunca decepciona — a maledicência.

— A senhora não acha que Tuchkévitch tem algo de Louis XV? — ele disse, apontando com os olhos para o belo jovem loiro que estava sentado junto à mesa.

— Oh, sim! Ele está no mesmo estilo da sala, por isso vem tanto aqui.

A conversa se manteve, pois aludia exatamente ao que não podia ser dito naquela sala, ou seja, às relações entre Tuchkévitch e a dona da casa.

Perto do samovar e da anfitriã, enquanto isso, a conversa oscilava exatamente da mesma forma, por algum motivo, entre três temas inescapáveis:

---

[6] Wilhelm von Kaulbach (1805-1874), pintor alemão, diretor da Academia de Belas-Artes de Munique. (N. da E.)

as últimas notícias da sociedade, o teatro e a condenação do próximo, até também se firmar ao recair no último tema, ou seja, a maledicência.

— Vocês ouviram que Maltíscheva — não a filha, a mãe — está fazendo para si uma roupa de *diable rose*?[7]

— Não pode ser! Não, isso é uma maravilha!

— Espanto-me que, com sua inteligência — pois não é burra —, ela não veja como é ridícula.

Todos tinham algo a dizer para condenar e ridicularizar a infeliz Maltíscheva, e a conversa crepitava, alegre, como uma fogueira acesa.

O marido da princesa Betsy, um gordo bonachão, apaixonado colecionador de gravuras, ao saber que a esposa tinha convidados, foi à sala de visitas, antes de se encaminhar ao clube. Aproximou-se da princesa Miagkáia de forma inaudível, pelo tapete macio.

— Como lhe pareceu a Nilsson, princesa? — disse.

— Ah, meu pai, como pode ser tão sorrateiro? Como o senhor me assustou — ela respondeu. — Não fale comigo sobre ópera, por favor, o senhor não entende de música. Melhor eu ir até o senhor e falar das suas maiólicas e gravuras. Pois bem, que tesouro comprou recentemente no mercado de pulgas?

— Quer que eu lhe mostre? Mas a senhora não vai reconhecer o valor.

— Mostre. Aprendi com esses, como se chamam... banqueiros... eles têm umas gravuras maravilhosas. Eles nos mostraram.

— Como, vocês estiveram na casa dos Schützburg? — perguntou a anfitriã, do samovar.

— Estivemos, *ma chère*.[8] Convidaram-me para jantar com meu marido, e disseram-me que o molho desse jantar custou mil rublos — a princesa Miagkáia disse, alto, sentindo que todos a escutavam —, e era um molho bem nojento, meio verde. Precisaria convidá-los, eu faria um molho de oitenta e cinco copeques, e todos ficariam muito satisfeitos. Não consigo fazer molhos de mil rublos.

— Ela é única! — disse a mulher do embaixador.

— Espantosa! — alguém disse.

O efeito produzido pelas falas da princesa Miagkáia era sempre único, e o segredo do efeito consistia em que ela dizia, embora nem sempre a pro-

---

[7] Em 1874, estava em cartaz no Teatro Francês a comédia *Les diables roses* (*Os diabos cor-de-rosa*), de Grangé e Lambert-Thiboust. (N. da E.)

[8] "Minha querida", em francês no original. (N. do T.)

pósito, como agora, coisas simples, que faziam sentido. Na sociedade em que ela vivia, tais palavras produziam o efeito da piada mais aguda. A princesa Miagkáia não conseguia entender por que aquilo funcionava daquele jeito, mas sabia que funcionava, e aproveitava-se disso.

Como na hora da fala da princesa Miágkaia todos a escutassem, e a conversa perto da mulher do embaixador tivesse se interrompido, a anfitriã quis unificar todos e se dirigiu à mulher do embaixador:

— A senhora não quer mesmo chá? Venha até aqui.

— Não, aqui está muito bom — a mulher do embaixador respondeu, com um sorriso, prosseguindo a conversa iniciada.

A conversa era muito agradável. Condenavam os Kariênin, esposa e marido.

— Anna mudou muito desde sua viagem a Moscou. Tem algo de estranho — disse uma amiga dela.

— A principal mudança é que trouxe consigo a sombra de Aleksei Vrônski — disse a mulher do embaixador.

— Mas e daí? Os Grimm têm uma fábula: o homem sem sombra, o homem privado de sombra.[9] Trata-se de uma punição por alguma coisa. Nunca pude entender em que reside a punição. Porém, deve ser desagradável para uma mulher não ter sombra.

— Sim, mas as mulheres com sombra normalmente acabam mal — disse a amiga de Anna.

— Dobrem a língua — disse, de repente, a princesa Miagkáia, ao ouvir essas palavras. — Kariênina é uma mulher maravilhosa. Não gosto do marido, mas gosto muito dela.

— Por que a senhora não gosta do marido? É um homem tão notável — disse a mulher do embaixador. — Meu marido diz que há poucos homens de Estado assim na Europa.

— Meu marido me diz o mesmo, só que eu não acredito — disse a princesa Miagkáia. — Se nossos maridos não dissessem nada, nós veríamos as coisas como são, e Aleksei Aleksândrovitch, para mim, é simplesmente um estúpido. Digo isso aos sussurros... Não é verdade como tudo fica claro? Antes, quando me mandavam achá-lo um sábio, eu procurava e achava que a

---

[9] A história do homem que perdeu a sombra pertence ao escritor romântico alemão Adelbert von Chamisso (1781-1838), *A história maravilhosa de Peter Schlemihl* (1814). Em 1870, os *Melhores contos de Hans Christian Andersen* (1805-1875) foram publicados em russo, incluindo o conto "Sombra". Os irmãos Grimm são mencionados por engano na conversa. (N. da E.)

estúpida era eu, por não ver sua sabedoria; mas bastou eu dizer: ele é *estúpido*, mesmo sussurrando, e tudo ficou tão claro, não é verdade?

— Como hoje a senhora está má!

— Nem um pouco. Não tenho outra saída. Um de nós tem que ser estúpido. Pois bem, como a senhora sabe, não se deve jamais dizer isso de si mesma.

— Ninguém está satisfeito com a sua condição, e todos estão satisfeitos com a sua inteligência[10] — o diplomata recitou o verso francês.

— Isso, isso, exatamente — dirigiu-se a ele, apressada, a princesa Miagkáia. — Mas a questão é que não vou lhes dar Anna de mão beijada. Ela é tão estupenda, tão gentil. O que pode fazer se todos se apaixonam por ela e a seguem como sombras?

— Mas eu nem penso em condená-la — justificou-se a amiga de Anna.

— Se ninguém nos segue como sombras, isso não mostra que temos o direito de condenar.

E depois de liquidar a amiga de Anna como devia, a princesa Miagkáia levantou-se e, com a mulher do embaixador, juntou-se à mesa onde a conversa geral era sobre o rei da Prússia.

— De quem vocês estavam falando mal? — perguntou Betsy.

— Dos Kariênin. A princesa elaborou uma definição de Aleksei Aleksândrovitch — respondeu a mulher do embaixador, sentando-se à mesa com um sorriso.

— Pena que não ouvimos — disse a anfitriã, olhando para a porta de entrada. — Ah, finalmente o senhor! — abordou, com um sorriso, Vrônski, que entrava.

Vrônski não apenas conhecia todos, como os via todo dia, por isso entrou com os modos tranquilos de quem ingressa numa sala com pessoas das quais acabou de se despedir.

— De onde venho? — respondeu à pergunta da mulher do embaixador. — Que fazer, tenho que admitir. Da Ópera-Bufa. Acho que pela centésima vez, sempre com satisfação renovada. Que encanto! Sei que é uma vergonha; só que na ópera eu durmo e, na Bufa, fico até o fim, e com alegria. Hoje...

Disse o nome de uma atriz francesa e quis falar dela; porém, com horror brincalhão, a mulher do embaixador o interrompeu:

— Por favor, não nos fale desse horror.

---

[10] Citação imprecisa de uma máxima de La Rouchefoucald: "*Tout le monde se plaint de sa mémoire, et personne ne se plaint de son jugement*" (Todo o mundo se queixa de sua memória, e ninguém se queixa de seu juízo). (N. da E.)

— Pois bem, não falo, ainda mais que todos conhecem esses horrores.

— E todos iriam para lá se fosse tão aceita como a ópera — secundou a princesa Miagkáia.

VII

Na porta de entrada ouviram-se passos, e a princesa Betsy, sabendo que era Kariênina, observou Vrônski. Ele olhava para a porta, e seu rosto possuía uma expressão nova e estranha. Contemplava a recém-chegada com alegria, atenção e, ao mesmo tempo, timidez, e se levantou devagar. Anna ingressou na sala de visitas. Mantendo-se, como sempre, extraordinariamente ereta, com o andar rápido, firme e ligeiro que a distinguia das outras mulheres similares da sociedade, e sem mudar a direção do olhar, percorreu os poucos passos que a separavam da anfitriã, apertou sua mão, sorriu e, como o mesmo sorriso, fitou Vrônski. Vrônski fez uma profunda reverência e puxou uma cadeira para ela.

Ela respondeu apenas com um menear de cabeça, enrubesceu e franziu o cenho. Porém, imediatamente, cumprimentando os conhecidos com rapidez e apertando as mãos estendidas, dirigiu-se à dona da casa.

— Estive na casa da condessa Lídia e queria ter vindo antes, mas me demorei. *Sir* John estava lá. É muito interessante.

— Ah, é aquele missionário?

— Sim, ele contou coisas muito interessantes da vida indiana.

A conversa, que tinha sido interrompida com a chegada, voltou a tremeluzir, como o fogo de um lampião em que sopram.

— *Sir* John! Sim, *sir* John. Eu o vi. Fala bem. Vlássieva está completamente apaixonada por ele.

— E é verdade que a Vlássieva caçula vai se casar com Tópov?

— Sim, dizem que isso está absolutamente decidido.

— Fico espantada com os pais. Dizem que é um matrimônio por paixão.

— Por paixão? Como suas ideias são antediluvianas! Quem fala de paixão hoje em dia? — disse a mulher do embaixador.

— Que fazer? Essa estúpida moda antiga ainda não desapareceu por inteiro — disse Vrônski.

— Pior para quem segue essa moda. Só conheço matrimônios felizes por cálculo.

— Sim, mas, em compensação, com que frequência os matrimônios por cálculo se dispersam como pó justamente porque aparece aquela paixão que não foi levada em conta — disse Vrônski.

— Mas chamamos de matrimônios por cálculo aqueles em que ambos já criaram juízo. É como escarlatina, algo por que se tem que passar.

— Então é preciso aprender a se vacinar artificialmente contra o amor, como a varíola.

— Na juventude, fui apaixonada por um sacristão — disse a princesa Miagkáia. — Não sei se isso me ajudou.

— Não, eu acho, sem brincadeira, que para saber o que é o amor, é preciso errar e, depois, corrigir-se — disse a princesa Betsy.

— Mesmo depois do matrimônio? — disse a mulher do embaixador, brincando.

— Nunca é tarde para se arrepender — disse o diplomata da embaixada inglesa.

— Exatamente — secundou Betsy —, é preciso errar e corrigir-se. O que acha disso? — dirigiu-se para Anna, que ouvia a conversa em silêncio, com um sorriso firme e quase imperceptível nos lábios.

— Acho — disse Anna, brincando com a luva que tinha tirado —, acho... que, assim como para cada cabeça há uma sentença, para cada coração há uma forma de amar.

Vrônski observava Anna e, com o coração desfalecido, aguardava o que diria. Quando ela proferiu essas palavras, suspirou, como depois de passar por um perigo.

Anna, de repente, dirigiu-se a ele:

— Recebi uma carta de Moscou. Escrevem-me que Kitty Scherbátskaia está totalmente enferma.

— É mesmo? — disse Vrônski, franzindo o cenho. Anna lançou-lhe um olhar severo.

— Isso não lhe interessa?

— Pelo contrário, interessa muito. O que exatamente lhe escreveram, se posso saber? — perguntou.

Anna se levantou e foi até Betsy.

— Dê-me uma xícara de chá — disse, junto à cadeira dela.

Enquanto Betsy lhe servia chá, Vrônski se aproximou de Anna.

— E o que lhe escreveram? — repetiu.

— Acho com frequência que os homens não entendem o que é nobre e o que não é nobre, embora sempre falem disso — disse Anna, sem responder. — Faz tempo que quero lhe dizer isso — acrescentou e, percorrendo alguns passos, sentou-se à mesa do canto, com um álbum.

— Não entendo o significado de suas palavras de jeito nenhum — ele disse, oferecendo-lhe a xícara.

Ela lançou um olhar para o sofá perto de si, e ele se sentou imediatamente.

— Sim, eu queria lhe dizer — ela disse, sem olhar para ele. — O senhor se comportou mal, mal, muito mal.

— Por acaso eu não sei que me comportei mal? Mas quem foi o motivo para eu ter me comportado assim?

— Por que me diz isso? — ela falou, encarando-o com severidade.

— A senhora sabe por quê — ele respondeu, ousado e alegre, encontrando o olhar dela, sem desviar os olhos.

Ele não se perturbou, mas ela sim.

— Isso só mostra que o senhor não tem coração — ela disse. Porém, seu olhar dizia que ela sabia que ele tinha coração, e tinha medo disso.

— Isso de que a senhora falou agora foi um erro, e não amor.

— Lembre-se de que o proibi de pronunciar essa palavra, é uma palavra abjeta — disse Anna, sobressaltando-se; porém, sentiu imediatamente que apenas com essa palavra, *proibi*, ela demonstrava reconhecer ter certos direitos sobre ele, estimulando-o a falar de amor. — Queria lhe dizer isso há muito tempo — ela prosseguiu, olhando-o nos olhos de forma resoluta e ardendo o tempo todo com o rubor que lhe queimava o rosto —, e hoje vim de propósito, sabendo que iria encontrá-lo. Vim para lhe dizer que isso tem de acabar. Nunca corei diante de ninguém, mas o senhor me obriga a me sentir culpada de alguma coisa.

Ele a observava, espantando-se com a renovada beleza espiritual de seu rosto.

— O que quer de mim? — ele disse, simples e sério.

— Quero que vá a Moscou e peça perdão a Kitty — ela disse, com uma fagulha cintilando em seus olhos.

— A senhora não quer isso — ele disse.

Via que ela dizia o que se obrigava a dizer, mas não o que queria.

— Se me ama como diz — ela sussurrou —, então o faça, para que eu fique tranquila.

O rosto dele resplandeceu.

— A senhora não sabe que é toda a minha vida? Mas não conheço tranquilidade, nem posso lhe oferecer. Sou todo amor... sim. Não posso pensar na senhora e em mim separadamente. Para mim, a senhora e eu somos um. E não vejo adiante possibilidade de tranquilidade nem para mim, nem para a senhora. Vejo a possibilidade de desespero, de infelicidade... ou vejo a possibilidade de felicidade, que felicidade!... Por acaso não é possível? — acrescentou, apenas movendo os lábios; mas ela ouviu.

Com todas as forças da mente, ela se esforçou para dizer o que era preciso; porém, em vez disso, fixou nele seu olhar, cheio de amor, e não respondeu nada.

"Ei-lo!", Vrônski pensou, em êxtase. "Quando eu já estava ficando desesperado, e quando parecia que não teria fim — ei-lo! Ela me ama. Ela admite."

— Então faça o seguinte por mim, jamais diga essas palavras, e seremos bons amigos — ela disse, com palavras; seu olhar, contudo, dizia algo absolutamente diferente.

— Não seremos amigos, como a senhora sabe. Seremos as mais felizes ou as mais infelizes das pessoas: isso está em seu poder.

Ela quis dizer algo, porém ele a interrompeu.

— Pois só peço uma coisa, peço o direito a ter esperança, a sofrer, como agora; porém, se isso não for possível, mande-me desaparecer, e desaparecerei. A senhora não me verá, caso minha presença lhe pese.

— Não desejo expulsá-lo para lugar nenhum.

— Então não mude nada. Deixe tudo como está — ele disse, com voz trêmula. — Veja, o seu marido.

De fato, nessa hora, Aleksei Aleksândrovitch, com seu andar tranquilo e canhestro, entrou na sala.

Lançando um olhar para a esposa e Vrônski, ele se aproximou da anfitriã e, sentando-se para uma xícara de chá, pôs-se a falar com a voz ponderada e sempre audível, em seu habitual tom de brincadeira, zombando de alguém.

— Seu Rambouillet[11] está completo — disse, lançando um olhar para todos —, com as graças e as musas.

Só que a princesa Betsy não podia suportar esse seu tom *sneering*,[12] como o chamava, e, na qualidade de anfitriã sábia, imediatamente o induziu a uma conversa séria sobre o serviço militar obrigatório geral. Aleksei

---

[11] O salão literário parisiense da marquesa de Rambouillet (1588-1685) reunia políticos, escritores e poetas que aspiravam ao papel de "árbitros do gosto". O salão de Rambouillet foi satirizado por Molière nas comédias *As preciosas ridículas* e *As mulheres sábias*. (N. da E.)

[12] "Sarcástico", em inglês no original. (N. do T.)

Aleksândrovitch imediatamente se deixou arrebatar pela conversa e começou a defender com seriedade o novo decreto, contra a princesa Betsy, que o atacava.

Vrônski e Anna continuavam sentados junto à mesa pequena.

— Isso está ficando indecoroso — cochichou uma dama, apontando com os olhos para Kariênina, Vrônski e o marido dela.

— O que eu lhe disse? — respondeu a amiga de Anna.

Porém, não apenas essas damas, mas quase todos os presentes na sala, incluindo a princesa Miagkáia e a própria Betsy, olharam algumas vezes para os que estavam afastados do círculo geral, como se aquilo os incomodasse. Apenas Aleksei Aleksândrovitch não olhou nenhuma vez para aquele lado, nem se distraiu da conversa interessante que havia entabulado.

Reparando na impressão desagradável produzida em todos, a princesa Betsy colocou outra pessoa em seu lugar para ouvir Aleksei Aleksândrovitch e foi até Anna.

— Sempre me assombro com a clareza e precisão de expressão do seu marido — ela disse. — Os conceitos mais transcendentais se tornam acessíveis para mim quando ele fala.

— Oh sim! — disse Anna, com um sorriso radiante de felicidade, sem entender nenhuma palavra do que Betsy lhe dizia. Foi até a mesa grande e tomou parte na conversa geral.

Depois de meia hora, Aleksei Aleksândrovitch acercou-se da esposa e lhe propôs que fossem juntos para casa; Anna, porém, sem olhar para ele, respondeu que ficaria para a ceia. Aleksei Aleksândrovitch fez uma reverência e saiu.

O tártaro velho e gordo que era cocheiro de Kariênina, de casaco de couro lustroso, continha com dificuldade o cavalo da esquerda, cinza e congelado, que empinava na entrada. Um lacaio detinha a portinhola, imóvel. O porteiro segurava a porta exterior, imóvel. Anna Arkádievna desenganchava a renda da manga com sua mãozinha pequena e, de cabeça inclinada, ouvia com enlevo o que Vrônski dizia ao acompanhá-la.

— A senhora não disse nada; convenhamos, eu não exijo nada — ele disse —, mas a senhora sabe que não preciso de amizade, para mim só é possível uma felicidade na vida, essa palavra que tanto lhe desgosta... sim, o amor...

— O amor... — ela repetia, devagar, com a voz interior, e de repente, ao mesmo tempo, enquanto desenganchava a renda, acrescentou: — Não gosto dessa palavra pois ela, para mim, representa muita coisa, muito mais do que o senhor pode entender — e olhou-o bem na cara. — Até a vista!

Deu a mão e, com passos rápidos e leves, passou pelo porteiro e sumiu na carruagem.

Seu olhar, o roçar de sua mão inflamaram Vrônski. Ele beijou a própria palma, onde fora tocado por ela, e foi para casa com a feliz consciência de que, naquela noite, aproximara-se mais da realização de seu objetivo que nos últimos dois meses.

VIII

Aleksei Aleksândrovitch não encontrara nada de extraordinário ou indecoroso no fato de sua esposa sentar-se com Vrônski em uma mesa à parte e conversar animadamente com ele a respeito de alguma coisa; mas reparou que aquilo parecera algo extraordinário e indecoroso às outras pessoas da sala e, portanto, pareceu indecoroso a ele também. Resolveu que precisava falar disso com a mulher.

De volta para casa, Aleksei Aleksândrovitch entrou em seu gabinete, como fazia de costume, sentou-se na poltrona, abriu um livro sobre o papismo na página marcada com a espátula e leu cerca de uma hora, como fazia de costume; apenas, por vezes, esfregava a testa alta e sacudia a cabeça, como que afugentando alguma coisa. Na hora de costume, levantou-se e fez a toalete noturna. Anna Arkádievna ainda não estava em casa. Com o livro debaixo do braço, subiu; porém, naquela noite, em vez das ideias e considerações habituais sobre assuntos do serviço, seus pensamentos estavam repletos da esposa e de algo desagradável que acontecera com ela. Contrariamente à sua natureza, não se deitou na cama mas, com as mãos para trás, pôs-se a andar pelo quarto, para a frente e para trás. Não podia se deitar, sentindo que antes era indispensável voltar a examinar a circunstância que surgira.

Quando Aleksei Aleksândrovitch resolveu, consigo mesmo, que era necessário falar com a mulher, aquilo lhe pareceu muito fácil e simples; porém, agora, ao se pôr a examinar novamente a circunstância que surgira, ela lhe pareceu bastante complexa e embaraçosa.

Aleksei Aleksândrovitch não era ciumento. O ciúme, de acordo com sua crença, ofende a esposa, e a esposa deve merecer confiança. Por que era preciso ter confiança, ou seja, a plena convicção de que sua jovem esposa sempre o amaria, ele não se perguntava; contudo, não possuía experiência em desconfiança, pois tinha confiança nela e dizia a si mesmo que tinha de ter. Agora, embora a crença de que o ciúme era um sentimento vergonhoso e de que era preciso ter confiança não tivesse sido destruída, ele sentia que estava face a face com algo ilógico e incoerente, e não sabia o que devia fazer. Aleksei Aleksândrovitch estava face a face com a vida, diante da possibilidade de sua esposa amar um outro, e isso lhe parecia bastante incoerente e incompreensível, pois era a vida em si. Toda sua vida, Aleksei Aleksândrovitch passara e atuara nas esferas do serviço, que tinham a ver com os reflexos da vida. E cada vez que batia de frente com a vida em si, ela se esquivava dele. Agora experimentava uma sensação similar à de uma pessoa que cruzava tranquilamente um precipício em uma ponte e, de repente, via que a ponte estava quebrada, e lá embaixo havia um abismo. O abismo era a vida em si, a ponte, a vida artificial que Aleksei Aleksândrovitch levava. Pela primeira vez, viera-lhe a questão da possibilidade de sua mulher amar um outro, e ele se aterrorizava com isso.

Sem se trocar, caminhava com passo regular pelo parquete ruidoso da sala de jantar, iluminada apenas por uma lâmpada, pelo tapete da sala de visitas escura, na qual a luz apenas se refletia no grande retrato dele, feito há pouco tempo, pendurado em cima do sofá, e pelo gabinete de Anna, em que ardiam duas velas, iluminando retratos de seus pais, suas amigas e os belos badulaques de sua escrivaninha, que ele conhecia muito bem e há tempos. Atravessou o quarto dela até a porta de seu dormitório, e deu a volta, mais uma vez.

A cada trecho do passeio, especialmente no parquete da sala de jantar iluminada, detinha-se e dizia para si: "Sim, é indispensável resolver e interromper isso, exprimir meu ponto de vista e minha decisão". E se virava, voltando. "Mas exprimir o quê? Que decisão?", dizia para si, na sala de jantar, sem encontrar resposta. "Mas, enfim", dizia a si mesmo, ao se virar, no gabinete, "o que aconteceu? Nada. Ela falou com ele por muito tempo. Pois bem, e daí? Uma mulher não pode conversar em sociedade? E depois, ter ciúmes significa humilhar a mim e a ela", dizia para si mesmo, ao entrar no gabinete da mulher, e esse raciocínio, que antes tinha tamanho peso para ele, agora não pesava nem significava nada. E, da porta do quarto de dormir, regressou de novo à sala; mas, assim que voltou a entrar na sala de jantar escura, uma voz lhe disse que não era aquilo, e que, se outras pessoas repararam, queria dizer que havia algo ali. E voltou a se dizer, na sala de jantar: "Sim, é indispensável resolver e interromper isso, exprimir meu ponto de vista...". E novamente, na sala de jantar, ao fazer a curva, perguntou-se: como resolver? Depois perguntou-se: o que aconteceu? E respondeu: nada, e se lembrou de que o ciúme é um sentimento que humilha a esposa, mas, novamente na sala de visitas, convenceu-se de que algo tinha acontecido. Seus pensamentos, assim como o corpo, tinham descrito um círculo completo, sem encontrar nada de novo. Reparando nisso, enxugou a testa e se sentou no gabinete da mulher.

Lá, olhando para a mesa com o mata-borrão de malaquita e um bilhete inacabado, seus pensamentos mudaram de repente. Pôs-se a pensar nela, no que ela pensava e sentia. Pela primeira vez imaginava com clareza sua vida pessoal, seus pensamentos, seus desejos, e a ideia de que ela podia e devia ter uma vida própria pareceu-lhe tão medonha que se apressou em afugentá-la. Era o abismo que tivera tanto medo de contemplar. Colocar-se nos pensamentos e sentimentos de outra criatura era um exercício espiritual estranho a Aleksei Aleksândrovitch. Considerava tal exercício espiritual uma fantasia nociva e perigosa.

"E o mais terrível de tudo — pensava — é que exatamente agora, quando meu trabalho está chegando ao fim (pensava no projeto que então conduzia), quando preciso de toda a tranquilidade e de todas as forças da alma, agora cai em cima de mim essa perturbação insensata. Mas o que fazer? Não sou dessas pessoas que padecem de intranquilidade e perturbação e não têm forças para encará-las."

— Preciso pensar, resolver e superar — disse, em voz alta.

"As questões de seus sentimentos, do que se passa e pode se passar em sua alma, isto não é meu assunto, é assunto de sua consciência, e é da competência da religião", disse para si, sentindo alívio ao perceber que encontrara o marco legal a que pertencia a circunstância que surgira.

"Pois bem", Aleksei Aleksândrovitch disse para si, "questões de seus sentimentos, etc., são questões da consciência dela, que não podem ser assuntos meus. Minha obrigação, então, está determinada com clareza. Como cabeça da família, sou a pessoa obrigada a dirigi-la e, portanto, a pessoa responsável, em parte: devo mostrar o perigo que vejo, advertir e até usar o poder. Devo exprimir isso a ela."

E na cabeça de Aleksei Aleksândrovitch formou-se com clareza tudo o que então diria à esposa. Ao pensar no que diria, lamentava ter que empregar seu tempo e forças mentais para uso doméstico, tão insignificante; porém, apesar disso, a forma e a coerência do discurso iminente organizaram-se em sua cabeça com a clareza e nitidez de um decreto. "Devo dizer e exprimir o seguinte: em primeiro lugar, a explicação da importância da opinião da sociedade e do decoro; em segundo, a explicação religiosa do significado do matrimônio; em terceiro, se necessário, a demonstração da infelicidade que poderia acarretar para o filho; em quarto, a demonstração de sua própria infelicidade." E, entrelaçando os dedos, com a palma da mão para baixo, Aleksei Aleksândrovitch esticou-os, e os dedos estalaram nas articulações.

Esse gesto, um mau hábito — juntar as mãos e estalar os dedos —, sempre o acalmava, e lhe dava a exatidão de que agora tanto precisava. Aleksei Aleksândrovitch parou no meio da sala.

Passos femininos subiam a escada. Aleksei Aleksândrovitch, pronto para seu discurso, apertou os dedos cruzados, esperando se algum estalaria. Uma articulação estalou.

Pelo som dos passos leves na escada, sentia a aproximação dela e, embora estivesse satisfeito com seu discurso, temia a explicação iminente...

IX

Anna veio, de cabeça baixa e brincando com as borlas do capuz. Seu rosto irradiava um brilho ardente, que não era, porém, alegre — lembrava o brilho terrível de um incêndio na escuridão da noite. Ao avistar o marido, Anna ergueu a cabeça e sorriu, como se estivesse acordando.

— Você não está na cama? Que milagre! — disse, tirando o capuz e, sem se deter, seguiu adiante, na direção do banheiro. — Está na hora, Aleksei Aleksândrovitch — disse, detrás da porta.

— Anna, preciso falar com você.

— Comigo? — ela disse, surpresa, saindo de trás da porta e contemplando-o.

— Sim.

— Mas o que é? Sobre o quê? — ela perguntou, sentando-se. — Pois bem, vamos falar, se é tão necessário. Seria melhor dormir.

Anna dizia o que lhe vinha aos lábios e, ao se escutar, espantava-se com sua capacidade de mentir. Como suas palavras eram simples e naturais, e como parecia que ela simplesmente queria dormir! Sentia-se trajando uma armadura impenetrável de mentira. Sentia que uma força invisível a amparava.

— Anna, devo adverti-la — ele disse.

— Advertir? — ela disse. — De quê?

Olhava com tanta simplicidade, tanta alegria, que quem não a conhecesse como o marido não poderia notar nada de artificial nem no som, nem no sentido de suas palavras. Porém, para ele, que a conhecia, que sabia que, quando ele se deitava cinco minutos mais tarde, ela reparava e perguntava o motivo, para ele, que sabia que ela lhe comunicava de imediato toda alegria, felicidade e pesar, para ele, ver agora que ela não desejava reparar em seu estado, que não desejava proferir nenhuma palavra a seu respeito, queria dizer muita coisa. Via que as profundezas de sua alma, que antes sempre tinham estado abertas para ele, agora lhe estavam fechadas. Ainda por cima, pelo tom de voz, via que ela nem se perturbava com isso, como se lhe dissesse de forma direta: sim, estão fechadas, e é assim que tem de ser e será daqui por diante. Agora experimentava a sensação de quem voltava para casa e encontrava a porta trancada. "Mas pode ser que ainda encontre a chave", pensou Aleksei Aleksândrovitch.

— Desejo adverti-la — ele disse, em voz baixa — que, por imprudência e leviandade, você pode dar à sociedade pretexto para falar de você. Sua conversa excessivamente animada de hoje com o conde Vrônski (proferiu o nome com firmeza e tranquilidade) chamou atenção sobre você.

Falava e observava seus olhos sorridentes, aterradores em sua impenetrabilidade e, ao falar, sentia toda a futilidade e falta de serventia de suas palavras.

— Você é sempre assim — ela respondeu, como se não o entendesse de jeito nenhum e, de tudo que ele dissera, capturando deliberadamente apenas o final. — Ora não gosta quando estou entediada, ora não gosta quando estou alegre. Eu não estava entediada. Isso o ofende?

Aleksei Aleksândrovitch estremeceu e virou as mãos, para estalá-las.

— Ah, por favor, não estale, não gosto nem um pouco — ela disse.

— Anna, é você? — disse Aleksei Aleksândrovitch, baixo, tentando se controlar e contendo o movimento das mãos.

— Mas o que é isso? — ela disse, com espanto franco e cômico. — O que você quer de mim?

Aleksei Aleksândrovitch se calou e enxugou a testa e os olhos com a mão. Via que, em vez do que queria fazer, ou seja, advertir a esposa sobre o que estava errado aos olhos da sociedade, enervava-se a contragosto com o que era assunto da consciência dela, e lutava contra uma parede imaginária.

— Eis o que tencionava dizer — prosseguiu, frio e calmo —, e lhe peço que me escute. Considero, como você sabe, o ciúme um sentimento ultrajante e humilhante, e jamais me permito ser guiado por tal sentimento; porém, há certas regras de decoro, que não permitem uma conduta imprudente. Hoje não reparei, mas, a julgar pela impressão geral produzida, todos repararam que você absolutamente não se portou e comportou como seria possível desejar.

— Decididamente, não estou entendendo nada — disse Anna, dando de ombros. "Para ele, tanto faz", pensou, "mas a sociedade reparou, e isso o preocupa." — Você não está bem de saúde, Aleksei Aleksândrovitch — ela acrescentou, levantando-se e querendo ir até a porta; só que ele se deslocou para a frente, como se desejasse detê-la.

Seu rosto estava feio e sombrio, como Anna jamais vira. Ela parou e, inclinando a cabeça para trás, de lado, pôs-se a tirar os grampos, com a mão rápida.

— Pois bem, senhor, escuto o que vier — afirmou, calma e zombeteira. — E escuto até com interesse, por desejar entender do que se trata.

Falava e se espantava com o tom calmo e natural com que falava, e com a escolha das palavras que empregava.

— Não tenho direito de entrar em todos os detalhes do seu sentimento e, no geral, considero isso inútil, e até nocivo — começou Aleksei Aleksândrovitch. — Ao escavar a própria alma, frequentemente desenterramos algo que devia jazer desapercebido. Os seus sentimentos são assunto da sua consciência; porém, tenho a obrigação, diante de você, diante de Deus, de mostrar quais são as suas obrigações. Nossa vida está unida, e unida não pelos homens, mas por Deus. Apenas um crime pode romper essa união, e um crime de tal gênero lançaria sobre você uma pena dura.

— Não estou entendendo nada. Ai, meu Deus, e, por desgraça, como quero dormir! — ela disse, passando a mão rapidamente pelo cabelo, em busca dos grampos remanescentes.

— Anna, pelo amor de Deus, não fale assim — ele disse, dócil. — Pode ser que esteja enganado, mas creia que o que eu digo, digo tanto por mim quanto por você. Sou seu marido, e a amo.

Por um momento, seu rosto baixou, e a fagulha zombeteira do olhar se apagou; só que a palavra "amo" voltou a indigná-la. Pensava: "Ama? Ele por acaso pode amar? Se não tivesse ouvido que o amor existe, jamais empregaria essa palavra. Ele nem sabe o que é o amor".

— Aleksei Aleksândrovitch, não entendo, de verdade — ela disse. — Defina o que você acha...

— Perdão, deixe-me terminar de falar. Eu a amo. Mas não estou falando de mim; aqui, as principais pessoas são nosso filho e você mesma. É muito provável, repito, que você ache minhas palavras completamente inúteis e fora de lugar; pode ser que sejam provocadas por meus equívocos. Nesse caso, peço-lhe que me desculpe. Mas, se você mesma sente que há um fundamento, ainda que ínfimo, então eu lhe peço que reflita e, se o coração mandar, que me diga...

Sem perceber, Aleksei Aleksândrovitch não dissera nada do que tinha preparado.

— Não tenho nada a dizer. Só que... — disse de repente, rápido, tendo dificuldade em conter o sorriso — é verdade, está na hora de dormir.

Aleksei Aleksândrovitch suspirou e, sem dizer mais nada, dirigiu-se para o quarto.

Quando ela entrou no quarto, ele já estava deitado. Seus lábios se encontravam severamente cerrados, e os olhos não olhavam para ela. Anna se deitou na cama, esperando a cada minuto que ele falasse com ela mais uma vez. Ela tanto temia quanto queria que ele o fizesse. Mas ele ficou calado. Ela esperou por muito tempo, imóvel, e até se esqueceu dele. Pensava no outro, via-o e sentia como, ao pensar, seu coração se enchia de emoção e alegria criminosa. De repente, ouviu um nariz assobiando, regular e tranquilo. No primeiro instante, Aleksei Aleksândrovitch como que se assustou com seu próprio assobio, e parou; porém, depois de deixar passar umas duas respirações, o assobio soou com uma regularidade tranquila e renovada.

— É tarde, é tarde, já é tarde — ela sussurrava, com um sorriso. Ficou muito tempo deitada com os olhos abertos, cujo brilho tinha a impressão de ver na escuridão.

X

Naquela noite, iniciou-se uma nova vida para Aleksei Aleksândrovitch e sua esposa. Não aconteceu nada de especial. Anna, como sempre, frequentava a sociedade, ia com particular assiduidade à casa da princesa Betsy, e se encontrava com Vrônski por toda parte. Aleksei Aleksândrovitch via isso, mas não podia fazer nada. A cada tentativa de chamá-la às falas, ela lhe opunha o muro impenetrável de uma alegre perplexidade. Por fora, tudo estava igual, porém suas relações interiores se modificaram por completo. Tão forte nos assuntos de Estado, Aleksei Aleksândrovitch sentia-se aí impotente. Submisso, de cabeça baixa, como um boi, aguardava o machado que sentia estar erguido sobre sua cabeça. A cada vez que começava a pensar nisso, sentia que precisava tentar mais uma vez, que com bondade, ternura e convicção ainda havia esperança de salvá-la, de fazê-la reconsiderar, e a cada dia se preparava para falar com ela. Porém, toda vez que começava a falar com ela, sentia que o espírito do mal e do engano que se apoderara da esposa também se apossava dele, e acabava por não lhe falar no tom que desejara. Sem querer, falava com ela em seu habitual tom de escárnio para com quem dissesse o que ele estava dizendo. E, nesse tom, não era possível dizer o que era imprescindível dizer.

XI

Aquele que, por quase um ano inteiro, constituiu para Vrônski o desejo exclusivo de sua vida, que substituíra todos os desejos anteriores; aquele que, para Anna, era um sonho de felicidade impossível, terrível e, por isso mesmo, fascinante — esse desejo foi satisfeito. Pálido, com o maxilar inferior tremendo, estava de pé, junto a ela, implorando que se acalmasse, sem saber como nem por quê.

— Anna! Anna! — dizia, com voz trêmula. — Anna, pelo amor de Deus!...

Porém, quanto mais alto ele falava, mais baixo ela afundava a cabeça outrora alegre, hoje envergonhada, arqueando-se toda e caindo a seus pés do sofá em que estava sentada; teria tombado no tapete se ele não a segurasse.

— Meu Deus! Perdoe-me! — dizia, soluçando e apertando a mão dele contra seu peito.

Sentia-se tão criminosa e culpada que lhe restava apenas se humilhar e pedir perdão; agora, na vida, além de Vrônski, não tinha mais nada, tanto que a ele dirigia sua súplica de perdão. Ao encará-lo, sentia sua humilhação fisicamente, e não conseguia dizer mais nada. Já ele sentia o que devia sentir o assassino ao contemplar o corpo que privara de vida. Esse corpo que privara de vida era seu amor, o primeiro estágio de seu amor. Havia algo de horrível e repugnante na lembrança do que fora comprado ao preço daquela vergonha horrível. A vergonha da nudez espiritual esmagava-a e contaminava-o. Porém, apesar de todo o horror do assassino diante do corpo do assassinado, há que se cortar os pedaços, ocultar o corpo, desfrutar do que o assassinato proporcionou ao assassino.

Exasperado, como que apaixonado, o assassino se lança sobre esse corpo, arrasta-o e corta-o; dessa forma, ele cobriu de beijos seu rosto e ombros. Ela segurava a mão dele, sem se mexer. Sim, esses beijos eram o que havia sido comprado com aquela vergonha. Sim, e essa única mão, que sempre será minha, é a mão do meu cúmplice. Ela ergueu aquela mão e beijou-a. Ele desabou de joelhos e quis ver seu rosto; só que ela o escondeu, sem dizer nada. Por fim, com que se dominando, ela se levantou e o repeliu. Seu rosto estava lindo como sempre, mas, por isso mesmo, era lastimável.

— Está tudo acabado — disse. — Não tenho nada além de você. Lembre-se disso.

— Não posso não me lembrar do que é toda a minha vida. Por esse minuto de felicidade...

— Que felicidade! — ela disse, com uma repugnância e um horror que, sem querer, contaminou-o. — Pelo amor de Deus, nenhuma palavra, nem mais uma palavra.

Ela se levantou com rapidez e se afastou dele.

— Nem mais uma palavra — repetiu, separando-se dele com uma expressão de desprezo frio, que Vrônski não conhecia, no rosto. Sentia que, naquela hora, não conseguiria exprimir com palavras a sensação de vergonha, alegria e horror por essa entrada em uma nova vida, e não queria falar daquilo, banalizar aquele sentimento com palavras inexatas. Porém, depois, no dia seguinte, dois dias mais tarde, ela não apenas não encontrava as palavras para exprimir toda a complexidade daquele sentimento, como não encontrava sequer as ideias com que ponderar a respeito do que levava na alma.

Dizia para si mesma: "Não, agora não consigo pensar nisso; depois, quando estiver mais calma". Só que essa tranquilidade para refletir nunca chegava; toda vez que lhe vinha a ideia do que fizera, do que seria dela e do que tinha de fazer, era tomada pelo horror, e afugentava de si esses pensamentos.

— Depois, depois — dizia —, quando estiver mais calma.

Todavia, no sono, quando não tinha poder sobre seus pensamentos, sua situação se apresentava em toda sua nudez escandalosa. Uma visão a visitava quase toda noite. Sonhava que ambos eram seus maridos ao mesmo tempo, que ambos esbanjavam carinhos com ela. Aleksei Aleksândrovitch chorava, ao beijar suas mãos, e dizia: como é bom agora! E Aleksei Vrônski também estava lá, e também era seu marido. Espantada por ter achado antes que aquilo fosse impossível, ela lhe explicava, rindo, que era muito mais simples, e que agora ambos estavam satisfeitos e felizes. Tal visão, porém, afligia-a como um pesadelo, e ela acordava com horror.

XII

Ainda nos primeiros tempos de seu regresso de Moscou, a cada vez que Lióvin estremecia e enrubescia ao se lembrar da ignomínia da rejeição, dizia para si: "Eu enrubesci e estremeci desse mesmo jeito, achando que estava acabado, quando recebi nota um em física, e fui reprovado na segunda série; achei-me acabado do mesmo jeito depois de arruinar o caso de que minha irmã me encarregou. E daí? Agora que os anos passaram, lembro-me e me espanto que isso tenha podido me afligir. Com esse pesar vai ser a mesma coisa. O tempo vai passar, e ficarei indiferente".

Só que passaram três meses, ele não ficou indiferente, e a recordação lhe doía tanto quanto nos primeiros dias. Não conseguia sossegar, pois ele, que tanto sonhara com a vida familiar e se sentia tão maduro para ela, não estava, afinal, casado, encontrando-se mais distante do que nunca do casamento. Sentia, tão dolorosamente quanto todos que o rodeavam, que não era bom um homem da sua idade ficar sozinho. Lembrava-se que, antes da partida para Moscou, dissera certa vez a Nikolai, seu vaqueiro, um mujique ingênuo com o qual apreciava conversar: "Ora, Nikolai! Quero me casar!", e que Nikolai respondera, apressado, como se fosse um assunto a respeito do qual não poderia haver qualquer dúvida: "E já está mais do que na hora, Konstantin Dmítritch". Agora, porém, o casamento estava mais distante do que nunca. O lugar se encontrava ocupado e, atualmente, quando imaginava colocar nesse lugar alguma das moças que conhecia, sentia ser completamente impossível. Além disso, a lembrança da rejeição e do papel que desempenhara torturava-o de vergonha. Por mais que se dissesse que não tinha culpa, a lembrança, a par de outras recordações vergonhosas do mesmo gênero, constrangia-o a estremecer e enrubescer. Em seu passado, como no de qualquer homem, havia comportamentos que ele admitia serem maus, pelos quais a consciência deveria atormentá-lo; porém, a lembrança daqueles maus comportamentos estava longe de atormentá-lo tanto quanto essas recordações insignificantes, mas vergonhosas. E a par dessas lembranças estava agora a rejeição e a situação lamentável em que tivera de se apresentar aos outros naquela noite. Porém, o tempo e o trabalho fizeram a sua parte. As duras recordações ficaram cada vez mais encobertas pelos fatos que ele considerava irrelevantes, mas que eram importantes, de sua vida no campo. A cada semana, lembrava-se cada vez menos de Kitty. Aguardava com impaciência a notícia de que ela já tinha se casado, ou de que o faria em dias, esperando que essa novidade o curasse por completo, como quando se extrai um dente ruim.

Enquanto isso, chegou a primavera, maravilhosa, impetuosa, sem as expectativas e enganos primaveris, uma daquelas raras primaveras em que a vegetação, os animais e as pessoas se regalam juntas. Essa primavera maravilhosa estimulou Lióvin ainda mais e confirmou seu propósito de renegar todo o passado para construir a vida de solteiro com firmeza e independência. Embora muitos dos planos com os quais voltara para o campo não tivessem sido cumpridos, o mais importante, a pureza da vida, fora respeitado. Não experimentava a vergonha que de hábito o atormentava depois da queda, e o impedia de fitar as pessoas com ousadia, nos olhos. Já em fevereiro recebeu uma carta de Mária Nikoláievna, dizendo que a saúde do irmão Nikolai piorara, só que ele não queria se tratar e, em consequência disso, Lióvin foi visitar o irmão em Moscou, conseguindo convencê-lo a se aconselhar com um médico e viajar a uma estação de águas no exterior. Tivera tamanho êxito em convencer o irmão e emprestar-lhe dinheiro para a viagem sem irritá-lo, que ficou satisfeito consigo mesmo. Além da propriedade, que requeria atenção especial na primavera, e além da leitura, Lióvin começara naquele inverno uma obra sobre agricultura, cujo plano consistia em que o caráter do trabalhador agrícola fosse tomado como um dado absoluto, tal como o clima e o solo e, em consequência, todas as teses da ciência agrícola fossem deduzidas não apenas dos dados do solo e do clima, mas dos dados do solo, do clima e de certo caráter inalterável do trabalhador. Assim, apesar da solidão, ou por causa dela, sua vida era extraordinariamente cheia, e só de vez em quando experimentava um desejo insatisfeito de comunicar os pensamentos que lhe vagavam pela cabeça a alguém que não fosse Agáfia Mikháilovna, embora não fosse raro acontecer de argumentar com ela a respeito de física, teoria agrícola e, em especial, filosofia; a filosofia constituía um tema caro a Agáfia Mikháilovna.

A primavera demorou a se abrir. Nos últimos dias da quaresma, o tempo permaneceu claro e gelado. De dia, o sol derretia o gelo, mas, à noite, a temperatura baixava para sete graus; a camada de gelo era tal que as carroças andavam fora da estrada. A Páscoa aconteceu sob a neve. Depois, de repente, na Segunda-Feira Santa, soprou um vento quente, vieram nuvens, e por três dias e três noites caiu uma chuva tempestuosa e cálida. Na quinta-feira, o vento sossegou, e veio um nevoeiro espesso e cinza, como que escondendo os segredos das mudanças que se operavam na natureza. Dentro do nevoeiro, caía água, blocos de gelo estalavam e se mexiam, torrentes turvas espumavam com rapidez, e na pascoela, à noite, o nevoeiro se desfez, as nuvens se dissiparam em cirros, clareou, e a verdadeira primavera se abriu. De manhã, o sol ardente que se elevava devorou com rapidez a camada de gelo fino, que se converteu em água, e todo o ar tépido tremia com os vapores que a terra morta lhe lançava. A grama velha verdejou, a nova lançou suas agulhas, incharam os brotos de viburno, cassis e as bétulas viscosas de seiva, e no salgueiro recoberto pela cor dourada zumbia uma abelha, que se pusera a voar. Cotovias invisíveis cantavam sobre o verde aveludado e o restolho enregelado, abibes choravam sobre as baixas e pântanos inundados pela água da tempestade, enquanto cegonhas e gansos voavam alto, com seus grasnidos primaveris. Calvo apenas nos lugares em que o pelo novo ainda não surgira, o gado mugia no pasto, os cordeiros de perna torta brincavam em volta das mães, que perdiam a paciência, a balir, crianças de pernas rápidas corriam pelas veredas secas com marcas de pés descalços, as vozes alegres das mulheres com seus panos crepitavam pelo tanque e, no pátio, batiam os machados dos mujiques, reparando arados de madeira e grades. Chegou a verdadeira primavera.

XIII

Lióvin calçou botas grandes e, pela primeira vez, não um casaco de peles, mas uma *podiovka* de feltro, e saiu pela propriedade, caminhando entre riachos que feriam os olhos ao refletir o brilho do sol, e pisando ora o gelo, ora a lama viscosa.

A primavera é a época dos planos e conjecturas. Lióvin, como uma árvore primaveril que ainda não sabe para onde e como vão crescer seus pequenos brotos e ramos encerrados em seus gomos maduros, não sabia muito bem que iniciativas empreenderia agora em sua amada propriedade, mas sentia que estava cheio dos melhores planos e conjecturas. Antes de tudo, foi até o gado. As vacas estavam soltas no cercado e, reluzindo o pelo liso e novo, aqueciam-se ao sol, mugindo, resplandecendo no campo. Após admirar as vacas que conhecia nos mínimos detalhes, Lióvin ordenou levá-las para o campo, e mandar os bezerros para o cercado. O pastor correu, alegre, para reuni-las para o campo. As vaqueiras, de vara na mão, com a *poniova*[13] pregada, corriam descalças, chapinhando na lama com as pernas brancas e ainda não queimadas pelo sol, atrás dos bezerros a mugir, aturdidos pela alegria primaveril, e tocavam-nos para o curral.

Admirado com as crias do ano atual, que tinha sido excepcionalmente bom — os primeiros bezerros eram do tamanho de uma vaca de mujique, e a filha de Pava, de três anos, era grande como se tivesse um ano —, Lióvin mandou trazer-lhes uma gamela e dar feno por trás das grades. Revelou-se, porém, que o cercado, que não fora utilizado no inverno, estava com as grades feitas no outono quebradas. Mandou buscar o carpinteiro que, de acordo com suas determinações, devia estar trabalhando na debulhadeira. Mas deu-se que o carpinteiro estava reparando a cerca, que devia estar consertada desde a *máslenitsa*.[14] Isso deixou Lióvin muito aborrecido. Era aborrecedor porque se repetia o eterno desleixo da propriedade, contra o qual luta-

---

[13] Saia xadrez de lã, feita em casa, na época difundida no sul da Rússia e na Bielorrússia. (N. do T.)

[14] Festa popular russa cujo período costuma coincidir com o carnaval. (N. do T.)

ra com todas as suas forças, por tantos anos. Ficou sabendo que as grades, desnecessárias no inverno, tinham sido levadas para a estrebaria dos cavalos de trabalho e lá se quebraram, pois eram de construção leve, para bezerros. Além do mais, com isso descobriu que a cerca e todos os utensílios de lavoura que mandara inspecionar e consertar ainda no inverno, tarefa para a qual contratara especificamente três carpinteiros, não tinham sido reparados, e a cerca ainda estava sendo restaurada, quando já precisava ser usada. Lióvin mandou buscar o administrador, mas foi de imediato atrás dele, pessoalmente. Radiante como todos naquele dia, o administrador saiu da eira com um sobretudo de pele de cordeiro, quebrando uma palhinha na mão.

— Por que o carpinteiro não está na debulhadeira?

— Ah, eu queria informar ontem: precisa consertar a cerca. Afinal, vamos arar.

— Mas e no inverno?

— E para que o senhor precisa do carpinteiro?

— Cadê as grades do curral dos bezerros?

— Mandei colocar no lugar. Com essa gente, o que o senhor queria? — disse o administrador, abanando a mão.

— Não com essa gente, mas com esse administrador! — disse Lióvin, exaltando-se. — Afinal, para que eu o pago? — gritou. Porém, lembrando-se de que aquilo não ajudaria, parou no meio do discurso, e apenas suspirou. — Pois bem, dá para semear? — perguntou, depois de um silêncio.

— Para lá de Túrkin vai dar, amanhã ou depois de amanhã.

— E o trevo?

— Mandei Vassíli e Michka,[15] estão semeando. Só não sei se vão conseguir, é lamacento.

— Em quantas *dessiatinas*?

— Seis.

— Por que não em tudo? — gritou Lióvin.

Que estivessem semeando o trevo apenas em seis, e não vinte *dessiatinas*, era ainda mais enervante. A semeadura do trevo, segundo a teoria e sua experiência pessoal, só dava certo quando era feita o mais cedo possível, quase na neve. E Lióvin nunca o conseguia.

— Não tem jeito. Com essa gente, o que o senhor queria? Três não vieram. E tem o Semion.

— Pois bem, devia ter pego os da palha.

— Mas eu peguei.

---

[15] Diminutivo de Mikhail. (N. do T.)

— Onde estão as pessoas?

— Cinco estão fazendo compota (queria dizer compostagem). Quatro estão despejando aveia; é para não estragar, Konstantin Dmítritch.

Lióvin sabia muito bem que "para não estragar" queria dizer que já tinham arruinado a aveia de semente inglesa; novamente não haviam feito o que ele ordenara.

— Mas se eu tinha falado dos tubos ainda na quaresma! — berrou.

— Não se preocupe, faremos tudo a tempo.

Lióvin abanou o braço, zangado, foi ao celeiro dar um olhada na aveia e voltou à estrebaria. A aveia ainda não estava estragada. Só que os trabalhadores despejavam-na com pás, quando era possível fazê-la cair diretamente no celeiro inferior e, depois de determinar isso e designar dois trabalhadores de lá para a semeadura do trevo, Lióvin moderou seu enfado com o administrador. Além disso, o dia estava tão lindo que não havia como se zangar.

— Ignat! — gritou para o cocheiro, que lavava a carruagem junto ao poço, com as mangas arregaçadas. — Sele para mim...

— Qual deseja?

— Pois bem, que seja o Kólpik.

— Sim, senhor.

Enquanto o cavalo era selado, Lióvin voltou a chamar o administrador que rodava por ali para se reconciliar, e se pôs a falar dos trabalhos de primavera que tinham pela frente, e dos planos para a propriedade.

O transporte de estrume começaria mais cedo, para que tudo estivesse pronto antes da primeira sega. E o arado devia lavrar o campo mais distante sem interrupção, para deixá-lo em repouso. A sega não devia ser feita a meias, mas por trabalhadores pagos.

O administrador ouvia com atenção, fazendo um esforço visível para anuir às conjecturas do patrão; contudo, mantinha assim mesmo aquele ar triste e sem esperança que Lióvin conhecia tão bem, e que sempre o deixava zangado. Esse ar dizia: tudo isso é bom, mas será como Deus quiser.

Nada afligia tanto Lióvin quanto esse tom. Só que era o tom comum a todos os administradores que tivera. Todos tinham a mesma atitude com relação a suas conjecturas, por isso ele atualmente não se zangava mais, contudo se afligia, sentindo-se ainda mais estimulado à luta contra aquela força espontânea à qual não sabia dar outro nome além de "como Deus quiser", e que frequentemente se opunha a ele.

— Se der, Konstantin Dmítritch — disse o administrador.

— E por que não daria?

— Precisamos contratar mais quinze trabalhadores, sem falta. Só que eles não vêm. Hoje tinha uns pedindo setenta rublos pelo verão.

Lióvin ficou calado. Aquela força voltava a se opor. Sabia que, por mais que se esforçassem, não conseguiriam contratar mais do que quarenta, trinta e sete, trinta e oito trabalhadores pelo preço justo; tinham contratado quarenta, e mais não havia. Porém, mesmo assim, não podia não lutar.

— Se não vêm, mande gente a Súry, a Tchefírovka. É preciso ir buscar.

— Vou mandar — disse Vassíli Fiódorovitch, triste. — E os cavalos também andam fracos.

— Vamos comprar. Pois eu sei bem — acrescentou, rindo — que o senhor quer fazer o mínimo e o pior; porém, neste ano, não vou deixá-lo fazer a seu modo. Estarei sempre presente.

— Sim, mas parece que o senhor dorme pouco. Ficamos alegres quando estamos aos olhos do patrão...

— Então estão semeando trevo atrás do Vale das Bétulas? Vou dar uma olhada — disse, montando no pequeno isabel Kólpik, trazido pelo cocheiro.

— Não dá para passar pelo riacho, Konstantin Dmítritch — gritou o cocheiro.

— Pois bem, então pelo bosque.

E, no passo vivo e esquipado do bom cavalinho empacado, que resfolegava pelas poças e repuxava as rédeas, Lióvin cruzou o portão pela lama do pátio e saiu para o campo.

Se Lióvin estivera feliz nos currais do gado e dos cereais, ficou ainda mais feliz no campo. Balouçando cadenciadamente ao passo esquipado do bom corcelzinho, sorvendo o cheiro tépido e fresco da neve e do ar enquanto percorria o bosque pelos vestígios de gelo que restavam, esparsos, aqui e ali, alegrava-se com cada árvore com musgo a reviver na raiz e brotos inchados. Ao sair do bosque, diante de si, no espaço imenso, estendeu-se um tapete verde, uniforme e aveludado, sem calva nem recesso, manchado apenas em alguns lugares, nas depressões, por restos da neve derretida. Não se zangou nem com o aspecto dos cavalos e potros dos camponeses que lhe maculavam o verde (mandou um mujique que viera ao seu encontro expulsá-los), nem com a resposta zombeteira e estúpida do mujique Ipat, que ele encontrou, ao lhe perguntar: "Então, Ipat, vamos semear logo?". "Primeiro tem que arar, Konstantin Dmítritch", respondeu Ipat. Quanto mais avançava, mais alegre ficava, e vinham-lhe planos para a propriedade, um melhor do que o outro: plantar salgueiros em volta de todos os campos, na linha meridional, para que a neve não se acumulasse embaixo deles; dividi-los em seis campos adubados e três de resguardo, de ervas forrageiras; construir um curral para gado no canto extremo do campo e cavar um tanque e, para a fertilização, erigir cercas móveis para o gado. E então trezentas *dessiatinas* de trigo, cem de batata, cento e cinquenta de trevo, e nenhuma esgotada.

Com tais sonhos, girando com cuidado o cavalo entre as raias para não macular o verde, foi até os trabalhadores que semeavam o trevo. A telega com as sementes não estava no limiar, mas no campo lavrado, e a sementeira do trigo de outono fora sulcada pelas rodas e revolvida pelo cavalo. Ambos os trabalhadores estavam sentados na raia, provavelmente fumando um cachimbo compartilhado. A terra da telega, com a qual as sementes estavam misturadas, não fora esgarçada, e estava prensada, ou endurecida em torrões. Ao ver o patrão, o trabalhador Vassíli foi até a telega, enquanto Michka se pôs a semear. Isso não era bom, mas era raro Lióvin se zangar com os trabalhadores. Quando Vassíli chegou, Lióvin mandou que levasse o cavalo até o limiar.

— Não é nada, chefe, vai crescer de novo — respondeu Vassíli.

— Por favor, não discuta — disse Lióvin —, e faça o que foi dito.

— Sim, senhor — respondeu Vassíli, pegando o cavalo pela cabeça. — Mas que semeadura, Konstantin Dmítritch — disse, bajulando —, de primeira classe. Só que é terrível andar! Você arrasta um *pud* na alpargata.

— E por que a terra de vocês não está peneirada? — disse Lióvin.

— Mas a gente esfarela — respondeu Vassíli, pegando as sementes e triturando a terra na palma da mão.

Vassili não era culpado por terem-no enchido de terra sem peneirar, mas isso era irritante mesmo assim.

Mais de uma vez, Lióvin experimentara um meio conhecido de abafar sua irritação e fazer com que tudo o que parecia ruim voltasse a ser bom, e agora empregava-o outra vez. Observou como Michka caminhava, remexendo torrões imensos de terra, que grudavam em ambas as pernas, desceu do cavalo, pegou o cesto de sementes de Vassíli e foi semear.

— Onde você parou?

Vassíli indicou a marca com o pé, e Lióvin se pôs a semear a terra como sabia. Era tão difícil de andar como em um pântano, e Lióvin, depois de percorrer um sulco, estava suando e, detendo-se, entregou o cesto.

— Pois é, patrão, no verão não venha me xingar por esse sulco — disse Vassíli.

— Como assim? — disse Lióvin, alegre, já sentindo o efeito do método que empregara.

— Venha ver no verão. Que diferença. Dê uma olhada aqui, onde semeei na primavera passada. Que beleza! Afinal, Konstantin Dmítritch, meu esforço parece que é para meu próprio pai. Não gosto de fazer malfeito, nem deixo os outros fazerem. O que é bom para o patrão, é bom para nós. Olhe para lá — disse Vassíli, apontando para o campo —, que alegria para o coração.

— E que bela primavera, Vassíli.

— Os velhos nem se lembram de uma primavera assim. Eu estava em casa, e lá um velho semeou três *osmínniks*[16] de trigo. Dizia que não dá para distinguir de centeio.

— E faz tempo que vocês semeiam trigo?

— Mas foi o senhor quem ensinou, no ano retrasado; o senhor me doou duas medidas. Vendemos um quarto, e semeamos três *osmínniks*.

— Pois bem, fique de olho, esfarele os torrões — disse Lióvin, aproximando-se do cavalo —, e fique de olho em Michka. A colheita vai ser boa, vão lhe dar cinquenta copeques por *dessiatina*.

— Agradecemos humildemente. É claro que estamos muito satisfeitos com o senhor.

Lióvin montou o cavalo e foi ao campo que fora de trevo no ano passado, e que tinha sido arado como preparação para o trigo tremês.

A colheita do trevo fora magnífica. Sobrevivera a tudo, verdejando resoluto sob as hastes partidas do trigo do ano anterior. O cavalo afundou até o casco, e cada uma de suas pernas estalava ao escavar a terra semiderretida. Era absolutamente impossível passar pela terra arada: só havia apoio onde tinha gelo e, nos sulcos derretidos, a perna afundava ainda mais. A terra estava estupenda; em dois dias, seria possível gradar e semear. Tudo era maravilhoso, tudo era alegre. Lióvin regressou pelo riacho, esperando que a água tivesse baixado. E, de fato, atravessou e assustou dois patos. "Também deve ter galinholas", pensou, e justamente, na volta para casa, encontrou o guarda florestal, que confirmou sua suposição a esse respeito.

Lióvin voltou para casa trotando, para conseguir jantar e preparar a espingarda para a noite.

XIV

Chegando em casa no mais alegre estado de espírito, Lióvin ouviu uma sineta perto da entrada principal.

---

[16] Antiga medida russa equivalente a um quarto de *dessiatina*. (N. do T.)

"Sim, vem da ferrovia", pensou, "é justo a hora do trem de Moscou. Quem seria? Então, será que é meu irmão, Nikolai? Afinal, ele disse: pode ser que eu vá à estação de águas, mas pode ser que eu vá visitá-lo." No primeiro instante, sentiu medo e desagrado de que a presença do irmão Nikolai perturbasse seu bom humor primaveril. Envergonhou-se, porém, de tal sentimento, e imediatamente foi como se abrisse os braços da alma e, com alegria enternecida, agora esperava e desejava de todo o coração que fosse o irmão. Arrancou com o cavalo e, saindo de trás da acácia, avistou uma troica de posta, vinda da estação com um senhor em casaco de peles. Não era o irmão. "Ah, se fosse uma pessoa agradável, com a qual desse para conversar", pensou.

— Ah! — bradou Lióvin, alegre, erguendo ambos os braços. — Que visita prazerosa! Ah, como estou feliz com você! — gritou, ao reconhecer Stepan Arkáditch.

"Ficarei sabendo com certeza se ela se casou, ou quando vai se casar", pensou.

E, naquele maravilhoso dia primaveril, sentiu que a lembrança dela não lhe doía de forma alguma.

— O quê, não esperava? — disse Stepan Arkáditch, descendo do trenó, com pelotas de lama no intercílio, nas faces e na sobrancelha, mas irradiando alegria e saúde. — Vim vê-lo, em primeiro lugar — disse, abraçando e beijando. — Em segundo, caçar; e, terceiro, vender o bosque de Iérguchovo.

— Maravilha! E que primavera! Por que você veio de trenó?

— De telega é ainda pior, Konstantin Dmítritch — respondeu o postilhão, um conhecido.

— Pois bem, estou muito, muito feliz com você — disse Lióvin, sorrindo um sorriso franco, de alegria infantil.

Lióvin conduziu o hóspede ao quarto de visitas, para onde também foram levados os pertences de Stepan Arkáditch — um alforje, uma espingarda no invólucro, uma bolsa para charuto — e, deixando-o se lavar e trocar, foi ao escritório falar sobre a lavoura e o trevo. Agáfia Mikháilovna, sempre muito preocupada com as honras da casa, recebeu-o na antessala com perguntas referentes ao jantar.

— Faça como quiser, só que rápido — ele disse, e foi até o administrador.

Quando Lióvin estava de volta, Stepan Arkáditch saiu de sua porta lavado, barbeado e com um sorriso radiante, e eles subiram juntos.

— Ah, como estou feliz por ter conseguido vir visitá-lo! Agora vou entender em que consistem os mistérios que você pratica. Mas não, na verdade eu o invejo. Que casa, como tudo é magnífico! Iluminada, alegre! — disse Stepan Arkáditch, esquecido de que nem sempre é primavera, nem todos os dias eram claros como aquele. — E a sua empregadinha, que encanto! Talvez fosse desejável uma criada bonitinha, de avental; porém, para o seu estilo monástico e severo, ela está muito bem.

Stepan Arkáditch contou muitas novidades interessantes, com especial interesse para Lióvin a de que seu irmão, Serguei Ivânovitch, preparava-se para visitá-lo naquele verão.

Stepan Arkáditch não proferiu palavra a respeito de Kitty, nem dos Scherbátski em geral; apenas transmitiu as saudações da esposa. Lióvin foi-lhe grato pela delicadeza, e estava muito feliz com a visita. Como sempre, durante sua reclusão, acumulara ideias e sentimentos que não tinha como transmitir aos que o rodeavam, e agora despejava em Stepan Arkáditch a alegria poética da primavera, os insucessos e planos para a propriedade, pensamentos e observações sobre os livros que lera e, em particular, a ideia de sua obra, cuja base, embora ele mesmo não tivesse reparado, era a crítica de todas as obras antigas sobre agricultura. Stepan Arkáditch, sempre gentil, e entendendo todas as alusões, estava especialmente gentil naquela visita, e Lióvin reparou nele um traço novo e lisonjeiro, de respeito e uma espécie de ternura para consigo.

Os esforços de Agáfia Mikháilovna e do cozinheiro para que o jantar ficasse especialmente bom tiveram como único resultado que os amigos famintos, ao se sentarem para o antepasto, se fartassem de pão com manteiga, porções de ave e cogumelos marinados, e, ainda, que Lióvin mandasse servir a sopa sem os *pirojóks*[17] com os quais o cozinheiro desejava impressionar especialmente o convidado. Porém, Stepan Arkáditch, embora habituado a outro tipo de jantar, achou tudo superior: a aguardente de ervas, o pão, a manteiga, especialmente a ave, os cogumelos, o *schi* de urtiga, a galinha com molho branco, o vinho branco da Crimeia, tudo era superior e prodigioso.

— Excelente, excelente — dizia, ao fumar uma *papirossa* grossa depois do assado. — Na sua casa, sinto-me numa praia tranquila, depois do barulho e dos sacolejos de um navio a vapor. Então você diz que o elemento trabalhador é que deve ser estudado, e nortear a escolha dos métodos da agricultura. Sou leigo nisso, mas me parece que essa teoria e essa proposta vão exercer influência inclusive no trabalhador.

— Sim, mas espere: não estou falando de economia política, estou fa-

---

[17] Pãezinhos recheados, assados ou fritos. (N. do T.)

lando de ciência da agricultura. Ela tem que ser como uma ciência natural, e observar o trabalhador e certos fenômenos pelo aspecto econômico, etnográfico...

Nessa hora, Agáfia Mikháilovna entrou com a geleia.

— Muito bem, Agáfia Mikháilovna — disse Stepan Arkáditch, beijando-lhe as extremidades dos dedos roliços — que petiscos, que aguardente!... Mas e então, não está na hora, Kóstia? — acrescentou.

Lióvin observou pela janela o sol baixando nos cumes calvos da floresta.

— Está na hora, está na hora — disse. — Kuzmá, atrele a caleche! — e correu para baixo.

Stepan Arkáditch, ao chegar embaixo, tirou a caixa envernizada do invólucro de lona e, abrindo-a, pôs-se a preparar sua espingarda cara, de modelo novo. Kuzmá, já farejando uma gorjeta grande, não se afastava de Stepan Arkáditch, ajudando-o a calçar as meias e botas, coisa que Stepan Arkáditch lhe permitiu de bom grado.

— Kóstia, se chegar o mercador Riabínin, que eu pedi que viesse hoje, mande que o recebam e que me espere...

— Ah, você vai vender o bosque para Riabínin?

— Sim. Por acaso você o conhece?

— Conheço, como não. Fiz com ele um negócio, "afirmativamente e definitivamente".

Stepan Arkáditch riu. "Definitivamente e afirmativamente" eram palavras de que o mercador gostava.

— Sim, ele fala de um jeito espantoso e ridículo. Ela sabe para onde o dono vai! — acrescentou, dando umas palmadas em Laska, que se enroscava em volta de Lióvin, ora lambendo sua mão, ora suas botas e espingarda.

Quando eles saíram, a carroça comprida já estava na varanda.

— Mandei atrelar, embora não seja longe; ou vamos a pé?

— Não, vamos de carro — disse Stepan Arkáditch, aproximando-se da carroça. Sentou-se, enrolou as pernas na manta listrada e fumou um charuto. — Como é que você não fuma? O charuto não é tanto um prazer quanto a coroação e a marca do prazer. Isso é que é vida! Como é bom! Assim é que eu queria viver!

— Mas isso não o incomoda? — disse Lióvin, rindo.

— Não, você é um homem feliz. Você tem tudo de que gosta. Gosta de cavalo, tem, de cachorro, tem, de caça, tem, de fazenda, tem.

— Talvez seja porque eu fico feliz com o que tenho, sem me afligir pelo que não tenho — disse Lióvin, lembrando-se de Kitty.

Ao olhar para ele, Stepan Arkáditch entendeu, mas não disse nada.

Lióvin fora grato a Oblônski por, com seu tato de sempre, ter reparado que ele temia uma conversa sobre os Scherbátski, e não ter falado nada a respeito deles; agora, porém, Lióvin já tinha vontade de saber o que tanto o atormentava, porém não ousava puxar o assunto.

— Pois bem, e como andam as suas coisas? — disse Lióvin, pensando em como era ruim, de sua parte, pensar apenas em si mesmo.

Os olhos de Stepan Arkáditch brilharam, com alegria.

— Bem, você não admite que seja possível gostar de *kalatch* quando se tem uma ração farta — na sua opinião, isso é um crime; só que eu não admito a vida sem amor — disse, entendendo a seu modo a pergunta de Lióvin. — Que fazer, fui feito assim. E, na verdade, causa-se tão pouco mal aos outros, e tanto prazer a si mesmo...

— Como assim, então há novidades?

— Sim, irmão! Pois veja, você conhece o tipo de mulher de Ossian... mulheres que você vê em sonho... Só que essas mulheres existem de verdade... e essas mulheres são terríveis. Veja bem, a mulher é um tema que, quanto mais você estuda, mais se revela completamente novo.

— Então é melhor não estudar.

— Não. Um matemático disse que a satisfação não está na descoberta da verdade, mas em sua busca.

Lióvin ouvia em silêncio e, apesar de todo o esforço que fazia, jamais conseguia se colocar no lugar do amigo e entender seu sentimento e fascínio pelo estudo desse tipo de mulher.

XV

O lugar da caça ficava não muito acima do rio, em um miúdo bosque de choupos. Ao chegar à mata, Lióvin desceu da caleche e levou Oblônski a um canto de uma clareirazinha musguenta e lamacenta, já livre de neve. Deu a volta pelo outro lado, foi até uma bétula de tronco duplo e, tendo alojado a espingarda na forquilha de um pequeno galho inferior, tirou o cafetã, voltou a apertar os cintos e experimentou a liberdade de movimentos do braço.

A velha e grisalha Laska, que os seguira, sentara-se com cuidado na frente dele, com as orelhas em pé. O sol baixava atrás da mata robusta; à luz do crepúsculo, as bétulas, espalhadas pelo bosque, delineavam-se com nitidez, com seus ramos pendentes de brotos intumescidos, prestes a rebentar.

Da mata cerrada, onde ainda havia neve, a água corria quase inaudível por riachinhos tortuosos e estreitos. Pássaros miúdos gorjeavam e, esporadicamente, voavam de árvore em árvore.

Nos intervalos de silêncio absoluto, dava para ouvir o rumor das folhas do ano anterior, deslocadas pelo derretimento da terra e pelo crescimento da grama.

"Que coisa! Dá para ouvir e ver a grama crescendo!", Lióvin disse para si mesmo, ao reparar em uma folha molhada de choupo, cor de ardósia, mexendo-se perto da agulha da grama jovem. Estava de pé, ouvindo e olhando para baixo, ora para a terra úmida e musguenta, ora para Laska, que apurava os ouvidos, ora para o mar de copas desfolhadas da floresta que tinha diante de si, morro abaixo, ora para o céu turvo, coberto de listras brancas de nuvem. Um açor, agitando as asas sem pressa, voava alto, acima da mata distante; um outro saiu voando da mesma forma, na mesma direção, e desapareceu. Os pássaros gorjeavam cada vez mais alto e afanosos no matagal. Não muito longe, um bufo-real se pôs a piar, e Laska, sobressaltando-se, avançou alguns passos com cuidado e, abaixando e inclinando a cabeça, pôs-se a escutar. Detrás do rio ouviu-se um cuco. Por duas vezes, ele soltou seu grito habitual, para depois rouquejar, apressar-se e se confundir.

— Que coisa! Um cuco! — disse Stepan Arkáditch, saindo de trás da moita.

— Sim, ouvi — respondeu Lióvin, rompendo o silêncio da mata, insatisfeito com sua própria voz, que lhe era desagradável. — Agora vai ser logo.

A figura de Stepan Arkáditch voltou a ir para trás da moita, e Lióvin avistou apenas a chama ardente do fósforo, depois da qual deu para perceber a brasa vermelha da *papirossa* e uma fumaça azul.

Tchik! Tchik! — estalou o cão da espingarda, armado por Stepan Arkáditch.

— E que grito é esse? — perguntou Oblônski, chamando a atenção de Lióvin para um uivo prolongado, como a voz aguda de um potro relinchando e saltitando.

— Ah, não sabe? É o lebrão. Mas chega de falar! Ouça, está levantando voo! — Lióvin quase gritou, armando o cão da espingarda.

Soou um assobio distante e fino e, exatamente naquele ritmo habitual, que os caçadores conhecem tão bem, dois segundos mais tarde, um segundo, um terceiro, e depois do terceiro assobio já se ouvia um grasnido.

Lióvin mexeu os olhos para a direita, para a esquerda e eis que, na sua frente, no céu turvo e azul, acima da copa dos choupos, com um emaranhado de brotos ternos, assomou um pássaro a voar. Voava na direção dele: os sons próximos dos grasnidos, que pareciam o rasgar de um tecido duro, soavam dentro de seu ouvido; já dava para ver o bico comprido e o pescoço da ave, e no instante em que Lióvin estava fazendo pontaria, detrás da moita de Oblônski brilhou um relâmpago vermelho; como uma flecha, o pássaro baixou e voltou a alçar voo. O relâmpago brilhou novamente, e ouviu-se um estrondo; e, tremulando as asas, como se tentasse se agarrar no ar, a ave se deteve, parou por um momento e baqueou pesadamente na terra lamacenta.

— Será que eu errei? — gritou Stepan Arkáditch, que não conseguia ver por detrás da fumaça.

— Ei-lo! — disse Lióvin, apontando para Laska que, com uma orelha em pé e balançando alto a pontinha da cauda felpuda, com passo calmo, como se quisesse prolongar a satisfação e parecendo sorrir, ofertava o pássaro morto ao dono. — Pois bem, estou feliz por você ter conseguido — disse Lióvin, sentindo ao mesmo tempo inveja por não ter conseguido matar aquela galinhola.

— Um tiro torto com o cano direito — respondeu Stepan Arkáditch, carregando a espingarda. — Chh... está voando.

De fato, soou um assobio prolongado, rapidamente seguido de outro. Duas galinholas, brincando e perseguindo uma à outra, apenas assobiando, sem grasnir, voavam acima das cabeças dos caçadores. Ouviram-se quatro tiros e, como andorinhas, as galinholas deram um giro rápido e desapareceram de vista.

A caçada foi maravilhosa. Stepan Arkáditch matou mais duas peças, Lióvin também, das quais não encontrou uma. Passou a escurecer. Clara e prateada, Vênus já cintilava baixa, no Ocidente, por detrás das bétulas, com seu brilho tênue, e alto, no Oriente, a sombria Arcturo já irradiava sua chama vermelha. Acima da cabeça, Lióvin achou e perdeu as estrelas da Ursa Maior. As galinholas já tinham parado de voar; Lióvin, porém, decidiu esperar um pouco, até que Vênus, que via abaixo dos ramos das bétulas, ficasse acima deles, e todas as estrelas da Ursa fossem visíveis, em todos os lados. Vênus já se elevara acima dos ramos, a carruagem da Ursa, com seu timão, já se fazia evidente no céu azul-escuro, mas ele ainda esperava.

— Não está na hora? — disse Stepan Arkáditch.

O bosque já estava silencioso, e nem um passarinho se movia.

— Vamos ficar mais — respondeu Lióvin.

— Como quiser.

Estavam agora a quinze passos um do outro.

— Stiva! — disse Lióvin, de forma repentina e inesperada. — O que você tem a me dizer: a sua cunhada se casou, ou quando vai se casar?

Lióvin se sentia tão firme e sereno que achava que nenhuma resposta poderia agitá-lo. Porém, não esperava de jeito nenhum o que Stepan Arkáditch respondeu.

— Não pensou nem pensa em se casar, mas está muito doente, e os médicos mandaram-na para o exterior. Chegam a temer por sua vida.

— Como assim? — gritou Lióvin. — Muito doente? O que ela tem? Como ela...

Enquanto eles diziam aquilo, Laska, com as orelhas em alerta, olhava para o céu, acima, e para eles, com reproche.

"Que hora foram escolher para conversar — pensava. — Está voando. Olhe lá, isso mesmo. Vão deixar passar...", pensava Laska.

Porém, nesse mesmo instante, ambos de repente ouviram um assobio penetrante, como um açoite nos ouvidos, ambos pegaram de repente as espingardas, dois relâmpagos brilharam, e dois estrondos soaram exatamente no mesmo instante. A galinhola, que voava alto, instantaneamente dobrou as asas e caiu no matagal, fazendo os brotos delgados se curvarem.

— Que ótimo! Os dois! — gritou Lióvin, correndo ao matagal com Laska para procurar a galinhola. "Ah, sim, o que era desagradável mesmo?", lembrou. "Sim, Kitty está doente... Que fazer, que pena", pensou.

— Ah, achou! Que esperta — disse, tirando a ave quente da boca de Laska e colocando-a no embornal quase repleto. — Achei, Stiva! — berrou.

XVI

Ao voltar para casa, Lióvin indagou todos os detalhes da doença de Kitty e dos planos dos Scherbátski, e, embora fosse vergonhoso admiti-lo, o que ficou sabendo lhe agradou. Agradou porque ainda havia esperança, e agradou ainda mais porque padecia aquela que tanto o fizera padecer. Porém, quando Stepan Arkáditch começou a falar dos motivos da doença de Kitty e mencionou o nome de Vrônski, Lióvin o interrompeu:

— Não tenho nenhum direito a saber detalhes domésticos, e, para falar a verdade, nenhum interesse.

Stepan Arkáditch deu um sorriso quase imperceptível ao captar a mudança instantânea, que conhecia tão bem, no rosto de Lióvin, que se fizera tão sombrio quanto estivera alegre um minuto antes.

— Você já fechou de vez com Riabínin o negócio do bosque? — perguntou Lióvin.

— Sim, fechei. O preço é maravilhoso, trinta e oito mil. Oito adiantados, e o resto em seis anos. Isso me ocupa há tempos. Ninguém pagaria mais.

— Quer dizer que você deu o bosque de graça — disse Lióvin, sombrio.

— Mas por que de graça? — com um sorriso bonachão, disse Stepan Arkáditch, sabendo que naquela hora nada seria bom para Lióvin.

— Porque o bosque vale pelo menos quinhentos rublos por *dessiatina* — respondeu Lióvin.

— Ah, esses proprietários rurais! — disse Stepan Arkáditch, em tom de brincadeira. — Esse seu tom de desprezo por nós da cidade!... Só que, quanto a fazer negócios, nós sempre fazemos melhor. Creia, calculei tudo — disse —, e o bosque foi vendido com muito lucro, tanto que tenho medo de que ele ainda desista. Afinal, não se trata de um bosque jovem — disse Stepan Arkáditch, desejando com essa palavra, *jovem*, convencer Lióvin por completo da injustiça de sua dúvida —, mas sim de lenha. E não amonta a mais do que trinta braças por *dessiatina*, e ele me paga duzentos rublos.

Lióvin deu um sorriso de desprezo. "Conheço — pensava — esse jeito não só dele, mas de todos os moradores da cidade que, vindo ao campo duas vezes em dez anos, e reparando em duas, três palavras camponesas, empregam-nas a torto e a direito, seguros de que sabem de tudo. *Bosque jovem, amonta a trinta braças*. Diz as palavras, mas não entende."

— Não vou me pôr a ensiná-lo como escrever na sua repartição — disse — e, caso precise, vou lhe perguntar. Mas você está tão seguro de que entende todo o vocabulário do bosque. É difícil. Você contou as árvores?

— Como contar as árvores? — falou Stepan Arkáditch, rindo, sempre querendo tirar o amigo do mau humor. — Contar os grãos de areia, os raios dos planetas, por mais elevada que possa ser a inteligência...[18]

— Pois bem, mas a elevada inteligência de Riabínin pode. Nenhum mercador compra sem contá-las, a não ser que alguém como você lhe dê de graça. Eu conheço o seu bosque. Vou caçar lá todo ano, e o seu bosque vale quinhentos rublos à vista, mas ele vai pagar duzentos a prazo. Quer dizer que você lhe deu trinta mil de presente.

— Bem, basta de arrebatamento — disse Stepan Arkáditch, compassivo. — Por que ninguém pagou isso?

---

[18] Citação da ode "Deus", de Derjávin. (N. da E.)

— Porque ele está mancomunado com os mercadores: pagou-lhes uma compensação. Fiz negócios com todos eles, conheço-os. Afinal, não são mercadores, são açambarcadores. Nem fazem negócio onde o lucro é de dez, quinze por cento, mas esperam poder comprar por vinte copeques o que vale um rublo.

— Pois bem, basta! Você está de mau humor.

— Nem um pouco — disse Lióvin, sombrio, quando se aproximavam da casa.

Na entrada já havia uma pequena telega firmemente revestida de ferro e couro, com um cavalo bem alimentado e arreios largos, firmemente atados. Na pequena telega estava sentado o administrador firmemente ruborizado e com um cinto firmemente apertado, que servia de cocheiro a Riabínin. O próprio Riabínin já estava na casa e encontrou os amigos na antessala. Riabínin era um homem alto e magricela de meia-idade, bigode e queixo proeminente e barbeado, olhos salientes e turvos. Trajava uma sobrecasaca azul de aba comprida com botões traseiros, abaixo, e botas altas, enrugadas no tornozelo e retas na panturrilha, em cima das quais calçara galochas grandes. Enxugou o rosto com um lenço, em movimento circular e, fechando a casaca, que sem isso já agasalhava muito bem, cumprimentou os recém-chegados com um sorriso, esticando a mão para Stepan Arkáditch, como se desejasse apanhar algo.

— Então o senhor também chegou — disse Stepan Arkáditch, dando-lhe a mão. — Maravilha.

— Não me atreveria a não dar ouvido às ordens de Vossa Excelência, ainda que a estrada esteja bastante ruim. Afirmativamente, percorri todo o caminho a pé, mas cheguei a tempo. Meus respeitos, Konstantin Dmítritch — dirigiu-se a Lióvin, tentando pegar em sua mão. Porém Lióvin, carrancudo, fez de conta que não viu a mão dele e agarrou as galinholas. — Permitiram-se distrair-se com a caça? Que aves teriam sido, então? — acrescentou Riabínin, fitando as galinholas com desdém. — Devem ser saborosas. — E meneou a cabeça em desaprovação, como se duvidasse fortemente que aquele sebo valesse a mecha.

— Quer passar ao gabinete? — disse Lióvin, em francês, a Stepan Arkáditch, franzindo o cenho, sombrio. — Vão para o gabinete, lá vocês conversam.

— É bem possível, vamos para onde for melhor para o senhor — disse Riabínin, com dignidade desdenhosa, como se quisesse dar a entender que outros podiam ter dificuldades com o tratamento, mas para ele, nunca e com ninguém poderia haver dificuldades.

Ao entrar no gabinete, Riabínin, como de hábito, deu uma olhada, como se buscasse um ícone, porém, ao encontrá-lo, não fez o sinal da cruz. Examinou os armários e prateleiras de livros e, com a mesma dúvida dirigida às galinholas, deu um sorriso de desdém e meneou a cabeça em desaprovação, sem ter como admitir que aquele sebo pudesse valer a mecha.

— E então, trouxe o dinheiro? — perguntou Oblônski. — Sente-se.

— Dinheiro não é problema. Vim para vê-lo e conversar.

— Conversar a respeito de quê? Mas sente-se.

— É possível — disse Riabínin, sentando-se e se apoiando nas costas da poltrona da maneira mais aflitiva. — É preciso baixar o preço, príncipe. Seria um pecado. E o dinheiro está definitivamente pronto, até o último copeque. Não haverá obstáculos.

Lióvin, que enquanto isso colocara a espingarda no armário, já estava à porta, porém, ao ouvir as palavras do mercador, deteve-se.

— Está levando o bosque de graça — disse. — Ele recorreu a mim tarde, senão eu é que teria fixado o preço.

Riabínin se levantou e, em silêncio, com um sorriso, fitou Lióvin de cima para baixo.

— Muito avarento esse Konstantin Dmítritch — disse, com um sorriso, dirigindo-se a Stepan Arkáditch. — Definitivamente, não dá para comprar nada. Negociei trigo, ofereci um bom dinheiro.

— Por que lhe daria de graça o que é meu? Afinal, não achei no chão, nem furtei.

— Perdão, mas no tempo atual é afirmativamente impossível roubar. Definitivamente, no tempo atual, com os julgamentos públicos, tudo é nobre; não há como roubar. Falávamos de honra. Está pedindo caro pelo bosque, não há vantagem. Peço baixar, ainda que um pouquinho.

— Mas o negócio está fechado ou não? Se estiver fechado, não há o que barganhar, e, se não estiver — disse Lióvin —, eu compro o bosque.

O sorriso desapareceu de repente do rosto de Riabínin. Instalou-se uma expressão rapace, carniceira e rígida. Com os dedos rápidos e ossudos, desabotoou a sobrecasaca, descobrindo a camisa que estava por baixo, os botões de cobre do colete e a corrente do relógio, e sacou rápido uma carteira velha e grossa.

— Desculpe, o bosque é meu — afirmou, benzendo-se rápido e estendendo a mão. — Pegue o dinheiro, o bosque é meu. — Assim é que Riabínin negocia, sem ficar contando vinténs — disse, franzindo o cenho e brandindo a carteira.

— No seu lugar eu não me apressaria — disse Lióvin.

— Perdão — disse Oblônski, com espanto —, mas dei minha palavra.

Lióvin saiu do aposento, batendo a porta. Riabínin meneou a cabeça com um sorriso, olhando para a porta.

— Isso é juventude, definitivamente infantilidade, só isso. Pois estou comprando, tenha a honra de acreditar, apenas pela glória de que Riabínin, e não outra pessoa, venha a adquirir o arvoredo de Oblônski. E que as vantagens sejam as que Deus der. Fé em Deus. Por favor. Redigir um contratozinho...

Uma hora mais tarde, o mercador, com o agasalho fechado com cuidado, os ganchos da sobrecasaca presos, e o contrato no bolso, estava sentado em sua telega firmemente guarnecida, a caminho de casa.

— Oh, esses fidalgos! — disse ao administrador. — São uma coisa.

— É assim mesmo — respondeu o administrador, passando-lhe as rédeas e abotoando a capota de couro. — E a comprinha, Mikhail Ignátitch?

— Pois é, pois é...

XVII

Com o bolso saliente devido às séries[19] que o mercador lhe pagara com três meses de antecedência, Stepan Arkáditch subiu. O negócio do bosque fora fechado, o dinheiro estava no bolso, a caçada fora maravilhosa, e Stepan Arkáditch se encontrava no melhor dos estados de espírito e, por isso, tinha especial vontade de dissipar o mau humor que recaíra sobre Lióvin. Desejava terminar o dia, na ceia, de forma tão agradável como começara.

De fato, Lióvin não estava bem e, apesar de todo o seu desejo de ser afável e gentil para com seu querido convidado, não conseguiu se controlar. A embriaguez da notícia de que Kitty não tinha se casado aos poucos começou a desarmá-lo.

Kitty não se casara e estava doente, doente de amor pelo homem que a desdenhara. Era como se essa ofensa tivesse caído em cima dele. Vrônski a desdenhara, e ela desdenhara a ele, Lióvin. Consequentemente, Vrônski tinha direito de desprezar Lióvin e, portanto, era seu inimigo. Mas Lióvin não pensava nisso tudo. Sentia vagamente que havia aí algo que o ofendia, e ago-

---

[19] Notas do Tesouro do Estado no valor de cinquenta rublos, que continham juros. Riabínin pagou Oblônski com séries com três meses de antecedência, ou seja, "realizou" os juros três meses antes do prazo de remuneração dos cupons. (N. da E.)

ra se zangava não com o que o transtornara, mas se chateava com tudo o que lhe aparecia. A venda estúpida do bosque, o engano em que Oblônski caíra e que se realizara em sua casa o irritavam.

— Pois bem, acabou? — disse, ao encontrar Stepan Arkáditch, na parte de cima da casa. — Quer cear?

— Sim, não recusarei. Que apetite tenho no campo, uma maravilha! Por que você não convidou Riabínin para comer?

— Ah, o diabo que o carregue!

— E veja como você o trata! — disse Oblônski. — Nem lhe deu a mão. Por que não lhe deu a mão?

— Porque não dou a mão a lacaios, e um lacaio é cem vezes melhor do que ele.

— Veja que retrógado você é! E a fusão das classes? — disse Oblônski.

— Quem quiser se fundir, fique à vontade, mas eu tenho nojo.

— Vejo que você é decididamente um retrógado.

— Na verdade, nunca pensei sobre quem sou. Sou Konstantin Lióvin, nada mais.

— E um Konstantin Lióvin que está de muito mau humor — disse Stepan Arkáditch, rindo.

— Sim, estou de mau humor, e sabe por quê? Por causa, desculpe-me, da sua venda estúpida...

Stepan Arkáditch franziu o cenho, bonachão, como alguém que é ultrajado e atacado sem ter culpa.

— Pois basta! Quando aconteceu de alguém vender uma coisa e, logo após a venda, não lhe dizerem: "Isso vale muito mais"? Só que, quando a gente quer vender, ninguém compra... Não, vejo que você tem implicância contra esse infeliz do Riabínin.

— Pode ser que tenha. E sabe por quê? Você vai dizer de novo que sou um retrógado, ou outra palavra terrível; mesmo assim, fico agastado e ofendido ao ver se concretizar, de todos os lados, o empobrecimento da nobreza a que pertenço e à qual, apesar da fusão das classes, estou muito feliz em pertencer. E o empobrecimento por luxo não seria nada; uma vida nababesca é coisa de nobre, só os nobres sabem fazer isso. Agora, os mujiques adquirem terras perto de nós, e isso não me insulta. O fidalgo não faz nada, o mujique trabalha e suplanta o homem ocioso. Assim é que tem de ser. E fico muito feliz pelo mujique. Insulta-me, porém, assistir a esse empobrecimento por uma, não sei como chamar... inocência. Daí um arrendatário polonês compra de uma fidalga que vive em Nice uma propriedade magnífica pela metade do preço. Daí arrendam a um mercador por um rublo uma *dessiatina* de terra que vale dez. Daí você, sem motivo nenhum, dá trinta mil de presente a esse velhaco.

— Mas então o quê? Contar cada árvore?

— Contar, sem falta. Você não contou, mas Riabínin contou. Os filhos de Riabínin terão meios de vida e educação, e os seus talvez não tenham.

— Bem, perdoe-me, mas há algo de miserável nesse cálculo. Temos as nossas ocupações, eles têm as deles, e eles precisam de senhores. Bem, aliás, o negócio está feito e fechado. E tem ovos estrelados, os meus preferidos. E Agáfia Mikháilovna vai nos servir aquele maravilhoso licor de ervas...

Stepan Arkáditch sentou-se à mesa e começou a brincar com Agáfia Mikháilovna, assegurando-lhe que há tempos não tinha um jantar e uma ceia daquelas.

— O senhor elogia mesmo — disse Agáfia Mikháilovna —, mas Konstantin Dmítritch come o que lhe derem, ainda que seja casca de pão, e vai embora.

Por mais que tentasse se controlar, Lióvin estava sombrio e taciturno. Precisava fazer uma pergunta a Stepan Arkáditch, mas não conseguia se decidir, e não achava nem o jeito, nem a hora, como ou quando fazê-la. Stepan Arkáditch já descera a seus aposentos, despira-se, lavara-se de novo, vestira uma camisa de noite plissada e se deitara, enquanto Lióvin demorava-se em seu quarto, falando de várias bobagens, sem forças de perguntar o que queria.

— De que jeito espantoso fizeram esse sabão! — disse, olhando e desenrolando um pedaço perfumado de sabão que Agáfia Mikháilovna preparara para o hóspede, mas que Oblônski não utilizara. — Olhe, trata-se afinal de uma obra de arte.

— Sim, hoje em dia tudo chegou a tamanha perfeição — disse Stepan Arkáditch, com um bocejo úmido e bem-aventurado. — Por exemplo, os teatros, e essas diversões... a-a-a — bocejava. — Luz elétrica por todo lado... a-a!

— Sim, a luz elétrica — disse Lióvin. — Sim. Pois bem, e onde Vrônski está agora? — perguntou, baixando o sabão.

— Vrônski? — disse Stepan Arkáditch detendo um bocejo. — Em São Petersburgo. Partiu logo depois de você e, depois, não esteve em Moscou nenhuma vez. E sabe, Kóstia, vou lhe dizer a verdade — prosseguiu, encostando o cotovelo na mesa e apoiando na mão o belo rosto rubro, no qual cintilavam, como estrelas, os olhos melífluos, bondosos e sonolentos. — A culpa foi sua. Você se assustou com o rival. E, como eu lhe disse naquela época, eu não sei de que lado estavam as maiores chances. Por que você não agiu sem rodeios? Naquela época eu lhe disse que... — Bocejou apenas com o maxilar, sem abrir a boca.

"Será que ele sabe ou não que eu fiz uma proposta?", pensou Lióvin, olhando para ele. "Sim, ele tem algo de astuto, de diplomático", e, sentindo-se enrubescer, fitou Stepan Arkáditch nos olhos, em silêncio.

— Se havia então algo da parte dela, não era mais do que um entusiasmo pela aparência — prosseguiu Oblônski. — Sabe, todo aquele aristocratismo e a futura posição na sociedade tiveram efeito não sobre ela, mas sobre a mãe.

Lióvin franziu o cenho. A ofensa da rejeição que recebera ardeu em seu coração, como uma ferida recém-aberta. Estava em casa, e em casa as paredes ajudam.

— Espere, espere — pôs-se a falar, interrompendo Oblônski. — Você diz: aristocratismo. Mas me permita perguntar em que consiste o aristocratismo de Vrônski, ou de quem quer que seja, que permite desdenhar o meu aristocratismo? Você considera Vrônski um aristocrata, e eu não. Um homem cujo pai subiu do nada com artimanhas, cuja mãe sabe Deus com quem se meteu... Não, desculpe-me, mas considero aristocrata a mim e a pessoas como eu que, no passado, podem apontar para três, quatro gerações honradas da família, que se encontram no mais alto grau de instrução (talento e inteligência é outra coisa), e que jamais tiveram má conduta com ninguém, que jamais passaram nenhuma necessidade, como meu pai e meu avô. E eu conheço muita gente assim. Você acha baixo eu contar as árvores do bosque, enquanto dá de presente trinta mil a Riabínin, mas você recebe arrendamentos e não sei mais o quê, enquanto eu não recebo e, por isso, valorizo o patrimônio e o trabalho... Os aristocratas somos nós, não aqueles que só conseguem existir com a esmola dos fortes de seu mundo e que podem ser comprados por vinte copeques.

— Você está falando de quem? Concordo com você — disse Stepan Arkáditch, franco e alegre, embora sentisse que, ao falar dos que podiam ser comprados por vinte copeques, Lióvin também se referia a ele. A animação de Lióvin agradou-o francamente. — De quem você está falando? Apesar de muito do que você diz de Vrônski não ser verdade, não vou falar disso. Digo-lhe diretamente que, no seu lugar, iria comigo a Moscou e...

— Não, eu não sei se você sabe ou não, mas para mim dá na mesma. E vou lhe dizer: fiz uma proposta e recebi uma recusa, e Katierina Aleksândrovna agora é para mim apenas uma lembrança dura e vergonhosa.

— Por quê? Que absurdo!

— Mas não falemos disso. Desculpe-me, por favor, se fui rude com você — disse Lióvin. Agora que dissera tudo, voltou a ser o mesmo daquela manhã. — Você não está zangado comigo, Stiva? Por favor, não se zangue — disse e, sorrindo, tomou-o pela mão.

— Não, de jeito nenhum, por nada. Estou feliz por termos nos explicado. E, sabe, a caça da manhã costuma ser boa. Vamos lá? Daí eu nem durmo, e vou direto da caçada para a estação.

— Ótimo.

XVIII

Embora toda a vida interior de Vrônski estivesse tomada por sua paixão, sua vida exterior transcorria imutável e incontida pelos trilhos de suas ligações e interesses sociais e do regimento. Os interesses do regimento ocupavam um lugar importante na vida de Vrônski porque ele amava o regimento e, ainda mais, porque era amado no regimento. No regimento, Vrônski era não apenas amado, como respeitado, e se orgulhavam de que aquele homem imensamente rico, com educação e capacidades maravilhosas, e caminho aberto para qualquer tipo de sucesso, ambição e vaidade, desdenhasse tudo isso e, dentre todos os interesses da vida, mantivesse mais próximos ao coração os interesses do regimento e da camaradagem. Vrônski era consciente da opinião dos camaradas a seu respeito e, além de gostar daquela vida, sentia-se obrigado a manter essa opinião.

É evidente que não falava de seu amor com nenhum dos camaradas, nem dava com a língua nos dentes nos pileques mais desenfreados (aliás, jamais ficava bêbado a ponto de perder o controle), e calava a boca dos camaradas mais levianos que tentavam fazer alusão ao seu caso. Porém, apesar de seu amor ser conhecido de toda a cidade — todos adivinharam com maior ou menor exatidão sua relação com Kariênina —, a maioria dos jovens o invejava exatamente pelo que havia de mais difícil em seu amor: a posição elevada de Kariênin e, portanto, a exposição desse caso na sociedade.

A maioria das jovens que invejavam Anna, e há muito tempo se aborreciam por ela ser chamada de *justa*, alegrava-se por ter acertado em suas previsões, aguardando apenas a confirmação da reviravolta na opinião geral para cair em cima dela com todo o peso de seu desprezo. Já preparavam as bolas de lama para jogar nela quando chegasse a hora. A maioria das pessoas maduras e de posição elevada estava descontente com o escândalo social que se armava.

A mãe de Vrônski, ao saber do caso, no começo ficou contente — porque, em sua opinião, nada poderia conferir o último adorno a um jovem brilhante quanto um caso na alta sociedade, e também porque Kariênina, que tanto lhe agradara, que muito falara de seu filho, no final das contas correspondia ao conceito que ela fazia de todas as mulheres bonitas e direitas. Porém, nos últimos tempos, ficara sabendo que o filho recusara a oferta de uma posição importante para sua carreira, apenas para permanecer no regimento, onde poderia se avistar com Kariênina, e que, por causa disso, pessoas de posição elevada estavam insatisfeitas com ele, e mudou de opinião. Também não lhe agradava que, por tudo que ficara sabendo, não se tratasse daquele tipo brilhante e gracioso de caso mundano que ela aprovaria, mas de uma paixão wertheriana, desesperada, que, segundo lhe contavam, poderia levá-lo a cometer uma estupidez. Não o via desde sua inesperada partida de Moscou e, por meio do filho mais velho, exigia que ele viesse visitá-la.

O irmão mais velho também estava insatisfeito com o caçula. Não discernia que amor era aquele, grande ou pequeno, apaixonado ou não, depravado ou não (ele mesmo, que tinha filhos, mantinha uma dançarina e, portanto, era indulgente com relação a isso); mas sabia que aquele amor não agradava àqueles que era preciso agradar e, por isso, não aprovava o comportamento do irmão.

Além das ocupações sociais e do serviço, Vrônski tinha mais uma: os cavalos, pelos quais era um verdadeiro apaixonado.

Naquele ano, foram organizadas corridas de obstáculos para os oficiais. Vrônski se inscreveu para as corridas, comprou uma égua inglesa puro-sangue e, apesar de seu amor, estava entusiasmado, ainda que de forma contida, com a competição iminente...

Essas duas paixões não estorvavam uma à outra. Pelo contrário, precisava de uma ocupação e entusiasmo que não dependesse de seu amor para se revigorar e descansar das emoções que o agitavam.

XIX

No dia das corridas em Krásnoie Seló, Vrônski foi comer um bife mais cedo que de hábito, no refeitório comum da turma do regimento. Não tinha que se cuidar com muita severidade, pois chegara rapidamente ao peso requerido, de quatro *puds* e meio; mas não podia engordar e, por isso, evitava farinha e doces. Sentou-se com a sobrecasaca desabotoada sobre o colete branco, com ambos os cotovelos apoiados na mesa e, enquanto aguardava o bife pedido, olhava um romance francês que deitara no prato. Olhava para o livro apenas para não ter que falar com os oficiais que entravam e saíam, e pensava.

Pensava que Anna prometera encontrá-lo naquele dia, depois das corridas. Mas não a via há três dias e, como consequência do retorno de seu marido do exterior, não sabia se o encontro agora seria possível ou não, nem sabia como se inteirar disso. Avistara-se com ela da última vez na dacha da prima Betsy. Já à dacha dos Kariênin, ia o mínimo possível. Agora queria ir para lá, e refletia sobre a questão de como fazê-lo.

"Obviamente, direi que Betsy me mandou perguntar se ela viria às corridas. Obviamente irei", decidiu sozinho, erguendo a cabeça do livro. E, imaginando com animação a alegria de vê-la, seu rosto resplandeceu.

— Venha à minha casa para atrelar logo a troica à caleche — disse ao criado que lhe servira o bife em um prato quente de prata, e, aproximando-o de si, pôs-se a comer.

Na sala de bilhar vizinha ouviam-se batidas de bolas, fala e riso. Na porta de entrada surgiram dois oficiais: um era um jovenzinho, de rosto débil e fino, que há pouco tempo saíra do Corpo de Pajens para o regimento; o outro, um oficial gorducho e velho, de bracelete e pequenos olhos balofos.

Vrônski fitou-os, franziu o cenho e, como se não tivesse reparado neles, desviou o olhar para o livro, pondo-se a comer e ler ao mesmo tempo.

— E então? Fortalecendo-se para o trabalho? — disse o oficial gorducho, sentando-se a seu lado.

— Está vendo — disse Vrônski, carrancudo, enxugando a boca sem olhar para ele.

— E não tem medo de engordar? — disse o outro, puxando uma cadeira para o oficial jovenzinho.

— Quê? — disse Vrônski, zangado, fazendo uma careta de nojo e exibindo os dentes perfeitos.

— Não tem medo de engordar?

— Garçom, xerez! — disse Vrônski, sem responder e, colocando o livro do outro lado, continuou a leitura.

O oficial gorducho pegou a carta de vinhos e se dirigiu ao oficial jovenzinho.

— Escolha o que vamos tomar — disse, oferecendo-lhe a carta e olhando para ele.

— Vinho do Reno, talvez — disse o jovem oficial, timidamente desviando o olhar para Vrônski e tentando apanhar com os dedos o bigodinho quase inexistente. Ao ver que Vrônski não se voltava, o jovem oficial se levantou.

— Vamos à sala de bilhar — disse.

O oficial gorducho se levantou, obediente, e eles se encaminharam à porta.

Nessa hora, entrou no aposento o capitão Iáchvin, alto e esbelto, que, meneando a cabeça com desprezo para os dois oficiais, de cima para baixo, aproximou-se de Vrônski.

— Ah! Aí está ele! — gritou, dando uma batida forte com a mão grande nas dragonas. Vrônski lançou um olhar zangado, porém seu rosto imediatamente se desanuviou com a amabilidade tranquila e firme que lhe era peculiar.

— Ótimo, Aliocha — disse o capitão, com sua voz alta de barítono. — Agora coma um pouco e beba um calicezinho.

— Mas não estou com vontade de comer.

— Veja os inseparáveis — acrescentou Iáchvin, lançando um olhar zombeteiro para os dois oficiais que, naquela hora, saíam do aposento. E se sentou ao lado de Vrônski, formando um ângulo agudo com as coxas, metidas em calças estreitas e compridas demais para a altura da cadeira. — Por que você não foi ontem ao teatro de Krásnoie Seló? Númerova não estava nada mal. Onde você estava?

— Fiquei até tarde nos Tverskói — respondeu Vrônski.

— Ah! — retrucou Iáchvin.

Iáchvin, um jogador, um farrista, e não apenas um homem sem quaisquer regras, mas com regras imorais, esse Iáchvin era o melhor amigo de Vrônski no regimento. Vrônski gostava dele tanto pela força física descomunal, que se manifestava sobretudo em poder beber como uma esponja, não dormir e continuar como se nada tivesse acontecido, quanto pela grande força de caráter, que manifestava nas relações com a chefia e os camaradas, suscitando temor e respeito, e ainda pelo jeito de jogar, que podia envolver dezenas de milhares, mas sempre, apesar de tudo que tivesse bebido, mantinha tamanha fineza e firmeza que era considerado o primeiro jogador do Clube Inglês. Vrônski o respeitava e apreciava especialmente por sentir que Iáchvin não gostava dele por seu nome e riqueza, mas por aquilo que era. E, de todas as pessoas, Vrônski só queria falar de seu amor com ele. Sentia que apenas Iáchvin, apesar de aparentemente desprezar todos os sentimentos, poderia, em sua opinião, compreender a paixão forte que agora preenchia toda a sua vida. Além disso, estava seguro de que Iáchvin certamente não encontrava satisfação no mexerico e no escândalo, e compreenderia seu sentimento da maneira devida, ou seja, saberia e acreditaria que aquele amor não era uma brincadeira nem um passatempo, mas algo mais sério e importante.

Vrônski não falava com ele do amor, mas sabia que o outro sabia de tudo, entendia tudo da maneira devida, e gostava de ver isso em seus olhos.

— Ah, sim! — disse, ao ouvir que Vrônski estivera na casa dos Tverskói e, com os olhos negros brilhando, pegou o bigode esquerdo e começou a dobrá-lo para dentro da boca, de acordo com seu mau hábito.

— Bem, e como foi para você ontem? Ganhou? — perguntou Vrônski.

— Oito mil. Mas três não contam, não vão pagar.

— Bem, então você pode perder comigo — disse Vrônski, rindo. (Iáchvin tinha feito uma grande aposta em Vrônski.)

— Não vou perder de jeito nenhum.

— Só Makhótin é perigoso.

E a conversa passou para as expectativas para as corridas daquele dia, a única coisa em que Vrônski podia pensar agora.

— Vamos, terminei — disse Vrônski e, levantando-se, foi até a porta. Iáchvin também se levantou, esticando as pernas imensas e as costas compridas.

— É cedo para jantar, mas preciso beber. Já vou. Ei, vinho! — gritou, com sua voz grossa, famosa no comando por fazer os vidros tremerem. — Não, não precisa — voltou a gritar, imediatamente. — Você vai para casa, então eu vou com você.

E ele foi com Vrônski.

XX

Vrônski estava em uma isbá finlandesa espaçosa e limpa, dividida em duas por tabiques. No campo, Petrítski também morava com ele. Estava dormindo quando Vrônski e Iáchvin entraram na isbá.

— Levante, chega de dormir — disse Iáchvin, passando pelo tabique e cutucando o ombro do desgrenhado Petrítski, que estava de nariz afundado no travesseiro.

Petrítski deu um salto repentino, ficou de joelhos e olhou ao redor.

— O seu irmão esteve aqui — disse a Vrônski. — Acordou-me, o diabo que o carregue, e disse que viria de novo. — E, puxando a coberta, voltou a se jogar no travesseiro. — Mas me deixe, Iáchvin — disse, zangado com Iáchvin, que puxava sua manta. — Deixe! — Virou-se e abriu os olhos. — Melhor você me dizer *o que* beber; tenho um gosto tão ruim na boca, que...

— Vodca é o melhor de tudo — disse Iáchvin, com voz grossa. — Teréschenko! Vodca e pepino para o patrão — gritou, apreciando visivelmente ouvir a própria voz.

— Vodca, você acha? Hein? — perguntou Petrítski, fazendo trejeitos e esfregando os olhos. — E você, vai beber? Vamos beber juntos, então! Vrônski, você bebe? — disse Petrítski, levantando-se e agasalhando-se com a coberta listrada.

Foi à porta do tabique, ergueu os braços e se pôs a cantar, em francês: "Havia um rei em Tule!".[20] — Vrônski, você bebe?

— Vamos — disse Vrônski, vestindo a sobrecasaca que o criado lhe trouxera.

— Para onde? — perguntou Iáchvin. — A troica também está aí — acrescentou, ao ver a caleche se aproximando.

— Para a estrebaria, e ainda preciso falar com Briánksi sobre os cavalos — disse Vrônski.

De fato, Vrônski prometera ir até Briánski, a dez verstas de Peterhof, e levar-lhe dinheiro pelos cavalos; e queria conseguir chegar lá a tempo. Mas os camaradas imediatamente perceberam que ele não ia apenas para lá.

Continuando a cantar, Petrítski piscou o olho e fez beicinho, como se dissesse: nós sabemos quem é esse Briánski.

— Cuidado para não atrasar! — foi só o que disse Iáchvin e, para mudar de assunto: — Que tal o meu baio, trabalha bem? — olhando pela janela, perguntou a respeito do cavalo principal da troica, que lhe vendera.

— Pare! — Petrítski berrou para Vrônski, que já estava de saída. — O seu irmão deixou uma carta e um bilhete. Espere, onde estão eles?

Vrônski se deteve.

— Pois bem, mas onde estão eles?

— Onde estão eles? Essa é a questão! — afirmou Petrítski, solene, passando o dedo indicador por cima do nariz.

— Diga logo, que estupidez! — disse Vrônski, rindo.

— Não acendi a lareira. Estão aqui, em algum lugar.

— Pois bem, chega de lorota! Onde está a carta?

— Não, esqueci de verdade. Ou teria sonhado com ela? Espere, espere! Para que se zangar? Se você tivesse bebido umas quatro garrafinhas, como fiz ontem, teria se esquecido até de onde se deita. Espere, já me lembro!

Petrítski foi para trás do tabique e se deitou na cama.

---

[20] Trecho da ópera *Fausto* (1859), de Gounod. (N. do T.)

— Calma! Deitei assim, levantei assim. Sim, sim, sim, sim... Está aqui! — E Petrítski tirou a carta de baixo do colchão, onde a escondera.

Vrônski pegou a carta e o bilhete do irmão. Era aquilo que esperava — uma carta da mãe repreendendo-o por não ter ido visitá-la, e um bilhete do irmão que dizia o que era necessário dizer. Vrônski sabia que era tudo a respeito da mesma coisa. "O que eles têm a ver?", pensou Vrônski e, amarrotando a carta, enfiou-a entre os botões da sobrecasaca, para ler com atenção no caminho. Na entrada da isbá, encontrou dois oficiais: um do seu, outro de outro regimento.

O alojamento de Vrônski sempre era o antro de todos os oficiais.

— Para onde?

— Preciso ir a Peterhof.

— E o cavalo chegou de Tsárskoie?

— Chegou, mas eu ainda não vi.

— Dizem que o Gladiador de Makhótin está manco.

— Absurdo! Mas como o senhor vai galopar com essa lama? — disse o outro.

— Eis os meus salvadores! — gritou, ao ver os recém-chegados, Petrítski, na frente do qual estava um ordenança com vodca e pepinos em uma bandeja. — Afinal, Iáchvin manda beber, para se refrescar.

— Pois bem, foi o que o senhor nos aprontou ontem — disse um dos recém-chegados. — Fez com que ficássemos a noite inteira sem dormir.

— Não, e como terminamos! — contou Petrítski. — Vólkov trepou no telhado e disse que estava triste. Eu disse: vamos à música, uma marcha fúnebre! Assim mesmo, no telhado, ele adormeceu ao som da marcha fúnebre.

— Então, o que beber? — ele disse, segurando o cálice e franzindo o cenho.

— Beba, beba vodca sem falta e, depois, água de seltz e muito limão — disse Iáchvin, parado na frente de Petrítski como uma mãe que obriga o filho a tomar remédio — e, depois, um pouquinho de champanhe; assim, uma garrafinha.

— Isso, sim, é inteligente. Chega, Vrônski, vamos beber.

— Não, senhores, desculpem-me, hoje não vou beber.

— O que é isso, vai engordar? Pois bem, então só nós. Água de seltz e limão.

— Vrônski! — gritou alguém, quando ele já estava de saída.

— O quê?

— Melhor cortar os cabelos, senão eles vão ficar pesados, especialmente na careca.

De fato, Vrônski começara a ficar calvo prematuramente. Deu um sorriso alegre, exibindo os dentes perfeitos e, colocando a boina sobre a careca, saiu e se sentou na caleche.

— Para a estrebaria! — disse, e quis pegar a carta para ler, mas depois achou que não devia se distrair da observação dos cavalos. — "Depois..."

XXI

A estrebaria temporária, um barraco de tábuas, fora construída ao lado do hipódromo, e sua montaria devia ter sido levada para lá na véspera. Ele ainda não a vira. Naqueles últimos dias, não galopara, mas confiara-a ao treinador e, agora, não sabia de jeito nenhum em que condições chegara e estava sua égua. Mal saiu da caleche e seu cavalariço (*groom*, como chamava o menino), que reconhecera o veículo de longe, chamou o treinador. Um inglês seco, de botas altas e jaqueta curta, que deixara apenas uns fiapos de pelos debaixo do queixo, veio a seu encontro com passo desajeitado de jóquei, abrindo os cotovelos e gingando.

— Pois bem, e a Frou-Frou?[21] — perguntou Vrônski, em inglês.

— *All right, sir* — tudo certo, senhor — proferiu a voz do inglês, de algum lugar de dentro da garganta. — Melhor não entrar — acrescentou, erguendo o chapéu. — Coloquei uma focinheira, e a égua está agitada. Melhor não entrar, vai perturbar a montaria.

— Não, vou entrar. Tenho vontade de dar uma olhada.

— Vamos — disse o inglês, franzindo o cenho, sem sequer abrir a boca e, agitando os cotovelos, avançou com seu passo desengonçado.

Adentraram no patiozinho em frente ao barraco. O serviçal de japona limpa, um menino garboso e elegante, recebeu os recém-chegados de vassoura na mão e foi atrás deles. No barracão havia cinco cavalos em baias, e Vrônski sabia que também devia ter sido levado para lá seu principal rival, o alazão Gladiador, de Makhótin, de cinco *verchoks*.[22] Mais ainda do que sua égua, Vrônski tinha vontade de examinar o Gladiador, que não tinha vis-

---

[21] *Frou-Frou*: comédia de Henri Meilhac (1831-1897) e Ludovic Halévy (1834-1908), esteve em cartaz em São Petersburgo, na temporada de 1872. Frou-Frou é o apelido da heroína, Gilberte. (N. da E.)

[22] Antiga medida russa equivalente a 4,4 cm. Como medida de tamanho, os *verchoks* contam-se apenas a partir do momento em que excedem dois *archins*. Cada *archin* equivale a 71 cm. Portanto o cavalo em questão mede 1,64 m. (N. do T.)

to; Vrônski sabia porém que, pelas regras de decoro das corridas de cavalos, não apenas não podia vê-lo como era inadequado até perguntar a seu respeito. Quando percorria o corredor, o menino abriu a porta da segunda baia à esquerda, e Vrônski avistou um alazão grande de pernas brancas. Sabia que era Gladiador, porém, com a sensação de quem afastava uma carta aberta de outra pessoa, distanciou-se e foi à baia de Frou-Frou.

— Aqui está o cavalo de Ma-k... Mak... nunca consigo pronunciar esse nome — disse o inglês, por cima do ombro, apontando para a baia do Gladiador com os dedos grandes, de unhas sujas.

— Makhótin? Sim, é o meu único rival sério — disse Vrônski.

— Se o senhor o montasse — disse o inglês —, eu apostaria no senhor.

— Frou-Frou é mais nervosa, ele é mais forte — disse Vrônski, sorrindo ao elogio ao seu jeito de cavalgar.

— Na corrida de obstáculos, a questão toda é o jeito de cavalgar e o *pluck* — disse o inglês.

Pluck, ou seja, energia e ousadia, Vrônski não apenas sentia ter suficiente como, o que é muito mais importante, estava firmemente convicto de que ninguém no mundo possuía mais *pluck* do que ele.

— E o senhor tem certeza de que eu não precisava ter feito *mais suadouro*?

— Não precisa — respondeu o inglês. — Por favor, não fale alto. A égua pode se enervar — acrescentou, acenando com a cabeça para a baia trancada na frente da qual estavam, onde se ouviam patas remexendo na palha.

Ele abriu a porta e Vrônski entrou na baia, cuja iluminação fraca vinha de uma janelinha. Na baia, uma égua castanho-escura revolvia a palha macia com as patas. Na penumbra da baia, Vrônski voltou involuntariamente a avaliar, com um olhar geral, todo o porte de sua querida égua. Frou-Frou era uma montaria de porte médio e, em alguns aspectos, não era impecável. Era toda estreita de ossos; embora o esterno fosse bastante proeminente, o peito era estreito. A garupa era um pouco caída e, nas patas dianteiras e especialmente nas traseiras, havia uma curvatura significativa. Os músculos das patas traseiras e dianteiras não eram especialmente fortes; todavia, seu dorso tinha uma largura extraordinária, o que assombrava especialmente agora, que a barriga estava magra, sob controle. Os ossos das pernas, abaixo do joelho, não pareciam mais grossos que um dedo, vistos de frente; todavia eram de uma largura extraordinária, vistos de lado. À exceção das costelas, ela parecia toda comprimida nos flancos e esticada para o fundo. Porém, possuía no mais alto grau a qualidade que fazia esquecer todos os defeitos; tal qualidade era o *sangue*, aquele sangue que *fala*, como dizem os ingleses. Os músculos, que se sobressaíam com firmeza sob as redes de veias que se esticavam pelo couro fino, corrediço e liso como um atlas, pareciam fortes como ossos. Sua cabeça seca tinha olhos proeminentes, cintilantes e alegres, que se dilatavam ao ronco das narinas salientes, com as mucosas cheias de sangue por dentro. Em toda a figura, e especialmente na cabeça, havia certa expressão enérgica e, ao mesmo tempo, meiga. Era um daqueles animais que parecem só não falar porque o mecanismo de suas bocas não permite.

Vrônski, pelo menos, tinha a impressão de que ela entendia tudo o que ele sentia agora, ao encará-la.

Bastou Vrônski ir em sua direção que ela aspirou o ar profundamente e, entortando o olho saltado de modo que o branco se inflamou de sangue, fitou os recém-chegados do lado oposto, sacudindo a focinheira e se apoiando rigidamente ora em uma pata, ora em outra.

— Pois bem, veja como ela está agitada — disse o inglês.

— Oh, querida! Oh! — disse Vrônski, aproximando-se da égua e tranquilizando-a.

Porém, quanto mais perto ele chegava, mais ela se agitava. Só quando ele se aproximou de sua cabeça ela sossegou de repente, e os músculos estremeceram debaixo de sua pelagem fina e macia. Vrônski acariciou-lhe o pescoço forte, arrumou, no garrote pontudo, uma melena da crina que fora para o outro lado e moveu o rosto para perto de suas narinas dilatadas, finas como asa de morcego. Ela aspirou e exalou o ar das narinas tensas de forma sonora, estremeceu, estreitou o ouvido pontudo e esticou o lábio negro e forte na direção de Vrônski, como se desejasse agarrá-lo pela manga. Porém, lembrando-se da focinheira, sacudiu-a e se pôs novamente a mexer as perninhas torneadas, uma depois da outra.

— Sossegue, querida, sossegue! — ele disse, acariciando-lhe o traseiro com a mão e, com a consciência feliz de que a montaria estava na melhor das condições, saiu da baia.

A agitação do cavalo transmitiu-se a Vrônski; sentia o sangue a lhe bater no coração e que, assim como a égua, tinha vontade de se mover, de morder; era terrível e divertido.

— Pois bem, então confio no senhor — disse ao inglês —, às seis e meia, no terreno.

— Tudo certo — disse o inglês. — Vai para onde, milorde? — perguntou, empregando de forma inesperada o título *my-Lord*, que quase nunca usava.

Com espanto, Vrônski ergueu a cabeça e olhou, como sabia fazer, não para os olhos do inglês, mas sim para sua testa, espantado com a ousadia da pergunta. Porém, ao entender que, ao fazer a pergunta, o inglês não o encarava como patrão, mas como jóquei, respondeu:

— Preciso ir até Briánski, estarei em casa em uma hora.

"Quantas vezes me fizeram essa pergunta hoje!", disse para si e enrubesceu, o que era raro. O inglês fitou-o com atenção. E, como se soubesse para onde Vrônski ia, acrescentou:

— A primeira coisa é ficar tranquilo antes da corrida — disse. — Não se ponha de mau humor, nem se perturbe com nada.

— *All right* — respondeu Vrônski, rindo, e, pulando na caleche, mandou ir a Peterhof.

Mal percorreu alguns passos, a nuvem que ameaçava chuva desde a manhã avançou e fez jorrar um aguaceiro.

"Que ruim!", pensou Vrônski, cobrindo a caleche. "Já estava uma lama, agora vai ser um pântano completo." Sentado na solidão da caleche coberta, pegou a carta da mãe e o bilhete do irmão, e os leu.

Sim, era sempre a mesma e a mesma coisa. Todos, sua mãe, seu irmão, todos achavam necessário se intrometer nos assuntos de seu coração. Tal intromissão despertava-lhe a raiva, uma sensação que raramente experimentava. "O que eles têm a ver? Por que todo mundo considera seu dever se preocupar comigo? E por que ficam me importunando? Porque veem que existe algo que eles não conseguem entender. Se se tratasse de um caso mundano normal e vulgar, iriam me deixar em paz. Sentem que é algo diferente, que não é brincadeira, que essa mulher me é mais cara do que a vida. Isso, para eles, é incompreensível e, portanto, irritante. Seja qual for e tiver que ser o nosso destino, nós o fizemos, e não nos queixamos dele", disse, ligando-se a Anna na palavra *nós*. "Não, eles têm que nos ensinar como viver. Não têm nem noção do que seja a felicidade, não sabem que sem esse amor para nós não há felicidade, nem infelicidade — não há vida!", pensou.

Zangava-se com todos pela intromissão exatamente por sentir na alma que eles, todos eles, tinham razão. Sentia que o amor que o ligava a Anna não era um arrebatamento momentâneo, que passaria como passam as ligações mundanas, sem deixar outros traços na vida além de lembranças agradáveis ou desagradáveis. Sentia toda a aflição da situação dele e dela, toda a dificuldade, para quem estava exposto aos olhos do mundo inteiro, de esconder seu amor, mentir e enganar; e mentir, enganar, usar de artimanhas e ficar pensando constantemente nos outros, quando a paixão que os ligava era tão forte que eles se esqueciam de tudo que não fosse seu amor.

Recordou de forma viva todos os casos, que se repetiam com frequência, em que foram indispensáveis a mentira e o engano, tão contrários à sua natureza; recordou de forma especialmente viva a sensação de vergonha que observara em si devido a essa necessidade de engano e mentira. E experimentou o sentimento estranho que por vezes o acometia desde seu caso com Anna. Era um sentimento de repulsa por alguém: por Aleksei Aleksândrovitch, por si mesmo, por todo o mundo, não sabia muito bem. Porém, sempre afastava de si esse sentimento estranho. Agora também o sacudiu e seguiu o curso de seus pensamentos.

"Sim, antes ela era infeliz, porém orgulhosa e tranquila; e agora não pode ser tranquila e digna, embora não o demonstre. Sim, isso tem que acabar", decidiu consigo mesmo.

E pela primeira vez veio-lhe à mente a ideia clara de que era indispensável acabar com essa mentira — o quanto antes, melhor. "Largamos tudo, ela e eu, e nos escondemos em algum lugar, sozinhos com nosso amor", disse para si.

XXII

A chuvarada foi passageira, e quando Vrônski chegou, com o cavalo principal, a pleno trote, arrastando sua parelha a galopar à rédea solta pela lama, o sol voltara a aparecer, os telhados das dachas e os velhos jardins de tílias de ambos os lados da rua principal brilhavam com um brilho úmido, os galhos gotejavam alegres e a água corria dos telhados. Já não pensava em como o aguaceiro o prejudicaria no hipódromo, e agora se alegrava porque, graças à chuva, provavelmente a encontraria em casa, e sozinha, pois sabia que Aleksei Aleksândrovitch, regressado há pouco tempo de uma estação de águas, não saíra de Petersburgo.

Esperando encontrá-la sozinha, Vrônski, como sempre fazia, para chamar menos atenção, apeou antes de cruzar a pontezinha e seguiu a pé. Da rua, não foi à varanda, mas entrou no pátio.

— O patrão chegou? — perguntou ao jardineiro.

— De jeito nenhum. A patroa está em casa. Senhor, vá à varanda, por favor: lá tem gente, vão abrir — respondeu o jardineiro.

— Não, vou pelo jardim.

Tendo se assegurado de que estava sozinha, e querendo pegá-la de surpresa, já que não prometera vir naquele dia e ela com certeza não achava que viria antes da corrida, ele foi, segurando o sabre e caminhando com cuidado pela areia da vereda rodeada de flores, até o terraço que dava para o jardim. Vrônski agora esquecera tudo o que pensara no caminho a respeito do fardo e das dificuldades de sua situação. Pensava apenas que agora a veria não na imaginação, mas viva, por inteiro, como era na realidade. Já estava entrando, pisando com o pé inteiro, para não fazer barulho, os degraus em declive do terraço, quando de repente se lembrou do que sempre esquecia, e que constituía, para ele, o lado mais aflitivo de sua relação: do filho dela, com seu olhar interrogativo e, na impressão dele, opositor.

Mais do que qualquer um, aquele menino era um empecilho à relação. Quando ele estava lá, Vrônski e Anna não apenas não se permitiam falar de nada que não pudessem repetir na frente de todos, como não se permitiam sequer aludir a coisas que o menino não entendia. Não tinham combinado aquilo, que se estabeleceu, contudo, por si só. Consideravam uma ofensa contra si mesmos enganar aquela criança. Na frente dele, conversavam como conhecidos. Porém, apesar desses cuidados, Vrônski com frequência notava o olhar atento e perplexo da criança em sua direção, e um acanhamento estranho e nervoso, ora afeto, ora frieza e timidez no jeito do menino em relação a ele. Era como se a criança sentisse que entre aquele homem e sua mãe havia uma relação importante, cujo significado não conseguia entender.

De fato, o menino sentia que não conseguia entender aquela relação, esforçava-se e não obtinha clareza quanto ao sentimento que deveria ter para com aquele homem. Com a suscetibilidade infantil à manifestação de sentimentos, via com clareza que o pai, a governanta, a babá, todos não apenas não gostavam de Vrônski, como o encaravam com repulsa e medo, embora não falassem nada a seu respeito, e que a mãe o encarava como o melhor amigo.

"O que isso quer dizer? Quem é ele? O que devo sentir por ele? Se eu não entendo, sou culpado, ou estúpido, ou um mau menino", pensava a criança; e daí vinha sua expressão perscrutadora, interrogativa, por vezes hostil, bem como o acanhamento e o nervosismo que tanto constrangiam Vrônski. A presença daquela criança sempre e impreterivelmente suscitava em Vrônski aquela sensação de repugnância sem motivo que vinha experimentando nos últimos tempos. A presença daquela criança suscitava em Vrônski e Anna uma sensação similar à do navegante que vê na bússola que a direção em que está se movendo com velocidade diverge em muito da devida, porém não tem forças para deter o movimento, que a cada minuto o afasta mais da direção correta, e que admitir o desvio é a mesma coisa que admitir a ruína.

Aquela criança, com seu olhar ingênuo sobre a vida, era a bússola que lhes mostrava o grau de seu afastamento daquilo que eles sabiam, mas não queriam saber.

Daquela vez, Serioja não estava em casa, e ela se encontrava totalmente sozinha, sentada no terraço, aguardando o retorno do filho que saíra para passear e fora colhido pela chuva. Mandara um homem e uma moça buscá-lo e estava sentada, à espera. Trajando um vestido branco de bordado largo, encontrava-se no canto do terraço, atrás das flores, e não o ouviu. Inclinando os caracóis negros do cabelo, apertou a testa contra o regador frio que estava na balaustrada e, com as duas mãos maravilhosas, usando os anéis que ele conhecia tão bem, segurou o regador. A beleza de toda sua figura, da cabeça, do pescoço, das mãos, surpreendia Vrônski a cada vez, como algo inesperado. Ele se deteve, contemplando-a com admiração. Porém, bastou ele querer dar um passo para se aproximar e ela já sentiu sua aproximação, afastando o regador e voltando para ele o rosto inflamado.

— O que a senhora tem? Está mal de saúde? — ele disse, em francês, indo até ela. Queria correr até ela; porém, lembrando-se de que podia haver estranhos, deu uma olhada para a porta do balcão e corou, como sempre corava ao sentir que tinha de ter medo e ficar de olho.

— Não, estou bem — ela disse, levantando-se e apertando com força a mão que ele lhe estendia. — Não esperava... você.

— Meu Deus! Que mãos frias! — ele disse.

— Você me assustou — ela disse. — Eu esperava e espero Serioja, ele foi passear; eles vêm para cá.

Porém, embora se esforçasse por ficar calma, seus lábios tremiam.

— Desculpe-me por ter vindo, mas não podia passar o dia sem vê-la — ele prosseguiu, em francês, como sempre falava para fugir dos termos russos *senhora*, de uma frieza impossível, e do perigoso *você*.

— Mas por que se desculpar? Estou tão feliz!

— Mas a senhora ou está mal de saúde, ou magoada — ele prosseguiu, sem soltar suas mãos, e curvando-se para ela. — No que estava pensando?

— Sempre na mesma coisa — ela disse, com um sorriso.

Estava dizendo a verdade. Se, em qualquer instante, lhe perguntassem no que estava pensando, podia responder sem erro: na mesma coisa, em sua felicidade e sua infelicidade. Quando ele a surpreendera, ela estava pensando exatamente no seguinte: por que, para os outros, por exemplo Betsy (sabia de sua ligação com Tuchkévitch, um segredo para a sociedade), tudo aquilo era tão fácil, e para ela tão tortuoso? Atualmente, essa ideia, devido a alguns motivos, atormentava-a de forma especial. Perguntou-lhe da corrida. Ele respondeu e, ao ver que ela estava perturbada, tentou distraí-la, pondo-se a contar, no tom mais simples, os detalhes dos preparativos para a corrida.

"Falar ou não falar? — ela pensava, fitando seus olhos calmos e afetuosos. — Ele está tão feliz, tão ocupado com sua corrida, que não vai entender da forma devida, não vai entender toda a importância desse fato para nós."

— Mas a senhora não me disse em que estava pensando quando eu entrei — ele disse, interrompendo a narrativa. — Por favor, diga!

Ela não respondeu e, inclinando um pouco a cabeça, fitou-o de soslaio, de forma interrogativa, com os olhos brilhando por detrás dos cílios longos. Sua mão, ao brincar com uma folha arrancada, tremia. Ele o viu, e seu rosto exprimiu aquela submissão, aquela fidelidade de escravo que tanto a cativara.

— Vejo que algo aconteceu. Por acaso eu posso ter um minuto de tranquilidade sabendo que a senhora tem um pesar do qual não compartilho? Diga, pelo amor de Deus! — repetiu, suplicante.

"Não, não vou perdoar se ele não entender toda a importância disso. Melhor não dizer, para que colocar à prova?", pensou, continuando a fitá-lo da mesma forma e sentindo que sua mão com a folha tremia cada vez mais.

— Pelo amor de Deus! — ele repetiu, agarrando a mão dela.
— Digo?
— Sim, sim, sim...
— Estou grávida — disse, baixo e devagar. — A folha de sua mão tremia com ainda mais força, mas ela não tirava os olhos dele, para ver como receberia a notícia. Ele ficou pálido, quis dizer algo, mas se deteve, soltou a mão dela e baixou a cabeça. "Sim, ele entendeu toda a importância desse fato", ela pensou, e apertou sua mão, agradecida.

Enganava-se, porém, ao achar que ele entendia a importância da notícia do mesmo jeito que ela, uma mulher, compreendia. A essa notícia, ele sentiu, com força decuplicada, um acesso daquela sensação de repugnância por alguém; porém, junto com isso, entendia que a crise que desejava agora chegara, que não era mais possível esconder do marido e que, de uma forma ou de outra, era indispensável acabar o quanto antes com aquela situação artificial. Porém, além disso, a agitação dela se transmitiu a ele de forma física. Ele a fitou com um olhar comovido e submisso, beijou sua mão, levantou-se e caminhou pelo terraço, em silêncio.

— Sim — ele disse, decidido, aproximando-se dela. — Nem eu, nem a senhora encarávamos nossa relação como um brinquedo, e agora nosso destino está decidido. É indispensável terminar — ele disse, olhando ao redor — a mentira em que vivemos.

Anna Kariênina

— Terminar? Mas terminar como, Aleksei? — ela disse, baixo.
Ela agora se acalmara, e em seu rosto cintilava um sorriso meigo.
— Deixar o marido e unir nossas vidas.
— Ela está unida assim — ela respondeu, quase inaudível.
— Sim, mas completamente, completamente.
— Mas como, Aleksei, diga-me, como? — ela disse, zombando tristemente da falta de saída de sua situação. — Por acaso há saída dessa situação? Por acaso não sou esposa do meu marido?
— Há saída de qualquer situação. É preciso decidir — ele disse. — Qualquer coisa é melhor do que a situação em que você vive. Afinal, estou vendo que você se atormenta com tudo: com a sociedade, com o filho, com o marido.
— Ah, só com o marido que não — ela disse, com um risinho simples. — Não sei, não penso nele. Ele não existe.
— Você não está falando com franqueza. Eu a conheço. Você também se atormenta com ele.
— Só que ele não sabe — ela disse, e de repente um vermelho ardente assomou ao seu rosto; suas faces, testa e pescoço enrubesceram, e lágrimas de vergonha lhe apareceram nos olhos. — Bem, e não vamos falar dele.

XXIII

Vrônski já tinha tentado algumas vezes, embora não de forma tão resoluta como agora, levá-la a debater a situação, e a cada vez se deparava com a superficialidade e frivolidade de juízo com as quais ela agora respondia a seu chamado. Era como se houvesse aí algo que ela não podia ou não queria esclarecer para si, era como se, assim que começava a falar disso, ela, a verdadeira Anna, partisse para algum lugar dentro de si e surgisse uma outra, uma estranha, uma mulher que lhe era alheia, que ele não amava, que tinha medo e lhe oferecia resistência. Desta feita, porém, ele estava decidido a exprimir tudo.

— Quer ele saiba ou não — disse Vrônski, com seu habitual tom firme e tranquilo —, quer ele saiba ou não, não temos nada a ver com isso. Nós não podemos... a senhora não pode ficar desse jeito, especialmente agora.

— Então o que fazer, em sua opinião? — ela perguntou, com a mesma zombaria frívola. Anna, que temera que ele não levasse a sério sua gravidez, agora se agastava por ele deduzir disso que era indispensável tomar alguma medida.

— Comunicá-lo de tudo e deixá-lo.

— Muito bem: suponhamos que eu faça isso — ela disse. — O senhor sabe no que vai resultar? Vou lhe contar tudo antecipadamente — e uma luz raivosa se acendeu nos olhos meigos até o minuto anterior. — "Ah, a senhora ama outro e envolveu-se em um caso criminoso com ele? (Ao imitar o marido, acentuava a palavra *criminoso*, exatamente como Aleksei Aleksândrovitch.) Eu a preveni acerca das consequências nas relações religiosas, civis e familiares. A senhora não me escutou. Agora não posso cobrir meu nome de ignomínia... — e de meu filho, quisera dizer, mas com o filho não conseguia brincar... —, cobrir meu nome de ignomínia", e mais algo do gênero — acrescentou. — Em geral, vai dizer, de seu modo burocrático, com clareza e precisão, que não pode me liberar, porém tomará todas as medidas a seu alcance para deter o escândalo. E fará, de forma clara e exata, aquilo que diz. Isso é o que vai acontecer; ele não é um homem, mas uma máquina, e uma máquina perversa quando se zanga — acrescentou, lembrando-se de Aleksei Aleksândrovitch com todos os detalhes de sua figura, jeito de falar e caráter, e atribuindo-lhe como falta tudo o que conseguia encontrar de mau nele, sem perdoá-lo nem mesmo por aquela falta terrível da qual era culpada diante dele.

— Mas Anna — disse Vrônski, com voz persuasiva e suave, tentando acalmá-la —, mesmo assim é indispensável contar-lhe, e depois se orientar pelo que ele fizer.

— Como assim, fugir?

— Mas por que não fugir? Não vejo possibilidade de continuar isso. E não por mim — vejo que a senhora sofre.

— Ah, fugir e virar sua amante? — ela disse, raivosa.

— Anna! — ele proferiu, com meiga censura.

— Sim — ela prosseguiu —, virar sua amante e arruinar de todo...
Voltou a querer dizer "meu filho", mas não podia proferir a palavra.

Vrônski não podia entender como ela, com sua natureza forte e honrada, conseguia suportar aquela situação de engano sem desejar sair dela; não adivinhava, porém, que o principal motivo era aquela palavra *filho*, que ela não conseguia pronunciar. Quando pensava naquele filho e suas futuras relações com a mãe que abandonara seu pai, ficava tão horrorizada com o que fizera que nem conseguia raciocinar, porém, como mulher, tentava apenas se tranquilizar, com considerações e palavras mentirosas, de que tudo ficaria como antes e de que era possível esquecer a terrível questão sobre o que seria do filho.

— Eu lhe peço, eu lhe imploro — ela disse, de repente, com um tom de voz que era completamente outro, franco e meigo, tomando-o pelas mãos —, nunca fale disso comigo!

— Mas Anna...

— Nunca. Deixe a meu cargo. Conheço toda a baixeza, todo o horror da minha situação; mas não é tão fácil de resolver como você pensa. Deixe a meu cargo, e me escute. Nunca fale disso comigo. Promete?... Não, não, prometa!...

— Prometo tudo, mas não posso ficar tranquilo, especialmente depois do que você disse. Não posso ficar tranquilo se você não pode ficar tranquila...

— Eu? — ela repetiu. — Sim, às vezes me atormento; mas isso passa, desde que você não fale comigo. Quando você me fala disso, só então o assunto me atormenta.

— Não entendo — ele disse.

— Eu sei — ela o interrompeu — como é duro para a sua natureza honrada mentir, e tenho pena de você. Penso com frequência como você pode arruinar a sua vida por minha causa.

— Acabei de pensar a mesma coisa — ele disse —, como você pôde sacrificar tudo por minha causa? Não posso me perdoar pela sua infelicidade.

— Infeliz, eu? — ela disse, aproximando-se dele e encarando-o com um sorriso extasiado de amor. — Sou como uma pessoa faminta a que deram de comer. Pode ser que ela esteja com frio, com as vestes rasgadas, com vergonha, mas não é infeliz. Infeliz, eu? Não, essa é a minha felicidade...

Ouviu a voz do filho voltando e, lançando um olhar rápido pelo terraço, ergueu-se com ímpeto. Seu olhar se inflamou com o fogo que ele conhecia, ela levantou as mãos belas e cobertas de anéis com um movimento rápido, tomou-o pela cabeça, encarou-o com um longo olhar e, aproximando o rosto com os lábios abertos e sorridentes, beijou com rapidez sua boca e ambos os olhos, e o repeliu. Quis partir, mas ele a deteve.

— Quando? — ele proferiu, aos sussurros, fitando-a com êxtase.

— Hoje, à uma — ela cochichou e, respirando pesadamente, foi ao encontro do filho com seu passo ligeiro e rápido.

A chuva surpreendera Serioja no jardim grande, e ele se abrigara com a babá no caramanchão.

— Pois bem, até logo — ela disse a Vrônski. — Agora tenho que ir logo para a corrida. Betsy prometeu me acompanhar.

Depois de olhar para o relógio, Vrônski saiu, apressado.

XXIV

Quando Vrônski olhou para o relógio, no balcão dos Kariênin, estava tão inquieto e ocupado com seus pensamentos que viu os ponteiros no mostrador, mas não conseguiu entender que horas eram. Saiu para a estrada e se dirigiu, pisando a lama com cuidado, à sua caleche. Estava repleto do sentimento por Anna a ponto de não pensar em que horas eram, ou se ainda havia tempo para ir até Briánski. Restara-lhe apenas, como acontece com frequência, a capacidade exterior da memória, indicando o que tinha decidido fazer em seguida. Aproximou-se do seu cocheiro, que cochilava na boleia, à sombra já inclinada da tília espessa, admirou as colunas rutilantes de mosquitos rodopiando sobre os cavalos suarentos e, acordando o cocheiro, saltou na caleche e mandou tocar para Briánski. Apenas após percorrer seis verstas recobrou os sentidos o suficiente para olhar para o relógio e compreender que eram cinco e meia, e que estava atrasado.

Naquele dia, havia algumas corridas: a corrida das escoltas, depois a dos oficiais, de duas verstas, a de quatro verstas, e aquela em que ele competiria. Podia não se atrasar para a sua corrida, porém, se fosse à casa de Briánski, chegaria em cima da hora, e quando toda a corte já estivesse lá. Isso não era bom. Mas dera a palavra a Briánski de visitá-lo e, por isso, resolveu seguir adiante, mandando o cocheiro não ter pena da troica.

Chegou na casa de Briánski, passou cinco minutos com ele e cavalgou de volta. A viagem rápida tranquilizou-o. Todo o peso de sua relação com Anna, toda a indecisão que ficara depois da conversa, tudo isso se esvaíra de sua cabeça; com prazer e agitação, pensava agora na corrida, que chegaria a tempo mesmo assim, e, de quando em quando, a expectativa do encontro feliz daquela noite acendia uma luz viva em sua imaginação.

A sensação da corrida iminente ia se apossando gradualmente dele à medida que avançava mais e mais na atmosfera das corridas, ultrapassando as carruagens que iam das dachas e de Petersburgo para a competição.

Em seu apartamento, já não havia ninguém: todos estavam nas corridas, e seu criado o esperava no portão. Enquanto se trocava, o lacaio o informou que a segunda corrida já tinha começado, que muitos senhores tinham vindo perguntar por ele, e que um menino acorrera duas vezes da estrebaria.

Após se trocar, sem pressa (jamais se apressava, nem perdia o controle), Vrônski mandou que fossem às barracas. Das barracas, já podia avistar o mar de carruagens, pedestres, soldados rodeando o hipódromo, e os pavilhões fervilhando de gente. Provavelmente estava acontecendo a segunda corrida, pois, na hora em que ele entrou nas barracas, ouviu um sinal. Ao chegar à estrebaria, deparou-se com o alazão de patas brancas Gladiador, de Makhótin, sendo levado para o hipódromo de xairel laranja e azul, com as orelhas, que pareciam imensas, enfeitadas de azul.

— Onde está Cord? — perguntou ao cavalariço.

— No estábulo, selando.

Na baia aberta, Frou-Frou já estava selada. Preparavam-se para levá-la para fora.

— Não me atrasei?

— *All right! All right!* Tudo certo, tudo certo — afirmou o inglês —, não fique nervoso.

Vrônski contemplou mais uma vez as formas encantadoras e queridas da égua, com o corpo inteiro a tremer, afastou o olhar com dificuldade e saiu das barracas. Aproximou-se dos pavilhões no momento mais propício, para não chamar a atenção. A segunda corrida estava por acabar, e todos os olhos estavam voltados para o cavaleiro da guarda, à frente, e o hussardo imperial, atrás, atiçando os cavalos com as últimas forças enquanto se aproximavam da chegada. De dentro e de fora da pista, todos se apertavam na direção da chegada, e o grupo de soldados e oficiais da cavalaria da guarda exprimia com brados de alegria a expectativa de vitória de seu oficial e camarada. Vrônski entrou no meio da multidão sem ser notado, quase ao mesmo tempo em que soava o sinal do fim da corrida, e o cavaleiro da guarda, alto e salpicado de lama, que chegara em primeiro, curvado sobre a sela, pôs-se a soltar as rédeas do garanhão cinza, escuro de suor, que respirava pesadamente.

O garanhão, mexendo as patas com esforço, reduziu o passo rápido de seu corpo grande, e o oficial da cavalaria da guarda, como se tivesse acordado de um sonho pesado, olhou ao redor e sorriu com dificuldade. Uma multidão de conhecidos e estranhos o rodeava.

Vrônski evitava intencionalmente a multidão seleta da alta sociedade, que se movia e conversava discreta e livremente diante dos pavilhões. Sabia que Kariênina, Betsy e a mulher de seu irmão estavam lá, e não se aproximou delas de propósito, para não se distrair. Porém, os conhecidos que encontrava detinham-no o tempo todo, contando detalhes das corridas anteriores e indagando por que estava atrasado.

Na hora em que os corredores foram chamados ao pavilhão para receber os prêmios, e todos se dirigiram para lá, o irmão mais velho de Vrônski, Aleksandr, um coronel de alamares, baixa estatura, tão robusto quanto Aleksei, porém mais bonito e corado, de nariz vermelho e rosto franco e ébrio, se aproximou dele.

— Você recebeu o meu bilhete? — disse. — Nunca conseguem encontrá-lo.

Aleksandr Vrônski, apesar da vida de excessos, especialmente bebedeiras, pela qual era conhecido, era um cortesão por completo.

Agora, enquanto falava com o irmão de algo absolutamente desagradável, sabendo que muitos olhos estariam voltados para eles, mantinha aspecto sorridente, como se brincasse com o irmão a respeito de algo irrelevante.

— Recebi e, na verdade, não entendo por que *você* se incomoda — disse Aleksei.

— Incomodo-me porque agora mesmo me disseram que você não estava lá, e que o viram na segunda-feira em Peterhof.

— Há casos que só podem ser julgados por quem tem interesse direto neles, e esse caso com que você tanto se incomoda é um desses...

— Sim, mas então saia do serviço, não...

— Peço-lhe que não se intrometa, e é só.

O rosto carrancudo de Aleksei Vrônski ficou pálido, e seu proeminente maxilar inferior tremia, o que lhe acontecia raramente. Como homem de coração muito bom, zangava-se pouco, porém, quando se zangava, e quando o queixo tremia, então, como Aleksandr Vrônski também sabia, era perigoso. Aleksandr Vrônski deu um sorriso alegre.

— Eu só queria entregar a carta de mamãe. Responda-a, e não se aflija antes de cavalgar. *Bonne chance* — acrescentou, sorrindo e se afastando.

Porém, depois dele, outra saudação amigável deteve Vrônski.

— Não quer reconhecer os amigos! Olá, *mon cher*! — disse Stepan Arkáditch, e ali, em meio ao brilho petersburguense, seu rosto corado e suíças lustrosas e aparadas não brilhavam menos do que em Moscou. — Cheguei ontem, e estou muito feliz porque assistirei à sua vitória. Quando nos vemos?

— Venha amanhã ao regimento — disse Vrônski e, apertando-lhe a mão por cima da manga do casaco, desculpando-se, encaminhou-se para o meio do hipódromo, para onde os cavalos já estavam sendo conduzidos, para a grande corrida de obstáculos.

Suados e extenuados, os cavalos que tinham acabado de correr eram levados de volta pelos cavalariços, lentamente, enquanto, um atrás do outro, surgiam os novos cavalos da corrida iminente, frescos, na maioria ingleses, de touca, com as barrigas encilhadas, parecendo pássaros estranhos e enormes. À direita, conduziam a beldade esbelta Frou-Frou, que se apoiava em suas quartelas elásticas e bastante compridas, como se fossem molas. Não longe dela, tiravam o xairel do orelhudo Gladiador. As formas fortes, encantadoras e absolutamente corretas do garanhão de traseiro maravilhoso e quartelas excepcionalmente curtas em cima dos cascos, chamaram involuntariamente a atenção de Vrônski. Ele quis ir até sua égua, mas um conhecido voltou a detê-lo.

— Ah, veja o Kariênin! — disse-lhe o conhecido com que conversava. — Está procurando a mulher, e ela está no meio do pavilhão. O senhor não a viu?

— Não, não vi — respondeu Vrônski e, sem sequer olhar para o pavilhão no qual lhe apontavam Kariênina, foi até sua égua.

Vrônski não tinha conseguido examinar a sela, a respeito da qual era preciso dar ordens, quando os corredores foram chamados para o pavilhão para receber os números e as orientações. De rostos sérios, severos e, em muitos casos, pálidos, dezessete oficiais se encaminharam ao pavilhão e pegaram os números; Vrônski ficou com o sete. Ouviu-se: "Montar!".

Sentindo que, com os outros corredores, formava o centro para o qual acorriam todos os olhares, Vrônski, no estado de tensão que normalmente fazia-o lento e calmo de movimentos, foi até sua égua. Em honra da corrida, Cord estava vestido em traje de gala: sobrecasaca preta abotoada, colarinho estreito que lhe apertava as faces, chapéu preto e redondo e botas de montar. Estava calmo e altivo como sempre, segurando ambas as rédeas da égua, que se encontrava diante dele. Frou-Frou continuava tremendo, como se tivesse febre. Cheia de fogo, esgueirava o olhar para Vrônski, que se aproximava. Vrônski enfiou o dedo embaixo da barrigueira. A égua fitou de esguelha com mais força, arreganhou os dentes e apurou o ouvido. O inglês franziu os lábios, tentando mostrar que ria de quem verificava seu jeito de selar.

— Monte, vai ficar menos nervoso.

Pela última vez, Vrônski deu uma olhada em seus concorrentes. Sabia que, na corrida, não os veria mais. Dois já avançavam para o lugar de onde deveriam largar. Gáltsin, um dos concorrentes perigosos, e amigo de Vrônski, rodava em torno de um garanhão baio, que não o deixava montar. O pequeno hussardo imperial, de calças de montar estreitas, ia a galope, curvado na garupa como um gato, desejando imitar os ingleses. Pálido, o príncipe Kuzovlióv montava sua égua puro-sangue do haras de Grabóvski, e um inglês a levava pela cabeçada. Vrônski e seus camaradas conheciam Kuzovlióv, seus nervos especialmente "fracos" e amor-próprio terrível. Sabiam que tinha medo de tudo, que tinha medo de montar um cavalo de ponta, mas agora, justamente porque era terrível, porque as pessoas quebravam os pescoços e a cada obstáculo havia um médico, uma ambulância com uma cruz costurada e uma irmã de caridade, decidira competir. Seus olhos se encontraram, e Vrônski lhe deu uma piscada afetuosa, de aprovação. Só não via o principal concorrente, Makhótin, no Gladiador.

— Não se apresse — Cord disse a Vrônski —, e lembre-se de uma coisa: nos obstáculos, não a segure nem atice, deixe-a escolher como quer.

— Está bem, está bem — disse Vrônski, tomando as rédeas.

— Se possível, lidere a corrida; mas, ainda que fique para trás, não se desespere até o último minuto.

A égua não teve tempo de se mexer e Vrônski, com um movimento flexível e forte, subiu no estribo dentado de aço e, ligeiro e firme, alojou o corpo vigoroso na sela rangente de couro. Ao colocar o pé direito no estribo, igualou as rédeas duplas entre os dedos, com um gesto habitual, e Cord soltou as mãos. Como se não soubesse com que pata pisar primeiro, Frou-Frou, esticando as rédeas com o pescoço comprido, arrancou, balouçando o ginete em seu dorso flexível, como se estivesse sobre molas. Cord, apressando o passo, foi atrás. Agitada, a égua tentava ludibriar o ginete ora de um lado, ora de outro, esticando as rédeas, e em vão Vrônski tentava acalmá-la com a voz e com a mão.

Já estavam se aproximando do rio represado, dirigindo-se para o lugar de onde dariam a largada. Muitos corredores estavam à frente e muitos atrás quando, de repente, Vrônski ouviu, atrás de si, no caminho enlameado, o som do galope de um cavalo, e foi ultrapassado por Makhótin, em seu Gladiador de patas brancas e orelhudo. Makhótin sorriu, exibindo os dentes longos, porém Vrônski fitou-o zangado. Em geral, não gostava dele, agora o considerava seu concorrente mais perigoso, e ficou agastado por ele ter passado ao lado, agitando sua égua. Frou-Frou levantou a pata esquerda no galope, deu dois saltos e, irritada com as rédeas esticadas, passou a um trote sacolejante, levantando o ginete. Cord também franziu o cenho e pôs-se praticamente a correr a passo esquipado, atrás de Vrônski.

XXV

Ao todo, havia dezessete oficiais na corrida. A competição devia se desenrolar em uma pista de quatro verstas, de formato elíptico, em frente ao pavilhão. Nessa pista haviam sido erigidos nove obstáculos: um riacho, grande, uma barreira inteiriça, de dois *archins*,[23] bem em frente ao pavilhão, um fosso seco, um fosso com água, um declive, uma banqueta irlandesa, que consistia (um dos obstáculos mais difíceis) em um aclive coberto de ramagem seca, atrás do qual, invisível para os cavalos, havia mais um fosso, de modo que o cavalo tinha de saltar os dois obstáculos de uma vez, ou poderia morrer; depois, mais dois fossos com água e um seco, e o final da corrida era na frente do pavilhão. O começo da corrida, porém, não era no círculo, mas a cem braças dele, e nessa extensão estava o primeiro obstáculo — um rio represado de três *archins* de largura, que os ginetes podiam saltar ou passar a vau, como preferissem.

Os ginetes se alinharam três vezes, mas a cada vez o cavalo de alguém queimava a largada, e era preciso recomeçar. O responsável pela largada, o coronel Siéstrin, já estava começando a ficar bravo quando, por fim, gritou pela quarta vez: "Vamos!", e os ginetes dispararam.

Todos os olhos, todos os binóculos estavam voltados para o grupo multicolorido de cavaleiros quando eles estavam se alinhando.

"Largaram! Começou!", ouviu-se de todos os lados, após o silêncio da expectativa.

Grupos e passantes isolados começaram a trocar correndo de lugar, para ver melhor. Já no primeiro instante, o grupo de cavaleiros se estendeu, e era visível como se aproximavam do rio em duplas, em trios e um atrás do outro. Para os espectadores, parecia que todos cavalgavam juntos; porém, para os ginetes, havia segundos de diferença, de grande importância para eles.

Agitada e muito nervosa, Frou-Frou perdera o primeiro momento, e alguns cavalos assumiram lugares à sua dianteira, porém, ainda antes de chegar ao rio, Vrônski, que segurava com todas as forças a égua a puxar as rédeas, ultrapassou três com facilidade, restando-lhe à frente apenas o Gladiador, o alazão de Makhótin, que requebrava o traseiro de forma ligeira e regular bem na sua frente e, ainda adiante de todos, a encantadora Diana, carregando um Kuzovlióv mais morto do que vivo.

Nos primeiros instantes, Vrônski ainda não dominava nem a si, nem a montaria. Até o primeiro obstáculo, o rio, não conseguia dirigir os movimentos da égua.

O Gladiador e Diana chegaram juntos, quase no mesmo momento: de uma vez, ergueram-se sobre o rio e pularam até o outro lado; imperceptível-

---

[23] *Archin*: antiga medida de comprimento russa, equivalente a 0,71 m. (N. do T.)

mente, como se estivesse voando, Frou-Frou empinou atrás deles, porém, nessa mesma hora, quando Vrônski se sentia nos ares, viu de repente, quase debaixo das patas de sua montaria, Kuzovlióv, que chafurdava com Diana daquele lado do rio (Kuzovlióv soltara as rédeas depois do salto, e a égua o fizera voar por cima da cabeça). Desses detalhes, Vrônski só ficou sabendo depois; agora, via apenas que, bem embaixo de suas pernas, onde devia estar Frou-Frou, podia dar com as patas ou a cabeça de Diana. Só que Frou-Frou, como uma gata quando cai, fez, no salto, um esforço com as patas e o dorso e, evitando a égua, disparou adiante.

"Oh, querida!", pensou Vrônski.

Depois do rio, Vrônski dominou a montaria por completo e passou a contê-la, tencionando cruzar a barreira grande atrás de Makhótin e tentar ultrapassá-lo na extensão de duzentas braças sem obstáculos que vinha depois.

A barreira grande ficava bem em frente ao pavilhão do tsar. O soberano, toda a corte e uma multidão de gente, todos olhavam para eles, para ele e para Makhótin, com um corpo de vantagem, enquanto se aproximavam do diabo (assim chamavam a barreira inteiriça). Vrônski sentia esses olhos voltados para si, de todos os lados, porém não via nada além das orelhas e pescoço de sua égua, do chão que corria ao seu encontro e da garupa e patas brancas do Gladiador, marcando o compasso rapidamente à sua frente e mantendo sempre a mesma distância. O Gladiador se levantou, sem bater em nada, sacudiu a cauda curta e sumiu da vista de Vrônski.

— Bravo! — disse a voz de alguém.

Nesse mesmo instante, diante dos olhos de Vrônski, diante dele mesmo, cintilaram as tábuas da barreira. Sem a menor alteração de movimento, a montaria se ergueu contra ela; as tábuas rangeram, e algo bateu atrás. Inflamada pelo Gladiador, que ia à frente, a égua se levantara muito antes da barreira, batendo nela com os cascos traseiros. Não alterou, porém, o passo, e Vrônski, recebendo na cara uma bola de lama, entendeu que voltara a estar à mesma distância do Gladiador. Novamente avistou diante de si a garupa, a cauda curta e o movimento rápido das mesmas patas brancas, que não se afastavam.

No mesmo instante em que Vrônski pensou que agora tinha de ultrapassar Makhótin, Frou-Frou, entendendo seu pensamento sem qualquer estímulo, acelerou significativamente e passou a se aproximar de Makhótin pelo lado mais vantajoso, o lado das cordas. Makhótin não deu passagem. Vrônski apenas pensou que podia ultrapassar por fora e Frou-Frou mudou o passo, pondo-se a contornar exatamente daquele lado. As espáduas de Frou-

-Frou, que já começavam a escurecer de suor, emparelharam com a garupa do Gladiador. Percorreram alguns passos lado a lado. Porém, antes do obstáculo do qual se aproximavam, Vrônski, para não fazer uma volta grande, passou a trabalhar nas rédeas, e rapidamente, justo no declive, ultrapassou Makhótin. Viu instantaneamente seu rosto salpicado de lama. Teve até a impressão de que sorria. Vrônski ultrapassou Makhótin, mas sentiu-o logo atrás de si, e não parava de ouvir, às suas costas, o galope regular e a respiração entrecortada e ainda completamente fresca das narinas do Gladiador.

Os dois obstáculos seguintes, o fosso e a barreira, foram cruzados com facilidade, mas Vrônski começou a ouvir mais de perto o bufar e o galope do Gladiador. Atiçou a montaria, sentindo com alegria que ela acelerava o passo com facilidade, e o som dos cascos do Gladiador passou a ser ouvido à mesma distância de antes. Sua emoção, alegria e ternura por Frou-Frou fortaleciam-se. Tinha vontade de olhar para trás, mas não ousava fazê-lo, tentando se acalmar e não atiçar a égua, para manter uma reserva equivalente à que sentia restar no Gladiador. Faltava um obstáculo, o mais difícil; se o cruzasse à frente dos outros, chegaria em primeiro. Aproximava-se da banqueta irlandesa. Junto com Frou-Frou, já a avistara de longe, e ambos, ele e a montaria, passaram por um momento de dúvida. Percebeu a indecisão nas orelhas da égua e ergueu a chibata, mas imediatamente sentiu que a dúvida era infundada; a montaria sabia o que era preciso. Ela acelerou e, de forma cadenciada, exatamente como ele supusera, levantou-se e, afastando-se do solo, entregou-se à força da inércia, que a levou para longe do fosso; e, naquele mesmo compasso, sem esforço, em cima da mesma pata, Frou-Frou continuou a galopar.

— Bravo, Vrônski! — ele ouviu a voz de um grupo de pessoas; sabia que eram do seu regimento e amigos, que estavam junto àquele obstáculo; não tinha como não reconhecer a voz de Iáchvin, mas não o viu.

"Oh, meu encanto!", pensou, a respeito de Frou-Frou, escutando o que acontecia atrás. "Passou", pensou, ao ouvir o galope do Gladiator, atrás. Restava ainda um último fosso com dois *archins* de água; Vrônski nem olhou para ele e, querendo chegar em primeiro com folga, começou a mexer as rédeas de modo circular, levantando e soltando a cabeça da égua no ritmo da cavalgada. Sentia que a montaria estava nas últimas reservas; não apenas tinha o pescoço e as espáduas úmidas, como gotas de suor assomavam-lhe ao garrote, à cabeça e às orelhas pontiagudas, e tinha a respiração curta e abrupta. Sabia, contudo, que essa reserva era suficiente com folga para as duzentas braças restantes. Só de se sentir mais perto do chão, e pela especial leveza dos movimentos, Vrônski sabia o quanto sua égua aumentara a velocidade. Sobrevoou o fosso como se nem percebesse. Sobrevoou-o como um pássaro; porém, nessa mesma hora, Vrônski, para seu horror, sentiu que, sem acompanhar o movimento do cavalo, e sem entender, fizera um movimento asqueroso e imperdoável, largando-se na sela. De repente, sua posição mudou, e ele entendeu que acontecera algo horrível. Nem conseguira se dar conta do ocorrido e já cintilaram junto a si as patas brancas do garanhão alazão, e Makhótin passou ao lado, a passo rápido. Vrônski tocava o solo com uma perna, e sua égua caíra em cima dela. Vrônski mal conseguiu liberar a perna e ela caiu de lado, estertorando pesadamente, e fazendo, para se levantar, um esforço desesperado com o pescoço delgado e suado, estrebuchando no chão, aos pés dele, como um pássaro atingido. O movimento canhestro feito por Vrônski partira-lhe a espinha. Mas ele só foi entender isso muito depois. Agora só via Makhótin afastando-se com rapidez, a si mesmo sozinho, cambaleando na terra imóvel e, na sua frente, respirando pesadamente, jazia Frou-Frou, que, inclinando a cabeça, fitava-o com seus olhos encantadores. Ainda sem entender o que acontecera, Vrônski puxou a égua pelas rédeas. Ela voltou a se debater toda, como um peixe, sacudindo as abas da sela, liberou as patas dianteiras, porém, sem forças para erguer as traseiras, extenuou-se imediatamente e voltou a cair de lado. Com o rosto desfigurado pela paixão, pálido e com o maxilar inferior trêmulo, Vrônski deu-lhe com o salto na barriga e voltou a puxar as rédeas. Ela, contudo, não se mexia e, afundando no chão com uma bufada, só olhava para o dono com seu olhar expressivo.

— Aaa! — mugia Vrônski, agarrando a cabeça. — Aaa! O que eu fiz? — berrava. — Perdi a corrida! E por minha culpa, vergonhosa, imperdoável! E essa égua infeliz, querida, arruinada! Aaa! O que eu fiz?

As pessoas, o médico, o enfermeiro e os oficiais de seu regimento acorreram até ele. Para sua infelicidade, sentia que estava são e salvo. A égua quebrara a espinha, e foi decidido sacrificá-la. Vrônski não conseguia responder às perguntas, não conseguia falar com ninguém. Virou-se e, sem erguer a boina que caía da cabeça, saiu do hipódromo, sem saber para onde. Sentia-se infeliz. Pela primeira vez na vida, sentia a infelicidade mais dura, uma infelicidade irrevogável, e da qual ele mesmo era o culpado.

Iáchvin apanhou cavalheiro e boina e levou-os para casa, e, em meia hora, Vrônski voltou a si. Porém, a lembrança daquela corrida permaneceu por muito tempo em sua alma como a lembrança mais dura e aflitiva de sua vida.

XXVI

As relações externas de Aleksei Aleksândrovitch com a esposa eram as mesmas de antes. A única diferença consistia em que ele estava ainda mais ocupado do que antes. Assim como nos anos anteriores, no começo da primavera fora a uma estação de águas no exterior para tratar da saúde, abalada a cada ano pelo esforço do trabalho do inverno; e, como de hábito, voltou em julho e imediatamente, com energia redobrada, lançou-se ao trabalho de costume. Também como de hábito, sua esposa fora à dacha, e ele ficara em Petersburgo.

Desde aquela conversa, depois da noitada na casa da princesa Tverskáia, ele jamais voltara a falar com Anna de suas suspeitas e ciúmes, e aquele seu tom habitual de afetação era o mais cômodo possível para suas relações atuais com a esposa. Estava um pouco mais frio com ela. Era como se experimentasse uma pequena insatisfação para com a esposa devido àquela primeira conversa noturna, que ela repelira. Com relação a ela, tinha traços de desgosto, mas nada além disso. "Você não quis se explicar comigo", era como se ele dissesse, dirigindo-se a ela mentalmente, "pior para você. Agora você vai pedir, mas eu não vou querer explicações. Tanto pior para você", dizia mentalmente, como uma pessoa que debalde tentara extinguir um incêndio e, zangada por seus vãos esforços, dissesse: "Então tome! Queime por isso!".

Ele, aquele homem inteligente e fino nos assuntos profissionais, não entendia toda a loucura dessa relação com a esposa. Não entendia porque era terrível demais entender sua situação atual e, em sua alma, fechara, trancara e lacrara a caixa em que se encontravam seus sentimentos pela família, ou seja, mulher e filho. Ele, um pai atencioso, a partir do final do inverno tornara-se especialmente frio com o filho, adotando a mesma atitude zombeteira que tinha para com a esposa. "Ah! Jovem!", era como se dirigia a ele.

Aleksei Aleksândrovitch pensava e dizia que em nenhum outro ano tivera tanto trabalho quanto naquele; não reconhecia, porém, que inventara serviço para si naquele ano como um dos meios de não abrir aquela caixa em que jaziam os sentimentos pela mulher e pelo filho e os pensamentos a respeito deles, que iam se tornando tanto mais terríveis quanto mais ficavam ali dentro. Se alguém tivesse direito de perguntar a Aleksei Aleksândrovitch o que ele achava da conduta da esposa, o dócil e pacífico Aleksei Aleksândrovitch não respoderia nada, mas ficaria muito bravo com o autor da pergunta. Por causa disso, havia algo de altivo e severo na expressão do rosto de Aleksei Aleksândrovitch quando lhe perguntavam da saúde da mulher.

Aleksei Aleksândrovitch não queria pensar na conduta e nos sentimentos da esposa e, de fato, não pensava.

A dacha permanente de Aleksei Aleksândrovitch era em Peterhof, e a condessa Lídia Ivânovna também tinha o hábito de passar o verão lá, na vizinhança, convivendo constantemente com Anna. Naquele ano, a condessa Lídia Ivânovna recusara-se a ir a Peterhof e não estivera nenhuma vez com Anna Arkádievna, fazendo a Aleksei Aleksândrovitch alusões ao inconveniente de sua aproximação de Betsy e Vrônski. Aleksei Aleksândrovitch deteve-a com severidade, exprimindo a ideia de que sua mulher estava acima de suspeitas, e, desde então, passara a evitar a condessa Lídia Ivânovna. Não queria ver e não via que, na sociedade, muitos olhavam atravessado para sua esposa, não queria entender e não entendia por que sua mulher insistia particularmente em ir para Tsárskoie, onde morava Betsy, não muito longe do acampamento do regimento de Vrônski. Não se permitia pensar naquilo, e não pensava; mas apesar disso, no fundo da alma, sem jamais tê-lo dito a si mesmo e sem ter nenhuma prova, nem suspeita, sabia sem dúvida que era um marido enganado, e isso o fazia profundamente infeliz.

Quantas vezes, ao longo de seus oito anos de vida conjugal feliz, ao olhar para as mulheres infiéis e os maridos enganados, Aleksei Aleksândrovitch dissera para si mesmo: "Como admitir isso? Como não dar um fim nessa situação hedionda?". Porém, agora que a desgraça caíra em sua cabeça, ele não apenas não pensava em como acabar com aquela situação, como não queria em absoluto saber, não queria saber exatamente porque era horrível demais, antinatural demais.

Desde o regresso do exterior, Aleksei Aleksândrovitch estivera na dacha por duas vezes. Uma vez jantara, outra recebera visitas, mas em nenhuma pernoitara, como tinha o hábito de fazer nos anos anteriores.

O dia das corridas tinha sido muito ocupado para ele; porém, desde a manhã, ao fazer o planejamento do dia, decidira ir à dacha da esposa imediatamente após o jantar antecipado e, de lá, para as corridas, onde estaria toda a corte e ele tinha de estar. Ia até a mulher porque resolvera estar com ela uma vez por semana, por decoro. Além disso, tratando-se do dia quinze, tinha que dar dinheiro a ela para as despesas, como estava combinado.

Com o controle habitual sobre suas ideias, depois de pensar tudo isso a respeito da esposa, não permitiu às ideias que se estendessem mais no que se referia a ela.

Aleksei Aleksândrovitch estivera muito ocupado naquela manhã. Na véspera, a condessa Lídia Ivânovna enviara-lhe a brochura de um célebre viajante que fora à China e estava em São Petersburgo, pedindo-lhe que recebesse o tal viajante, um homem, em muitos sentidos, bastante interessante e útil. Aleksei Aleksândrovitch não conseguira ler toda a brochura à noite, e terminou pela manhã. Depois apareceram requerentes, e começaram relatórios, consultas, nomeações, afastamentos, a distribuição de recompensas, pensões, vencimentos, cópias — o serviço que Aleksei Aleksândrovitch chamava de cotidiano, e que lhe tomava tanto tempo. Depois vieram os assuntos pessoais, a visita de um médico e do administrador de seus negócios. O administrador dos negócios não ocupou muito tempo. Apenas entregou o dinheiro de que Aleksei Aleksândrovitch precisava e fez um breve informe sobre a situação dos negócios, que não era nada boa, já que, naquele ano, devido a diversas saídas, gastara-se mais, e havia um déficit. Já o doutor, um famoso médico de São Petersburgo que tinha relações de amizade com Aleksei Aleksândrovitch, tomou muito tempo. Aleksei Aleksândrovitch não o esperava naquele dia, espantando-se com sua chegada e mais ainda quando ele o interrogou com muita atenção sobre seu estado de saúde, auscultou-lhe o peito, deu batidas e apalpou-lhe o fígado. Aleksei Aleksândrovitch não sabia que sua amiga Lídia Ivânovna, ao reparar que naquele ano sua saúde não estava boa, pedira ao doutor que fosse examinar o doente. "Faça isso por mim", disse a condessa Lídia Ivânovna.

— Faço-o pela Rússia, condessa — respondeu o médico.

— Que homem inestimável! — disse a condessa Lídia Ivânovna.

O doutor ficou muito insatisfeito com Aleksei Aleksândrovitch. Achou o fígado significativamente dilatado, sua nutrição reduzida e nenhum efeito da estação de águas. Prescreveu o máximo possível de atividade física, o mínimo possível de tensão mental e, principalmente, nenhum desgosto, ou seja, algo tão impossível para Aleksei Aleksândrovitch como não respirar; e foi embora, deixando o paciente com a consciência desagradável de que tinha algo de ruim, que precisava consertar.

Ao sair da casa, o doutor se deparou com Sliúdin, secretário de Aleksei Aleksândrovitch, que conhecia bem. Tinham sido colegas de universidade e, embora se encontrassem pouco, respeitavam-se e eram bons amigos, de modo que o médico não diria a ninguém além dele sua opinião sincera sobre o doente.

— Como estou feliz por sua visita — disse Sliúdin. — Ele não está bem, e me parece... Mas e então?

— Pois veja bem — disse o médico, acenando para o cocheiro por cima da cabeça de Sliúdin, para que viesse. — Veja bem — disse o doutor, tomando um dedo das luvas de pelica e esticando-o nas mãos brancas. — Se não esticar a corda e tentar quebrá-la — é muito difícil; mas estique-a o máximo possível e coloque o peso do dedo em cima — e vai rebentar. Com seu afinco e escrúpulos no trabalho, ele está esticado até o limite; e há uma pressão de fora, e pesada — concluiu o doutor, erguendo as sobrancelhas de forma significativa. — Vai estar nas corridas? — acrescentou, largando-se na carruagem que lhe trouxeram. — Sim, sim, óbvio, toma tempo demais — respondeu o médico a algo dito por Sliúdin, que ele não escutara.

Depois do doutor, que tomara tanto tempo, apareceu o viajante famoso, e Aleksei Aleksândrovitch, aproveitando-se da brochura que acabara de ler e de seu conhecimento prévio, assombrou a visita com a profundidade de seu conhecimento do tema e a amplitude de sua visão esclarecida.

Junto com o viajante, foi anunciada a chegada de um dirigente de província que aparecera em Petersburgo, e com o qual precisava conversar. Depois de sua partida, era necessário concluir as obrigações cotidianas com o secretário e ainda resolver um assunto sério e relevante com uma pessoa importante. Aleksei Aleksândrovitch só conseguiu voltar às cinco, hora de seu jantar e, depois de comer com o secretário, convidou-o a acompanhá-lo até a dacha e às corridas.

Sem se dar conta, Aleksei Aleksândrovitch buscava agora ter uma terceira pessoa em seus encontros com a esposa.

XXVII

Anna estava no andar de cima, na frente do espelho, prendendo, com ajuda de Ánnuckha, a última fita do vestido, quando ouviu, junto à entrada, rodas batendo no cascalho.

"Para Betsy, ainda é cedo", pensou e, olhando pela janela, avistou uma carruagem e, saindo dela, um chapéu preto e as orelhas tão conhecidas de Aleksei Aleksândrovitch. "Que inoportuno; será que vai pernoitar?", pensou. E tudo o que podia sair daquilo pareceu-lhe tão horrível e medonho que, sem refletir por um instante, foi ao encontro dele com o rosto alegre e radiante e, sentindo-se tomada daquele espírito de mentira e engano que já conhecia, de imediato entregou-se a ele e se pôs a falar, sem saber o que dizia.

— Ah, como isso é bom! — disse, estendendo a mão ao marido e cumprimentando com um sorriso Sliúdin, como alguém de casa. — Você vai pernoitar, espero — foi a primeira palavra que o espírito da mentira lhe soprou —, e agora vamos comer juntos. Só é uma pena que eu tenha prometido a Betsy. Ela vem por minha causa.

Aleksei Aleksândrovitch franziu o cenho ao nome de Betsy.

— Oh, não vou separar as inseparáveis — disse, em seu habitual tom de brincadeira. — Vou com Mikhail Vassílievitch. O médico me mandou caminhar. Vou percorrer a estrada e imaginar que estou na estação de águas.

— Não há pressa — disse Anna. — Quer chá? — Tocou a sineta.

— Sirva o chá e diga a Serioja que Aleksei Aleksândrovitch chegou. Pois bem, como está a sua saúde? Mikhail Vassílievitch, o senhor não esteve na minha casa; veja como meu balcão é bonito — dizia, dirigindo-se ora a um, ora a outro.

Falava de modo bastante simples e natural, porém demais, e muito rápido. Ela mesma sentia isso, ainda mais que, no olhar de curiosidade com que Mikhail Vassílievitch a fitava, notava que ele parecia esquadrinhá-la.

Mikhail Vassílievitch saiu imediatamente para o terraço.

Ela se sentou ao lado do marido.

— Seu aspecto não está nada bom — ela disse.

— Sim — ele disse —, hoje um médico esteve comigo e me tomou uma hora. Sinto que algum dos meus amigos o enviou: tão preciosa é a minha saúde...

— Mas o que ele disse?

Ela o interrogou a respeito da saúde e do trabalho, convencendo-o a descansar e se mudar para junto dela.

Disse tudo isso alegre, rápido e com um brilho peculiar nos olhos; porém, Aleksei Aleksândrovitch agora não atribuía a esse tom nenhum significado. Ouvia suas palavras e conferia a elas apenas o sentido direto que elas tinham. E respondia com simplicidade, ainda que brincando. Não havia nada de especial em toda a conversa, porém, depois, Anna jamais conseguiu recordar toda aquela breve cena sem uma aflitiva dor de vergonha.

Entrou Serioja, precedido pela governanta. Se Aleksei Aleksândrovitch se tivesse permitido observar, teria notado o olhar tímido e perdido com que Serioja olhou para o pai, e depois para a mãe. Só que não queria ver nada, e não viu.

— Ah, jovem! Ele cresceu. Verdade, está se tornando um homem por completo. Olá, jovem.

E deu a mão ao assustado Serioja.

Serioja, que antes já era tímido com relação ao pai, depois de Aleksei Aleksândrovitch passar a chamá-lo de jovem, e depois de ter-lhe acorrido à mente o enigma de Vrônski ser amigo ou inimigo, evitava o pai. Como se pedisse proteção, olhou para a mãe. Apenas com a mãe estava bem. Enquanto isso, ao falar com a governanta, Aleksei Aleksândrovitch segurava o filho pelo ombro, e aquilo era tão incômodo e aflitivo para Serioja que Anna viu que ele estava prestes a chorar.

Anna, que enrubescera no instante em que o filho entrou, ao ver o incômodo de Serioja, levantou-se rapidamente, tirou a mão de Aleksei Aleksândrovitch do ombro dele e, beijando-o, levou-o ao terraço, voltando imediatamente.

— Entretanto, já está na hora — ela disse, olhando para o relógio —, e essa Betsy não vem!...

— Sim — disse Aleksei Aleksândrovitch e, levantando-se, juntou as mãos e estalou-as. — Vim também para lhe trazer dinheiro, já que rouxinóis não se alimentam de fábulas — disse. — Você precisa, creio.

— Não, não preciso... sim, preciso — ela disse, sem encará-lo, e corando até a raiz dos cabelos. — E você, creio, vem para cá depois da corrida.

— Oh, sim! — respondeu Aleksei Aleksândrovitch. — Eis a beldade de Peterhof, a princesa Tverskáia — acrescentou, vendo pela janela chegar uma carruagem inglesa com os assentos em posição extraordinariamente elevada. — Que elegância! Que encanto! Pois bem, então também vamos.

A princesa Tverskáia não saiu da carruagem, apenas seu lacaio de sapatos, pelerine e chapéu preto saltou na entrada.

— Eu me vou, adeus! — disse Anna e, depois de beijar o filho, foi até Aleksei Aleksândrovitch e lhe deu a mão. — Foi muito gentil de sua parte ter vindo.

Aleksei Aleksândrovitch beijou-lhe a mão.

— Pois bem, até a vista. Vá tomar o chá, que está maravilhoso! — ela disse e saiu, radiante e alegre. Porém, bastou deixar de vê-lo e sentir o lugar de sua mão em que os lábios dele tinham tocado para tremer de repulsa.

XXVIII

Quando Aleksei Aleksândrovitch apareceu nas corridas, Anna já estava no pavilhão, ao lado de Betsy, naquele pavilhão que congregava toda a mais alta sociedade. Ela avistou o marido ainda de longe. Os dois homens, o marido e o amante, eram os dois centros de sua vida, e mesmo sem a ajuda dos sentidos externos ela percebia sua proximidade. Ainda de longe, sentiu a aproximação do marido, seguindo-o contra a vontade nas ondas da multidão em que se movia. Via como se acercava do pavilhão, respondendo a cumprimentos servis de forma ora indulgente, ora amistosa, saudando seus iguais com distração, espreitando com zelo os olhares das pessoas importantes e tirando o grande chapéu redondo que lhe apertava a ponta das orelhas. Ela conhecia todas aquelas técnicas, e todas lhe davam nojo. "Só ambição, só vontade de sucesso; isso é tudo o que existe na alma dele", pensava, "e as razões elevadas, o amor pela educação, a religião, tudo isso são armas para ter sucesso."

Por seu jeito de olhar para o pavilhão feminino (fitava-a de forma direta, só que não reconhecia a esposa no mar de musselinas, tules, fitas, cabelos e sombrinhas), entendeu que ele a procurava, mas não reparou de propósito.

— Aleksei Aleksândrovitch! — gritou-lhe a princesa Betsy. — O senhor não está mesmo vendo a sua mulher. Está aqui!

Ele sorriu com seu sorriso frio.

— Aqui há tanto brilho que os olhos se dispersam — ele disse, e foi até o pavilhão. Sorriu para a mulher como deve sorrir um marido que encontra a esposa que acabou de ver e cumprimentou a princesa e os demais conhecidos, cada um da forma devida, ou seja, brincando com as damas e trocando saudações com os homens. Embaixo, junto ao pavilhão, estava um ajudante-general que Aleksei Aleksândrovitch respeitava, conhecido pela inteligência e cultura. Aleksei Aleksândrovitch pôs-se a falar com ele.

Houve um intervalo entre as corridas e, portanto, nada atrapalhava a conversa. O ajudante-general condenava as corridas. Aleksei Aleksândrovitch retrucava, defendendo-as. Anna ouvia sua voz fina e regular sem deixar escapar nenhuma palavra, e cada uma delas parecia falsa e lhe doía no ouvido.

Quando começou a corrida de quatro verstas com obstáculos, ela se inclinou para a frente e, sem tirar os olhos, observava Vrônski se aproximar da égua e montar e, ao mesmo tempo, ouvia a voz repugnante e incessante do marido. Afligia-se com temor, por Vrônski, porém se afligia ainda mais com o som da voz fina do marido, que lhe parecia incessante, com sua entonação conhecida.

"Sou uma mulher perversa, sou uma mulher arruinada", pensava, "mas não gosto de mentir, não suporto a mentira, enquanto o alimento *dele* (do marido) é a mentira. Ele sabe tudo, vê tudo; o que então ele sente, se consegue falar com tanta calma? Mate-me, mate Vrônski, e eu o respeitaria. Só que não, ele precisa apenas da mentira e do decoro." Anna falava para si mesma, sem pensar exatamente no que desejava do marido, nem como gostaria de vê-lo. Tampouco entendia que a atual loquacidade peculiar de Aleksei Aleksândrovitch, que tanto a irritava, era apenas a expressão de sua inquietação e de seu desassossego interior. Como uma criança machucada que dá pulos, colocando os músculos em movimento para abafar a dor, para Aleksei Aleksândrovitch o movimento mental era analogamente indispensável para abafar os pensamentos sobre a esposa, que, na presença dela e de Vrônski, e com a constante repetição do nome dele, exigiam sua atenção. Do mesmo modo que para a criança era natural pular, para ele era natural falar bem e com inteligência. Dizia:

— Em uma corrida de militares e cavaleiros, o perigo é uma condição indispensável. Se a Inglaterra pode contar com os feitos de cavalaria mais brilhantes da história militar, é apenas porque, historicamente, fomentou essa força nos animais e nas pessoas. O esporte, na minha opinião, é da maior importância e, como sempre, vemos apenas o mais superficial.

— Não é superficial — disse a princesa Tverskáia. — Dizem que um oficial quebrou duas costelas.

Aleksei Aleksândrovitch sorriu seu sorriso, que apenas descobria os dentes mas não dizia mais nada.

— Vamos supor, princesa, que não seja superficial — ele disse —, e sim interno. Mas a questão não é essa — e voltou a se dirigir ao general, com o qual falava a sério. — Não se esqueça que quem corre são militares que escolheram essa atividade, e convenha que toda vocação tem o reverso da sua medalha. Trata-se de decorrência direta das obrigações militares. O esporte vil, como a luta com os punhos ou a tourada espanhola, é sinal de barbárie. Porém o esporte especializado é sinal de desenvolvimento.

— Não, não virei outra vez; isso me põe muito nervosa — disse a princesa Betsy. — Não é verdade, Anna?

— Deixa nervosa, mas não dá para tirar os olhos — disse outra dama. — Se eu fosse romana, não perderia nenhum circo.

Anna não dizia nada e, sem tirar o binóculo, observava um só lugar.

Nessa hora, um general alto passou pelo pavilhão. Interrompendo a fala, Aleksei Aleksândrovitch ergueu-se apressado, mas com dignidade, e fez uma profunda reverência ao militar de passagem.

— O senhor não corre? — o militar brincou com ele.

— Minha corrida é mais difícil — Aleksei Aleksândrovitch respondeu, com deferência.

E embora a resposta não significasse nada, o militar fez cara de que ouvira uma palavra inteligente de um homem inteligente, e de que compreendera por completo *la pointe de la sauce*.[24]

— Há dois lados — Aleksei Aleksândrovitch prosseguiu, sentando-se

---

[24] "O sabor do molho", em francês no original. (N. do T.)

—, participantes e espectadores; concordo que o amor por esses espetáculos é o mais autêntico sinal de baixo desenvolvimento dos espectadores, porém...

— Princesa, apostas! — ouviu-se, de baixo, a voz de Stepan Arkáditch, dirigindo-se a Betsy. — A senhora está com quem?

— Eu e Anna estamos com o príncipe Kuzovlióv — respondeu Betsy.

— Eu com Vrônski. Um par de luvas?

— Feito!

— E que beleza, não é verdade?

Aleksei Aleksândrovitch se calou enquanto falavam perto dele, mas imediatamente recomeçou.

— Concordo que jogos masculinos... — quis continuar.

Porém, nessa hora, os ginetes largaram, e todas as conversas se interromperam. Aleksei Aleksândrovitch silenciou, e todos se levantaram e se viraram para o riacho. Aleksei Aleksândrovitch não se interessava pelas corridas e, portanto, não fitava os competidores, mas se pôs a observar os espectadores, distraído, com seus olhos cansados. Seu olhar se deteve em Anna.

O rosto dela estava pálido e sereno. Evidentemente não via nada nem ninguém, a não ser uma pessoa. Sua mão agarrava o leque, suando, e ela não respirava. Ele olhou para ela e se virou apressadamente, observando outros rostos.

"Sim, essa dama e os outros também estão bastante nervosos; isso é muito natural", Aleksei Aleksândrovitch disse para si mesmo. Não queria fitá-la, mas seu olhar era atraído para ela sem querer. Voltou a examinar aquele rosto, tentando não ler o que estava escrito com clareza e, contra a vontade, e com horror, leu o que não queria saber.

A primeira queda de Kuzovlióv no rio abalou a todos, mas Aleksei Aleksândrovitch viu com clareza no rosto pálido e triunfante de Anna que aquele para o qual ela estava olhando não tinha caído. Quando, depois de Makhótin e Vrônski transporem a barreira grande, o oficial seguinte caiu de cabeça, com um ferimento fatal, e um murmúrio de horror percorreu o público, Aleksei Aleksândrovitch viu que Anna nem sequer se deu conta, entendendo com dificuldade do que falavam ao seu redor. Porém, cada vez mais, e com maior obstinação, olhava para ela. Anna, totalmente absorta na observação de Vrônski na competição, sentiu o olhar frio do marido, que se precipitava sobre ela pelo lado.

Fitou-o por um instante, lançou-lhe um olhar interrogativo e, franzindo levemente o cenho, virou-se de novo.

"Ah, para mim dá na mesma", era como se lhe dissesse, sem voltar a fitá-lo nenhuma outra vez.

As corridas tinham sido infelizes e, dos dezessete participantes, mais da metade caíra e se machucara. No final da competição, todos estavam abalados, o que aumentou devido à insatisfação do soberano.

XXIX

Todos exprimiam sua desaprovação em voz alta, todos repetiam uma frase dita por alguém: "Só faltam o circo e os leões", e todos sentiam horror, de modo que, quando Vrônski caiu e Anna soltou uma exclamação alta, não houve nada de extraordinário. Porém, em seguida, ocorreu no rosto de Anna uma transformação que já era decididamente indecorosa. Ela se perdeu por completo. Começou a se debater, como um pássaro preso: ora queria se levantar e sair, ora se dirigia a Betsy.

— Vamos, vamos — dizia.

Só que Betsy não a escutava. Inclinando-se para baixo, falava com um general que se aproximara.

Aleksei Aleksândrovitch se acercou de Anna e lhe ofereceu o braço, cortês.

— Vamos, se quiser — disse, em francês; Anna, porém, apurava o ouvido para o que o general estava dizendo, e não reparou no marido.

— Também quebrou a perna, dizem — disse o general. — Isso não tem precedentes.

Sem responder ao marido, Anna ergueu o binóculo e olhou para o lugar em que Vrônski tinha caído; porém, estava tão longe, e tanta gente se apinhara, que não era possível distinguir nada. Largou o binóculo e quis partir; nessa hora, porém, um oficial veio a galope e informou algo ao soberano. Anna se inclinou para a frente, escutando.

— Stiva! Stiva! — gritou ao irmão.

Mas o irmão não a escutou. Ela quis ir embora de novo.

— Mais uma vez ofereço meu braço, se quiser ir embora — disse Aleksei Aleksândrovitch, tocando-lhe a mão.

Ela se afastou dele com repugnância e, sem encará-lo, respondeu:

— Não, não, deixe-me, vou ficar.

Via agora que um oficial saíra correndo pela pista do lugar em que Vrônski tinha caído, até o pavilhão. Betsy acenava-lhe com o lenço.

O oficial trouxe a notícia de que o ginete não tinha morrido, mas a égua quebrara a espinha.

Ao ouvir isso, Anna sentou-se rapidamente, cobrindo o rosto com o leque. Aleksei Aleksândrovitch viu que ela chorava e que não conseguia reprimir não só as lágrimas, como os soluços, que lhe sacudiam o peito. Aleksei Aleksândrovitch ocultou-a com seu corpo, dando-lhe tempo de se recompor.

— Pela terceira vez lhe ofereço meu braço — disse, depois de algum tempo, dirigindo-se a ela. Anna fitava-o, sem saber o que dizer. A princesa Betsy veio em seu auxílio.

— Não, Aleksei Aleksândrovitch, eu trouxe Anna, e prometi levá-la de volta — intrometeu-se Betsy.

— Desculpe-me, princesa — disse, com um sorriso cortês, porém fitando-a nos olhos com firmeza —, mas eu vejo que Anna não está nada bem, e desejo que ela vá comigo.

Anna deu um olhar assustado, levantou-se submissa e depositou o braço no braço do marido.

— Enviarei gente à casa dele, vou me informar e mandarei lhe dizer — Betsy lhe sussurrou.

Na saída do pavilhão, Aleksei Aleksândrovitch, como sempre, falava com quem encontrava, e Anna devia, como sempre, responder e falar; porém, estava fora de si, e caminhava de braço dado com o marido como se estivesse num sonho.

"Morreu ou não? É verdade? Virá ou não? Vou vê-lo hoje?", pensava.

Sentou-se em silêncio na carruagem de Aleksei Aleksândrovitch, e em silêncio afastaram-se da multidão de veículos. Apesar de tudo o que vira, Aleksei Aleksândrovitch nem assim se permitia pensar na situação atual da esposa. Só via os sinais exteriores. Via que ela se comportara de forma indecorosa, e considerava seu dever lhe dizer isso. Mas era muito difícil não dizer mais nada, e ficar só naquilo. Abriu a boca para lhe falar quão indecoroso fora seu comportamento mas, sem querer, disse algo completamente diferente.

— O quanto somos, não obstante, todos propensos a esses espetáculos cruéis — disse. — Percebi...

— O quê? Não estou entendendo — disse Anna, com desdém.

Ele ficou ofendido, e imediatamente se pôs a dizer o que queria.

— Devo lhe dizer — proferiu.

"Lá vem ela, a explicação", ela pensou, e teve medo.

— Devo lhe dizer que a senhora hoje se comportou de forma indecorosa — ele disse, em francês.

— Como me comportei de forma indecorosa? — ela disse, alto, voltando-lhe rapidamente a cabeça e fitando-o direto nos olhos, mas já sem nada da alegria oculta de antes, e sim com um ar resoluto, sob o qual escondia com dificuldade o medo.

— Não se esqueça — ele disse, apontando para o cocheiro pela janela aberta.

Ele se levantou e ergueu o vidro.

— O que o senhor achou indecoroso? — ela repetiu.

— O desespero que a senhora não soube ocultar quando da queda de um dos ginetes.

Esperava que ela respondesse; ela, porém, ficou em silêncio, olhando para a frente.

— Já lhe pedi que se portasse em sociedade de modo a que as más-línguas não pudessem dizer nada contra a senhora. Houve um tempo em que falei das relações interiores; agora não estou falando delas. Agora estou falando das relações externas. A senhora se portou de forma indecorosa, e eu gostaria que isso não se repetisse.

Ela não ouvia a metade de suas palavras, temia-o e pensava se era verdade ou não que Vrônski não tinha morrido. Era a respeito dele que tinham dito que estava inteiro, mas a égua quebrara a espinha? Apenas deu um riso fingido e zombeteiro quando ele terminou, e não respondeu porque não tinha ouvido o que ele disse. Aleksei Aleksândrovitch começou falando com ousadia, porém, ao entender com clareza do que falava, o medo de Anna o contaminou. Viu aquele sorriso, e um equívoco estranho se apoderou dele.

"Ela está rindo das minhas suspeitas. Sim, agora vai dizer o que me disse daquela vez: que não há base para minhas suspeitas, que isso é ridículo."

Agora que a revelação de tudo pendia sobre sua cabeça, ele só desejava que ela, como fizera antes, lhe respondesse, de forma zombeteira, que suas suspeitas eram ridículas e não tinham base. O que ele sabia era tão terrível que agora estava pronto para acreditar em tudo. Porém, a expressão do rosto dela, assustada e sombria, não prometia agora sequer a ilusão.

— Pode ser que eu esteja enganado — ele disse. — Nesse caso, peço que me desculpe.

— Não, o senhor não está enganado — ela disse, devagar, fitando com desespero seu rosto frio. — O senhor não está enganado. Eu estava e não podia não estar desesperada. Eu escuto o senhor e penso nele. Eu o amo, sou sua amante, não posso suportar, odeio o senhor... Faça comigo o que quiser.

E, afundando em um canto da carruagem, prorrompeu em prantos, cobrindo-se com as mãos. Aleksei Aleksândrovitch não se moveu, nem mudou a direção do olhar reto. Porém seu rosto, de repente, assumiu a imobilidade solene de um morto, e essa expressão não se alterou durante todo o caminho até a dacha. Ao chegar à casa, voltou a cabeça para ela, sempre com essa mesma expressão.

— Assim seja! Porém exijo a observação das normas exteriores de decoro — sua voz tremia —, enquanto tomo medidas para garantir minha honra, das quais a senhora será comunicada.

Saiu na frente e ajudou-a a descer. Ao ver uma criada, apertou-lhe a mão em silêncio, sentou-se na carruagem e partiu para São Petersburgo.

Logo em seguida, chegou um lacaio da princesa Betsy, com um bilhete para Anna:

"Mandei gente à casa de Aleksei para saber de sua saúde, e ele me escreve que está saudável e inteiro, porém em desespero."

"Então *ele* vem!", pensou Anna, "como fiz bem em lhe dizer tudo."

Olhou para o relógio. Ainda faltavam três horas, e a lembrança dos detalhes do último encontro fazia seu sangue ferver.

"Meu Deus, como está claro! É terrível, mas amo ver o rosto dele, e amo essa luz fantástica... O marido! Ah, sim... Bem, graças a Deus que está tudo terminado."

XXX

Como em todos lugares em que se reúne gente, na pequena estação de águas alemã à qual os Scherbátski foram ocorrera algo como uma cristalização da sociedade, atribuindo a cada membro um lugar determinado e inalterável. Da mesma forma, definitiva e imutável, que uma partícula de água assume no gelo a forma específica de cristal de neve, cada pessoa nova que chegava à estação de águas imediatamente se instalava em seu lugar próprio.

Fürst Scherbátski sammt Gemahlin und Tochter,[25] pelo apartamento que ocupavam, pelo sobrenome e pelos conhecidos que encontraram, cristalizaram-se de imediato no lugar que lhes fora previamente determinado.

Naquele ano, havia na estação de águas uma verdadeira princesa alemã, em consequência do que a cristalização da sociedade se realizou de forma ainda mais enérgica. Scherbátskaia queria apresentar a filha à princesa sem falta, e já no segundo dia realizou esta cerimônia. Kitty fez uma profun-

---

[25] "Príncipe Scherbátski com esposa e filha", em alemão russificado no original. (N. do T.)

da e graciosa reverência em seu *muito simples*, ou seja, muito elegante vestido de verão encomendado de Paris. A princesa disse: "Espero que as rosas logo regressem a esse rosto formoso", e, para os Scherbátski, estabeleceram-se com firmeza determinados caminhos na vida, dos quais já não era possível escapar. Os Scherbátski travaram conhecimento com uma lady inglesa, com uma condessa alemã e seu filho ferido na última guerra, com um sábio sueco e com M. Canut e sua irmã. Porém, sem querer, a principal companhia dos Scherbátski consistia na dama de Moscou Mária Ievguênievna Rtíscheva e a filha, da qual Kitty não gostava porque, assim como ela, adoecera por amor, e um coronel de Moscou que Kitty vira na infância e conhecera de uniforme e dragonas, e que ali, com seus olhinhos pequeninos, pescoço aberto e gravata colorida, era de um ridículo e uma chatice incomuns, por ser impossível livrar-se dele. Quando tudo isso ficou firmemente estabelecido, Kitty se entediou bastante, ainda mais porque o príncipe partiu para Karlsbad, e ela ficou sozinha com a mãe. Não se interessava pelos que conhecia, sentindo que nada de novo viria deles. Seu principal interesse íntimo na estação de águas consistia agora em observar e conjecturar a respeito dos que não conhecia. Por uma peculiaridade de caráter, Kitty sempre atribuía às pessoas as mais maravilhosas qualidades, especialmente às que não conhecia. E agora, fazendo conjecturas sobre quem era quem, quais suas relações entre si e que tipo de pessoas elas eram, Kitty imaginava as personalidades mais assombrosas e maravilhosas, encontrando confirmação em suas observações.

Dentre essas pessoas, ocupava-se especialmente de uma moça russa, que chegara às águas com uma dama russa doente, chamada madame Stahl. Madame Stahl pertencia à mais alta sociedade, mas estava tão doente que não podia caminhar, e apenas nos raros dias bons aparecia nas águas, de cadeira de rodas. Não tanto pela doença quanto pelo orgulho, segundo a explicação da princesa Scherbátskaia, a madame Stahl não travara conhecimento com nenhum dos russos. A moça russa tomava conta de madame Stahl e, além disso, como Kitty observou, fazia amizade com todos os doentes graves, dos quais havia muitos nas águas, cuidando deles da forma mais natural. De acordo com a observação de Kitty, essa moça russa não era parente de madame Stahl, mas tampouco era uma ajudante contratada. Madame Stahl chamava-a de Várienka,[26] e os outros chamavam-na de "*mademoiselle* Várienka". Ademais de se interessar pela observação das relações dessa moça com a senhora Stahl e outros de seus conhecidos, Kitty, como ocorria com frequência, experimentava uma simpatia inexplicável por essa *made-*

---

[26] Diminutivo de Varvara. (N. do T.)

moiselle Várienka, e sentia, quando seus olhares se encontravam, que também agradava a ela.

Essa *mademoiselle* Várienka já não estava na primeira juventude, mas era antes como se fosse uma criatura sem juventude; poder-se-ia atribuir a ela dezenove ou trinta anos. Se fôssemos avaliar seus traços, ela, apesar da cor doentia do rosto, seria mais bonita do que feia. Seria também bem constituída, não fosse pelo excesso de magreza do corpo e a cabeça desproporcional à sua estatura mediana; não devia, contudo, ser atraente aos homens. Assemelhava-se a uma flor maravilhosa que, embora cheia de pétalas, já estava murcha e sem fragrância. Além disso, não devia ser atraente aos homens porque lhe faltava aquilo que havia muito em Kitty: o fogo contido da vida e a consciência de ser atraente.

Sempre parecia absorta no trabalho, do que não era possível duvidar também porque, ao que parecia, não conseguia se interessar por nada mais. Esse contraste com sua própria situação era especialmente atraente para Kitty. Kitty sentia que nela, em seu estilo de vida, encontraria a imagem daquilo que agora buscava de forma aflitiva: os interesses da vida, a dignidade da vida, para além das relações sociais mundanas entre moças e homens, que Kitty achava repugnantes e similares a uma infame exposição de mercadorias, à espera de compradores. Quanto mais Kitty observava sua amiga desconhecida, mais se assegurava de que essa moça era uma criatura mais perfeita do que imaginava, e mais desejava conhecê-la.

As moças se encontravam algumas vezes por dia e, a cada encontro, os olhos de Kitty diziam: "Quem é a senhorita? O que é? É verdade que é uma criatura tão maravilhosa como eu a imagino? Mas não vá pensar, pelo amor de Deus", acrescentava seu olhar, "que eu vou me permitir forçar uma apresentação. Simplesmente a contemplo e a amo". "Também a amo, e a senhorita é muito, muito gentil. E amaria ainda mais, se tivesse tempo", respondia o olhar da moça desconhecida. E, de fato, Kitty via que ela estava sempre ocupada: ou estava levando embora das águas os filhos de uma família russa, ou pegando a manta de uma doente e agasalhando-a, ou tentando distrair um doente irritado, ou escolhendo e comprando biscoitos para o café de alguém.

Logo depois da chegada dos Scherbátski, apareceram nas águas, pela manhã, duas pessoas que atraíram a atenção e a animosidade geral. Eram eles: um homem muito alto e curvado, de mãos enormes, com um casaco velho e curto demais, de olhos negros e simultaneamente ingênuos e terríveis, e uma mulher bexiguenta e graciosa, muito malvestida, sem gosto. Ao reconhecer que eram russos, Kitty já começou a compor, em sua imaginação, um romance maravilhoso e comovente a seu respeito. Só que a princesa, ao saber pela *Kurliste*[27] que se tratava de Nikolai Lióvin e Mária Nikoláievna, explicou a Kitty que homem perverso era aquele Lióvin, e todos os sonhos sobre aquelas duas pessoas desapareceram. Não tanto pelo que a mãe lhe dissera, quanto por se tratar do irmão de Konstantin, para Kitty aqueles dois de repente se revelaram desagradáveis no mais alto grau. Aquele Lióvin, com seu tique de puxar a cabeça, causava-lhe um sentimento insuperável de aversão.

Tinha a impressão de que seus olhos grandes e terríveis, que a seguiam de forma obstinada, exprimiam um sentimento de ódio e zombaria, e tentava evitar encontrá-lo.

XXXI

Era um dia de mau tempo, chovera a manhã inteira, e os doentes, de guarda-chuva, aglomeravam-se na galeria.

Kitty caminhava com a mãe e o coronel de Moscou, alegre e elegante em seu sobretudo europeu, adquirido sob medida em Frankfurt. Andavam por um lado da galeria, tentando evitar Lióvin, que caminhava do outro lado. De vestido escuro e chapéu de abas viradas para baixo, Várenka percorria toda a extensão da galeria com uma francesa cega e, a cada vez que encontrava Kitty, cumprimentavam-se com um olhar amistoso.

— Mamãe, posso falar com ela? — disse Kitty, seguindo a amiga desconhecida e reparando que ela estava se aproximando da fonte, onde poderiam se encontrar.

— Sim, se é a sua vontade, primeiro apurarei quem é e irei eu mesma — respondeu a mãe. — O que você achou nela de especial? Deve ser dama de companhia. Se você quiser, vou me apresentar à madame Stahl. Eu conhecia sua *belle-soeur* — acrescentou a princesa, erguendo a cabeça com orgulho.

Kitty sabia que a princesa estava ofendida porque era como se a senhora Stahl evitasse se apresentar a ela. Kitty não insistiu.

— Que maravilha, como é gentil! — disse, olhando para Várenka na hora em que ela dava um copo à francesa. — Veja como tudo é simples, gentil.

---

[27] "Lista de pacientes", em alemão no original. (N. do T.)

— Acho engraçados esses seus *engouements*[28] — disse a princesa. — Não, melhor voltarmos — acrescentou, notando que Lióvin ia na direção deles com sua mulher e um médico alemão, com quem falava em voz alta e bravo.

Viraram-se para retornar quando, de repente, ouviu-se não mais uma voz alta, mas sim um grito. Lióvin, parado, gritava, e o médico também estava exaltado. Uma multidão se reunira em torno deles. A princesa e Kitty se retiraram, apressadas, enquanto o coronel se uniu à multidão para saber o que acontecia.

Em alguns minutos, o coronel alcançou-as.

— O que foi isso? — perguntou a princesa.

— Vergonha e desonra! — respondeu o coronel. — Se tenho medo de uma coisa, é de encontrar russos no exterior. Aquele senhor alto estava ralhando com o doutor, caluniando-o com insolências por não estar sendo tratado como devia, e brandindo a bengala. Simplesmente uma vergonha!

— Ah, que desagradável! — disse a princesa. — Pois bem, como terminou?

— Ainda bem que interveio aquela... aquela de chapéu de cogumelo. Russa, parece — disse o coronel.

— *Mademoiselle* Várienka? — perguntou Kitty, alegre.

— Sim, sim. Chegou mais rápido do que todos, tomou-o pelo braço e levou-o embora.

— Veja, mamãe — Kitty disse à mãe —, e a senhora se espanta por eu admirá-la.

No dia seguinte, observando a amiga desconhecida nas águas, Kitty notou que *mademoiselle* Várienka já entabulara com Lióvin e a esposa as mesmas relações que tinha com seus outros *protégés*.[29] Ia ao encontro deles, puxava conversa e servia de intérprete para a mulher, que não sabia falar nenhuma língua estrangeira.

Kitty implorava ainda mais à mãe que lhe permitisse se apresentar a Várienka. E, por mais que desagradasse à princesa dar o primeiro passo no desejo de se apresentar à senhora Stahl, que se permitia ser tão orgulhosa, tomou informações a respeito de Várienka e, depois de saber detalhes que permitiam concluir que não haveria nada de mau, ainda que também pouco de bom em conhecê-la, foi até ela em pessoa e se apresentou.

---

[28] "Paixonites", em francês no original. (N. do T.)

[29] "Protegidos", em francês no original. (N. do T.)

Escolhendo uma hora em que a filha fora à fonte, e Várienka estava na frente da padaria, a princesa se aproximou dela.

— Permita-me que me apresente — ela disse, com seu sorriso digno. — Minha filha está apaixonada pela senhorita — disse. — A senhorita talvez não me conheça. Eu...

— É mais do que recíproco, princesa — respondeu Várienka, apressada.

— Que bem a senhorita fez ontem por nosso lastimável compatriota! — disse a princesa.

Várienka enrubesceu.

— Não me lembro, acho que não fiz nada — disse.

— Como assim, a senhorita salvou esse Lióvin de aborrecimentos.

— Sim, *sa compagne*[30] me chamou, e tentei acalmá-lo: está muito doente, e insatisfeito com o médico. E eu tenho o hábito de cuidar desses enfermos.

— Sim, ouvi dizer que a senhorita vive em Menton com sua tia, ao que parece, madame Stahl. Conheci sua *belle-soeur*.

— Não, ela não é minha tia. Chamo-a de *maman*, mas não é parente; fui criada por ela — respondeu Várienka, voltando a enrubescer.

Isso foi dito com tamanha simplicidade, e a expressão de seu rosto era de uma sinceridade e franqueza tão encantadoras, que a princesa entendeu por que Kitty se enamorara daquela Várienka.

— Pois bem, e o que será desse Lióvin? — perguntou a princesa.

— Vai embora — respondeu Várienka.

Nessa hora, radiante de alegria pela mãe ter se apresentado à amiga desconhecida, Kitty veio da fonte.

— Pois bem, Kitty, seu forte desejo de conhecer *mademoiselle*...

— Várienka — disse Várienka, rindo. — É o meu nome.

Kitty corou de alegria e, em silêncio, apertou por um bom tempo a mão da nova amiga, que não respondeu ao seu aperto, ficando imóvel em sua mão. A mão não respondia ao aperto, mas o rosto de *mademoiselle* Várienka resplandecia com um sorriso calmo e feliz, ainda que algo triste, que revelava dentes grandes, porém maravilhosos.

— Eu mesma o queria há muito tempo — disse.

— Mas a senhorita é tão ocupada...

— Ah, pelo contrário, não sou nada ocupada — respondeu Várienka, porém, nesse mesmo instante, teve que deixar seus novos conhecidos, porque duas mocinhas russas, filhas de um doente, vieram correndo até ela.

---

[30] "Sua companheira", em francês no original. (N. do T.)

— Várienka, mamãe está chamando! — gritavam.
E Várienka foi atrás delas.

XXXII

Os detalhes que a princesa apurou sobre o passado de Várienka e suas relações com madame Stahl, e sobre a própria madame Stahl, eram os seguintes.

Madame Stahl, sobre a qual alguns diziam que atormentara o marido, enquanto outros dizem que ele a atormentara com seu comportamento imoral, sempre fora uma mulher doentia e exaltada. Quando deu à luz, já separada do marido, a primeira filha, esta morreu imediatamente, e os parentes da senhora Stahl, conhecendo sua suscetibilidade, e temendo que a notícia a mataria, substituíram o bebê, pegando um que nascera na mesma noite e na mesma casa, em São Petersburgo — a filha de um cozinheiro da corte. Era Várienka. Posteriormente, madame Stahl ficou sabendo que Várienka não era sua filha, mas continuou a criá-la, ainda mais porque, logo depois disso, Várienka ficou sem parentes.

Madame Stahl já vivia permanentemente no exterior, no sul, há mais de dez anos, sem jamais levantar da cama. Uns diziam que madame Stahl criara para si uma posição social de mulher virtuosa e altamente religiosa; outros diziam que ela era, no fundo do coração, uma criatura da mais elevada moral, que vivia apenas para o bem do próximo, como ela se mostrava. Ninguém sabia qual era sua religião — católica, protestante ou ortodoxa —, mas uma coisa era indubitável: tinha ligações de amizade com as personalidades mais altas de todas as igrejas e confissões.

Várienka estava com ela no exterior o tempo inteiro, e todos que conheciam madame Stahl conheciam e gostavam de *mademoiselle* Várienka, como todos a chamavam.

Depois de apurar todos esses detalhes, a princesa não achou nada de censurável na aproximação de sua filha e Várienka, ainda mais que Várienka possuía os melhores modos e educação: falava francês e inglês de forma excelente, e o principal: transmitira o lamento da senhora Stahl por, devido à doença, estar privada da satisfação de conhecer a princesa.

Depois de travar conhecimento com Várienka, Kitty fascinava-se cada vez mais com a amiga e, a cada dia, encontrava nela novas qualidades.

Ao ouvir dizer que Várienka cantava bem, a princesa pediu-lhe que viesse se apresentar para elas, à noite.

— Kitty toca, e temos um piano; verdade que não é bom, mas a senhorita nos proporcionaria um grande prazer — disse a princesa, com seu sorriso fingido, que agora desagradava particularmente Kitty, que notara que Várienka não tinha vontade de cantar. Mas Várienka, contudo, compareceu à noite, levando o caderno de partituras. A princesa convidou Mária Ievguênievna com a filha e o coronel.

Várienka parecia absolutamente indiferente à presença de rostos desconhecidos, e se encaminhou ao piano de imediato. Não sabia se acompanhar, mas lia as partituras maravilhosamente, com a voz. Kitty, que tocava bem, acompanhou-a.

— A senhorita possui um talento extraordinário — disse a princesa, depois de Várienka cantar a primeira peça de forma maravilhosa.

Mária Ievguênievna e a filha agradeceram e elogiaram-na.

— Veja — disse o coronel, olhando pela janela — que público se reuniu para ouvi-la. — De fato, debaixo da janela reunira-se uma multidão bem grande.

— Fico muito feliz por isso lhes proporcionar prazer — disse Várienka, com simplicidade.

Kitty observava a amiga com orgulho. Admirava sua arte, sua voz e seu rosto mas, acima de tudo, admirava seus modos, pois Várienka visivelmente não pensava em seu canto, e era absolutamente indiferente aos elogios; era como se apenas se perguntasse: ainda tenho que cantar, ou é suficiente?

"Se fosse comigo", pensava Kitty, consigo mesma, "como teria me orgulhado! Como teria ficado contente ao ver essa multidão debaixo da janela! Mas, para ela, tudo dá realmente na mesma. Seu único estímulo é o desejo de não recusar e dar satisfação a *maman*. O que ela tem? O que lhe dá essa força de desdenhar tudo, de ser calma e independente? Como eu queria saber e aprender isso", pensava Kitty, ao mirar aquela face tranquila. A princesa pediu a Várienka que continuasse cantando, e Várienka entoou uma outra peça de modo igualmente preciso, distinto e bom, postada ereta junto ao piano e marcando o tempo com a mão magra e morena.

A peça seguinte do caderno era uma canção italiana. Kitty tocou o prelúdio, que muito lhe agradou, e olhou para Várienka.

— Pulemos esta — disse Várienka, corando. Kitty deteve os olhos assustados e interrogativos no rosto de Várienka.

— Pois bem, outra — disse, apressada, virando as páginas e entendendo de imediato que alguma coisa estava ligada àquela peça.

— Não — respondeu Várienka, colocando a mão na partitura e rindo.

— Não, vamos cantar essa. — E cantou com a mesma calma, frieza e excelência das outras.

Quando terminou, todos voltaram a agradecer, e foram tomar chá. Kitty e Várienka saíram para o jardinzinho ao lado da casa.

— A senhorita associa alguma lembrança a essa canção, verdade? — disse Kitty. — Não precisa contar — acrescentou, apressada —, apenas diga: é verdade?

— Por que não? Vou contar — disse Várienka, com simplicidade e, sem esperar resposta, prosseguiu: — Sim, há uma lembrança, que já foi penosa. Amei um homem. Cantava essa peça para ele.

Kitty fitava Várienka com os olhos grandes abertos, em silêncio, comovida.

— Eu o amava, e ele me amava; só que sua mãe não queria, e ele se casou com outra. Ele agora mora perto de nós, e eu o vejo. A senhorita não achava que eu também tivesse um romance? — disse, e em seu belo rosto despontou um pouco daquela fagulha que Kitty sentia quando se iluminava por dentro.

— Como não achava? Se eu fosse homem, não conseguiria amar ninguém depois de conhecê-la. Apenas não entendo como, por causa da mãe, ele pôde esquecê-la, e fazê-la infeliz; ele não tinha coração.

— Oh, não, é um homem muito bom, e eu não estou infeliz; pelo contrário, estou bem contente. Pois bem, o que mais vamos cantar hoje? — acrescentou, dirigindo-se para casa.

— Como a senhorita é boa, como a senhorita é boa! — gritou Kitty e, detendo-a, beijou-a. — Se apenas eu pudesse ser um pouco parecida com a senhorita!

— E por que deveria ser parecida com alguém? A senhorita é boa como é — disse Várienka, abrindo seu sorriso dócil e cansado.

— Não, não sou nada boa. Pois bem, diga-me... Espere, vamos sentar — disse Kitty, fazendo-a se sentar de novo no banco, a seu lado. — Diga-me, não é ofensivo pensar que um homem desprezou o seu amor, que ele não quis?...

— Mas ele não desprezou; creio que me amava, mas era um filho submisso...

— Sim, mas se não fosse por vontade da mãe, e simplesmente própria?... — disse Kitty, sentindo que revelava seu segredo e que o rosto, ardendo com o rubor da vergonha, já a desmascarava.

— Então ele teria se comportado mal, e eu me compadeceria dele — respondeu Várienka, obviamente entendendo que o assunto não era mais ela, e sim Kitty.

— Mas e a ofensa? — disse Kitty. — A ofensa não dá para esquecer, não dá para esquecer — disse, rememorando seu olhar no último baile, quando a música parou.

— Onde está a ofensa? A senhorita não se comportou mal, certo?

— Pior do que mal: foi vergonhoso.

Várienka balançou a cabeça e colocou a mão na mão de Kitty.

— Mas por que vergonhoso? — disse. — Ou a senhorita disse a um homem ao qual é indiferente que o amava?

— Óbvio que não; jamais disse uma palavra sequer, mas ele sabia. Não, não, há olhares, há modos. Viverei cem anos e não me esquecerei.

— Mas como assim? Não entendo. A questão é se agora a senhorita o ama ou não — disse Várienka, chamando as coisas pelo nome.

— Eu o odeio; não posso perdoá-lo.

— Como assim?

— A vergonha, a ofensa.

— Ah, se todo mundo fosse tão suscetível quanto a senhorita — disse Várienka. — Não há moça que não tenha passado por isso. E tudo isso é tão sem importância.

— E o que é importante? — perguntou Kitty, olhando para o rosto dela com espanto e curiosidade.

— Ah, muita coisa — disse Várienka, rindo.

— Mas o quê?

— Ah, muita coisa é mais importante — respondeu Várienka, sem saber o que dizer. Nessa hora, porém, a voz da princesa soou através da janela:

— Kitty, esfriou! Ou pegue um xale, ou entre no quarto.

— É verdade, está na hora! — disse Várienka, levantando-se. — Ainda tenho que ir até madame Berthe; ela pediu.

Kitty tomou-a pela mão e, com curiosidade apaixonada e suplicante, perguntava, com o olhar: "O que é, o que é mais importante, que lhe dá tanta calma? A senhorita sabe, diga-me!". Várienka, porém, não entendeu o que o olhar de Kitty lhe indagava. Lembrava-se apenas de que agora ainda tinha que ir até madame Berthe e correr para casa, para o chá de *maman*, às doze horas. Entrou no quarto, pegou as partituras, despediu-se de todos e se preparou para partir.

— Permita-me acompanhá-la — disse o coronel.

— Sim, como andar sozinha agora, à noite? — secundou a princesa. — Vou mandar Paracha.

Kitty viu que Várienka tinha dificuldade em conter o sorriso ao ouvir que precisava de acompanhante.

— Não, sempre ando sozinha, e nunca me acontece nada — disse, pegando o chapéu. E, beijando Kitty sem dizer o que era importante, desapareceu na penumbra da noite com passo ágil, partituras debaixo do braço, levando consigo o segredo sobre o que era importante e lhe dava aquela calma e dignidade invejáveis.

XXXIII

Kitty também foi apresentada à senhora Stahl, e essa apresentação, a par de sua amizade com Várienka, não apenas exerceu forte influência sobre ela, como ainda consolou-a em seu pesar. Encontrava consolo no fato de que, graças a essa apresentação, se lhe abrira um mundo completamente novo, que não tinha nada em comum com seu passado, um mundo elevado, maravilhoso, de cujas alturas era possível examinar o passado com tranquilidade. Revelara-se que, além da vida instintiva que Kitty levara até então, havia uma vida espiritual. Essa vida desvendava uma religião, mas uma religião que não tinha nada em comum com a que Kitty conhecera desde a infância, uma religião que se exprimia em missas e vésperas na Casa da Viúva,[31] em que se podia encontrar conhecidos e, com os ensinamentos do padre, decorar textos em eslavo eclesiástico; tratava-se de uma religião elevada, misteriosa, associada a ideias e sentimentos maravilhosos, na qual não se podia crer apenas porque era imposta, mas que era possível amar.

Kitty não ficou sabendo disso tudo por palavras. Madame Stahl falava com ela como com uma criança meiga para a qual você olha como uma recordação de sua própria juventude, e apenas uma vez mencionou que só o amor e a fé dão consolo aos pesares humanos, e que, para a compaixão de Cristo por nós, não há pesares insignificantes, mudando imediatamente de assunto. Porém, a cada movimento dela, a cada palavra celestial, como Kitty chamava, e em particular em toda a história de sua vida, que ficara sabendo através de Várienka, em tudo aprendia aquilo "que era importante", e que até então não sabia.

Contudo, por mais elevado que fosse o caráter de madame Stahl, por mais tocante que fosse toda a sua história, por mais elevada e terna que fosse sua fala, Kitty notava nela, sem querer, traços que a perturbavam. Repa-

---

[31] Instituição de caridade criada em 1803 em Moscou e São Petersburgo para viúvas necessitadas, doentes e idosas. (N. da E.)

rava que, ao indagar de sua família, madame Stahl sorrira com desprezo, o que era contrário à bondade cristã. Reparava ainda que, quando tinha um sacerdote católico perto de si, madame Stahl esforçava-se por manter o rosto à sombra do abajur, com um sorriso peculiar. Por mais insignificantes que fossem essas duas observações, elas a perturbavam, e Kitty duvidava de madame Stahl. Mas, em compensação, Várienka, sozinha, sem parentes, sem amigos, com uma desilusão triste, sem querer nada, sem se queixar de nada, constituía aquela perfeição com a qual Kitty se permitia apenas sonhar. Em Várienka, compreendia que devia apenas esquecer de si e amar os outros para ser tranquila, feliz e maravilhosa. E Kitty queria ser assim. Tendo entendido agora com clareza o que era *o mais importante,* Kitty não se satisfazia com admirá-lo, entregando-se imediatamente, de todo o coração, a essa nova vida que se abrira para ela. Pelo que Várienka contara do que faziam madame Stahl e as outras que mencionava, Kitty já formulara um plano feliz de sua vida futura. Assim como Aline, sobrinha da senhora Stahl, da qual Várienka muito lhe falara, iria, morasse onde morasse, procurar os infelizes, ajudá-los o quanto pudesse, propagar o Evangelho, ler o Evangelho aos doentes, aos criminosos, aos moribundos. A ideia da leitura do Evangelho aos criminosos, como Aline fazia, fascinava Kitty em especial. Porém, tudo isso eram sonhos secretos, que Kitty não narrava nem à mãe, nem a Várienka.

De resto, enquanto esperava a hora de realizar seus planos em grande escala, Kitty, agora, nas águas, onde havia tantos doentes e infelizes, facilmente encontrou a chance de aplicar suas novas regras, imitando Várienka.

Primeiro a princesa reparou apenas que Kitty se encontrava sob forte influência de seu *engouement,* como dizia, pela senhora Stahl e, em particular, por Várienka. Via que Kitty não apenas imitava Várienka em sua atividade, como imitava sem querer seu jeito de andar, falar e piscar os olhos. Depois, porém, a princesa reparou que, independentemente deste fascínio, operava-se na filha uma séria reviravolta espiritual.

A princesa via que Kitty lia, à noite, o Evangelho francês que a senhora Stahl lhe dera, coisa que antes não fazia; que evitava os conhecidos da sociedade e buscava os enfermos que se encontravam sob proteção de Várienka, em particular a família pobre do pintor doente Petrov. Kitty visivelmente se orgulhava por desempenhar a função de irmã de caridade dessa família. Tudo isso era bom, e a princesa não tinha nada contra, ainda mais que a esposa de Petrov era uma mulher totalmente direita, e que a princesa alemã, ao reparar na atividade de Kitty, elogiara-a, chamando-a de anjo consolador. Tudo isso seria muito bom se não houvesse excesso. Mas a princesa via que sua filha incorria em extremos, o que lhe disse.

— *Il ne faut jamais rien outrer*[32] — disse.

A filha, contudo, não respondeu nada; só pensava, no fundo do coração, que não se pode falar em excesso nos assuntos da cristandade. Qual pode ser o excesso na obediência a uma doutrina que manda oferecer a outra face quando lhe batem, e entregar a túnica quando lhe tiram o manto?[33] Esse excesso, porém, não agradava à princesa, ainda mais porque sentia que Kitty não desejava lhe abrir todo seu coração. De fato, Kitty escondia da mãe seus novos pontos de vista e sentimentos. Escondia-os não porque não respeitasse ou não amasse a mãe, mas apenas porque era sua mãe. Teria se aberto a qualquer um antes da mãe.

— Por que Anna Pávlovna não vem aqui há tanto tempo? — a princesa disse, a respeito da mulher de Petrov. — Eu a chamei. Mas é como se ela estivesse insatisfeita com algo.

— Não, não reparei, *maman* — disse Kitty, corando.

— Faz tempo que você não os visita?

— Amanhã vamos nos reunir para um passeio nas montanhas — respondeu Kitty.

— Pois bem, vá — respondeu a princesa, contemplando o rosto embaraçado da filha e tentando adivinhar o motivo de seu embaraço.

Nesse mesmo dia, Várienka foi jantar e informou que Anna Pávlovna desistira de ir às montanhas no dia seguinte. E a princesa notou que Kitty voltou a enrubescer.

— Kitty, não teria acontecido algo desagradável entre você e os Petrov? — disse a princesa, quando elas ficaram a sós. — Por que ela parou de mandar os filhos e nos visitar?

Kitty respondeu que não acontecera nada entre elas, e que decididamente não compreendia por que Anna Petrovna parecia insatisfeita com ela. Kitty respondeu a absoluta verdade. Ela não sabia o motivo da mudança de Anna Pávlovna para consigo, mas adivinhava. Adivinhava uma coisa que não podia dizer à mãe, que não dizia nem a si mesma. Era uma daquelas coisas que você sabe, mas não pode falar nem para si mesmo, de tão terrível e vergonhoso que seria estar errado.

De novo e de novo, repassou na memória todas as suas relações com aquela família. Recordou a alegria ingênua que se exprimia no rosto redondo e bondoso de Anna Pávlovna, quando se encontravam; recordou as con-

---

[32] "Não se deve jamais exagerar", em francês no original. (N. do T.)

[33] Mateus 5:39-42. (N. do T.)

versas secretas sobre o doente, os conluios para desviá-lo do trabalho, que estava proibido, e levá-lo para passear; o apego do filho caçula, que a chamava de "minha Kitty" e não queria ir dormir sem ela. Como tudo aquilo era bom! Depois recordou a figura magra, bem magra de Petrov, com o pescoço comprido e a sobrecasaca marrom; seus cabelos ralos e encaracolados, os olhos azuis e questionadores, que Kitty no começo achou terríveis, e as tentativas doentias de parecer disposto e animado em sua presença. Recordou seu esforço, no começo, para dominar a repulsa que sentia por ele, como por todos os tuberculosos, e o zelo com que imaginava algo para lhe dizer. Recordou aquele olhar tímido e suplicante com que ele a encarou, e o sentimento estranho de compaixão, incômodo, e depois a consciência da própria virtude que aquilo a fez experimentar. Como tudo aquilo era bom! Mas tudo isso foi no começo. Agora, há alguns dias, tudo aquilo se estragara de repente. Anna Pávlovna era fingida ao encontrar Kitty, não parando de vigiá-la e ao marido.

Será que a alegria tocante dele quando ela se aproximava era o motivo de Anna Pávlovna ter esfriado?

"Sim", recordava, "havia algo de antinatural em Anna Pávlovna, sem nenhuma semelhança com sua bondade, quando, há três dias, disse, com enfado: 'Veja, ele a estava esperando o tempo todo, não queria tomar café sem a senhorita, embora tenha enfraquecido terrivelmente'."

"Sim, pode ser que ela também não tenha gostado quando eu lhe dei a manta. Tudo isso é tão simples, mas ele a aceitou tão sem jeito, e ficou agradecendo por tanto tempo, que eu também fiquei sem jeito. E depois tem aquele meu retrato, que ele fez tão bem. E o principal: aquele olhar perturbado e meigo! Sim, sim, é isso!", Kitty repetia para si mesma, com horror. "Não, isso não pode, não deve ser! Ele é tão lastimável!", disse, em seguida, a si mesma.

Essa dúvida envenenou o encanto de sua nova vida.

XXXIV

Ainda antes do fim do tratamento de águas, o príncipe Scherbátski, que depois de Karslbad fora a Baden e Kissingen para, em suas palavras, encher-se do espírito russo com conhecidos russos, voltou para junto da família.

Os pontos de vista do príncipe e da princesa sobre a vida no exterior eram completamente opostos. A princesa achava tudo maravilhoso e, apesar de sua posição firme na sociedade russa, esforçava-se no estrangeiro para parecer uma dama europeia, coisa que não era, pois era uma fidalga russa, e, portanto, portava-se com afetação, o que resultava meio canhestro. Já o príncipe, pelo contrário, achava tudo ruim no exterior, incomodava-se com a vida europeia, aferrava-se aos hábitos russos e procurava, de propósito, mostrar-se menos europeu do que era de fato.

O príncipe voltou emagrecido, com bolsas de pele caídas nas faces, porém no melhor dos humores. Esse bom humor ficou ainda melhor quando viu que Kitty sarara por completo. A notícia da amizade de Kitty com a senhora Stahl e Várienka, e as observações transmitidas pela princesa acerca da mudança sofrida por Kitty perturbaram o príncipe, despertando o habitual sentimento de ciúmes por tudo o que atraía a filha para longe dele, além do medo de que ela saísse de sua influência para alguma região que ele não conseguiria alcançar. Contudo, essa notícia desagradável se afogou no mar de bonomia e alegria que sempre havia nele, e se fortalecera especialmente nas águas de Karlsbad.

No dia seguinte à sua chegada, o príncipe, de casaco longo, pregas russas e faces inchadas, escoradas em um colarinho engomado, foi com a filha às águas no melhor dos humores.

A manhã estava maravilhosa; as casas alegres e asseadas, o aspecto das camareiras alemãs de rostos e braços vermelhos, bebedoras de cerveja, trabalhando com alegria, e o sol ardente alegravam o coração; porém, quanto mais se aproximavam das águas, mais encontravam doentes, cujo aspecto parecia ainda mais deplorável em meio às condições habituais de conforto da vida alemã. Kitty já não se espantava com essa contradição. O sol ardente, o brilho alegre do verde, o som da música eram para ela a moldura natural de todos aqueles rostos conhecidos e das mudanças, emagrecimento ou melhora, que ela acompanhava; porém, para o príncipe, a luz e o brilho da manhã de junho, os sons da orquestra, a tocar uma valsa alegre da moda, e especialmente o aspecto saudável das camareiras pareciam algo indecoroso e monstruoso quando combinados com aqueles moribundos vindos de todos os confins da Europa, a se mover tristemente.

Apesar do sentimento de orgulho que experimentava, e de algo como um retorno à juventude quando caminhava de braço dado com a filha amada, agora ficava meio desajeitado e envergonhado por seu passo forte, pelos membros robustos e cheios de gordura. Era quase a sensação de estar nu em meio à sociedade.

— Apresente, apresente-me suas novas amigas — disse à filha, cutucando-lhe o braço com o cotovelo. — Chego a gostar dessa repugnante Soden por tê-la curado. Só que é triste, bem triste aqui. Quem é esse?

Kitty ia designando os rostos conhecidos e desconhecidos que encontravam. Bem na entrada do jardim encontraram a cega *mademoiselle* Berthe com sua guia, e o príncipe se alegrou com a expressão comovida da velha francesa ao ouvir a voz de Kitty. Ela imediatamente se pôs a falar com ele com a excessiva amabilidade francesa, louvando-o por ter uma filha tão maravilhosa e, na frente dela, elevando Kitty aos céus e chamando-a de tesouro, pérola e anjo consolador.

— Pois bem, então ela é o segundo anjo — disse o príncipe, rindo. — Ela diz que o anjo número um é *mademoiselle* Várienka.

— Oh! *Mademoiselle* Várienka é um verdadeiro anjo, *allez* — corroborou madame Berthe.

Na galeria, encontraram a própria Várienka. Ela acorreu a eles apressadamente, carregando uma elegante bolsa vermelha.

— Veja, o papai chegou! — Kitty disse. Várienka fez um movimento simples e natural, como tudo que ela fazia, um meio-termo entre uma reverência e uma saudação, e imediatamente se pôs a falar com o príncipe como falava com todos, desembaraçada e simples.

— É óbvio que a conheço, conheço muito — disse o príncipe, com um sorriso que fez Kitty reconhecer, com alegria, que sua amiga agradara ao pai. — Para onde vai com tanta pressa?

— *Maman* está aqui — ela disse, dirigindo-se a Kitty. — Passou a noite inteira sem dormir, e o médico aconselhou-a a sair. Estou levando seu trabalho para ela.

— Então esse é o anjo número um! — disse o príncipe, quando Várienka saiu.

Kitty viu que ele tinha vontade de escarnecer de Várienka, mas não conseguia fazê-lo de jeito nenhum, pois a moça lhe agradara.

— Pois bem, veremos todos os seus amigos — acrescentou —, inclusive madame Stahl, se ela se dignar de me reconhecer.

— Por acaso você a conheceu, papai? — perguntou Kitty, com medo, reparando na centelha de zombaria nos olhos do príncipe ao se lembrar de madame Stahl.

— Conheci o marido, e ela um pouco, ainda antes de virar pietista.[34]

— O que é pietista, papai? — perguntou Kitty, já assustada porque aquilo que tanto valorizava na senhora Stahl tinha um nome.

---

[34] Na Rússia, o pietismo se propagou nos círculos da corte a partir da época de Alexandre I, convivendo com manifestações extremadas de fanatismo, tirania e depravação. Por isso, a própria palavra "pietismo" se tornou sinônimo de hipocrisia. (N. da E.)

— Eu mesmo não sei muito bem. Só sei que ela agradece a Deus por tudo, por cada infelicidade, e também agradece a Deus pelo marido ter morrido. Bem, acaba ficando ridículo, pois eles viviam mal.

— Quem é esse? Que rosto lastimável! — ele disse, vendo um doente baixo, sentado em um banquinho, de casaco marrom e calças brancas, que faziam pregas estranhas nos ossos desprovidos de carne de suas pernas.

Aquele senhor ergueu o chapéu de palha acima dos cabelos ralos e encaracolados, descobrindo a testa alta e avermelhada pela pressão do chapéu.

— Esse é Petrov, pintor — respondeu Kitty, enrubescendo. — E essa é sua esposa — acrescentou, apontando para Anna Pávlovna que, na mesma hora em que eles se aproximavam, como que de propósito, saiu atrás do filho, que corria por uma vereda.

— Como seu rosto é lastimável e meigo! — disse o príncipe. — Por que você não chega perto? Ele queria lhe dizer alguma coisa.

— Pois bem, então vamos — disse Kitty, virando-se, resoluta. — Como está sua saúde hoje? — perguntou a Petrov.

Petrov se levantou, apoiando-se na bengala, e olhou com timidez para o príncipe.

— Ela é minha filha — disse o príncipe. — Permita-me me apresentar.

O pintor fez uma reverência e sorriu, revelando os dentes brancos, que brilhavam de forma estranha.

— Nós a esperávamos ontem, princesa — disse a Kitty.

Ao dizer isso, cambaleou e, repetindo o movimento, tentava mostrar que o fizera de propósito.

— Eu queria ir, mas Várienka disse que Anna Pávlovna mandou dizer que vocês não iam.

— Como não íamos? — disse Petrov, enrubescendo, tossindo imediatamente e procurando a esposa com os olhos. — Aneta! Aneta! — disse, alto, e veias grossas se esticaram em seu pescoço como cordas.

Anna Pávlovna chegou.

— Como você foi mandar dizer à princesa que nós não íamos? — sussurrou, zangado e perdendo a voz.

— Olá, princesa! — disse Anna Pávlovna, com um sorriso fingido que era tão pouco parecido com seu tratamento de antes. — Muito prazer em conhecê-lo — dirigiu-se ao príncipe. — O senhor era aguardado há muito tempo, príncipe.

— Como você foi mandar dizer à princesa que nós não íamos? — o pintor sussurrou de novo, com voz rouca, ainda mais bravo, obviamente zangando-se ainda mais porque a voz o traía, e ele não conseguia dar à fala a expressão que desejava.

— Ah, meu Deus! Achei que nós não fôssemos — respondeu a esposa, com enfado.

— Como assim, quando... — ele tossiu e abanou o braço. O príncipe ergueu o chapéu e se afastou com a filha.

— Oh, oh! — respirou pesadamente. — Oh, que infeliz!

— Sim, papai — respondeu Kitty. — Mas é preciso saber que ele tem três filhos, nenhum criado e quase nenhum recurso. Recebe algo da Academia — contou, com animação, esforçando-se para abafar o nervosismo que lhe acometera em consequência da estranha mudança de Anna Pávlovna com relação a ela.

— E veja madame Stahl — disse Kitty, apontando para uma cadeira de rodas na qual, cercado de almofadas, havia algo em azul e cinza debaixo de uma sombrinha.

Era a senhora Stahl. Atrás dela, estava um trabalhador alemão soturno, que a empurrava. Ao lado, o conde sueco loiro, que conhecia Kitty de nome. Alguns enfermos se demoravam perto da cadeira de rodas, olhando para a dama como se fosse algo extraordinário.

O príncipe foi até ela. E imediatamente Kitty percebeu em seus olhos a centelha zombeteira que a perturbava. Ele se aproximou de madame Stahl e se pôs a falar naquele francês excelente que hoje tão pouca gente fala, excepcionalmente cortês e gentil.

— Não sei se a senhora se recorda de mim, mas eu tenho que me lembrar de lhe agradecer por sua bondade com relação à minha filha — disse, tirando o chapéu e não o colocando de volta.

— Príncipe Aleksandr Scherbátski — disse madame Stahl, erguendo para ele seus olhos celestiais, em cuja expressão Kitty notou insatisfação. — Fico muito feliz. Gostei muito da sua filha.

— Sua saúde continua má?

— Pois já me habituei — disse madame Stahl, e apresentou o príncipe ao conde sueco.

— Mas a senhora mudou muito pouco — disse o príncipe. — Não tenho a honra de vê-la há dez ou onze anos.

— Sim, Deus dá a cruz e dá a força de carregá-la. Com frequência nos perguntamos por que nos arrastamos nessa vida... Desse lado! — dirigiu-se, agastada, para Várienka, que não enrolara bem sua manta dos pés.

— Para fazer o bem, provavelmente — disse o príncipe, rindo com os olhos.

— Não cabe a nós julgar — disse madame Stahl, reparando na nuança de expressão do rosto do príncipe. — Então vai me mandar esse livro, caro príncipe? Agradeço-lhe muito — dirigiu-se ao jovem sueco.

— Ah! — gritou o príncipe, ao avistar o coronel de Moscou, que estava perto e, fazendo uma reverência para a senhora Stahl, foi com a filha até o militar.

— Essa é a nossa aristocracia, príncipe — disse, com o desejo de zombar, o coronel de Moscou, que se queixava da senhora Stahl por não ter sido apresentado a ela.

— É sempre a mesma — respondeu o príncipe.

— Então, príncipe, o senhor a conheceu antes da doença, ou seja, antes que ficasse de cama?

— Sim. Caiu de cama na minha frente — disse o príncipe.

— Dizem que não se levanta há dez anos.

— Não se levanta porque tem perna curta. É muito malformada...

— Papai, não pode ser! — gritou Kitty.

— É o que dizem as más-línguas, amiguinha. E a sua Várienka também padece — acrescentou. — Oh, essas fidalgas doentias!

— Oh, não, papai! — retrucou Kitty, com ardor. — Várienka adora-a. E depois ela faz tanto bem! Pergunte a quem quiser! Todos a conhecem, e também Aline Stahl.

— Pode ser — disse, cutucando-lhe o braço com o cotovelo. — Mas é melhor quando fazem de um jeito que, por mais que se pergunte, ninguém fica sabendo.

Kitty se calou, mas não porque não tivesse o que dizer; apenas não desejava revelar seus pensamentos secretos ao pai. Todavia, coisa estranha, apesar de estar pronta para não se submeter ao ponto de vista do pai, não lhe dar acesso ao seu santuário, sentia que aquela imagem divina da senhora Stahl, que levara na alma por um mês, desaparecera irreversivelmente, como uma figura formada por roupas largadas desaparece quando você entende que é apenas roupa no chão. Restara apenas uma mulher de pernas curtas, que está de cama porque é malformada, e atormenta a resignada Várienka porque não arrumou sua manta direito. E não havia esforço de imaginação que pudesse restaurar a madame Stahl de antes.

XXXV

O príncipe transmitiu seu bom humor aos familiares, aos conhecidos e até ao proprietário alemão da casa em que os Scherbátski estavam.

Ao voltar com Kitty das águas e convidar para o café o coronel, Mária Ievguênievna e Várienka, o príncipe mandou levarem uma mesa e poltronas para o jardinzinho, debaixo do castanheiro, e servir ali o desjejum. O proprietário e a criadagem estavam animados, por influência de sua alegria. Conheciam sua generosidade e, meia hora mais tarde, o médico doente de Hamburgo, que habitava o andar de cima, observava com inveja, pela janela, o alegre grupo russo de gente saudável reunida sob o castanheiro. Debaixo dos círculos trêmulos das sombras das folhas, à mesa coberta com uma toalha branca, na qual estavam servidos café, pão, manteiga, queijo e frios, estava sentada a princesa, de coifa com fita lilás, distribuindo xícaras e canapés. Do outro lado, sentava-se o príncipe, comendo à farta e falando alto e com alegria. O príncipe distribuía suas compras — cofrinhos entalhados, badulaques, espátulas de todo tipo, que adquirira aos montes em todas as estações de águas —, impingindo-as a todos, incluindo Lieschen, uma criada, e o proprietário, com o qual brincou, em seu alemão cômico e estropiado, assegurando-lhe que Kitty não tinha sido curada pelas águas, mas pela excelente comida da casa, especialmente a sopa de ameixa seca. A princesa ria do marido pelos hábitos russos, mas estava mais animada e alegre do que em todo o tempo que passara nas águas. O coronel, como sempre, ria das piadas do príncipe; porém, com relação à Europa, que julgava ter estudado com atenção, ficava do lado da princesa. Bonachona, Mária Ievguênievna rolava de rir com tudo de ridículo que o príncipe dizia, e Várienka desatava um riso débil, mas contagiante, que Kitty jamais vira, provocado pelas piadas do príncipe.

Tudo isso divertia Kitty, mas ela não tinha como não ficar preocupada. Não conseguia resolver o problema que o pai lhe colocara involuntariamente, ao lançar um olhar divertido para suas amigas e a vida de que ela tanto gostava. A esse problema, juntava-se ainda a mudança em suas relações com os Petrov, que agora se expressara de forma tão visível e desagradável. Todos se alegravam, mas Kitty não conseguia ficar alegre, o que a atormentava ainda mais. Experimentava aquela sensação da infância, quando ficava trancada no quarto, de castigo, ouvindo a gargalhada alegre das irmãs.

— Pois bem, para que você comprou essa montoeira? — disse a princesa, rindo e dando uma xícara de café ao marido.

— Você vai passear, chega numa vendinha, e pedem para comprar: "*Erlaucht, Exzellenz, Durchlaucht*".[35] Bem, basta dizerem "*Durchlaucht*", e eu não posso comigo: lá se foram dez táleres.

— Isso é só por tédio.

— Óbvio que é por tédio. Mamãe, tamanho tédio que você não sabe o que fazer.

— Como pode se entediar, príncipe? Agora há tanta coisa interessante na Alemanha — disse Mária Ievguênievna.

— Sim, conheço tudo de interessante: conheço a sopa de ameixa seca, conheço a salsicha de ervilha. Conheço tudo.

— Não, príncipe, queira ou não queira, as instituições são interessantes — disse o coronel.

— Mas o que tem de interessante? Estão todos satisfeitos com ninharias: conquistaram tudo. Pois bem, e por que devo estar satisfeito? Não conquistei nada, tiro as botas sozinho, e ainda coloco-as sozinho atrás da porta. Acordar de manhã, vestir-se imediatamente, ir ao salão tomar um chá asqueroso. Em casa é outra coisa! Você acorda sem pressa, fica bravo com alguém, resmunga, repensa direitinho, pondera sobre tudo, não se apressa.

— Só que tempo é dinheiro, o senhor está se esquecendo disso — disse o coronel.

— Que tempo? Há tempos em que você daria um mês inteiro por cinquenta copeques, e outros em que você não compraria meia hora por dinheiro nenhum. Não é, Kátienka? O que você tem, por que está tão entediada?

— Não tenho nada.

— Para onde vai? Fique mais — o príncipe dirigiu-se a Várienka.

— Tenho que ir para casa — disse Várienka, levantando-se e desatando a rir de novo.

Recompondo-se, despediu-se e entrou na casa para pegar o chapéu. Kitty foi atrás dela. Mesmo Várienka, agora, se lhe apresentava de outra forma. Não era pior, mas diferente da que imaginara antes.

— Ah, fazia tempo que eu não dava tanta risada! — disse Várienka, pegando a sombrinha e a bolsinha. — Como o seu pai é querido!

Kitty ficou calada.

— Quando, então, nos vemos? — perguntou Várienka.

— *Maman* queria ir até os Petrov. A senhorita vai estar lá? — disse Kitty, testando Várienka.

---

[35] "Sua Alteza, Excelência, Sua Alteza Sereníssima", em alemão russificado no original. (N. do T.)

— Estarei — respondeu Várienka. — Estão se preparando para partir, e eu prometi ajudar a fazer as malas.

— Pois bem, também irei.

— Não, por quê?

— Por que não, por que não, por que não? — disse Kitty, de olhos bem abertos, e pegando a sombrinha de Várienka, para não deixá-la escapar. — Espere, por que não?

— Bem, o seu pai chegou e, depois, eles vão ficar constrangidos com você.

— Não, diga-me por que não quer que eu vá com frequência à casa dos Petrov. Afinal, não quer? Por quê?

— Eu não disse isso — disse Várienka, calma.

— Não, por favor, diga!

— É para dizer tudo? — perguntou Várienka.

— Tudo, tudo! — confirmou Kitty.

— Não tem nada de especial, só que Mikhail Aleksêievitch (esse era o nome do pintor) antes queria ir embora mais cedo, e agora não quer partir — disse Várienka, rindo.

— E daí? E daí? — instava Kitty, fitando Várienka de forma sombria.

— Daí que, por causa disso, Anna Pávlovna disse que ele não quer ir porque a senhorita está aqui. Óbvio que foi um despropósito mas, por causa disso, por sua causa, houve uma briga. E a senhorita sabe como esses doentes são irascíveis.

Kitty ia ficando cada vez mais carrancuda, e Várienka falava sozinha, tentando suavizá-la e tranquilizá-la, ao ver a explosão que se armava, sem saber de quê — lágrimas ou palavras.

— Então seria melhor não ir... Entenda, não se ofenda...

— E bem feito para mim, bem feito para mim! — disse Kitty, rápido, arrancando a sombrinha da mão de Várienka sem olhar nos olhos da amiga.

Ao ver a fúria infantil da amiga, Várienka teve vontade de rir, mas ficou com medo de ofendê-la.

— Como bem feito? Não entendo — disse.

— Bem feito porque tudo era fingimento, porque era tudo inventado, e não de coração. O que eu tinha a ver com um homem estranho? E o resultado é que sou motivo de briga, e fiz o que ninguém pediu. Porque era tudo fingimento! Fingimento! Fingimento!...

— Mas com que objetivo fingir? — disse Várienka, baixo.

— Ah, que estúpido, que nojo! Não havia necessidade alguma... Tudo fingimento! — ela disse, abrindo e fechando a sombrinha.

— Mas com que objetivo?

— Para parecer melhor para as pessoas, para mim mesma, para Deus, para enganar todos. Não, agora não vou mais fazer isso! Posso ser perversa, mas, pelo menos, não serei mentirosa, uma enganadora!

— Mas quem não é enganadora? — disse Várienka, em tom de censura. — A senhorita fala como se...

Kitty, porém, estava num acesso de fúria. Não a deixou concluir.

— Não é da senhorita, não é da senhorita que estou falando. A senhorita é perfeita. Sim, sim, eu sei que a senhorita é perfeita; mas o que fazer se eu sou perversa? Isso não teria acontecido se eu não fosse perversa. Que eu seja, então, como sou, mas não vou fingir. O que tenho a ver com Anna Pávlovna? Eles que vivam como querem, e eu viverei como quero. Não posso ser de outro jeito... E está tudo errado, tudo errado!...

— Mas o que está errado? — disse Várienka, atônita.

— Está tudo errado. Não posso viver a não ser de coração, enquanto a senhorita vive pelas regras. Eu simplesmente a amei, enquanto a senhorita, na verdade, só queria me salvar, me ensinar!

— Está sendo injusta — disse Várienka.

— Não estou falando dos outros, estou falando de mim.

— Kitty! — soou a voz da mãe. — Venha cá mostrar seu colar ao pai.

Com ar de orgulho, sem se reconciliar com a amiga, Kitty tirou da mesa o estojo do colar e foi até a mãe.

— O que você tem? Por que está tão vermelha — disseram-lhe pai e mãe, a uma só voz.

— Nada — ela respondeu —, já venho — e correu de volta.

"Ainda está aí!", pensou. "Que vou lhe dizer, meu Deus? O que eu fui fazer, o que eu fui dizer? Por que a insultei? O que vou fazer? O que vou dizer?", pensou Kitty, parando na porta.

De chapéu e com a sombrinha na mão, Várienka estava sentada à mesa, examinando a mola que Kitty tinha quebrado. Ergueu a cabeça.

— Várienka, desculpe-me, desculpe! — sussurrou Kitty, aproximando-se dela. — Não entendo o que disse. Eu...

— Na verdade, eu não queria afligi-la — disse Várienka, rindo.

Fez-se a paz. Porém, com a chegada do pai, todo o mundo em que Kitty vivia se transformara. Não renegou tudo que aprendera, mas compreendeu que estava se enganando ao achar que poderia ser o que queria ser. Era como se tivesse acordado; sentia toda a dificuldade de se manter, sem fingimento e hipocrisia, nas alturas a que desejara se elevar; além disso, sentia todo o peso daquele mundo de desgraça, doença e moribundos em que vivia;

parecia-lhe aflitivo o esforço que fazia para gostar daquilo, e logo ansiou por ar fresco, pela Rússia, por Iérguchovo, onde, como ficara sabendo por carta, já estava sua irmã Dolly com os filhos.

Seu amor por Várienka não arrefeceu. À despedida, Kitty rogou-lhe que fosse visitá-la na Rússia.

— Irei quando a senhorita se casar — disse Várienka.

— Nunca me casarei.

— Bem, então não irei jamais.

— Bem, então me casarei só por isso. Veja bem, lembre-se da promessa! — disse Kitty.

A previsão do doutor se cumpriu. Kitty regressou para casa, para a Rússia, curada. Não era tão despreocupada e alegre como antes, mas estava tranquila, e os pesares de Moscou haviam se tornado lembranças.

PARTE III

I

Serguei Ivânovitch Kóznychev queria descansar do trabalho mental, e em vez de, como de hábito, dirigir-se ao exterior, foi ao campo, visitar o irmão, no final de maio. De acordo com suas convicções, a melhor vida era a do campo. Agora, ele fora desfrutar dessa vida com o irmão. Konstantin Lióvin ficou muito contente, ainda mais porque já não esperava que o irmão Nikolai viesse no verão. Porém, apesar de seu amor e respeito por Serguei Ivânovitch, Konstantin Lióvin ficou desconfortável no campo com o irmão. Sentia desconforto e até desagrado ao ver a relação do irmão com o campo. Para Konstantin Lióvin, o campo era um lugar de vida, ou seja, alegria, sofrimento, trabalho; para Serguei Ivânovitch, o campo era, por um lado, descanso do trabalho, por outro, um antídoto contra a corrupção, que tomava com satisfação, consciente de sua utilidade. Para Konstantin Lióvin, o campo era tanto melhor porque propiciava a oportunidade de um trabalho de utilidade indubitável; para Serguei Ivânovitch, o campo era especialmente bom porque lá podia e devia não fazer nada. Além disso, a relação de Serguei Ivânovitch com o povo também chocava Konstantin um pouco. Serguei Ivânovitch dizia que conhecia e gostava do povo, conversava com os mujiques com frequência, o que sabia fazer bem, sem afetação nem trejeitos, e de cada conversa tirava conclusões gerais a favor do povo e da demonstração de que o conhecia. Essa relação com o povo não agradava a Konstantin Lióvin. Para Konstantin, o povo era apenas o principal participante do trabalho geral e, apesar de todo o respeito e do amor de sangue pelo mujique que, dizia, provavelmente sugara com o leite da nutriz, ele, como participante do trabalho geral, que às vezes chegava a admirar a força, docilidade e justiça dessa gente, com muita frequência, quando o trabalho geral exigia outras qualidades, chegava a se exasperar com o povo por seu descuido, desleixo, bebedeira, mentira. Se perguntassem a Konstantin Lióvin se amava o povo, ele decididamente não saberia como responder. Amava e não amava o povo, da mesma forma que as pessoas em geral. Óbvio que, como homem bom, mais gostava que não gostava das pessoas e, portanto, do povo. Porém, amar ou não amar o povo, como se fosse algo particular, não conseguia, pois não apenas vivia com o povo, não apenas tinha todos os seus interesses ligados ao povo, como se considerava parte do povo, não via em si e no povo qualidades e defeitos especiais, e não podia se colocar em posição oposta ao povo. Além disso, embora tivesse as relações mais próximas com os mujiques, como proprietário, árbitro e, principalmente, conselheiro (os mujiques confiavam nele, percorrendo quarenta verstas para se aconselhar), não possuía um juízo determinado a respeito do povo, e teria tanta dificuldade de responder se conhecia o povo quanto se o amava. Dizer que conhecia o povo seria para ele o mesmo que dizer que conhecia as pessoas. Estava constantemente observando e conhecendo todo tipo de pessoas, dentre as quais os mujiques, que considerava gente boa e interessante, reparando incessantemente em novos traços que modificavam seus juízos anteriores e estabeleciam novos. Serguei Ivânovitch era o oposto. Exatamente do mesmo jeito que amava e louvava a vida do campo em oposição à que não amava, também amava o povo em oposição ao tipo de gente que não amava, e exatamente dessa forma conhecia o povo como algo oposto às pessoas em geral. Em sua mente metódica, formavam-se com clareza formas determinadas de vida popular, deduzidas em parte da vida do povo, mas principalmente daquela oposição. Jamais mudava sua opinião a respeito do povo e sua simpatia para com ele.

Nas divergências entre os irmãos sobre seus juízos a respeito do povo, Serguei Ivânovitch sempre derrotava Konstantin, exatamente porque Serguei Ivânovitch tinha conceitos determinados a respeito do povo, seu caráter, peculiaridades e gostos; já Konstantin Lióvin não possuía nenhum conceito determinado e imutável, de modo que, nessas discussões, era sempre apanhado em contradição.

Para Serguei Ivânovitch, o irmão caçula era um rapaz excelente, com o coração *bem-disposto* (como dizia, em francês), porém uma mente que, embora bastante rápida, estava sujeita às impressões do momento e, portanto, repleta de contradições. Com condescendência de irmão mais velho, por vezes explicava-lhe o significado das coisas, mas não conseguia encontrar satisfação em discutir com ele, pois vencia-o com facilidade excessiva.

Konstantin Lióvin encarava o irmão como pessoa de inteligência e instrução enormes, nobre na mais elevada acepção da palavra e dotado da capacidade de agir pelo bem comum. Porém, no fundo da alma, quanto mais velho ficava e melhor conhecia o irmão, mais lhe vinha à mente que essa capacidade de agir pelo bem comum, da qual se sentia completamente privado, talvez não constituísse uma qualidade e sim, pelo contrário, uma falta — não uma falta de desejos e gostos bons, honrados e nobres, mas uma falta da força da vida, do que chamam de coração, daquela aspiração que obriga a pessoa, dentre todos os incontáveis caminhos oferecidos pela vida, a escolher um, e desejar apenas aquilo. Quanto mais conhecia o irmão, mais reparava que Serguei Ivânovitch, assim como muitos outros que agiam pelo bem comum, não era levado a esse amor pelo bem comum pelo coração, mas por considerações do intelecto, de que fazer aquilo era bom, e só por isso se dedicavam à causa. Lióvin confirmou ainda mais essa hipótese ao notar que as questões do bem comum e da imortalidade da alma não tocavam o coração do irmão mais do que as partidas de xadrez, ou a construção engenhosa de uma máquina nova.

Além disso, Konstantin Lióvin ficava desconfortável com o irmão porque no campo, especialmente no verão, Lióvin estava constantemente preocupado com a propriedade, os longos dias de verão não eram suficientes para fazer todo o necessário, e Serguei Ivânovitch descansava. Porém, embora descansasse, ou seja, não trabalhasse em suas obras, estava tão acostumado à atividade intelectual que apreciava manifestar, de forma bem elaborada, as ideias que lhe vinham à mente, e gostava de que houvesse alguém a escutar. O ouvinte mais habitual e natural era o irmão. E, portanto, apesar da simplicidade amigável de suas relações, Konstantin sentia-se desconfortável ao deixá-lo sozinho. Serguei Ivânovitch adorava se deitar na grama, ao sol, e ficar ali se aquecendo e tagarelando preguiçosamente.

— Você não acredita — dizia ao irmão — no prazer que me dá essa preguiça rural. Nem uma ideia na cabeça, nada de nada.

Konstantin Lióvin, porém, ficava entediado ao escutá-lo, especialmente por saber que, na sua ausência, levariam estrume ao campo que não estava preparado e empilhariam sabe Deus como, se ele não estivesse de olho; e não atarraxariam as lâminas dos arados, mas as deixariam soltas, e depois diriam que o arado era uma invenção boba, e que o melhor era a charrua Andrêievna, etc.

— Vamos caminhar no calor — dizia-lhe Serguei Ivânovitch.

— Não, tenho que dar um pulo no escritório por um minuto — dizia Lióvin, e saía correndo para o campo.

II

Nos primeiros dias de junho, aconteceu que a aia e governanta Agáfia Mikháilovna, levando para a adega um potinho de cogumelos que acabara de salgar, escorregou, caiu e deslocou o pulso. Veio o médico do *zemstvo*, um jovem tagarela que acabara de concluir o curso. Ele examinou o braço, que não estava luxado, aplicou compressas e, ficando para almoçar, deleitou-se visivelmente em conversar com o célebre Serguei Ivânovitch Kóznychev, narrando-lhe, para demonstrar sua visão esclarecida sobre as coisas, todos os mexericos do distrito, queixando-se da situação deplorável dos assuntos do *zemstvo*. Serguei Ivânovitch ouviu com atenção, interrogou e, animado com o novo ouvinte, desatou a falar e soltou observações certeiras e sólidas, apreciadas com respeito pelo jovem doutor, chegando ao estado de espírito vivaz, que o irmão conhecia, no qual habitualmente se encontrava após uma conversa brilhante e animada. Depois da partida do doutor, Serguei Ivânovitch quis ir ao rio com um caniço. Adorava pescar, e era como se se orgulhasse de poder amar uma ocupação tão estúpida.

Konstantin Lióvin, que precisava ir à lavoura e ao prado, ofereceu-se para levar o irmão de cabriolé.

Era aquela época do ano, a virada do verão, em que a colheita do ano atual já está definida, quando começam os cuidados com a semeadura do ano seguinte e a sega se aproxima, quando o centeio está todo espigado e, verde-cinzento, não maduro, com as espigas ainda leves, agita-se ao vento; quando a aveia verde, com arbustos de grama amarela derramados por cima, precipita-se irregularmente pela sega tardia; quando o trigo-sarraceno precoce já se alastrou, escondendo a terra; quando as estradas abandonadas, batidas como pedra pelas parelhas de gado e não poupadas pela charrua, estão aradas pela metade; quando o cheiro de montes carregados de estrume ressequido mistura-se, no crepúsculo, ao de ervas melífluas e, nos baixos, esperando a gadanha, estende-se um mar contínuo de prados guardados por montes enegrecidos de hastes de azedinha mondada.

Era aquela época em que se introduz uma pequena trégua no trabalho rural, antes do começo da colheita, que se repete a cada ano e a cada ano reclama todas as forças do povo. A safra tinha sido maravilhosa, e os dias de verão eram claros e quentes, com breves noites de orvalho.

Os irmãos tinham de atravessar o bosque para chegar aos prados. Serguei Ivânovitch ficava o tempo todo admirando a beleza do bosque de folhas cerradas, indicando para o irmão ora o lado escuro e sombrio, colorido pelas estípulas amarelas da velha tília prestes a florir, ora os jovens brotos reluzentes, cor de esmeralda, das árvores daquele ano. Konstantin Lióvin não gostava de falar ou ouvir falar da beleza da natureza. Para ele, as palavras tiravam a beleza do que via. Fazia coro ao irmão mas, sem querer, pôs-se a pensar em outra coisa. Quando terminaram de atravessar o bosque, toda sua atenção foi absorvida pela visão de um campo de pousio no outeiro, em parte amarelado pela grama, em parte batido e recortado em quadrados, em parte com montes empilhados, em parte até arado. Filas de telegas percorriam o campo. Lióvin contou as telegas e ficou satisfeito por estarem levando tudo o que era necessário e, ao avistar os prados, seus pensamentos passaram para a questão da sega. Sempre experimentava algo de especial e animador com a colheita do feno. Ao chegar ao prado, Lióvin parou o cavalo.

O orvalho da manhã ainda restava embaixo, na espessura da grama rasteira, e Serguei Ivânovitch, para não molhar os pés, pediu para ser conduzido de cabriolé, pelo prado, até o arbusto de salgueiro, junto ao qual pescavam percas. Por mais que doesse a Konstantin Lióvin esmagar sua grama, entrou no prado. A grama alta enroscava-se macia nas patas dos cavalos e nas rodas, deixando sementes nos raios e mancais molhados.

O irmão se sentou embaixo do arbusto, armando o caniço, e Lióvin afastou o cavalo, amarrou-o e penetrou no imenso mar verde-cinzento do prado, que o vento não movia. A grama sedosa, com sementes maduras, chegava-lhe à cintura nos lugares inundados.

Cruzando o prado, Konstantin Lióvin foi dar na estrada, e encontrou um velho de olho inchado, carregando uma colmeia no ombro.

— O que foi? Pegou mais, Fomitch? — perguntou.

— Peguei nada, Konstantin Mítritch! Se conseguisse guardar as minhas... Já é a segunda vez que me escapam... Ainda bem que os rapazes vieram galopando. Estavam arando as suas terras. Desatrelaram os cavalos e cavalgaram...

— Pois bem, o que me diz, Fomitch, segar ou esperar?

— Mas como? Em nossa opinião, deve esperar até o dia de São Pedro. Se bem que o senhor sempre sega mais cedo. Seja como for, Deus dará boa grama. Vai ter de sobra para os animais.

— E o tempo, o que acha?

— É coisa de Deus. Pode até ser que fique bom.

Lióvin foi até o irmão. Serguei Ivânovitch não apanhara nada, mas não se entediava, e parecia estar no melhor dos humores. Lióvin via que, entusiasmado pela conversa com o médico, ele queria falar. Já Lióvin, pelo contrário, queria voltar para casa o quanto antes, para ordenar a convocação dos ceifeiros no dia seguinte e resolver a dúvida referente à sega, que o ocupava bastante.

— Pois bem, então vamos — disse.

— Por que a pressa? Vamos ficar. Como você está molhado, por sinal! Não peguei nada, mas está bem. O bom de toda caçada é que você lida com a natureza. Que encanto é essa água de aço! — disse. — Essas margens do prado sempre me fazem lembrar de uma adivinhação, conhece? A grama diz para a água: nós trememos, tremCemos.

— Não conheço essa adivinhação — respondeu Lióvin, triste.

III

— E, sabe, eu pensei em você — disse Serguei Ivânovitch. — Não tem cabimento isso que vocês andam fazendo no distrito, conforme me contou aquele doutor; ele é um rapaz que não tem nada de bobo. Eu lhe disse, e digo de novo: não é bom que você não vá às reuniões e, em geral, tenha se afastado dos assuntos do *zemstvo*. Se a gente direita desaparecer, é óbvio que tudo vai ficar Deus sabe como. Pagamos dinheiro, ele vai todo para os vencimentos, e não tem escola, nem enfermeiros, nem parteira, nem farmácia, nem nada.

— Mas eu tentei — respondeu Lióvin, baixo e de má vontade. — Não consigo! Que fazer, então?

— Mas como não consegue? Reconheço que não entendo. Indiferença, incapacidade, eu não admito; seria pura preguiça?

— Nem uma coisa, nem outra, nem uma terceira. Tentei e vi que não podia fazer nada — disse Lióvin.

Não pensava muito no que o irmão dizia. Olhando para o campo lavrado atrás do rio, distinguiu algo negro, mas não conseguia identificar se era um cavalo ou o administrador montado.

— Por que você não pode fazer nada? Você fez uma tentativa, acha que não conseguiu, e se resignou. Como é que você não tem amor-próprio?

— Amor-próprio — disse Lióvin, melindrado pelas palavras animadas do irmão — eu não entendo. Quando, na universidade, diziam-me que os outros entendiam cálculo integral, e eu não, aí sentia amor-próprio. Mas aqui, antes você tem que estar convencido de que precisa possuir determinadas capacidades para esses assuntos e, principalmente, de que esses assuntos são muito importantes.

— Como assim? Isso não tem importância? — disse, melindrado pelo irmão achar irrelevante aquilo que o ocupava e, especialmente, por ele evidentemente quase não o escutar.

— Não me parece importante, não me cativa, o que é que você quer?... — respondeu Lióvin, identificando que o que via era o administrador, e que o administrador provavelmente dispensava os mujiques da lavoura. Eles estavam virando as charruas. "Será que terminaram de lavrar?" — pensou.

— Pois bem, mas ouça — disse o irmão, franzindo o belo cenho —, há limite para tudo. É muito bom ser excêntrico, franco e não gostar de falsidade, sei disso tudo; porém, o que você está dizendo, ou não faz sentido, ou faz um sentido muito ruim. Como você pode achar irrelevante que o povo que você ama, como afirma...

"Eu nunca afirmei" — pensou Konstantin Lióvin.

— ... expire sem ajuda? Mulheres rudes deixam as crianças morrerem de fome, o povo se atola na ignorância e fica à mercê de qualquer escrivão, enquanto você tem nas mãos os meios de ajudar; mas não ajuda porque não é importante.

E Serguei Ivânovitch colocou-lhe um dilema: ou você é tão atrasado que não consegue ver o que pode fazer, ou não quer renunciar à tranquilidade, vaidade e sabe-se mais o que para fazê-lo.

Konstantin Lióvin sentia que só lhe restava se submeter ou admitir falta de amor pelo bem comum. E isso o insultava e agastava.

— Ambas as coisas — disse, resoluto. — Não vejo como seria possível...

— Como? Não é possível distribuir bem o dinheiro, dar auxílio médico?

— Não é possível, na minha opinião... Nas quatro mil verstas quadradas de nosso distrito, com nossas inundações de degelo, nevascas, trabalho sazonal, não vejo possibilidade de oferecer auxílio médico generalizado. Aliás, em geral eu não acredito na medicina.

— Ah, com licença; isso é injusto... Posso lhe dar milhares de exemplos... Pois bem, e as escolas?

— Para que escolas?

— O que você está dizendo? Por acaso pode haver dúvida quanto ao benefício da educação? Se ela é boa para você, é também para todos.

Konstantin Lióvin sentiu-se moralmente contra a parede e, por isso, exaltou-se e manifestou, sem querer, o principal motivo de sua indiferença pelo bem comum.

— Pode ser que tudo isso seja bom; mas por que vou me incomodar com o estabelecimento de postos médicos que jamais vou utilizar, e de escolas para as quais não mandarei meus filhos, para as quais os camponeses não querem mandar seus filhos, e para as quais não tenho a firme convicção de que devem ser mandados? — disse.

Serguei Ivânovitch ficou momentaneamente espantado com a réplica inesperada; contudo, estabeleceu de imediato um novo plano de ataque.

Calou-se, apanhou um caniço, lançou-o e, sorrindo, dirigiu-se ao irmão.

— Pois bem, com licença... Em primeiro lugar, o posto médico é necessário. Afinal, mandamos buscar o médico do *zemstvo* para Agáfia Mikháilovna.

— Bem, eu acho que a mão vai ficar torta.

— Essa é outra questão... Depois, um mujique alfabetizado é um trabalhador que vai lhe ser mais caro e necessário.

— Não, pergunte a quem quiser — respondeu Konstantin Lióvin, resoluto —, o alfabetizado é muito pior como trabalhador. Não dá para reparar as estradas; e as pontes, basta você construir e já roubam.

— Aliás — disse, franzindo o cenho, Serguei Ivânovitch, que não gostava de discordâncias, especialmente quando ficavam pulando sem cessar de uma coisa para outra, introduzindo novos argumentos sem ligação entre si, de modo que não dava para saber a que responder —, aliás, a questão não é essa. Com licença. Você admite que a educação é um bem para o povo?

— Admito — Lióvin disse, por descuido, e imediatamente pensou que não tinha dito o que pensava. Sentia que, se o admitisse, ser-lhe-ia demonstrado que estava dizendo bobagens que não faziam nenhum sentido. Como isso lhe seria demonstrado, não sabia, mas sabia que, indubitavelmente, seria demonstrado de forma lógica, e aguardava a demonstração.

A argumentação saiu muito mais simples do que Konstantin Lióvin esperava.

— Se você admite que é um bem — disse Serguei Ivânovitch —, então, como homem honrado, você não pode não amar e não simpatizar com a causa e, portanto, não desejar trabalhar por ela.

— Mas eu ainda não admito que a causa é boa — disse Konstantin Lióvin, enrubescendo.

— Como? Se você agora disse...

— Ou seja, não admito que seja boa, nem possível.

— Isso você não tem como saber sem fazer um esforço.

— Pois bem, vamos supor — disse Lióvin, que não supunha isso de jeito nenhum —, vamos supor que seja isso; mesmo assim, porém, não vejo por que vou me incomodar com isso.

— Como assim?

— Não, já que nos pusemos a falar, então me explique do ponto de vista filosófico — disse Lióvin.

— Não entendo no que a filosofia entra aqui — disse Serguei Ivânovitch, como se mostrasse a Lióvin, com aquele tom, que não reconhecia o direito do irmão de discutir filosofia. Isso irritou Lióvin.

— Veja em quê! — disse, exaltado. — Creio que o motor de todas nossas ações é, contudo, a felicidade pessoal. Hoje, nas instituições do *zemstvo*, eu, como fidalgo, não vejo nada que contribua para o meu bem-estar. As estradas não estão melhores e não podem estar melhores; meus cavalos também me levam pelas más. Não preciso de médicos, nem postos de saúde. Para mim, as escolas não apenas são desnecessárias como nocivas, como já lhe disse. Para mim, as instituições do *zemstvo* simplesmente obrigam a pagar oitenta copeques por *dessiatina*, ir até a cidade, passar a noite com percevejos e ouvir todo tipo de absurdo e baixaria, sem estimular minimamente o meu interesse pessoal.

— Com licença — interrompeu Serguei Ivânovitch, com um sorriso. — O interesse pessoal não nos estimulou a trabalhar pela libertação dos camponeses, mas nós trabalhamos.

— Não! — interrompeu Konstantin, ainda mais exaltado. — A libertação dos camponeses foi outra coisa. Lá havia interesse pessoal. Tínhamos vontade de nos livrar desse jugo que oprimia a todos nós, pessoas de bem. Porém, ser um vogal,[1] discutir quantos lixeiros são necessários e como instalar canos em uma cidade em que não moro; ser jurado e julgar um mujique que furtou um presunto e ouvir todos os absurdos proferidos pela defesa e pela promotoria, e como o presidente perguntou ao velho bobo Aliochka: "O senhor admite, senhor réu, o fato do roubo do presunto?" — "Hein?".

Konstantin Lióvin desviou-se do tema, pondo-se a imitar o presidente e o bobo Aliochka; parecia-lhe que aquilo tinha tudo a ver com o assunto.

Serguei Ivânovitch, porém, deu de ombros.

— Pois bem, o que você quer dizer com isso?

— Só quero dizer que aqueles direitos que me... que afetam meu interesse, sempre vou defender com todas as forças; quando fizeram buscas entre nós, estudantes, e os gendarmes leram nossas cartas, eu estava prestes a defender esses direitos com todas as forças, a defender meu direito à educação e à liberdade. Entendo o serviço militar obrigatório, que afeta o desti-

---

[1] Membro da assembleia do *zemstvo*. O período do mandato dos vogais era de três anos. A maioria absoluta dos vogais dos *zemstvos* era da nobreza. (N. da E.)

no de meus filhos, meus irmãos e o meu próprio; estou pronto para discutir o que se refere a mim; mas julgar em que empregar quarenta mil do orçamento do *zemstvo*, ou julgar o bobo Aliochka, eu não entendo e não consigo entender.

Konstantin Lióvin falara como se as barragens de suas palavras tivessem se rompido. Serguei Ivânovitch riu.

— Mas amanhã você será julgado; e então, teria preferido ser julgado na câmara penal antiga?

— Não serei julgado. Não vou degolar ninguém, não preciso disso. Pois bem! — prosseguiu, voltando a saltar para algo que não tinha absolutamente nada com o assunto. — Nossas instituições e tudo isso são como as bétulas que nós espetamos, como no Dia da Trindade, para que parecessem um bosque crescido na Europa, só que eu não consigo regar e acreditar de coração nessas bétulas!

Serguei Ivânovitch apenas deu de ombros, exprimindo com tal gesto o assombro por aquelas bétulas terem ido parar agora naquela discussão, embora tivesse entendido de imediato o que o irmão queria dizer com aquilo.

— Com licença, mas assim não dá para discutir — observou.

Porém Konstantin Lióvin tinha vontade de se justificar pela falha, que reconhecia em si, de ser indiferente ao bem comum, e continuou.

— Creio — disse Konstantin — que nenhuma atividade pode ser sólida se não estiver baseada no interesse pessoal. Essa é uma verdade geral, filosófica — disse, repetindo a palavra *filosófica* de modo resoluto, como se quisesse mostrar que tinha tanto direito quanto qualquer um de falar de filosofia.

Serguei Ivânovitch riu mais uma vez. "Ele também tem uma filosofia própria, a serviço de suas inclinações" — pensou.

— Mas deixe a filosofia de lado — disse. — A principal tarefa da filosofia de todos os tempos consiste exatamente em encontrar a ligação indispensável que existe entre o interesse pessoal e o geral. Mas a questão não é essa; a questão é que preciso apenas corrigir a sua comparação. As bétulas não são espetadas; algumas são plantadas, outras são semeadas, e temos que tratá-las com cuidado. Só têm um futuro, só podem ser chamados de históricos os povos que possuem intuição para o que é importante e significativo em suas instituições, e valorizam-nas.

E Serguei Ivânovitch levou a questão para o terreno histórico-filosófico, inacessível a Konstantin Lióvin, demonstrando a injustiça de seu ponto de vista.

— No que se refere a você não gostar disso, perdoe-me, mas é a nossa preguiça e arrogância russa, e estou certo de que esse é um equívoco temporário seu, que vai passar.

Konstantin Lióvin ficou em silêncio. Sentia que tinha sido batido em todas as frentes, mas sentia também que aquilo que quisera dizer não fora entendido pelo irmão. Só não sabia por que não tinha sido entendido: se porque não soubera dizer com clareza o que desejava, ou se porque o irmão não queria ou não podia entender. Não se aprofundou, porém, na ideia e, sem retrucar ao irmão, pôs-se a meditar a respeito de um assunto completamente diferente e pessoal.

— Pois bem, então vamos.

Serguei Ivânovitch recolheu o último caniço, Konstantin desatou o cavalo, e eles foram embora.

IV

O assunto pessoal que ocupava Lióvin na hora da conversa com o irmão era o seguinte: no ano anterior, ao chegar certa vez à sega e se zangar com o administrador, Lióvin empregara seu meio de se acalmar — pegou a gadanha de um mujique e se pôs a ceifar.

Esse trabalho fizera-lhe tanto bem que ele se pôs a ceifar algumas vezes; ceifou todo o prado em frente à casa e, no ano corrente, já na primavera, estabeleceu um plano para si: passar dias inteiros ceifando com os mujiques. Desde a chegada do irmão, refletia: ceifar ou não? Tinha vergonha de largar o irmão sozinho por dias inteiros, e temia que o irmão risse dele por isso. Porém, ao percorrer o prado e se lembrar das impressões da sega, já tinha quase decidido que iria ceifar. Depois da conversa irritante com o irmão, lembrou-se dessa intenção.

"Preciso de atividade física, senão meu caráter decididamente se estraga" — pensou e resolveu ceifar, por mais desconfortável que isso o deixasse perante o irmão e o povo.

Ao entardecer, Konstantin Lióvin foi ao escritório, deu ordens para o trabalho e mandou convocarem na aldeia ceifeiros para o dia seguinte, para ceifar o maior e melhor prado, o de Kalínov.

— E mande, por favor, minha gadanha para Tito, para arrumar e trazer amanhã; pode ser que eu também ceife — disse, tentando não ficar embaraçado.

O administrador sorriu e disse:

— Sim, senhor.

À noite, ao chá, Lióvin também contou ao irmão.

— Parece que o tempo firmou — disse. — Amanhã começo a ceifar.

— Gosto muito desse trabalho — disse Serguei Ivânovitch.

— Eu o amo terrivelmente. Eu mesmo ceifei algumas vezes com os mujiques, e amanhã vou ceifar o dia inteiro.

Serguei Ivânovitch ergueu a cabeça, fitando o irmão com curiosidade.

— Mas como assim? Em pé de igualdade com os mujiques, o dia inteiro?

— Sim, é muito agradável — disse Lióvin.

— É maravilhoso como exercício físico, desde que você consiga aguentar — disse Serguei Ivânovitch, sem qualquer zombaria.

— Eu experimentei. No começo é difícil, depois acostuma-se. Acho que não fico para trás...

— Olhe só! Mas diga, como os mujiques encaram isso? Devem rir das travessuras do patrão.

— Não, não acho; é um trabalho conjunto tão alegre e duro, que nem dá para pensar.

— Pois bem, e como você vai almoçar com eles? Mandar Lafitte e peru assado para lá seria esquisito.

— Não, apenas volto para casa na hora do descanso deles.

Na manhã seguinte, Konstantin Lióvin se levantou antes do habitual, porém assuntos da propriedade o detiveram e, ao chegar à sega, os ceifeiros já estavam na segunda fileira.

Ainda do alto da colina, e à sombra da mesma, descortinou-se-lhe a parte já segada do prado, com as fileiras cinzentas e os montes negros dos cafetãs largados pelos ceifeiros no lugar em que começava a primeira fileira.

À medida que se aproximava, iam se descortinando os mujiques, um atrás do outro, em fila comprida, agitando as gadanhas de forma distinta, alguns de cafetã, outros apenas de camisa. Contou quarenta e dois deles.

Moviam-se lentamente pela baixa irregular do prado, onde havia uma antiga represa. Lióvin reconheceu alguns dos seus. Lá estava o velho Iermil, com uma camisa branca bem comprida, brandindo a gadanha de forma curva; lá estava o jovem Vaska, que fora cocheiro de Lióvin, abarcando cada fileira de um impulso. Lá também estava Tito, o preceptor de Lióvin na ceifa, um pequeno mujiquezinho magricela. Ia à frente, sem se curvar, como se brincasse com a gadanha, cortando sua larga fileira.

Lióvin apeou do cavalo e, deixando-o amarrado na estrada, foi ao encontro de Tito que, tirando uma segunda gadanha de um arbusto, entregou a ele.

— Está pronta, patrão; uma navalha, ceifa sozinha — disse Tito, tirando o chapéu com um sorriso e entregando-lhe a gadanha.

Lióvin pegou a gadanha e se pôs a prová-la. Ao terminar suas fileiras, os ceifeiros, suados e alegres, percorriam a estrada um atrás do outro e, sorridentes, saudavam o patrão. Todos olhavam para ele, mas ninguém lhe falava até que um velho alto, de rosto enrugado e sem barba, que vinha pela estrada de japona de ovelha, dirigiu-se a ele.

— Olha, patrão, se pegar o arreio, não fique para trás! — disse, e Lióvin ouviu o riso contido dos ceifeiros.

— Tentarei não ficar — disse, postando-se atrás de Tito e aguardando a hora de começar.

— Olha lá — repetiu o velho.

Tito deixou o lugar livre, e Lióvin foi atrás dele. A grama estava baixa, junto à estrada, e Lióvin, que não ceifava há tempos, perturbado pelos olhares que lhe eram dirigidos, ceifava mal nos primeiros minutos, embora agitasse a gadanha com força. Atrás de si, ouviam-se vozes.

— Não está pegando direito, o cabo está alto, veja como tem que se curvar — disse um.

— Apoie-se mais no calcanhar — disse outro.

— Não é nada, tudo bem, já se acostuma — prosseguiu o velho. — Veja, foi... Está cortando uma fileira larga, uma canseira... Não dá, o patrão se esforça para si mesmo! Mas veja que beirada! Se um dos nossos fizesse isso, levaria na cacunda.

A grama ficou mais macia, e Lióvin, ouvindo sem responder, e tentando ceifar o melhor possível, ia atrás de Tito. Percorreram cem passos, Tito ia sempre adiante, sem parar nem demonstrar a menor fadiga; Lióvin, porém, já estava com medo de ter que parar, de não aguentar, de tão cansado.

Sentia que ceifava com as suas últimas forças, e decidiu pedir a Tito que parasse. Porém, nessa mesma hora, Tito parou por si só e, inclinando-se, pegou grama, limpou a gadanha e começou a afiá-la. Lióvin se endireitou e, suspirando, olhou ao redor. Atrás dele vinha um mujique, que obviamente também estava cansado, pois imediatamente, sem chegar até Lióvin, parou e se pôs a afiar. Tito afiou sua gadanha e a de Lióvin, e eles seguiram adiante.

Da segunda vez foi a mesma coisa. Tito dava ceifada atrás de ceifada, sem se deter nem se fatigar. Lióvin ia atrás dele, tentando não ficar para trás, o que ia se tornando cada vez mais difícil; chegou o instante em que ele sentia que não teria mais forças, mas nessa mesma hora Tito parou para afiar.

Assim percorreram a primeira fileira. E essa longa fileira mostrou-se especialmente dura para Lióvin; porém, em compensação, quando a fileira estava concluída e Tito, colocando a gadanha no ombro, pôs-se a caminhar com passos lentos pelas pegadas deixadas por seus saltos na ceifa, e Lióvin caminhou exatamente da mesma forma, por sua ceifa, apesar do suor que escorria como chuva por sua cara, gotejando do nariz, e de suas costas estarem completamente úmidas, como que embebidas em água, ele se sentia muito bem. Alegrava-o particularmente saber agora que aguentaria.

Só estragava a alegria o fato de sua fileira não estar boa. "Vou agitar menos o braço e mais o corpo inteiro" — pensou, comparando a fileira de Tito, que parecia ter sido cortada com um fio, com a sua, esparramada e irregular.

Lióvin reparou que, na primeira fileira, Tito tinha andado com especial rapidez, provavelmente desejando testar o patrão, e deu-se que a fileira era longa. As fileiras seguintes já eram mais fáceis, porém, mesmo assim, Lióvin teve que empregar todas as forças para não ficar para trás dos mujiques.

Não pensava em nada, não desejava nada além de não ficar para trás dos mujiques e trabalhar do melhor jeito possível. Ouvia apenas o tinido da gadanha e via, à sua frente, a figura aprumada de Tito a se afastar, o semicírculo arqueado da ceifa, a grama e a cabeça das flores curvando-se de forma lenta e ondulada à lâmina da gadanha e, à frente, o final da fileira, onde aconteceria o descanso.

Sem saber o que era, nem de onde vinha, no meio do trabalho experimentou, de repente, uma agradável sensação de frio nos ombros quentes e suados. Olhou para o céu na hora de afiar as gadanhas. Passava uma nuvem baixa e carregada, e caía uma chuva forte. Uns mujiques foram até os cafetãs e os vestiram; outros, assim como Lióvin, só fizeram dar de ombros, alegres pelo refresco agradável.

Veio outra fileira, e mais uma. Percorreram fileiras longas, curtas, com grama boa, com grama ruim. Lióvin perdeu qualquer noção de tempo, e decididamente não sabia se era cedo ou tarde. Em seu trabalho, passou a se processar então uma mudança que lhe proporcionou enorme satisfação. No meio do trabalho, havia instantes em que se esquecia do que fazia, tudo se tornava fácil e, nesses mesmos instantes, sua fileira ficava quase tão regular e boa como a de Tito. Bastava, porém, se lembrar do que estava fazendo, e começar a se esforçar para fazer melhor, para sentir de imediato todo o peso do trabalho, e a fileira ficava ruim.

Depois de finalizar mais uma fileira, quis começar de novo, porém Tito parou e, indo até um velho, disse-lhe algo em voz baixa. Ambos olharam para o sol. "Do que estão falando, e por que não começam a fileira?" — pensou Lióvin, sem adivinhar que os mujiques já estavam ceifando há nada menos que quatro horas sem parar, e que estava na hora de comer.

— Café da manhã, patrão — disse o velho.

— Mas está na hora? Pois bem, café da manhã.

Lióvin deixou a gadanha com Tito e, com os mujiques que iam buscar o pão junto aos cafetãs, através das fileiras levemente borrifadas de chuva, no longo espaço ceifado, foi até o cavalo. Só aí entendeu que não previra bem o tempo, e que a chuva molhava seu feno.

— O feno vai estragar — disse.

— Nada disso, patrão: ceife na chuva, ancinhe no tempo bom! — disse o velho.

Lióvin desatou o cavalo e foi tomar café em casa.

Serguei Ivânovitch tinha acabado de acordar. Depois de tomar café, Lióvin voltou à ceifa, antes de Serguei Ivânovitch conseguir se trocar e ir à sala de jantar.

V

Após o desjejum, Lióvin não ficou mais em seu lugar anterior da fileira, porém entre o velho brincalhão, que o convidara para ser seu vizinho, e um jovem mujique, recém-casado no outono, que ceifava pela primeira vez no verão.

O velho, mantendo-se aprumado, ia à frente, avançando a passos largos e regulares, com os pés virados para fora, e, com movimentos exatos e regulares que, pelo visto, não lhe davam mais trabalho que balançar os braços ao caminhar, derrubava uma fileira alta e uniforme. Como se não fosse ele, mas a gadanha afiada a sibilar sozinha na grama suculenta.

Atrás de Lióvin ia o jovem Michka. Seu rosto jovem e formoso, com grama fresca ardendo em volta do cabelo, labutava todo com o esforço; bastava, porém, olharem para ele, e sorria. Pelo visto, preferia morrer a admitir que tinha dificuldades.

Lióvin ia no meio deles. Mesmo no calor, a sega não lhe parecia tão difícil. O suor que o banhava refrescava-o, e o sol que lhe queimava as costas, a cabeça e os braços, com as mangas arregaçadas até o cotovelo, conferia a seu trabalho vigor e tenacidade; e aconteciam com cada vez mais frequência aqueles momentos de inconsciência, nos quais conseguia não pensar no que estava fazendo. A gadanha ceifava sozinha. Esses eram os instantes felizes.

Ainda mais alegres eram os instantes em que, ao chegar ao rio no qual as fileiras iam dar, o velho limpava a gadanha úmida com a grama espessa, enxaguava seu aço na água fresca do rio, enchia a *brusnitsa*[2] e servia Lióvin.

— Tome o meu *kvas*![3] Ah, é bom! — dizia, piscando.

E, de fato, Lióvin jamais tomara uma bebida como aquela água quente com verdura flutuando e o gosto de ferrugem da *brusnitsa*. E imediatamente depois disso vinha o beatífico passeio lento com a mão na gadanha, durante o qual era possível enxugar o suor escorrido, suspirar a plenos pulmões e contemplar a longa fila de ceifeiros a se arrastar e o que acontecia ao redor, no bosque e no campo.

Quanto mais tempo Lióvin ceifava, com maior frequência sentia os instantes de olvido nos quais já não era o braço a agitar a gadanha, e sim a gadanha a se mexer sozinha, um corpo consciente de si e cheio de vida e, como que por mágica, sem que se pensasse nele, o trabalho se realizava de modo correto e preciso, por si só. Esses eram os instantes mais beatíficos.

Só ficava difícil quando tinha que interromper o movimento inconsciente e pensar, quando precisava segar um montículo ou azedinhas sem arrancar. O velho o fazia com facilidade. Ao chegar ao montículo, mudava o movimento e, quer com o calcanhar, quer com a ponta da gadanha, batia no montículo de ambos os lados, com golpes curtos. E, ao fazê-lo, ficava olhando e observando o tempo todo o que se revelava a seus olhos; ora pegava um gladíolo, comia-o ou oferecia a Lióvin, ora afastava ramos com a ponta da gadanha, ora examinava um ninhozinho de codorniz, do qual uma fêmea acabara de sair voando, debaixo da gadanha, ora apanhava uma serpente que surgira no caminho e, erguendo-a na gadanha como se num garfo, exibia-a a Lióvin e a largava.

Para Lióvin e para o jovem que ia atrás, essas mudanças de movimento eram difíceis. Ambos, depois de pegarem a manha do movimento intenso, encontravam-se no arroubo do trabalho e não tinham forças para mudar o movimento e, ao mesmo tempo, observar o que estava diante deles.

Lióvin não percebia o tempo passar. Se lhe perguntassem por quanto tempo ceifara, teria dito que meia hora, só que já tinha chegado a hora do almoço. Ao entrar em uma fileira, o velho chamou a atenção de Lióvin para garotinhas e garotinhos quase invisíveis que, de vários lados, vinham pe-

---

[2] Caixa de lata de formato oblongo que os ceifadores levavam à cintura para guardar a pedra de afiar. (N. do T.)

[3] Refresco fermentado de pão de centeio. (N. do T.)

la estrada e pela grama alta até os ceifeiros, carregando nas mãozinhas trouxas com pão e jarrinhos de *kvas* envoltos em trapos.

— Olha, os besourinhos estão se arrastando! — disse, apontando para eles, e olhando para o sol por debaixo da mão.

Percorreram mais duas fileiras, e o velho parou.

— Pois bem, patrão, almoçar! — disse, resoluto. E, chegando ao rio, os ceifeiros dirigiram-se, por entre as fileiras, para perto dos cafetãs, onde as crianças que tinham trazido o almoço os aguardavam. Os mujiques se reuniram, os mais distantes sob uma telega, os mais próximos sob um arbusto de salgueiro, onde tinham juntado a grama.

Lióvin se sentou com eles; não tinha vontade de ir embora.

Qualquer constrangimento com o patrão já desaparecera há tempos. Os mujiques se prepararam para almoçar. Uns se lavaram, os jovens tomaram banho de rio, outros arrumaram um lugar para descansar, desamarraram os alforjes com pão e abriram os jarrinhos de *kvas*. O velho esfarelou pão na xícara, amassou-o com o cabo da colher, verteu água da *brusnitsa*, voltou a cortar o pão e, aspergindo sal, pôs-se a rezar para o Oriente.

— Tome, patrão, a minha *tiurka*[4] — disse, pondo-se de joelhos diante da xícara.

A *tiurka* estava tão gostosa que Lióvin desistiu de almoçar em casa. Almoçou com o velho, conversou com ele de seus assuntos domésticos, participando dele da forma mais ativa, e o informou de seus negócios e todas as circunstâncias que pudessem ser do interesse do interlocutor. Sentia-se mais próximo dele que do irmão, rindo sem querer da ternura que sentia por aquele homem. Quando o velho voltou a se levantar, rezou e se deitou ali mesmo, sob o arbusto, colocando grama na cabeceira, Lióvin fez a mesma coisa e, apesar das moscas e besouros grudentos e obstinados que fustigavam seu rosto e corpo suados sob o sol, adormeceu de imediato, para só despertar quando o sol passou para o outro lado do arbusto e o alcançou. O velho já não dormia há muito tempo e estava sentado, ajeitando as gadanhas dos jovens.

Lióvin olhou ao redor e não reconheceu o lugar, de tão mudado. Uma extensão imensa do prado tinha sido segada e reluzia com um brilho peculiar e novo, com as fileiras já cheirosas aos raios de sol oblíquos da tarde. Os arbustos ceifados junto ao rio, o próprio rio, que antes não se via, e agora brilhava como aço em seus meandros, o povo que se movia e se levantava, o

---

[4] Diminutivo de *tiura*, tradicional sopa fria russa com pão, sal e, às vezes, cebola e *kvas*. (N. do T.)

paredão abrupto de grama não ceifada no prado, e os açores rodopiando acima do prado desnudo — tudo aquilo era completamente novo. Voltando a si, Lióvin pôs-se a imaginar quanto tinha sido segado e quanto ainda seria possível fazer naquele dia.

O trabalho tinha sido excepcional para uma quantidade de quarenta e dois homens. Todo o prado grande, que no tempo da corveia demandava dois dias e trinta ceifeiros, já tinha sido segado. Apenas cantos de fileiras curtas restavam sem ceifar. Lióvin, porém, tinha vontade de segar o máximo naquele dia, e se aborreceu com o sol, que se punha tão rápido. Não sentia cansaço algum; apenas queria trabalhar ainda mais rápido, e o máximo possível.

— Então, o que você acha, dá para ceifar o Cume Máchkin? — disse ao velho.

— Como Deus quiser, o sol não está alto. Uma vodcazinha para a rapaziada?

Na hora do lanche, quando estavam sentados de novo, e os fumantes fumavam, o velho informou a rapaziada que "vamos ceifar o Cume Máchkin — vai ter vodca".

— Opa, como não ceifar? Vamos, Tito! Adiante, ânimo! De noite você come. Vamos! — soaram vozes e, depois de comer o pão, os ceifeiros se puseram a caminho.

— Pois bem, rapaziada, força! — exclamou Tito, indo à frente, quase a trote.

— Vamos, vamos! — disse o velho, precipitando-se e ultrapassando-o com facilidade. — Estou cortando! Cuidado!

Jovens e velhos ceifavam como se apostassem corrida. Porém, como não se apressavam, não estragavam a grama, e as fileiras se abriam de modo límpido e preciso. O cantinho que tinha sido deixado de lado foi limpo em cinco minutos. Quando os últimos ceifeiros estavam terminando suas fileiras, os primeiros punham os cafetãs no ombro e percorriam a estrada rumo ao Cume Máchkin.

O sol já baixava nas árvores quando eles, tilintando as *brusnitsas*, entraram no pequeno barranco de bosque do Cume Máchkin. A grama dava pela cintura no meio do vale, terna e suave, felpuda, colorida em pontos do bosque por amores-perfeitos.

Após breve deliberação — ceifar ao comprido ou na transversal —, Prókhor Iermílin, que também era um ceifeiro célebre, um imenso mujique de cabelo negro, se adiantou. Percorreu uma fileira, voltou e começou, e todos se puseram a formar uma fila atrás dele, colina abaixo, pelo vale, e colina acima, até a orla do bosque. O sol se pôs atrás da floresta. O orvalho já caía, e os ceifeiros só estavam no sol no alto do monte, enquanto embaixo, onde se erguia um vapor, segavam em uma sombra fresca e orvalhada. O trabalho fervilhava.

Cortada com um ruído suculento e cheirando a especiarias, a grama jazia em fileiras altas. Apertados em fileiras curtas, os ceifeiros vinham de todos os lados, tilintando as *brusnitsas* e fazendo barulho ora com as gadanhas a se bater, ora com o silvo da pedra de afiar ao amolá-las, ora com alegres gritos de incentivo.

Lióvin continuava entre o jovem e o velho. O velho, com a japona de ovelha, continuava alegre, brincalhão e com movimentos livres. No bosque, davam o tempo todo com cogumelos de bétulas, intumescidos na grama suculenta cortada pelas gadanhas. Só que o velho, a cada vez que encontrava um cogumelo, inclinava-se, recolhia-o e guardava no peito. "Mais uma guloseima para a velha" — afirmava.

Por mais fácil que fosse ceifar a grama úmida e débil, era difícil subir e descer as encostas abruptas da ribanceira. O velho, porém, não se acanhou. Agitando a gadanha sempre do mesmo jeito, escalou a escarpa com os passinhos curtos e firmes dos pés calçados em grandes alpargatas e, embora tremesse com todo o corpo e as calças descaíssem por baixo da camisa, não perdeu nenhuma ervinha nem cogumelo no caminho, e continuava a brincar com os mujiques e com Lióvin. Lióvin ia atrás, achando o tempo todo que fosse cair ao subir com a gadanha em um outeiro tão íngreme, difícil de escalar mesmo sem gadanha; só que escalava, e fazia o necessário. Sentia que uma força interior o impulsionava.

VI

Ceifaram o Cume Máchkin, concluíram as últimas fileiras, vestiram os cafetãs e foram para casa, alegres. Lióvin montou no cavalo e, despedindo-se dos mujiques com pena, foi para casa. Lançou um olhar da colina; não dava para vê-los na neblina que se erguia de baixo; apenas se ouviam as vozes rudes e alegres, as gargalhadas e o som das batidas das gadanhas.

Serguei Ivânovitch já terminara de jantar fazia tempo e tomava água com limão e gelo em seu quarto, examinando as revistas e jornais recém-recebidos pelo correio, quando Lióvin, com os cabelos desgrenhados colados na testa pelo suor, e as costas e o peito enegrecidos e encharcados, prorrompeu no aposento, a falar com alegria.

— Ceifamos o prado inteiro! Ah, como foi bom, um assombro! E você, como está? — disse Lióvin, totalmente esquecido da conversa desagradável da véspera.

— Jesus! Que cara é essa? — disse Serguei Ivânovitch, olhando para o irmão inicialmente com insatisfação. — E a porta, feche a porta! — gritou. — Com certeza entrou uma dezena.

Serguei Ivânovitch não podia suportar as moscas, só abria a janela do quarto à noite, e fechava a porta zelosamente.

— Meu Deus, nenhuma. E, se entrar, eu pego. Você não acredita que prazer! Como você passou o dia?

— Bem. Mas você ceifou mesmo o dia inteiro? Imagino que deve estar com uma fome de lobo. Kuzmá preparou tudo para você.

— Não, não estou com vontade. Comi lá. Mas vou me lavar.

— Pois bem, vá, vá, e eu logo vou até você — disse Serguei Ivânovitch, meneando a cabeça e olhando para o irmão. — Vá mesmo, vá logo — acrescentou, rindo e, apanhando os livros, aprontou-se para ir. Ficara alegre de repente, e não tinha vontade de se separar do irmão. — Pois bem, e na hora da chuva, onde você estava?

— Mas que chuva? Mal caíram umas gotas. Bem, já vou. Então você passou bem o dia? Pois bem, que ótimo. — E Lióvin foi se trocar.

Em cinco minutos, os irmãos se encontraram na sala de jantar. Embora Lióvin tivesse a impressão de que não estava com vontade de comer, e de que se sentara à mesa só para não ofender Kuzmá, quando começou a jantar, achou a refeição extraordinariamente saborosa. Serguei Ivânovitch olhava para ele, rindo.

— Ah, sim, tem carta para você — disse. — Kuzmá, por favor, traga aqui. Mas olhe, feche a porta.

A carta era de Oblônski. Lióvin leu em voz alta. Oblônski escrevia de São Petersburgo: "Recebi uma carta de Dolly, ela está em Iérguchovo, e tudo vai mal por lá. Por favor, vá até ela, ajude com conselhos, você sabe de tudo. Ela vai ficar muito feliz em vê-lo. Está completamente sozinha, coitada. Minha sogra ainda está no exterior, com todos".

— Que ótimo! Vou visitá-la sem falta — disse Lióvin. — E nós vamos juntos. Ela é tão simpática. Não é verdade?

— E fica longe?

— Trinta verstas. Talvez sejam umas quarenta. Mas a estrada é ótima. A viagem será ótima.

— Folgo muito em saber — disse Serguei Ivânovitch, sempre rindo.

O aspecto do irmão caçula deixara-o imediatamente alegre.

— Puxa, que apetite o seu! — disse, olhando para seu rosto e peito castanho-avermelhados, queimados pelo sol, inclinados sobre o prato.

— Ótimo! Você não acredita como esse regime é eficaz contra todo tipo de bobagem. Desejo enriquecer a medicina com um novo termo: *Arbeitskur*.[5]

— Bem, mas você não precisa disso, ao que parece.

— Mas muitos doentes dos nervos, sim.

— Sim, é preciso experimentar isso. Eu até queria ir à ceifa para observá-lo, mas o calor estava tão insuportável que não fui além do bosque. Sentei-me e, pela floresta, fui até o arraial, encontrei a sua ama de leite e a sondei quanto à opinião dos mujiques a seu respeito. Até onde entendi, eles não aprovam. Ela disse: "Isso não é trabalho senhorial". Em geral, parece-me que, no conceito do povo, há exigências estabelecidas com muita firmeza a respeito de determinada atividade "senhorial", como eles dizem. Não se admite que os senhores saiam dos limites estabelecidos em seu conceito.

— Pode ser; mas, afinal, trata-se de uma satisfação que jamais experimentei na vida. E, afinal, não tem nada de ruim. Não é verdade? — disse Lióvin. — Que fazer, se eles não gostam. Aliás, acho que não é nada. Hein?

— No geral — prosseguiu Serguei Ivânovitch —, vejo que você está satisfeito com o seu dia.

— Muito satisfeito. Ceifamos o prado inteiro. E o velho com que fiz amizade! Você não pode imaginar que encanto!

— Pois bem, então está satisfeito com o seu dia. E eu também. Primeiramente, resolvi dois problemas de xadrez, e um muito belo — uma abertura de peão. Vou lhe mostrar. Depois, pensei em nossa conversa de ontem.

— Quê? Na conversa de ontem? — disse Lióvin, apertando os olhos em êxtase e resfolegando depois do fim do jantar, decididamente sem forças para lembrar como tinha sido essa conversa de ontem.

— Acho que você está parcialmente certo. Nossa divergência consiste em que você coloca o interesse pessoal como o motor, e eu acredito que o interesse pelo bem comum deve existir em qualquer pessoa com determinado nível de instrução. Pode ser que você também esteja certo quanto à ação com interesse material ser mais desejável. Em geral, você é uma natureza bastante *primesautière*,[6] como dizem os franceses; você quer uma ação apaixonada, enérgica, ou então nada.

---

[5] "Cura pelo trabalho", em alemão no original. (N. do T.)

[6] "Impulsiva", em francês no original. (N. do T.)

Lióvin ouvia o irmão e, decididamente, não entendia nada, nem queria entender. Apenas temia que o irmão lhe fizesse uma pergunta que deixasse evidente que ele não tinha escutado nada.

— É isso, amiguinho — disse Serguei Ivânovitch, tocando-o no ombro.

— Sim, óbvio. Mas quer saber? Não vou teimar na minha opinião — respondeu Lióvin, com sorriso infantil e culpado. "A respeito de que eu discuti? — pensava. — Obviamente, estou certo, ele também, e é tudo maravilhoso. Só preciso ir ao escritório, para dar umas ordens." Levantou-se, espreguiçando-se e sorrindo.

Serguei Ivânovitch também sorriu.

— Se você quer sair, vamos juntos — disse, sem vontade de se separar do irmão, que exalava frescor e ânimo. — Vamos, damos uma passada no escritório, se você precisar.

— Ai, Jesus! — gritou Lióvin, tão alto que Serguei Ivânovitch se assustou.

— O que é, o que você tem?

— E o braço de Agáfia Mikháilovna? — disse Lióvin, batendo na cabeça. — Esqueci-me dela.

— Está bem melhor.

— Bem, mesmo assim vou dar um pulo lá. Volto antes de você colocar o chapéu.

E, estalando os saltos como uma matraca, subiu correndo as escadas.

VII

Nessa época, Stepan Arkáditch foi a São Petersburgo cumprir a obrigação mais natural, conhecida de todos os servidores, a qual, contudo, quem não é servidor não entende; a obrigação mais necessária, sem a qual não há possibilidade de servir — lembrar o ministério de sua existência —, e, no cumprimento dessa obrigação, depois de pegar quase todo o dinheiro da casa, passava o tempo de forma alegre e agradável nas corridas e nas dachas. Já Dolly fora com os filhos ao campo, para diminuir o quanto possível as despesas. Fora à aldeia de Iérguchovo, seu dote, a mesma cujo bosque fora vendido na primavera, e que se encontrava a cinquenta verstas da Pokróvskoie de Lióvin.

Em Iérguchovo, a velha casa-grande tinha sido demolida há tempos, e a casa dos fundos fora separada e reformada ainda na época do príncipe. Há vinte anos, quando Dolly era criança, a casa dos fundos era espaçosa e confortável, embora ficasse, como toda casa de fundos, de lado com relação à alameda de entrada, e virada para o sul. Mas agora a casa dos fundos estava velha e deteriorada. Ainda na primavera, quando Stepan Arkáditch viera vender o bosque, Dolly pedira-lhe para examinar a casa e mandar consertar o que fosse necessário. Stepan Arkáditch, muito preocupado com o conforto da esposa, como todo marido culpado, examinou a casa em pessoa e deu ordens a respeito de tudo o que, no seu entendimento, era necessário. No seu entendimento, era necessário forrar de cretone toda a mobília, pendurar cortinas, fazer uma pequena ponte na represa e plantar flores; esqueceu-se, porém, de muitas outras coisas indispensáveis, cuja falta depois atormentaria Dária Aleksândrovna.

Por mais que Stepan Arkáditch se esforçasse em ser um pai e marido solícito, não conseguia se lembrar de jeito nenhum que tinha esposa e filhos. Tinha gostos de solteiro, e só agia de acordo com eles. De volta a Moscou, informou à mulher, orgulhoso, que tudo estava pronto, que a casa estava um brinco, e que a aconselhava muito a ir. Para Stepan Arkáditch, a partida da esposa para o campo era muito agradável em todos os aspectos: fazia bem à saúde dos filhos, as despesas eram menores, e ele ficava mais livre. Já Dária Aleksândrovna considerava a mudança para o campo no verão indispensável para os filhos, especialmente para a filha, que não conseguira se restabelecer depois da escarlatina e, por fim, para escapar das humilhações mesquinhas, das dívidas mesquinhas com o lenheiro, o peixeiro, o sapateiro, que a atormentavam. Acima de tudo, a partida era também agradável porque sonhava em atrair para o campo a irmã Kitty, à qual tinham sido prescritos banhos, e que devia voltar do exterior no meio do verão. Da estação de águas, Kitty escrevera que nada lhe sorria mais do que passar o verão com Dolly em Iérguchovo, cheia de recordações da infância de ambas.

O começo da vida no campo foi muito difícil para Dolly. Passara a infância no campo, e restara-lhe a impressão de que o campo é a salvação de todas as contrariedades urbanas, de que a vida por lá, ainda que não fosse bela (Dolly se conformou facilmente com isso), era em compensação barata e cômoda: tem de tudo, é tudo barato, e é bom para as crianças. Agora, porém, indo ao campo como proprietária, via que não tinha nada a ver com o que havia pensado.

No dia seguinte à chegada, caiu uma chuva torrencial, que inundou o corredor e o quarto das crianças, de modo que as caminhas foram transferidas para a sala de jantar. Não havia funcionários de cozinha; de nove vacas, revelou-se, nas palavras dos cuidadores, que algumas estavam prenhes, outras tinham acabado de parir, outras eram velhas, outras ainda tinham úbere inchado; não havia manteiga e leite suficientes nem para as crianças. Não havia ovos. Não havia como achar galinha; fritavam e cozinhavam galos velhos, de carne lilás, fibrosa. Não havia como achar mulher para lavar o chão — estavam todas colhendo batatas. Não havia como passear, pois o único cavalo era indócil e quebrava o tirante. Não havia onde tomar banho — toda a margem do rio fora pisoteada pelo gado e aberta para a estrada: não dava nem para caminhar, pois o gado entrava no jardim pela cerca quebrada, e tinha um touro terrível que mugia e, portanto, devia chifrar. Não havia armários para as roupas. Os que havia, não fechavam direito, e abriam sozinhos quando se passava a seu lado. Não havia potes nem panelas; não havia caldeiras para a lavanderia, nem mesmo tábua de passar para as criadas.

No começo, encontrando, em vez de calma e descanso, o que eram, de seu ponto de vista, terríveis calamidades, Dária Aleksândrovna ficou em desespero: empenhava-se com todas as forças, sentia o irremediável de sua situação e a cada instante reprimia as lágrimas que lhe assomavam aos olhos. O intendente, um ex-furriel de que Stepan Arkáditch gostava, e que tinha escolhido entre os porteiros devido à aparência bela e reverente, não demonstrava nenhum interesse nas calamidades de Dária Aleksândrovna, e dizia com reverência: "Não dá para fazer nada, esse povo é nojento", e não ajudava em nada.

A situação parecia irremediável. Porém, na casa dos Oblônski, como em todas as casas de família, havia uma pessoa imperceptível, porém muito importante e proveitosa: Matriona Filimônovna. Ela acalmava a patroa, assegurava-lhe de que *daria um jeito* (a expressão era sua, e Matviei tinha pegado dela) e agia, sem pressa nem nervosismo.

Imediatamente se encontrou com a mulher do administrador, tomou chá com ela e com o administrador sob as acácias, já no primeiro dia, e debateu todas as questões. Rapidamente, sob as acácias, instituiu-se o clube de Matriona Filimônovna, e lá, através desse clube, formado pela mulher do administrador, pelo estaroste e o escriturário, puseram-se a equilibrar as dificuldades da vida e, em uma semana, de fato, *deu-se um jeito* em tudo. Consertaram o telhado, encontraram uma cozinheira, comadre do estaroste, compraram galinhas, passaram a tirar leite e cercaram o jardim com varas, o carpinteiro fez uma calandra, colocaram ganchos nos armários, que pararam de abrir arbitrariamente, uma tábua de passar coberta de feltro militar foi aberta entre o braço de uma poltrona e a cômoda, e o quarto das criadas cheirava a ferro de passar.

— Olha só! E a senhora se desesperando — disse Matriona Filimônovna, apontando para a tábua.

Construíram até um reservado de banhos com painéis de palha. Lily passou a se banhar e, para Dária Aleksândrovna, realizou-se, ainda que em parte, sua expectativa de uma vida no campo cômoda, ainda que não tranquila. Tranquila, com seis crianças, Dária Aleksândrovna não tinha como ficar. Uma caía doente, outra podia adoecer, uma terceira tinha falta de algo, uma quarta demonstrava sinais de caráter difícil, etc., etc. Raramente, bem raramente se apresentavam breves períodos de tranquilidade. A atividade e o desassossego eram, porém, a única felicidade possível para Dária Aleksândrovna. Não fosse por isso, ficaria sozinha com seus pensamentos no marido que não a amava. E, além disso, por mais duro que fossem para a mãe o medo das doenças, as doenças em si e o pesar por ver sinais de más inclinações nos filhos, os próprios filhos agora lhe pagavam por suas penas com minúsculas recompensas. Essas alegrias eram tão minúsculas que passavam despercebidas, como ouro na areia, e, nas horas ruins, ela só via as penas, só a areia; também havia, porém, as horas boas, em que ela via apenas a alegria, apenas o ouro.

Agora, na solidão do campo, passara a reconhecer essas alegrias com frequência cada vez maior. Muitas vezes, ao olhar para eles, fazia todo esforço possível para se convencer de que se enganava, de que, como mãe, era parcial para com seus filhos; mesmo assim, não tinha como não dizer a si mesma que possuía filhos encantadores, todos os seis, cada um à sua maneira, como era raro acontecer — e ficava feliz e orgulhosa.

VIII

No fim de maio, quando tudo já tinha mais ou menos se arranjado, ela recebeu do marido a resposta a suas queixas sobre a desordem no campo. Ele lhe escrevia pedindo perdão por não ter pensado em tudo, e prometendo ir na primeira oportunidade. Essa oportunidade não se apresentou e, até o começo de junho, Dária Aleksândrovna ficou sozinha no campo.

No domingo da semana de São Pedro, Dária Aleksândrovna foi à missa para comungar com todos os filhos. Dária Aleksândrovna, em conversas íntimas e filosóficas com a irmã, a mãe, os amigos, frequentemente espantava-os por ser uma livre-pensadora com relação à religião. Tinha uma religião própria e estranha, a metempsicose, na qual acreditava com firmeza, preocupando-se pouco com os dogmas da igreja. Porém, em família — e não para dar exemplo, mas de coração —, cumpria com severidade todos os deveres eclesiásticos; o fato de que os filhos não participavam da eucaristia há cerca de um ano preocupava-a muito e, com plena aprovação e simpatia de Matriona Filimônovna, decidira fazer isso agora, no verão.

Dária Aleksândrovna planejou com alguns dias de antecedência como vestiria os filhos. As roupas foram costuradas, reformadas e lavadas, bainhas e franzidos foram soltos, botões foram pregados e fitas foram preparadas. Um vestido, o de Tânia, que a inglesa ficou de costurar, estragou o humor de Dária Aleksândrovna. A inglesa, ao costurar, fez as pregas fora do lugar, puxou as mangas demais e estragou o vestido por inteiro. Ficou tão apertado nos ombros de Tânia que doía de olhar. Matriona Filimônovna, contudo, teve a ideia de colocar nesgas de pano e fazer uma pequena pelerine. A situação foi remediada, mas quase deu briga com a inglesa. Pela manhã, todavia, tudo estava ajustado e, pelas nove horas — prazo que tinham pedido ao padre para que os aguardasse para a missa —, cintilando de alegria, as crianças estavam na varanda, ataviadas, em frente à caleche, aguardando a mãe.

À caleche, em vez do indócil Corvo, estava atrelado, por apadrinhamento de Matriona Filimônovna, o Pardo do administrador, e Dária Aleksândrovna, atrasada pela preocupação com sua toalete, entrou para tomar assento, com um vestido branco de musselina.

Dária Aleksândrovna se penteara e vestira com cuidado e nervosismo. Antes, vestia-se para si, para ser bela e agradar; depois, quanto mais envelhecia, mais desagradável achava se vestir; via como tinha ficado mais feia. Agora, porém, vestia-se com satisfação e nervosismo. Agora se vestia não para si, não por sua beleza, mas para que ela, mãe daqueles encantos, não estragasse a impressão geral. E, contemplando-se no espelho pela última vez, ficou satisfeita consigo mesma. Estava bonita. Não tão bonita como já quisera estar bonita para um baile, mas bonita para a finalidade que agora tinha em mente.

Na igreja, não havia ninguém além dos mujiques, criados e suas mulheres. Porém Dária Aleksândrovna via, ou achava que via, a admiração causada por ela e seus filhos. Os filhos não apenas estavam maravilhosos em seus vestidinhos elegantes, como ainda eram um encanto por se comportarem tão bem. Verdade que Aliócha não estava totalmente direito: ficava se virando o tempo todo e querendo ver a parte de trás de seu blusão; mas, mesmo assim, era de um encanto extraordinário. Tânia parecia adulta, olhando pelos pequenos. Mas a caçula, Lily, era um amor com seu assombro ingênuo diante de tudo, e foi difícil não rir quando, depois de comungar, ela disse: "*Please, some more*".[7]

---

[7] "Por favor, mais um pouco", em inglês no original. (N. do T.)

De volta para casa, as crianças sentiam que tinha acontecido algo solene, e ficaram muito mansas.

Tudo ia bem na casa; porém, no almoço, Gricha começou a assobiar e, pior, não obedecia à inglesa, e foi deixado sem torta doce. Dária Aleksândrovna não teria permitido essa punição naquele dia, se estivesse presente; porém, era preciso apoiar a decisão da inglesa, e confirmou a decisão de que Gricha ficaria sem torta doce. Isso estragou um pouco a alegria geral.

Gricha chorava, dizendo que Nikólienka também tinha assobiado, mas não tinha sido punido, e que não chorava pela torta — que dava na mesma —, mas pela injustiça. Aquilo já era triste demais, e Dária Aleksândrovna decidiu ir falar com a inglesa, para perdoar Gricha. Porém, ao passar pela sala, viu uma cena que encheu seu coração de tamanha alegria que as lágrimas lhe afluíram aos olhos, e perdoou o culpado ela mesma.

O punido estava sentado junto a uma janela, no canto da sala; Tânia se encontrava na sua frente, de pé, com um prato. Sob pretexto de desejar alimentar a boneca, pedira permissão à inglesa para levar um pedaço de torta ao quarto das crianças mas, em vez disso, levara ao irmão. Continuando a chorar pela injustiça da punição sofrida, ele comia a torta que lhe levaram e, entre soluços, dizia: "Coma você, vamos comer juntos... juntos".

Sobre Tânia agiu inicialmente o efeito da dó por Gricha, depois a consciência de sua conduta virtuosa, e lágrimas também lhe encheram os olhos; mas ela, sem recusar, comia a sua parte.

Ao avistar a mãe, eles se assustaram, porém, mirando seu rosto, compreenderam que estavam agindo bem, riram e, com a boca cheia de torta, puseram-se a limpar os lábios sorridentes com as mãos e a lambuzar de lágrimas e geleia os rostos radiantes.

— Minha mãe!! O vestido branco novo! Tânia! Gricha! — dizia a mãe, tentando salvar o vestido, mas abrindo um sorriso beatífico e extasiado, com lágrimas nos olhos.

Tiraram as roupas novas, mandaram colocar blusinhas nas meninas e blusões velhos nos meninos, e deram ordens de atrelar o Pardo — novamente, para desgosto do administrador — ao tirante do breque, para irem atrás de cogumelos e tomar banho. Um coro de ganidos de êxtase se elevou no quarto das crianças, e não silenciou até a partida para o banho.

Colheram toda uma cesta de cogumelos, até Lily achou um cogumelo de bétula. Antes acontecia de *miss* Hoole encontrar e apontar para ela; mas, agora, tinha encontrado sozinha um cogumelo de bétula com um chapéu grande, e houve um grito geral de êxtase: "Lily achou um cogumelo!".

Depois chegaram ao rio, colocaram os cavalos sob as bétulas e foram se banhar. O cocheiro Tieriênti, depois de amarrar a uma árvore os cavalos que afugentavam mutucas, deitou-se à sombra das bétulas, amassando a grama e fumando *tiutiun*,[8] enquanto lhe chegava, dos banhos, o ganido alegre e incessante das crianças.

Embora fosse afanoso ficar de olho em todas as crianças e reprimir suas travessuras, embora fosse difícil lembrar e não misturar todas aquelas meinhas, calcinhas, sapatinhos de pés diferentes, e desamarrar, abrir e amarrar as fitinhas e botõezinhos, Dária Aleksândrovna, que sempre gostara de se banhar e considerava aquilo proveitoso para as crianças, não tinha prazer tão grande quanto tomar banho com todos os filhos. Mexer em todas aquelas perninhas rechonchudas, enfiando-lhes as meinhas, tomar nos braços e mergulhar aqueles corpinhos nus, e ouvir seus ganidos ora alegres, ora assustados; ver aqueles rostos ofegantes, com olhos abertos, assustados e alegres, aqueles querubinzinhos saltitando, era, para ela, um grande prazer.

Quando já metade das crianças estava vestida, chegaram aos banhos camponesas bem-vestidas, que tinham ido atrás de angélicas e eufórbias, e se detiveram, tímidas. Matriona Filimônovna chamou uma, para lhe dar para secar uma toalha de banho e uma camisa que tinham caído na água, e Dária Aleksândrovna entabulou conversação com as mulheres. As camponesas, que inicialmente riam por trás das mãos e não entendiam as perguntas, logo se tornaram mais ousadas e entraram na conversa, cativando Dária Aleksândrovna de imediato ao demonstrar franca admiração pelas crianças.

— Mas que beleza, branquinha como açúcar — dizia uma, admirando Tánietchka e balançando a cabeça. — Mas está magra...

— Sim, andou doente.

— Olha só, quer dizer que também te meteram no banho — disse outra ao bebê de peito.

— Não, ele só tem três meses — respondeu Dária Aleksândrovna, com orgulho.

— Olha só!

— E você tem filhos?

— Tinha quatro, sobraram dois: um menino e uma menina. Desmamei no carnaval passado.

— Quantos anos tem?

— Dois aninhos.

— Por que você a amamentou por tanto tempo?

---

[8] Tabaco de qualidade inferior. (N. do T.)

— É o nosso hábito: três quaresmas...

E a conversa ficou muito interessante para Dária Aleksândrovna: como tinha parido? Que doenças tivera? Onde estava o marido? Acontecia com frequência?

Dária Aleksândrovna não tinha vontade de se separar da camponesa, de tão interessante que era a conversa e de tão completa a coincidência de seus interesses. O que mais agradava a Dária Aleksândrovna era ver com clareza que o que as mulheres mais admiravam era seus filhos serem tantos, e tão bonitos. As camponesas até fizeram Dária Aleksândrovna rir, e ofenderam a inglesa por ser o motivo de um riso que ela não entendia. Uma das jovens camponesas olhava para a inglesa, que se vestia depois de todos e, quando ela colocou a terceira saia, a jovem não pôde conter a observação: "Olha só, roda para cá, roda para lá, e não acaba nunca!" — disse, e todas caíram na gargalhada.

IX

Rodeada de todos os filhos banhados, e com os cabelos molhados, Dária Aleksândrovna, de lenço na cabeça, já estava chegando em casa quando o cocheiro disse:

— Vem aí um senhor, parece que de Pokróvskoie.

Dária Aleksândrovna olhou para a frente e ficou contente ao avistar, de chapéu cinza e casaco cinza, a figura conhecida de Lióvin vindo ao seu encontro. Sempre ficava contente com sua presença, mas agora estava especialmente contente, porque ele a veria em toda a sua glória. Ninguém melhor do que Lióvin para entender sua grandeza, e no que ela consistia.

Ao vê-la, ele se deparou com um dos quadros do modo de vida familiar futura que imaginava.

— A senhora é uma autêntica galinha chocadeira, Dária Aleksândrovna.

— Ah, como estou contente! — ela disse, estendendo-lhe a mão.

— Contente, mas não me informou. Meu irmão está em casa. Recebi de Stiva um bilhete dizendo que a senhora estava aqui.

— De Stiva? — perguntou Dária Aleksândrovna, com assombro.

— Sim, escreveu que a senhora havia chegado, e que achava que me permitiria auxiliá-la em algo — disse Lióvin e, ao dizê-lo, ficou embaraçado de repente; e, interrompendo a fala, continuou a caminhar, em silêncio, ao lado do breque, arrancando os brotos de tília e mascando-os. Ficara embaraçado devido à suposição de que Dária Aleksândrovna não apreciaria receber de um estranho, naquele caso, o auxílio que devia ser prestado pelo marido. De fato, não agradou a Dária Aleksândrovna o jeito como Stepan Arkáditch passara a outros seus deveres domésticos. E entendeu imediatamente que Lióvin o compreendera. Por essa fineza de entendimento, por essa delicadeza é que Dária Aleksândrovna gostava de Lióvin.

— Óbvio que eu entendi — disse Lióvin — que isso só queria dizer que a senhora desejava me ver, e fiquei muito contente. Óbvio que imagino que para a senhora, uma dona de casa da cidade, aqui é um lugar selvagem, e, caso precise de algo, estou a seu inteiro dispor.

— Oh, não! — disse Dolly. — No começo, estava incômodo, mas agora tudo se arranjou de forma maravilhosa, graças à minha velha aia — disse, apontando para Matriona Filimônovna, que entendeu que falavam dela e sorriu de forma alegre e amistosa para Lióvin. Conhecia-o e sabia que era um bom partido para a senhorita, e desejava que a coisa desse certo.

— Tenha a bondade de se sentar, vamos nos apertar por aqui — ela lhe disse.

— Não, vou a pé. Crianças, quem vai apostar corrida comigo até os cavalos?

As crianças conheciam Lióvin muito pouco, não se lembravam de quando o tinham visto, porém não manifestaram com relação a ele aquela sensação estranha de acanhamento e repulsa que as crianças experimentam com tanta frequência para com os adultos fingidos, e pela qual são castigadas com tanta frequência, e de forma tão dolorida. O fingimento, seja no que for, pode enganar o mais inteligente e sagaz dos homens; porém, a criança mais limitada, por mais habilmente que ele se esconda, consegue reconhecê-lo e se afasta. Fossem quais fossem os defeitos de Lióvin, de fingimento ele não dava nem sinal e, portanto, as crianças exprimiram a mesma amabilidade que encontraram no rosto da mãe. Ao seu convite, os dois mais velhos acorreram de imediato, e correram com a mesma simplicidade com que fariam com a aia, com *miss* Hoole ou com a mãe. Lily também se pôs a pedir, e a mãe a entregou, para que ele a colocasse no ombro e corresse com ela.

— Não tema, não tema, Dária Aleksândrovna! — ele disse, rindo com alegria para a mãe. — Não há chance de que eu a machuque ou deixe cair.

E, ao olhar para seus movimentos ágeis, fortes, zelosamente cuidadosos e bastante atentos, a mãe se acalmou, sorrindo com alegria e aprovação ao olhar para ele.

Lá, no campo, com as crianças e a simpatia de Dária Aleksândrovna, Lióvin chegou àquele estado de espírito de alegria infantil que o acometia com frequência, e que Dária Aleksândrovna apreciava em especial. Ao correr com as crianças, ensinou-lhes ginástica, divertiu *miss* Hoole com seu inglês ruim e narrou a Dária Aleksândrovna suas ocupações rurais.

Depois do jantar, a sós com ele no balcão, Dária Aleksândrovna se pôs a falar de Kitty.

— O senhor sabia? Kitty vai chegar agora, e passar o verão comigo.

— Verdade? — ele disse, suspirando, e imediatamente, para mudar o rumo da conversa, disse:

— Então eu lhe mando duas vacas? Se a senhora quiser acertar as contas, tenha a bondade de me pagar cinco rublos por mês, se fizer questão.

— Não, grata. Já nos arranjamos.

— Pois bem, então vou dar uma olhada nas suas vacas e, caso permita, direi como alimentá-las. A alimentação é tudo.

E Lióvin, apenas para desviar o assunto, expôs a Dária Aleksândrovna a teoria da produção leiteira, que consistia em que a vaca é apenas uma máquina para a transformação da alimentação em leite, etc.

Falava disso desejando e, ao mesmo tempo, temendo terrivelmente ouvir detalhes a respeito de Kitty. Tinha medo de perturbar a tranquilidade que obtivera com tamanha dificuldade.

— Sim, mas a propósito, alguém tem que acompanhar isso tudo, e quem seria? — respondeu Dária Aleksândrovna, a contragosto. Tinha ajustado tão bem a propriedade por meio de Matriona Filimônovna, que não desejava mudar nada; e também não confiava no conhecimento de Lióvin sobre agricultura. A consideração de que a vaca era uma máquina de produção de leite parecia-lhe suspeita. Tinha a impressão de que esse tipo de consideração só podia atrapalhar a propriedade. Tinha a impressão de que tudo aquilo era bem mais simples: precisava apenas, segundo a explicação de Matriona Filimônovna, dar mais comida e bebida à Malhada e à Branquinha, e que o cozinheiro não levasse a lavadura da cozinha para a vaca da lavadeira. Aquilo era claro. Já considerações acerca da farinha e da grama de alimentação eram duvidosas e obscuras. E o principal era que tinha vontade de falar sobre Kitty.

X

— Kitty me escreve que não deseja nada além de recolhimento e tranquilidade — disse Dolly, depois do silêncio que se instaurara.

— E então, a saúde dela está melhor? — perguntou Lióvin, nervoso.

— Graças a Deus, está completamente restabelecida. Nunca achei que ela tivesse doença de peito.

— Ah, fico muito contente! — disse Lióvin, e Dolly teve a impressão de ver algo de tocante e impotente em seu rosto ao dizer isso, e observou-o em silêncio.

— Ouça, Konstantin Dmítritch — disse Dária Aleksândrovna, abrindo seu sorriso bondoso e algo zombeteiro —, por que o senhor está zangado com Kitty?

— Eu? Não estou zangado — disse Lióvin.

— Não, o senhor está zangado. Por que não foi nos visitar, nem a eles, quando esteve em Moscou?

— Dária Aleksândrovna — ele disse, corando até a raiz dos cabelos —, chego a me espantar que a senhora, com a sua bondade, não o sinta. Como a senhora simplesmente não tem pena de mim, quando sabe...

— O que é que eu sei?

— Sabe que eu fiz uma proposta e fui rejeitado — afirmou Lióvin, e toda a ternura que sentia até o minuto anterior por Kitty transformou-se, em sua alma, em raiva por aquela ofensa.

— Por que o senhor acha que eu sei?

— Porque todo o mundo sabe.

— Pois o senhor está enganado; eu não sabia, embora deduzisse.

— Ah! Pois bem, agora a senhora sabe.

— Eu só sabia que tinha acontecido alguma coisa, mas o quê, nunca consegui saber de Kitty. Só vi que tinha acontecido algo que a atormentava terrivelmente, e que ela me pedia para jamais falar sobre isso. E, se ela não me disse, não disse a ninguém. Mas o que aconteceu com o senhor? Diga-me.

— Eu disse o que aconteceu.

— Quando?

— Da última vez em que estive na sua casa.

— Sabe o que vou lhe dizer? — disse Dária Aleksândrovna. — Tenho uma pena terrível dela. O senhor está sofrendo apenas por orgulho...

— Pode ser — disse Lióvin —, mas...

Ela o interrompeu:

— Mas dela, coitadinha, estou com a mais terrível das penas. Agora entendo tudo.

— Pois bem, Dária Aleksândrovna, desculpe-me — ele disse, levantando-se. — Adeus! Dária Aleksândrovna, até a vista.

— Não, espere — ela disse, agarrando-o pela manga. — Espere, sente-se.

— Por favor, por favor, não falemos disso — ele disse, sentando-se e sentindo, ao mesmo tempo, que em seu coração erguia-se e se agitava uma esperança que lhe parecia finada.

— Se eu não gostasse do senhor — disse Dária Aleksândrovna, e lágrimas surgiram em seus olhos —, se eu não o conhecesse como conheço...

O sentimento que parecia morto animou-se cada vez mais, ergueu-se e se apoderou do coração de Lióvin.

— Sim, agora eu entendi tudo — prosseguiu Dária Aleksândrovna. — O senhor não pode entender; vocês, homens, têm liberdade de escolha, e sempre está claro quem amam. Só que uma moça em situação de espera, com essa vergonha feminina, virginal, uma moça que vê vocês, homens, só de vez em quando, que leva tudo ao pé da letra — uma moça pode ter, e acontece de ter, uma sensação de que não sabe a quem ama, e não sabe o que dizer.

— Sim, se o coração não fala...

— Não, o coração fala, mas reflita: vocês, homens, têm uma moça em mente, visitam a casa, aproximam-se, examinam, veem se encontram nela aquilo que amam, e depois, quando estão seguros de que amam, fazem uma proposta...

— Veja, não é bem assim.

— Dá na mesma, vocês fazem uma proposta quando seu amor está maduro, ou quando se dá a superioridade de uma, entre duas que estão escolhendo. Mas não perguntam à moça. Querem que ela escolha, só que ela não pode escolher, e só faz responder sim ou não.

"Sim, a escolha entre mim e Vrônski" — pensou Lióvin, e o morto que se avivara em sua alma voltou a falecer, para apenas golpear seu coração de forma torturante.

— Dária Aleksândrovna — ele disse —, esse é o jeito de escolher um vestido ou qualquer outra compra, mas não o amor. A escolha foi feita, tanto melhor... E não pode haver repetição.

— Ah, orgulho e orgulho! — disse Dária Aleksândrovna, como se o desprezasse pela baixeza daquele sentimento, em comparação com um outro sentimento que apenas as mulheres conhecem. — Na hora em que o senhor fez a proposta a Kitty, ela estava exatamente numa situação em que não podia responder. Nela havia uma hesitação. A hesitação: o senhor ou Vrônski. Ele, ela via todo dia; o senhor, não via há tempos. Suponhamos que ela fosse mais velha; para mim, por exemplo, no lugar dela, não poderia haver hesitação. Ele sempre me causou aversão, e terminaria assim.

Lióvin se lembrou da resposta de Kitty. Ela dissera: *Não, isso não pode ser...*

— Dária Aleksândrovna — ele disse, seco —, aprecio sua confiança em mim; acho que está enganada. Porém, correto ou não, esse orgulho que a senhora tanto despreza faz com que, para mim, qualquer pensamento em Katierina Aleksândrovna seja impossível — compreenda, completamente impossível.

— Só vou dizer mais uma coisa: o senhor entende que estou falando de uma irmã que amo como aos meus filhos. Não estou dizendo que ela amava o senhor, mas só queria dizer que sua rejeição, naquele instante, não provava nada.

— Não sei! — disse Lióvin, pulando. — Se a senhora soubesse como está me machucando! É como se um de seus filhos morresse, e eu dissesse: hoje ele seria assim, poderia estar vivo, e todos se alegrariam com ele. Mas ele está morto, morto, morto...

— Como o senhor é ridículo — disse Dária Aleksândrovna, com um risinho triste, apesar do nervosismo de Lióvin. — Sim, agora estou entendendo tudo — ela prosseguiu, pensativa. — Então o senhor não virá nos visitar quando Kitty estiver aqui?

— Não, não virei. Óbvio que não vou fugir de Katierina Aleksândrovna, mas, o quanto puder, tentarei poupá-la do desgosto de minha presença.

— O senhor é muito, muito ridículo — repetia Dária Aleksândrovna, fitando seu rosto com ternura. — Pois bem, então será como se jamais tivéssemos falado disso. Por que você veio, Tânia? — Dária Aleksândrovna disse em francês à menina que entrava.

— Cadê minha pazinha, mamãe?

— Falei em francês, responda-me do mesmo jeito. — A menina quis falar, mas se esqueceu como era "pazinha", a mãe lhe explicou e depois disse, em francês, onde encontraria a pazinha. Lióvin achou aquilo desagradável.

Agora ele já não achava as coisas na casa de Dária Aleksândrovna e seus filhos tão encantadores quanto antes.

"E por que ela fala francês com as crianças? — pensou. — Como isso é artificial e falso! E as crianças o sentem. Aprender francês e desaprender a sinceridade" — pensava consigo mesmo, sem saber que Dária Aleksândrovna já pensara naquilo vinte vezes e mesmo assim, embora com prejuízo da sinceridade, achava indispensável ensinar seus filhos daquela forma.

— Mas para onde vai? Sente-se.

Lióvin ficou para o chá, mas toda sua alegria desapareceu, e ele se sentiu desconfortável.

Depois do chá, ele saiu para a antessala, para mandar trazer os cavalos e, ao voltar, surpreendeu Dária Aleksândrovna alvoroçada, de cara desolada e lágrimas nos olhos. Na hora em que Lióvin saiu, aconteceu um fato terrível para Dária Aleksândrovna, que destruiu de repente toda sua alegria e orgulho dos filhos naquele dia. Gricha e Tânia atracavam-se por uma bolinha. Ao ouvir um grito no quarto das crianças, Dária Aleksândrovna saiu correndo e os surpreendeu com um aspecto horrível. Tânia agarrava Gricha pelos cabelos, enquanto ele, com a cara desfigurada pelo ódio, batia-lhe com os punhos onde dava. Algo se rompeu no coração de Dária Aleksândrovna ao ver isso. Era como se as trevas tivessem baixado sobre sua vida: entendia que aquelas crianças, das quais tanto se orgulhava, eram não apenas as mais corriqueiras, como inclusive más, mal-educadas, de inclinações rudes e selvagens, crianças malvadas.

Não tinha como falar ou pensar em outra coisa, e não podia narrar sua infelicidade a Lióvin.

Lióvin via que ela estava infeliz e tentou consolá-la, dizendo que aquilo não provava nada de ruim, que todas as crianças brigavam; porém, ao dizê-lo, Lióvin pensava no fundo da alma: "Não, não vou me requebrar nem falar francês com meus filhos, mas não terei filhos assim: é preciso apenas não estragar, não estropiar as crianças, e elas serão encantadoras. Não, meus filhos não serão assim".

Despediu-se e partiu, sem que ela o detivesse.

XI

Em meados de julho, o estaroste da aldeia da irmã, localizada a vinte verstas de Pokróvskoie, apareceu na propriedade de Lióvin com um relatório sobre o andamento dos negócios e a sega. A principal renda da herdade da irmã vinha dos prados de várzea. Nos anos anteriores, os mujiques amealhavam a sega por vinte rublos a *dessiatina*. Quando Lióvin assumiu a direção da herdade, após examinar a sega, achou que valia mais, e fixou o preço de vinte e cinco rublos por *dessiatina*. Os mujiques não pagaram o preço e, como Lióvin suspeitava, afugentaram outros compradores. Então Lióvin foi até lá em pessoa e determinou que fosse feita a colheita no prado, em parte por pagamento em dinheiro, em parte por cota. Os mujiques se opuseram à inovação com todos os meios, mas a coisa foi adiante e, já no primeiro ano, o prado rendeu quase o dobro. No terceiro ano, o passado, a oposição dos mujiques continuou a mesma, e a colheita ocorreu da mesma forma. No ano corrente, os mujiques assumiram a sega pela cota de um terço, e agora o estaroste viera informar que a colheita termirara e que ele, temendo a chuva, chamara o escriturário e, na frente dele, dividira e separara as onze medas que cabiam ao patrão. Pela vagueza da resposta à pergunta de quanto feno havia no prado principal, pelo açodamento do estaroste em repartir o feno sem que lhe fosse pedido, pelo tom geral do mujique, Lióvin entendeu que havia algo de errado na partilha do feno, e decidiu ir em pessoa verificar o assunto.

Chegando à aldeia na hora do almoço, e deixando o cavalo com um velho amigo, o marido da ama de leite de seu irmão, Lióvin entrou no apiário do velho, para assim se inteirar, através dele, dos detalhes da colheita. Loquaz e bem-apessoado, o velho Parmiénitch recebeu Lióvin com alegria, mostrou-lhe toda a sua propriedade, narrou-lhe todos os detalhes a respeito de suas abelhas e do período de enxameamento daquele ano; porém, sobre as questões de Lióvin acerca da colheita, falou de forma vaga, e a contragosto. Isso deixou Lióvin ainda mais convicto de suas suspeitas. Foi até a sega e examinou as medas. Não tinha como haver cinquenta carradas em cada meda e, para pegar os mujiques na mentira, Lióvin mandou chamar as carroças que levavam o feno, erguer uma meda e transportá-la para o galpão. Da meda saíram apenas trinta e duas carradas. Apesar das assertivas do estaroste sobre o feno inchar, e sobre como ele tinha se acomodado nas medas, e de jurar por Deus que tudo tinha sido feito de forma pia, Lióvin insistiu que o feno tinha sido repartido sem ordem sua e que, por isso, não aceitava o feno a cinquenta carradas por meda. Depois de longas discussões, foi decidido que os mujiques incorporariam aquelas onze medas, cotadas a cinquenta carradas, à sua parte, e que a parte do patrão seria dividida de novo. Essas negociações e a partilha dos montes prolongaram-se até a hora do lanche. Quando o último feno foi dividido, Lióvin, deixando a supervisão do restante para o escriturário, sentou-se em um monte assinalado com um estame de salgueiro, admirando o prado, que fervilhava de gente.

Diante dele, na curva do rio, detrás do pântano, matraqueando alegremente com vozes sonoras, movia-se uma fileira colorida de camponesas e, do feno espalhado, estendiam-se rapidamente, pelo restolho verde-claro, sinuosos veios cinzentos. Atrás das mulheres iam mujiques com forcados, e dos veios cresciam montes de feno largos, altos, fofos. À esquerda, telegas rangiam no prado já ceifado, e, um atrás do outro, removidos por forquilhas imensas, desapareciam os montes de feno e, em seu lugar, assomavam carroças pesadas de feno cheiroso, pendendo das garupas dos cavalos.

— Que tempo para colher! Que feno vai ser! — disse o velho, sentando-se perto de Lióvin. — Nem vai ser feno, vai ser chá! Que nem dar grão para patinho, assim é que eles colhem! — acrescentou, apontando para os montes a crescer. — Desde o almoço, levaram uma boa metade.

— É a última ou o quê? — gritou para um rapaz de pé, na frente da caixa de uma telega, e que, acenando para os cavalos com rédeas de cânhamo, passava ao lado.

— A última, paizinho! — gritou o rapaz, detendo o cavalo, e, sorrindo, olhou para uma camponesa alegre e rosada, que também sorria, sentada na caixa da telega, e tocou para a frente.

— Esse é quem? Seu filho? — perguntou Lióvin.

— Meu caçulinha — disse o velho, com um sorriso carinhoso.

— Que rapagão!

— Não é nada mau.

— Já é casado?

— Sim, fez dois anos no dia de São Felipe.

— E então, tem filhos?

— Que filhos? Ficou um ano inteiro sem entender nada, e tinha até vergonha — respondeu o velho. — Pois bem, o feno! Um verdadeiro chá! — repetia, querendo mudar o rumo da conversa.

Lióvin examinou Vanka[9] Parmiénov e sua esposa com mais atenção. Amontoavam o feno não muito longe dele. Ivan Parmiénov estava de pé, na carroça, recebendo, aplainando e pisoteando os feixes imensos de feno que sua patroa jovem e bela lhe entregava com habilidade, inicialmente com braçadas, depois com o forcado. O feno volumoso e comprimido não ficava firme no forcado logo de cara. Primeiro ela o alisava, enfiava o forcado, depois, com movimentos elásticos e fortes, apoiava-se com todo o peso do corpo e, de imediato, dobrando as costas cingidas por uma cinta vermelha, endireitava-se e, exibindo o peito cheio debaixo da bata branca, agarrava o forcado de um jeito hábil e atirava o fardo alto na carroça. Visivelmente tentando poupá-la de qualquer instante de trabalho supérfluo, Ivan agarrava, apressado, abrindo largamente os braços, a braçada que lhe era entregue, depositando-a na carroça. Tendo apanhado o último feno com o ancinho, a mulher sacudiu a poeira que lhe recobria o pescoço e, endireitando o lenço vermelho que lhe caíra da testa branca e não bronzeada, deslizou para debaixo da telega para amarrar a carga. Ivan instruiu-a sobre como atar por baixo, e disse algo que a fez gargalhar alto. Nas expressões de ambos os rostos via-se um amor forte, jovem, que despertara há pouco.

---

[9] Diminutivo de Ivan. (N. do T.)

XII

A carga foi amarrada. Ivan deu um pulo e tomou as rédeas do cavalo dócil e bem alimentado. A mulher jogou o ancinho na carroça e, com passos animados, balançando os braços, foi até onde as camponesas estavam se reunindo para a dança de roda. Ivan, partindo para a estrada, entrou no comboio com outras carroças. As camponesas, com os ancinhos nos ombros, cintilando em cores brilhantes e matraqueando com suas vozes alegres e sonoras, iam atrás das carroças. Uma voz feminina rude e selvagem entoou uma canção e a cantou até a recapitulação e, unidas e em harmonia, meia centena de vozes distintas, rudes, finas e sadias retomaram a mesma canção, desde o começo.

As camponesas, com sua canção, aproximaram-se de Lióvin, que teve a impressão de que uma nuvem com uma trovoada de alegria descia sobre ele. A nuvem desceu, apoderou-se dele, e o monte de feno em que estava deitado, assim como os outros montes, carroças, e todo o prado, com os campos ao longe, tudo desfalecia e palpitava ao compasso dessa canção selvagem e alegre, com gritos, assobios e palmas. Lióvin ficou com inveja daquele contentamento saudável, teve vontade de tomar parte naquela expressão de alegria de viver. Não podia fazer nada, porém, e teve de ficar deitado, vendo e ouvindo. Quando o povo e sua canção desapareceram da vista e da audição, uma sensação pesada de angústia por sua solidão, por sua inatividade física, por sua inimizade àquele mundo tomou conta de Lióvin.

Alguns daqueles mesmos mujiques que mais tinham discutido com ele por causa do feno, aqueles que ele ofendera ou aqueles que tinham querido lográ-lo, aqueles mesmos mujiques cumprimentaram-no com alegria, e visivelmente não tinham nem podiam ter não só arrependimento, como nem sequer lembrança de ter querido lográ-lo. Tudo aquilo submergira no mar do alegre trabalho em comum. Deus dava o dia, Deus dava a força. E o dia e a força eram consagrados ao trabalho, e nele consistia a recompensa. E para quem era o trabalho? Quais seriam os frutos do trabalho? Tais considerações eram alheias e insignificantes.

Lióvin com frequência ficava admirando aquela vida, experimentando uma sensação de inveja das pessoas que levavam aquela vida, mas agora, pela primeira vez, especialmente impressionado pelo que vira das relações de Ivan Parmiénov com sua jovem esposa, ocorreu-lhe pela primeira vez a ideia de que dependia dele trocar o fardo da vida tão ociosa, artificial e supérflua que levava por aquela vida de trabalho, pura e com encanto comunitário.

O velho que havia se sentado com ele já tinha ido para casa há tempos; todo o mundo tinha se arrumado. Os que moravam perto foram embora, enquanto os que moravam longe reuniram-se para o jantar, e para pernoitar no prado. Sem se fazer notar pelas pessoas, Lióvin permaneceu deitado no monte de feno, a observar, ouvir e pensar. A gente que tinha ficado para pernoitar no prado praticamente não dormiu por toda aquela breve noite de verão. Primeiro ouviu-se uma conversa e gargalhada geral após o jantar, depois voltaram as canções e o riso.

Todo o longo dia de trabalho não tinha deixado neles traços de nada que não fosse alegria. Antes da alvorada, tudo sossegou. Ouviam-se apenas os sons noturnos das rãs, que não cessavam no pântano, e dos cavalos, bufando no prado, na neblina que se erguia antes do amanhecer. Ao acordar, Lióvin se levantou do monte de feno e, olhando para as estrelas, entendeu que a noite tinha passado.

"Pois bem, o que então vou fazer? E como vou fazê-lo?" — falou sozinho, tentando exprimir para si mesmo tudo sobre o que havia refletido e sentido naquela breve noite. Tudo sobre o que refletira e sentira se dividia em três cursos distintos de ideias. Um era a renúncia à vida antiga, a seus conhecimentos inúteis, à educação que em nada lhe servia. Tal renúncia representava um prazer para ele, e era fácil e simples. As outras ideias e noções referiam-se à vida que agora desejava levar. Sentia com clareza a simplicidade, pureza, legitimidade daquela vida, e estava convicto de que nela encontraria a satisfação, serenidade e dignidade cuja ausência sentia de forma tão dolorosa. Porém, a terceira cadeia de ideias girava em torno da questão de como faria a travessia da vida antiga para a nova. E aí não lhe aparecia nada de claro. "Ter uma esposa? Ter um trabalho e a necessidade do trabalho? Deixar Pokróvskoie? Comprar terra? Inscrever-se na comunidade? Casar-se com uma camponesa? Como vou fazer isso? — voltou a se perguntar, sem encontrar resposta. — Aliás, passei a noite inteira sem dormir, e não tenho como pensar direito — disse para si mesmo. — Depois eu esclareço. Só é certo que esta noite decidiu meu destino. Todos os meus sonhos anteriores de vida doméstica são um absurdo, estão errados — disse para si. — Tudo isso é bem mais simples, e melhor..."

"Que beleza! — pensou, olhando para os cirros brancos, como uma concha de madrepérola, que pairavam sobre sua cabeça, no meio do céu. — Como tudo é encanto nessa noite encantadora! E quando essa concha conseguiu se formar? Olhei para o céu há pouco, e não tinha nada, só duas faixas brancas. Sim, meus pontos de vista sobre a vida se modificaram de forma igualmente imperceptível!"

Saiu do prado e percorreu a estrada grande, em direção à aldeia. Ergueu-se uma brisa, e o tempo ficou cinzento, sombrio. Fizera-se o momento lúgubre que normalmente antecede o amanhecer, a vitória completa da luz sobre as trevas.

Encolhendo-se de frio, Lióvin ia rápido, olhando para o chão. "Quem é? Vem alguém" — pensou, ouvindo guizos, e levantou a cabeça. A quarenta passos dele, e em sua direção, pela mesma estrada de grama em que ele caminhava, vinha uma carruagem quádrupla com malas de couro de bezerro. Os cavalos de tração pressionavam o tirante para fora dos sulcos, porém o hábil cocheiro, sentado de lado na boleia, mantinha o tirante no sulco, de modo que as rodas percorriam a parte lisa.

Lióvin só reparou nisso e, sem pensar em quem poderia estar vindo, fitou a carruagem, distraído.

No canto da carruagem, uma velha cochilava, e à janela estava sentada uma moça, visivelmente recém-acordada, segurando com ambas as mãos as fitas de uma touquinha branca. Luminosa e pensativa, repleta de uma vida interior graciosa e complexa, alheia a Lióvin, olhava para além dele, para o levante da aurora. No mesmo instante em que esse espectro já desaparecia, olhos verdadeiros o contemplaram. Ela o reconheceu, e um contentamento surpreso iluminou seu rosto.

Ele não tinha como se enganar. Só havia dois olhos daqueles no mundo. Só havia uma criatura no mundo capaz de concentrar toda a luz e o sentido da vida para ele. Era ela. Era Kitty. Entendeu que ela estava indo da estação ferroviária até Iérguchovo. E tudo o que agitara Lióvin naquela noite de insônia, todas as decisões que tomara, tudo desapareceu de repente. Lembrou-se com repulsa de seus sonhos de matrimônio com uma camponesa. Só lá, naquela carruagem que se afastava rapidamente e ia em outra direção, só lá havia a possibilidade de resolução do enigma de sua vida, que o oprimia de forma tão aflitiva nos últimos tempos.

Ela não contemplava mais. O som das molas deixou de ser ouvido, os guizos ficaram quase inaudíveis. O latido dos cães mostrava que a carruagem percorria a aldeia e, ao redor, restavam os campos vazios, a aldeia à frente e ele, sozinho e alheio a tudo, percorrendo solitário a grande estrada abandonada.

Olhou para o céu, esperando encontrar aquela concha que admirara e que personificara todo o caminho das ideias e sentimentos daquela noite. No céu não havia mais nada parecido com uma concha. Lá, nas alturas inacessíveis, realizara-se uma mudança misteriosa. Não havia nem traço de concha, mas sim um tapete regular, que se estendia por toda a metade do céu, de cirros que iam diminuindo cada vez mais. O céu ficara azul e cintilava, e com a mesma ternura, porém com a mesma inacessibilidade, respondia a seu olhar interrogativo.

"Não — ele disse para si —, por melhor que seja essa vida simples e de trabalho, não posso retornar a ela. Eu *a* amo."

XIII

Ninguém, a não ser as pessoas mais próximas de Aleksei Aleksândrovitch, sabia que aquele homem de aspecto frio e sensato possuía uma fraqueza, oposta à tendência geral de seu caráter. Aleksei Aleksândrovitch não conseguia ouvir e ver de forma indiferente as lágrimas de crianças ou mulheres. A visão de lágrimas deixava-o em estado de desconcerto, e ele perdia completamente a capacidade de raciocínio. O chefe de seu departamento e seu secretário sabiam disso, e advertiam as peticionárias que não chorassem de maneira alguma, se não quisessem arruinar sua causa. "Ele vai se zangar e parar de escutá-la" — diziam. E, de fato, nesses casos, o transtorno emocional que as lágrimas produziam em Aleksei Aleksândrovitch traduzia-se em uma ira precipitada. "Não posso, não posso fazer nada. Faça o favor de sair!" — era o que habitualmente gritava nesses casos.

Quando, de volta das corridas, Anna lhe comunicou sobre sua relação com Vrônski e, imediatamente em seguida, tapou o rosto com as mãos e se pôs a chorar, Aleksei Aleksândrovitch, apesar da raiva despertada nele contra ela, sentiu ao mesmo tempo um acesso daquele transtorno emocional que as lágrimas sempre lhe causavam. Sabendo disso, e sabendo que, naquele instante, a expressão de seus sentimentos seria incompatível com a situação, esforçou-se por reprimir qualquer manifestação de vida em si e, portanto, não se moveu, nem olhou para ela. Daí decorria aquela estranha expressão de morto em seu rosto, que deixara Anna tão perplexa.

Quando chegaram à casa, ele a fez descer da carruagem e, tentando se controlar, despediu-se dela com a cortesia costumeira, proferindo palavras que não o obrigavam a nada; disse que a informaria de sua decisão no dia seguinte.

As palavras da esposa, que confirmavam suas piores suspeitas, causaram uma dor cruel no coração de Aleksei Aleksândrovitch. Essa dor era intensificada pela estranha sensação de pena física dela, provocada pelas lágrimas. Porém, deixado sozinho na carruagem, Aleksei Aleksândrovitch, para seu espanto e contentamento, sentiu-se totalmente libertado tanto dessa pena quanto das suspeitas e padecimentos do ciúme que o atormentavam nos últimos tempos.

Sentia o mesmo que alguém que houvesse arrancado um dente que doía há tempos, quando, depois da dor terrível e da sensação de que algo imenso, maior do que a própria cabeça, tinha sido extraído do maxilar, o paciente, de repente, sem acreditar ainda na sua felicidade, sentia que não existia mais aquilo que envenenara sua vida por tanto tempo, absorvendo toda sua atenção, e que ele novamente podia viver, pensar e não se interessar apenas pelo dente. Essa era a sensação de Aleksei Aleksândrovitch. A dor fora estranha e terrível, mas agora tinha passado; sentia que novamente podia viver e pensar não apenas na esposa.

"Sem honra, sem coração, sem religião, mulher depravada! Isso eu sempre soube e sempre vi, embora tenha tentado me enganar, por pena dela" — dizia para si mesmo. E tinha de fato a impressão de que sempre vira aquilo; recordava os detalhes de sua vida pregressa, que antes não pareciam nada ruins — agora esses detalhes demonstravam com clareza que ela sempre fora depravada. "Errei ao unir minha vida à dela; só que não há nada de ruim no meu erro e, portanto, não posso ser infeliz. O culpado não sou eu — disse para si mesmo —, mas ela. Porém, não tenho nada a ver com ela. Ela não existe para mim..."

Tudo o que se referia a ela e ao filho, com relação ao qual seus sentimentos tinham mudado do mesmo jeito, parou de ocupá-lo. A única coisa que agora o ocupava era a questão de qual seria a melhor, a mais decente e mais cômoda para si e, portanto, a mais justa forma de se limpar dessa lama com que ela o manchara em sua queda, e continuar seu caminho em uma vida ativa, honrada e proveitosa.

"Não posso ser infeliz porque uma mulher desprezível cometeu um crime; apenas devo encontrar a melhor saída dessa situação dura na qual ela me colocou. — Não sou o primeiro, nem o último." E, para não falar de exemplos históricos, a começar pelo Menelau de *A bela Helena*,[10] que estavam frescos na memória de todos, toda uma série de casos de mulheres atuais infiéis a maridos da mais alta sociedade surgiu na imaginação de Aleksei Aleksândrovitch. "Dariálov, Poltávski, o príncipe Karibánov, o conde Paskúdin. Dram... Sim, Dram também... um homem tão honrado, sensato... Semiónov, Tcháguin, Sigónin" — relembrou Aleksei Aleksândrovitch. — "Su-

---

[10] *La belle Helène* (1864), opereta de Jacques Offenbach (1819-1880), que parodia o rapto de Helena, esposa do rei Menelau, de Esparta, mencionado na *Ilíada* de Homero. (N. do T.)

ponhamos que algum *ridicule*[11] insensato caia em cima dessas pessoas, só que eu nunca vi nisso nada além de infelicidade, e sempre me compadeci deles" — Aleksei Aleksândrovitch disse para si mesmo, embora fosse mentira, ele jamais tivesse se compadecido desse tipo de infeliz, e sempre tivesse conferido tanto maior valor a si mesmo quanto mais exemplos de esposas que traíam os maridos. "Trata-se de uma infelicidade que pode se abater sobre qualquer um. E essa infelicidade se abateu sobre mim. A única questão é a melhor forma de superar essa situação." E passou a examinar os detalhes dos atos das pessoas que tinham se encontrado na mesma situação.

"Dariálov se bateu em duelo..."

Na juventude, o duelo exercera especial atração sobre a mente de Aleksei Aleksândrovitch, justamente porque era um homem fisicamente acanhado, e o sabia muito bem. Aleksei Aleksândrovitch não podia pensar sem horror em uma pistola apontada para si, e nunca usara nenhuma arma na vida. Esse horror de juventude obrigara-o com frequência a pensar no duelo e em se testar numa situação em que fosse necessário expor a vida ao perigo. Depois de obter êxito e uma posição firme na vida, esquecera-se há tempos dessa sensação; porém, a sensação costumeira se impôs, e o pavor de sua covardia revelava-se agora tão forte que Aleksei Aleksândrovitch acalentou longamente e por todos os lados a questão do duelo, embora soubesse com antecedência que não se bateria em hipótese alguma.

"Sem dúvida, nossa sociedade ainda é tão selvagem (nada a ver com a Inglaterra), que muita gente — dentre os quais aqueles cujas opiniões Aleksei Aleksândrovitch apreciava em particular — encara o duelo pelo lado bom; mas que resultado será obtido? Suponhamos que eu o desafie para um duelo — Aleksei Aleksândrovitch prosseguia, para si mesmo, e, ao imaginar com vivacidade a noite que passaria depois do desafio, e a pistola apontada para si, estremeceu e compreendeu que jamais o faria —, suponhamos que eu o desafie para um duelo. Suponhamos que me ensinem — continuou a pensar —, que me posicionem, eu aperte o gatilho — dizia para si, fechando os olhos —, e resulte que eu o mate — disse a si mesmo Aleksei Aleksândrovitch, sacudindo a cabeça para afastar aquelas ideias estúpidas. — Que sentido tem o assassinato de um homem para definir minha relação com a mulher criminosa e o filho? Esse é exatamente o modo de não decidir o que devo fazer com ela. Porém, o mais provável, e que acontecerá sem dúvida, é que serei morto ou ferido. Eu, homem sem culpa, serei a vítima, morto ou ferido. Ainda mais absurdo. E, ainda por cima, desafiar para um duelo seria uma con-

---

[11] "Ridículo", em francês no original. (N. do T.)

duta desonrada de minha parte. Por acaso não sei de antemão que meus amigos jamais me permitirão duelar, e não permitirão porque a vida de um homem de Estado, necessário à Rússia, não deve ser exposta ao perigo? Então, no que vai dar? Vai dar em que eu, sabendo de antemão que a coisa jamais chegaria ao perigo, queria apenas ganhar um brilho mentiroso com esse desafio. Isso é desonrado, é falso, é enganar os outros e a mim mesmo. Um duelo é impensável, e ninguém espera isso de mim. Meu objetivo consiste em salvaguardar minha reputação, da qual preciso para prosseguir minha atividade sem obstáculos." O serviço público, que antes já era de grande importância aos olhos de Aleksei Aleksândrovitch, agora lhe parecia ter importância especial.

Após debater consigo e rejeitar o duelo, Aleksei Aleksândrovitch voltou-se para o divórcio, outra saída escolhida por alguns daqueles maridos de que se lembrava. Esquadrinhando na memória todos os casos conhecidos de divórcio (tinham sido muitos na alta sociedade, que ele conhecia bem), Aleksei Aleksândrovitch não encontrou nenhum em que o objetivo do divórcio fosse o que tinha em mente. Em todos os casos, o marido cedera ou vendera a mulher infiel, e a parte que, devido à culpa, não tinha direito de contrair matrimônio, ingressava em uma relação fictícia, de uma legalidade imaginária, com o novo esposo. Em seu caso, Aleksei Aleksândrovitch via que a obtenção de um divórcio legal, ou seja, aquele em que apenas a mulher culpada seria repudiada, era impossível. Via que as complexas condições de vida em que se encontrava não admitiam a possibilidade das provas rudes que a lei exigia para apanhar uma esposa culpada; via que existia certo refinamento naquela vida que não admitia tampouco a utilização daquelas provas, ainda que elas existissem, e que a apresentação das provas o deixariam mais comprometido do que ela perante a opinião pública.

A tentativa de divórcio poderia levar apenas a um processo escandaloso, que seria um achado para os inimigos e caluniadores, e um vexame para sua posição elevada na sociedade. O principal objetivo — resolver a situação com o mínimo de transtorno — tampouco seria obtido através do divórcio. Além disso, com o divórcio, mesmo com a tentativa de divórcio, ficaria evidente que a esposa rompera relações com o marido e se unira ao amante. E, no fundo da alma de Aleksei Aleksândrovitch, apesar daquilo que lhe parecia indiferença e desprezo pela mulher, restara-lhe um sentimento em relação a ela: o desejo de que ela não pudesse se unir sem obstáculos a Vrônski, para que não obtivesse vantagem de seu crime. Essa mera ideia irritava Aleksei Aleksândrovitch de tal forma que ele, apenas ao imaginá-lo, começou a mugir de dor interior, levantou-se, trocou de lugar na carruagem e, muito tempo depois, carrancudo, ficava revirando as pernas friorentas e ossudas na manta felpuda.

"Além do divórcio formal, seria possível fazer como Karibánov, Paskúdin e o bondoso Dram, ou seja, separar-se da esposa" — continuou a pensar, acalmando-se; porém, essa medida também acarretava o mesmo inconveniente da ignomínia do divórcio e, principalmente, exatamente como o divórcio formal, jogava sua esposa nos braços de Vrônski. "Não, isso é impossível, impossível!" — falou, alto, voltando a se revirar na manta. — "Não posso ser infeliz, mas nem ela, nem ele devem ser felizes."

O sentimento de ciúmes, que o atormentava na época da incerteza, passara no mesmo instante em que o dente fora arrancado com dor pelas palavras da esposa. Só que esse sentimento fora substituído por outro: o desejo de que ela não apenas não triunfasse, como recebesse uma punição por seu crime. Não admitia tal sentimento, porém, no fundo do coração, tinha vontade de que ela padecesse por ter destruído sua tranquilidade e honra. E, voltando a examinar as condições do duelo, do divórcio e da separação, e voltando a rejeitá-los, Aleksei Aleksândrovitch teve a convicção de que a saída era apenas uma: mantê-la junto a si, escondendo o que havia acontecido do mundo e empregando todas as medidas cabíveis para romper aquela ligação e, principalmente — o que ele não admitia para si mesmo —, para castigá-la. "Devo comunicá-la da minha decisão; que, depois de meditar sobre a situação difícil em que ela colocou a família, todas as outras saídas serão piores para ambas as partes que o *status quo* externo, e que estou de acordo em mantê-lo, desde que sob severas condições de cumprimento, por parte dela, da minha vontade, ou seja, do rompimento das relações com o amante." Para confirmar essa decisão quando ela já havia sido finalmente tomada, ocorreu a Aleksei Aleksândrovitch mais uma consideração relevante. "Apenas com tal decisão comporto-me em conformidade com a religião — disse para si mesmo —, apenas com essa decisão não afasto a esposa culpada de mim, mas lhe dou a possibilidade de correção, e até — por mais duro que isso seja para mim — consagro parte de minhas forças à sua correção e salvação." Embora Aleksei Aleksândrovitch soubesse que não podia exercer influência moral sobre a esposa, que todas essas tentativas de correção não dariam em nada além de mentira; embora, ao passar por aqueles instantes difíceis, não tivesse pensado nenhuma vez em buscar orientação na religião, agora que a decisão coincidia com aquelas que considerava serem as exigências da religião, essa sanção religiosa de sua decisão proporcionava-lhe plena satisfação e tranquilidade parcial. Ficava contente ao pensar que, mesmo em um assunto tão importante da vida, ninguém estaria em condições de dizer que ele não se comportara em conformidade com as regras daquela religião cuja bandeira ele sempre empunhara alto, em meio à frieza e indiferença generalizadas. Ao ponderar a respeito dos detalhes subsequentes, Aleksei Aleksândrovitch nem via por que suas relações com a esposa não podiam continuar praticamente as mesmas de antes. Sem dúvida, ele jamais teria condições de recuperar o respeito por ela; porém, não havia, nem poderia haver motivo nenhum para transtornar sua vida e sofrer porque ela era uma esposa ruim e infiel. "Sim, vai passar o tempo, o tempo que tudo arranja, e as relações vão se restabelecer como antes — Aleksei Aleksândrovitch disse para si —, ou seja, restabelecer-se em um grau que não me faça sentir transtorno ao longo da vida. Ela tem de ser infeliz, mas eu não sou culpado e, portanto, não posso ser infeliz."

XIV

Ao se aproximar de São Petersburgo, Aleksei Aleksândrovitch não apenas estava completamente concentrado nessa decisão como ainda compôs, na cabeça, a carta que escreveria à esposa. Ao entrar na portaria, Aleksei Aleksândrovitch olhou para as cartas e papéis trazidos do ministério e ordenou que fossem levados a seu gabinete.

— Desatrelar e não admitir ninguém — disse, à pergunta do porteiro, acentuando, com alguma satisfação, sinal indicativo de seu bom humor, as palavras "não admitir".

Aleksei Aleksândrovitch percorreu o gabinete duas vezes, detendo-se na imensa escrivaninha, onde seis velas já tinham sido previamente acesas pelo camareiro, estalou os dedos e se sentou, separando os objetos de escrita. Colocando os cotovelos na mesa, inclinou a cabeça, pensou por um minuto e começou a escrever, sem parar por um segundo sequer. Escreveu de modo impessoal, em francês, empregando a forma de tratamento "senhora", que não possui o mesmo caráter de frieza que possui na língua russa.

"Em nossa última conversa, manifestei à senhora minha intenção de informar minha decisão pertinente ao tema da referida conversa. Tendo ponderado tudo com atenção, escrevo agora com o objetivo de cumprir a promessa. Minha decisão é a seguinte: qualquer que tenha sido a conduta da senhora, não me considero no direito de romper os laços pelos quais fomos unidos pelo poder dos céus. A família não pode ser destruída por um capricho, uma arbitrariedade ou mesmo um crime de um dos cônjuges, e nossa vida deve prosseguir no caminho de antes. Isso é indispensável para mim, para a senhora, para nosso filho. Estou plenamente convicto de que a senhora se arrependeu e se arrepende do que constitui o pretexto da presente carta, e de que colaborará comigo para arrancar pela raiz o motivo de nossa desavença, e esquecer o passado. Caso contrário, pode supor o que aguarda a senhora e o seu filho. Tudo isso espero discutir mais detalhadamente em uma entrevista pessoal. Como a temporada de veraneio está acabando, peço-lhe que venha a São Petersburgo o mais rápido possível, não depois de terça-feira. Todas as providências necessárias à sua chegada serão tomadas. Peço notar que confiro especial importância ao cumprimento desse meu pedido.

A. Kariênin

P.S. Com esta carta há dinheiro, que pode ser necessário para as suas despesas."

Leu a carta e ficou satisfeito, especialmente por ter se lembrado de incluir dinheiro; não havia nem palavras cruéis, nem recriminações, mas também não havia condescendência. O principal é que era uma ponte de ouro para a volta. Dobrando a carta e alisando-a com uma espátula maciça de marfim, e colocando dinheiro num envelope, tocou a campainha, com a satisfação que sempre lhe provocava o uso de seus objetos de escrita bem arrumados.

— Entregue ao correio, para chegar amanhã a Anna Arkádievna, na dacha — disse, e se levantou.

— Às ordens, Excelência; deseja o chá no gabinete?

Aleksei Aleksândrovitch mandou que servissem o chá no gabinete e, brincando com a espátula maciça, foi até a poltrona, junto à qual estava preparado um abajur e um livro francês sobre os escritos de Iguvium,[12] que já começara a ler. Acima da poltrona havia um retrato oval de Anna, com moldura de ouro, maravilhosamente feito por um artista famoso. Aleksei Aleksândrovitch fitou-o. Os olhos impenetráveis miravam-no com zombaria e insolência. Exerceu um efeito insuportavelmente insolente e provocativo em Aleksei Aleksândrovitch a visão do rendilhado preto na cabeça, feito pelo

---

[12] Em 1444 foram encontradas tábuas no dialeto da Úmbria na cidade italiana de Gubbio (em latim, Ikuvium ou Iguvium), a respeito das quais a *Revue de Deux Mondes* publicou, em 1874, o artigo "Les tables eugubies", de Michel Bréal. (N. da E.)

artista de forma admirável, dos cabelos negros e da maravilhosa mão branca com o anular coberto de anéis. Depois de mirar o retrato por um minuto, Aleksei Aleksândrovitch tremia tanto que os lábios estremeceram e emitiram um "brr", e ele se virou. Sentou-se apressadamente na poltrona e abriu o livro. Tentou ler, mas não havia como restaurar seu muito vivo interesse anterior nos escritos de Iguvium. Fitava o livro e pensava em outra coisa. Não pensava na esposa, mas em uma complicação que surgira recentemente em sua atividade governamental, que naquela hora constituía o principal interesse de seu trabalho. Sentia que agora se aprofundara mais do que nunca naquela complicação, e que em sua cabeça nascera — podia dizê-lo sem autoilusões — uma ideia capital, destinada a desenredar o assunto, elevá-lo em sua carreira de servidor, arruinar seus inimigos e, portanto, propiciar a maior vantagem ao Estado. Bastou o homem que servira o chá deixar o aposento para Aleksei Aleksândrovitch se levantar e ir até a escrivaninha. Colocando a pasta dos assuntos correntes no centro, tirou, com um riso quase imperceptível, um lápis da estante e imergiu na leitura de um relatório complexo que solicitara, relacionado à presente complicação. A complicação era a seguinte. A particularidade de Aleksei Aleksândrovitch como homem de Estado, aquele traço de caráter que lhe era peculiar, que todo funcionário público em ascensão possuía, aquilo que, junto com a ambição obstinada, a discrição, a honra e a autoconfiança, fazia a sua carreira, consistia no menosprezo pela papelada oficial, na diminuição da correspondência, na relação mais direta possível com o fato vivo e a economia. Aconteceu, pois, que na célebre comissão de 2 de junho, foi apresentado o caso da irrigação dos campos da província de Zaráiski, que se encontrava sob o ministério de Aleksei Aleksândrovitch, e representava um exemplo agudo de despesas infrutíferas e relação burocrática para com o assunto. Aleksei Aleksândrovitch sabia que aquilo era justo. O caso da irrigação dos campos da província de Zaráiski tinha sido iniciado pelo antecessor do antecessor de Aleksei Aleksândrovitch. E, de fato, nesse caso fora gasto e continuava a ser gasto dinheiro demais, de forma totalmente improdutiva, e todo o caso, pelo visto, não tinha como dar em nada. Aleksei Aleksândrovitch, assim que assumiu sua função, entendeu-o de imediato, e teve vontade de botar as mãos no assunto; porém, no começo, quando ainda não se sentia firme, sabia que aquilo afetava interesses demais, e seria imprudente; depois, ocupado com outros temas, praticamente se esquecera daquele. Como todos os casos, ele avançou por si só, pela força da inércia. (Muita gente ganhava seu pão com aquele caso, em especial uma família muito moral e musical: todas as filhas tocavam instrumentos de cordas. Aleksei Aleksândrovitch conhecia a família, e fora padrinho de casamento de uma das filhas mais velhas.) O levantamento dessa questão por um ministério hostil era, na opinião de Aleksei Aleksândrovitch, desonroso, já que em cada ministério havia casos assim, que ninguém, devido a certo decoro funcional, jamais levantava. Agora, porém, já que a luva tinha sido atirada, ele a recolhera com ousadia e exigia a formação de uma comissão especial para estudo e controle dos trabalhos da comissão de irrigação dos campos da província de Zaráiski; porém, tampouco deixou barato para aqueles senhores. Exigiu também a formação de outra comissão especial, para a questão do assentamento dos não-russos.[13] A questão do assentamento dos não-russos fora levantada por acaso no comitê de 2 de junho e apoiada com energia por Aleksei Aleksândrovitch, dizendo não suportar sua protelação devido à deplorável situação dos não-russos. No comitê, essa questão serviu de pretexto para altercação entre alguns ministérios. Um ministério hostil ao de Aleksei Aleksândrovitch demonstrou que a situação dos não-russos era absolutamente próspera, que a reorganização proposta podia arruinar seu florescimento e que, se havia algo de ruim, decorria apenas do não cumprimento, pelo ministério de Aleksei Aleksândrovitch, das medidas prescritas pela lei. Agora Aleksei Aleksândrovitch tencionava exigir: em primeiro lugar, que fosse estabelecida uma nova comissão, com a incumbência de investigar no local as condições dos não-russos; em segundo lugar, caso se revelasse que a situação dos não-russos de fato era aquela que aparecia nos dados oficiais que estavam nas mãos do comitê, então que fosse formada uma outra, uma nova comissão científica, para a investigação dos motivos dessa situação desoladora dos não-russos, dos pontos de vista: a) político, b) administrativo, c) econômico, d) etnográfico, e) material e f) religioso; em terceiro lugar, que fossem exigidas do ministério hostil informações sobre as medidas tomadas nos últimos dez anos pelo referido ministério para a prevenção das condições prejudiciais em que agora

---

[13] A "questão do assentamento dos não-russos" começara ainda nos anos 1860. Nas províncias de Ufá e Orenburg, os basquírios possuíam onze milhões de *dessiatinas* de terra. Com o objetivo de "russificar o território", o governo incentivou o arrendamento de terras basquírias por colonos das províncias centrais da Rússia. Normalmente, os terrenos a serem arrendados eram designados com condições, o que abria espaço para desmandos. Em 1871, foram adotadas regras especiais para a venda de terras livres, em condições privilegiadas. Nessa época começou a utilização predatória das terras basquírias e do Estado. Funcionários do departamento do governo-geral de Orenburg tiveram participação direta na especulação. Quando a "questão do assentamento dos não-russos" veio a público, P. A. Valúiev (1815-1890), ministro dos Bens do Estado, teve que se demitir. Como reparou S. L. Tolstói, "em Kariênin há traços de P. A. Valúiev". (N. da E.)

se encontravam os não-russos; e, por fim, em quarto lugar, que se exigisse do ministério uma explicação de por quê, como ficava evidente nos informes enviados ao comitê como 17015 e 18303, de 5 de dezembro de 1863 e 7 de junho de 1864, ele tinha agido em franca contradição com o sentido da lei fundamental e orgânica, tomo ..., art. 18, e nota ao artigo 36. Um rubor de animação cobriu o rosto de Aleksei Aleksândrovitch quando ele rapidamente redigiu, para si, o sumário dessas ideias. Tendo enchido uma folha de papel, levantou-se, tocou a campainha e entregou um bilhete ao chefe do departamento, requerendo a obtenção de informações necessárias. De pé, passeando pelo aposento, voltou a olhar para o retrato, franziu o cenho e deu um sorriso de desprezo. Lendo ainda o livro sobre os escritos de Iguvium com interesse renovado, Aleksei Aleksândrovitch foi dormir às onze horas, e quando, deitado na cama, lembrou-se da ocorrência com a esposa, ela já não lhe parecia ter um aspecto tão sombrio.

XV

Embora Anna tivesse contradito Vrônski de forma obstinada e exacerbada quando ele disse que sua situação era impossível, persuadindo-a a revelar tudo ao marido, no fundo da alma considerava sua situação mentirosa, desonrada e, de todo o coração, desejava modificá-la. Ao voltar das corridas com o marido, contou-lhe tudo em um instante de agitação; apesar da dor que sofria com aquilo, estava contente. Depois que o marido a deixou, disse para si mesma que estava contente, que agora tudo se definiria e, pelo menos, não haveria mentira e engano. Parecia-lhe indubitável que, agora, sua situação se definiria para sempre. Podia ser ruim, essa nova situação, mas seria clara, não teria obscuridade e mentira. A dor que infligira a si e ao marido ao proferir aquelas palavras seria agora recompensada pela definição de tudo, pensava ela. Naquela mesma noite, avistara-se com Vrônski, porém não lhe contara o que acontecera entre ela e o marido, embora, para que a situação se definisse, fosse preciso contar.

Ao acordar, na manhã seguinte, a primeira coisa que lhe ocorreu foram as palavras que dissera ao marido, e essas palavras pareceram-lhe tão terríveis que agora ela não conseguia entender como tinha podido se decidir a proferir aquelas palavras estranhas e rudes, e não podia imaginar em que aquilo daria. As palavras, contudo, tinham sido ditas, e Aleksei Aleksândrovitch partira sem dizer nada. "Vi Vrônski e não lhe contei. Ainda na mesma hora em que ele saiu, quis chamá-lo de volta e contar, mas repensei, pois teria sido estranho, já que eu não lhe contei no primeiro instante. Por que eu queria, mas não contei?" E, como resposta a essa pergunta, um rubor ardente de vergonha se derramou sobre seu rosto. Compreendia o que a detivera; compreendia que tinha vergonha. Sua situação, que parecia clara na noite anterior, agora se lhe apresentava não apenas como sem clareza, mas como sem saída. Estava apavorada com a ignomínia, na qual antes nem pensara. Bastou apenas pensar no que o marido faria e lhe ocorreram os mais terríveis pensamentos. Passou-lhe pela cabeça que agora um feitor ia expulsá-la da casa, que sua ignomínia seria comunicada ao mundo inteiro. Perguntava-se onde ia dormir quando fosse expulsa de casa, e não encontrava resposta.

Ao pensar em Vrônski, tinha a impressão de que ele não a amava, de que já começava a se incomodar com ela, de que não podia se oferecer a ele, e sentia animosidade contra ele por conta disso. Tinha a impressão de que as palavras que dissera ao marido, e que repetia incessantemente em sua imaginação, tinham sido ditas a todos, e que todos as tinham escutado. Não conseguia se decidir a olhar nos olhos daqueles com quem vivia. Não conseguia se decidir a chamar a criada e, ainda menos, a descer e ver o filho e a governanta.

A criada, que já estava escutando detrás da porta fazia tempo, entrou no quarto por iniciativa própria. Anna fitou-a nos olhos, de forma interrogativa, e corou, assustada. A criada se desculpou por ter entrado, dizendo que tivera a impressão de que a campainha fora tocada. Trouxe um vestido e um bilhete. O bilhete era de Betsy. Betsy lembrava-a de que, naquela manhã, Liza Merkálova e a baronessa Stolz iriam a sua casa para uma partida de croqué com seus admiradores, Kalújski e o velho Striêmov. "Venha pelo menos observar, como estudo de costumes. Eu a aguardo" — concluía.

Anna leu o bilhete e suspirou pesadamente.

— De nada, não preciso de nada — disse a Ánnuchka, que mudava de lugar os frascos e escovas da mesinha do banheiro. — Vá, já me troco e saio. De nada, não preciso de nada.

Ánnuchka saiu, porém Anna não começou a se trocar, e ficou sentada na mesma posição, de cabeça e braços largados, com o corpo todo tremendo de quando em vez, como se desejasse fazer algum gesto e dizer algo, e depois voltava a ficar imóvel. Repetia sem cessar: "Meu Deus! Meu Deus!". Porém nem "meu", nem "Deus" tinham qualquer sentido. A ideia de buscar ajuda para sua situação na religião era-lhe, apesar de ela jamais ter duvidado da religião em que fora criada, tão alheia quanto a de buscar ajuda junto a Aleksei Aleksândrovitch. Sabia de antemão que a ajuda da religião só seria possível com a condição de abdicar daquilo que para ela constituía todo o sentido da vida. Não apenas tinha pesar, como começara a sentir, perante sua nova condição espiritual, um temor que jamais experimentara. Sentia que, em seu espírito, tudo começava a se duplicar, como às vezes os objetos se duplicam para os olhos cansados. Às vezes, não sabia o que temia, o que queria. Se temia e queria o que acontecera, ou o que aconteceria, e o que exatamente queria, ela não sabia.

"Ah, que vou fazer!" — dizia para si mesma, sentindo de repente dor em ambos os lados da cabeça. Quando voltou a si, viu que estava segurando os cabelos com ambas as mãos, perto das têmporas, e apertando. Deu um salto, e se pôs a caminhar.

— O café está pronto, e *mademoiselle* e Serioja estão à espera — disse Ánnuchka, regressando de novo, e surpreendendo de novo Anna na mesma posição.

— Serioja? Como está Serioja? — animando-se de repente, perguntou Anna, que, pela primeira vez em toda a manhã, lembrava-se da existência do filho.

— Andou aprontando, ao que parece — respondeu Ánnuchka, rindo.
— Aprontando o quê?
— Havia uns pêssegos da senhora no carvoeiro; parece que ele comeu alguns às escondidas.

De repente, a lembrança do filho tirou Anna da situação sem saída em que se encontrava. Recordou-se do papel, em parte verdadeiro, embora bastante exagerado, de mãe que vive para o filho, o qual assumira nos últimos anos, e, com alegria, sentiu que, na situação em que se encontrava, possuía uma força independente de sua situação com relação ao marido e a Vrônski. Essa força era o filho. Fosse qual fosse sua situação, não podia abandonar o filho. Mesmo que o marido a cobrisse de ignomínia e a enxotasse, mesmo que Vrônski esfriasse com ela e continuasse a levar sua vida independente (voltava a pensar nele com bílis e reproche), não podia largar o filho. Ela tinha um objetivo de vida. Precisava agir, agir para garantir essa situação com o filho, para que ele não lhe fosse tomado. Tinha que agir inclusive rápido, o mais rápido possível, enquanto não o tomavam. Era preciso pegar o filho e partir. Essa era a única coisa que tinha de fazer agora. Precisava se acalmar e sair daquela situação torturante. A ideia de uma ação direta ligada ao filho, de partir de imediato com ele para algum lugar, dava-lhe essa calma.

Trocou-se rapidamente, foi para baixo e, com passos resolutos, entrou na sala de jantar, onde, como de hábito, esperavam-na o café, Serioja e a governanta. Serioja, todo de branco, estava de pé junto à mesa, embaixo do espelho, e, com as costas e a cabeça curvadas, e a expressão de atenção tensa que ela conhecia, e que o deixava parecido com o pai, fazia algo com as flores que trazia.

A governanta tinha um aspecto particularmente severo. Da forma penetrante que lhe era habitual, Serioja gritou: "Ah, mamãe!" — e ficou parado, indeciso entre ir até a mãe para cumprimentar e largar as flores, ou terminar a coroa e ir com as flores.

Após saudar, a governanta se pôs a narrar, de forma longa e determinada, a falta cometida por Serioja, só que Anna não a escutava; pensava se a levaria consigo. "Não, não levarei — decidiu. — Vou sozinha com o filho."

— Sim, isso é muito ruim — disse Anna e, tomando o filho pelo ombro, com um olhar que não era severo, mas acanhado, que confundiu e alegrou o menino, fitou-o e beijou-o. — Deixe-o comigo — disse para a governanta perplexa e, sem tirar a mão do filho, sentou-se à mesa posta do café.

— Mamãe! Eu... eu... não... — ele dizia, tentando entender pela expressão dela o que o aguardava pelo pêssego.

— Serioja — ela disse, assim que a governanta saiu do aposento —, isso é ruim, mas você não vai fazer mais?... Você me ama?

Sentia lágrimas lhe assomarem aos olhos. "Por acaso posso não amá-lo?" — dizia para si mesma, examinando seu olhar a um só tempo assustado e contente. — "E será que ele vai se mancomunar com o pai para me punir? Será que não vai ter pena de mim?" Lágrimas já corriam por seu rosto e, para ocultá-las, levantou-se de um ímpeto e foi para o terraço, quase correndo.

Após as chuvas tempestuosas dos últimos dias, firmara-se um tempo frio, claro. Sob o sol ardente que transparecia atráves das folhas molhadas, o ar era frio.

Estremeceu de frio e do pavor interior que se apossou dela com força renovada no ar puro.

— Vá, vá até Mariette — disse a Serioja, que quis ir atrás dela, e se pôs a caminhar pelo tapete de palha do terraço. "Será que não vão me perdoar, não vão entender que nada disso podia ser diferente?" — dizia para si mesma.

Parada, olhando para as copas dos choupos que se agitavam aos ventos, e para as folhas molhadas que brilhavam ardentes ao sol frio, entendeu que não a perdoariam, que tudo e todos seriam agora implacáveis com ela, como aquele céu, como aquele verdor. E voltou a sentir a duplicação que começava em sua alma. "Não tenho, não tenho que pensar — disse para si mesma. — Tenho que me preparar. Para onde? Quando? Quem levo comigo? Sim, para Moscou, no trem da tarde. Ánnuchka e Serioja, e apenas as coisas mais indispensáveis. Mas antes preciso escrever para ambos." Entrou rápido na casa, em seu gabinete, sentou-se à mesa e escreveu ao marido:

"Depois do que aconteceu, não posso mais ficar na sua casa. Parto e levo comigo meu filho. Não conheço as leis e, portanto, não sei com qual dos pais o filho deve ficar; levo-o, porém, comigo, pois sem ele não posso viver. Seja magnânimo, deixe-o comigo."

Até então, escrevia de forma rápida e natural, porém, apelar para uma magnanimidade que não reconhecia nele, e a necessidade de concluir a carta com algo tocante a detiveram.

"Falar de minha culpa e de meu arrependimento não posso, porque..."

Voltou a se deter, sem achar ligação entre as ideias. "Não — disse para si —, não é necessário" — e, rasgando a carta, reescreveu-a, excluindo a referência à magnanimidade, e lacrou.

Precisava escrever outra carta a Vrônski. "Contei para o marido" — escreveu, e ficou sentada por muito tempo, sem forças de escrever mais. Aquilo era tão rude, tão pouco feminino. "Depois disso, o que ainda posso lhe escrever?" — dizia para si. Um rubor de vergonha voltou a cobrir seu rosto, ela recordou sua serenidade, e uma sensação de enfado para com ele fez com que ela dilacerasse a folha com a frase escrita em minúsculos pedacinhos de papel. "Não é necessário" — disse para si e, fechando o mata-borrão, foi para cima, avisou a governanta e as pessoas que partiria naquele dia para Moscou, e imediatamente se pôs a empacotar as coisas.

XVI

Por todos os aposentos da dacha moviam-se faxineiros, jardineiros e lacaios, carregando coisas. Armários e cômodas estavam abertos; correram duas vezes até a venda, atrás de barbante; havia papel de jornal espalhado pelo chão. Duas arcas, bolsas e mantas enroladas foram levadas até a antessala. Uma carruagem e dois cocheiros estavam no terraço de entrada. Anna, esquecida da inquietação prévia devido à trabalheira de fazer as bagagens, fechava, diante da mesa de seu gabinete, sua bolsa de viagem, quando Ánnuchka chamou-lhe a atenção para o barulho de um carro a se aproximar. Anna olhou pela janela e avistou, junto à entrada, o mensageiro de Aleksei Aleksândrovitch, que tocou a campainha da porta da frente.

— Vá ver quem é — disse, com a sensação de estar tranquila e preparada para tudo, e, pousando as mãos nos joelhos, sentou-se na poltrona. O lacaio trouxe um pacote grosso, com a letra de Aleksei Aleksândrovitch.

— O mensageiro tem ordem de levar uma resposta — ele disse.

— Está bem — ela disse e, assim que o homem saiu, abriu a carta com os dedos trêmulos. Um maço de notas desdobradas, amarradas com uma fita, caiu de dentro dela. Separou a carta e se pôs a ler pelo fim. "Fiz preparativos para a chegada, confiro importância ao cumprimento do meu pedido" —, leu. Correu para trás, leu tudo e releu a carta inteira mais uma vez, desde o começo. Ao terminar, sentiu frio, e que se abatia sobre si uma desgraça tão terrível como jamais esperara.

Arrependera-se, pela manhã, de ter contado ao marido, e desejara apenas que fosse como se aquelas palavras não tivessem sido ditas. E aquela carta tomava as palavras como não-ditas, e lhe concedia o que desejava. Agora, porém, a carta lhe parecia mais terrível do que ela poderia imaginar.

"Está certo! Está certo! — repetia. — Óbvio que ele sempre está certo, é cristão, é magnânimo! Sim, que homem baixo, abjeto! E isso ninguém, além de mim, vai entender e compreender; e eu não tenho como explicar. Dizem: é um homem religioso, moral, honrado; mas não veem o que eu vi. Não sabem como, por oito anos, ele sufocou a minha vida, sufocou tudo que havia de vivo em mim, que nem sequer uma vez chegou a pensar que sou uma mulher viva, que precisa de amor. Não sabem como me insultou a cada passo, ficando satisfeito consigo mesmo. Eu não me esforcei, não me esforcei com todas as forças, para encontrar uma justificativa para a minha vida? Não tentei amá-lo, amar o filho quando já não era possível amar o marido? Chegou, porém, a hora em que entendi que não posso mais me enganar, que estou viva, que não tenho culpa, que Deus me fez assim, que preciso amar e viver. E agora, o quê? Se ele me matasse, se ele o matasse, eu suportaria, eu até pedoaria, mas não, ele..."

"Como não adivinhei o que ele faria? Ele está fazendo o que é característico de seu caráter baixo. Continua certo, enquanto eu, arruinada, fico ainda pior, arruíno-me ainda mais..." "Pode supor o que aguarda a senhora e o seu filho" — recordava as palavras da carta. "Trata-se de uma ameaça, de que vai me tirar o filho, e, provavelmente, de acordo com a lei brutal, isso é possível. Mas por acaso eu não sei por que ele diz isso? Ele não acredita em meu amor pelo filho, ou o despreza (já que sempre se riu dele), despreza esse meu sentimento, porém sabe que não vou largar o filho, não posso largar o filho, que sem o filho, para mim, não pode haver vida mesmo com aquele que amo, e ainda que, ao largar o filho e fugir dele, eu me comporto como a mais infame e abjeta das mulheres, ele sabe disso e sabe que não terei forças para fazê-lo."

"Nossa vida deve prosseguir como antes" — recordava outra frase da carta. "Essa vida já era aflitiva antes, estava horrível nos últimos tempos. E agora, o que vai ser? Ele sabe disso tudo, sabe que não posso me arrepender de respirar, de amar; sabe que, além de mentira e engano, nada mais vai sair disso; porém, precisa continuar a me torturar. Eu o conheço! Sei que ele nada e se deleita na mentira, como um peixe dentro d'água. Só que não, não vou lhe propiciar esse prazer, vou rasgar a teia de mentiras na qual ele deseja me enredar. Tudo é melhor do que a mentira e o engano!"

"Mas como? Meu Deus! Meu Deus! Já houve algum dia uma mulher tão infeliz como eu?..."

— Não, eu rasgo, eu rasgo! — gritou, dando um pulo e contendo as lágrimas. E foi até a escrivaninha, para lhe escrever outra carta. Porém, no fundo do coração, sentia que não teria forças para rasgar nada, não teria forças para sair daquela situação, por mais mentirosa e desonrosa que fosse.

Foi à escrivaninha, porém, em vez de escrever, depois de pousar as mãos na mesa, colocou-as na cabeça e desatou a chorar, soluçando e sacudindo o peito, como choram as crianças. Chorava porque seu sonho de esclarecimento, de definição da situação tinha desmoronado para sempre. Sabia de antemão que tudo continuaria como antes, inclusive muito pior do que antes. Sentia que a posição de que desfrutava na sociedade, que de manhã lhe parecera tão insignificante, que essa posição lhe era cara, que não teria forças para trocá-la pela posição infame de mulher que largou o marido para se juntar ao amante; que, por mais que tentasse, não seria mais forte que si mesma.

Jamais experimentaria a liberdade do amor, e para sempre permaneceria uma esposa criminosa, ameaçada de ser desmascarada a cada instante, pelo marido enganado, por sua ligação infame com um homem alheio, independente, com o qual não podia viver uma vida em comum. Sabia que seria assim e, além disso, era tão horrível que não conseguia sequer imaginar como aquilo iria acabar. E chorava, sem se conter, como choram as crianças de castigo.

Os passos do criado obrigaram-na a voltar a si e, escondendo o rosto dele, fingiu escrever.

— O mensageiro pede resposta — informou o lacaio.

— Resposta? Sim — disse Anna —, que espere. Toco a campainha ao terminar.

"O que posso escrever? — pensou. — O que posso decidir sozinha? O que eu sei? O que eu quero? O que eu amo?" Voltou a sentir uma duplicação na alma. Temia loucamente essa sensação, agarrando-se ao primeiro pretexto de ação que se apresentou para desviar os pensamentos de si mesma.

"Devo ver Aleksei (assim ela chamava Vrônski mentalmente), só ele pode me dizer o que devo fazer. Vou à casa de Betsy: pode ser que lá o veja" — disse para si mesma, totalmente esquecida de que, ainda na véspera, ao lhe dizer que não iria à princesa Tverskáia, ele lhe dissera que, por isso, também não iria. Foi até a mesa, escreveu ao marido: "Recebi a sua carta. A.", tocou a campainha e entregou ao lacaio.

— Nós não vamos — disse a Ánnuchka, que entrava.

— Não vamos mais?

— Não, mas não desfaça as malas até amanhã, e retenha a carruagem. Vou à casa da princesa.

— Que vestido devo preparar?

XVII

A sociedade da partida de croqué para a qual a princesa Tverskáia convidara Anna devia consistir em duas damas e seus admiradores. Essas duas damas eram as principais representantes de um novo círculo seleto de São Petersburgo que, imitando alguma imitação, chamava-se *les sept merveilles du monde*.[14] Tais damas pertenciam a um círculo realmente muito elevado, porém completamente hostil ao que Ana frequentava. Além disso, o velho Striêmov, uma das pessoas mais influentes de Petersburgo, admirador de Liza Merkálova, era inimigo de Aleksei Aleksândrovitch no serviço. Devido a essas considerações, Anna não queria ir, e o bilhete à princesa Tverskáia fazia alusão a essa recusa. Agora, porém, na esperança de ver Vrônski, quisera ir.

Anna chegou à casa da princesa Tverskáia antes dos demais convidados. Quando ela estava entrando, o lacaio de Vrônski, com as suíças cortadas como um *Kammerjunker*, também entrou. Parou na porta e, tirando o boné, deu-lhe passagem. Anna o reconheceu, e só então se lembrou de que Vrônski dissera, na véspera, que não iria. Provavelmente mandara um bilhete a esse respeito.

Tirando o casaco na antessala, ouviu o lacaio, que até pronunciava o *r* como um *Kammerjunker*, dizer: "do conde para a princesa", e entregar o bilhete.

Teve vontade de lhe perguntar onde estava o patrão. Teve vontade de voltar e mandar uma carta, pedindo que viesse encontrá-la, ou ir ela mesma

---

[14] "As sete maravilhas do mundo", em francês no original. (N. do T.)

a seu encontro. Porém, não dava para fazer nem uma coisa, nem outra, nem uma terceira; já se ouvia a sineta, que informava sua chegada, e o lacaio da princesa Tverskáia já se postara ao lado da porta aberta, aguardando seu ingresso nos aposentos interiores.

— A princesa está no jardim, já irão anunciar. A senhora não desejaria passar ao jardim? — informou outro lacaio, no outro aposento.

Lá, estava na mesma posição de incerteza e obscuridade de sua casa; ainda pior, pois não podia fazer nada, não podia ver Vrônski, e tinha que ficar ali, em companhia alheia e tão contrária a seu humor; estava, porém, com uma toalete que sabia que lhe caía bem; não se encontrava sozinha, ao seu redor havia aquele ambiente solene e ocioso a que estava habituada, e se sentia mais leve do que em casa; não precisava refletir sobre o que devia fazer. Tudo se fazia por si. Ao avistar Betsy, que ia a seu encontro numa toalete branca, que a surpreendeu pela elegância, Anna sorriu como sempre. Tverskáia caminhava com Tuchkévitch e uma jovem parente que, para grande alegria dos pais provincianos, estava passando o verão com a célebre princesa.

Anna provavelmente tinha algo de raro, já que Betsy reparou imediatamente.

— Dormi mal — respondeu Anna, olhando para o lacaio que vinha ao encontro delas e, como imaginara, trazia o bilhete de Vrônski.

— Como estou contente com a sua vinda — disse Betsy. — Estou cansada, e queria mesmo tomar uma xícara de chá antes de eles chegarem. E o senhor pode ir — dirigiu-se a Tuchkévitch — com Macha, testar o campo de croqué, que foi aparado. Vamos ter tempo de bater um bom papo durante o chá, *we'll have a cosy chat*,[15] não é verdade? — dirigiu-se a Anna com um sorriso, apertando a mão que segurava a sombrinha.

— Ainda mais que não poderei ficar muito tempo, tenho que passar na casa da velha Vrede. Prometi isso há um século — disse Anna, para a qual a mentira, que era alheia à sua natureza, em sociedade tornara-se não apenas simples e natural, como até propiciava satisfação.

Por que dissera aquilo, não pensou por um segundo, e não poderia explicar de jeito nenhum. Fizera-o apenas por considerar que, como Vrônski não estaria, precisava garantir sua liberdade e tentar avistá-lo em algum lugar. Porém, por que fora falar justo da velha dama de honra Vrede, que precisava visitar tanto quanto outras, não saberia explicar e, além disso, como

---

[15] "Bateremos um papo agradável", em inglês no original. (N. do T.)

mais tarde se verificou, ao inventar as maneiras mais ardilosas de encontrar Vrônski, ela não poderia ter imaginado nada melhor.

— Não, não vou liberá-la de jeito nenhum — respondeu Betsy, olhando para o rosto de Anna com atenção. — Verdade, eu ficaria ofendida se não gostasse da senhora. É como se a senhora temesse que estar em minha companhia pudesse comprometê-la tanto. Por favor, sirva nosso chá na sala de jantar pequena — disse, apertando os olhos como sempre ao se dirigir ao lacaio. Ao receber o bilhete, leu. — Aleksei deu um rebate falso[16] — disse, em francês —, escreve que não pode vir — acrescentou, com um tom tão natural e simples que era como se jamais pudesse lhe passar pela cabeça que Vrônski significasse para Anna algo além de um jogador de croqué.

Anna sabia que Betsy sabia de tudo, porém, ao ouvir como falava dele, sempre tinha a certeza, por um instante, de que ela não sabia de nada.

— Ah! — disse Anna, com indiferença, como se aquilo a interessasse pouco, e, continuando, sorriu: — Como a sua companhia poderia comprometer alguém? — Aquele jogo de palavras, aqueles mistérios ocultos, como sempre acontece com as mulheres, possuíam um grande fascínio para Anna. Não era nem a necessidade de ocultar, nem a finalidade de ocultar, mas o próprio processo de ocultamento que a atraía. — Não posso ser mais católica que o papa — disse. — Striêmov e Liza Merkálova são o creme do creme[17] da sociedade. Depois, eles são recebidos em todos os lugares, e *eu* — assinalou especialmente o *eu* — nunca fui severa e impaciente. Simplesmente não tinha tempo.

— Não, talvez a senhora não queira se encontrar com Striêmov. Por mais que ele e Aleksei Aleksândrovitch quebrem lanças no comitê, isso não é da nossa conta. Em sociedade, contudo, é o homem mais amável que conheço, e um jogador apaixonado de croqué. A senhora já vai ver. E, apesar de sua situação ridícula de velho enamorado de Liza, tem que ver como ele se vira nessa situação ridícula! É muito gentil. A senhora não conhece Safo Stolz? É um tom novo, completamente novo.

Betsy falava tudo aquilo e, enquanto isso, por seu olhar alegre e inteligente, Anna sentia que ela entendia parcialmente sua situação, e intentava alguma coisa. Estavam no gabinete pequeno.

— Entretanto, é preciso escrever a Aleksei — e Betsy, à mesa, escreveu algumas linhas e colocou em um envelope. — Escrevi que venha jantar. Uma

---

[16] Tradução literal do francês "*faire un faux bond*". (N. da E.)

[17] Tradução literal do francês "*crème de la crème*". (N. do T.)

dama do jantar ficou sem homem. Dê uma olhada, é convincente? Perdão, vou deixá-la por um minuto. Por favor, sele e envie — disse, da porta —, que eu preciso dar umas ordens.

Sem pensar por um minuto, Anna sentou-se à mesa com a carta de Betsy e, sem ler, escreveu embaixo: "É indispensável que eu o veja. Vá ao jardim de Vrede. Estarei lá às 6 horas". Selou, e Betsy, de volta, entregou a carta na frente dela.

De fato, na hora do chá, que lhes fora servido em uma mesinha dobrável na sala de visitas pequena e fresca, as duas mulheres entabularam um *cosy chat* que também fora prometido pela princesa Tverskáia, antes da chegada dos convidados. Fofocavam a respeito daqueles que aguardavam, e a conversa se deteve em Liza Merkálova.

— É muito gentil, e sempre tive simpatia por ela — disse Anna.

— Tem de gostar dela. Ela tem loucura pela senhora. Ontem, veio à minha casa, depois das corridas, e ficou desesperada por não encontrá-la. Diz que a senhora é uma autêntica heroína de romance e que, se fosse homem, faria milhares de tolices pela senhora. Striêmov diz que ela faz assim mesmo.

— Mas me conte, por favor, nunca pude entender — disse Anna, depois de ficar calada por um tempo, e num tom que demonstrava com clareza que não estava fazendo uma pergunta ociosa, mas que aquilo que indagava era mais importante para ela do que deveria ser. — Diga-me, por favor, qual é a relação dela com o príncipe Kalújski, o assim chamado Michka? Eu os vi pouco. O que é aquilo?

Betsy sorriu com os olhos, e contemplou Anna com atenção.

— É um novo jeito de ser — disse. — Todos eles escolheram esse novo jeito. Jogam tudo para o alto.[18] Mas há jeitos e jeitos de jogar.

— Sim, mas qual é a relação dela com Kalújski?

Betsy deu uma risada divertida e incontida, o que raramente lhe acontecia.

— Assim a senhora está entrando no terreno da princesa Miagkáia. É a pergunta de uma criança terrível[19] — e Betsy, visivelmente querendo e não conseguindo se conter, estourou naquela gargalhada contagiante de quem ri pouco. — Tem de perguntar para eles — proferiu, entre as lágrimas do riso.

— Não, a senhora está rindo — disse Anna, também estourando de gar-

---

[18] O original é uma tradução literal do francês *"jeter son bonnet par-dessus les moulins"*, "atirar o gorro por cima do moinho", expressão que pode ser interpretada como "desprezar a opinião da sociedade". (N. da E.)

[19] Tradução literal do francês *"enfant terrible"*. (N. do T.)

galhar, sem querer —, só que eu nunca pude entender. Não entendo qual é o papel do marido ali.

— Marido? O marido de Liza Merkálova carrega sua manta, e está sempre de prontidão, com os criados. O que mais acontece, além disso, ninguém quer saber. Sabe, em boa sociedade não se fala e nem se pensa em certos detalhes de toalete. É assim.

— A senhora vai à festa de Rolandak? — perguntou Anna, para mudar de assunto.

— Não creio — respondeu Betsy e, sem olhar para a amiga, pôs-se a servir o chá aromático nas pequenas xícaras transparentes. Passando uma xícara para Anna, sacou uma cigarrilha e, colocando-a na piteira de prata, pôs-se a fumar.

— Pois veja, encontro-me numa posição privilegiada — começou, já sem rir, apanhando a xícara. — Entendo a senhora, e entendo Liza. Liza é uma dessas naturezas ingênuas que, como as crianças, não entendem o que é bom e o que é mau. Pelo menos não entendia quando era bem jovem. E agora sabe que essa incompreensão lhe cai bem. Pode ser que agora não entenda de propósito — disse Betsy, com um sorriso fino. — Mas, de qualquer forma, isso lhe cai bem. Veja, uma mesma coisa pode ser encarada de forma trágica, e se tornar um tormento, como pode ser encarada de forma simples, e até alegre. Pode ser que a senhora esteja inclinada a encarar as coisas de forma trágica demais.

— Como gostaria de conhecer os outros como conheço a mim mesma — disse Anna, séria e pensativa. — Sou pior ou melhor do que os outros? Acho que sou pior.

— Criança terrível, criança terrível! — repetiu Betsy. — Mas eles estão aí.

XVIII

Ouviram-se passos e uma voz masculina, depois uma voz feminina e risos e, em seguida, entraram os convidados esperados: Safo Stolz e um jovem que irradiava saúde para dar e vender, o assim chamado Vaska. Era evidente que desfrutava de uma dieta de carne de vaca, trufas e borgonha. Vaska se inclinou para as damas e olhou para elas, mas apenas por um segundo. Foi à sala de jantar, atrás de Safo, e a perseguiu pelo aposento como se estivesse amarrado a ela, sem lhe tirar de cima os olhos cintilantes, como se desejasse devorá-la. Safo Stolz era loira de olhos negros. Caminhava com passinhos curtos e resolutos, de sapatos de salto alto, e apertou a mão das mulheres à masculina.

Anna não encontrara nenhuma vez a nova celebridade, e se espantava com sua beleza, com os extremos a que sua toalete chegava, e com a ousadia de seus modos. Na cabeça, fora armado um *échafaudage*[20] com cabelos verdadeiros e falsos de um dourado suave, de modo que sua cabeça igualava em tamanho o busto harmonioso, proeminente e bastante descoberto. Sua impetuosidade ao avançar era tamanha que, a cada movimento, as formas do joelho e da parte superior da perna ficavam marcadas sob o vestido, levantando involuntariamente a questão de onde, de fato, lá atrás, naquela montanha feita de ondulações, terminava de fato seu corpo de verdade, pequeno e delgado, tão desnudo em cima e tão escondido atrás e embaixo.

Betsy apressou-se em apresentá-la a Anna.

— Podem imaginar, por pouco não esmagamos dois soldados — ela começou a narrar, de imediato, piscando, sorrindo e puxando para trás a cauda, que logo jogou bastante para um lado. — Íamos eu e Vaska... Ah, sim, vocês não se conhecem. — E, dizendo seu sobrenome, apresentou o jovem e, corando, riu-se de seu erro, ou seja, de tê-lo chamado de Vaska diante de uma desconhecida.

Vaska voltou a se inclinar para Anna, mas não lhe disse nada. Dirigiu-se a Safo:

— Perdeu a aposta. Chegamos antes. Pague — disse, rindo.

Safo riu de modo ainda mais alegre.

— Agora não — disse.

— Tudo bem, recebo depois.

— Está bem, está bem. Ah, sim! — dirigiu-se, de repente, à anfitriã. — Que cabeça a minha... Esqueci-me... Trouxe-lhe um convidado. É ele.

O convidado jovem e inesperado que fora levado por Safo, do qual ela esquecera, era todavia tão importante que, apesar de sua juventude, ambas as damas se levantaram ao encontrá-lo.[21]

Tratava-se do novo admirador de Safo. Agora, a exemplo de Vaska, seguia as pegadas dela.

Logo vieram o príncipe Kalújski e Liza Merkálova, com Striêmov. Liza

---

[20] "Andaime", em francês no original. (N. do T.)

[21] "Esse convidado — observa S. L. Tolstói — era, pelo visto, um dos grão-príncipes. Em sociedade, quando um dos grão-príncipes ingressava em um aposento, o costume era que se levantassem todos, inclusive as damas de idade." (N. da E.)

Merkálova era uma morena magra, com um rosto de tipo oriental e lânguido, e olhos que todos chamavam de encantadores e enigmáticos. O caráter de sua toalete escura (Anna notou e apreciou de imediato) estava em completo acordo com sua beleza. O que Safo tinha de abrupta e airosa, Liza tinha de suave e displicente.

Só que Liza, para o gosto de Anna, era muito mais atraente. Betsy dissera que ela tinha adotado o tom de uma criança simplória, porém, ao avistá-la, Anna sentiu que aquilo não era verdade. Ela era, de fato, uma mulher simplória, mimada, porém gentil e resignada. Verdade que seu tom era o mesmo de Safo; assim como Safo, era seguida, como se estivessem costurados, por dois admiradores, um jovem e um velho, que a devoravam com os olhos; nela, porém, havia algo acima do que a rodeava — havia o brilho de um diamante verdadeiro em meio a vidrarias. Esse brilho se irradiava de seus olhos encantadores, verdadeiramente enigmáticos. O olhar cansado e apaixonado daqueles olhos rodeados por um círculo escuro assombrava pela absoluta franqueza. Ao fitar aqueles olhos, todo o mundo tinha a impressão de conhecê-la por inteiro e, ao conhecê-la, não tinha como não amá-la. Ao ver Anna, todo o seu rosto de repente se iluminou com um sorriso de contentamento.

— Ah, como estou contente por vê-la! — disse, aproximando-se dela. — Ontem, nas corridas, eu só queria chegar até a senhora, que tinha ido embora. Tínhamos tanta vontade de vê-la, justo ontem. Não é verdade que aquilo foi um horror? — disse, mirando Anna com um olhar que parecia desvelar toda a sua alma.

— Sim, jamais esperei, aquilo deixa a gente nervosa — disse Anna, enrubescendo.

Nessa hora, todos se levantaram para ir ao jardim.

— Não vou — disse Liza, sorrindo e achegando-se a Anna. — A senhora também não vai? Que vontade é essa de jogar croqué!

— Não, eu gosto — disse Anna.

— Mas como, como a senhora faz para não ficar entediada? Basta olhar para a senhora, e está alegre. A senhora vive, e eu me entedio.

— Como se entedia? A senhora está na sociedade mais alegre de São Petersburgo — disse Anna.

— Pode ser que aqueles que não são da nossa sociedade se entediem ainda mais; mas para nós, para mim com certeza, não é alegre, mas terrível, um tédio terrível.

Fumando uma *papirossa*, Safo saiu para o jardim com os dois jovens. Betsy e Striêmov ficaram para o chá.

— Como tédio? — disse Betsy. — Safo disse que se divertiram muito ontem na sua casa.

— Ah, que angústia que foi! — disse Liza Merkálova. — Fomos todos à minha casa depois das corridas. E tudo igual, tudo igual! Tudo o mesmo, e igual. A noite inteira afundados no sofá. O que isso tem de divertido? Não, como a senhora faz para não se entediar? — voltou a se dirigir a Anna. — Basta olhar para a senhora e ver: essa é uma mulher que pode ser feliz ou infeliz, mas não se entedia. Ensine, como a senhora faz?

— Não faço nada — respondeu Anna, vermelha com as perguntas impertinentes.

— Pois esse é o melhor jeito — Striêmov meteu-se na conversa.

Striêmov era um homem de cinquenta anos, meio grisalho, ainda com frescor, muito feio, mas com um rosto expressivo e inteligente. Liza Merkálova era sobrinha de sua esposa, e ele passava todo o tempo livre com ela. Ao encontrar Anna Kariênina, ele, inimigo de Aleksei Aleksândrovitch no serviço, como homem mundano e inteligente, esforçou-se para ser especialmente amável com ela, esposa de seu inimigo.

— "Nada" — secundou, com um sorriso fino. — Esse é o melhor jeito. — Venho lhe dizendo faz tempo — dirigiu-se a Liza Merkálova — que, para não se entediar, é preciso não pensar que vai se entediar. É a mesma coisa que não temer não pegar no sono, quando se está com medo da insônia. É o mesmo que lhe foi dito por Anna Arkádievna.

— Ficaria muito contente se tivesse dito isso, pois não apenas é sábio, como é verdade — disse Anna, sorrindo.

— Não, mas diga, por que não se consegue dormir, e por que não se consegue não ficar entediado?

— Para dormir, é preciso trabalhar, e para se divertir, também é preciso trabalhar.

— Por que vou trabalhar, se ninguém precisa do meu trabalho? E fingir de propósito eu não tenciono, nem quero.

— A senhora é incorrigível — disse Striêmov, sem olhar para ela, e voltando a se dirigir a Anna.

Tendo encontrado Anna poucas vezes, não podia lhe dizer nada além de banalidades, mas dizia essas banalidades — sobre quando ela iria para São Petersburgo, sobre quanto a condessa Lídia Ivânovna gostava dela — com tamanha expressividade que demonstrava que ele, de todo o coração, desejava agradá-la e lhe exprimir seu respeito, e até mais.

Tuchkévitch entrou, informando que todos aguardavam os jogadores para o croqué.

— Não, não se vá, por favor — pediu Liza Merkálova, ao saber que Anna ia embora. Striêmov fez-lhe coro.

— O contraste será grande demais — disse — se, depois dessa sociedade, for à casa da velha Vrede. Além disso, para ela a senhora será apenas uma ocasião para falar mal de alguém, enquanto aqui a senhora só desperta sentimentos de outro tipo, os melhores e opostos à maledicência — disse.

Por um minuto, Anna ficou pensativa e indecisa. As palavras lisonjeiras daquele homem inteligente, a simpatia ingênua, infantil que Liza Merkálova manifestava por ela, e toda aquela ociosidade social costumeira, tudo aquilo era tão fácil, e o que a aguardava era tão difícil que ela, por um minuto, ficou indecisa se ficaria, se adiaria mais um pouco a hora difícil da explicação. Porém, ao recordar o que a aguardava em casa, sozinha, se não tomasse nenhuma decisão, ao recordar aquele gesto terrível — e a própria lembrança dele —, quando agarrara os cabelos com as duas mãos, despediu-se e partiu.

XIX

Vrônski, apesar da aparente leviandade de sua vida social, era um homem que odiava a desordem. Ainda jovem, no Corpo de Pajens, experimentara a humilhação de uma recusa quando, enrolado, pedira dinheiro emprestado, e, desde então, jamais voltara a se colocar nessa posição.

Para sempre manter seus assuntos em ordem, ele, cinco vezes ao ano — podia ser mais ou menos que isso, de acordo com as circunstâncias —, se isolava e passava em exame todos os seus negócios. Chamava isso de acertar as contas, ou *faire la lessive*.[22]

Tendo acordado tarde, no dia seguinte às corridas, Vrônski, sem se barbear nem se lavar, envergou a túnica militar e, depositando na mesa dinheiro, contas, cartas, lançou-se ao trabalho. Sabendo que, naquela situação, ele ficava irascível, Petrítski, ao acordar e ver o camarada à escrivaninha, vestiu-se em silêncio e saiu, sem incomodá-lo.

Qualquer pessoa que conhece toda a complexidade das condições que a cercam até os mínimos detalhes acha, sem querer, que a complexidade dessas condições e a dificuldade de seu esclarecimento é apenas uma peculiaridade sua, pessoal e ocasional, sem pensar de forma nenhuma que os demais são cercados por condições pessoais de idêntica complexidade. Vrônski ti-

---

[22] "Lavar a roupa", em francês no original. (N. do T.)

nha a mesma impressão. Não sem orgulho interior, e não sem motivo, achava que qualquer outro há tempos teria se enrolado e sido obrigado a mau comportamento, caso se encontrasse em condições tão difíceis. Vrônski, porém, sentia que exatamente agora era-lhe indispensável calcular e esclarecer sua situação, para não se enrolar.

A primeira coisa que Vrônski abordou, por ser a mais fácil, foram os assuntos monetários. Anotando com sua letra miúda, em papel de carta, tudo o que devia, fez o balanço e descobriu que devia dezessete mil e umas centenas, que deixou de lado para ter mais clareza. Contando o dinheiro e a caderneta do banco, descobriu que lhe restavam mil e oitocentos rublos, sem recebimentos previstos até o Ano-Novo. Relendo a lista de dívidas, Vrônski voltou a anotá-la, dividindo em três colunas. Na primeira coluna, entraram as dívidas que deviam ser pagas de imediato ou, em todo caso, para cujo pagamento precisava ter dinheiro à mão, para que não houvesse um minuto de atraso quando fosse exigido. Essas dívidas eram cerca de quatro mil: mil e quinhentos pelo cavalo e dois mil e quinhentos como fiança do jovem camarada Vieniévski, que perdera esse dinheiro para um trapaceiro, na frente de Vrônski. Vrônski, então, quisera dar o dinheiro (que tinha), porém Vieniévski e Iáchvin insistiram que pagassem eles, e não Vrônski, que nem tinha jogado. Tudo isso era uma maravilha, só que Vrônski sabia que, nesse negócio sujo, do qual, contudo, só participara por ter dado uma palavra de caução por Vieniévski, era indispensável ter aqueles dois mil e quinhentos para jogar na cara do vigarista e não ter mais conversa com ele. Assim, para essa primeira seção, a mais importante, precisava ter quatro mil. Na segunda seção, oito mil, estavam dívidas menos importantes. Eram principalmente dívidas com a estrebaria das corridas, com o fornecedor de aveia e feno, com o inglês, com o seleiro, etc. Para essas dívidas, era bom também separar uns dois mil, para ficar absolutamente tranquilo. A última seção de dívidas — nas lojas, hotéis e alfaiates — era daquelas em que nem precisava pensar. Dessa forma, necessitava pelo menos de seis mil, porém havia apenas mil e oitocentos para despesas correntes. Para alguém com cem mil de receita — a fortuna de Vrônski, na avaliação de todos —, essas dúvidas não pareciam poder oferecer dificuldades; mas a questão era que ele estava longe desses cem mil. A imensa propriedade do pai, que sozinha dava duzentos mil de renda anual, não fora dividida igualmente entre os irmãos. Quando o irmão mais velho, que tinha um punhado de dívidas, casou-se com a princesa Vária Tchirkova, filha de um dezembrista sem patrimônio, Aleksei deixou para ele toda a receita da herdade do pai, estipulando para si apenas vinte e cinco mil por ano. Aleksei disse então ao irmão que aquele dinheiro lhe seria suficiente até que se casasse, o que, provavelmente, jamais aconteceria. E o irmão, que comandava um dos regimentos mais caros, e recém-casado, não tinha como não aceitar a oferta. A mãe, que tinha uma propriedade em separado, além dos vinte e cinco mil combinados dava mais vinte mil por ano a Aleksei, que já os gastara todos. Nos últimos tempos, a mãe, que brigara com ele por causa de sua ligação e partida de Moscou, parara de lhe enviar dinheiro. Em consequência disso, Vrônski, que já se habituara a viver com quarenta e cinco mil, e recebera naquele ano apenas vinte e cinco mil, encontrava-se agora em dificuldades. Para sair dessas dificuldades, não podia pedir dinheiro à mãe. A última carta, que recebera na véspera, irritara-o especialmente por suas alusões a que ela estava pronta para ajudá-lo no sucesso mundano e profissional, mas não na vida que escandalizava toda a boa sociedade. O desejo da mãe de comprá-lo deixou-o ofendido no fundo do coração, esfriando-o ainda mais com relação a ela. Não podia, porém, voltar atrás na palavra magnânima que já fora dada, embora agora sentisse, prevendo de forma confusa algumas eventualidades de sua ligação com Kariênina, que aquela palavra magnânima fora dada de modo leviano, e que ele, solteiro, podia precisar de todos aqueles cem mil de receita. Só que não era possível voltar atrás. Tinha apenas que se lembrar da esposa do irmão, lembrar como aquela Vária querida e excelente, a cada ocasião adequada, recordava-o de que se lembrava e valorizava sua magnanimidade, para compreender a impossibilidade de voltar atrás no que fora dado. Aquilo era tão impossível quanto bater numa mulher, roubar ou mentir. Só era possível e necessária uma coisa, pela qual Vrônski se decidiu sem um minuto de hesitação: emprestar dinheiro de um agiota, dez mil, no que não podia haver dificuldades, cortar as despesas em geral e vender os cavalos de corrida. Tendo decidido isso, escreveu imediatamente um bilhete a Rolandak, que lhe enviara mais de uma vez propostas de compra de seus cavalos. Depois, mandou gente atrás do inglês e do agiota, e calculou a divisão do dinheiro que tinha. Concluídos esses assuntos, redigiu uma resposta fria e áspera à carta da mãe. Depois, tirando três bilhetes de Anna da carteira, releu-os, queimou-os e, rememorando a conversa da véspera com ela, pôs-se a meditar.

XX

A vida de Vrônski era especialmente feliz porque tinha um código de regras que determinava, sem dúvidas, o que devia e não devia fazer. Tal código de regras abarcava um círculo muito pequeno de condições mas, em compensação, as regras eram indubitáveis, e Vrônski, sem nunca sair desse círculo, jamais vacilava, por um instante que fosse, no cumprimento do que era necessário. Essas regras estabeleciam, sem dúvida, que era preciso pagar o trapaceiro, mas não o alfaiate, que não era necessário mentir para os homens, mas era possível mentir para as mulheres, que não se devia enganar ninguém, mas se podia enganar um marido, que não se devia perdoar ofensas, mas era possível ofender, etc. Todas essas regras podiam ser insensatas, ruins, mas eram indubitáveis e, ao segui-las, Vrônski sentia-se tranquilo, e que podia erguer alto a cabeça. Apenas nos últimos tempos, devido à sua relação com Anna, Vrônski começara a sentir que esse código de regras não determinava todas as condições por completo e, no futuro, previa dificuldades e dúvidas, para as quais não encontrava mais um fio condutor.

Sua relação atual com Anna e o marido era simples e clara para ele. Era clara e determinada com exatidão pelo código de regras que o guiava.

Ela era uma mulher direita que lhe dera seu amor, e ele a amava e, portanto, ela era para ele uma mulher digna do mesmo respeito, e até maior do que se fosse uma esposa legítima. Deixaria que lhe cortassem o braço antes de se permitir uma palavra, uma alusão que não apenas a ofendesse, mas não exprimisse o respeito com que apenas uma mulher podia contar.

As relações com a sociedade também eram claras. Todos podiam saber daquilo e desprezar, mas ninguém devia ousar falar. Caso contrário, estava disposto a forçar quem falasse a se calar e respeitar a honra inexistente da mulher que ele amava.

As relações com o marido eram o mais claro de tudo. A partir do momento em que Anna amava Vrônski, este considerava seu direito sobre ela inalienável. O marido era apenas uma pessoa supérflua, que atrapalhava. Sem dúvida, ele estava em uma posição penosa, mas o que fazer? O único direito que o marido tinha era de exigir satisfação com uma arma na mão e, para isso, Vrônski estava pronto desde o primeiro instante.

Porém, nos últimos tempos, tinham surgido novas relações interiores entre ele e ela, que assustavam Vrônski por sua indefinição. Só ontem ela o havia informado de que estava grávida. E ele sentira que aquela notícia, e o que ela esperava dele, exigiam algo que não era completamente determinado pelo regulamento de regras pelas quais se guiava na vida. De fato, fora pego de surpresa e, no primeiro momento, quando ela o informou de seu estado, o coração dele lhe ditou a exigência de deixar o marido. Ele o dissera, mas agora, repensando, via com clareza que o melhor seria passar sem isso e, ao mesmo tempo, ao dizê-lo para si mesmo, tinha medo: aquilo não era ruim?

"Se eu disse para deixar o marido, isso quer dizer que se una a mim. Estou pronto para isso? Como vou levá-la embora agora, quando estou sem dinheiro? Suponhamos que eu pudesse arranjar isso... Mas como vou levá-la embora quando estou no serviço? Se eu disse isso, então preciso estar pronto para isso, ou seja, obter dinheiro e dar baixa."

E ficou pensativo. A questão de dar ou não baixa levou-o a outra, misteriosa, que só ele conhecia, que talvez fosse o interesse principal e oculto de toda sua vida.

A ambição era um antigo sonho de sua infância e juventude, um sonho que não admitia para si mesmo, mas que era tão forte que, agora, essa paixão lutava com seu amor. Seus primeiros passos na sociedade e no serviço tinham sido exitosos, porém, há dois anos, cometera um erro grosseiro. Desejando manifestar sua independência e progredir, recusara um posto que lhe fora oferecido, esperando que essa recusa aumentasse o seu valor; deu-se, porém, que tinha sido ousado demais e foi deixado para trás; e, querendo ou não, como se colocara na posição de homem independente, sustentou-a, portando-se com muita fineza e sabedoria, como se não estivesse bravo com ninguém, não se considerasse ultrajado de forma alguma e desejasse apenas ser deixado em paz, pois isso o fazia feliz. Na realidade, desde o ano anterior, quando saíra de Moscou, deixara de ser feliz. Sentia que aquela posição de homem independente, que podia fazer tudo, mas não queria nada, já começava a se apagar, que muita gente começava a achar que ele não conseguiria nada além de ser um rapaz honrado e bom. Fazer tanto barulho e chamar a atenção geral por sua ligação com Kariênina conferira-lhe um novo brilho e aplacara temporariamente o verme da ambição que o carcomia, porém, na semana anterior, esse verme despertara com força renovada. Seu camarada de juventude, do mesmo círculo, da mesma fortuna, e colega do Corpo de Pajens, Sierpukhovskói, que se formara com ele, com o qual rivalizara nas aulas, na ginástica, nas travessuras e nos sonhos de ambição, voltara há dias da Ásia Central, onde subira dois graus e recebera uma distinção raramente conferida a generais tão jovens.

Bastou chegar a São Petersburgo e começaram a se referir a ele como uma estrela de primeira grandeza que acabara de ascender. Da mesma idade de Vrônski, e seu colega de classe, era general e aguardava uma nomeação que podia exercer influência no curso dos negócios do Estado, enquanto Vrônski, embora fosse independente, brilhante e amado por mulheres encantadoras, era apenas capitão de um regimento de cavalaria, que deixavam ser tão independente quanto quisesse. "Óbvio que não invejo nem posso invejar Sierpukhovskói, porém sua ascensão me mostra que vale a pena esperar pela hora certa, e que a carreira de um homem como eu pode ser feita com muita rapidez. Três anos atrás ele se encontrava na mesma posição que eu. Ao dar baixa, queimo todos meus navios. Ficando no serviço, não perco nada. Ela mesma disse que não quer mudar de situação. E eu, com o amor dela, não posso invejar Sierpukhovskói." E, torcendo os bigodes com movimentos lentos, ergueu-se da mesa e vagou pelo aposento. Seus olhos reluziam com um brilho especial, e ele sentia aquele estado de espírito firme, tranquilo e contente que sempre lhe vinha depois de esclarecer sua situação. Assim como o acerto de contas que fizera, tudo estava limpo e claro. Barbeou-se, vestiu-se, tomou um banho frio e saiu.

XXI

— Vim atrás de você. Hoje sua lavação de roupa levou muito tempo — disse Petrítski. — E então, terminou?

— Terminei — respondeu Vrônski, sorrindo apenas com os olhos e torcendo as pontinhas dos bigodes com muito cuidado, como se qualquer movimento ousado e rápido em demasia pudesse arruinar a ordem em que colocara seus negócios.

— Depois disso, você sempre parece saído do banho — disse Petrítski. — Venho de Grítski (assim chamavam o comandante do regimento), estão esperando por você.

Vrônski, sem responder, olhava para o camarada, pensando em outra coisa.

— Sim, isso aí fora é música? — disse, apurando o ouvido na direção dos sons conhecidos de trompetes, polcas e valsas. — Que festa é essa?

— Sierpukhovskói chegou.

— Ah! — disse Vrônski. — Eu não sabia.

Seu sorriso ficou ainda mais brilhante.

Uma vez que decidira consigo mesmo que estava feliz com seu amor, e que sacrificara sua ambição a ele — pelo menos, assumindo esse papel —, Vrônski já não podia sentir nem inveja de Sierpukhovskói, nem desgosto por ele não ter vindo visitá-lo em primeiro lugar, após chegar ao regimento. Sierpukhovskói era um bom amigo, e estava contente por ele.

— Ah, estou muito contente.

Diómin, o comandante do regimento, ocupava uma grande mansão senhorial. Todos os convidados estavam na espaçosa varanda inferior. No pátio, a primeira coisa que se lançou à vista de Vrônski foram cantores de túnica militar, de pé, junto a um barril de vodca, e a figura robusta e alegre do comandante do regimento, rodeado de oficiais; postado no primeiro degrau da varanda, gritando mais forte do que a banda, que tocava uma quadrilha de Offenbach, dava ordens e acenava para os soldados que estavam à parte. Um grupo de soldados, um furriel e alguns suboficiais entraram na varanda com Vrônski. Depois de regressar à mesa, o comandante de regimento voltou a sair ao terraço de entrada com uma taça, e fez um brinde. "À saúde de nosso ex-colega e general intrépido, príncipe Sierpukhovskói. Hurra!"

Atrás do comandante do regimento, com uma taça na mão, Sierpukhovskói também saiu, rindo.

— Você está sempre rejuvenescendo, Bondarenko — dirigiu-se ao garboso furriel de faces vermelhas que estava na sua frente, e prestava o serviço militar pela segunda vez.

Vrônski não via Sierpukhovskói há três anos. Estava mais robusto, deixara as suíças crescerem, porém continuava tão airoso quanto antes, surpreendendo nem tanto pela beleza quanto pela delicadeza e elegância do rosto e da compleição. A única mudança que Vrônski notou era aquele brilho contínuo e silencioso que se instalava nos rostos das pessoas que obtinham êxito e eram seguras de que todos o reconheceriam. Vrônski conhecia esse brilho, e imediatamente observou-o em Sierpukhovskói.

Ao descer a escada, Sierpukhovskói avistou Vrônski. Um sorriso de contentamento iluminou o rosto de Sierpukhovskói. Cumprimentou Vrônski erguendo a cabeça e levantando a taça, mostrando, com esse gesto, que não tinha como não ir antes até o furriel que, esticando-se, já posicionara os lábios para o beijo.

— Vejam, ele também veio! — gritou o comandante do regimento. — E Iáchvin me disse que você estava de humor sombrio.

Sierpukhovskói beijou os lábios úmidos e frescos do jovial furriel e, enxugando a boca com um lenço, foi até Vrônski.

— Puxa, como estou contente! — disse, apertando-lhe a mão e puxando-o de lado.

— Tome conta dele! — Iáchvin gritou para o comandante do regimento, apontando para Vrônski, e foi para baixo, até os soldados.

— Por que você não foi ontem às corridas? Achei que fosse vê-lo por lá — disse Vrônski, examinando Sierpukhovskói.

— Fui, só que tarde. Perdão — acrescentou, e se virou para o ajudante. — Por favor, mande repartir, por minha conta, o mesmo tanto por pessoa.

Apressadamente, sacou três notas de cem rublos da carteira e corou.

— Vrônski! Quer comer ou beber alguma coisa? — perguntou Iáchvin.
— Ei, dê de comer aqui, ao conde! E beba isso.

A farra na casa do comandante do regimento seguiu por muito tempo.

Beberam demais. Balançaram Sierpukhovskói, e o jogaram para o alto. Depois balançaram o comandante do regimento. Depois, ao som do canto, o comandante do regimento dançou com Petrítski. Depois, o comandante do regimento, já algo debilitado, sentou-se em um banco do pátio e se pôs a demonstrar a Iáchvin a superioridade da Rússia sobre a Prússia, especialmente no ataque de cavalaria, e a farra sossegou por um instante. Sierpukhovskói entrou na casa, no banheiro, para lavar as mãos, e lá encontrou Vrônski; Vrônski estava se banhando de água. Tinha tirado a túnica militar e colocado o pescoço vermelho coberto de cabelos debaixo da água corrente, esfregando a cabeça com as mãos. Após terminar de se lavar, Vrônski se acomodou perto de Sierpukhovskói. Ambos se sentaram ali mesmo, em um divãzinho, e entre eles começou uma conversa muito interessante para ambos.

— Fiquei sabendo de tudo a seu respeito através de minha esposa — disse Sierpukhovskói. — Fico contente por você tê-la visto com frequência.

— É amiga de Vária, e são as únicas mulheres de Petersburgo com as quais me sinto bem — respondeu Vrônski, rindo. Ria por ter previsto o rumo da conversa, o que lhe agradava.

— As únicas? — voltou a perguntar Sierpukhovskói, rindo.

— Pois eu também fiquei sabendo a seu respeito, mas não apenas através da sua esposa — disse Vrônski, interditando a alusão com uma expressão facial severa. — Estou muito contente com o seu êxito, mas nem um pouco surpreso. Esperava ainda mais.

Sierpukhovskói sorriu. Tal opinião a seu respeito evidentemente o agradava, e não achava necessário escondê-lo.

— Eu, pelo contrário, admito com franqueza que esperava menos. Mas estou contente, muito contente. Sou ambicioso, essa é a minha fraqueza, e eu a admito.

— Pode ser que você não admitisse se não tivesse êxito — disse Vrônski.

— Não creio — disse Sierpukhovskói, voltando a sorrir. — Não digo que não valeria a pena viver sem isso, mas seria chato. Óbvio que talvez eu me engane, mas acho que tenho alguma aptidão para a esfera de atividade que escolhi e, se tiver poder nas minhas mãos, seja qual for, será melhor do que nas mãos de muitos de meus conhecidos — disse Sierpukhovskói, com uma cintilante consciência do êxito. — Portanto, quanto mais perto estiver disso, mais satisfeito estarei.

— Pode ser que seja assim para você, mas não para todos. Também pensei assim, mas vivo e acho que não vale a pena viver só para isso — disse Vrônski.

— Lá vem! Lá vem! — disse Sierpukhovskói, rindo. — Desde que ouvi a seu respeito, a respeito da sua recusa, eu comecei... Óbvio que aprovei. Mas para tudo tem um jeito. E acho que a atitude, em si, é boa, mas você não fez do jeito que deveria.

— O que está feito, está feito, e, sabe, nunca reneguei o que fiz. E agora está uma maravilha para mim.

— Uma maravilha por um tempo. Mas você não vai se satisfazer com isso. Não diria isso do seu irmão. É uma criança querida, assim como nosso anfitrião. Veja-o! — acrescentou, apurando o ouvido ao grito de "hurra". — Ele está se divertindo, mas você não se satisfaz com isso.

— Não digo que fiquei satisfeito.

— Mas não é só isso. Gente como você é necessária.

— A quem?

— A quem? À sociedade. A Rússia precisa de gente, precisa de um partido, senão tudo vai, e irá, para os cachorros.

— Então, o quê? O partido de Bertiêniev contra os comunistas russos?

— Não — disse Siepurkhovskói, franzindo o cenho pelo enfado de suspeitarem tamanha tolice de sua parte. — *Tout ça est une blague.*[23] Isso sempre existiu e existirá. Não há comunistas. Porém, para as intrigas, as pessoas sempre precisam imaginar um partido nocivo, perigoso. É uma coisa velha. Não, é necessário um partido de poder, de pessoas independentes, como você e eu.

— Mas por quê? — Vrônski designou algumas pessoas de poder. — Mas por que, essas pessoas não são independentes?

— Só porque eles não têm nem tiveram uma fortuna independente de nascença, não tiveram uma propriedade, não tiveram essa proximidade do sol em que nós nascemos. Podem ser comprados com dinheiro ou com afagos. E, para se sustentar, têm que inventar uma tendência. E levam adiante uma ideia qualquer, uma tendência em que não acreditam, e que é nociva; e toda essa tendência é apenas um meio de possuir uma residência do Estado e certos vencimentos. *Cela n'est pas plus fin que ça*,[24] quando você dá uma olhada nas cartas que eles têm na mão. Talvez eu seja pior e mais estúpido

---

[23] "Tudo isso é uma piada", em francês no original. (N. do T.)

[24] "Não é mais esperto do que isso", em francês no original. (N. do T.)

do que eles, embora não veja por que deveria ser pior. Mas você e eu temos uma vantagem provável e importante sobre eles, a de sermos mais difíceis de comprar. E gente assim é necessária, mais do que nunca.

Vrônski escutava-o com atenção, mas o que o ocupava não era tanto o conteúdo em si de suas palavras, quanto a atitude de Sierpukhovskói, que já pensava em lutar pelo poder e já tinha simpatias e antipatias naquele mundo, enquanto para ele, no serviço, só existiam os interesses de seu esquadrão. Vrônski também entendia quão forte Sierpukhovskói poderia ser com sua capacidade inquestionável de refletir e entender as coisas, sua inteligência e dom da palavra, que eram tão raros de encontrar no meio em que vivia. E, por mais vergonha que lhe desse, teve inveja dele.

— Mesmo assim, falta-me uma coisa essencial para isso — respondeu —, falta-me a vontade de poder. Ela existia, mas passou.

— Desculpe-me, não é verdade — disse Sierpukhovskói, rindo.

— Não, é verdade, é verdade!... Agora é — acrescentou Vrônski, para ser franco.

— Sim, verdade, *agora* é outra coisa; mas esse *agora* não é para sempre.

— Pode ser — respondeu Vrônski.

— Você diz *pode ser* — prosseguiu Sierpukhovskói, como que adivinhando seu pensamento —, mas eu lhe digo *provavelmente*. E por isso eu queria vê-lo. Você se comportou como devia. Isso eu entendo, mas não deve perseverar. Só lhe peço *carte blanche*.[25] Não vou protegê-lo... Se bem que, por que não o protegeria? Você me protegeu tantas vezes! Espero que nossa amizade esteja acima disso. Sim — disse, meigo como uma mulher, e sorrindo. — Dê-me *carte blanche*, saia do regimento, e vou elevá-lo de forma imperceptível.

— Mas entenda que não preciso de nada — disse Vrônski. — Apenas que o que sempre foi continue assim.

Sierpukhovskói se levantou e se postou na sua frente.

— Você disse que quer que o que sempre foi continue assim. Compreendo o que isso quer dizer. Mas escute: somos da mesma idade; pode ser que você tenha conhecido um número maior de mulheres do que eu. — O sorriso e os gestos de Sierpukhovskói diziam que Vrônski não precisava temer, que ele tocaria no lugar doloroso de forma meiga e cuidadosa. — Mas eu sou casado, e acredito que, conhecendo apenas a sua esposa (como alguém

---

[25] "Carta branca", em francês no original. (N. do T.)

escreveu), que você ama, você fica conhecendo todas as mulheres melhor do que se conhecesse mil.

— Já vamos! — gritou Vrônski para um oficial que deu uma olhada no aposento e os chamou à presença do comandante do regimento.

Vrônski agora desejava ouvir até o fim, e se inteirar do que o outro lhe diria.

— Essa é a minha opinião. A mulher é o principal obstáculo à atividade do homem. É difícil amar uma mulher e fazer qualquer coisa. Existe apenas um meio de amar de forma cômoda, sem empecilhos — é o matrimônio. Como, como vou lhe dizer o que acho? — disse Sierpukhovskói, que amava comparações. — Espere, espere! Sim, carregar um *fardeau*[26] e fazer qualquer coisa com as mãos só é possível quando o *fardeau* está amarrado às costas — e isso é o matrimônio. Foi o que senti ao me casar. De repente, minhas mãos ficaram livres. Porém, arrastar esse *fardeau* sem o matrimônio — as mãos ficam tão cheias que não dá para fazer nada. Veja Mazankov, Krúpov. Arruinaram suas carreiras por causa de mulheres.

— Que mulheres! — disse Vrônski, lembrando-se da francesinha e da atriz com as quais os dois homens tinham se relacionado.

— É pior, quanto mais firme a posição da mulher na sociedade, pior. É a mesma coisa, não que arrastar o *fardeau* com as mãos, mas que arrancá-lo de um outro.

— Você nunca amou — disse Vrônski, baixo, olhando para a frente e pensando em Anna.

— Pode ser. Mas se lembre do que lhe disse. E mais: as mulheres são mais materialistas do que os homens. Fazemos coisas imensas por amor, mas elas são sempre *terre-à-terre*.[27]

— Já vamos, já vamos! — dirigiu-se ao lacaio que entrava. O lacaio, porém, não viera chamá-los, como ele pensou. O lacaio trouxe um bilhete para Vrônski.

— Um homem trouxe para o senhor, da princesa Tverskáia.

Vrônski tirou o selo da carta e suspirou.

— Estou com dor de cabeça, vou para casa — disse a Sierpukhovskói.

— Pois bem, então adeus. Você me dá *carte blanche*?

— Falamos depois, procuro por você em São Petersburgo.

---

[26] "Fardo", em francês no original. (N. do T.)

[27] "Práticas", em francês no original. (N. do T.)

XXII

Já eram cinco horas, portanto, para conseguir chegar a tempo e, além disso, não ir com seus próprios cavalos, que todo mundo conhecia, Vrônski pegou a carruagem de quatro rodas de Iáchvin e mandou ir o mais rápido possível. A velha carruagem de quatro lugares era espaçosa. Sentou-se no canto, esticou as pernas no assento da frente e ficou pensativo.

A vaga consciência da clareza a que seus assuntos tinham sido levados, a recordação vaga da amizade e lisonja de Sierpukhovskói, que o considerava um homem necessário, e, principalmente, a expectativa do encontro, tudo se fundia na impressão geral de uma sensação de contentamento com a vida. Essa sensação era tão forte que ele sorriu sem querer. Largou as pernas, colocou uma sobre o joelho da outra e, tomando-a na mão, apalpou a barriga da perna que machucara na véspera, com a queda, e, lançando-se para trás, suspirou algumas vezes, de peito inteiro.

"Bom, muito bom!" — dizia para si. Antes já era frequente experimentar a consciência feliz de seu corpo, mas jamais amara a si mesmo e a seu corpo tanto como agora. Era agradável sentir aquela leve dor na perna forte, agradável a sensação muscular de movimento do corpo ao respirar. Aquele mesmo dia claro e frio de agosto, que agia sobre Anna com tamanha inclemência, parecia-lhe animador e despertador, refrescando seu rosto e pescoço, que ardiam devido à ducha. O cheiro de brilhantina de seus bigodes parecia especialmente agradável ao ar fresco. Tudo o que via pela janela da carruagem, tudo naquele ar puro e frio, naquela luz pálida do crepúsculo, era tão fresco, alegre e forte como ele mesmo: os telhados das casas, brilhando aos raios do sol poente, os contornos e ângulos abruptos das cercas e construções, as figuras dos pedestres e carros que encontravam de vez em quando, o verdor imóvel das árvores, grama e campos com sulcos de batata cortados de forma regular, e as sombras oblíquas que baixavam das casas, das árvores, dos arbustos e dos sulcos de batata. Tudo era bonito como uma bela paisagem recém-concluída e coberta de verniz.

— Vamos, vamos! — dizia ao cocheiro, assomando à janela, e, tirando do bolso uma nota de três rublos, passou-a para o cocheiro, que olhava ao redor. A mão do boleeiro tateou alguma coisa junto à lanterna, ouviu-se o silvo do cnute, e a carruagem deslizou rapidamente pela estrada regular.

"De nada, não preciso de nada além dessa felicidade — pensou, olhando para o botão de osso da campainha no espaço entre as janelas, e imaginou Anna como a vira pela última vez. — Quanto mais avanço, mais a amo.

Esse é o jardim da dacha oficial de Vrede. Em que lugar daí ela estará? Onde? Como? Por que marcou o encontro aqui, e escreveu na carta de Betsy?" — só agora pensava nisso; mas já não havia tempo para pensar. Deteve o cocheiro antes da alameda e, abrindo a portinhola, pulou com a carruagem em movimento e percorreu a alameda que levava à casa. Não havia ninguém na alameda; porém, olhando para a direita, avistou-a. Seu rosto estava coberto por um véu, porém, com um olhar de contentamento, ele reconheceu o movimento ao andar que era característico apenas dela, o declive dos ombros e a postura da cabeça e, de imediato, foi como se uma corrente elétrica lhe percorresse o corpo. Sentiu a si mesmo com força renovada, desde os movimentos elásticos das pernas ao movimento dos pulmões, ao respirar, e algo a lhe fazer cócegas nos lábios.

Ao se unir a ele, Anna apertou-lhe a mão com força.

— Você não está zangado por eu tê-lo chamado? Para mim, era indispensável vê-lo — disse; e o formato sério e severo dos lábios, que via por sob o véu, mudou de imediato o humor dele.

— Eu, me zangar! Mas como você veio, de onde?

— Dá na mesma — ela disse, pousando o braço no dele. — Vamos, preciso conversar.

Ele compreendeu que algo acontecera, e que aquela entrevista não seria alegre. Em presença dela, não tinha vontade própria: sem saber o motivo da inquietude dela, já sentia que essa inquietude, sem querer, contaminava-o.

— O que foi? O quê? — perguntou, apertando o braço dela com o cotovelo e tentando ler seus pensamentos no rosto.

Ela deu alguns passos em silêncio, ganhando ânimo e, de repente, parou.

— Ontem eu não lhe contei — começou, respirando rápido e pesado — que, voltando para casa com Aleksei Aleksândrovitch, eu o coloquei a par de tudo... disse que não posso ser a esposa dele, que... contei tudo.

Ele a escutava, inclinando sem querer o corpo inteiro, como se desejasse com isso suavizar a dureza da situação dela. Bastou, porém, ela dizer isso e ele se aprumou de repente, e seu rosto assumiu uma expressão de orgulho e severidade.

— Sim, sim, isso é melhor, mil vezes melhor! Entendo como foi difícil — disse.

Só que ela não ouvia suas palavras, e lia seus pensamentos pela expressão facial. Não tinha como saber que a expressão do rosto dele referia-se ao primeiro pensamento que acorrera a Vrônski — o da atual inevitabilidade de um duelo. A ideia de um duelo jamais passara pela cabeça dela que, por isso, interpretou de outra forma aquela expressão instantânea de severidade.

Ao receber a carta do marido, ela já sabia, no fundo do coração, que tudo ficaria como antes, que não teria forças para desprezar sua posição, largar o filho e se unir ao amante. A manhã passada na casa da princesa Tverskáia assegurou-a ainda mais disso. Contudo, aquele encontro era, assim mesmo, de extraordinária importância para ela. Tinha a esperança de que o encontro modificaria sua situação, e a salvaria. Se, a essa notícia, ele dissesse, resoluto, apaixonado, sem um minuto de hesitação: "Largue tudo e venha comigo!" — ela largaria o filho e partiria com ele. Porém, a notícia não produzira o que ela esperava: ele apenas ficou como que ofendido.

— Não foi nem um pouco difícil. A coisa se fez por si mesma — ela disse, irritada —, e veja... — tirou a carta do marido da luva.

— Entendo, entendo — ele interrompeu, pegando a carta, mas sem a ler, e tentando acalmá-la —, eu só queria uma coisa, só pedia uma coisa: acabar com essa situação, para consagrar minha vida à sua felicidade.

— Por que está dizendo isso? — ela disse. — Por acaso posso duvidar disso? Se eu duvidasse....

— Quem vem lá? — disse Vrônski, de repente, apontando para duas damas que vinham ao seu encontro. — Pode ser que nos conheçam — e apressadamente se dirigiu a uma vereda lateral, levando-a consigo.

— Ah, para mim dá na mesma! — ela disse. Seus lábios tremiam. E ele teve a impressão de que os lábios dela fitavam-no com uma raiva estranha por debaixo do véu. — Pois estou dizendo que a questão não é essa, que não posso duvidar disso; mas veja o que ele me escreveu. Leia. — E voltou a se deter.

De novo, assim como no primeiro instante, à notícia de seu rompimento com o marido, Vrônski, ao ler a carta, entregou-se involuntariamente à impressão natural que a relação com o marido ofendido provocava nele. Agora, ao segurar sua carta nas mãos, imaginava sem querer o desafio que, provavelmente, encontraria em sua casa hoje ou amanhã, e o próprio duelo, durante o qual, com a expressão mais fria e orgulhosa, a mesma que tinha agora o rosto, depois de atirar para o ar, estaria à espera do tiro do marido ofendido. E de imediato passou-lhe pela cabeça o que Sierpukhovskói acabara de lhe dizer, que ele mesmo pensara pela manhã — que o melhor era não estar preso a nada —, e sabia que não podia transmitir a ela essa ideia.

Depois de ler a carta, ergueu os olhos para ela, sem firmeza no olhar. Ela compreendeu de imediato que ele já tinha pensado naquilo antes, sozinho. Sabia que, dissesse o que disesse, ele não diria tudo que pensava. E compreendeu que sua última esperança fora traída. Aquilo não era do jeito que ela tinha esperado.

— Veja de que tipo de homem se trata — ela disse, com voz trêmula —, ele...

— Desculpe-me, mas fico contente — interrompeu Vrônski. — Pelo amor de Deus, deixe-me falar — acrescentou, implorando, com o olhar, que ela lhe desse tempo de explicar suas palavras. — Estou contente, porque isso não pode, de jeito nenhum, ficar do jeito que ele propõe.

— Por que não pode? — proferiu, contendo as lágrimas, Anna, que visivelmente não conferia mais nenhum significado ao que ele dizia. Sentia que o seu destino tinha sido decidido.

Vrônski queria dizer que, depois do duelo, na sua opinião, inevitável, aquilo não podia continuar, mas disse outra coisa.

— Não pode continuar. Espero que agora você o deixe. Espero — confundiu-se e corou — que você me permita organizar e pensar a nossa vida. Amanhã... — quis começar.

Ela não o deixou terminar de falar.

— E o filho? — gritou. — Você viu o que ele escreveu? Tenho que deixá-lo, mas eu não posso, nem quero fazer isso.

— Mas, pelo amor de Deus, o que é melhor? Deixar o filho ou continuar nessa situação humilhante?

— Para quem a situação é humilhante?

— Para todos e, acima de tudo, para você.

— Você diz humilhante... não o diga. Essas palavras não fazem sentido para mim — ela disse, com voz trêmula. Não queria que ele dissesse inverdades agora. Restava-lhe apenas o seu amor, e queria amá-lo. — Compreenda que, para mim, desde o dia em que comecei a amá-lo, tudo, tudo mudou. Para mim só existe uma coisa, uma — o seu amor. Se ele é meu, sinto-me então tão elevada, tão firme, que nada pode ser humilhante para mim. Sou orgulhosa de minha situação, porque... orgulhosa de que... orgulhosa... — Não terminou de dizer do que era orgulhosa. Lágrimas de vergonha e desespero sufocaram sua voz. Parou e se pôs a soluçar.

Ele também sentiu algo subir por sua garganta e beliscar o nariz e, pela primeira vez na vida, sentiu-se prestes a chorar. Não podia dizer o que exatamente o tocara tanto; tinha pena dela, sentia não poder ajudá-la e, ao mesmo tempo, sabia ser o culpado de sua infelicidade, sabia ter feito algo de ruim.

— Seria possível o divórcio? — disse, débil. Sem responder, ela meneou a cabeça. — Não seria possível pegar o filho e deixá-lo assim mesmo?

— Sim; só que tudo isso depende dele. Agora tenho de ir ao seu encontro — disse, seca. O pressentimento de que tudo ficaria como antes não a enganara.

— Na terça-feira estarei em São Petersburgo, e tudo vai se resolver.

— Sim — ela disse. — Mas não falemos mais disso.

A carruagem de Anna, que ela despachara, depois mandara vir até o gradil do jardim de Vrede, tinha chegado. Anna se despediu e partiu para casa.

XXIII

Na segunda-feira, houve a reunião habitual da comissão de 2 de junho. Aleksei Aleksândrovitch entrou na sala de reuniões, cumprimentou os membros e o presidente, como de hábito, e se sentou em seu lugar, colocando a mão sobre os papéis que estavam preparados na sua frente. Dentre estes papéis estavam dados de que precisava e o esboço do resumo da declaração que tencionava fazer. Aliás, nem precisava dos dados. Lembrava-se de tudo, e não considerava necessário repassar na mente o que diria. Sabia que, quando chegasse a hora e visse diante de si o rosto do oponente, tentando em vão assumir uma expressão de indiferença, seu discurso fluiria melhor do que poderia preparar agora. Sentia que seu discurso seria tão grandioso que cada palavra teria importância. Enquanto isso, ao ouvir o relatório costumeiro, adotava o aspecto mais inocente e inofensivo. Ninguém pensaria, ao olhar para suas mãos brancas de veias inchadas, cujos dedos longos apalpavam com tamanha suavidade ambos os lados das folhas de papel branco que tinha diante de si, e para sua expressão de cansaço, com a cabeça caída de lado, que seus lábios logo despejariam um discurso que ocasionaria uma terrível tormenta, obrigando os membros a berrar, interrompendo uns aos outros, e o presidente a exigir a observância da ordem. Quando o relatório terminou, Aleksei Aleksândrovitch, com sua voz fina e baixa, anunciou que comunicaria algumas de suas considerações a respeito do caso do assentamento dos não-russos. A atenção se voltou para ele. Aleksei Aleksândrovitch deu uma tossida e, sem olhar para o oponente, mas escolhendo, como sempre fazia ao proferir seus discursos, a primeira pessoa que estava sentada na sua frente — um pequeno velho pacífico, que não tinha nenhuma opinião na comissão —, começou a expor suas considerações. Quando o caso chegou à lei fundamental e orgânica, o oponente deu um salto e começou a retrucar. Striêmov, também membro da comissão, e também atingido em um ponto sensível, pôs-se a se justificar e, em geral, a reunião tornou-se tempestuosa; mas Aleksei Aleksândrovitch triunfou, e sua proposta foi aceita; foram formadas três novas comissões e, no dia seguinte, em determinado círculo de Petersburgo, só se falava da tal reunião. O êxito de Aleksei Aleksândrovitch fora até maior do que ele esperava.

Na manhã seguinte, na terça-feira, Aleksei Aleksândrovitch, ao despertar, lembrava-se da vitória da véspera com satisfação e não teve como não sorrir, embora desejasse parecer indiferente, quando o chefe do departamento, querendo adulá-lo, informou dos boatos que lhe haviam chegado sobre o que acontecera na comissão.

Ocupado com o chefe do departamento, Aleksei Aleksândrovitch se esqueceu por completo de que era terça-feira, o dia designado para a chegada de Anna Arkádievna, e ficou espantado, e desagradavelmente surpreso, quando um homem veio avisá-lo da chegada dela.

Anna chegara em São Petersburgo de manhã cedo; uma carruagem fora enviada para buscá-la, de acordo com seu telegrama e, assim, Aleksei Aleksândrovitch pudera saber de sua chegada. Porém, quando ela chegou, ele não a recebeu. Disseram-lhe que ele ainda não tinha saído, e estava ocupado com o chefe do departamento. Ela mandou avisarem o marido de que tinha chegado, entrou em seu gabinete e se pôs a examinar suas coisas, esperando que ele viesse a seu encontro. Mas passou uma hora, e ele não veio. Ela saiu à sala de jantar, sob o pretexto de dar ordens, e falou alto de propósito, esperando que ele fosse até lá; só que ele não foi, embora ela o tivesse ouvido ir até a porta de seu gabinete, depois de acompanhar o chefe do departamento. Sabia que ele, como de hábito, logo iria para o serviço, e desejava vê-lo antes disso, para definirem suas relações.

Percorreu a sala e, de forma resoluta, dirigiu-se até ele. Quando entrou em seu gabinete, ele estava de uniforme, obviamente pronto para sair, sentado a uma mesa pequena, na qual apoiara o cotovelo, olhando para a frente com tristeza. Ela o avistou antes que ele a visse, e entendeu que ele pensava nela.

Ao vê-la, ele quis se levantar, mudou de ideia, depois seu rosto se inflamou, coisa que Anna jamais vira antes, e ele se levantou rapidamente e foi a seu encontro, fitando não seus olhos, mas acima, sua testa e penteado. Foi até ela, tomou-a pela mão e pediu que se sentasse.

— Estou muito contente com a sua vinda — disse, sentando-se a seu lado, e, visivelmente querendo dizer algo, titubeou. Quis começar a falar algumas vezes, mas se deteve. Embora, ao se preparar para aquela entrevista, tivesse se treinado a desprezá-lo e culpá-lo, ela não sabia o que dizer, e tinha pena dele. E, assim, o silêncio se prolongou por um tempo muito grande. — Serioja está bem de saúde? — ele disse e, sem esperar resposta, acrescentou: — Hoje não vou jantar em casa, e tenho que sair agora.

— Eu queria partir para Moscou — ela disse.

— Não, a senhora fez muito, muito bem em vir — ele disse, e voltou a se calar.

Ao ver que ele não tinha forças para começar a falar, ela começou.

— Aleksei Aleksândrovitch — ela disse, fitando-o sem tirar os olhos do olhar dele, fixo em seu penteado —, sou uma mulher criminosa, sou uma mulher má, mas sou a mesma que era, a mesma que lhe disse então, e vem lhe dizer agora, que não pode mudar nada.

— Não lhe perguntei isso — ele disse, de repente, fitando-a direto nos olhos, com decisão e ódio —, supus que fosse assim. — Sob influência da ira, readquirira, pelo visto, pleno controle de suas capacidades. — Porém, como então lhe disse e escrevi — pôs-se a falar, com voz fina e cortante —, repito agora que não sou obrigado a saber disso. Eu o ignoro. Nem todas as esposas são tão bondosas quanto a senhora para se apressarem a dar uma notícia tão *agradável* aos maridos. — Acentuou especialmente a palavra "agradável". — Vou ignorar enquanto a sociedade não souber disso, enquanto meu nome não for desonrado. E, portanto, apenas lhe advirto que nossas relações devem ser como sempre foram, e apenas no caso de a senhora se *comprometer*, deverei tomar medidas para preservar minha honra.

— Mas nossas relações não podem ser as mesmas de sempre — Anna disse, com voz tímida, olhando-o com temor.

Ao voltar a ver aqueles gestos calmos, ao ouvir aquela voz penetrante, infantil e ridícula, a aversão por ele aniquilou sua pena de antes, e ficou apenas com medo, porém desejava esclarecer sua situação a qualquer custo.

— Não posso ser sua esposa quando eu... — quis começar.

Ele deu um riso mau e frio.

— O tipo de vida que a senhora escolheu deve ter influído no seu entendimento. Respeito e desprezo tanto um e outro...... respeito o seu passado e desprezo o presente... por ter estado longe da interpretação que a senhora conferiu às minhas palavras.

Anna suspirou e baixou a cabeça.

— Aliás, não entendo como, tendo tanta independência como a senhora — prosseguiu, exaltando-se —, informando o marido de sua infidelidade, e não vendo nisso nada de condenável, ao que parece, a senhora ache condenável cumprir as obrigações de esposa com relação ao marido.

— Aleksei Aleksândrovitch! O que o senhor quer de mim?

— Quero que não encontre esse homem aqui, e que se comporte de forma que nem a *sociedade*, nem a *criadagem* possam acusá-la... que não o vejam. Ao que parece, não é muita coisa. Em troca disso, a senhora vai desfrutar de todos os direitos de esposa honrada, sem cumprir suas obrigações. Isso é tudo que tenho a lhe dizer. Agora está na hora de sair. Não vou jantar em casa.

Levantou-se e se encaminhou à porta. Anna também se levantou. Inclinando-se em silêncio, ele lhe deu passagem.

XXIV

A noite passada por Lióvin no monte de feno não foi em vão: a propriedade que ele dirigia deixou-o farto, e perdeu qualquer interesse para ele. Apesar da colheita magnífica, jamais tinha havido, ou pelo menos jamais lhe pareceu ter havido tantos insucessos e relações tão hostis entre ele e os mujiques quanto naquele ano, e o motivo dos insucessos e da hostilidade ele agora entendia por completo. O fascínio que experimentara no trabalho em si, a proximidade com os mujiques que veio em seguida, como consequência, a inveja que sentiu deles, de sua vida, o desejo de ingressar nessa vida, que naquela noite constituíra para ele não mais um sonho, mas um objetivo, para cuja realização ele imaginara os detalhes, tudo aquilo modificara tanto sua opinião sobre a propriedade que já não conseguia, de jeito nenhum, encontrar seu interesse de antes, nem podia deixar de ver como era desagradável sua relação com os trabalhadores, que era a base daquilo tudo. O rebanho de vacas melhoradas, como Pava, toda a terra adubada, lavrada com charruas, nove campos regulares, rodeados de salgueiros, noventa *dessiatinas* de estrume lavrado a fundo, as fileiras semeadas, etc., tudo aquilo seria maravilhoso se tivesse sido feito por ele mesmo, ou por ele junto com camaradas, com pessoas que simpatizavam com ele. Agora, porém, via com clareza (seu trabalho no livro sobre agricultura, no qual o principal elemento da propriedade era o trabalhador, ajudou-o muito nisso), via com clareza que a propriedade que ele dirigia era apenas uma luta cruel e teimosa entre ele e os trabalhadores, na qual, de um lado, o seu lado, havia um empenho contínuo e tenso para fazer tudo da forma que considerava melhor e, do outro lado, a ordem natural das coisas. E, nessa luta, via que, por maior que fosse a intensidade de forças do seu lado, e nenhum esforço nem intenção do outro, conseguia-se apenas que a propriedade não agradasse a ninguém, e se arruinassem, de forma completamente inútil, ferramentas maravilhosas, gado e terra maravilhosos. Mais importante: não apenas a energia daquele caso era gasta em vão, como agora, quando o sentido de sua propriedade se desnudara, ele não tinha como não sentir que o próprio objetivo dessa energia era o mais indigno. Em essência, em que consistia a luta? Ele lutava por cada tostão (e não tinha como não lutar, pois bastava diminuir a energia e não teria dinheiro suficiente para pagar os trabalhadores), enquanto eles só lutavam para trabalhar de forma tranquila e agradável, ou seja, como estavam acostumados. Era de seu interesse que cada trabalhador trabalhasse o máximo possível, e ainda não se dispersasse, que se esforçasse para não quebrar as tararas, os ancinhos dos cavalos, as debulhadeiras, que pensasse no que estava fazendo; já o trabalhador desejava trabalhar da forma mais agradável possível, com descanso e, principalmente, despreocupado e esquecido, sem pensar. Naquele verão, Lióvin vira isso a cada passo. Mandara ceifar trevo para o feno, escolhendo as piores *dessiatinas*, em que havia crescido grama e absinto, impróprias para a semeadura, e ceifavam seguidamente as *dessiatinas* que eram as melhores para a semeadura, dando a justificativa de que tinham sido ordens do administrador, e o confortavam dizendo que o feno seria excelente; só que ele sabia que aquilo acontecia porque aquelas *dessiatinas* eram mais fáceis de ceifar. Mandara uma máquina de revolver o feno, que foi quebrada nas primeiras fileiras, porque era tedioso para um mujique ficar sentado na boleia, embaixo das asas a se agitarem. E lhe diziam: "Não precisa se preocupar, as mulheres vão revolver rápido". Os arados se revelaram imprestáveis, pois não passava pela cabeça do trabalhador baixar a relha levantada e, girando com força, maltratava os cavalos e estragava a terra; e lhe pediam para ficar calmo. Deixavam os cavalos ir para o meio do trigo, pois não havia trabalhador que quisesse ser guarda-noturno, e, apesar da ordem de fazê-lo, os trabalhadores se revezavam na vigia da noite, e Vanka, depois de trabalhar o dia inteiro, adormecia e se arrependia de sua falta, dizendo: "Como quiser". Estragaram três bezerros porque os soltaram no campo de trevo sem bebedouro, não quiseram acreditar de jeito nenhum que eles tinham ficado inchados por causa do trevo, e contaram, como consolo, como o vizinho tinha perdido cento e vinte cabeças em três dias. Tudo aquilo se dava não porque alguém desejava o mal a Lióvin ou à sua propriedade; pelo contrário, sabia que gostavam dele, consideravam-no um fidalgo simples (o que era um grande elogio); aquilo, porém, só se dava porque desejavam trabalhar de forma alegre e despreocupada, e seus interesses eram não apenas alheios e incompreensíveis, como fatalmente opostos aos mais justos interesses deles. Já fazia muito tempo que Lióvin sentia insatisfação em sua relação com a propriedade. Via que seu barco fazia água, mas não achava nem procurava as fendas, talvez se enganando de propósito. Só que agora não podia mais se enganar. A propriedade que dirigia se tornara não apenas desinteressante, como repugnante, e não conseguia mais se ocupar dela.

A isso se juntava a presença, a trinta verstas de distância, de Kitty Scherbátskaia, que ele não queria e não podia ver. Dária Aleksândrovna Oblônskaia, quando ele estivera em sua casa, dissera-lhe para ir; ir para renovar a proposta à irmã, a qual, como dava a entender, agora aceitaria. O próprio Lióvin, ao avistar Kitty Scherbátskaia, compreendera que não tinha parado de amá-la; porém, não podia ir aos Oblônski sabendo que ela estava lá. O fato de que fizera uma proposta e ela o rejeitara interpunha-se entre eles como uma barreira intransponível. "Não posso lhe pedir que seja minha esposa só porque não pôde ser a esposa de quem queria" — dizia para si mesmo. Pensar nisso punha-o frio e hostil com relação a ela. "Não terei forças para falar com ela sem uma sensação de reproche, para olhar para ela sem raiva, e ela só vai passar a me odiar ainda mais, como tem que ser. E ainda por cima, agora, depois do que Dária Aleksândrovna me falou, como posso ir até elas? Por acaso tenho como não mostrar que sei o que ela me disse? E ainda ir com magnanimidade — desculpar, perdoar. Ficar diante dela no papel de quem perdoa e lhe assegura de meu amor!... Por que Dária Aleksândrovna foi me dizer isso? Eu podia tê-la visto por acaso, e então tudo aconteceria por si só, mas agora é impossível, impossível!"

Dária Aleksândrovna enviara-lhe um bilhete, pedindo uma sela feminina para Kitty. "Disseram-me que o senhor tem uma sela — ela lhe escreveu. — Espero que a traga em pessoa."

Aquilo já era mais do que ele podia suportar. Como uma mulher inteligente, delicada, podia humilhar a irmã daquele jeito! Escreveu dez bilhetes, rasgou todos, e mandou a sela sem resposta. Escrever dizendo que ia era impossível, pois não podia ir; escrever que não podia ir, porque não podia, ou estava de partida, era ainda pior. Mandou a sela sem resposta, com a consciência de que fizera algo vergonhoso e, no dia seguinte, depois de confiar a propriedade, da qual estava farto, ao administrador, partiu para o distrito distante de seu amigo Sviájski, perto do qual havia maravilhosos pântanos com narcejas, e que lhe escrevera há pouco tempo, pedindo que cumprisse a antiga promessa de visitá-lo. Fazia tempo que os pântanos de narcejas do distrito de Súrovski tentavam Lióvin, mas ele sempre adiara a viagem devido aos assuntos da propriedade. Agora, porém, estava contente por sair tanto da vizinhança dos Scherbátski como, principalmente, da propriedade, justo para caçar, que era o melhor consolo para todos os seus pesares.

XXV

No distrito de Súrovski, não havia ferrovia nem serviço de posta, e Lióvin foi com sua própria tarantasse.

No meio do caminho, parou para comer na casa de um mujique rico. Um velho careca e saudável, com uma vasta barba ruiva, grisalha nas faces, abriu o portão, apertando-se contra um mourão para dar passagem à troica. Indicando ao cocheiro um lugar sob o alpendre, em um pátio novo, grande, limpo e arrumado, com charruas chamuscadas, o velho pediu a Lióvin que entrasse na casa. Uma mocinha de roupas asseadas, de galochas nos pés sem meias, arqueada, enxugava o chão do saguão novo. Assustou-se com o cão que corria atrás de Lióvin e deu um grito, mas riu de imediato de seu susto, ao ver que que o cachorro não atacaria. Depois de mostrar para Lióvin, com o braço nu, a porta que dava para a sala, escondeu o belo rosto, arqueando-se de novo, e continuou a lavar.

— Gostaria do samovar? — perguntou.

— Sim, por favor.

A sala era ampla, com uma estufa holandesa e um tabique. Sob as imagens sacras havia uma mesa pintada com ramagens, um banco e duas cadeiras. Na entrada, havia um armarinho com louça. Os contraventos estavam fechados, as moscas eram poucas, e estava tão limpo que Lióvin ficou preocupado que Laska, que tinha corrido ao longo do caminho e se banhado em poças, sujasse o chão, e lhe apontou um lugar no canto, perto da porta. Depois de examinar a sala, Lióvin saiu para o pátio de trás. A formosa mocinha de galochas, balançando baldes vazios na canga, corria para o poço, adiante, atrás de água.

— Força, minha garota! — o velho gritou para ela, animado, e foi até Lióvin. — Então, soberano, está indo à casa de Nikolai Ivânovitch Sviájski? Ele também costuma passar por aqui — começou, falante, com o cotovelo apoiado no peitoril do terraço de entrada.

No meio da narrativa do velho sobre como conhecia Sviájski, o portão voltou a ranger e trabalhadores vindos do campo entraram no pátio, com charruas e grades. Os cavalos atrelados às charruas e grades eram bem alimentados e fortes. Os trabalhadores, pelo visto, pertenciam à família: dois eram jovens, de camisa de chita e quepe, os outros eram assalariados, de camisa de cânhamo — um velho, outro um jovem rapaz. Afastando-se do terraço, o velho foi até os cavalos e se pôs a desatrelar.

— Lavraram o quê? — perguntou Lióvin.

— Cultivamos batata. Também temos umas terrinhas. Fedot, não solte o castrado, prenda no cepo, vamos atrelar outro.

— Bem, papai, e aquelas relhas que mandei trazer, será que trouxeram? — perguntou um rapagão robusto de estatura elevada, obviamente filho do velho.

— Estão... no saguão — respondeu o velho, enrolando as rédeas que tirara e jogando-as no chão. — Ajuste-as enquanto eles almoçam.

A mocinha formosa atravessou o saguão com os baldes cheios nos ombros. De algum lugar, surgiram ainda outras mulheres: jovens belas, de meia-idade, velhas e feias, com filhos e sem filhos.

O fumeiro do samovar começou a apitar; trabalhadores e membros da família, depois de dar um jeito nos cavalos, foram almoçar. Lióvin, tendo tirado as provisões da carruagem, convidou o velho a tomar chá com ele.

— Mas veja, já tomei hoje — disse o velho, que aceitava a proposta com satisfação evidente. — Um pouco, pela companhia.

Durante o chá, Lióvin ficou sabendo toda a história da propriedade do velho. Dez anos atrás, o velho arrendara cento e vinte *dessiatinas* da proprietária e, no ano seguinte, comprou-as e arrendou mais trezentas de um proprietário vizinho. Uma pequena parte da terra, a pior, ele punha para alugar, enquanto arava quarenta *dessiatinas* de campo com a família e dois trabalhadores assalariados. O velho se queixava de que o negócio ia mal. Lióvin, porém, entendeu que ele só se queixava por decoro, e que sua propriedade florescia. Se fosse mal, não teria comprado a terra a cento e cinco rublos, não teria casado três filhos e um sobrinho, não teria reconstruído duas vezes depois de incêndios, e a cada vez com melhorias. Apesar das queixas do velho, era visível que tinha um orgulho justo de seu bem-estar, orgulho de seus filhos, sobrinhos, noras, cavalos, vacas e, especialmente, de manter toda aquela propriedade. Na conversa com o velho, ficou sabendo que ele também não era contra os novos métodos de gestão. Plantara muita batata, e sua batata, que Lióvin vira de passagem, já tinha parado de florir e germinar, enquanto a de Lióvin apenas começava a florir. Arava a batata com um arado emprestado de um proprietário de terras. Plantava trigo. O pequeno detalhe de que, ao mondar o centeio, o velho alimentava os cavalos com o centeio mondado, deixou Lióvin especialmente impressionado. Quantas vezes, ao ver aquele alimento maravilhoso desperdiçado, quisera recolhê-lo; mas isso sempre se revelara impossível. Só que o mujique o fazia, e não podia deixar de cumular de elogios aquele alimento.

— O que as mulheres têm que fazer? Carregam os montículos para a estrada, e a telega leva.

— Mas nós, os proprietários de terra, sempre estamos mal com os trabalhadores — disse Lióvin, entregando-lhe um copo de chá.

— Grato — respondeu o velho, pegando o copo mas recusando o açúcar, apontando para um torrão que tinha roído. — Como é possível manter um negócio com trabalhadores? — disse. — É só devastação. Veja o Sviájski. Sabemos que terra é aquela, uma beleza, mas não pode se gabar muito da colheita. Tudo descuidado!

— Mas você não administra com trabalhadores?

— Nosso negócio é de mujique. Fazemos tudo nós mesmos. Quem é ruim, vai embora; e nos viramos sozinhos.

— Papai, Finoguén mandou pegar alcatrão — disse a mulher de galochas, ao entrar.

— É isso, soberano! — disse o velho, levantando-se, e, depois de se benzer longamente, agradeceu a Lióvin e saiu.

Quando Lióvin entrou na isbá de serviço para chamar o cocheiro, viu a família inteira do homem à mesa. As mulheres, de pé, serviam. O filho jovem e robusto, com a boca cheia de mingau, contava algo engraçado, e todos riam, com especial alegria a mulher de galochas, que vertia *schi* em uma tigela.

É bem possível que o rosto formoso da mulher de galochas tenha contribuído muito para a impressão de conforto que aquela casa camponesa produziu em Lióvin, porém essa impressão era tão forte que Lióvin jamais conseguiu se desfazer dela. E por todo o caminho do velho até Sviájski, ele voltava sempre a se lembrar da propriedade, como se houvesse algo naquela impressão a exigir especialmente sua atenção.

XXVI

Sviájski era o dirigente de seu distrito. Era cinco anos mais velho que Lióvin, e casado há tempos. Em sua casa, vivia sua jovem cunhada, que era muito simpática a Lióvin. E Lióvin sabia que Sviájski e a esposa queriam muito casá-la com ele. Sabia-o sem dúvida, como sempre sabem os jovens, assim chamados nubentes, embora não tivesse se decidido a contá-lo a ninguém, e também sabia que, apesar de desejar se casar, apesar de que, em todos os aspectos, aquela moça extremamente atraente deveria ser uma esposa maravilhosa, a chance de ele se casar com ela, ainda que não estivesse apaixonado por Kitty Scherbátskaia, era tão pequena quanto sair voando pelo céu. E saber disso envenenava a satisfação que ele esperava obter na visita a Sviájski.

Ao receber a carta de Sviájski com o convite para a caça, Lióvin de imediato pensou nisso, porém, mesmo assim, decidiu que essas intenções de Sviájski com relação a ele eram apenas uma suposição sem nenhum fundamento e, portanto, iria assim mesmo. Além disso, no fundo da alma desejava testar a si mesmo, experimentar-se com relação à moça. A vida doméstica dos Sviájski era agradável no mais alto grau, e o próprio Sviájski, o melhor tipo de pessoa dedicada ao *zemstvo* que Lióvin conhecia, interessava-lhe de modo extraordinário.

Sviájski era uma dessas pessoas que sempre espantavam Lióvin, cujos raciocínios, sempre coerentes, embora nunca originais, seguiam seu próprio curso, enquanto a vida, extraordinariamente determinada e firme em sua direção, seguia igualmente seu próprio curso, absolutamente independente e quase sempre em contradição com os raciocínios. Sviájski era um homem extraordinariamente liberal. Desprezava a nobreza, e considerava a maioria dos nobres adversários secretos da liberação dos servos, que só não o diziam por acanhamento. Considerava a Rússia um país arruinado, do tipo da Turquia, e o governo da Rússia tão ruim, que ele jamais se permitia criticar seus atos a sério; ao mesmo tempo, era servidor público e dirigente-modelo da nobreza e, em viagem, sempre usava o cocar e a boina de fita vermelha. Supunha que uma pessoa só podia viver no estrangeiro, para onde ia a cada oportunidade e, ao mesmo tempo, dirigia na Rússia uma propriedade muito complexa e aprimorada, acompanhando com interesse extraordinário e sabendo de tudo que acontecia no país. Considerava que o mujique russo se encontrava em um grau evolutivo entre o macaco e o homem mas, ao mesmo tempo, nas eleições do *zemstvo*, apertava as mãos dos mujiques com mais gosto do que todos, e ouvia suas opiniões. Não acreditava em Deus, nem no diabo, mas se ocupava muito da questão da melhoria do modo de vida do clero e da manutenção de suas receitas e, além disso, tivera especial zelo para que a igreja permanecesse em sua aldeia.

Na questão feminina, estava do lado dos partidários mais extremados da plena liberdade da mulher e, em especial, de seu direito ao trabalho, porém vivia com a esposa de um modo que todos admiravam sua vida familiar coesa e sem filhos, e organizara a vida da esposa de forma que ela não fazia nem podia fazer nada além de cuidar, com o marido, de passar o tempo da melhor e mais alegre maneira.

Se Lióvin não tivesse a peculiaridade de interpretar as pessoas pelo lado mais favorável, o caráter de Sviájski não lhe apresentaria nenhuma dificuldade ou questão; diria para si mesmo: é um tolo ou um sórdido, e tudo estaria claro. Porém não podia dizer *tolo*, pois Sviájski era, sem dúvida, não apenas muito inteligente, como muito culto, e tratava a própria cultura com muita simplicidade. Não havia tema que não conhecesse; porém, só exibia seu conhecimento quando necessário. Lióvin podia menos ainda dizer que era sórdido, pois Sviájski era um homem indubitavelmente honrado, bondoso, sábio, que constantemente fazia seu trabalho de forma alegre e animada, era tido em alta conta por todos que o rodeavam, e jamais fizera, nem podia fazer nada de ruim de forma deliberada.

Lióvin se esforçava em compreender, não compreendia, e sempre o encarava, e à sua vida, como um enigma vivo.

Como eram amigos, Lióvin permitia-se sondar Sviájski, tentava chegar até as bases de sua visão da vida; mas aquilo era sempre em vão. Cada vez que Lióvin tentava penetrar para além da portinhola dos aposentos de entrada da mente de Sviájski, que estavam abertos a todos, notava que Sviájski ficava levemente perturbado; um pavor quase imperceptível se manifestava em seu olhar, como se temesse que Lióvin o apanhasse, e dava uma réplica bonachona e divertida.

Agora, após sua desilusão com a propriedade, Lióvin achava especialmente agradável visitar Sviájski. Sem falar que a simples visão daqueles pombinhos felizes e satisfeitos consigo mesmos e com tudo, e de seu ninho confortável, tinha um efeito alegre sobre ele, agora que se sentia insatisfeito com sua vida, tinha vontade de chegar ao segredo de Sviájski, o qual lhe dava tamanha clareza, precisão e alegria na vida. Além disso, Lióvin sabia que, na casa de Sviájski, veria os proprietários de terras da vizinhança, e agora tinha especial interesse em falar e ouvir aquelas conversas sobre a propriedade, a colheita, os trabalhadores assalariados, etc., as quais Lióvin sabia que normalmente eram tidas como muito baixas, mas que, agora, pareciam as únicas importantes para ele. "Talvez isso não fosse importante no tempo da servidão, ou não o seja na Inglaterra. Em ambos os casos, as condições estão estabelecidas; porém, aqui, agora, quando tudo ficou de pernas para o ar, e só agora está ganhando forma, a questão de que forma essas condições vão adquirir é a única de importância na Rússia" — pensou Lióvin.

A caçada se revelou pior do que Lióvin esperava. O pântano tinha secado, e não havia narcejas, de jeito nenhum. Caminhara o dia inteiro e só trouxe três peças, porém, em compensação, como sempre acontecia na caça, trouxe também um ótimo apetite, um ótimo humor e aquele estado mental desperto que sempre acompanhava o esforço físico intenso. E durante a caçada, numa hora em que parecia não pensar em nada, de súbito voltou a se lembrar do velho e de sua família, e tal impressão parecia exigir não apenas atenção, como a resolução de algo ligado a eles.

À noite, no chá, em presença de dois proprietários de terras, que tinham vindo por algum assunto de tutela, encetou-se aquela conversa muito interessante por que Lióvin esperava.

Lióvin estava sentado ao lado da anfitriã, à mesa de chá, e devia conversar com ela e a cunhada, que estava sentada à sua frente. A anfitriã era uma mulher de rosto redondo, loira e baixa, que sempre irradiava covinhas e sorrisos. Lióvin tentava, através dela, obter a solução do enigma importante que seu marido representava para ele; não tinha, porém, liberdade plena de pensamento, pois passava um incômodo torturante. O incômodo torturante se devia ao fato de que, na sua frente, a cunhada estava sentada com um vestido que tinha a impressão de ter sido escolhido especialmente para ele, com um decote especial em forma de trapézio no peito branco; esse decote quadrado, apesar de o peito ser muito branco, ou especialmente por ser muito branco, privava Lióvin da liberdade de pensamento. Imaginava, provavelmente equivocado, que o decote fora feito por sua causa, não se considerava no direito de olhar para ele, e tentava não olhar; sentia-se, porém, culpado pelo simples fato de o decote ter sido feito. Lióvin sentia que estava enganando alguém, que devia explicar algo, mas não havia como explicar, de jeito nenhum, e, por isso, ficava constantemente ruborizado, intranquilo e incômodo. Seu incômodo contagiou também a formosa cunhada. Porém a anfitriã, aparentemente, não reparava, arrastando-a deliberadamente para a conversa.

— O senhor diz — a anfitriã prosseguiu a conversa já iniciada — que meu marido não consegue se interessar por nada de russo. Pelo contrário, ele fica feliz no exterior, mas nunca tanto quanto aqui. Aqui ele se sente na sua esfera. Tem tantos afazeres, e possui o dom de se interessar por tudo. Ah, o senhor não esteve na nossa escola?

— Eu vi... Aquela casinha coberta de hera?

— Sim, é coisa da Nástia[28] — disse, apontando para a irmã.

— A senhorita é que leciona? — perguntou Lióvin, tentando olhar para além do decote, porém sentindo que, olhasse para onde olhasse, naquela direção, acabaria vendo o decote.

— Sim, lecionei e leciono, mas temos uma professora maravilhosa. Damos até ginástica.

— Não, grato, não quero mais chá — disse Lióvin e, sentindo que cometia uma descortesia, porém sem forças para prosseguir a conversa, levantou-se, enrubescendo. — Estou ouvindo uma conversa muito interessante —

---

[28] Diminutivo de Anastassía. (N. do T.)

acrescentou, e foi até o outro extremo da mesa, onde o anfitrião estava sentado com os dois proprietários de terras. Sviájski estava sentado de lado, com o cotovelo na mesa, virando a xícara numa das mãos, enquanto com o outra pegava a barba, levava-a ao nariz e voltava a deixar cair, como se a cheirasse. Com olhos negros e brilhantes, olhava direto para o proprietário rural exaltado, de bigodes grisalhos, e divertia-se visivelmente com sua fala. O proprietário de terras se queixava do povo. Estava claro para Lióvin que Sviájski conhecia uma resposta às queixas do latifundiário que arrasariam imediatamente todo o sentido de sua fala, porém, por sua posição, não poderia proferi-la, e escutava, não sem satisfação, o discurso cômico do proprietário.

O latifundiário de bigodes grisalhos era, evidentemente, um defensor inveterado da servidão e um homem arraigado no campo, um proprietário rural apaixonado. Lióvin viu sinais disso na roupa — uma sobrecasaca fora de moda, que decerto não usava habitualmente —, nos olhos inteligentes e carrancudos, em seu russo correto, no tom imperioso, que visivelmente assimilara pelo longo uso, e nos movimentos resolutos das mãos grandes, belas e bronzeadas, com uma aliança antiga no anular.

XXVII

— Se não desse tanta dó largar o que está estabelecido... tanto trabalho investido... daria adeus a tudo, venderia e iria, como Nikolai Ivânitch... ouvir *Helena* — disse o proprietário de terras, com um sorriso agradável a iluminar seu rosto velho e sábio.

— Mas o senhor não larga — disse Nikolai Ivânovitch Sviájski. — Deve ter algum proveito.

— O único proveito é que moro em casa, nem comprada, nem alugada. E você sempre espera que o povo vá criar juízo. Porém, acredite, é bebedeira, é libertinagem! Dividiram tudo, não têm nem um cavalinho, nem uma vaquinha. Está morrendo de fome, mas vá contratá-lo como trabalhador assalariado; ele vai fazer de tudo para causar estrago, e ainda recorrer ao juiz de paz.

— Mas então preste o senhor queixa ao juiz de paz — disse Sviájski.

— Prestar queixa, eu? Por nada no mundo! É tanto falatório que não vale a queixa! Lá na usina, pegaram o adiantamento e foram embora. E o juiz de paz? Absolveu, só quem os segura é o tribunal da *vólost*[29] e o sargen-

---

[29] Menor divisão administrativa da Rússia até 1930. (N. do T.)

to. Esse os enquadra à moda antiga. Não fosse por ele, era melhor largar tudo! Correr até o fim do mundo!

O proprietário de terras obviamente provocava Sviájski, que não apenas não se zangava como, pelo visto, divertia-se.

— Mas veja que gerimos nossas propriedades sem essas medidas — disse, rindo —, eu, Lióvin, ele.

Apontou para o outro latifundiário.

— Sim, com Mikhail Petróvitch é assim, mas pergunte como? Por acaso é uma gestão racional? — disse o proprietário de terras, alardeando visivelmente a palavra "racional".

— Minha gestão é simples — disse Mikhail Petróvitch. — Agradeço a Deus. Toda a minha gestão está em ter o dinheiro pronto para os tributos de outono. Vêm os mujiques: meu querido, meu pai, me salve! Pois bem, os mujiques são todos meus vizinhos, dá pena. Bem, você adianta um terço, e só diz: lembrem-se, rapazes, eu os ajudei, então me ajudem quando precisar — semeando a aveia, colhendo o feno, o restolho —, e daí estipula quanto é o imposto. Também há desonestos entre eles, isso é verdade.

Lióvin, que conhecia faz tempo esses métodos patriarcais, trocou olhares com Sviájski e interrompeu Mikhail Petróvitch, dirigindo-se novamente ao proprietário de bigodes grisalhos.

— Então o que o senhor propõe? — perguntou. — Como se deve gerir uma propriedade hoje?

— Bem, pode gerir como Mikhail Petróvitch: ou amear a terra, ou alugar para os mujiques; isso é possível, porém dessa forma se aniquila a riqueza geral do Estado. Onde minha terra, com trabalho servil e boa gestão, rendia nove, arrendando a meias rende três. A emancipação dos servos arruinou a Rússia!

Sviájski olhou para Lióvin com olhos sorridentes, chegando a lhe fazer um sinal zombeteiro, quase imperceptível; só que Lióvin não achou as palavras do latifundiário engraçadas — entendia-as mais do que entendia Sviájski. Muito do que o proprietário dissera, demonstrando que a Rússia fora arruinada pela emancipação, pareceu-lhe muito correto, uma novidade para ele, e irrefutável. O latifundiário visivelmente dava sua opinião própria, o que acontece muito raramente, e uma opinião a que fora levado não pelo desejo de ocupar de alguma forma a mente ociosa, mas uma opinião que brotara das condições de sua vida, que incubara em sua solidão campestre e sopesara por todos os lados.

— Vejam, por favor, que a questão é que todo progresso é realizado apenas pelo poder — disse, visivelmente querendo mostrar que não era desprovido de cultura. — Tomem as reformas de Pedro, Catarina, Alexandre. Tomem a história europeia. Particularmente o progresso nos assuntos da lavoura. Digamos, a batata, que também foi introduzida entre nós à força. Tampouco lavraram sempre com o arado de madeira. Este também foi introduzido, pode ser que no feudalismo, mas provavelmente introduzido à força. Hoje, em nossa época, no regime de servidão, nós proprietários gerimos nossa herdade, com aprimoramentos; secadores, tararas, transporte de estrume em veículos, e todos os utensílios — tudo isso introduzimos com nosso poder, e os mujiques primeiro se opuseram, para depois nos imitar. Já agora, com a liquidação do trabalho servil, tiraram-nos o poder, e nossa agricultura, lá onde tinha se elevado a um alto nível, está condenada a voltar à condição mais selvagem e primitiva. Assim é que entendo.

— Mas por quê? Se for racional, o senhor pode geri-la com arrendamento — disse Sviájski.

— Não há poder. Com quem vou gerir?, permita-me perguntar.

"Ei-la — a força do trabalhador, o principal elemento da agricultura" — pensou Lióvin.

— Com os trabalhadores.

— Os trabalhadores não querem trabalhar bem, nem trabalhar com bons utensílios. Nosso trabalhador só sabe se embriagar como um porco e, bêbado, vai estragar tudo que você lhe der. Empanturra os cavalos de água, rasga arreios bons, troca os pneus das rodas por bebida, solta a cravija da debulhadora para que quebre. Repugna-lhe ver o que não é do seu jeito. Por isso o nível da agricultura baixou. Terras abandonadas, tomadas pelo absinto ou distribuídas entre os mujiques, e, onde se produziam milhões, produzem-se centenas de milhares; a riqueza geral diminuiu. Se tivessem feito o mesmo, porém levando em conta...

E se pôs a traçar seu plano de libertação dos servos, que teria eliminado esses inconvenientes.

Lióvin não se interessava por isso, porém, quando ele terminou, voltou à sua primeira posição e disse, dirigindo-se a Sviájski, e tentando levá-lo a dar sua opinião a sério:

— O fato de que o nível da agricultura baixou, e de que, com as nossas atuais relações com os trabalhadores, não há possibilidade de gerir uma propriedade de forma lucrativa e racional, é absolutamente correto — disse.

— Não acho — retrucou Sviájski, já a sério. — Vejo apenas que não sabemos gerir a agricultura e que, pelo contrário, a agricultura que geríamos com trabalho servil não era de nível demasiado alto, porém demasiado baixo. Não temos máquinas, nem bons animais de trabalho, nem uma administração de verdade, e nem sabemos contar. Pergunte a um proprietário: ele não vai saber o que lhe dá lucro e o que não dá.

— Contabilidade italiana — disse o latifundiário, irônico. — Por mais contas que faça, se eles estragarem tudo, não vai ter proventos.

— Por que estragam? Quebram uma debulhadora ruim, a sua pisadeira russa,[30] mas a minha, a vapor, não quebram. O cavalinho russo, como se chama?, da raça toscana, porque tem que arrastá-lo pela cauda, esse eles vão estragar; mas mande vir uns percherões, ou mesmo uns de tiro, e não vão estragar. E tudo é assim. Precisamos elevar o nível de nossa agricultura.

— Se tivesse como, Nikolai Ivânitch! Isso é bom para o senhor, mas eu sustento um filho na universidade, tenho os menores para educar no colégio, de modo que não posso comprar percherões.

— Para isso há bancos.

— Para vender o que sobrar em leilão? Não, agradeço!

— Não concordo que seja possível e necessário elevar ainda mais o nível da agricultura — disse Lióvin. — Empenho-me nisso, tenho os meios, mas não consegui fazer nada. Não sei a quem os bancos servem. Eu, pelo menos, com todo o dinheiro que gastei na minha propriedade, tive prejuízo: animais, prejuízo; máquinas, prejuízo.

— Ah, isso é verdade — confirmou o proprietário de bigodes grisalhos, chegando a rir de satisfação.

— E não sou o único — prosseguiu Lióvin —, estou com todos os proprietários que gerem seu negócio de forma racional; todos, com raras exceções, têm prejuízo. Pois bem, o senhor está dizendo que a sua propriedade é lucrativa? — disse Lióvin, observando imediatamente no olhar de Sviájski aquela expressão momentânea de pavor que reparara quando quisera penetrar além dos aposentos de entrada da mente do amigo.

Além disso, aquela pergunta não era totalmente escrupulosa da parte de Lióvin. Ao chá, a anfitriã acabara de lhe dizer que, naquele verão, tinham chamado de Moscou um alemão, especialista em contabilidade, que, por uma remuneração de quinhentos rublos, inventariara a propriedade e descobrira que dava um prejuízo de três mil e tantos rublos. Não se lembrava exatamente de quanto, mas, ao que parece, o alemão contabilizara até quartos de copeques.

À menção dos lucros da propriedade de Sviájski, o latifundiário sorriu, pois obviamente sabia quanto podiam ser os proventos do vizinho e dirigente.

---

[30] Debulhadora com tração a cavalo. (N. da E.)

— Pode ser que não dê lucro — respondeu Sviájski. — Isso só demonstra que eu sou um mau proprietário, ou que gasto capital para aumentar a renda.

— Ah, a renda! — exclamou Lióvin, com horror. — Pode ser que haja renda na Europa, onde a terra melhorou com o trabalho feito nela, mas aqui toda a terra fica pior com o trabalho, ou seja, ela é exaurida, o que quer dizer que não há renda.

— Como não há renda? É uma lei.

— Então estamos fora da lei; a renda não nos explica nada, pelo contrário, só complica. Não, diga-me como pode haver uma teoria da renda...

— Quer coalhada? Macha, traga coalhada ou framboesa — dirigiu-se à esposa. — Este ano as framboesas estão dando numa época extraordinariamente tardia.

E, no melhor dos humores, Sviájski se levantou e saiu, obviamente supondo que a conversa tinha terminado no mesmo lugar em que Lióvin tinha a impressão de que estava apenas começando.

Privado de interlocutor, Lióvin continuou a conversa com o proprietário, tentando demonstrar que todas as dificuldades advinham de que não queremos saber as peculiaridades e hábitos de nosso trabalhador; porém, o proprietário era, como todas as pessoas que pensam de forma independente e solitária, pouco propenso ao entendimento das ideias dos outros, e especialmente afeiçoado às suas. Insistiu que o mujique russo era um porco que amava a porcaria e que, para tirá-lo dessa porcaria, era necessário um poder, que não existia, era necessário um porrete, só que nós viramos tão liberais que, de repente, trocamos o porrete milenar por advogados e cadeias, nas quais mujiques imprestáveis e fedorentos eram alimentados com sopa boa e agraciados com alguns pés cúbicos de ar.

— O que o faz pensar — disse Lióvin, tentando voltar à questão — que não há como encontrar uma relação com a força de trabalho na qual o trabalho seja produtivo?

— Isso nunca vai acontecer com o povo russo sem porrete! Não há poder — respondeu o fazendeiro.

— Que novas condições podem ser encontradas? — disse Sviájski que, após comer coalhada e fumar uma *papirossa*, voltava a entrar na discussão. — Todas as relações possíveis com a força de trabalho foram determinadas e estudadas — disse. — Resquício da barbárie, a comunidade primitiva, de garantia mútua, se desfez, a servidão foi aniquilada, sobrou o trabalho livre, suas formas estão determinadas e prontas, e deve-se aceitá-las. O peão, o jornaleiro, o granjeiro — não há como sair disso.

— Mas a Europa está insatisfeita com essas formas.

— Está insatisfeita, e procurando outras. E provavelmente vai encontrar.

— Mas é só disso que estou falando — respondeu Lióvin. — Por que não procuramos de nossa parte?

— Porque é a mesma coisa que voltar a inventar os meios de construção de estradas de ferro. Estão prontos, já foram inventados.

— Mas e se eles não nos servirem, se forem estúpidos? — disse Lióvin. E voltou a observar a expressão de pavor nos olhos de Sviájski.

— Sim, claro: vamos jogar os chapéus para o alto, achamos o que a Europa estava procurando! Sei disso tudo, porém, perdoe-me: o senhor sabe de tudo que está sendo feito na Europa na questão da organização do trabalho?

— Não, sei mal.

— Essa questão ocupa agora as melhores mentes da Europa. A corrente de Schulze-Delitzsch...[31] Depois toda essa imensa literatura da questão trabalhista, a corrente mais liberal, de Lassalle... A organização de Mulhouse — isso já é um fato, como o senhor provavelmente sabe.

— Tenho uma noção, mas muito vaga.

— Não, está só dizendo; com certeza o senhor sabe tudo isso não menos do que eu. Óbvio que não sou professor de ciências sociais, mas isso me interessou e, na verdade, se o interessa, o senhor há de estudar.

— Mas a que eles chegaram?

— Perdão...

Os latifundiários se levantaram, e Sviájski, voltando a deter Lióvin em seu desagradável hábito de espreitar o que havia por trás dos aposentos de entrada de sua mente, foi acompanhar as duas visitas.

XXVIII

Lióvin passou um tédio insuportável naquela noite com as damas: como nunca antes, agitava-se com a ideia de que a insatisfação com a proprie-

---

[31] Hermann Schulze-Delitzsch (1808-1883), economista e político alemão, no começo dos anos 1850 propôs um programa de estabelecimento de cooperativas independentes e bancos de crédito e poupança. Na Rússia, as primeiras sociedades "à imagem dos estatutos das sociedades de crédito de Schulze na Alemanha" apareceram em 1865 (*Mensageiro da Europa*, 1874, I, p. 407). A ideia de Schulze-Delitzsch era que seu programa conciliasse os interesses de classe de trabalhadores e proprietários. (N. da E.)

dade, que agora experimentava, não era uma situação exclusiva sua, mas uma condição geral dos negócios na Rússia, que a organização de alguma relação dos trabalhadores para com a terra em que trabalhavam, como tinha o mujique que encontrara no meio do caminho, não era um sonho, mas um problema que era indispensável resolver. E teve a impressão de que podia resolver aquele problema, e de que devia tentar fazê-lo.

Após se despedir das damas e prometer passar o dia seguinte inteiro com elas, para visitar a cavalo um fosso interessante numa floresta do Estado, Lióvin, antes de dormir, foi até o gabinete do anfitrião, para pegar os livros sobre a questão do trabalho que Sviájski lhe oferecera. O gabinete de Sviájski era um aposento enorme, rodeado de armários de livros, e com duas mesas — uma escrivaninha maciça, que ficava no meio do aposento, e outra, redonda, com os últimos números de jornais e revistas em diversas línguas dispostos em forma de estrela ao redor da luminária. Na escrivaninha havia um balcão com gavetas com letreiros dourados, divididas em diversos tipos de tema.

Sviájski pegou os livros e se sentou na cadeira de balanço.

— O que é isso que está vendo? — perguntou a Lióvin que, parado junto à mesa redonda, dava uma olhada nas revistas. — Ah, sim, aí tem um artigo muito interessante — Sviájski disse, a respeito da revista que Lióvin tinha em mãos. — Verificou-se — acrescentou, com alegre vivacidade — que o maior culpado pela partilha da Polônia não foi Frederico, de jeito nenhum. Verificou-se...

E, com a clareza que lhe era peculiar, narrou em resumo aquela descoberta nova, muito importante e interessante. Embora a maior parte da mente de Lióvin estivesse agora ocupada pela propriedade, ao ouvir o anfitrião, perguntou-se: "O que acontece dentro dele? E por que, por que se interessa pela partilha da Polônia?". Quando Sviájski terminou, Lióvin perguntou, sem querer: "Pois bem, e então?". Mas não havia nada. Era apenas interessante o que "se verificara". Só que Sviájski não explicou, nem achou necessário explicar, por que aquilo o interessava.

— Sim, mas eu me interessei muito pelo proprietário irritado — disse Lióvin, suspirando. — É bem inteligente, e falou muitas verdades.

— Ah, pare! Um apoiador secreto e inveterado da servidão, como todos eles! — disse Sviájski.

— Dos quais você é o dirigente.

— Sim, só que eu os dirijo em outra direção — disse Sviájski, rindo.

— Veja o que me atrai muito — disse Lióvin. — Ele está certo ao dizer que nosso negócio, ou seja, a agricultura racional, não funciona, que só funciona a agricultura de usurário, como no caso daquele homem calado, ou a mais simples. Quem é culpado disso?

— Óbvio que nós mesmos. E, ademais, não é verdade que não funciona. Para Vaissíltchikov, funciona.

— Uma fábrica...

— Mesmo assim, não sei o que o espanta. O povo se encontra em um grau tão baixo de desenvolvimento material e moral que, evidentemente, só pode se opor a tudo que lhe é estranho. Na Europa, a agricultura racional funciona porque o povo tem educação; ou seja, precisamos educar o povo, eis tudo.

— Mas como educar o povo?

— Para educar o povo, são necessárias três coisas: escolas, escolas e escolas.

— Mas o senhor mesmo disse que o povo se encontra em um grau baixo de desenvolvimento material. No que então as escolas vão ajudar?

— Sabe, o senhor me lembra uma anedota a respeito de conselhos a um doente: "O senhor deveria tentar um laxante". — "Foi pior." — "Tente sanguessugas." — "Tentaram: pior." — "Pois bem, então só resta rezar a Deus." "Tentaram: pior." Nós estamos assim. Eu digo: economia política, o senhor diz — pior. Eu digo: socialismo — pior. Educação — pior.

— Mas no que ajudam as escolas?

— Dão-lhe outras aspirações.

— Mas isso eu nunca entendi — retrucou Lióvin, exaltado. — De que jeito as escolas ajudam o povo a melhorar a situação material? O senhor diz que as escolas, a educação, lhe dão novas aspirações. Tanto pior, pois ele não terá forças para satisfazê-las. E de que jeito o conhecimento de adição, subtração e catecismo vai ajudá-lo a melhorar a situação material, nunca pude compreender. Anteontem à tarde, encontrei uma camponesa com uma criança de peito e peguntei para onde ia. Ela disse: "Fui até uma curandeira, o menino caiu na choradeira, daí levei para tratar". Perguntei como a curandeira tratou a choradeira. "Botou o bebezinho sentado no poleiro das galinhas, e repetia umas coisas."

— Pois veja, o senhor mesmo está dizendo! Para que ela não leve para o tratamento no poleiro, precisamos de... — disse Sviájski, com um sorriso alegre.

— Ah, não! — disse Lióvin, com enfado. — Para mim, esse tratamento é similar ao tratamento do povo com escolas. O povo é pobre e ignorante — isso nós vemos com a mesma certeza que a camponesa vê o choro, já que o bebê está berrando. Mas em que as escolas ajudam a tirá-lo dessas desgraças — pobreza e ignorância — é tão ininteligível para mim como é ininteligível como as galinhas do poleiro vão ajudar na choradeira. É preciso remediar aquilo que o faz pobre.

— Pois bem, pelo menos nisso o senhor concorda com Spencer, de que tanto gosta; ele também diz que a educação pode ser a consequência de maior bem-estar e conforto na vida, de frequentes abluções, como ele diz, e não de saber ler e contar...

— Pois bem, estou muito contente ou, aliás, muito descontente por concordar com Spencer: só que sei disso há muito tempo. As escolas não ajudam, o que ajuda é uma organização econômica em que o povo seja mais rico, tenha mais lazer — e então também terá escolas.

— Entretanto, em toda a Europa as escolas são agora obrigatórias.

— Quanto ao senhor, está de acordo com Spencer a esse respeito? — perguntou Lióvin.

Nos olhos de Sviájski, porém, cintilou a expressão de pavor, e ele, sorrindo, disse:

— Não, essa da choradeira é magnífica! O senhor ouviu mesmo a história, em pessoa?

Lióvin viu que não encontraria a ligação entre a vida daquele homem e suas ideias. Para ele, evidentemente, dava na mesma a que levaria seu raciocínio; ele precisava apenas do processo de raciocínio. E não lhe agradava quando o processo de raciocínio o conduzia a um beco sem saída. Não apenas não gostava, como fugia daquilo, mudando o assunto da conversa para algo agradável e divertido.

Todas as impressões daquele dia, começando com o mujique do meio do caminho, que servira de base fundamental para todas as impressões e pensamentos de agora, deixaram Lióvin fortemente alvoroçado. Aquele Sviájski gentil, que mantinha ideias apenas para uso social e, obviamente, possuía outros fundamentos de vida, misteriosos para Lióvin e, ainda por cima, estava junto com a multidão, cujo nome é legião, dirigindo a opinião pública com ideias que lhe eram alheias; aquele latifundiário exasperado, absolutamente certo em seus raciocínios provocados pela vida, porém errado em sua exasperação contra uma classe inteira, a melhor das classes da Rússia; sua própria insatisfação contra sua atividade, e a vaga esperança de encontrar emenda para tudo aquilo — tudo isso se fundia em uma sensação de inquietação interna e expectativa de resolução próxima.

Instalado em um quarto afastado, deitado em um colchão de molas que, a cada movimento, inesperadamente jogava para cima suas pernas e braços, Lióvin ficou bastante tempo sem dormir. Nenhuma conversa de Sviájski, embora tenha dito muita coisa inteligente, interessara a Lióvin; porém, os argumentos do latifundiário exigiam exame. Sem querer, Lióvin recordou todas as suas palavras, e tentou respondê-las em sua imaginação.

"Sim, eu devia ter-lhe dito: o senhor diz que nossa agricultura não funciona porque o mujique odeia todos os aperfeiçoamentos, e que eles têm de ser introduzidos pelo poder; mas, se a agricultura não funcionasse de jeito nenhum sem tais aperfeiçoamentos, o senhor teria razão; contudo, ela funciona, e só funciona onde o trabalhador age em conformidade com seus costumes, como no caso do velho do meio do caminho. A sua e a minha insatisfação com a agricultura demonstram que os culpados somos nós e os trabalhadores. Já faz tempo que forçamos a nossa maneira, a europeia, sem indagar as peculiaridades da força de trabalho. Tentemos aceitar a força de trabalho não como uma força de trabalho *ideal*, mas como o *mujique russo*, com seus instintos, e vamos organizar a agricultura em conformidade com isso. Imagine — eu deveria ter-lhe dito — se a sua propriedade fosse gerida como a do velho, que o senhor encontrasse um meio de interessar os trabalhadores no êxito do trabalho e encontrasse um mesmo meio para os aperfeiçoamentos, que eles admitiriam, e o senhor, sem esgotar o solo, recebesse o dobro, o triplo de antes. Divida ao meio, dê metade à força de trabalho; a diferença que ficará para o senhor será maior, e à força de trabalho também caberá mais. E, para fazer isso, é preciso baixar o nível da agricultura e interessar os trabalhadores no êxito da propriedade. Como fazê-lo é uma questão de detalhes, mas não há dúvida de que é possível."

Essa ideia levou Lióvin a uma grande agitação. Ficou metade da noite sem dormir, pensando nos detalhes para levar a ideia à execução. Não tinha se preparado para partir no dia seguinte, mas agora decidira que iria embora para casa de manhã cedo. Além disso, aquela cunhada de decote no vestido suscitara-lhe um sentimento semelhante à vergonha e ao arrependimento por uma conduta absolutamente má. O principal era que precisava partir sem tardança: necessitava chegar a tempo de propor o novo projeto aos mujiques antes da semeadura de inverno, para que já semeassem nas novas bases. Decidira mudar radicalmente de todo o sistema anterior de administração na propriedade.

XXIX

A realização do plano de Lióvin apresentava muitas dificuldades; mas ele lutou com todas as suas forças e conseguiu, se não o que desejava, o que podia fazê-lo crer, sem enganar a si mesmo, que a coisa valia o esforço. Uma das principais dificuldades era que a propriedade já estava em andamento, que não era possível parar tudo e começar do zero, mas sim consertar a máquina com ela em funcionamento.

Quando, na mesma noite em que chegou em casa, comunicou seus planos ao administrador, este, com satisfação visível, concordou com a parte do discurso que demonstrava que tudo o que fora feito até então tinha sido nocivo, e um disparate. O administrador falou que vinha dizendo aquilo fazia tempo, mas que não tinham querido escutá-lo. Já ao que se referia à proposta de Lióvin — virar sócio dos trabalhadores em todas as iniciativas da propriedade —, o administrador replicou apenas com grande desânimo, sem opinião determinada, e imediatamente se pôs a falar que era indispensável, no dia seguinte, levar os feixes restantes de centeio e mandar arar a terra de novo, de modo que Lióvin sentiu que não era hora de tratar daquilo.

Ao falar do tema com os mujiques e propor novas condições de terra, deparou-se com a mesma dificudade principal, a de que eles estavam tão ocupados com o trabalho do dia corrente que nunca tinham tempo de pensar nas vantagens e desvantagens da iniciativa.

Um mujique ingênuo, Ivan, o vaqueiro, pareceu ter entendido completamente a proposta de Lióvin — participar, com a família, dos lucros do curral —, e sentiu total simpatia pela iniciativa. Porém, quando Lióvin sugeriu-lhe as vantagens futuras, inquietação e pesar se manifestaram no rosto de Ivan por não poder escutar até o fim, e ele se apressou em encontrar alguma tarefa atual que não admitia demora; pegar uma forquilha para tirar feno das baias, colocar água, ou limpar o estrume.

Outra dificuldade consistia na desconfiança invencível dos camponeses de que o objetivo de um latifundiário pudesse consistir em algo além do desejo de arrancar deles o máximo possível. Estavam firmemente convictos de que seu real objetivo (dissesse o que dissesse) seria sempre aquele que não lhes dizia. E eles mesmos, ao se explicarem, falavam muito, mas nunca diziam em que consistia seu real objetivo. Além disso (Lióvin sentia que o latifundiário bilioso tinha razão), estabeleciam como condição primeira e irrevogável para qualquer acordo que não fossem coagidos a adotar qualquer novo método agrícola, nem a empregar novos utensílios. Concordavam que o arado lavrava melhor, que o escarificador dava mais resultado, mas encontravam milhares de pretextos para não empregar nem um, nem outro e, embora estivesse convencido de que era preciso baixar o nível da agricultura, Lióvin tinha dó de renunciar aos melhoramentos, cujas vantagens eram tão evidentes. Porém, apesar de todas essas dificuldades, conseguiu o que queria e, no outono, a coisa estava em andamento, ou pelo menos assim lhe parecia.

No começo, Lióvin pensara em entregar a propriedade inteira, como era, aos mujiques, trabalhadores e ao administrador, nas novas condições de parceria, porém se convenceu muito rapidamente de que aquilo não era possível, e resolveu dividi-la. O curral, o jardim, a horta, os prados, os campos, divididos em algumas partes, deviam constituir itens separados. Ivan, o vaqueiro ingênuo que Lióvin pensava tê-lo entendido melhor do que todos, formou uma equipe predominantemente de familiares, e se tornou parceiro no curral. O campo mais afastado, que há oito anos se encontrava inculto e abandonado, foi ocupado com a ajuda do inteligente carpinteiro Fiódor Rezunov, com seis famílias de mujiques, nas novas bases de sociedade, e o mujique Churáiev assumiu, nas novas condições, todas as hortas. O resto continuou à moda antiga, mas essas três partes eram o começo da nova organização, e absorviam Lióvin por completo.

Verdade que, no curral, a coisa até agora não ia melhor do que antes. Ivan se opusera fortemente a um alojamento aquecido para as vacas e à manteiga de nata, assegurando que, no frio, a vaca consumia menos alimento, e que a manteiga de creme azedo era mais vantajosa, e exigia salários, como antigamente, sem se interessar nem um pouco pelo fato de o dinheiro recebido por ele não ser salário, e sim um adiantamento de sua parte dos lucros.

Verdade que a companhia de Fiódor Rezunov não arara duas vezes antes da semeadura, como ficara combinado, dando como justificativa a falta de tempo. Verdade que os mujiques dessa companhia, embora tivessem acertado de gerir o negócio nas bases novas, não chamavam essa terra de comum, mas de ameada, e mais de uma vez os mujiques do grupo, e o próprio Rezunov, disseram a Lióvin: "Se o senhor recebesse um dinheirinho pela terra, ficaria mais tranquilo, e nos deixaria livres". Além disso, esses mujiques adiavam o tempo todo, sob diversos pretextos, a construção de um curral e uma eira, postergando até o inverno.

Verdade que Churáiev quisera repartir em partes ínfimas, entre os mujiques, as hortas que recebera. Pelo visto, entendera de forma completa e deliberadamente deturpada as condições nas quais a terra lhe fora dada.

Verdade que, ao falar com os mujiques e esclarecer todas as vantagens da iniciativa, Lióvin sentia que eles escutavam apenas o canto de sua voz, e sabia firmemente que, dissesse o que dissesse, eles não se deixariam enganar. Sentia-o especialmente ao conversar com o mujique mais inteligente, Rezunov, em cujos olhos observava um brilho que revelava com clareza que zombava de Lióvin, e estava firmemente convicto de que este poderia enganar alguém, mas de jeito nenhum a ele, Rezunov.

Porém, apesar disso tudo, Lióvin achava que a coisa estava caminhando e que, fazendo as contas com severidade e insistindo em seu ponto de vista, demonstraria a eles os lucros futuros daquele arranjo, e a coisa então caminharia sozinha.

Esses assuntos, junto com o resto da propriedade que ficara em suas mãos, e o trabalho de gabinete no livro, ocuparam tanto Lióvin durante todo o verão que ele quase não saiu à caça. No final de agosto, ficou sabendo que os Oblônski tinham partido para Moscou, de um criado que viera devolver a sela. Sentia que, ao não responder à carta de Dária Aleksândrovna, uma descortesia da qual não conseguia se lembrar sem um rubor de vergonha, queimara seus navios, e nunca mais os visitaria. Comportara-se exatamente da mesma forma também com Sviájski, ao partir sem se despedir. Mas também jamais os visitaria novamente. Agora, para ele, dava tudo na mesma. A questão da nova organização de sua propriedade ocupava-o como nada jamais o ocupara na vida. Lera os livros que Sviájski lhe dera e, encomendando os que não tinha, lera também livros socialistas e de economia política a esse respeito, e, como esperara, não encontrara nada referente à iniciativa que empreendia. Nos livros de economia política, por exemplo, em Mill, que inicialmente estudara com grande ardor, esperando a cada instante encontrar a solução das questões que o ocupavam, encontrara leis deduzidas da situação da agricultura europeia; não via, porém, de modo algum, por que tais leis, que não se aplicavam à Rússia, deveriam ser gerais. Viu o mesmo nos livros socialistas: eram ou fantasias maravilhosas, porém inaplicáveis, que o tinham entusiasmado ainda nos tempos de estudante, ou eram reparos, emendas da situação das coisas na Europa, com a qual a questão fundiária da Rússia não tinha nada em comum. A economia política dizia que as leis pelas quais se desenvolvera e se desenvolvia a riqueza da Europa eram universais e indubitáveis. A teoria socialista dizia que o desenvolvimento segundo aquelas leis levava à ruína. E nem uma, nem outra davam não apenas resposta, como a menor dica de o que ele, Lióvin, e todos os mujiques e agricultores fariam com seus milhões de braços e *dessiatinas* para que fossem mais produtivos para o bem-estar geral.

Uma vez que se lançara ao assunto, leu escrupulosamente tudo que se relacionava a ele, tencionando ir no outono ao exterior, para estudar o tema no local, e para que não lhe acontecesse com aquela questão o que frequentemente lhe acontecia em diversas questões. Bastava começar a entender a ideia do interlocutor e expor a sua, de repente lhe diziam: "E Kaufmann, e Jones, e Dubois, e Micelli? O senhor não os leu. Leia; eles esgotaram essa questão".

Via agora com clareza que Kaufmann e Micelli não tinham nada a lhe dizer. Sabia o que queria. Via que a Rússia possuía terras maravilhosas, trabalhadores maravilhosos e que, em alguns casos, como o do mujique do meio do caminho, os trabalhadores e a terra produziam muito; que, na maioria dos casos, quando o capital era aplicado à europeia, produzia pouco, e que isso decorria apenas de que os trabalhadores queriam trabalhar e trabalhavam bem apenas da forma que lhes era peculiar, e que essa contradição não era casual, mas constante, baseada no espírito do povo. Achava que o povo russo, que tinha a vocação de ocupar e cultivar espaços desabitados, até que toda a terra estivesse ocupada, aferrava-se conscientemente aos meios necessários para tanto, e tais meios não eram em absoluto tão ruins quanto habitualmente se pensa. E queria demonstrar isso na teoria, com o livro, e na prática, em sua propriedade.

XXX

No final de setembro, toda a madeira para a construção do curral na terra concedida à associação de trabalhadores tinha sido transportada, a manteiga das vacas tinha sido vendida, os lucros, divididos. Na propriedade, na prática, a coisa ia de forma excelente ou, pelo menos, essa era a impressão de Lióvin. Para elucidar teoricamente toda a questão e terminar a obra que, de acordo com os sonhos de Lióvin, devia não apenas produzir uma reviravolta na economia política, como aniquilar completamente essa ciência e dar início a uma nova, a respeito das relações do povo com a terra, era preciso apenas ir ao exterior e estudar no local o que tinha sido feito nesse sentido, e encontrar provas convincentes de que o que tinha sido feito por lá não era o necessário. Lióvin aguardava apenas a entrega do trigo para receber o dinheiro e viajar para o estrangeiro. Porém, começaram as chuvas, que não permitiam a colheita do cereal e da batata que restavam no campo, paralisando todos os trabalhos, inclusive a entrega do trigo. Nas estradas, havia um lamaçal intransitável; dois moinhos foram levados pela enchente, e o tempo ia ficando cada vez pior.

Em 30 de setembro, o sol apareceu pela manhã e, acalentando esperanças na melhora do tempo, Lióvin começou a se preparar, resoluto, para a partida. Mandou ensacar o trigo, enviou o administrador ao mercador para pegar o dinheiro e foi em pessoa à propriedade, para dar as últimas ordens antes da partida.

Tendo resolvido, entretanto, todos os assuntos, encharcado pelas torrentes que escorriam-lhe sob o casaco de couro, ora pelo pescoço, ora pelo cano da bota, porém no mais animado e desperto dos estados de espírito, Lióvin voltou para casa ao entardecer. Nessa hora, o tempo ficara ainda pior, o granizo fustigava o cavalo ensopado, com orelhas e cabeça trêmulas, de forma tão dolorosa, que ele avançava de lado; Lióvin, porém, sentia-se bem debaixo do capuz, olhando com alegria, ao seu redor, ora para as torrentes turvas que corriam sob as rodas, ora para as gotas penduradas em cada raminho desfolhado, ora para a brancura da mancha do granizo não derretido nas tábuas da ponte, ora para as folhas sumarentas e ainda carnosas de um olmo, que tinham desabado em camadas espessas, em volta da árvore despida. Apesar do aspecto soturno da natureza que o cercava, sentia-se especialmente desperto. As conversas com os mujiques da aldeia distante demonstravam que eles começavam a se habituar às novas relações. O velho zelador, em cuja casa fora se secar, aprovava visivelmente o plano de Lióvin, e propusera-lhe parceria na compra do gado.

"Basta perseguir o objetivo de forma obstinada, e conseguirei o que quero — pensou Lióvin —, e tenho algo para trabalhar e labutar. Não é um assunto pessoal meu, e sim uma questão de bem comum. Toda a agricultura e, principalmente, a situação de nosso povo, devem mudar por completo. Em lugar de pobreza, riqueza e abundância geral; em lugar de inimizade, concórdia e união de interesses. Em uma palavra, uma revolução, sem sangue, porém uma revolução grandiosa, inicialmente no pequeno círculo de nosso distrito, depois na província, na Rússia, no mundo inteiro. Pois a ideia de justiça não tem como não frutificar. Sim, esse é um fim pelo qual vale a pena trabalhar. E o fato de ela vir de mim, Kóstia Lióvin, o mesmo que foi ao baile de gravata preta, que foi rejeitado por Scherbátskaia, e que se acha penoso e reles, isso não prova nada. Tenho certeza de que Franklin se sentia igualmente reles, e igualmente não tinha confiança ao pensar em si mesmo como um todo. Isso não quer dizer nada. E ele também tinha, com certeza, uma Agáfia Mikháilovna, à qual confiava seus planos."

Com essas ideias, Lióvin chegou em casa já na escuridão.

O administrador, que tinha ido até o mercador, chegou trazendo parte do dinheiro do trigo. Foi firmado um acordo com o zelador e, no caminho, o administrador ficou sabendo que havia cereal intocado no campo por todo lado, de modo que suas cento e sessenta medas sem colher não eram nada em comparação com os outros lugares.

Depois de jantar, Lióvin se sentou com um livro, como de hábito, na poltrona, e, enquanto lia, continuou pensando em sua viagem iminente relacionada ao seu livro. Agora via com particular clareza toda a importância de sua obra, e períodos inteiros se formavam em sua cabeça, exprimindo a essência de suas ideias. "Tenho que anotar isso — pensou. — Isso deve compor o breve prefácio, que antes eu considerava desnecessário." Levantou-se para ir até a escrivaninha, e Laska, que estava deitada a seus pés, também se levantou, espreguiçando-se e olhando para ele, como se perguntasse para onde ir. Só que não deu tempo de escrever, pois chegaram os chefes, para receber ordens, e Lióvin foi com eles à antessala.

Depois das ordens, ou seja, de determinar o trabalho do dia seguinte, e de receber todos os mujiques com que tinha negócios, Lióvin entrou no gabinete e se pôs ao trabalho. Laska se deitou debaixo da mesa; Agáfia Mikháilovna se acomodou em seu lugar, com uma meia.

Após escrever por algum tempo, Lióvin lembrou-se de repente, com vivacidade extraordinária, de Kitty, de sua rejeição e do último encontro. Levantou-se e se pôs a caminhar pelo aposento.

— Mas não há razão para ficar chateado — disse-lhe Agáfia Mikháilovna. — Pois bem, por que fica fechado em casa? Deveria ir para as águas termais, já que se preparou.

— Vou depois de amanhã, Agáfia Mikháilovna. Preciso encerrar um assunto.

— Ah, e que assunto é esse? Como se o senhor tivesse dado pouca recompensa aos mujiques! E eles dizem: nosso patrão vai receber uma honraria do tsar por isso. Que esquisito: por que fica se preocupando com os mujiques?

— Não me preocupo com eles, faço isso por mim.

Agáfia Mikháilovna conhecia todos os detalhes dos planos agrícolas de Lióvin. Lióvin lhe expusera todos os pormenores de suas ideias, amiúde discutia com ela e não concordava com suas explicações. Agora, porém, ela tinha compreendido de forma absolutamente diversa o que lhe fora dito.

— É sabido que devemos pensar na salvação da alma mais do que em qualquer outra coisa — ela disse, com um suspiro. — Veja Parfion Deníssitch, que, apesar de ser analfabeto, teve uma morte que Deus permita que todo mundo tenha — disse, a respeito de um criado que morrera há pouco. — Comungou, tomou a extrema-unção.

— Não estou falando disso — disse. — Estou falando que faço isso por meu proveito próprio. É mais proveitoso para mim se os mujiques trabalharem melhor.

— Bem, o senhor pode fazer o que quiser, se ele for um vadio, vai fazer corpo mole. Se tiver consciência, vai trabalhar, se não tiver, não há o que fazer.

— Pois bem, mas a senhora mesma disse que Ivan começou a cuidar melhor do curral.

— Só digo uma coisa — respondeu Agáfia Mikháilovna, obviamente que não por acaso, mas com uma lógica mental rigorosa. — O senhor precisa se casar, é isso!

A menção de Agáfia Mikháilovna à mesma coisa em que acabara de pensar deixou-o exaltado e ofendido. Lióvin ficou carrancudo e, sem responder, voltou a se lançar ao trabalho, repetindo para si mesmo tudo que pensava a respeito de sua importância. De vez em quando, apenas apurava o ouvido, no silêncio, ao som das agulhas de Agáfia Mikháilovna e, lembrando-se do que não queria se lembrar, voltava a franzir o cenho.

Às nove horas, soaram sinetas e a vibração surda de uma carroceria na lama.

— Pois bem, estão chegando visitas, não vai ficar chateado — disse Agáfia Mikháilovna, levantando-se e dirigindo-se à porta. Lióvin, porém, ultrapassou-a. Seu trabalho agora não ia bem, e estava contente com a visita, fosse quem fosse.

XXXI

Após correr metade da escadaria, Lióvin escutou, na antessala, um som conhecido de tosse; ouvira-o, porém, sem clareza, por trás do som de seus próprios passos, e esperou estar equivocado; depois, avistando por inteiro a figura comprida, conhecida e ossuda, já não podia, aparentemente, se enganar, mas ainda assim tinha esperança de estar equivocado, e de que aquele homem comprido que tirava o sobretudo e tossia não fosse o irmão Nikolai.

Lióvin amava o irmão, mas estar com ele sempre era um tormento. Justo agora, quando Lióvin, sob influência de seus pensamentos e da recordação de Agáfia Mikháilovna, encontrava-se em estado de confusão e incerteza, o encontro iminente com o irmão parecia-lhe especialmente difícil. Em vez de alguém alegre, saudável, de fora, que, esperava, aliviasse sua confusão espiritual, tinha de se avistar justo com o irmão, que o conhecia de trás para a frente, que lhe evocava os pensamentos mais íntimos, forçava-o a se abrir por inteiro. E não tinha vontade disso.

Bravo consigo mesmo por esse sentimento vil, Lióvin correu até a antessala. Bastou ver o irmão de perto para a sensação de decepção pessoal desaparecer imediatamente, transformando-se em pena. Por mais terrível que o irmão Nicolai parecesse antes, com sua magreza e aspecto doentio, agora estava ainda mais magro, ainda mais exaurido. Era um esqueleto coberto de pele.

Estava na antessala, contorcendo o pescoço longo e magro, do qual tirava o cachecol, sorrindo de forma estranha e lamentosa. Ao ver aquele sorriso humilde e submisso, Lióvin sentiu convulsões apertarem sua garganta.

— Veja, vim visitá-lo — disse Nikolai, com voz surda, sem tirar os olhos do rosto do irmão por um segundo. — Queria há muito tempo, só que não estava bem de saúde. Mas agora melhorei bastante — disse, enxugando a barba com as mãos grandes e magras.

— Sim, sim! — respondeu Lióvin. E ficou ainda mais aterrorizado quando, ao beijá-lo, sentiu nos lábios a secura do corpo do irmão, e viu de perto seus olhos grandes, de um brilho estranho.

Algumas semanas antes, Lióvin escrevera ao irmão que, da venda da pequena parte da propriedade que tinha ficado sem dividir, ele tinha o direito de receber agora sua parcela, cerca de dois mil rublos.

Nikolai disse que viera receber esse dinheiro e, principalmente, ficar em seu ninho, tocar a terra, para, como um *bogatyr*,[32] reunir forças para a atividade subsequente. Apesar de estar mais arqueado, apesar da magreza, que a altura fazia espantosa, seus movimentos eram tão rápidos e bruscos quanto de costume. Lióvin conduziu-o ao gabinete.

O irmão se trocou com um zelo especial, o que antes não ocorria, penteou os cabelos ralos e lisos e, sorrindo, subiu.

Estava no mais afável e alegre dos humores, aquele de que Lióvin se lembrava com frequência na infância. Até aludiu a Serguei Ivânovitch sem raiva. Ao ver Agáfia Mikháilovna, brincou com ela e inquiriu a respeito do velho criado. A notícia da morte de Parfion Deníssitch teve um efeito desagradável sobre ele. Em seu rosto, manifestou-se pavor; imediatamente, porém, se restabeleceu.

— Enfim, ele já estava velho — disse, e mudou de assunto. — Bem, vou passar com você um mês, dois, e depois vou para Moscou. Sabe, Miagkóv me prometeu uma posição, e vou entrar no serviço público. Agora vou organizar minha vida de forma totalmente diferente — prosseguiu. — Sabe, eu mandei aquela mulher embora.

---

[32] Herói épico russo. (N. do T.)

— Mária Nikoláievna? Como, mas por quê?

— Ah, é uma mulher vil! Causou-me um monte de dissabores. — Mas não contou quais eram aqueles dissabores. Não podia dizer que expulsara Mária Nikoláievna porque seu chá era fraco e, principalmente, por tratá-lo como um doente. — Além disso, agora quero uma mudança geral e completa de vida. Óbvio que eu, como todo mundo, fiz besteira, mas o dinheiro é a última coisa, não lamento. Queria ter saúde, e a saúde, graças a Deus, melhorou.

Lióvin ouvia, pensava e não conseguia atinar no que dizer. Nikolai, provalmente, sentia o mesmo; pôs-se a interrogar o irmão a respeito de seus negócios; e Lióvin estava contente por falar de si mesmo, pois podia falar sem fingir. Narrou ao irmão seus planos e afazeres.

O irmão ouvia, mas visivelmente não se interessava.

Aqueles dois homens eram tão carnais e próximos um do outro que o menor movimento e tom de voz dizia mais do que se podia dizer com palavras.

Agora, ambos tinham um pensamento — a doença e a proximidade da morte de Nikolai — que esmagava todo o resto. Só que nem um, nem outro ousava falar disso e, portanto, tudo o que diziam, ao não exprimir o que os ocupava, era mentira. Lióvin nunca ficou tão contente de a noite chegar e ter que dormir. Nunca, em nenhuma visita oficial, de estranhos, ficara tão pouco natural e falso quanto agora. E a consciência e o arrependimento dessa falta de naturalidade faziam-no ainda menos natural. Desejava prantear o irmão moribundo, e tinha que ouvir e manter uma conversa sobre como ele viveria.

Como a casa estava úmida, e só um aposento era aquecido, Lióvin botou o irmão para dormir no seu quarto, atrás de um tabique.

O irmão se deitou e, dormindo ou não, revirava-se, tossia e, quando não conseguia expectorar, resmungava alguma coisa. Às vezes, ao respirar pesadamente, dizia: "Ai, meu Deus!". Às vezes, quando o escarro o sufocava, proferia, com enfado: "Ah! Diabo!". Lióvin ficou muito tempo sem dormir, ouvindo-o. Os pensamentos de Lióvin eram os mais variados, porém o fim de todos eles era o mesmo: a morte.

A morte, fim inescapável de tudo, pela primeira vez lhe aparecia com força irresistível. E essa morte, ali, no irmão amado, que gemia meio dormindo e chamava por Deus e o diabo indistintamente, como de hábito, não estava tão longe quanto antes lhe parecera. Estava, inclusive, em si mesmo — ele o sentia. Se não hoje, amanhã, se não amanhã, em trinta anos, não dá tudo na mesma? E o que era aquela morte inescapável, ele não apenas não o sabia, não apenas jamais pensara, como não conseguia nem ousava pensar nisso.

"Eu trabalho, quero fazer alguma coisa, e esqueci que tudo acaba, que existe a morte."

Sentou-se na cama, no escuro, encolhido e abraçando os joelhos e, com a respiração presa pela tensão do pensamento, refletiu. Porém, quanto mais forçava as ideias, mais claro ficava que as coisas eram sem dúvida assim, que de fato se esquecera, deixara escapar uma pequena circunstância da vida: a de que viria a morte e tudo acabaria, que não valia a pena começar nada, e que ninguém tinha como ajudar. Sim, é horrível, mas é assim.

"Mas eu ainda estou vivo. E agora, o que fazer, o que fazer?" — dizia, com desespero. Acendeu uma vela, levantou-se com cuidado, foi até o espelho e se pôs a examinar o rosto e os cabelos. Sim, nas têmporas tinha cabelos grisalhos. Abriu a boca. Os dentes de trás tinham começado a estragar. Descobriu os braços musculosos. Sim, tinha muita força. Porém Nikólienka,[33] que agora respirava com o resto dos pulmões, também tivera um corpo saudável. E de repente se recordou de como, em criança, iam se deitar juntos, e esperavam apenas Fiódor Bogdánitch passar pela porta para cair um em cima do outro com travesseiros e gargalhar, gargalhar de forma irresistível, de modo que nem o medo de Fiódor Bogdánitch podia detê-los naquela desmedida consciência latejante e efervescente da alegria de viver. "E agora esse peito vazio e torcido... e eu, sem saber para quê, e o que será de mim..."

— *Ram! Ram!* Ah, diabo! O que você está tramando, por que não está dormindo? — chamou-o a voz do irmão.

— Ah, não sei, insônia.

— Mas eu dormi bem, agora não tenho mais suor. Olhe, apalpe a camisa. Tem suor?

Lióvin apalpou, voltou para detrás do tabique, apagou a vela, mas ainda ficou bastante tempo sem dormir. A questão de como viver mal acabara de se esclarecer para ele, há pouco tempo, e já se apresentava uma questão nova e insolúvel: a morte.

"Pois bem, ele vai morrer, pois bem, vai morrer na primavera, então, como ajudá-lo? O que posso lhe dizer? O que eu sei sobre isso? Tinha até me esquecido de que isso existia."

---

[33] Diminutivo de Nikolai. (N. do T.)

XXXII

Lióvin já há muito tempo observara que, quando as pessoas causam incômodo por excesso de condescendência e submissão, elas muito rapidamente se tornam insuportáveis por excesso de exigências e rigor. Sentia que isso também aconteceria com o irmão. E, de fato, a docilidade do irmão Nikolai não durou muito. Já na manhã seguinte, ficou irritadiço e se empenhava em atormentar o irmão, cutucando-o nos pontos mais sensíveis.

Lióvin se sentia culpado, e não tinha como remediar. Sentia que, se não estivessem ambos fingindo, se fizessem o que se chama de abrir o coração, ou seja, dizer só o que pensavam e sentiam, então olhariam nos olhos um do outro, e Konstantin apenas diria: "Você vai morrer, você vai morrer, você vai morrer!", e Nikolai apenas responderia: "Sei que vou morrer; mas estou com medo, com medo, com medo!". E não diriam mais nada, se só falassem de coração. Mas não dava para viver assim, por isso Konstantin tentava fazer o que a vida inteira tentara e não soubera fazer, e que, de acordo com o que observava, muitos sabiam fazer muito bem, aquilo sem o que não era possível viver: tentava dizer não o que pensava, sentindo o tempo todo que aquilo lhe saía falso, que o irmão o apanhava no ato e se irritava com aquilo.

No terceiro dia, Nikolai pediu que o irmão voltasse a lhe narrar seu plano e se pôs não apenas a condená-lo, como a confundi-lo de propósito com o comunismo.

— Você apenas pegou a ideia dos outros, deformou-a e quer aplicá-la ao que não é aplicável.

— Mas estou lhe dizendo que não tem nada em comum. Eles rejeitam a propriedade, o capital, a herança, enquanto eu, sem negar esse importante *estímulo* (Lióvin tinha aversão por si mesmo ao empregar esse tipo de palavra, porém, desde que se arrebatara com seu trabalho, passara a, sem querer, empregar palavras que não eram russas com frequência cada vez maior), desejo apenas regular o trabalho.

— Ou seja, você pegou a ideia dos outros, cortou tudo em que consistia sua força e quer convencer de que é algo novo — disse Nikolai, remexendo a gravata, zangado.

— Mas a minha ideia não tem nada em comum...

— Lá — disse Nikolai Lióvin, com um brilho irado nos olhos, e sorrindo com ironia —, lá, pelo menos, há um fascínio, por assim dizer, geométrico, de clareza, de indubitabilidade. Pode ser uma utopia. Mas vamos admitir que se possa fazer tábula rasa de todo o passado: nem propriedade, nem família, daí o trabalho se organiza. Mas você não tem nada...

— Por que você está confundindo as coisas? Nunca fui comunista.

— Mas eu fui, e acho que é prematuro, porém racional, e que tem um futuro, assim como o cristianismo dos primeiros tempos.

— Apenas creio que a força de trabalho precisa ser observada do ponto de vista das ciências naturais, ou seja, estudada, ter suas características reconhecidas e...

— Mas isso é completamente inútil. Essa força encontra por si mesma, segundo seu grau de desenvolvimento, uma certa forma de atividade. Por toda parte houve escravos, depois *métayers*;[34] nós temos trabalho a meias, arrendamento, trabalho assalariado. O que você está procurando?

De repente, Lióvin ficou exaltado com tais palavras, pois, no fundo da alma, temia que isso fosse verdade, que ele quisesse encontrar um equilíbrio entre o comunismo e as formas estabelecidas, o que praticamente não era possível.

— Estou procurando um meio de trabalho que seja produtivo para mim e para o trabalhador. Quero organizar... — respondeu, exaltado.

— Você não quer organizar nada; simplesmente, como fez a vida inteira, está a fim de bancar o original, mostar que não está simplesmente explorando os mujiques, mas que tem uma ideia.

— Bem, se é isso que você acha, deixe-me! — respondeu Lióvin, sentindo que o músculo da face esquerda tremia de modo incontrolável.

— Você nunca teve, nem tem convicções, só quer afagar seu amor-próprio.

— Pois bem, maravilha, deixe-me!

— Deixo! Já não é sem tempo, e vá para o diabo! E lamento muito ter vindo!

Por mais que Lióvin depois se esforçasse em acalmar o irmão, Nikolai não queria ouvir, dizendo que era bem melhor se separarem, e Konstantin via que a vida simplesmente se tornara insuportável para o irmão.

Nikolai já completara os preparativos da partida quando Konstantin voltou a ir até ele e, sem naturalidade, pediu que o desculpasse, caso o tivesse ofendido de alguma forma:

— Ah, a magnanimidade! — disse Nikolai, e riu. — Se você queria ter razão, posso lhe proporcionar essa satisfação. Você tem razão, mas vou embora assim mesmo!

---

[34] De *métayage* (em francês no original), sistema no qual o proprietário confia ao trabalhador o direito de cultivar a terra em troca de uma parte da colheita. (N. do T.)

Só na hora da partida é que Nikolai beijou-o e disse, olhando de repente para o irmão de modo estranho e sério:

— Mesmo assim, não me guarde rancor, Kóstia! — E sua voz tremeu.

Eram as únicas palavras que tinham sido ditas com franqueza. Lióvin compreendeu que, naquelas palavras, estava subentendido: "Você vê e sabe que estou mal, e pode ser que não nos vejamos mais". Lióvin compreendeu, e lágrimas lhe jorraram dos olhos. Beijou o irmão mais uma vez, mas não podia nem sabia lhe dizer mais nada.

No terceiro dia após a partida do irmão, Lióvin foi para o exterior. Ao encontrar, na estrada de ferro, Scherbátski, primo de Kitty, Lióvin espantou-o muito por seu aspecto sombrio.

— O que você tem? — perguntou Scherbátski.

— Nada, as alegrias do mundo é que são poucas.

— Como poucas? Vamos comigo para Paris, em vez dessa Mulhouse. Você vai ver o que é alegria!

— Não, estou acabado. Chegou a hora de morrer.

— Mas que coisa! — disse Scherbátski, rindo. — Estou só me preparando para começar.

— Também achava isso há pouco, mas agora sei que vou morrer logo.

Nos últimos tempos, Lióvin dizia o que realmente pensava. Em tudo via apenas a morte, ou sua aproximação. Porém, a tarefa que empreendia ocupava-o cada vez mais. Era preciso viver a vida de alguma forma, enquanto a morte não chegava. Para ele, a escuridão cobrira tudo; porém, exatamente em consequência dessa escuridão, sentia que o único fio condutor nas trevas era a sua tarefa, e se apegou e se agarrou a ela com as últimas forças.

PARTE IV

I

Os Kariênin, marido e mulher, cotinuaram a viver na mesma casa, encontrando-se todo dia, mas eram completamente alheios um ao outro. Aleksei Aleksândrovitch estabelecera a regra de ver a esposa todos os dias, para que os criados não tivessem o direito de fazer suposições, porém evitava os jantares em casa. Vrônski nunca frequentava a residência de Aleksei Aleksândrovitch, porém Anna o via fora de casa, e o marido sabia.

A situação era aflitiva para todos os três, e nenhum deles teria forças para suportá-la um dia sequer se não esperasse que se modificaria, e que se tratava apenas de uma dificuldade dolorosa e temporária, que haveria de passar. Aleksei Aleksândrovitch esperava que aquela paixão passasse, como sempre acontece, que todo mundo se esquecesse e que ele escapasse da ignomínia. Anna, de quem a situação dependia, e para quem ela era mais aflitiva, suportava porque não apenas esperava, como estava firmemente convicta de que tudo aquilo iria se desembaralhar e esclarecer muito rápido. Decididamente, não sabia o que desembaralharia a situação, mas estava firmemente convicta de que, agora, aquilo aconteceria muito rápido. Vrônski, submetendo-se a ela a contragosto, também esperava por algo que não dependia dele, e que devia resolver todas as dificuldades.

No meio do inverno, Vrônski passou uma semana muito tediosa. Foi colocado à disposição de um príncipe estrangeiro que viera a São Petersburgo, com a incumbência de lhe mostrar os lugares de interesse da cidade. Vrônski fora designado por dominar a arte de se portar com dignidade e cortesia, além de possuir o hábito de se relacionar com esse tipo de gente; por isso fora colocado à disposição do príncipe. Tal obrigação, porém, revelou-se muito cansativa. O príncipe não queria deixar passar nada, para o caso de lhe perguntarem, em casa, se tinha visto isso ou aquilo na Rússia; e queria desfrutar dos prazeres russos o máximo possível. Vrônski tinha a obrigação de guiá-lo numa e noutra coisa. De manhã, iam examinar os lugares de interesse, à noite participavam dos prazeres nacionais. O príncipe gozava de uma saúde extraordinária até mesmo para príncipes; ginástica e cuidados com o corpo conferiam-lhe uma força tal que, apesar do excesso com que se entregava aos prazeres, tinha tanto frescor quanto um grande, verde e lustroso pepino holandês. O príncipe viajava muito, e achava que uma das principais vantagens das facilidades atuais das vias de comunicação consistia na acessibilidade dos prazeres nacionais. Estivera na Espanha, onde fez serenatas e se aproximou de uma espanhola que tocava bandolim. Na Suíça, matou uma camurça. Na Inglaterra, galopou sobre as cercas de fraque vermelho e, em uma aposta, matou duzentos faisões. Na Turquia, esteve em um harém; na Índia, andou de elefante; e agora, na Rússia, queria saborear todos os prazeres especialmente russos.

Vrônski, que era algo como seu principal mestre de cerimônias, teve muito trabalho em organizar todos os prazeres russos que eram propostos ao príncipe por diversas pessoas. Houve trotadores, panquecas, caça ao urso, troicas, ciganos e pândegas em que se quebrava a louça à russa. E o príncipe assimilou o espírito russo com facilidade extraordinária, quebrou bandejas de louças, assentou uma ciganinha nos joelhos e parecia perguntar: tem mais, ou todo o espírito russo consiste apenas nisso?

Na verdade, de todos os prazeres russos, o príncipe apreciou mais as atrizes francesas, as dançarinas de balé e o champanhe de selo branco. Vrônski estava acostumado a príncipes, porém — ou porque tinha mudado nos últimos tempos, ou devido à proximidade excessiva deste príncipe — aquela semana se revelou terrivelmente cansativa. Por toda aquela semana, não deixara de experimentar uma sensação similar à de alguém a quem fora confiado um louco perigoso, que tinha medo do louco e, ao mesmo tempo, pela proximidade dele, também de perder a razão. Vrônski sentia o tempo todo que era indispensável não relaxar nem por um segundo o tom de cortesia oficial, para não ser ofendido. O jeito do príncipe de se dirigir às mesmas pessoas que, para espanto de Vrônski, faziam das tripas coração para lhe proporcionar os prazeres russos, era de desprezo. Seu juízo das mulheres russas, que ele queria estudar, fizeram Vrônski enrubescer mais de uma vez, de indignação. O principal motivo para Vrônski achar o príncipe tão cansativo era que ele, sem querer, via-se no outro. E o que via naquele espelho não lisonjeava seu amor-próprio. Era um homem muito estúpido, muito seguro de si, muito saudável, muito asseado, e nada mais. Tratava-se de um *gentleman* — isso era verdade, e Vrônski não tinha como negar. Era equilibrado e nada adulador com os superiores, livre e simples no trato com seus iguais, e de um desprezo bonachão com os inferiores. Vrônski era assim, e achava isso muito digno; porém, com relação ao príncipe, era inferior, e aquela atitude de desprezo bonachão para consigo o indignava.

"Bovino estúpido! Será que eu sou assim?" — pensou. Fosse como fosse, ao se despedir dele, sete dias depois, antes de sua partida para Moscou, e receber o agradecimento, estava feliz por se livrar daquela situação incômoda e daquele espelho desagradável. Despediu-se dele na estação, ao regressarem de uma caça ao urso, na qual tiveram, por uma noite inteira, uma exibição de galhardia russa.

II

De volta para casa, Vrônski encontrou um bilhete de Anna. Ela escrevia: "Estou doente e infeliz. Não posso sair, mas não posso mais ficar sem vê-lo. Venha à noite. Às sete horas, Aleksei Aleksândrovitch sai para o conselho, e fica até às dez". Depois de pensar um minuto na estranheza de ela chamá-lo à sua casa, apesar da exigência do marido de que não o recebesse, ele decidiu ir.

Naquele inverno, Vrônski fora promovido a coronel, saíra do quartel do regimento e morava sozinho. Depois de almoçar, deitou-se imediatamente no sofá e, em cinco minutos, as recordações das cenas hediondas que vira nos últimos dias se embaralharam e fundiram com imagens de Anna e do mujique cercador, que desempenhara um papel importante na caça ao urso; e Vrônski adormeceu. Acordou no escuro, tremendo de medo, e acendeu uma vela, apressadamente. "O que foi? O quê? Que coisa terrível eu vi no sonho? Sim, sim. Parece que o mujique cercador, pequeno, sujo, com uma barbicha eriçada, estava fazendo alguma coisa abaixado e, de repente, se pôs a falar umas palavras estranhas, em francês. Não, não tinha mais nada no sonho — disse para si mesmo. — Mas por que era tão pavoroso?" Voltou a se lembrar vivamente do mujique e das palavras francesas ininteligíveis que ele tinha proferido, e um frio de pavor percorreu-lhe a espinha.

"Que absurdo!" — pensou Vrônski, e olhou para o relógio.

Já eram oito e meia. Chamou o criado, trocou-se rapidamente e saiu para o terraço, absolutamente esquecido do sonho e atormentado apenas por estar atrasado. Ao se aproximar do terraço dos Kariênin, olhou para o relógio e viu que faltavam dez para as nove. Uma carruagem alta e estreita, à qual estava atrelada uma parelha de tordilhos, encontrava-se na entrada. Reconheceu a carruagem de Anna. "Ela vai me visitar — pensou Vrônski —, e não podia ser melhor. É desagradável entrar nessa casa. Mas dá na mesma; não posso me esconder" — disse para si mesmo, e com a atitude que lhe era peculiar desde a infância, de quem não tem vergonha de nada, Vrônski desceu do trenó e se aproximou da porta. A porta se abriu, e o porteiro, de manta na mão, chamou a carruagem. Vrônski, que não tinha o hábito de reparar em detalhes, agora reparou, contudo, na expressão de espanto com que o porteiro o encarou. Na porta, Vrônski quase trombou com Aleksei Aleksândrovitch. O bico de gás lançou sua luz diretamente no rosto exangue e macilento, sob o chapéu preto, e na gravata branca, cintilando por baixo da pele de castor do casaco. Os olhos imóveis e opacos de Kariênin fixaram-se no rosto de Vrônski. Vrônski se inclinou, e Aleksei Aleksândrovitch, ruminando, ergueu a mão até o chapéu e se foi. Vrônski viu como ele se sentou na carruagem, sem olhar ao redor, pegou manta e binóculo na janela e se cobriu. Vrônski foi até a antessala. Suas sobrancelhas estavam franzidas, e os olhos brilhavam com um brilho de raiva e orgulho.

"Que situação! — pensou. — Se ele se batesse, defendesse sua honra, eu poderia agir, manifestar meus sentimentos; mas essa fraqueza, ou infâmia... Ele me coloca na posição de embusteiro, que eu não quis nem quero ocupar."

Desde que se explicara com Anna no jardim de Vrede, as ideias de Vrônski tinham mudado muito. Tendo se submetido a contragosto à fraqueza de Anna, que se entregara de todo a ele, a única pessoa de quem esperava a resolução de seu destino, resignando-se de antemão a tudo, ele deixara de pensar há tempos que sua ligação podia terminar, como então considerara. Seus planos ambiciosos voltaram a ficar em segundo plano e, sentindo ter saído do círculo de atividades em que tudo estava determinado, entregava-se por inteiro a seu sentimento, e esse sentimento o ligava a ela com cada vez mais força.

Ainda na antessala, ouviu os passos dela se afastando. Compreendeu que ela estava esperando, tinha apurado o ouvido e, agora, voltava para a sala de visitas.

— Não! — ela gritou, ao vê-lo, e, ao primeiro som de sua voz, lágrimas lhe acorreram aos olhos. — Não, se isso tem de continuar assim, então alguma coisa vai acontecer bem logo!

— O que foi, minha amiga?

— O quê? Eu espero, sofro, uma hora, duas... Não, não vou!... Não posso discutir com você. Com certeza você não podia. Não, não vou!

Ela pousou ambos os braços em seus ombros e ficou encarando-o por muito tempo, com um olhar profundo, extasiado e, ao mesmo tempo, perscrutador. Estudava-o para compensar o tempo em que não o vira. Como acontecia a cada encontro, fazia sua figura imaginária (incomparavelmente melhor, impossível na realidade) coincidir com o que ele de fato era.

III

— Você o encontrou? — ela perguntou, quando se sentaram a uma mesa, sob a luminária. — Esse é o seu castigo por ter se atrasado.

— Sim, mas como? Ele não deveria estar no conselho?

— Esteve, voltou e saiu de novo para algum lugar. Mas isso não é nada. Não falemos disso. Onde você esteve? Sempre com o príncipe?

Ela conhecia todos os detalhes da sua vida. Ele queria dizer que passara a noite inteira sem dormir e depois pegara no sono, porém, ao olhar para seu rosto agitado e feliz, ficou com vergonha. E disse que tivera de prestar contas da viagem do príncipe.

— Mas agora acabou? Ele se foi?

— Graças a Deus, acabou. Você não pode crer como foi insuportável.

— Mas por quê? Afinal, essa é a vida de sempre de vocês, homens jovens — ela disse, franzindo as sobrancelhas e, apanhando o crochê que estava em cima da mesa, pôs-se a liberar a agulha, sem olhar para Vrônski.

— Já larguei essa vida há muito tempo — ele disse, espantado com a mudança da expressão do rosto dela, e tentando desvendar seu significado. — E admito — disse, exibindo os dentes brancos e robustos com um sorriso — que, nesta semana, ao olhar para essa vida, foi como se eu me visse no espelho, e foi desagradável.

Ela segurava o crochê mas, em vez de trabalhar, fitava-o com um olhar estranho, cintilante e de poucos amigos.

— Na manhã de hoje, Liza veio me visitar — elas não têm mais medo de vir aqui, apesar da condessa Lídia Ivânovna — acrescentou —, e me contou da sua noitada ateniense. Que nojeira!

— Eu só queria dizer que...

Ela o interrompeu:

— Estava lá aquela Thérèse que você já conhecia?

— Eu queria dizer...

— Como vocês, homens, são nojentos! Como vocês não conseguem imaginar que uma mulher não pode esquecer isso — ela disse, exaltando-se cada vez mais e, ao fazê-lo, revelando o motivo de sua irritação. — Especialmente uma mulher que não tem como saber da sua vida. O que eu sei? O que eu sabia? — ela disse. — O que você me conta. Depois fico sabendo se você me disse a verdade...

— Anna! Você está me ofendendo. Por acaso você não acredita em mim? Por acaso eu não lhe contei, por acaso tenho algum pensamento que não revelei a você?

— Sim, sim — ela disse, empenhando-se visivelmente em afugentar os pensamentos de ciúmes. — Mas se você soubesse como é duro para mim! Eu acredito, acredito em você... Mas o que você estava dizendo?

Só que ele não conseguiu se lembrar de uma vez do que queria dizer. Aqueles acessos de ciúmes, que acometiam-na com frequência cada vez maior nos últimos tempos, horrorizavam-no, e, por mais que ele tentasse esconder, esfriavam-no com relação a ela, embora soubesse que o motivo dos ciúmes fosse o amor por ele. Quantas vezes dissera a si mesmo que o amor dela era a sua felicidade; e eis que ela o amava do jeito que pode amar uma mulher para a qual o amor traduz todo o bem da vida — e ele se encontrava muito mais distante da felicidade do que quando tinha saído de Moscou, atrás dela. Ele então se julgava infeliz, porém a felicidade estava à sua frente; agora, sentia que a melhor felicidade já tinha ficado para trás. Ela não tinha absolutamente nada a ver com a pessoa que ele vira no começo. Moral e fisicamente, mudara para pior. Alargara-se toda e, em seu rosto, enquanto falava da atriz, havia uma expressão raivosa, que o desfigurava. Olhava para ela como se olhasse para uma flor que colhera e murchara, tendo dificuldade de reconhecer a beleza pela qual a tinha colhido e arruinado. Apesar disso, sentia que então, quando seu amor era maior, teria podido, se quisesse muito, arrancar esse amor de seu coração; agora, porém, quando, como lhe parecia naquele instante, não sentia mais amor por ela, sabia que sua ligação com ela não podia ser rompida.

— Pois bem, pois bem, o que você ia me contar do príncipe? Eu expulsei, expulsei o demônio — acrescentou. Demônio era o nome pelo qual eles designavam o ciúme. — Então, o que você começou a falar do príncipe? Por que foi tão cansativo?

— Ah, insuportável! — ele disse, tentando retomar o fio perdido da meada. — Ele não fica melhor quando o conhecemos de perto. Se tiver que defini-lo, trata-se de um animal muito bem alimentado, daqueles que ganham o primeiro prêmio na exposição, e nada mais — disse, com um enfado que a deixou interessada.

— Não, como assim? — ela retrucou. — Mesmo assim, viu muita coisa, é instruído?

— É uma educação completamente diferente, a educação deles. Pelo visto, só têm educação para ter direito a desprezar a educação, como eles desprezam tudo que não for prazer animal.

— Mas, afinal, todos vocês adoram esses prazeres animais — ela disse, e ele voltou a notar aquele olhar sombrio que o evitava.

— Por que você o está defendendo tanto? — ele disse, rindo.

— Não estou defendendo, para mim dá absolutamente na mesma; mas eu acho que, se você não gostasse desses prazeres, poderia se recusar. Mas você tem prazer em olhar para Teresa em trajes de Eva...

— De novo, de novo o diabo! — disse Vrônski, pegando a mão que ela tinha colocado na mesa e beijando-a.

— Sim, mas eu não consigo! Você não sabe como me atormentei ao esperá-lo! Acho que não sou ciumenta. Não sou ciumenta; acredito em você quando está aqui, comigo; porém, quando você está em algum lugar, levando essa vida que eu não entendo...

Afastou-se dele, finalmente pegou a agulha do crochê e, rápido, com a ajuda do indicador, começou a dar ponto atrás de ponto na lã branca, que brilhava sob a luz da lâmpada e, rápida e nervosa, pôs-se a girar o pulso fino no punho bordado.

— Mas como foi? Onde você encontrou Aleksei Aleksândrovitch? — a voz dela soou, de repente, sem naturalidade.

— Nós trombamos na porta.

— E ele o cumprimentou?

Esticando a cara e semicerrando os olhos, ela alterou rapidamente a expressão facial, juntando as mãos, e Vrônski viu de repente, em seu belo rosto, a mesma expressão facial com a qual Aleksei Aleksândrovitch o cumprimentara. Sorriu, enquanto ela deu aquele riso gostoso de peito que era um de seus principais encantos.

— Eu, decididamente, não o entendo — disse Vrônski. — Se, depois da sua explicação na dacha, ele tivesse estourado com você, se tivesse me desafiado para um duelo... mas isso eu não entendo: como ele pode suportar uma situação dessas? Ele está sofrendo, isso é visível.

— Ele? — ela disse, com um risinho. — Ele está plenamente satisfeito.

— Então por que ficamos todos nos atormentando, quando tudo podia ficar tão bem?

— Mas ele, não. Por acaso eu não conheço isso, essa mentira da qual ele está impregnado?... Por acaso é possível, quando você sente alguma coisa, viver como ele vive comigo? Ele não entende nada, nem sente. Por acaso um homem que sente alguma coisa pode viver com sua esposa *criminosa* na mesma casa? Por acaso é possível falar com ela? Tratá-la por *você*?

E, sem querer, voltou a imitá-lo. "Você, *ma chère*, você, Anna!"

— Isso não é um homem, isso não é uma pessoa, é um boneco! Ninguém sabe, mas eu sei. Oh, se eu estivesse no lugar dele, se qualquer um estivesse no lugar dele, eu teria matado há muito tempo, teria feito em pedaços uma mulher como eu, mas não ficaria dizendo: *ma chère*, Anna. Isso não é uma pessoa, é uma máquina ministerial. Ele não entende que eu sou a sua esposa, que ele é um estranho, que ele é supérfluo... Não vou, não vou nem falar!...

— Você *não* tem razão, *não* tem razão, minha amiga — disse Vrônski, tentando acalmá-la. — Mas dá na mesma, não vamos falar disso. Conte-me, o que você fez? O que você tem? Que doença é essa, e o que o médico disse?

Ela o encarou com alegria zombeteira. Pelo visto, encontrara outro aspecto ridículo e monstruoso do marido, e estava esperando pela hora de manifestá-lo.

Ele prosseguiu:

— Desconfio que não seja uma doença, mas o seu estado. É para quando?

O brilho zombeteiro se extinguiu em seus olhos, porém outro sorriso — o conhecimento de algo que ele não sabia, e uma tristeza silenciosa — modificou sua expressão anterior.

— Logo, logo. Você disse que nossa situação é aflitiva, que é preciso desembaralhá-la. Se você soubesse como é duro para mim, o que eu não daria para amá-lo de forma livre e ousada! Eu não me atormentaria, nem o atormentaria com os meus ciúmes... E isso vai ser logo, mas não do jeito que pensamos.

E, à ideia de como aquilo seria, teve tanta pena de si mesma que lágrimas lhe vieram aos olhos, e não conseguiu continuar. Colocou a mão, que cintilava de anéis e brancura debaixo da lâmpada, em cima da manga dele.

— Não vai ser do jeito que pensamos. Não queria lhe dizer isso, mas você me obrigou. Logo, logo, tudo vai se desenrolar, e nós todos, todos vamos nos acalmar, e não vamos mais nos atormentar.

— Não entendo — ele disse, entendendo.

— Você perguntou quando? Logo. Não vou sobreviver a isso. Não me interrompa! — E se apressou em falar. — Sei disso, e sei com certeza. Vou morrer, e fico muito contente por morrer e libertar a você e a mim.

Lágrimas lhe escorreram dos olhos; ele se abaixou para a mão dela e se pôs a beijá-la, tentando ocultar a emoção que, sabia, não tinha nenhum fundamento, porém não conseguia se dominar.

— É isso, e é o melhor — ela disse, agarrando a mão dele com força. — É a única coisa, a única que nos resta.

Ele se recompôs e ergueu a cabeça.

— Que absurdo! Que absurdo insensato você está dizendo!

— Não, é verdade.

— O que, o que é verdade?

— Que eu vou morrer. Tive um sonho.

— Um sonho? — repetiu Vrônski, e instantaneamente se lembrou de seu sonho com o mujique.

— Sim, um sonho — ela disse. — Já faz tempo que o tive. — Sonhei que corria para o meu quarto, que precisava pegar alguma coisa, inteirar-me de alguma coisa; você sabe como essas coisas acontecem no sonho — ela disse, abrindo bastante os olhos, de terror —, e no quarto, no canto, tinha uma coisa.

— Ah, que absurdo! Como é possível crer...

Mas ela não se deixou interromper. O que estava dizendo era importante demais para ela.

— E essa coisa se virou, e eu vi que era um mujique pequeno, de barba eriçada, assustador. Quis correr, mas ele se abaixou sobre um saco, no qual remexia em algo, com as mãos...

Imitou-o remexendo no saco. Havia pavor em seu rosto. E Vrônski, recordando seu sonho, sentiu o mesmo pavor a lhe preencher a alma.

— Ele remexia e se pôs a falar em francês, bem rápido e, sabe, rolando o *r*: "*Il faut le battre le fer, le broyer, le pétrir...*".[1] De medo, quis acordar, acordei... só que acordei no sonho. E comecei a me perguntar o que aquilo queria dizer. E Korniei me disse: "No parto, no parto, vai morrer no parto, mãezinha...". E eu acordei...

— Que absurdo, que absurdo! — disse Vrônski, porém ele mesmo sentia que não havia nenhuma convicção em sua voz.

— Mas não vamos falar disso. Toque a campainha, vou mandar servirem o chá. Mas espere, ainda há pouco eu...

Porém, de repente, ela parou. A expressão de seu rosto mudou instantaneamente. O pavor e o nervosismo de repente se transformaram em uma expressão de atenção calma, séria e beatífica. Ele não podia compreender o significado daquela mudança. Ela estava escutando o movimento da vida nova dentro de si.

---

[1] "É preciso bater no ferro, moer, moldar", em francês no original. (N. do T.)

IV

Aleksei Aleksândrovitch, depois do encontro com Vrônski no terraço de entrada de sua casa, foi, como tencionava, à ópera italiana. Ficou lá por dois atos, e viu todo mundo que precisava. De volta para casa, examinou com atenção o cabide e, vendo que não tinha casaco militar, encaminhou-se para seus aposentos, como de hábito. Porém, contrariando o hábito, não foi dormir, e ficou andando pelo gabinete, para a frente e para trás, à noite, durante três horas. A sensação de fúria contra a esposa, que não quisera observar o decoro e cumprir a única condição que ele colocara — não receber o amante em casa —, não lhe dava sossego. Ela não tinha cumprido sua exigência, e ele devia puni-la e levar a cabo sua ameaça — exigir o divórcio e tomar o filho. Sabia de todas as dificuldades ligadas a esse assunto, porém tinha dito que o faria e, agora, devia cumprir a ameaça. A condessa Lídia Ivânovna sugerira que aquela era a melhor saída da situação e, nos últimos tempos, a prática do divórcio chegara a tal grau de aprimoramento que Aleksei Aleksândrovitch via a possibilidade de superar as dificuldades formais. Além disso, a desgraça nunca anda sozinha, e o caso do assentamento dos não-russos e da irrigação dos campos da província de Zaráiski acarretaram tantas contrariedades no serviço a Aleksei Aleksândrovitch que, nos últimos tempos, ele se encontrava extremamente irritado.

Passou a noite inteira sem dormir, e sua fúria, que aumentara cada vez mais, chegou pela manhã a limites extremos. Trocou-se apressadamente e, como se carregasse uma taça cheia de fúria e temesse derramá-la, temendo, junto com a fúria, desperdiçar também a energia de que precisava para o encontro com a esposa, foi ter com ela assim que soube que havia acordado.

Anna, que achava que conhecia o marido muito bem, ficou perplexa com seu aspecto ao entrar em seu quarto. Sua testa estava franzida, e os olhos fitavam para a frente, sombrios, evitando o olhar dela; a boca estava cerrada com firmeza e desprezo. Em seu passo, movimentos, tom de voz havia uma decisão e uma firmeza que a esposa jamais vira. Entrou no quarto e, sem cumprimentá-la, foi direto à escrivaninha e, pegando a chave, abriu a gaveta.

— Do que precisa? — ela gritou.

— Das cartas do seu amante — ele disse.

— Elas não estão aqui — ela disse, fechando a gaveta; porém, graças a esse movimento, ele compreendeu que tinha deduzido corretamente e, repelindo sua mão com rudeza, agarrou rapidamente a pasta na qual sabia que ela colocava os papéis mais necessários.[2] Ela quis lhe arrancar a pasta, mas foi repelida.

— Sente-se! Preciso falar com a senhora — disse, colocando a pasta debaixo do braço e apertando-a com o cotovelo com tanta força que seu ombro se ergueu.

Perplexa e intimidada, ela o fitava em silêncio.

— Eu lhe disse que não admitiria que recebesse o amante em casa.

— Eu precisava vê-lo para...

Sem conseguir inventar nada, ela se deteve.

— Não vou entrar nos detalhes de para que uma mulher precisa ver o amante.

— Eu queria, eu só... — ela disse, corando. Aquela rudeza irritava-a, e lhe dava ousadia. — Será que o senhor não sente como é fácil me ofender? — ela disse.

— Ofendida só pode ficar uma pessoa honesta e uma mulher honesta, mas dizer a um ladrão que ele é ladrão é apenas *la constatation d'un fait*.[3]

— Esse seu novo traço, a crueldade, eu ainda não conhecia.

— A senhora chama de crueldade um marido conceder liberdade à esposa, dar-lhe o nome honrado e de sangue apenas sob a condição de observância do decoro. Isso é crueldade?

— Isso é pior do que crueldade, é uma infâmia, se ainda quiser saber! — gritou Anna, com uma explosão de raiva e, levantando-se, quis sair.

— Não — ele berrou, com sua voz fina, que se elevou um tom acima do habitual, e, com os dedos grandes, pegou no braço dela com tamanha força que deixou marcas vermelhas no bracelete. — Infâmia? Se a senhora deseja empregar essa palavra, infâmia é largar o marido e o filho pelo amante, e comer o pão do marido!

Ela baixou a cabeça. Não apenas deixou de dizer o que afirmara na véspera ao amante, que *ele* era seu marido, e o marido era supérfluo, como nem sequer pensou nisso. Sentia toda a justiça das palavras dele, e só fez dizer, em voz baixa:

— O senhor não tem como descrever minha situação pior do que eu mesma a entendo, mas por que diz tudo isso?

---

[2] Pela lei da época, Kariênin, como chefe de família, tinha direito a ler a correspondência da esposa e de todos da casa. (N. da E.)

[3] "A constatação de um fato", em francês no original. (N. do T.)

— Por que eu digo? Por quê? — ele continuou, com a mesma fúria. — Para a senhora saber que, como não cumpriu minha vontade no que tange à observância do decoro, tomarei medidas para que essa situação tenha um fim.

— Logo, logo vai acabar, de qualquer jeito — ela afirmou, e a ideia de uma morte próxima e, agora, desejada, fez lágrimas lhe afluírem aos olhos.

— Vai terminar mais rápido do que a senhora e seu amante imaginaram! Vocês precisam satisfazer paixões animais...

— Aleksei Aleksândrovitch!! Não vou dizer que isso não é magnânimo, mas é indecoroso bater em quem está caído.

— Sim, a senhora só se lembra de si, mas não se interessa pelo sofrimento do homem que foi seu marido. Para a senhora, dá na mesma se a vida dele desmoronou, se ele pare... pade... pareceu.

Aleksei Aleksândrovitch estava falando tão rápido que se embaralhou, e não conseguia dizer *padeceu* de jeito nenhum. No fim, acabou dizendo *pareceu*. Ela quis rir e, ato contínuo, ficou envergonhada por querer rir naquele momento. Pela primeira vez, ela compadeceu-se dele, por um instante colocou-se no lugar dele e ficou com pena. Mas o que podia dizer ou fazer? Baixou a cabeça e ficou em silêncio. Ele também ficou por algum tempo em silêncio e, depois, se pôs a falar com a voz já menos aguda e fria, sublinhando arbitrariamente palavras seletas, que não possuíam nenhuma importância especial.

— Vim lhe dizer... — disse.

Ela olhou para ele. "Não, foi impressão minha — pensou, recordando a expressão de seu rosto, quando ele se embaralhou na palavra *pareceu* —, não, por acaso um homem com esses olhos turvos, com essa calma satisfeita consigo mesma pode sentir alguma coisa?"

— Não posso mudar nada — ela sussurrou.

— Vim lhe dizer que amanhã parto para Moscou, não volto mais para esta casa, e a senhora terá notícia de minha decisão através do advogado ao qual confiei o caso do divórcio. Já meu filho vai para a casa de minha irmã — disse Aleksei Aleksândrovitch, recordado com esforço o que queria dizer a respeito do filho.

— O senhor precisa de Serioja para me machucar — ela afirmou, fitando-o de soslaio. — O senhor não o ama... Deixe Serioja!

— Sim, perdi até o amor pelo filho, pois está ligado à minha repulsa pela senhora. Porém, mesmo assim, vou levá-lo. Adeus!

E quis partir, mas agora foi ela que o reteve.

— Aleksei Aleksândrovitch, deixe Serioja! — sussurrou, mais uma vez.

— Não tenho mais nada a dizer. Deixe Serioja até... Logo vou dar à luz, deixe-o!

Aleksei Aleksândrovitch se exaltou e, livrando-se das mãos dela, saiu do quarto em silêncio.

V

A sala de recepção do célebre advogado de São Petersburgo estava cheia quando Aleksei Aleksândrovitch entrou. Três damas — uma velha, uma jovem e a esposa de um mercador — e três senhores — um banqueiro alemão de anel no dedo, um mercador de barba e, o terceiro, um funcionário público bravo de uniforme e crucifixo no pescoço — visivelmente já estavam esperando há tempos. Dois auxiliares escreviam nas mesas, fazendo as penas ranger. Os artefatos de escrita, dos quais Aleksei Aleksândrovitch era um aficionado, eram extraordinariamente bons, como ele não pôde deixar de notar. Um dos auxiliares, sem se levantar, franzindo o cenho, dirigiu-se bravo a Aleksei Aleksândrovitch.

— O que deseja?

— Tenho um assunto com o advogado.

— O advogado está ocupado — respondeu o auxiliar, severo, apontando com a pena para as pessoas que estavam aguardando, e continuou a escrever.

— Ele não conseguiria encontrar tempo? — disse Aleksei Aleksândrovitch.

— Ele não tem tempo livre, está sempre ocupado. Faça o favor de aguardar.

— Tenha então a bondade de entregar o meu cartão — disse Aleksei Aleksândrovitch, com dignidade, ao ver que era indispensável deixar de estar incógnito.

O auxiliar pegou o cartão e, desaprovando visivelmente seu conteúdo, transpôs a porta.

Em princípio, Aleksei Aleksândrovitch simpatizava com os julgamentos públicos, embora não simpatizasse por inteiro com alguns detalhes de sua aplicação em nosso país, por determinadas considerações elevadas do serviço público, e os condenava, tanto quanto podia condenar algo que tinha sanção imperial. Toda a sua vida transcorrera na atividade administrativa e, portanto, quando não simpatizava com algo, essa antipatia era suavizada pelo reconhecimento da inevitabilidade dos erros, e da possibilidade de correções em qualquer esfera. Nas novas instituições judiciárias, não aprovava as condições em que a advocacia fora constituída.[4] Porém, até então, não tivera contato com a advocacia, portanto, não a aprovava apenas teoricamente; mas agora sua desaprovação se fortalecia com a impressão desagradável que experimentava na sala de recepção do advogado.

— Já vem — disse o auxiliar; e, de fato, em dois minutos, viu-se à porta a figura comprida de um velho jurista, que se aconselhava com o advogado, e o próprio advogado.

O advogado era um homem pequeno, atarracado, careca, de barba rubro-negra, sobrancelhas claras e longas e testa proeminente. Estava enfeitado como um noivo, da gravata e da correia dupla até as botinas de verniz. O rosto era inteligente, másculo, mas o traje, janota e de mau gosto.

— Por favor — disse o advogado, dirigindo-se a Aleksei Aleksândrovitch. E, sombrio, dando passagem a Kariênin, fechou a porta.

— Não desejaria? — Indicou a poltrona junto à escrivaninha cheia de papéis e se sentou no lugar de chefia, esfregando as mãozinhas pequeninas com dedos curtos cobertos de pelos brancos, e inclinando a cabeça de lado. Porém, assim que sossegou em sua pose, uma traça sobrevoou a mesa. Com uma rapidez que não seria de se esperar, o advogado separou as mãos, agarrou a traça e voltou a assumir a posição de antes.

— Antes de começar a falar do meu caso — disse Aleksei Aleksândrovitch, que, espantado, acompanhara com os olhos o movimento do advogado —, devo advertir que o caso de que tenciono falar com o senhor deve ser sigiloso.

Um sorriso quase imperceptível separou os bigodes ruivos e hirsutos do advogado.

— Eu não seria um advogado se não soubesse guardar os segredos que me são confiados. Porém, caso necessite de confirmação...

Aleksei Aleksândrovitch fitou seu rosto e viu que os olhos cinzentos e inteligentes estavam rindo, e já sabiam de tudo.

— O senhor conhece o meu sobrenome? — prosseguiu Aleksei Aleksândrovitch.

— Conheço o senhor e sua atividade benéfica — voltou a apanhar uma traça —, como todos os russos — disse o advogado, fazendo uma reverência.

---

[4] Na Rússia, a advocacia foi instituída pela reforma judiciária de 1864, junto com criação dos julgamentos públicos. O advogado se tornou uma figura de visibilidade na vida social, e a advocacia, uma profissão da moda, altamente lucrativa. Kariênin no gabinete do advogado é uma cena notável para a época. (N. da E.)

Aleksei Aleksândrovitch suspirou, tomando ânimo. Porém, como tinha se decidido, continuou com sua voz aguda, sem se acanhar nem balbuciar, e sublinhando algumas palavras.

— Tenho a infelicidade — disse Aleksei Aleksândrovitch — de ser um marido enganado, e desejo romper as relações legais com a esposa, ou seja, divorciar-me, mas de forma que o filho não fique com a mãe.

Os olhos cinzentos do advogado se esforçavam para não rir, porém saltitavam de alegria incontida, e Aleksei Aleksândrovitch viu que ali não havia apenas a alegria de um homem que recebe uma encomenda lucrativa; ali havia triunfo e êxtase, havia um brilho similar ao brilho sinistro que vira nos olhos da esposa.

— O senhor deseja minha assistência para a realização do divórcio?

— Exatamente, mas devo preveni-lo — disse Aleksei Aleksândrovitch — que corro o risco de abusar da sua atenção. Vim apenas para fazer uma consulta preliminar. Quero o divórcio, mas, para mim, são importantes as formas de viabilizá-lo. É muito possível que, se as formas não coincidirem com minhas exigências, eu renuncie à procura jurídica.

— Oh, é sempre assim — disse o advogado —, e será sempre de acordo com a sua vontade.

O advogado baixou os olhos para os pés de Aleksei Aleksândrovitch, sentindo que seu aspecto de alegria incontida poderia ofender o cliente, olhou para a traça que voava diante do seu nariz e mexeu a mão, porém não a agarrou em respeito à posição de Aleksei Aleksândrovitch.

— Embora os traços gerais de nossa legislação sobre o tema me sejam conhecidos — prosseguiu Aleksei Aleksândrovitch —, gostaria de conhecer por inteiro as formas sob as quais, na prática, se concretizam os assuntos desse tipo.

— O senhor deseja — respondeu o advogado, sem erguer os olhos, adotando o tom da fala do cliente, não sem satisfação — que eu lhe exponha os caminhos pelos quais é possível satisfazer o seu desejo.

E, ao menear de aprovação da cabeça, prosseguiu, dando só de vez em quando uma rápida olhada para o rosto de Aleksei Aleksândrovitch, onde tinham se formado manchas vermelhas.

— O divórcio, segundo nossas leis — disse, com um ligeiro laivo de desaprovação por nossas leis —, é possível, como o senhor sabe, nos seguintes casos... — Espere! — dirigia-se ao auxiliar que assomou à porta, mas mesmo assim se levantou, disse algumas palavras e voltou a se sentar. — Nos seguintes casos: defeito físico dos cônjuges, depois ausência sem dar notícias por cinco anos — disse, dobrando um dedo curto coberto de pelos —, depois adultério (proferiu a palavra com satisfação visível). Com as seguintes subdivisões (continuou a dobrar os dedos gordos, embora os casos e subdivisões, obviamente, não pudessem ser classificados juntos): defeito físico do marido ou da esposa, depois adultério do marido e da esposa. — Como todos os dedos tinham sido usados, endireitou-os e continuou: — Esse é o ponto de vista teórico, porém suponho que o senhor me concedeu a honra de se dirigir a mim para conhecer a aplicação prática. E, portanto, guiado pelos antecedentes, devo informá-lo de que todos os casos de divórcio dão no seguinte: não há defeitos físicos, posso supor? Tampouco ausência sem dar notícias?...

Aleksei Aleksândrovitch aquiesceu com a cabeça.

— Vão dar no seguinte: adultério de um dos cônjuges e exposição da parte culpada de comum acordo e, na falta desse acordo, exposição a contragosto. Deve-se dizer que o último caso raramente se encontra na prática — disse o advogado e, depois de dar uma rápida olhada para Aleksei Aleksândrovitch, calou-se como um vendedor de pistolas depois de descrever as vantagens desta e daquela arma, aguardando a escolha do comprador. Só que Aleksei Aleksândrovitch ficou em silêncio e, por isso, o advogado prosseguiu: — O mais comum e simples, e que acho mais racional, é o adultério de comum acordo. Não me permitiria me exprimir assim se falasse a um homem de baixo nível — disse o advogado —, mas suponho que seja compreensível para o senhor.

Aleksei Aleksândrovitch, contudo, estava tão abalado que não entendeu de pronto o que havia de racional no adultério de comum acordo, exprimindo sua perplexidade no olhar; o advogado, porém, ajudou-o de imediato:

— As pessoas não podem mais viver juntas — o fato é esse. E, se ambas estão de acordo, os detalhes e formalidades se tornam indiferentes. Além disso, esse é o meio mais simples e mais seguro.

Aleksei Aleksândrovitch agora tinha entendido tudo. Porém, tinha exigências religiosas que atrapalhavam a admissão dessas medidas.

— Isso está fora de questão no presente caso — disse. — Aqui só é possível um caso: exposição a contragosto, confirmado por cartas que eu tenho.

À menção às cartas, o advogado apertou os lábios e produziu um som fino, de compaixão e desprezo.

— Veja, por favor — começou. — Casos desse gênero se resolvem, como o senhor sabe, no departamento espiritual; em casos desse gênero, os padres arciprestes são grandes apreciadores, até os mais ínfimos detalhes — disse, com um sorriso que demonstrava simpatia pelo gosto dos arciprestes. — As cartas, sem dúvida, podem confirmar em parte; mas as provas têm que ser fornecidas de forma direta, ou seja, por testemunhas. Em suma, se o senhor me der a honra de me agraciar com a sua confiança, conceda-me a escolha das medidas que devem ser adotadas. Quem deseja fins, aceita os meios.

— Se é assim... — começou Aleksândrovitch, ficando pálido de repente, porém, nessa hora, o advogado se levantou e foi até a porta, na direção do auxiliar que acorrera até ele.

— Diga a ela que não estamos em liquidação! — disse, e voltou-se para Aleksei Aleksândrovitch.

De volta a seu lugar, apanhou imperceptivelmente mais uma traça. "Meu estofado vai estar uma beleza no verão" — pensou, franzindo o cenho.

— Então, o senhor teve a bondade de dizer... — disse.

— Vou lhe comunicar minha decisão por carta — disse Aleksei Aleksândrovitch, erguendo-se e agarrando a mesa. Após ficar um pouco em silêncio, disse: — De suas palavras, posso concluir, consequentemente, que a realização do divórcio é possível. Pediria que o senhor também me comunicasse quais são as suas condições.

— Tudo é possível, caso o senhor me conceda plena liberdade de ação — disse o advogado, sem responder à pergunta. — Quando posso contar com receber notícias do senhor? — perguntou o advogado, deslocando-se para a porta, com brilho nos olhos e nos sapatos de verniz.

— Em uma semana. A resposta sobre se o senhor aceitará assumir esse caso, e em que condições, tenha a bondade de me comunicar.

— Muito bem, senhor.

O advogado se inclinou, polido, deixou o cliente sair pela porta e, ao ficar sozinho, entregou-se à sensação de contentamento. Estava tão alegre que, contra suas regras, fez um desconto para a senhora que pechinchava e parou de caçar traças, decidindo por fim que, no próximo inverno, precisava revestir os móveis de veludo, como Sigónin.

VI

Aleksei Aleksândrovitch obtivera uma vitória brilhante na reunião da comissão de 17 de agosto, porém as consequências de tal vitória podaram-no. Uma nova comissão de investigação de todos os aspectos da situação cotidiana dos não-russos fora constituída e enviada para o lugar com rapidez e energia extraordinárias, estimulada por Aleksei Aleksândrovitch. Em três meses, foi apresentado o relatório. O cotidiano dos não-russos foi investigado nos aspectos político, administrativo, econômico, etnográfico, material e religioso. Para todas as questões, havia respostas maravilhosamente redigidas, e respostas que não estavam sujeitas a dúvidas, pois não haviam sido produzidas pelo pensamento humano, sempre propenso a erros, mas pela atividade profissional. Todas as respostas eram resultados de dados oficiais, dos informes dos governadores e prelados, baseados nos informes dos chefes de distrito e presbíteros, baseados, por seu turno, nos informes dos dirigentes de *vólost* e sacerdotes paroquiais; e, portanto, todas as respostas eram indubitáveis. Todas as questões acerca, por exemplo, de por que aconteciam más colheitas, por que os habitantes se aferravam a suas crendices, etc., questões que não se resolviam fora do conforto da máquina do serviço público, e não tinham podido ser solucionadas por séculos, recebiam uma solução clara e indubitável. E a solução era em prol da opinião de Aleksei Aleksândrovitch. Só que Striêmov, que se sentira tocado em um ponto sensível na última reunião, adotou, ao receber o informe da comissão, uma tática que Aleksei Aleksândrovitch não esperava. Striêmov, atraindo outros membros, de repente passou para o lado de Aleksei Aleksândrovitch e, com ardor, não apenas defendeu a adoção das medidas propostas por Kariênin, como ainda propôs outras mais extremadas, no mesmo espírito. Tais medidas, cujo recrudescimento ia de encontro à ideia fundamental de Aleksei Aleksândrovitch, foram adotadas, e então a tática de Striêmov se desnudou. Tais medidas, levadas ao extremo, de repente se revelaram tão estúpidas que, ao mesmo tempo, as pessoas de Estado, a opinião pública, as damas inteligentes e os jornais, todos caíram em cima das medidas, manifestando sua indignação tanto contra as medidas em si quanto contra seu pai reconhecido, Aleksei Aleksândrovitch. Striêmov então se esquivou, fazendo de conta que apenas seguira cegamente o plano de Kariênin, e agora estava muito espantado e revoltando com o que tinha sido feito. Isso podou Aleksei Aleksândrovitch. Porém, apesar da saúde em declínio, apesar dos dissabores familiares, Aleksei Aleksândrovitch não se rendeu. Produziu-se um cisma na comissão. Alguns membros, com Striêmov à frente, justificavam seu erro dizendo que tinham confiado no informe apresentado pela comissão de revisão, orientada por Aleksei Aleksândrovitch, e diziam que o informe dessa comissão era um disparate, apenas papel rabiscado. Aleksei Aleksândrovitch, e o partido dos que viam o perigo de uma atitude tão revolucionária com relação aos papéis, continuava a apoiar os dados fornecidos pela comissão de revisão. Em consequência disso, nas altas esferas, e mesmo na sociedade, tudo ficou confuso e, embora todos tivessem extremo interesse no tema, ninguém conseguia compreender de fato se os não-russos estavam empobrecendo e se arruinando, ou florescendo. A situação de Aleksei Aleksândrovitch, em consequência disso, e em parte em consequência do desprezo que lhe acarretara a infidelidade da esposa, ficou muito instável. E, nessa situação, Aleksei Aleksândrovitch tomou uma decisão importante. Para espanto da comissão, anunciou que pediria permissão para investigar o assunto no local, em pessoa. E, tendo obtido a permissão, Aleksei Aleksândrovitch se encaminhou às províncias distantes.

A partida de Aleksei Aleksândrovitch fez muito barulho, ainda mais que, antes de partir, ele restituiu oficialmente, por escrito, a verba que lhe fora destinada para doze cavalos, para a viagem até o lugar designado.

— Acho muito nobre — disse Betsy à princesa Miagkáia. — Por que dar verba para cavalos de posta quanto todos sabem que, hoje em dia, há ferrovias por toda parte?

Só que a princesa Miagkáia não estava de acordo, e a opinião da princesa Tverskáia chegou até a irritá-la.

— É fácil para a senhora falar — ela disse —, quando tem sei lá quantos milhões, mas eu gosto muito quando meu marido faz viagem de inspeção no verão. É muito saudável e agradável para ele, e ficou estabelecido que mantenho um carro e um cocheiro com essa verba.

A caminho das províncias distantes, Aleksei Aleksândrovitch se deteve por três dias em Moscou.

No dia seguinte à chegada, estava voltando de uma visita ao general-governador. No cruzamento da travessa Gazeta, onde sempre se aglomeravam carros e cocheiros, Aleksei Aleksândrovitch de repente ouviu seu nome, gritado por uma voz tão alta e alegre que não teve como não olhar. Na calçada, na esquina, com um casaco curto da moda, um chapéu curto de lado, os dentes brancos reluzindo por entre o sorriso dos lábios vermelhos, encontrava-se o alegre, jovem e reluzente Stepan Arkáditch, gritando de forma resoluta e insistente, e exigindo que parasse. Apoiava-se com uma mão na janela de uma carruagem parada na esquina, onde assomava uma cabeça de mulher de chapéu de veludo e duas cabecinhas de criança, e sorria e acenava para o cunhado. A dama sorria com um sorriso bondoso, e também acenava para Aleksei Aleksândrovitch. Era Dolly, com os filhos.

Aleksei Aleksândrovitch não queria ver ninguém em Moscou, menos ainda o irmão da esposa. Ergueu o chapéu e quis prosseguir, porém Stepan Arkáditch mandou o boleeiro parar e saiu correndo a seu encontro, pela neve.

— Que pecado não ter avisado! Faz tempo? Ontem estive no Dussot e vi na tabuleta "Kariênin", mas não me passou pela cabeça que fosse você!

— disse Stepan Arkáditch, enfiando a cabeça na janela da carruagem. — Então você veio. Como estou contente por vê-lo! — disse, batendo pé contra pé, para sacudir a neve. — Que pecado não avisar! — repetiu.

— Não tive tempo, estou muito ocupado — repetiu Aleksei Aleksândrovitch, seco.

— Vamos até a minha mulher, ela quer muito vê-lo.

Aleksei Aleksândrovitch desenrolou a manta sob a qual seus pés friorentos estavam agasalhados e, descendo da carruagem, abriu caminho pela neve até Dária Aleksândrovna.

— O que é isso, Aleksei Aleksândrovitch, por que está nos evitando desse jeito? — disse Dolly, com um sorriso triste.

— Estava muito ocupado. Fico muito contente em vê-la — disse, em um tom que mostrava claramente seu desgosto. — Como está de saúde?

— Pois bem, e a minha querida Anna?

Aleksei Aleksândrovitch rosnou algo e quis ir embora. Mas Stepan Arkáditch o deteve.

— Veja o que vamos fazer amanhã. Dolly, convide-o para jantar! Vamos chamar Kóznychev e Pestsov, para que se regale com a *intelligentsia* de Moscou.

— Sim, por favor, venha — disse Dolly —, vamos esperá-lo pelas cinco, seis horas, se quiser. Pois bem, e a minha querida Anna? Quanto tempo...

— Está bem de saúde — rosnou Aleksei Aleksândrovitch. — Fico muito contente! — e se dirigiu para a sua carruagem.

— Virá? — berrou Dolly.

Aleksei Aleksândrovitch proferiu algo que Dolly não conseguiu discernir no barulho dos carros em movimento.

— Vou amanhã! — Stepan Arkáditch gritou para ele.

Aleksei Aleksândrovitch se sentou na carruagem e se afundou para não ver nem ser visto.

— Que sujeito esquisito! — Stepan Arkáditch disse à esposa e, olhando para o relógio, fez, na frente do rosto, um movimento de mão que representava uma carícia à mulher e aos filhos, caminhando galhardamente pela calçada.

— Stiva! Stiva! — gritou Dolly, enrubescendo. Ele se virou.

— Preciso comprar casaco para Gricha e Tânia. Dê-me dinheiro!

— Tudo bem, diga-lhes que eu pago! — e desapareceu, meneando a cabeça alegremente para um passante conhecido.

VII

O dia seguinte era um domingo. Stepan Arkáditch foi ao Teatro Bolchói, para o ensaio do balé, e presenteou Macha Tchíbissova, uma bela bailarina que recém-ingressara sob sua proteção, com o colar de coral prometido na véspera, e na coxia, na penumbra vesperal do teatro, conseguiu beijar seu belo rostinho, radiante com o presente. Além de dar o colar de presente, precisava combinar com ela um encontro depois do balé. Depois de explicar que não tinha como vir para o começo do balé, prometeu chegar no último ato e levá-la para cear. Do balé, Stepan Arkáditch foi ao Okhótny Riad,[5] escolheu pessoalmente o peixe e o aspargo do jantar e, às doze horas, já estava no Dussot, onde tinha que ver três pessoas, todas elas, para sua felicidade, hospedadas do mesmo hotel: Lióvin, que estava lá, regressado há pouco tempo do exterior; seu novo chefe, que acabara de assumir seu posto de comando e estava inspecionando em Moscou; e o cunhado Kariênin, que tinha impreterivelmente de levar para jantar.

Stepan Arkáditch gostava de jantar, mas gostava mais ainda de dar jantares, pequenos mas refinados na comida, na bebida e na escolha dos convidados. O programa do jantar daquele dia agradava-lhe muito: haveria percas frescas, aspargos e *la pièce de résistance*[6] — um rosbife maravilhoso, porém simples, e vinhos que harmonizavam: isso de comida e bebida. Dentre os convidados, haveria Kitty e Lióvin e, para que não desse muito na cara, também uma prima e o jovem Scherbátski, e *la pièce de résistance* dos convidados — Kóznychev, Serguei e Aleksei Aleksândrovitch. Serguei Ivânovitch — moscovita e filósofo, Aleksei Aleksândrovitch — petersburguense e prático; e chamou ainda o conhecido entusiasta excêntrico Pestsov, liberal, falante, músico e gentilíssimo jovem de cinquenta anos, que seria o molho ou a guarnição de Kóznychev e Kariênin. Iria provocá-los e atiçá-los.

O dinheiro da segunda prestação do bosque tinha sido recebido, e ainda não fora gasto. Dolly vinha sendo muito querida e bondosa nos últimos tempos, e a ideia desse jantar deixava Stepan Arkáditch contente por todos os lados. Encontrava-se no mais alegre dos humores. Havia duas circunstâncias algo desagradáveis; porém, ambas as circunstâncias se afogavam no mar de alegria bonachona que ondulava na alma de Stepan Arkáditch. Essas duas circunstâncias eram: a primeira, que, na véspera, ao encontrar Aleksei Alek-

---

[5] Tradicional mercado moscovita. (N. do T.)

[6] "Prato principal", em francês no original. (N. do T.)

sândrovitch na rua, reparara que este fora seco e severo com ele, e, ao observar sua expressão facial, e o fato de que este não o visitara nem dera a conhecer que estava na cidade, além dos rumores que ouvira a respeito de Anna e Vrônski, Stepan Arkáditch desconfiava que algo não ia bem entre marido e mulher.

Essa era uma coisa desagradável. A outra coisa era que o novo chefe, como todos os novos chefes, já tinha a reputação de ser um homem terrível, que acordava às seis da manhã, trabalhava como um cavalo e exigia o mesmo trabalho dos subordinados. Além disso, esse novo chefe tinha a reputação de ter modos de urso, e era, segundo os boatos, um homem de tendência totalmente oposta à do chefe anterior, e que até então era também a de Stepan Arkáditch. Na véspera, Stepan Arkáditch comparecera ao serviço de uniforme, e o novo chefe fora muito amável, tratando Oblônski como um conhecido; por isso, Stepan Arkáditch considerava sua obrigação fazer-lhe uma visita de sobrecasaca. A ideia de que o novo chefe podia recebê-lo mal era a outra circunstância desagradável. Stepan Arkáditch, porém, sentia instintivamente que tudo *se ajeitaria* maravilhosamente. "São todos gente, são todos pessoas, pecadores como nós: para que ficar com raiva e brigar?" — pensava, ao entrar no hotel.

— Salve, Vassíli — disse, percorrendo o corredor com o chapéu de banda, dirigindo-se a um lacaio que conhecia —, você deixou as suíças? Lióvin — quarto sete, não? Leve-me, por favor. E apure se o conde Ánitchkin (era o novo chefe) está recebendo.

— Sim, senhor — respondeu Vassíli, rindo. — Fazia tempo que não nos dava a honra.

— Eu vim ontem, só que pela outra entrada. É o sete?

Lióvin encontrava-se no meio do quarto, com um mujique de Tver, medindo os *archín* de uma pele fresca de urso, quando Stepan Arkáditch entrou.

— Ah, mataram? — berrou Stepan Arkáditch. — Coisa estupenda! Uma ursa? Olá, Arkhip!

Apertou a mão do mujique e se sentou na cadeira, sem tirar casaco nem chapéu.

— Mas tire, fique um pouco! — disse Lióvin, tirando-lhe o chapéu.

— Não, não tenho tempo, só um segundinho — respondeu Stepan Arkáditch. Abriu o casaco, mas depois tirou-o e ficou uma hora inteira, falando com Lióvin de caça e dos temas mais íntimos.

— Pois bem, diga-me, por favor, o que você fez no exterior? Onde esteve? — disse Stepan Arkáditch, quando o mujique saiu.

— Estive na Alemanha, na Prússia, na França, na Inglaterra, só que não nas capitais, e sim nas cidades fabris, e vi muita coisa nova. Estou contente por ter ido.

— Sim, sei da sua ideia de organização do trabalho.

— Absolutamente não: na Rússia, não pode haver questão trabalhista. Na Rússia, a questão é a relação do povo trabalhador com a terra; lá, ela também existe, porém é consertar o que está estragado, enquanto aqui...

Stepan Arkáditch ouvia Lióvin com atenção.

— Sim, sim! — disse. — É muito possível que você esteja certo — disse. — Mas estou contente por você estar bem-disposto; caçando urso, trabalhando e se entusiasmando. Pois Scherbátski me disse — ele encontrou você — que você estava meio desanimado, só falando de morte...

— Mas como assim, não paro de pensar na morte — disse Lióvin. — Verdade que está na hora de morrer. E que tudo isso é um absurdo. E lhe digo, de verdade: valorizo terrivelmente minha ideia e meu trabalho, porém, na essência, pense nisso: todo esse nosso mundo é um mofo pequenino que cresceu na crosta do planeta. E nós achamos que entre nós pode haver algo grandioso, ideias, ações! Tudo isso são grãos de areia.

— Mas isso, irmão, é velho como o mundo!

— É velho mas, sabe, quando você entende com clareza, tudo vira insignificante. Quando você entende que vai morrer hoje, amanhã, e nada vai ficar, então tudo é insignificante! E considero minha ideia muito importante, mas ela se revela tão insignificante, ainda que seja realizada, como contornar essa ursa. Assim você passa a vida, entusiasmando-se com a caça, com o trabalho, só para não pensar na morte.

Stepan Arkáditch deu um sorriso fino e afável ao ouvir Lióvin.

— Pois bem, é óbvio! Então você chegou à minha opinião. Lembra como você caiu em cima de mim porque eu busco uma vida de prazeres?

Não seja, oh moralista, tão severo![7]

— Não, mesmo assim, o que há de bom na vida... — Lióvin se embaralhou. — Mas eu não sei. Só sei que vamos morrer logo.

— Por que logo?

---

[7] Paráfrase dos versos iniciais de um poema do ciclo "De Hafiz", de Afanassi Fet (1820-1892): "Não seja, oh teólogo, tão severo./ Não se amue, moralista, contra tudo!". (N. da E.)

— E, sabe, os encantos da vida são menores quando você pensa na morte — porém mais tranquilos.

— Pelo contrário, nas últimas é ainda mais divertido. Pois bem, todavia está na minha hora — disse Stepan Arkáditch, levantando-se pela décima vez.

— Mas não, fique! — disse Lióvin, retendo-o. — Agora quando nos vemos? Parto amanhã.

— Que cabeça a minha! Eu vim para isso... Venha jantar na minha casa hoje, sem falta. Seu irmão estará, Kariênin, meu cunhado, também.

— Mas ele está aqui? — disse Lióvin, e quis perguntar de Kitty. Ouvira dizer que ela tinha estado em São Petersburgo, no começo do inverno, na casa da irmã, esposa do diplomata, e não sabia se tinha voltado ou não, mas desistiu de indagar. "Estará, não estará, dá na mesma."

— Então você vem?

— Pois bem, é óbvio.

— Então às cinco, de sobrecasaca.

E Stepan Arkáditch se levantou e desceu, atrás do novo chefe. O instinto não enganou Stepan Arkáditch. O chefe novo e terrível revelou-se um homem absolutamente cortês, e Stepan Arkáditch almoçou e ficou com ele durante tanto tempo que só conseguiu buscar Aleksei Aleksândrovitch às três horas.

VIII

Aleksei Aleksândrovitch, depois de voltar da missa, passou a manhã inteira em casa. Naquela manhã, tinha pela frente dois assuntos: em primeiro lugar, receber e orientar uma delegação de não-russos, que se dirigia para São Petersburgo e agora se encontrava em Moscou; em segundo, escrever a carta que prometera ao advogado. A delegação, apesar de ter sido convocada por inciativa de Aleksei Aleksândrovitch, apresentava muitos incômodos, e até perigos, e Aleksei Aleksândrovitch ficou muito contente por encontrá-la em Moscou. Os membros da delegação não tinham a menor noção de seu papel e obrigação. Ingenuamente acreditavam que sua tarefa consistia em expor suas necessidades e a situação atual das coisas, pedindo ajuda ao governo, e decididamente não compreendiam que algumas de suas declarações e exigências reforçavam o partido contrário e, portanto, arruinariam toda a causa. Aleksei Aleksândrovitch ocupou-se deles por um longo tempo, redigiu um programa do qual não deviam se afastar e, depois de liberá-

-los, escreveu uma carta para São Petersburgo, para orientação da delegação. Nesse assunto, a principal ajudante devia ser a condessa Lídia Ivânovna. Era uma especialista no assunto de delegações, e ninguém sabia estimulá-las e dar-lhes a orientação adequada como ela. Depois de terminar isso, Aleksei Aleksândrovitch também escreveu a carta ao advogado. Sem a menor hesitação, concedeu-lhe permissão para agir como fosse do seu alvitre. Na carta, incluíra três bilhetes de Vrônski a Anna, que se encontravam na pasta tomada.

Desde que Aleksei Aleksândrovitch saíra de casa com a intenção de não voltar para a família, e desde que estivera no advogado e falara, ainda que apenas a uma pessoa, dessa intenção, especialmente desde que transformara um fato da vida em um fato burocrático, acostumava-se cada vez mais à sua intenção, vendo agora com clareza que era possível realizá-la.

Estava selando o envelope do advogado quando ouviu o som ruidoso da voz de Stepan Arkáditch. Stepan Arkáditch discutia com o criado de Aleksei Aleksândrovitch, insistindo em ser anunciado.

"Dá na mesma — pensou Aleksei Aleksândrovitch —, tanto melhor: agora informarei minha posição com relação à sua irmã, e explicar por que não posso jantar em sua casa."

— Deixe entrar! — disse, alto, recolhendo os papéis e enfiando-os no estojo do mata-borrão.

— Está vendo, você mentiu e ele está em casa! — a voz de Stepan Arkáditch respondeu ao lacaio que não o deixara entrar e, tirando o sobretudo no meio do caminho, Oblônski entrou no quarto. — Pois bem, estou muito contente por tê-lo encontrado! Então eu espero... — começou Stepan Arkáditch, alegre.

— Não posso ir — disse Aleksei Aleksândrovitch, frio, de pé, e sem pedir ao visitante que se sentasse.

Aleksei Aleksândrovitch pensou em imediatamente estabelecer as relações frias que devia manter com o irmão da esposa contra a qual abrira um processo de divórcio; não contava, porém, com o mar de bonomia que transbordava da alma de Stepan Arkáditch.

Stepan Arkáditch abriu amplamente os olhos brilhantes e claros.

— Por que não pode? O que quer dizer? — disse, perplexo, em francês. — Não, já foi prometido. E todos nós estamos contando com você.

— Quero dizer que não posso ir à casa do senhor porque as relações de parentesco que existiram entre nós devem ser rompidas.

— Como? Ou seja, como assim? Por quê? — perguntou Stepan Arkáditch, com um sorriso.

— Porque estou abrindo um processo de divórcio da sua irmã, minha esposa. Eu deveria...

Porém, Aleksei Aleksândrovitch nem conseguiu terminar sua fala e Stepan Arkáditch já estava se comportando de uma forma totalmente inesperada. Stepan Arkáditch soltou uma exclamação e se sentou na poltrona.

— Não, Aleskei Aleksândrovitch, o que você está dizendo? — Oblônski gritou, e o sofrimento se manifestou em seu rosto.

— É isso.

— Desculpe-me, não consigo e não posso acreditar.

Aleksei Aleksândrovitch se sentou, sentindo que suas palavras não tinham causado o efeito esperado, que era indispensável se explicar e que, fosse qual fosse sua explicação, suas relações com o cunhado continuariam as mesmas.

— Sim, fui colocado na dura necessidade de exigir o divórcio — disse.

— Só digo uma coisa, Aleksei Aleksândrovitch. Conheço-o como um homem excelente e justo, conheço Anna — desculpe-me, não posso mudar a opinião sobre ela — como uma mulher maravilhosa e excelente e, portanto, desculpe-me, não posso acreditar nisso. Há aí um mal-entendido — disse.

— Sim, se fosse apenas um mal-entendido...

— Perdão, eu entendo — atalhou Stepan Arkáditch. — Porém, é óbvio... Uma coisa: não precisa se precipitar. Não precisa, não precisa se precipitar!

— Eu não me precipitei — atalhou Aleksei Aleksândrovitch, frio —, mas me aconselhei com quem de direito nesses casos. Estou firmemente decidido.

— Isso é horrível! — disse Stepan Arkáditch, suspirando pesadamente. — Eu só faria uma coisa, Aleksei Aleksândrovitch. Imploro-lhe, faça isso! — disse. — O processo ainda não foi aberto, pelo que entendi. Antes de abrir o processo, encontre-se com a minha esposa, converse com ela. Ela gosta de Anna como uma irmã, gosta de você, e é uma mulher espantosa. Pelo amor de Deus, fale com ela! Faça-me esse favor, estou implorando!

Aleksei Aleksândrovitch ficou pensativo, e Stepan Arkáditch contemplou-o com simpatia, sem interromper seu silêncio.

— Você vai vê-la?

— Ah, não sei. Por isso não estive na sua casa. Creio que nossas relações têm que mudar.

— Mas por quê? Não vejo isso. Permita-me pensar que, para além de nossas relações de parentesco, você tem por mim, ainda que em parte, o mesmo sentimento de amizade que eu sempre tive por você... E um respeito franco — disse Stepan Arkáditch, apertando-lhe a mão. — Ainda que as suas piores suposições fossem corretas, não pretendo nem jamais farei o julgamento nem de uma, nem de outra parte, e não vejo motivo para nossas relações terem que mudar. Mas agora, faça isso, vá ver minha esposa.

— Pois bem, nós encaramos a questão de forma diferente — disse Aleksei Aleksândrovitch, frio. — Aliás, não vamos falar disso.

— Não, mas por que você não vem? Não vai jantar hoje? Minha esposa está esperando. Por favor, venha. E, principalmente, fale com ela. É uma mulher espantosa. Pelo amor de Deus, estou implorando de joelhos!

— Se o senhor quer tanto, eu vou — disse Aleksei Aleksândrovitch, suspirando.

E, desejando mudar o tema da conversa, perguntou daquilo que interessava a ambos: o novo chefe de Stepan Arkáditch, homem que ainda não era velho mas recebera uma posição tão elevada de repente.

Aleksei Aleksândrovitch já não gostava antes do conde Ánitchkin, e sempre divergira de suas opiniões, mas agora não podia reprimir o ódio, compreensível da parte de um funcionário público, de um homem que sofrera uma derrota no serviço, por um homem que recebera uma promoção.

— E então, você o viu? — disse Aleksei Aleksândrovitch, com um risinho venenoso.

— Como não, esteve conosco ontem, em pessoa. Parece conhecer muito bem a questão, e ser muito ativo.

— Sim, mas a que está voltada a sua atividade? — disse Aleksei Aleksândrovitch. — A fazer alguma coisa, ou desfazer o que foi feito? A desgraça do nosso Estado é essa administração burocrática, da qual ele é um digno representante.

— Na verdade, não sei em que posso condená-lo. Não sei qual a sua tendência, mas tem uma coisa: é um rapaz excelente — respondeu Stepan Arkáditch. — Acabo de estar com ele, e é um rapaz excelente, de verdade. Almoçamos, e eu o ensinei a fazer essa bebida, sabe, vinho com laranja. É muito refrescante. E, que espantoso, ele ainda não conhecia. Gostou muito. Não, é verdade, ele é um rapaz muito bom.

Stepan Arkáditch olhou para o relógio.

— Ah, meu Deus, já são quatro, e ainda tenho que ir até Dolgovúchin! Então, por favor, venha jantar. Você não pode imaginar que desgosto causa a mim e à minha mulher.

Aleksei Aleksândrovitch já tratava o cunhado de modo completamente diferente de quando o tinha recebido.

— Prometi e irei — respondeu, triste.

— Acredite que aprecio, e espero que você não se arrependa — respondeu Stepan Arkáditch, sorrindo.

E, vestindo o sobretudo no caminho, deu com a mão na cabeça do lacaio, riu e saiu.

— Às cinco horas, de sobrecasaca, por favor! — gritou mais uma vez, voltando até a porta.

IX

Já eram cinco horas, e alguns convidados já tinham chegado quando chegou o dono da casa. Entrou junto com Serguei Ivânovitch Kóznychev e Pestsov, que encontrou na porta, ao mesmo tempo. Eram os dois principais representantes da *intelligentsia* moscovita, nas palavras de Oblônski. Eram ambos gente respeitável pelo caráter e pela inteligência. Respeitavam um ao outro, mas em quase tudo estavam em desacordo completo e irremediável — não por seguirem tendências opostas, mas exatamente porque estavam no mesmo campo (seus inimigos colocavam-nos no mesmo saco), porém, nesse campo, cada um tinha sua nuança. E como nada é menos propício à concórdia do que ideias divergentes sobre conceitos abstratos, eles não apenas jamais tinham opiniões coincidentes, como até já estavam acostumados há tempos, sem se zangar, a apenas rir um dos erros incorrigíveis do outro.

Estavam entrando pela porta, falando do tempo, quando Stepan Arkáditch os alcançou. Já estavam na sala de visitas o príncipe Aleksandr Dmítrievitch, sogro de Oblônski, o jovem Scherbátski, Túrovtsyn, Kitty e Kariênin.

Stepan Arkáditch viu de imediato que, sem ele, as coisas iam mal na sala de visitas. Dária Aleksândrovna, em seu vestido de gala, de seda cinza, visivelmente preocupada com as crianças, que deviam jantar sozinhas, no quarto delas, e com o fato de que o marido ainda não havia chegado, não soubera, sem ele, misturar direito toda aquela sociedade. Estavam todos sentados, como filhas de pope fazendo visita (nas palavras do velho príncipe), visivelmente perplexos por terem ido parar lá, mascando umas palavras para não ficar em silêncio. O bonachão Túrovtsyn sentia-se visivelmente deslocado, e o sorriso de seus lábios grossos, com o qual recebeu Stepan Arkáditch, dizia, como se fossem palavras: "Pois bem, irmão, você me colocou no meio dos sabichões. Se fosse para beber, ou ir ao Château des Fleurs, isso seria do meu agrado". O velho príncipe estava em silêncio, fitando Kariênin de lado, com os olhos brilhantes, e Stepan Arkáditch compreendeu que ele já tinha inventado alguma tirada para impressionar o homem de Estado, em função do qual as visitas tinham sido convidadas, como se fosse um acipênser. Kitty olhava para a porta, reunindo forças para não corar à entrada de Konstantin Lióvin. O jovem Scherbátski, que não havia sido apresentado a Kariênin, tentava demonstrar que aquilo não o deixava nada constrangido. Para um jantar com damas, o próprio Kariênin estava, de acordo com o costume petersburguense, de fraque e gravata branca, e Stepan Arkáditch entendeu, por seu ar, que ele só tinha ido para manter a palavra dada e que, comparecendo àquela sociedade, cumpria com uma obrigação pesada. Ele era o principal culpado do frio que congelava todos os convidados até a chegada de Stepan Arkáditch.

Ao entrar na sala de visitas, Stepan Arkáditch pediu desculpas, explicou que tinha sido detido pelo príncipe, que era sempre o bode expiatório de todos seus atrasos e ausências, apresentou todos em um minuto e, colocando Aleksei Aleksândrovitch junto com Serguei Kóznychev, propôs-lhes o tema da russificação da Polônia, que eles agarraram de imediato, junto com Pestsov. Dando um tapa no ombro de Túrovtsyn, cochichou-lhe algo engraçado e colocou-o com a esposa e o príncipe. Depois disse a Kitty que ela estava muito bonita naquele dia, e apresentou Scherbátski e Kariênin. Em um minuto, modificara tanto aquela massa social que a sala de visitas ficou formidável, e as vozes soavam com animação. Só Konstantin Lióvin não estava. Mas isso foi bom, porque, ao entrar na sala de jantar, Stepan Arkáditch, para seu horror, viu que o vinho do Porto e o xerez tinham vindo de Depret, e não de Levet, e, depois de mandar que enviassem o cocheiro a Levet o mais rápido possível, voltou a se dirigir à sala de visitas.

Na sala de jantar, encontrou Konstantin Lióvin.

— Eu me atrasei?

— Por acaso você consegue não se atrasar? — disse Stepan Arkáditch, tomando-o pelo braço.

— Tem muita gente? Quem está aí? — perguntou Lióvin, corando sem querer, ao tirar a neve do chapéu com a luva.

— Todos nós. Kitty está. Vamos, vou apresentá-lo a Kariênin.

Stepan Arkáditch, apesar de todo o seu liberalismo, sabia que conhecer Kariênin não tinha como não ser uma lisonja e, portanto, servia-o aos melhores amigos. Só que, naquele instante, Konstantin Lióvin não estava em condições de sentir toda a satisfação daquela apresentação. Não via Kitty desde a noite memorável em que encontrara Vrônski, sem levar em conta o instante em que a tinha avistado na estrada. No fundo do coração, sabia que a veria ali. Porém, para manter a liberdade de pensamento, tentara se convencer de que não sabia disso. Já agora, ao ouvir que ela estava lá, sentiu de repente tamanha alegria e, ao mesmo tempo, tamanho medo, que sua respiração parou, e não conseguia exprimir o que queria dizer.

"Como ela está, como ela está? A mesma de antes, ou aquela da carruagem? Ou seja, será que é verdade o que Dária Aleksândrovna disse? Por que não seria verdade?" — pensava.

— Ah, por favor, apresente-me a Kariênin — falou com dificuldade e, com passos desesperados e resolutos, entrou na sala de visitas e a viu.

Não era nem a mesma de antes, nem a da carruagem; era completamente outra.

Estava assustada, acanhada, envergonhada e, por isso, ainda mais encantadora. Avistou-o no exato instante em que ele entrou no aposento. Estava esperando por ele. Estava contente, e perturbou-se com seu contentamento a ponto de haver um minuto, justo aquele em que Lióvin se aproximou da anfitriã e voltou a olhar para ela, em que ela, ele e Dolly, que tudo via, tiveram a impressão de que Kitty não aguentaria e começaria a chorar. Ficou vermelha, ficou pálida, voltou a ficar vermelha e ficou petrificada, com os lábios imperceptivelmente trêmulos, à espera dele. Ele foi até ela, inclinou-se e estendeu a mão, em silêncio. Não fosse pelo leve tremor e pela umidade que cobria os olhos e lhes acrescentava brilho, seu sorriso era quase tranquilo quando ela disse:

— Há quanto tempo não nos víamos! — e, com firmeza desesperada, apertou a mão dele com sua mão fria.

— A senhorita não me viu, mas eu a vi — disse Lióvin, irradiando um sorriso de felicidade. — Eu a vi quando estava indo da ferrovia para Iérguchovo.

— Quando? — ela perguntou, com espanto.

— A senhorita estava indo para Iérguchovo — disse Lióvin, sentindo-se sufocar com a felicidade que lhe jorrava da alma. "E como ousei associar a ideia de algo que não fosse inocente a essa criatura tocante! E, sim, parece que o que Dária Aleksândrovna disse é verdade" — pensou.

Stepan Arkáditch tomou-o pelo braço e o levou até Kariênin.

— Permitam-me que os apresente. — E disse seus nomes.

— Muito prazer em voltar a encontrá-lo — disse Aleksei Aleksândrovitch, frio, apertando a mão de Lióvin.

— Vocês se conhecem? — perguntou Stepan Arkáditch, com espanto.

— Passamos três horas juntos em um vagão — disse Lióvin, rindo —, mas saímos, pelo menos eu, intrigados, como de um baile de máscaras.

— Puxa vida! Façam o obséquio — disse Stepan Arkáditch, apontando na direção da sala de jantar.

Os homens entraram na sala de jantar e passaram à mesa de antepastos, servida com seis tipos de vodca e a mesma quantidade de queijos, com e sem pazinhas de prata, caviar, arenque, conservas de diversos tipos e pratos com fatiazinhas de pão francês.

Os homens ficaram de pé, perto da vodca e dos antepastos cheirosos, e a conversa de Serguei Ivânitch Kóznychev, Kariênin e Pestsov a respeito da russificação da Polônia cessou, à espera do jantar.

Serguei Ivânovitch, que sabia como ninguém, para concluir uma discussão muito abstrata e séria, adicionar sal ático e, dessa forma, mudar o humor do interlocutor, fez isso agora. Aleksei Aleksândrovitch demonstrava que a russificação da Polônia só podia ser realizada em consequência de princípios elevados, que deviam ser introduzidos pela administração russa.

Pestsov insistia que um povo só assimila outro quando é o mais densamente populado.

Kóznychev admitia uma e outra coisa, porém com limitações. Quado estavam saindo da sala de visitas, para encerrar a conversa, Kóznychev disse, rindo:

— Por isso, para russificar os não-russos, existe apenas um meio — ter o maior número possível de filhos. Eu e meu irmão temos a pior conduta de todos. Mas os senhores, que são casados, e especialmente o senhor, Stepan Arkáditch, estão se comportando de forma absolutamente patriótica; quantos têm? — dirigiu-se ao anfitrião com um sorriso carinhoso, erguendo-lhe um cálice pequenino.

Todos riram, e Stepan Arkáditch com especial alegria.

— Sim, esse é o melhor meio! — disse, mastigando queijo e vertendo um tipo especial de vodca no cálice erguido. A conversa, efetivamente, parou com a piada.

— Esse queijo não é nada mau. Desejam? — disse o anfitrião. — Por acaso você voltou a fazer ginástica? — dirigiu-se a Lióvin, apalpando-lhe o músculo com a mão esquerda. Lióvin sorriu, tensionou o braço e, sob os dedos de Stepan Arkáditch, como um queijo redondo, uma saliência de aço ergueu-se debaixo do feltro fino da sobrecasaca.

— Olhe só que bíceps! Um Sansão!

— Acho que é preciso ter muita força para caçar urso — disse Aleksei Aleksândrovitch, que tinha noções muito confusas de caça, besuntando queijo e esfarelando o miolo de um pão fino como teia de aranha.

Lióvin riu-se.

— Nenhuma. Pelo contrário, uma criança pode matar um urso — disse, afastando-se, com uma leve inclinação, para as damas, que se aproximavam da mesa de antepastos com a anfitriã.

— Disseram-me que o senhor matou um urso — disse Kitty, esforçando-se em vão para pegar com o garfo um cogumelo insubmisso e escorregadio e sacudindo as rendas, através das quais se destacava a brancura de seu braço. — Por acaso há ursos na sua propriedade? — acrescentou, virando-lhe a cabecinha encantadora de perfil e sorrindo.

Aparentemente, não havia nada de extraordinário no que ela tinha dito, mas que significado indizível tinham suas palavras para ele a cada som, a cada movimento dos lábios, dos olhos, das mãos, quando ela as proferia! Havia nelas um pedido de perdão, uma confiança nele, um carinho terno e tímido, uma promessa, uma esperança e um amor no qual ele não podia crer e que sufocava-o de felicidade.

— Não, fomos à província de Tver. Ao voltar de lá, encontrei-me no vagão com o seu *beau-frère*,[8] ou o cunhado do seu *beau-frère* — disse, com um sorriso. — Foi um encontro engraçado.

E contou, de forma alegre e divertida, como, tendo passado a noite inteira sem dormir, prorrompeu de peliça curta no compartimento de Aleksei Aleksândrovitch.

— O condutor, contrariando o provérbio, quis me levar para fora devido à roupa; mas daí comecei a me expressar em estilo elevado, e... o senhor também — disse, dirigindo-se a Kariênin, de cujo nome esquecera —, no começo, também quis me expulsar, mas depois me defendeu, pelo que sou muito grato.

— Em geral, o direito dos passageiros a escolher seus lugares é completamente indeterminado — disse Aleksei Aleksândrovitch, esfregado a ponta dos dedos com um lenço.

— Vi que o senhor estava indeciso com relação a mim — disse Lióvin, com um sorriso bonachão —, mas eu me apressei em começar uma conversa inteligente, para compensar pela peliça curta.

Serguei Ivânovitch, que continuava a conversar com a anfitriã, escutava o irmão com um ouvido e o fitou de esguelha. "O que ele tem hoje? Está tão triunfante" — pensou. Não sabia o que Lióvin sentia, que lhe tinham crescido asas. Lióvin sabia que ela ouvia suas palavras, e que apreciava ouvi-lo. E apenas isso o ocupava. Não apenas naquele aposento, como no mundo inteiro, para ele, existiam apenas ele, que adquirira enorme importância

---

[8] "Cunhado", em francês russificado no original. (N. do T.)

e significado para si mesmo, e ela. Sentia-se em alturas que faziam a cabeça rodar e, em algum lugar, lá embaixo, ao longe, estavam todos aqueles bons, excelentes Kariênin, Oblônski e o mundo inteiro.

De forma absolutamente imperceptível, sem olhar para eles, como se não tivesse onde mais colocá-los, Stepan Arkáditch pôs Lióvin e Kitty lado a lado.

— Pois bem, então sente-se aqui — disse a Lióvin.

O jantar foi tão bom quanto a louça, de que Stepan Arkáditch era um aficionado. A sopa Marie-Louise ficou maravilhosa; os *pirojóks* minúsculos, que derretiam na boca, estavam impecáveis. Dois lacaios e Matvei, de gravata branca, faziam seu trabalho com a comida e o vinho de forma imperceptível, silenciosa e rápida. A conversa, ora geral, ora particular, não emudeceu e, no final do jantar, estava tão animada que os homens se levantaram da mesa sem parar de falar, e até Aleksei Aleksândrovitch se animou.

X

Pestsov adorava levar discussões até o fim, e não estava satisfeito com as palavras de Serguei Ivânovitch, ainda mais porque sentia a injustiça da opinião dele.

— Jamais tive em mente — disse, depois da sopa, dirigindo-se a Aleksei Aleksândrovitch — apenas a densidade da população, mas sim em combinação com os fundamentos, e não com os princípios.

— Parece-me — respondeu Aleksei Aleksândrovitch, indolente e sem pressa — que é a mesma coisa. Na minha opinião, só consegue atuar sobre outro povo aquele que possui o maior desenvolvimento, aquele...

— Só que a questão não é essa — interrompeu, com sua voz de baixo, Pestsov, que sempre se apressava em falar, parecendo sempre colocar a alma inteira no que dizia. — Em que se encontra o maior desenvolvimento? Ingleses, franceses, alemães: quem está no grau mais elevado de desenvolvimento? Quem vai nacionalizar o outro? Vimos o Reno ser afrancesado, mas os alemães não estão em grau mais baixo! — gritou. — A lei, ali, é outra!

— Parece-me que a influência sempre está do lado da verdadeira educação — disse Aleksei Aleksândrovitch, erguendo as sobrancelhas de leve.

— Mas em que devemos distinguir os traços da verdadeira educação? — disse Pestsov.

— Creio que esses traços são conhecidos — disse Aleksei Aleksândrovitch.

— Mas seriam conhecidos por inteiro? — intrometeu-se Serguei Ivânovitch, com um sorriso fino. — Agora se admite que a verdadeira educação só pode ser a puramente clássica; porém, vemos discussões encarniçadas de um e de outro lado, e não é possível negar que o campo inimigo possui argumentos fortes a seu favor.

— O senhor é um clássico, Serguei Ivânovitch. Aceita um tinto? — disse Serguei Arkáditch.

— Não estou manifestando minha opinião a respeito de uma ou de outra educação — disse Serguei Ivânovitch, com um sorriso de condescendência, como se se dirigisse a uma criança, ao empunhar o copo. — Apenas estou dizendo que ambos os lados possuem argumentos fortes — prosseguiu, dirigindo-se a Aleksei Aleksândrovitch. — Minha educação foi clássica, porém, nessa discussão, pessoalmente, não consegui encontrar meu lugar. Não vejo argumentos claros para dar proeminência às ciências clássicas com relação às naturais.

— As ciências naturais possuem a mesma influência de desenvolvimento pedagógico — apoiou Pestsov. — Considere apenas a astronomia, considere a botânica, a zoologia, com seu sistema de leis gerais.

— Não posso concordar completamente com isso — respondeu Aleksei Aleksândrovitch. — Parece-me que não há como não reconhecer que o próprio processo de estudo das formas da língua age de forma especialmente benéfica no desenvolvimento espiritual. Além disso, não há como negar também que a influência dos escritores clássicos é moral no mais alto grau, enquanto, por infelicidade, o ensino das ciências naturais combina-se com as doutrinas nocivas e mentirosas que constituem a chaga de nossa época.

Serguei Ivânovitch quis dizer algo, porém Pestsov o interrompeu, com sua voz grossa de baixo. Pôs-se a demonstrar, exaltado, a injustiça dessa opinião. Serguei Ivânovitch aguardava a hora de falar com calma, obviamente com uma réplica vencedora já pronta.

— Porém — disse Serguei Ivânovitch, dirigindo-se a Kariênin com um sorriso fino —, não há como não concordar que avaliar por completo todas as vantagens e desvantagens destas e daquelas ciências é difícil, e que a questão de quais preferir não teria sido decidida de forma tão rápida e definitiva se, por parte da educação clássica, não houvesse essa predominância que o senhor mencionou agora; a influência moral — *disons le mot*[9] — antiniilista.

---

[9] "Digamos a palavra", em francês no original. (N. do T.)

— Sem dúvida.

— Se não fosse essa predominância da influência antiniilista do lado das ciências clássicas, teríamos refletido mais, avaliado os argumentos de ambas as partes — disse Serguei Ivânovitch, com um sorriso fino —, teríamos dado espaço a uma e outra tendência. Só que agora sabemos que nessas pílulas de educação clássica há a força salutar do antiniilismo, que ousadamente prescrevemos a nossos pacientes... Mas e se não houvesse essa força salutar? — concluiu, despejando sal ático.

Todos riram das pílulas de Serguei Ivânovitch, e Túrovtsyn de forma especialmente ruidosa e alegre, ao encontrar, finalmente, aquilo de engraçado por que sempre esperava numa conversa.

Stepan Arkáditch não se enganara ao convidar Pestsov. Com Pestsov, uma conversa inteligente não conseguia silenciar nem por um minuto. Bastou Serguei Ivânovitch encerrar a conversa com sua piada, e Pestsov iniciou outra, de imediato.

— Não consigo concordar — disse — nem em que o governo tivesse esse objetivo. O governo, evidentemente, se guia por considerações gerais, ficando indiferente à influência que podem ter as medidas adotadas. Por exemplo, a questão da educação feminina deveria ser considerada nociva, porém o governo abre cursos para mulheres e universidades.

E a conversa imediatamente saltou para um novo tema, a educação feminina.

Aleksei Aleksândrovitch manifestou a ideia de que a educação feminina normalmente é confundida com a questão da liberdade feminina, e apenas por isso pode ser considerada prejudicial.

— Eu, pelo contrário, creio que essas duas questões estão ligadas de modo indissolúvel — disse Pestsov —, é um círculo vicioso. A mulher é privada de direitos por insuficiência de educação, e a insuficiência de educação vem da falta de direitos. É preciso não esquecer que a submissão das mulheres é tão grande e antiga que frequentemente não queremos entender do abismo que nos separa delas — disse.

— O senhor disse direitos — falou Serguei Ivânovitch, que esperara até que Pestsov se calasse —, direito de participar de júri, de votar, de presidir as câmaras, de entrar no serviço público, de ser membro do parlamento...

— Sem dúvida.

— Mas se as mulheres, com raras exceções, também pudessem ocupar esses postos, então me pareceria que o senhor empregou equivocadamente a expressão "direito". Seria mais exato dizer: obrigações. Qualquer um concorda que, ao cumprir algum dever de júri, de voto, de funcionário dos telégrafos, nós sentimos que estamos cumprindo uma obrigação. Portanto, é mais exato afirmar que as mulheres buscam obrigações, e de forma absolutamente legítima. É inclusive possível apenas simpatizar com esse seu desejo de auxiliar o trabalho masculino geral.

— Absolutamente justo — corroborou Aleksei Aleksândrovitch. — Creio que a questão consiste apenas em se elas estão aptas para tais obrigações.

— Provavelmente estarão muito aptas — acrescentou Stepan Arkáditch —, quando a educação estiver difundida entre elas. Nós o vimos...

— E o provérbio? — disse o príncipe, que já estava escutando a conversa há tempos, cintilando os olhos zombeteiros. — Posso dizer na frente das filhas: o cabelo é comprido...

— Exatamente o que pensavam dos negros antes de sua libertação! — disse Pestsov, zangado.

— Só acho estranho que as mulheres busquem novas obrigações — disse Serguei Ivânovitch —, quando nós, por infelicidade, vemos que os homens normalmente fogem delas.

— As obrigações estão ligadas a direitos; poder, dinheiro, honrarias; isso é que as mulheres estão buscando — disse Pestsov.

— É como se eu buscasse o direito de ser ama de leite e me ofendesse por pagarem mulheres, mas não me quererem — disse o velho príncipe.

Túrovtsyn rebentou em uma gargalhada ruidosa, e Serguei Ivânovitch lamentou não ter dito aquilo. Até Aleksei Aleksândrovitch sorriu.

— Sim, só que um homem não pode amamentar — disse Pestsov —, enquanto a mulher...

— Não, um inglês amamentou seu filho em um navio — disse o velho príncipe, permitindo-se essa liberdade de fala na frente das filhas.

— Haverá tantas mulheres funcionárias públicas quanto ingleses desse tipo — disse então Serguei Ivânovitch.

— Sim, mas o que fazer com a moça que não tem família? — interveio Stepan Arkáditch, lembrando-se de Tchíbissova, que não lhe saía da cabeça, simpatizando com Pestsov e apoiando-o.

— Se formos verificar direitinho a história dessa moça, vamos descobrir que a moça largou a família, ou a dela, ou a da irmã, onde podia ter uma ocupação feminina — disse, irritada, introduzindo-se inesperadamente na conversa, Dária Aleksândrovna, que provavelmente adivinhava que tipo de moça Stepan Arkáditch tinha em mente.

— Mas nós somos por um princípio, por um ideal! — Pestsov retrucou, com sua voz sonora de baixo. — A mulher quer ter direito a ser independente, instruída. Ela é oprimida, esmagada pela consciência da impossibilidade disso.

— E eu sou oprimido e esmagado por não ser aceito como ama de leite em um orfanato — voltou a dizer o velho príncipe, para grande alegria de Túrovtsyn que, com o riso, derrubou a ponta grossa de um aspargo no molho.

XI

Todos tomavam parte na conversação geral, menos Kitty e Lióvin. No começo, quando se falava da influência que um povo exercia sobre outro, passou sem querer pela cabeça de Lióvin o que ele tinha a dizer a respeito daquele tema; tais ideias, porém, que antes eram muito importantes para ele, pareciam ter-lhe surgido em sonho, e agora não guardavam o menor interesse. Pareceu-lhe até estranho que se esforçassem tanto para falar do que não era útil a ninguém. Da mesma forma, aparentemente deveria ser interessante para Kitty o que falavam sobre os direitos e a educação da mulher. Quantas vezes tinha pensado naquilo, lembrando-se de sua amiga do exterior, Várienka, de sua dura dependência, quantas vezes pensara a respeito de si mesma, do que seria dela se não se casasse, e quantas vezes discutira aquilo com a irmã! Só que agora aquilo não a interessava em nada. Entabulava agora sua própria conversa com Lióvin, nem sequer uma conversa, mas uma comunicação misteriosa, que os unia com maior proximidade a cada minuto, produzindo em ambos uma sensação alegre de medo perante o desconhecido em que estavam ingressando.

Inicialmente, à pergunta de Kitty sobre como tinha podido vê-la na carruagem, no ano anterior, Lióvin contou que estava voltando da sega pela estrada grande e a encontrou.

— Era de manhã cedo, bem cedo. A senhorita provavelmente tinha acabado de acordar. A sua *maman* estava dormindo no canto. Era uma manhã maravilhosa. Caminhava e pensava: que carruagem de quatro cavalos é essa? Era uma quadriga gloriosa, com uns guizinhos, a senhorita cintilou por um instante e, à janela, eu vi: a senhorita estava sentada, assim, segurando os cordões da touquinha e tremendamente absorta em algum pensamento — disse, sorrindo. — Como eu queria saber no que estava pensando. Era algo importante?

"Será que eu não estava despenteada?" — ela pensou; porém, ao ver o sorriso de êxtase que a recordação de tais detalhes suscitava nele, sentiu, pelo contrário, que a impressão que produzira tinha sido muito boa. Enrubesceu e sorriu, contente.

— Não me lembro, de verdade.

— Que riso gostoso o de Túrovtsyn! — disse Lióvin, admirando seus olhos úmidos e o corpo a se sacudir.

— O senhor o conhece faz tempo? — perguntou Kitty.

— E quem não o conhece?

— Vejo que o senhor acha que ele é um homem mau.

— Mau não, mas insignificante.

— Não é verdade! E deixe logo de achar isso! — disse Kitty. — Eu também tinha uma opinião muito baixa dele, mas é um homem muito agradável, e incrivelmente bom. Seu coração é de ouro.

— Mas como a senhorita conseguiu saber como é o coração dele?

— Somos grandes amigos. Conheço-o muito bem. No inverno passado, logo depois de... o senhor ter nos visitado — ela disse, com um sorriso ao mesmo tempo culpado e confiante —, todos os filhos de Dolly tiveram escarlatina, e ele foi à casa dela. E o senhor pode imaginar — disse, aos sussurros —, sentiu tamanha pena dela que ficou, e se pôs a ajudá-la a cuidar das crianças. Sim, passou três semanas conosco e cuidou das crianças, como uma babá.

— Eu estava contando a Konstantin Dmítritch a respeito de Túrovtsyn durante a escarlatina — disse, inclinando-se para a irmã.

— Sim, espantoso, um encanto! — disse Dolly, olhando para Túrovtsyn, que sentiu que estavam falando dele e lhe lançou um sorriso dócil. Lióvin olhou mais uma vez para Túrovtsyn e se assombrou por não ter entendido antes todos os encantos daquele homem.

— Perdão, perdão, nunca mais vou pensar mal das pessoas! — disse, exprimindo com franqueza o que agora sentia.

XII

Ligadas à conversa sobre os direitos da mulher, havia questões a respeito da desigualdade de direitos no casamento que eram melindrosas na presença das damas. Durante o jantar, Pestsov avançou sobre essas questões algumas vezes, mas Serguei Ivânovitch e Stepan Arkáditch afastaram-nas com cuidado.

Já quando tinham se levantado da mesa, e as damas saíram, Pestsov não foi atrás delas, dirigiu-se a Aleksei Aleksândrovitch e se pôs a manifestar o principal motivo da desigualdade. A desigualdade dos cônjuges, na sua opinião, consistia em que a infidelidade da esposa e a do marido eram punidas de forma desigual pela lei e pela opinião pública.

Stepan Arkáditch foi apressadamente até Aleksei Aleksândrovitch, convidando-o para fumar.

— Não, eu não fumo — respondeu Aleksei Aleksândrovitch, calmo, e, como se desejasse demonstrar de propósito que não tinha medo da conversa, dirigiu um sorriso frio a Pestsov.

— Imagino que o fundamento dessa opinião se encontre na própria essência das coisas — disse, e quis passar para a sala de visitas; porém, de repente, Túrovtsyn começou a falar de forma inesperada, dirigindo-se a Aleksei Aleksândrovitch.

— O senhor por acaso ouviu falar de Priátchnikov? — disse Túrovtsyn, animado pelo champanhe que bebera e esperando há tempos uma ocasião de romper o silêncio que o oprimia. — Vássia Priátchnikov — disse, com um sorriso bondoso nos lábios úmidos e rubros, dirigindo-se predominantemente ao convidado principal, Aleksei Aleksândrovitch —, contaram-me hoje que se bateu em duelo com Kvýstki, em Tver, e o matou.

Assim como, quando você se machuca, sempre parece que batem de propósito no lugar dolorido, Stepan Arkáditch agora sentia que, por infelicidade, a cada instante a conversa ia dar no ponto sensível de Aleksei Aleksândrovitch. Quis levar o cunhado embora de novo, mas o próprio Aleksei Aleksândrovitch, curioso, perguntou:

— Por que Priátchnikov duelou?

— Pela esposa. Portou-se com bravura! Desafiou e matou!

— Ah! — disse Aleksei Aleksândrovitch com indiferença, e, de sobrancelhas erguidas, passou para a sala de visitas.

— Como estou contente pelo senhor ter vindo — Dolly disse, com um sorriso assustado, ao encontrá-lo na passagem. — Precisamos conversar. Vamos nos sentar aqui.

Com a mesma expressão de indiferença que as sobrancelhas erguidas lhe conferiam, Aleksei Aleksândrovitch se sentou perto de Dária Aleksândrovna, com um sorriso fingido.

— Ainda mais — disse — que eu queria me escusar e me despedir imediatamente. Tenho que ir embora amanhã.

Dária Aleksândrovna estava firmemente convicta da inocência de Anna, e sentia-se empalidecer, com os lábios a tremer de raiva daquele homem frio e insensível, que tencionava arruinar a amiga inocente com tamanha calma.

— Aleksei Aleksândrovitch — disse, olhando-o nos olhos com determinação desesperada. — Perguntei-lhe a respeito de Anna, e o senhor não respondeu. Como ela está?

— Ao que parece, está bem de saúde, Dária Aleksândrovna — Aleksei Aleksândrovitch respondeu, sem olhar para ela.

— Aleksei Aleksândrovitch, desculpe-me, não tenho o direito... Mas é que eu amo e respeito Anna como a uma irmã; peço, imploro, diga-me, o que há entre vocês? Do que a acusa?

Aleksei Aleksândrovitch fez uma careta e, quase fechando os olhos, baixou a cabeça.

— Suponho que seu marido lhe informou dos motivos pelos quais considero necessário modificar minhas relações prévias com Anna Arkádievna — disse, sem fitá-la nos olhos, e olhando com insatisfação para Scherbátski, que passeava pela sala.

— Não creio, não creio, não posso crer nisso! — afirmou Dolly, apertando as mãos ossudas com um gesto enérgico. Levantou-se com rapidez, pondo a mão na manga de Aleksei Aleksândrovitch. — Aqui vão nos incomodar. Venha para cá, por favor.

O nervosismo de Dária Aleksândrovna teve efeito sobre Aleksei Aleksândrovitch. Levantou-se e a seguiu, resignado, rumo à sala de aula. Sentaram-se à mesa coberta por um oleado cortado a canivete.

— Não creio, não creio nisso! — afirmou Dolly, tentando capturar o olhar fugidio dele.

— Não é possível não crer em fatos, Dária Aleksândrovna — ele disse, sublinhando a palavra *fatos*.

— Mas o que ela fez? O quê? O quê? — disse Dária Aleksândrovna. — O que exatamente ela fez?

— Desprezou suas obrigações e traiu o marido. Foi o que ela fez — ele disse.

— Não, não, não pode ser! Não, pelo amor de Deus, o senhor está enganado! — disse Dolly, levando as mãos às têmporas e fechando os olhos.

Aleksei Aleksândrovitch deu um sorriso frio, apenas com os lábios, desejando mostrar a ela e a si mesmo a firmeza de suas convicções; porém, sua defesa inflamada, embora não o fizesse vacilar, reavivou-lhe a ferida. Passou a falar com grande vivacidade.

— É bastante difícil se enganar quando é a própria esposa quem informa o marido. Informa que oito anos de vida e um filho, tudo isso é um erro, e que deseja começar a vida de novo — disse, zangado, fungando pelo nariz.

— Não consigo juntar Anna e o vício, não posso acreditar nisso.

— Dária Aleksândrovna! — disse ele, agora mirando diretamente a cara agitada de Dolly, e sentindo que sua língua se soltava sem querer. — Quanto eu não daria para que a dúvida ainda fosse possível. Quando eu tinha dúvidas, era duro, mas melhor do que agora. Quando eu tinha dúvidas, tinha esperança; agora, porém, não há esperança, e mesmo assim duvido de tudo. Duvido de tudo, odeio o filho, às vezes não acredito que é meu filho. Sou muito infeliz.

Não precisava dizê-lo. Dária Aleksândrovna entendeu assim que ele a encarou; ficou com pena dele, e sua fé na inocência da amiga vacilava.

— Ah! Isso é horrível, horrível! Mas seria verdade que o senhor se decidiu pelo divórcio?

— Decidi como última medida. Não tenho mais nada a fazer.

— Nada a fazer, nada a fazer... — ela proferiu, com lágrimas nos olhos. — Não, não é possível que não haja nada a fazer! — ela disse.

— O que há de horrível nesse tipo de pesar é que não é possível, como em qualquer outro — na perda, na morte — carregar a cruz, mas é preciso agir — disse, como se adivinhasse os pensamentos dela. — É preciso sair dessa situação humilhante na qual se foi colocado: não dá para viver a três.

— Entendo, entendo muito — disse Dolly, e baixou a cabeça. Calou-se, pensando em si, em seu pesar doméstico, e de repente, com um gesto enérgico, ergueu a cabeça e, com um gesto de súplica, uniu as mãos. — Mas espere! O senhor é cristão. Pense nela! O que vai ser dela se a abandonar?

— Eu pensei, Dária Aleksândrovna, e pensei muito — disse Aleksei Aleksândrovitch. Manchas vermelhas se formaram em seu rosto, e os olhos turvos fitavam-na de forma direta. Dária Aleksândrovna já estava com pena dele, de todo o coração. — Eu mesmo o fiz depois de ser informado de minha ignomínia; deixei tudo como antes. Dei-lhe a possibilidade de emenda, tentei salvá-la. E então? Ela não cumpriu a exigência mais fácil — a observância do decoro — ele disse, exaltando-se. — É possível salvar uma pessoa que não quer se arruinar; mas, se toda a sua natureza está tão estragada e depravada que a ruína lhe parece a salvação, o que fazer?

— Tudo, menos o divórcio! — respondeu Dária Aleksândrovna.

— Mas que tudo?

— Não, isso é horrível. Ela será uma mulher de ninguém, ela vai se arruinar!

— Mas o que eu posso fazer? — disse Aleksei Aleksândrovitch, erguendo sobrancelhas e ombros. A lembrança da última conduta da esposa irritara-o tanto que ele voltou a ficar frio como no começo da conversa. —

Sou muito grato por seu interesse, mas está na minha hora — disse, levantando-se.

— Não, espere! O senhor não deve arruiná-la. Espere, vou lhe contar de mim. Eu me casei. O marido me traiu; de raiva, de ciúmes, quis largar tudo, quis... Mas voltei a mim; e graças a quem? Anna me salvou. E vou vivendo. Os filhos estão crescendo, o marido retornou à família e sentiu sua culpa, está ficando mais puro, melhor, e eu vivo... Eu perdoei, e o senhor também deve perdoar!

Aleksei Aleksândrovitch escutava-a, mas suas palavras não tinham mais efeito sobre ele. Em sua alma, voltara a se erguer toda a fúria do dia em que decidira pelo divórcio. Sacudiu-se e disse, com voz penetrante e alta:

— Perdoar eu não posso, não quero e não considero justo. Fiz tudo por essa mulher, e ela arrastou tudo na lama que lhe é própria. Não sou um homem raivoso, nunca odiei ninguém, mas a odeio com todas as forças da alma, e não posso sequer perdoá-la por odiá-la demais, por todo o mal que ela me fez! — afirmou, com lágrimas de raiva na voz.

— Ame a quem o odeia... — sussurrou Dária Aleksândrovna, acanhada.

Aleksei Aleksândrovitch riu-se, com desprezo. Sabia daquilo há muito tempo, porém não podia ser aplicado ao seu caso.

— Ame a quem o odeia, mas amar quem você odeia é impossível. Perdão por tê-la frustrado. Cada um carrega o seu próprio pesar! — E, dominando-se, Aleksei Aleksândrovitch despediu-se, tranquilo, e partiu.

XIII

Quando se levantaram da mesa, Lióvin teve vontade de ir à sala de visitas, atrás de Kitty; temia, porém, que aquilo lhe desagradasse, por deixar a corte que estava fazendo em excessiva evidência. Ficou no círculo masculino, tomando parte na conversa geral e, sem olhar para Kitty, sentia seus movimentos, seus olhares e o lugar que ocupava na sala de visitas.

De imediato, e sem o menor esforço, cumpriu a promessa que lhe fizera — sempre pensar bem a respeito de todos, e sempre gostar de todos. A conversa versava acerca da comunidade camponesa, na qual Pestsov via um princípio especial, que chamava de princípio coral. Lióvin não concordava nem com Pestsov, nem com o irmão, que, bem à sua maneira, reconhecia e não reconhecia a importância da comunidade camponesa russa. Falava com eles, porém, tentando apenas apaziguá-los e suavizar suas objeções.

Não se interessava nem um pouco pelo que ele próprio dizia, menos ainda pelo que diziam os outros, mas só queria uma coisa — que ele e todos ficassem bem e contentes. Sabia agora que havia uma coisa importante. E que isso primeiro estivera lá, na sala de visitas, depois passara a se deslocar e parara na porta. Sem se virar, sentia o olhar e o sorriso em sua direção, e não teve como não se voltar. Ela estava na porta, com Scherbátski, olhando para ele.

— Achei que a senhorita fosse para o piano — disse, aproximando-se dela. — Eis o que me falta no campo: música.

— Não, viemos apenas chamá-lo, e sou grata — ela disse, recompensando-o com um sorriso, como se fosse um presente — por ter vindo. Que vontade é essa de discutir? Afinal, um nunca convence o outro.

— Sim, é verdade — disse Lióvin —, em geral acontece de você discutir de forma exaltada apenas porque não consegue entender de jeito nenhum o que exatamente o oponente está querendo demonstrar.

Lióvin frequentemente notara, em discussões entre as pessoas mais inteligentes, que, depois de um esforço enorme, de uma enorme quantidade de sutilezas lógicas e palavras, os debatedores chegavam, por fim, à consciência de que aquilo que por tanto tempo lutaram por demonstrar um ao outro era sabido de ambos há muito tempo, desde o começo da discussão, mas que gostavam de coisas diferentes e, portanto, não queriam dizer do que gostavam para não serem contestados. Frequentemente sentira que, às vezes, durante uma discussão, você entende do que o oponente gosta e, de repente, começa também a gostar daquilo, concorda de imediato, e então todos os argumentos caem por terra, como desnecessários; e, às vezes, sentira o oposto: você exprime, finalmente, aquilo de que gosta, ideando argumentos em seu favor e, se acontecer de exprimi-lo bem, e com franqueza, de repente o oponente concorda e para de discutir. Era isso que queria dizer.

Ela enrugou a testa, esforçando-se para compreender. Mas bastou ele começar a explicar para ela entender.

— Compreendo: é preciso saber por que ele está discutindo, do que ele gosta, então é possível... Ela adivinhara e exprimira por completo a ideia que ele exprimira mal. Lióvin sorriu, contente: estava muito espantado com a passagem da discussão obscura e verborrágica de Pestsov com o irmão a essa comunicação lacônica e clara, quase sem palavras, das ideias mais complexas.

Scherbátski se afastou deles, e Kitty, aproximando-se de uma mesa posta para carteado, sentou-se e, pegando um giz, pôs-se a traçar círculos divergentes no pano verde novo.

Retomaram a conversa do jantar: a liberdade e as ocupações das mulheres. Lióvin estava de acordo com a opinião de Dária Aleksândrovna, de que uma moça que não se casou vai encontrar afazeres femininos em uma família. Confirmava-o dizendo que nenhuma família pode passar sem uma ajudante, que cada família, pobre e rica, tem e deve ter aias, contratadas ou parentes.

— Não — disse Kitty, enrubescendo, porém fitando-o com maior ousadia com seus olhos sinceros —, uma moça pode estar numa situação em que não pode entrar em uma família sem se humilhar, enquanto ela mesma...

Ele entendeu a alusão.

— Oh, sim! — disse. — Sim, sim, sim, a senhorita está certa, está certa!

E entendeu tudo que Pestsov demonstrara no jantar a respeito da liberdade feminina apenas porque vira, no coração de Kitty, o medo da solteirice e da humilhação e, amando-a, sentiu o mesmo medo e humilhação, e imediatamente renunciou a seus argumentos.

Instaurou-se o silêncio. Ela desenhava na mesa com o giz, o tempo todo. Seus olhos brilhavam com um brilho tranquilo. Submetendo-se ao humor dela, ele sentia em todo o seu ser uma tensão de felicidade, a aumentar continuamente.

— Ah! Rabisquei a mesa toda! — disse e, pousando o giz, fez um movimento, como se quisesse se levantar.

"Como vou ficar sozinho... sem ela?" — ele pensou, com horror, e apanhou o giz. — Espere — disse, sentando-se à mesa. — Há muito tempo queria lhe perguntar uma coisa.

Fitou direto em seus olhos afetuosos, ainda que também assustados.

— Por favor, pergunte.

— É isso — disse, e escreveu as iniciais: q, s, m, r, i, n, p, s, q, d, q, e, n, o, n, e? Essas letras queriam dizer: "quando a senhorita me respondeu *isso não pode ser*, queria dizer que era nunca, ou naquela época?". Não havia nenhuma probabilidade de que ela pudesse compreender essa frase complicada; porém, ele a fitou com aspecto de que sua vida dependia de ela entender aquelas palavras.

Ela o mirou, séria, depois apoiou a testa enrugada na mão e se pôs a ler. Olhava para ele de vez em quando, perguntando, com o olhar: "É isso que estou pensando?".

— Entendi — ela disse, enrubescendo.

— Que palavra é essa? — ele disse, apontando para o n, que representava a palavra *nunca*.

— Essa palavra é *nunca* — ela disse —, só que isso não é verdade!

Ele apagou rapidamente o que tinha escrito, entregou-lhe o giz e se levantou. Ela escreveu: n, e, e, n, p, r, d, o, f.

Dolly se consolou do pesar que a conversa com Aleksei Aleksândrovitch motivara ao ver aquelas duas figuras: Kitty, com um giz na não, e um sorriso tímido e feliz, olhando para cima, para Lióvin, e sua bela figura, inclinada sobre a mesa, com olhos ardentes, voltados ora para a mesa, ora para ela. De repente, ele se iluminou: tinha entendido. Queria dizer: "naquela época, eu não podia responder de outra forma".

Ele a fitou de forma interrogativa, tímida.

— Só naquela época?

— Sim — respondeu o sorriso dela.

— E a... E agora? — ele perguntou.

— Pois bem, agora o senhor vai ler. Vou dizer o que queria. Queria muito! — Ela escreveu as iniciais: q, s, p, e, e, p, o, q, a. Queria dizer: "que o senhor possa esquecer e perdoar o que aconteceu".

Ele agarrou o giz com dedos tensos e trêmulos e, quebrando-o, escreveu, com as iniciais, o seguinte: "não tenho nada para esquecer e perdoar, não deixei de amá-la".

Ela o mirou com um sorriso suspenso.

— Entendi — disse, aos sussurros.

Ele se sentou e escreveu uma frase comprida. Ela entendeu tudo e, sem perguntar "é isso?", tomou o giz e respondeu de imediato.

Ele ficou muito tempo sem entender o que ela tinha escrito, e fitava seus olhos com frequência. Estava atônito de felicidade. Não conseguia atinar com as palavras que ela tinha em mente; porém, de seus olhos encantadores e cintilantes de felicidade, entendeu tudo o que precisava saber. E escreveu três letras. Porém, nem tinha acabado de escrever, e ela já lia por cima de sua mão, concluindo e respondendo: Sim.

— Estão jogando *secrétaire*? — disse o príncipe, aproximando-se. — Pois bem, mas vamos, se quiser chegar ao teatro a tempo.

Lióvin se levantou e acompanhou Kitty até a porta.

Tudo já tinha sido dito na conversa; tinha sido dito que ela o amava, e que diria ao pai e à mãe que ele viria na manhã seguinte.

XIV

Quando Kitty saiu e Lióvin ficou sozinho, sentiu tamanho desassossego sem ela, e tamanho desejo de chegar rápido, bem rápido à manhã seguinte, quando voltaria a vê-la e se uniria a ela para sempre, que ficou com medo, um medo mortal, daquelas catorze horas que teria de passar sem ela. Era indispensável estar e falar com alguém, para não ficar sozinho de jeito nenhum, para enganar o tempo. Stepan Arkáditch era o interlocutor mais agradável, mas fora, como dissera, a um serão — na verdade, ao balé. Lióvin só conseguiu lhe dizer que estava feliz, que o amava e que nunca, nunca esqueceria o que ele tinha feito. O olhar e o sorriso de Stepan Arkáditch mostravam a Lióvin que ele tinha entendido esse sentimento da forma devida.

— E então, não está na hora de morrer? — disse Stepan Arkáditch, apertando a mão de Lióvin com comoção.

— Nnnããoo! — disse Lióvin.

Dária Aleksândrovna, ao se despedir dele, também quis felicitá-lo, dizendo:

— Como estou contente pelo senhor ter voltado a se encontrar com Kitty, é preciso valorizar as velhas amizades.

Para Lióvin, porém, as palavras de Dária Aleksândrovna foram desagradáveis. Ela não podia entender como tudo aquilo era elevado e inalcançável para ela, e não devia ousar sequer fazer alusões.

Lióvin se despediu deles, porém, para não ficar sozinho, aferrou-se ao irmão.

— Para onde vai?

— Para uma reunião.

— Pois bem, vou com você. Posso?

— Para quê? Vamos — disse Serguei Ivânovitch, rindo. — O que você tem hoje?

— Eu? Tenho felicidade! — disse Lióvin, baixando a janela da carruagem em que iam. — Tudo bem por você? É que está abafado. Tenho felicidade! Por que você nunca se casou?

Serguei Ivânovitch riu-se.

— Fico muito contente, parece que ela é uma moça es... — Serguei Ivânovitch quis começar.

— Não diga, não diga, não diga! — pôs-se a gritar Lióvin, agarrando-o pelo colarinho do sobretudo com ambas as mãos fechando-lhe o agasalho. "Ela é uma moça esplêndida" eram palavras tão simples, baixas, tão em desacordo com seus sentimentos.

Serguei Ivânovitch deu uma gargalhada alegre, o que raramente lhe ocorria.

— Pois bem, mesmo assim posso dizer que estou muito contente com isso.

— Pode amanhã, amanhã, e nada mais! Nada, nada, silêncio![10] — disse Lióvin e, voltando a fechar-lhe o agasalho, acrescentou: — Eu te amo muito! E então, posso ir à reunião?

— Pode, óbvio.

— Do que vão falar hoje? — perguntou Lióvin, sem parar de sorrir.

Chegaram à reunião. Lióvin ouviu como o secretário, balbuciando, leu o protocolo, que visivelmente não entendia; porém, pelo rosto do secretário, Lióvin viu como ele era um homem gentil, bom e esplêndido. Isso era visível pelo jeito com que se confundia e embaraçava ao ler o protocolo. Depois começaram os discursos. Discutiam a liberação de uma verba e a instalação de uns canos, e Serguei Ivânovitch melindrou dois membros e falou longamente, algo triunfante; e um outro membro, depois de anotar algo em um papel, inicialmente se acanhou, mas depois respondeu-lhe de forma muito venenosa e gentil. E depois Sviájski (que também estava lá) também disse algo de muito belo e nobre. Lióvin escutava-os e via com clareza que nem essas verbas, nem os canos, nada daquilo existia, nem eles estavam zangados, e que todos eles eram pessoas tão bondosas e esplêndidas, e que tudo aquilo transcorria entre eles de forma boa e gentil. Não incomodavam ninguém, e se sentiam todos bem. Para Lióvin, era notável que, naquele dia, conseguisse ver todos eles por inteiro, e pelos menores traços, que antes eram imperceptíveis, ele ficava conhecendo a alma de cada um, vendo com clareza que era todos bons. Especialmente dele, Lióvin, todos gostavam de forma extraordinária naquele dia. Isso ficava evidente no jeito de falarem com ele, em como até os desconhecidos o fitavam de modo afetuoso e amoroso.

— Mas e então, está satisfeito? — perguntou-lhe Serguei Ivânovitch.

— Muito. Jamais pensei que fosse tão interessante! Esplêndido, maravilhoso!

Sviájski se aproximou de Lióvin e o convidou para tomar chá, em casa. Lióvin não conseguia entender nem lembrar de jeito nenhum por que estivera insatisfeito com Sviájski, o que buscara nele. Era um homem inteligente, e de uma bondade espantosa.

— Ah, é um prazer — disse, e perguntou-lhe da esposa e da cunhada. E, por uma estranha associação de ideias, já que, na sua imaginação, a ideia da cunhada de Sviájski estava ligada ao matrimônio, pareceu-lhe que não havia ninguém melhor para contar de sua felicidade que a esposa e a cunhada de Sviájski, e ficou muito contente por visitá-las.

---

[10] Palavras de Poprischin no *Diário de um louco*, de Nikolai Gógol. (N. da E.)

Sviájski inquiriu-o a respeito de sua questão no campo, não admitindo, como sempre, nenhuma possibilidade de se descobrir algo que não tivesse sido descoberto na Europa, e agora aquilo não desagradava Lióvin nem um pouco. Pelo contrário, sentia que Sviájski estava certo, que toda aquela questão era insignificante, e viu a suavidade e ternura espantosa com que Sviájski evitava exprimir a razão que tinha. As damas da família Sviájski estavam especialmente gentis. Lióvin tinha a impressão de que já sabiam de tudo e simpatizavam com ele, mas não falavam apenas por delicadeza. Ficou com eles uma, duas, três horas, falando de temas variados, mas pressupondo apenas o que lhe enchia a alma, sem notar que estavam terrivelmente fartos dele, e que a hora de irem dormir já passara havia tempo. Sviájski conduziu-o à antessala, bocejando e se espantando com o estado estranho de seu amigo. Era uma da manhã. Lióvin voltou para o hotel, assustado com a ideia de que, agora, teria que passar as dez horas que faltavam sozinho, com sua impaciência. O lacaio do turno da vigília acendeu as velas e quis partir, porém Lióvin o deteve. Esse lacaio, Iegor, no qual Lióvin antes não tinha reparado, revelou-se um homem muito inteligente, bom e, principalmente, bondoso.

— E então, Iegor, é difícil ficar sem dormir?

— Que fazer! É o nosso dever. Em casa de fidalgo é mais tranquilo; em compensação, a paga é melhor.

Revelou-se que Iegor tinha uma família, três meninos e uma filha costureira, que ele queria casar com o caixeiro de uma loja de arreios.

A esse respeito, Lióvin comunicou a Iegor sua ideia de que, no matrimônio, a principal questão é o amor e que, com amor, você sempre será feliz, pois a felicidade se encontra apenas em si mesmo.

Iegor ouviu com atenção e, pelo visto, entendeu completamente a ideia de Lióvin, porém, em apoio a ela, fez uma observação completamente inesperada para Lióvin, de que, quando morava na casa de bons fidalgos, estivera sempre satisfeito com eles, e agora estava plenamente satisfeito com seu patrão, embora ele fosse francês.

"Um homem espantosamente bom" — pensou Lióvin.

— Pois bem, e você, Iegor, quando se casou, amava a sua esposa?

— Como não amar — respondeu Iegor.

E Lióvin viu que Iegor também se encontrava em estado de agitação, e tencionava exprimir todos seus sentimentos íntimos.

— Minha vida também é espantosa. Desde a infância... — começou, com os olhos brilhando, pelo visto contagiado pela agitação de Lióvin, do mesmo jeito que as pessoas se contagiam com o bocejo.

Nessa hora, porém, soou a campainha; Iegor saiu, e Lióvin ficou sozinho. Não tinha comido quase nada no jantar, recusara o chá e a ceia de Sviájski, mas não podia pensar em cear. Não tinha dormido na noite anterior, mas também não podia pensar em sono. O quarto estava fresco, porém sentia-se sufocado de calor. Abriu ambos os postigos e se sentou a uma mesa, na frente deles. Para além dos telhados cobertos de neve, avistava-se uma cruz decorada com cadeias e, acima dela, o triângulo ascendente da constelação do Auriga, com a estrela Capella, amarelada e rutilante. Olhava ora para a cruz, olha para a estrela, aspirava o frescor do ar gelado que corria uniformemente pelo quarto e, como que em sonho, acompanhava as imagens e lembranças que surgiam na imaginação. Às três horas, ouviu passos no corredor e olhou pela porta. Era seu conhecido, o jogador Miáskin, que voltava do clube. Caminhava sombrio, carrancudo e pigarreando. "Coitado, infeliz!" — pensou Lióvin, e lágrimas lhe vieram aos olhos, de amor e pena daquele homem. Queria conversar com ele, consolá-lo; porém, lembrando-se de que estava apenas de camisa, repensou e voltou a se sentar diante do postigo, para se banhar no ar frio e olhar para as formas maravilhosas, silenciosas, porém cheias de significado da cruz e da estrela ascendente, amarela e rutilante. Às seis horas, começou o barulho dos enceradores, campainhas chamavam os empregados, e Lióvin sentiu que começava a gelar. Fechou o postigo, lavou-se, trocou-se e saiu para a rua.

XV

As ruas ainda estavam vazias. Lióvin foi até a casa dos Scherbátski. As portas principais estavam fechadas, e todos dormiam. Ele deu meia-volta, voltou a entrar no quarto e pediu café. O lacaio do dia, que já não era Iegor, trouxe-lhe o café. Lióvin tentou entabular conversação com ele, mas o lacaio foi chamado, e saiu. Lióvin tentou tomar o café e colocar o *kalatch* na boca, mas sua boca, decididamente, não sabia o que fazer com o *kalatch*. Lióvin cuspiu o *kalatch*, vestiu o sobretudo e saiu de novo para caminhar. Eram nove horas quando chegou pela segunda vez ao terraço de entrada dos Scherbátski. A casa tinha acabado de acordar, e o cozinheiro ia atrás de provisões. Era preciso passar ainda pelo menos duas horas.

Toda aquela noite e manhã, Lióvin vivera absolutamente inconsciente, e se sentia excluído por completo das condições da vida material. Ficara um dia inteiro sem comer, não dormia há duas noites, passara algumas horas sem roupa no frio e não apenas se sentia vigoroso e saudável como nunca, mas completamente independente do corpo: movia os músculos sem esforço, e sentia poder fazer tudo. Estava convencido de que podia sair voando ou deslocar o canto da casa, caso se fizesse necessário. Transcorreu o tempo restante na rua, consultando o relógio sem cessar e olhando para os lados.

E o que viu, então, não veria nunca mais. Tocavam-no, em particular, as crianças que iam para a escola, as pombas azuladas voando dos telhados para a calçada, e os pãezinhos polvilhados de farinha, que eram servidos por uma mão invisível. Esses pãezinhos, as pombas e os dois meninos eram criaturas etéreas. Tudo isso aconteceu ao mesmo tempo: o menino saiu correndo até a pomba e, sorrindo, olhou para Lióvin; a pomba crepitou as asas e saiu voando, brilhando ao sol entre os flocos de neve que tremulavam no ar, e, de uma janelinha, vinha o cheiro de pão no forno, e serviam pãezinhos. Tudo isso junto era de uma beleza tão rara, que Lióvin se pôs a chorar e rir de alegria. Descrevendo um grande círculo pela travessa Gazeta e pela Kislovka, regressou novamente ao hotel e colocou o relógio diante de si, aguardando as doze. No quarto vizinho, falavam de máquinas e embustes, e tossiam a tosse matinal. Não entendiam que o ponteiro já estava chegando ao doze. O ponteiro chegou. Lióvin saiu para o terraço. Os cocheiros, pelo visto, sabiam de tudo. Rodearam Lióvin, com rostos felizes, discutindo entre si e oferecendo seus serviços. Tentando não ofender os outros cocheiros, e prometendo também ir com eles, Lióvin escolheu um e mandou tocar para os Scherbátski. O cocheiro estava encantador em sua camisa branca, que assomava por debaixo do cafetã, com um colarinho apertado no pescoço roliço, vermelho e forte. O trenó desse cocheiro era alto, jeitoso, como Lióvin depois jamais voltaria a tomar, e seu cavalo era bom e se esforçava por correr, mas não se movia. O cocheiro conhecia a casa dos Scherbátski e, em especial deferência ao passageiro, parou na entrada fazendo um gesto circular com os braços e dizendo "prru". O porteiro dos Scherbátski, provavelmente, sabia de tudo. Isso era visível no sorriso de seus olhos e em seu jeito de dizer:

— Ora, o senhor não vinha faz tempo, Konstantin Dmítritch!

Não apenas sabia de tudo como, obviamente para Lióvin, regozijava-se e fazia esforço para esconder seu contentamento. Fitando seus olhos envelhecidos e gentis, Lióvin chegou até a notar algo de novo em sua felicidade.

— Levantaram-se?

— Por favor! E deixe isso aqui — disse, sorrindo, quando Lióvin quis voltar para pegar o chapéu. Aquilo queria dizer alguma coisa.

— A quem devo anunciá-lo? — perguntou o lacaio. O lacaio, embora jovem e dos novos, um janota, era um homem muito bondoso e belo, e também tinha entendido tudo.

— À princesa... Ao príncipe... À princesinha... — disse Lióvin. A primeira pessoa que avistou foi *mademoiselle* Linon. Andava pela sala, com as madeixas e o rosto cintilando. Bastou cumprimentá-la e, atrás da porta, soaram passos, um farfalhar de vestido, e *mademoiselle* Linon desapareceu da vista de Lióvin, e um pavor alegre da proximidade de sua felicidade contaminou-o. *Mademoiselle* Linon tinha pressa e, depois de deixá-lo, foi para a outra porta. Bastou ela sair e passos leves e rápidos, bem rápidos, ressoaram pelo parquete, e sua felicidade, sua vida, ele mesmo — o melhor dele, o que procurara e desejara por tanto tempo — aproximou-se rápido, bem rápido. Ela não caminhava, mas, por alguma força invisível, voava até ele.

Ele via apenas seus olhos claros e sinceros, assustados com aquele mesmo contentamento de amor que também enchia o coração dele. Aqueles olhos fulguravam cada vez mais perto, cegando-o com sua luz amorosa. Parou bem perto dele, roçando-o. As mãos dela se ergueram e baixaram sobre seus ombros.

Ela tinha feito tudo o que podia — fora correndo até ele e se entregara por inteiro, tímida e radiante. Ele a abraçou e apertou os lábios contra sua boca, buscando seu beijo.

Ela também passara a noite toda sem dormir, e o aguardara a manhã inteira. A mãe e o pai estavam indiscutivelmente de acordo, e felizes com sua felicidade. Ela o aguardava. Queria ser a primeira a lhe comunicar de sua felicidade, e da dele. Preparara-se para recebê-lo sozinha, alegrava-se com a ideia, acanhava-se, envergonhava-se, e não sabia o que fazer. Ouviu seus passos e voz e esperou atrás da porta, até *mademoiselle* Linon sair. *Mademoiselle* Linon saiu. Sem pensar, sem se perguntar como nem por quê, foi até ele e fez o que fez.

— Vamos até mamãe! — ela disse, tomando-o pela mão. Ele ficou muito tempo sem conseguir dizer nada, nem tanto por temer estragar com as palavras seu sentimento, quanto porque, a cada vez que queria dizer algo, sentia que, em lugar das palavras, prorromperiam lágrimas de felicidade. Tomou a mão dela e a beijou.

— Mas será que é verdade? — disse, por fim, com voz surda. — Não posso acreditar que você me ama.

A esse "você", ela sorriu com a mesma timidez com que ele a contemplava.

— Sim! — ela afirmou, de forma significativa e lenta. — Estou tão feliz!

Sem largar a mão dele, ela entrou na sala de visitas. A princesa, ao vê-los, resfolegou bastante e imediatamente começou a chorar, imediatamente começou a rir e, com um passo de uma energia que Lióvin não esperava, correu até ele e, abraçando-lhe a cabeça, beijou-o e molhou suas faces com lágrimas.

— Então está tudo concluído! Estou contente. Ame-a. Estou contente... Kitty!

— Arranjou-se rápido! — disse o velho príncipe, tentando ser indiferente; só que Lióvin reparou que seus olhos estavam úmidos, quando se dirigiu a ele.

— Eu sempre esperei por isso, há muito tempo! — disse, tomando Lióvin pela mão e aproximando-o de si. — Mesmo naquela época, quando essa avoada inventou...

— Papai! — gritou Kitty, tapando a boca dele com a mão.

— Pois bem, não vou! — ele disse. — Estou muito, muito... con... Ah! Como sou bobo...

Abraçou Kitty, beijou seu rosto e mão, de novo o rosto, e abençoou-a.

E Lióvin foi tomado de um novo sentimento de amor por aquele homem que antes lhe era estranho, o velho príncipe, ao ver por quanto tempo, e com que ternura Kitty beijava sua mão carnuda.

XVI

A princesa sentou-se na poltrona em silêncio, e sorridente; o príncipe se sentou a seu lado. Kitty ficou de pé, junto à poltrona do pai, sem soltar a mão dele. Estavam todos calados.

A princesa foi a primeira a chamar as coisas pelo nome, e traduzir todos os pensamentos e sentimentos em questões práticas. E todos acharam aquilo igualmente estranho, e até doloroso em um primeiro minuto.

— Mas quando? É preciso abençoar e anunciar. E quando serão as bodas? O que você acha, Aleksandr?

— É com ele — disse o velho príncipe, apontando para Lióvin. — Aqui ele é o personagem principal.

— Quando? — disse Lióvin, corando. — Amanhã. Se vocês me perguntarem, por mim a bênção é hoje, e as bodas, amanhã.

— Ora, chega de bobagem, *mon cher*!

— Pois bem, daqui a uma semana.

— Ele está mesmo louco.

— Ora, por quê?

— Ah, por favor! — disse a mãe, sorrindo, contente com aquela pressa. — E o enxoval?

"Será que vai ter enxoval e tudo isso? — pensou Lióvin, com horror. — Mas, aliás, por acaso enxoval, bênção e tudo isso podem estragar a minha felicidade? Nada pode estragar!" Olhou para Kitty e reparou que ela não estava nada, nada ofendida com a ideia de um enxoval. "Isso deve ser necessário" — pensou.

— Bem, eu não sei de nada, só manifestei meu desejo — afirmou, escusando-se.

— Então vamos decidir. Dá para abençoar e anunciar agora. É isso.

A princesa foi até o marido, beijou-o e quis ir embora; só que ele a reteve, abraçou-a e beijou-a com ternura, como um jovem apaixonado, algumas vezes. Pelo visto, os velhos tinham se confundido momentaneamente, e não sabiam muito bem se estavam apaixonados de novo, ou se era só a sua filha. Quando o príncipe e a princesa saíram, Lióvin foi até a noiva e tomou-a pela mão. Tinha agora tomado controle de si e conseguia falar, e precisava lhe dizer muita coisa. Porém, não disse nada do que precisava.

— Como eu sabia que seria assim! Nunca tive esperança; porém, em minha alma, sempre tive certeza — disse. — Acredito que isso estava predestinado.

— E eu? — ela disse. — Mesmo então... — Ela se deteve e depois continuou, fitando-o de forma resoluta, com seus olhos sinceros —, mesmo então, quando afastei a felicidade de mim. Sempre amei apenas o senhor, mas estava arrebatada. Eu tinha que dizer... O senhor pode se esquecer disso?

— Talvez tenha sido o melhor. A senhorita precisa me perdoar muita coisa. Preciso lhe contar...

Era uma das coisas que decidira lhe dizer. Decidira lhe dizer, já nos primeiros dias, duas coisas: uma, que não era tão puro quanto ela, e outra, que era incréu. Aquilo era aflitivo, porém considerava que devia contar uma coisa e a outra.

— Não, agora não, depois! — ele disse.

— Bem, depois, mas não deixe de contar. Não tenho medo de nada. Preciso saber de tudo. Agora está resolvido.

Ele concluiu:

— Resolvido que a senhorita vai me aceitar, seja eu como for, e não vai me rejeitar? Sim?

— Sim, sim.

Sua conversa foi interrompida por *mademoiselle* Linon, a qual, ainda que com fingimento, mas sorrindo com ternura, viera saudar sua querida pupila. Ela ainda não tinha saído quando os criados vieram cumprimentar. Depois vieram os parentes, e começou aquela bagunça ditosa, da qual Lióvin só sairia no dia seguinte às bodas. Lióvin estava constantemente desconfortável e entediado, porém a intensidade da felicidade só fazia crescer. Sentia constantemente que se exigia dele muita coisa que ele não sabia, e fazia tudo que lhe diziam, e tudo aquilo lhe proporcionava felicidade. Achava que aqueles esponsais não teriam nada de parecido com os outros, que as condições habituais dos esponsais estragariam sua felicidade particular; mas deu-se que ele fez a mesma coisa que os outros, e sua felicidade, com isso, só cresceu e se fez cada vez mais particular, e não haveria nada de parecido.

— Agora vamos comer bombons — disse *mademoiselle* Linon, e Lióvin foi comprar bombons.

— Pois bem, fico muito contente — disse Sviájski. — Aconselho-o a comprar o buquê no Fomin.[11]

— Mas precisa? — e foi até o Fomin.

O irmão lhe disse que precisava tomar dinheiro emprestado, que haveria muitas despesas, presentes...

— Mas precisa de presentes? — E deu um pulo na Fulda.[12]

Na confeitaria, no Fomin e na Fulda, viu que era aguardado, que estavam felizes por ele e celebravam sua felicidade, assim como todos com que tratou naqueles dias. O extraordinário era não apenas que todas as pessoas gostavam dele, mas mesmo as que antes eram antipáticas, frias, indiferentes, maravilhavam-se com ele, submetiam-se a ele em tudo, lidavam com seu sentimento com ternura e delicadeza e partilhavam de sua convicção de que ele era o homem mais feliz do mundo, pois sua noiva estava acima da perfeição. Kitty sentia o mesmo. Quando a condessa Nordston permitiu-se observar que desejava algo melhor, Kitty ficou tão exaltada, e demonstrou de forma tão convincente que não podia haver nada melhor que Lióvin no mundo, que a condessa Nordston teve de admiti-lo e, em presença de Kitty, não recebia Lióvin sem um sorriso de admiração.

A explicação que ele prometera foi o único acontecimento difícil dessa época. Aconselhou-se com o velho príncipe e, depois de receber sua permissão, entregou a Kitty seu diário, no qual estava escrito o que o afligia. Escrevera esse diário tendo em mente a futura noiva. Afligiam-lhe duas coisas: sua falta de inocência e de fé. A confissão de falta de fé passou desapercebida. Ela era religiosa, jamais duvidara da verdade da religião, porém sua falta de fé interna não chegou a afetá-la. Conhecia toda a alma dele, via nessa alma

---

[11] Floricultura de Moscou. (N. da E.)

[12] Joalheria de Moscou. (N. da E.)

o que queria e, se aquele estado de alma se chamava falta de fé, para ela dava na mesma. Já a outra confissão a fez chorar amargamente.

Não foi sem luta interna que Lióvin lhe entregou seu diário. Sabia que, entre eles, não podia nem devia haver segredos e, por isso, decidira que era necessário; não tinha se dado conta, porém, do efeito que aquilo podia ter, não se colocara no lugar dela. Só quando, naquela noite, foi à casa dela antes do teatro, entrou em seu quarto e viu sua cara penosa e gentil de choro, infeliz com o pesar incorrigível que lhe tinha causado, entendeu o abismo que separava seu passado desprezível da pureza de pomba dela, e se horrorizou com o que tinha feito.

— Leve, leve esses livros horrorosos! — ela disse, afastando os cadernos que jaziam na mesa, à sua frente. — Por que o senhor os deu a mim!... Não, mesmo assim é melhor — acrescentou, apiedando-se da cara de desespero dele. — Mas isso é horrível, horrível!

Ele baixou a cabeça e ficou calado. Não podia dizer nada.

— A senhorita não vai me perdoar — sussurrou.

— Não, eu perdoei, mas isso é horrível!

Contudo, a felicidade dele era tão grande que essa confissão não a destruiu, apenas conferindo-lhe, porém, um novo matiz. Ela o perdoara; desde então, porém, ele se considerava ainda mais indigno dela, inclinava-se moralmente perante ela ainda mais baixo, e valorizava de forma ainda mais elevada sua felicidade imerecida.

XVII

Recapitulando involuntariamente na memória as impressões das conversas entabuladas durante e depois do jantar, Aleksei Aleksândrovitch regressou a seu quarto solitário. As palavras de Dária Aleksândrovna sobre perdão produziram-lhe apenas enfado. A aplicabilidade ou não aplicabilidade das leis cristãs a seu caso era uma questão demasiado difícil, a respeito da qual não era possível falar de forma ligeira, e tal questão já fora resolvida por Aleksei Aleksândrovitch há tempos, negativamente. De tudo que tinha sido dito, o que mais calou em sua imaginação foram as palavras do tolo e bondoso Túrovtsyn: portou-se com bravura; desafiou para um duelo e matou. Pelo visto, todos simpatizavam com aquilo, embora não o dissessem por polidez.

"Aliás, esse assunto está liquidado, não tenho que pensar nisso" — Aleksei Aleksândrovitch disse para si mesmo. E, pensando apenas na partida iminente e no caso da inspeção, entrou em seu quarto e perguntou ao porteiro que o acompanhava onde estava seu lacaio; o porteiro disse que ele tinha acabado de sair. Aleksei Aleksândrovitch mandou servir o chá, sentou-se à mesa e, pegando o *Froom*,[13] pôs-se a imaginar o itinerário da viagem.

— Dois telegramas — disse o lacaio, de regresso, ao entrar no quarto. — Perdão, Vossa Excelência, eu tinha acabado de sair.

Aleksei Aleksândrovitch pegou os telegramas e tirou o lacre. O primeiro telegrama era a notícia da nomeação de Striêmov para o posto desejado por Kariênin. Aleksei Aleksândrovitch largou o despacho e, enrubescendo, levantou-se e se pôs a caminhar pelo aposento. "*Quos vult perdere dementat*"[14] — disse, tendo em mente, com aquele *quos*, as pessoas que fizeram essa nomeação. Não estava tão agastado por não receber o posto, por terem visivelmente passado por cima dele; não entendia e estava assombrado, porém, por não verem que o tagarela frasista do Striêmov era menos adequado a isso do que qualquer outro. Como não viam que estavam se arruinando e ao seu *prestige* com aquela nomeação!

"Outra coisa do gênero" — disse para si, ao abrir o segundo despacho. O telegrama era da esposa. Sua assinatura em lápis azul, "Anna", foi a primeira coisa que saltou à sua vista. "Estou morrendo, peço, imploro que venha. Com perdão, morro mais tranquila" — ele leu. Deu um riso de desprezo e largou o telegrama. De que se tratava de um embuste e de astúcia, como lhe pareceu no primeiro minuto, não podia haver nenhuma dúvida.

"Não há embuste que a detenha. Ela ia parir. Talvez seja doença do parto. Mas qual o objetivo deles? Legalizar o bebê, comprometer-me e atrapalhar o divórcio — pensou. — Mas algo está dito aí: estou morrendo..." Releu o telegrama; e, de repente, o significado direto do que estava dito nele o chocou. "E se for verdade? — disse para si mesmo. — Se for verdade que, no instante de sofrimento e proximidade da morte, ela se arrependeu com franqueza, e eu, tomando isso como um embuste, me recusar a ir? Isso seria não apenas cruel, e todos me condenariam, como seria uma estupidez de minha parte."

— Piotr, chame um carro. Vou para São Petersburgo — disse ao lacaio.

Aleksei Aleksândrovitch resolveu que iria a Petersburgo e veria a esposa. Se sua doença fosse um embuste, ficaria calado e partiria. Se ela estives-

---

[13] *Froom's Railway Guide for Russia & the Continent of Europe*, 1870 [Guia Ferroviário Froom para a Rússia e o Continente Europeu]. (N. da E.)

[14] "Quem [Júpiter, aqui omitido] deseja perder, faz perder a razão", em latim no original. (N. do T.)

se doente de fato, para morrer, e quisesse vê-lo antes da morte, então a perdoaria se a encontrasse viva, e cumpriria o último dever, caso chegasse tarde demais.

Por todo o caminho, não pensou mais no que tinha de fazer.

Com uma sensação de cansaço e sujeira causada pela noite no vagão, Aleksei Aleksândrovitch caminhava pela avenida Niévski vazia, na neblina do amanhecer, e olhava para a frente, sem pensar no que o aguardava. Não podia pensar nisso porque, pensando no que seria, não conseguia afastar a hipótese de que a morte dela desembaraçaria de imediato toda a dificuldade de sua situação. Padeiros, lojas fechadas, cocheiros noturnos, faxineiros varrendo as calçadas faiscavam a seus olhos, e ele observava aquilo tudo, tentando abafar a ideia do que o aguardava, do que não ousava desejar, e desejava assim mesmo. Aproximou-se do terraço da frente. Uma sege de aluguel e um carro com um cocheiro dormindo estavam na entrada. Ao ingressar, foi como se Aleksei Aleksândrovitch pegasse sua decisão no canto mais remoto do cérebro e a dominasse. Queria dizer: "Se for um embuste, despreze e parta. Se for verdade, observe o decoro".

O porteiro abriu a porta antes ainda de Aleksei Aleksândrovitch tocar a campainha. O porteiro Petrov, ou Kapitónitch, tinha um aspecto estranho em sua sobrecasaca velha, sem gravata e de chinelos.

— Como está a patroa?

— Ontem teve um parto bem-sucedido.

Aleksei Aleksândrovitch parou e empalideceu. Agora entendia claramente com que força desejara sua morte.

— E de saúde?

Korniei, de avental matinal, desceu as escadas correndo.

— Muito mal — respondeu. — Ontem houve uma conferência médica, e o doutor está aqui agora.

— Pegue minhas coisas — disse Aleksei Aleksândrovitch e, sentindo algum alívio com a notícia de que, mesmo assim, havia possibilidade de morte, entrou na antessala.

No cabide, havia um casaco militar. Aleksei Aleksândrovitch reparou e perguntou:

— Quem está aqui?

— O médico, a parteira e o conde Vrônski.

Aleksei Aleksândrovitch passou para os aposentos interiores.

Não havia ninguém na sala de visitas; ao som de seus passos, a parteira saiu do gabinete com uma coifa de fitas lilases.

Aproximou-se de Aleksei Aleksândrovitch e, com a familiaridade causada pela proximidade da morte, tomou-o pelo braço e conduziu-o ao dormitório.

— Graças a Deus o senhor veio! Ela só fala do senhor e do senhor — disse.

— Passe logo o gelo! — disse a voz imperiosa do doutor, de dentro do quarto.

Aleksei Aleksândrovitch ingressou no gabinete. À mesa, de lado, no espaldar de uma cadeira baixa, Vrônski estava sentado e, com o rosto coberto pelas mãos, chorava. À voz do médico, levantou-se de um pulo, afastou as mãos do rosto e viu Aleksei Aleksândrovitch. Ao avistar o marido, ficou tão perturbado que voltou a se sentar, afundando a cabeça nos ombros, como se quisesse sumir; fez, porém, um esforço, levantou-se e disse:

— Ela está morrendo. Os médicos disseram que não há esperança. Estou completamente em seu poder, mas permita-me ficar aqui... aliás, estou a seu dispor, eu...

Aleksei Aleksândrovitch, ao ver as lágrimas de Vrônski, sentiu o afluxo do transtorno espiritual que a visão do sofrimento alheio produzia nele e, virando o rosto, sem ouvir suas palavras até o fim, acorreu à porta, apressado. Do quarto, ouvia-se a voz de Anna, dizendo algo. Sua voz era alegre, animada, com uma entonação extraordinariamente determinada. Aleksei Aleksândrovitch entrou no dormitório e se aproximou da cama. Ela estava deitada, voltando o rosto para ele. Suas faces chamejavam de rubor, os olhos brilhavam, as mãos pequeninas e brancas, assomando sob os punhos da blusa, brincavam com o canto da coberta, retorcendo-o. Ela parecia não apenas saudável e vigorosa, como no melhor dos humores. Falava alto e bom som, entoando a voz com uma correção e sentimento extraordinários:

— Porque Aleksei... estou falando de Aleksei Aleksândrovitch (que destino estranho e horrendo serem ambos Aleksei, não é verdade?), Aleksei não me rejeitaria. Eu esqueceria, ele perdoaria... Mas por que ele não vem? Ele é bom, ele mesmo não sabe como é bom. Ah, meu Deus, que angústia! Dê-me água, rápido, rápido! Ah, isso vai fazer mal para ela, para a minha menina! Pois bem, então entreguem-na para a ama de leite. Pois bem, concordo, isso é até melhor. Ele virá, e será doloroso para ele vê-la. Entreguem-na.

— Anna Arkádievna, ele chegou. Está aí! — disse a parteira, tentando chamar a atenção dela para Aleksei Aleksândrovitch.

— Ah, que absurdo! — prosseguiu Anna, sem ver o marido. — Mas entreguem-na para mim, a menina, entreguem! Ele ainda não veio. Vocês estão dizendo que ele não vai perdoar porque não o conhecem. Ninguém conhecia. Só eu, e isso me pesava. Há que conhecer seus olhos, os de Serioja...

são exatamente iguais, e não posso vê-los por causa disso. Deram de comer a Serioja? Pois eu sei que se esquecem de tudo. Ele não se esqueceria. Tem que levar Serioja para o quarto do canto, e pedir para Mariette dormir com ele.

De repente, ela se encolheu, calou-se e, assustada, como se esperasse um golpe, como se estivesse se defendendo, ergueu as mãos até o rosto. Tinha visto o marido.

— Não, não — pôs-se a dizer —, não tenho medo dele, tenho medo da morte. Aleksei, venha cá. Tenho pressa porque não tenho tempo, resta-me pouco para viver, agora vai começar a febre, e já não vou entender mais nada. Agora eu entendo, entendo tudo e vejo tudo.

O rosto carrancudo de Aleksei Aleksândrovitch assumiu uma expressão de sofrimento; pegou a mão dela e quis dizer algo, mas não conseguia articular nada; seu lábio inferior tremia, mas ainda se debatia contra sua agitação, e só conseguia olhar para ela esporadicamente. E, a cada vez que olhava, via seus olhos, que o contemplavam com uma ternura tão comovida e extasiada, como ele jamais vira neles.

— Espere, você não sabe... Pare, pare... — ela se deteve, como se reunisse os pensamentos. — Sim — começou. — Sim, sim, sim. Isso é o que eu queria dizer. Não se assuste comigo. Sou sempre a mesma... Mas em mim há uma outra, tenho medo dela — ela amava aquele, e queria odiar você, e não podia se esquecer de quem era antes. Essa não sou eu. Agora sou a verdadeira, eu por inteiro. Agora estou morrendo, sei que estou morrendo, pergunte a ele. E agora estou sentindo, veja, *puds* nas mãos, nos pés, nos dedos. Olhe só que dedos — enormes! Mas isso logo vai acabar... Só preciso de uma coisa: perdoe-me, perdoe por completo! Sou horrível, mas a babá me disse: a mártir santa — como se chamava? — era pior. E eu vou para Roma, tem um deserto, e então não vou incomodar ninguém, só vou levar Serioja e a menina... Não, você não pode perdoar! Sei que não dá para perdoar isso! Não, não, vá embora, você é bom demais! — Segurava a mão dele com uma mão ardente, a outra o repelia.

O transtorno espiritual de Aleksei Aleksândrovitch ia aumentando, chegando agora a um grau em que parou de lutar contra ele; sentiu, de repente, que aquilo que considerara transtorno espiritual era, na verdade, um estado abençoado de espírito, que lhe conferia de repente uma felicidade nova, que jamais experimentara. Não pensava que a lei cristã, que quisera seguir a vida inteira, prescrevia-lhe perdoar e amar os inimigos; porém, o sentimento de contentamento com o amor e perdão dos inimigos preenchia-lhe a alma. Estava de joelhos e, colocando a cabeça na dobra dos braços dela, que o queimavam com seu fogo através da blusa, soluçava como um bebê. Ela abraçou sua cabeça calva, moveu-se em sua direção e, com orgulho desperto, ergueu os olhos.

— É ele, eu sabia! Agora perdoe tudo, perdoe!... Vieram de novo, por que não vão embora?... Ah, tire de mim esse casaco!

O médico soltou os braços dela, colocou-a com cuidado no travesseiro e cobriu-lhe os ombros. Ela se deitou de costas, dócil, olhando para a frente com um olhar cintilante.

— Lembre-se de uma coisa, de que preciso apenas do perdão, e nada, não quero mais nada... Por que *ele* não vem? — disse, dirigindo-se a Vrônski, que estava à porta. — Venha, venha! Dê-lhe a mão.

Vrônski chegou até a beira da cama e, ao vê-la, voltou a cobrir o rosto com as mãos.

— Descubra o rosto, olhe para ele. Ele é um santo — disse. — Sim, descubra, descubra o rosto! — ela disse, zangada. — Aleksei Aleksândrovitch, descubra o rosto dele! Quero vê-lo.

Aleksei Aleksândrovitch pegou as mãos de Vrônski e afastou-as do rosto, que estava horrível com a expressão de sofrimento e vergonha.

— Dê-lhe a mão. Perdoe-o.

Aleksei Aleksândrovitch deu-lhe a mão, sem conter as lágrimas que escorriam de seus olhos.

— Graças a Deus, graças a Deus — ela disse —, agora está tudo pronto. Só esticar as pernas um pouquinho. Assim, que maravilha. Com que mau gosto essas flores foram feitas, não se parecem nem um pouco com violetas — ela disse, apontando para o papel de parede. — Meu Deus, meu Deus! Quando isso vai acabar? Dê-me morfina. Doutor! Dê-me morfina. Meu Deus, meu Deus!

E ela se agitou na cama.

Aquele médico e os outros disseram que era febre puerperal, com noventa e nove chances em cem de terminar em morte. No dia inteiro houve febre, delírio e inconsciência. À meia-noite, a paciente jazia sem sentidos e praticamente sem pulso.

Esperavam pelo fim a cada instante.

Vrônski foi para casa, mas pela manhã veio se inteirar, e Aleksei Aleksândrovitch, encontrando-o na antessala, disse:

— Fique, pode ser que ela peça pelo senhor — e conduziu-o ao gabinete da esposa.

De manhã, começou de novo a agitação, a animação, a rapidez de pensamento e de fala, e novamente acabou em inconsciência. No terceiro dia, foi a mesma coisa, e o médico disse que havia esperança. Naquele dia, Aleksei Aleksândrovitch entrou no gabinete em que Vrônski estava e, cerrando a porta, sentou-se na sua frente.

— Aleksei Aleksândrovitch — disse Vrônski, sentindo que uma explicação se aproximava —, não posso dizer, não posso entender. Tenha piedade de mim! Por mais duro que seja para o senhor, creia que para mim é ainda mais horrível.

Quis se levantar. Só que Aleksei Aleksândrovitch o tomou pela mão.

— Peço-lhe que me escute, é indispensável. Devo explicar meus sentimentos, aqueles que me guiam e me guiarão, para que o senhor não se equivoque com relação a mim. O senhor sabe que me decidi pelo divórcio, e até abri processo. Não vou lhe esconder que, ao abrir o processo, estava indeciso, atormentado; admito que o desejo de me vingar do senhor e dela me acossava. Quando recebi o telegrama, vim para cá com os mesmos sentimentos, e digo mais: desejava a sua morte. Mas... — calou-se, refletindo se lhe revelaria ou não seu sentimento. — Mas eu a vi e perdoei. E a felicidade do perdão me revelou minha obrigação. Perdoei por completo. Quero dar a outra face, quero entregar a túnica quando levam meu manto, e só suplico a Deus que ele não me prive da felicidade do perdão! — Havia lágrimas em seus olhos, e seu olhar luminoso e tranquilo surpreendeu Vrônski. — Essa é a minha posição. O senhor pode me arrastar na lama, pode fazer de mim o objeto de escárnio do mundo; não vou abandoná-la, nem jamais direi ao senhor uma palavra de reproche — prosseguiu. — Minha obrigação está estabelecida com clareza: devo estar com ela, e estarei. Caso ela deseje vê-lo, vou informá-lo, mas, agora, creio que seja melhor o senhor se afastar.

Ergueu-se, e o soluço interrompeu sua fala. Vrônski se ergueu e, em posição inclinada, sem ficar ereto, olhou-o de soslaio. Estava esmagado. Não entendia o sentimento de Aleksei Aleksândrovitch, porém sentia que era algo mais elevado, e até inacessível à sua visão de mundo.

XVIII

Depois da conversa com Aleksei Aleksândrovitch, Vrônski saiu para o terraço de entrada da casa dos Kariênin e parou, lembrando com dificuldade onde estava e para onde tinha de ir. Sentia-se envergonhado, humilhado, culpado e privado da possibilidade de reparar sua humilhação. Sentia-se fora dos eixos em que girara de forma tão fácil e orgulhosa até então. Tudo o que parecia tão firme, os hábitos e regras de sua vida, revelaram-se de repente mentirosos e inaplicáveis. O marido, o marido enganado, que até então se apresentava como uma criatura penosa, um obstáculo casual e algo cômico à sua felicidade, fora de repente chamado por ela mesma, elevado a uma altura que inspirava servilismo, e esse marido, daquela altura, mostrava-se não mau, não falso, não ridículo, porém bondoso, simples e grandioso. Vrônski não tinha como não sentir isso. Os papéis, de repente, estavam trocados. Vrônski sentia a elevação dele e sua humilhação, a verdade dele e sua inverdade. Sentia que o marido era magnânimo em seu pesar, enquanto ele era baixo, mesquinho em seu engano. Porém, a consciência de sua baixeza perante o homem que desprezara injustamente constituía apenas uma pequena parte de seu pesar. Sentia-se agora indizivelmente infeliz porque sua paixão por Anna, que tinha a impressão de ter esfriado nos últimos tempos, agora, quando sabia que a tinha perdido para sempre, tornara-se mais forte do que nunca. Vira-a durante o tempo todo, em sua doença, conhecera sua alma, e tinha a impressão de que jamais a amara até então. E agora que a conhecia, e amara-a como se deve amar, fora humilhado perante ela, perdera-a para sempre, deixando-lhe apenas uma lembrança vergonhosa de si. O mais horrível de tudo era aquela sua posição ridícula e vergonhosa, quando Aleksei Aleksândrovitch retirara-lhe a mão do rosto coberto de vergonha. Encontrava-se parado, no terraço da casa dos Kariênin, como se estivesse perdido, e não sabia o que fazer.

— Deseja uma sege de aluguel? — perguntou o porteiro.

— Sim, uma sege.

De volta para casa após três noites de insônia, Vrônski, sem tirar a roupa, deitou-se de bruços no sofá, juntou os braços e colocou a cabeça sobre eles. Sua cabeça estava pesada. As mais estranhas imagens, lembranças e ideias seguiam-se umas às outras, com clareza e rapidez extraordinárias: ora era o remédio que servira à doente e vertera na colher, ora as mãos brancas da parteira, ora a posição estranha de Aleksei Aleksândrovitch, no chão, em frente à cama.

"Dormir! Esquecer!" — dizia para si, com a calma convicção de um homem saudável de que, se está cansado e quer dormir, vai adormecer imediatamente. E, de fato, nesse mesmo instante sua cabeça começou a se embaralhar, e ele começou a se precipitar no abismo do esquecimento. As ondas do mar da inconsciência já começavam a se chocar em sua cabeça quando, de repente — como se sofresse uma descarga elétrica fortíssima —, sacudiu-se tanto que deu um pulo de corpo inteiro nas molas do sofá e, apoiando-se nas mãos, ficou de joelhos, assustado. Seus olhos estavam bem abertos, como se ele jamais tivesse dormido. O peso da cabeça e a flacidez dos membros, que experimentara até o minuto anterior, desapareceram de repente.

"O senhor pode me arrastar na lama" — ouvia as palavras de Aleksei Aleksândrovitch, via-o diante de si, e via o rosto de Anna, com um rubor ardente e olhos brilhantes, olhando com ternura e amor não para ele, mas para Aleksei Aleksândrovitch; via sua própria figura, que lhe parecia tola e ridícula, quando Aleksei Aleksândrovitch afastou suas mãos do rosto. Voltou a esticar as pernas, largando-se no sofá na posição de antes, e fechou os olhos.

"Dormir! Dormir!" — repetia para si mesmo. Porém, de olhos fechados, via com ainda mais clareza o rosto de Anna na tarde memorável de antes das corridas.

— Isso não existe e não existirá, e ela quer apagar da memória. Mas eu não consigo viver sem isso. Como vamos nos reconciliar, como vamos nos reconciliar? — disse em voz alta e, inconscientemente, se pôs a repetir essas palavras. Essa repetição de palavras detinha a aparição de novas imagens e lembrança, que ele sentia se aglomerar em sua cabeça. Mas a repetição deteve a imaginação por pouco tempo. Voltaram a se suceder, com rapidez extraordinária, os melhores momentos e, junto com eles, a humilhação recente. "Retire as mãos" — dizia a voz de Anna. Ele retirava as mãos e sentia a expressão envergonhada e estúpida de seu rosto.

Estava sempre deitado, tentando dormir, embora sentisse não haver a menor esperança, e repetia sempre, aos sussurros, as palavras casuais de alguma ideia, desejando assim deter a aparição de novas imagens. Apurou o ouvido, e escutou um cochicho estranho e louco, repetindo as palavras: "Não soube valorizar, não soube aproveitar; não soube valorizar, não soube aproveitar".

"O que é isso? Ou eu perdi a razão? — disse para si mesmo. — Pode ser. Por que se perde a razão, por que se dá um tiro?" — repetiu para si mesmo e, abrindo os olhos, viu, com espanto, ao lado da cabeça, a almofada bordada, obra de Vária, a esposa do irmão. Tocou a borla da almofada e tentou se lembrar de Vária, de como a vira pela última vez. Só que pensar em algo externo era aflitivo. "Não, preciso dormir!" Moveu a almofada e apertou-a contra a cabeça, mas precisava fazer um esforço para manter os olhos fechados. Levantou e se sentou. "Está acabado para mim — disse para si mesmo. — É preciso pensar no que fazer. O que restou?" Seu pensamento percorreu rapidamente a vida fora de seu amor por Anna.

"A ambição? Sierpukhovskói? A sociedade? A corte?" Não conseguia se deter em nada. Tudo aquilo tinha sentido antes, mas agora nada daquilo existia mais. Levantou-se do sofá, tirou a sobrecasaca, abriu o cinto e, descobrindo o peito peludo para respirar mais livremente, pôs-se a caminhar pelo aposento. "Então perdem a razão — repetia — e se dão um tiro... para não passar vergonha" — acrescentou, devagar.

Foi até a porta e a fechou; depois, com olhar parado e dentes fortemente cerrados, foi até a mesa, pegou um revólver, examinou-o, girou o tambor carregado e ficou pensativo. Por dois minutos, com a cabeça baixa e uma expressão de esforço tenso de ideias, ficou imóvel, com o revólver na mão, pensando. "Óbvio" — disse para si, como se um curso lógico, prolongado e claro de ideias o tivesse levado a uma conclusão indubitável. Na realidade, esse "óbvio", que ele achava convincente, era apenas a consequência da repetição exata daquele mesmo círculo de lembranças e representações através do qual já tinha passado dezenas de vezes, ao longo daquela hora. Eram as mesmas lembranças da felicidade perdida para sempre, ora a representação da falta de sentido de tudo que tinha pela frente na vida, ora a consciência de sua humilhação. Até a ordem dessas representações e sentimentos era a mesma.

"Óbvio" — repetiu, quando, pela terceira vez, seu pensamento voltou a se encaminhar pelo mesmo círculo encantado de lembranças e ideias e, encostando o revólver do lado esquerdo do peito, segurando-o com força, com a mão inteira, como se de repente cerrasse o punho, apertou o gatilho. Não ouviu o som do disparo, porém o golpe forte no peito derrubou-o. Quis se apoiar na beira da mesa, deixou o revólver cair, vacilou e se sentou no solo, olhando ao seu redor, perplexo. Não reconheceu o próprio quarto ao olhar, de baixo, para as pernas curvas da mesa, o cestinho de papéis e a pele de tigre. Os passos rápidos e rangentes do criado, caminhando na sala de visitas, forçaram-no a voltar a si. Fez um esforço de pensamento e entendeu que estava no chão e, ao ver sangue na pele de tigre e na própria mão, compreendeu que tinha se dado um tiro.

— Estúpido! Não acertou — afirmou, tateando em busca do revólver. O revólver estava a seu lado — ele procurava mais longe. Continuando a procurar, esticou-se até o outro lado e, sem forças para manter o equilíbrio, caiu, derramando sangue.

O elegante criado de suíças, que se queixava reiteradamente aos conhecidos da fraqueza de seus nervos, assustou-se tanto ao ver o patrão jazendo no solo que o deixou a se esvair em sangue, e saiu correndo atrás de socorro. Uma hora mais tarde, Vária, a esposa do irmão, apareceu com três médicos recém-chegados, que mandara buscar por toda parte, e que tinham vindo ao mesmo tempo, colocou o ferido na cama e ficou para tomar conta dele.

XIX

O erro cometido por Aleksei Aleksândrovitch, que, ao se preparar para o encontro com a esposa, não pensou na casualidade de que o arrependimento dela fosse sincero, de que ele perdoaria, mas ela não morreria — esse erro se mostrou com toda sua força dois meses depois de seu retorno de Moscou. Porém, o erro que cometera decorria não apenas de ele não ter pensado na casualidade, mas também de que, até esse encontro com a esposa moribunda, ele não conhecia o próprio coração. Junto ao leito da esposa doente, pela primeira vez na vida, entregara-se àquele sentimento de compaixão enternecida que o sofrimento alheio despertava nele, e do qual antes se envergonhava, como uma fraqueza danosa; a pena dela, o arrependimento por ter desejado sua morte e, principalmente, a própria alegria de perdoar fizeram com que ele de repente sentisse não apenas a mitigação de seus sofrimentos, como uma tranquilidade espiritual que nunca antes experimentara. De repente, sentiu que a fonte de seus sofrimentos se tornara a fonte de seu contentamento espiritual, que aquilo que parecia insolúvel enquanto ele condenava, recriminava e odiava, tornava-se simples e claro quando ele perdoava e amava.

Perdoou a esposa e teve pena dela por seu sofrimento e arrependimento. Perdoou Vrônski e teve pena dele, especialmente depois que lhe chegaram boatos de sua tentativa desesperada. Tinha mais pena do filho do que antes, e se recriminava por se ocupar muito pouco dele. Porém, para com a pequena menina recém-nascida, experimentava um sentimento especial, não apenas de pena, como também de ternura. Inicialmente, apenas por um sentimento de compaixão, ocupou-se da recém-nascida debilitada, que não era sua filha, fora deixada de lado durante a doença da mãe e provavelmente teria morrido se ele não tivesse cuidado dela — e ele mesmo não reparou como começou a amá-la. Algumas vezes por dia, ia ao quarto das crianças e ficava lá longamente, de modo que a ama de leite e a babá, que no começo ficavam acanhadas, habituaram-se a ele. Às vezes, ficava uma meia hora em silêncio, olhando para o rostinho vermelho de açafrão, felpudo e enrugado do bebê adormecido, observando os movimentos da testa franzida e das mãozinhas roliças de dedos dobrados que, com as palmas para cima, esfregavam os olhinhos e o intercílio. Nessas horas, em especial, Aleksei Aleksândrovitch sentia-se absolutamente tranquilo e de acordo consigo mesmo, e não via na situação nada de extraordinário, nada que devesse mudar.

Porém, quanto mais o tempo passava, via com maior clareza que, por mais natural que essa situação fosse para ele, não lhe seria permitido ficar assim. Sentia que, além da benéfica força espiritual que guiava sua alma, havia uma outra, rude, tão ou mais poderosa, que guiava sua vida, e que essa força não lhe concederia a tranquilidade humilde que ele desejava. Sentia que todos o encaravam com um espanto interrogativo, que não o compreendiam e esperavam algo dele. Sentia em especial a falta de solidez e de naturalidade de sua relação com a esposa.

Quando passou o abrandamento causado pela proximidade da morte, Aleksei Aleksândrovitch notou que Anna o temia, incomodava-se com ele, e não conseguia fitá-lo direto nos olhos. Era como se ela desejasse lhe dizer algo e não se decidisse a isso, e também, como que pressentindo que suas relações não podiam se prolongar, esperasse algo dele.

No final de fevereiro, deu-se que a filha recém-nascida de Anna, também chamada Anna, adoeceu. Aleksei Aleksândrovitch esteve no quarto das crianças pela manhã e, depois de mandar buscarem um médico, foi ao ministério. Ao concluir seus assuntos, voltou para casa às três horas. Ao ingressar na antessala, avistou um belo criado de galões e pelerine de urso, segurando um casaco feminino de pelo de cão americano.

— Quem está aí? — perguntou Aleksei Aleksândrovitch.

— A princesa Elisavieta Fiódorovna Tverskáia — respondeu o lacaio, com o que Aleksei Aleksândrovitch teve a impressão de ser um sorriso.

Durante todo seu tempo de dificuldades, Aleksei Aleksândrovitch observou que seus conhecidos da sociedade, especialmente as mulheres, demonstraram interesse especial nele e na esposa. Notou em todos esses conhecidos um contentamento difícil de esconder, o mesmo contentamento que vira nos olhos do advogado e, agora, nos olhos do lacaio. Era como se todos estivessem em êxtase, como se alguém estivesse se casando. Quando o encontravam, perguntavam-lhe da saúde dela com esse contentamento mal dissimulado. A presença da princesa Tverskáia, devido às lembranças ligadas a ela, e devido a não apreciá-la em geral, desagradou Aleksei Aleksândrovitch, e ele se encaminhou direto aos aposentos das crianças. No primeiro quarto, Serioja, deitado de bruços na mesa e com os pés em uma cadeira, desenhava e falava com alegria. A inglesa, que substituíra a francesa durante a doença de Anna, e estava sentada ao lado do menino com um rendilhado de crochê, levantou-se apressadamente, colocou Serioja sentado e virou-o.

Aleksei Aleksândrovitch fez um carinho com a mão nos cabelos do filho, respondeu às perguntas da governanta sobre a saúde da esposa e perguntou o que o médico tinha falado a respeito do *baby*.

— O doutor disse que não era nada perigoso e prescreveu banhos, senhor.

— Mas ela continua sofrendo — disse Aleksei Aleksândrovitch, apurando o ouvido aos berros do bebê, no quarto vizinho.

— Acho que a ama de leite não presta, senhor — disse a inglesa, resoluta.

— Por que acha isso? — ele perguntou, detendo-se.

— Foi assim com a condessa Paul, senhor. Medicaram o bebê, e revelou-se que ele estava simplesmente com fome: a ama não tinha leite, senhor.

Aleksei Aleksândrovitch ficou pensativo e, depois de alguns segundos parado, entrou pela outra porta. A menina estava deitada, com a cabeça jogada, crispada nos braços da ama de leite, e não queria nem pegar o peito gordo que lhe era oferecido, nem se calar, apesar dos pedidos redobrados de silêncio da ama de leite e da babá, que se inclinavam sobre ela.

— Não melhorou nada? — disse Aleksei Aleksândrovitch.

— Está muito irrequieta — respondeu a babá, sussurrando.

— *Miss* Edward disse que talvez a ama não tenha leite — disse.

— Também acho, Aleksei Aleksândrovitch.

— Então por que não diz?

— Dizer a quem? Anna Arkádievna continua mal de saúde — disse a babá, a contragosto.

A babá era uma velha criada da casa. Nessas suas palavras simples, Aleksei Aleksândrovitch também viu uma alusão à sua situação.

O bebê gritava ainda mais alto, girando e rouquejando. A babá, abanando os braços, foi até ele, tomou-o dos braços da ama de leite e se pôs a embalá-lo enquanto andava.

— É preciso pedir ao doutor que examine a ama de leite — disse Aleksei Aleksândrovitch.

De aspecto saudável e bem-vestida, a ama de leite, com medo de ser despedida, murmurou algo para si mesma e, ocultando o peito grande, riu-se com desprezo das dúvidas sobre o seu leite. Nesse riso, Aleksei Aleksândrovitch também encontrou uma alusão à sua situação.

— Bebê infeliz! — disse a babá, pedindo silêncio ao bebê, e continuando a andar.

Aleksei Aleksândrovitch se sentou na cadeira e, com um rosto sofredor e triste, observava a babá ir para a frente e para trás.

Quando o bebê, que finalmente havia ficado silencioso, foi colocado na caminha funda, e a babá, depois de arrumar o travesseirinho, se afastou dele, Aleksei Aleksândrovitch se levantou e, na ponta dos pés, com dificuldade, acercou-se do bebê. Ficou calado por um minuto, contemplando o bebê com o mesmo rosto triste; porém, de repente, um sorriso, movendo seus cabelos e a pele da testa, apareceu em seu rosto, e ele saiu do quarto no mesmo silêncio.

Na sala de jantar, tocou a campainha e ordenou ao criado que entrou mandar buscar novamente o doutor. Enfadava-se com a mulher por não se preocupar com aquele bebê encantador, e nesse estado de enfado não tinha vontade de ir até ela, como tampouco tinha vontade de ver a princesa Betsy; contudo, a esposa podia ficar espantada por ele não ir até ela, como de hábito e, por isso, fazendo um esforço, ele se encaminhou ao dormitório. Ao se dirigir à porta pelo tapete macio, ouviu involuntariamente uma conversa que não queria escutar.

— Se ele não tivesse ido embora, eu compreenderia a sua recusa, e também a dele. Mas o seu marido deve estar acima disso — disse Betsy.

— Não é pelo marido, é por mim mesma que não quero. Não diga isso! — respondeu a voz perturbada de Anna.

— Sim, mas a senhora não pode não querer se despedir de um homem que se deu um tiro por sua causa...

— Por isso é que não quero.

Com expressão assustada e culpada, Aleksei Aleksândrovitch parou e quis retroceder sem ser notado. Porém, refletindo que seria indigno, virou-se novamente e, pigarreando, encaminhou-se para o quarto. As vozes silenciaram, e ele entrou.

Anna, de roupão cinza, com os cabelos negros e espessos cortados curtos, caídos em escova sobre a cabeça redonda, estava sentada em um canapé. Como sempre, ao ver o marido, a animação de seu rosto sumiu de repente; baixou a cabeça e olhou para Betsy, intranquila. Betsy, vestida de acordo com a última moda, com um chapéu que pairava em algum lugar acima de sua cabeça, como uma redoma acima de uma lâmpada, e um vestido cor de pombo com faixas oblíquas e nítidas no corpete do vestido, de um lado, e na saia, de outro lado, estava sentada junto a Anna, mantinha aprumado seu talhe plano e alto e, inclinando a cabeça, recebeu Aleksei Aleksândrovitch com um riso zombeteiro.

— Ah! — disse, como se se espantasse. — Estou muito contente pelo senhor estar em casa. O senhor não se mostra em lugar nenhum, e não o via desde a doença de Anna. Ouvi falar de tudo, de todo seu desvelo. Sim, o senhor é um marido assombroso! — ela disse, com ar significativo e afetuoso, como se lhe entregasse uma condecoração de magnanimidade pela conduta para com a mulher.

Aleksei Aleksândrovitch inclinou-se, frio, e, beijando a mão da esposa, perguntou de sua saúde.

— Parece-me que estou melhor — ela respondeu, evitando seu olhar.

— Porém, a cor do seu rosto é algo febril — ele disse, acentuando a palavra "febril".

— Fiquei falando demais com ela — disse Betsy —, sinto que é egoísmo de minha parte, e vou-me embora.

Ela se levantou, porém Anna, corando de repente, segurou-a rapidamente pela mão.

— Não, fique, por favor. Preciso dizer à senhora... não, a vocês — dirigiu-se a Aleksei Aleksândrovitch, e o rubor cobriu seu pescoço e testa. — Não quero e não posso ter nenhum segredo para com o senhor — ela disse.

— Betsy disse que o conde Vrônski quer estar em nossa casa para se despedir antes de sua partida para Tachkent. — Não olhava para o marido, e visivelmente se apressava para dizer tudo, de tão difícil que era. — Eu disse que não posso recebê-lo.

— A senhora disse, minha amiga, que isso dependeria de Aleksei Aleksândrovitch — corrigiu-a Betsy.

— Mas não, não posso recebê-lo, e isso não teria propósito... — Deteve-se de repente e fitou o marido interrogativamente (ele não estava olhando para ela). — Em suma, não quero.

Aleksei Aleksândrovitch se moveu e quis pegar na sua mão.

Seu primeiro movimento foi retirar a mão da mão úmida, com grandes veias inchadas, que a buscava; porém, com esforço visível, apertou a mão dele.

— Sou muito grato à senhora pela confiança, mas... — disse, com embaraço e uma sensação de enfado, porque aquilo que ele poderia decidir sozinho, de forma fácil e clara, não podia discutir na frente da princesa Tverskáia, que, para ele, representava a personificação daquela força rude que devia guiar sua vida aos olhos da sociedade, e atrapalhava que ele se entregasse a seu sentimento de amor e perdão. Deteve-se, olhando para a princesa Tverskáia.

— Pois bem, adeus, meu encanto — disse Betsy, levantando-se. Beijou Anna e saiu. Aleksei Aleksândrovitch acompanhou-a.

— Aleksei Aleksândrovitch! Conheço-o como um homem francamente magnânimo — disse Betsy, parando na pequena sala de visitas e apertando sua mão de novo, de modo especialmente forte. — Sou uma pessoa de fora, mas eu a amo e o respeito tanto que me permito dar um conselho. Receba-o. Aleksei é a personificação da honra, e ele está de partida para Tachkent.

— Sou-lhe grato, princesa, por sua simpatia e seus conselhos. Porém, a questão sobre a esposa poder ou não poder recebê-lo, ela mesma é que decide.

Disse aquilo por hábito, erguendo as sobrancelhas com dignidade, e de imediato pensou que, fossem quais fossem suas palavras, não podia haver dignidade em sua situação. Viu isso no riso contido, perverso e zombeteiro com o qual Betsy o encarou depois de sua frase.

XX

Aleksei Aleksândrovitch fez uma reverência a Betsy na sala e foi até a esposa. Ela estava deitada, porém, ao ouvir os passos dele, apressadamente se sentou, em sua posição anterior, e fitou-o, assustada. Ele viu que ela chorava.

— Sou muito grato a você pela confiança em mim — ele repetiu, dócil, em russo, a frase que dissera em francês na frente de Betsy, e se sentou ao lado dela. Quando ele falou russo, chamando-a de "você", esse "você" causou uma irritação insuportável em Anna. — E sou muito grato pela sua decisão. Também creio que, já que ele vai embora, não há nenhuma necessidade de o conde Vrônski vir aqui. Aliás...

— Mas isso eu já disse, para que repetir? — Anna interrompeu-o, de repente, com uma irritação que não conseguia conter. "Nenhuma necessidade — ela pensou — de um homem vir se despedir da mulher que ama, pela qual quis morrer e se arruinou, e que não pode viver sem ele. Não há nenhuma necessidade!" Apertou os lábios e baixou os olhos brilhantes para as mãos dele, de veias inchadas, que se esfregavam devagar.

— Jamais falemos disso — ela acrescentou, mais calma.

— Deixei para você resolver a questão, e fico muito contente em ver... — quis começar Aleksei Aleksândrovitch.

— Que o meu desejo coincide com o seu — ela terminou, rápido, irritada por ele falar tão devagar, além do mais por saber de antemão o que ele diria.

— Sim — ele confirmou —, e a princesa Tverskáia se mete de forma completamente despropositada nos assuntos domésticos mais difíceis. Em particular, ela...

— Não acredito em nada que falam dela — disse Anna, rápido. — Sei que ela gosta de mim de verdade.

Aleksei Aleksândrovitch suspirou e ficou calado. Ela brincava, irrequieta, com a borla do roupão, fitando-o com a sensação aflitiva de repulsa física por ele, pela qual se recriminava, mas que não conseguia superar. Agora, só queria uma coisa — ser liberada daquela presença abominável.

— Acabei de mandar chamar o doutor — disse Aleksei Aleksândrovitch.

— Estou bem; para que preciso de médico?

— Não, a pequena está berrando, e dizem que a ama tem pouco leite.

— Por que você não me deixou amamentar, quando eu estava implorando? De qualquer forma (Aleksei Aleksândrovitch entendeu o que queria dizer esse "de qualquer forma"), ela é um bebê, e a estão matando. — Tocou a campainha e ordenou que trouxessem o bebê. — Pedi para amamentar, não me deixaram, e agora estão me recriminando.

— Não estou...

— Não, o senhor está me recriminando! Meu Deus! Por que não morri? — E prorrompeu em soluços. — Perdoe-me, estou irritada, estou sendo injusta — ela disse, recobrando-se. — Mas vá embora...

"Não, isso não pode ficar assim" — Aleksei Aleksândrovitch disse para si, decidido, separando-se da esposa.

Nunca a impossibilidade de sua situação aos olhos da sociedade, o ódio da esposa por ele e o poder geral daquela força rude e secreta que, em contradição com seu estado de espírito, guiava sua vida e exigia o cumprimento de sua vontade e a mudança de sua relação com a esposa, havia se apresentado a ele de forma tão evidente como agora. Via com clareza que toda a sociedade e a esposa exigiam-lhe alguma coisa, mas não conseguia entender exatamente o quê. Sentia que, por causa disso, erguia-se em sua alma um sentimento de raiva, que lhe arruinava a tranquilidade e todo o mérito de sua façanha. Sentia que, para Anna, era melhor interromper as relações com Vrônski, porém, se todos achavam aquilo impossível, estava pronto para voltar a admitir tais relações, desde que não cobrisse as crianças de vergonha, não o privasse delas nem mudasse sua situação. Por pior que aquilo fosse, ainda seria melhor do que um rompimento, que a deixaria em uma situação sem saída, infame, e ele mesmo privado de tudo o que amava. Sentia-se, porém, impotente; sabia de antemão que todos estavam contra ele e não lhe permitiriam fazer o que agora lhe parecia tão natural e bom, forçando-o a fazer o que era ruim, porém consideravam necessário.

XXI

Betsy ainda não tinha saído da sala quando Stepan Arkáditch, recém-chegado do Ielissêiev, onde tinham recebido ostras frescas, encontrou-a à porta.

— Ah! Princesa! Que encontro agradável! — disse. — E eu estive na sua casa.

— Um encontro de um minuto, pois estou indo embora — disse Betsy, sorrindo e calçando a luva.

— Espere, princesa, não calce a luva, deixe-me beijar a sua mão. O retorno de nenhuma moda antiga me deixa tão grato quanto o beija-mão. — Beijou a mão de Betsy. — Quando nos vemos, então?

— O senhor não merece — respondeu Betsy, rindo.

— Não, mereço muito, pois me tornei o mais sério dos homens. Não apenas dou um jeito nos meus assuntos domésticos, como também nos dos outros — disse, com uma expressão facial significativa.

— Ah, fico muito contente! — Betsy respondeu, compreendendo de imediato que estava falando de Anna. E, voltando da sala, pararam em um canto. — Ele vai matá-la — disse Betsy, com um sussurro significativo. — Isso é impossível, impossível...

— Estou contente por a senhora pensar assim — disse Stepan Arkáditch, meneando a cabeça com uma expressão facial séria, sofredora e compadecida. — Vim a São Petersburgo para isso.

— A cidade inteira está falando disso — ela disse. — É uma situação impossível. Ela está definhando, definhando. Ele não entende que ela é uma dessas mulheres que não conseguem brincar com seus sentimentos. Das duas, uma: ou a carrega consigo, com energia, ou concede o divórcio. Mas isso está sufocando-a.

— Sim, sim... exatamente... — disse Oblônski, suspirando. — Vim por causa disso. Ou seja, não propriamente para isso... Fizeram-me *Kammerjunker*, pois bem, tinha que agradecer. Mas o principal é que preciso dar um jeito nisso.

— Pois bem, que Deus o ajude! — disse Betsy. Depois de acompanhar a princesa Betsy até o vestíbulo, beijar sua mão de novo acima da luva, lá onde o pulso bate, e dizer-lhe disparates tão indecorosos que ela já não sabia se ficava brava ou ria, Stepan Arkáditch foi até a irmã. Surpreendeu-a em lágrimas.

Apesar do humor radiante de alegria em que se encontrava, Stepan Arkáditch adotou de imediato, e com naturalidade, o tom de compaixão e excitação poética que combinava com o estado de espírito dela. Perguntou de sua saúde, e como passara a manhã.

— Muito mal. O dia, a manhã, todos os dias passados e futuros — ela disse.

— Tenho a impressão de que você está se entregando a um estado sombrio. Precisa se animar, precisa encarar a vida de frente. Sei que é duro, mas...

— Ouvi dizer que as mulheres amam as pessoas até por seus vícios — começou Anna, de repente —, mas eu o odeio por suas virtudes. Não posso viver com ele. Entenda-me, vê-lo me afeta fisicamente, eu saio de mim. Não posso, não posso viver com ele. O que vou fazer? Fui infeliz e achava que não podia ser mais infeliz, mas esse estado horrível por que estou passando agora, eu não podia imaginar. Você consegue acreditar que eu, sabendo que ele é uma pessoa boa e magnífica, que não valho nem uma unha dele, mesmo assim o odeio? Eu o odeio por sua magnanimidade. E não me resta nada além da...

Quis dizer morte, porém Stepan Arkáditch não a deixou concluir.

— Você está doente e irritada — disse. — Acredite, você está exagerando muito. Não há nada de terrível aí.

E Stepan Arkáditch sorriu. Ninguém, no lugar de Stepan Arkáditch, que estivesse tratando com tamanho desespero, teria se permitido sorrir (o sorriso teria se mostrado rude), porém, no seu sorriso, havia tanta bondade, e uma ternura quase feminina, que não ofendia, mas aliviava e tranquilizava. Sua fala e sorriso calmos e tranquilizadores tiveram um efeito de alívio e apaziguamento, como óleo de amêndoas. E Anna logo o sentiu.

— Não, Stiva — ela disse. — Estou acabada, acabada! Pior do que acabada. Ainda não estou acabada, não posso dizer que tudo terminou, pelo contrário, sinto que não terminou. Sou como uma corda esticada, que tem de rebentar. Mas ainda não acabou... e vai acabar de forma terrível.

— Não é nada, dá para ir soltando a corda aos pouquinhos. Não existe situação da qual não haja saída.

— Eu pensei, pensei. Só uma coisa...

Por seu olhar assustado, ele voltou a entender que aquela única saída, na opinião dela, era a morte, e não a deixou concluir.

— De jeito nenhum — ele disse. — Com licença. Você não consegue ver a sua situação tão bem como eu. Permita-me manifestar minha opinião com franqueza. — Voltou a abrir, com cuidado, seu sorriso de amêndoa. — Vou começar do começo: você se casou com um homem doze anos mais velho. Você se casou sem amor, ou sem conhecer o amor. Isso foi um erro, vamos admitir.

— Um erro horrível! — disse Anna.

— Mas eu repito: é um fato consumado. Depois você teve, digamos, a infelicidade de amar quem não era o seu marido. É uma infelicidade: mas também é um fato consumado. E o seu marido reconheceu e perdoou isso. — Parava depois de cada frase, aguardando a réplica dela, que, contudo, nada respondia. — É isso. Agora, a questão é a seguinte: você pode continuar a viver com seu marido? Você quer isso? Ele quer isso?

— Eu não sei de nada, de nada.

— Mas você mesma disse que não consegue suportá-lo.

— Não, eu não disse. Eu nego. Não sei de nada, não entendo nada.

— Sim, mas permita...

— Você não pode compreender. Sinto que estou caindo de cabeça em um precipício, mas não devo me salvar. Nem posso.

— Nada disso, nós vamos nos esticar e agarrá-la. Eu a entendo, entendo que você não pode se obrigar a exprimir seus desejos, seus sentimentos.

— Não desejo nada, nada... apenas que tudo acabe.

— Mas ele vê e sabe disso. E você acha por acaso que ele se incomoda com isso menos do que você? Você se aflige, ele se aflige, e no que isso pode dar? Quando então um divórcio solucionaria tudo — não sem esforço, Stepan Arkáditch manifestou a ideia principal, olhando-a de forma significativa.

Ela não respondeu nada, e meneou a cabeça de cabelos curtos negativamente. Porém, pela expressão que de repente iluminou seu rosto com a antiga beleza, ele viu que ela só não queria aquilo porque lhe parecia uma felicidade impossível.

— Estou com uma pena terrível de você! E como ficaria feliz se desse um jeito nisso! — disse Stepan Arkáditch, com um sorriso ainda mais ousado. — Não diga, não diga nada! Que Deus me permita falar de acordo com meu sentimento. Vou até ele.

Anna fitou-o com seus olhos pensativos e brilhantes, e não disse nada.

XXII

Stepan Arkáditch, com a mesma cara algo solene com que se sentava na poltrona presidencial de sua repartição, entrou no gabinete de Aleksei Aleksândrovitch. Aleksei Aleksândrovitch, com as mãos nas costas, caminhava pelo aposento e pensava no mesmo assunto de que Stepan Arkáditch tratara com sua esposa.

— Não estou incomodando? — disse Stepan Arkáditch que, ao ver o cunhado, experimentava uma sensação de embaraço que não lhe era habitual. Para ocultar esse embaraço, sacou uma cigarreira recém-comprada, que se abria de um jeito novo e, cheirando o couro, tirou uma *papirossa*.

— Não. Você precisa de algo? — respondeu Aleksei Aleksândrovitch, a contragosto.

— Sim, eu queria... eu preciso con... sim, preciso conversar — disse Stepan Arkáditch, sentindo, com espanto, um acanhamento incomum.

Essa sensação era tão inesperada e estranha que Stepan Arkáditch não acreditou que fosse a voz da consciência a lhe dizer que o que ele tencionava fazer era ruim. Stepan Arkáditch fez um esforço e dominou o acanhamento que o acometera.

— Espero que você acredite no meu amor por minha irmã e na minha franca afeição e respeito por você — ele disse, corando.

Aleksei Aleksândrovitch se deteve, sem responder nada, porém seu rosto espantou Stepan Arkáditch pela expressão de sacrifício resignado.

— Eu tencionava... eu queria conversar sobre minha irmã e a relação de vocês — disse Stepan Arkáditch, ainda tendo que lutar com a timidez incomum.

Aleksei Aleksândrovitch deu um sorriso triste, contemplou o cunhado e, sem responder, foi até a mesa, pegou uma carta inacabada e entregou.

— Não paro de pensar na mesma coisa. Veja o que comecei a escrever, supondo que diria melhor por escrito, e que minha presença a irritaria — disse, entregando a carta.

Stepan Arkáditch apanhou a carta, fitou com admiração perplexa os olhos turvos que se detinham nele, imóveis, e começou a ler. "Vejo que minha presença lhe pesa. Por mais duro que seja me convencer disso, vejo que é assim, e não pode ser diferente. Não a culpo, e Deus é testemunha de que, ao vê-la durante sua doença, decidi do fundo do coração esquecer tudo que houve entre nós, e iniciar uma vida nova. Não me arrependo, e jamais me arrependerei do que fiz; porém, desejei apenas uma coisa, o seu bem, o bem de sua alma, e agora vejo que não consegui. Diga-me o que lhe propiciará a verdadeira felicidade e a tranquilidade de seu espírito. Entrego-me por inteiro à sua vontade e ao seu senso de justiça."

Stepan Arkáditch devolveu a carta e continuou a fitar o cunhado com a mesma perplexidade, sem saber o que falar. Esse silêncio era tão incômodo para ambos que, nos lábios de Stepan Arkáditch, enquanto ele não falava, sem tirar os olhos do rosto de Kariênin, produziu-se um tremor doentio.

— Isso é o que eu queria dizer a ela — disse Aleksei Aleksândrovitch, virando-se.

— Sim, sim — disse Stepan Arkáditch, sem forças para responder devido às lágrimas que lhe subiam à garganta. — Sim, sim. Eu o entendo — proferiu, finalmente.

— Desejo saber o que ela quer — disse Aleksei Aleksândrovitch.

— Temo que ela mesma não entenda sua situação. Ela não é juíza — disse Stepan Arkáditch, recompondo-se. — Ela está esmagada, precisamente esmagada pela sua magnanimidade. Caso leia esta carta, não terá forças para dizer nada, apenas vai dobrar a cabeça ainda mais baixo.

— Sim, mas então o que fazer nesse caso? Como explicar... como conhecer o desejo dela?

— Se me permite exprimir minha opinião, acho que depende de você indicar diretamente as medidas que acha necessárias para pôr fim a essa situação.

— Consequentemente, você acha que é preciso pôr um fim a ela? — interrompeu-o Aleksei Aleksândrovitch. — Mas como? — ele acrescentou, fazendo um gesto incomum, com a mão na frente dos olhos. — Não vejo nenhuma saída possível.

— Para toda situação há saída — disse Stepan Arkáditch, levantando-se e se animando. — Houve uma época em que você queria romper... Se agora você estiver convicto de que não pode proporcionar a felicidade a ambos...

— A felicidade pode ser entendida de diversas formas. Mas suponhamos que eu esteja de acordo com tudo, que eu não queira nada. Qual é a saída da nossa situação?

— Se você quiser saber minha opinião — disse Stepan Arkáditch, com o mesmo sorriso aliviador, amendoado e meigo com que falara com Anna. Aquele sorriso bondoso era tão convincente que Aleksei Aleksândrovitch, sem querer, sentindo sua fraqueza e se submetendo a ele, estava pronto para acreditar no que Stepan Arkáditch diria. — Ela jamais vai dizê-lo. Mas uma coisa é possível, uma coisa ela pode querer — prosseguiu Stepan Arkáditch —: a interrupção da relação e de todas as lembranças ligadas a ela. Acho que, na sua posição, é indispensável o esclarecimento de novas relações mútuas. E essas relações só podem se estabelecer com liberdade de ambas as partes.

— O divórcio — interrompeu Aleksei Aleksândrovitch, com repulsa.

— Sim, creio que seja o divórcio. Sim, o divórcio — repetiu Stepan Arkáditch, corando. — Por todos os aspectos, é a saída mais racional para cônjuges que se encontram nas mesmas relações que vocês. Que fazer se os cônjuges acham que sua vida em comum é impossível? Isso sempre pode acontecer. — Aleksei Aleksândrovitch suspirou pesadamente e fechou os olhos. — Aqui só entra uma consideração: um dos cônjuges deseja contrair novo matrimônio? Se não, tudo é muito simples — disse Stepan Arkáditch, cada vez mais liberado do constrangimento.

Aleksei Aleksândrovitch, enrugado de nervosismo, proferiu algo para si mesmo e não respondeu nada. Tudo o que parecia tão simples a Stepan Arkáditch, Aleksei Aleksândrovitch pensara milhares e milhares de vezes. E tinha a impressão de que tudo aquilo não apenas não era tão simples, como absolutamente impossível. O divórcio, cujos detalhes já conhecia, agora lhe parecia impossível, pois o sentimento de dignidade pessoal e respeito pela religião não lhe permitiam aceitar uma acusação fictícia de adultério contra si mesmo, menos ainda admitir que a esposa, que fora perdoada e amada por ele, fosse flagrada e coberta de ignomínia. O divórcio se apresentava como impossível também por outros motivos, mais importantes.

O que seria do filho em caso de divórcio? Deixá-lo com a mãe era impossível. A mãe divorciada teria outra família, ilegal, na qual a posição e educação do enteado seriam, segundo todas as probabilidades, ruins. Mantê-lo consigo? Sabia que seria vingança de sua parte, e ele não queria. Mas, além disso, o divórcio parecia mais impossível para Aleksei Aleksândrovitch porque, concordando com isso, arruinaria Anna. Calavam-lhe na alma as palavras ditas por Dária Aleksândrovna em Moscou, de que, ao decidir pelo divórcio, ele estava pensando em si, sem pensar que, dessa forma, iria arruiná-la de forma irrecuperável. E, ao associar essas palavras a seu perdão, a seu afeto pelas crianças, agora as compreendia à sua maneira. Concordar com o divórcio, dar-lhe liberdade significava, no seu entendimento, tirar de si a última ligação com a vida das crianças que amava e, dela, o último apoio no caminho da verdade, e empurrá-la para a ruína. Sabia que, se fosse uma mulher divorciada, ela se uniria a Vrônski, e essa ligação seria ilegal e criminosa, pois a esposa, segundo a lei da igreja, não pode contrair matrimônio enquanto o marido está vivo. "Vai se unir a ele e, em um ou dois anos, ele vai largá-la, ou ela vai entrar em uma nova relação — pensava Aleksei Aleksândrovitch. — E eu, concordando com um divórcio ilegal, serei culpado pela sua ruína." Pensara em tudo aquilo centenas de vezes, e estava convicto de que a questão do divórcio não apenas não era tão simples como dizia o cunhado, como absolutamente impossível. Não acreditava em uma palavra de Stepan Arkáditch, tinha milhares de refutações para cada uma delas, porém o escutava, sentindo que suas palavras exprimiam aquela força rude e poderosíssima que guiava sua vida, e à qual tinha que se submeter.

— A questão é apenas em que condições você concorda em se divorciar. Ela não quer nada, não ousa pedir, deixa tudo à sua magnanimidade.

"Meu Deus! Meu Deus! Para quê?" — pensou Aleksândrovitch, recordando os detalhes do divórcio em que o marido assumia a culpa e, com o mesmo gesto de Vrônski, cobriu o rosto, de vergonha.

— Você está emocionado, eu entendo. Porém, se você refletir...

"Ao que te ferir numa face, oferece-lhe também a outra. Ao que te tirar o manto, não o impeças de levar também a túnica"[15] — pensou Aleksei Aleksândrovitch.

— Sim, sim! — gritou, com voz esganiçada. — Tomarei a ignomínia sobre mim, entregarei até o filho, mas... mas não seria melhor deixar isso de lado? Aliás, farei o que você quiser...

E, afastando-se do cunhado, para que este não pudesse vê-lo, sentou-se em uma cadeira junto à janela. Estava amargurado, estava envergonhado; porém, junto com o pesar e a vergonha, sentia alegria e comoção perante a elevação de sua humildade.

Stepan Arkáditch estava tocado. Ficou em silêncio.

— Aleksei, creia que ela vai valorizar a sua magnanimidade — disse. — Mas, pelo visto, era a vontade divina — acrescentou e, ao dizê-lo, sentiu que tinha sido tolo, e teve dificuldade em conter um sorriso pela própria tolice.

Aleksei Aleksândrovitch quis dizer algo, porém as lágrimas impediram-no.

— Trata-se de uma infelicidade funesta, que é preciso admitir. Admito essa infelicidade como um fato consumado, e me esforçarei por ajudar você e ela — disse Stepan Arkáditch.

Ao sair do aposento do cunhado, Stepan Arkáditch estava tocado, mas isso não o impediu de ficar satisfeito por ter levado a cabo o assunto com êxito, pois estava convicto de que Aleksei Aleksândrovitch não renegaria suas palavras. A essa satisfação, somava-se que lhe viera a ideia de que, quando o caso estivesse resolvido, faria uma pergunta à esposa e aos conhecidos mais próximos: "Qual a diferença entre mim e o soberano? O soberano faz separações e não melhora para ninguém, enquanto eu fiz uma separação e melhorou para três... Ou: qual a semelhança entre mim e o soberano? Quando... Aliás, vou pensar melhor" — disse para si mesmo, com um sorriso.

---

[15] Lucas 6:29. (N. do T.)

XXIII

A ferida de Vrônski era perigosa, embora não chegasse ao coração. Por alguns dias, ele se encontrou entre a vida e a morte. Quando esteve pela primeira vez em condições de falar, apenas Vária, a esposa do irmão, estava em seu quarto.

— Vária! — disse, fitando-a com severidade. — Atirei em mim mesmo sem querer. E, por favor, nunca falemos disso, e diga isso a todos. Pois é estúpido demais!

Não respondendo a suas palavras, Vária se inclinou sobre ele e, com um sorriso contente, examinou seu rosto. Os olhos estavam reluzentes, nada febris, porém sua expressão era severa.

— Ufa, graças a Deus! — ela disse. — Não está com dor?

— Um pouco, aqui. — Apontou para o peito.

— Então me deixe fazer o curativo.

Contraindo em silêncio as largas maçãs do rosto, ele a contemplou enquanto lhe fazia o curativo. Quando ela terminou, ele disse:

— Não estou delirando; por favor, faça com que não haja falatório sobre eu ter me dado um tiro de propósito.

— Ninguém vai nem falar. Só espero que você não atire mais sem querer — ela disse, com um sorriso interrogativo.

— Não devo mais fazer, mas teria sido melhor... — E deu um riso sombrio.

Apesar dessas palavras e do sorriso, que tanto assustaram Vária, quando passou a inflamação e ele começou a convalescer, sentiu que estava totalmente liberto daquela parte de seu pesar. Com aquela conduta, era como se tivesse se lavado da vergonha e da humilhação que antes experimentava. Agora conseguia pensar com calma em Aleksei Aleksândrovitch. Reconhecia toda a sua magnanimidade, e já não se sentia humilhado. Além disso, sua vida voltara aos eixos anteriores. Via a possibilidade de olhar nos olhos das pessoas sem vergonha, e podia viver guiado por seus hábitos. A única coisa que não conseguia arrancar do coração, embora não parasse de lutar contra essa sensação, era o pesar, que chegava ao desespero, por tê-la perdido para sempre. Que ele agora, tendo expiado seu pecado perante o marido, teria de renunciar a ela, e nunca se colocar entre ela, seu arrependimento e o marido, estava firmemente resolvido em seu coração; não conseguia, porém, arrancar do coração o pesar pela perda de seu amor, não podia apagar a lembrança daqueles minutos de felicidade que conhecera a seu lado, que então valorizara tão pouco, e que agora o perseguiam com todo seu encanto.

Sierpukhovskói inventara sua nomeação para Tachkent, e Vrônski concordou com a proposta sem a menor hesitação. Porém, quanto mais perto da hora da partida, mais duro lhe parecia o sacrifício que fazia ao que considerava seu dever.

Sua ferida sarou e ele já se pôs a caminho, fazendo preparativos para a partida para Tachkent.

"Vê-la uma vez e depois me enterrar, morrer" — pensava e, fazendo as visitas de despedida, exprimiu essa ideia a Betsy. Com essa embaixada, Betsy fora a Anna, trazendo-lhe a resposta negativa.

"Tanto melhor — pensou Vrônski, ao receber a notícia. — Foi uma fraqueza, que teria arruinado minhas últimas forças."

No dia seguinte, Betsy foi à casa dele em pessoa, pela manhã, e informou que recebera, através de Oblônski, a notícia afirmativa de que Aleksei Aleksândrovitch concederia o divórcio e, portanto, ele poderia vê-la.

Sem se incomodar sequer em acompanhar Betsy até a saída, esquecendo sua resolução, sem perguntar quando seria possível, onde estava o marido, Vrônski foi aos Kariênin de imediato. Subiu as escadas correndo, sem ver nada nem ninguém e, a passos rápidos, mal contendo a carreira, entrou no quarto dela. E, sem pensar nem notar se havia alguém no quarto, abraçou-a e se pôs a cobrir de beijos seu rosto, mãos e pescoço.

Anna preparara-se para aquela entrevista, pensara no que lhe diria, mas não conseguiu dizer nada disso: a paixão dele a dominou. Queria acalmá-lo, acalmar-se, mas já era tarde. O sentimento dele a contagiou. Seus lábios tremiam tanto que ela não conseguia dizer nada.

— Sim, você me conquistou, sou sua — proferiu, por fim, apertando a mão dele contra o peito.

— Assim é que tem de ser! — ele disse. — Enquanto estivermos vivos, tem de ser assim. Agora eu sei.

— É verdade — ela disse, empalidecendo cada vez mais e abraçando-lhe a cabeça. — Mesmo assim, há algo de horrível nisso, depois de tudo o que aconteceu.

— Tudo vai passar, tudo vai passar, seremos tão felizes! Nosso amor, caso pudesse se fortalecer, fortaleceu-se por conter algo de horrível — ele disse, erguendo a cabeça e abrindo um sorriso nos lábios fortes.

E ela não teve como não responder com um sorriso — não às palavras, mas a seus olhos apaixonados. Tomou a mão dele e, com ela, acariciou-se nas faces geladas e cabelos cortados.

— Não a reconheço com esses cabelos curtos. Ficou tão bonita. Um menino. Mas como está pálida.

— Sim, estou muito fraca — ela disse, rindo. E seus lábios voltaram a tremer.

— Vamos para a Itália, você vai se recuperar — ele disse.

— Mas será possível que estaremos como marido e mulher, sozinhos, com a nossa própria família? — ela disse, fitando-o de perto nos olhos.

— Só me espantaria que pudesse ser alguma vez diferente.

— Stiva diz que *ele* está de acordo com tudo, mas não posso aceitar *sua* magnanimidade — ela disse, olhando pensativa para além do rosto de Vrônski. — Não quero o divórcio; agora, para mim, dá tudo na mesma. Só não sei o que ele vai decidir a respeito de Serioja.

Ele não conseguia entender de jeito nenhum como, naquela hora do encontro, ela podia pensar no filho, no divórcio. Afinal, não dava tudo na mesma?

— Não falemos disso, não pense — ele disse, girando a mão dela na sua e tentando chamar sua atenção para si; porém, ela continuava a não olhar para ele.

— Ah, por que eu não morri, teria sido melhor — ela disse e, sem pranto, lágrimas lhe correram por ambas as faces; ela, contudo, tentou sorrir, para não desgostá-lo.

Recusar a nomeação lisonjeira e perigosa para Tachkent teria sido, de acordo com o entendimento anterior de Vrônski, uma ignomínia, e impossível. Mas agora, sem hesitar sequer por um instante, recusou-a e, observando a desaprovação de sua conduta nas instâncias mais altas, deu baixa de imediato.

Dali a um mês, Aleksei Aleksândrovitch ficou sozinho com o filho, em seu apartamento, enquanto Anna partiu para o exterior com Vrônski, sem receber o divórcio e tendo decididamente renunciado a ele.

PARTE V

I

A princesa Scherbátskaia achava que celebrar as bodas antes da quaresma, para a qual faltavam cinco semanas, era impossível, já que não dava para aprontar metade do enxoval nesse período; porém, não tinha como não concordar com Lióvin que, depois da quaresma, seria tarde demais, já que uma velha tia do príncipe Scherbátski estava muito doente, podia morrer logo e, então, o luto retardaria as bodas ainda mais. E, portanto, decidindo repartir o enxoval em duas partes, enxoval grande e pequeno, a princesa concordou em fazer as bodas antes da quaresma. Decidiu preparar toda a parte pequena do enxoval agora, mandando a parte grande depois, e ficou muito zangada com Lióvin por ele não conseguir de jeito nenhum responder, a sério, se estava ou não de acordo com isso. Essa consideração era tanto mais cômoda porque, imediatamente após as bodas, os noivos iriam para o campo, onde as coisas do enxoval grande não seriam necessárias.

Lióvin continuava a se encontrar sempre naquela mesma condição de loucura, na qual tinha a impressão de que ele e sua felicidade constituíam o fim principal e único de tudo que existia, e de que agora não precisava pensar nem se preocupar com nada, pois tudo seria feito e realizado por outros, em seu proveito. Chegava a não possuir nenhum plano ou objetivo para a vida futura; outorgava a decisão disso a outros, sabendo que tudo seria maravilhoso. Seu irmão Serguei Ivânovitch, Stepan Arkáditch e a princesa guiavam-no no que precisava fazer. Ele simplesmente concordava com tudo o que lhe propunham. O irmão tomou dinheiro emprestado para ele, a princesa aconselhou a sair de Moscou depois das bodas. Stepan Arkáditch aconselhou ir para o exterior. Ele estava de acordo com tudo. "Façam o que quiserem, se isso os alegra. Sou feliz e, façam vocês o que quiserem, minha felicidade não pode ser nem maior, nem menor" — pensava. Quando transmitiu a Kitty o conselho de Stepan Arkáditch, de ir para o exterior, ficou muito espantado por ela não concordar, e ter exigências determinadas, referentes à vida futura. Sabia que Lióvin tinha afazeres no campo, que ele amava. Como ele via, ela não apenas não compreendia esses afazeres, como não queria compreender. Isso não a impedia, contudo, de considerar tais afazeres muito importantes. Portanto, sabia que sua casa seria no campo, e desejava ir não para o exterior, onde não iria morar, mas para lá, onde seria sua casa. Essa intenção, manifestada com determinação, espantou Lióvin. Porém, como para ele dava na mesma, pediu imediatamente a Stepan Arkáditch, como se fosse sua obrigação, que se encaminhasse imediatamente para o campo, e organizasse tudo da forma que sabia, com o gosto que tanto tinha.

— Todavia, escute-me — disse, certa vez, Stepan Arkáditch, de regresso do campo, onde organizara tudo para a chegada dos noivos —, você tem atestado de confissão?

— Não. Por quê?

— Sem isso não pode se casar.

— Ai, ai, ai! — gritou Lióvin. — Afinal, acho que não faço o jejum preparatório para a comunhão há dez anos. Nem pensei nisso.

— Que beleza! — disse Stepan Arkáditch, rindo. — E me chama de niilista! Contudo, sem isso não pode. Você tem que fazer o jejum.

— Mas quando? Faltam quatro dias.

Stepan Arkáditch também organizou isso. E Lióvin se pôs a jejuar. Para Lióvin, como um incréu que respeitava as crenças dos outros, a presença e participação em quaisquer cerimônias eclesiásticas era muito difícil. Agora, naquele estado de espírito suscetível a tudo e amolecido em que se encontrava, esse fingimento indispensável era não apenas difícil, como se revelava absolutamente impossível. Agora, em sua condição de glória, de florescimento, deveria ou mentir, ou cometer sacrilégio. Não se sentia em condições de fazer nem uma coisa, nem outra. Porém, por mais que indagasse a Stepan Arkáditch se não dava para receber o certificado sem jejuar, Stepan Arkáditch declarava que aquilo era impossível.

— Mas isso vai lhe custar quanto, dois dias? E ele é um velhinho muito gentil e sábio. Vai lhe arrancar esse dente de um jeito que você não vai nem perceber.

De pé, na primeira missa, Lióvin tentava reavivar as lembranças de juventude, do forte sentimento religioso que vivenciara dos dezesseis aos dezessete anos. Certificou-se, porém, de imediato, que aquilo era completamente impossível. Tentou encarar tudo aquilo como um hábito vazio, desprovido de significado, como o hábito de fazer visitas; sentia, porém, que não conseguiria fazer nem isso. Com relação à religião, Lióvin se encontrava, como a maioria de seus contemporâneos, na mais indeterminada das situações. Acreditar ele não podia e, além disso, estava firmemente convicto de que tudo aquilo era injusto. E, portanto, sem estar em condições de acreditar na importância do que fazia, nem de encarar com indiferença, como uma formalidade vazia, durante todo o tempo de seu jejum experimentava uma sensação de incômodo e vergonha, ao fazer algo que ele mesmo não entendia, e, por isso, como lhe dizia sua voz interior, sentia-se mentiroso e funesto.

Durante o serviço, ora ouvia as orações, tentando lhes atribuir um significado que não divergia de seu ponto de vista, ora, sentindo que não podia entendê-las e devia condená-las, tentava não ouvi-las, ocupando-se de seus pensamentos, observações e lembranças, que lhe vagavam pela cabeça com vivacidade extraordinária enquanto ficava ali de pé, ocioso, na igreja.

Assistira à missa, às vésperas e à vigília noturna e, no dia seguinte, acordando mais cedo que o habitual, sem tomar chá, foi à igreja às oito da manhã, para ouvir o ofício matinal e se confessar.

Na igreja, não havia ninguém além de um soldado mendicante, duas velhinhas e os servidores eclesiásticos. Um diácono jovem, com as duas metades das costas fortemente marcadas sob a sotaina fina, recebeu-o e, imediatamente, indo até uma mesinha do lado da parede, pôs-se a ler as regras. À medida que lia, especialmente devido à repetição frequente e rápida das palavras "Senhor, tende piedade", que soavam como "sordade, sordade", Lióvin sentia que seu pensamento estava trancado e lacrado, e que não devia tocar ou mexer nele, senão resultaria em confusão, por isso, de pé, atrás do diácono, continuava a pensar em suas coisas, sem ouvir nem se aprofundar. "É muito impressionante a expressão das mãos dela" — pensava, lembrando-se de quando tinham sentado, na véspera, à mesa de canto. Como quase sempre acontece nessas horas, não tinham de que falar, e ela, colocando a mão na mesa, abria-a e fechava-a, rindo ao olhar para esse movimento. Ele se lembrava de como tinha beijado aquela mão e, depois, examinara os traços que se cruzavam na palma rosada. "De novo sordade" — pensou Lióvin, fazendo o sinal da cruz, inclinando-se e olhando para o movimento de costas flexível do diácono, que se inclinava. "Depois ela pegou a minha mão e examinou as linhas: — Você tem uma mão esplêndida" — ela disse. E ele olhou para a sua mão, e para a mão curta do diácono. "Sim, agora vai acabar logo" — pensou. "Não, parece que começou de novo" — pensou, apurando o ouvido às orações. "Não, está acabando; ele já está se persignando até o chão. Isso sempre é antes do fim."

Após receber, de forma imperceptível, com a mão no canhão plissado da manga, uma nota de três rublos, o diácono disse que faria o registro e, ressoando com desenvoltura as botas novas na laje da igreja vazia, foi até o altar. Um minuto depois, lançou um olhar de lá e acenou para Lióvin. O pensamento, que até então estava trancado, remexeu-se em sua cabeça, mas ele se apressou em afastá-lo. "De alguma forma, vai se arranjar" — pensou, e foi até o púlpito. Pisou nos degraus e, voltando-se para a direita, avistou o sacerdote. O sacerdote, um velhinho de barbicha rala meio grisalha, olhos bondosos e cansados, estava de pé, junto ao facistol, folheando o missal. Fazendo uma leve inclinação para Lióvin, começou de imediato a ler as orações, com a voz costumeira. Após concluir, persignou-se até o chão e virou o rosto para Lióvin.

— Aqui Cristo está presente, invisível, recebendo a sua confissão — disse, apontando para o crucifixo. — O senhor acredita em tudo que ensina nossa santa igreja apostólica? — prosseguiu o sacerdote, desviando os olhos do rosto de Lióvin e depositando as mãos sob a estola.

— Duvidei, duvido de tudo — afirmou Lióvin, com uma voz que lhe era desagradável, e se calou.

O sacerdote aguardou por alguns instantes se ele diria mais alguma coisa e, fechando os olhos, pronunciando o 'o' de forma breve, como na região de Vladímir, disse:

— A dúvida é uma fraqueza peculiar ao homem, mas devemos orar, para que a misericórdia divina nos fortaleça. Quais são, particularmente, os seus pecados? — acrescentou, sem a menor pausa, como que empenhado em não perder tempo.

— Meu principal pecado é a dúvida. Duvido de tudo e, na maior parte do tempo, encontro-me em dúvida.

— A dúvida é uma fraqueza peculiar ao homem — o sacerdote repetiu as mesmas palavras. — Do que principalmente o senhor duvida?

— Duvido de tudo. Duvido às vezes até da existência de Deus — disse Lióvin, sem querer, horrorizando-se com a indecência do que dissera. Porém, as palavras de Lióvin não pareceram provocar nenhuma impressão no sacerdote.

— Mas quais podem ser as dúvidas sobre a existência de Deus? — ele disse, com um sorriso quase imperceptível.

Lióvin ficou calado.

— Que dúvidas o senhor pode ter a respeito do criador, quando contempla sua criação? — o sacerdote prosseguiu, com sua fala rápida e costumeira. — Quem adornou de luzes a abóbada celeste? Quem vestiu a Terra de sua beleza? Como poderia ser, sem o criador? — disse, olhando Lióvin de forma interrogativa.

Lióvin sentia que seria indecoroso entabular um debate filosófico com o sacerdote e, por isso, deu uma resposta que apenas se referia de forma direta à questão.

— Não sei — disse.

— Não sabe? Então como duvida de que Deus criou tudo? — disse o sacerdote, com perplexidade alegre.

— Não entendo nada — disse Lióvin, corando e sentindo que suas palavras eram tolas, e que não tinham como não ser tolas naquela situação.

— Ore e peça a Ele. Mesmo os pais sagrados tinham dúvidas, e pediam a Deus confirmação de sua fé. O diabo possui uma grande força, e não devemos nos entregar a ele. Ore a Deus, peça a Ele. Ore a Deus — repetiu, apressado.

O sacerdote ficou algum tempo calado, como que meditando.

— O senhor, como ouvi, está se preparando para contrair matrimônio com a filha de meu paroquiano e filho espiritual, o príncipe Scherbátski? — acrescentou, com um sorriso. — Uma moça maravilhosa!

— Sim — respondeu Lióvin, corando por causa do sacerdote. "Para que ele precisa perguntar isso na confissão?" — pensou.

E, como se respondesse a seu pensamento, o sacerdote lhe disse:

— O senhor está se preparando para contrair matrimônio, e Deus talvez vá recompensá-lo com descendentes, não é assim? E então, que educação o senhor poderá dar às suas criancinhas se não derrotar dentro de si a tentação do diabo, que o atrai para a incredulidade? — disse, com censura dócil. — Caso ame a sua prole, então, como um pai bondoso, não desejará apenas riqueza, luxo, honra para seus filhos; desejará sua salvação, sua instrução espiritual para a luz da verdade. Não é? O que vai responder quando a criancinha inocente lhe perguntar: "Papai! Quem criou tudo que me fascina nesse mundo — a terra, as águas, o sol, as flores, a grama?". Por acaso vai lhe dizer: "Não sei"? O senhor não tem como não saber, quando o Senhor Deus, em sua grande misericórdia, lhe revelou isso. Ou seus filhos vão perguntar: "O que me espera na vida além-túmulo?". O que vai lhes dizer, se não sabe de nada? Como vai lhes responder? Vai cedê-los aos encantos do mundo e do diabo? Isso não é bom! — ele disse, e parou, inclinando a cabeça de lado e fitando Lióvin com olhos bondosos e dóceis.

Lióvin não respondeu nada então — não porque não queria travar discussão com o sacerdote, mas porque ninguém lhe fizera tais perguntas; e até o dia em que suas crianças as fizessem, teria ainda tempo de pensar no que responder.

— O senhor está entrando em uma época da vida — prosseguiu o sacerdote — na qual é preciso eleger um caminho e mantê-lo. Ore a Deus para que, em Sua beatitude, ajude-o e tenha piedade — concluiu. "Senhor nosso Deus Jesus Cristo, com a bênção e generosidade de seu amor pelos homens, perdoai este filho..." — E, após terminar a oração de absolvição, o sacerdote o abençoou e o liberou.

De volta para casa, naquele dia, Lióvin experimentou uma sensação de contentamento por aquela situação desconfortável ter terminado, e terminado de um jeito que não tivera de mentir. Além disso, restou-lhe a recordação de que o que o velhinho bondoso e gentil dissera não era tão estúpido como lhe parecera de início, e que ali havia algo que precisava esclarecer.

"Óbvio que não agora — pensou Lióvin —, mas em algum momento, depois." Lióvin, mais do que antes, sentia agora ter algo obscuro e impuro na alma, e que, com relação à religião, encontrava-se na mesma situação que via com tamanha clareza nos outros, e que não lhe agradava, e por causa da qual recriminava seu amigo Sviájski. Ao passar aquela tarde com a noiva e Dolly, Lióvin estava particularmente alegre e, explicando a Stepan Arkáditch o estado de excitação em que se encontrava, disse que estava alegre como um cachorro que tivesse sido adestrado para saltar pelo meio de um aro e que, tendo finalmente entendido e realizado o que se queria dele, saía ganindo, agitando a cauda e saltitando de êxtase pelas mesas e janelas.

II

No dia das bodas, Lióvin, seguindo o costume (a princesa e Dária Aleksândrovna insistiram severamente que todos os costumes fossem observados), não viu a noiva, e almoçou no hotel, com três solteiros que se reuniram a ele por acaso: Serguei Ivânovitch, Katavássov, um colega da universidade, atualmente professor de ciências naturais que, ao encontrar na rua, Lióvin arrastou para junto de si, e Tchírikov, o padrinho de casamento, juiz de paz de Moscou, camarada de Lióvin na caça ao urso. O almoço foi muito alegre. Serguei Ivânovitch estava no melhor dos humores, e se divertiu com a originalidade de Katavássov. Katavássov, sentindo que sua originalidade era valorizada e compreendida, ostentava-a. Alegre e bonachão, Tchírikov sustentava qualquer conversa.

— Pois vejam — disse Katavássov, com o hábito adquirido na catédra de arrastar as palavras — que pessoa capaz era o nosso amigo Konstantin Dmítritch. Estou falando de um ausente, porque ele já não está. Amava então a ciência, na época da saída da universidade, e possuía interesses humanos; já agora, metade de suas capacidades estão direcionadas a se enganar, e a outra metade, a justificar esse engano.

— Um inimigo mais resoluto do casamento do que o senhor, eu nunca vi — disse Serguei Ivânovitch.

— Não, não sou inimigo. Sou amigo da divisão do trabalho. Pessoas que não podem fazer nada devem fazer pessoas, e as restantes, contribuir para sua instrução e felicidade. Esse é o meu entendimento. Misturar esses dois ofícios é um equívoco de amadores, eu não sou um deles.[1]

— Como serei feliz quando ficar sabendo que o senhor se apaixonou! — disse Lióvin. — Por favor, convide-me para as bodas.

— Já estou apaixonado.

— Sim, por uma siba. Você sabe — Lióvin dirigiu-se ao irmão —, Mikhail Semiônitch está escrevendo uma obra sobre nutrição, e...

— Ora, não confunda! Tanto faz sobre o quê. A questão é que amo mesmo a siba.

— Mas ela não o impede de amar a mulher.

— Ela não impede, quem impede é a mulher.

— Como assim?

— O senhor vai ver. Gosta da agricultura, da caça — mas fique de olho!

— Arkhip esteve aqui hoje e disse que em Prúdnoie tem um monte de alces e dois ursos — disse Tchírikov.

— Pois bem, vá pegá-los sem mim.

— Então é verdade — disse Serguei Ivânovitch. — Sim, e pode se despedir de antemão da caça ao urso — a mulher não vai deixar!

Lióvin sorriu. Imaginar que a esposa não deixaria era tão agradável que ele estava pronto para renunciar para sempre à satisfação de ver ursos.

— Pois mesmo assim é uma pena que esses dois ursos sejam pegos sem o senhor. Lembra-se da última vez, em Khapílovo? A caçada seria maravilhosa — disse Tchírikov.

Lióvin não quis privá-lo da ilusão de que, em algum lugar, pudesse haver algo de bom sem ela, e, portanto, não disse nada.

— Não foi à toa que se estabeleceu esse costume de se despedir da vida de solteiro — disse Serguei Ivânovitch. — Por mais feliz que se esteja, mesmo assim se lamenta pela liberdade perdida.

---

[1] Tchírikov cita palavras de Tchátski, personagem da comédia *A desgraça de ter espírito*, de Aleksandr Griboiêdov. (N. da E.)

— E confesse, existe essa sensação, como a do noivo de Gógol, de querer sair pela janela?[2]

— Provavelmente sim, mas não vai admitir! — disse Katavássov, com uma gargalhada ruidosa.

— Pois bem, a janela está aberta... Vamos agora até Tver! Uma ursa, dá para ir até a toca dela. Verdade, vamos no das cinco horas! E seja como quiser — disse Tchírikov, rindo.

— Mas veja, meu Deus — disse Lióvin, rindo —, não consigo encontrar em meu coração essa sensação de perda da minha liberdade!

— Sim, agora você tem tamanho caos no coração que não vai encontrar nada — disse Katavássov. — Espere só, assim que se organizar um pouco, vai encontrar!

— Não, se fosse assim eu deveria ter sentido, embora pouco, além do meu sentimento (não queria dizer amor na frente deles)... e da felicidade, pena de perder liberdade... Pelo contrário, com essa perda de liberdade estou até contente.

— É mau! Que sujeito irremediável! — disse Katavássov. — Pois bem, vamos beber a essa cura, ou desejar-lhe apenas que, pelo menos, um centésimo de seus sonhos se realize. E essa já será uma felicidade como nunca houve na Terra!

Logo após o almoço, os convidados partiram, para terem tempo de se trocar para as bodas.

Ficando sozinho, e lembrando-se das conversas daqueles solteiros, Lióvin se perguntou mais uma vez: haveria em sua alma aquela sensação de pesar por sua liberdade, da qual tinham falado? Riu-se daquela questão. "Liberdade? Para que liberdade? Só há felicidade em amar e desejar, pensar nos desejos dela, nos pensamentos dela, ou seja, liberdade nenhuma — isso é que é felicidade!"

"Mas será que eu conheço as ideias, os desejos, os sentimentos dela?" — uma voz cochichou-lhe, de repente. O sorriso sumiu de seu rosto, e ele ficou pensativo. De repente, foi acometido de uma sensação estranha. Acometeram-no o medo e a dúvida, a dúvida de tudo.

"E se ela não me amar? E se ela se casar comigo só para se casar? E se ela mesma não souber o que está fazendo? — perguntava-se. — Ela pode reconsiderar e, assim que tiver se casado, compreender que não ama e não podia me amar." E passaram a lhe ocorrer os pensamentos mais estranhos e

---

[2] Ivan Kuzmitch Podkolióssin (personagem de O *casamento*, de Nikolai Gógol), no dia de suas bodas, pulou pela janela e desapareceu. (N. da E.)

ruins a respeito dela. Tinha ciúmes dela com Vrônski, como no ano anterior, como se aquela noite, em que a vira com Vrônski, tivesse sido na véspera. Desconfiava que ela não tivesse lhe contado tudo.

Deu um pulo, rápido. "Não, assim não é possível! — disse para si mesmo, em desespero. — Vou até ela, perguntarei, direi pela última vez: somos livres, e não é melhor ficar assim? Tudo é melhor do que a infelicidade eterna, a ignomínia, a infidelidade!" Com desespero no coração e raiva de todas as pessoas, de si, dela, saiu do hotel e foi a seu encontro.

Ninguém o esperava. Surpreendeu-a nos aposentos de trás. Estava sentada em uma arca, dando ordens a uma moça, arrumando montes de vestidos de diversas cores, esparramados nos espaldares de cadeiras e no chão.

— Ah! — ela gritou, avistando-o e resplandecendo toda de contentamento. — Como anda você, o senhor (até o último dia chamava-o ora de "você", ora de "senhor")? Mas eu não esperava! Estava arrumando meus vestidos de solteira, qual vai para quem...

— Ah! Isso é muito bom! — ele disse, olhando para a moça de modo sombrio.

— Saia, Duniacha,[3] que eu chamo — disse Kitty. — O que você tem? — perguntou, dizendo esse "você" de forma resoluta, assim que a moça saiu. Reparou em seu rosto estranho, nervoso e sombrio, e encontrou pavor nele.

— Kitty! Estou aflito. Não posso ficar aflito sozinho — disse, com desespero na voz, parando na frente dela e fitando-a nos olhos, suplicante. Já via, por seu rosto amoroso e sincero, que nada poderia sair daquilo que tencionava lhe dizer, mas mesmo assim precisava que ela o tranquilizasse. — Vim dizer que ainda há tempo. É possível liquidar e consertar tudo.

— O quê? Não estou entendendo nada. O que você tem?

— O que eu lhe disse mil vezes, e não posso nem pensar... que não sou digno de você. Você não podia consentir em se casar comigo. Pense. Você se enganou. Pense direitinho. Você não pode me amar... Se... é melhor dizer — disse, sem olhar para ela. — Serei infeliz. Mas que todos digam o que quiserem; qualquer coisa é melhor que a infelicidade... É bem melhor agora, quando ainda há tempo...

— Não entendo — ela respondeu, assustada —, quer dizer que você quer renunciar... que não deve?

— Sim, se você não me ama.

— Você ficou louco! — ela berrou, enrubescendo de enfado.

---

[3] Diminutivo de Evdokía. (N. do T.)

Porém o rosto dele estava tão lamentável que ela conteve o enfado e, derrubando uns vestidos da poltrona, sentou-se perto dele.

— O que você está pensando? Diga tudo.

— Acho que você não pode me amar. Por que razão poderia me amar?

— Meu Deus! Por que posso?... — ela disse, e se pôs a chorar.

— Ah, o que é que eu fiz! — ele gritou e, ajoelhando-se diante dela, passou a beijar suas mãos.

Quando, dali a cinco minutos, a princesa entrou no quarto, encontrou-os já completamente reconciliados. Kitty não apenas lhe assegurou que o amava, como ainda, respondendo à sua pergunta de por que o amava, explicou-lhe por quê. Disse que o amava porque o entendia por inteiro, porque sabia do que ele devia gostar, e que tudo de que ele gostava era bom. E isso pareceu a ele absolutamente claro. Quando a princesa foi até eles, estavam sentados lado a lado, na arca, arrumando os vestidos, e discutindo por que Kitty queria presentear Duniacha com o vestido marrom que usava quando Lióvin lhe fizera a proposta, enquanto ele insistia que aquele vestido não devia ser dado a ninguém, e que deveria dar a Duniacha o azul-celeste.

— Como você não entende? Ela é morena, e não vai combinar... Calculei isso tudo.

Ao saber por que ele tinha vindo, a princesa ficou brava, meio brincando, meio a sério, e mandou que ele fosse para casa se trocar e não atrapalhasse o penteado de Kitty, já que Charles estava para chegar.

— Ela não comeu nada em todos esses dias e enfeou, e você ainda a fica perturbando com as suas tolices — disse-lhe. — Fora, fora, meu caro!

Lióvin, culpado e coberto de vergonha, porém tranquilizado, voltou para o hotel. Seu irmão, Dária Aleksândrovna e Stepan Arkáditch, todos de toalete completa, já o aguardavam, para abençoá-lo com o ícone. Não havia tempo a perder. Dária Aleksândrovna ainda tinha de ir para casa, para pegar o filho, de pomada e friso no cabelo, que devia levar o ícone até a noiva. Depois, era preciso enviar um carro para buscar o padrinho e mandar de volta outro, que levaria Serguei Ivânovitch... Em geral, as considerações eram muitas, e bastante complexas. De uma coisa não havia dúvida: não dava para demorar, pois já eram seis e meia.

Nada aconteceu na bênção com o ícone. Stepan Arkáditch assumiu uma pose cômica e solene, ao lado da mulher, pegou o ícone e, mandando Lióvin se persignar até o solo, abençoou-o com um sorriso bondoso e zombeteiro, beijando-o três vezes; Dária Aleksândrovna fez o mesmo, e imediatamente apressou-se para partir, voltando a se enredar nas instruções de movimento das carruagens.

— Pois bem, então fazemos assim: você vai buscá-lo com nosso carro, e Serguei Ivânovitch, se tiver a bondade, vai junto, e depois manda de volta.

— Muito bem, está bom para mim.

— E nós vamos agora com ele, direto. Já enviou suas coisas? — disse Stepan Arkáditch.

— Enviei — respondeu Lióvin, e ordenou a Kuzmá que o ajudasse a se trocar.

III

Uma multidão de gente, especialmente mulheres, rodeava a igreja iluminada para as bodas. Quem não conseguiu penetrar pelo meio se aglomerava perto das janelas, acotovelando-se, discutindo e espiando através das grades.

Mais de vinte carros já tinham sido alinhados pelos gendarmes ao longo da rua. Um oficial de polícia, ignorando o frio, postava-se na entrada, reluzente em seu uniforme. Carruagens continuavam chegando incessantemente, e ingressavam na igreja ora damas com flores e a cauda do vestido erguida, ora homens, tirando os quepes ou os chapéus pretos. Na igreja, já tinham sido acesos ambos os lustres e todas as velas nos locais das imagens. A auréola dourada no fundo vermelho da iconóstase, o entalhe dourado dos ícones, a prata dos candelabros e castiçais, a laje do piso, os capachos, os estandartes acima, junto ao coro, os degraus do púlpito, os velhos livros enegrecidos, as sotainas, as sobrepelizes — tudo estava inundado de luz. Do lado direito da igreja aquecida, na multidão de fraques e gravatas brancas, uniformes e brocados, veludos, cetim, cabelos, flores, ombros e braços nus e luvas compridas, havia um murmúrio contido e animado, que ressoava de forma estranha na cúpula elevada. Cada vez que soava o rangido da porta sendo aberta, o murmúrio da multidão amainava e todos olhavam ao redor, na expectativa de ver o noivo e a noiva entrando. Só que a porta já se abrira mais de dez vezes e, a cada vez, era ou um convidado atrasado, ou convidados que se uniam ao círculo da direita, ou uma espectadora que enganara ou comovera o oficial de polícia e se unia à multidão dos de fora, à esquerda. Parentes e forasteiros já tinham passado por todas as fases da espera.

Primeiro acharam que o noivo chegaria com a noiva a qualquer minuto, sem atribuir nenhuma importância àquele atraso. Depois, puseram-se a olhar a porta com frequência cada vez maior, perguntando-se se não havia acontecido alguma coisa. Depois, a demora já se tornou incômoda, e parentes e convidados esforçaram-se por fazer cara de que não pensavam no noivo, e que estavam ocupados com suas conversas.

O arquidiácono, como que se lembrando do valor de seu tempo, tossia com impaciência, fazendo os vidros das janelas tremerem. No coro, ouviam-se ora os ensaios das vozes, ora os cantores entediados, assoando os narizes. O sacerdote mandava o tempo todo ora o sacristão, ora o diácono se inteirar se o noivo tinha chegado, e saía com frequência cada vez maior, em pessoa, de batina lilás e cinto bordado, para a porta lateral, aguardando o noivo. Finalmente, uma das damas, olhando para o relógio, disse: "Mas isso é estranho!" — e todos os convidados ficaram irrequietos e se puseram a manifestar, em voz alta, seu espanto e insatisfação. Um dos padrinhos foi apurar o que tinha ocorrido. Nessa hora, Kitty, que já estava completamente pronta há muito tempo, de vestido branco, véu comprido e coroa de flores de laranjeira, postava-se de pé na sala da casa dos Scherbátski, com a madrinha e irmã Lvova, e olhava pela janela, aguardando em vão, já por mais de meia hora, o padrinho dar notícias da chegada do noivo à igreja.

Enquanto isso, Lióvin, de calças, mas sem colete e fraque, andava para a frente e para trás em seu quarto, assomando à porta sem parar e olhando para o corredor. No corredor, porém, não via quem esperava e, com desespero, regressava e, agitando as mãos, voltava-se para Stepan Arkáditch, que fumava, tranquilo.

— Houve alguma vez alguém em uma situação tão terrivelmente imbecil? — dizia.

— Sim, é estúpido — confirmou Stepan Arkáditch, com um sorriso apaziguador. — Mas se acalme, já estão trazendo.

— Não, como assim! — disse Lióvin, com fúria contida. — E esses coletes estúpidos abertos! Impossível! — disse, olhando para a camisa amarrotada. — E se minhas coisas já foram levadas para a ferrovia? — gritava, desesperado.

— Então ponha a minha.

— Devia ter feito isso faz tempo.

— Não é bom ficar ridículo... Espere! *Dá-se um jeito*.

O caso era que, quando Lióvin pediu para se trocar, Kuzmá, seu velho criado, trouxe o fraque, o colete e tudo que era necessário.

— E a camisa? — gritou Lióvin.

— A camisa está no senhor — respondeu Kuzmá, com um sorriso sossegado.

Kuzmá não atinara em separar uma camisa limpa e, tendo recebido a ordem de empacotar tudo e mandar para a casa dos Scherbátski, de onde os noivos partiriam naquela mesma noite, assim o fizera, empacotando tudo, menos o traje da cerimônia. A camisa, que estava sendo usada desde a manhã, estava amarrotada, e era impossível combiná-la com o colete aberto, da moda. A casa dos Scherbátski era distante, para mandar alguém até lá. Mandou comprar uma camisa. O lacaio voltou: estava tudo fechado, era domingo. Mandaram pegar uma camisa com Stepan Arkáditch; era impossivelmente larga e curta. Mandaram, finalmente, desempacotar as coisas na casa dos Scherbátski. O noivo era esperado na igreja e, como fera enjaulada, andava pelo aposento, espiava o corredor e, com horror e desespero, lembrava-se do que tinha dito a Kitty, e no que ela podia estar pensando agora.

Finalmente Kuzmá, culpado, tomando fôlego a custo, entrou voando no quarto, com a camisa.

— Consegui por pouco. Já estavam colocando na carroça — disse Kuzmá.

Três minutos depois, sem olhar para o relógio, para não avivar a ferida, Lióvin saiu correndo pelo corredor.

— Isso não vai ajudar em nada — disse Stepan Arkáditch, com um sorriso, seguindo-o sem pressa. — *Dá-se um jeito, dá-se um jeito...* — estou dizendo.

IV

— Chegaram! — É ele! — Qual? — Bem jovem, não? — Mas e ela, mamãe, não está nem viva nem morta! — pôs-se a falar a multidão, quando Lióvin, depois de receber a noiva na entrada, ingressou com ela na igreja.

Stepan Arkáditch contou à mulher o motivo da demora, e os convidados, sorrindo, cochicharam entre si. Lióvin não reparou em nada nem ninguém; sem desviar os olhos, fitava a noiva.

Todos diziam que ela tinha enfeado muito naqueles últimos dias e, sob a coroa, estava longe de ser tão bela quanto de hábito; mas Lióvin não achava. Olhava para seu penteado alto, com o longo véu branco e as flores brancas, para a gola alta e franzida que ocultava, de modo particularmente virginal, de lado, o pescoço comprido, descoberto na frente, e seu talhe espantosamente fino, e tinha a impressão de que ela estava melhor do que nunca — não porque aquelas flores, aquele véu, aquele vestido encomendado de Paris acrescentassem algo à sua beleza, mas porque, apesar da pompa premeditada daquele traje, seu rosto gentil, seu olhar, seus lábios mantinham aquela mesma expressão costumeira de veracidade inocente.

— Já estava achando que você queria fugir — ela disse, sorrindo-lhe.

— É tão estúpido o que me aconteceu que dá vergonha de falar! — ele disse, corando, e tendo que se dirigir a Serguei Ivânovitch, que acorria.

— Que bonita a sua história com a camisa! — disse Serguei Ivânovitch, abanando a cabeça e rindo.

— Sim, sim — respondeu Lióvin, sem entender o que lhe diziam.

— Pois bem, Kóstia, agora é preciso decidir — disse Stepan Arkáditch, com uma cara fingida de susto — uma questão importante. Agora você está justamente em condições de avaliar toda a sua importância. Perguntam-me: devem-se acender velas usadas ou novas? A diferença é de dez rublos — acrescentou, desenhando um sorriso com os lábios. — Eu decidi, mas temo que você não conceda sua anuência.

Lióvin entendeu que era uma piada, mas não conseguiu rir.

— Pois então? Usadas ou novas? Eis a questão.

— Sim, sim! Novas.

— Pois bem, fico muito contente. A questão está decidida! — disse Stepan Arkáditch, sorrindo. — Contudo, como as pessoas fazem bobagem nessa situação — disse a Tchírikov, quando Lióvin, depois de fitá-lo desconcertado, deslocou-se até a noiva.

— Olhe, Kitty, você é a primeira a pôr o pé no tapete — disse a condessa Nordston, aproximando-se. — O senhor está ótimo! — dirigiu-se a Lióvin.

— O que, está com medo? — disse Mária Dmítrievna, a tia velha.

— Está com frio? Você está pálida. Espere, curve-se! — disse a irmã de Kitty, Lvova e, fazendo um gesto circular com os braços roliços e formosos, arrumou com um sorriso as flores de sua cabeça.

Dolly veio, quis dizer algo, mas não conseguiu, começou a chorar e deu um sorriso artificial.

Kitty encarava todos com os mesmos olhos ausentes de Lióvin. A todas as falas que lhe eram dirigidas, conseguia responder apenas com o sorriso de felicidade que lhe era, então, muito natural.

Enquanto isso, os servidores eclesiásticos se paramentaram, e o sacerdote foi com o diácono ao facistol, que ficava no átrio da igreja. O sacerdote se dirigiu a Lióvin, dizendo algo. Lióvin não distinguiu o que o sacerdote disse.

— Tome a noiva pela mão e a conduza — o padrinho disse a Lióvin.

Lióvin ficou muito tempo sem conseguir entender o que queriam dele. Ficaram muito tempo corrigindo-o e quiseram deixar de lado — porque ele pegava pela mão errada, ou com a mão errada —, até que ele finalmente entendeu que, sem mudar de posição, tinha que pegar a mão direita dela, com a sua mão direita. Quando ele finalmente tomou a noiva pela mão, da forma devida, o sacerdote deu uns passos para a frente e parou junto ao facistol. A multidão de parentes e conhecidos, com um zunido de fala e um farfalhar de caudas de vestido, deslocou-se atrás dele. Alguém, abaixando-se, arrumou a cauda da noiva. A igreja ficou tão silenciosa que se ouviu a queda de uma gota de cera.

O sacerdote velhinho, de barrete de clérigo sobre as melenas do cabelo grisalho prateado reluzente, divididas em duas partes atrás das orelhas, depois de tirar as mãos pequenas e envelhecidas de debaixo da pesada casula de prata com uma cruz atrás, remexeu em algo no facistol.

Stepan Arkáditch aproximou-se dele com cuidado, cochichou-lhe algo e, piscando para Lióvin, voltou a recuar.

O sacerdote acendeu duas velas adornadas com flores, segurando-as de lado com a mão esquerda, de modo que a cera escorresse lentamente, e virou o rosto para os noivos. O sacerdote era o mesmo que tinha confessado Lióvin. Fitou noivo e noiva com um olhar cansado e triste, suspirou e, tirando a mão direita de sob a candela, abençoou o noivo e, da mesma forma, mas com uma nuança de ternura cuidadosa, pousou os dedos cruzados na cabeça inclinada de Kitty. Depois entregou-lhes as velas e, pegando o turíbulo, afastou-se deles, devagar.

"Será que é verdade?" — pensou Lióvin, e deu uma olhada na noiva. Avistou seu perfil de cima para baixo e, pelo movimento quase imperceptível de seus lábios e cílios, soube que ela sentia seu olhar. Não olhava ao redor, mas a gola alta e franzida se mexeu, erguendo-se até sua orelha rosada e pequena. Ele viu que ela tinha um suspiro parado no peito, e a mão pequena tremia na luva comprida que segurava a vela.

Todo o rebuliço da camisa, o atraso, a conversa com os conhecidos, parentes, a insatisfação deles, sua situação ridícula, tudo desapareceu de repente, e ele ficou contente e com medo.

O belo e alto arquidiácono, de sobrepeliz prateada, com os cachos penteados e crespos caídos de lado, avançou com desenvoltura e, com um gesto habituado, levantando a estola com dois dedos, parou na frente do sacerdote.

"Ben-di-to, Se-nhor!" — os sons solenes ressoaram devagar, um atrás do outro, agitando ondas de ar.

"Bendito seja Nosso Deus, agora e para sempre, pelos séculos dos séculos" — respondeu o sacerdote velhinho, resignado e cantando, e continuando a examinar algo no facistol. E, preenchendo toda a igreja, das janelas à abóbada, erguendo-se de forma harmoniosa e ampla, o acorde cheio do coro invisível cresceu, deteve-se por um instante e cessou, tranquilo.

Rezaram, como sempre, pela paz celestial, pela salvação, pelo sínodo, pelo soberano; e agora rezavam também pelos servos de Deus, os consortes Konstantin e Iekatierina.

"Para que lhes seja concedido amor perfeito, com paz e ajuda, oremos ao Senhor" — era como se toda a igreja respirasse com a voz do arquidiácono.

Lióvin ouviu as palavras, que o espantaram. "Como eles adivinharam que é ajuda, exatamente ajuda? — pensou, lembrando-se de seus medos e dúvidas recentes. — O que eu sei? O que posso fazer nesse caso terrível — pensou —, sem ajuda? Ajuda é exatamente o que preciso agora."

Quando o diácono terminou a litania, o sacerdote dirigiu-se aos consortes com um livro:

"Deus eterno, que juntastes os que estavam separados em comunhão — lia, com voz dócil e cantante —, e em união de amor indestrutível; que abençoastes Isaac, Rebeca e seus descendentes, testemunho de Vossa promessa; abençoai também Vossos servos, Konstantin, Iekatierina, incutindo-lhes as boas ações. Pois sois o Deus benevolente e humanitário, e Vos damos glória, Pai, Filho e Espírito Santo, agora e para sempre, pelos séculos dos séculos." — "A-amén" — o coro invisível voltou a transbordar pelos ares.

"Juntastes os que estavam separados em comunhão e união de amor — como essas palavras são profundas, e como coincidem com o que estou sentindo nesse instante!" — pensou Lióvin. — "Será que ela sente o mesmo que eu?"

E, mirando ao redor, encontrou o olhar dela.

Pela expressão daquele olhar, concluiu que ela entendia a mesma coisa que ele. Mas não era verdade; ela quase não entendia nada das palavras do serviço, e nem sequer as escutou na hora dos esponsais. Não conseguia ouvi-las e compreendê-las, tão forte era o único sentimento que enchia sua alma e aumentava cada vez mais. Esse sentimento era a alegria pela realização completa daquilo que vinha ocorrendo há um mês e meio em sua alma, e que, no decorrer dessas seis semanas, alegrava-a e torturava-a. No dia em que, de vestido marrom, na sala da casa da rua Arbat, aproximara-se dele em silêncio e se entregara, acontecera em sua alma uma ruptura completa com toda sua existência anterior, e começara uma vida que era absolutamente outra, nova, completamente desconhecida, enquanto a antiga prosseguia de fato. Aquelas seis semanas tinham sido, para ela, a época mais beatífica e mais atormentada. Toda sua vida, todos os desejos e esperanças estavam concentrados apenas naquele homem, que ela ainda não entendia, ao qual estava ligada por um sentimento ainda mais incompreensível que o homem, ora de atração, ora de repulsa e, além do mais, ela continuava a viver nas condições da vida anterior. Ao viver a vida antiga, horrorizava-se consigo mesma, com sua indiferença absolutamente insuperável por todo seu passado: pelas coisas, pelos hábitos, pelas pessoas que amava e que a amavam, pela irritação da mãe com essa indiferença, pelo pai querido e terno, que antes amara mais do que tudo no mundo. Ora se horrorizava com essa indiferença, ora se alegrava com o que a causara. Não conseguia pensar nem desejar nada fora da vida com aquele homem: porém, essa vida nova ainda não existia, e ela não conseguia sequer imaginá-la com clareza. Havia apenas a expectativa — um pavor e uma alegria nova e desconhecida. E agora, de chofre, a expectativa, o desconhecido, o arrependimento pela renúncia à vida anterior, tudo iria acabar, e começaria a nova. Essa nova não tinha como não dar medo, por ser desconhecida; porém, com medo ou sem medo, ela já tinha se realizado em sua alma naquelas seis semanas; agora, estava apenas se consagrando o que já acontecera há tempos em seu coração.

Regressando novamente ao facistol, o sacerdote pegou com dificuldade a pequena aliança de Kitty e, pedindo a mão de Lióvin, colocou-a na primeira articulação de seu dedo. "O servo de Deus Konstantin casa-se com a serva de Deus Iekatierina." E, ao colocar a aliança grande no dedo rosado de Kitty, pequeno e pequeno, frágil de dar pena, o sacerdote disse a mesma coisa.

Os consortes tentaram adivinhar algumas vezes o que tinham de fazer, e o sacerdote os corrigia, aos sussurros, a cada vez se enganavam. Finalmente, depois de fazer o necessário, abençoar suas alianças, voltou a dar a grande a Kitty, e a pequena a Lióvin; eles voltaram a se confundir e, por duas vezes, passaram as alianças de uma mão para a outra, e nem assim resultou no que era requerido.

Dolly, Tchírikov e Stepan Arkáditch avançaram, para corrigi-los. Produziu-se indecisão, sussuros e sorrisos, porém a expressão de solenidade e comoção nos rostos dos consortes não mudou; pelo contrário, ao se confundir com as mãos, pareciam mais sérios e solenes do que antes, e o sorriso com que Stepan Arkáditch sussurrou que agora cada um deveria colocar a sua aliança morreu sem querer em seus lábios. Ele sentiu que qualquer sorriso os ofenderia.

— Vós, que desde o princípio criastes o masculino e o feminino — leu o sacerdote, em seguida à troca de alianças —, e por Vós a mulher foi unida ao marido, para ajuda e propagação da espécie humana. Oh Vós, Senhor nosso Deus, que enviastes a verdade aos Vossos herderios e prometidos, aos Vossos servos, Pai nosso, de geração em geração, escolhidos por Vós: guardai Vosso servo Konstantin e Vossa serva Iekatierina, e confirmai seu matrimônio na fé, na unidade de pensamento, na verdade e no amor...

Lióvin sentia cada vez mais que todas as suas ideias a respeito do casamento, seus sonhos sobre como sua vida se organizaria, era tudo infantilidade, era algo que não entendera até então, e que agora entendia ainda menos, embora estivesse acontecendo com ele; em seu peito, uma tremedeira subia cada vez mais alto, e lágrimas teimosas lhe afloraram aos olhos.

V

Na igreja estava toda Moscou, parentes e conhecidos. E, na hora da cerimônia de casamento, na igreja brilhantemente iluminada, no círculo de mulheres, moças e homens de gravata branca, fraque e uniforme, todos empolgados, havia um falatório ininterrupto e decorosamente baixo, mantido especialmente pelos homens, enquanto as mulheres estavam absortas na observação de todos os detalhes do ofício religioso, que sempre as afetava muito.

No círculo mais próximo à noiva encontravam-se suas duas irmãs: Dolly, e a mais velha, Lvova, a beldade tranquila que viera do exterior.

— Por que Mária está de lilás, que parece preto, em um casamento? — disse Korsúnskaia.

— Com a cor do rosto dela, é a única salvação... — respondeu Drubetskáia. — Fico espantada com fazerem o casamento à noite. É coisa de comerciante...

— É mais bonito. Eu também me casei à noite — respondeu Korsúnskaia, suspirando ao se lembrar de como estava bela naquele dia, de quão ridiculamente apaixonado estava o marido, e de como agora tudo estava diferente.

— Dizem que quem é padrinho mais de dez vezes não se casa; queria ser pela décima vez para me garantir, mas o lugar estava ocupado — o conde Siniávin disse à formosa princesa Tchárskaia, que estava de olho nele.

Tchárskaia respondeu apenas com um sorriso. Olhava para Kitty pensando em como estaria com o conde Siniávin, no lugar de Kitty, e como então lembraria a ele da piada de agora.

Scherbátski disse à velha dama de honra Nikoláieva que tencionava colocar a coroa no chinó de Kitty, para que ela fosse feliz.

— Não precisava usar chinó — respondeu Nikoláieva, que decidira há tempos que, se o velho viúvo que ela caçava se casasse com ela, as bodas seriam as mais simples. — Não gosto desse fausto.

Serguei Ivânovitch conversava com Dária Dmítrievna e lhe assegurava, em tom de brincadeira, que o hábito de viajar depois das bodas estava se propagando porque os recém-casados sempre ficavam com um pouco de vergonha.

— Seu irmão pode ficar orgulhoso. Ela é uma maravilha de lindeza. Acho que o senhor está com inveja.

— Já superei isso, Dária Dmítrievna — ele respondeu, e seu rosto assumiu, inesperadamente, uma expressão triste e séria.

Stepan Arkáditch contava à cunhada seu trocadilho sobre a separação.

— É preciso arrumar a coroa — ela respondeu, sem ouvir.

— Que pena que ela enfeou tanto — a condessa Nordston disse a Lvova. — Mesmo assim, ele não vale um dedo dela. Não é verdade?

— Não, ele me agrada muito. Não porque é o meu futuro *beau-frère* — respondeu Lvova. — E como ele se porta bem! E é muito difícil portar-se bem nessa situação, não ser ridículo. E ele não está ridículo, nem tenso, e se vê que está tocado.

— Ao que parece, a senhora esperava por isso?

— Praticamente. Ela sempre o amou.

— Bem, vamos ver qual deles é o primeiro a pôr o pé no tapete. Aconselhei Kitty.

— Dá na mesma — respondeu Lvova —, todas nós somos mulheres submissas, está no nosso sangue.

— Mas eu, com Vassíli, fui a primeira de propósito. E a senhora, Dolly?

Dolly estava perto delas, ouvindo, mas não respondeu. Estava comovida. Tinha lágrimas nos olhos, e não conseguiria dizer nada sem cair no choro. Estava contente por Kitty e Lióvin; voltando o pensamento a suas próprias bodas, olhava para o radiante Stepan Arkáditch, esquecia-se de todo o presente e se lembrava apenas de seu primeiro amor, inocente. Lembrava-se não apenas de si, mas de todas as mulheres próximas e conhecidas; lembrava-se delas em sua única hora de triunfo, quando, assim como Kitty, viam-se coroadas, com amor, esperança e medo no coração, renegando o passado e ingressando em um futuro misterioso. Dentre todas as noivas que lhe vieram à mente, lembrou-se também da querida Anna, cujos detalhes do divórcio previsto ouvira há pouco. Pura, ela também se postara de flor de laranjeira e véu. E agora, o quê?

— Terrivelmente estranho — afirmou.

Não apenas as irmãs, amigas e parentes acompanhavam todos os detalhes do ofício religioso; mulheres de fora, espectadoras, acompanhavam emocionadas, prendendo a respiração, com medo de perder o menor movimento e expressão do rosto do noivo e da noiva, sem responder, com enfado, e frequentemente sem sequer ouvir a fala dos homens indiferentes, que faziam observações brincalhonas ou despropositadas.

— Por que está chorando tanto? Ou está se casando a contragosto?

— A contragosto, com um homem tão bonito? É um príncipe, não?

— Aquela de cetim branco é a irmã? Bem, escute como o diácono está vociferando: "Pois temei o vosso marido".

— São de Tchúdovo?

— Do sínodo.

— Perguntei ao lacaio. Disse que vai levá-la agora mesmo à sua herdade. É podre de rico, dizem. Por isso se casou.

— Não, é um belo casal.

— E a senhora discutia, Mária Vlassíevna, se usavam crinolina. Olhe só, essa de marrom, dizem que é uma embaixatriz, com essa combinação...

— E que noiva mais linda, enfeitada que nem uma ovelhinha! E, digam o que digam, dá pena da nossa irmã.

Assim dizia a multidão de espectadoras que tinha conseguido se esgueirar pela porta da igreja.

VI

Quando a cerimônia de casamento acabou, um servidor eclesiástico estendeu, por debaixo do facistol, no meio da igreja, um pedaço de tecido rosa de seda, o coro entoou um salmo refinado e complexo, no qual baixo e tenor ecoavam um ao outro, e o sacerdote, virando-se, indicou o tecido rosa estendido para os consortes. Por mais que tivessem ouvido falar da crença de que o primeiro a pôr os pés no tapete seria o chefe da família, nem Lióvin, nem Kitty conseguiram se lembrar disso ao percorrer aqueles poucos passos. Tampouco ouviram as observações e discussões ruidosas a respeito de que, de acordo com uns, ele fora o primeiro, enquanto, na opinião de outros, ambos tinham entrado juntos.

Após as perguntas costumeiras sobre o desejo de contrair matrimônio, de se comprometerem um com o outro, e das respostas, que soaram estranhas para eles mesmos, começou uma nova cerimônia. Kitty ouvia as palavras da oração, queria compreender-lhes o sentido, mas não podia. Uma sensação de triunfo e alegria luminosa preenchia-lhe a alma à medida que o casamento se realizava, privando-a da possibilidade de entendimento.

Oravam "concedei-lhes castidade e os proventos de um ventre frutífero, e que se regozijem com a visão de filhos e filhas". Mencionaram que Deus criou a mulher da costela de Adão, e "graças a isso, deve o homem deixar pai e mãe e se unir à mulher, para que os dois sejam um em carne", e que "esse mistério é grandioso"; pediram que Deus lhes concedesse fecundidade e bênção, como a Isaac e Rebeca, José, Moisés e Zípora, e que vissem os filhos de seus filhos. "Tudo isso é maravilhoso — pensou Kitty, ao ouvir tais palavras —, nada disso pode ser diferente" — e um sorriso de contentamento, que contagiava sem querer todos que olhavam para ela, reluziu em seu rosto iluminado.

— Coloque de vez! — o conselho soou quando o sacerdote colocou a coroa neles, e Scherbátski, com a mão tremendo na luva de três botões, manteve a coroa elevada, acima da cabeça dela.

— Coloque! — ela sussurrou, rindo.

Lióvin olhou para ela e ficou espantado com o brilho de contentamento que havia em seu rosto; e essa sensação o contaminou, sem querer. Ficou tão radiante e feliz quanto ela.

Ficaram alegres ao ouvir a leitura da epístola do apóstolo e o estrondo da voz do arquidiácono na última linha, aguardada com tamanha impaciência pelo público de fora. Ficaram alegres ao beber, da taça rasa, vinho tinto com água, e ficaram ainda mais alegres quando o sacerdote, pondo a casula de lado e tomando as mãos de ambos, conduziu-os, ao som dos arroubos de "Isaías, rejubilai", do baixo, ao redor do facistol. Scherbátski e Tchírikov, segurando as coroas e tropeçando na cauda do vestido da noiva, também sorriram, por algum motivo, ora ficando para trás, ora trombando nos cônjuges nas paradas do sacerdote. A centelha de felicidade que ardia em Kitty parecia ter se irradiado para todos que se encontravam na igreja. Lióvin teve a impressão de que o sacerdote e o diácono tinham tanta vontade de sorrir quanto ele mesmo.

Tirando a coroa da cabeça deles, o sacerdote leu a última oração e felicitou os noivos. Lióvin deu uma olhada em Kitty, e jamais, até então, vira-a daquele jeito. Estava fascinante com o novo brilho de felicidade que havia em seu rosto. Lióvin tinha vontade de lhe dizer algo, mas não sabia se tinha acabado. O sacerdote tirou-o da dificuldade. Sorriu com a boca bondosa e disse, baixo:

— Beije a esposa, e a senhora beije o marido — e tirou-lhes as velas das mãos.

Lióvin beijou com cuidado os lábios que lhe sorriam, deu-lhe o braço e, sentindo uma proximidade nova e estranha, saiu da igreja. Não acreditava, não conseguia acreditar que era verdade. Só acreditou quando seus olhares perplexos e tímidos se encontraram, pois sentia que já eram um.

Depois da ceia, naquela mesma noite, os noivos partiram para o campo.

VII

Vrônski e Anna já viajavam juntos pela Euopa há três meses. Tinham visitado Veneza, Roma, Nápoles, e acabado de chegar a uma pequena cidade italiana, onde desejavam se estabelecer por algum tempo.

Um belo *maître*, com os cabelos espessos e untados de pomada divididos numa risca desde a nuca, de fraque e largo peitilho de cambraia na camisa branca, com um monte de berloques em cima da barriga redonda e as mãos no bolso, dava uma resposta severa a um cavalheiro parado, semicerrando os olhos, com desprezo. Ao ouvir, vinda do outro lado, a aproximação de passos subindo as escadas, o *maître* se virou e, avistando o conde russo que ocupava seus melhores quartos, tirou delicadamente as mãos do bolso e, inclinando-se, explicou que viera um mensageiro e o negócio do aluguel do *palazzo* estava fechado. O administrador principal estava pronto para assinar o acordo.

— Ah! Fico muito contente — disse Vrônski. — A senhora está em casa ou não?

— Saíram para passear, mas agora estão de volta — respondeu o *maître*.

Vrônski tirou o chapéu macio de abas grandes da cabeça, passou o lenço na testa suada e nos cabelos soltos até a metade das orelhas, penteados para trás, que ocultavam sua calva. E, olhando distraidamente para o cavalheiro que continuava ali, e o encarava, quis seguir adiante.

— Esse cavalheiro é russo, e perguntou do senhor — disse o *maître*.

Com uma mistura de enfado por não escapar dos conhecidos em lugar nenhum, e desejo de encontrar alguma distração de sua vida uniforme, Vrônski examinou de novo o cavalheiro parado, que se afastara; e os olhos de ambos se iluminaram ao mesmo tempo.

— Goleníschev!

— Vrônski!

De fato, era Goleníschev, camarada de Vrônski do Corpo de Pajens. No Corpo, Goleníschev pertencia ao partido liberal; de lá, saíra como servidor civil, mas não servira em lugar nenhum. Os camaradas tinham se distanciado por completo desde então, e se encontrado apenas uma vez.

Naquele encontro, Vrônski compreendeu que Goleníschev escolhera alguma atividade intelectual liberal e, em consequência disso, desejava desprezar a atividade e a patente de Vrônski. Por isso, Vrônski, ao encontrar Goleníschev, reagira da forma fria e orgulhosa com que sabia tratar as pessoas, e cujo sentido era: "Meu modo de vida pode agradar-lhe ou não, mas para mim isso dá absolutamente na mesma: o senhor vai ter de me respeitar, se quiser me conhecer". Já Goleníschev guardara um desprezo indiferente pelo tom de Vrônski. Tal encontro parecera destinado a distanciá-los ainda mais. Agora, contudo, reluziam e gritavam de alegria ao reconhecer um ao outro. Vrônski jamais esperara alegrar-se tanto com Goleníschev, porém provavelmente não sabia quão entediado estava. Esquecera a impressão desagradável do último encontro e, com alegria sincera no rosto, estendeu a mão ao antigo camarada. Uma expressão similar de alegria substituiu a expressão de inquietude no rosto de Goleníschev.

— Como estou contente por encontrá-lo! — disse Vrônski, exibindo, com um sorriso amistoso, os dentes brancos e fortes.

— E eu ouvi o nome Vrônski, mas não sabia qual deles. Fico muito, muito contente!

— Vamos entrar. Pois bem, o que você anda fazendo?

— Já é meu segundo ano morando aqui. Estou trabalhando.

— Ah! — disse Vrônski, com interesse. — Vamos entrar.

E, seguindo o costume russo, em vez de dizer em russo o que queria ocultar do criado, pôs-se a falar francês.

— Você conhece Kariênina? Estamos viajando juntos. Estou indo até ela — disse, em francês, examinando com atenção o rosto de Goleníschev.

— Ah! Eu não sabia (embora soubesse) — respondeu Goleníschev, indiferente. — Você chegou faz tempo? — acrescentou.

— Eu? Quatro dias — respondeu Vrônski, examinando mais uma vez o rosto do camarada.

"Sim, é um homem direito e encara a questão da forma devida — Vrônski disse para si mesmo, compreendendo o significado da expressão facial de Goleníschev e da mudança do tema da conversa. — Posso apresentá-lo a Anna, ele encara da forma devida."

Nos três meses que passara com Anna no exterior, Vrônski, ao encontrar gente nova, sempre se fazia a pergunta de como essa nova pessoa encararia sua relação com Anna e descobriu, na maior parte das vezes, que os homens tinham entendido da maneira *devida*. Porém, se perguntassem a

Vrônski e a eles no que consistia essa maneira *devida*, todos se encontrariam em grandes dificuldades.

Na verdade, as pessoas que, na opinião de Vrônski, entendiam de forma "devida" não entendiam de forma nenhuma, mas se portavam como todas as pessoas bem-educadas se portam perante todas as questões complexas e insolúveis, em todos os aspectos da vida que as rodeiam — portavam-se com decoro, evitando alusões e perguntas desagradáveis. Faziam de conta que compreendiam por completo a importância e o sentido da situação, de que a admitiam e até aprovavam, porém consideravam despropositado e supérfluo explicar isso tudo.

Vrônski deduziu de imediato que Goleníschev era um desses e, portanto, ficou duplamente feliz com ele. De fato, quando foi levado até ela, Goleníschev portou-se, com Kariênina, apenas como Vrônski poderia desejar. Visivelmente evitava, sem o menor esforço, todas as conversas que pudessem causar incômodo.

Ele não conhecera Anna anteriormente, e ficou impressionado com sua beleza e, ainda mais, com a simplicidade com que aceitava sua situação. Ela enrubesceu quando Vrônski apresentou Goleníschev, e o rubor infantil que cobriu seu belo rosto agradou-lhe de modo extraordinário. Mas o que lhe agradou especialmente foi que, de imediato, como que de propósito, para que não pudesse haver mal-entendidos na frente de um homem de fora, chamou Vrônski simplesmente de Aleksei, e disse que estava se mudando com ele para uma casa recém-alugada, que ali chamavam de *palazzo*. Essa relação direta e simples com sua situação agradou a Goleníschev. Ao ver o jeito bondoso, alegre e enérgico de Anna, e conhecendo Aleksei Aleksândrovitch e Vrônski, Goleníschev teve a impressão de que a entendia por completo. Teve a impressão de entender o que ela não entedia de jeito nenhum: como exatamente ela podia, ao fazer a infelicidade do marido, abandonar a ele e ao filho e perder o bom nome, ainda sentir-se energicamente alegre e feliz.

— Ele está no guia — disse Goleníschev, a respeito do *palazzo* que Vrônski alugara. — Lá tem um Tintoretto maravilhoso. Da última fase.

— Sabe o quê? O tempo está maravilhoso, vamos lá, olhar mais uma vez — disse Vrônski, dirigindo-se a Anna.

— Fico muito contente, vou botar um chapéu agora. O senhor disse que está quente? — disse, parando na porta e fitando Vrônski de forma interrogativa. E um vermelho intenso voltou a cobrir seu rosto.

Por seu olhar, Vrônski compreendeu que ela não sabia que relações ele queria estabelecer com Goleníschev, e temia não se comportar do jeito que ele desejava. Fitou-a com um olhar terno e continuado.

— Não, não muito — disse.

E ela teve a impressão de que entendera tudo, principalmente que ele estava satisfeito com ela; e, sorrindo-lhe, saiu pela porta a passo rápido.

Os amigos se entreolharam, e nos rostos de ambos produziu-se uma hesitação, como se Goleníschev, que visivelmente se encantara com ela, quisesse dizer alguma coisa a seu respeito, sem encontrar o quê, algo que Vrônski desejava e temia.

— Muito bem — começou Vrônski, para entabular uma conversa de algum jeito. — Então você se estabeleceu aqui? E você ainda está ocupado com a mesma coisa? — prosseguiu, lembrando-se de terem lhe dito que Goleníschev estava escrevendo algo...

— Sim, estou escrevendo a segunda parte de "Os dois princípios"[4] — disse Goleníschev, corando de satisfação com a pergunta —, ou seja, para ser preciso, ainda não estou escrevendo, mas preparando, reunindo materiais. Vai ser bem mais ampla, e abarcar quase todas as questões. Nós, na Rússia, não queremos entender que somos herdeiros de Bizâncio — e começou uma explicação longa e ardente.

No começo, Vrônski ficou desconfortável por não conhecer nem o primeiro artigo sobre "Os dois princípios", de que o autor lhe falava como algo conhecido. Porém depois, quando Goleníschev se pôs a explanar sua ideia, e Vrônski conseguiu acompanhar mesmo sem conhecer "Os dois princípios", ouviu-o não sem interesse, de tão bem que Goleníschev falava. Só que Vrônski se espantava e afligia com o nervosismo zangado com que Goleníschev falava do tema que o ocupava. Quanto mais falava, mais seus olhos se inflamavam, com maior açodamento retrucava aos inimigos imaginários e mais irrequietas e ofendidas se tornavam suas expressões faciais. Lembrando-se de Goleníschev como um menino magricela, animado, bondoso e distinto, sempre o primeiro aluno do Corpo de Pajens, Vrônski não conseguia entender o motivo daquela irritação de jeito nenhum, e não a aprovava. Em particular, não lhe agradava que Goleníschev, que frequentava um bom círculo, se colocasse no mesmo nível de alguns escrevinhadores que o irritavam,

---

[4] A ideia básica de Goleníschev, de que a Rússia é "herdeira de Bizâncio", está ligada à filosofia eslavófila. Sobre os "dois princípios" (católico e ortodoxo, racional e espiritual, oriental e ocidental) escreveu também I. V. Kirêievski (1806-1856), no artigo "Do caráter da educação da Europa e suas relações com a educação na Rússia" (1852). O "princípio bizantino" na história russa foi estudado também por A. S. Khomiakov (1804-1860). Em 1873, a publicação das obras completas de Khomiakov foi proibida. Na década de 1870, esse era um tema muito agudo. No final do romance *Anna Kariênina*, Tolstói observa que Lióvin "decepcionou-se com a doutrina de Khomiakov sobre a igreja". (N. da E.)

e ficasse bravo com eles. Aquilo valia a pena? Isso não agradava a Vrônski, que, porém, mesmo assim, sentia que Goleníschev era infeliz, e tinha pena dele. Infelicidade, quase alienação mental eram visíveis naquele rosto imóvel e bastante belo na hora em que, sem reparar na entrada de Anna, continuava a exprimir suas ideias de modo obstinado e ardente.

Quando Anna entrou, de chapéu e capa, e, brincando com a sombrinha com movimentos rápidos da bela mão, parou do lado dele, Vrônski, com uma sensação de alívio, desviou dos olhos queixosos de Goleníschev, que se precipitavam para ele e, com amor renovado, mirou sua companheira encantadora, cheia de vida e alegria. Goleníschev voltou a si com dificuldade e, inicialmente, ficou triste e sombrio, porém Anna, com a disposição de tratar todos afetuosamente que tinha nessa época, logo o animou com seus modos simples e alegres. Após tentar vários temas de conversa, encaminhou-se para a pintura, de que ele falava muito bem, ouvindo-o com atenção. Foram a pé até a casa alugada e inspecionaram-na.

— Estou muito contente com uma coisa — Anna disse a Goleníschev, quando já estavam voltando. — Aleksei terá um ótimo ateliê. Você tem que pegar essa sala sem falta — disse a Vrônski, em russo, e chamando-o de *você*, pois já tinha entendido que Goleníschev seria próximo deles, em seu retiro, e que não precisava esconder nada dele.

— Então você pinta? — disse Goleníschev, voltando-se rapidamente para Vrônski.

— Sim, ocupei-me disso há tempos, e agora comecei um pouco — disse Vrônski, corando.

— Ele tem um grande talento — disse Anna, com um sorriso contente. — Eu, obviamente, não sou nenhum juiz! Mas juízes conhecedores disseram o mesmo.

VIII

Anna, nesse primeiro período de sua libertação e rápida convalescença, sentia-se imperdoavelmente feliz e cheia de alegria de viver. A lembrança da infelicidade do marido não envenenava sua felicidade. Essa lembrança era, por um lado, terrível demais para se pensar. Por outro lado, a infelicidade do marido dera-lhe felicidade demais para que sentisse remorso. A lembrança de tudo que lhe ocorrera depois da doença; a reconciliação com o marido, a ruptura, a notícia da ferida de Vrônski, seu aparecimento, o preparativo para o divórcio, a partida da casa do marido, a despedida do filho, tudo isso lhe parecia um sonho febril, do qual despertara apenas com Vrônski, no exterior. A lembrança do mal causado pelo marido provocava-lhe um sentimento similar à repulsa, parecido com o que experimenta uma pessoa que se afoga ao afastar uma outra, que se agarra a ela. Essa outra se afogou. Óbvio que foi ruim, mas era a única salvação, e o melhor é não se lembrar desses detalhes horríveis.

Uma consideração reconfortante a respeito de sua conduta ocorrera-lhe então, no primeiro instante da ruptura e, quando se lembrava agora de todo o passado, lembrava-se dessa consideração. "Causei, inevitavelmente, a infelicidade desse homem — pensava —, mas não quero me aproveitar dessa infelicidade; também sofro e sofrerei: estou privada daquilo que me era mais caro — estou privada do nome honrado e do filho. Cometi o mal e, portanto, não quero a felicidade, não quero o divórcio, e vou sofrer a ignomínia e a separação do filho." Porém, por mais francamente que Anna quisesse sofrer, ela não sofreu. Não houve ignomínia alguma. Com aquele tato que ambos tanto possuíam, evitando, no exterior, as damas russas, eles jamais se colocaram em posição falsa, e por toda parte encontravam gente que fingia compreender por completo sua situação, bem melhor do que eles mesmos. A separação do filho que amava não a atormentou nos primeiros tempos. A menina, seu bebê, era tão querida e cativara Anna a tal ponto, já que era a única coisa que lhe restara, que Anna raramente pensava no filho.

A ânsia de viver, aumentada pela convalescença, era tão forte, e as condições da vida eram tão novas e agradáveis, que Anna se sentia imperdoavelmente feliz. Quanto mais conhecia Vrônski, mais o amava. Amava-o por si mesmo e por seu amor a ela. A plena posse dele era a sua felicidade constante. A proximidade dele era-lhe sempre agradável. Todos os traços de seu caráter, que ela ficava conhecendo cada vez mais, eram-lhe indescritivelmente queridos. Sua aparência, modificada pelo traje civil, era para ela tão atraente quando para uma jovem apaixonada. Em tudo o que ele dizia, pensava e fazia, ela via algo de particularmente nobre e elevado. Sua admiração por ele frequentemente assustava-a: ela procurava e não conseguia encontrar nada nele que não fosse maravilhoso. Não ousava demonstrar-lhe a consciência que tinha de sua nulidade diante dele. Tinha a impressão de que, ao saber disso, ele logo podia deixar de amá-la; e ela agora, embora não tivesse nenhuma razão, não temia nada tanto quanto perder o seu amor. Não tinha, porém, como não lhe ser grata por sua atitude para com ela, e não demonstrar como apreciava aquilo. Ele que, na opinião dela, tinha uma vocação tão certa para a atividade pública, na qual deveria desempenhar um papel importante, sacrificara sua ambição por ela, sem jamais demonstrar sequer a menor pena. Era, mais do que antes, amorosamente respeitoso com relação a ela, e a ideia de que ela jamais sentisse o incômodo de sua posição não o abandonava por um instante. Ele, um homem tão viril, com relação a ela não apenas jamais a contradizia, como não possuía vontade própria, parecendo ter como única ocupação prever os seus desejos. E ela não tinha como não valorizar aquilo, embora a intensidade da atenção dele, e a atmosfera de cuidados com que a cercava, por vezes pesassem sobre ela.

Vrônski, enquanto isso, apesar da plena realização do que desejara por tanto tempo, não conseguia estar plenamente feliz. Logo sentiu que a realização de seus desejos propiciava-lhe apenas um grãozinho da montanha de felicidade que aguardara. Tal realização demonstrou-lhe o eterno erro cometido pelas pessoas ao imaginarem a felicidade da realização de seus desejos. Nos primeiros tempos, depois de se unir a ela e vestir o traje civil, sentiu todo o fascínio da liberdade em geral, que antes não conhecia, e da liberdade do amor, e ficou satisfeito, mas por pouco tempo. Logo sentiu erguer-se em sua alma um desejo por desejos, uma angústia. Independentemente de sua vontade, pôs-se a se aferrar a cada capricho momentâneo, tomando-o por um desejo e objetivo. Tinha que se ocupar com alguma coisa dezesseis horas por dia, já que viviam no exterior em liberdade absoluta, fora daquele círculo da vida social que ocupava seu tempo em São Petersburgo. Nos prazeres da vida de solteiro que tinham ocupado Vrônski nas viagens anteriores ao exterior, não dava nem para pensar, pois a única tentativa do gênero — uma ceia tardia com conhecidos — produzira em Anna um desalento inesperado e desproporcional. Também era impossível o convívio com a sociedade dos locais e dos russos, devido ao caráter indeterminado de sua situação. Visitar pontos turísticos, sem falar que tudo já tinha sido visto, não possuía para ele, como russo e homem inteligente, aquela importância inexplicável que os ingleses atribuem a isso.

E, tal como o estômago faminto se aferra a qualquer objeto que lhe cai, esperando encontrar alimento, Vrônski também se aferrava, inconscientemente, ora à política, ora a novos livros, ora a quadros.

Como, desde jovem, tivera aptidão para a pintura, e como, sem saber em que gastar o dinheiro, começara a colecionar gravuras, deteve-se na pintura, passou a se ocupar dela e nela depositou aquela reserva ociosa de desejo, que requeria utilização.

Tinha capacidade de compreender a arte e, decerto, de imitar a arte com bom gosto, achou que aquilo era o necessário para ser um artista e, depois de hesitar por algum tempo sobre que gênero de pintura adotaria — religioso, histórico ou realista —, pôs-se a pintar. Compreendia todos os gêneros, e podia se inspirar em uns e outros; porém, não conseguia imaginar que fosse possível não saber nada dos gêneros da pintura, e se inspirar diretamente no que levava na alma, sem se preocupar se aquilo que pintaria pertenceria a algum gênero determinado. Como não sabia disso, e se inspirava não diretamente na vida, mas indiretamente, na vida já encarnada na arte, inspirou-se com muita rapidez e facilidade e, com a mesma rapidez e facilidade, conseguiu que aquilo que pintava ficasse muito parecido com o gênero que desejava imitar.

Mais do que qualquer outro gênero, apreciava o francês, gracioso e espetaculoso, e nesse gênero começou a pintar um retrato de Anna, de roupas italianas, e tanto ele quanto todos que viram esse retrato acharam-no muito bem-sucedido.

IX

O velho e abandonado *palazzo*, com teto alto de estuque e afrescos nas paredes, pisos de mosaico, pesadas cortinas amarelas de damasco nas janelas altas, vasos nos consoles e nas lareiras, portas entalhadas e salões sombrios, esse *palazzo*, depois de o percorrerem, confirmou, com sua aparência, o agradável equívoco de Vrônski, de que ele não era tanto um latifundiário russo, um *Jägermeister*[5] sem ocupação, quanto um amante e protetor ilustrado das artes, e ele mesmo um artista moderno, que renunciara às relações sociais e à ambição por amor a uma mulher.

O papel escolhido por Vrônski ao se mudar para o *palazzo* foi plenamente bem-sucedido e, tendo conhecido, graças a Goleníschev, algumas pessoas interessantes, ficou sossegado nos primeiros tempos. Sob orientação de um professor italiano, pintava estudos da natureza e se ocupava da vida medieval italiana. Nos últimos tempos, a vida medieval italiana cativara tanto Vrônski que ele até começou a usar chapéu e capa por cima do ombro, à moda da Idade Média, o que lhe caía muito bem.

— Nós vivemos e não sabemos de nada — Vrônski disse, certa vez, a Goleníschev, que viera visitá-lo pela manhã. — Você viu o quadro de Mikháilov? — disse, entregando-lhe o jornal russo que acabara de receber, de manhã, e apontando para um artigo sobre um artista russo que morava naquela mesma cidade e estava terminando um quadro a respeito do qual boa-

---

[5] "Mestre da caça" em alemão no original: patente de terceira classe dentre as catorze que regulavam o serviço da corte no Império Russo. (N. do T.)

tos corriam há tempos, e que fora vendido antecipadamente. No artigo, havia recriminações ao governo e à Academia, por um artista notável estar privado de qualquer incentivo e ajuda.

— Vi — respondeu Goleníschev. — Obviamente, não é desprovido de talento, mas segue uma tendência absolutamente falsa. Sempre aquela atitude de Ivánov-Strauss-Renan[6] com relação a Cristo e à pintura religiosa.

— O que o quadro representa? — perguntou Anna.

— Cristo diante de Pilatos. Cristo é retratado como um judeu, com todo o realismo da nova escola.

E, como a questão sobre o conteúdo do quadro levava a um de seus temas favoritos, Goleníschev se pôs a explanar:

— Não entendo como eles podem se enganar de forma tão grosseira. Cristo já possui sua encarnação definitiva na arte dos grandes do passado. De qualquer forma, se eles queriam retratar não Deus, mas um revolucionário, ou um pensador, deveriam tomar, na História, Sócrates, Franklin, Charlotte Corday, só que não Cristo. Tomam o personagem que não deveria ser tomado pela arte, e depois...

— Mas e então, é verdade que esse Mikháilov está em tamanha pobreza? — perguntou Vrônski, pensando que, na qualidade de mecenas russo, independentemente de o quadro ser bom ou ruim, deveria ajudar o artista.

— Não muito. É um retratista notável. Vocês viram o retrato que ele fez de Vassíltchikova? Ao que parece, não quer mais fazer retratos e, portanto, pode ser que passe necessidade. Digo que...

— Não daria para lhe pedir para fazer um retrato de Anna Arkádievna? — disse Vrônski.

— Por que de mim? — disse Anna. — Depois do seu, não quero retrato nenhum. Melhor da Annie (assim chamava a filha). Veja-a — acrescentou, olhando pela janela para a bela ama de leite italiana, que carregava o

---

[6] Em 1858, em São Petersburgo, foi exibido o quadro *Aparição de Cristo ao povo*, de A. A. Ivánov (1806-1858). Desde então, começaram tentativas de retratar Cristo "como um personagem histórico". A Ivánov, seguiram-se I. N. Kramskói (*Cristo no deserto*) e M. M. Antokólski (*Cristo*). Assim surgiu a "escola histórica", com um olhar novo sobre temas tradicionais eclesiástico-religiosos, que formulou pela primeira vez a ideia de um Cristo "mais humano que celestial". Na "escola histórica" de filosofia e história, Tolstói incluiu o estudioso alemão David Strauss (1808-1874), autor de *Vida de Jesus*, e o filósofo e crítico francês Ernest Renan (1823-1892), autor da *História das origens do cristianismo*. Na década de 1870, Tolstói tinha uma relação negativa com a "tendência Ivánov-Strauss-Renan": "Para nós, todos os detalhes humanos e humilhantes do cristianismo desapareceram... porque tudo o que não é eterno desaparece". (N. da E.)

bebê no jardim, e mirando Vrônski imperceptivelmente, de imediato. A bela ama de leite italiana, cuja cabeça Vrônski desenhara em seu quadro, era o único pesar secreto da vida de Anna. Vrônski, ao desenhá-la, admirara sua beleza e medievalismo, e Anna não ousara admitir que temia ter ciúmes da ama de leite e, portanto, acarinhava e mimava especialmente ela e seu filho pequeno.

Vrônski também mirou, pela janela e nos olhos de Anna, e, voltando-se imediatamente para Goleníschev, disse:

— E você conhece esse Mikháilov?

— Encontrei-o. Mas ele é um excêntrico, sem educação nenhuma. Sabe, um desses novos selvagens que agora se encontram com frequência; sabe, um desses livres-pensadores, que são formados *d'emblée*[7] em conceitos de incredulidade, negação e materialismo. No passado, acontecia — disse Goleníschev, sem notar ou sem querer notar que Anna e Vrônski tinham vontade de falar —, no passado, acontecia de o livre-pensador ser alguém que se formara em conceitos de religião, lei, moralidade, alguém que chegara ao livre-pensamento com labuta e dificuldade; agora, porém, apareceu um novo tipo de livre-pensador inato, que cresce sem nem sequer ouvir dizer que houve leis, moralidade, religião, que houve autoridades, e que cresce diretamente com conceitos de negação de tudo, ou seja, selvagem. Ele é um desses. É filho, ao que parece, de um criado da corte, e não recebeu educação alguma. Quando entrou na Academia e estabeleceu uma reputação, não sendo tonto, quis se educar. E se voltou para o que lhe parecia a fonte da educação — as revistas. E, entendam, antigamente, alguém que queria se educar, digamos um francês, devia estudar todos os clássicos: os teólogos, os trágicos, os historiadores, os filósofos e, entendam, todo trabalho intelectual que se lhe apresentasse. Mas agora, entre nós, ele cai direto na literatura negativista, assimila muito rápido todo o extrato da ciência negativista, e está pronto. E não é tudo: vinte anos atrás, encontraria nessa literatura sinais da luta com as autoridades, com as concepções seculares, e entenderia, com essa luta, que existia outra coisa; agora, porém, ele cai direto aí, onde as concepções antigas não merecem sequer discussão, e dizem de forma direta: não existe nada, há *évolution*, a seleção, a luta pela sobrevivência, e é tudo. No meu artigo, eu...

— Quer saber de uma coisa — disse Anna, que já se entreolhava, cuidadosamente, há tempos com Vrônski, sabendo que ele não se interessava pela educação do artista, ocupando-se apenas com a ideia de ajudá-lo com

---

[7] "De chofre", em francês no original. (N. do T.)

a encomenda de um retrato. — Quer saber de uma coisa? — interrompeu, resoluta, a fala de Goleníschev. — Vamos até ele?

Goleníschev caiu em si e concordou, de bom grado. Porém, como o artista morava em um bairro distante, resolveram pegar uma caleche.

Uma hora mais tarde, Anna, ao lado de Goleníschev, e com Vrônski no lugar da frente na caleche, chegavam a uma casa feia do bairro distante. Ao saber, pela mulher do zelador, que Mikháilov recebia em seu estúdio, mas que agora estava no apartamento, a dois passos, mandaram-na até ele com seus cartões, pedindo permissão para ver seus quadros.

X

O artista Mikháilov, como sempre, estava trabalhando quando lhe levaram os cartões do conde Vrônski e Goleníschev. De manhã, trabalhara no estúdio, em um quadro grande. Ao chegar em casa, zangara-se com a esposa por não ter conseguido evitar a proprietária, que exigia dinheiro.

— Já lhe disse umas vinte vezes, não entre em explicações. Você é muito burra, e, quando começa a se explicar em italiano, fica três vezes mais burra — disse, depois de uma longa discussão.

— Então não seja negligente, a culpa não é minha. Se eu tivesse dinheiro...

— Deixe-me em paz, pelo amor de Deus! — Mikháilov gritou, com lágrimas na voz e, tapando os ouvidos, foi para o aposento de trabalho, atrás do tabique, fechando a porta atrás de si. "Abestada" — disse para si mesmo, sentou-se à mesa e, abrindo uma pasta, lançou-se de imediato, com peculiar fervor, a um desenho já começado.

Nunca trabalhava com tamanho ardor e êxito como quando sua vida ia mal, especialmente quando brigava com a mulher. "Ah! Que vá para aquele lugar!" — pensou, continuando a trabalhar. Fazia um desenho de uma figura de homem tendo um ataque de raiva. O desenho tinha sido feito antes; estava, porém, insatisfeito com ele. "Não, aquele era melhor... Onde ele está?" Foi até a esposa e, carrancudo, sem olhar para ela, perguntou à menina mais velha onde estava o papel que lhe dera. O papel com o desenho descartado foi encontrado, mas estava sujo e manchado de estearina. Ele pegou o desenho assim mesmo, colocou em sua mesa e, afastando-se e apertando os olhos, pôs-se a fitá-lo. De repente, sorriu e agitou as mãos, contente.

— Isso, isso! — disse e, de imediato, pegando o lápis, começou rapidamente a desenhar. A mancha de estearina conferia uma nova pose ao homem.

Desenhava essa nova pose e, de repente, lembrou-se do rosto enérgico, de queixo saliente, de um comerciante de quem comprara cigarros, e desenhou o homem com esse mesmo rosto, esse queixo. Gargalhava de contentamento. De morta e imaginária, a figura de repente se tornara viva, de um jeito que não era mais possível mudar. Essa figura vivia, e estava determinada de forma clara e indubitável. O desenho podia ser corrigido de acordo com as exigências dessa figura, era possível e até necessário dispor as pernas de outra forma, mudar completamente a posição da mão esquerda, recuar os cabelos. Porém, ao fazer tais correções, ele não modificava a figura, apenas afastava o que a escondia. Era como se tirasse a cobertura que a impedia de ser vista por inteiro; cada traço novo só exprimia mais a figura por inteiro, em toda sua força enérgica, como se apresentara para ele de repente, graças à mancha produzida pela estearina. Finalizava a figura com cuidado quando lhe trouxeram os cartões.

— Já vai, já vai!

Foi até a mulher.

— Ora, basta, Sacha, não fique brava! — disse a ela, com um sorriso tímido e meigo. — Você teve culpa. Eu tive culpa. Vou arranjar tudo. — E, reconciliado com a esposa, vestiu um casaco oliváceo com colar de veludo e um chapéu, e foi para o estúdio. Já se esquecera da figura exitosa. Agora estava contente e agitado com aqueles russos importantes, que tinham vindo de caleche visitar seu estúdio.

Sobre seu quadro, aquele que agora estava em seu cavalete, tinha um juízo no fundo da alma — que ninguém jamais pintara um quadro daqueles. Não achava que seu quadro fosse melhor do que todos de Rafael, mas sabia que o que quisera transmitir e transmitira naquele quadro, ninguém jamais tinha transmitido. Sabia disso com firmeza, e o sabia há tempos, desde que começara a pintá-lo; porém, a opinião das pessoas, fossem quem fossem, possuía para ele, mesmo assim, uma importância enorme, que o agitava no fundo do coração. Qualquer observação, a mais insignificante, que mostrasse que os críticos viam ainda que uma pequena parte daquilo que ele via naquele quadro, agitava-o até as profundezas da alma. Sempre atribuía a seus críticos uma compreensão profunda, maior do que a sua, e sempre esperava deles algo que ele mesmo não via em seu próprio quadro. E tinha a impressão de encontrar isso com frequência nos juízos dos espectadores.

Aproximou-se da porta do estúdio a passos rápidos e, apesar de sua agitação, ficou impactado pela figura suave e iluminada de Anna, de pé, à sombra da entrada, ouvindo o que Goleníschev lhe dizia com ardor e, ao mesmo tempo, obviamente desejosa de dar uma olhada no artista que estava chegando. Ele mesmo não percebeu como, ao se aproximar deles, agarrou e devorou essa impressão, como fizera com o queixo do comerciante de cigarros, guardando-a em algum lugar, para retirar na hora adequada. Os visitantes, já decepcionados de antemão pelo que Goleníschev contara do artista, decepcionaram-se ainda mais com sua aparência. De estatura mediana, corpulento, de passo buliçoso, Mikháilov, de chapéu marrom, casaco oliváceo e calças estreitas, quando há muito tempo todo mundo estava usando largas, em especial pela trivialidade do rosto largo e a expressão combinada de acanhamento e desejo de guardar a dignidade, produziu uma impressão desagradável.

— Ora essa — disse, tentando assumir um ar indiferente e, entrando no vestíbulo, tirou a chave do bolso e abriu a porta.

XI

Ao entrar no estúdio, o artista Mikháilov deu mais uma olhada nos visitantes, anotando na imaginação também a expressão facial de Vrônski, especialmente seu zigoma. Embora seu sentimento artístico trabalhasse sem cessar na coleta de material, embora se sentisse cada vez mais nervoso com a aproximação do instante do julgamento de seu trabalho, compôs, com indícios insignificantes, de modo rápido e sutil, uma noção daquelas três pessoas. Aquele (Goleníschev) era um russo local. Mikháilov não se lembrava de seu nome, nem de que o encontrara e falara com ele. Lembrava-se apenas de seu rosto, como se lembrava de todos os rostos que vira alguma vez, mas também se lembrava de que era um dos rostos separados, em sua imaginação, na imensa seção dos de expressão pobre, de falsa importância. Os cabelos longos e a testa muito aberta conferiam uma aparência de importância ao rosto, no qual havia apenas uma pequena expressão infantil e tranquila, concentrada no intercílio estreito. Vrônski e Kariênina, no entendimento de Mikháilov, deviam ser russos eminentes e ricos, que não entendiam nada de arte, como todos esses russos ricos, porém se faziam de amantes e apreciadores. "Provavelmente já examinaram tudo de antigo e agora estão percorrendo os estúdios dos novos, os charlatães alemães e os ingleses estúpidos, pré-rafaelitas, e vieram até mim só para completar o panorama" — pensou. Conhecia muito bem o jeito dos diletantes (quanto mais inteligentes, pior) de observarem os estúdios dos artistas contemporâneos apenas com o objetivo de terem o direito de dizer que a arte havia decaído e que, quanto mais você olha para os novos, mais vê quão incomparáveis são os grandes mestres da Antiguidade. Esperava por isso tudo, via isso tudo em seus rostos, via-o no desdém indiferente com que falavam entre si, olhavam para os manequins e bustos e passeavam à vontade, esperando que ele descobrisse o quadro. Porém, apesar disso, ao revirar seus estudos, erguer as corrediças e tirar o lençol, sentia uma agitação forte, ainda mais que, apesar de todos os russos eminentes e ricos deverem, na sua opinião, ser umas bestas e uns imbecis, gostara de Vrônski, e particularmente de Anna.

— É esse, por favor — disse, apartando-se com seu passo buliçoso e apontando para o quadro. — É Jesus diante de Pilatos. Mateus, capítulo XXVII — disse, sentindo que seus lábios começavam a tremer de nervoso. Afastou-se, e ficou atrás deles.

Naqueles poucos segundos em que os visitantes contemplavam o quadro em silêncio, Mikháilov também o contemplou, fazendo-o com um olhar indiferente, alheado. Nesses poucos segundos, acreditou de antemão que o mais elevado e justo dos juízos seria proferido por eles, exatamente aqueles visitantes que tanto desprezara no minuto anterior. Esquecera tudo o que tinha antes pensado sobre seu quadro, nos três anos em que o pintara; esquecera todas as suas qualidades, que para ele eram indubitáveis; via o quadro com um olhar novo, indiferente, alheado, e não via nada de bom nele. Via, em primeiro plano, o rosto agastado de Pilatos e o rosto tranquilo de Cristo, em segundo plano, as figuras dos servidores de Pilatos e, acompanhando o que acontecia, o rosto de João. Cada rosto, que crescera nele com seu caráter particular, com tanta busca, com tantos erros e correções, cada rosto que lhe propiciara tanta aflição e contentamento, e todos aqueles rostos, que misturara tantas vezes para observar o todo, todos os matizes de colorido e tom, que conseguira com tamanha dificuldade, tudo isso junto, agora, olhado pelos olhos deles, parecia-lhe uma vulgaridade, repetida milhares de vezes. O rosto que lhe era mais caro, o rosto de Cristo, o ponto central do quadro, que lhe propiciara tamanho êxtase ao descobrir, estava todo perdido para ele ao examinar o quadro com os olhos deles. Via uma repetição bem pintada (não tão bem pintada — agora ele via com clareza um monte de defeitos) dos infindáveis Cristos de Ticiano, Rafael, Rubens, e o mesmo com os guerreiros e Pilatos. Tudo aquilo era vulgar, pobre, velho, e até mal pintado — variegado e fraco. Eles teriam razão ao repetir frases fingidas e polidas em presença do pintor, e ao ter pena e dar risada dele ao ficarem a sós.

Aquele silêncio lhe pesava demais (embora não se prolongasse mais do que um minuto). Para rompê-lo, e mostrar que não estava nervoso, fez um esforço para se controlar e se dirigiu a Goleníschev.

— Acho que já tive o prazer de encontrá-lo — disse a ele, olhando tranquilamente ora para Anna, ora para Vrônski, para não deixar escapar um traço sequer de suas expressões visuais.

— Como não? Nós nos vimos na casa de Rossi, lembra, naquela noite em que declamou aquela senhora italiana, uma nova Rachel[8] — disse Goleníschev, com desembaraço, desviando o olhar do quadro sem o menor pesar, e dirigindo-o ao artista. Ao reparar, contudo, que Mikháilov aguardava um juízo do quadro, disse:

— Seu quadro progrediu muito desde que o vi pela última vez. E, assim como naquela época, estou extraordinariamente impactado pela figura de Pilatos. Assim dá para entender essa pessoa, um homem bondoso, excelente, porém um funcionário público até o fundo da alma, que não sabe o que está fazendo. Mas tenho a impressão...

Toda a face móvel de Mikháilov se iluminou de repente: os olhos se acenderam. Quis dizer alguma coisa, mas não conseguiu articular, de nervoso, e fingiu tossir. Por mais baixa que fosse sua avaliação da capacidade de Golenischev de compreender a arte, por mais insignificante que fosse a justa observação sobre a fidelidade da expressão do rosto de Pilatos como funcionário público, por mais ultrajante que fosse ele ter se permitido fazer, em primeiro lugar, uma observação tão insignificante, e não falasse do mais importante, Mikháilov ficou encantado com essa observação. Ele mesmo achava, da figura de Pilatos, o mesmo que Golenischev dissera. O fato de que aquela fosse uma de milhões de outras considerações que, como Mikháilov sabia com certeza, eram todas exatas, não diminuía, para ele, a importância da observação de Golenischev. Adorava Golenischev por essa observação e, de um estado de desalento, passou de repente para o êxtase. De súbito, todo seu quadro ganhou vida diante dele, com a complexidade inefável de tudo o que é vivo. Mikháilov novamente tentou dizer que era assim que entendia Pilatos; seus lábios, porém, tremiam, insubmissos, e ele não conseguiu pronunciar. Vrônski e Anna também disseram algo com aquela voz baixa que, em parte para não ofender o artista, em parte para não falar uma besteira em voz alta, o que é tão fácil de fazer ao falar de arte, habitualmente se emprega nas exposições de quadros. Mikháilov teve a impressão de que o quadro também lhes causara impressão. Aproximou-se deles.

— Como é espantosa a expressão de Cristo! — disse Anna. De tudo que

---

[8] Élisabeth-Rachel Félix (1821-1858), conhecida simplesmente como Rachel, foi uma célebre atriz francesa, ídolo de Sarah Bernhardt. (N. do T.)

vira, tal expressão lhe agradara mais do que tudo, sentia que era o centro do quadro e, por isso, esse elogio agradaria ao artista. — Vê-se que tem compaixão de Pilatos.

De novo, tratava-se de uma dentre milhões de considerações exatas que podiam ser extraídas do quadro e da figura de Cristo. Dissera que ele tinha compaixão de Pilatos. Na expressão de Cristo devia haver também uma expressão de compaixão, pois nela havia uma expressão de amor, de calma celestial, de prontidão para a morte e de consciência da inutilidade das palavras. Óbvio que havia expressão de funcionário público em Pilatos e de compaixão em Cristo, já que um era a personificação da vida carnal e, o outro, da espiritual. Tudo isso e muitas outras coisas perpassaram a mente de Mikháilov. E seu rosto voltou a se acender de êxtase.

— Sim, e como essa figura foi feita, que atmosfera. Dá para contorná-la — disse Goleníschev, mostrando de forma patente, com essa observação, que não aprovava o conteúdo e os pensamentos das figuras.

— Sim, uma maestria espantosa! — disse Vrônski. — Como as figuras do plano de fundo se destacam! Veja a técnica — disse, dirigindo-se para Goleníschev, aludindo a uma conversa prévia entre eles, sobre como Vrônski se desesperava para adquirir tal técnica.

— Sim, sim, espantosa! — confirmaram Goleníschev e Anna. Apesar do estado de excitação em que se encontrava, a observação sobre a técnica corroeu dolorosamente o coração de Mikháilov que, olhando bravo para Vrônski, ficou carrancudo de repente. Ouvia com frequência essa palavra, *técnica*, e decididamente não compreendia o que subentendiam com aquilo. Sabia que, com aquela palavra, subentendiam a capacidade mecânica de pintar e desenhar, de modo completamente independente do conteúdo. Reparava com frequência que, mesmo em um elogio sincero, a técnica era oposta ao valor intrínseco, como se fosse possível pintar bem o que era ruim. Sabia que era preciso muita atenção e cuidado para remover as camadas sem danificar a obra, assim como para remover todas as camadas; mas, para a arte de pintar, não havia técnica alguma. Se se revelasse também a um menininho ou a sua cozinheira o que ele via, também eles saberiam descascar o que viam. E o pintor de técnica mais experiente e habilidoso não conseguiria pintar nada apenas com a capacidade mecânica se antes não se abrissem as fronteiras do conteúdo. Além disso, via que, se fosse para falar de técnica, ele não tinha nada por que ser elogiado. Em tudo que pintava e desenhava, via defeitos que lhe saltavam aos olhos, advindos da falta de cuidado com que removera as camadas, e que agora já não tinha como corrigir sem estragar a obra como um todo. E em quase todas as figuras e rostos via restos de camadas que não haviam sido retiradas por inteiro, estragando o quadro.

— A única coisa que se pode dizer, se o senhor me permite fazer a observação... — observou Goleníschev.

— Ah, fico muito contente, e lhe peço — disse Mikháilov, com um sorriso fingido.

— É que, no seu quadro, Ele é um homem-Deus, e não o Deus-homem. Aliás, sei que foi o que o senhor quis.

— Eu não tinha como pintar um Cristo que não está na minha alma — disse Mikháilov, sombrio.

— Sim, mas, nesse caso, se o senhor me permite dizer minha ideia... O seu quadro é tão belo que minha observação não tem como prejudicá-lo e, portanto, é uma opinião supérflua. Com o senhor é diferente. O próprio motivo é diferente. Mas tomemos, entretanto, Ivánov. Creio que, se Cristo é rebaixado ao grau de personagem histórico, seria melhor que Ivánov tivesse escolhido outro tema histórico, fresco, não abordado.

— Mas e se esse for o maior tema que se apresenta à arte?

— Se for procurar, vai achar outro. Mas a questão é que a arte não suporta debates e discussões. E, diante do quadro de Ivánov, para o crente e para o incréu, apresenta-se a questão: é Deus ou não é Deus? E isso arruína a unidade da impressão.

— Mas por quê? Parece-me que, para pessoas instruídas — disse Mikháilov —, essa discussão já não pode existir.

Goleníschev não concordou e, mantendo sua primeira ideia a respeito da unidade da impressão como necessária à arte, derrotou Mikháilov.

Mikháilov ficou nervoso, mas não soube dizer nada em defesa de sua ideia.

XII

Anna e Vrônski já se entreolhavam fazia tempo, lamentando o falatório inteligente do amigo, e, por fim, Vrônski se encaminhou, sem esperar pelo anfitrião, até outro quadro, não muito grande.

— Ah, que encanto, como é encantador! Maravilha! Que encanto! — disseram, a uma só voz.

"O que lhes agradou tanto?" — pensou Mikháilov. Tinha até se esquecido daquele quadro, pintado há três anos. Esquecera-se de todos os sofrimentos e êxtases que vivenciara com aquele quadro quando, por alguns meses, se ocupara dele incessantemente, dia e noite; esquecera-se, como sempre se esquecia dos quadros terminados. Não gostava nem de olhar para ele, e o expusera apenas porque aguardava um inglês que desejava adquiri-lo.

— Esse é um estudo antigo — disse.

— Como é bom! — disse Goleníschev, que também caíra, visivelmente, sob o encanto do quadro.

Dois meninos pescavam à sombra de um salgueiro. Um, mais velho, tinha acabado de lançar o caniço e tirava cuidadosamente a boia de trás do arbusto, completamente absorto na tarefa; o outro, mais novo, estava deitado na grama, com a desgrenhada cabeleira loira apoiada na mão, fitando a água com olhos azuis, pensativos. No que pensava?

A admiração por esse quadro mexeu com a comoção prévia de Mikháilov, porém ele temia e não gostava desse sentimento ocioso pelo passado, e por isso, embora ficasse contente com os elogios, quis atrair os visitantes para um terceiro quadro.

Só que Vrônski perguntou se o quadro estava à venda. Agora, para Mikháilov, perturbado pelas visitas, o assunto pecuniário era absolutamente desagradável.

— Está exposto aqui para venda — respondeu, franzindo o cenho, sombrio.

Quando os visitantes saíram, Mikháilov sentou-se de frente para o quadro de Pilatos e Cristo e repetiu em sua mente tanto o que fora dito, quanto o que, embora não tivesse sido dito, fora subentendido por eles. Estranho: o que tivera para ele tamanha importância enquanto estavam lá, e quando ele se colocara mentalmente no ponto de vista deles, de repente tinha perdido toda a importância. Pôs-se a contemplar o quadro com a plenitude de seu olhar de artista, e ficou naquele estado de segurança da perfeição e, portanto, da importância do quadro que era necessário para aquela tensão que excluía todos os outros interesses, e que era a única condição na qual podia trabalhar.

A perna de Cristo, mesmo assim, não estava boa no escorço. Pegou a paleta e se meteu a trabalhar. Após corrigir a perna, ficou esquadrinhando incessantemente a figura de João, no segundo plano, que os visitantes não tinham sequer notado, mas que ele sabia estar além da perfeição. Ao concluir a perna, quis se lançar sobre essa figura, porém sentia-se agitado demais para tanto. Assim como não conseguia trabalhar quando estava com frio, não o podia quando, como agora, estava mole demais, vendo tudo em demasia. Havia apenas um grau, nessa passagem do frio à inspiração, no qual era possível trabalhar. Mas agora estava agitado demais. Quis cobrir o quadro mas parou e, com o lençol na mão, e um sorriso ditoso, ficou examinando longamente a figura de João. Por fim, como se se despedisse com tristeza, baixou o lençol e, cansado, porém feliz, recolheu-se.

Vrônski, Anna e Goleníschev, voltando para casa, estavam particularmente animados e alegres. Falavam de Mikháilov e seus quadros. A palavra *talento*, com a qual subentendiam uma capacidade inata, quase física, independente da inteligência e do coração, e com a qual queriam nomear tudo que o artista vivenciara, aparecia em sua fala com frequência especial, como se fosse indispensável para nomearem aquilo de que não tinham nenhuma noção, mas de que queriam falar. Diziam que não era possível negar-lhe talento, mas que seu talento não podia se desenvolver por falta de educação — a desgraça comum a nossos artistas russos. Mas o quadro dos meninos ficara-lhes na memória, e voltavam a ele de quando em quando.

— Que encanto! Como deu certo, e como é simples! Nem ele entende como é bom. Sim, não posso deixar passar, tenho de comprá-lo — disse Vrônski.

XIII

Mikháilov vendeu a Vrônski seu quadro, e concordou em fazer o retrato de Anna. No dia designado, foi e começou o trabalho.

A partir da quinta sessão, o trabalho impressionou a todos, especialmente Vrônski, não apenas pela semelhança, mas pela beleza particular. Era estranho como Mikháilov tinha conseguido encontrar essa beleza particular. "Seria preciso conhecê-la e amá-la como eu a amei para encontrar essa mais cara expressão de seu espírito" — pensou Vrônski, embora apenas graças a esse retrato ele mesmo tivesse conhecido essa mais cara expressão de seu espírito. Mas essa expressão era tão sincera que ele e os outros acharam que a conheciam há tempos.

— Há quanto tempo luto, e não fiz nada — disse, a respeito de seu próprio retrato —, enquanto ele observou e desenhou. Isso é o que significa técnica.

— Isso virá — consolou-o Goleníschev, em cujo entendimento Vrônski possuía talento e, principalmente, uma instrução que lhe conferia um olhar mais elevado sobre a arte. Sua confiança no talento de Vrônski era confirmada ainda por sua própria necessidade da simpatia e dos elogios de Vrônski a seus artigos e ideias, e ele sentia que os elogios e o apoio deviam ser mútuos.

Em casa alheia, especialmente no *palazzo* de Vrônski, Mikháilov era uma pessoa completamente diferente do que em seu estúdio. Era de uma polidez hostil, como se temesse se aproximar de gente que não respeitava. Chamava Vrônski de Vossa Excelência, e nunca, apesar dos convites de Anna, ficava para jantar, nem vinha a não ser para as sessões. Anna era mais afetuosa com ele do que com qualquer outro, e grata pelo retrato. Vrônski era mais do que cordial para com ele, visivelmente interessado no juízo do artista a respeito de seu quadro. Goleníschev não perdia oportunidade de incutir em Mikháilov a noção verdadeira a respeito da arte. Porém, Mikháilov permanecia igualmente frio para com todos. Anna sentia, por seu olhar, que ele gostava de observá-la; evitava, contudo, conversar com ela. Nas conversas com Vrônski a respeito de suas pinturas, ficava obstinadamente calado, calando-se com a mesma obstinação quando lhe mostraram o quadro de Vrônski, e se incomodava visivelmente com a conversa de Goleníschev, sem retrucar.

No geral, com sua atitude contida e antipática, como que hostil, Mikháilov desagradou-lhes bastante, quando vieram a conhecê-lo melhor. Quando as sessões terminaram, ficaram contentes, com um retrato maravilhoso em mãos, e ele parou de vir.

Goleníschev foi o primeiro a exprimir a ideia que todos tinham — a saber, que Mikháilov simplesmente invejava Vrônski.

— Vamos admitir que não é inveja, pois *talento* ele tem; mas fica agastado porque um homem da corte, culto, ainda por cima um conde (afinal, eles odeiam isso tudo), consegue fazer, sem especial dificuldade, a mesma coisa, se não melhor, que ele, que consagrou a vida a isso. O principal é a educação, que ele não tem.

Vrônski defendeu Mikháilov, porém, no fundo da alma, acreditava naquilo, pois, no seu entendimento, um homem de um outro mundo, mais baixo, tinha de ter inveja.

O retrato de Anna — pintado igualmente a partir da natureza por ele e Mikháilov — deveria ter mostrado a Vrônski a diferença que existia entre ele e Mikháilov; mas ele não a via. Só que depois de Mikháilov ele parou de fazer seu retrato de Anna, decidindo que agora era supérfluo. Já o quadro da vida medieval ele continuou. E ele, Goleníschev e, especialmente, Anna, acharam que era muito bom, pois era muito mais parecido com os quadros famosos do que o quadro de Mikháilov.

Enquanto isso, embora o retrato de Anna o entusiasmasse muito, Mikháilov ficou ainda mais contente do que eles quando as sessões acabaram, e não precisava mais ouvir os arrazoados de Goleníschev a respeito de arte, e podia esquecer a pintura de Vrônski. Sabia que não era possível proibir Vrônski de brincar de pintura; sabia que ele e todos os diletantes tinham todo o direito de desenhar o que quisessem, mas aquilo o desagradava. Não era possível proibir um homem de fazer uma grande boneca de cera e beijá-la. Porém, se esse homem da boneca viesse, se sentasse na frente de um apaixonado e se pusesse a acariciar a boneca como o apaixonado acaricia a amada, o apaixonado não gostaria. Mikháilov sentia o mesmo desagrado diante das pinturas de Vrônski; era ridículo, aborrecedor, penoso e ultrajante.

O entusiasmo de Vrônski com a pintura e a Idade Média durou pouco. Tinha tanto gosto pela pintura que não conseguia terminar os quadros. O quadro parou. Sentia confusamente que seus defeitos, pouco perceptíveis no início, seriam espantosos se ele continuasse. Acontecera-lhe o mesmo que com Goleníschev, que, ao sentir que não tinha nada a dizer, enganava-se continuamente que a ideia não estava madura, que a estava amadurecendo e preparando os materiais. Aquilo, porém, exasperava e torturava Goleníschev, e Vrônski não podia se enganar, torturar e, especialmente, exasperar. Com a firmeza de caráter que lhe era peculiar, parou de se ocupar de pintura, sem explicar nem justificar nada.

Porém, sem essa ocupação, sua vida e a de Anna, que se espantou com sua desilusão, pareceu-lhes tão tediosa na cidade italiana, o *palazzo* de repente se tornou tão visivelmente velho e sujo, as manchas das cortinas pareciam tão desagradáveis, as fendas nos pisos, o estuque quebrado nas cornijas, e Goleníschev, o professor italiano e o viajante alemão se tornaram igualmente tão tediosos, que se fez necessário mudar de vida. Resolveram ir para a Rússia, para o campo. Em São Petersburgo, Vrônski tencionava fazer a partilha com o irmão, e Anna, ver o filho. Tencionavam passar o verão na grande propriedade da família de Vrônski.

XIV

Lióvin estava no terceiro mês de casado. Estava feliz, porém absolutamente não do jeito que esperara. A cada passo, encontrava o desencanto dos sonhos anteriores, bem como encantos novos e inesperados. Lióvin estava feliz, porém, ao ingressar na vida doméstica, via a cada passo que ela não era absolutamente como havia imaginado. A cada passo, experimentava o que experimentaria alguém que, ao contemplar o curso suave e feliz de um barco no lago, acabasse se sentando nesse barco. Vira que, além de se sentar com equilíbrio, sem balançar, era preciso ainda refletir, sem se esquecer por um minuto para onde estava indo, que tinha água debaixo dos pés, que era preciso remar, que os braços desacostumados doíam, que ficar só olhando era fácil, mas que fazê-lo, por mais prazeroso que fosse, era muito difícil.

Em solteiro, ao olhar para a vida conjugal dos outros, para as preocupações ínfimas, as brigas, os ciúmes, só fazia dar um sorriso de desprezo na alma. Em sua futura vida conjugal, estava convicto que não apenas não poderia haver nada parecido, como ainda tinha a impressão de que suas formas exteriores não deviam guardar semelhança alguma com as vidas dos outros. E, de repente, sua vida com a esposa não apenas não tivera uma configuração especial como, pelo contrário, configurara-se com aquelas mesmas miudezas insignificantes que ele antes desprezara, mas que agora, contra sua vontade, adquiriam uma importância extraordinária e irrefutável. E Lióvin via que a organização de todas essas miudezas não era tão fácil quanto antes achava. Embora supusesse ter as noções mais exatas sobre a vida doméstica, imaginara sem querer, como todos os maridos, a vida doméstica apenas como o gozo do amor, que nada devia estorvar, e do qual as preocupações ínfimas não deviam distrair. No seu entendimento, devia fazer seu trabalho e descansar dele na felicidade do amor. Já ela devia ser amorosa, e só. Porém ele, como todos os maridos, esquecia-se de que ela também tinha que trabalhar. E espantou-o como aquela Kitty poética e encantadora podia, não apenas nas primeiras semanas, mas já nos primeiros dias de vida conjugal, se lembrar e se atarefar com as toalhas, os móveis, os colchões das visitas, as bandejas, o cozinheiro, o jantar, etc. Ainda quando noivo, surpreendera-se com a determinação com que ela renunciara à viagem ao exterior e decidira ir ao campo, como se soubesse o que era necessário, e que conseguisse pensar em algo além do seu amor. Isso então o ofendera, e, agora, seus afazeres e preocupações ínfimas ofendiam-no algumas vezes. Via, porém, que aquilo era indispensável para ela. E, amando-a, mesmo sem entender por quê, mesmo rindo dessas preocupações, ele não tinha como não admirá-las. Ria-se de como ela arrumara a mobília trazida de Moscou, como rearranjara o quarto dele e o dela, como pendurara as cortinas, como organizara os futuros aposentos de hóspedes, para Dolly, como arrumara o alojamento da criada nova, como encomendara o jantar ao velho cozinheiro, como entrara em altercação com Agáfia Mikháilovna, afastando-a das provisões. Via que o velho cozinheiro sorria ao olhar para ela e ouvir suas ordens inábeis, impossíveis; via que Agáfia Mikháilovna meneava a cabeça de forma pensativa e carinhosa às novas determinações da jovem patroa, na despensa; via que Kitty era extraordinariamente gentil quando, rindo e chorando, vinha lhe comunicar que a criada Macha estava acostumada a considerá-la uma senhorita e, por isso, ninguém lhe dava ouvidos. Tudo aquilo lhe parecia doce, porém estranho, e ele achava que seria melhor sem aquilo.

Não conhecia aquela sensação de mudança que ela experimentava, já que antes, em casa, às vezes queria repolho com *kvas*, ou bombons, e não podia ter nem um nem outro, e agora tinha a possibilidade de pedir o que quisesse, comprar montes de bombons, esbanjar quanto dinheiro quisesse e encomendar quanto doce quisesse.

Agora sonhava com alegria com a vinda de Dolly e os filhos, especialmente porque encomendaria o doce preferido de cada uma das crianças, e Dolly apreciaria toda a sua nova organização. Ela mesma não sabia por quê, nem para quê, mas a administração da casa atraía-a de forma irresistível. Sentindo instivamente a aproximação da primavera, e sabendo que também haveria dias de mau tempo, fizera o ninho como conseguira, apressando-se para aprender e fazer ao mesmo tempo.

Esses cuidados de Kitty com as miudezas, tão opostos ao ideal de Lióvin de felicidade elevada, foram um dos desencantos dos primeiros tempos; e esses cuidados gentis, cujo sentido ele não entendia, mas que não tinha como não amar, foram um dos novos encantos.

Outro encanto e desencanto foram as brigas. Lióvin jamais pudera conceber que entre ele e a esposa pudesse haver relações que não fossem de ternura, respeito e amor, e, de repente, já nos primeiros dias, eles brigaram, de modo que ela lhe disse que ele não a amava, que amava apenas a si mesmo, pôs-se a chorar e agitar os braços.

Essa primeira briga fora causada porque Lióvin tinha ido a uma granja nova e demorara meia hora a mais, pois quisera voltar por um caminho mais curto e se perdera. Encaminhava-se para casa pensando apenas nela, em seu amor, em sua felicidade e, quanto mais perto chegava, mais se inflamava seu carinho por ela. Entrou no quarto com o mesmo sentimento, ainda mais forte do que no dia em que fora à casa dos Scherbátski para fazer a proposta de casamento. E, de repente, foi recebido com uma expressão sombria, que jamais tinha visto. Quis beijá-la, mas ela o afastou.

— O que você tem?

— Você se divertiu... — ela começou, querendo ser calma e maliciosa.

Porém, bastou abrir a boca e as palavras de recriminação, de ciúme insensato, tudo que a atormentara naquela meia hora que passara imóvel, sentada à janela, prorrompeu de dentro dela. Só então, pela primeira vez, ele entendeu com clareza o que não entendera ao levá-la para fora da igreja, depois do matrimônio. Entendeu que ela não apenas era próxima dele, mas que agora ele não sabia onde ela acabava e ele começava. Entendera-o pela sensação aflitiva de divisão que experimentava naquele minuto. No primeiro instante, ofendera-se, porém, no mesmo segundo, sentira que não podia se ofender com ela, que ela era ele mesmo. No primeiro instante, sentira algo semelhante a alguém que, ao receber um golpe súbito e forte nas costas, vira-se com raiva e desejo de se vingar, para descobrir o culpado, e percebe que foi ele mesmo quem se golpeou, sem querer, que não tem com quem se zangar e que deve aguentar e aplacar a dor.

Depois, jamais voltou a senti-lo com a mesma força, porém, daquela primeira vez, passou muito tempo até conseguir se recuperar. Um sentimento natural exigia que ele se justificasse, que lhe demonstrasse que estava errada; porém, demonstrar-lhe seu erro significava irritá-la ainda mais, e aumentar aquela ruptura que era a causa de todo o pesar. Um sentimento habitual induzia-o a tirar a culpa de si e colocá-la nela; outro, mais forte, induzia-o a, logo, quanto antes, serenar a ruptura e não deixar que ela piorasse. Aceitar aquela acusação tão injusta era aflitivo, mas causar-lhe dor com sua justificativa era pior. Como alguém torturado pela dor, queria arrancar, jogar fora o que lhe doía e, ao cair em si, sentiu que o que lhe doía era ele mesmo. Tinha apenas que se esforçar para fazer o que lhe doía aguentar, e tentou fazê-lo.

Fizeram as pazes. Reconhecendo sua culpa, porém sem dizê-lo, ela ficou mais meiga para com ele, e eles experimentaram uma felicidade de amor nova e redobrada. Isso não impediu, contudo, que tais desavenças se repetissem, com especial frequência, devido aos pretextos mais inesperados e insignificantes. Tais desavenças eram habitualmente causadas pelo fato de que eles ainda não sabiam o que era importante para um e para o outro, e por que, nesses primeiros tempos, ambos estavam com frequência de mau humor. Quando um estava bem, e o outro mal, a paz não se rompia, mas quando estavam ambos de mau humor, as desavenças eram causadas por motivos tão incompreensíveis e insignificantes que, depois, não conseguiam se lembrar de jeito nenhum por que tinham brigado. Verdade que, quando estavam ambos de bom humor, a alegria da vida era redobrada. Mas, assim mesmo, esses primeiros tempos foram difíceis para os dois.

Durante toda essa época inicial, sentiram uma tensão especialmente viva, como se puxassem em direções opostas a corrente que os unia. No geral, a lua de mel, ou seja, o mês após o casamento, do qual, pela tradição, Lióvin tanto esperava, não apenas não foi de mel, como ficou na memória de ambos como a época mais dura e humilhante de suas vidas. Posteriormente, ambos tentaram riscar da lembrança, da mesma forma, todas as circunstâncias monstruosas e embaraçosas daquela época doentia, em que os dois raramente se encontravam em seu humor normal, raramente eram eles mesmos.

Só no terceiro mês de casamento, depois do regresso de Moscou, para onde tinham ido por um mês, sua vida se tornou mais regular.

XV

Tinham acabado de chegar de Moscou, e estavam contentes com sua solidão. Ele estava no gabinete, sentado à escrivaninha, escrevendo. Ela, com o vestido lilás-escuro que usara nos primeiros dias de núpcias e voltava a usar agora, e que ele achava particularmente memorável e querido, sentava-se no sofá, naquele mesmo sofá velho de couro que sempre estivera no gabinete do avô e do tio de Lióvin, e costurava uma *broderie anglaise*.[9] Ele pensava e escrevia, sem parar de sentir, com alegria, a presença dela. Seu trabalho na herdade e no livro, no qual deviam ser expostos os fundamentos do novo tipo de propriedade rural, não tinha sido abandonado; porém, assim como antes esses trabalhos e ideias tinham lhe parecido pequenos e insignificantes em comparação com as trevas que cobriam toda a vida, agora pareciam igualmente irrelevantes e pequenos em comparação com o jorro de luz radiante de felicidade da vida que tinha pela frente. Prosseguia com seu trabalho, mas agora sentia que o centro de gravidade de sua atenção tinha passado para outra coisa e, em consequência disso, encarava-o de forma completamente diferente, e com maior clareza. Antes, essa causa era a salvação de sua vida. Antes, sentia que, sem essa causa, sua vida seria tenebrosa demais. Agora, esse trabalho era indispensável para que a vida não fosse de uma luminosidade demasiado uniforme. Retomando seus papéis, relendo o que tinha escrito, achou, com satisfação, que a causa valia a pena. A causa era nova e proveitosa. Muitas de suas ideias de antes pareceram-lhe supérfluas e extremadas, porém muitas lacunas foram esclarecidas quando ele refrescou o assunto na memória. Escrevia agora um novo capítulo sobre os motivos da situação desvantajosa da lavoura na Rússia. Demonstrava que a pobreza da Rússia provinha não apenas da distribuição injusta da propriedade fundiária e de uma orientação errônea, mas que o que contribuíra para isso, nos últimos tempos, fora a civilização forasteira enxertada na Rús-

---

[9] "Bordado inglês", em francês no original. Técnica popular na Inglaterra, entre 1840 e 1880, especialmente para roupas de baixo femininas e trajes infantis. (N. do T.)

sia de forma anormal, em especial vias de comunicação, estradas de ferro, que tinham acarretado em centralização nas cidades, desenvolvimento do luxo e, consequentemente, no declínio da lavoura, no desenvolvimento da indústria fabril, do crédito e seu companheiro de viagem — o jogo da bolsa. Tinha a impressão de que, em um desenvolvimento normal da riqueza do Estado, todos esses fenômenos surgiriam apenas quando um trabalho considerável tivesse sido depositado na lavoura, quando ela estivesse em condições mais regulares, pelo menos mais determinadas; que a riqueza do país devia crescer por igual, especialmente de modo que os outros ramos da riqueza não levassem vantagem sobre a lavoura; que as vias de comunicação deviam estar em conformidade com determinadas condições da lavoura, e que, com nosso uso irregular da terra, as estradas de ferro, estimuladas por uma necessidade que não era econômica, mas política, eram prematuras e, em vez de colaborar com a lavoura, como esperado, tiravam vantagem dela e suscitavam o desenvolvimento da indústria e do crédito, impedindo seu progresso, e, portanto, assim como o desenvolvimento unilateral e prematuro de um órgão prejudicava o desenvolvimento geral de um animal, para o desenvolvimento geral da riqueza da Rússia, o crédito, as vias de comunicação, o fortalecimento das atividades fabris, que eram indubitavelmente necessárias à Europa, onde eram oportunas, entre nós eram nocivas, deslocando a questão principal e imediata da organização da lavoura.

Enquanto ele escrevia, ela pensava em como seu marido tinha sido artificialmente atencioso para com o jovem príncipe Tchárski, que a enchera de galanteios com tamanha falta de tato na véspera da partida. "Afinal, ele tem ciúmes — pensou. — Meu Deus! Como ele é querido e tolo. Tem ciúmes de mim! Se ele soubesse que, para mim, eles são todos iguais a Piotr, o cozinheiro — pensou, olhando, com um sentimento de propriedade que lhe era estranho, para a nuca e o pescoço vermelho dele. — Embora seja uma pena afastá-lo do trabalho (mas ele vai conseguir terminar!), preciso olhar para sua cara; será que sente que estou olhando para ele? Quero que ele se vire... Quero, ora!" E abriu mais os olhos, desejando assim reforçar a ação de seu olhar.

— Sim, eles desviam para si toda a seiva e emitem um brilho falso — ele murmurou, parando de escrever e, ao sentir que ela o encarava e sorria, deu uma olhada.

— O que foi? — perguntou, sorrindo e se erguendo.

"Ele olhou" — ela pensou.

— Nada, eu queria que você olhasse — disse, fitando-o e desejando conferir se ele tinha ficado ou não agastado por ter sido interrompido por ela.

— Pois bem, veja como ficamos bem a dois! Ou seja, eu fico — disse, aproximando-se dela e irradiando um sorriso de felicidade.

— Estou tão bem! Não vou a lugar nenhum, especialmente Moscou.

— E você estava pensando em quê?

— Eu? Estava pensando... Não, não, vá escrever, não se distraia — disse, franzindo os lábios —, agora tenho que cortar esses furinhos, está vendo?

Ela pegou a tesoura e se pôs a cortar.

— Não, diga, em quê? — ele disse, sentando-se perto dela e acompanhando os movimentos circulares da tesourinha.

— Ah, no que estava pensando? Estava pensando em Moscou, na sua nuca.

— Por que essa felicidade coube justo a mim? Não é natural. É bom demais — ele disse, beijando-lhe a mão.

— Para mim, pelo contrário, quanto melhor, mais natural.

— Tem uma trancinha sua — ele disse, mexendo com cuidado na cabeça dela. — Uma trancinha. Veja, aqui. Não, não, estamos ocupados com nossos afazeres.

Os trabalhos não prosseguiam mais, e eles tinham se afastado um do outro, como culpados, quando Kuzmá veio informar que o chá estava servido.

— E chegaram da cidade? — Lióvin perguntou a Kuzmá.

— Acabaram de chegar, estão desempacotando.

— Venha logo — ela lhe disse, ao sair do gabinete —, senão vou ler as cartas sem você. E vamos tocar a quatro mãos.

Deixado a sós, reunindo seus cadernos na nova pasta que ela adquirira, ele se pôs a lavar as mãos no lavatório novo, com todos os acessórios elegantes que tinham aparecido com Kitty. Lióvin sorria com seus pensamentos, aos quais meneava a cabeça, com desaprovação; uma sensação similar ao remorso o atormentava. Havia algo de vergonhoso, efeminado, capuano,[10] em suas palavras, nessa sua vida atual. "Viver assim não é bom — pensava. — Logo serão três meses, e não fiz quase nada. Agora, pela primeira vez, quase peguei no batente a sério, e então? Foi começar e largar. Mesmo os afazeres costumeiros, eu quase parei. Quase não ando mais pela proprie-

---

[10] Referente à cidade italiana de Cápua. Tito Lívio, na *História de Roma*, conta que o acampamento de inverno de Aníbal na Segunda Guerra Púnica mimou o corpo e a alma dos combatentes. Em Cápua, o exército perdeu a força e foi, por isso, derrotada pelo adversário. Na publicística dos anos 1870, a Paris de Napoleão III era chamada de Cápua. "Capuano" é um neologismo de Tolstói (do francês *délices de Capoue*, "delícias de Cápua"). Em seus diários, Tolstói chamou de Cápua o período de ociosidade e preguiça: "Essa Cápua é nociva a nosso irmão, o trabalhador". (N. da E.)

dade. Ora tenho pena de deixá-la, ora vejo que ela se entedia. E eu que achava que, antes do matrimônio, a vida era como se não contasse, e que, depois, começaria a vida de verdade. E lá se vão três meses, e nunca passei o tempo de forma tão ociosa e inútil. Não, isso não é possível, tenho que começar. Óbvio que ela não é culpada. Não há como recriminá-la. Eu mesmo tinha que ser mais firme, defender minha independência masculina. Senão vou acabar me acostumando, e ela vai se habituar... Óbvio que ela não é culpada" — dizia para si mesmo.

Mas é difícil, para alguém insatisfeito, não recriminar outra pessoa, ainda mais quem está mais perto, por sua insatisfação. E passou confusamente pela cabeça de Lióvin que ela, em si, não era culpada (ela não tinha como ter culpa de nada), mas culpada era sua educação, demasiado superficial e frívola ("aquele imbecil do Tchárski: sei que ela queria, mas não sabia como detê-lo"). "Sim, além do interesse pela casa (isso ela tinha), além de sua toalete e da *broderie anglaise*, ela não tem interesses sérios. Nem interesse por minha atividade, pela propriedade, pelos mujiques, nem pela música, na qual ela é bem forte, nem por leitura. Ela não faz nada, e está plenamente satisfeita." Em seu coração, Lióvin condenava aquilo, e tampouco compreendia que ela estava se preparando para aquele período de atividade que chegaria quando fosse, ao mesmo tempo, esposa, dona de casa e tivesse de carregar, alimentar e educar filhos. Não compreendia que ela sabia aquilo por intuição e, preparando-se para aquele trabalho terrível, não se recriminava pelos minutos de despreocupação e felicidade no amor de que agora desfrutava, fazendo com alegria seu futuro ninho.

XVI

Quando Lióvin subiu, sua mulher estava sentada junto ao novo samovar de prata, atrás do novo serviço de chá e, tendo instalado a velha Agáfia Mikháilovna em uma mesinha com uma xícara cheia de chá, lia uma carta de Dolly, com a qual estava em correspondência constante e frequente.

— Veja, a sua senhora me colocou aqui, mandou-me sentar com ela — disse Agáfia Mikháilovna, sorrindo amigavelmente para Kitty.

Nessas palavras de Agáfia Mikháilovna, Lióvin leu o desenlace do drama que, nos últimos tempos, se desenrolara entre Agáfia Mikháilovna e Kitty. Via que, apesar de toda a mágoa causada a Agáfia Mikháilovna pela nova patroa, que lhe subtraíra as rédeas do governo, Kitty mesmo assim vencera-a e fizera-a gostar dela.

— E eu li a sua carta — disse Kitty, entregando-lhe a carta cheia de erros. — É daquela mulher, parece que do seu irmão... — ela disse. — Não li inteira. E essa é da minha família, e de Dolly. Imagine! Dolly levou Gricha e Tânia a um baile infantil, nos Sarmátski; Tânia estava de marquesa.

Só que Lióvin não a escutava; enrubescendo, pegou a carta da Mária Nikoláievna, ex-amante do irmão Nikolai, e se pôs a ler. Já era a segunda carta de Mária Nikoláievna. Na primeira, Mária Nikoláievna escrevera que o irmão a expulsara sem culpa e, com ingenuidade tocante, acrescentava que, embora estivesse na miséria, não pedia nem queria nada, mas apenas ficava acabada com a ideia de que Nikolai Dmítrievitch estava se arruinando sem ela, devido à debilidade de sua saúde, e pedia ao irmão que ficasse de olho nele. Agora escrevia outra coisa. Tinha encontrado Nikolai Dmítrievitch, voltara a se unir a ele, em Moscou, e fora com ele a uma cidade de província, onde ele recebera um posto de trabalho. Mas que ele lá brigara com a chefia e se encaminhara de volta para Moscou, porém, no caminho, ficara tão doente que mal parava em pé — escrevia. "Sempre se lembra do senhor, e não tem mais dinheiro."

— Leia, Dolly escreve a seu respeito — Kitty quis começar, sorrindo, mas de repente parou, notando a mudança de expressão facial do marido.

— O que você tem? O que é?

— Ela me escreve que o irmão Nikolai está à beira da morte! Eu vou.

O rosto de Kitty mudou de repente. Os pensamentos em Tânia de marquesa, em Dolly, tudo isso desapareceu.

— Mas quando você vai? — disse.

— Amanhã.

— Vou com você, posso? — ela disse.

— Kitty! Ora, o que é isso? — ele disse, com reproche.

— Como assim? — ela se ofendeu por ele ter recebido sua proposta com tamanha má vontade e enfado. — Por que não devo ir? Não vou incomodá-lo. Eu...

— Vou porque meu irmão está morrendo — disse Lióvin. — Para que você...

— Para quê? Pela mesma razão que você.

"E numa hora tão importante para mim, ela só pensa que vai ficar entediada sozinha" — pensou Lióvin. E essa justificativa, em um assunto tão importante, irritou-o.

— É impossível — disse, severo.

Agáfia Mikháilovna, ao ver que a coisa estava chegando a uma briga, depositou a xícara em silêncio e saiu. Kitty nem sequer reparou nela. O tom com que o marido dissera as últimas palavras ofendera-a em particular porque ele, visivelmente, não acreditava no que ela dizia.

— Estou lhe dizendo que, se você vai, vou com você, vou sem falta — ela disse, apressada e irada. — Por que é impossível? Por que você diz que é impossível?

— Porque vou Deus sabe por onde, por que estradas, hotéis. Você vai me deixar constrangido — disse Lióvin, tentado manter o sangue-frio.

— De jeito nenhum. Não preciso de nada. Onde você pode, eu também...

— Bem, só porque lá está aquela mulher, da qual você não pode se aproximar.

— Não sei de nada, nem quero saber quem está lá, e o que eu sei é que o irmão do meu marido está morrendo, que meu marido vai até ele, e que eu vou com meu marido, para...

— Kitty! Não fique brava. Mas pense, essa questão é tão importante que me dói pensar que você mistura a isso um sentimento de fraqueza, a falta de vontade de ficar sozinha. Pois bem, se você vai ficar entediada sozinha, ora, vá a Moscou.

— Veja, você *sempre* me atribui pensamentos ruins, baixos — ela disse, com lágrimas de ultraje e ira. — Eu não tenho nada, nem fraqueza, nada... Sinto que meu dever é estar com o marido quando ele está aflito, mas você quer me machucar de propósito, não quer entender de propósito...

— Não, isso é horrível! Ser escravo desse jeito! — gritou Lióvin, erguendo-se, sem forças de reprimir seu enfado. Porém, nesse mesmo instante, sentiu que batia em si mesmo.

— Então para que se casou? Você seria livre. Para que, se se arrepende? — ela disse, erguendo-se de um salto e correndo à sala de visitas.

Quando ele chegou, ela se debulhava em lágrimas.

Ele se pôs a falar, desejando encontrar palavras que pudessem não dissuadi-la, mas apenas acalmá-la. Só que ela não o escutava, e não concordava de jeito nenhum. Ele se inclinou em sua direção, e tomou sua mão recalcitrante. Beijou sua mão, beijou os cabelos, voltou a beijar a mão — e ela sempre calada. Mas quando ele a tomou pelo rosto com as duas mãos e disse: "Kitty" — de repente ela voltou a si, pôs-se a chorar, e se reconciliou com ele.

Foi decidido irem no dia seguinte, juntos. Lióvin disse acreditar que ela queria ir apenas para ser útil, concordou que a presença de Mária Nikoláievna junto ao irmão não representava nada de indecoroso; porém, no fundo da alma, ia insatisfeito com ela e consigo. Estava insatisfeito com ela por não ter se permitido liberá-lo quando ele precisava (e como era estranho pensar que ele, que há pouco tempo não ousava acreditar na felicidade que era poder amá-lo, agora se sentia infeliz por ela amá-lo demais!), e insatisfeito consigo mesmo por não ter mostrado caráter. No fundo da alma, estava ainda mais em desacordo com o fato de que ela tratasse com a mulher que estava com o irmão e, com horror, pensava em todas as desavenças que poderiam ter pela frente. Só o fato de que sua esposa, sua Kitty, estaria no mesmo quarto com uma meretriz fazia-o tremer de repulsa e horror.

XVII

O hotel da cidade de província em que jazia Nikolai Lióvin era um daqueles hotéis de província que se organizam segundo os novos padrões de aperfeiçoamento, com as melhores intenções de limpeza, conforto e até elegância, mas que, devido ao público que os frequenta, com rapidez extraordinária se convertem em tabernas imundas com pretensões a aperfeiçoamentos modernos e que, devido a essa pretensão, ficam ainda piores do que os hotéis velhos e simplesmente sujos. Aquele hotel já chegara a esse estado; o soldado de uniforme sujo, fumando uma *papirossa* na entrada, que deveria representar o porteiro, a escadaria de ferro, contínua, sombria e desagradável, o criado desembaraçado de fraque sujo, o salão comum com um buquê empoeirado de flores de cera enfeitando a mesa, a sujeira, o pó e o desleixo generalizado e, junto com isso, uma certa agitação nova, moderna e cheia de si desse hotel, típica das estradas de ferro, produziram em Lióvin, depois da vida de recém-casado, uma sensação muito pesada, especialmente porque a impressão falsa provocada pelo hotel não se conformava de jeito nenhum com aquilo que os aguardava.

Como sempre, revelou-se, depois da pergunta sobre quanto pagariam pelo quarto, que não havia nenhum quarto bom: um quarto bom estava ocupado pelo inspetor da estrada de ferro, outro por um advogado de Moscou, o terceiro pela princesa Astáfieva, da aldeia. Restava um quarto sujo, ao lado do qual prometeram liberar um outro até a noite. Agastado com a esposa por ter ocorrido o que ele esperava, porque no exato momento da chegada, quando seu coração estava tomado pelo nervosismo à ideia de como estava o irmão, ele tinha que se preocupar com ela, em vez de sair correndo de imediato até o irmão, Lióvin conduziu-a ao quarto que lhes fora concedido.

— Vá, vá! — ela disse, fitando-o com um olhar acanhado, de culpa.

Ele saiu pela porta em silêncio, e logo trombou com Mária Nikoláievna, que ficara sabendo de sua chegada e não ousara ir até ele. Era exatamente a mesma que vira em Moscou: o mesmo vestido de lã, braços e pescoço nus, e o mesmo rosto bondoso e obtuso, bexiguento, um pouco mais gordo.

— Pois bem, e então? Como ele está? E então?

— Muito mal. Não se levanta. Esperava pelo senhor o tempo inteiro. Ele... o senhor... está com a esposa.

Lióvin não compreendeu, no primeiro momento, o que a perturbava, mas ela imediatamente esclareceu.

— Vou embora, vou para a cozinha — proferiu. — Ele vai ficar contente. Ele ouviu dizer, conhece-a e se lembra dela do exterior.

Lióvin entendeu que ela estava falando de sua mulher, e não sabia o que responder.

— Vamos, vamos! — ele disse.

Mas bastou ele se mover e a porta de seu quarto se abriu, e Kitty deu uma olhada. Lióvin ficou corado de vergonha e enfado com a esposa, por colocar a si mesma e a ele naquela situação difícil; só que Mária Nikoláievna corou ainda mais. Contraiu-se toda, corou até as lágrimas e, agarrando as pontas do xale com ambas as mãos, enrolava-as com os dedos vermelhos, sem saber o que dizer ou fazer.

No primeiro momento, Lióvin viu uma expressão de curiosidade ávida no olhar com que Kitty fitava aquela mulher horrível, que ela não entendia; mas aquilo só durou um instante.

— Mas e então? Como ele está? — dirigiu-se primeiro ao marido, depois a ela.

— Não dá para falar no corredor! — disse Lióvin, encarando com enfado um senhor que, trançando as pernas, andava pelo corredor naquela hora, aparentemente ocupado consigo mesmo.

— Pois bem, então entre — disse Kitty, dirigindo-se a Mária Nikoláievna, que se recompunha; porém, ao reparar no rosto assustado do marido, disse — ou então vá, vá e venha até mim —, e voltou para o quarto. Lióvin foi até o irmão.

Não esperava de jeito nenhum o que viu e sentiu no quarto do irmão. Esperava encontrá-lo naquele estado de autoengano que ouvira dizer que frequentemente ocorre nos tuberculosos, e que tivera um impacto tão forte sobre ele na visita de outono do irmão. Esperava encontrar sinais físicos mais determinados da aproximação da morte, maior fraqueza, maior magreza, mas, mesmo assim, quase o mesmo estado. Esperava experimentar a mesma sensação de pena pela perda do irmão querido e horror perante a morte que sentira então, só que em grau maior. Preparara-se para isso; mas encontrava algo completamente diferente.

No quarto pequeno e sujo, com as paredes cobertas de um painel colorido, com um tabique fino através do qual dava para ouvir as conversas, embebido em um odor sufocante de ar impuro, um corpo coberto com uma manta jazia em uma cama afastada da parede. Um braço desse corpo estava em cima da manta, assim como a mão desse braço, enorme como um ancinho; estava presa de forma incompreensível ao osso fino, comprido e regular, do começo até o meio. A cabeça jazia de lado no travesseiro. Lióvin avistou os cabelos ralos e suados nas têmporas e a testa afilada, como que transparente.

"Não pode ser que esse corpo estranho seja o irmão Nikolai"' — pensou Lióvin. Mas ele chegou mais perto, viu o rosto, e a dúvida não era mais possível. Apesar da terrível transformação do rosto, Lióvin tinha apenas que olhar para aqueles olhos vivos que se levantavam à sua chegada, observar o movimento ligeiro da boca sob os bigodes grudados, para entender a verdade medonha de que aquele corpo moribundo era seu irmão vivo.

Os olhos cintilantes encararam o irmão que entrava de forma severa e exprobratória. E, imediatamente, com esse olhar, estabeleceu-se uma relação viva entre os vivos. Lióvin imediatamente sentiu a reprovação do olhar que se precipitava sobre ele, e arrependimento por sua felicidade.

Quando Konstantin tomou-o pela mão, Nikolai sorriu. O sorriso era débil, quase imperceptível e, apesar do sorriso, a expressão severa dos olhos não se modificou.

— Você não esperava me encontrar desse jeito — proferiu, com dificuldade.

— Sim... não — disse Lióvin, tropeçando nas palavras. — Como você não avisou antes, ou seja, na época do meu casamento? Pedi informações em todo lugar.

Era preciso falar, para não ficar em silêncio, mas ele não sabia o que dizer, ainda mais que o irmão não respondia nada, e só ficava olhando, sem baixar os olhos, esquadrinhando visivelmente o significado de cada palavra. Lióvin comunicou ao irmão que a esposa viera com ele. Nikolai manifestou satisfação, mas disse temer assustá-la com seu estado. Instaurou-se o silêncio. De repente, Nikolai se remexeu e se pôs a dizer algo. Lióvin esperava algo especialmente significativo e importante, pela expressão de seu rosto, mas Nikolai falou de sua saúde. Acusava o médico, lamentava que não fosse um doutor famoso de Moscou, e Lióvin compreendeu que ele ainda tinha esperança.

Agarrando o primeiro minuto de silêncio, Lióvin se levantou, desejando escapar, ainda que por um minuto, da sensação aflitiva, e disse que ia buscar a mulher.

— Ora, está bem, eu vou mandar limpar aqui. Aqui está sujo e fedendo, creio. Macha! Arrume aqui — disse o doente, com dificuldade. — E, assim que arrumar, saia — acrescentou, fitando o irmão de forma interrogativa.

Lióvin não respondeu nada. Saiu para o corredor e parou. Disse que ia buscar a mulher, mas agora, dando-se conta do sentimento que experimentara, decidiu que, pelo contrário, tentaria convencê-la a não visitar o doente. "Para que ela deve se afligir como eu?" — pensou.

— E aí? Como está? — perguntou Kitty, com rosto assustado.

— Ah, é horrível, horrível! Para que você veio? — disse Lióvin.

Kitty ficou alguns segundos calada, contemplando o marido com dó; depois, pegou-o pelo cotovelo com ambas as mãos.

— Kóstia! Leve-me até ele, vai ser mais fácil para nós a dois. Apenas me leve, leve-me, por favor, e saia — disse. — Entenda que, para mim, ver você e não vê-lo é muito mais duro. Talvez lá eu possa ser útil para você e para ele. Por favor, deixe! — implorou ao marido, como se a felicidade de sua vida dependesse daquilo.

Lióvin teve de concordar e, recompondo-se, completamente esquecido de Mária Nikoláievna, voltou ao irmão, com Kitty.

Pisando leve, olhando para o marido sem cessar, e mostrando-lhe uma cara intrépida e compassiva, entrou no quarto do doente e, virando-se sem pressa, fechou a porta sem ruído. Com passos inaudíveis, chegou rapidamente ao leito do doente e, aproximando-se de jeito que ele não tivesse de virar a cabeça, imediatamente pegou, com sua mão jovem e fresca, no esqueleto da mão imensa, apertou-a e, com aquela vivacidade calma peculiar apenas às mulheres, compassiva e não ofensiva, pôs-se a falar com ele.

— Nós nos encontramos, mas não fomos apresentados, em Soden — disse. — O senhor não achava que eu seria sua irmã.

— A senhora não teria me reconhecido — ele disse, com um sorriso radiante, à sua entrada.

— Não, eu teria reconhecido. Como o senhor fez bem em nos avisar! Não passou um dia sem que Kóstia se lembrasse do senhor e se preocupasse.

Mas a animação do doente durou pouco.

Ela ainda não tinha terminado de falar e no rosto dele novamente se instalou a expressão severa de exprobração, de inveja do moribundo pelos vivos.

— Temo que aqui não seja muito bom para o senhor — disse, desviando-se de seu olhar fixo, e examinando o aposento. — Temos de pedir ao proprietário um outro aposento — disse ao marido —, e também que fique mais perto de nós.

XVIII

Lióvin não conseguia olhar com tranquilidade para o irmão, não conseguia ficar natural e calmo em sua presença. Quando entrava para ver o doente, seus olhos e atenção ficavam inconscientemente nublados, e ele não via nem distinguia os detalhes da situação do irmão. Sentia o cheiro horrível, via a sujeira, a desordem, a situação aflitiva e os gemidos, e sentia que não tinha como ajudar. Não lhe passava pela cabeça sequer refletir para avaliar os detalhes da condição do paciente, pensar em como se encontrava lá, debaixo da coberta, aquele corpo, em como, curvadas, estavam dispostas aquelas pernas, coxas e costas descarnadas, e se não daria para acomodá-las melhor, fazer algo para que ficasse, se não melhor, menos pior. Um frio lhe percorria a espinha quando começava a pensar em todos esses detalhes. Estava convicto, sem dúvida, de que não era possível fazer nada nem pelo prolongamento da vida, nem pelo alívio do sofrimento. Porém, a consciência de que ele considerava qualquer ajuda impossível foi sentida pelo doente, irritando-o. E, então, ficou ainda mais difícil para Lióvin. Permanecer no quarto do paciente era um tormento, não permanecer, pior ainda. E ele ficava o tempo todo, sob diversos pretextos, saindo e voltando a entrar, sem forças para se quedar sozinho.

Kitty, porém, pensava, sentia e agia de forma completamente diferente. Ao ver o doente, ficou com pena dele. E, em sua alma feminina, a dó produziu um sentimento absolutamente distinto do horror e do asco que provocara no marido, uma necessidade de agir, de saber todos os detalhes de seu estado e ajudá-lo. E, assim como não tinha a menor dúvida de que devia ajudá-lo, não duvidava também de que isso fosse possível, lançando-se de imediato ao trabalho. Os mesmos detalhes cuja simples ideia causava horror em seu marido, tomaram sua atenção de imediato. Mandou buscar um médico, mandou gente à farmácia, fez a criada que veio com ela e Mária Nikoláievna varrer, tirar o pó, lavar, ela mesma esfregou e limpou algo, colocou algo embaixo da coberta. Por ordem sua, trouxeram e levaram coisas do quarto do doente. Ela mesma ia algumas vezes a seu aposento, sem prestar atenção nos senhores que encontrava, buscando e trazendo lençóis, fronhas, toalhas, camisas.

O lacaio que estava no salão comum, no jantar dos engenheiros, acorrera a seu chamado algumas vezes, com rosto zangado, e não teve como não cumprir suas determinações, pois ela as transmitia com uma insistência tão afetuosa que não era possível escapar, de jeito nenhum. Lióvin não aprovava nada disso; não acreditava que disso pudesse resultar algum proveito para o doente. Acima de tudo, temia que o doente se zangasse. Mas o paciente, embora parecesse indiferente a isso, não se zangava, apenas se acanhava, como se, em geral, se interessasse pelo que ela fazia por ele. De regresso do médico a que fora mandado por Kitty, Lióvin, ao abrir a porta, surpreendeu o doente no instante em que, por ordem de Kitty, trocavam-lhe a roupa de baixo. O arcabouço comprido e branco das costas, com as omoplatas enormes e sobressalentes, as costelas e vértebras salientes, estava nu, e Mária Nikoláievna e o lacaio se atrapalhavam com a manga da camisa, sem conseguir enfiar nela o braço longo e pendente. Kitty, que apressadamente fechara a porta atrás de Lióvin, não olhava naquela direção; o doente, porém, gemia, e ela se dirigiu a ele com rapidez.

— Vamos logo — ela disse.

— Mas não venha — proferiu o doente, zangado —, faço sozinho.

— O que está dizendo? — indagou Mária Nikoláievna.

Kitty, contudo, ouviu, e compreendeu que ele sentia vergonha e desagrado por estar nu na frente dela.

— Não estou olhando, não estou olhando! — disse, ajeitando a manga. — Mária Nikoláievna, venha para esse lado, ajeite — acrescentou.

— Vá, por favor; na minha bolsinha, tem um frasquinho — dirigiu-se ao marido —, sabe, no bolsinho lateral; traga, por favor, enquanto isso vão arrumar tudo por aqui.

Ao voltar com o frasquinho, Lióvin já encontrou o doente acomodado, e tudo a seu redor completamente mudado. O odor carregado fora substituído por um aroma de vinagre balsâmico, que, mostrando os lábios e inflando as bochechas rosadas, Kitty borrifava por um tubinho. Não se via pó em lugar nenhum, debaixo da cama havia um tapete. Em uma mesa, estavam arrumados frasquinhos, garrafinhas, a roupa de baixo necessária e o trabalho de *broderie anglaise* de Kitty. Em outra mesa, do lado da cama do doente, havia bebida, velas e pozinhos. O paciente, lavado e penteado, estava deitado em lençóis limpos, com o travesseiro erguido alto, de camisa limpa com colarinho branco em torno do pescoço anormalmente fino, e, com uma nova expressão de esperança, sem tirar os olhos, mirava Kitty.

O doutor que Lióvin encontrara no clube e trouxera não era o mesmo que vinha tratando Nikolai Lióvin, e com o qual ele estava insatisfeito. O novo médico pegou um estetoscópio e auscultou o paciente, balançou a cabeça, prescreveu um remédio e, de forma particularmente detalhada, explicou, primeiro, como tomar o remédio, depois, que dieta observar. Aconselhou ovos, crus ou mal cozidos, água de seltz e leite fresco, a determinada temperatura. Quando o médico saiu, o doente disse algo ao irmão; Lióvin, porém, distinguiu apenas as últimas palavras: "a sua Kátia" — e, pelo olhar com que a fitava, Lióvin entendeu que a estava elogiando. Também chamou Kátia, como a denominava.

— Já estou muito melhor — disse. — Com a senhora, eu teria sarado há muito tempo. Como é bom! — Pegou na mão dela e puxou-a para seus lábios, porém, como se temesse desagradá-la, repensou, largou e apenas acariciou-a. Kitty tomou a mão dele com ambas as mãos e apertou-a.

— Agora me vire para o lado esquerdo e vá dormir — ele proferiu.

Ninguém distinguiu o que ele disse, só Kitty compreendeu. Ela entendeu porque não parou de acompanhar, em pensamento, aquilo de que ele precisava.

— Do outro lado — disse ao marido —, ele sempre dorme daquele. Ajeite-o, é desagradável chamar o criado. Eu não consigo. A senhora não consegue? — dirigiu-se a Mária Nikoláievna.

— Tenho medo — respondeu Mária Nikoláievna.

Por mais medonho que fosse para Lióvin abraçar aquele corpo medonho, agarrá-lo naquele lugar debaixo da coberta da qual ele não queria tomar conhecimento, submetendo-se à influência da esposa, Lióvin fez a cara de determinação que a mulher conhecia e, acionando os braços, agarrou, porém, apesar de sua força, ficou espantado com o peso estranho daqueles membros descarnados. Enquanto o virava, sentindo no pescoço o abraço do braço enorme e descarnado, Kitty girou o travesseiro com rapidez, de modo inaudível, bateu-o e ajeitou a cabeça do paciente e seus cabelos ralos, novamente grudados nas têmporas.

O doente segurou a mão do irmão com a sua. Lióvin sentiu que ele queria fazer alguma coisa com a mão, puxando-a para algum lugar. Lióvin se rendeu, paralisado. Sim, ele a puxou para a boca e a beijou. Lióvin, sacudindo com os soluços, e sem forças para proferir palavra, saiu do quarto.

XIX

"Ocultaste aos sábios e revelaste às crianças e insensatos."[11] Foi o que Lióvin pensou a respeito da esposa, ao conversar com ela naquela noite.

Lióvin pensou na máxima do Evangelho não por se considerar sábio. Não se considerava sábio, mas não tinha como não saber que era mais inteligente que a esposa e Agáfia Mikháilovna, e não tinha como não saber que, quando pensava na morte, pensava com todas as forças da alma. Sabia também que muitas grandes mentes masculinas, a respeito de cujas ideias lera, tinham pensado nisso, e não sabiam a esse respeito um centésimo do que sabiam sua esposa e Agáfia Mikháilovna. Por mais diferentes que fossem essas duas mulheres, Agáfia Mikháilovna e Kátia, como chamava-a o irmão Nikolai, e como agora Lióvin apreciava especialmente chamá-la, nisso eram completamente semelhantes. Ambas sabiam sem dúvida o que era a vida e o que era a morte e, embora não pudessem responder de jeito nenhum, nem sequer compreendessem as questões que se apresentavam a Lióvin, não duvidavam da importância desse fenômeno, encarando-o de modo completamente igual, não apenas entre si, mas de um ponto de vista compartilhado com milhões de pessoas. A prova de que sabiam com firmeza o que era a morte consistia em que, sem duvidar por um segundo, sabiam como deviam se comportar com os moribundos, e não os temiam. Já Lióvin e os outros, embora pudessem falar muito sobre a morte, visivelmente não sabiam por que tinham medo dela, e decididamente não sabiam o que tinham de fazer quando as pessoas morriam. Se Lióvin, agora, estivesse a sós com o irmão Nikolai, olharia para ele com terror, esperaria com terror ainda maior, e não saberia fazer mais nada.

Além disso, não sabia o que dizer, como olhar, como caminhar. Falar de coisas alheias parecia-lhe ofensivo, impossível; falar da morte, do sombrio, também era impossível. Calar-se também era impossível. "Se olhar, temo que ele vá pensar que estou a estudá-lo; se não olhar, vai pensar que estou pensando em outra coisa. Se andar na ponta dos pés, vai ficar insatisfeito; de pisar firme, tenho vergonha." Já Kitty, pelo visto, não pensava nem tinha tempo de pensar em si; pensava nele, pois sabia algo, e tudo saía bem. Contava de si, de seu casamento, ria, compadecia-se, acariciava-o, falava de casos de recuperação, e tudo saía bem; ou seja, ela sabia. A prova de que a

---

[11] Citação imprecisa de Mateus 11:25: "Naquele tempo, falando Jesus, disse: Graças te dou, Pai, Senhor do céu e da terra, porque ocultaste estas coisas aos prudentes e sábios, e as revelaste aos pequeninos". (N. do T.)

ação dela e de Agáfia Mikháilovna não era instintiva, animal, insensata, era que, além dos cuidados físicos, de alívio do sofrimento, Agáfia Mikháilovna e Kitty exigiam, para o moribundo, outra coisa, mais importante que os cuidados físicos, e algo que não tinha nada em comum com as condições físicas. Agáfia Mikháilovna, ao falar de um velho moribundo, dissera: "Pois bem, graças a Deus, comungou, tomou a extrema-unção, Deus permita que todo mundo morra assim". Kátia, igualmente, além de todas as preocupações com a roupa de baixo, macerações, bebida, já no primeiro dia conseguiu persuadir o doente de como era indispensável comungar e tomar a extrema-unção.

Voltando do doente, à noite, para seus dois aposentos, Lióvin sentou-se e baixou a cabeça, sem saber o que fazer. Sem falar mais em cear, preparar-se para dormir, refletir no que fariam, não conseguia nem falar com a mulher: tinha vergonha. Já Kitty, pelo contrário, estava mais ativa do que de costume. Estava até mais animada do que de costume. Mandara trazer a ceia, organizara as coisas sozinha, ajudara a arrumar as camas e não se esquecera de cobri-las de pó da Pérsia. Nela havia a excitação e rapidez de raciocínio que se manifesta nos homens antes das batalhas, das lutas, nos instantes perigosos e decisivos da vida, aqueles instantes em que, de uma vez por todas, o homem mostra seu valor, e que todo seu passado não foi em vão, mas uma preparação para esses instantes.

Tudo o que ela fez deu certo e, ainda antes da meia-noite, todas as coisas estavam organizadas, limpas, em ordem, de modo que, como de hábito, o quarto ficou parecido com seus aposentos, em casa; as camas arrumadas, escovas, pentes e espelhinhos no lugar, guardanapos estendidos.

Lióvin achava que, agora, era imperdoável comer, dormir, falar, e sentia que cada movimento seu era indecoroso. Já ela arrumara as escovinhas, mas o fizera de modo que nada daquilo fosse ultrajante.

Não conseguiram, entretanto, comer nada, ficaram muito tempo sem pegar no sono, e muito tempo até sem se deitar.

— Fico muito contente por tê-lo convencido a receber a extrema-unção amanhã — ela disse, sentada de blusinha diante de seu espelho dobrável, e penteando os cabelos macios e perfumados com um pente fino. — Nunca vi isso, mas sei, mamãe me disse que há orações para cura.

— Mas você acha que ele pode se recuperar? — disse Lióvin, olhando para a risca estreita atrás de sua cabecinha redonda, que desaparecia sempre que ela movia o pente para a frente.

— Perguntei ao doutor: disse que ele não pode viver mais do que três dias. Mas por acaso eles têm como saber? Mesmo assim, estou contente por tê-lo convencido — ela disse, fitando o marido com o rabo do olho, por detrás do cabelo. — Tudo é possível — acrescentou, com a expressão costumeira, algo astuta, que sempre aparecia em seu rosto quando falava de religião.

Depois de sua conversa sobre religião, quando ainda eram noivos, nem ele nem ela jamais tinham puxado o assunto, só que ela cumpria o ritual de frequentar a igreja e rezar, sempre com a mesma consciência tranquila de que era necessário. Embora ele assegurasse o contrário, ela estava firmemente convicta de que ele era cristão, e até mais do que ela, e de que tudo que dizia a esse respeito era uma daquelas travessuras masculinas engraçadas, como o que dizia sobre a *broderie anglaise*: que gente boa cerzia os furos, enquanto ela os cortava de propósito, etc.

— Sim, pois essa mulher, Mária Nikoláievna, não conseguiu dar conta disso tudo — disse Lióvin. — E... tenho de admitir que estou muito, muito contente por você ter vindo. Você é de uma pureza tão grande que... — Tomou-a pela mão e não beijou (beijar-lhe a mão em tamanha proximidade da morte parecia-lhe obsceno), mas apenas apertou-a, com expressão culpada, fitando-a nos olhos reluzentes.

— Você teria sofrido tanto sozinho — ela disse e, erguendo alto as mãos que cobriam as faces coradas de satisfação, enrolou as tranças na nuca e prendeu-as. — Não — prosseguiu —, ela não sabia... Eu, felizmente, aprendi muito em Soden.

— Lá tinha doentes assim?

— Piores.

— É terrível eu não poder deixar de vê-lo como era na juventude... Você não acredita que jovem encantador ele era, mas eu então não o compreendia.

— Acredito, acredito muito. Como eu sinto que ele e eu *teríamos sido* amigos — ela disse e, assustada com o que dissera, olhou para o marido, e lágrimas lhe afluíram aos olhos.

— Sim, *teriam sido* — ele disse, triste. — É exatamente uma dessas pessoas das quais se diz que não são para este mundo.

— Contudo, temos muitos dias pela frente, precisamos nos deitar — disse Kitty, olhando para seu relógio minúsculo.

XX. MORTE

No dia seguinte, o doente recebeu a comunhão e a extrema-unção. Na hora da cerimônia, Nikolai Lióvin rezou com ardor. Seus olhos grandes, fixos no ícone colocado na mesa de jogo, coberta com um guardanapo colorido, exprimiam uma súplica e uma esperança tão apaixonadas que Lióvin teve horror de olhar. Lióvin sabia que essa súplica e esperança apaixonada apenas fariam mais difícil a separação da vida, que ele tanto amava. Lióvin conhecia o irmão e o curso de seus pensamentos; sabia que sua falta de fé decorria não de que lhe fosse mais fácil viver sem crença, mas de que, passo a passo, a explicação científica moderna dos fenômenos do mundo suplantara a fé, e portanto sabia que seu regresso atual a ela não era legítimo, ocorrido no curso do mesmo pensamento, mas apenas uma esperança temporária, interesseira e louca de cura. Lióvin também sabia que Kitty ainda reforçara essa esperança com narrativas de curas extraordinárias de que ouvira falar. Lióvin sabia isso tudo, e lhe era dolorosamente aflitivo ver aquele olhar implorante, cheio de esperança, aquele pulso emagrecido da mão que se erguia com dificuldade e fazia o sinal da cruz na testa fortemente afilada, aqueles ombros proeminentes e o peito vazio e estertorante, que já não podiam conter em si a vida pela qual o doente pedia. Na hora do sacramento, Lióvin também rezou e fez o que ele, um incrédulo, fizera milhares de vezes. Disse, dirigindo-se a Deus: "Faz, caso existas, com que esse homem se cure (pois repetira-o muitas vezes), e assim salvarás a ele e a mim".

Depois da unção, o paciente ficou, de repente, bem melhor. Não tossiu nenhuma vez ao longo de uma hora, sorriu, beijou as mãos de Kitty, agradecendo-a entre lágrimas, e disse que estava bem, não tinha dores e sentia apetite e força. Chegou até a se levantar sozinho, quando lhe trouxeram a sopa, e pediu uma almôndega. Por mais desesperada que fosse sua situação, por mais óbvio que estivesse, ao olhar, que ele não podia se recuperar, Lióvin e Kitty se encontraram, nessa hora, igualmente felizes e empolgados, com medo de se enganarem.

— Está melhor.

— Sim, muito.

— É espantoso.

— Não tem nada de espantoso.

— Mesmo assim está melhor — diziam, um ao outro, cochichando e sorrindo.

Tal ilusão foi efêmera. O paciente adormeceu tranquilo mas, em meia hora, a tosse o despertou. E, de repente, se desvaneceram todas as esperanças dos que o rodeavam. A realidade do sofrimento, sem dúvidas, sem sequer lembrança das esperanças anteriores, destruiu-as em Lióvin, em Kitty e no próprio doente.

Sem sequer se lembrar do que acreditara meia hora atrás, como se tivesse vergonha até de se lembrar daquilo, pediu que lhe dessem iodo para inalar em um frasquinho coberto de papel, com buraquinhos furados. Lióvin entregou-lhe o recipiente e, com o mesmo olhar de esperança apaixonada com que tomara a extrema-unção, fixo agora no irmão, exigia a confirmação das palavras do médico sobre os milagres produzidos pela inalação do iodo.

— O quê, Kátia não está? — rouquejou, olhando ao redor, quando Lióvin confirmou, a contragosto, as palavras do doutor. — Não, então posso dizer... Foi por ela que encenei essa comédia. Ela é tão querida, mas com você não tenho como me enganar. Veja, nisso eu acredito — disse e, agarrando o frasquinho com a mão ossuda, pôs-se a respirar nele.

Às sete da noite, Lióvin estava tomando chá com a esposa no quarto quando Mária Nikoláievna, ofegante, entrou correndo. Estava pálida, e seus lábios tremiam.

— Está morrendo! — sussurrou. — Tenho medo de que morra agora...

Foram correndo até ele. Levantara-se e estava sentado, com um cotovelo apoiado na cama, com as costas longas arqueadas e a cabeça bastante baixa.

— O que você está sentindo? — perguntou Lióvin, aos sussurros, após um silêncio.

— Sinto que estou partindo — proferiu Nikolai, com dificuldade, mas com determinação extraordinária, extraindo devagar as palavras de si. Não erguia a cabeça, apenas dirigia os olhos para cima, sem alcançar o rosto do irmão.

— Kátia, vá embora! — disse ainda.

Lióvin deu um pulo e, com um sussurro imperativo, forçou-a a sair.

— Estou partindo — voltou a dizer.

— Por que acha isso? — disse Lióvin, para dizer algo.

— Porque estou partindo — repetiu, como se amasse essa expressão. — É o fim.

Mária Nikoláievna se aproximou dele.

— O senhor deveria se deitar, ficaria melhor — disse.

— Logo vou me deitar em silêncio — proferiu —, morto — disse, zombeteiro, zangado. — Pois bem, deite-me, se quer.

Lióvin deitou o irmão de costas, sentou-se a seu lado e, sem respirar, olhou-o na cara. O moribundo jazia de olhos fechados, porém em sua testa, de vez em quando, moviam-se os músculos, como quando alguém pensa de forma profunda e tensa. Sem querer, Lióvin pensou junto com ele naquilo que estava lhe acontecendo agora, porém, apesar de todo o esforço do pensamento em acompanhá-lo, via, pela expressão daquele rosto severo e tranquilo, e pelo jogo dos músculos acima da sobrancelha, que, para o moribundo, ia ficando cada vez mais claro aquilo que se tornava cada vez mais sombrio para Lióvin.

— Sim, sim, é isso — proferiu o moribundo, devagar, pausadamente. — Espere. — Voltou a se calar. — Isso! — disse, de repente, de forma arrastada, como se tudo se resolvesse para ele. — Oh, Senhor! — proferiu, e suspirou pesadamente.

Mária Nikoláievna apalpou-lhe as pernas.

— Estão esfriando — sussurrou.

Lióvin teve a impressão de que o doente ficou deitado imóvel por muito, muito tempo. Porém, ainda estava vivo, e suspirava de vez em quando. Lióvin já estava cansado da tensão mental. Sentia que, apesar de toda a tensão mental, não podia entender o que era aquilo. Sentia que já se destacara do moribundo há tempos. Já não podia pensar na questão da morte, porém lhe veio à mente, sem querer, a ideia do que devia fazer agora: fechar-lhe os olhos, vesti-lo, encomendar o caixão. E, coisa estranha, sentia-se absolutamente frio, sem experimentar pesar, nem perda, menos ainda compaixão pelo irmão. Se neste momento tinha algum sentimento pelo irmão, era antes inveja pelo conhecimento que o moribundo agora possuía, e que ele não podia possuir.

Ficou ainda muito tempo sentado junto a ele, sempre esperando o fim. Só que o fim não vinha. A porta se abriu, e Kitty se mostrou. Lióvin se ergueu para detê-la. Porém, assim que se ergueu, ouviu um movimento do morto.

— Não se vá — disse Nikolai, e esticou a mão. Lióvin deu-lhe a sua e fez um gesto zangado à esposa, para que saísse.

Ficou sentado com a mão do morto na sua por meia hora, uma hora, outra hora. Agora, já não pensava na morte de jeito nenhum. Pensava no que Kitty estava fazendo, em quem estava hospedado no quarto vizinho, se o médico tinha casa própria. Tinha vontade de comer e dormir. Liberou a mão com cuidado, e apalpou as pernas. As pernas estavam frias, mas o doente respirava. Lióvin quis sair de novo, na ponta dos pés, mas o doente voltou a se mexer e disse:

— Não se vá.

Amanheceu; a situação do doente era a mesma. Lióvin, liberando a mão devagarinho, e sem olhar para o moribundo, foi para seu quarto e adormeceu. Ao acordar, em vez da notícia da morte do irmão, que esperava, ficou sabendo que o paciente estava na mesma situação de antes. Voltara a se sentar, a tossir, voltara a comer, pusera-se a falar e novamente cessara de falar da morte, voltara a manifestar esperança de recuperação e se fizera ainda mais irritadiço e sombrio do que antes. Ninguém, nem o irmão, nem Kitty, conseguia acalmá-lo. Zangava-se com todos e a todos dizia coisas desagradáveis, recriminava todos por seus sofrimentos e exigia que lhe trouxessem um médico famoso de Moscou. A todas as perguntas que lhe faziam, sobre como se sentia, respondia de modo igual, com uma expressão de ódio e reproche:

— O sofrimento é horrível, insuportável!

O paciente sofria cada vez mais, especialmente com as escaras, que não havia como curar, e se zangava cada vez mais com quem estava ao redor, recriminando todos, particularmente por não terem lhe trazido o doutor de Moscou. Kitty se esforçava de todas as formas para ajudá-lo, para acalmá-lo; mas tudo era em vão, e Lióvin via que ela mesma estava extenuada, física e moralmente, embora não o admitisse. Aquela sensação de morte, que fora suscitada em todos por sua despedida da vida naquela noite em que ele chamara o irmão, tinha sido destruída. Todos sabiam que ele morreria logo e inevitavelmente, que já estava meio morto. Todos desejavam apenas uma coisa: que ele morresse o quanto antes, e todos, escondendo isso, davam-lhe frasquinhos de remédio, buscavam remédios, médicos, enganando-se a si mesmos, e uns aos outros. Tudo aquilo era uma mentira, uma mentira nojenta, ultrajante e blasfema. Pela peculiaridade de seu caráter, e por amar o moribundo mais do que todos, Lióvin sentia aquela mentira de forma particularmente dolorosa.

Lióvin, ocupado há tempos com a ideia de reconciliar os irmãos, pelo menos, antes da morte, escrevera ao irmão Serguei Ivânovitch e, tendo recebido sua resposta, leu a carta ao doente. Serguei Ivânovitch escrevia que não podia ir, mas pedia perdão ao irmão com expressões tocantes.

O paciente não disse nada.

— O que devo lhe escrever? — perguntou Lióvin. — Espero que você não esteja zangado com ele.

— Não, de jeito nenhum! — respondeu Nikolai, com enfado. — Escreva-lhe que me mande um médico.

Passaram-se mais três dias de tortura; o doente estava sempre na mesma situação. Agora, o desejo de sua morte era experimentado por todos, bastava vê-lo: pelo lacaio do hotel, pelo proprietário, por todos os hóspedes, pelo doutor, por Mária Nikoláievna, por Lióvin, por Kitty. Apenas o paciente não manifestava esse sentimento e, pelo contrário, zangava-se por não terem trazido o médico, e continuava a tomar remédio e a falar de vida. Apenas nos raros minutos em que o ópio o obrigava a se esquecer momentaneamente dos sofrimentos ininterruptos, dizia às vezes, na sonolência, o que havia em sua alma, com mais força que nas de todos os outros: "Ah, tomara que seja o fim!". Ou: "Quando isso vai acabar?".

Os sofrimentos, aumentando regularmente, fizeram a sua parte, e prepararam-no para a morte. Não havia posição em que ele não sofresse, não havia hora em que adormecesse, não havia lugar em que os membros de seu corpo não doessem e não o atormentassem. Até as lembranças, impressões e pensamentos naquele corpo já lhe suscitavam tanta repugnância quanto o próprio corpo. A visão de outras pessoas, sua fala, suas próprias lembranças, tudo isso era apenas aflitivo para ele. Os que o rodeavam sentiam-no e, inconscientemente, não se permitiam, diante dele, nem movimentos livres, nem conversas, nem manifestar seus desejos. Toda sua vida se fundia em um único sentimento de sofrimento e desejo de escapar dele.

Acontecia nele, visivelmente, aquela reviravolta que devia forçá-lo a encarar a morte como a satisfação de seus desejos, como uma felicidade. Antes, cada desejo separado, provocado pelo sofrimento ou pela privação, como fome, cansaço, sede, era satisfeito por alguma função do corpo, que dava prazer; mas, agora, a privação e o sofrimento não encontravam satisfação, e a tentativa de satisfação causava um novo sofrimento. E, portanto, todos os desejos se fundiam num só — o desejo de escapar de todos os sofrimentos e de sua fonte, o corpo. Porém, para exprimir esse desejo de libertação, não tinha palavras e, portanto, não falava disso e, por hábito, exigia a satisfação dos desejos que já não tinham como ser cumpridos. "Coloquem-me do outro lado" — dizia e, imediatamente depois, exigia que o colocassem como antes. "Dê-me canja. Leve a canja. Contem algo, por que se calam?" E bastava começarem a falar que ele fechava os olhos, exprimindo cansaço, indiferença e repugnância.

No décimo dia após a chegada à cidade, Kitty adoeceu. Tinha dor de cabeça, vômito, e passou a manhã inteira sem poder se levantar da cama.

O médico informou que a doença era causada por cansaço, agitação, e prescreveu repouso espiritual.

Depois do almoço, contudo, Kitty se levantou e foi, como sempre, trabalhar com o paciente. Ele a olhou com severidade ao entrar, e deu um riso de desprezo quando ela disse que estava doente. Naquele dia, assoara-se incessantemente, e gemia de modo lastimoso.

— Como o senhor se sente? — ela perguntou.
— Pior — ele proferiu, com dificuldade. — Dói!
— Onde dói?
— Tudo.
— Hoje acaba, vai ver — disse Mária Nikoláievna, cochichando, mas de um jeito que o doente, muito aguçado, como Lióvn reparou, devia ouvi-la. Lióvin pediu-lhe silêncio e olhou para o paciente. Nikolai tinha ouvido, porém tais palavras não produziram nenhuma impressão nele. Seu olhar continuava exprobratório e tenso.

— Por que acha isso? — Lióvin perguntou, quando ela veio atrás dele, no corredor.

— Começou a se arrancar — disse Mária Nikoláievna.
— Como arrancar?
— Assim — ela disse, puxando as pregas do vestido de lã. De fato, ele tinha notado que, o dia inteiro, o paciente pegara em si mesmo, como se quisesse tirar algo.

A previsão de Mária Nikoláievna fora exata. À noite, o doente já não tinha forças de erguer o braço, e apenas olhava para a frente, sem mudar a expressão de concentração atenta do olhar. Mesmo quando o irmão ou Kitty se inclinavam sobre ele, para que pudesse vê-los, ele olhava do mesmo jeito. Kitty mandou buscar um sacerdote, para ler os últimos sacramentos.

Enquanto o sacerdote lia os últimos sacramentos, o moribundo não deu nenhum sinal de vida; os olhos estavam fechados. Lióvin, Kitty e Mária Nikoláievna estavam de pé, junto à cama. A oração não tinha terminado de ser lida pelo sacerdote quando o moribundo deu um puxão, suspirou e abriu os olhos. O sacerdote, ao terminar a oração, alojou o crucifixo na testa fria, depois enrolou-a lentamente na estola e, ficando em silêncio por mais dois minutos, tocou a mão imensa, fria e exangue.

— Terminou — disse o sacerdote, e quis se afastar; mas, de repente, os bigodes grudados do morto se mexeram, e soaram com clareza, do fundo do peito, sons decididos e nítidos:

— Não por completo... Logo.

E, em um minuto, o rosto se iluminou, um sorriso assomou debaixo do bigode, e as mulheres reunidas se puseram a arrumar o defunto, com cuidado.

O aspecto do irmão e a proximidade da morte renovaram, na alma de Lióvin, a mesma sensação de terror diante da indecifrabilidade, da proximidade e da inevitabilidade da morte que tinham se apossado dele naquela noite de outono em que o irmão fora visitá-lo. Tal sensação era agora ainda mais forte do que antes; ainda menos do que antes, sentia-se capaz de compreender o sentido da morte, e sua inevitabilidade parecia-lhe ainda mais terrível; agora, porém, graças à proximidade da esposa, a sensação não o levou ao desespero: apesar da morte, sentia que era indispensável viver e amar. Sentia que o amor o salvava do desespero, e que esse amor, sob a ameaça do desespero, tornara-se ainda mais forte e puro.

Nem deu tempo de se realizar a seus olhos o mistério da morte, que continuava indecifrável, e apareceu outro, igualmente indecifrável, chamando ao amor e à vida.

O médico confirmou sua suposição relativa a Kitty. A indisposição dela era gravidez.

XXI

A partir do momento em que Aleksei Aleksândrovitch entendeu, pelas explicações de Betsy e Stepan Arkáditch, que se exigia dele apenas que deixasse a esposa em paz, sem importuná-la com sua presença, e que a própria mulher desejava isso, sentiu-se tão perdido que não conseguia decidir nada, não sabia o que desejava agora e, deixando-se nas mãos dos que se ocupavam de seus afazeres com tamanha satisfação, respondia a tudo concordando. Só quando Anna já tinha saído de casa, e a inglesa mandou perguntar se devia jantar com ele, ou em separado, compreendeu pela primeira vez sua situação com clareza, e ficou horrorizado.

Nessa situação, o mais difícil de tudo era que não conseguia de jeito nenhum ligar e conciliar o passado com o que existia agora. Não era o passado, em que vivera feliz com a esposa, que o perturbava. A transição desse passado ao conhecimento da infidelidade da esposa ele já fizera, de forma sofrida; era uma situação dura, mas que ele entendia. Se, quando o notificou de sua infidelidade, a esposa tivesse fugido, ele teria ficado magoado, infeliz, mas não se encontraria nessa situação incompreensível e sem saída em que agora se sentia. Agora, não conseguia conciliar seu perdão recente, sua comoção, seu amor pela esposa doente e pelo filho de outro com o que agora existia, ou seja, que, como recompensa por isso tudo, agora via-se sozinho, desonrado, ridicularizado, desnecessário a todos e por todos desprezado.

Nos primeiros dois dias após a partida da mulher, Aleksei Aleksândrovitch recebeu requerentes, o secretário, encaminhou-se ao comitê e foi jantar na sala de refeições, como de hábito. Sem se dar conta de por que o fazia, mobilizara todas as forças da alma naqueles dois dias apenas para ter um ar tranquilo, e até indiferente. Ao responder às perguntas sobre como dispor das coisas e dos aposentos de Anna Arkádievna, fez o maior dos esforços para manter o ar de alguém para quem aqueles acontecimentos não eram imprevistos, não tinham nada que saísse do curso natural dos eventos, e alcançou seu objetivo: ninguém tinha como notar nele sinais de desespero. Porém, no segundo dia depois da partida, quando Korniei lhe entregou a conta da loja de moda, que Anna se esquecera de pagar, informando que o gerente estava lá em pessoa, Aleksei Aleksândrovitch mandou chamá-lo.

— Perdoe, Vossa Excelência, por ter ousado incomodá-lo. Porém, caso determine que eu deva me dirigir a ela, Vossa Excelência, então tenha a bondade de informar seu endereço.

Aleksei Aleksândrovitch deu ao gerente a impressão de estar meditando e, de repente, virando-se, sentou-se à mesa. Largou a cabeça nas mãos e ficou longamente sentado nessa posição, tentando começar a falar algumas vezes e parando.

Entendendo o sentimento do patrão, Korniei pediu ao gerente que viesse em outra ocasião. Deixado novamente a sós, Aleksei Aleksândrovitch compreendeu que não tinha mais forças para bancar o papel de firmeza e tranquilidade. Mandou dispensar a carruagem que o aguardava, disse que não receberia ninguém e não foi jantar. Sentia que não aguentaria aquela pressão generalizada de desprezo e endurecimento que via com clareza no rosto do gerente, de Korniei, e de todos, sem exceção, que encontrara naqueles dois dias. Sentia que não tinha como afastar o ódio das pessoas, pois esse ódio não vinha de ele ser mau (teria então podido tentar ser melhor), mas por ser vergonhosa e repulsivamente infeliz. Sentia que por isso, exatamente porque seu coração estava esfrangalhado, seriam implacáveis para com ele. Sentia que as pessoas o aniquilariam da mesma forma que cães estrangulam um cão esfrangalhado, ganindo de dor. Sabia que o único jeito de se salvar das pessoas era ocultar-lhes suas feridas, o que tentara fazer, inconscientemente, por dois dias, mas agora já não se sentia mais com forças para prosseguir esse combate desigual.

Seu desespero ainda se intensificou com a consciência de que estava absolutamente solitário com seu pesar. Não apenas em São Petersburgo não tinha nenhuma pessoa a quem pudesse contar tudo o que experimentava, alguém que teria pena dele não como alto funcionário, nem como membro da sociedade, mas simplesmente como um homem que sofre; não podia contar com essa pessoa em lugar nenhum.

Aleksei Aleksândrovitch crescera órfão. Eram dois irmãos. Do pai não se lembravam, a mãe morreu quando Aleksei Aleksândrovitch tinha dez anos. O patrimônio era pequeno. Tio Kariênin, um funcionário público importante, que fora favorito do imperador, criara-os.

Depois de terminar os cursos no colégio e na universidade com medalhas, Aleksei Aleksândrovitch, com a ajuda do tio, ingressou imediatamente em uma posição de destaque do funcionarismo e, desde então, dedicou-se exclusivamente à ambição profissional. Nem no colégio, nem na universidade, nem depois, no serviço, Aleksei Aleksândrovitch travou relações de amizade com ninguém. O irmão era a pessoa mais próxima de coração, mas trabalhava no ministério das Relações Exteriores e morava sempre no exterior, onde morreu logo depois do casamento de Aleksei Aleksândrovitch.

Na época em que era governador, a tia de Anna, uma dama rica da província, juntou aquele homem que, embora não tivesse pouca idade, era jovem para um governador, com sua sobrinha, colocando-o em uma situação na qual teria ou que se declarar, ou sair da cidade. Aleksei Aleksândrovitch hesitou por muito tempo. Havia então tantos motivos a favor quanto contra esse passo, e não havia aquele motivo decisivo que o forçaria a mudar sua regra: na dúvida, abstenha-se;[12] porém a tia de Anna já o convencera, através de um conhecido, de que ele já tinha comprometido a moça, e que o dever da honra o obrigava a fazer uma proposta de casamento. Fez a proposta e deu à noiva e à esposa todo o sentimento de que era capaz.

O apego que sentia por Anna excluíra, em seu coração, as últimas possibilidades de relações afetivas com as pessoas. E agora, dentre todos seus conhecidos, não havia nenhum próximo. Tinha muito daquilo que chamam de ligações; mas relações de amizade não existiam. Aleksei Aleksândrovitch conhecia muitas pessoas que podia convidar para jantar, pedir a simpatia em assuntos de seu interesse, a proteção para alguém que precisasse, com quem podia debater francamente os atos de outras pessoas e da mais alta esfera do governo; porém, as relações com essas pessoas estavam encerradas em hábitos firmemente determinados e em uma zona de costume, da qual era impossível sair. Havia um colega da universidade do qual tinha se aproximado depois, e com o qual seria possível falar de seu pesar pessoal; só que esse colega era curador em uma circunscrição educacional distante. Das pessoas que estavam em São Petersburgo, as mais próximas e mais possíveis eram o secretário da chancelaria e o médico.

Mikhail Vassílievitch Sliúdin, o secretário, era um homem inteligente, bom e moral, no qual Aleksei Aleksândrovitch sentia inclinação pessoal por

---

[12] Tradução literal do provérbio francês "*Dans le doute abstiens toi*", uma das máximas preferidas de Tolstói. (N. da E.)

si: porém, os cinco anos de atividade profissional erigiram entre eles uma barreira contra efusões espirituais.

Aleksei Aleksândrovitch, depois de assinar os papéis, ficou muito tempo em silêncio, olhando para Mikhail Vassílievitch, e tentou algumas vezes, mas não conseguiu falar. Já tinha uma frase preparada: "O senhor ouviu falar do meu pesar?". Mas acabou por dizer o de hábito: "Então me prepare isso" — e, assim, liberou-o.

A outra pessoa era o médico, que também tinha uma inclinação por ele; porém, entre eles, já havia há tempos um acordo tácito de que ambos estavam assoberbados de trabalho e tinham pressa.

Nas amigas mulheres, e na primeira delas, a condessa Lídia Ivânovna, Aleksei Aleksândrovitch não pensava. Todas as mulheres, simplesmente por serem mulheres, eram-lhe medonhas e repulsivas.

XXII

Aleksei Aleksândrovitch esqueceu a condessa Lídia Ivânovna, porém ela não o esqueceu. Na hora mais dura do desespero solitário, ela foi até ele e, sem aviso, entrou em seu gabinete. Surpreendeu-o na posição em que estava, sentado, com a cabeça baixa em ambas as mãos.

— *J'ai forcé la consigne*[13] — ela disse, entrando com passos rápidos e respirando pesadamente devido à agitação e ao movimento rápido. — Eu ouvi tudo! Aleksei Aleksândrovitch! Meu amigo! — prosseguiu, apertando-lhe a mão com força, com ambas as mãos, e fitando-o nos olhos com seus formosos olhos pensativos.

Aleksei Aleksândrovitch franziu o cenho, soergueu-se e, soltando a mão, moveu uma cadeira para ela.

— Não deseja, condessa? Não estou recebendo porque estou doente, condessa — disse, e seus lábios tremeram.

— Meu amigo! — repetiu a condessa Lídia Ivânovna, sem tirar os olhos dele, e suas sobrancelhas, de repente, se levantaram do lado de dentro, formando um triângulo na testa; o rosto amarelo e feio tornou-se ainda mais feio; Aleksei Aleksândrovitch sentiu, contudo, que ela se compadecia dele, e estava prestes a chorar. E se enterneceu: tomou-lhe a mão roliça e se pôs a beijá-la.

---

[13] "Desobedeci a ordem", em francês no original. (N. do T.)

— Meu amigo! — ela disse, com a voz embargada de emoção. — O senhor não deve se entregar ao pesar. Seu pesar é grande, mas deve encontrar consolo.

— Estou destruído, estou morto, não sou mais um homem! — disse Aleksei Aleksândrovitch, soltando a mão dela, mas continuando a mirar seus olhos cheios de lágrimas. — Minha situação é horrível porque não encontro em lugar nenhum, não encontro em mim mesmo um ponto de apoio.

— Vai encontrar apoio, procure-o não em mim, embora lhe peça que confie em minha amizade — ela disse, com um suspiro. — Nosso apoio é o amor, esse amor que Ele nos legou. O fardo Dele é leve — ela disse, com aquele olhar de entusiasmo que Aleksei Aleksândrovitch conhecia tão bem. — Ele vai apoiá-lo e socorrê-lo.

Embora houvesse nessas palavras uma comoção com seus próprios sentimentos elevados, e houvesse também aquele novo estado de espírito místico enlevado, que se espalhara por Petersburgo há pouco tempo, e que Aleksei Aleksândrovitch achava um exagero, ele gostou de ouvi-las agora.

— Sou fraco. Sou insignificante. Não previ nada e, agora, não entendo nada.

— Meu amigo — repetiu Lídia Ivânovna.

— Não é a perda do que não tenho agora, não é isso — prosseguiu Aleksei Aleksândrovitch. — Não lamento. Mas não tenho como não me envergonhar perante as pessoas pela situação em que me encontro. Isso é ruim, mas não tenho como, não tenho.

— Não foi o senhor quem realizou aquele ato elevado de perdão, admirado por mim e por todos, mas Ele, que habita em seu coração — disse a condessa Lídia Ivânovna, erguendo os olhos com enlevo — e, portanto, o senhor não pode se envergonhar da sua conduta.

Aleksei Aleksândrovitch franziu o cenho e, revirando as mãos, pôs-se a estalar os dedos.

— É preciso conhecer todos os detalhes — disse, com voz fina. — As forças de uma pessoa têm limite, condessa, e eu descobri o limite das minhas. Hoje, o dia inteiro tive que dar ordens, ordens referentes à casa, decorrentes (acentuou a palavra *decorrentes*) da minha nova situação de solidão. Criadagem, governanta, contas... Essa fagulha mesquinha me queimou, não tive forças para suportar. Na hora do jantar... ontem à noite, mal consegui sair da mesa. Não conseguia aguentar o jeito como meu filho me olhava. Ele não me perguntou o significado disso tudo, mas queria perguntar, e eu não podia suportar aquele olhar. Ele tinha medo de olhar para mim, mas isso não é tudo...

Aleksei Aleksândrovitch quis mencionar a conta que lhe levaram, mas sua voz tremeu, e ele parou. Dessa conta, em papel azul, por um chapéu e fitas, ele não podia se lembrar sem ter dó de si mesmo.

— Entendo, meu amigo — disse a condessa Lídia Ivânovna. — Entendo tudo. O senhor vai encontrar socorro e consolo não em mim, mas mesmo assim vim apenas para ajudá-lo, se puder. Se eu puder aliviá-lo de todas essas preocupações mesquinhas... Entendo que seja necessária uma palavra feminina, uma ordem feminina. O senhor vai me encarregar disso?

Aleksei Aleksândrovitch apertou-lhe a mão, em silêncio e grato.

— Vamos tomar conta de Serioja juntos. Não sou forte em assuntos práticos. Mas vou assumir, serei sua dona de casa. Não me agradeça. Não sou eu que faço isso...

— Não tenho como não agradecer.

— Porém, meu amigo, não se entregue a esse sentimento de que falou — envergonhar-se da coisa mais elevada da cristandade: *quem se humilhar será exaltado*.[14] E o senhor não deve me agradecer. Tem que agradecer a Ele, e pedir-Lhe seu socorro. Apenas Nele encontramos calma, sossego, salvação e amor — ela disse e, levantando os olhos para o céu, começou a rezar, como Aleksei Aleksândrovitch depreendeu de seu silêncio.

Aleksei Aleksândrovitch ouvia-a agora, e as expressões que antes eram não apenas desagradáveis, como lhe pareciam exageradas, agora pareciam naturais e consoladoras. Aleksei Aleksândrovitch não gostava desse novo espírito exaltado. Era um homem de fé, interessava-se pela religião sobretudo no sentido político, mas a nova doutrina, que se permitia novas interpretações, exatamente por abrir as portas à discussão e à análise, desagradava-lhe por princípio. Antes, reagia com frieza e até hostilidade à nova doutrina, e com a condessa Lídia Ivânovna, que se entusiasmara com ela, jamais discutira, contornando sempre, com silêncio cuidadoso, seus chamados. Agora, pela primeira vez, ouvia suas palavras com satisfação, sem retrucar interiormente.

— Sou-lhe muito, muito grato, pelos atos e pelas palavras — disse, quando ela terminou de rezar.

A condessa Lídia Ivânovna voltou a apertar ambas as mãos de seu amigo.

— Agora vou me lançar à tarefa — disse, com um sorriso, depois de se calar para limpar os vestígios das lágrimas no rosto. — Vou até Serioja. Só vou me dirigir ao senhor em último caso. — E ela se levantou, e se foi.

---

[14] Mateus 23:12. (N. do T.)

A condessa Lídia Ivânovna foi até os aposentos de Serioja e, enxugando as lágrimas das faces do menino assustado, disse-lhe que seu pai era um santo, e sua mãe estava morta.

A condessa Lídia Ivânovna cumpriu sua promessa. De fato, assumiu todos os cuidados de organização e direção da casa. Não tinha exagerado, porém, ao dizer que não era forte em assuntos práticos. Todas as suas ordens tiveram de ser mudadas, por serem inexequíveis, e foram mudadas por Korniei, o camareiro de Aleksei Aleksândrovitch, que, sem ninguém perceber, comandava agora toda a casa dos Kariênin e, com calma e cuidado, enquanto o patrão se vestia, relatava-lhe o necessário. Mas a ajuda de Lídia Ivânovna era, mesmo assim, efetiva no mais alto grau: dava apoio moral a Aleksei Aleksândrovitch na consciência de seu amor e respeito por ele e, especialmente, na consolada opinião dela, quase levara-o à cristandade, ou seja, de um crente indiferente e fiel, tornara-o um partidário ardente e firme da nova explicação da doutrina cristã que se propagara nos últimos tempos em São Petersburgo. Aleksei Aleksândrovitch teve facilidade em se convencer disso. Assim como Lídia Ivânovna, e outras pessoas que partilhavam sua concepção, Aleksei Aleksândrovitch era absolutamente privado de profundidade de imaginação, a capacidade espiritual graças à qual as noções suscitadas pela imaginação se tornam tão reais que exigem correspondência com outras noções, e com a realidade. Não via nada de impossível e incongruente na noção de que a morte, que existia para os incréus, não existia para ele, e de que, assim, ele gozava da mais plena fé, cujo juiz era ele mesmo, de que não tinha mais pecado na alma, e de que já experimentava aqui, na Terra, a plena salvação.

Verdade que a leviandade e o equívoco dessa sua noção de fé eram sentidos confusamente por Aleksei Aleksândrovitch, e ele sabia que quando, sem pensar de forma nenhuma que seu perdão era ato das forças mais elevadas, se entregara a esse sentimento espontâneo, sentira mais felicidade do que agora, quando pensava a cada minuto que Cristo vivia em sua alma, e que, ao assinar papéis, cumpria Sua vontade; porém, para Aleksei Aleksândrovitch, era indispensável pensar assim, era-lhe indispensável, em sua humilhação, possuir aquela elevação, ainda que inventada, a partir da qual ele, desprezado por todos, podia desprezar os outros, aferrando-se à sua salvação imaginária como se fosse real.

XXIII

A condessa Lídia Ivânovna, moça muito jovem e arrebatada, fora dada em casamento a um farsista rico, fidalgo, bonachão e muito devasso. No segundo mês, o marido a abandonou, respondendo a seus protestos arrebatados apenas com zombaria e até hostilidade, que as pessoas que conheciam o bom coração do conde, e não viam defeito nenhum na arrebatada Lídia, não conseguiam explicar de jeito nenhum. Desde então, embora não fossem divorciados, viviam separados e, quando o marido encontrava a mulher, sempre a tratava com uma invariável zombaria venenosa, cujo motivo não dava para entender.

Há tempos a condessa Lídia Ivânovna deixara de estar apaixonada pelo marido, mas nunca deixara, desde então, de estar apaixonada por alguém. Ficava apaixonada de repente por algumas pessoas, homens e mulheres; apaixonava-se por quase todas as pessoas que se destacavam particularmente, de alguma forma. Fora apaixonada por todos os novos príncipes e princesas que entravam para a família do tsar, fora apaixonada por um metropolita, um vicário e um sacerdote. Fora apaixonada por um jornalista, por três eslavófilos, por Komissárov;[15] por um ministro, um médico, um missionário inglês e Kariênin. Todos esses amores, ora enfraquecendo, ora se fortalecendo, preenchiam seu coração, davam-lhe ocupação e não a impediam de manter as relações mais espalhadas e complexas com a corte e a sociedade. Porém, desde que, após a infelicidade que se abatera sobre Kariênin, tomara-o sob sua proteção especial, desde que passara a trabalhar na casa de Kariênin, cuidando de seu bem-estar, sentia que todos os outros amores não eram reais, e que agora estava realmente apaixonada, apenas por Kariênin. O sentimento que agora experimentava por ele parecia-lhe mais forte do que todos os anteriores. Analisando seu sentimento, e comparando-o com os anteriores, via com clareza que não teria se apaixonado por Komissárov se ele não tivesse salvado a vida do soberano, não teria se apaixonado por Ristic-

---

[15] O. I. Komissárov (1838-1892), camponês, chapeleiro de Kostromá. Em abril de 1866, encontrava-se por acaso ao lado das grades do Jardim de Verão, em São Petersburgo. O insucesso de um atentado contra o tsar foi explicado por Komissárov ter atrapalhado Karakózov, que atirou contra Alexandre II. Komissárov "foi elevado à categoria de nobre"; tornou-se "von Komissárov". Por algum tempo, falava-se nele por toda parte, e convidavam-no para todos os lugares. Tornou-se frequentador obrigatório de salões, clubes e reuniões científicas. Mas Komissárov foi se tornando gradualmente bêbado e, por fim, desapareceu de vista completamente. (N. da E.)

-Kudjitski[16] se não fosse a questão eslava, mas que Kariênin ela amava por si mesmo, por sua alma inexplicavelmente elevada, pelo som agudo de sua voz, que ela achava encantador, com sua entoação prolongada, por seu olhar cansado e pelas mãos macias e brancas de veias inchadas. Não apenas se alegrava ao encontrá-lo, como buscava em seu rosto sinais da impressão que provocava nele. Queria agradá-lo não apenas com o que dizia, mas com toda sua pessoa. Por sua causa, ocupava-se agora de sua toalete mais do que em qualquer época anterior. Surpreendia-se a sonhar com o que teria sido se ela não fosse casada e ele fosse livre. Corava de emoção quando ele entrava no quarto, não podia conter um sorriso de enlevo quando ele lhe dizia algo agradável.

Já fazia alguns dias que a condessa Lídia Ivânovna se encontrava na mais forte agitação. Ficara sabendo que Anna estava em São Petersburgo com Vrônski. Era preciso poupar Aleksei Aleksândrovitch de um encontro com ela, era preciso poupá-lo até do conhecimento aflitivo de que aquela mulher horrível encontrava-se na mesma cidade que ele e de que, a cada minuto, poderia encontrá-la.

Lídia Ivânovna, através de seus conhecidos, apurou o que tencionavam fazer aquelas *pessoas repugnantes*, como chamava Anna e Vrônski, e tentou dirigir, naqueles dias, todos os movimentos de seu amigo, para que não pudesse encontrá-los. Um jovem ajudante de campo, amigo de Vrônski, através do qual ela recebia notícias e que esperava, por sua vez, receber uma concessão através da condessa Lídia Ivânovna, disse-lhe que eles tinham terminado seus assuntos e partiriam no dia seguinte. Lídia Ivânovna já tinha começado a se acalmar quando, na manhã seguinte, levaram-lhe um bilhete, cuja letra reconheceu com horror. Era a letra de Anna Kariênina. O envelope era de papel grosso como uma tala; no papel amarelo oblongo havia um monograma enorme, e a carta exalava um cheiro maravilhoso.

— Quem trouxe?
— Um mensageiro do hotel.

A condessa Lídia Ivânovna ficou um bom tempo sem conseguir se sentar para ler a carta. A agitação deu-lhe um ataque de dispneia, a que ela era propensa. Quando se acalmou, leu a seguinte carta, em francês:

---

[16] Referência a Jovan Ristic (1831-1899), ativista político sérvio que se pronunciou contra a influência turca e austríaca na Sérvia. Seu nome era bem conhecido na Rússia. Ristic foi um dos regentes da minoridade do príncipe Milan Obrenovic. (N. da E.)

"*Madame la Comtesse*[17] — sinto que os sentimentos cristãos que lhe preenchem a alma me dão a ousadia imperdoável de lhe escrever. Sou infeliz por estar separada de meu filho. Imploro-lhe autorização para vê-lo uma vez antes de minha partida. Perdoe-me por fazê-la se lembrar de mim. Dirijo-me à senhora, e não a Aleksei Aleksândrovitch, apenas porque não quero forçar esse homem magnânimo a sofrer com minha recordação. Conhecendo sua amizade com ele, a senhora vai me entender. Pode me mandar Serioja, ou posso ir até em casa, em uma hora determinada e combinada, ou pode me dar a conhecer quando e onde posso vê-lo fora de casa? Não suponho uma recusa, conhecendo a magnanimidade daquele de quem isso depende. A senhora não pode imaginar a ânsia de vê-lo que sinto e, portanto, não pode imaginar a gratidão que sua ajuda vai despertar em mim.

Anna"

Tudo nessa carta irritou a condessa Lídia Ivânovna: o conteúdo, a alusão à magnanimidade e, especialmente, o tom, que lhe pareceu desenvolto.

— Diga que não haverá resposta — disse a condessa Lídia Ivânovna e, de imediato, abrindo sua pasta, escreveu para Aleksei Aleksândrovitch que esperava vê-lo ao meio-dia, durante as felicitações, no palácio.

"Preciso lhe falar de um assunto importante e triste. Lá combinamos onde. Melhor na minha casa, onde mandarei preparar o *seu* chá. É indispensável. Ele dá a cruz. Ele também fornece a força" — acrescentou, para prepará-lo, ainda que um pouco.

A condessa Lídia Ivânovna habitualmente escrevia dois ou três bilhetes por dia a Aleksei Aleksândrovitch. Gostava desse processo de comunicação com ele, que possuía uma elegância e mistério de que sentia falta nas relações pessoais.

XXIV

A cerimônia de felicitações tinha terminado. De saída, as pessoas se encontravam, falavam das últimas notícias do dia, das condecorações recém-recebidas e das mudanças nos postos importantes.

---

[17] "Madame condessa", em francês no original. (N. do T.)

— Ah, se a condessa Mária Boríssovna fosse a ministra da Guerra, e a chefe do estado-maior, a princesa Vatkóvskaia — disse, dirigindo-se a uma dama de honra bela e alta, que lhe perguntava das mudanças, um velhinho grisalho de uniforme ornado de dourado.

— E eu, ajudante de campo — respondeu a dama de honra, rindo.

— A senhora já tem um cargo. É do departamento espiritual. E seu ajudante é Kariênin.

— Olá, príncipe! — disse o velhinho, apertando a mão de um recém-chegado.

— O que estava falando de Kariênin? — disse o príncipe.

— Ele e Putiátov receberam a ordem Aleksandr Niévski.

— Achei que ele já tivesse recebido.

— Não. Olhe só para ele — disse o velhinho, apontando com o chapéu ornado para Kariênin, parado na porta da sala com um dos membros influentes do Conselho de Estado, de uniforme de corte, com a nova fita vermelha atravessada no ombro. — Feliz e satisfeito, no sétimo céu — acrescentou, parando para apertar a mão de um belo *Kammerjunker*, de compleição atlética.

— Não, ele envelheceu — disse o *Kammerjunker*.

— De preocupação. Agora escreve projetos o tempo todo. Agora não deixa o infeliz ir embora sem lhe expor tudo, tim-tim por tim-tim.

— Como envelheceu? *Il fait des passions*.[18] Acho que agora a condessa Lídia Ivânovna tem ciúmes dele com a mulher.

— Ora, como assim! Por favor, não fale mal da condessa Lídia Ivânovna.

— E por acaso é mau estar apaixonada por Kariênin?

— E é verdade que Kariênina está aqui?

— Ou seja, não aqui, no palácio, em Petersburgo. Ontem a encontrei com Aleksei Vrônski, *bras dessus, bras dessous*,[19] na Morskáia.

— *C'est un homme qui n'a pas...*[20] — quis começar o *Kammerjunker*, mas se deteve, dando passagem e se inclinando para um integrante da família do tsar, que passava.

Assim, não paravam de falar de Aleksei Aleksândrovitch, reprovando-o e rindo-se dele enquanto ele, barrando o caminho do membro do Conse-

---

[18] "Ele desperta paixões", em francês no original. (N. do T.)

[19] "De braços dados", em francês no original. (N. do T.)

[20] "É um homem que não tem...", em francês no original. (N. do T.)

lho do Estado que lhe caíra em mãos, e sem interromper a explanação por um instante, para não deixá-lo escapar, expunha-lhe tim-tim por tim-tim um projeto financeiro.

Praticamente ao mesmo tempo que a mulher o abandonou, Aleksei Aleksândrovitch sofreu também o fato mais amargo para um servidor público — a interrupção da trajetória profissional ascendente. Essa interrupção tinha se realizado, e todos o viam com clareza, porém o próprio Aleksei Aleksândrovitch ainda não reconhecia que sua carreira estava terminada. Fosse o choque com Striêmov, a infelicidade com a esposa ou simplesmente por ter chegado ao limite que lhe fora predestinado, ficara evidente para todos, no ano atual, que suas atividades profissionais estavam encerradas. Ainda ocupava um cargo importante, era membro de muitas comissões e comitês; mas se tratava de um homem que já tinha dado tudo, e do qual não se esperava mais nada. Dissesse o que dissesse, propusesse o que propusesse, ouviam-no como se o que propunha já fosse conhecido há tempos, e exatamente aquilo que não era necessário.

Aleksei Aleksândrovitch, porém, não o sentia e, pelo contrário, ao ser afastado de participação direta na atividade governamental, via com maior clareza do que antes os defeitos e erros na atividade dos outros, e considerava seu dever indicar os meios para corrigi-los. Logo depois da separação da mulher, começou a escrever uma nota a respeito do novo tribunal, a primeira de incontáveis notas do gênero, de que ninguém precisava, sobre todas as esferas do governo, que estava destinado a escrever.

Aleksei Aleksândrovitch não apenas não notava que sua situação no mundo profissional era desesperada e não se amargurava com ela, como estava mais satisfeito do que nunca com sua atividade.

— "O casado cuida das coisas que são do mundo, de como há de dar gosto à sua mulher; o que está sem mulher cuida das coisas que são do Senhor"[21] — diz o apóstolo Paulo, e Aleksei Aleksândrovitch, que agora se guiava em todos os assuntos pelas Escrituras, lembrava-se desse texto com frequência. Tinha a impressão de que, desde que ficara sem mulher, servia mais ao Senhor com esses projetos do que antes.

A impaciência evidente do membro do Conselho, que desejava fugir dele, não perturbava Aleksei Aleksândrovitch; só parou de explanar quando o interlocutor, aproveitando a passagem da pessoa da família do tsar, escapou dele.

---

[21] I Coríntios 7:32-33. A citação inverte a ordem da Bíblia, onde o casado vem depois. (N. do T.)

Deixado a sós, Aleksei Aleksândrovitch baixou a cabeça, reunindo os pensamentos, depois deu uma olhada distraída ao redor e foi até a porta, onde esperava encontrar a condessa Lídia Ivânovna.

"E como são todos fortes e fisicamente saudáveis — pensou Aleksei Aleksândrovitch, olhando para o *Kammerjunker* vigoroso, de suíças penteadas, e para o pescoço vermelho do príncipe, apertado no pescoço, no meio dos quais passaria. — Foi dito com justiça que tudo no mundo é mau" — pensou, olhado mais uma vez de esgar para a panturrilha do *Kammerjunker*.

Mexendo as pernas sem pressa, Aleksei Aleksândrovitch inclinou-se para esses senhores que falavam dele com o ar costumeiro de cansaço e dignidade e, olhando para a porta, buscava os olhos da condessa Lídia Ivânovna.

— Ah! Aleksei Aleksândrovitch! — disse o velhinho, cintilando os olhos com malícia na hora em que Kariênin passou por ele, inclinando a cabeça com um gesto frio. — Eu ainda não o felicitei — disse, apontando para a fita recém-recebida.

— Agradeço-lhe — respondeu Aleksei Aleksândrovitch. — Que dia *maravilhoso* o de hoje — acrescentou, sublinhando especialmente a palavra "maravilhoso", como de hábito.

Que riam dele, sabia, mas não esperava deles nada senão hostilidade; já estava acostumado.

Ao avistar os ombros amarelos sobressaindo do espartilho da condessa Lídia Ivânovna, que entrava pela porta, e seus olhos formosos e pensativos, que chamavam para si, Aleksei Aleksândrovitch sorriu, descobrindo os dentes brancos e imperecíveis, e foi até ela.

A toalete de Lídia Ivânovna custara-lhe muito trabalho, como todas as toaletes dos últimos tempos. O objetivo da toalete era agora completamente oposto ao que perseguira há trinta anos. Naquela época, desejava se enfeitar com qualquer coisa, e quanto mais, melhor. Agora, pelo contrário, era tão obrigatório embelezar-se de forma incompatível com seus anos e figura, que se preocupava apenas que a contradição entre esses adornos e sua aparência não fosse horrível demais. E, com relação a Aleksei Aleksândrovitch, conseguira-o, e lhe parecia atraente. Para ele, ela constituía a única ilha não apenas de boa disposição para consigo, como de amor em meio ao mar de hostilidade e zombaria que o rodeava.

Passando por fileiras de olhares zombeteiros, arrastou-se naturalmente na direção de seu olhar apaixonado, como uma planta atrás de luz.

— Meus parabéns — ela lhe disse, apontando para a fita com os olhos.

Reprimindo um sorriso de satisfação, ele deu de ombros e fechou os olhos, como se dissesse que aquilo não tinha como alegrá-lo. A condessa Lídia Ivânovna bem sabia que aquela era uma de suas principais alegrias, embora ele jamais o admitisse.

— E o nosso anjo? — disse a condessa Lídia Ivânovna, subentendendo Serioja.

— Não posso dizer que estou plenamente satisfeito com ele — disse Aleksei Aleksândrovitch, erguendo as sobrancelhas e abrindo os olhos. — Sítnikov também está insatisfeito. (Sítnikov era o pedagogo ao qual fora encarregada a educação mundana de Serioja.) Como lhe disse, há nele certa frieza nas questões mais importantes, que deveriam tocar a alma de todo homem e toda criança — Aleksei Aleksândrovitch começou a expor suas ideias na única questão que o interessava, além do serviço: a educação do filho.

Quando Aleksei Aleksândrovitch, com a ajuda de Lídia Ivânovna, retornou à vida e à atividade, sentiu que era sua obrigação ocupar-se da educação do filho, que ficara em suas mãos. Sem jamais ter se ocupado antes de questões educacionais, Aleksei Aleksândrovitch consagrou algum tempo ao estudo teórico do tema. E, depois de ler muitos livros de antropologia, pedagogia e didática, Aleksei Aleksândrovitch estabeleceu um plano de educação e, convidando o melhor pedagogo de São Petesburgo para dirigi-lo, lançou-se à tarefa. E essa tarefa ocupava-o constantemente.

— Sim, mas e o coração? Vejo nele o coração do pai e, com um coração desses, a criança não pode ser má — disse a condessa Lídia Ivânovna, com enlevo.

— Sim, pode ser... Quanto a mim, cumpro meu dever — é tudo que posso fazer.

— Venha à minha casa — disse a condessa Lídia Ivânovna, depois de um silêncio —, precisamos falar de uma coisa triste para o senhor. Eu daria tudo para poupá-lo de algumas lembranças, mas os outros não pensam assim. Recebi uma carta *dela*. *Ela* está aqui, em São Petersburgo.

Aleksei Aleksândrovitch estremeceu com a alusão à esposa, mas de imediato, em seu rosto, estabeleceu-se aquela imobilidade mortal, que exprimia sua completa impotência nesse assunto.

— Eu estava esperando por isso — ele disse.

A condessa Lídia Ivânovna fitou-o com arrebatamento, e lágrimas de admiração pela grandeza de sua alma surgiram em seus olhos.

XXV

Quando Aleksei Aleksândrovitch entrou no pequeno e aconchegante gabinete da condessa Lídia Ivânovna, cheio de porcelana antiga e coberto de retratos, a dona da casa ainda não se encontrava. Estava se trocando.

Na mesa redonda estava estendida uma toalha, e disposto um aparelho de chá chinês e um bule de prata a álcool. Aleksei Aleksândrovitch deu uma olhada distraída nos incontáveis retratos conhecidos que revestiam o gabinete e, sentando-se à mesa, abriu o Evangelho que estava sobre ela. O ruído do vestido de seda da condessa distraiu-o.

— Pois bem, agora vamos ficar sossegados — disse a condessa Lídia Ivânovna, deslizando apressadamente entre a mesa e o sofá com um sorriso alvoroçado —, e conversaremos durante nosso chá.

Depois de algumas palavras de preparação, a condessa Lídia Ivânovna, com a respiração pesada, e corando, passou para as mãos de Aleksei Aleksândrovitch a carta que recebera.

Após ler a carta, ele ficou longamente em silêncio.

— Não creio que tenha o direito de recusar — disse, tímido, erguendo os olhos.

— Meu amigo! O senhor não vê mal em nada!

— Pelo contrário, vejo que tudo é mau. Mas seria justo?...

Em seu rosto havia indecisão e uma busca por conselho, apoio e direção em um assunto que lhe era incompreensível.

— Não — interrompeu a condessa Lídia Ivânovna. — Para tudo há limite. Entendo a imoralidade — disse, sem completa franqueza, pois jamais pudera compreender o que leva as mulheres à imoralidade —, mas não entendo a crueldade; para com quem? Para com o senhor! Como ficar na mesma cidade que o senhor? Não, vivendo e aprendendo. E aprendi a entender a sua elevação e a baixeza dela.

— Mas quem vai atirar pedras? — disse Aleksei Aleksândrovitch, visivelmente satisfeito com seu papel. — Perdoei tudo e, portanto, não posso privá-la do que constituiu uma demanda de amor para ela — o amor pelo filho...

— Mas isso é amor, meu amigo? Isso é sincero? Vamos supor, o senhor perdoou, perdoa... mas nós temos direito de influenciar a alma daquele anjo? Ele a considera morta. Rezou por ela, e pediu a Deus perdão por seus pecados... E assim é melhor. E agora, o que ele vai pensar?

— Não pensei nisso — disse Aleksei Aleksândrovitch, pelo visto, concordando.

A condessa Lídia Ivânovna cobriu o rosto com as mãos e se calou. Rezava.

— Se o senhor me pedir um conselho — disse, descobrindo o rosto após rezar —, aconselho-o a fazer o seguinte. Por acaso não vejo como está sofrendo, como isso abriu todas as suas feridas? Mas vamos supor que, como sempre, o senhor se esqueça de si mesmo. Mas a que isso pode levar? A novos sofrimentos de sua parte, a tormentos para a criança? Se tivesse lhe restado algo de humano, ela mesma não deveria desejar isso. Não, não hesito; não o aconselho e, caso o senhor me permita, escreverei a ela.

E Aleksei Aleksândrovitch concordou, e a condessa Lídia escreveu a seguinte carta, em francês:

"Prezada senhora,

A lembrança da senhora, para o seu filho, pode levar a perguntas da parte dele que não é possível responder sem incutir na alma da criança um espírito de condenação daquilo que para ele deveria ser sagrado e, por isso, peço que compreenda a recusa de seu marido no espírito do amor cristão. Peço ao Altíssimo que tenha piedade da senhora.

Condessa Lídia"

Essa carta alcançou o objetivo secreto, que a condessa Lídia Ivânovna ocultava de si mesma. Ofendeu Anna até o fundo da alma.

De sua parte, Aleksei Aleksândrovitch, voltando da casa de Lídia Ivânovna, não conseguiu se dedicar, naquele dia, às suas ocupações de hábito, nem encontrar aquela tranquilidade espiritual de homem crente e salvo que previamente sentia.

A lembrança da esposa, que era tão culpada perante ele, e perante a qual ele era tão santo, como a condessa Lídia Ivânovna justamente dissera, não devia perturbá-lo; porém, não estava calmo: não conseguia entender os livros que lia, não conseguia afastar as recordações aflitivas de sua relação com ela, dos erros que, como agora achava, cometera para com ela. A lembrança de como recebera, de volta das corridas, sua confissão de infidelidade (especialmente por ter-lhe exigido apenas decoro externo, e por não ter desafiado Vrônski para um duelo) atormentava-o, como remorso. Também o atormentava a lembrança da carta que escrevera a ela; em particular seu perdão, de que ninguém precisava, e seus cuidados com a filha de outro queimavam-lhe o coração com vergonha e remorso.

E era exatamente esse sentimento de vergonha e remorso que experimentava agora, ao rever todo seu passado com ela e relembrar as palavras desajeitadas com as quais, após longa hesitação, fizera-lhe a proposta de casamento.

"Mas de que sou culpado?" — dizia para si mesmo. E essa questão sempre lhe suscitava outra questão — se sentiam, amavam e casavam-se de outra forma essas outras pessoas, esses Vrônski, Oblônski... esses *Kammerjunkers* de panturrilhas gordas. E imaginou todo um desfile dessas pessoas robustas, fortes, sem dúvidas, que, involuntariamente, atraíam sempre e por toda parte sua atenção curiosa. Afastou esses pensamentos de si, esforçou-se para se assegurar de que não vivia para a vida daqui, temporal, mas para a eterna, que em sua alma havia paz e amor. Porém, o fato de, nessa vida temporal e insignificante, ter a impressão de ter cometido alguns erros insignificantes, atormentava-o como se não existisse aquela salvação eterna em que acreditava. Tal tentação, porém, não se prolongou por muito tempo, e logo, na alma de Aleksei Aleksândrovitch, voltou a se restabelecer a calma e a elevação, graças às quais podia esquecer o que não queria recordar.

XXVI

— E então, Kapitónytch? — disse Serioja, voltando corado e alegre do passeio da véspera do seu aniversário, e entregando sua *podiovka* cheia de vincos ao porteiro alto e velho, que ria para o pequeno do alto de sua estatura. — E então, hoje veio o funcionário de tipoia? Papai o recebeu?

— Recebeu. Foi só o secretário sair que eu anunciei — disse o porteiro, dando uma piscadela. — Por favor, eu tiro.

— Serioja! — disse o preceptor eslavo, parado na porta que levava aos aposentos interiores. — Tire sozinho.

Mas Serioja, apesar de ouvir a voz débil do preceptor, não lhe deu atenção. Ficou parado, segurando o cinto do porteiro, e encarando-o.

— E então, papai fez o que ele precisava?

O porteiro meneou a cabeça afirmativamente. O funcionário de tipoia, que já tinha ido sete vezes pedir algo a Aleksei Aleksândrovitch, interessava a Serioja e ao porteiro. Serioja o surpreendera certa vez na entrada e o ouvira pedir ao porteiro, lamurioso, que o anunciasse, dizendo que ele e seus filhos estavam para morrer.

Desde então, Serioja, que encontrara novamente o funcionário na entrada, interessara-se por ele.

— E então, ficou muito contente? — perguntou.

— Como não ficaria? Saiu daqui quase saltitando.

— E chegou alguma coisa? — perguntou Serioja, depois de uma pausa.

— Pois bem, meu senhor — disse o porteiro, aos sussurros, abanando a cabeça —, tem um da condessa.

Serioja compreendeu de imediato que o porteiro estava falando de um presente de aniversário da condessa Lídia Ivânovna.

— O que você está dizendo? Cadê?

— Korniei levou para o papai. Deve ser coisa boa!

— Qual o tamanho? Esse?

— Menor, mas bom.

— Um livrinho?

— Não, uma coisa. Vá, vá. Vassíli Lukitch está chamando — disse o porteiro, ouvindo os passos do tutor, que se aproximava, afastando com cuidado a mãozinha que, com a luva tirada pela metade, agarrava-o pelo cinto e, piscando, apontava para Vúnitch.

— Vassíli Lukitch, nesse minutinho! — respondeu Serioja, com aquele sorriso alegre e amoroso que sempre derrotava o consciencioso Vassíli Lukitch.

Serioja estava alegre demais, feliz demais com tudo para conseguir não compartilhar com seu amigo porteiro mais uma alegria doméstica, da qual ficara sabendo no passeio no Jardim de Verão, pela sobrinha da condessa Lídia Ivânovna. Esse contentamento parecia-lhe especialmente importante por coincidir com o contentamento do funcionário e o seu próprio, por terem lhe trazido brinquedos. Serioja tinha a impressão de que aquele era um dia em que todos tinham de estar alegres e contentes.

— Você sabia que o papai recebeu a ordem Aleksandr Niévski?

— Como não saber! Já vieram parabenizá-lo.

— E ele, está contente?

— Como não ficar contente com uma graça do tsar! Significa que mereceu — disse o porteiro, severo e sério.

Serioja ficou pensativo, fitando o rosto do porteiro, que estudara até os últimos detalhes, especialmente o queixo que pendia entre suíças grisalhas, e que ninguém via, à exceção de Serioja, que sempre olhava para ele de baixo.

— Pois bem, e a sua filha, faz tempo que esteve na sua casa?

A filha do porteiro era dançarina de balé.

— Como viria em dia de semana? Eles também têm aula. E o senhor tem aula, vá.

Ao chegar no quarto, Serioja, em vez de se sentar para a lição, contou ao professor sua suposição de que o que tinham trazido devia ser uma máquina.

— O que o senhor acha? — perguntou.

Vassíli Lukitch, porém, só achava que tinham de preparar a lição de gramática para o professor, que viria às duas horas.

— Não, só me diga, Vassíli Lukitch — perguntou, de repente, já sentado à mesa de trabalho, com um livro na mão —, o que é maior do que a ordem Aleksandr Niévski? O senhor sabia que papai recebeu a Aleksandr Niévski?

Vassíli Lukítch respondeu que maior do que a Aleksandr Névski era a Vladímir.

— E acima?

— Acima de todas está a Santo André.

— E acima ainda de André?

— Não sei.

— Como, o senhor também não sabe? — E Serioja, apoiando o cotovelo na mão, mergulhou em reflexões.

Suas reflexões eram as mais complexas e variadas. Imaginou que seu pai recebia, de repente, a Vladímir e a André, e como, em consequência, ele iria muito melhor na aula de hoje, e como ele mesmo, quando fosse grande, receberia todas as condecorações, inclusive uma que inventariam, acima da de André. Bastaria inventarem, e ele receberia. Inventariam uma ainda mais elevada, e ele a receberia na hora.

Nessas reflexões passou o tempo e, quando o professor chegou, a lição sobre os adjuntos adverbiais de tempo, lugar e modo não estava pronta, e o professor estava não apenas insatisfeito, como magoado. Essa mágoa do professor deixou Serioja tocado. Não se sentia culpado por não ter aprendido a lição; por mais que se esforçasse, decididamente, não podia fazê-lo: enquanto o professor lhe explanava, ele acreditava, e era como se entendesse; mas bastava ser deixado a sós, decididamente não tinha como lembrar e entender que uma expressão tão curtinha e compreensível como "de repente" era um *adjunto adverbial de modo*. Mesmo assim, porém, lamentava ter magoado o professor, e desejava consolá-lo.

Escolheu o instante em que o professor examinava o livro em silêncio.

— Mikhail Ivânitch, quando é o dia do seu santo?[22] — perguntou, de repente.

---

[22] Na Rússia, data festejada como equivalente ao aniversário. (N. do T.)

— Seria melhor o senhor pensar no seu trabalho, e o dia do santo não tem nenhum significado para uma criatura racional. É um dia como os outros, em que é preciso trabalhar.

Serioja olhou com atenção para o professor, para sua barbicha rala, para os óculos, que tinham descido abaixo da marca, e ficou tão pensativo que não ouviu nada do que o professor lhe explicava. Entendeu que o professor não estava pensando no que dizia, sentia-o pelo tom com que era dito. "Mas para que todos eles combinaram dizer tudo do mesmo jeito, as coisas mais chatas e desnecessárias? Por que ele se afasta de mim, por que não gosta de mim?" — perguntava-se, com tristeza, sem conseguir atinar com a resposta.

XXVII

Depois do professor, vinha a lição do pai. Enquanto o pai não chegava, Serioja ficou sentado à mesa, brincando com um canivete, e se pôs a pensar. Dentre as ocupações favoritas de Serioja estava a busca da mãe durante os passeios. Não acreditava na morte em geral e especialmente na morte dela, embora Lídia Ivânovna tivesse lhe dito e o pai confirmado, portanto, mesmo depois de lhe contarem que ela tinha morrido, ele a procurava durante os passeios. Qualquer mulher robusta, graciosa, de cabelos escuros, era sua mãe. À vista de uma mulher dessas, em sua alma elevava-se um sentimento de ternura tamanha que ele arquejava, e lágrimas lhe acorriam aos olhos. E esperava que ela naquela mesma hora fosse até ele e levantasse o véu. Todo seu rosto ficaria visível, ela iria sorrir, abraçá-lo, ele aspiraria seu cheiro, sentiria a maciez de suas mãos e choraria com alegria, como na noite em que se deitara a seus pés e ela lhe fizera cócegas, e ele rira e mordera sua mão branca com anéis. Depois, quando ficou sabendo, casualmente, pela babá, que a mãe não tinha morrido, e o pai e Lídia Ivânovna explicaram-lhe que ela tinha morrido para ele, porque não era boa (no que não tinha como acreditar, pois amava-a), continuou a buscá-la e esperá-la exatamente da mesma forma. Naquele dia, no Jardim de Verão, havia uma dama de véu lilás, que ele observara, com o coração na mão, esperando que fosse ela, na hora em que se aproximou dele, na vereda. Essa dama não foi a seu encontro, e desapareceu em algum lugar. Então, com mais força do que nunca, Serioja sentiu um afluxo de amor por ela, e agora, em devaneio, esperando pelo pai, retalhava toda a borda da mesa com o canivete, olhando para a frente com os olhos cintilantes e pensando nela.

— Papai está vindo! — distraiu-o Vassíli Lukitch. Serioja ergueu-se de um salto, foi até o pai e, beijando-lhe a mão, fitou-o com atenção, buscando sinais de contentamento pelo recebimento da Aleksandr Niévski.

— Foi bom o seu passeio? — disse Aleksei Aleksândrovitch, sentando na sua poltrona, puxando o livro do Velho Testamento e abrindo-o. Embora Aleksei Aleksândrovitch tivesse dito a Serioja mais de uma vez que todo cristão tinha de conhecer com firmeza a história sagrada, consultava com frequência o livro do Velho Testamento, e Serioja reparava.

— Sim, foi muito divertido, papai — disse Serioja, sentando de lado na cadeira e balançando-a, o que era proibido. — Vi Nádienka (Nádienka era a sobrinha que Lídia Ivânovna criava). Ela me disse que lhe deram uma nova condecoração. O senhor está contente, papai?

— Em primeiro lugar, não balance, por favor — disse Aleksei Aleksândrovitch. — E, em segundo lugar, o que vale não é a recompensa, mas o trabalho. E eu queria que você entendesse isso. Pois, se você for labutar e estudar para receber recompensa, o trabalho vai parecer duro; porém, quando você labuta (dizia Aleksei Aleksândrovitch, lembrando o quanto a consciência de dever o amparara naquela manhã, durante o trabalho tedioso que consistia em assinar cento e oitenta papéis) amando o trabalho, você vai encontrar a recompensa em si mesmo.

Os olhos de Serioja, que cintilavam de ternura e alegria, apagaram-se e baixaram ante o olhar do pai. Era aquele mesmo tom que conhecia há tempos, com o qual o pai sempre o tratava, e ao qual Serioja já tinha aprendido a se adaptar. O pai sempre falava com ele — era a sensação de Serioja — como se se dirigisse a um menino imaginário, um daqueles que existem nos livros, que não tinha nada a ver com Serioja. E, com o pai, Serioja sempre tentava fazer-se desse menino dos livros.

— Espero que você tenha entendido isso, não? — disse o pai.

— Sim, papai — respondeu Serioja, fazendo-se do menino imaginário.

A lição consistia em decorar alguns versículos do Evangelho e em repetir o começo do Velho Testamento. Os versos do Evangelho, Serioja sabia bem, porém, no instante em que os dizia, não conseguia tirar os olhos do osso da testa do pai, que virava tão bruscamente na têmpora que ele se atrapalhou, e trocou o fim de um versículo pelo começo de outro, com a mesma palavra. Para Aleksei Aleksândrovitch, ficou evidente que ele não estava entendendo o que dizia, e isso irritou-o.

Franziu o cenho e se pôs a explicar o que Serioja já ouvira muitas vezes e jamais conseguira reter na memória, pois entendia com clareza excessiva — algo como "de repente" ser um adjunto adverbial de modo. Serioja observava o pai com olhar assustado, e só pensava em uma coisa: se o pai o faria ou não repetir o que tinha dito, o que acontecera algumas vezes. E essa ideia assustava tanto Serioja, que ele já não entendia nada. Porém, o pai não o fez repetir, e passou para a lição do Velho Testamento. Serioja narrou bem os fatos em si, porém, quando teve de responder às perguntas sobre o que alguns fatos prefiguravam, não sabia nada, apesar de já ter sido castigado por essa lição. O lugar em que não conseguia dizer mais nada, hesitava, cortava a mesa e balançava a cadeira, era aquele em que tinha de falar dos patriarcas antediluvianos. Deles, não sabia nada, à exceção de Enoque, levado vivo para o céu. Antes, lembrava-se nos nomes, mas agora tinha se esquecido por completo, especialmente porque Enoque era seu personagem favorito do Velho Testamento, e ao levamento de Enoque vivo para o céu, em sua cabeça, ligava-se toda uma longa cadeia de pensamentos, à qual ele agora se entregava, com os olhos fixos na corrente do relógio do pai e no colete abotoado pela metade.

Na morte, de que lhe falavam com tanta frequência, Serioja não acreditava de todo. Não acreditava que as pessoas queridas podiam morrer e, especialmente, que ele mesmo morreria. Para ele, isso era absolutamente impossível e incompreensível. Só que lhe diziam que todos morreriam; perguntou até a pessoas em que confiava, e elas confirmaram; a babá também disse, ainda que a contragosto. Mas se Enoque não morreu, quer dizer que nem todos morrem. "E por que um outro não pode ser digno diante de Deus e ser levado vivo para o céu?" — pensava Serioja. Os malvados, ou seja, aqueles de que Serioja não gostava, podiam morrer, mas todos os bons podiam ser como Enoque.

— Pois bem, quais são os patriarcas?

— Enoque, Enos.

— Mas esses você já disse. É ruim, Serioja, muito ruim. Se você não tentar saber o que é mais necessário para um cristão — disse o pai, erguendo-se —, o que então pode lhe interessar? Estou insatisfeito com você, e Piotr Ignátitch (era o pedagogo principal) também... Tenho de castigá-lo.

O pai e o pedagogo estavam ambos insatisfeitos com Serioja e, de fato, ele aprendia muito mal. Mas não era possível dizer, de jeito nenhum, que ele era um menino incapaz. Pelo contrário, era muito mais capaz do que os meninos que o pedagogo lhe apresentava como exemplos. Do ponto de vista do pai, ele não queria aprender o que lhe ensinavam. Na verdade, não podia aprender aquilo. Não podia porque, em sua alma, havia exigências mais prementes do que as manifestadas pelo pai e pelo pedagogo. Tais exigências estavam em contradição, e ele entrou em conflito direto com seus educadores.

Tinha nove anos, era uma criança; mas conhecia sua alma, era-lhe cara, guardava-a como a pálpebra guarda o olho e, sem a chave do amor, não admitia ninguém em sua alma. Seus educadores queixavam-se de que ele não queria aprender, mas sua alma estava cheia de sede de saber. E aprendia com Kapitónytch, com a babá, com Nádienka, com Vassíli Lukitch, mas não com os professores. A água que o pai e o pedagogo esperavam para suas rodas já tinha vazado há muito tempo, e atuava em outro lugar.

O pai castigou Serioja, não o deixando ir ao encontro de Nádienka, a sobrinha de Lídia Ivânovna; mas esse castigo se revelou uma felicidade para Serioja. Vassíli Lukitch estava de bom humor, e mostrou-lhe como fazer moinhos de vento. Ele passou a tarde inteira trabalhando e sonhando em como podia fazer um moinho daqueles, para girá-lo: agarrar as pás com as mãos, ou se amarrar nelas, e girar. Na mãe, Serioja não pensou a tarde inteira, porém, ao se deitar na cama, de repente se lembrou dela, e rezou, com suas palavras, para que a mãe, no dia seguinte, seu aniversário, parasse de se esconder e viesse até ele.

— Vassíli Lukitch, você sabe para que mais, além do normal, eu rezei?
— Para aprender melhor?
— Não.
— Brinquedos?
— Não. Não vai adivinhar. É sensacional, mas é segredo! Quando acontecer, eu lhe digo. Não adivinhou?
— Não, não adivinhei. Diga-me o senhor — disse Vassíli Lukitch, sorrindo, coisa rara nele. — Pois bem, deite-se, vou apagar a vela.
— Pois sem a vela eu vejo ainda melhor o que vejo, e para que rezei. Por pouco não contei o segredo! — disse Serioja, rindo com alegria.

Quando levaram a vela, Serioja ouviu e sentiu a mãe. Estava a seu lado, acariciando-o com um olhar amoroso. Mas apareceram moinhos, um canivete, tudo se confundiu, e ele adormeceu.

XXVIII

Ao chegar a São Petersburgo, Vrônski e Anna ficaram em um dos melhores hotéis. Vrônski separado, no andar de baixo, Anna em cima, com a filha, a ama de leite e a criada, em uma seção grande, que consistia em quatro quartos.

Logo no primeiro dia da chegada, Vrônski foi até o irmão. Lá surpreendeu a mãe, que viera de Moscou a negócios. A mãe e a cunhada receberam-

-no como de costume; interrogaram-no sobre a viagem ao exterior, falaram de conhecidos em comum, mas não mencionaram sequer uma palavra sobre sua ligação com Anna. Já o irmão, no dia seguinte, visitando Vrônski pela manhã, perguntou a respeito dela, e Aleksei Vrônski lhe disse, de forma direta, que encarava sua relação com Kariênina como casamento; que esperava arranjar o divórcio e então se casar com ela e, até então, considerava-a sua esposa, como qualquer outra esposa, e pedia-lhe que o informasse à mãe e à sua mulher.

— Se a sociedade não aprova, dá na mesma — disse Vrônski —, mas, se meus parentes querem manter relações de parentesco comigo, então devem ter as mesmas relações com a minha esposa.

O irmão mais velho, que sempre respeitava o juízo do caçula, não sabia muito bem se ele tinha ou não razão, até a sociedade decidir a questão; de sua parte, não tinha nada contra, e foi ver Anna com Aleksei.

Na frente do irmão, como na frente de todos, Vrônski tratou Anna de *senhora*, dirigindo-se a ela como uma amiga próxima, mas estava subentendido que o irmão conhecia suas relações, e falou-se a respeito de Anna ir à propriedade dos Vrônski.

Apesar de toda sua experiência social, Vrônski, em consequência da nova situação em que se encontrava, via-se em um desacerto estranho. Aparentemente, tinha de compreender que a sociedade estava fechada para ele e Anna; mas, agora, tinham nascido em sua mente umas noções obscuras de que as coisas tinham sido assim apenas no passado, e que atualmente, com o progresso rápido (sem perceber, agora era partidário de todo progresso), a opinião da sociedade se modificara, e que a questão de se seriam aceitos na sociedade ainda não estava decidida. "Obviamente — pensava —, a sociedade da corte não vai recebê-la, mas as pessoas próximas podem e devem entender isso da forma devida."

É possível ficar algumas horas seguidas sentado, com as pernas encolhidas, na mesma posição, quando você sabe que ninguém vai impedi-lo de mudar de posição; porém, quando a pessoa sabe que tem de ficar sentada assim, de pernas encolhidas, daí começam as cãibras, as pernas começam a se contorcer e se mover na direção em que gostaria de esticá-las. Vrônski experimentava a mesma coisa com relação à sociedade. Embora, no fundo da alma, soubesse que a sociedade estava fechada para eles, testava se agora a sociedade não tinha mudado e não os receberia. Porém, notou muito rápido que, apesar de a sociedade estar aberta pessoalmente para ele, estava fechada para Anna. Como no jogo de gato e rato, as mãos esticadas para ele baixavam diante de Anna.

Uma das primeiras damas da sociedade petersburguense que Vrônski viu foi sua prima Betsy.

— Finalmente! — recebeu-o, contente. — E Anna? Como estou contente! Onde estão hospedados? Imagino que, depois da viagem encantadora, Petersburgo é um horror para vocês; imagino sua lua de mel em Roma. E o divórcio? Está tudo resolvido?

Vrônski reparou que a admiração de Betsy diminuiu quando ela ficou sabendo que ainda não tinha divórcio.

— Sei que vão me jogar pedras — disse —, mas vou visitar Anna; sim, vou sem falta. Vocês não vão ficar aqui muito tempo, certo?

E, de fato, visitou Anna naquele mesmo dia; mas seu tom já não tinha nada a ver com o de antes. Visivelmente se orgulhava de sua ousadia, e desejava que Anna apreciasse a fidelidade de sua amizade. Não ficou mais do que dez minutos, contou as novidades mundanas e, à saída, disse:

— A senhora não me disse quando é o divórcio. Sabemos que eu joguei tudo para o alto, mas as outras pessoas de bem vão tratá-los com frieza enquanto não forem casados. E agora isso é tão simples. *Ça se fait.*[23] Então vão embora na sexta? Pena que não vamos mais nos ver.

Pelo tom de Betsy, Vrônski podia ter entendido o que devia esperar da sociedade; contudo, fez mais uma tentativa em sua família. Na mãe não tinha esperanças. Sabia que a mãe, que tanto admirara Anna quando a conhecera pela primeira vez, agora era implacável por ela ter sido o motivo da desordem da carreira do filho. Depositava, porém, muita esperança em Vária, a mulher do irmão. Tinha a impressão de que ela não atiraria pedras e, com simplicidade e firmeza, visitaria Anna e a receberia.

No dia seguinte à sua chegada, Vrônski foi até ela e, surpreendendo-a sozinha, exprimiu seu desejo de forma direta.

— Você sabe, Aleksei — ela disse, depois de escutá-lo —, como eu gosto de você, e estou pronta para fazer tudo por você; mas fiquei em silêncio, pois sabia que não posso ser útil a você e Anna Arkádievna — disse, pronunciando "Anna Arkádievna" com cuidado especial. — Não ache, por favor, que estou condenando. Jamais; pode ser que, no lugar dela, eu fizesse a mesma coisa. Não vou e não posso entrar em detalhes — disse, fitando timidamente seu rosto sombrio. — Mas temos de chamar as coisas pelos nomes. Você quer que eu a visite, que a receba e, assim, reabilite-a na sociedade; mas entenda que *não posso* fazer isso. Minhas filhas estão crescendo, e tenho de

---

[23] "Isso se faz", em francês no original. (N. do T.)

viver em sociedade para que tenham marido. Pois bem, visitarei Anna Arkádievna; ela vai entender que não posso convidá-la, ou que tenho de fazê-lo de modo que ela não encontre pessoas que pensam diferente; isso vai ofendê-la. Não tenho como elevá-la...

— Mas eu não a considero mais decaída do que centenas de mulheres que a senhora recebe! — interrompeu Vrônski, ainda mais sombrio e, em silêncio, ergueu-se, entendendo que a decisão da cunhada não se modificaria.

— Aleksei! Não se zangue comigo. Por favor, compreenda que não sou culpada — proferiu Vária, fitando-o com um sorriso tímido.

— Não estou zangado com você — ele disse, igualmente sombrio —, mas isso me dói duplamente. Dói-me ainda porque isso rompe a nossa amizade. Talvez não rompa, mas enfraquece. Você entende que, para mim, não tem como ser diferente.

E, dessa forma, saiu da casa dela.

Vrônski compreendeu que novas tentativas seriam vãs, e que teria de passar aqueles poucos dias em Petersburgo como em uma cidade estranha, evitando quaisquer relações com seu mundo de antes, para não se sujeitar às contrariedades e ofensas que o afligiam tanto. Uma das principais contrariedades da situação em São Petersburgo é que Aleksei Aleksândrovitch e seu nome pareciam estar por toda parte. Não dava para começar a falar sobre qualquer coisa sem que a conversa desviasse para Aleksei Aleksândrovitch; não dava para ir a qualquer lugar sem encontrá-lo. Essa era, pelo menos, a impressão de Vrônski, como alguém com o dedo dolorido tem a impressão de que, de propósito, mete esse dedo dolorido em todo lugar.

Vrônski achava a permanência em São Petersburgo ainda mais dura porque, durante esse tempo todo, viu em Anna um novo estado de espírito, que ele não entendia. Ora parecia estar apaixonada por ele, ora ficava fria, irritadiça e indecifrável. Afligia-se com algo, escondia algo dele e era como se não reparasse naquelas ofensas que envenenavam a vida dele e que, para ela, com seu entendimento aguçado, deviam ser ainda mais aflitivas.

XXIX

Para Anna, um dos objetivos da viagem à Rússia era o encontro com o filho. Desde o dia em que saiu da Itália, a ideia desse encontro não parava de agitá-la. Quanto mais se aproximava de São Petersburgo, mais imaginava a alegria e a importância desse encontro. Nem se perguntava como arranjaria o encontro. Tinha a impressão de que veria o filho de modo natural e simples, quando estivesse na mesma cidade que ele; porém, ao chegar a São Petersburgo, defrontou-se com clareza com sua posição atual na sociedade, e compreendeu que arranjar o encontro seria difícil.

Já estava em São Petersburgo há dois dias. O pensamento no filho não a abandonava por um instante sequer, mas ainda não o tinha visto. De ir direto à casa, onde podia encontrar Aleksei Aleksândrovitch, sentia não ter direito. Podiam não deixá-la entrar, e ofendê-la. Escrever e entabular relações com o marido era aflitivo até de pensar: só podia ficar calma quando não pensava no marido. Ver o filho no passeio, sabendo quando e para onde ele sairia, era pouco: tinha se preparado tanto para esse encontro, precisava tanto falar com ele, queria tanto abraçá-lo, beijá-lo. A velha babá de Serioja podia ajudá-la e instruí-la. Mas a babá não se encontrava mais na casa de Aleksei Aleksândrovitch. Nessas hesitações e na busca da babá, passaram-se dois dias.

Sabendo das relações próximas de Aleksei Aleksândrovitch com a condessa Lídia Ivânovna, Anna decidiu, no terceiro dia, escrever a carta que lhe custara muito trabalho, na qual dizia, de propósito, que a decisão de ver o filho dependeria da magnanimidade do marido. Sabia que, se a carta lhe fosse mostrada, ele, continuando seu papel de magnânimo, não recusaria.

O mensageiro que levara a carta transmitira-lhe a resposta mais cruel e inesperada, de que não haveria resposta. Nunca se sentira tão humilhada como na hora em que, tendo chamado o mensageiro, ouviu o relato detalhado de como ele tinha esperado para, depois, lhe dizerem: "Não haverá resposta". Anna sentia-se humilhada, ofendida, mas via que, de seu ponto de vista, a condessa Lídia Ivânovna tinha razão. Seu pesar era ainda mais forte por ser solitário. Não podia e não queria compartilhá-lo com Vrônski. Sabia que, para ele, embora fosse o principal motivo da infelicidade dela, a questão do encontro com o filho mostrava-se como a coisa mais irrelevante. Sabia que ele jamais teria forças de entender toda a profundidade de seu sofrimento; sabia que, por seu tom de frieza ao aludir àquilo, ela o odiaria. E ela temia isso mais do que qualquer coisa no mundo e, por isso, ocultava-lhe tudo o que se referia ao filho.

Passando o dia inteiro em casa, imaginava os meios para o encontro com o filho, e se detve na decisão de escrever ao marido. Já tinha redigido a carta quando lhe trouxeram a carta de Lídia Ivânovna. O silêncio da condessa a tinha aplacado e subjugado, mas a carta, e tudo que lera em suas entrelinhas, irritara-a tanto, e aquela maldade pareceu-lhe tão revoltante em comparação com sua ternura apaixonada e legítima pelo filho, que ela se revoltou com os outros e parou de se recriminar.

"Essa frieza — sentimento fingido! — dizia para si mesma. — Eles precisam apenas me ofender e torturar a criança, e eu tenho que me submeter! De jeito nenhum! Eles são piores que eu. Eu, pelo menos, não minto." E então decidiu que, no dia seguinte, no aniversário de Serioja, iria direto à casa do marido, subornaria, enganaria as pessoas, mas, custasse o que custasse, veria o filho e acabaria com aquele logro hediondo com que tinham cercado a infeliz criança.

Foi à loja de brinquedos, comprou brinquedos e elaborou o plano de ação. Chegaria de manhã cedo, às oito horas, quando Aleksei Aleksândrovitch, provavelmente, ainda não teria se levantado. Levaria em mãos dinheiro para dar ao porteiro e ao lacaio para que a deixassem entrar e, sem erguer o véu, diria que viera da parte do padrinho de Serioja parabenizá-lo, e que devia deixar os brinquedos do lado da cama. Só não tinha preparado as palavras que diria ao filho. Por mais que pensasse naquilo, não conseguia imaginar nada.

No dia seguinte, às oito da manhã, Anna desceu de uma sege de aluguel e tocou a campainha da porta grande de sua antiga casa.

— Vá ver o que é. É uma fidalga — disse Kapitónytch, ainda não vestido, de casaco e galochas, olhando pela janela para a dama coberta de véu que estava na porta.

Bastou o ajudante do porteiro, um jovem que Anna não conhecia, abrir-lhe a porta e ela entrou, tirando do regalo uma nota de três rublos que enfiou, apressadamente, na mão dele.

— Serioja... Serguei Aleksêitch — disse, e quis avançar.

Examinando a nota, o ajudante do porteiro deteve-a na outra porta, de vidro.

— O que deseja? — perguntou.

Ela não escutou, nem respondeu.

Reparando a perturbação da desconhecida, Kapitónytch acorreu a ela em pessoa, abriu a porta e perguntou o que queria.

— Do príncipe Skorodúmov, para Serguei Aleksêitch — ela disse.

— Ainda não se levantou — disse o porteiro, examinando-a com atenção.

Anna não esperava de jeito nenhum que a decoração da entrada daquela casa em que vivera por nove anos, e que não mudara de jeito nenhum, fosse afetá-la com tamanha força. Uma atrás da outra, as lembranças, alegres e aflitivas, ergueram-se em sua alma, e ela esqueceu momentaneamente por que estava lá.

— Deseja aguardar? — disse Kapitónytch, tirando-lhe a peliça.

Ao tirar a peliça, Kapitónytch olhou-a no rosto, reconheceu-a e, em silêncio, fez uma profunda reverência.

— Tenha a bondade, Vossa Excelência — disse.

Ela quis dizer algo, mas a voz se recusou a proferir qualquer som; olhando para o velho com súplica culpada, foi à escada com passos rápidos e ligeiros. Inclinando-se todo para a frente, com as galochas prendendo nos degraus, Kapitónytch corria atrás dela, tentando ultrapassá-la.

— O professor está aí, talvez despido. Eu aviso.

Anna continuou a percorrer a escada conhecida, sem entender o que o velho dizia.

— Para cá, à esquerda, tenha a bondade. Perdão por não estar limpo. Agora está na antiga sala de visitas — disse o porteiro, resfolegando. — Tenha a bondade de aguardar, Vossa Excelência, vou espiar — ele disse e, ultrapassando-a, abriu a porta alta e fechou-a atrás de si. Anna se deteve, esperando. — Acabou de acordar — disse o porteiro, voltando a sair pela porta.

No instante em que o porteiro disse isso, Anna ouviu o som de um bocejo infantil. Só pela voz que bocejava reconheceu o filho, vendo-o como se estivesse na sua frente.

— Deixe-me passar, deixe, vá! — disse, e passou pela porta alta. À direita da porta havia uma cama, na qual estava sentado, levantando-se, um menino de camisa desabotoada que, inclinando o corpinho, espreguiçando-se, terminava um bocejo. No momento em que seus lábios se juntaram, formaram um sorriso beatífico e sonolento e, com esse sorriso, voltou a despencar para trás, devagar e com doçura.

— Serioja! — ela sussurrou, aproximando-se dele de forma inaudível.

Enquanto se separava dele, e durante esse afluxo de amor que experimentara nos últimos tempos, imaginara-o um menino de quatro anos, quando mais o amara. Agora não era mais o mesmo que tinha deixado; ficara ainda mais distante dos quatro anos, crescera e emagrecera mais. O que é isso? Como seu rosto está magro, como seus cabelos estão curtos! Que mãos compridas! Como tinha mudado desde que o deixara! Mas aquele era ele, com sua forma de cabeça, seus lábios, seu pescoço macio e ombrinhos largos.

— Serioja! — repetiu, no ouvido da criança.

Ele voltou a se apoiar no cotovelo, mexeu a cabecinha confusa de ambos os lados, como se buscasse algo, e abriu os olhos. Ficou olhando por alguns segundos de forma silenciosa e interrogativa para a mãe, imóvel diante dele, depois, de repente, deu um sorriso feliz e, voltando a abrir os olhos grudados, despencou, mas não para trás, na direção dela, de seus braços.

— Serioja! Meu menino querido! — ela disse, ofegante, abraçando seu corpo roliço.

— Mamãe! — ele disse, mexendo-se em seus braços, para tocá-los com diferentes partes do corpo.

Com um sorriso sonolento, sempre de olhos fechados, agarrou o encosto da cama com os bracinhos roliços, por cima dos ombros dela, encostou-se nela, entregando-lhe aquele cheiro e calor gostoso do sono, que só existe nas crianças, e se pôs a se esfregar no pescoço e ombros dela.

— Eu sabia — disse, abrindo os olhos. — Hoje é meu aniversário. Eu sabia que você viria. Agora vou acordar.

E, dizendo isso, adormeceu.

Anna examinava-o com avidez; via como ele tinha crescido e mudado em sua ausência. Reconhecia e não reconhecia os seus pés descalços, agora tão grandes, saindo para fora da coberta, reconhecia aquelas faces emagrecidas, aqueles cachos do cabelo cortado curto na nuca, que ela tanto beijara. Apalpava tudo aquilo e não conseguia dizer nada; as lágrimas sufocavam-na.

— Mas por que você está chorando, mamãe? — ele disse, completamente acordado. — Mamãe, por que está chorando? — gritou, com voz chorosa.

— Eu? Não vou chorar... Estou chorando de felicidade. Fazia tanto tempo que não o via. Não vou, não vou — ela disse, engolindo as lágrimas e virando-se. — Pois bem, agora você tem que se vestir — acrescentou, recompondo-se, calando-se e, sem soltar as mãos dele, sentou-se ao lado de sua cama, na cadeira em que as roupas tinham sido preparadas.

— Como você se troca sem mim? Como... — ela quis começar a falar de modo simples e alegre, mas não conseguiu, e voltou a se virar.

— Não vou me lavar com água fria, papai disse que não. E Vassíli Lukitch, você não viu? Ele está vindo. E você se sentou na minha roupa! — E Serioja caiu na gargalhada.

Ela olhou para ele e riu.

— Mamãe, querida, amada! — ele gritou, voltando a se jogar na direção dela, e abraçando-a. Era como se agora, só de ver seu sorriso, ele tivesse entendido com clareza o que aconteceu. — Não precisa disso — ele disse, tirando o chapéu dela. E, assim que voltou a vê-la sem chapéu, jogou-se novamente para beijá-la.

— Mas o que você achava de mim? Você não achava que eu morri?

— Nunca acreditei.

— Não acreditou, meu amigo?

— Eu sabia, eu sabia! — ele disse sua frase favorita e, tomando as mãos dela, que lhe acariciavam os cabelos, pôs-se a apertar a palma contra sua boca e beijá-la.

XXX

Vassíli Lukitch, enquanto isso, sem entender inicialmente quem era aquela dama, e tendo compreendido, pela conversa, que era a própria mãe que largara o marido e que ele não conhecia, pois tinha chegado à casa depois dela, estava em dúvida se devia ou não entrar, ou informar Aleksei Aleksândrovitch. Considerando, por fim, que sua obrigação consistia em acordar Serioja na hora determinada e, portanto, não distinguir quem estava lá, se a mãe ou outra pessoa, e sim cumprir seu dever, vestiu-se, foi até a porta e abriu-a.

Porém, as carícias de mãe e filho, os sons de suas vozes e o que eles diziam, tudo isso forçou-o a mudar seu intento. Meneou a cabeça e, suspirando, fechou a porta. "Vou esperar mais dez minutos" — disse a si mesmo, tossindo e enxugando as lágrimas.

Nessa hora, na casa dos servos, ocorria uma forte agitação. Todos sabiam que a patroa viera, que Kapitónytch admitira-a, que estava agora no quarto de criança e que, além disso, o patrão sempre ia a esse quarto às oito horas, e todos compreendiam que o encontro dos cônjuges era impossível, e que era preciso impedi-lo. Korniei, o camareiro, ao chegar à portaria, perguntou quem e como a admitira e, ao saber que Kapitónytch a recebera e conduzira, admoestou o velho. O porteiro ficou calado, obstinado, porém, quando Korniei lhe disse que devia ser enxotado por aquilo, Kapitónytch deu um salto até ele e, agitando as mãos na frente do rosto de Korniei, pôs-se a dizer:

— Sim, então você não a teria admitido! Eu a servi dez anos, não vi nada além de gentileza, mas você agora vem e diz: tenha a bondade, fora! Você é um exímio entendedor de política! Isso mesmo! Você aprendeu sozinho como depenar o patrão e furtar casacos de pele de guaxinim!

— Seu soldado! — disse Korniei, com desprezo, e voltou-se para a babá, que entrava. — Mas julgue, Mária Efímovna: ele admitiu, não disse a ninguém — dirigiu-se a ela Korniei. — Aleksei Aleksândrovitch já vai descer, e vai entrar no quarto da criança.

— Que coisa, que coisa! — disse a babá. — Korniei Vassílievitch, o senhor devia detê-lo de alguma forma, o patrão, enquanto eu corro e a levo embora de algum jeito. Que coisa, que coisa!

Quando a babá entrou no quarto de criança, Serioja estava contando à mãe como, andando de trenó com Nádienka na montanha, eles tinham caído e virado cambalhota três vezes. Ela ouvia o som de sua voz, via seu rosto e o jogo das expressões, apalpava sua mão, mas não entendia o que dizia. Era preciso sair, era preciso deixá-lo — era só o que pensava e sentia. Ouvia os passos de Vassíli Lukitch, aproximando-se da porta e tossindo, ouvia também os passos da babá a se aproximar; mas ficava como que petrificada, sem forças nem para começar a falar, nem para se levantar.

— Patroa querida! — proferiu a babá, aproximando-se de Anna e beijando-lhe mãos e ombros. — Deus trouxe alegria ao aniversariante. A senhora não mudou nada.

— Ah, querida babá, eu não sabia que a senhora estava em casa — disse Anna, voltando a si por um instante.

— Não moro aqui, moro com minha filha, vim dar os parabéns, Anna Arkádievna, querida!

A babá, de repente, começou a chorar, e voltou a beijar sua mão.

Serioja, com olhos e sorriso cintilantes, uma mão na mãe, outra na babá, pisava o tapete com os pés descalços e gordos. A ternura da babá querida pela mãe levava-o ao êxtase.

— Mamãe! Ela vem me visitar bastante e, quando chega... — quis começar, mas parou, reparando que a babá cochichava algo à mãe, e que, no rosto materno, manifestava-se pavor e algo similar à vergonha, o que não combinava com ela.

Ela foi até ele.

— Meu querido! — disse.

Não conseguiu dizer *adeus*, mas a expressão de seu rosto o disse, e ele entendeu. — Querido, querido Kútik! — ela proferiu o nome pelo qual o chamava quando era pequeno. — Você não vai me esquecer? Você... — mas não conseguia dizer mais nada.

Quantas vezes, mais tarde, imaginaria as palavras que podia ter-lhe dito! Mas, agora, não sabia nem podia dizer nada. Mas Serioja entendeu tudo o que ela queria lhe dizer. Entendeu que ela era infeliz e o amava. Ouviu as palavras: "Sempre às oito horas", e entendeu que era a respeito do pai, e que a mãe e o pai não podiam se encontrar. Isso ele entendeu, mas não conseguia entender uma coisa: por que no rosto dela apareciam pavor e vergonha?... Não era culpada, mas tinha medo dele, e vergonha de algo. Queria fazer a pergunta que esclareceria a dúvida, mas não ousou fazê-la: via que ela sofria, e ficou com pena dela. Apertou-se contra ela em silêncio e sussurrou:

— Não vá embora ainda. Ele não vem logo.

A mãe afastou-o de si para entender se ele pensava o que estava dizendo, e, na expressão assustada de seu rosto, leu que ele não apenas falava do pai, como lhe perguntava o que devia pensar a respeito dele.

— Serioja, meu amigo — ela disse —, ame-o, ele é melhor e mais bondoso do que eu, que sou culpada perante ele. Quando você crescer, vai poder julgar.

— Melhor do que você não existe!... — ele berrou, com desespero, entre as lágrimas e, pegando-a pelos ombros, pôs-se a apertá-la contra si, com as mãos trêmulas de tensão.

— Minha alma, meu pequeno! — proferiu Anna, pondo-se a chorar de modo fraco e infantil, como ele.

Nessa hora a porta se abriu, e entrou Vassíli Lukitch. Na outra porta, ouviram-se passos, e a babá disse, com um sussurro assustado:

— Está vindo — e entregou o chapéu a Anna.

Serioja largou-se na cama e se desfez em pranto, cobrindo o rosto com as mãos. Anna tomou essas mãos, voltou a beijar seu rosto úmido e, com passos rápidos, saiu pela porta. Aleksei Aleksândrovitch vinha em sua direção. Ao vê-la, parou e inclinou a cabeça.

Apesar de ter acabado de dizer que ele era melhor e mais bondoso do que ela, com o olhar rápido que lhe lançou, abarcando toda a sua figura, com todos os detalhes, a sensação de repugnância e raiva dele e inveja pelo filho se apoderaram dela. Com um movimento rápido, baixou o véu e, apertando o passo, saiu do quarto quase correndo.

Não tinha conseguido pegá-los e, assim, levou de volta para casa os brinquedos que com tanto amor e tristeza escolhera na véspera, na loja.

XXXI

Por mais fortemente que Anna desejasse o encontro com o filho, por mais que tivesse pensado e se preparado para isso, não esperava de forma alguma que esse encontro a afetasse tanto. De volta ao seu solitário aposento no hotel, ficou muito tempo sem conseguir entender por que estava ali. "Sim, tudo isso acabou, e estou sozinha de novo" — disse para si mesma e, sem tirar o chapéu, sentou-se na poltrona, ao lado da lareira. Cravando os olhos imóveis no relógio de madeira da mesa entre as janelas, pôs-se a pensar.

A criada francesa, trazida do exterior, veio propor que se trocasse. Fitou-a com espanto e disse:
— Depois.
Um lacaio ofereceu café.
— Depois — ela disse.
A ama de leite italiana, depois de limpar a menina, entrou com ela e entregou-a a Anna. A menina roliça e bem alimentada, como sempre, ao ver a mãe, virou os bracinhos nus, envoltos por fiozinhos, de palma para baixo e, sorrindo com a boquinha sem dentes, começou a agitar os bracinhos, como se fossem as nadadeiras de um peixe, roçando-os nas pregas engomadas da sainha bordada. Não dava para não rir, não beijar a menina, não dava para não lhe oferecer um dedo, que ela agarrava, guinchando e saltitando com o corpo inteiro; não dava para não lhe oferecer o lábio, que ela, como se beijasse, puxava para a boquinha. E Anna fez tudo isso, tomou-a nos braços, fez com que pulasse, beijou seu pescocinho macio e os cotovelinhos nus, porém, ao ver aquele bebê, ficou ainda mais claro para ela que o sentimento que tinha por ele não era nem amor, em comparação ao que sentia por Serioja. Tudo naquela menina era um encanto, mas tudo isso, por algum motivo, não tocava o coração. No primeiro filho, ainda que de um homem que não amava, tinham sido depositadas todas as forças de um amor que não recebia satisfação; a menina nascera nas condições mais difíceis, e não fora depositado nela um centésimo dos cuidados do primeiro. Além disso, na menina tudo ainda era expectativa, enquanto Serioja já era quase homem, e um homem amado; nele já se debatiam ideias, sentimentos; compreendia, amava, julgava-a, pensava Anna, ao se lembrar de suas palavras e olhares. E estava para sempre, não apenas fisicamente, como espiritualmente separada dele, e não havia como corrigir isso.

Entregou a menina à ama de leite, liberou-a e abriu o medalhão em que havia um retrato de Serioja quando tinha quase a mesma idade da menina. Levantou-se e, tirando o chapéu, pegou da mesinha um álbum em que havia fotografias do filho, em diversas idades. Queria cotejar as fotos, e se pôs a tirá-las do álbum. Tirou todas. Sobrou uma, a última, a melhor foto. Estava de camisa azul, sentado no alto de uma cadeira, franzindo os olhos e sorrindo. Era sua expressão mais especial, a melhor. Com as mãos pequenas e ágeis, que naquele dia moviam de forma especialmente tensa os dedos brancos e finos, tentou apanhar a foto pelo canto algumas vezes, mas ela escapava, e Anna não conseguia pegá-la. Não havia espátula na mesa, e ela, tomando a foto que estava ao lado (era uma foto de Vrônski, feita em Roma, de chapéu redondo e cabelos compridos), usou-a para empurrar a foto do filho.

"Sim, é ele!" — disse, ao olhar para a foto de Vrônski, e de repente se lembrou de quem era o motivo de seu pesar atual. Não se lembrara dele nenhuma vez, a manhã inteira. Mas agora, de repente, avistando seu rosto viril, nobre, tão conhecido e querido, sentia um afluxo inesperado de amor por ele.

"Mas onde ele está? Como foi me deixar sozinha com meus sofrimentos?" — pensou, de repente, com uma sensação de reproche, esquecendo que ela mesmo tinha escondido dele tudo referente ao filho. Mandou pedirem que viesse imediatamente; com o coração desfalecido, imaginando as palavras com que lhe contaria tudo, e as expressões de amor com que ele a consolaria, esperava por ele. O enviado voltou com a resposta de que ele tinha visita, mas viria agora, e mandara perguntar se ela podia recebê-lo com o príncipe Iáchvin, que chegara a São Petersburgo. "Não vem sozinho, e não me vê desde o jantar de ontem — pensou —, não vem de um jeito que eu possa lhe contar tudo, mas com Iáchvin." E de repente lhe ocorreu uma ideia estranha: e se ele tivesse deixado de amá-la?

E, revendo os acontecimentos dos últimos dias, teve a impressão de ver em tudo a confirmação dessa ideia estranha: o fato de ontem ele não ter jantado em casa, de ele ter insistido que ficassem separados em São Petersburgo, e que agora não viesse sozinho até ela, como se evitasse um encontro olho no olho.

"Mas ele tem que me dizer isso. Preciso saber. Se ficar sabendo disso, sei o que vou fazer" — disse para si mesma, sem forças de imaginar a situação em que estaria ao se certificar de sua indiferença. Achava que ele tinha deixado de amá-la, sentia-se próxima ao desespero e, consequentemente, sentia-se especialmente agitada. Chamou a criada e foi ao banheiro. Ao se trocar, ocupou-se de sua toalete mais do que em todos aqueles dias, como se, tendo deixado de amá-la, ele pudesse voltar a amar por causa do vestido e do penteado que lhe caíam melhor.

Ouviu a campainha antes de estar pronta.

Quando ela saiu para a sala de visitas, não foi ele, mas Iáchvin quem a recebeu com seu olhar. Já ele examinava as fotos do filho que ela tinha esquecido na mesa, e não se apressou em fitá-la.

— Nós nos conhecemos — ela disse, pousando a mão pequena na mão enorme do embaraçado (o que era muito estranho devido à sua estatura imensa e rosto rude) Iáchvin. — Conhecemo-nos no ano passado, nas corridas. Dê-me — ela disse, tirando de Vrônski, com um movimento rápido, as fotos do filho que ele estava olhando, e mirando-o de forma significativa, com os olhos cintilantes. — Houve corridas neste ano? Em vez delas, assisti às corridas no Corso, em Roma. O senhor, aliás, não gosta da vida no exterior — ela disse, sorrindo de modo carinhoso. — Conheço-o, e conheço todos os seus gostos, embora tenha encontrado-o pouco.

— Lamento muito, pois meus gostos são todos muito ruins — disse Iáchvin, mordiscando o bigode esquerdo.

Depois de conversar por algum tempo, e reparando que Vrônski olhava para o relógio, Iáchvin perguntou a ela quanto tempo ainda ficaria em São Petersburgo e, endireitando sua figura imensa, pegou o quepe.

— Parece que não muito — ela disse, confusa, olhando para Vrônski.

— Então não nos veremos mais? — disse Iáchvin, levantando-se e se dirigindo a Vrônski. — Onde você vai jantar?

— Venha jantar comigo — disse Anna, resoluta, como se irritada consigo mesma por seu embaraço, mas corando, como sempre, quando manifestava sua situação diante de uma pessoa nova. — O jantar aqui não é bom mas, pelo menos, poderá vê-lo. Aleksei não gosta de ninguém do regimento tanto quanto do senhor.

— Fico muito contente — disse Iáchvin, com um sorriso que fez Vrônski ver que Anna muito lhe agradara.

Iáchvin se despediu e saiu, Vrônski ficou para trás.

— Você também vai? — ela lhe disse.

— Já estou atrasado — ele respondeu. — Vá! Logo o alcanço — gritou para Iáchvin.

Ela o tomou pela mão e, sem desviar os olhos, fitava-o, buscando, nas ideias, o que dizer para retê-lo.

— Espere, preciso lhe dizer algo — e, tomando sua mão curta, apertou-a contra seu pescoço. — Ora, tudo bem eu chamá-lo para jantar?

— Fez muito bem — ele falou, com um sorriso tranquilo, descobrindo os dentes perfeitos e beijando-lhe a mão.

— Aleksei, você não mudou comigo? — ela disse, apertando-lhe a mão com ambas as mãos. — Aleksei, me torturo aqui. Quando vamos embora?

— Logo, logo. Você não acredita como nossa vida aqui me pesa — ele disse, e retirou a mão.

— Pois bem, vá, vá! — ela disse, com ofensa, afastando-se dele rápido.

XXXII

Quando Vrônski voltou para casa, Anna ainda não estava. Disseram-lhe que, logo depois de sua partida, uma dama veio atrás dela, e saíram juntas. O fato de ter saído sem dizer para onde, de não ter voltado até agora, de ter ido a algum lugar na véspera, sem lhe dizer nada — tudo isso, junto com a estranha expressão de agitação daquela manhã, e com a lembrança do tom hostil com que, na frente de Iáchvin, ela tinha praticamente arrancado de suas mãos as fotos do filho, forçou-o a refletir. Decidiu que era indispensável explicar-se com ela. E a esperou na sala de visitas. Só que Anna não regressou sozinha, e trazia consigo sua tia, uma velha solteirona, a princesa Oblônskaia. Foi a mesma que tinha vindo pela manhã, e com a qual Anna fora às compras. Era como se Anna não percebesse a expressão facial de Vrônski, preocupada e interrogativa, narrando-lhe, alegremente, que fizera compras naquela manhã. Via que tinha algo de peculiar acontecendo com ela: nos olhos cintilantes, quando se detiam nele, havia uma atenção intensa e, na fala e nos gestos, havia aquela rapidez nervosa e graça que, nos primeiros tempos de sua intimidade, tanto o fascinaram, e agora inquietavam e assustavam.

O jantar estava servido para quatro. Todos já estavam se preparando para ingressar na pequena sala de jantar quando chegou Tuchkévitch, com um recado de Betsy para Anna. A princesa Betsy pedia desculpas por não ter ido se despedir; estava indisposta, mas pedia a Anna que a visitasse entre as seis e meia e as nove horas. Vrônski olhou para Anna quando o horário foi determinado, o que mostrava que tinham sido tomadas medidas para ela não encontrar ninguém; mas Anna estava como se não tivesse percebido.

— Que pena que não posso justamente entre as seis e meia e as nove — ela disse, voltando a sorrir.

— A princesa vai lamentar muito.

— Eu também.

— A senhora, com certeza, vai escutar a Patti?[24] — disse Tuchkévitch.

— A Patti? O senhor está me dando a ideia. Eu iria, se fosse possível conseguir um camarote.

— Posso conseguir — ofereceu Tuchkévitch.

— Eu lhe seria muito, muito grata — disse Anna. — Mas o senhor não desejaria jantar conosco?

Vrônski deu de ombros, de modo quase imperceptível. Decididamente, não entendia o que Anna estava fazendo. Para que tinha trazido aquela princesa velha, por que retivera Tuchkévitch para o jantar e, o mais surpreendente, para que mandara-o atrás de um camarote? Seria possível pensar, em sua situação, em ir no concerto de Patti para assinantes, onde estaria toda a

---

[24] Carlotta Patti (1835-1889), cantora de ópera italiana. (N. da E.)

sociedade conhecida? Fitou-a com olhar sério, mas ela respondeu com aquele mesmo olhar de desafio, nem alegre, nem desesperado, cujo significado ele não conseguia entender. No jantar, Anna estava agressivamente alegre: era como se flertasse com Tuchkévitch e Iáchvin. Quando se levantaram do jantar, e Tuchkévitch foi atrás do camarote, e Iáchvin foi fumar, Vrônski levou-o a seus aposentos. Depois de passar um tempo por lá, subiu correndo. Anna já trajava seu vestido claro de seda e veludo, que confeccionara em Paris, de peito descoberto, e uma renda branca e cara na cabeça, emoldurando-lhe o rosto e exibindo de modo especialmente vantajoso sua beleza radiante.

— A senhora vai mesmo ao teatro? — disse, procurando não olhar para ela.

— Por que me pergunta de forma tão assustada? — ela disse, novamente ofendida por ele não olhar para ela. — Por que não deveria ir?

Era como se ela não entendesse o significado das palavras dele.

— Óbvio que não há motivo — ele disse, franzindo o cenho.

— Pois é o que digo — ela disse, deliberadamente não entendendo a ironia do tom dele, e girando tranquilamente a luva comprida e perfumada.

— Anna, pelo amor de Deus! O que há com a senhora? — ele disse, exortando-a exatamente do mesmo jeito que, certa vez, fizera o marido.

— Não entendo o que o senhor está me perguntando.

— A senhora sabe que não pode ir.

— Por quê? Não vou sozinha. A princesa Varvara foi se trocar, ela vai comigo.

Ele deu de ombros, com ar de perplexidade e desespero.

— Mas por acaso a senhora não sabe... — quis começar.

— E não quero saber! — ela quase berrou. — Não quero. Estou arrependida do que fiz? Não, não e não. Se tivesse que fazer de novo, faria o mesmo. Para nós, para mim e para o senhor, só uma coisa é importante: se nos amamos. Os outros, não levamos em consideração. Para que vivemos separados aqui, e não nos vemos? Por que não posso ir? Eu te amo e, para mim, dá na mesma — ela disse, em russo, fitando-o com um brilho peculiar nos olhos, que ele não entendia —, se você não mudou. Por que você não olha para mim?

Ele olhou para ela. Viu toda a beleza de seu rosto e traje, que sempre lhe caía tão bem. Agora, contudo, sua beleza e elegância eram exatamente o que o irritava.

— Meu sentimento não pode mudar, a senhora sabe, mas peço que não vá, imploro — voltou a dizer, em francês, com súplica suave na voz, mas frieza no olhar.

Ela não ouviu as palavras, mas viu a frieza do olhar e, com irritação, respondeu:

— E eu lhe peço que explique por que não devo ir.

— Porque isso pode lhe causar... — ele titubeou.

— Não estou entendendo nada. Iáchvin *n'est pas compromettant*,[25] e a princesa Varvara não é pior do que as outras. E ela chegou.

XXXIII

Vrônski, pela primeira vez, experimentou por Anna um sentimento de enfado, quase raiva, por ela intencionalmente não entender sua situação. Esse sentimento aumentava porque ele não podia lhe dizer o motivo de seu enfado. Se fosse lhe dizer de forma direta o que pensava, diria: "Aparecer no teatro nesses trajes, com uma princesa que todo mundo conhece, significa não apenas admitir a condição de mulher decaída, como lançar um desafio à sociedade, ou seja, renunciar a ela para sempre".

Não podia lhe dizer isso. "Mas como ela pode não entender, o que se passa com ela?" — dizia para si mesmo. Sentia que, ao mesmo tempo em que diminuía seu respeito por ela, aumentava a consciência de sua beleza.

Voltou para seu quarto carrancudo e, sentando-se ao lado de Iáchvin, que esticava as pernas compridas em uma cadeira, bebendo conhaque com água de seltz, pediu que lhe servissem o mesmo.

— Você estava falando do Poderoso Lankóvski. É um bom cavalo, aconselho-o a comprá-lo — disse Iáchvin, lançando um olhar para o rosto sombrio do camarada. — A garupa é caída, mas as pernas e cabeça, não dá para querer melhores.

— Acho que vou aproveitar — respondeu Vrônski. A conversa sobre cavalos ocupava-o, mas nem por um minuto esqueceu-se de Anna, apurando o ouvido, sem querer, aos sons de passos no corredor e fitando o relógio da chaminé.

— Anna Arkádievna mandou avisar que elas foram ao teatro.

Iáchvin, entornando mais um cálice de conhaque na água com gás, bebeu e se levantou, abotoando-se.

— E então? Vamos — disse, com um sorriso imperceptível sob os bigodes, que demonstrava que entendia o motivo de Vrônski estar sombrio, mas não lhe dava importância.

---

[25] "Não é comprometedor", em francês no original. (N. do T.)

— Não vou — respondeu Vrônski, sombrio.

— Mas eu tenho de ir, prometi. Pois bem, até a próxima. Se vier à plateia, pegue a poltrona de Krassínski — acrescentou Iáchvin, saindo.

— Não, tenho afazeres.

"Com esposa, tem preocupação, se não for esposa, pior ainda" — pensou Iáchvin, saindo do hotel.

Vrônski, deixado sozinho, levantou-se da mesa e se pôs a caminhar pelo quarto.

"E hoje é o quê? A quarta noite de assinaturas... Iegór está lá com a mulher e a mãe, provavelmente. Quer dizer que toda Petersburgo está lá. Agora ela entrou, tirou a peliça e saiu à luz. Tuchkévitch, Iáchvin, princesa Varvara... — imaginou. — E eu? Estou com medo, ou outorguei sua proteção a Tuchkévitch? Encare como quiser — é estúpido, estúpido... E por que ela me colocou nessa situação?" — dizia, abanando a mão.

Com esse gesto, esbarrou na mesinha com as garrafas de água de seltz e conhaque, e quase a derrubou. Tentou agarrá-la, deixou escapar e, enfadado, deu um chute na mesa e tocou a campainha.

— Se você quer trabalhar para mim — disse, ao criado que entrava —, lembre-se do seu serviço. Isso não devia estar aqui. Você tem que limpar.

O criado, sentindo não ser culpado, quis se justificar, porém, ao olhar para o patrão, compreendeu, por sua cara, que tinha apenas de ficar calado e, contorcendo-se, apressado, baixou para o tapete e se pôs a recolher cálices e garrafas, intactos e quebrados.

— Seu serviço não é esse, chame o lacaio para limpar e prepare o meu fraque.

Vrônski entrou no teatro às oito e meia. O espetáculo estava no auge. O velho atendente tirou a peliça de Vrônski e, ao reconhecê-lo, chamou-o de "Vossa Excelência" e propôs que não pegasse um número, mas simplesmente chamasse por Fiódor. No corredor iluminado, não havia ninguém além do atendente e dois lacaios de peliça na mão, escutando junto à porta. Detrás da porta fechada ouviam-se os sons do cuidadoso acompanhamento em *staccato* da orquestra e uma voz feminina, proferindo uma frase musical de forma nítida. A porta se abriu, deixando passar o atendente, esgueirando-se, e a frase, que estava chegando ao final, golpeou o ouvido de Vrônski com clareza. Mas a porta se fechou de imediato, e Vrônski não ouviu nem o final da frase, nem a cadência, porém, pelos aplausos ruidosos detrás da porta, entendeu que a cadência tinha terminado. Quando entrou na sala brilhantemente iluminada por lustres e bicos de gás de bronze, o ruído ainda continuava. No palco, a cantora, radiante e cintilando os ombros nus e diamantes, curvando-se e sorrindo, recolhia, com a ajuda do tenor, que a tomara pelo braço, os buquês que tinham voado desajeitadamente pela ribalta, e foi até um cavalheiro de cabelo lustroso de pomada, dividido ao meio, e todo o público da plateia e dos camarotes agitava-se, esticava-se para a frente, gritava e batia palmas. O maestro, de seu pódio, ajudava a passar as oferendas e ajeitava a gravata branca. Vrônski foi para o meio da plateia e, detendo-se, passou a olhar ao redor. Agora prestava ainda menos atenção do que antes no ambiente habitual e conhecido, no palco, no barulho, naquela manada conhecida, desinteressante e variegada de espectadores do teatro abarrotado.

Como sempre, havia umas damas com oficiais na parte de trás dos camarotes; umas mulheres coloridas, sabe Deus quem, e uniformes, e sobrecasacas; a mesma multidão imunda de sempre na galeria e, nessa multidão, nos camarotes e nas primeiras fileiras, havia umas quarenta pessoas *de verdade*, homens e mulheres. Vrônski imediatamente prestou atenção nesse oásis, e logo entabulou relações com eles.

O ato tinha acabado quando ele entrou e, por isso, não foi ao camarote do irmão, passando pela primeira fileira e parando junto à ribalta, com Sierpukhovskói, que, dobrando o joelho e batendo com o salto na ribalta, vira-o de longe e chamara-o com um sorriso.

Vrônski ainda não avistara Anna, não olhava para o lado dela de propósito. Porém sabia, pela direção dos olhares, onde ela estava. Olhou ao redor, imperceptivelmente, mas sem procurá-la; esperando pelo pior, buscava com os olhos Aleksei Aleksândrovitch. Para sua felicidade, Aleksei Aleksândrovitch não estava no teatro daquela vez.

— Como sobrou pouco do militar em você! — disse-lhe Sierpukhovskói. — Um diplomata, um artista, algo do gênero.

— Sim, assim que voltei para casa, vesti o fraque — respondeu Vrônski, sorrindo e sacando o binóculo devagar.

— Pois nisso admito invejá-lo. Quando volto do exterior e visto isso — tocou nos alamares —, sinto falta da liberdade. Sierpukhovskói já desistira há tempos da carreira de Vrônski, mas gostava dele como antes, e agora estava especialmente afável para com ele.

— Pena que você se atrasou para o primeiro ato.

Vrônski, escutando com um ouvido, passou o binóculo pelo balcão e pela frisa, e examinou os camarotes. Perto de uma dama de turbante e de um velhinho careca, que piscava zangado na lente do binóculo, que se movia, Vrônski de repente avistou a cabeça de Anna, orgulhosa, de uma beleza impactante e sorrindo na moldura de rendas. Estava na quinta frisa, a vinte passos dele. Estava sentada na frente e, levemente virada, dizia algo a Iáchvin. A posição da cabeça nos ombros belos e amplos, o brilho contido e excitado de seus olhos e todo o rosto fizeram-no se lembrar dela totalmente como a vira no baile, em Moscou. Agora, porém, sentia sua beleza de forma completamente diferente. Em seu sentimento por ela, agora não havia nada de misterioso e, por isso, sua beleza, embora mais forte do que antes, atraía-o e, ao mesmo tempo, ofendia-o. Ela não estava olhando em sua direção, mas Vrônski sentia que já o tinha visto.

Quando Vrônski voltou a apontar o binóculo naquela direção, reparou que a princesa Varvara estava especialmente vermelha, com um sorriso artificial, olhando sem parar para o camarote vizinho! Já Anna, dobrando o leque e batendo com ele no veludo negro, fixara os olhos em algum lugar, sem ver e, evidentemente, sem querer ver o que ocorria no camarote vizinho. No rosto de Iáchvin havia a mesma expressão que aparecia quando ele perdia. Franzindo o cenho, enfiava o bigode esquerdo cada vez mais fundo na boca, olhando de esgar para o mesmo camarote vizinho.

Naquele camarote, à esquerda, estavam os Kartássov. Vrônski conhecia-os, e sabia que Anna os conhecia. Kartássova, uma mulher magra e pequena, estava de pé em seu camarote e, de costas para Anna, punha a capa que o marido lhe dera. Seu rosto estava pálido e zangado, e dizia algo, nervosa. Kartássov, um senhor gordo, careca, olhando para Anna sem parar, tentava acalmar a esposa. Quando a mulher saiu, o marido demorou bastante, buscando com os olhos o olhar de Anna, desejando, pelo visto, cumprimentá-la. Mas Anna, que, visivelmente, não reparava nele de propósito, virada para trás, dizia algo para a cabeça raspada de Iáchvin, inclinada em sua direção. Kartássov saiu sem cumprimentar, e o camarote ficou vazio.

Vrônski não entendeu exatamente o que acontecera entre os Kartássov e Anna, mas entendeu que fora algo humilhante para Anna. Compreendeu-o pelo que tinha visto e, acima de tudo, pela cara de Anna que, como ele sabia, reunia suas últimas forças para manter o papel que assumira. E conseguiu manter por completo esse papel de calma exterior. Quem não a conhecesse, ou ao seu círculo, quem não tivesse ouvido todas as expressões de pesar, indignação e espanto das mulheres por ela se permitir mostrar-se em sociedade, e mostrar-se de forma tão conspícua, com seu adorno de rendas e sua beleza, admiraria a tranquilidade e a beleza daquela mulher, sem suspeitar que ela experimentava a sensação de alguém colocado no pelourinho.

Sabendo que algo tinha acontecido, mas não exatamente o quê, Vrônski experimentou uma inquietação aflitiva e, esperando apurar algo, foi ao camarote do irmão. Escolhendo de propósito a passagem na plateia que ficava oposta ao camarote de Anna, deparou-se, no caminho, com o comandante de seu antigo regimento, falando com dois conhecidos. Vrônski ouviu o nome de Kariênina ser dito, e reparou na pressa do comandante do regimento em proferir o seu em voz alta, lançando um olhar significativo aos interlocutores.

— Ah, Vrônski! Quando vai ao regimento? Não podemos deixá-lo ir embora sem um banquete. Você é bem dos nossos — disse o comandante do regimento.

— Não vai dar, lamento muito, fica para a próxima — disse Vrônski, e saiu correndo para cima, pelas escadas, até o camarote do irmão.

A velha princesa, mãe de Vrônski, de binóculo de aço, estava no camarote do irmão. Vária e a princesa Sorókina encontraram-no no corredor do balcão.

Depois de levar a princesa Sorókina até a mãe, Vária deu o braço ao cunhado e, de imediato, começou a falar do que o interessava. Estava agitada, como ele raramente a vira.

— Acho isso baixo e vil, e madame Kartássova não tinha nenhum direito. Madame Kariênina... — começou.

— Mas o quê? Eu não sei.

— Como, você não ouviu?

— Entenda que sou o último a ouvir.

— Existe criatura pior do que essa Kartássova?

— Mas o que ela fez?

— Meu marido contou... Ela ofendeu Kariênina. Seu marido começou a conversar com ela através do camarote, e Kartássova fez uma cena. Disse que falou algo ofensivo em voz alta, e saiu.

— Conde, sua *maman* está chamando — disse a princesa Sorókina, assomando à porta do camarote.

— Estava esperando-o o tempo todo — a mãe lhe disse, com um sorriso zombeteiro. — Você não era visto em lugar nenhum.

O filho via que ela não conseguia conter o sorriso de contentamento.

— Olá, *maman*. Vim até a senhora — disse, frio.

— Por que você não vai *faire la cour à madame Karenine*? — ela acrescentou, quando a princesa Sorókina saiu. — *Elle fait sensation. On oublie la Patti pour elle.*[26]

— *Maman*, pedi-lhe para não me falar disso — ele respondeu, franzindo o cenho.

---

[26] "[...] fazer a corte a madame Kariênina" — "Ela causa sensação. Esquecem da Patti por ela", em francês no original. (N. do T.)

— Digo o que dizem todos.

Vrônski não respondeu nada e, dizendo algumas palavras à princesa Sorókina, saiu. Na porta, encontrou o irmão.

— Ah, Aleksei! — disse o irmão. — Que baixaria! Uma burra, nada mais... Queria ir agora até ela. Vamos juntos.

Vrônski não o escutou. Com passos rápidos, desceu; sentia que devia fazer algo, mas não sabia o quê. O enfado por ela tê-lo colocado em uma situação tão falsa agitava-o, junto com a compaixão pelo sofrimento dela. Baixou à plateia e se encaminhou direto à frisa de Anna. Junto à frisa, estava Striêmov, conversando com ela:

— Não há mais tenores. *Le moule en est brisé.*[27]

Vrônski fez uma reverência a ela e se deteve, cumprimentando Striêmov.

— Ao que parece, o senhor chegou tarde, e não ouviu aos melhores árias — Anna disse a Vrônski, com um olhar que lhe pareceu zombeteiro.

— Sou um mau apreciador — ele disse, fitando-a com severidade.

— Como o príncipe Iáchvin — ela disse, sorrindo —, que acha que Patti canta alto demais.

— Grata — ela disse, pegando, com a mão pequena, na luva comprida, o cartaz que Vrônski lhe oferecia; e de repente, nesse instante, seu belo rosto se sobressaltou. Ela se levantou e foi para o fundo do camarote.

Reparando que, no ato seguinte, seu camarote tinha ficado vazio, Vrônski, provocando apupos no teatro que silenciara ao som da cavatina, saiu da plateia e foi para casa.

Anna já estava em casa. Quando Vrônski foi a seu encontro, ela estava com o mesmo traje que usara no teatro. Estava sentada na primeira poltrona, do lado da parede, olhando para a frente. Lançou-lhe um olhar e, de imediato, assumiu a atitude de antes.

— Anna — ele disse.

— Você, você é o culpado de tudo! — ela berrou, entre lágrimas e com raiva na voz, levantando-se.

— Eu pedi, implorei que você não fosse, sabia que ia ser desagradável...

— Desagradável! — ela gritou. — Horroroso! Enquanto viver, não vou esquecer. Ela disse que era uma ignomínia ficar sentada ao meu lado.

— Palavras de uma mulher estúpida — ele disse —, mas para que arriscar, desafiar...

— Odeio sua calma. Você não devia me levar a isso. Se você me amasse...

---

[27] "O molde quebrou", em francês no original. (N. do T.)

— Anna! O que tem a ver a questão do meu amor...

— Sim, se você me amasse, se você se atormentasse como eu... — ela disse, fitando-o com uma expressão de pavor.

Tinha pena dela e, mesmo assim, enfado. Assegurava-lhe de seu amor, pois via que apenas isso podia sossegá-la, e não a recriminou com palavras, porém, no fundo da alma, recriminava-a.

Ela se aferrou àquelas garantias de amor, que ele achava tão vulgares, que ele tinha vergonha de proferir, e foi se acalmando aos poucos. No dia seguinte, completamente reconciliados, partiram para o campo.

PARTE VI

I

Dária Aleksândrovna passou o verão com os filhos em Pokróvskoie, na casa da irmã, Kitty Lióvina. Em sua propriedade, a casa estava completamente arruinada, e Lióvin e a esposa convenceram-na a passar o verão com eles. Stepan Arkáditch aprovou muito esse arranjo. Disse lamentar muito que o serviço o impedisse de passar o verão com a família, no campo, o que para ele seria a maior felicidade e, ficando em Moscou, ia ao campo esporadicamente, por um ou dois dias. Além dos Oblônski, com todos os filhos e a governanta, também ficou hospedada nos Lióvin, naquele verão, a velha princesa, que considerava seu dever acompanhar a filha inexperiente, que se encontrava *naquele estado*. Além disso, Várienka, a amiga de Kitty do exterior, cumpriu a promessa de visitá-la quando Kitty se casasse, e se hospedou com ela. Todos esses eram parentes e amigos da mulher de Lióvin. E, embora ele gostasse de todos, lamentou um pouco pelo seu mundo lioviniano, que foi abafado por esse "elemento Scherbátski", como ele dizia para si mesmo. Dos parentes dele, hospedou naquele verão apenas Serguei Ivânovitch, mas esse não era um homem do tipo Lióvin, e sim do tipo Kóznychev, de modo que o espírito Lióvin estava completamente aniquilado.

Na casa de Lióvin, há tanto tempo deserta, havia dessa forma tanta gente que quase todos os quartos estavam ocupados, e quase todo dia acontecia de a velha princesa, sentada à mesa, contar todos, e acomodar o décimo terceiro neto ou neta em uma mesa separada. Também para Kitty, que se ocupava com zelo dos afazeres domésticos, não era pouco o trabalho para conseguir galinhas, perus, patos que, devido ao apetite estival de hóspedes e crianças, tinham de ser muitos.

A família inteira se sentou para almoçar. Os filhos de Dolly faziam planos de onde ir colher cogumelos, com a governanta e Várienka. Serguei Ivânovitch, que, devido à inteligência e erudição, desfrutava entre todos os hóspedes de um respeito que chegava quase à adoração, meteu-se na conversa sobre cogumelos.

— Levem-me também com vocês. Gosto muito de colher cogumelos — disse, olhando para Várienka —, acho que é uma ocupação muito boa.

— Ora, ficamos muito contentes — respondeu Várienka, enrubescendo. Kitty trocou um olhar significativo com Dolly. A proposta do erudito e inteligente Serguei Ivânovitch, de ir colher cogumelos com Várienka, confirmava umas suposições de Kitty, que a ocupavam muito nos últimos tempos. Apressou-se em dizer algo à mãe, para que seu olhar não fosse notado. Depois do almoço, Serguei Ivânovitch sentou-se com a xícara de café junto à janela da sala de visitas, continuando a conversa que tinha começado com o irmão, e olhando para a porta da qual deviam sair as crianças que se preparavam para a coleta de cogumelos. Lióvin se acomodou à janela, ao lado do irmão.

Kitty estava de pé, perto do marido, visivelmente aguardando o fim da conversa desinteressante para lhe dizer algo.

— Você mudou muito desde que se casou, e para melhor — disse Serguei Ivânovitch, sorrindo para Kitty, e visivelmente pouco interessado na conversa interrompida —, mas continua fiel à paixão de defender os temas mais paradoxais.

— Kátia, não é bom para você ficar de pé — disse o marido, empurrando-lhe uma cadeira e lançando-lhe um olhar significativo.

— Pois bem, a propósito, não dá mais tempo — acrescentou Serguei Ivânovitch, ao avistar as crianças, que saíam correndo.

À frente de todos, galopando de lado, de meias esticadas, balançando uma cestinha e o chapéu de Serguei Ivânovitch, Tânia correu direto para ele.

Correndo ousadamente na direção de Serguei Ivânovitch, com um brilho nos olhos, que eram tão parecidos com os do pai, entregou-lhe o chapéu e fez cara de que queria colocá-lo na cabeça dele, suavizando sua ousadia com um sorriso tímido e meigo.

— Várienka está esperando — ela disse, colocando-lhe o chapéu com cuidado, ao ver, pelo sorriso de Serguei Ivânovitch, que podia fazê-lo.

Várienka estava de pé, na porta, trajando um vestido amarelo de chita, com um lenço branco amarrado na cabeça.

— Já vou, já vou, Varvara Andrêievna — disse Serguei Ivânovitch, terminando de tomar o café da xícara e distribuindo pelos bolsos o lenço e a cigarreira.

— E que encanto é a minha Várienka! Hein? — Kitty disse ao marido, assim que Serguei Ivânovitch se levantou. Dissera para que Serguei Ivânovitch pudesse escutar, o que ela visivelmente queria. — E como ela é bela, uma beleza nobre! Várienka! — gritou Kitty. — Vocês vão ao bosque do moinho? Nós vamos atrás de vocês.

— Você, decididamente, está se esquecendo do seu estado, Kitty — afirmou a velha princesa, saindo pela porta, apressada. — Você não pode gritar assim.

Várienka, ao ouvir o chamdo de Kitty e a afirmação de sua mãe, foi até a amiga rápido, com passos ligeiros. A rapidez do movimento, a cor que lhe cobria o rosto animado, tudo demonstrava que algo de raro se passava com ela. Kitty sabia o que era essa raridade, e a acompanhava com atenção. Tinha chamado Várienka agora só para abençoá-la mentalmente para o evento importante que, na opinião de Kitty, devia se realizar naquele dia, depois do almoço, no bosque.

— Várienka, estou muito feliz, mas posso ficar ainda mais feliz se acontecer uma coisa — disse, aos sussurros, beijando-a.

— E o senhor vai conosco? — disse Várienka, atrapalhada, a Lióvin, fazendo cara de que não tinha ouvido o que lhe fora dito.

— Vou, mas só até a eira, e fico por lá.

— Mas para quê? — disse Kitty.

— Preciso examinar e verificar os vagões novos — disse Lióvin. — E você, onde vai estar?

— No terraço.

II

No terraço, estava reunido todo o grupo feminino. Em geral, elas já gostavam de ficar lá depois do almoço, mas agora havia também o que fazer. Além da costura das camisas de criança e do tricotar dos cueiros, que ocupavam a todas, naquele dia também se fazia geleia com um método que era novo para Agáfia Mikháilovna, sem adição de água. Kitty estava introduzindo esse novo método, que era empregado em sua casa. Agáfia Mikháilovna, à qual a tarefa havia sido anteriormente confiada, considerando que o que se fazia na casa de Lióvin não podia ser ruim, assim mesmo vertera água no morango da horta e no morango silvestre, assegurando que não era possível fazer de outra forma; fora apanhada, e agora cozinhava a framboesa na frente de todas, e devia ser convencida de que a geleia também ficaria boa sem água.

Agáfia Mikháilovna, de rosto afogueado e amargurada, cabelos emaranhados, e os braços magros descobertos até o cotovelo, fazia movimentos circulares sobre o braseiro com o alguidar e, carrancuda, observava a framboesa, desejando com toda a alma que ficasse dura e não cozinhasse direito. A princesa, sentindo que a ira de Agáfia Mikháilovna devia ser dirigida contra ela, como principal conselheira no cozimento da framboesa, tentava fazer cara de que estava ocupada com outra coisa e não se interessava pela framboesa, falando de temas alheios, mas olhava de esguelha para o braseiro.

— Sempre compro eu mesma a roupa das minhas criadas, em saldos — dizia a princesa, prosseguindo a conversa interrompida... — Não está na hora de tirar a espuma, querida? — acrescentou, dirigindo-se a Agáfia Mikháilovna. — Você não deve fazer isso de jeito nenhum, está quente — disse, detendo Kitty.

— Eu faço — disse Dolly e, levantando-se, pôs-se a passar, com cuidado, a colher no açúcar espumante, batendo-a às vezes, para desgrudar da colher o que havia se colado, no prato, que já estava coberto de espuma e xarope multicolorido, amarelo-rosado, como sangue corrente. "Como eles vão lamber isso com o chá!" — pensava, sobre seus filhos, lembrando como ela mesma, em criança, espantava-se pela gente grande não comer a melhor parte — a espuma.

— Stiva diz que é muito melhor dar dinheiro — continuava Dolly, enquanto isso, a conversa interrompida, sobre a melhor forma de presentear as pessoas —, porém...

— Como é possível dinheiro? — disseram, a uma só voz, a princesa e Kitty. — Elas gostam tanto de presentes.

— Ora, eu, por exemplo, no ano passado, comprei para nossa Matriona Semiônova não popelina, mas algo do gênero — disse a princesa.

— Eu me lembro, ela estava usando no dia do seu santo.

— Um padrãozinho lindo; tão simples e distinto. Eu mesmo queria um para mim, se ela já não estivesse usando. Assim como o de Várienka. Muito bonito e barato.

— Pois bem, agora parece que está pronto — disse Dolly, tirando o xarope da colher.

— Quando formar círculos estará pronto. Cozinhe mais, Agáfia Mikháilovna.

— Essas moscas! — disse Agáfia Mikháilovna, zangada. — Vai dar na mesma — acrescentou.

— Ah, como ele é querido, não o assustem! — disse Kitty, inesperadamente, olhando para um pardal que pousara no peitoril e, revirando um pequeno caule de framboesa, se pusera a bicar.

— Sim, mas afaste mais do braseiro — disse a mãe.

— *A propos de*[1] Várienka — disse Kitty, em francês, como faziam o tempo todo, para que Agáfia Mikháilovna não entendesse. — A senhora sabe, *maman*, que hoje, por algum motivo, espero uma decisão. A senhora entende qual. Como seria bom!

— Vejam só que mestra casamenteira! — disse Dolly. — Com que cuidado e habilidade conduziu-os...

— Não, diga, *maman*, o que a senhora acha?

— O que achar? Ele (referiam-se a Serguei Ivânovitch) sempre poderia ser o melhor partido da Rússia; hoje já não é tão jovem, mas, ainda assim, sei que mesmo agora muitas se casariam com ele... Ela é muito bondosa, mas ele poderia...

— Não, mamãe, entenda que para ele e para ela não haveria como imaginar nada melhor. Em primeiro lugar, ela é um encanto! — disse Kitty, dobrando um dedo.

— Ela o agrada muito, é verdade — confirmou Dolly.

— E segundo: ele ocupa uma posição na sociedade em que não precisa de jeito nenhum nem do patrimônio, nem da posição social da esposa. Ele precisa de uma coisa: uma mulher boa, querida, tranquila.

— Sim, e com ela pode ficar tranquilo — confirmou Dolly.

— Terceiro, ela o ama. E isso é... Ou seja, seria tão bom!... Espero que, assim que saírem do bosque, tudo esteja decidido. Verei na hora, pelos olhos. Eu ficaria tão contente! O que você acha, Dolly?

— Mas não se agite. Você não deve se agitar de jeito nenhum — disse a mãe.

— Mas não me agito, mamãe. Tenho a impressão de que ele vai fazer a proposta hoje.

— Ah, é tão estranho, como e quando o homem faz a proposta... Existe uma barreira, e de repente ela se rompe — disse Dolly, sorrindo de forma pensativa e lembrando-se de seu passado com Stepan Arkáditch.

— Mamãe, como o papai lhe fez a proposta? — perguntou Kitty, de repente.

— Não teve nada de extraordinário, foi muito simples — respondeu a princesa, porém seu rosto se iluminou com a recordação.

— Sim, mas como foi? A senhora o amava, mesmo antes de lhe permitirem dizer?

---

[1] "A propósito de", em francês no original. (N. do T.)

Kitty experimentava um fascínio especial por poder falar agora com a mãe em pé de igualdade sobre as principais questões da vida de uma mulher.

— Óbvio que amava; ele veio nos visitar no campo.

— Mas como tudo se resolveu? Mamãe?

— Você acha mesmo que inventou algo de novo? É tudo igual: resolveu-se com olhares, com sorrisos...

— Como a senhora disse bem, mamãe! Exatamente, os olhares e os sorrisos — confirmou Dolly.

— Mas que palavras ele disse?

— Quais palavras Kóstia lhe disse?

— Ele escreveu com giz. Foi surpreendente... Como isso me parece distante! — ela disse.

E as três mulheres mergulharam no mesmo pensamento. Kitty foi a primeira a romper o silêncio. Recordava por inteiro o último verão antes de seu casamento, e seu arrebatamento por Vrônski.

— Uma coisa... essa paixão anterior de Várienka — disse, lembrando-se disso por uma associação natural de ideias. — Queria contar de alguma forma a Serguei Ivânovitch, prepará-lo. Eles, todos os homens — acrescentou —, são terrivelmente ciumentos de nosso passado.

— Nem todos — disse Dolly. — Você julga pelo seu marido. Até hoje ele se tortura com a lembrança de Vrônski. Sim? Não é verdade?

— Verdade — respondeu Kitty, com um sorriso pensativo nos olhos.

— Eu só não sei — interveio a princesa e mãe, em sua defesa materna da filha — em que o seu passado pode perturbá-lo? Por Vrônski ter lhe feito a corte? Isso acontece com toda moça.

— Sim, mas não vamos falar disso — disse Kitty, enrubescendo.

— Não, perdão — prosseguiu a mãe —, e depois você mesma não queria me deixar falar com Vrônski. Lembra?

— Ah, mamãe! — disse Kitty, com expressão de sofrimento.

— Agora não dá para segurar vocês... Nem havia como as relações de vocês irem mais longe do que o devido; eu mesmo o chamaria às falas. Aliás, minha alma, não lhe faz bem se agitar. Por favor, lembre-se disso e se acalme.

— Estou absolutamente calma, *maman*.

— Que felicidade foi para Kitty quando Anna chegou — disse Dolly —, e que infelicidade para ela. Tudo está exatamente ao contrário — acrescentou, surpresa com seu pensamento. — Naquela época, Anna estava tão feliz, e Kitty se considerava infeliz. Como está totalmente ao contrário! Penso nela com frequência.

— Bela coisa para se pensar! Uma mulher vil, repulsiva, sem coração

— disse a mãe, que não podia esquecer que Kitty se casara não com Vrônski, mas com Lióvin.

— Qual a vantagem de falar disso? — disse Kitty, com enfado. — Não penso e nem quero pensar nisso... E nem quero pensar — repetiu, apurando o ouvido para o som conhecido dos passos do marido na escada do terraço.

— Não quer nem pensar no quê? — perguntou Lióvin, entrando no terraço.

Porém, ninguém respondeu, e ele não repetiu a pergunta.

— Lamento ter bagunçado seu reino feminino — disse, olhando para todas sem querer, e compreendendo que estavam falando de algo que não abordariam na sua frente.

Em um segundo, sentiu compartilhar o sentimento de insatisfação de Agáfia Mikháilovna por cozerem a framboesa sem água, e pela influência dos Scherbátski em geral. Sorriu, contudo, e foi até Kitty.

— E então? — perguntou, fitando-a com a mesma expressão com que todos a olhavam.

— Nada, tudo ótimo — disse Kitty, sorrindo. — E com você, como foi?

— Eles levam três vezes mais carga do que uma telega. Então vamos atrás das crianças? Mandei atrelarem os cavalos.

— Como assim, você quer levar Kitty de breque? — disse a mãe, com reprovação.

— Mas a passo de caminhada, princesa.

Lióvin nunca chamava a princesa de *maman*, como fazem os genros, e isso não a agradava. Porém Lióvin, apesar de amar e respeitar muito a princesa, não podia chamá-la assim sem profanar a memória da mãe morta.

— Venha conosco, *maman* — disse Kitty.

— Não quero ver essa imprudência.

— Pois bem, vou a pé. Afinal, estou bem. — Kitty se levantou, foi até o marido e o tomou pelo braço.

— Está bem, mas faça tudo com moderação — disse a princesa.

— E então, Agáfia Mikháilovna, a geleia está pronta? — disse Lióvin, sorrindo para Agáfia Mikháilovna e desejando alegrá-la. — Esse novo jeito é bom?

— Deve ser bom. Na minha opinião, cozinhou demais.

— Melhor assim, Agáfia Mikháilovna, não vai azedar, embora nosso gelo já tenha derretido e não haja onde guardar — disse Kitty, entendendo imediatamente a intenção do marido, e dirigindo-se à velha com o mesmo sentimento. — Em compensação, mamãe diz que nunca comeu uma conserva como a sua — acrescentou, rindo e ajustando-lhe o lenço.

Agáfia Mikháilovna olhou zangada para Kitty.

— Não precisa me consolar, patroa. Basta eu olhar para a senhora com ele e fico alegre — ela disse, e a expressão rude "com ele", em vez de "com o patrão", deixou Kitty tocada.

— Venha colher cogumelos conosco, mostre-nos os lugares. — Agáfia Mikháilovna, sorrindo, balançou a cabeça, como se dissesse: "Ficaria contente em me zangar com a senhora, mas não é possível".

— Siga, por favor, o meu conselho — disse a velha princesa. — Por cima, coloque um papel, e molhe com rum: não vai azedar nunca, mesmo sem gelo.

III

Kitty ficou especialmente contente com a ocasião de ficar cara a cara com o marido, pois tinha reparado na sombra de mágoa que lhe percorreu o rosto, que refletia tudo de forma tão viva, no instante em que ele entrou no terraço e perguntou do que falavam, e não obteve resposta.

Enquanto iam a pé, à frente dos outros, e perderam a casa de vista, na estrada aplainada, empoeirada e juncada de espigas e sementes de centeio, apoiou-se fortemente no braço dele, apertando-o contra si. Ele já se esquecera da momentânea impressão desagradável e, a sós com ela, experimentava agora, quando a ideia de sua gravidez não o abandonava sequer por um instante, uma alegria prazerosa, nova para ele, absolutamente desprovida de sensualidade, por estar perto da mulher amada. Não havia do que falar, mas tinha vontade de ouvir o som da voz dela que, como o olhar, modificara-se com a gravidez. Em sua voz, assim como no olhar, havia a suavidade e serenidade das pessoas concentradas em um assunto que amam.

— Então não está cansada? Apoie-se mais — ele disse.

— Não, estou tão contente pela ocasião de ficar a sós com você, e admito que, embora esteja bem com elas, sinto falta de nossas noites de inverno a dois.

— Aquilo era bom, mas isso é melhor ainda. Ambos são melhores — ele disse, apertando-lhe a mão.

— Sabe do que estávamos falando quando você entrou?

— Da geleia?

— Sim, da geleia também; mas depois, de como se fazem propostas de casamento.

— Ah! — disse Lióvin, ouvindo mais o som de sua voz do que as palavras que ela dizia, pensando o tempo todo na estrada, que agora passava pelo bosque, e evitando os lugares em que ela poderia pisar em falso.

— E de Serguei Ivânitch e Várienka. Você notou?... Quero isso muito — ela prosseguiu. — O que você acha? — E fitou-o no rosto.

— Não sei o que pensar — respondeu Lióvin, rindo. — Com relação a isso, Serguei é muito estranho para mim. Eu contei...

— Sim, que ele era apaixonado por aquela moça que morreu...

— Isso foi quando eu era criança; sei pelo que contam. Lembro-me dele naquela época. Era espantosamente gentil. Mas, desde então, venho observando-o com as mulheres: é amável, algumas lhe agradam, mas dá para sentir que, para ele, são simplesmente pessoas, e não mulheres.

— Sim, mas agora, com Várienka... Parece-me que tem alguma coisa...

— Pode ser que tenha... Mas é preciso conhecê-lo... É uma pessoa peculiar, espantosa. Vive apenas a vida espiritual. É uma pessoa pura demais, de espírito elevado.

— Como? Por acaso isso o rebaixaria?

— Não, mas está tão acostumado a viver apenas a vida espiritual, que não pode se reconciliar com a realidade, e Várienka é, em todo caso, a realidade.

Lióvin já estava acostumado a exprimir seus pensamentos de forma ousada, sem se dar o trabalho de vesti-los com palavras exatas; sabia que a esposa, nos minutos de amor, como aqueles, compreenderia o que ele queria dizer com uma alusão, e ela o entendeu.

— Sim, mas a realidade dela não é a mesma que a minha; entendo que ele jamais me amaria. Ela é toda espiritual...

— Ora, não, ele te ama, e sempre me agrada muito que os meus te amem...

— Sim, ele é bondoso comigo, mas...

— Mas não é como com o finado Nikólienka... vocês se apaixonaram um pelo outro — concluiu Lióvin. — Por que não dizer? — acrescentou. — Às vezes me recrimino: você acaba se esquecendo da pessoa. Ah, que homem terrível e encantador ele era... Sim, mas de que falávamos? — disse Lióvin, depois de um silêncio.

— Você acha que ele não pode se apaixonar — disse Kitty, traduzindo para a sua língua.

— Não é que ele não pode se apaixonar — disse Lióvin, sorrindo —, mas é que não tem aquela fraqueza necessária... Sempre o invejei e, mesmo agora, que sou tão feliz, invejo assim mesmo.

— Inveja por não poder se apaixonar?

— Invejo por ser melhor do que eu — disse Lióvin, sorrindo. — Ele não vive para si mesmo. Toda a sua vida está subordinada ao dever. Por isso, ele pode ser tranquilo e satisfeito.

— E você? — disse Kitty, com um sorriso zombeteiro e amoroso.

Ela jamais poderia exprimir o curso de ideias que a fizera sorrir; porém, a última conclusão era que seu marido, exaltando o irmão e se rebaixando perante ele, não era sincero. Kitty sabia que essa falta de sinceridade vinha do amor pelo irmão, pelo sentimento de escrúpulos por ser feliz demais e, especialmente, pelo desejo, que não o abandonava, de ser melhor — ela o amava devido a isso, e por isso sorrira.

— E você? Está insatisfeito com quê? — perguntou, com o mesmo sorriso.

O fato de ela desconfiar de sua insatisfação deixou-o contente, e ele, inconscientemente, quis levá-la a dizer o motivo dessa desconfiança.

— Estou feliz, mas insatisfeito comigo mesmo... — disse.

— Mas como você pode estar insatisfeito, se está feliz?

— Ou seja, como vou dizer?... Não desejo nada melhor, além de que você não tropece. Ah, ora, não pode sair pulando assim! — interrompeu a fala, recriminando-a por ter feito um movimento demasiado rápido ao transpor um galho caído na vereda. — Porém, quando me julgo e me comparo com os outros, especialmente com meu irmão, sinto que sou mau.

— Mas como? — prosseguiu Kitty, com o mesmo sorriso. — Por acaso você também não age em prol dos outros? E as suas granjas, e a sua herdade, e os seus livros?...

— Não, eu sinto, especialmente agora: a culpa é sua — ele disse, apertando-lhe as mãos — por eu não ser assim. Faço essas coisas de leve. Se eu conseguisse amar essa causa como a amo... nos últimos tempos, faço como se fosse um dever de casa.

— Ora, e o que você diz do papai? — perguntou Kitty. — Que ele é mau porque não fez nada pelo bem comum?

— Ele? Não. Mas é preciso ter a simplicidade, clareza e bondade do seu pai, e será que eu tenho? Eu não faço e me atormento. Tudo isso foi você que fez. Quando não havia você, e ainda não havia *isso* — disse, com um olhar para seu ventre, que ela entendeu —, eu me aferrava a uma tarefa com todas as forças; mas agora não consigo, e tenho vergonha; faço exatamente como um dever de casa, finjo...

— Pois bem, então você agora queria trocar de lugar com Serguei Ivânitch? — disse Kitty. — Queria agir pelo bem comum, amar o dever de casa, como ele, e só?

— É óbvio que não — disse Lióvin. — Aliás, estou tão feliz que não entendo nada. E você então acha que ele vai fazer a proposta hoje? — acrescentou, depois de um silêncio.

— Acho e não acho. Apenas queria, terrivelmente. Mas espere. — Inclinou-se e colheu uma margarida selvagem na beira do caminho. — Então vamos contar: faz a proposta, não faz a proposta — disse, entregando-lhe a flor.

— Faz, não faz — dizia Lióvin, arrancando as pétalas brancas e estreitas, que segurava.

— Não, não! — deteve-o, segurando-lhe a mão, Kitty, que acompanhava seus dedos com agitação. — Você arrancou duas.

— Ora, em compensação essa pequena não conta — disse Lióvin, tirando uma pétala minúscula que não tinha crescido. — O breque nos alcançou.

— Não está cansada, Kitty? — gritou a princesa.

— Nem um pouco.

— Venha se sentar, que os cavalos são mansos, e andam a passo.

Mas não valia a pena se sentar. Já estavam perto, e todos foram a pé.

IV

Várienka, com seu lenço branco nos cabelos negros, rodeada de crianças, das quais se ocupava com bonomia, e visivelmente agitada pela possibilidade de uma proposta do homem que lhe agradava, estava muito atraente. Serguei Ivânovitch ia a seu lado, e não parava de admirá-la. Fitando-a, recordava todas as falas gentis que ouvira dela, tudo de bom que sabia a seu respeito, e reconhecia cada vez mais que o sentimento que experimentava por ela tinha algo de especial, que experimentara apenas uma vez, há muito tempo, na primeira juventude. A sensação de contentamento com a proximidade dela, que só fazia aumentar, chegou ao ponto em que, entregando-lhe a cestinha em que colocara um enorme cogumelo de bétula, de caule fino e bordas retorcidas, mirou-a nos olhos e, notando a cor de agitação contente e assustada que lhe cobria o rosto, ficou confuso e lhe sorriu, em silêncio, com um sorriso que dizia muito.

"Se for isso — dizia para si mesmo —, tenho de refletir e decidir, em vez de me entregar ao fervor do momento, como um menino."

— Agora vou colher cogumelos longe de todos, senão minhas aquisições vão passar despercebidas — disse, e saiu sozinho da orla do bosque, onde caminhavam pela grama baixa e sedosa entre as bétulas velhas e esparsas, para o coração da mata, onde, entre os troncos brancos de bétula, destacavam-se troncos cinza de choupo-tremedor e arbustos negros de aveleira. Tendo se afastado uns quarenta passos e ficando atrás de um arbusto de evônimo em pleno florescimento, com seus racemos rosa-avermelhados, Serguei Ivânovitch, sabendo que não era visto, parou. A seu redor reinava um silêncio absoluto. Apenas, em cima da bétula sob a qual ele estava, moscas zumbiam incessantemente, como um enxame de abelhas, e por vezes chegavam as vozes das crianças. De repente, não longe da orla do bosque, soou a voz de contralto de Várienka, chamando Gricha, e um sorriso de contentamento surgiu no rosto de Serguei Ivânovitch. Ao se aperceber desse sorriso, Serguei Ivânovitch meneou a cabeça em desaprovação ao seu estado e, puxando um charuto, pôs-se a tentar acendê-lo. Ficou um bom tempo sem conseguir acender o palito em um tronco de bétula. A delicada película da casca branca grudava no fósforo e apagava o fogo. Finalmente, um dos palitos acendeu, e a fumaça cheirosa do charuto, oscilando como uma toalha larga, esticou-se nitidamente para a frente e para cima do arbusto, sob os ramos pensos da bétula. Acompanhando a faixa de fumaça com os olhos, Serguei Ivânovitch caminhava a passos silenciosos, refletindo sobre seu estado.

"Mas por que não? — pensava. — Se se tratasse de um arroubo ou paixão, se eu experimentasse apenas essa atração — essa atração mútua (posso chamar de *mútua*) —, mas sentisse que está em contradição com toda a constituição de minha vida, se eu sentisse que, entregando-me a essa atração, traio minha vocação e dever... mas não é assim. A única coisa que posso dizer contra é que, depois de perder Marie, disse a mim mesmo que permaneceria fiel à sua memória. A única coisa que posso dizer contra meu sentimento... É importante" — Serguei Ivânovitch disse para si mesmo, sentindo ao mesmo tempo que essa consideração não podia ter nenhuma importância para ele, pessoalmente, e quiçá apenas estragasse seu papel poético aos olhos dos outros. "Porém, afora isso, por mais que eu busque, não encontro nada que possa depor contra meu sentimento. Se fosse escolher apenas com a razão, não poderia encontrar ninguém melhor."

Por mais que se recordasse das mulheres e moças que conhecia, não conseguia se lembrar de nenhuma moça que reunisse, nesse grau, justamente todas as qualidades que ele, raciocinando com frieza, desejava ver em sua esposa. Ela possuía todo o encanto e frescor da juventude, mas não era uma criança e, se amava, amava de forma consciente, como deve amar uma mulher: isso era uma coisa. Outra: não apenas estava longe de ser mundana como, visivelmente, tinha repulsa pela sociedade, mas, ao mesmo tempo, conhecia esse mundo e dominava todas as técnicas de uma mulher de boa sociedade, sem as quais Serguei Ivânovitch não concebia sua companheira de vida. Terceira: era religiosa, e não uma religiosa inconsciente e boa como uma criança, como era, por exemplo, Kitty; mas sua vida era baseada em convicções religiosas. Até nas minúcias, Serguei Ivânovitch encontrava nela tudo o que esperava de uma esposa: era pobre e solitária, de modo que não traria consigo um monte de parentes e sua influência à casa do marido, como ele tinha visto em Kitty, mas deveria tudo ao marido, o que ele também sempre desejara para sua futura vida doméstica. E aquela moça, que reunia todas aquelas qualidades, amava-o. Ele era modesto, mas não tinha como não ver isso. E amava-a. Uma consideração negativa era a idade dele. Mas sua linhagem era longeva, ele não tinha um único cabelo grisalho, ninguém lhe daria quarenta anos, e se lembrava de Várienka ter dito que só na Rússia as pessoas de cinquenta anos se consideravam velhas, enquanto na França um homem de cinquenta se achava *dans la force de l'âge*, e um de quarenta, *un jeune homme*.[2] Mas o que significava a conta dos anos quando ele se sentia de alma jovem, tal como era vinte anos atrás? Por acaso a juventude não era aquele sentimento que experimentava agora, quando, ao voltar a assomar na orla do bosque, vindo do outro lado, viu, à luz cintilante dos raios oblíquos do sol, a figura graciosa de Várienka, de vestido amarelo e cestinha, caminhando a passos leves entre os troncos das bétulas velhas, e quando essa impressão da visão de Várienka fundiu-se com a visão dos campos amarelados de aveia banhados pelos raios oblíquos de sol, que o espantava por sua beleza e, detrás do campo, com o bosque distante, salpicado de amarelo, desfazendo-se no horizonte azul? Seu coração se apertou de contentamento. Uma sensação de ternura se apossou dele. Sentiu que tinha decidido. Várienka, que tinha acabado de se agachar para pegar um cogumelo, ergueu-se com um movimento flexível e olhou ao redor. Largando o charuto, Serguei Ivânovitch encaminhou-se em sua direção com passos resolutos.

V

"Varvara Andrêievna, quando eu ainda era muito jovem, compus para mim um ideal de mulher, que eu amaria e seria feliz de chamar minha esposa. Vivi uma vida longa e agora, pela primeira vez, encontrei na senhorita o que buscava. Eu a amo, e peço a sua mão."

---

[2] "[...] na flor da idade" — "um jovem", em francês no original. (N. do T.)

Serguei Ivânovitch dizia isso para si mesmo enquanto estava a dez passos de Várienka. De joelhos, e defendendo os cogumelos de Gricha com as mãos, ela chamava a pequena Macha.

— Aqui, aqui! Pequenos! Tem muitos! — ela dizia, com sua gentil voz de peito.

Ao avistar Serguei Ivânovitch se aproximando, ela não se levantou, nem mudou de posição; tudo, porém, dizia a ele que ela sentia sua chegada e se alegrava com isso.

— Então, encontrou algo? — ela perguntou, virando-lhe seu belo rosto, que sorria em silêncio debaixo do lenço branco.

— Nenhum — disse Serguei Ivânovitch. — E a senhorita?

Ela não respondeu, atrapalhada com as crianças que a rodeavam.

— Tem lá, perto dos ramos — ela apontou para a pequena Macha um pequeno cogumelo do gênero *Russula*, cortado transversalmente no chapéu flexível e rosado por uma folha de ervinha seca, debaixo da qual brotara. Levantou-se quando Macha ergueu o cogumelo, dividindo-o em duas metades brancas. — Isso me recorda a infância — acrescentou, afastando-se das crianças, para o lado de Serguei Ivânovitch.

Percorreram alguns passos em silêncio. Várienka via que ele queria falar; adivinhava de quê, e estava petrificada de emoção, alegria e medo. Afastaram-se tanto que ninguém mais podia ouvi-los, mas mesmo assim ele não começava a falar. Era melhor para Várienka se calar. Seria mais fácil dizer o que queriam dizer depois do silêncio que depois de trocar palavras a respeito de cogumelos; porém, contra sua vontade, como que por desespero, Várienka disse:

— Então não encontrou nada? Aliás, no meio da mata sempre tem menos.

Serguei Ivânovitch suspirou, e não respondeu nada. Ficara desgostoso por ela falar de cogumelos. Queria fazê-la voltar às primeiras palavras que tinha dito, a respeito da infância; porém, como que contra sua própria vontade, depois de ficar algum tempo calado, fez uma observação a respeito de suas últimas palavras.

— Só ouvi que os brancos ocorrem principalmente na orla, embora eu não saiba distinguir os brancos.

Passaram-se mais alguns minutos, eles se afastaram das crianças ainda mais, e ficaram completamente a sós. O coração de Várienka batia tão forte que ela escutava seus batimentos, sentindo que enrubescia, empalidecia e voltava a empalidecer.

Ser a esposa de um homem como Kóznychev, depois de sua posição na casa da senhora Stahl, se lhe apresentava como a felicidade suprema. Além disso, estava quase segura de amá-lo. Tinha medo. Tinha medo do que ele diria, e medo do que ele não diria.

Tinha que se explicar agora ou nunca; Serguei Ivânovitch também o sentia. Tudo, no olhar, no rubor, nos olhos baixos de Várienka, mostrava uma expectativa dolorida. Serguei Ivânovitch via-o, e tinha pena dela. Sentia até que não dizer nada, agora, significava insultá-la. Em sua cabeça, repetia rapidamente todos os argumentos em prol de sua decisão. Repetia também as palavras com que queria exprimir sua proposta; porém, em lugar dessas palavras, devido a alguma consideração inesperada que lhe ocorrera, perguntou, de repente:

— Qual a diferença entre os brancos e os de bétula?

Os lábios de Várienka tremiam de emoção ao responder:

— A diferença não está no chapéu, mas no caule.

Bastou essas palavras serem proferidas e ambos entenderam que o assunto estava encerrado, que o que devia ser dito não o seria, e seu nervosismo, que chegara ao mais alto grau, começou a sossegar.

— No cogumelo de bétula, o caule lembra uma barba que não é feita há dois dias — disse Serguei Ivânovitch, já tranquilo.

— Sim, é verdade — respondeu Várienka, sorrindo, e, sem querer, a direção de seu passeio mudou. Começaram a se aproximar das crianças. Várienka devia se sentir condoída e envergonhada, porém, em vez disso, experimentava até uma sensação de alívio.

De volta para casa, e examinando os argumentos, Serguei Ivânovitch achou que tinha julgado de forma equivocada. Não podia trair a memória de Marie.

— Calma, crianças, calma! — berrou Lióvin, até zangado, para as crianças, postando-se em frente à esposa, para defendê-la quando as crianças saíram correndo a seu encontro, com guinchos de contentamento.

Depois das crianças, saíram do bosque Serguei Ivânovitch e Várienka. Kitty não precisou perguntar a Várienka; pela expressão tranquila e algo envergonhada de ambos os rostos, entendeu que seus planos não tinham se realizado.

— Pois bem, e então? — perguntou-lhe o marido, quando regressavam de novo para casa.

— Não pega — disse Kitty, com um sorriso e um jeito de falar que lembravam os do pai, o que Lióvin observara com frequência e satisfação.

— Como não pega?

— Assim — ela disse, tomando a mão do marido, levando-a à boca e roçando-a de leve com os lábios fechados. — É como beijar a mão de um prelado.

— Quem não pega? — ele disse, rindo.
— Ambos. Mas tinha que ser assim...
— Tem uns mujiques passando...
— Não, eles não viram.

VI

Na hora do chá das crianças, os adultos se sentaram no balcão, conversando como se nada tivesse ocorrido, embora todos, especialmente Serguei Ivânovitch e Várienka, soubessem muito bem que tinha ocorrido um evento muito importante, ainda que negativo. Ambos experimentavam a mesma sensação, similar à de um aluno após um exame fracassado, que o deixa na mesma série ou fecha-lhe as portas do estabelecimento de ensino para sempre. Todos os presentes, sentindo também que algo ocorrera, falavam com vivacidade de outros temas. Lióvin e Kitty sentiam-se especialmente felizes e apaixonados naquela tarde. O fato de estarem felizes com seu amor continha uma alusão desagradável àqueles que o queriam e não podiam — e ficaram constrangidos.

— Lembrem-se de minhas palavras: Alexandre não vem — disse a velha princesa.

Naquela tarde, esperavam Stepan Arkáditch vir de trem, e o velho príncipe escrevera que talvez também fosse.

— E sei por quê — prosseguiu a princesa. — Ele diz que os jovens devem ser deixados a sós no começo.

— Mas o papai nos deixou mesmo. Não o vimos — disse Kitty. — E por acaso somos jovens? Já somos velhos.

— Só que, se ele não vier, vou me despedir de vocês, crianças — disse a princesa, com um sorriso triste.

— Ora, o que é isso, mamãe! — ambas as filhas lhe caíram em cima.
— Você imagina como ele está? Afinal, agora...

E, de repente, de forma completamente inesperada, a voz da velha princesa estremeceu. As filhas se calaram e se entreolharam. "*Maman* sempre encontra algo de triste para si" — diziam, com esse olhar. Não sabiam que, por melhor que a princesa estivesse com as filhas, por mais que se sentisse necessária ali, sentia-se aflitivamente triste, por si e pelo marido, desde que casaram a última filha amada e seu ninho se esvaziara de todo.

— O que a senhora tem, Agáfia Mikháilovna? — Kitty perguntou, de repente, a Agáfia Mikháilovna, que estava parada, com ar de mistério e rosto significativo.

— Estou pensando no jantar.

— Pois bem, excelente — disse Dolly —, você vai providenciar, enquanto eu vou até Gricha, para recapitular a lição. Senão, ele vai ficar o dia inteiro sem fazer nada.

— A lição é minha! Não, Dolly, eu vou — disse Lióvin, erguendo-se de um salto.

Gricha, que já estava no colégio, devia repetir as lições no verão. Dária Aleksândrovna, ainda em Moscou, estudava latim com o filho e, ao chegar à casa de Lióvin, estabelecera como regra repetir com ele, pelo menos uma vez por dia, as lições mais difíceis de aritmética e latim. Lióvin se ofereceu para substituí-la; porém, a mãe, tendo ouvido uma vez a lição de Lióvin, e reparado que não repetia exatamente igual ao professor de Moscou, embaraçada, e tentando não ofender Lióvin, disse-lhe, resoluta, que tinha de seguir o livro exatamente como o professor, e que seria melhor ela voltar a fazê-lo. Lióvin ficou agastado tanto com Stepan Arkáditch, cuja negligência deixava à mãe observar o ensino de algo que ela não entendia, quanto com os professores, por lecionarem tão mal às crianças; porém, prometeu à cunhada conduzir o aprendizado como ela queria. E continuou a estudar com Gricha, não de seu jeito, mas seguindo o livro e, portanto, sem querer e com frequência, esquecia a hora da lição. Como acontecera agora.

— Não, eu vou, Dolly, fique sentada — disse. — Vamos fazer tudo pela ordem, pelo livro. Só quando Stiva chegar, e formos caçar, vou liberá-lo.

E Lióvin foi até Gricha.

Várienka disse o mesmo a Kitty. Mesmo na casa de Lióvin, organizada de modo feliz e confortável, Várienka soubera se fazer útil.

— Vou providenciar o jantar, e a senhora fique sentada — disse, e se ergueu, na direção de Agáfia Mikháilovna.

— Sim, sim, possivelmente não acharam os frangos. Tem os nossos... — disse Kitty.

— Agáfia Mikháilovna e eu decidiremos. — E Várienka desapareceu de sua vista.

— Que moça mais gentil! — disse a princesa.

— Não é gentil, *maman*, mas um encanto como não existe igual.

— Então estão esperando Stepan Arkáditch hoje? — disse Serguei Ivânovitch, que visivelmente não queria continuar a conversa a respeito de Várienka. — É difícil achar dois cunhados menos parecidos um com o outro que os seus maridos — disse, com um sorriso fino. — Um é lépido, só vive em sociedade, como um peixe na água; o outro, nosso Kóstia, é vivo, rápido, solícito em tudo, porém, basta estar em sociedade que, ou se apaga, ou fica se debatendo, atoleimado, como um peixe em terra firme.

— Sim, ele é muito leviano — disse a princesa, dirigindo-se a Serguei Ivânovitch. — Queria justamente lhe pedir para dizer a ele que é impossível Kitty ficar aqui, e imprescindível que vá a Moscou. Ele fala em mandar chamar um médico...

— *Maman*, ele vai fazer tudo, está de acordo com tudo — disse Kitty, agastada com a mãe por ter apelado ao juízo de Serguei Ivânovitch nesse assunto.

No meio da conversa, ouviu-se, na alameda, o resfolegar de cavalos e o ruído de rodas no cascalho.

Dolly nem tinha tido tempo de se levantar para ir ao encontro do marido e de baixo, da janela do quarto no qual Gricha estava estudando, Lióvin prorrompeu, ajudando depois Gricha a passar.

— É Stiva! — gritou Lióvin, debaixo do balcão. — Já terminamos, Dolly, não tema! — acrescentou, e disparou na direção da carruagem, como um menino.

— *Is, ea, id, ejus, ejus, ejus*[3] — berrava Gricha, saltitando pela alameda.

— E tem mais alguém. Deve ser papai! — gritou Lióvin, parando na entrada da alameda. — Kitty, não venha pela escada abrupta, dê a volta.

Mas Lióvin se enganou ao tomar quem estava na caleche com Oblônski pelo velho príncipe. Ao se aproximar da carruagem, viu ao lado de Stepan Arkáditch não o príncipe, mas um belo jovem corpulento, de barrete escocês de fitas, com pontas compridas atrás. Era Vássienka[4] Vieslóvski, primo de segundo grau dos Scherbátski, um brilhante jovem de Moscou e São Petersburgo, "um rapaz excelente e caçador apaixonado", como apresentou-o Stepan Arkáditch.

Nem um pouco perturbado pela decepção que causou ao substituir o velho príncipe, Vieslóvski cumprimentou Lióvin com alegria, aludindo a já terem se conhecido e, colocando Gricha na caleche, ergueu-o acima do perdigueiro que Stepan Arkáditch trouxera consigo.

---

[3] Declinações de pronomes latinos. (N. do T.)

[4] Diminutivo de Vassíli. (N. do T.)

Lióvin não entrou na caleche, e foi atrás dela. Estava algo agastado por não ter vindo o velho príncipe, do qual, quanto mais conhecia, mais gostava, e por ter aparecido esse Vássienka Vieslóvski, uma pessoa completamente alheia e supérflua. Achou-o ainda mais alheio e supérfluo ao se aproximar do terraço de entrada, onde estava reunida toda a animada multidão de adultos e crianças, e ver Vássienka Vieslóvski beijar a mão de Kitty com um ar particularmente carinhoso e galante.

— Eu e sua esposa somos *cousins*[5] e velhos conhecidos — disse Vássienka Vieslóvski, voltando a apertar a mão de Lióvin com bastante força.

— Pois bem, tem caça? — Stepan Arkáditch dirigiu-se a Lióvin, mal dando tempo aos outros de proferir suas saudações. — Eu e ele temos as intenções mais cruéis. Como assim, *maman*, desde aquela época eles não estiveram em Moscou. Olhe, Tânia, é para você! Pegue, por favor, atrás da caleche — ele falava para todos os lados. — Como você rejuvenesceu, Dólienka — disse à esposa, voltando a beijar-lhe a mão, segurando-a com uma e dando palmadinhas com a outra.

Lióvin, que até um minuto atrás estava no mais alegre dos humores, agora encarava todos de forma sombria, e não gostava de nada.

"Quem ele beijou ontem com esses lábios?" — pensou, observando a ternura de Stepan Arkáditch para com a esposa. Olhava para Dolly, e ela tampouco lhe agradava. "Afinal, ela não acredita no amor dele. Então por que está tão contente? É repugnante!" — pensava Lióvin.

Olhava para a princesa que lhe era tão querida no minuto anterior, e não lhe agradava o jeito com que ela, como se estivesse em casa, cumprimentava esse Vássienka com suas fitas.

Até Serguei Ivânovitch, que também saíra ao terraço, parecia-lhe desagradável na benevolência fingida com que recebia Stepan Arkáditch, quando Lióvin sabia que seu irmão não gostava e não respeitava Oblônski.

Também Várienka causou-lhe repulsa com seu ar de *sainte nitouche*,[6] ao travar conhecimento com aquele cavalheiro, quando só pensava em como se casar.

E a mais repulsiva de todos era Kitty, por ceder ao tom de alegria com o qual aquele cavalheiro encarava sua ida ao campo como se fossem férias, suas e dos outros, e especialmente desagradável era aquele sorriso especial com que ela respondia ao seu sorriso.

---

[5] "Primos", em francês no original. (N. do T.)

[6] "Santa do pau oco", em francês no original. (N. do T.)

Conversando ruidosamente, todos entraram na casa; porém, bastou todos se acomodarem, Lióvin se virou e saiu.

Kitty viu que algo acontecera ao marido. Quis arrumar um instante para falar com ele a sós, porém ele se apressou em se afastar dela, dizendo que tinha de ir ao escritório.

Fazia tempo que os assuntos da propriedade não lhe pareciam tão importantes como agora. "Para eles tudo é ócio — pensava —, mas aqui os negócios não são ociosos, não esperam e não se pode viver sem eles."

VII

Lióvin só voltou para casa quando mandaram chamá-lo para o jantar. Na escada, Kitty estava com Agáfia Mikháilovna, deliberando a respeito dos vinhos do jantar.

— Mas por que a senhora está fazendo tamanho *fuss*?[7] Sirva o de hábito.

— Não, Stiva não bebe... Kóstia, espere, o que você tem? — disse Kitty, apressando-se em sua direção, porém ele, implacável, sem esperá-la, encaminhou-se à sala de jantar a passos largos, entrando de imediato na animada conversação geral que era mantida por Vássienka Vieslóvski e Stepan Arkáditch.

— Mas e então, amanhã vamos à caça? — disse Stepan Arkáditch.

— Por favor, vamos — disse Vieslóvski, acomodando-se de lado em outra cadeira, com a perna gorda dobrada debaixo de si.

— Fico muito contente, vamos. E o senhor já caçou neste ano? — disse Lióvin, olhando com atenção para a perna dele, porém com a amabilidade fingida que Kitty conhecia tão bem, e que lhe caía tão mal. — Narcejas-reais não sei se vamos encontrar, mas narcejas-comuns há muitas. Mas temos que ir cedo. Vocês não estão cansados? Você não está cansado, Stiva?

— Eu, cansado? Eu nunca me cansei. Vamos ficar a noite inteira sem dormir! Vamos passear.

— Isso mesmo, não vamos dormir! Excelente! — apoiou Vieslóvski.

— Ah, estamos seguros de que você pode ficar sem dormir, e não deixar os outros dormirem — Dolly disse ao marido, com aquela ironia quase imperceptível com a qual agora quase sempre o tratava. — Mas, para mim, já está na hora... Vou dormir, não vou jantar.

---

[7] "Espalhafato", em inglês no original. (N. do T.)

— Não, fique, Dólienka — ele disse, dando a volta na grande mesa de jantar, na direção dela. — Ainda tenho o que lhe contar!

— Com certeza, nada.

— Mas você não sabe, Vieslóvski esteve na casa de Anna. E vai visitá-los de novo. Afinal, eles estão a umas setenta verstas de vocês. E eu também vou, sem falta. Vieslóvski, venha cá!

Vássienka passou para o lado das damas, sentando-se junto a Kitty.

— Ah, conte, por favor, o senhor esteve com ela? Como ela está? — Dária Aleksândrovna dirigiu-se a ele.

Lióvin estava na outra ponta da mesa e, sem parar de conversar com a princesa e Várienka, via que entre Dolly, Kitty e Vieslóvski ocorria uma conversa animada e misteriosa. Além da conversa ser misteriosa, via no rosto da esposa uma expressão de sentimento sério quando ela, sem tirar os olhos, fitava o belo rosto de Vássienka, que contava algo com animação.

— Estão muito bem — Vássienka contava, a respeito de Vrônski e Anna. — Óbvio que não serei eu a julgar, mas, na casa deles, você se sente em família.

— E o que eles tencionam fazer?

— Parece que, no inverno, querem ir a Moscou.

— Como seria bom nos reunirmos a eles! Quando você vai? — Stepan Arkáditch perguntou a Vássienka.

— Vou passar julho com eles.

— Você também vai? — Stepan Arkáditch dirigiu-se à esposa.

— Queria há muito tempo, e vou sem falta — disse Dolly. — Tenho pena dela, e a conheço. É uma mulher maravilhosa. Vou sozinha, quando você tiver partido, para não constranger ninguém. E também é melhor sem você.

— Ótimo — disse Stepan Arkáditch. — E você, Kitty?

— Eu? Para que eu iria? — disse Kitty, corando por inteiro. E lançou um olhar para o marido.

— Mas a senhora conhece Anna Arkádievna? — perguntou-lhe Vieslóvski. — É uma mulher muito atraente.

— Sim — ainda mais vermelha, ela respondeu a Vieslóvski, levantando-se e indo até o marido.

— Então amanhã você vai à caça? — ela disse. O ciúme dele, naqueles poucos minutos, especialmente devido ao rubor que cobrira a face da esposa ao falar com Vieslóvski, já tinha ido longe. Agora, ao ouvir as palavras dela, já as entendia a seu modo. Por mais estranho que depois lhe fosse recordar aquilo, agora tinha a clara impressão de que, se ela perguntava se ele iria à caça, aquilo lhe interessava apenas para ficar sabendo se ele proporcionaria essa satisfação a Vássienka Vieslóvski, pelo qual, na sua opinião, ela já estava apaixonada.

— Sim, vou — respondeu, com uma voz artificial, que dava repulsa a ele mesmo.

— Não, melhor passar amanhã em casa, senão Dolly não verá seu marido de jeito nenhum, e ir caçar depois de amanhã — disse Kitty.

O sentido das palavras de Kitty traduzia-se agora para Lióvin assim: "Não me separe *dele*. Se você vai, dá na mesma, mas deixe-me me deliciar com a companhia desse jovem encantador".

— Ah, se você quer, ficamos aqui amanhã — disse Lióvin, com especial amabilidade.

Vássienka, enquanto isso, sem sequer suspeitar, de jeito nenhum, de todo o sofrimento causado por sua presença, levantou-se da mesa atrás de Kitty e, seguindo-a com um olhar sorridente e carinhoso, foi atrás dela.

Lióvin viu esse olhar. Empalicedeu e, por um minuto, não conseguiu respirar. "Como se permite olhar desse jeito para minha mulher!" — fervia dentro dele.

— Então, amanhã? — disse Vássienka, sentando-se na cadeira e voltando a dobrar a perna, como de hábito.

O ciúme de Lióvin foi ainda mais longe. Já se via como o marido traído, do qual esposa e amante precisavam apenas para lhes proporcionar os confortos e prazeres da vida... Porém, apesar disso, interrogou Vássienka de modo gentil e hospitaleiro sobre suas caçadas, armas, botas, e concordou em ir no dia seguinte.

Para felicidade de Lióvin, a velha princesa interrompeu seu sofrimento ao se levantar e aconselhar Kitty a ir dormir. Porém, nem aí Lióvin passou sem novo sofrimento. Ao se despedir da anfitriã, Vássienka quis beijar-lhe a mão de novo, mas Kitty, corando, com uma rispidez ingênua, pela qual a mãe depois a admoestaria, disse, tirando a mão:

— Não é o nosso costume.

Aos olhos de Lióvin, ela era culpada por ter permitido essa atitude, e ainda mais culpada por ter demonstrado, de forma canhestra, que aquilo não lhe agradava.

— Mas que vontade é essa de dormir? — disse Stepan Arkáditch que, depois dos copos de vinho bebidos no jantar, passara ao mais gentil e poético dos humores. — Veja, veja, Kitty — disse, apontando para a lua, que se erguia por detrás das tílias —, que encanto! Vieslóvski, está na hora da serenata. Sabe, ele tem uma voz gloriosa. Cantamos juntos no caminho. Ele trouxe umas romanças maravilhosas, duas novas. Devia cantar com Varvara Andrêievna.

Quando todos se dispersaram, Stepan Arkáditch ainda ficou um bom tempo passeando com Vieslóvski na alameda, e suas vozes soavam, cantando a romança nova.

Enquanto ouvia essas vozes, Lióvin sentou-se carrancudo na poltrona, no quarto da mulher, e manteve silêncio obstinado às suas perguntas sobre o que ele tinha; porém, quando ela finalmente, com um sorriso acanhado, perguntou: "Há algo que não lhe agradou em Vieslóvski?", ele estourou, e disse tudo; o que ele disse ofendia-o e, por isso, irritava-o ainda mais.

Postou-se na frente dela com um brilho terrível nos olhos, sob as sobrancelhas franzidas, e apertava contra o peito os braços fortes, como se retesasse todas as forças para se conter. Sua expressão facial seria severa e até cruel se, além disso, não exprimisse o sofrimento que o tocava. Suas maçãs do rosto sacudiam, e a voz estava entrecortada.

— Entenda que não tenho ciúme: essa é uma palavra infame. Não posso ter ciúmes e acreditar que... Não consigo dizer o que sinto, mas é horrível... Não tenho ciúmes, mas estou ofendido, humilhado por alguém ousar achar, ousar olhar para você com aqueles olhos...

— Mas que olhos? — disse Kitty, esforçando-se para lembrar, com a maior honestidade possível, todas as falas e gestos daquela noite, e todas as suas nuanças.

No fundo da alma, achava que tinha acontecido algo justamente no instante em que ele fora até ela, vindo da outra ponta da mesa, mas não ousava sequer admitir aquilo para si mesma, quanto mais decidir-se a lhe dizer aquilo e reforçar seu sofrimento.

— E o que pode haver de atraente em mim, nesse estado?...

— Ah! — ele gritou, agarrando a própria cabeça. — Antes não tivesse dito!... Quer dizer que, se você estivesse atraente...

— Mas não, Kóstia, espere, escute! — ela disse, fitando-o com expressão de sofrimento e compaixão. — Ora, o que você pode pensar? Quando para mim não existe nenhuma pessoa, nenhuma, nenhuma!... Pois bem, o que você quer, que eu não veja ninguém?

No primeiro instante, ficou ofendida com seu ciúme; ficou agastada porque a menor distração, e a mais inocente, era-lhe proibida; agora, porém, sacrificaria de bom grado não apenas essas ninharias, mas tudo pela tranquilidade dele, para livrá-lo do sofrimento que ele experimentava.

— Entenda o horror e comicidade de minha situação — ele prosseguiu, com um sussurro desesperado —, que ele está na minha casa, que, afinal, não fez nada de propriamente indecoroso, além de ser desembaraçado e dobrar as pernas. Ele considera esse tom o melhor e, portanto, tenho que ser afável com ele.

— Mas Kóstia, você está exagerando — disse Kitty, alegrando-se no fundo da alma com a força de seu amor por ela, que agora se manifestava em seu ciúme.

— O mais horrível de tudo é que você, como sempre, e ainda mais agora, que é tão sagrada para mim, que estamos tão felizes, tão especialmente felizes, e de repente um calhorda desses... Não é calhorda, por que o estou xingando? Não tenho nada a ver com ele. Mas por que a minha, a sua felicidade?...

— Sabe, eu entendo por que isso aconteceu — começou Kitty.

— Por quê? Por quê?

— Vi como você nos olhava quando conversávamos no jantar.

— É isso, é isso! — disse Lióvin, assustado.

Contou-lhe do que tinham falado. E, ao contar, sufocava de nervoso. Lióvin ficou em silêncio, depois observou-lhe o rosto pálido e assustado e, de repente, agarrou a própria cabeça.

— Kátia, eu a torturei! Minha pombinha, perdoe-me! Isso é uma loucura! Kátia, sou completamente culpado. Seria possível eu me atormentar com uma bobagem dessas?

— Não, tenho dó de você.

— De mim? De mim? O que eu sou? Um louco!... E por que fiz isso com você? É horrível pensar que qualquer pessoa de fora pode transtornar nossa felicidade.

— Óbvio que isso também é um insulto...

— Não, então eu, pelo contrário, vou mantê-lo conosco, de propósito, por todo o verão, e vou me desmanchar em gentilezas — disse Lióvin, beijando-lhe a mão. — Você vai ver. Amanhã... Sim, verdade, amanhã nós vamos.

VIII

No dia seguinte, as mulheres ainda não tinham se levantado e dois carros de caça, um trenó e uma telega, já estavam na entrada, e Laska, que desde o amanhecer tinha entendido que iriam caçar e, fartando-se de ganir e pular, sentara-se no trenó, ao lado do cocheiro, olhava agitada e com desaprovação pelo atraso para a porta, da qual os caçadores ainda não tinha saído.

O primeiro a sair foi Vássienka Vieslóvski, de botas novas e grandes, que chegavam à metade das coxas gordas, blusão verde, cartucheira nova e cheirando a couro na cintura, barrete de fitas e uma espingarda inglesa novinha em folha, sem bandoleira nem atadura. Laska deu um salto até ele, cumprimentou-o, saltitando, perguntou-lhe a seu modo se os outros viriam logo, porém, sem obter resposta, regressou a seu posto de espera e ficou imóvel de novo, com a cabeça de lado e uma orelha de prontidão. Por fim, a porta se escancarou com estrépito, Krak, o perdigueiro de manchas brancas de Stepan Arkáditch, veio voando, rodando e girando no ar, e saiu o próprio Stepan Arkáditch, de espingarda na mão e charuto na boca. "Quieto, quieto, Krak!" — gritou com afeto para o cão, que colocara as patas em sua barriga e peito, agarrando-lhe o embornal. Stepan Arkáditch estava vestido de alpercatas e perneiras, pantalonas rasgadas e um casaco curto. Na cabeça havia um chapéu em ruínas, mas a espingarda, de sistema novo, era uma joia, e o embornal e a cartucheira, ainda que gastos, eram dos melhores.

Vássienka Vieskóvski não entendera, até então, que a verdadeira janotice do caçador era estar em farrapos, mas possuir apetrechos de caça da melhor qualidade. Entendia-o agora, ao olhar para Stepan Arkáditch que, naqueles trapos, luzia com sua figura senhorial elegante, farta e alegre, e decidiu que, na próxima caça, iria se arrumar daquele jeito, sem falta.

— Bem, e nosso anfitrião? — perguntou.

— Esposa jovem — disse Stepan Arkáditch, rindo.

— Sim, e que encanto.

— Já estava vestido. Com certeza, voltou correndo para ela.

Stepan Arkáditch adivinhou. Lióvin voltara correndo para a esposa para perguntar, mais uma vez, se ela o perdoava pela tolice da véspera, e ainda para lhe pedir que, pelo amor de Cristo, fosse mais cuidadosa. O principal era ficar longe das crianças — elas sempre podiam empurrar. Depois, era preciso mais uma vez receber a confirmação de que ela não estava zangada por ele se ausentar por dois dias, e ainda pedir que lhe mandasse sem falta um bilhete no dia seguinte, por um criado a cavalo, que lhe escrevesse nem que fossem apenas duas palavras, só para que ele pudesse saber que ela estava bem.

Como sempre, era doloroso para Kitty se separar do marido por dois dias, porém, ao ver sua figura animada, que parecia especialmente grande e forte de botas de caça e blusão branco, e com um brilho de excitação pela caça que ela não entendia, graças ao contentamento dele, esqueceu o desgosto, e se despediu com alegria.

— Perdão, senhores! — ele disse, acorrendo ao terraço de entrada. —

Estão levando o desjejum? Por que o alazão está à direita? Ora, tanto faz. Laska, basta, sentada!

— Ponha no rebanho dos capões — dirigiu-se ao pastor que o esperava no terraço com uma pergunta a respeito dos carneiros castrados. — Perdão, lá vem mais um canalha.

Lióvin desceu do trenó em que já estava sentado na direção do carpinteiro contratado, que vinha ao terraço com uma trena na mão.

— Ontem não foi ao escritório, agora fica me retendo. Pois bem, e então?

— Permita-me fazer mais uma mudança. Acrescentar três degrauzinhos. E ajustamos ao mesmo tempo. Vai ser muito mais tranquilo.

— Você devia ter me escutado — respondeu Lióvin, com enfado. — Eu disse, coloque os banzos, depois encaixe os degraus. Agora não dá para corrigir. Faça o que eu mandei — construa uma nova.

A questão era que, na casa dos fundos que estava sendo construída, o carpinteiro tinha estragado a escada, fazendo-a à parte e sem calcular a elevação, de forma que todos os degraus ficaram inclinados quando foram colocados no lugar. Agora o carpinteiro queria deixar a mesma escada e acrescentar três degraus.

— Vai ser muito melhor.

— Mas onde ela vai dar com seus três degraus?

— Perdoe-me, senhor — disse o carpinteiro, com um sorriso de desdém. — Vai dar na otomana. Assim, quer dizer, sai de baixo — disse, com um gesto insistente —, vai, vai e chega.

— Afinal, está acrescentando três degraus ao comprimento... Onde ela vai chegar?

— Quer dizer, assim como sai de baixo, chega lá — disse o carpinteiro, obstinado e insistente.

— Vai dar no teto e na parede.

— Perdoe-me. Mas ela vem de baixo. Vem, vem e chega.

Lióvin pegou uma vareta e se pôs a desenhar a escada no pó.

— Pois bem, está vendo?

— Como quiser — disse o carpinteiro, cujos olhos se iluminaram de repente, pelo visto finalmente entendendo a questão. — Vejo que preciso construir uma nova.

— Ora, então o faça, conforme o ordenado! — gritou Lióvin, sentando-se no trenó. — Vamos! Segure os cachorros, Filipp!

Lióvin experimentava agora, ao deixar para trás todas as preocupações domésticas e da propriedade, uma sensação tão forte de contentamento com a vida e de expectativa, que não queria nem falar. Além disso, experimentava a sensação de agitação concentrada que sente todo caçador ao se aproximar do local da ação. Se algo agora o ocupava, eram apenas questões sobre se encontrariam algo no pântano de Kólpenski, como Laska se sairia em comparação com Krak, e se daria tempo de atirar ainda naquele dia. Como não passar vergonha na frente de uma pessoa nova? Como não levar um tiro de Oblônski? — também lhe passou pela cabeça.

Oblônski experimentava uma sensação similar, e também não estava para conversa. Apenas Vássienka Vieslóvski não parava de falar, alegre. Agora, ao ouvi-lo, Lióvin ficava embaraçado ao lembrar quão injusto com relação a ele fora na véspera. Vássienka era de fato um rapaz esplêndido, simples, bonachão e muito alegre. Se Lióvin o tivesse conhecido solteiro, teria se aproximado dele. Para Lióvin, era um pouco desagradável sua atitude para com a vida, e aquela espécie de elegância desembaraçada. Como se se considerasse de alta e indubitável importância por ter unhas compridas e um barrete, e todo o resto conforme; mas dava para desculpá-lo pela bonomia e honestidade. Agradava a Lióvin pela instrução, pela pronúncia excelente em francês e inglês, e por ser um homem de seu mundo.

Vássienka gostou de forma extraordinária do cavalo da estepe do Don, atrelado à esquerda. Elogiava-o o tempo todo.

— Como é bom galopar na estepe em um cavalo da estepe. Hein? Não é verdade? — dizia.

Imaginava algo de selvagem e poético na cavalgada da estepe, que não existia; porém, sua ingenuidade, especialmente em combinação com o sorriso belo e gentil e a graça dos movimentos, era muito atraente. Seja porque sua natureza era simpática a Lióvin, ou porque Lióvin, como expiação do pecado da véspera, esforçava-se em encontrar tudo de bom que havia nele, sua companhia acabou por lhe agradar.

Depois de percorridas três verstas, Vieslóvski de repente deu pela falta do charuto e da carteira, e não sabia se os tinha perdido ou deixado na mesa. Na carteira havia trezentos e setenta rublos e, portanto, não era possível deixar isso de lado.

— Sabe o quê, Lióvin, vou cavalgando para casa nesse cavalo do Don. Vai ser ótimo. Hein? — ele disse, já se preparando para montar.

— Não, para quê? — respondeu Lióvin, calculando que Vássienka não devia pesar menos que seis *puds*. — Mando o cocheiro.

O cocheiro foi a cavalo, e Lióvin passou a conduzir a dupla restante.

IX

— Pois bem, qual é a nossa rota? Diga direitinho — disse Stepan Arkáditch.

— O plano é o seguinte: agora vamos a Gvózdiev. Em Gvózdiev, do nosso lado, há um pântano com narcejas-reais, e atrás de Gvózdiev existem maravilhosos campos de narcejas-comuns, que também têm narcejas-reais. Agora está quente, vamos chegar ao entardecer (vinte verstas) e pegamos o campo nessa hora; pernoitamos, e de manhã já vamos ao pântano grande.

— E no caminho não teria nada?

— Tem; mas vai nos atrasar, e está calor. Há dois lugarezinhos esplêndidos, mas raramente tem algo.

O próprio Lióvin tinha vontade de ir a esses lugarezinhos, mas eles ficavam perto de casa, sempre podia ir até eles, e eram pequenos — em três, não havia onde atirar. Por isso, engambelou, dizendo que quase nunca tinha algo. Ao chegar à altura do pequeno pântano, Lióvin quis passar ao largo, porém o olhar experimentado de caçador de Stepan Arkáditch imediatamente distinguiu o brejo, que era visível da estrada.

— Não vamos? — disse, apontando para o pequeno pântano.

— Lióvin, por favor! É um lugar esplêndido! — pôs-se a pedir Vássienka Vieslóvski, e Lióvin não teve como não concordar.

Nem bem pararam e os cães já saíram voando para o pântano, um no encalço do outro.

— Krak! Laska!...

Os cães voltaram.

— Em três vai ficar apertado. Vou ficar aqui — disse Lióvin, esperando que não encontrassem nada além dos abibes que os cães tinham feito levantar voo e, girando no ar, choramingavam, lamentosos, sobre o pântano.

— Não! Vamos, Lióvin, vamos juntos! — chamou Vieslóvski.

— É apertado mesmo. Laska, para trás! Laska! Afinal, vocês não precisam de outro cachorro, não é?

Lióvin ficou no breque e fitou os caçadores com inveja. Os caçadores percorreram o pequeno pântano. Além de galinhas-d'água e abibes, um dos quais Vássienka abateu, não havia nada no pântano.

— Ora, estão vendo que eu não depreciei o pântano — disse Lióvin —, é só perda de tempo.

— Não, mesmo assim é divertido. Vocês viram? — disse Vássienka Vieslóvski, deslizando canhestramente para o trenó, de espingarda e abibe na mão. — De que jeito esplêndido eu matei esse! Não é verdade? Pois bem, vamos chegar logo ao local bom?

De repente, os cavalos arrancaram, Lióvin bateu a cabeça no cano de uma espingarda, e soou um tiro. O tiro, na verdade, soou primeiro, mas essa foi a impressão de Lióvin. Acontece que Vássienka Vieslóvski, ao soltar os cães da arma, segurou um gatilho, mas apertou o outro. A bala foi dar no chão, sem ferir ninguém. Stepan Arkáditch balançou a cabeça e deu um sorriso de reproche para Vieslóvski. Lióvin, porém, não teve ânimo para lhe dirigir a palavra. Em primeiro lugar, qualquer reprimenda pareceria causada pelo perigo de que escapara e pelo galo que surgira na testa de Lióvin; e, em segundo, Vieslóvski primeiro ficou magoado de forma tão ingênua, e depois riu do alvoroço geral de modo tão bonachão e cativante, que foi impossível não rir também.

Quando chegaram a um segundo pântano, que era bastante grande, e devia tomar muito tempo, Lióvin aconselhou a não entrarem, mas Vieslóvski voltou a persuadi-lo. De novo, como o pântano era estreito, Lióvin, como anfitrião hospitaleiro, ficou junto aos carros.

Assim que chegou, Krak disparou na direção de uns montículos. Vássienka Viesklóvski foi o primeiro a sair correndo atrás do cachorro. Stepan Arkáditch nem tinha conseguido sair e uma narceja-real alçou voo. Vieslóvski errou o tiro, e a narceja-real foi para o prado não ceifado. Aquela narceja-real estava destinada a Vieslóvski. Krak voltou a encontrá-la, aprumou-se, e Vieslóvski abateu-a e retornou para o carro.

— Agora vá o senhor, e eu fico com os cavalos — disse.

Lióvin começava a ser tomado pela inveja de caçador. Entregou as rédeas a Vieslóvski e se encaminhou para o pântano.

Laska, que há tempos gania e se queixava da injustiça, arrancou para a frente, indo direto para um cômoro que Lióvin conhecia bem, e que Krak ainda não tinha encontrado.

— Por que não a faz parar? — gritou Stepan Arkáditch.

— Ela não se assusta — respondeu Lióvin, contente com a cadela e correndo atrás dela.

A busca de Laska, quanto mais se aproximava do montículo conhecido, adquiria cada vez mais seriedade. Um pequeno passarinho de pântano distraiu-a apenas por um instante. Fez um círculo na frente do montículo, começou outro e, de repente, estremeceu e ficou petrificada.

— Vá, vá, Stiva! — gritou Lióvin, sentindo o coração começar a bater e que de repente, como se um ferrolho tivesse se aberto em seu ouvido tenso, todos os sons, perdendo a medida de distância, tinham começado a atingi-lo em desordem, mas com força. Ouviu os passos de Stepan Arkáditch, tomando-os pelo tropel distante de cavalos, ouviu o ruído frágil das raízes soltas do canto do montículo em que entrara, tomando-o pelo voo de uma narceja-real. Ouviu também, atrás, não muito longe, um estranho chapinhar na água, que não conseguiu explicar.

Escolhendo onde pôr os pés, avançou na direção da cadela.

— Pega!

Não foi uma narceja-real, mas uma narceja-comum que prorrompeu em frente à cadela. Lióvin ergueu a espingarda mas, ao mesmo tempo que apontava, o mesmo som de chapinhar na água ficou mais forte, aproximou-se, unindo-se a ele a voz de Vieslóvski, que gritava alto, de forma estranha. Lióvin viu que ele estava apontando a espingarda para a narceja-comum, mas mesmo assim atirou.

Após se assegurar de que errara o tiro, Lióvin olhou ao redor e viu que os cavalos e o trenó não estavam mais na estrada, mas no pântano.

Vieslóvski, querendo ver o disparo, entrara no pântano e atolara os cavalos.

— O diabo que o carregue — Lióvin disse para si mesmo, voltando para o carro atolado. — Por que o senhor veio? — disse, com secura e, chamando o cocheiro, pôs-se a liberar os cavalos.

Lióvin estava agastado por terem atrapalhado seu tiro, por terem atolado os cavalos e, principalmente, porque, para liberar os cavalos, desatrelá-los, ele e o cocheiro não eram auxiliados nem por Stepan Arkáditch, nem por Vieslóvski, pois nem um nem outro tinha sequer a menor noção de como atrelar. Sem responder com uma palavra que fosse ao protesto de Vássienka, de que ali era bastante seco, Lióvin trabalhou em silêncio com o cocheiro para liberar os cavalos. Porém, mais tarde, aquecido pelo trabalho e vendo o esforço e aplicação com que Vieslóvski puxava o trenó pelo para-lama, chegando até a quebrá-lo, Lióvin se recriminou por, sob influência do sentimento da véspera, ter sido frio em demasia para com ele, tentando, com amabilidade especial, aplacar sua secura. Quando tudo foi colocado em ordem, e os carros levados à estrada, Lióvin mandou apanhar o desjejum.

— *Bon appétit — bonne conscience! Ce poulet va tomber jusqu'au fond de mes bottes*[8] — Vássienka, que estava de novo alegre, disse o provérbio francês após comer o segundo frango. — Pois bem, agora nossas desgraças

---

[8] "Bom apetite — boa consciência. Esse frango vai me cair no fundo da alma", em francês no original. (N. do T.)

terminaram; agora tudo vai correr bem. Só que, por minha culpa, agora tenho que ficar na boleia. Não é verdade? Hein? Não, não, sou um Automedonte.[9] Vejam como os guio! — respondeu, sem soltar as rédeas, quando Lióvin lhe pediu que desse lugar ao cocheiro. — Não, tenho que expiar minha culpa, e para mim a boleia é uma maravilha. — E foi.

Lióvin temia que ele extenuasse os cavalos, especialmente o da esquerda, o alazão, que ele não sabia controlar; porém, sem querer se submeteu a sua alegria, ouviu as romanças que Vieslóvski, na boleia, cantava pelo caminho todo, ou as narrativas e imitações de como se devia conduzir à inglesa um *four in hand*;[10] e, depois do desjejum, chegaram todos ao pântano de Gvózdiev no melhor dos humores.

X

Vássienka tocou os cavalos com tanta presteza que chegaram ao pântano cedo demais, quando ainda estava quente.

Ao se aproximar do verdadeiro pântano, o objetivo principal da viagem, Lióvin sem querer pensava em como se livrar de Vássienka e prosseguir sem estorvo. Stepan Arkáditch visivelmente desejava a mesma coisa, e em seu rosto Lióvin distinguia a expressão de preocupação que sempre ocorre ao verdadeiro caçador antes do começo da caçada, além de algo da astúcia bonachona que lhe era peculiar.

— Então, como vamos? O pântano é esplêndido, vejo também açores — disse Stepan Arkáditch, apontando para dois pássaros grandes esvoaçando acima dos espargânios. — Onde tem gavião, com certeza tem caça.

— Mas vejam, senhores — disse Lióvin, ajustando as botas e examinando as espoletas da espingarda com uma expressão algo sombria. — Estão vendo esse espargânio? — Apontou para uma ilhota escura de verde no prado úmido, imenso e ceifado pela metade, que se estendia pela margem direita do rio. — O pântano começa aqui, bem na nossa frente, vejam — onde é mais verde. Dali ele vai para a direita, onde estão os cavalos; lá há montículos, tem narcejas-reais; e, ao redor desse espargânio, vai até o amieiral, e até o próprio moinho. Ali, vejam, onde tem uma enseada. É o melhor lu-

---

[9] Condutor do carro de Aquiles na *Ilíada*, de Homero. (N. da E.)

[10] "Quadriga", em inglês no original: carro de duas rodas puxado por quatro cavalos emparelhados. (N. do T.)

gar. Lá matei uma vez dezessete narcejas-comuns. Vamos nos separar, com os cachorros, em direções diferentes, e nos encontramos no moinho.

— Pois bem, quem vai para a direita, e quem para a esquerda? — disse Stepan Arkáditch. — À direita é mais largo, vão vocês dois, e eu vou para a esquerda — disse, aparentando despreocupação.

— Maravilha! Vamos superá-lo. Então vamos, vamos! — corroborou Vássienka.

Lióvin não tinha como não concordar, e eles se separaram.

Bastou entrarem no pântano e ambos os cães começaram a procurar juntos, e arrancaram para um lugar de água ferruginosa. Lióvin conhecia essa prospecção de Laska, cuidadosa e vaga; também conhecia o lugar, e esperava uma revoada de narcejas-comuns.

— Vieslóvski, venha ao lado, ao lado! — proferiu, com voz sussurrante, para o camarada que chapinhava na água, atrás, e cuja direção da espingarda, depois do disparo descuidado no pântano de Kólpenski, passara a interessá-lo involuntariamente.

— Não, não quero constrangê-lo, não pense em mim.

Porém Lióvin, sem querer, pensava e recordava as palavras de Kitty, ao liberá-lo: "Olhe, não vão atirar um no outro". Os cachorros passavam cada vez mais perto, um ultrapassando o outro, cada um seguindo sua pista; a expectativa pelas narcejas era tão forte que Lióvin tomou o estalo dos saltos de suas botas se arrastando na água pelo grito do pássaro, e agarrou e apertou a coronha da espingarda.

Bang! Bang! — soou em seu ouvido. Era Vássienka, atirando em um bando de patos que adejavam pelo pântano ao longe, fora do alcance, e que naquela hora voavam para os caçadores. Lióvin nem teve tempo de olhar e uma narceja-comum estalou, depois outra, uma terceira e, ao todo, oito peças se alçaram, uma atrás da outra.

Stepan Arkáditch derrubou uma no exato instante em que se preparava para começar seu zigue-zague, e a narceja-comum tombou como uma bola no charco. Oblônski apontou sem pressa para outra, que voava baixo, na direção do espargânio, e essa narceja também caiu, junto com o som do tiro; e deu para vê-la saltando pelo espargânio ceifado, debatendo a asa que ficara incólume, que era branca embaixo.

Lióvin não foi tão feliz: estava perto demais da primeira narceja e errou o tiro; apontou para ela de novo, quando já estava levantando voo, mas, nessa hora, saiu voando uma outra, entre suas pernas, e o distraiu, e ele voltou a errar.

Enquanto carregavam as espingardas, outra narceja-comum levantou voo, e Vieslóvski, que conseguira carregar, voltou a despejar na água duas cargas de chumbo miúdo. Stepan Arkáditch apanhou suas narcejas e fitou Lióvin com os olhos brilhando.

— Pois bem, agora vamos nos separar — disse Stepan Arkáditch e, coxeando da perna esquerda, segurando a espingarda de prontidão e assobiando para o cachorro, foi para um lado. Lióvin e Vieslóvski foram para o outro.

Sempre acontecia a Lióvin de, quando os primeiros disparos eram infrutíferos, irritar-se, agastar-se e passar o dia inteiro atirando mal. Assim fora também naquele dia. Apareceram muitas narcejas-comuns. Entre os cães, entre os caçadores, as narcejas-comuns saíam voando sem parar, e Lióvin não conseguia melhorar; porém, quanto mais atirava, mais passava vergonha na frente de Vieslóvski, que fazia fogo alegremente, dentro e fora do alcance, sem acertar nada nem se perturbar minimamente com isso. Lióvin se apressava, não se continha, irritava-se cada vez mais e chegou ao ponto de atirar quase sem esperar acertar. Parecia que Laska também o tinha entendido. Passou a procurar de forma mais preguiçosa, olhando para os caçadores com algo que parecia perplexidade ou censura. Era tiro atrás de tiro. Uma fumaça de pólvora pairava em torno dos caçadores e, na rede grande e espaçosa de seu embornal, havia apenas três narcejas-comuns, leves e pequenas. Dessas, uma tinha sido morta por Vieslóvski, e outra por ambos. Enquanto isso, do outro lado do pântano, soavam tiros não frequentes, porém, na impressão de Lióvin, significativos de Stepan Arkáditch, pois, além disso, depois de quase cada um deles se seguia: "Krak, Krak, traga!".

Aquilo deixou Lióvin ainda mais agitado. As narcejas-comuns não paravam de adejar pelo ar, acima dos espargânios. Estalos na terra e crocitos nas alturas ouviam-se de todos os lados, sem um minuto de silêncio; as narcejas que antes tinham levantado voo e pairado no ar pousavam na frente dos caçadores. Em vez de dois açores, agora dezenas deles esvoaçavam sobre o pântano, com pios.

Depois de percorrer a metade maior do pântano, Lióvin e Vieslóvski alcançaram o local em que o prado dos mujiques, dividido em faixas compridas, encontrava-se com os espargânios, marcado ora por listras gastas, ora por fileiras ceifadas. Metade desse prado já tinha sido segado.

Embora na parte não segada houvesse pouca esperança de achar tanta coisa quanto na segada, Lióvin prometera a Stepan Arkáditch encontrá-lo, e avançou com o companheiro de jornada pelas faixas ceifadas e não segadas.

— Ei, caçadores! — bradou um dos mujiques, sentado em uma telega desatrelada. — Venham fazer a sesta conosco! Tomar um trago!

Lióvin olhou ao redor.

— Venham, tá ótimo! — gritou um mujique alegre, barbudo e de rosto vermelho, arreganhando os dentes brancos e erguendo um *chtof*[11] esverdeado, que brilhava no sol.

— *Qu'est ce qu'ils disent?*[12] — perguntou Vieslóvski.

— Estão chamando para tomar vodca. Devem ter repartido o prado. Eu tomaria — disse Lióvin, não sem astúcia, esperando que Vieslóvski ficasse tentado pela vodca e fosse até eles.

— Por que estão oferecendo?

— Assim, por diversão. É verdade, vá até eles. Vai lhe interessar.

— *Allons, c'est curieux.*[13]

— Vá, vá, o senhor vai encontrar o caminho para o moinho! — gritou Lióvin e, ao olhar para trás, viu com satisfação que Vieslóvski, curvado e trançando as pernas cansadas, e segurando a espingarda com o braço esticado, deixava o pântano na direção dos mujiques.

— Venha você também! — um mujique gritou para Lióvin. — Numa boa! Prove um *pirojók*![14] Venha cá!

Lióvin tinha muita vontade de tomar vodca e comer um pedaço de pão. Afrouxava, sentia que a custo tiraria as pernas bambas do aguaçal, e ficou em dúvida por um minuto. A cadela, porém, estava em posição. E, de imediato, todo o cansaço desapareceu, e ele percorreu o aguaçal com facilidade, na direção da cadela. Por entre suas pernas, uma narceja-comum levantou voo; atirou e acertou — a cadela continuava em posição. "Pega!" Por entre as pernas da cadela, levantou-se outra. Lióvin atirou. Mas era um dia infeliz; errou e, quando foi buscar a que tinha abatido, não a encontrou. Revistou todo o espargânio, mas Laska não acreditava que ele tinha matado e, quando a mandou procurar, ela fingiu que o fazia, mas não procurou.

Mesmo sem Vássienka, que Lióvin recriminava por seu insucesso, a coisa não melhorou. Ali também havia muitas narcejas-comuns, mas Lióvin errava tiro atrás de tiro.

Os raios oblíquos do sol ainda estavam quentes; as roupas, molhadas de suor de cima a baixo, grudavam no corpo; a bota esquerda, cheia d'água, estava pesada, e estalava; o suor gotejava pelo rosto borrado de resíduos de

---

[11] Antiga medida equivalente a cerca de 1,2 litros. (N. do T.)

[12] "O que eles estão dizendo?", em francês no original. (N. do T.)

[13] "Vamos, é curioso", em francês no original. (N. do T.)

[14] Pãozinho recheado, assado ou frito. (N. do T.)

pólvora; na boca havia um amargo, no nariz, o cheiro de pólvora e do charco, nos ouvidos, o estalo incessante das narcejas; não dava nem para tocar nos canos da arma, de tão quentes; o coração batia rápido e breve; as mãos tremiam de agitação, e as pernas cansadas tropeçavam e se entrançavam pelos montículos e pelo aguaçal; mas ele continuava a caminhar e atirar. Por fim, após um erro vergonhoso, jogou no chão a espingarda e o chapéu.

"Não, preciso voltar a mim!" — disse para si mesmo. Recolheu espingarda e chapéu, chamou Laska e saiu do pântano. Ao sair para o seco, sentou-se em um montículo, descalçou as botas, tirou a água delas, depois foi até o pântano, fartou-se de água com gosto de ferrugem, molhou os canos aquecidos da arma e lavou a cara e as mãos. Refrescado, voltou a ir para o lugar em que uma narceja-comum tinha pousado, com o firme propósito de não se irritar.

Quisera se acalmar, mas estava igual. Seu dedo apertou o gatilho antes de ter a ave na mira. Tudo ia de mal a pior.

Tinha cinco peças no embornal quando foi para o amieiral em que devia se unir a Stepan Arkáditch.

Antes de avistar Stepan Arkáditch, avistou seu cachorro. Krak saiu pulando detrás de uma raiz torcida de amieiro, todo preto do lodo fétido do pântano e, com ar de vencedor, farejou Laska. Atrás de Krak, assomou, à sombra do amieiro, a figura esbelta de Stepan Arkáditch. Veio a seu encontro vermelho, suado, de colarinho aberto, coxeando do mesmo jeito.

— Pois bem, e então? Vocês atiraram muito! — disse, sorrindo alegre.

— E você? — perguntou Lióvin. Mas não era preciso perguntar, pois já vira o embornal cheio.

— Nada mal.

Tinha catorze peças.

— Um pântano esplêndido! Com certeza Vieslóvski o atrapalhou. Em dois, com um cachorro, é incômodo — disse Stepan Arkáditch, abrandando seu triunfo.

XI

Quando Lióvin chegou com Stepan Arkáditch à isbá do mujique onde sempre parava, Vieslóvski já estava lá. Estava sentado no meio da isbá e, agarrando com ambas as mãos o banco no qual estava um soldado, irmão do anfitrião, que lhe puxava as botas borradas de lodo, ria com seu riso alegre e contagiante.

— Acabei de chegar. *Ils on été charmants*.[15] Imagine, deram-me de beber, de comer. Que pão, um milagre! *Délicieux!*[16] E a vodca — nunca tomei mais gostosa! E não queriam aceitar dinheiro por nada. Sempre diziam: "não repare", algo assim.

— Para que aceitar dinheiro? Se eles estavam convidando! Por acaso eles têm uma venda de vodca? — disse o soldado, finalmente arrancado a bota molhada com a meia enegrecida.

Apesar da falta de limpeza da isbá, emporcalhada pelas botas dos caçadores e pelos cães imundos a se lamber, do cheiro de pântano e de pólvora que a preenchia, e da falta de facas e garfos, os caçadores se fartaram de chá, e jantaram com um gosto que só os caçadores têm. Lavados e limpos, foram para um galpão de feno que havia sido varrido, onde o cocheiro tinha preparado os leitos dos cavalheiros.

Embora já tivesse anoitecido, nenhum dos caçadores tinha vontade de dormir.

Após oscilar entre lembranças e narrativas dos tiros, dos cães, de caçadas anteriores, a conversa foi dar em um tema que interessava a todos. Devido às expressões de admiração que Vássienka já repetira algumas vezes a respeito do encanto daquela pousada e do cheiro do feno, do encanto da telega quebrada (parecia-lhe quebrada, pois lhe tinham retirado o jogo dianteiro), da bonomia dos mujiques, que o tinham embebedado de vodca, dos cachorros, cada um deitado aos pés de seu dono, Oblônski narrou o fascínio de uma caçada na propriedade de Malthus, em que estivera no verão anterior. Malthus era um célebre magnata das ferrovias. Stepan Arkáditch contou dos pântanos que esse Malthus adquirira na província de Tver, como estavam conservados, dos carros, dos *dogcarts*[17] que levaram os caçadores, e da tenda para alimentação que fora montada junto ao pântano.

— Não entendo — disse Lióvin, erguendo-se no feno — como você não tem nojo dessa gente. Compreendo que o desjejum com Lafitte é muito agradável, mas você não tem nojo justamente desse luxo? Toda essa gente, como nossos monopolistas de bebida, acumulou dinheiro de um jeito que a fez merecer o desprezo das pessoas, desdenha desse desprezo, e depois, com o que acumulou de forma desonesta, compra o desprezo anterior.

— Absolutamente justo! — opinou Vássienka Vieslóvski. — Absoluta-

---

[15] "Eles foram encantadores", em francês no original. (N. do T.)

[16] "Delicioso", em francês no original. (N. do T.)

[17] Carruagem leve de duas rodas com compartimento para levar cães. (N. do T.)

mente! Óbvio que Oblônski faz isso por *bonhomie*,[18] e os outros dizem: "Se Oblônski vai...".

— Nada disso — Lióvin sentiu que Oblônski ria ao dizê-lo. — Simplesmente não o considero mais desonesto do que qualquer mercador ou nobre rico. Tanto uns como outros acumularam apenas com trabalho, inteligência.

— Sim, mas com que trabalho? Por acaso é trabalho obter uma concessão e revender?

— Óbvio que é trabalho. Trabalho no sentido de que, se não fosse ele, ou outros semelhantes, não haveria estradas.

— Mas não é trabalho como o de um mujique, ou de alguém formado.

— Admito, mas é trabalho no sentido de que sua atividade tem um resultado — as estradas. Só que você acha que as estradas são inúteis.

— Não, essa é outra questão; estou pronto a admitir que são úteis. Porém, todo ganho que não corresponde ao trabalho despendido é desonesto.

— Mas como determinar a correspondência?

— O ganho por vias desonestas, pela astúcia — disse Lióvin, sentindo que não saberia determinar com clareza uma linha entre o honesto e o desonesto —, como o ganho das casas bancárias — prosseguiu. — Isso é mau, o ganho de uma fortuna imensa sem trabalho, como era com os monopolistas de bebida, apenas mudando a forma. *Le roi est mort, vive le roi!*[19] Apenas conseguiram aniquilar o monopólio e apareceram as estradas de ferro, os bancos; também acumulação sem trabalho.

— Sim, tudo isso pode estar certo, e ser original... Deite, Krak! — Stepan Arkáditch gritou para o cachorro, que se coçava e revolvia todo o feno, visivelmente convicto da justeza de sua posição e, portanto, tranquilo e sem pressa. — Mas você não determinou a linha entre trabalho honesto e desonesto. O fato de que eu recebo um salário maior do que meu chefe de seção, embora ele conheça o assunto melhor do que eu, é desonesto?

— Não sei.

— Pois bem, então lhe digo: o fato de você receber por seu trabalho na herdade, digamos, cinco mil, e nosso anfitrião, o mujique, por mais que trabalhe, não receber mais do que cinquenta rublos, é tão desonesto quanto eu receber mais do que o chefe de seção, e Malthus receber mais do que o chefe da ferrovia. Pelo contrário, vejo certa hostilidade, sem nenhum funda-

---

[18] "Bonomia", em francês no original. (N. do T.)

[19] "O rei está morto, viva o rei!", em francês no original. (N. do T.)

mento, na relação da sociedade para com essas pessoas, e acho que aí tem inveja...

— Não, isso é injusto — disse Vieslóvski. — Inveja não pode ser, mas há algo de escabroso nesse caso.

— Não, desculpe — prosseguiu Lióvin. — Você diz que é injusto eu receber cinco mil, e o mujique, cinquenta rublos: é verdade. Isso é injusto, e eu o sinto, mas...

— É mesmo. Por que nós comemos, bebemos, caçamos, ficamos sem fazer nada, e ele fica sempre, sempre no trabalho? — disse Vássienka que, pelo visto, pensava naquilo pela primeira vez e, portanto, tinha total franqueza.

— Sim, você sente, mas você não dá sua propriedade a ele — disse Stepan Arkáditch, como que provocando Lióvin de propósito.

Nos últimos tempos, estabelecera-se entre os dois cunhados uma espécie de relação hostil secreta: como se, desde que haviam se casado com irmãs, tivesse surgido entre eles uma competição sobre quem organizava a vida melhor, e agora essa hostilidade se manifestava numa conversa que começava a assumir laivos pessoais.

— Não dou porque ninguém exige e, se quisesse, não teria como dar — respondeu Lióvin —, nem a quem.

— Dê a esse mujique; ele não vai recusar.

— Sim, mas como vou lhe dar? Vou e lavro um ato de compra?

— Não sei; mas se você está convencido de não ter direito...

— Não estou nada convencido. Pelo contrário, sinto que não tenho direito de dar, que tenho obrigações para com a terra e a família.

— Não, desculpe; mas se você considera essa desigualdade injusta, por que não age assim?

— Eu ajo, mas negativamente, no sentido de não me esforçar para aumentar a diferença de situação que existe entre mim e ele.

— Ah, não, perdoe-me; isso é um paradoxo.

— Sim, é uma explicação sofística — secundou Vieslóvski. — Ah! Patrão — disse ao mujique que, rangendo o portão, entrava no galpão. — O que foi, ainda não está dormindo?

— Não, que sono? Achei que nossos senhores estavam dormindo, mas ouço-os tagarelando. Tenho que pegar um gancho aqui. Ela não morde? — acrescentou, pisando com cuidado com os pés descalços.

— E onde você vai dormir?

— Estamos no pasto noturno dos cavalos.

— Ah, que noite! — disse Vieslóvski, olhando para a extremidade da isbá e para o trenó desatrelado, visíveis à luz débil do crepúsculo na moldura grande do portão agora aberto. — Mas escutem, são vozes femininas cantando e, na verdade, nada mal. Quem está cantando, patrão?

— São as moças da criadagem, aqui do lado.

— Vamos passear! Afinal, não estamos dormindo. Oblônski, vamos!

— Se desse para ficar deitado e ir — respondeu Oblônski, espreguiçando-se. — Ficar deitado é esplêndido.

— Pois bem, vou sozinho — disse Vieslóski, erguendo-se com animação e se calçando. — Até a próxima, senhores. Se for divertido, chamo-os. Vocês me regalaram com caça, não vou esquecer.

— Não é verdade que é um ótimo rapaz? — disse Oblônski, quando Vieslóvski saiu e o mujique fechou a porta atrás dele.

— Sim, ótimo — respondeu Lióvin, continuando a pensar no tema da conversa recém-ocorrida. Tinha a impressão de ter exprimido, o mais claro que podia, suas ideias e sentimentos, porém ambos, pessoas nada tolas, e francas, disseram em uníssono que ele se confortava com sofismas. Aquilo o embaraçava.

— Então é assim, meu amigo. Das duas, uma: ou admitir que a organização real da sociedade é justa, e defender seus direitos; ou admitir que desfruta de vantagens injustas, como eu, e aproveitá-las com satisfação.

— Não, se fosse injusto, você não poderia aproveitar desses bens com satisfação, pelo menos eu não poderia. Para mim, o principal é sentir que não sou culpado.

— E se fôssemos lá? — disse Stepan Arkáditch, cansado, pelo visto, da tensão mental. — Afinal, não estamos dormindo. Verdade, vamos!

Lióvin não respondeu. O que dissera na conversa, que agia de forma justa apenas negativamente, ocupava-o. "Será que só é possível ser justo negativamente?" — perguntava-se.

— Entretanto, como é forte o cheiro de feno fresco! — disse Stepan Arkáditch, soerguendo-se. — Não vou dormir, de jeito nenhum. Vássienka aprontou alguma por ali. Está ouvindo gargalhadas e a voz dele? Não quer ir? Vamos!

— Não, eu não vou — respondeu Lióvin.

— Por acaso também está fazendo isso por princípio? — rindo, disse Stepan Arkáditch, enquanto buscava o boné no escuro.

— Não é por princípio, mas por que eu iria?

— Mas fique sabendo que está criando problemas para si mesmo — ele disse, colocando o boné e se levantando.

— Por quê?

— Por acaso eu não vejo como você organizou a vida com sua mulher? Ouvi como, para você, é uma questão de importância crucial ir ou não ir caçar por dois dias. Tudo isso é bom como idílio, mas por uma vida inteira não basta. O homem tem que ser independente, tem seus interesses masculinos. O homem tem que ser viril — disse Oblônski, abrindo o portão.

— O que mais? Ir namorar moças da criadagem? — perguntou Lióvin.

— Por que não, se é divertido? *Ça ne tire pas a conséquence*.[20] Minha mulher não vai ficar pior com isso, e eu vou me divertir. O principal é velar pela santidade do lar. No lar não deve haver nada. Mas não fique de mãos atadas.

— Pode ser — disse Lióvin, seco, virando-se de lado. — Amanhã precisamos ir cedo, e não vou acordar ninguém, mas partirei ao amanhecer.

— *Messieurs, venez vite!*[21] — soou a voz de Vieslóvski, que regressava. — *Charmante!*[22] Fui eu que descobri. *Charmante*, uma verdadeira Gretchen,[23] e já me apresentei a ela. Belíssima, de verdade! — disse, com ar de aprovação, como se ela tivesse sido feita tão bela justamente para ele, e ele estivesse satisfeito com quem a fabricara para ele.

Lióvin fingiu dormir, e Oblônski, colocando chinelos e fumando um charuto, saiu do galpão, e logo suas vozes silenciaram.

Lióvin ficou muito tempo sem conseguir dormir. Ouviu seus cavalos mastigando o feno, depois o anfitrião, com o menino mais velho, aprontando-se e saindo para o pasto noturno; depois ouviu o soldado preparando-se para dormir do outro lado do galpão com o sobrinho, o caçula do anfitrião; ouviu o menino, com voz fina, relatar ao tio suas impressões a respeito dos cachorros, que ele achava terríveis e enormes; depois, perguntar o que aqueles cachorros iriam caçar, e o soldado lhe dizer, com voz rouca e sonolenta, que no dia seguinte os caçadores iriam ao pântano atirar com espingarda, e em seguida, para acabar com as perguntas do menino, dizer: "Durma, Vaska, durma, ou você vai ver" — e logo começou a roncar, e tudo sossegou; só dava para ouvir o resfolegar dos cavalos e o crocitar das narcejas-comuns. "Será mesmo que é só negativamente? — repetia para si mesmo. Mas, e então? Não sou culpado." E se pôs a pensar no dia seguinte.

---

[20] "Isso não tem consequência", em francês no original. (N. do T.)

[21] "Senhores, venham rápido", em francês no original. (N. do T.)

[22] "Encantadora", em francês no original. (N. do T.)

[23] Protagonista feminina do *Fausto*, de Goethe. (N. do T.)

"Amanhã vou sair de manhã cedo, e cuidar de não me irritar. Tem um monte de narcejas-comuns. E há também narcejas-reais. E quando chegar em casa, haverá um bilhete de Kitty. Sim, pode ser que Stiva tenha razão: não sou viril com ela, eu me efeminei... Mas que fazer? De novo, negativamente!"

Em meio ao sono, ouviu os risos e a fala alegre de Vieslóvski e Stepan Arkáditch. Abriu os olhos por um instante: a lua tinha saído, e nos portões abertos, fortemente iluminados pelo luar, eles estavam de pé, conversando. Stepan Arkáditch dizia algo sobre o frescor de uma moça, comparando-a a uma nozinha fresca, recém-saída da casca, e Vieslóvski, rindo seu riso contagioso, repetia palavras que provavelmente lhe tinham sido ditas por um mujique: "Cate a sua o quanto antes!". Em meio ao sono, Lióvin proferiu:

— Senhores, amanhã, ao raiar do dia! — e adormeceu.

XII

Tendo acordado cedo, ao alvorecer, Lióvin tentou despertar os camaradas. Vássienka, deitado sobre o ventre e com uma perna esticada, de meia, dormia tão profundamente que não foi possível obter resposta. Oblônski, em meio ao sono, recusou-se a ir tão cedo. Até Laska, que dormia, enrolada como um anel, na beirada do feno, levantou-se a contragosto e, com preguiça, esticou e endireitou as patas traseiras, uma após a outra. Calçando-se, pegando a espingarda e abrindo com cuidado a porta rangente do galpão, Lióvin saiu à rua. Os cocheiros dormiam junto aos carros, os cavalos cochilavam. Apenas um comia aveia, preguiçoso, espalhando-a com bufos na gamela. No pátio ainda estava cinza.

— Por que se levantou tão cedo, querido? — saindo da isbá, a velha anfitriã abordou-o com benevolência, como um velho conhecido.

— Vou à caça, tia. Vou ao pântano por aqui?

— Direto, por trás; por nossas eiras cobertas, meu bem, até os cânhamos; lá tem um atalho.

Pisando com cuidado com os pés descalços e bronzeados, a velha conduziu Lióvin e abriu-lhe a cerca da eira coberta.

— Direto por aqui, e vai dar no pântano. Nossos rapazes tocaram para lá ontem à noite.

Laska corria alegremente à frente, pela vereda; Lióvin ia atrás dela com passos rápidos e ligeiros, olhando para o céu sem parar. Queria que o sol não se levantasse antes que ele alcançasse o pântano. Mas o sol não tardou.

A lua, que ainda reluzia quando ele saiu, agora apenas brilhava de leve, como um fio de mercúrio; a fulguração da manhã, que antes não tinha como não ser vista, agora precisava ser procurada; as manchas no campo distante, antes indeterminadas, já se faziam ver com clareza. Eram montes de centeio. Invisível sem a luz do sol, o orvalho do cânhamo alto e cheiroso, do qual já tinham tirado os talos, molhava as pernas e o blusão de Lióvin, acima da cintura. No silêncio transparente da manhã ouviam-se os mínimos sons. Uma abelha passou voando ao lado do ouvido de Lióvin, com o zumbido de uma bala. Ele olhou ao redor e viu uma segunda e uma terceira. Todas vinham voando de trás da cerca do colmeal e desapareciam acima do cânhamo, na direção do pântano. O atalho levava direto ao pântano. O pântano podia ser reconhecido pelos vapores que se erguiam dele, aqui mais espessos, acolá mais ralos, de modo que os espargânios e arbustos de salgueiro oscilavam no vapor como ilhotas. No limiar entre o pântano e a estrada, meninos e homens, que tinham vigiado o pasto noturno, estavam deitados e, ao alvorecer, dormiam todos sob seus cafetãs. Não longe deles encontravam-se três cavalos atados. Um deles tilintava os grilhões. Laska ia ao lado do dono, abrindo caminho e olhando em torno. Ao passar pelos mujiques e atingir o primeiro charco, Lióvin examinou as espoletas e soltou a cadela. Um dos cavalos, pardo e bem alimentado, de três anos, ao ver a cadela, saltou de banda e, erguendo a cauda, bufou. Os cavalos restantes também se assustaram e, chapinhando na água com as pernas atadas, e produzindo, com os cascos que se arrastavam no barro espesso, um som similar a um estalido, saltaram do pântano. Laska parou, fitando os cavalos de forma zombeteira, e Lióvin de forma interrogativa. Lióvin acariciou Laska e assobiou, em sinal de que podia começar.

Laska correu alegre e concentrada para o aguaçal que oscilava diante de si.

Ao entrar correndo no pântano, Laska, de imediato, em meio aos odores conhecidos de raízes, ervas do pântano e lodo, e ao odor estranho de esterco de cavalo, sentiu, disperso por todo o lugar, um odor de ave, a ave de cheiro mais intenso, e que a deixava mais agitada. Em algum lugar, entre o musgo e as bardanas do pântano, esse odor era muito forte, mas não era possível decidir em que parte ele aumentava ou diminuía. Para encontrar a direção, era preciso se afastar mais do vento. Sem sentir o movimento das pernas, Laska, com um galope tenso, de modo que, a cada salto, podia parar, se encontrasse o que precisava, pulou para a direita, para longe da brisa pré--matinal que soprava do leste, e voltou-se contra o vento. Aspirando o ar com as narinas dilatadas, sentiu de imediato que não eram apenas vestígios, mas que *elas* mesmas estavam ali, diante de si, e não era só uma, mas muitas. Laska dimiuiu a velocidade da corrida. Estavam ali, mas, exatamente onde, ela ainda não podia determinar. Para encontrar esse lugar exato, ela já tinha começado um círculo quando, de repente, a voz do dono a distraiu. "Laska! Aqui!" — ele disse, apontando-lhe outra direção. Ela se deteve, perguntando se não seria melhor fazer o que tinha começado, mas ele repetiu a indicação, com voz zangada, apontando para um cômoro coberto de água, onde não podia haver nada. Ela lhe deu ouvidos, fingindo buscar, para agradá-lo, revistou o cômoro e regressou ao lugar de antes, voltando de imediato a senti-las. Agora, sem que ele a atrapalhasse, ela sabia o que fazer e, sem olhar para debaixo das patas, e tropeçando com enfado em um montículo alto e caindo na água, porém ajeitando as patas flexíveis e fortes, começou o círculo que haveria de esclarecer tudo. O odor *delas* era cada vez mais forte, atingia-a de modo cada vez mais definido e, de repente, tornou-se absolutamente claro que uma delas estava lá, atrás daquele montículo, a cinco passos, na sua frente, e ela parou e congelou o corpo inteiro. Apoiada sobre as patas curtas, não conseguia ver nada à sua frente, mas sabia, pelo cheiro, que ela não estava a mais do que cinco passos. Estava parada, sentindo-a cada vez mais e se deliciando com a expectativa. Sua cauda tensa estava esticada, tremendo apenas na extremidade. A boca estava levemente aberta, as orelhas em pé. Uma orelha tinha se virado na corrida, e ela respirava pesadamente, mas com cuidado, e com cuidado ainda maior olhava ao redor, mais com os olhos que com a cabeça, para o dono. Este, com o rosto a que ela estava habituada, mas os olhos sempre terríveis, ia pelos montículos, tropeçando e, na impressão dela, com uma calma extraordinária. Ela achava que ele ia com calma, mas ele estava correndo.

Ao reparar naquela busca peculiar de Laska, toda apertada contra o solo, como se puxasse as patas traseiras com passos grandes, e a boca levemente aberta, Lióvin entendeu que ela estava se arrastando atrás de narcejas-reais e, orando a Deus em sua alma para que tivesse êxito, especialmente com a primeira ave, correu atrás dela. Chegando até ela, de sua altura podia olhar para a frente e avistar, com os olhos, o que ela avistava com o nariz. Numa senda entre montículos, perto de um deles, divisava-se uma narceja-real. Virando a cabeça, apurava o ouvido. Depois, endireitando de leve e voltando a juntar as asas, serpeou desajeitada para trás e desapareceu em um canto.

— Pega, pega — gritava Lióvin, empurrando-a pelo traseiro. "Mas eu não posso ir — pensava Laska. — Para onde vou? Daqui posso senti-las, mas, se me mover para a frente, não vou entender onde elas estão, nem quem são." Mas daí ele a empurrou com o joelho e, com um sussurro alvoroçado, proferiu: "Pega, Lássotchka, pega!".

"Pois bem, se é o que ele quer, eu faço, mas não respondo mais por mim" — ela pensou e, com toda a força, rompeu adiante, entre os montículos. Agora já não farejava, apenas via e ouvia, sem entender nada.

A dez passos do lugar anterior, com o grasnido encorpado e o chamativo bater de asas peculiar à sua espécie, uma narceja-real levantou voo. E, depois do tiro, bateu pesadamente o peito branco no aguaçal úmido. Uma outra não esperou e, mesmo sem o cachorro, decolou atrás de Lióvin.

Quando Lióvin se virou, ela já estava distante. O tiro, porém, alcançou-a. Tendo voado uns vinte passos, a segunda narceja-real esticou-se como uma estaca e, girando como uma bolinha largada, caiu pesadamente em um lugar seco.

"Isso vai ser uma beleza!" — pensou Lióvin, metendo no embornal as narcejas quentes e gordas. — Hein, Lássotchka, não vai ser uma beleza?"

Quando Lióvin, depois de carregar a espingarda, moveu-se para a frente, o sol, embora ainda não se fizesse ver atrás das nuvens, já tinha saído. A lua, que tinha perdido todo o brilho, branquejava no céu, como uma nuvenzinha; já não se via nenhuma estrela. Os charcos, antes prateados de orvalho, agora estavam dourados. O lodo estava todo âmbar. O azul das ervas transformara-se em verde-amarelado. Os pássaros do pântano fervilhavam nos arbustos, que brilhavam no orvalho cintilante e lançavam uma sombra comprida nos riachos. Um açor acordou e pousou em um montículo, virando a cabeça para um lado e outro, e olhando insatisfeito para o pântano. Gralhas voavam pelo campo, e um menino descalço já levava os cavalos a um velho que tinha levantado do cafetã e se penteava. A fumaça dos tiros branquejava pela grama verde, como leite.

Um dos meninos acorreu a Lióvin.

— Tio, ontem tinha patos! — gritou, e o seguiu de longe.

E Lióvin, ao ver o menino expressar sua aprovação, ficou duplamente contente ao matar ainda três narcejas-comuns, uma atrás da outra.

XIII

A crendice de caçador segundo a qual, se você não deixar escapar o primeiro bicho ou o primeiro pássaro, será feliz depois, revelou-se justa.

Cansado, faminto e feliz, Lióvin, às nove da manhã, após percorrer trinta verstas, com dezenove belas peças de caça e um pato, que amarrara no cinto, já que não cabia no embornal, voltou para o alojamento. Os camaradas já tinham acordado há muito, e tinham tido tempo de ficar com fome e tomar o café da manhã.

— Esperem, esperem, sei que são dezenove — disse Lióvin, conferindo pela segunda vez as narcejas-reais e narcejas-comuns, que agora, com o sangue coagulado e cabeças caídas de lado, não tinham o aspecto imponente de quando estavam voando.

A conta estava certa, e a inveja de Stepan Arkáditch agradou Lióvin. Agradou-lhe também, de volta ao aposento, encontrar o enviado de Kitty, com um bilhete.

"Estou absolutamente saudável e alegre. Se você teme por mim, pode ficar ainda mais sossegado do que antes. Tenho uma nova guarda-costas, Mária Vlássievna (era a parteira, personagem nova e importante na vida doméstica de Lióvin). Ela veio me ver. Achou que estou absolutamente saudável, e vamos retê-la até você chegar. Todos estão alegres, com saúde, e você, por favor, se a caça estiver boa, fique mais um dia."

Essas duas alegrias, a caçada feliz e o bilhete da esposa, eram tão grandes, que Lióvin deixou passar fácil as duas pequenas contrariedades que ocorreram depois. Uma consistia em que o alazão atrelado, que visivelmente trabalhara demais na véspera, ainda não tinha comido a forragem, e estava aborrecido. O cocheiro dizia que o cavalo estava exaurido.

— Ontem o esfalfaram, Konstantin Dmítritch — disse. — Como assim, fizeram-no correr dez verstas, de forma leviana!

Outra contrariedade, que no primeiro momento acabou com seu bom humor, embora tenha rido muito dela depois, consistia em que, de todas as provisões fornecidas por Kitty, em tamanha abundância que parecia impossível devorá-las em uma semana, não sobrara nada. Regressando cansado e faminto da caça, Lióvin sonhava com os *pirojóks* com tamanha clareza que, ao entrar no aposento, já sentia seu cheiro, e o gosto na boca, como Laska farejando as presas, e então mandou Filipp servir. Deu-se que não apenas não tinha *pirojók*, mas tampouco frango.

— Ora, mas que apetite! — disse Stepan Arkáditch, sorrindo e apontando para Vássienka Vieslóvski. — Não padeço de falta de apetite, mas esse é espantoso...

— *Mais c'était délicieux* — Vieslóvski elogiou a carne de vaca que comera.

— Pois bem, que fazer! — disse Lióvin, lançando um olhar sombrio para Vieslóvski. — Filipp, então me dê carne de vaca.

— Comeram a carne, dei os ossos aos cães — respondeu Filipp.

Lióvin ficou tão ofendido que disse, com enfado:

— Podiam ter me deixado algo! — e teve vontade de chorar.

— Então limpe a caça — disse a Filipp, com voz trêmula, tentando não olhar para Vássienka —, e coloque urtiga. E peça então leite para mim.

Mais tarde, saciado de leite, ficou com vergonha por ter manifestado seu enfado a um estranho, e se pôs a rir de sua exasperação de fome.

À tarde, ainda percorreram o campo, no qual Vieslóvski também abateu algumas peças, e à noite voltaram para casa.

A viagem de regresso foi tão alegre quanto a de ida. Vieslóvski ora cantava, ora recordava com prazer suas aventuras com os mujiques que lhe tinham servido vodca, dizendo: "Não repare"; ora as aventuras noturnas com as pequenas nozes, a criada e o mujique que lhe perguntara se era casado e, ao saber que não era, dissera: "Então não cobice a mulher dos outros, e arrume uma que seja sua". Essas palavras divertiram Vieslóvski especialmente.

— No geral, estou terrivelmente satisfeito com a nossa excursão. E o senhor, Lióvin?

— Estou muito satisfeito — disse, com franqueza, Lióvin, especialmente contente por não apenas não sentir por Vássienka Vieslóvski a hostilidade que experimentara em casa, como, pelo contrário, sentir a mais amistosa disposição em relação a ele.

XIV

No dia seguinte, às dez horas, Lióvin, que já dera a volta em toda a propriedade, bateu no quarto em que Vássienka passara a noite.

— *Entrez*[24] — gritou-lhe Vieslóvski. — Perdoe-me, apenas acabei de terminar minhas *ablutions*[25] — disse, rindo, de pé, em roupas de baixo.

— Não se incomode, por favor. — Lióvin sentou-se à janela. — Dormiu bem?

— Como um morto. E que dia está hoje para uma caçada!

— Sim. Chá ou café?

— Nem um, nem outro. Vou almoçar. Estou envergonhado, de verdade. Acho que as damas já se levantaram, não? Agora seria ótimo passear. Mostre-me os cavalos.

---

[24] "Entre", em francês no original. (N. do T.)

[25] "Abluções", em francês no original. (N. do T.)

Depois de passearem pelo jardim, visitarem o estábulo e até fazerem ginástica juntos, nas barras, Lióvin voltou para casa com o hóspede, e entrou com ele na sala de visitas.

— Foi uma caçada maravilhosa, com tantas impressões! — disse Vieslóvski, achegando-se a Kitty, que estava sentada perto do samovar. — Que pena que as damas estão privadas dessas satisfações!

"Pois bem, ele tem que dizer alguma coisa à dona da casa" — Lióvin disse para si mesmo. Voltou a ver alguma coisa no sorriso, na expressão triunfante com que o hóspede se dirigia a Kitty...

A princesa, que estava sentada do outro lado da mesa, com Mária Vlássievna e Stepan Arkáditch, chamou Lióvin para perto de si e entabulou uma conversa sobre a ida a Moscou para o parto de Kitty, e a preparação do apartamento. Assim como, antes do casamento, Lióvin achava todos os preparativos desagradáveis, ofensivos em sua insignificância perante a grandeza do que iria se realizar, agora pareciam-lhe ainda mais ofensivos os preparativos para o futuro parto, cuja chegada elas pareciam estar contando nos dedos. O tempo todo tentava não ouvir essas conversas sobre como colocar a fralda no futuro bebê, tentava virar-se e não ver umas infindáveis faixas de tricô, uns triângulos de linho aos quais Dolly atribuía especial importância, etc. O acontecimento do nascimento do filho (estava certo de que seria um filho), que lhe fora prometido, porém no qual não podia crer, de tão extraordinário que lhe parecia, apresentava-se a ele, por um lado, como uma felicidade tão imensa que era quase impossível e, por outro, como um evento tão misterioso, que esse conhecimento imaginário do que iria acontecer e, consequentemente, os preparativos para isso como algo ordinário, que ocorria a qualquer um, pareciam-lhe algo revoltante e humilhante.

A princesa, porém, não entendia seus sentimentos, atribuía sua falta de vontade em pensar e falar naquilo como leviandade e indiferença e, portanto, não lhe dava sossego. Encarregara Stepan Arkáditch de dar uma olhada em um apartamento e, agora, chamara Lióvin para junto de si.

— Não sei nada, princesa. Faça como quiser — ele disse.

— É preciso decidir quando vocês vão.

— Não sei, na verdade. Sei que milhões de crianças nascem sem Moscou, nem médicos... para quê...

— Mas se for assim...

— Ah, não, como Kitty quiser.

— Não podemos falar disso com Kitty! O que você quer, que eu a assuste? Mas, nessa primavera, Natália Golítsyna morreu por causa de um mau parteiro.

— O que a senhora disser, eu farei — ele disse, sombrio.

A princesa começou a lhe falar, porém ele não a escutava. Embora a conversa com a princesa também o perturbasse, tornara-se sombrio não por causa dela, mas devido ao que via junto ao samovar.

"Não, não é possível" — pensou, lançando olhares esporádicos a Vássienka, que se inclinava sobre Kitty e lhe dizia algo com seu belo sorriso, e a ela, corada e nervosa.

Havia algo de impuro na pose de Vássienka, em seu olhar, em seu sorriso. Lióvin via algo de impuro até na pose e no olhar de Kitty. De novo, como antes, de repente, sem a menor transição, sentia-se lançado das alturas da felicidade, sossego e dignidade para um abismo de desespero, ódio e humilhação. Voltou a ter nojo de tudo e de todos.

— Faça como quiser, princesa — disse, voltando a olhar ao redor.

— Como é pesado o gorro do Monômaco![26] — disse-lhe, brincando, Stepan Arkáditch, aludindo, obviamente, não apenas à conversa com a princesa, mas ao motivo da agitação de Lióvin, em que tinha reparado. — Como você está atrasada hoje, Dolly!

Todos se levantaram para receber Dária Aleksândrovna. Vássienka se ergueu por um minuto e, com a falta de cortesia para com as damas peculiar aos jovens, mal se inclinou e voltou a continuar a conversa, rindo por algum motivo.

— Macha estava me atormentando. Ela dormiu mal, e hoje está terrivelmente caprichosa — disse Dolly.

A conversa que Vássienka entabulava com Kitty retomava a de antes, sobre Anna e se o amor podia ficar acima das condições sociais. Essa conversa desagradava Kitty, enervando-a pelo conteúdo, pelo tom com que era conduzida e, particularmente, porque já sabia o efeito que teria no marido. Porém, era simples e ingênua demais para saber interrompê-la, e mesmo para ocultar a satisfação externa que lhe propiciava a atenção evidente daquele jovem. Queria interromper a conversa, mas não sabia o que fazer. Sabia que tudo o que fizesse seria notado pelo marido e interpretado da pior maneira. E, de fato, quando ela perguntou de Macha a Dolly, e Vássienka, esperando o fim dessa conversa, que ele achava chata, pôs-se a olhar para

---

[26] Alusão a uma fala do personagem-título da peça *Boris Godunov*, de Púchkin, que, coroado tsar, profere-a após descobrir que seu direito ao trono da Rússia está sendo desafiado por um pretendente. O gorro do Monômaco é uma relíquia ornada com pedras preciosas, que serviu como coroa dos príncipes de Moscou e tsares russos até Pedro, o Grande. (N. do T.)

Dolly com indiferença, essa pergunta pareceu a Lióvin artificial, um ardil repugnante.

— E então, vamos colher cogumelos hoje? — perguntou Dolly.

— Vamos, por favor, eu também vou — disse Kitty, e enrubesceu. Queria perguntar a Vássienka, por educação, se ele também iria, mas não perguntou. — Para onde vai, Kóstia? — perguntou, com ar de culpa, ao marido, quando ele passou a seu lado, com passo decidido. Essa expressão de culpa confirmou as dúvidas dele.

— O maquinista veio quando eu não estava, e eu ainda não o vi — ele disse, sem olhar para ela.

Desceu, mas não tivera tempo de sair do gabinete, quando ouviu os passos conhecidos da esposa, que ia a seu encontro com uma rapidez imprudente.

— O que você quer? — ele disse, seco. — Estamos ocupados.

— Desculpe-me — ela se dirigiu ao maquinista alemão —, tenho umas palavras a dizer ao meu marido.

O alemão quis sair, porém Lióvin lhe disse:

— Não se incomode.

— O trem é às três? — perguntou o alemão. — Não quero atrasar.

Lióvin não lhe respondeu, e saiu com a esposa.

— Pois bem, o que a senhora tem a me dizer? — disse, em francês.

Não olhava na cara dela e não queria ver que ela, em seu estado, tremia o rosto inteiro, e tinha um aspecto lastimável, acabado.

— Eu... eu quero dizer que não dá para viver assim, que é uma tortura... — afirmou.

— Tem gente no aparador — ele disse, zangado —, não faça uma cena.

— Pois bem, vamos para lá!

Ficaram na passagem. Ela queria entrar no quarto ao lado. Mas lá a inglesa estava dando uma aula a Tânia.

— Pois bem, vamos ao jardim!

No jardim, deram com um mujique, que limpava uma vereda. E já sem pensar que o mujique veria o rosto de choro dela e de nervosismo dele, sem pensar que tinham o aspecto de quem estava fugindo de alguma desgraça, avançaram a passos rápidos, sentindo que precisavam esclarecer e persuadir um ao outro, ficar a sós, juntos, e se livrar do tormento que ambos experimentavam.

— Desse jeito não dá para viver, é uma tortura. Eu sofro, você sofre. Para quê? — ela disse, quando finalmente chegaram a um banquinho solitário, no canto de uma alameda de tílias.

— Mas me diga uma coisa: havia no tom dele algo de indecente, impuro, humilhante, terrível? — ele disse, voltando a ficar na frente dela na mesma pose que assumira na outra noite, com os punhos na frente do peito.

— Havia — ela disse, com voz trêmula. — Mas, Kóstia, você acredita que eu não tenho culpa? A manhã inteira quis assumir um tom, mas essa gente... Para que ele veio? Como nós éramos felizes! — ela afirmou, ofegante com os soluços que levantavam seu corpo inflado.

O jardineiro viu com espanto que, embora ninguém os perseguisse, não houvesse de que fugir, e embora não pudessem encontrar nada de especialmente alegre naquele banquinho — viu que voltavam para casa, passando por ele, com os rostos serenos e radiantes.

XV

Depois de levar a esposa para cima, Lióvin foi para os aposentos de Dolly. Dária Aleksândrovna, por seu turno, naquele dia estava muito desgostosa. Caminhava pelo quarto e falava, zangada, com uma menina que estava no canto, chorando.

— Vai ficar no canto o dia inteiro, vai jantar sozinha, não vai ver nenhuma boneca, e não vou lhe fazer vestido novo — dizia, sem saber como castigar.

— Não, é uma menina ruim! — dirigiu-se a Lióvin. — De onde tirou essas tendências vis?

— Mas o que ela fez? — disse, bastante indiferente, Lióvin, que tinha vontade de pedir conselho para o seu caso e, por isso, ficou agastado por ter chegado em hora inoportuna.

— Foi com Gricha ao framboeseiro, e lá... não posso nem dizer o que fez. Que baixaria. Sinto falta mil vezes de *miss* Elliot. Essa aí não vê nada, é uma máquina... *Figurez vous, qu'elle...*[27]

E Dária Aleksândrovna narrou o crime de Macha.

— Isso não prova nada, não é uma tendência ruim, é só uma travessura — tranquilizou-a Lióvin.

— Mas você está abalado com alguma coisa? Por que você veio? — perguntou Dolly. — O que se passa por lá?

E, pelo tom da pergunta, Lióvin percebeu que seria fácil dizer o que pretendia.

---

[27] "Imagine que ela...", em francês no original. (N. do T.)

— Eu não estava lá, estava a sós com Kitty no jardim. Discutimos pela segunda vez desde que... Stiva chegou.

Dolly fitava-o com olhos inteligentes e compreensivos.

— Mas diga, com a mão no coração, havia... não em Kitty, mas nesse senhor, um tom que poderia ser desagradável, não desagradável, mas terrível, ofensivo para um marido?

— Pois bem, como dizer... Fique, fique no canto! — dirigiu-se a Macha que, ao ver um sorriso quase imperceptível no rosto da mãe, tinha se virado. — A opinião da sociedade seria que ele se comporta como todos os jovens. *Il fait la cour à une jeune et jolie femme*,[28] e um marido de sociedade só pode ficar lisonjeado com isso.

— Sim, sim — disse Lióvin, sombrio —, mas você percebeu?

— Não só eu, como Stiva percebeu. Logo depois do chá, ele me disse: *Je crois que Vieslóvski fait un petit brin de cour à Kitty*.[29]

— Pois bem, que maravilha, agora estou tranquilo. Vou expulsá-lo — disse Lióvin.

— O que você tem, ficou louco? — gritou Dolly, horrorizada. — O que você tem, Kóstia, volte a si! — ela disse, rindo. — Pois bem, agora pode ir até Fanny — disse a Macha. — Não, se você quiser, eu digo a Stiva. Ele vai levá-lo. Pode-se dizer que você está esperando hóspedes. Ele não combina absolutamente com a casa.

— Não, não, faço eu mesmo.

— Mas você vai brigar?...

— De jeito nenhum. Isso vai ser muito divertido para mim — disse Lióvin, com os olhos até brilhando. — Pois bem, perdoe-a, Dolly. Ela não vai fazer mais — disse, a respeito da pequena criminosa, que não tinha ido até Fanny, e estava na frente da mãe, irresoluta, espreitando de soslaio e buscando seu olhar.

A mãe fitou-a. A menina desatou em pranto, enterrou o rosto nos joelhos da mãe, e Dolly colocou a mão magra e macia em sua cabeça.

"E o que há de comum entre ele e nós?" — pensou Lióvin, e saiu à procura de Vieslóvski.

Passando pela antessala, mandou atrelarem a caleche, para ir à estação.

— Ontem a mola quebrou — respondeu o lacaio.

— Então o tarantasse, mas logo. Onde está o hóspede?

---

[28] "Ele faz a corte a uma mulher jovem e bonita", em francês no original. (N. do T.)

[29] "Creio que Vieslóvski está fazendo um pouquinho de corte a Kitty", em francês no original. (N. do T.)

— Foi para o quarto dele.

Lióvin surpreendeu Vássienka na hora em que, após tirar as coisas da mala e separar romanças novas, provava polainas para sair a cavalo.

Fosse por haver algo de peculiar no rosto de Lióvin, ou pelo próprio Vássienka ter sentido que *ce petit brin de cour* que intentara era despropositado naquela família, o fato é que ele ficou um pouco (tanto quanto pode ficar um homem de sociedade) embaraçado com a entrada de Lióvin.

— O senhor vai cavalgar de polainas?

— Sim, é muito mais limpo — disse Vássienka, colocando a perna gorda na cadeira, abotoando o colchete inferior e dando um sorriso alegre e bonachão.

Era, sem dúvida, um bom rapaz, e Lióvin ficou com pena dele e vergonha de si, dono da casa, ao perceber timidez no olhar de Vássienka.

Na mesa jazia um pedaço de pau que tinham quebrado juntos naquela manhã, na ginástica, tentando erguer barras. Lióvin pegou o pedaço e se pôs a quebrar as pontas desbastadas, sem saber como começar.

— Eu queria... — Ia ficar em silêncio, mas de repente, lembrando-se de Kitty e de tudo que ocorrera, disse, fitando-o nos olhos: — Mandei atrelar cavalos para o senhor.

— Mas como? — começou Vássienka, com assombro. — Para ir onde?

— O senhor vai para a ferrovia — disse Lióvin, sombrio, depenando a ponta do pau.

— O senhor está de saída, ou aconteceu alguma coisa?

— Aconteceu que estou esperando hóspedes — disse Lióvin, quebrando cada vez mais rápido, com os dedos fortes, as pontas desbastadas do pau. — Não estou esperando hóspedes, nem aconteceu nada, mas peço-lhe que vá embora. O senhor pode explicar como quiser minha descortesia.

Vássienka se aprumou.

— Peço *ao senhor* que me explique... — disse, com dignidade, finalmente compreendendo.

— Não posso lhe explicar — proferiu Lióvin, baixo e devagar, tentando ocultar o tremor dos zigomas. — E é melhor o senhor não perguntar.

E, como as pontas desbastadas já tivessem sido todas quebradas, Lióvin agarrou as pontas grossas com os dedos, quebrou o pau e cuidadosamente recolheu a ponta que caiu.

Provavelmente o aspecto daquelas mãos tensas e nervosas, dos próprios músculos que apalpara naquela manhã, na ginástica, os olhos brilhantes, a voz baixa e os zigomas trêmulos convenceram Vássienka mais do que as palavras. Dando de ombros, e com um sorriso zombeteiro, ele se curvou.

— Posso ver Oblônski?

Os ombros encolhidos e o sorriso não irritaram Lióvin. "O que mais lhe resta a fazer?" — pensou.

— Vou mandar chamá-lo agora.

— Que loucura é essa! — disse Stepan Arkáditch, depois de saber pelo amigo que ele estava sendo expulso da casa, ao encontrar Lióvin no jardim, onde passeava, aguardando a partida do hóspede. — *Mais c'est ridicule!*[30] Que mosca te picou? *Mais c'est du dernier ridicule!*[31] O que você imagina, se um jovem...

Porém, o lugar em que a mosca picara Lióvin, pelo visto, ainda doía, pois ele voltou a empalidecer quando Stepan Arkáditch quis explicar o motivo, e se apressou em interrompê-lo:

— Por favor, não explique o motivo! Não posso fazer diferente! Estou muito envergonhado perante você e perante ele. Mas, para ele, acho que partir não vai ser um grande pesar, e, para mim e minha esposa, sua presença é desagradável.

— Mas isso o ofende! *Et puis c'est ridicule.*[32]

— E isso me ofende e atormenta! Não tenho culpa de nada, e não tenho por que sofrer!

— Ora, isso eu não esperava de você! *On peut être jaloux, mais à ce point, c'est du dernier ridicule!*[33]

Lióvin se virou rapidamente e se afastou dele para as profundezas da alameda, e prosseguiu a caminhar sozinho, para a frente e para trás. Logo ouviu o estrépito do tarantasse e avistou, por detrás das árvores, Vássienka, sentado no feno (por desgraça não havia lugar no tarantasse), com seu barrete escocês, saltitando aos solavancos, a percorrer a alameda.

"O que mais?" — pensou Lióvin, quando um lacaio saiu correndo da casa e deteve o tarantasse. Era o maquinista, do qual Lióvin se esquecera por completo. O maquinista cumprimentou e disse algo a Vieslóvski; depois subiu no tarantasse, e foram embora juntos.

Stepan Arkáditch e a princesa ficaram indignados com a conduta de Lióvin. E ele mesmo sentiu-se não apenas *ridicule* no mais alto grau, como

---

[30] "Mas é ridículo", em francês no original. (N. do T.)

[31] "Mas é o cúmulo do ridículo", em francês no original. (N. do T.)

[32] "E afinal é ridículo", em francês no original. (N. do T.)

[33] "Pode-se ser ciumento, mas, a esse ponto, é o cúmulo do ridículo", em francês no original. (N. do T.)

absolutamente culpado e coberto de ignomínia; porém, ao se lembrar de quanto ele e a esposa tinham sofrido, ao se perguntar como se comportaria de uma outra vez, respondeu a si mesmo que exatamente da mesma maneira.

Apesar disso tudo, no final do dia, todos, à exceção da princesa, que não perdoava a conduta de Lióvin, fizeram-se extraordinariamente animados e alegres, como crianças depois do castigo, ou adultos depois de uma recepção oficial séria, de modo que, à noite, a respeito da expulsão de Vássienka, na ausência da princesa, já se falava como de um evento remoto. E Dolly, que possuía o dom paterno para a narrativa cômica, fez Várienka morrer de rir quando, pela terceira e quarta vez, sempre com novos acréscimos humorísticos, contou como ela estava prestes a colocar lacinhos novos por causa do hóspede e adentrar na sala de visitas quando, de repente, ouviu o estrépito da *kolymaga*.[34] E quem estava na *kolymaga*? O próprio Vássienka, com seu barrete escocês, suas romanças e polainas, sentado no feno.

— Se pelo menos você tivesse mandado atrelar a carruagem! Não, e depois eu ouço: "Espere!". Ora, penso, ficaram com pena. Olho, colocaram do lado dele um alemão gordo, e levaram-nos... E meus lacinhos foram desperdiçados!...

XVI

Dária Aleksândrovna cumpriu sua intenção e foi até Anna. Lamentava muito magoar a irmã e desagradar seu marido; entendia como os Lióvin estavam certos ao não desejar ter qualquer ligação com Vrônski; considerava, porém, sua obrigação estar com Anna e demonstrar que seus sentimentos não podiam mudar, apesar da mudança da situação dela. Para não depender de Lióvin nessa excursão, Dária Aleksândrovna mandou alugar cavalos na aldeia; porém Lióvin, ao saber disso, foi até ela com uma censura.

— Por que é que você acha que sua excursão me desagrada? E ainda que me desagradasse, desagrada-me ainda mais você não usar os meus cavalos — disse. — Você não me disse nenhuma vez que estava decidida a ir. E alugar na aldeia, em primeiro lugar, me desagrada, mas, principalmente, eles vão aceitar, mas não vão cumprir. Tenho cavalos. E, se você não quiser me magoar, pegue os meus.

Dária Aleksândrovna teve que concordar e, no dia fixado, Lióvin pre-

---

[34] Carruagem pesada, fechada, de quatro rodas. (N. do T.)

parou para a cunhada quatro cavalos; o grupo, amealhado entre os de trabalho e montaria, era muito feio, mas conseguiria levar Dária Aleksândrovna em um dia. Agora, quando precisava de cavalos para a princesa, que estava de partida, e para a parteira, isso era uma dificuldade para Lióvin; porém, por dever de hospitalidade, ele não podia permitir que Dária Aleksândrovna, estando em sua casa, alugasse cavalos e, além disso, sabia que os vinte rublos que pediriam a ela pela excursão lhe fariam falta; e Lióvin sentia as questões financeiras de Dária Aleksândrovna, que se encontrava em uma situação muito má, como se fossem suas.

Seguindo o conselho de Lióvin, Dária Aleksândrovna partiu antes do amanhecer. A estrada era boa, a caleche, tranquila, os cavalos corriam bem e, na boleia, além do cocheiro, estava, em vez de um lacaio, um escriturário, que Lióvin enviara por segurança. Dária Aleksândrovna cochilava, e só acordou ao chegar à hospedaria em que precisavam trocar os cavalos.

Depois de se fartar de chá na casa do mesmo mujique proprietário na qual Lióvin parara em sua excursão à herdade de Sviájski, e de conversar com as mulheres sobre as crianças, e com o velho sobre o conde Vrônski, que ele muito elogiou, Dária Aleksândrovna, às dez horas, seguiu em frente. Em casa, devido às preocupações com as crianças, nunca tinha tempo de pensar. Em compensação, agora, nessa excursão de quatro horas, todos os pensamentos anteriormente reprimidos de repente se apinhavam em sua cabeça, e ela repensava toda a sua vida como nunca dantes, e pelos aspectos mais diversos. Suas ideias eram muito estranhas para si mesma. Primeiro pensou nos filhos, com os quais, embora a princesa e, principalmente, Kitty (tinha mais esperança nela) tivessem prometido observá-los, preocupava-se do mesmo jeito. "Espero que Macha não volte a fazer travessuras, que Gricha não bata no cavalo, que Lily não volte a ter desarranjo intestinal." Mas depois as questões do presente passaram a se transformar em questões do futuro próximo. Pôs-se a pensar que teria de arrumar um novo apartamento em Moscou, nesse inverno, trocar a mobília da sala de visitas e fazer um casaco de peles para a filha mais velha. Depois, começaram a surgir questões do futuro mais distante: como daria uma posição aos filhos. "Com as meninas ainda está tudo bem — ela disse —, mas e os meninos?"

"Certo, agora eu me ocupo de Gricha, mas é só porque estou livre agora, não vou dar à luz. Com Stiva, obviamente, não dá para contar. Cuido deles com a ajuda de gente boa; mas se tiver que parir de novo..." E veio-lhe o pensamento de como era injusto o dito de que a maldição lançada às mulheres eram os tormentos de parir a prole. "Parir não é nada, mas ficar prenhe — isso é um tormento" — pensou, lembrando-se da última gravidez e da morte do último bebê. E recordou a conversa com uma jovem, na hospedaria. À pergunta sobre se tinha filhos, a bela jovem respondeu, alegre:

— Tinha uma menina, mas Deus libertou, enterrei na quaresma.

— Mas e então, você lamentou muito por ela? — perguntou Dária Aleksândrovna.

— Para que lamentar? O velho tem tantos netos. É só preocupação. Você não consegue trabalhar, nem nada. Só fica amarrada.

Tal resposta pareceu repulsiva a Dária Aleksândrovna, apesar da graça bonachona da moça, mas agora recordava essas palavras sem querer. Nessas palavras cínicas havia também uma dose de verdade.

"Sim, e, no geral — pensou Dária Aleksândrovna, examinando toda a vida nesses quinze anos de matrimônio —, a gravidez, os enjoos, o embotamento da mente, a indiferença a tudo e, principalmente, a feiura. Kitty, jovenzinha e formosa, também enfeou, e eu fico feia quando grávida, bem sei. O parto, os sofrimentos, sofrimentos hediondos, aquele último instante... depois a amamentação, as noites de insônia, as dores horríveis..."

Dária Aleksândrovna tremia à mera lembrança das dores nos mamilos rachados, de que padecera com quase todas as crianças. "Depois, as doenças dos filhos, aquele medo perpétuo; depois a educação, as tendências vis (recordava o crime da pequena Macha na framboeseira), o estudo, o latim — tudo isso é tão incompreensível e difícil. E, acima de tudo, a morte dessas mesmas crianças." E novamente, em sua imaginação, surgiu a lembrança cruel, que sempre lhe oprimia o coração de mãe, da morte do último, um menino de peito, que falecera de crupe, seus funerais, a indiferença generalizada por aquele caixãozinho rosa e a dor solitária de seu coração dilacerado diante da testinha pálida de cabelos crespos, da boquinha aberta e espantada que se via no caixão no instante em que o fecharam com a tampinha rosa, engalanada com uma cruz.

"E tudo isso para quê? O que vai sair disso tudo? Que eu, sem ter nem um minuto de descanso, ora grávida, ora amamentando, sempre zangada, rabugenta, agoniada e atormentando os outros, repulsiva para o marido, consumo a minha vida, enquanto as crianças crescem infelizes, mal-educadas e miseráveis. E agora, se não fossem os Lióvin, não sei como passaríamos o verão. Claro que Kóstia e Kitty são tão delicados, que isso é quase imperceptível; mas não pode continuar. Vão ter filhos, não poderão ajudar; mesmo agora estão no aperto. Como papai, que não ficou com quase nada para si, vai ajudar? De modo que não consigo educar as crianças sozinha, senão com a ajuda dos outros, com humilhação. Pois bem, se supusermos o mais feliz: as crianças não vão morrer, e vou educá-las de algum jeito. No melhor dos casos, apenas não serão patifes. Isso é tudo o que posso fazer. E para isso, tanta aflição, tanto trabalho... A vida inteira arruinada!" Voltou a lembrar o que a jovem dissera, e voltou a ficar mal com a lembrança; porém, não tinha como não concordar que havia também uma dose de verdade rude nessas palavras.

— E então, está longe, Mikháilo? — Dária Aleksândrovna perguntou ao escriturário, para se distrair dos pensamentos assustadores.

— Dessa aldeia, dizem que são sete verstas.

A caleche foi pelas ruas da aldeia até uma pontezinha. Na ponte, conversando de forma sonora e alegre, ia uma multidão de camponesas alegres, com feixes de palha nos ombros. As mulheres pararam na ponte, fitando a caleche com curiosidade. Dária Aleksândrovna teve a impressão de que todos os rostos voltados em sua direção eram saudáveis, alegres, provocantes em sua alegria de viver. "Todas vivem, todas se deleitam com a vida — continuou a pensar Dária Aleksândrovna, ao passar pelas camponesas, encaminhando-se para a montanha, novamente a trote, balouçando agradavelmente nas molas macias da velha caleche —, enquanto eu, saindo, como de uma prisão, de um mundo de preocupações que me matam, só agora volto a mim, por um minuto. Todos vivem: essas mulheres, a irmã Natalie, Várienka, e Anna, que vou visitar: só eu é que não. E caem em cima de Anna. Por quê? Como assim, será que eu sou melhor? Pelo menos tenho um marido que amo. Não como eu gostaria de amar, mas amo, e Anna não amava o seu. De que ela é culpada? Ela quer viver. Deus nos incutiu isso na alma. É muito possível que eu fizesse o mesmo. Até hoje não sei se fiz bem em lhe dar ouvidos naquela hora terrível em que veio à minha casa, em Moscou. Eu deveria então ter largado meu marido e começado a vida de novo. Poderia amar e ser amada de verdade. E agora, por acaso, é melhor? Eu não o respeito. Preciso dele — pensava, a respeito do marido —, e o suporto. Por acaso é melhor? Naquela época eu podia agradar, ainda tinha minha beleza — Dária Aleksândrovna continuou a pensar, e teve vontade de se mirar no espelho. Tinha um espelhinho de viagem na bolsinha, e quis pegá-lo; porém, ao olhar para as costas do cocheiro e do escriturário, a balouçar, sentiu que ficaria embaraçada se algum deles se virasse para olhar, e não apanhou o espelho.

Porém, mesmo sem se ver no espelho, achava que agora ainda não era tarde, e se lembrou de Serguei Ivânovitch, que tinha sido especialmente amável para com ela, do amigo de Stiva, o bondoso Túrovtsyn, com o qual cuidara das crianças na época da escarlatina, e que se apaixonara por ela. E tinha ainda um homem bem jovem que, como ela dissera brincando ao marido, achava-a a mais bonita das três irmãs. E Dária Aleksândrovna imaginou os romances mais apaixonados e impossíveis. "Anna se comportou maravilhosamente, e não vou recriminá-la de jeito nenhum. É feliz, faz a felicidade do homem e não é retraída como eu, mas, como sempre, está com certeza bem-disposta, inteligente, aberta a tudo" — pensava Dária Aleksândrovna, e um sorriso maroto de satisfação se formou em seus lábios, especialmente porque, ao pensar no romance de Anna, imaginava para si, paralelamente, um romance quase idêntico, com um homem imaginário coletivo, que estava apaixonado por ela. Assim como Anna, confessava tudo ao marido. E o espanto e perplexidade de Stepan Arkáditch diante da notícia obrigaram-na a rir.

Nesses devaneios, aproximou-se da curva para a estrada grande que levava a Vozdvíjenskoie.

XVII

O cocheiro deteve a quadriga e lançou um olhar à direita, para um campo de centeio em que havia mujiques numa telega. O escriturário quis apear, mas depois repensou e deu um grito imperioso para o mujique, chamando-o com sinais. A brisa da viagem parou quando eles se detiveram; mutucas grudaram nos cavalos suados, que as rechaçavam, cansados. O som metálico de uma gadanha sendo afiada, que vinha da telega, sossegou. Um dos mujiques se ergueu e foi até a caleche.

— Arre, já se atrapalhou! — o escriturário gritou, bravo, para o mujique, que pisava devagar, com os pés descalços, os sulcos da estrada seca e pouco percorrida. — Vamos, o que é isso?

O velho, com uma entrecasca em volta dos cabelos crespos, e as costas encurvadas escuras de suor, apressando o passo, aproximou-se da caleche e agarrou o para-lama com a mão bronzeada.

— Vozdvíjenskoie, a casa senhorial? Do conde? — repetiu. — É só ir adiante. Dobre à esquerda. Direto na avenida, e deu. Mas quem desejam? O próprio?

— Mas e então, eles estão em casa, meu querido? — disse Dária Aleksândrovna, de forma vaga, sem saber como perguntar de Anna nem mesmo ao mujique.

— Devem estar em casa — disse o mujique, apoiando-se ora em um pé descalço, ora em outro, e deixando na poeira uma pegada nítida da planta de pé com os cinco dedos. — Devem estar em casa — repetiu, visivelmente querendo conversar. — Ontem vieram umas visitas. Uma porção de visitas...

O que você quer? — Virou-se para o rapaz que lhe gritava da telega. — Recém foram dar uma olhada na ceifadeira, a cavalo. Agora devem estar em casa. E os senhores seriam de onde?...

— Viemos de longe — disse o cocheiro, montando na boleia. — Então não é longe?

— Estou dizendo, já é aí. Basta ir... — disse, examinando com a mão o para-lama da caleche.

O rapaz jovem, saudável e atarracado também veio.

— E daí, não tem trabalho na colheita? — perguntou.

— Não sei, querido.

— Então é só você pegar a esquerda e seguir adiante — disse o mujique, que pelo visto liberava os passantes a contragosto, pois queria conversar.

O cocheiro tocou para a frente, mas bastou eles darem a volta e o mujique se pôs a gritar:

— Pare! Ei, querido! Espere! — gritaram duas vozes; o cocheiro se deteve.

— Estão vindo! São eles! — bradou o mujique. — Vêm com tudo! — disse, apontando para quatro pessoas a cavalo e duas de charabã, que percorriam a estrada.

Eram Vrônski, com um jóquei, Vieslóvski e Anna, a cavalo, e a princesa Varvara e Sviájski, no charabã. Tinham ido passear e observar o trabalho da ceifadeira recém-adquirida.

Quando o carro se deteve, os que estavam a cavalo reduziram o passo. À frente, ia Anna, ao lado de Vieslóvski. Anna ia a passo calmo, em um *cob*[35] inglês baixo e encorpado, de crina cortada e cauda curta. Sua bela cabeça, com os cabelos negros soltos sob o chapéu alto, seus ombros cheios, o talhe fino na saia negra de amazona e toda sua postura serena impressionaram Dolly.

No primeiro minuto, achou indecoroso Anna ir a cavalo. A imagem de damas a cavalo unia-se, na opinião de Dária Aleksândrovna, a uma imagem de coqueteria juvenil e leviana que, no seu entendimento, não combinava com a situação de Anna; porém, ao observá-la de perto, logo se reconciliou com o fato de ela cavalgar. Apesar da elegância, tudo era tão simples, sereno e digno na pose, vestes e movimento de Anna, que nada poderia ser mais natural.

---

[35] Raça de cavalo de porte ligeiramente maior que o pônei. (N. do T.)

Ao lado de Anna, em um afogueado cavalo cinzento de cavalaria, esticando para a frente as pernas gordas e visivelmente se deliciando consigo mesmo, ia Vássienka Vieslóvski, com o barrete escocês de fitas esvoaçantes, e Dária Aleksândrovna não pôde conter um sorriso divertido ao reconhecê-lo. Ao lado deles ia Vrônski. Embaixo de si tinha um puro-sangue baio escuro, visivelmente acalorado pelo galope. Manejava as rédeas para contê-lo.

Atrás dele ia um homem pequeno, de roupa de jóquei. Sviájski e a princesa, no charabã novinho, com um murzelo trotador robusto, alcançaram os ginetes.

No instante em que, na figura pequena no canto da velha caleche, reconheceu Dolly, o rosto de Anna de repente irradiou um sorriso de alegria. Ela gritou, estremeceu na sela e tocou o cavalo a galope. Ao se aproximar da caleche, apeou sem ajuda e, segurando a saia, correu ao encontro de Dolly.

— Eu achava que fosse você, mas não ousei acreditar. Que alegria! Você não pode imaginar a minha alegria! — ela disse, ora apertando o rosto contra Dolly e a beijando, ora se afastando e examinando-a, com um sorriso.

— Que alegria, Aleksei! — ela disse, lançando um olhar para Vrônski, que apeara do cavalo e se aproximava delas.

Vrônski, tirando o chapéu cinza alto, chegou perto de Dolly.

— A senhora não acredita como estamos contentes com a sua chegada — disse, conferindo especial importância às palavras proferidas, e descobrindo com um sorriso os dentes brancos e fortes.

Vássienka Vieslóvski, sem apear do cavalo, tirou o barrete e cumprimentou a visita abanando alegremente as fitas acima da cabeça.

— Essa é a princesa Varvara — Anna respondeu ao olhar interrogativo de Dolly, quando o charabã se aproximou.

— Ah! — disse Dária Aleksândrovna, e seu rosto, sem querer, manifestou insatisfação.

A princesa Varvara era uma tia de seu marido, que ela há muito tempo conhecia e não respeitava. Sabia quem era a princesa Varvara: passara a vida inteira como parasita de parentes ricos; mas o fato de ela agora morar com Vrônski, homem com o qual não tinha relação, ofendia Dolly por causa do parentesco com o marido. Anna reparou na expressão facial de Dolly e ficou confusa, enrubesceu, deixou cair a barra da saia e tropeçou nela.

Dária Aleksândrovna foi até o charabã parado e cumprimentou a princesa Varvara com frieza. Sviájski também era conhecido. Ele perguntou como ia seu amigo excêntrico e a esposa jovem e, examinando com olhar furtivo os cavalos díspares e o para-lama remendado da caleche, propôs às damas que fossem de charabã.

— Vou nesse veículo — disse. — O cavalo é manso, e a princesa dirige muito bem.

— Não, fiquem como estão — disse Anna, achegando-se —, e nós vamos de caleche — e, tomando Dolly pelo braço, levou-a.

Dária Aleksândrovna não sabia para onde olhar diante daquela carruagem elegante, que jamais vira, daqueles cavalos maravilhosos, daqueles rostos elegantes e reluzentes que a cercavam. Porém, acima de tudo, impressionava-se com a mudança ocorrida na sua conhecida e querida Anna. Uma outra mulher, menos atenta, que não conhecesse Anna antes e, principalmente, não tivesse pensado no que Dária Aleksândrovna pensou no caminho, não teria notado nada de especial nela. Mas agora Dolly estava impressionada com a beleza temporária que só aparece nas mulheres nos momentos de amor, e que agora captava no rosto de Anna. Tudo em seu rosto — as covinhas definidas nas faces e no queixo, a forma dos lábios, o sorriso, que era como se pairasse sobre o rosto, o brilho dos olhos, a graça e rapidez dos movimentos, o som cheio da voz, até seu jeito zangado e carinhoso de responder a Vieslóvski, que lhe pedira permissão para montar em seu *cob* a fim de ensiná-lo a galopar na pata direita — tudo era especialmente atraente, e parecia que ela mesma o sabia e se alegrava com isso.

Quando as mulheres se acomodaram na caleche, ambas ficaram, de repente, embaraçadas. Anna embaraçava-se com o olhar atento e interrogativo com que Dolly a encarava; Dolly porque, depois das palavras de Sviájski sobre o veículo, ficou, sem querer, com vergonha da caleche velha e feia em que se encontrava com Anna. O cocheiro Filipp e o escriturário experimentavam a mesma sensação. O escriturário, para ocultar seu embaraço, ocupava-se em acomodar as damas, mas o cocheiro Filipp fez-se sombrio, preparando-se de antemão para não se submeter àquela superioridade aparente. Deu um sorriso irônico ao olhar para o murzelo trotador e decidiu em sua mente que aquele cavalo do charabã era bom apenas *para passeio*, e não aguentaria quarenta versas de um só tiro, no calor.

Todos os mujiques se levantaram da telega e observavam o encontro dos visitantes com curiosidade e alegria, fazendo seus comentários.

— Estão alegres também, não se viam faz tempo — disse o velho com a entrecasca em volta do cabelo crespo.

— Veja, tio Guerássim, o garanhão murzelo poderia carregar uns feixes, e bem rápido!

— Olhe lá. Essa de calças é uma mulher? — disse um deles, apontando para Vássienka Vieslóvski, sentado em sela feminina.

— Não, um homem. Puxa, como está indo bem!

— E então, moçada, pelo jeito não vamos dormir?

— Como ter sono agora! — disse o velho, olhando de soslaio para o sol. — Passou do meio-dia, veja! Peguem os ganchos, vamos lá!

XVIII

Anna olhou para o rosto magro, extenuado de Dolly, com as rugas cobertas de poeira, e quis dizer o que achava, ou seja, que Dolly tinha emagrecido; porém, ao compreender que ela mesmo tinha embelezado, coisa que o olhar de Dolly lhe dizia, suspirou e se pôs a falar de si.

— Você olha para mim — disse — e pensa: como eu posso ser feliz na minha posição? Ora, mas é isso! Dá vergonha admitir; mas eu... sou imperdoavelmente feliz. Aconteceu-me algo de mágico, como quando você está em um sonho medonho, horroroso e, de repente, acorda e sente que todos aqueles medos não existem. Eu acordei. Passei tormentos, pavores e, de repente, já há muito tempo, especialmente desde que chegamos aqui, estou tão feliz!... — disse, fitando Dolly com um sorriso tímido e interrogativo.

— Como fico contente! — disse Dolly, sorrindo a contragosto com mais frieza do que queria. — Fico muito contente por você. Por que não me escreveu?

— Por quê?... Por não ousar... você está se esquecendo da minha condição...

— Para mim? Não ousava? Se você soubesse como eu... Eu considero...

Dária Aleksândrovna quis exprimir seus pensamentos daquela manhã, porém, por algum motivo, agora eles lhe pareciam fora de lugar.

— Aliás, falamos disso depois. O que são todas essas construções? — perguntou, querendo mudar o tema da conversa e apontando para uns telhados vermelhos e verdes, que se avistavam por detrás das cercas vivas de acácias e lilases. — É toda uma cidadezinha.

Porém, Anna não lhe respondeu.

— Não, não! O que você acha da minha condição, o que você pensa, o quê? — perguntou.

— Creio... — quis começar Dária Aleksândrovna, porém, nessa hora, Vássienka Vieslóvski, que fizera o *cob* galopar na pata direita, passou cavalgando ao lado delas, chacoalhando pesadamente com sua jaqueta curtinha na camurça da sela feminina.

— Deu certo, Anna Arkádievna! — gritava.

Anna nem olhou para ele; Dária Aleksândrovna, porém, voltou a ter a impressão de que não convinha começar aquela conversa longa na caleche e, por isso, interrompeu seu pensamento.

— Não acho nada — disse —, sempre gostei de você e, quando você ama, ama a pessoa por inteiro, como ela é, não como gostaria que ela fosse.

Anna, desviando os olhos do rosto da amiga e semicerrando-os (era um novo hábito, que Dolly não conhecia), ponderou, desejando apreender por completo o significado dessas palavras. E, tendo-as compreendido, pelo visto, do jeito que queria, olhou para Dolly.

— Se você tem pecados — disse —, estão todos perdoados por você ter vindo, e por essas palavras.

E Dolly viu que lágrimas lhe assomaram aos olhos. Em silêncio, apertou a mão de Anna.

— Mas o que são essas construções? São tantas! — depois de minutos de silêncio, repetiu sua pergunta.

— São as casas dos servos, a usina, as estrebarias — respondeu Anna. — E aqui começa o parque. Estava tudo abandonado, mas Aleksei restaurou. Ele gosta muito dessa herdade e, coisa que eu não esperava de jeito nenhum, arrebatou-se apaixonadamente por sua gestão. Aliás, é uma natureza tão rica! Tudo o que empreende, faz de um jeito ótimo. Não apenas não se entedia, como se ocupa daquilo com paixão. Ele — que eu conheço — fez-se um administrador parcimonioso, maravilhoso, é até avarento com a propriedade. Mas apenas com a propriedade. Onde a questão é de dez mil, ele nem conta — disse, com o sorriso de alegria e malícia com que as mulheres frequentemente falam das características secretas de seus amados, que apenas elas conhecem. — Está vendo esse prédio grande? É o hospital novo. Acho que vai custar mais de cem mil. É sua *dada*[36] de agora. E você sabe de onde veio? Os mujiques lhe pediram, ao que parece, para ceder um prado a preço mais baixo, ele recusou, e eu recriminei sua avareza. Óbvio que não foi por causa disso, mas tudo junto — entenda, ele começou o hospital para mostrar que não é avarento. *C'est une petitesse*,[37] se você quiser, mas eu o amo ainda mais por isso. E agora você vai ver a casa. Ainda é a casa do avô, e ele não mudou nada por fora.

— Como é bela! — disse Dolly, olhando com espanto involuntário para a maravilhosa casa com colunas, que se destacava entre os múltiplos tons de verde das árvores velhas do jardim.

---

[36] "Hobby", em francês no original. (N. do T.)

[37] "É uma pequeneza", em francês no original. (N. do T.)

— Não é verdade que é uma beleza? E do alto da casa a vista é um assombro.

Entraram em um pátio coberto de cascalho e enfeitado de flores, no qual dois trabalhadores cercavam de pedras brutas e porosas um canteiro de flores escarificado, e pararam na entrada coberta.

— Ah, eles já chegaram! — disse Anna, olhando para os cavalos de sela que tinham acabado de ser levados do terraço de entrada. — Não é verdade que esse cavalo é uma beleza? É um *cob*. Meu cavalo favorito. Tragam-no aqui, e deem açúcar. Onde está o conde? — perguntou a dois lacaios que acorriam em trajes solenes. — Ah, aí está! — disse, ao ver Vrônski, que vinha a seu encontro com Vieslóvski.

— Onde vai acomodar a princesa? — disse Vrônski, em francês, dirigindo-se a Anna e, sem esperar resposta, cumprimentou novamente Dária Aleksândrovna, agora beijando-lhe a mão. — Acho que no quarto grande, com balcão.

— Oh, não, fica longe! Melhor no do canto, vamos nos ver mais — disse Anna, dando ao cavalo favorito o açúcar trazido pelo lacaio.

— *Et vous oubliez votre devoir*[38] — disse a Vieslóvski, que também saíra ao terraço.

— *Pardon, j'en ai tout plein les poches*[39] — este respondeu, sorrindo, baixando os dedos no bolso do colete.

— *Mais vous venez trop tard*[40] — ela disse, limpando com um lenço a mão que o cavalo molhara ao pegar o açúcar. Anna dirigiu-se a Dolly: — Você vai ficar quanto tempo? Um dia? Isso é impossível!

— Foi o que prometi, e tem as crianças... — disse Dolly, sentindo-se embaraçada por ter que apanhar a bolsinha na caleche, e por saber que seu rosto devia estar muito empoeirado.

— Não, Dolly, queridinha... Pois bem, veremos. Vamos, vamos! — E Anna conduziu Dolly a seu aposento.

O quarto não era tão luxuoso quanto o que fora oferecido por Vrônski, de modo que Anna pediu desculpas a Dolly. Só que esse quarto, pelo qual tinha sido preciso se desculpar, era cheio de um luxo que Dolly jamais experimentara, e que a fazia lembrar dos melhores hotéis no exterior.

— Pois bem, queridinha, como estou feliz! — disse Anna, sentando-se,

---

[38] "E o senhor se esquece do seu dever", em francês no original. (N. do T.)

[39] "Perdão, meus bolsos estão todos cheios", em francês no original. (N. do T.)

[40] "Mas o senhor veio tarde demais", em francês no original. (N. do T.)

com sua saia de amazona, ao lado de Dolly por um instante. — Conte-me dos seus. Stiva eu vi de passagem. Mas ele não pode nem falar dos filhos. Como está minha favorita, Tânia? Acho que está uma menina grande, não?

— Sim, muito grande — Dária Aleksândrovna respondeu, breve, espantando-se por falar dos filhos com tamanha frieza. — Nossa estada nos Lióvin é maravilhosa — acrescentou.

— Mas se eu soubesse — disse Anna — que você não me desprezava... Vocês podiam ter vindo todos à nossa casa. Afinal, Stiva é um velho e grande amigo de Aleksei — acrescentou, e enrubesceu de repente.

— Sim, mas nós estamos tão bem... — respondeu Dolly, atrapalhando-se.

— Aliás, a felicidade me faz dizer bobagens. A única coisa, queridinha, é que estou muito feliz por você! — disse Anna, voltando a beijá-la. — Você ainda não me disse o que acha de mim, e quero saber de tudo. Mas fico feliz por você me ver como sou. O principal para mim é que não pensem que quero provar algo. Eu não quero provar nada, quero simplesmente viver; não causei mal a ninguém além de mim. A isso eu tenho direito, não é verdade? Aliás, essa é uma conversa longa, e ainda vamos falar muito bem sobre tudo. Agora vou me trocar, e mandar-lhe uma criada.

XIX

Deixada a sós, Dária Aleksândrovna, com olhar de dona de casa, esquadrinhou todo o cômodo. Tudo o que vira, aproximando-se da casa e percorrendo-a, e agora, em seu quarto, produziu-lhe uma impressão de abundância e faceirice, desse novo luxo europeu a respeito do qual apenas lera nos romances ingleses, mas que até então não tinha visto na Rússia, e muito menos no campo. Tudo era novo, do novo papel de parede francês ao carpete que cobria todo o aposento. A cama tinha colchão de molas, uma cabeceira especial e fronhas de seda nos travesseiros pequenos. O lavatório de mármore, o toalete, as mesas, o relógio de bronze da lareira, as cortinas, os retratos, tudo era caro e novo.

A arrumadeira bem-apresentada que viera oferecer seus serviços, de penteado e vestido mais na moda do que os de Dolly, era tão nova e cara quanto todo o quarto. Sua cortesia, asseio e prestimosidade agradaram a Dária Aleksândrovna, que, contudo, ficou sem jeito com ela; diante dela, envergonhava-se da blusinha remendada que, para sua desgraça, colocara na bagagem por engano. Tinha vergonha dos mesmos remendos e cerziduras de que tanto se orgulhava em casa. Em casa, estava claro que, para seis blusinhas, seriam necessárias vinte e quatro *archins* de nanzuque a sessenta e cinco copeques cada, o que dava mais de quinze rublos, fora acabamento e confecção, e esses quinze rublos eram poupados. Porém, diante da arrumadeira, ficava, se não envergonhada, sem jeito.

Dária Aleksândrovna sentiu um grande alívio quando entrou no quarto sua velha conhecida, Ánnuchka. A arrumadeira catita era requerida junto à patroa, e Ánnuchka ficou com Dária Aleksândrovna.

Ánnuchka estava, pelo visto, muito contente com a chegada da senhora, e falou pelos cotovelos. Dolly notou que ela tinha vontade de manifestar sua opinião acerca da situação da patroa, especialmente acerca do amor e devoção do conde por Anna Arkádievna, porém Dolly deteve-a, cuidadosamente, assim que começou a falar disso.

— Cresci com Anna Arkádievna, ela me é mais cara do que tudo. Enfim, não cabe a nós julgar. Mesmo assim, parece amar tanto...

— Bem, por favor, coloque para lavar, se possível — interrompeu-a Dária Aleksândrovna.

— Sim, senhora. Temos duas mulheres designadas especialmente para lavar as coisas pequenas, mas a roupa branca vai toda para a máquina. O conde em pessoa verifica tudo. Ah, que marido...

Dolly ficou contente quando Anna foi até ela e, com sua chegada, interrompeu a tagarelice de Ánnuchka.

Anna mudara para um vestido de cambraia muito simples. Dolly examinou esse vestido simples. Sabia o que significava e por quanto dinheiro se adquiria aquela simplicidade.

— Uma velha conhecida — Anna disse, a respeito de Ánnuchka. Anna agora não estava mais embaraçada. Encontrava-se absolutamente à vontade e tranquila. Dolly via que agora estava completamente refeita da impressão que sua chegada produzira nela, e assumira um tom superficial, indiferente, como se a porta da seção em que se encerravam seus sentimentos e pensamentos íntimos estivesse fechada.

— Pois bem, e a sua menina, Anna?

— Annie? (Assim Anna chamava sua filha.) Com saúde. Melhorou muito. Quer vê-la? Vamos, eu lhe mostro. Tivemos muito trabalho — começou a contar — com as babás. Uma italiana foi nossa ama de leite. Boa, mas muito burra! Queríamos despedir, mas a menina está tão acostumada a ela que ainda a mantemos.

— Mas como vocês se arranjaram?... — Dolly quis começar a pergunta sobre qual seria o sobrenome da menina; porém, ao reparar, de repente, no cenho franzido de Anna, mudou o sentido da pergunta. — Como vocês se arranjaram? Já despediram?

Só que Anna entendeu.

— Não era isso que você queria perguntar. Você queria perguntar do sobrenome dela? Verdade? Isso atormenta Aleksei. Ela não tem sobrenome. Quer dizer, ela é Kariênina — disse Anna, semicerrando os olhos, de forma que só se viam os cílios unidos. — Aliás — desanuviando o rosto de repente —, falamos disso tudo depois. Vamos, vou mostrá-la. *Elle est très gentille.*[41] Já está engatinhando.

No quarto de bebê, o luxo que impressionara Dária Aleksândrovna na casa inteira impressionou-a ainda mais. Lá havia uns carrinhos importados da Inglaterra, instrumentos para ensinar a andar, um divã especialmente confeccionado, com aspecto de mesa de bilhar, para engatinhar, cadeiras de balanço e banheiros novos e especiais. Tudo isso era inglês, sólido, de primeira e, evidentemente, muito caro. O quarto era grande, de pé-direito muito alto e iluminado.

Quando entraram, a menina estava sentada na poltroninha diante da mesa, só de camisola, jantando um caldo, que derramara por todo o peitinho. A menina estava sendo alimentada e, pelo visto, a criada russa que trabalhava no seu quarto comia com ela. Não era nem a ama de leite, nem a babá; estas estavam no aposento vizinho, de onde vinha uma fala num francês estranho, que era seu único jeito de se comunicar.

Ao ouvir a voz de Anna, uma inglesa bem-vestida, alta, de rosto desagradável e aspecto devasso entrou pela porta, sacudindo apressadamente as madeixas, e de imediato começou a se justificar, embora Anna não a acusasse de nada. A cada palavra de Anna, a inglesa proferia apressadamente, algumas vezes, as palavras: *Yes, my lady.*[42]

A menina rosada, de sobrancelhas e cabelos negros, corpinho vermelho robusto coberto de pele de galinha, apesar da expressão severa com que encarou a pessoa nova, agradou muito a Dária Aleksândrovna; chegou a invejar seu aspecto saudável. O jeito como a menina engatinhava também a agradou muito. Nenhum de seus filhos engatinhara daquela forma. E, quando foi colocada no tapete e arregaçaram seu vestidinho para trás, ficou um espanto de linda. Olhando para os adultos com os olhos negros cintilantes, como um bichinho, visivelmente contente por ser admirada, sorrindo e man-

---

[41] "Ela é muito gentil", em francês no original. (N. do T.)

[42] "Sim, minha senhora", em inglês no original. (N. do T.)

tendo as pernas de lado, apoiou-se energicamente nos braços, puxou com rapidez todo o traseiro e voltou a botar as mãozinhas para a frente.

Porém, a atmosfera geral do quarto, e especialmente a inglesa, não agradaram nem um pouco a Dária Aleksândrovna. Apenas pelo fato de que alguém de bem não trabalharia para uma família tão irregular como a de Anna, Dária Aleksândrovna pôde explicar a si mesma que ela, com seu conhecimento das pessoas, pudesse contratar, para a sua filha, uma inglesa tão antipática e nada respeitável. Além disso, de imediato, por poucas palavras, Dária Aleksândrovna compreendeu que Anna, a ama de leite, a babá e a bebê não estavam familiarizadas umas com as outras, e que a visita da mãe era algo raro. Anna queria pegar o brinquedo da menina, e não conseguia encontrá-lo.

O mais espantoso de tudo foi que, à pergunta sobre quantos dentes ela tinha, Anna se enganou, e não sabia em absoluto dos dois últimos dentes.

— Às vezes me pesa ser tão supérflua aqui — disse Anna, saindo do quarto e levantando a cauda do vestido para escapar de um brinquedo que estava na porta. — Não foi assim com o primeiro.

— Achei que fosse o contrário — disse Dária Aleksândrovna, acanhada.

— Oh, não! A propósito, você sabe que eu o vi, Serioja — disse Anna, semicerrando os olhos, como se fitasse algo ao longe. — Aliás, falamos disso depois. Você não acredita, estou como um faminto ao qual de repente servem uma refeição completa, e não sabe por onde começar. A refeição completa é você, e minha conversa atual com você, que eu não poderia ter com mais ninguém, e nem sei por que assunto começar. *Mais je ne vous ferai grâce de rien*.[43] Preciso falar de tudo. Sim, preciso lhe fazer um esboço da sociedade que vai encontrar na nossa casa — começou. — Começarei pelas damas. Princesa Varvara. Você a conhece, e eu sei a opinião sua e de Stiva a respeito dela. Stiva diz que todo o objetivo de sua vida consiste em demonstrar sua superioridade sobre a tia Katierina Pávlovna; tudo isso é verdade; mas ela é bondosa, e eu lhe sou grata. Em São Petersburgo, houve um momento em que eu precisava de um *chaperon*.[44] Então ela apareceu. Mas, de verdade, ela é bondosa. Aliviou muito a minha situação. Vejo que você não compreende toda a dureza da minha situação... lá, em Petersburgo — acrescentou. — Aqui estou absolutamente tranquila e feliz. Pois bem, mas isso depois. É pre-

---

[43] "Mas não vou lhe ocultar nada", em francês no original. (N. do T.)

[44] "Acompanhante", em francês no original. (N. do T.)

ciso contar. Depois vem Sviájski — é o decano da nobreza, e um homem muito honesto, mas deseja algo de Aleksei. Você entende, com seu patrimônio, agora que nos instalamos no campo, Aleksei pode ter uma grande influência. Depois Tuchkévitch — você o viu, ele esteve na casa de Betsy. Agora foi afastado, e veio até nós. É, como diz Aleksei, uma daquelas pessoas que são muito agradáveis se você as tomar por aquilo que elas desejam parecer, *et puis, comme il faut*,[45] como diz a princesa Varvara. Depois Vieslóvski... esse você conhece. Um rapaz muito querido — disse, e um sorriso velhaco franziu-lhe os lábios. — Que história absurda foi essa com Lióvin? Vieslóvski contou a Aleksei, e nós não acreditamos. *Il est très gentil et naïf*[46] — voltou a dizer, com o mesmo sorriso. — Os homens precisam de distração, e Aleksei precisa de público, por isso valorizo essa companhia. Precisamos que as coisas estejam animadas e divertidas em casa, e que Aleksei não deseje nada de novo. Depois o administrador, um alemão, muito bom, que conhece o seu serviço. Aleksei aprecia-o muito. Depois o doutor, um jovem, não exatamente um niilista, mas, você sabe, ele come com faca... mas um médico muito bom. Depois o arquiteto... *Une petite cour*.[47]

XX

— Princesa, Dolly está aqui para a senhora, que tanto queria vê-la — disse Anna, entrando com Dária Aleksândrovna no grande terraço de pedra, no qual, à sombra, atrás de um bastidor, fazendo um bordado de poltrona para o conde Aleksei Kiríllovitch, estava sentada a princesa Varvara. — Ela diz que não quer nada antes do jantar, mas mande servir o almoço, enquanto vou procurar Aleksei e trazê-los todos.

A princesa Varvara acolheu Dolly de forma afetuosa e algo protetora, e de imediato começou a explicar que estava alojada com Anna porque sempre gostara mais dela do que sua irmã, Katierina Pávlovna, a mesma que educara Anna, e que agora, que todos a tinham abandonado, considerava seu dever ajudá-la nesse período de transição, o mais difícil.

— O marido vai lhe conceder o divórcio, e então voltarei para a minha solidão, mas agora posso ser útil, e desempenho meu dever, por mais duro

---

[45] "[...] e afinal, como deve ser", em francês no original. (N. do T.)

[46] "Ele é muito gentil e ingênuo", em francês no original. (N. do T.)

[47] "Uma pequena corte", em francês no original. (N. do T.)

que seja, diferentemente de outras pessoas. E como você é gentil, como fez bem em vir! Eles vivem perfeitamente, como os melhores cônjuges; quem vai julgá-los é Deus, não nós. E quanto a Biriuzóvski e Aviênieva... E o próprio Nikándrov, Vassíliev e Mamónova, e Liza Neptunova... Ninguém disse nada, certo? E eles acabaram sendo aceitos por todos. E depois, *c'est un intérieur si joli, si comme il faut. Tout-à-fait à l'anglaise. On se réunit le matin au breakfast et puis on se sépare.*[48] Cada um faz o que quer até o jantar. O jantar é às sete horas. Stiva fez muito bem em tê-la enviado. Precisa do apoio deles. Você sabe, através da mãe e do irmão ele pode fazer qualquer coisa. Depois, eles fazem muita coisa boa. Ele não lhe falou do hospital? *Ce sera admirable*[49] — tudo vem de Paris.

A conversa foi interrompida por Anna, que encontrara os homens no bilhar e retornava com eles para o terraço. Até o jantar ainda faltava muito, o tempo estava maravilhoso e, portanto, foram propostas diversas maneiras de passar essas duas horas remanescentes. Havia muitas maneiras de passar o tempo em Vozdvíjenski, e todas eram diferentes das empregadas em Pokróvskoie.

— *Une partie de lawn tennis*[50] — propôs Vieslóvski, rindo seu belo sorriso. Jogaremos juntos de novo, Anna Arkádievna.

— Não, está quente; melhor passear no jardim e de bote, mostrar as margens a Dária Aleksândrovna — propôs Vrônski.

— Concordo com tudo — disse Sviájski.

— Acho que o que mais agradaria a Dolly seria passear, não é verdade? E depois vamos ao bote — disse Anna.

E assim ficou decidido. Vieslóvski e Tuchkévitch foram ao lugar reservado para os banhos, e prometeram preparar o bote e esperar por lá.

Dois pares caminhavam pela vereda, Anna e Sviájski, Dolly e Vrônski. Dolly estava algo embaraçada e preocupada nesse meio completamente novo em que viera parar. De forma abstrata, teórica, não apenas justificava, como até aprovava a conduta de Anna. Como em geral não é raro em mulheres de moralidade irrepreensível, cansadas da monotonia da vida moral, de longe ela não apenas desculpava um amor criminoso, mas até o invejava. Além disso, amava Anna de coração. Porém, na realidade, ao vê-la entre es-

---

[48] "É um interior tão bonito, tudo como tem que ser. Totalmente à inglesa. Reunimo-nos de manhã, no desjejum, e depois nos separamos", em francês no original. (N. do T.)

[49] "Será admirável", em francês no original. (N. do T.)

[50] "Uma partida de tênis", em francês no original. (N. do T.)

sas pessoas estranhas, com esse bom-tom que era novo para Dária Aleksândrovna, sentia-se desconfortável. Era-lhe especialmente desagradável ver a princesa Varvara, que perdoava tudo pelas comodidades de que desfrutava.

Em geral, de modo abstrato, Dolly aprovava a conduta de Anna, porém, ver o homem pelo qual essa conduta tinha sido adotada lhe desagradava. Além disso, Vrônski jamais lhe agradara. Considerava-o muito orgulhoso, e não via nele nada digno de orgulho além da riqueza. Porém, contra sua vontade, aqui, em sua casa, ele se impunha ainda mais a ela do que antes, e ela não conseguia ficar à vontade com ele. Experimentava com ele uma sensação similar à que experimentara com a arrumadeira, por causa da blusinha. Assim como antes, com a arrumadeira, sentira-se não envergonhada, mas sem jeito por causa dos remendos, com ele estava o tempo todo não envergonhada, mas sem jeito por si mesma.

Dolly sentia-se embaraçada, e buscava um tema de conversa. Embora considerasse que, com seu orgulho, ele não apreciaria elogios à sua casa e jardim, sem encontrar outro tema de conversa, assim mesmo lhe disse que tinha gostado muito da casa.

— Sim, é uma construção muito bonita, em um belo estilo antigo — ele disse.

— Gostei muito do pátio, em frente à entrada. Era assim?

— Oh, não! — ele disse, com o rosto radiante de satisfação. — Se a senhora tivesse visto esse pátio na primavera!

E se pôs, inicialmente com cuidado, mas depois se arrebatando cada vez mais, a chamar a atenção dela para diversos detalhes da decoração da casa e do jardim. Era visível que, tendo consagrado muito trabalho à melhoria e decoração de sua herdade, Vrônski sentia a necessidade de se gabar delas para uma pessoa nova, e se alegrava de coração com os elogios de Dária Aleksândrovna.

— Se a senhora quiser dar uma olhada no hospital, e não estiver cansada, não fica longe. Vamos — disse, fitando seu rosto, para se assegurar de que ela não ficaria entediada.

— Você vem, Anna? — dirigiu-se a ela.

— Nós vamos. Não é verdade? — ela se dirigiu a Sviájski. — *Mais il ne faut pas laisser le pauvre Vieslóvski et Tuchkévitch se morfondre là dans le bateau.*[51] Tem que mandar avisá-los. Sim, é um monumento que ele está le-

---

[51] "Mas não devemos deixar o pobre Vieslóvski e Tuchkévitch mofando lá no barco", em francês no original. (N. do T.)

gando a este lugar — disse Anna, dirigindo-se a Dolly com o mesmo sorriso astuto e significativo com que falara antes do hospital.

— Oh, uma coisa fundamental! — disse Sviájski. Porém, para não parecer que estava apenas ecoando Vrônski, acrescentou de imediato uma observação levemente crítica. — Espanto-me, contudo, conde — disse —, que o senhor, que está fazendo tanto pela situação sanitária do povo, seja tão indiferente às escolas.

— C'est devenu tellement commun, les écoles[52] — disse Vrônski. — Entenda, não é por isso, mas eu me entusiasmei. Para o hospital, é por aqui — dirigiu-se a Dária Aleksândrovna, indicando uma saída lateral da alameda.

As damas abriram as sombrinhas e saíram para a vereda lateral. Após fazer algumas curvas, e passar por uma cancela, Dária Aleksândrovna avistou, na sua frente, em uma elevação, uma construção grande, vermelha, de formas requintadas, já quase finalizada. O telhado de ferro, que ainda não fora pintado, brilhava ofuscante ao sol ardente. Ao lado da construção terminada fazia-se uma outra, cercada pela floresta, e trabalhadores de avental, em andaimes, colocavam tijolos, derramavam argamassa das selhas e aplanavam com as espátulas.

— Como o seu trabalho está andando rápido! — disse Sviájski. — Da última vez que vim, ainda não tinha telhado.

— No outono vai estar tudo pronto. Do lado de dentro está quase tudo feito — disse Anna.

— E o que é essa novidade?

— São as instalações para o médico e a farmácia — disse Vrônski, ao ver o arquiteto de casaco curto que vinha em sua direção e, desculpando-se com as damas, foi ao seu encontro.

Contornando o buraco de que os trabalhadores retiravam a cal, deteve-se com o arquiteto, e passou a falar algo de forma exaltada.

— O frontão ainda está muito baixo — respondeu a Anna, que lhe perguntava qual era a questão.

— Eu disse que precisava elevar a fundação — disse Anna.

— Sim, óbvio que teria sido melhor, Anna Arkádievna — disse o arquiteto —, mas já era.

— Sim, eu me interesso muito por isso — Anna respondeu a Sviájski, que manifestara assombro por seu conhecimento de arquitetura. — Essa construção nova devia combinar com o hospital. Ela foi imaginada depois, e iniciada sem planta.

---

[52] "Isso virou tão comum, as escolas", em francês no original. (N. do T.)

Após encerrar a conversa com o arquiteto, Vrônski uniu-se às damas e as conduziu para o interior do hospital.

Embora do lado de fora ainda estivessem acabando as cornijas, e pintassem o andar de baixo, no de cima estava quase tudo pronto. Percorrendo a escada ampla de ferro, até o patamar, saíram no primeiro aposento grande. As paredes tinham sido cobertas de estuque, como mármore, imensas janelas inteiriças já tinham sido instaladas e só o piso de parquete ainda não estava concluído, e os marceneiros, que aplainavam um quadrado elevado, interromperam o trabalho para, tirando as fitas que lhes atavam os cabelos, cumprimentar os fidalgos.

— Essa é a recepção — disse Vrônski. — Aqui vai ter uma estante, uma mesa, um armário e nada mais.

— Aqui, venham cá. Não cheguem perto da janela — disse Anna, testando a tinta, para ver se tinha secado. — Aleksei, a tinta já secou — acrescentou.

Da recepção, foram até o corredor. Lá Vrônski mostrou o novo sistema de ventilação que tinha sido organizado. Depois mostrou os banheiros de mármore, os leitos com molas extraordinárias. Depois mostrou, uma após a outra, as enfermarias, o depósito, o quarto de roupa branca, depois o forno de modelo novo, depois uns carrinhos de mão que não fariam barulho ao levar o que fosse necessário pelo corredor, e muitas outras coisas. Sviájski aprovou tudo, como conhecedor de todos os aperfeiçoamentos. Dolly ficou simplesmente assombrada com tudo o que não tinha visto até então e, desejosa de tudo entender, perguntou detalhadamente a respeito de tudo, o que propiciou satisfação visível a Vrônski.

— Sim, acho que vai ser o único hospital da Rússia construído de forma absolutamente correta — disse Sviájski.

— E não vai ter seção de parto? — perguntou Dolly. — Isso é tão necessário no campo. Eu frequentemente...

Apesar de sua polidez, Vrônski interrompeu-a.

— Isto não é uma maternidade, mas um hospital, e se destina a todas as doenças, exceto as contagiosas — disse. — E dê uma olhada nisso... — e empurrou para Dária Aleksândrovna uma cadeira de rodas recém-encomendada, para convalescentes. — Vejam. — Sentou-se na cadeira e se pôs a movê-la. — O paciente não pode andar, ainda está franco, ou com doença nas pernas, mas precisa de ar, e ele vai, desliza...

Dária Aleksândrovna interessava-se por tudo, tudo lhe agradava muito, mas mais do que tudo agradava-lhe Vrônski, com esse fervor natural e ingênuo. "Sim, é um homem muito gentil e bom" — pensava, às vezes, sem escutá-lo, mas olhando para ele, examinando a fundo sua expressão e colocando-se mentalmente no lugar de Anna. Agora, agradava-lhe tanto, em sua animação, que ela entendia como Anna pudera se apaixonar por ele.

XXI

— Não, acho que a princesa está cansada, e os cavalos não a interessam — Vrônski disse a Anna, que propusera irem até o haras, onde Sviájski queria ver o garanhão novo. — Vão vocês, enquanto eu levo a princesa para casa, e nós conversamos — disse —, caso lhe agrade — e se dirigiu a ela.

— De cavalo eu não entendo nada, e fico muito contente — disse Dária Aleksândrovna, algo espantada.

Via no rosto de Vrônski que ele queria algo dela. E não se enganou. Bastou transporem a cancela e voltarem a entrar no jardim, ele olhou para o lado para o qual Anna tinha ido e, após se assegurar de que ela não conseguiria ouvi-los, nem vê-los, começou:

— Adivinhou que eu queria falar com a senhora? — ele disse, fitando-a com olhos sorridentes. — Não me engano, a senhora é amiga de Anna. — Tirou o chapéu e, pegando o lenço, enxugou a cabeça calva.

Dária Aleksândrovna não respondeu nada, e apenas fitou-o, assustada. Ao ficar a sós com ele, de repente se atemorizou: os olhos risonhos e a expressão facial severa amedrontavam-na.

As suposições mais variadas a respeito do que ele se preparava para lhe falar perpassaram sua mente: "Vai começar a me pedir para me hospedar na casa dele, com as crianças, e terei que recusar; ou que eu crie um círculo para Anna em Moscou... Ou seria sobre Vássienka Vieslóvski e sua relação com Anna? Poderia ser a respeito de Kitty, e sobre ele se sentir culpado?". Previu apenas que seria desagradável, mas não adivinhou sobre o que ele queria falar.

— A senhora tem tamanha influência sobre Anna, ela gosta tanto da senhora — ele disse —, ajude-me.

Dária Aleksândrovna contemplou de forma interrogativa e tímida seu rosto enérgico, que ora saía da sombra das tílias para a luz do sol, ora voltava a ficar ensombrecido, e esperava o que mais ele diria, porém Vrônski ia a seu lado em silêncio, arrastando a bengala no cascalho.

— Se a senhora veio nos visitar, a senhora, única mulher dentre os antigos amigos de Anna — não conto a princesa Varvara —, entendo que o fez não por considerar nossa situação normal, mas por, ao entender toda a dificuldade dessa situação, gostar muito dela assim mesmo, e desejar ajudá-la. Entendi direito? — perguntou, olhando para ela.

— Oh, sim — respondeu Dária Aleksândrovna, fechando a sombrinha —, mas...

— Não — ele interrompeu e, sem querer, esquecendo-se que dessa forma colocava a interlocutora em posição desconfortável, deteve-se, de modo que ela também teve que se deter. — Ninguém sente a dificuldade da situação de Anna melhor e com maior força do que eu. E isso é compreensível, se a senhora me conceder a honra de me considerar um homem que possui um coração. Sou a causa dessa situação, e por isso o sinto.

— Compreendo — disse Dária Aleksândrovna, admirando-o involuntariamente pela franqueza e firmeza com que dissera aquilo. — Mas exatamente por se sentir a causa, temo que esteja exagerando — ela disse. — A situação dela na sociedade é difícil, eu entendo.

— Em sociedade é um inferno! — ele disse, rápido, franzindo o cenho. — Não dá para imaginar torturas morais piores do que as que ela sofreu naquelas duas semanas, em São Petersburgo... peço-lhe que acredite.

— Sim, mas aqui, até agora, enquanto nem Anna... nem o senhor sentem falta da sociedade...

— A sociedade! — ele disse, com desprezo. — Como posso sentir falta da sociedade?

— Enquanto isso — e isso pode ser para sempre —, vocês serão felizes e tranquilos. Vejo por Anna, ela é feliz, absolutamente feliz, conseguiu me transmitir tudo — disse Dária Aleksândrovna, sorrindo; e, sem querer, ao dizer aquilo, agora duvidava se Anna era mesmo feliz.

Porém Vrônski parecia não ter dúvidas disso.

— Sim, sim — ele disse. — Sei que ela se reanimou depois de todos esses sofrimentos; é feliz. É feliz no presente. Mas, e eu?... Temo pelo que nos aguarda... Perdão, a senhora deseja caminhar?

— Não, dá na mesma.

— Pois bem, então vamos nos sentar aqui.

Dária Aleksândrovna se sentou em um banco do jardim, no canto da alameda. Ele ficou de pé, diante dela.

— Vejo que ela é feliz — ele respondeu, e a dúvida sobre se Anna era feliz surpreendeu Dária Aleksândrovna com ainda mais força. — Mas isso pode continuar assim? Se nos comportamos bem ou mal, é outra questão; mas a sorte está lançada — ele disse, passando do russo para o francês —, e nós estamos ligados por toda a vida. Estamos unidos pelos laços do amor mais sagrado para nós. Temos um bebê, e podemos ter mais filhos. Porém, a lei, e todas as condições de nossa situação são tais, que aparecem milhares de complicações, que ela, agora, descansando a alma após todos os sofrimentos e provações, não vê, nem quer ver. E isso é compreensível. Mas eu não tenho como não ver: minha filha, pela lei, não é minha, é de Kariênin. Eu não quero esse embuste! — ele disse, com um gesto enérgico de negação, e encarou Dária Aleksândrovna de forma sombria e interrogativa.

Ela não respondeu nada, e apenas o encarou. Ele prosseguiu.

— E se amanhã nasce um filho, meu filho, pela lei ele é um Kariênin, não é herdeiro nem de meu nome, nem de meus bens, e por mais felizes que sejamos em família, e por mais filhos que tivermos, entre mim e eles não haverá ligação. Serão Kariênin. A senhora entende o peso e o horror da minha situação! Tentei falar disso com Anna. Isso a irrita. Ela não entende, e não posso *lhe* dizer tudo. Agora, veja por outro lado. Sou feliz com seu amor, mas devo ter uma ocupação. Encontrei essa ocupação, orgulho-me dessa ocupação, e a considero mais nobre que as de meus ex-colegas, na corte e no serviço público. E não tenho dúvidas de que não a troco pelas deles. Trabalho aqui, no meu lugar, sou feliz, satisfeito, e não precisamos de nada mais para a felicidade. Amo essa atividade. *Cela n'est pas un pis-aller*,[53] pelo contrário...

Dária Aleksândrovna notou que, nessa parte de sua explicação, ele se enrolava, e ela não entendeu muito bem essa digressão; mas sentia que, uma vez que começara a falar de suas relações íntimas, das quais não podia falar com Anna, agora dizia tudo, e que a questão de sua atividade no campo encontrava-se no mesmo compartimento de pensamentos íntimos que a questão de sua relação com Anna.

— Pois bem, continuando — ele disse, voltando a si. — O principal é que, ao trabalhar, é indispensável ter a convicção de que minha causa não vai morrer comigo, de que terei herdeiros — e isso eu não tenho. Imagine a situação de um homem que sabe de antemão que seus filhos com a mulher amada não serão seus, mas de alguém que os odeia e não quer saber deles. Isso é horrível!

Calou-se, visivelmente, pela força da emoção.

— Sim, é óbvio que eu entendo. Mas o que Anna pode fazer? — disse Dária Aleksândrovna.

— Sim, isso me leva ao objetivo de minha fala — ele disse, acalmando-se com esforço. — Anna pode, isso depende dela... Até para pedir reconhe-

---

[53] "Isso não é um tapa-buracos", em francês no original. (N. do T.)

cimento do filho ao soberano, o divórcio é indispensável. E isso depende de Anna. O marido dela concordaria com o divórcio — o seu marido arranjou isso perfeitamente, naquela época. Mesmo agora sei que ele não recusaria. Bastava apenas Anna escrever para ele. Naquela época, ele respondeu de forma direta que, se ela exprimisse o desejo, ele não recusaria. Obviamente — disse, sombrio —, trata-se de uma dessas crueldades farisaicas, das quais apenas essa gente sem coração é capaz. Ele sabe que tormento constitui para ela qualquer lembrança dele e, conhecendo-a, exige-lhe uma carta. Entendo que isso é um tormento para ela. Mas os motivos são tão importantes que é preciso *passer par dessus toutes ces finesses de sentiment. Il y va du bonheur et de l'existence d'Anne et de ses enfants.*[54] Não falo de mim, embora seja duro, muito duro — disse, com ar de que estava ameaçando alguém por fazer aquilo ser tão duro. De forma, princesa, que me agarro à senhora sem vergonha, como a uma âncora de salvação. Ajude-me a convencê-la a escrever e exigir o divórcio!

— Sim, é claro — disse Dária Aleksândrovna, pensativa, ao se lembrar, de forma viva, de seu último encontro com Aleksei Aleksândrovitch. — Sim, é claro — disse, decidida, ao se lembrar de Anna.

— Exerça sua influência sobre ela, faça com que escreva. Não quero e praticamente não posso falar disso com ela.

— Está bem, eu falo. Mas como ela mesma não pensa nisso? — disse Dária Aleksândrovna, que, de repente, por algum motivo, nessa hora se lembrou do estranho hábito novo de Anna, de semicerrar os olhos. E se lembrou de que Anna os semicerrava justo quando a questão tocava o lado íntimo da vida. "É como se ela fechasse os olhos à própria vida, para não ver tudo" — pensou Dolly. — Sem falta, vou lhe falar por mim e por ela — respondeu Dária Aleksândrovna ante sua expressão de gratidão.

Eles se levantaram e foram para a casa.

XXII

Ao se deparar com Dolly, que já tinha voltado, Anna fitou-a atentamente nos olhos, como que perguntando sobre a conversa que tivera com Vrônski, mas não perguntou com palavras.

---

[54] "[...] passar por cima de todas essas finezas de sentimento. Trata-se da felicidade de Anna e de seus filhos", em francês no original. (N. do T.)

— Parece que já está na hora do jantar — disse. — Ainda não nos vimos direito. Estou contando com a noite. Agora preciso me trocar. Acho que você também. Sujamo-nos todas na obra.

Dolly foi a seu quarto, e se sentiu ridícula. Não tinha como se trocar, pois já trajava seu melhor vestido: porém, para marcar de alguma forma seu preparativo para o jantar, pediu à arrumadeira que lhe limpasse o vestido, trocou os punhetes e o lacinho e colocou uma renda na cabeça.

— Isso é tudo o que eu pude fazer — disse, rindo, a Anna, que fora até ela com um terceiro vestido, novamente de uma simplicidade excepcional.

— Sim, aqui somos muito afetados — disse Anna, como que se desculpando por sua elegância. — Aleksei está satisfeito com a sua chegada, como raramente fica com quem quer que seja. Decididamente, está apaixonado por você — acrescentou. — E você não está cansada?

Antes do jantar, não havia tempo para falar de nada. Ao entrar na sala de visitas, depararam-se com a princesa Varvara e um homem de sobrecasaca preta. O arquiteto estava de fraque. Vrônski apresentou a hóspede ao médico e ao administrador. O arquiteto já a conhecera no hospital.

O mordomo gordo, de cara redonda, barbeada e reluzente, e gravata branca engomada de laço, anunciou que a refeição estava pronta, e as damas se ergueram. Vrônski propôs a Sviájski que desse o braço a Anna Arkádievna, e foi até Dolly. Vieslóvski deu o braço à princesa Varvara antes de Tuchkévitch, de modo que Tuchkévitch, o administrador e o médico foram sozinhos.

O jantar, a sala de jantar, a louça, a criadagem, o vinho e a comida não apenas combinavam com o tom geral de luxo e novidade da casa, como pareciam ser ainda mais luxuosos e novos do que tudo o mais. Dária Aleksândrovna observava esse luxo, novo para ela e, como dona de casa, que administrava um lar — embora não esperasse adotar em casa nada do que via, pois todo esse luxo estava muito acima de seu modo de vida —, penetrava sem querer em todos os detalhes, fazendo-se a pergunta de como e por quem tudo aquilo era feito. Vássienka Vieslóvski, seu marido, até mesmo Sviájski, e muita gente que ela conhecia, jamais pensavam nisso, acreditando literalmente em tudo o que o anfitrião honrado deseja dar a sentir a seus convidados, ou seja, que tudo o que está tão bem organizado não lhe custou nenhum trabalho, e se fez por si mesmo. Dária Aleksândrovna, porém, sabia que nem o mingau do café da manhã das crianças se faz por si mesmo e que, por isso, por trás de uma organização tão complexa e maravilhosa, devia haver a atenção redobrada de alguém. E, pelo olhar de Aleksei Kiríllovitch, pelo jeito como examinava a mesa, pelo sinal de cabeça que fazia ao mordomo, e como propusera a Dária Aleksândrovna escolher entre *botvínia*[55] e sopa, ela entendeu que tudo aquilo existia e se mantinha devido aos cuidados do próprio anfitrião. De Anna, pelo visto, aquilo dependia tão pouco quanto de Vieslóvski. Ela, Sviájski, a princesa e Vieslóvski eram igualmente convidados, que desfrutavam alegremente do que lhes fora preparado.

Anna só era anfitriã ao conduzir a conversa. E essa conversa, bastante difícil para a dona da casa em uma mesa que não era grande, com gente — como o administrador e o arquiteto — de um mundo completamente diferente, que tentavam não se acanhar diante do luxo a que não estavam acostumados, e que não tinham como ter uma participação grande na conversa geral, foi conduzida por Anna com seu tato habitual, naturalidade e até prazer, como reparou Dária Aleksândrovna. A conversa era sobre como Tuchkévitch e Vieslóvski tinham remado sozinhos, e Tuchkévitch passou a contar das últimas regatas do Yacht Club de São Petersburgo. Mas Anna, que estava à espreita de uma pausa, imediatamente se dirigiu ao arquiteto, para tirá-lo do silêncio.

— Nikolai Ivânovitch ficou espantado — disse, a respeito de Sviájski — com a rapidez com que a construção cresceu, desde a última vez em que esteve aqui; mas eu mesma vou lá todo dia, e todo dia me admiro com a rapidez do trabalho.

— É bom trabalhar com Vossa Excelência — disse, com um sorriso (era um homem consciente de sua dignidade, polido e tranquilo). — Nada a ver com tratar com os poderes da província. Onde teria que assinar uma pilha de papéis, aqui informo o conde, conversamos, e resolve-se em três palavras.

— O jeito americano — disse Sviájski, rindo-se.

— Sim, senhor, lá os prédios são erigidos de forma racional...

A conversa passou para o abuso de poder nos Estados Unidos, mas Anna de imediato mudou-a para outro tema, para tirar o administrador do silêncio.

— Você já tinha visto máquinas de ceifar alguma vez? — dirigiu-se a Dária Aleksândrovna. — Tínhamos ido ver quando a encontramos. Eu mesma vi pela primeira vez.

— Como elas funcionam? — perguntou Dolly.

— Exatamente como tesouras. Uma placa e muitas tesourinhas. Veja, assim.

Com as mãos belas e brancas, cobertas de anéis, Anna pegou um garfo e uma faca e se pôs a demonstrar. Obviamente, via que nada se entendia de

---

[55] Sopa fria de *kvas*, folhas de beterraba e pedaços de peixe. (N. do T.)

sua explicação, porém, sabendo que falava de forma agradável, e que suas mãos eram bonitas, continuava a explicar.

— Parecem mais canivetes — disse Vieslóvski, brincando, sem tirar os olhos dela.

Anna deu um sorriso quase imperceptível, mas não respondeu.

— Não é verdade, Karl Fiódorytch, que são como tesourinhas? — dirigiu-se ao administrador.

— *O ja* — respondeu o alemão. — *Es ist ein ganz einfaches Ding*[56] — e se pôs a explicar o mecanismo da máquina.

— Pena que ela não amarra. Vi na exposição de Viena uma que amarra com arame — disse Sviájski. — Seria mais vantajosa.

— *Es kommt drauf an... Der Preis vom Draht muss ausgerechnet werden.*[57] — E o alemão, que fora tirado do silêncio, dirigiu-se a Vrônski: — *Das lässt sich ausrechen, Erlaucht.*[58] — O alemão já estava colocando as mãos no bolso, onde tinha um lápis e a caderneta em que fazia as contas, porém, lembrando-se de que estava à mesa de jantar, e percebendo o olhar frio de Vrônski, conteve-se. — *Zu kompliziert, macht zu viel Klopot*[59] — concluiu.

— *Wünscht man Dochots, so hat man auch Klopots*[60] — disse Vássienka Vieslóvski, zombando do alemão. — *J'adore l'allemand*[61] — voltou a se dirigir a Anna, com o mesmo sorriso.

— *Cessez*[62] — ela disse, brincalhona e severa.

— E nós achávamos que íamos encontrá-lo no campo, Vassíli Semiônitch — dirigiu-se ao médico, um homem doentio —, o senhor esteve lá?

— Estive lá, mas evaporei — respondeu o médico, com pilhéria soturna.

— Então o senhor fez um belo exercício.

---

[56] "Oh, sim. É uma coisa muito simples", em alemão no original. (N. do T.)

[57] "Depende... O preço do arame tem que ser calculado", em alemão no original. (N. do T.)

[58] "É possível calcular isso, Excelência", em alemão no original. (N. do T.)

[59] "Muito complicado, dá muito trabalho", em alemão no original. (N. do T.)

[60] "Quem quer lucro tem trabalho", em alemão no original; porém, para fazer o trocadilho, com a inserção de uma palavra russa — *dokhód* (lucro) — grafada na transliteração germânica — *Dochods*. (N. do T.)

[61] "Eu adoro o alemão", em francês no original. (N. do T.)

[62] "Pare", em francês no original. (N. do T.)

— Magnífico!

— Pois bem, e como está a saúde da velha? Não é tifo, espero?

— Tifo ou não, ela não está bem.

— Que pena! — disse Anna e, pagando desta forma o tributo da cortesia às pessoas da casa, dirigiu-se aos seus.

— De qualquer forma, seria difícil construir uma máquina a partir da sua descrição, Anna Arkádievna — disse Sviájski, em tom de gracejo.

— Não, como assim? — disse Anna, com um sorriso que dizia que ela sabia que em sua explanação da construção da máquina havia algo de belo, notado por Sviájski. Esse novo traço de coqueteria juvenil surpreendeu Dolly de forma desagradável.

— Porém, em compensação, em arquitetura os conhecimentos de Anna Arkádievna são espantosos — disse Tuchkévitch.

— Isso mesmo, ontem ouvi Anna Arkádievna dizendo plinto e pórtico — disse Vieslóvski. — Falei direito?

— Não tem nada de espantoso quando você vê e ouve tanto — disse Anna. — Mas o senhor não deve saber nem de que são feitas as casas, certo?

Dária Aleksândrovna via que Anna estava insatisfeita com o tom de brejeirice que havia entre ela e Vieslóvski, mas recaía nele mesmo sem querer.

Vrônski, nesse caso, comportou-se de modo absolutamente distinto de Lióvin. Pelo visto, não atribuía qualquer importância à tagarelice de Vieslóvski e, pelo contrário, incentivava essas piadas.

— Mas então diga, Vieslóvski, como se juntam as pedras?

— Óbvio que com cimento.

— Bravo! E o que é o cimento?

— Assim, um tipo de papa... não, de massa — disse Vieslóvski, provocando gargalhada geral.

A conversa entre os convivas, com a exceção do médico, submerso em silêncio soturno, do arquiteto e do administrador, não silenciava, ora patinando, ora se aferrando e pisando no calo de alguém. Dária Aleksândrovna teve seu calo pisado uma vez, e se exaltou tanto que até enrubesceu, e depois pensou se não tinha dito algo desnecessário e desagradável. Sviájski se pôs a falar de Lióvin, narrando seu estranho juízo de que as máquinas são apenas nocivas à agricultura russa.

— Não tenho o prazer de conhecer esse senhor Lióvin — disse Vrônski, rindo —, mas ele provavelmente nunca viu essas máquinas que condena. E, se viu e experimentou, foi uma qualquer, não estrangeira, mas russa. Que opiniões dá para formar assim?

— Geralmente, opiniões turcas — disse Vieslóvski, com um sorriso, dirigindo-se a Anna.

— Não tenho como defender seu juízo — disse Dária Aleksândrovna, inflamando-se —, mas posso dizer que é um homem muito instruído e, se estivesse aqui, saberia o que responder, embora eu não saiba.

— Gosto muito dele, e somos grandes amigos — disse Sviájski, com um sorriso cheio de bonomia. — *Mais pardon, il est un petit peu toqué*:[63] por exemplo, assegura que o *zemstvo* e os juízes de paz são desnecessários, e não quer participar de jeito nenhum.

— É a nossa indiferença russa — disse Vrônski, servindo água da garrafa gelada em um copo fino, com haste —, não sentimos as obrigações que nossos direitos nos impõem e, por isso, negamos essas obrigações.

— Não conheço pessoa mais severa no cumprimento de suas obrigações — disse Dária Aleksândrovna, irritada com o tom de superioridade de Vrônski.

— Eu, pelo contrário — prosseguiu Vrônski, por algum motivo visivelmente tocado por essa conversa animada —, eu, pelo contrário, sou muito grato pela honra que me concederam, graças a Nikolai Ivânitch (apontou para Sviájski), escolhendo-me como juiz de paz honorário. Considero a obrigação de dirigir uma sessão, julgar uma causa de mujiques a respeito de um cavalo tão importante quanto qualquer coisa que eu possa fazer. Considerarei uma honra se me escolherem vogal. Apenas assim posso pagar pelas vantagens de que desfruto como latifundiário. Infelizmente, os grandes latifundiários não entendem a importância que deveriam ter no Estado.

Foi estranho, para Dária Aleksândrovna, ouvir como ele se mostrava tranquilo em sua certeza, sentado à sua própria mesa. Lembrava-se de como Lióvin, que pensava o oposto, era igualmente convicto de seu juízo à sua própria mesa. Mas gostava de Lióvin e, portanto, estava do lado dele.

— Então podemos contar com o senhor, conde, na próxima sessão? — disse Sviájski. — Só que tem que sair mais cedo, para já estar lá pelas sete. O senhor me concederia a honra de ir à minha casa?

— E eu concordo um pouco com o seu *beau-frère* — disse Anna. — Só que não penso assim como ele. Receio que, nos últimos tempos, temos obrigações sociais demais. Assim como antes havia tantos servidores públicos que, para qualquer assunto, era necessário um servidor, hoje todos são líderes sociais. Aleksei agora faz seis meses que está aqui, e já foi membro, ao

---

[63] "Mas perdão, ele é um pouquinho doido", em francês no original. (N. do T.)

que parece, de cinco ou seis instituições sociais diferentes — curador, juiz, vogal, jurado, e algo a ver com cavalos. *Du train que cela va*,[64] todo o tempo será passado nisso. E temo que, com tamanha variedade de coisas assim, sejam apenas formalidades. O senhor é membro de quantos lugares, Nikolai Ivânitch? — dirigiu-se a Sviájski. — Acho que mais de vinte, não?

Anna falava brincando, mas sentia-se a irritação em seu tom. Dária Aleksândrovna, que observava Anna e Vrônski com atenção, reparou nisso de imediato. Reparou também que o tom de Vrônski, nessa conversa, imediatamente assumiu uma expressão séria e tenaz. Reparando nisso, e em que a princesa Varvara, imediatamente, para mudar de assunto, apressou-se em começar a falar de conhecidos de São Petersburgo, e lembrando-se do que Vrônski dissera no jardim, de forma inoportuna, a respeito de sua atividade, Dolly compreendeu que essa questão de atividade social estava ligada a alguma altercação íntima entre Anna e Vrônski.

O jantar, o vinho, o serviço de mesa, tudo estava muito bom, mas tudo era como Dária Aleksândrovna tinha visto nos jantares e bailes de gala dos quais se desacostumara, com o mesmo caráter impessoal e tenso; por isso, em um dia corriqueiro e em um círculo pequeno, tudo aquilo lhe produziu uma impressão desagradável.

Após o jantar, sentaram-se no terraço. Depois se puseram a jogar *lawn tennis*. Os jogadores, divididos em dois times, dispuseram-se em um *crocket ground*[65] cuidadosamente aplainado e batido, com uma rede estendida de ambos os lados, com colunazinhas douradas. Dária Aleksândrovna tentou jogar, mas ficou muito tempo sem entender o jogo e, quando entendeu, estava tão cansada que se sentou com a princesa Varvara, apenas assistindo aos jogadores. Seu parceiro, Tuchkévitch, também se cansou; mas os restantes continuaram o jogo por muito tempo. Sviájski e Vrônski jogavam muito bem, e a sério. Acompanhavam de modo vigilante a bola que lhes era lançada, sem se afobar nem se atrasar, acorriam a ela com habilidade, esperavam seu quique e batiam com a raquete na bola com acerto e precisão, atirando-a para o outro lado da rede. Vieslóvski jogava pior do que os outros. Exaltava-se demais, contudo sua alegria animava os jogadores. Seu riso e gritos não cessavam. Assim como os outros homens, tirou, com a permissão das damas, a sobrecasaca, e sua bela figura corpulenta, em mangas brancas de camisa, rosto suado e rubro e movimentos impetuosos, ficou gravada na memória.

---

[64] "Do jeito que isso vai", em francês no original. (N. do T.)

[65] Campo de croquet, em inglês no original. (N. do T.)

Quando Dária Aleksândrovna foi dormir, naquela noite, bastou fechar os olhos e viu Vássienka Vieslóvski desvairado no *crocket ground*. Na hora do jogo, Dária Aleksândrovna estava entristecida. Não lhe agradava a relação brincalhona entre Vássienka Vieslóvski e Anna, que se prolongara na partida, e a falta de naturalidade dos adultos ao jogarem um jogo infantil sozinhos, sem crianças. Porém, para não atrapalhar os outros, e passar o tempo de algum modo, voltou a se unir ao jogo após o descanso, fingindo que se divertia. O dia inteiro tivera a impressão de estar em um teatro, atuando com atores melhores do que ela, e de que seu mau desempenho estragava tudo.

Chegara com a intenção de passar dois dias, se tudo corresse bem. Porém, naquela noite, na hora do jogo, decidiu partir no dia seguinte. As aflitivas preocupações maternais, que tanto odiara no caminho, agora, depois de um dia passado sem elas, apareciam-lhe sob uma nova luz, arrastando-a para si.

Depois do chá, e do passeio noturno de bote, Dária Aleksândrovna entrou sozinha em seu quarto, tirou o vestido, pôs-se arrumar os cabelos ralos e se sentiu mais aliviada.

Sentiu até desagrado ao pensar que Anna logo viria até ela. Tinha vontade de ficar sozinha com seus pensamentos.

XXIII

Dolly já queria se deitar quando Anna chegou, de camisola de noite.

Ao longo do dia, Anna iniciara algumas vezes conversas sobre assuntos íntimos e, a cada uma delas, após dizer algumas palavras, detinha-se. "Depois, vamos dizer tudo a sós. Tenho tanto a lhe contar" — dizia.

Agora estavam a sós, e Anna não sabia do que falar. Estava sentada junto à janela, olhava para Dolly, examinava na memória o estoque de assuntos íntimos, que tinham parecido inesgotáveis, e não encontrava nada. Naquele minuto, tinha a impressão de que tudo já havia sido dito.

— E então, como está Kitty? — disse, suspirando pesadamente e lançando um olhar de culpa a Dolly. — Conte-me a verdade, Dolly, ela não está zangada comigo?

— Zangada? Não — disse Dária Aleksândrovna, rindo.

— Mas não me odeia, despreza?

— Oh, não! Mas você sabe que isso não é perdoar.

— Sim, sim — disse Anna, virando-se e olhando para a janela aberta.

— Mas eu não tive culpa. E quem tem culpa? O que é ter culpa? Teria sido possível ser de outro jeito? Pois bem, o que você acha? Você poderia não ser a mulher de Stiva?

— Na verdade, eu não sei. Mas então você me diga...

— Sim, sim, mas não terminamos sobre Kitty. Ela está feliz? Ele é um homem maravilhoso, dizem.

— Dizer que é maravilhoso é pouco. Não conheço homem melhor.

— Ah, como estou contente! Estou muito contente! Dizer que é maravilhoso é pouco — repetiu.

Dolly riu-se.

— Mas me fale de você. Minha conversa com você é longa. E falei com... — Dolly não sabia como designá-lo. Ficava desconfortável ao chamá--lo de conde ou de Aleksei Kiríllytch.

— Com Aleksei — disse Anna —, sei que vocês se falaram. Mas queria perguntar a você, diretamente, o que acha de mim, da minha vida?

— Como falar tão de repente? Na verdade, não sei.

— Não, diga-me assim mesmo... Você está vendo a minha vida. Mas não se esqueça que está me vendo no verão, e que não estamos a sós... Porém, nós viemos no começo da primavera, morávamos absolutamente sozinhos, vamos morar sozinhos, e não desejo nada melhor do que isso. Mas imagine-me a viver sozinha, sem ele, e isso será... E vejo em tudo que isso vai se repetir com frequência, que ele não estará em casa a metade do tempo — disse, levantando-se e sentando-se mais perto de Dolly.

— É óbvio — interrompeu Dolly, que queria retrucar —, é óbvio que não vou retê-lo à força. E não retenho. Vai ter corrida, seus cavalos vão correr, ele irá, e fico muito contente. Mas pense em mim, imagine minha situação... Mas o que dizer disso! — Riu-se. — Então, de que ele falou com você?

— Falou do que eu mesma queria falar, e será fácil para mim ser sua advogada: se não haveria possibilidade, e não daria para... — Dária Aleksândrovna titubeou — corrigir, melhorar a sua condição... Você sabe como eu encaro... Porém, mesmo assim, se for possível, é preciso se casar...

— Ou seja, o divórcio? — disse Anna. — Sabia que a única mulher que me visitou em Petersburgo foi Betsy Tverskáia? Por acaso você a conhece? *Au fond c'est la femme la plus dépravée qui existe*.[66] Teve uma ligação com Tuchkévitch, traiu o marido do modo mais vil. E me disse que não quer saber de mim enquanto minha situação for irregular. Não pense que estou com-

---

[66] "No fundo, é a mulher mais depravada que existe", em francês no original. (N. do T.)

parando... Eu a conheço, minha queridinha. Porém me lembrei sem querer... Pois bem, o que ele lhe disse? — repetiu.

— Disse que sofre por você e por ele. Talvez você diga que é egoísmo, mas que egoísmo legítimo e nobre! Deseja, em primeiro lugar, assumir a filha e ser o seu marido, ter direito a você.

— Que mulher, que escrava pode ser tão escrava quanto eu, na minha condição? — ela interrompeu, sombria.

— O principal é que ele quer... quer que você não sofra.

— Isso é impossível. E então?

— Então, o mais legítimo: ele quer que seus filhos tenham sobrenome.

— Mas que filhos? — disse Anna, sem olhar para Dolly, e apertando os olhos.

— Annie e os outros.

— Disso ele pode ficar tranquilo, não terei mais filhos.

— Como você pode dizer que não vai ter?

— Não vou ter porque não quero.

E, apesar de toda a sua agitação, Anna sorriu ao observar a expressão ingênua de curiosidade, assombro e horror no rosto de Dolly.

— O doutor me disse, depois da minha doença...

— Não pode ser! — disse Dolly, arregalando os olhos. Para ela, tratava-se de uma daquelas descobertas de consequências e conclusões tão imensas que, no primeiro instante, você sente que não tem como apreender tudo, mas que há muita, muita coisa a pensar a respeito.

Essa descoberta, que de repente lhe explicava aquelas famílias até então incompreensíveis, nas quais havia apenas um ou dois filhos, suscitaram-lhe tantas ideias, considerações e sentimentos contraditórios, que não soube dizer nada, e ficou só encarando Anna com olhos arregalados de espanto. Era aquilo com que sonhara naquele dia, na estrada, porém agora, ao se inteirar de que era possível, horrorizava-se. Sentia que era uma solução demasiado simples para uma questão demasiado complexa.

— *N'est ce pas immoral?*[67] — foi só o que disse, após o silêncio.

— Por quê? Tenho duas opções, penso: ou ficar grávida, ou seja, doente, ou ser uma amiga, uma camarada do meu marido, quer dizer, marido na prática — disse Anna, com um tom premeditado de superioridade e leviandade.

— Pois bem, pois bem — disse Dária Aleksândrovna, ao ouvir os mes-

---

[67] "Isso não é imoral?", em francês no original. (N. do T.)

mos argumentos que ela própria citara, mas sem encontrar neles a mesma capacidade de persuasão de antes.

— Para você, para as outras — disse Anna, como se lhe adivinhasse os pensamentos —, ainda pode haver dúvidas; mas para mim... Compreenda, não sou a esposa; ele me ama enquanto amar. E de que jeito, como vou manter seu amor? Com isso?

Estendeu as mãos brancas na barriga.

Com rapidez extraordinária, como ocorre nos minutos de agitação, ideias e lembranças se atropelaram na mente de Dária Aleksândrovna. "Eu — pensava — não atraio mais Stiva; ele me abandonou por outra, e a primeira pela qual me trocou não o segurou por ser sempre bela e alegre. Ele a deixou, e pegou outra. E por acaso Anna vai atrair e segurar o conde Vrônski assim? Se ele for procurar isso, vai achar toaletes e modos ainda mais atraentes e alegres. E por mais brancos e maravilhosos que sejam seus braços nus, por mais belo que seja seu corpo opulento, seu rosto inflamado nesses cabelos negros, ele vai encontrar algo melhor, como procura e encontra meu repugnante, lastimável e gentil marido."

Dolly não respondeu nada, apenas suspirou. Anna notou esse suspiro que exprimia desacordo, e prosseguiu. Em seu estoque, havia ainda mais argumentos, tão fortes que não seria possível responder a eles.

— Você diz que isso não é bom? Mas é preciso raciocinar — prosseguiu. — Você está se esquecendo da minha situação. Como posso querer filhos? Não falo dos sofrimentos, não os temos. Pense, o que meus filhos serão? Crianças infelizes, que vão carregar o nome de outro. Pelo próprio nascimento serão inevitavelmente forçados a se envergonhar do pai, da mãe, de seu nascimento.

— Mas por isso mesmo o divórcio é necessário.

Anna, porém, não a escutou. Desejava terminar de manifestar as razões com que se convencera tantas vezes.

— Por que me foi dada a razão se eu não a emprego para não trazer infelizes ao mundo?

Olhou para Dolly, porém, sem esperar resposta, prosseguiu:

— Eu me sentiria culpada para sempre perante essas crianças infelizes — disse. — Se elas não existem, pelo menos não são infelizes, mas, se são infelizes, então sou a única culpada disso.

Eram os mesmos argumentos que Dária Aleksândrovna expusera a si mesma; agora, porém, ouvia-os sem entender. "Como ser culpada perante seres inexistentes?" — pensava. E, de repente, ocorreu-lhe uma ideia: poderia em algum caso ser melhor para seu favorito Gricha se ele jamais tivesse existido? E isso lhe pareceu tão absurdo, tão estranho, que ela sacudiu a cabeça para desfazer aquela barafunda de ideias loucas.

— Não, não sei, isso não é bom — limitou-se a dizer, com uma expressão de asco no rosto.

— Sim, mas não esqueça o que você é, e o que eu sou... Além disso — acrescentou Anna, apesar da riqueza de seus argumentos e da pobreza dos de Dolly, como que reconhecendo, assim mesmo, que aquilo não era bom —, não se esqueça do principal: que eu agora não estou na mesma condição que você. Para você, a questão é se não quer ter mais filhos e, para mim, se eu quero tê-los. E é uma grande diferença. Compreenda que não posso desejá-lo na minha condição.

Dária Aleksândrovna não retrucou. Sentiu, de repente, que se tornara tão distante de Anna que havia entre elas questões a respeito das quais jamais concordariam, e das quais era melhor não falar.

XXIV

— Então você precisa ainda mais pôr a sua situação em ordem, se possível — disse Dolly.

— Sim, se possível — disse Anna, de repente, com uma voz que era completamente outra, baixa e triste.

— Por acaso o divórcio é impossível? Disseram-me que o seu marido está de acordo.

— Dolly! Não quero falar disso.

— Pois bem, não vamos falar — apressou-se em dizer Dária Aleksândrovna, ao notar a expressão de sofrimento no rosto de Anna. — Só vejo que você encara as coisas de forma muito sombria.

— Eu? De jeito nenhum. Estou muito alegre e satisfeita. Você viu, *je fais des passions*.[68] Vieslóvski...

— Sim, para dizer a verdade, o tom de Vieslóvski não me agrada — disse Dária Aleksândrovna, desejando mudar de assunto.

— Ah, nada disso! Isso provoca Aleksei, e nada mais; mas ele é um menino, e está todo nas minhas mãos; entenda, dirijo-o como quiser. Ele é igual ao seu Gricha... Dolly! — mudou o discurso, de repente. — Você diz que eu encaro as coisas de forma sombria. Você não pode entender. É assustador demais. Eu tento nem encarar.

---

[68] "Eu desperto paixões", em francês no original. (N. do T.)

— Mas me parece que precisa. Precisa fazer tudo o que for possível.

— Mas o que é possível? Nada. Você diz para me casar com Aleksei, e que eu não penso nisso. Eu não penso nisso! — repetiu, e um rubor lhe surgiu nas faces. Ela se levantou, endireitou o peito, respirou pesadamente e se pôs a andar pelo quarto, para a frente e para trás, com seu passo ligeiro, parando de quando em quando. — Eu não penso? Não há dia, hora em que eu não pense e não me recrimine por pensar... porque pensar nisso pode enlouquecer. Enlouquecer — repetiu. — Quando penso nisso, não consigo pegar no sono sem morfina. Mas está bem. Falemos com calma. Falam-me em divórcio. Em primeiro lugar, *ele* não vai conceder. *Ele* agora está sob influência da condessa Lídia Ivânovna.

Dária Aleksândrovna, que estava sentada na cadeira, ereta, seguia, virando a cabeça, com cara de sofrimento e compaixão, a caminhada de Anna.

— Precisa tentar — ela disse, baixo.

— Suponhamos que eu tente. O que isso quer dizer? — ela exprimia, pelo visto, uma ideia milhares de vezes reconsiderada e decorada. — Quer dizer que eu, odiando-o, mas mesmo assim reconhecendo-me culpada perante ele — e considerando-o magnânimo —, devo me rebaixar a escrever-lhe... Pois bem, suponhamos, eu faço um esforço, faço isso. Ou recebo uma resposta ultrajante, ou a anuência. Bem, recebo a anuência... — Anna, nessa hora, estava no canto mais afastado do quarto, e se deteve lá, fazendo algo com a cortina da janela. — Recebo a anuência, e o fi... filho? Pois ele não me vai entregá-lo. Pois ele vai crescer me desprezando, junto com o pai, que eu larguei. Entenda que eu amo, ao que parece, de forma igual, mas mais do que a mim mesma, duas criaturas — Serioja e Aleksei.

Ela foi para o meio do quarto e parou na frente de Dolly, apertando as mãos no peito. No penhoar branco, sua figura parecia especialmente grande e larga. Inclinou a cabeça e olhou de soslaio, com os olhos úmidos e brilhantes, para Dolly, pequena, magrinha e mísera em sua blusinha remendada e touquinha de dormir, toda tremendo de emoção. — Só amo essas duas criaturas, e uma exclui a outra. Não posso uni-las, e é a única coisa de que preciso. Se não tenho isso, dá na mesma. Tudo dá na mesma. De algum jeito vai acabar, e por isso não posso, não gosto de falar disso. Então, não me recrimine, não me condene por nada. Você não pode, na sua pureza, entender tudo o que me faz sofrer.

Ela avançou, sentou-se ao lado de Dolly e, fitando seu rosto com expressão de culpa, tomou-a pela mão.

— O que você acha? O que acha de mim? Não me despreze. Não mereço desprezo. Sou simplesmente infeliz. Se existe alguém infeliz, sou eu — afirmou e, afastando-se, pôs-se a chorar.

Deixada a sós, Dolly orou a Deus e se deitou na cama. Apiedava-se de Anna de todo o coração ao falar com ela; agora, porém, não podia se obrigar a pensar nela. As recordações do lar e dos filhos surgiram-lhe na imaginação com um encanto novo e especial, com um novo brilho. Esse seu mundo agora lhe parecia tão querido e belo, que não desejava passar um dia a mais fora dele, e resolveu ir embora no dia seguinte, sem falta.

Anna, enquanto isso, de volta a seu gabinete, pegou um cálice, verteu algumas gotas de um remédio que consistia na maior parte em morfina e, após tomar e ficar sentada, imóvel, por algum tempo, encaminhou-se a seu dormitório sossegada, com humor tranquilo e alegre.

Quando ela entrou no quarto, Vrônski fitou-a com atenção. Buscava traços da conversa que sabia que ela, tendo ficado tanto tempo no quarto de Dolly, deveria ter tido. Porém, em sua expressão de excitação contida, e algo dissimulada, ele não encontrou nada além daquilo que, embora estivesse acostumado, sempre o fascinava: a beleza, a consciência dela e o desejo de que ela agisse sobre ele.

Não queria perguntar do que tinham falado, mas esperava que ela dissesse algo. Mas ela disse apenas:

— Estou contente por Dolly ter lhe agradado. Não é verdade?

— Mas eu a conheço há tempos. Ela é muito bondosa, ao que parece, *mais excessivement terre-à-terre*.[69] Mas, mesmo assim, fiquei muito contente.

Pegou a mão de Anna e a fitou nos olhos de forma interrogativa.

Entendendo esse olhar de outro modo, ela lhe sorriu.

Na manhã seguinte, apesar dos rogos dos anfitriões, Dária Aleksândrovna preparou-se para partir. O cocheiro de Lióvin, com o cafetã nada novo e o chapéu meio esburacado, cavalos de cores variegadas e caleche de para-lama remendado, ingressou, decidido e soturno, pela via de acesso coberta de areia.

A despedida da princesa Varvara e dos homens foi desagradável para Dária Aleksândrovna. Passara um dia, e ela e os anfitriões sentiam com clareza que não combinavam, e que era melhor não se encontrarem. Apenas Anna estava triste. Sabia que agora, com a partida de Dolly, ninguém mais avivaria os sentimentos que tinham despertado nela, durante aquela entrevista. Alarmar-se com aqueles sentimentos tinha sido doloroso, mas mesmo

---

[69] "[...] mas excessivamente pé no chão", em francês no original. (N. do T.)

assim ela sabia que se tratava da melhor parte de sua alma, e que essa parte de sua alma rapidamente ficaria encoberta naquela vida que estava levando.

Ao sair para o campo, Dária Aleksândrovna sentiu uma agradável sensação de alívio, e queria perguntar aos demais se tinham gostado da casa de Vrônski, quando de repente o próprio cocheiro Filipp pôs-se a falar:

— Podem ser ricos, mas deram ao todo três medidas de aveia. Antes de o galo cantar, já tinham limpado tudo. O que são três medidas? Só um aperitivo. Hoje os caseiros cobram quarenta e cinco copeques pela aveia. Lá em casa, com certeza, o quanto quiserem comer, vão dar.

— Patrão avarento — confirmou o escriturário.

— Pois bem, mas você gostou dos cavalos? — perguntou Dolly.

— Dos cavalos não tem o que dizer. E a comida é boa. Mas me pareceu algo chato, Dária Aleksândrovna, não sei quanto à senhora — disse, voltando-lhe seu rosto belo e bondoso.

— A mim também. E então, chegamos ao entardecer?

— Precisamos chegar.

De volta para casa, e encontrando todos absolutamente felizes e particularmente gentis, Dária Aleksândrovna contou de sua excursão com grande vivacidade, de como fora bem recebida, do luxo e bom gosto da vida de Vrônski, de suas diversões, e não deixou ninguém proferir palavra contra eles.

— É preciso conhecer Anna e Vrônski — agora conheço-os melhor — para entender como são gentis e tocantes — ela disse, agora com total franqueza, esquecida do sentimento indefinido de insatisfação e desconforto que experimentara por lá.

XXV

Vrônski e Anna, sempre nas mesmas condições, continuando sem tomar nenhuma medida quanto ao divórcio, passaram o verão inteiro e parte do outono no campo. Fora decidido entre eles que não sairiam jamais; quanto mais viviam sozinhos, porém, ambos sentiam — especialmente no outono, sem visitas — que não suportariam aquela vida, e que precisavam modificá-la.

A vida, parecia, estava de um jeito que era impossível desejar melhor: havia plena abundância, saúde, uma criança, e ambos tinham com que se ocupar. Anna continuava a cuidar de si, sem visitas, e se ocupava muito de leitura, romances e livros sérios, os que estavam na moda. Encomendava todos os livros mencionados com louvor nos jornais e revistas que recebia do estrangeiro, e os lia com aquela atenção que só ocorre na solidão. Além disso, estudava em livros e revistas especializadas todos os temas de que Vrônski se ocupava, de modo que ele se dirigia diretamente a ela com questões de agronomia, arquitetura, às vezes até de coudelaria e de esportes. Espantava-se com seu conhecimento e memória e, certa vez, duvidando, quis confirmação: e ela encontrou nos livros o que ele perguntara, e lhe mostrou.

A construção do hospital também a ocupava. Não apenas ajudava, como organizava e planejava muita coisa. Porém a principal preocupação, de qualquer forma, era ela mesma — ela mesma, quanto Vrônski a queria, se ela podia substituir tudo o que ele abandonara. Vrônski apreciava que ela tivesse feito o objetivo único de sua vida o desejo não apenas de agradá-lo, como de servi-lo, porém, ao mesmo tempo, incomodava-se com as redes de amor com que ela tentava prendê-lo. Quanto mais o tempo passava, quanto maior a frequência com que ele se via preso nessas redes, mais vontade tinha não de sair delas, mas de testar se elas não lhe tolhiam a liberdade. Não fosse por esse desejo sempre crescente de ser livre, de não passar por cenas a cada vez que precisava ir à cidade para uma sessão, para uma corrida, Vrônski estaria totalmente satisfeito com sua vida. O papel que escolhera, o papel de um dos latifundiários que deviam constituir o núcleo da aristocracia russa, não apenas lhe caíra completamente no gosto, como agora, após viver meio ano assim, propiciava-lhe uma satisfação que só aumentava. E seu negócio, que o ocupava e envolvia cada vez mais, ia às maravilhas. Apesar da quantia imensa que lhe custavam o hospital, as máquinas, as vacas encomendadas da Suíça e muitas outras coisas, estava convicto de que não dissipava, mas aumentava seu patrimônio. Quando a questão chegava aos lucros das vendas de bosques, de trigo, de lã, de arrendamento de terras, Vrônski era duro como uma rocha, e sabia manter o preço. Nas grandes questões agrícolas, naquela e nas outras propriedades, aferrava-se aos métodos mais simples e menos arriscados, e era parcimonioso e econômico no mais alto grau com as miudezas domésticas. Apesar de toda a astúcia e habilidade do alemão, que o queria arrastar para as compras e que apresentava toda conta como se, inicialmente, fosse necessária uma quantia muito maior, mas, após ponderar, fosse possível fazer a mesma coisa de forma mais barata, e auferir lucro imediato, Vrônski não cedia a ele. Ouvia o administrador, indagava e só concordava com ele quando o que seria encomendado ou feito fosse a coisa mais nova, ainda desconhecida na Rússia, que podia suscitar admiração. Além disso, só cedia a uma despesa grande quando havia dinheiro sobrando e, após fazer a despesa, descia a todos os detalhes, e insistia em obter o melhor por seu dinheiro. De modo que, por seu jeito de conduzir os negócios, ficava claro que ele não dissipava, mas aumentava seu patrimônio.

Outubro era mês de eleições da nobreza na província de Káchin, onde ficavam as propriedades de Vrônski, Sviájski, Kóznychev, Oblônski, e uma pequena parte de Lióvin.

Essas eleições, por muitas circunstâncias, e pelas pessoas que delas participavam, atraíram atenção geral. Falava-se muito delas, e para elas se preparavam. Habitantes de Moscou, de São Petersburgo e do exterior, que jamais tinham comparecido a eleições, reuniram-se para estas.

Vrônski já prometera há tempos a Sviájski que compareceria.

Antes das eleições, Sviájski, que visitara Vozdvíjenskoie com frequência, foi até Vrônski.

Ainda na véspera, quase se desencadeara uma briga entre Vrônski e Anna, devido a essa viagem planejada. Fazia na aldeia o tempo mais duro e chato e, por isso, Vrônski preparou-se para o combate, informando Anna de sua partida com uma expressão severa e dura, com a qual jamais lhe falara. Porém, para seu espanto, Anna recebeu a notícia com muita calma, perguntando-lhe apenas quando voltaria. Ele a observou com atenção, sem entender o motivo daquela tranquilidade. Ela sorriu ao seu olhar. Ele conhecia aquela capacidade de se retirar para dentro de si, e sabia que aquilo apenas acontecia quando ela tinha decidido algo consigo mesma, sem lhe comunicar seus planos. Temia aquilo; porém, tinha tanta vontade de evitar uma cena que fez de conta e, com sinceridade parcial, acreditou no que queria acreditar — na sensatez dela.

— Espero que você não vá se entediar.

— Espero — disse Anna. — Ontem recebi uma caixa de livros de Gautier.[70] Não, não vou me entediar.

"Ela quer adotar esse tom, tanto melhor — ele pensou —, senão seria sempre a mesma coisa."

Assim, sem chamá-la a uma explicação franca, ele partiu para as eleições. Era a primeira vez, desde o começo de sua relação, que se separava dela sem se explicar até o fim. Por um lado, aquilo o deixava intranquilo, por outro, ele achava melhor. "No começo haverá, como agora, algo obscuro, secreto, mas depois ela se acostuma. Em todo caso, posso lhe entregar tudo, mas não minha independência masculina" — pensou.

---

[70] Antiga livraria de Moscou, que pertencia a Vladímir Ivânovitch Gautier-Dufayer, localizada na rua Kuznétski Most. (N. da E.)

XXVI

Em setembro, Lióvin se mudou para Moscou, para o parto de Kitty. Já estava um mês inteiro sem fazer nada em Moscou quando Serguei Ivânovitch, que possuía uma propriedade na província de Káchin, e tinha participação ativa na questão das eleições iminentes, preparava-se para comparecer a elas. Convidou para ir consigo o irmão, que tinha direito a voto no distrito de Selezniov. Além disso, Lióvin tinha, em Káchin, um negócio de extrema necessidade para sua irmã, que morava no exterior, relacionado à tutela e recebimento do dinheiro de um resgate.

Lióvin ainda estava indeciso, porém Kitty, ao vê-lo entediado em Moscou, e aconselhando-o a ir, à sua revelia encomendou um uniforme de fidalgo, que custou oitenta rublos. E esses oitenta rublos pagos pelo uniforme foram o principal motivo que induziu Lióvin a viajar. Ele foi a Káchin.

Lióvin já estava em Káchin há seis dias, frequentando a assembleia todo dia e cuidando do negócio da irmã, que não avançava. Todos os dirigentes estavam ocupados com as eleições, e não dava para conseguir nem a coisa mais simples de que dependia a tutela. O outro negócio — o recebimento de dinheiro — também encontrava entraves. Depois de longas diligências sobre a retirada de embargos, o dinheiro estava pronto para o pagamento; porém, o notário, homem prestimosíssimo, não podia entregar o talão, pois era necessária a assinatura do presidente, e o presidente, que não delegara a função, estava nas sessões. Todas essas diligências, essa peregrinação de um lugar a outro, as conversas com gente muito boa, excelente, que entendia por completo quão desagradável era a posição do requerente, mas não podia auxiliá-lo, toda essa tensão que não dava quaisquer resultados produziu em Lióvin uma sensação aflitiva, como aquela impotência enfadonha que você sente em sonho, quando quer empregar força física. Sentia-a com frequência ao falar com seu bondosíssimo advogado. Esse advogado fazia, aparentemente, todo o possível, e mobilizava todas as suas forças mentais para tirar Lióvin das dificuldades. "Tente o seguinte — dissera, mais de uma vez —, vá a tal lugar, e a tal outro", e o advogado elaborava todo um plano para contornar o ponto funesto que atrapalhava tudo. Porém, imediatamente acrescentava: "Mesmo assim, vai atrasar; contudo, tente". E Lióvin tentava, ia para cima e para baixo. Todos eram bondosos e amáveis, mas dava-se que o que se queria contornar voltava a aparecer no fim, e voltava a barrar o caminho. Era especialmente ultrajante o fato de que Lióvin não conseguia entender de jeito nenhum contra quem lutava, quem se beneficiava de seu negócio não se concluir. Isso, aparentemente, ninguém sabia; nem o advogado. Se Lióvin conseguisse entender, tal como entendia por que, para chegar à bilheteria de uma estação ferroviária, não havia outro jeito senão ficar na fila, não seria ultrajante, nem enfadonho; porém, sobre os entraves que encontrava em seu negócio, ninguém conseguia lhe explicar por que eles existiam.

Mas Lióvin mudara muito desde seu matrimônio; era paciente e, se não entendia por que tudo estava organizado dessa forma, dizia a si mesmo que, sem saber de tudo, não podia julgar, que provavelmente aquilo era necessário, e tentava não se revoltar.

Agora, assistindo às eleições e tomando parte nelas, tentava igualmente não condenar, não discutir, mas entender o quanto pudesse aquela questão de que se ocupavam com tamanha seriedade e fervor homens que ele respeitava como honestos e bons. Desde que se casara, tinham revelado a Lióvin tantos aspectos novos e sérios que antes, pela leviandade de sua relação para com eles, lhe pareciam insignificantes, que também na questão das eleições ele supunha e buscava um significado sério.

Serguei Ivânovitch explicou-lhe o sentido e o significado da reviravolta proposta nas eleições. O decano da província, Snetkov, em cujas mãos, por lei, encontravam-se tantos assuntos públicos importantes — tutelas (as mesmas que agora faziam Lióvin sofrer), imensos fundos da nobreza, os colégios feminino, masculino e militar, a educação popular pelo regulamento novo e, finalmente, o *zemstvo* —, era um homem da velha têmpera da nobreza, que dissipara um patrimônio imenso, honesto à sua maneira, mas que não entendia de jeito nenhum as demandas dos novos tempos. Em tudo, sempre apoiava o lado da nobreza, resistia abertamente à difusão da educação popular e atribuíra ao *zemstvo*, que devia ter uma importância enorme, um caráter de classe. Era preciso colocar em seu lugar um homem arejado, moderno, prático, absolutamente novo, e conduzir a coisa de modo a extrair, de todos os direitos concedidos à nobreza, não como nobreza, mas como elemento do *zemstvo*, tantas vantagens da autonomia administrativa quantas fossem possíveis. Na rica província de Káchin, que sempre estava à frente das outras, agora se aglomeravam forças de tal ordem que, se o assunto fosse conduzido da forma devida, poderia servir de exemplo a outras províncias, a toda a Rússia. E, portanto, a questão toda tinha grande importância. Como decano, no lugar de Snetkov, propunha-se colocar Sviájski ou, ainda melhor, Nevedóvski, ex-professor, homem de inteligência notável, e grande amigo de Serguei Ivânovitch.

A reunião foi aberta pelo governador, que proferiu um discurso aos nobres, para que votassem para as funções públicas não com parcialidade, mas com base no mérito e pelo bem da pátria, e que esperava que os nobres fidalgos de Káchin, como nas eleições passadas, cumprissem seu dever com santidade e justificassem a alta confiança do monarca.

Após terminar o discurso, o governador saiu da sala, e os nobres o seguiram, barulhentos e animados, alguns até arrebatados, cercando-o na hora em que vestia a peliça e conversava amigavelmente com o decano da província. Lióvin, desejoso de se aprofundar em tudo e não deixar nada passar, ficou bem ali, na multidão, e ouviu o governador dizer: "Por favor, transmita a Mária Ivânovna que minha esposa lamenta muito que tenha de ir para o asilo". Em seguida, os nobres apanharam seus casacos com alegria, e foram todos à catedral.

Na catedral, Lióvin, levantando as mãos com os outros, e repetindo as palavras do arcipreste, jurou as juras mais terríveis, prometendo cumprir tudo o que o governador esperava. O serviço religioso sempre exercia influência em Lióvin e, ao pronunciar as palavras "beijo a cruz" e contemplar a multidão daquelas pessoas, jovens e velhas, a repetir o mesmo, sentiu-se tocado.

No segundo e terceiro dias, as questões eram os fundos da nobreza e do colégio feminino, que não possuíam, como explicou Serguei Ivânovitch, importância alguma, e Lióvin, ocupado com sua peregrinação para resolver seus negócios, não as acompanhou. No quarto dia, na mesa da província, ocorreu a verificação dos fundos da província. E então, pela primeira vez, produziu-se o primeiro choque entre o novo e o velho partido. A comissão encarregada da verificação informou à assembleia que as somas estavam íntegras. O decano da província se levantou, agradeceu aos nobres pela confiança, e derramou lágrimas. Os nobres cumprimentaram-no ruidosamente, e apertaram-lhe a mão. Porém, nessa hora, um nobre do partido de Serguei Ivânovitch disse ter ouvido dizer que a comissão não verificara a soma, considerando a verificação uma ofensa ao decano da província. Um dos membros da comissão, descuidado, admitiu-o. Então, um cavalheiro muito pequeno, de aspecto muito jovem, porém bastante virulento, pôs-se a falar que ao decano da província, provavelmente, agradaria prestar conta das somas, e que a delicadeza excessiva dos membros da comissão privavam-no dessa satisfação moral. Então os membros da comissão renunciaram à sua declaração, e Serguei Ivânovitch se pôs a demonstrar, de forma lógica, que era preciso ou reconhecer que as somas tinham sido verificadas, ou que não tinham sido, desenvolvendo o dilema de forma detalhada. Um falastrão do partido contrário retrucou a Serguei Ivânovitch. Depois falou Sviájski, e novamente o cavalheiro virulento. Os debates seguiram por muito tempo, e terminaram em nada. Lióvin ficou espantado por terem discutido por tanto tempo, especialmente porque, ao perguntar a Serguei Ivânovitch se ele supunha que as somas tinham sido malbaratadas, Serguei Ivânovitch respondeu:

— Oh, não! É um homem honrado. Mas esse antigo método paternalista de direção familiar dos assuntos da nobreza precisa ser abalado.

No quinto dia foram as eleições dos decanos do distrito. Esse dia foi bastante tempestuoso em alguns distritos. No distrito de Selezniov, Sviájski foi escolhido por unanimidade, sem votação, e houve um jantar em sua casa nesse dia.

XXVII

No sexto dia, estavam marcadas as eleições provinciais. Os salões grande e pequeno estavam repletos de nobres, em diversos uniformes. Muitos vieram apenas para aquele dia. Conhecidos que não se viam há tempos, uns da Crimeia, outros de São Petersburgo, outros do exterior, encontravam-se nos salões. À mesa da província, debaixo do retrato do soberano, ocorriam os debates.

No salão grande e no pequeno, os nobres se agrupavam em campos e, pela hostilidade e desconfiança dos olhares, pelo silêncio das conversas à aproximação de gente estranha, pelo modo como alguns, cochichando, afastavam-se até o corredor distante, era visível que um lado guardava segredos do outro. Pelo aspecto exterior, os nobres dividiam-se nitidamente em dois grupos: velhos e novos. Os velhos trajavam, na maior parte, ou antigos uniformes abotoados da nobreza, de espada e chapéu, ou seus uniformes especiais, navais, da cavalaria, da infantaria, de serviço. Os uniformes dos nobres velhos estavam costurados à moda antiga, com franzidos nos ombros; eram visivelmente pequenos, curtos na cintura e estreitos, como se quem os usava tivesse crescido demais. Já os jovens estavam de uniformes de nobreza desabotoados, de cintura baixa e largos nos ombros, de colete branco, ou uniformes de colarinho preto e com a costura de louros do ministério da Justiça. Aos jovens pertenciam também os uniformes da corte que enfeitavam a multidão aqui e ali.

Mas a divisão entre jovens e velhos não coincidia com a divisão dos partidos. Alguns jovens, segundo Lióvin observou, pertenciam ao partido velho, e, contrariamente, alguns dos nobres mais velhos cochichavam com Sviájski e, pelo visto, eram apoiadores ardentes do partido novo.

Lióvin estava no salão pequeno, onde se fumava e se petiscava, ao lado do grupo dos seus, apurando o ouvido para o que diziam, e tensionando inutilmente suas forças mentais para entender o que se falava. Serguei Ivânovitch era o centro, perto do qual se agrupavam os outros. Agora ouvia Sviájski e Khliústov, decano do outro distrito, que pertencia ao seu partido. Khliústov não concordava em pedir, por seu distrito, que Snetkov se candidatasse, enquanto Sviájski tentava persuadi-lo a fazê-lo, e Serguei Ivânovitch aprovava este plano. Lióvin não entendia por que um partido hostil pediria a candidatura do decano que desejava derrotar.

Stepan Arkáditch, que acabara de petiscar e beber, limpou a boca com um lenço perfumado e debruado de cambraia e foi até ele, de uniforme de *Kammerjunker*.

— Estamos ocupando nossas posições — disse, alisando as suíças. — Serguei Ivânitch!

E, apurando o ouvido para a conversa, apoiou a opinião de Sviájski.

— Um distrito é suficiente, e Sviájski já é, obviamente, da oposição — ele proferiu palavras compreensíveis a todos, menos a Lióvin.

— Então, Kóstia, você também tomou gosto, ao que parece? — acrescentou, dirigindo-se a Lióvin e tomando-o pelo braço. Lióvin ficaria contente em tomar gosto, mas não entendia do que se tratava e, afastando-se alguns passos dos interlocutores, exprimiu a Stepan Arkáditch sua perplexidade pelo que pediriam ao decano da província.

— *O sancta simplicitas!*[71] — disse Stepan Arkáditch, e explanou a Lióvin, de modo sucinto e claro, do que se tratava.

Se, como nas eleições passadas, todos os distritos pedissem pelo decano da província, ele seria escolhido por aclamação. Aquilo não podia ser. Agora, oito distritos concordavam em pedir; caso dois se recusassem, Snetkov podia renunciar à candidatura. E, então, o partido velho podia escolher outro, o que poria todos os cálculos a perder. Porém, se apenas o distrito de Sviájski não pedisse, Snetkov se candidataria. Até votariam e se passariam para ele de propósito, para que o partido contrário se enroscasse nos cálculos e, quando se apresentasse nosso candidato, votasse nele.

Lióvin entendeu, mas não por completo, e queria fazer ainda algumas perguntas, quanto de repente todos passaram a falar, fazer barulho e se deslocar para o salão grande.

— O que é isso? O quê? De quem? — Procuração? Para quem? O quê? — Desmentiram? — Nada de procuração. — Não aceitam Flíorov. — Co-

---

[71] "Oh santa simplicidade!", em latim no original. (N. do T.)

mo assim, porque está sendo processado? — Desse jeito, não vai aceitar ninguém. É uma infâmia. — A lei! — ouviu Lióvin, de diversos lados, e junto com todos, apressando-se e temendo perder algo, dirigiu-se ao salão grande, onde, comprimindo-se contra os nobres, aproximou-se da mesa da província, junto à qual discutiam com ardor o decano da província, Sviájski e outros dirigentes.

XXVIII

Lióvin ficou bem longe. Um nobre que respirava pesadamente e roncava a seu lado, e um outro, rangendo as solas grossas do calçado, impediam-no de ouvir com clareza. À distância, ouvia apenas a voz suave do decano, depois a voz esganiçada do nobre virulento, e depois a voz de Sviájski. Discutiam, até onde podia entender, o significado de um artigo da lei e o significado das palavras: *que se encontra sob inquérito*.

A multidão se dividiu para abrir caminho a Serguei Ivânovitch, que se aproximava da mesa. Serguei Ivânovitch, aguardando o final do discurso do nobre virulento, disse que achava que o melhor seria inquirir sobre o artigo da lei, e pediu ao secretário que o encontrasse. O artigo dizia que, em caso de divergência, era preciso votar.

Serguei Ivânovitch leu o artigo e se pôs a explicar seu significado, mas aí um proprietário de terras alto, gordo, arqueado, de bigodes pintados, uniforme apertado, com um colarinho que apoiava por detrás do pescoço, interrompeu-o. Foi até a mesa e, batendo nela com a mão em que tinha um anel, berrou, alto:

— Votar! Com bolas! Não tem conversa! Às bolas!

Daí, de repente, várias vozes se puseram a falar, e o nobre alto de anel, cada vez mais exacerbado, gritava cada vez mais alto. Mas não dava para distinguir o que falava.

Dizia o mesmo que Serguei Ivânovitch propunha; pelo visto, odiava-o, e todo seu partido, e esse sentimento de ódio contaminou todo o partido, suscitando uma reação igualmente exacerbada, embora mais decorosa, do outro lado. Ergueram-se gritos e, em um instante, formou-se uma confusão generalizada, de modo que o decano da província teve que pedir ordem.

— Votar, votar! Quem é nobre entende. Derramamos sangue... A confiança do monarca... Não peça contas ao decano, ele não é um intendente... A questão não é essa... Perdão, às bolas! Baixaria!... — gritos exacerbados e frenéticos soavam de todos os lados. Olhares e rostos estavam ainda mais exacerbados e frenéticos que os discursos. Exprimiam ódio irreconciliável. Lióvin absolutamente não entendia qual era o problema, e se espantava com o arrebatamento com que se esclarecia a questão sobre votar ou não o parecer a respeito de Fliórov. Esquecera-se, como posteriormente esclareceu-lhe Serguei Ivânovitch, do silogismo de que, para o bem comum, era preciso derrubar o decano da província; para a derrubada do decano, era preciso maioria de votos; para a maioria de votos, era necessário dar a Fliórov o direito de votar; para o reconhecimento da habilitação de Fliórov, era necessário explicar como entender o artigo da lei.

— Pois um voto pode decidir toda a questão, e é preciso ser sério e consequente se você quiser servir à causa comum — concluiu Serguei Ivânovitch.

Mas Lióvin se esquecera disso, e lhe pesava ver essas pessoas boas, que respeitava, em uma excitação tão desagradável e raivosa. Para afastar esse sentimento pesado, sem aguardar o final do debate, foi para o salão onde não havia ninguém além de lacaios, perto do bufê. Ao avistar os lacaios atarefados com a lavagem da louça e a colocação dos pratos e cálices, ao avistar seus rostos tranquilos e animados, Lióvin sentiu uma inesperada sensação de alívio, como se tivesse saído de um quarto fétido para o ar livre. Pôs-se a caminhar para a frente e para trás, olhando para os lacaios com satisfação. Gostou muito do modo como um lacaio de suíças grisalhas, manifestando desprezo pelos outros, jovens, que dele zombavam, ensinava-lhes a arrumar os guardanapos. Lióvin preparava-se para entabular conversa com o velho lacaio quando o secretário da tutela da nobreza, um velhinho cuja especialidade era saber o nome e o patronímico de todos os nobres da província, distraiu-o.

— Por favor, Konstantin Dmítritch — disse —, seu irmão o procura. Vão votar o parecer.

Lióvin entrou no salão, recebeu uma bola branca e, atrás do irmão Serguei Ivânovitch, aproximou-se da mesa, junto à qual postava-se, com rosto significativo e irônico, pegando a barba com o punho, e cheirando-a, Sviájski. Serguei Ivânovitch colocou a mão na urna, depositou sua bola em algum lugar e, dando passagem a Lióvin, deteve-se ali mesmo. Lióvin avançou, porém, completamente esquecido do que se tratava, e confuso, dirigiu-se a Serguei Ivânovitch com a pergunta: "Onde colocar?". Perguntou em voz baixa, num momento em que estavam conversando por perto, de modo que esperava que sua questão não fosse ouvida. Porém, os falantes se calaram, e sua pergunta indecorosa foi ouvida. Serguei Ivânovitch franziu o cenho.

— É uma questão de convicção pessoal — disse, severo. Alguns sorriram. Lióvin enrubesceu, enfiou apressadamente a mão embaixo do feltro e colocou à direita, já que a bola estava na mão direita. Ao colocar, lembrou-se de que devia enfiar também a mão esquerda, e enfiou, mas já era tarde e, ainda mais embaraçado, foi rapidamente para as fileiras que ficavam mais atrás.

— Cento e vinte e seis por eleger! Noventa e oito por não eleger! — soou a voz do secretário, que não pronunciava a letra *r*. Depois ouviu-se uma gargalhada: encontraram na urna um botão e duas nozes. O nobre fora admitido, e o partido novo vencera.

Mas o partido velho não se dava por vencido. Lióvin ouviu que pediam a Snetkov para se candidatar, e viu que uma multidão de nobres cercava o decano da província, que dizia algo. Lióvin chegou mais perto. Respondendo aos nobres, Snetkov falava da confiança da nobreza, do amor por ele, que não o merecia, pois todo seu mérito consistia na devoção à nobreza, à qual consagrara doze anos de serviço. Repetiu algumas vezes as palavras: "Servi com todas as minhas forças a fé e a justiça, aprecio e agradeço" — e de repente parou, devido às lágrimas que o sufocavam, e saiu do salão. Decorressem essas lágrimas da consciência da injustiça que sofria, do amor pela nobreza ou da tensão da situação em que se encontrava, sentindo-se rodeado de inimigos, a emoção se disseminou, a maioria dos nobres ficou tocada, e Lióvin sentiu ternura por Snetkov.

À porta, o decano da província trombou com Lióvin.

— Perdão, desculpe, por favor — disse, como que a um desconhecido; porém, ao reconhecer Lióvin, deu um sorriso tímido. Lióvin teve a impressão de que ele queria dizer algo mas não conseguira, de emoção. Sua expressão facial, e toda a sua figura, de uniforme, cruzes e pantalonas brancas com galões, caminhando com pressa, lembrou a Lióvin um animal acuado, que vê que as coisas vão mal para ele. Essa expressão no rosto do decano era especialmente tocante para Lióvin porque, ainda na véspera, devido ao caso da tutela, estivera em sua casa, e vira-o em toda sua grandeza de homem de bem e de família. A casa grande, com a velha mobília familiar; lacaios velhos nada elegantes, sujos, mas respeitosos, visivelmente ex-servos que não tinham mudado de patrão; a esposa gorda e bondosa, de touquinha de renda e xale turco, acariciando a neta bonitinha, filha da filha; o filho jovenzinho, colegial do sexto ano, chegando do colégio e, ao cumprimentar o pai, beijando sua mão grande; os gestos e fala imponentes e carinhosos do anfitrião — tudo aquilo despertara em Lióvin, na véspera, respeito e compaixão involuntários. Lióvin agora estava tocado e com pena daquele velho, e tinha vontade de lhe dizer algo agradável.

— O senhor deve ser de novo nosso decano — disse.

— Pouco provável — disse o decano, olhando assustado ao redor. — Cansei, já estou velho. Se há gente mais digna e jovem do que eu, que sirva.

E o decano desapareceu por uma porta lateral.

Chegava o momento mais solene. Naquela hora, procederiam às eleições. Os dirigentes de um e outro partido contavam brancos e pretos nos dedos.

O debate sobre Fliórov dera ao partido novo não apenas o voto de Fliórov, mas também tempo ganho para que pudessem ser trazidos três nobres que as tramas do partido velho privara da possibilidade de participar das eleições. Dois nobres que tinham um fraco por bebida haviam sido embriagados por comparsas de Snetkov, e um terceiro tivera o uniforme furtado.

Ao saber disso, durante o debate a respeito de Fliórov, o partido novo mandou gente de carruagem vestir o nobre sem uniforme e trazer um dos bêbados para a reunião.

— Trouxe um, despejei-lhe água — disse o proprietário de terras que tinha ido atrás dele, ao se aproximar de Sviájski. — Não é nada, vai prestar.

— Não está muito bêbado, não vai cair? — disse Sviájski, balançando a cabeça.

— Não, é dos bons. Só não deve beber mais... Disse ao copeiro para não servi-lo de jeito nenhum.

XXIX

O salão estreito em que se fumava e petiscava estava cheio de nobres. O nervosismo só fazia aumentar, e em todos os rostos se via intranquilidade. O nervosismo era especialmente forte entre os dirigentes, que sabiam todos os detalhes e contavam todos os votos. Eram os comandantes da batalha iminente. Já os demais, como a tropa antes da batalha, embora também se preparassem para o combate, buscavam entrementes diversão. Uns petiscavam, de pé ou sentados à mesa, outros caminhavam, fumando *papirossa*, para a frente e para trás, no aposento longo, conversando com amigos que não viam há muito.

Lióvin não tinha vontade de comer, e não fumava; unir-se aos seus, ou seja, a Serguei Ivânovitch, Stepan Arkáditch, Sviájski e outros, não queria, pois junto a eles, em conversa animada, estava Vrônski, de uniforme de cavalariço da corte. Lióvin avistara-o ainda na véspera, nas eleições, e o evitara com cuidado, sem querer encontrá-lo. Foi até a janela e se sentou, observando os grupos e apurando o ouvido para o que era dito ao seu redor. Estava particularmente triste porque, ao que via, todos estavam animados, preocupados e ocupados, e apenas ele e um velhinho desdentado, bem velho, de uniforme naval, mastigando os lábios, sentado perto dele, encontravam-se sem interesse e sem ocupação.

— É um tremendo tratante! Eu lhe disse que assim não dá. Como assim! Em três anos, ele não conseguiu juntar — disse, com energia, um proprietário de terras baixo e arqueado, com cabelo engomado por cima do colarinho bordado do uniforme, batendo com força os saltos das botas novas, que pelo visto calçara para as eleições. E o proprietário, lançando um olhar insatisfeito na direção de Lióvin, virou-se abruptamente.

— Sim, é uma coisa suja, não há o que dizer — proferiu, com voz aguda, o proprietário pequeno.

Atrás desses, toda uma multidão de proprietários de terra, em torno de um general gordo, aproximaram-se rapidamente de Lióvin. Pelo visto, os proprietários buscavam um lugar para conversar sem serem ouvidos.

— Como ele ousa dizer que eu mandei roubar suas calças! Acho que ele as bebeu. Cuspo nele e em seu principado. Que não ouse falar, esse porco!

— Mas me desculpe! Eles se baseiam no artigo — falavam, em outro grupo. — A esposa deve ser inscrita na nobreza.

— Por mim, o artigo que vá para o diabo! Falo de coração. Para isso, somos fidalgos nobres. Tenha confiança.

— Vossa Excelência, vamos, *fine champagne*.[72]

Outra multidão seguia um nobre que gritava algo em voz alta; era um dos três embriagados.

— Sempre aconselhei a Mária Semiónova que arrendasse, pois ela não aufere lucro — dizia, com voz agradável, um proprietário de terras de bigodes grisalhos e uniforme de coronel do antigo estado-maior. Era o mesmo proprietário que Lióvin encontrara na casa de Sviájski. Reconheceu-o de imediato. Ele também fixou o olhar em Lióvin, e eles se cumprimentaram.

— Muito prazer! Olha só! Lembro-me muito bem. No ano passado, na casa do decano, Nikolai Ivânovitch.

— Pois bem, como vai a sua propriedade? — perguntou Lióvin.

— Sempre na mesma, no prejuízo — com um sorriso submisso, porém com expressão de calma e convicção de que assim é que tinha de ser, respondeu o proprietário, parando ao lado. — E o senhor, como veio parar na nos-

---

[72] Tipo de conhaque francês. (N. do T.)

sa província? — ele perguntou. — Veio tomar parte em nosso *coup d'état*?[73] — disse, pronunciado as palavras francesas com firmeza, embora mal. — Toda a Rússia se reuniu: *Kammerjunkers*, e por pouco não tem ministros. — Apontou para a figura imponente de Stepan Arkáditch, de pantalonas brancas e uniforme de *Kammerjunker*, andando com um general.

— Devo admitir que entendo muito mal o significado das eleições da nobreza — disse Lióvin.

O proprietário olhou para ele.

— Mas o que há para entender? Não tem nenhum significado. Uma instituição decadente, que continua seu movimento apenas por força da inércia. Veja os uniformes, e eles vão lhe dizer: trata-se de uma reunião de juízes de paz, de membros permanentes, etc., mas não de nobres.

— Então, por que o senhor vem? — perguntou Lióvin.

— Por hábito, somente. Depois, é preciso manter as conexões. Uma obrigação moral, de algum jeito. E, depois, para falar a verdade, há o interesse próprio. Meu genro deseja se candidatar a membro permanente. É gente que não é rica, e precisa ser conduzida. Mas esses senhores, para que vieram? — disse, apontando para o senhor virulento, que falara à mesa da província.

— É a nova geração da nobreza.

— Nova pode ser. Mas não é nobreza. Eles têm terras, enquanto nós somos proprietários. Como nobres, estão se suicidando.

— Mas o senhor disse que é uma instituição caduca.

— Pode ser caduca, mas mesmo assim tem que ser tratada com mais respeito. Pois Snetkov... Podemos ser bons ou não, mas crescemos por mil anos. Sabe, ocorre-lhe de cultivar um jardinzinho na frente de casa, planejar e, nesse lugar, tem uma árvore centenária... Apesar de ela ser torcida e velha, mesmo assim o senhor não vai podar a velha para fazer um canteirinho de flores, mas sim replanejar os canteiros para aproveitar a árvore. Ela não vai crescer em um ano — disse, com cuidado, e imediatamente mudou de assunto. — Pois bem, e a sua propriedade, como vai?

— Ah, não muito bem. Cinco por cento.

— Sim, mas o senhor não está se levando em conta. O senhor também não vale alguma coisa? Vou falar por mim mesmo. Antes de administrar minha propriedade, ganhava três mil no serviço. Agora, trabalho mais do que no serviço e, se ganhar cinco por cento, como o senhor, graças a Deus. O trabalho próprio é de graça.

---

[73] "Golpe de Estado", em francês no original. (N. do T.)

— Mas por que o senhor faz isso? Se é prejuízo certo?

— Mas faço! O que o senhor quer? É o hábito e, sabe, tem que ser assim. Vou lhe dizer mais — prosseguiu o proprietário, apoiando o cotovelo na janela e soltando a língua. — Meu filho não tem nenhum apreço pela agricultura. Pelo visto, vai ser um erudito. De modo que não haverá quem continue. Mas faço assim mesmo. Pois hoje plantei um pomar.

— Sim, sim — disse Lióvin —, isso é absolutamente justo. Sempre sinto que não há um pagamento verdadeiro pelo meu trabalho, mas eu faço... Você sente uma obrigação para com a terra.

— É o que estou lhe dizendo — prosseguiu o proprietário. — Tive um vizinho mercador. Passeávamos pela propriedade, pelo jardim. "Não, Stepan Vassílitch, ele diz, tudo aqui está em ordem, mas o jardinzinho foi relegado." Sendo que, na verdade, está em ordem. "No meu entendimento, eu cortaria essa tília. Só que com a entrecasca.[74] Afinal, tem umas mil tílias, cada uma dá duas belas entrecascas. E hoje as entrecascas estão valorizadas, e eu derrubaria as tílias."

— E com o dinheiro compraria gado, ou umas terrinhas por uma pechincha, e repartiria entre os mujiques a título de empréstimo — concluiu, com um sorriso, Lióvin, que, pelo visto, mais de uma vez já se deparara com cálculos semelhantes. — E ele aumentaria o seu patrimônio. Já o senhor e eu, que Deus permita conservar o nosso, e deixar para os filhos.

— O senhor é casado, como ouvi? — disse o proprietário.

— Sim — respondeu Lióvin, com satisfação orgulhosa. — Sim, isso é algo estranho — prosseguiu. — Vivemos sem pagamentos, estamos postados como antigas vestais, velando por um fogo qualquer.

O proprietário riu por debaixo dos bigodes brancos.

— Há também alguns de nós, como nosso amigo Nikolai Ivânitch ou, agora, o conde Vrônski, recém-estabelecido, que desejam dirigir uma agricultura industrial; mas isso, até agora, não levou a nada além de dissipar capital.

— Mas por que não fazemos como os mercadores? Não derrubamos árvores por entrecascas? — disse Lióvin, retomando a ideia que o espantava.

— Pelo que o senhor disse, para velar o fogo. E isso não é trabalho de nobre. O trabalho de nobre não se realiza aqui, nas eleições, mas lá, no nosso canto. Há também nosso instinto de classe, o que é preciso e o que não é preciso. Veja também os mujiques, olho mais uma vez para eles: como bom

---

[74] A entrecasca da tília tinha diversos usos na antiga Rússia rural. (N. do T.)

mujique, ele tenta pegar tanta terra quanto puder. Por pior que seja a terra, vai lavrar assim mesmo. Também sem pagamento. Com prejuízo certo.

— Sim, assim como nós — disse Lióvin. — Foi um grande, um grande prazer encontrá-lo — acrescentou, ao ver Sviájski se aproximando.

— Bem, é a primeira vez que nos encontramos depois que estivemos na sua casa, e também conversamos bastante.

— E então, criticaram a nova ordem? — disse Sviájski, com um sorriso.

— Não dá para passar sem isso.

— Desafogamos a alma.

XXX

Sviájski tomou Lióvin pelo braço e foi com ele até os seus.

Agora já não dava para escapar de Vrônski. Ele estava com Stepan Arkáditch e Serguei Ivânovitch, e olhou direto para Lióvin, que se aproximava.

— Estou muito contente. Ao que parece, tive a satisfação de encontrá-lo... na casa da princesa Scherbátskaia — disse, dando a mão a Lióvin.

— Sim, lembro-me muito bem do nosso encontro — disse Lióvin e, corando de um vermelho vivo, imediatamente se virou e pôs-se a falar com o irmão.

Sorrindo de leve, Vrônski continuou a falar com Sviájski, visivelmente sem nenhum desejo de entabular conversa com Lióvin; porém Lióvin, falando com o irmão, olhava sem parar para Vrônski, imaginando o que falar para reparar sua rudeza.

— Qual é a questão agora? — perguntou Lióvin, olhando para Sviájski e Vrônski.

— Snetkov. Ele tem que recusar ou concordar — respondeu Sviájski.

— Mas e ele, concordou ou não?

— A questão é essa: nem um, nem outro — disse Vrônski.

— Mas, caso recuse, quem então vai se candidatar? — perguntou Lióvin, fitando Vrônski.

— Quem quiser — disse Sviájski.

— O senhor vai? — perguntou Lióvin.

— Eu é que não — disse Sviájski, embaraçado e lançando um olhar assustado para o senhor virulento, que estava ao lado de Serguei Ivânovitch.

— Mas então, quem? Nevedóvski? — disse Lióvin, sentindo que se complicava.

Mas foi ainda pior. Os dois, Nevedóvski e Sviájski, eram candidatos.

— Bem, eu não, em qualquer circunstância — respondeu o cavalheiro virulento.

Era Nevedóvski. Sviájski apresentou-o a Lióvin.

— Então, está sendo contagiado? — disse Stepan Arkáditch, piscando para Vrônski. — É como as corridas. Dá para apostar.

— Sim, isso contagia — disse Vrônski. — E, uma vez que entrou nisso, você quer ver até o fim. Uma luta! — disse, franzindo e comprimindo os fortes zigomas.

— Que negociador esperto é Sviájski! Vê tudo com clareza.

— Oh, sim — disse Vrônski, distraído.

Instaurou-se um silêncio, durante o qual Vrônski — já que tinha que olhar para algo — olhou para Lióvin, para seus pés, para seu uniforme, depois para sua cara e, notando os olhos soturnos voltados em sua direção, para dizer algo, disse:

— Mas como o senhor, habitante permanente do campo, não é juiz de paz? O senhor não está de uniforme de juiz de paz.

— Por considerar que o juiz de paz é uma instituição estúpida — respondeu, sombrio, Lióvin, que estivera o tempo todo esperando uma oportunidade para falar com Vrônski, para reparar sua rudeza do primeiro encontro.

— Não acho isso, pelo contrário — disse Vrônski, com assombro tranquilo.

— Aquilo é um brinquedo — interrompeu-o Lióvin. — Não precisamos de juízes de paz. Em oito anos, não tive nenhuma causa. E a que tive foi decidida às avessas. O juiz de paz fica a quarenta verstas de mim. Por uma causa de dois rublos, tive que mandar um advogado que custa quinze.

E contou que um mujique tinha roubado farinha do moleiro e, quando o moleiro lhe disse isso, o mujique abriu processo por calúnia. Tudo aquilo era despropositado e tolo, e o próprio Lióvin o sentia ao falar.

— Oh, ele é tão original! — disse Stepan Arkáditch, com o mesmo sorriso amendoado. — Contudo, vamos; parece que vão votar...

E separaram-se.

— Não entendo — disse Serguei Ivânovitch, que observara o desatino canhestro do irmão —, não entendo como é possível ser desprovido nesse grau de qualquer tato político. Eis o que nós, russos, não possuímos. O decano da província é nosso adversário, você fica *ami cochon*[75] dele e lhe pe-

---

[75] "Amigo fiel", em francês no original. (N. do T.)

de para se candidatar. E o conde Vrônski... não vou ficar amigo dele; convidou-me para jantar, e não vou; mas é dos nossos, por que transformá-lo em inimigo? Depois você pergunta a Nevedóvski se ele vai se candidatar. Isso não se faz.

— Ah, não entendo nada! E tudo isso são ninharias — respondeu Lióvin, sombrio.

— Você diz que são tudo ninharias, mas, quando se mete, atrapalha tudo.

Lióvin se calou, e entraram juntos no salão grande.

O decano da província, embora sentisse no ar que lhe preparavam uma tramoia, e embora nem todos pedissem por ele, mesmo assim resolvera se candidatar. Todos no salão se calaram, o secretário informou, alto e bom som, que se candidatava a decano da província o capitão da guarda de cavalaria Mikhail Stepânovitch Snetkov.

Os decanos de distrito puseram-se a caminhar com pratinhos, nos quais havia bolas, de suas mesas para a mesa da província, e a eleição começou.

— Coloque à direita — Stepan Arkáditch sussurrou para Lióvin, quando ele foi até a mesa com o irmão, atrás do decano. Só que Lióvin agora tinha esquecido o cálculo que haviam lhe explicado, e temia que Stepan Arkáditch tivesse se enganado ao dizer "à direita". Afinal, Snetkov era o inimigo. Ao se aproximar da urna, segurou a bola na direita, porém, achando que se enganava, diante da urna passou a bola para a mão esquerda e, evidentemente, depois colocou à esquerda. Um especialista no assunto que estava junto à urna, que entendera pelo simples movimento do cotovelo onde ele iria colocar, franziu o cenho sem querer. Não teve como aplicar sua perspicácia.

Tudo ficou em silêncio, e ouviu-se a contagem das bolas. Depois, uma voz solitária proclamou o número de votos a favor e contra.

O decano fora eleito por maioria significativa. Todos fizeram barulho, e se lançaram precipitadamente para a porta. Snetkov entrou, e a nobreza o cercou, cumprimentando.

— Pois bem, agora acabou? — Lióvin perguntou a Serguei Ivânovitch.

— Apenas começou — disse Sviájski, sorrindo, por Serguei Ivânovitch. — Outro candidato a decano pode receber mais votos.

Lióvin voltou a se esquecer completamente daquilo. Agora lembrava-se apenas de que havia alguma sutileza, mas era aborrecido lembrar em que consistia. Um desalento se abateu sobre ele, que teve vontade de se livrar daquela multidão. Como ninguém prestava atenção nele e, aparentemente, não precisavam dele, dirigiu-se de mansinho ao salão pequeno, onde se petiscava, e sentiu um grande alívio ao voltar a avistar os lacaios. O lacaio velhinho ofereceu comida, e ele concordou. Após ingerir um croquete com feijão e falar com o lacaio dos antigos senhores, Lióvin, que não queria entrar no salão onde se sentia tão mal, foi passear nas galerias.

As galerias estavam cheias de damas bem-vestidas, apoiadas no corrimão, tentando não perder uma palavra sequer do que era dito embaixo. Perto das damas havia advogados elegantes, professores do colégio, de óculos, e oficiais, sentados e de pé. Por toda parte falava-se das eleições, de como o decano estava extenuado, e de quão bons tinham sido os debates; em um grupo, Lióvin ouviu elogios a seu irmão. Uma dama dizia a um advogado:

— Como estou contente por ter ouvido Kóznychev! Vale a pena ficar sem comer por causa disso. Um encanto! Como é claro. E dá para ouvir tudo! No seu tribunal, ninguém fala desse jeito. Só Máidel, e ele está longe de ser tão eloquente.

Encontrando um lugar junto ao corrimão, Lióvin se apoiou e passou a observar e escutar. Todos os nobres estavam sentados atrás de tabiques, correspondentes aos seus distritos. No meio do salão, postava-se um homem de uniforme, que proclamou, com voz alta e aguda:

— Propõe-se a candidatura a decano da nobreza da província do tenente de cavalaria Ievguêni Ivânovitch Opúkhtin!

Fez-se um silêncio mortal, e soou uma voz velha e solitária:

— Declino!

— Candidata-se o conselheiro da corte Piotr Petróvitch Boll — a voz recomeçou.

— Declino! — soou uma voz jovem e esganiçada.

Recomeçou do mesmo jeito, e novamente "declino". Assim continuou por cerca de uma hora. Lióvin, com o cotovelo apoiado no corrimão, observava e ouvia. No começo, espantou-se e quis entender o que aquilo significava; depois, seguro de que não conseguiria entender, aborreceu-se. Depois, lembrando-se de todo o nervosismo e exasperação que vira nas faces de todos, ficou triste: decidiu partir, e foi para baixo. Ao passar pelo saguão da galeria, encontrou um colegial triste, andando para a frente e para trás, com manchas nos olhos. Na escadaria, deu de encontro com um casal: uma dama de salto, correndo rápido, e o lépido auxiliar do procurador.

— Eu lhe disse para não se atrasar — o procurador disse quando Lióvin saiu de lado, para dar passagem à dama.

Lióvin já estava na escadaria de saída, pegando a senha de seu casaco no bolso do colete, quando o secretário o pegou.

— Por favor, Konstantin Dmítritch, estão votando.

Votava-se a candidatura de Nevedóvski, que declinara de forma tão decidida. Lióvin foi até a porta do salão; estava fechada. O secretário bateu, a porta se abriu, e dois proprietários de terras ruborizados se lançaram na direção de Lióvin.

— Não posso mais — disse um dos proprietários ruborizados.

Atrás do proprietário, assomou o rosto do decano da província. Seu rosto estava medonho de esgotamento e pavor.

— Eu disse para não deixar sair! — ele gritou para o vigia.

— Eu deixei entrar, Vossa Excelência!

— Senhor! — e, suspirando pesadamente, e se apressando, cansado, nas pantalonas brancas, o decano da província, de cabeça baixa, passou pelo meio do salão, até a mesa grande.

Nevedóvski fora eleito, de acordo com os cálculos, e era o decano da província. Muitos estavam alegres, muitos estavam satisfeitos, felizes, muitos em êxtase, muitos insatisfeitos e infelizes. O decano da província estava em um desespero que não conseguia esconder. Quando Nevedóvski saiu do salão, uma multidão o rodeava e seguia, entusiasmada, do mesmo modo que seguira o governador que abrira as eleições, no primeiro dia, e do mesmo modo que seguira Snetkov, quando fora eleito.

XXXI

O decano da província recém-eleito, e muitos de seu partido vitorioso, jantaram, naquele dia, na casa de Vrônski.

Vrônski comparecera às eleições por estar entediado no campo e precisar manifestar a Anna seu direito à liberdade, para retribuir a Sviájski, com o apoio eleitoral, todas as suas diligências em seu favor nas eleições do *zemstvo* e, acima de tudo, para cumprir com rigor todas as obrigações da posição de nobre e latifundiário que escolhera para si. Não esperava de forma alguma que essa questão eleitoral o ocupasse tanto, que o contagiasse tanto, e que pudesse atuar tão bem nela. Era uma pessoa absolutamente nova no círculo da nobreza mas, pelo visto, obtivera êxito, e não se enganava ao pensar que já exercia influência entre os nobres. Para sua influência contribuíam: sua riqueza e fidalguia; seu maravilhoso alojamento na cidade, que lhe fora cedido por um velho conhecido, Chirkov, que se ocupava de assuntos financeiros e fundara um banco florescente em Káchin; o excelente cozinheiro de Vrônski, trazido do campo; a amizade com o governador, que fora colega de Vrônski e seu protegido; e, acima de tudo, a forma simples e equânime de tratar a todos, que muito rapidamente forçou a maior parte dos nobres a mudar seu julgamento a respeito de sua suposta arrogância. Sentia que, à exceção do cavalheiro tresloucado casado com Kitty Scherbátskaia, que, *à propos de bottes*,[76] enchera-o com um monte de tolices despropositadas, cada nobre que conhecia fazia-se seu apoiador. Via com clareza, e os outros o reconheciam, que contribuíra muito para o sucesso de Nevedóvski. E agora, à mesa, festejando a eleição de Nevedóvski, sentia a sensação agradável de triunfo por seu escolhido. As eleições o tinham ocupado tanto que, caso viesse a se casar nos próximos três anos, pensava em se candidatar — tal como tinha vontade de competir após ganhar uma corrida com um jóquei seu.

Agora festejavam o jóquei ganhador. Vrônski estava sentado à cabeceira da mesa, tendo à sua direita o jovem governador, um general do séquito imperial. Para todos, ele era o chefe da província, que solenemente abrira as eleições, proferindo um discurso e suscitando o respeito e servilismo de alguns, como Vrônski notara; para Vrônski, era Máslov, apelidado Katka no Corpo de Pajens, que ficava embaraçado na sua frente, e que Vrônski se esforçava em *mettre à son aise*.[77] À esquerda, sentava-se Nevedóvski, com seu rosto jovem, inabalável e virulento. Com ele, Vrônski era simples e respeitoso.

Sviájski suportou seu insucesso com alegria. Nem o encarava como insucesso, como ele mesmo disse, dirigindo-se a Nevedóvski com uma taça: não seria possível encontrar melhor representante da nova tendência que a nobreza deveria seguir. E, por isso, todas as pessoas honradas, em suas palavras, estavam do lado do êxito de hoje, e o celebravam.

Stepan Arkáditch também estava contente por passar o tempo com alegria, e por todos estarem satisfeitos. Durante o jantar maravilhoso, examinaram episódios das eleições. Sviájski fez uma imitação cômica do discurso lacrimejante do decano, e notou, dirigindo-se a Nevedóvski, que Sua Excelência precisava escolher um método mais complexo de verificação de somas do que as lágrimas. Outro nobre brincalhão contou como tinham encomendado lacaios de meias para o baile do decano da província, e como agora teriam que ser mandados de volta, caso o novo decano da província não fosse dar um baile com lacaios de meias.

---

[76] "Por ninharias", em francês no original. (N. do T.)

[77] "Deixar à vontade", em francês no original. (N. do T.)

Durante o jantar, ao se dirigir a Nevedóvski, chamavam-no incessantemente de "nosso decano da província" e "Vossa Excelência".

Isso era dito com a mesma satisfação com que uma jovem esposa é chamada de "madame", pelo sobrenome do marido. Nevedóvski fazia de conta que não apenas era indiferente, como também desprezava essa denominação, mas era evidente que estava feliz e refreava-se para não manifestar um êxtase que não cabia no novo meio liberal em que todos se encontravam.

Após o jantar, foram enviados alguns telegramas a gente interessada no curso das eleições. E Stepan Arkáditch, que estava muito alegre, mandou a Dária Aleksândrovna um telegrama com o seguinte conteúdo: "Nevedóvski eleito vinte votos. Saudações. Transmita". Ditou-o em voz alta, com a observação: "É preciso alegrá-los". Dária Aleksândrovna, ao receber o despacho, só fez suspirar pelo rublo que custara o telegrama, entendendo que era uma coisa de fim de jantar. Sabia que Stiva, no final de bons jantares, tinha um fraco por *faire jouer le télégraphe*.[78]

Tudo, junto com o jantar excelente e vinhos que não eram de negociantes russos, mas trazidos direto do exterior, foi muito nobre, simples e divertido. O pequeno círculo de vinte pessoas fora selecionado por Sviájski dentre novos correligionários liberais, eminências espirituosas e honestas. Fizeram brindes, também brincalhões, ao novo decano da província, ao governador, ao diretor do banco, e ao "nosso querido anfitrião".

Vrônski estava satisfeito. Não esperara de jeito nenhum por um tom tão gentil na província.

No fim do jantar, ficou ainda mais divertido. O governador pediu a Vrônski que fosse ao concerto em benefício dos *irmãos*,[79] organizado por sua esposa, que desejava conhecê-lo.

— Lá haverá um baile, e você verá nossa beldade. É realmente notável.

— *Not in my line*[80] — respondeu Vrônski, que gostava da expressão, porém sorrindo e prometendo ir.

Já estavam à saída da mesa, quando todos fumavam, e o criado de Vrônski veio até ele com uma carta na bandeja.

— De Vozdvíjenski, pelo estafeta — disse, com uma expressão significativa.

— Impressionante como é parecido com Sventítski, o auxiliar do pro-

---

[78] "[...] fazer soar o telégrafo", em francês no original. (N. do T.)

[79] Referência ao povo sérvio. (N. do T.)

[80] "Não é a minha especialidade", em inglês no original. (N. do T.)

curador — disse um dos convidados, em francês, a respeito do criado, na hora em que Vrônski, franzindo o cenho, lia a carta.

A carta era de Anna. Ainda antes de ler, já sabia seu conteúdo. Supondo que as eleições terminariam no quinto dia, prometera regressar na sexta-feira. Já era sábado, e sabia que o conteúdo da carta era uma bronca por não ter regressado a tempo. A carta que enviara na véspera, à noite, provavelmente ainda não havia chegado.

O conteúdo era o esperado, mas a forma era inesperada e especialmente desagradável. "Annie está muito doente, o doutor disse que pode ser pneumonia. Sozinha vou perder a cabeça. A princesa Varvara não é uma ajuda, mas um estorvo. Eu esperei por você anteontem, ontem, e agora mandei apurarem onde está, e como está. Queria ir em pessoa, mas repensei, sabendo que lhe desagradaria. Mande alguma resposta, para que eu saiba o que fazer."

O bebê estava doente, e ela queria vir em pessoa. A filha estava doente, e esse tom hostil. A alegria inocente das eleições e o amor sombrio e pesado, para o qual tinha de voltar, espantaram Vrônski por seu contraste. Mas tinha de ir e, no primeiro trem, à noite, partiu para casa.

XXXII

Antes da partida de Vrônski para as eleições, pensando que as cenas que se repetiam a cada uma de suas saídas podiam apenas esfriar em vez de reforçar sua ligação, Anna decidira fazer todo o esforço possível para suportar com calma estar separada dele. Porém, o olhar frio e severo com que a encarara ao informar sua partida a ofendera, e nem bem ele tinha saído e sua tranquilidade já estava em ruínas.

Mais tarde, solitária, refletindo sobre aquele olhar que manifestava seu direito à liberdade, chegou ao mesmo ponto de sempre: a consciência de sua humilhação. "Ele tem direito de ir quando e para onde quer. Não apenas de ir, como de me deixar. Ele tem todos os direitos, eu não tenho nenhum. Porém, sabendo disso, ele não deveria fazê-lo. Entretanto, o que ele fez?... Encarou-me com expressão fria, severa. Óbvio que é algo vago, impalpável, mas isso não existia antes, e esse olhar quer dizer muita coisa — pensava. — Esse olhar demonstra o começo do esfriamento."

E, embora estivesse certa de que o esfriamento começara, mesmo assim não tinha o que fazer, não podia modificar em nada sua relação com ele. Assim como antes, apenas com amor e atração podia segurá-lo. E, assim como antes, com as ocupações do dia e a morfina da noite, conseguia abafar os pensamentos terríveis sobre o que seria dela se ele deixasse de amá-la. Verdade que ainda havia um meio: não segurá-lo — para isso, não queria nada além do seu amor —, mas se aproximar dele, criar uma situação na qual ele não a abandonasse. Esse meio era o divórcio e o matrimônio. E passou a desejá-lo, resolvendo concordar na primeira vez em que ele ou Stiva tocassem no assunto.

Nesses pensamentos passou os cinco dias sem ele, aqueles nos quais ele devia se ausentar.

Passeios, conversas com a princesa Varvara, visitas ao hospital e, principalmente, leitura, a leitura de um livro atrás do outro, ocuparam seu tempo. Porém, no sexto dia, quando o cocheiro voltou sem ele, sentiu que não tinha mais forças para abafar de jeito nenhum os pensamentos nele, e no que ele estaria fazendo por lá. Nessa hora, sua filha adoeceu. Anna passou a cuidar dela, mas nem isso a distraiu, ainda mais porque a doença não era perigosa. Por mais que tentasse, não conseguia amar aquela menina, e fingir amor não conseguia. Naquela noite, deixada a sós, Anna sentiu tamanho pavor por causa dele que decidiu ir à cidade, porém, repensando bem, escreveu-lhe a carta contraditória que Vrônski recebeu e, sem reler, enviou-a pelo estafeta. Na manhã seguinte, recebeu a carta dele, e se arrependeu da sua. Aguardava com horror a repetição do olhar severo que ele lhe lançara, à partida, especialmente quando ficasse sabendo que a doença da menina não era perigosa. Mas, mesmo assim, estava contente por ter-lhe escrito. Agora Anna já assumia para si mesma que o oprimia, que ele deixaria a liberdade com pesar para voltar para ela e, apesar disso, estava contente com a sua vinda. Que ele se sentisse oprimido mas estivesse lá, com ela, que ela o visse e soubesse de cada movimento seu.

Estava sentada na sala de visitas, sob uma luminária, com um livro novo de Taine, e lia, apurando o ouvido aos sons do vento no pátio, e aguardando a cada minuto a chegada da carruagem. Algumas vezes, tinha a impressão de ouvir o som de rodas, mas se enganava; por fim, soou não apenas o som das rodas, como o grito do cocheiro e o ruído surdo da entrada coberta. Até a princesa Varvara, que jogava paciência, confirmou-o, e Anna, corando, levantou-se; porém, em vez de descer, como fizera duas vezes, deteve-se. De repente, ficou com vergonha de sua trapaça, mas ainda com mais medo de como ele a receberia. A sensação de ultraje já tinha passado; apenas temia como ele manifestaria sua insatisfação. Lembrava-se de que a filha já estava perfeitamente saudável há dois dias. Ficou até agastada com ela por ter se recuperado assim que a carta foi enviada. Depois se lembrou de le, de que ele estava lá, por inteiro, com seus olhos, mãos. Ouviu sua voz. E, esquecida de todo, correu alegremente ao seu encontro.

— Pois bem, e Annie? — disse ele, timidamente, de baixo, olhando para Anna, que corria em sua direção.

Ele se sentou na cadeira, e um lacaio lhe arrancou a bota quente.

— Não tem nada, está melhor.

— E você? — disse, sacudindo-se.

Com ambas as mãos, ela o tomou pela mão e a levou até sua cintura, sem tirar os olhos dele.

— Pois bem, fico muito contente — ele disse, examinando com frieza Anna, seu penteado e seu vestido, que sabia que ela colocara para ele.

Tudo isso o agradou, mas quantas vezes o agradara! E a expressão pétrea de severidade, que ela tanto temera, formou-se em seu rosto.

— Pois bem, fico muito contente. E você, está bem de saúde? — ele disse, enxugando a barba úmida com um lenço e beijando-lhe a mão.

"Tanto faz — ela pensou —, basta ele estar aqui; e, quando está aqui, ele não pode, não ousa não me amar."

A tarde passou de forma alegre e divertida, com a princesa Varvara, que se queixou a ele de que Anna, na sua ausência, tomava morfina.

— Que fazer? Não conseguia dormir... Os pensamentos atrapalhavam. Com ele, não tomo nunca. Quase nunca.

Ele contou das eleições e, com as perguntas, Anna soube levá-lo ao que mais o alegrava — seu próprio êxito. Ela lhe contou sobre tudo o que o interessava na casa. E todas as suas notícias eram as mais alegres.

Porém, mais tarde, quando já se encontravam a sós, Anna, vendo que já voltava a dominá-lo por completo, quis apagar a impressão dura do olhar devido à carta. Disse:

— Mas reconheça, você ficou agastado por receber a carta, e não acreditou em mim?

Bastou dizer aquilo e ela entendeu que, por mais amoroso que ele estivesse agora, não a tinha perdoado por aquilo.

— Sim — disse. — A carta era tão estranha. Ora Annie estava doente, ora você queria ir em pessoa.

— Era tudo verdade.

— Sim, não duvido.

— Não, você duvida. Você está insatisfeito, estou vendo.

— Nem por um minuto. Só estou insatisfeito, na verdade, porque é como se você não quisesse admitir que há obrigações....

— A obrigação de ir a um concerto...

— Mas não falemos disso — ele disse.

— Por que não falar? — ela disse.

— Só quero dizer que podem ocorrer negócios, necessidades. Pois agora tenho de ir a Moscou, por causa do negócio da casa... Ah, Anna, por que você se irrita tanto? Por acaso não sabe que não posso viver sem você?

— Se é assim — disse Anna, mudando de voz de repente —, então você está oprimido por essa vida... Sim, você vem por um dia e parte, como fazem...

— Anna, isso é cruel. Estou prestes a dar minha vida...

Só que ela não o escutava.

— Se você for a Moscou, também irei. Não vou ficar aqui. Devemos ou nos separar, ou viver juntos.

— Mas você sabe que esse é o meu desejo. Mas, para isso...

— É preciso o divórcio? Vou escrever para ele. Estou vendo que não posso viver assim... Mas vou com você a Moscou.

— Como se fosse uma ameaça. Mas eu não desejo nada tanto quanto não me separar de você — disse Vrônski, rindo.

Porém, o olhar frio e feroz de uma pessoa perseguida e tenaz cintilou em seus olhos ao dizer essas palavras ternas.

Ela reparou nesse olhar e adivinhou seu significado de forma correta.

"Se for assim, é uma desgraça!" — dizia seu olhar. Foi uma impressão momentânea, mas ela jamais esqueceria.

Anna escreveu uma carta ao marido, pedindo o divórcio, e, no final de novembro, separando-se da princesa Varvara, que precisava ir a São Petersburgo, foi a Moscou com Vrônski. Esperando todos os dias a resposta de Aleksei Aleksândrovitch, e o consequente divórcio, estabeleceram-se agora como se fossem casados.

PARTE VII

I

Os Lióvin já viviam em Moscou há três meses. Já passara há muito o prazo em que Kitty deveria ter parido, pelos cálculos mais confiáveis das pessoas que conhecem essas coisas; porém, continuava grávida, e nada evidenciava que a hora estivesse mais próxima agora do que há dois meses. O médico, a parteira, Dolly e especialmente Lióvin, que não conseguia pensar no que estava se aproximando sem horror, começaram a sentir impaciência e inquietude; apenas Kitty sentia-se absolutamente calma e feliz.

Agora, ela reconhecia com clareza um novo sentimento nascente de amor pelo futuro bebê, que para ela, em parte, já existia realmente, e se colocava com prazer a serviço desse novo sentimento. Ele agora já não era completamente parte dela, mas às vezes vivia sua própria vida, independente dela. Isso frequentemente lhe causava dor, mas ao mesmo tempo lhe vinha a vontade de rir dessa alegria nova e estranha.

Todos a quem amava estavam com ela, e todos eram tão bons para com ela, cuidavam tanto dela, mostrando-lhe só o que fosse agradável, que, se ela não soubesse e sentisse que aquilo havia de acabar logo, não desejaria vida melhor e mais agradável. A única coisa que estragava o encanto dessa vida era que seu marido não era o mesmo que ela amava, como quando estava no campo.

No campo, ela amava seu tom tranquilo, carinhoso e hospitaleiro. Na cidade, ele se mostrava constantemente irrequieto e alerta, como se temesse que alguém o ofendesse e, principalmente, a ela. Lá, no campo, visivelmente sabendo estar em seu lugar, ele não tinha pressa de ir a parte alguma, e jamais ficava sem ocupação. Aqui, na cidade, andava sempre açodado, como que para não perder nada, e não tinha o que fazer. E ela ficava com pena dele. Sabia que, para os outros, ele não parecia digno de pena; pelo contrário, quando Kitty observava-o em sociedade, como às vezes se observa o ser amado, procurando vê-lo como se fosse um estranho, para determinar para si mesma a impressão que ele causava nos outros, via, ficando até com medo, por ciúmes, que ele não apenas não era digno de pena, como bastante atraente em sua cortesia honrada, algo antiquada e tímida para com as mulheres, sua figura forte e um rosto que lhe parecia especial e expressivo. Via-o, porém, não de fora, mas de dentro; via que aqui ele não era verdadeiro; não conseguia definir a situação dele de outra forma. Por vezes, em seu coração, recriminava-o por não saber viver na cidade; por vezes, contudo, reconhecia que ele tinha, de fato, dificuldade para organizar aqui sua vida de modo a ficar satisfeito com ela.

Efetivamente, o que ele tinha para fazer? Cartas, não gostava de jogar. Clube, não frequentava. Dar-se com homens alegres como Oblônski, ela agora já sabia o que significava... significava beber e, depois da bebedeira, ir a algum lugar. Não conseguia imaginar sem horror para onde iam os homens nesses casos. Frequentar a sociedade? Mas ela sabia que, para isso, era preciso encontrar satisfação em ficar próximo de mulheres jovens, e ela não podia desejar isso. Ficar em casa com ela, a mãe e as irmãs? Porém, por mais que, para ela, fossem agradáveis sempre as mesmas conversas — "Aline-Nadine", como o velho príncipe chamava tais conversas entre as irmãs —, sabia que, para ele, devia ser chato. O que, então, lhe restava a fazer? Continuar a escrever seu livro? Tentara fazer isso e, no começo, fora à biblioteca colher citações e informações para o livro; porém, como disse a ela, quanto mais ficava sem fazer nada, menos tempo lhe sobrava. E, além disso, queixava-se a ela de que aqui tinha falado demais sobre o livro e, por isso, todas suas ideias a respeito tinham se embaralhado, e perdera o interesse.

A única vantagem dessa vida urbana era que aqui, na cidade, nunca havia discussões entre eles. Fosse porque as condições na cidade eram melhores, ou porque ambos tinham se tornado mais cuidadosos e ajuizados com relação a isso, em Moscou não houve as brigas por ciúmes que tanto temiam ao se mudar para a cidade.

Com relação a isso, produziu-se até um acontecimento muito importante para ambos, ou seja, um encontro entre Kitty e Vrônski.

A velha princesa Mária Boríssovna, madrinha de batizado de Kitty, que sempre gostara muito dela, queria vê-la sem falta. Kitty, que, devido a seu estado, jamais ia a lugar nenhum, encaminhou-se com o pai à casa da venerável anciã, e lá encontrou Vrônski.

Nesse encontro, Kitty pôde recriminar-se apenas por, no instante em que reconheceu, em trajes civis, os traços que conhecia tão bem, ter-lhe faltado o ar, o sangue ter-lhe afluído ao coração e uma cor berrante, ela o sentia, ter-lhe surgido no rosto. Mas isso só durou alguns segundos. Seu pai, que conversava com Vrônski em voz propositadamente alta, não tinha terminado sua fala e ela já estava absolutamente pronta para olhar para Vrônski, caso necessário, falar com ele da mesma forma que falava com a princesa Mária Boríssovna e, principalmente, de um jeito que até a derradeira entonação e sorriso seriam aprovados pelo marido, cuja presença invisível ela como que sentia naquele instante.

Trocou algumas palavras com ele, chegando a rir tranquilamente de sua piada a respeito das eleições, que ele chamara de "nosso parlamento". (Era preciso rir para mostrar que compreendera a piada.) De imediato, porém, virou-se para a princesa Mária Boríssovna, sem fitá-lo nenhuma vez até que se levantasse, despedindo-se; só então olhou para ele, mas obviamente apenas porque era descortês não olhar para alguém que se está cumprimentando.

Era grata ao pai por não lhe ter dito nada a respeito do encontro com Vrônski; porém vira, por sua ternura especial após a visita, na hora do passeio habitual, que estava satisfeito com ela. Ela estava satisfeita consigo mesma. Jamais esperara encontrar essa força para segurar no fundo da alma todas as lembranças de seu sentimento anterior por Vrônski, e não apenas aparentar, mas ficar absolutamente indiferente e sossegada com relação a ele.

Lióvin ficou muito mais vermelho do que ela quando lhe contou que encontrara Vrônski na casa da princesa Mária Boríssovna. Foi muito difícil contar aquilo, e ainda mais difícil continuar falando dos detalhes do encontro quando ele não lhe perguntava nada e apenas a encarava, carrancudo.

— Lamento muito você não ter estado — ela disse. — Não por você não ter estado na sala... eu não teria sido tão natural na sua frente... Agora estou muito mais vermelha, muito, muito mais — ela disse, corando até as lágrimas. — Mas por você não ter podido ver por uma fresta.

Os olhos francos diziam a Lióvin que ela estava satisfeita consigo mesma, e, apesar de ela ter enrubescido, ele acalmou-se de imediato, e se pôs a interrogá-la, que era só o que ela queria. Ao ficar sabendo de tudo, mesmo o detalhe de que, apenas no primeiro segundo, ela não tivera como não corar, mas que depois tudo fora tão simples e fácil como em um primeiro encontro, Lióvin animou-se por completo e disse que estava muito contente com aquilo, e que agora não se portaria de forma tão estúpida quanto nas eleições, e tentaria, no primeiro encontro com Vrônski, ser tão amistoso quanto possível.

— É muito aflitivo pensar que existe um homem que é quase um inimigo, que é duro encontrar — disse Lióvin. — Fico muito, muito contente.

II

— Então vá, por favor, à casa dos Boll — Kitty disse ao marido quando ele, às onze horas, foi vê-la, antes de sair de casa. — Sei que você vai jantar no clube, papai fez uma reserva. E de manhã, o que vai fazer?

— Só vou à casa de Katavássov — respondeu Lióvin.

— Por que tão cedo?

— Ele prometeu me apresentar a Metrov. Queria falar com ele sobre meu trabalho, trata-se de um conhecido estudioso petersburguense — disse Lióvin.

— Sim, não é dele aquele artigo que você tanto elogiou? Pois bem, e depois? — disse Kitty.

— Pode ser que ainda vá ao tribunal, devido ao caso da minha irmã.

— E o concerto? — ela perguntou.

— Mas para que ir sozinho?

— Não, vá; vão apresentar coisas novas... Isso o interessava tanto. Eu iria sem falta.

— Pois bem, em todo caso, passo em casa antes do jantar — ele disse, olhando para o relógio.

— Então coloque uma sobrecasaca, para ir direto à casa da condessa Boll.

— Mas isso por acaso é necessário, sem falta?

— Ah, sem falta! Ele nos visitou. Ora, e o que lhe custa? Você vai, senta-se, fala do tempo por cinco minutos, levanta-se e sai.

— Pois bem, você não vai acreditar, mas eu me desacostumei tanto disso que tenho até vergonha. Como pode? Chega um homem estranho, senta-se, fica sem fazer nada, incomoda-os, atrapalha-se e vai embora.

Kitty riu.

— Mas você não fazia visitas de solteiro? — ela disse.

— Fazia, mas sempre ficava envergonhado, e agora estou tão desacostumado que, meu Deus, é melhor ficar dois dias sem jantar do que fazer essas visitas. Tanta vergonha! Tenho sempre a impressão de que vão ficar ofendidos, e dizer: por que você veio sem ter assunto?

— Não, não vão se ofender. Posso lhe garantir — disse Kitty, fitando-o no rosto com um riso. Tomou-o pela mão. — Pois bem, adeus... Vá, por favor.

Ele já ia sair, depois de beijar a mão da esposa, quando ela o reteve.

— Kóstia, você sabe que agora me sobraram apenas cinquenta rublos.

— Pois bem, vou retirar no banco. Quanto? — ele disse, com a expressão de insatisfação que ela conhecia.

— Não, espere. — Segurou-o pelo braço. — Vamos conversar, isso me perturba. Tenho a impressão de não fazer despesas supérfluas, mas o dinheiro derrete. Estamos fazendo algo errado.

— De jeito nenhum — ele disse, tossindo e fitando-a de soslaio.

Ela conhecia aquela tossida. Era sinal de forte insatisfação, não com ela, mas consigo mesmo. Ele estava mesmo insatisfeito, não por ter gastado muito dinheiro, mas por ser lembrado de algo que, sabendo que alguma coisa aí andava mal, queria esquecer.

— Mandei Sokolov vender o trigo, e tomar antecipado pelo moinho. Vai ter dinheiro, em todo caso.

— Não, mas eu temo que, em geral, seja muito...

— De jeito nenhum, de jeito nenhum — repetia ele. — Pois bem, adeus, queridinha.

— Não, na verdade lamento às vezes ter dado ouvidos a mamãe. Como teria sido bom no campo! Agora eu atormentei vocês todos, e desperdiçamos dinheiro...

— De jeito nenhum, de jeito nenhum. Desde que me casei, não houve ocasião em que eu dissesse que as coisas seriam melhores se fossem diferentes do que são...

— Verdade? — ela disse, fitando-o nos olhos.

Ele dissera aquilo sem pensar, apenas para confortá-la. Porém quando, olhando para ela, viu aqueles olhos francos e gentis cravados interrogativamente em si, respondeu a mesma coisa, mas de todo o coração. "Decididamente, estava me esquecendo dela" — pensou. E se lembrou do que os aguardava tão logo.

— E vai ser logo? O que você sente? — ele sussurrou, tomando-a por ambas as mãos.

— Pensei tantas vezes que agora não penso e não sei de nada.

— E não dá medo?

Ela soltou um riso de desdém.

— Nem uma gotinha — ela disse.

— Então, se é assim, vou à casa de Katavássov.

— Não, não vai acontecer nada, nem pense. Vou passear no bulevar com papai. Vamos à casa de Dolly. Espero-o antes do jantar. Ah, sim! Você sabia que a situação de Dolly tornou-se decididamente impossível? Está devendo para todos os lados, não tem dinheiro. Ontem falamos com mamãe e Arsiêni (assim ela chamava Lvov, o marido da irmã), e resolvemos mandar você e ele falarem com Stiva. É decididamente impossível. Não dá para falar disso com papai.... Mas se você e ele...

— Mas o que podemos fazer? — disse Lióvin.

— Mesmo assim, você estará com Arsiêni, fale com ele; ele vai lhe dizer o que resolvemos.

— Pois bem, com Arsiêni concordo com tudo, de antemão. Então vou à casa dele. A propósito, se for ao concerto, vou com Natalie. Pois bem, adeus.

No terraço de entrada, o velho criado Kuzmá, dos tempos de solteiro, que administrava a propriedade da cidade, deteve Lióvin.

— Colocaram ferraduras novas na Belezura (era a égua à esquerda do tiro, que tinha sido trazida do campo), e ela não para de mancar — disse. — Quais as suas ordens?

Nos primeiros tempos em Moscou, Lióvin utilizou cavalos trazidos do campo. Queria organizar essa parte do jeito melhor e mais barato possível; deu-se, porém, que os cavalos próprios saíam mais caros que as seges de aluguel, que eles tomavam assim mesmo.

— Mande chamar o veterinário, pode ser um machucado.

— Pois bem, e para Ekaterina Aleksândrovna? — perguntou Kuzmá.

Agora Lióvin não se espantava mais, como nos primeiros tempos de Moscou, com que, para ir da rua Vozdvíjenka à travessa Sívtsev Vrájek, era preciso atrelar uma parelha de cavalos fortes a uma carruagem pesada, arrastar essa carruagem um quarto de versta por um lodaçal de neve e deixá-la parada por quatro horas, pagando cinco rublos por isso. Agora isso já lhe parecia natural.

— Mande alugar uma parelha para a nossa carruagem — disse.

— Sim, senhor.

E, tendo resolvido, graças às condições da cidade, de forma tão simples e leve dificuldades que, no campo, teriam demandado muito esforço pessoal e atenção, Lióvin saiu ao terraço e, chamando o cocheiro, sentou-se e foi até a rua Nikítskaia. No caminho, não pensava mais em dinheiro, matutando em como se apresentaria ao estudioso de São Petersburgo, que se ocupava de sociologia, e falaria com ele a respeito do seu livro.

Apenas no comecinho de sua estada em Moscou Lióvin se espantara com aquelas despesas improdutivas, porém inescapáveis, tão estranhas para um morador do campo, que lhe exigiam de todos os lados. Mas agora já estava acostumado a elas. Nesse caso, acontecera-lhe o que dizem acontecer com os bêbados: o primeiro cálice é uma estaca, o segundo é um falcão, mas, depois do terceiro, são passarinhos minúsculos. Quando Lióvin trocou a primeira cédula de cem rublos para comprar librés para o lacaio e o porteiro, considerou sem querer que se tratava de librés das quais ninguém precisava, mas por outro lado inescapavelmente indispensáveis, a julgar pelo assombro da princesa e de Kitty à observação de que era possível passar sem elas — de que aquelas librés teriam o custo de dois trabalhadores de verão, ou seja, cerca de trezentos dias de trabalho, da Semana Santa até a Terça-Feira Gorda, e trabalho pesado, desde a manhã cedinho até tarde da noite —, e aquela cédula de cem rublos caiu-lhe como uma estaca. Mas a seguinte, trocada para adquirir provisões para um jantar de família, que custaram vinte e oito rublos, embora tivesse suscitado em Lióvin a lembrança de que vinte e oito rublos eram dez quartas de aveia que, suando e gemendo, homens tinham segado, amarrado, puxado, debulhado, ventilado, sobressemeado e ensacado, essa cédula seguinte, ainda assim, foi mais leve. E, agora, as cédulas trocadas já não suscitavam tais considerações há tempos, e voavam como passarinhos minúsculos. Se o trabalho aplicado na obtenção do dinheiro correspondia à satisfação proporcionada pelo que ele comprara, era uma consideração perdida há tempos. O cálculo econômico de que existe um preço determinado, abaixo do qual não é possível vender determinado cereal, também fora esquecido. O centeio, cujo preço ele mantivera por tanto tempo, era vendido a cinquenta copeques a quarta, mais barato do que pagavam por ele há um mês. Mesmo o cálculo de que, com tamanhas despesas, não seria possível passar o ano inteiro sem dívida, não tinha nenhum significado. Requeria-se apenas uma coisa: ter dinheiro no banco, sem perguntar de onde vinha, de modo a sempre saber que compraria carne de vaca amanhã. E esse cálculo, até então, conseguira observar: sempre tivera dinheiro no banco. Mas agora o dinheiro do banco se fora, e ele não sabia muito bem de onde pegar. Fora isso, no instante em que Kitty o lembrara do dinheiro, que o perturbara; não tinha tempo, porém, de pensar nisso. Ia em frente, matutando a respeito de Katavássov e do encontro iminente com Metrov.

III

Nessa estada, Lióvin voltou a ficar próximo do ex-colega de universidade, o professor Katavássov, que não via desde a época de seu matrimônio. Katavássov agradava-lhe pela clareza e simplicidade de sua visão de mundo. Lióvin achava que a clareza da visão de mundo de Katavássov decorria da pobreza de sua natureza, enquanto Katavássov achava que a incoerência de pensamento de Lióvin decorria da carência de disciplina de sua mente; mas a clareza de Katavássov agradava a Lióvin, a abundância de pensamentos indisciplinados de Lióvin agradava a Katavássov, e eles gostavam de se encontrar e discutir.

Lióvin lera alguns trechos de sua obra para Katavássov, que os apreciara. Na véspera, ao encontrar Lióvin em uma conferência pública, Katavássov dissera-lhe que o célebre Metrov, cujos artigos tanto lhe agradavam, encontrava-se em Moscou e se interessara muito pelo que Katavássov lhe contara do trabalho de Lióvin, e que Metrov estaria em sua casa no dia seguinte, às onze horas, e teria muito prazer em conhecê-lo.

— Decididamente, você se emendou, meu querido, dá gosto ver — disse Katavássov, recebendo Lióvin na sala de visitas pequena. — Ouvi a campainha e pensei: não pode ser, chegou na hora... Pois bem, e os montenegrinos?[1] Uma estirpe de guerreiros.

— O que tem? — perguntou Lióvin.

Em palavras breves, Katavássov transmitiu-lhe as últimas notícias e, entrando no gabinete, apresentou Lióvin a um homem baixo, corpulento, de aparência muito agradável. Era Metrov. A conversa se deteve por pouco tempo em política, e em como as altas esferas de Petersburgo encaravam os últimos eventos. Metrov transmitiu as palavras, que ouvira de uma fonte confiável, que teriam sido ditas a esse respeito pelo soberano e por um dos ministros. Já Katavássov ouvira, de forma igualmente confiável, que o soberano dissera algo completamente diferente. Lióvin tentou imaginar a ocasião em que ambas as coisas pudessem ter sido ditas, e a conversa sobre esse tema se interrompeu.

— Bem, ele praticamente escreveu um livro sobre as condições naturais do trabalhador com relação à terra — disse Katavássov. — Não sou especialista, porém me agradou, como naturalista, que ele não tenha tomado a humanidade como algo exterior às leis zoológicas e, pelo contrário, veja sua dependência do meio e, nessa dependência, procure as leis de desenvolvimento.

— Isso é muito interessante — disse Metrov.

— Eu, em suma, comecei a escrever um livro de agricultura, mas sem querer, ocupando-me do principal instrumento agrícola, o trabalhador — disse Lióvin, corando —, e cheguei a resultados absolutamente inesperados.

---

[1] Após a guerra com a Turquia (1862), Montenegro encontrava-se em poder do sultão, mas a luta dos montenegrinos contra a dominação estrangeira não se interrompeu. Em 1876, Montenegro se insurgiu. Os rebeldes formaram destacamentos (pares) e travaram combates de guerrilha nas montanhas. Todos os jornais e revistas russos daquela época escreveram a respeito dos eventos em Montenegro. (N. da E.)

E com cuidado, como se tateasse o terreno, Lióvin se pôs a expor sua visão. Sabia que Metrov escrevera um artigo contra a doutrina político-econômica universalmente aceita, mas até que grau podia esperar sua simpatia para com uma visão nova ele não sabia, e não podia deduzir da cara inteligente e sossegada do estudioso.

— Mas em que o senhor vê as características peculiares do trabalhador russo? — disse Metrov. — Em suas características, por assim dizer, zoológicas, ou nas condições em que se encontra?

Lióvin via que essa pergunta já exprimia uma ideia da qual discordava; porém, continuou a expor seu pensamento, que consistia em que o trabalhador russo possuía uma visão da terra absolutamente diferente dos outros povos. Para demonstrar essa tese, apressou-se em acrescentar que, em sua opinião, essa visão do povo russo decorria da consciência de sua vocação para habitar os espaços imensos e desocupados do Leste.

— É fácil ser induzido a erro ao tirar conclusões da vocação geral de um povo — disse Metrov, interrompendo Lióvin. — A situação do trabalhador sempre vai depender de sua relação com a terra e o capital.

E, sem deixar que Lióvin demonstrasse sua ideia, Metrov passou a lhe expor a peculiaridade de sua doutrina. Em que consistia a peculiaridade de sua doutrina, Lióvin não compreendeu, pois nem se deu o trabalho de compreender; via que Metrov, a exemplo dos outros, apesar do artigo em que refutava a doutrina dos economistas, mesmo assim encarava a condição do trabalhador russo apenas do ponto de vista do capital, da remuneração do trabalho e das rendas. Contudo, também tinha de admitir que a leste, na maior parte da Rússia, a renda ainda era zero, que a remuneração do trabalho, para nove décimos dos oitenta milhões da população russa, traduzia-se apenas em alimentação pessoal, e que o capital ainda não existia em aspecto diferente das ferramentas mais primitivas — porém encarava cada trabalhador apenas desse ponto de vista, apesar de, em muita coisa, não concordar com os economistas e possuir uma teoria nova sobre a remuneração do trabalho, que expunha a Lióvin.

Lióvin ouvia a contragosto e, no começo, retrucou. Desejava interromper Metrov para proferir sua ideia que, em sua opinião, tornaria o resto da exposição supérflua. Depois, porém, convencido de que encaravam a questão com tamanho grau de divergência que jamais compreenderiam um ao outro, já não contradizia, e apenas escutava. Embora já não se interessasse em absoluto pelo que Metrov dizia, experimentava, todavia, alguma satisfação ao ouvi-lo. Seu amor-próprio ficou lisonjeado por um homem tão sábio lhe manifestar suas ideias com tamanho gosto, atenção e confiança no conhecimento do tema por Lióvin, por vezes apontando para todo um aspecto da questão com uma mera alusão. Atribuía-o a seu mérito próprio, sem saber que Metrov, que já falara daquilo com todas as pessoas próximas, tinha especial gosto em abordar o tema com cada pessoa nova e, em geral, falava com gosto com todos, de tudo o que o ocupava, ainda que o tema não estivesse claro para si mesmo.

— Entretanto, estamos atrasados — disse Katavássov, olhando para o relógio assim que Metrov concluiu sua exposição.

— Sim, hoje é a reunião da Sociedade de Amadores, em memória do jubileu de cinquentenário de Svíntitch[2] — Katavássov respondeu à pergunta de Lióvin. — Vou com Piotr Ivânitch. Prometi uma palestra sobre suas obras de zoologia. Venha conosco, é muito interessante.

— Sim, e está mesmo na hora — disse Metrov. — Venha conosco e, de lá, caso queira, à minha casa. Queria muito ouvir o seu trabalho.

— Não, ora. Ele ainda está inacabado. Mas a reunião me dará muito prazer.

— E então, querido, ouviu? Apresentaram um parecer em separado — disse Katavássov, enquanto vestia um fraque em outro aposento.

E começou uma conversa sobre a questão universitária.

A questão universitária era um evento muito importante em Moscou, naquele inverno. Três velhos professores não aceitaram, no conselho, um parecer dos jovens; os jovens apresentaram um parecer em separado. Tal parecer, no juízo de uns, era terrível, porém, no juízo de outros, era o mais simples e justo, e os professores se dividiram em dois partidos.

Um, ao qual pertencia Katavássov, via no lado oposto fraude, denúncia e embuste; outros, molecagem e desrespeito pelas autoridades. Lióvin, apesar de não pertencer à universidade, algumas vezes, em sua permanência em Moscou, ouvira e dissera muita coisa a respeito desse caso, e tinha opinião própria a respeito; tomou parte na conversa, que continuou na rua, enquanto os três se encaminhavam ao prédio da velha universidade.

A reunião já tinha começado... À mesa coberta de feltro em que Katavássov e Metrov se sentaram, estavam acomodadas sete pessoas, uma das quais, inclinando-se até bem perto do manuscrito, lia algo. Lióvin se sentou em uma das cadeiras vazias em volta da mesa e perguntou, cochichando, a um estudante sentado por lá, o que estava sendo lido. Lançando a Lióvin um olhar insatisfeito, o estudante disse:

---

[2] A ironia de Tolstói é dirigida contra a "mania de festejar qualquer jubileu", que se tornou uma verdadeira epidemia nos anos 1870. (N. da E.)

— A biografia.

Embora Lióvin não se interessasse pela biografia do estudioso, ouviu sem querer e ficou sabendo coisas interessantes e novas a respeito do célebre cientista.

Quando o palestrante terminou, o presidente agradeceu e leu versos que lhe haviam sido enviados pelo poeta Ment para o jubileu, e algumas palavras de agradecimento ao vate. Depois Katavássov, com voz possante e cortante, leu suas notas sobre as obras científicas do homenageado.

Quando Katavássov terminou, Lióvin olhou para o relógio, viu que já era uma hora e pensou que não daria tempo de ler sua obra para Metrov antes do concerto, o que agora inclusive não queria mais. Durante a leitura, pensou também na conversa anterior. Agora estava claro para ele que, embora as ideias de Metrov talvez tivessem importância, as suas também tinham; essas ideias poderiam ficar claras e levar a algo apenas se cada um trabalhasse em separado, no caminho que escolhera, e da comunicação entre essas ideias nada poderia sair. E, decidido a recusar o convite de Metrov, Lióvin foi a seu encontro no final da reunião. Metrov apresentou Lióvin ao presidente, com o qual falava das notícias políticas. Metrov contava ao presidente o mesmo que contara a Lióvin, e Lióvin fez a mesma observação que já fizera pela manhã, porém, para variar, manifestou também a nova opinião que acabara de lhe passar pela cabeça. Depois disso, começou de novo a conversa sobre a questão universitária. Como Lióvin já tinha ouvido aquilo tudo, apressou-se em dizer a Metrov que lamentava não poder aproveitar seu convite, despediu-se e foi à casa de Lvov.

IV

Lvov, casado com Natalie, irmã de Kitty, passara a vida inteira nas capitais e no exterior, onde fora educado e servira como diplomata.

No ano anterior, deixara a diplomacia, não por alguma contrariedade (jamais ficava contrariado com nada, nem com ninguém), e se transferiu para o departamento da corte em Moscou, para oferecer uma educação melhor a seus dois meninos.

Apesar da contradição extremamente aguda de hábitos e opiniões, e de Lvov ser mais velho do que Lióvin, encontraram-se bastante naquele verão, e gostavam um do outro. Lvov estava em casa, e Lióvin visitou-o sem se anunciar.

De sobrecasaca comprida, com cinto e botas de camurça, Lvov estava sentado em uma poltrona e, de *pince-nez* com lentes azuis, lia um livro apoiado num atril, segurando à parte, com cuidado, na bela mão, um charuto consumido pela metade.

Seu rosto formoso, fino e jovem, ao qual os cabelos grisalhos encaracolados e reluzentes conferiam uma expressão ainda mais aristocrática, iluminou-se em um sorriso ao avistar Lióvin.

— Excelente! Eu queria mandar saber de você. Pois bem, e Kitty? Sente-se aqui, é mais sossegado... — Levantou-se e empurrou uma cadeira de balanço. — Leu a última circular no *Journal de St. Pétersbourg*?[3] Achei maravilhosa — disse, com certo sotaque francês.

Lióvin narrou o que ouvira de Katavássov a respeito do que se dizia em São Petersburgo e, falando de política, contou que conhecera Metrov, e da ida à reunião. Isso interessou muito a Lvov.

— Invejo-o por ter acesso a esse mundo interessante da ciência — disse. E ao conversar, como de hábito, imediatamente passou para a língua francesa, que lhe era mais cômoda. — Verdade que não tenho tempo. O serviço e a ocupação com as crianças privam-me disso; e, depois, não me envergonharei de dizer que minha instrução é por demais insuficiente.

— Isso eu não acho — disse Lióvin, com um sorriso, comovido, como sempre, com a baixa opinião dele a respeito de si mesmo, que não era de forma alguma impingida por um desejo de parecer ou mesmo ser modesto, mas absolutamente franca.

— Ah, como assim! Agora sinto que sou pouco instruído. Para a educação dos filhos, tenho que refrescar muito a memória, e simplesmente estudar. Pois, além de haver professores, é preciso haver um observador, como na sua propriedade são necessários trabalhadores e um supervisor. Veja o que estou lendo — exibiu a gramática de Busláiev,[4] que estava no atril —, exigem de Micha, e é tão difícil... Pois explique-me. Aqui ele diz...

Lióvin quis lhe explicar que não dava para entender aquilo sozinho, que tinha de ser ensinado; mas Lvov não concordava.

---

[3] Publicação semioficial russa, começou a circular em São Petersburgo a partir de 1842, em francês. Essa publicação refletia a opinião política do mais alto círculo aristocrático. (N. da E.)

[4] Fiódor Ivânovitch Busláiev (1818-1897), filólogo russo, autor de obras fundamentais de gramática: *Ensaio de gramática histórica da língua russa* (1858) e *Manual de gramática russa, aproximada do eslavo eclesiástico* (1869). (N. da E.)

— Ah, o senhor está se rindo disso!

— Pelo contrário, o senhor não pode imaginar como, observando-o, sempre aprendo sobre o que me aguarda, ou seja, a educação dos filhos.

— Pois bem, não há nada a aprender — disse Lvov.

— Só sei — disse Lióvin — que não vi crianças mais bem-educadas do que as suas, e não desejaria filhos melhores do que os seus.

Lvov visivelmente quis se conter para não manifestar seu contentamento, mas mesmo assim iluminou-se com um sorriso.

— Que apenas sejam melhores do que eu. É tudo o que desejo. O senhor não sabe ainda todo o trabalho — começou — que dão meninos que, como os meus, foram abandonados a essa vida no exterior.

— Isso será compensado. São crianças tão capazes! O principal é a educação moral. Isso é o que aprendo ao olhar para os seus filhos.

— O senhor fala em educação moral. Não dá para imaginar como é difícil! Basta você combater um aspecto e surgem outros, e de novo a luta. Se não tiver apoio na religião — lembre-se, falamos disso —, nenhum pai consegue educar apenas com suas forças, sem essa ajuda.

A conversa, que sempre interessava Lióvin, foi interrompida pela entrada da bela Natália Aleksândrovna, já vestida para sair.

— Eu não sabia que o senhor estava aqui — disse, pelo visto não apenas não lamentando, como até se alegrando por ter interrompido a conversa que conhecia há tempos, e que a entediava.

— Pois bem, e Kitty? Hoje vou jantar com vocês. Veja, Arsiêni — dirigiu-se ao marido —, você fica com a carruagem...

E, entre marido e esposa, começou o debate de como passariam o dia. Como o marido precisava encontrar alguém a trabalho, e a esposa ia a um concerto e uma sessão pública do comitê do sudeste, era preciso decidir e planejar muita coisa. Lióvin, sendo da casa, tinha que participar desses planos. Ficou decidido que Lióvin iria com Natalie ao concerto e à sessão pública, mandariam a carruagem de lá para o escritório, atrás de Arsiêni, e ele iria buscá-la e levá-la até Kitty; ou, caso não tivesse concluído o assunto, ele mandaria a carruagem, e Lióvin iria com ela.

— Ele está me estragando — Lvov disse à esposa —, assegurando-me que nossos filhos são maravilhosos, quando eu sei que há muita coisa ruim neles.

— Arsiêni chega a extremos, é o que sempre digo — disse a mulher. — Se você buscar a perfeição, nunca vai ficar satisfeito. Papai diz a verdade; quando nos educaram, havia um extremo — éramos mantidas na água-furtada, enquanto os pais moravam no andar nobre; agora é o contrário — os pais ficam no quarto dos fundos, e os filhos, no andar nobre. Agora os pais não devem viver: tudo é para os filhos.

— O que é que tem, se é mais agradável? — disse Lvov, sorrindo seu belo sorriso e roçando-lhe as mãos. Quem não a conhece pensa que você não é mãe, mas madrasta.

— Não, extremos não são bons em nada — disse Natalie, com calma, depositando a espátula do marido na mesa, no lugar designado.

— Pois bem, venham cá, crianças perfeitas — disse, aos belos meninos que entravam e que, depois de cumprimentar Lióvin, foram até o pai, evidentemente querendo perguntar-lhe algo.

Lióvin tinha vontade de conversar com eles, de ouvir o que diriam ao pai, mas Natalie se pôs a falar com ele, e logo entrou no aposento um colega de serviço de Lvov, Makhótin, de uniforme da corte, para que fossem juntos ao encontro de alguém, e teve início uma conversa ininterrupta sobre a Herzegóvina, sobre a princesa Korzínskaia, sobre a Duma e a morte repentina de Apráksina.

Lióvin até esqueceu sua incumbência. Lembrou-se quando já estava de saída, na antessala.

— Ah, Kitty me encarregou de falar algo com o senhor a respeito de Oblônski — disse, quando Lvov estava parado na escada, acompanhando-os.

— Sim, *maman* quer que nós, *les beaux-frères*, caiamos em cima dele — disse, corando e rindo. — Mas afinal, por que logo eu?

— Então caio eu em cima dele — disse, rindo, Lvova, que aguardava o fim da conversa, em sua capa branca de pele de cachorro. — Pois bem, vamos.

V

No concerto matinal, programaram duas coisas muito interessantes.

A primeira era a fantasia *O rei Lear na estepe*,[5] a outra, um quarteto dedicado à memória de Bach. Ambas eram novas, no espírito novo, e Lióvin desejava formar uma opinião a respeito. Após acompanhar a cunhada a sua poltrona, ficou de pé, junto a uma coluna, e resolveu escutar da forma mais atenta e escrupulosa possível. Decidiu não se distrair e não estragar suas impressões observando o abanar de braços do regente de gravata branca, que

---

[5] Mesmo título de uma novela de Ivan Turguêniev lançada em 1870. (N. do T.)

sempre distraía a atenção musical de modo tão desagradável, nem as damas de chapéus cuidadosamente amarrados às orelhas com fitas, nem todos aqueles rostos que, ou não se ocupavam de nada, ou se ocupavam dos interesses mais variados, exceto da música. Tentou evitar encontros com especialistas em música e falastrões, e ficou parado, olhando para a frente e para baixo, e escutando.

Porém, quanto mais escutava a fantasia *Rei Lear*, mais distante se sentia da possibilidade de formar uma opinião determinada. Estava sempre começando, como que preparando a expressão musical de sentimentos, mas imediatamente se desintegrava em fragmentos de novos começos de expressão musical, e às vezes simplesmente em nada além dos caprichos do compositor, sons não ligados, porém extraordinariamente complexos. E os próprios fragmentos de expressão musical, às vezes belos, eram desagradáveis, pois completamente inesperados, e não preparados por nada. Alegria, tristeza, desespero, ternura e triunfo sucediam-se sem ordem nenhuma, como os sentimentos de um louco. E, assim como acontece com um louco, esses sentimentos passavam inesperadamente.

Durante toda a execução, Lióvin experimentou a sensação de um surdo ao ver dançarinos. Encontrava-se em absoluta perplexidade quando a peça terminou, e sentia um grande cansaço devido à tensão e à atenção sem recompensa. De todos os lados, ouviam-se aplausos ruidosos. Todos se levantavam, andavam, falavam. Desejando esclarecer sua perplexidade a partir das impressões dos outros, Lióvin foi caminhar, procurando especialistas, e ficou contente ao avistar um dos célebres especialistas conversando com seu conhecido Pestsov.

— Impressionante! — disse Pestsov, com voz grossa de baixo. — Olá, Konstantin Dmítritch. Especialmente imaginativa e, por assim dizer, escultural, e rica em cores, aquela passagem em que você sente a aproximação de Cordélia, onde a mulher, *das ewig Weibliche*,[6] entra em luta com o destino. Não é verdade?

— Mas por que Cordélia está aqui? — perguntou, acanhado, Lióvin, completamente esquecido de que a fantasia retratava o rei Lear na estepe.

— Cordélia aparece... aqui! — disse Pestsov, batendo com o dedo no programa acetinado que tinha na mão, e entregando-o a Lióvin.

Só então Lióvin lembrou-se do título da fantasia e se apressou em ler, na tradução russa, os textos de Shakespeare impressos no verso do programa.

---

[6] "O eterno feminino", em alemão no original. Referência ao *Fausto*, de Goethe. (N. do T.)

— Sem isso não dá para acompanhar — disse Pestsov, dirigindo-se a Lióvin, já que seu interlocutor partira e não tinha mais ninguém com quem conversar.

No intervalo, começou uma discussão entre Lióvin e Pestsov acerca dos méritos e insuficiências da tendência wagneriana na música. Lióvin argumentou que o erro de Wagner e todos seus seguidores consistia em que a música deseja passar para a região de outra arte, mesmo engano da poesia quando descreve os traços de um rosto, o que deveria ser feito pela pintura, e, como exemplo desse erro, citou um escultor[7] que inventara de gravar no mármore as sombras de imagens poéticas insurgindo-se em torno da figura do poeta, no pedestal. "Essas sombras são tão pouco sombras, para o escultor, que chegam a se agarrar na escada" — disse Lióvin. A frase o agradou, mas não se lembrava se já tinha dito antes essa mesma frase, justo para Pestsov, e, ao dizê-la, confundiu-se.

Já Pestsov argumentou que a arte era una, e que só poderia alcançar suas manifestações mais elevadas na fusão de todos os gêneros.

O segundo número do concerto, Lióvin já não pôde ouvir. Pestsov, que ficara ao seu lado, falava com ele praticamente o tempo inteiro, condenando a peça por sua simplicidade excessiva, adocicada e afetada, e comparando-a à simplicidade dos pré-rafaelitas na pintura. Na saída, Lióvin encontrou ainda muitos conhecidos, com os quais falou de política, música e de conhecidos em comum; além disso, encontrou o conde Boll, que se esquecera por completo que visitaria.

— Pois bem, então vá agora — disse-lhe Lvova, quando a informou disso —, pode ser que nem o recebam, e depois venha me buscar na reunião. O senhor vai me encontrar por lá.

VI

— Por acaso não estão recebendo? — disse Lióvin, ingressando no vestíbulo da casa da condessa Boll.

---

[7] Tolstói tem em mente o projeto de memorial a Púchkin, obra do escultor Mark Matvéitch Antokólski (1840-1902). Em 1875, foi exposto na Academia de Artes. O escultor retratou Púchkin sentado em uma rocha; por uma escada, erguiam-se a ele os heróis de suas obras. Na ideia de Antokólski, o memorial deveria servir como expressão plástica dos versos de Púchkin: "E vem a mim o enxame invisível de convidados,/ Velhos conhecidos, frutos de meus sonhos". (N. da E.)

— Estão, por favor — disse o porteiro, tirando-lhe a peliça de modo resoluto.

"Chatice tremenda" — pensou Lióvin, tirando uma luva com um suspiro, e ajeitando o chapéu. — "Ora, por que estou indo? Ora, o que tenho a falar com eles?"

Passando pela primeira sala de visitas, Lióvin encontrou na porta a condessa Boll, que, com rosto preocupado e severo, dava uma ordem a um criado. Ao avistar Lióvin, sorriu e propôs que fosse para a sala seguinte, pequena, de onde se ouviam vozes. Nessa sala, estavam acomodadas nas poltronas duas filhas da condessa e um coronel de Moscou, que Lióvin conhecia. Lióvin foi até ele, cumprimentou-o e se sentou a seu lado no sofá, com o chapéu nos joelhos.

— Como anda a saúde de sua mulher? O senhor esteve no concerto? Nós não pudemos. Mamãe teve que ir ao serviço fúnebre.

— Sim, ouvi dizer... Que morte repentina — disse Lióvin.

A condessa veio, sentou-se no sofá e também perguntou da esposa e do concerto.

Lióvin respondeu e repetiu a observação sobre a morte repentina de Apráksina.

— Aliás, ela sempre teve a saúde fraca.
— O senhor esteve ontem na ópera?
— Sim, estive.
— Lucca[8] estava muito bem.
— Sim, muito bem — disse, e começou, já que tanto fazia o que achariam dele, a repetir o que centenas de vezes ouvira sobre o talento especial da cantora. A condessa Boll fez de conta que escutava. Depois, quando já tinha falado o suficiente, e parou, o coronel, que ficara em silêncio até então, pôs-se a falar. O coronel também falou sobre a ópera e a interpretação. Por fim, após falar de uma *folle journée*[9] proposta para a casa de Tiúrin, o coronel riu, fez estardalhaço, levantou-se e saiu. Lióvin também se levantou mas, pelo rosto da condessa, reparou que ainda não estava na hora de sair. Ainda eram necessários dois minutos. Sentou-se.

---

[8] Pauline Lucca (1841-1908), cantora de ópera nascida em Viena. Chegou à Rússia no começo dos anos 1870. Obteve grande sucesso nos papéis de Zerlina (no *Don Giovanni* de Mozart) e Carmen (na *Carmen* de Bizet). (N. da E.)

[9] "Dia de loucura", em francês no original. Por analogia com a comédia de Beaumarchais *Dia de loucura, ou As bodas de Fígaro*, chamavam-se de dias de loucura os carnavais, as noites dançantes. (N. da E.)

Porém, como continuava achando aquilo estúpido, não encontrou assunto para conversa, e ficou calado.

— O senhor não vai à sessão pública? Dizem que é muito interessante — começou a condessa.

— Não, prometi à minha *belle-soeur* ir buscá-la — disse Lióvin.

Fez-se silêncio. Mãe e filha voltaram a se entreolhar.

"Pois bem, parece que agora está na hora" — pensou Lióvin, e se levantou. As damas lhe apertaram a mão e pediram que transmitisse *mille choses*[10] à esposa.

O porteiro perguntou, ao entregar-lhe a peliça:

— Onde o senhor está hospedado? — e imediatamente anotou em uma caderneta grande, de bela encadernação.

"Óbvio que, para mim, tanto faz, mas mesmo assim é embaraçoso, e terrivelmente estúpido" — pensou Lióvin, consolando-se com a ideia de que todos faziam aquilo, e foi para a sessão pública do comitê, onde devia encontrar a cunhada, para irem juntos para casa.

Na sessão pública do comitê havia muita gente, e quase toda a sociedade. Lióvin ainda pegou uma resenha que todos diziam que era muito interessante. Ao final da leitura da resenha, a sociedade se reuniu, e Lióvin encontrou Sviájski, que o convidou a ir sem falta, naquela noite, à Sociedade Agrícola, onde seria lido um célebre relatório, Stepan Arkáditch, que acabara de chegar das corridas, e muitos outros conhecidos, e ainda proferiu e ouviu diversos juízos sobre a reunião, a peça nova e o processo. Porém, provavelmente em consequência do cansaço de atenção que começava a sentir, equivocou-se ao falar do processo, e esse equívoco veio-lhe à lembrança algumas vezes, com enfado. Ao falar da punição iminente de um estrangeiro julgado na Rússia, e de como seria injusto condená-lo ao exílio no exterior,[11] Lióvin repetiu o que ouvira na véspera, em conversa com um conhecido.

— Acho que expulsá-lo para o exterior é a mesma coisa que punir um lúcio jogando-o na água — disse Lióvin. Mais tarde, porém, lembrou-se de que essa ideia, que exprimira como sua, e ouvira de um conhecido, vinha de uma fábula de Krylov, e de que o conhecido repetia a ideia lida em um folhetim.

Depois de ir com a cunhada para casa, e encontrar Kitty alegre e bem-disposta, Lióvin foi até o clube.

---

[10] "Mil coisas", em francês no original. (N. do T.)

[11] Alusão a um escândalo financeiro que estourou em 1875 envolvendo o magnata alemão Bethel Henry Strousberg (1823-1884), que não assumiu a culpa e foi condenado a deixar a Rússia. (N. da E.)

VII

Lióvin chegou ao clube na hora exata. Junto com ele, adentravam convidados e membros. Lióvin não ia ao clube há muito tempo, desde quando residira em Moscou e frequentava a sociedade, após sair da universidade. Lembrava-se do clube, dos detalhes externos de sua construção, mas se esquecera completamente da impressão que sentia lá, anteriormente. Mas bastou entrar no amplo pátio em semicírculo e descer da sege, ingressar no terraço de entrada e o porteiro com uma faixa vir a seu encontro, abrir a porta sem fazer ruído e se inclinar; bastou avistar na portaria as galochas e peliças dos membros que achavam que dava menos trabalho tirar as galochas embaixo do que levá-las para cima; bastou ouvir a sineta misteriosa que o precedia e avistar, caminhando pela escada atapetada em declive, a estátua do patamar e, na porta de cima, o terceiro porteiro, um conhecido seu que envelhecera, com a libré do clube, abrir a porta e examinar o visitante sem pressa e sem demora — e Lióvin foi tomado pela antiga impressão do clube, uma impressão de repouso, satisfação e decoro.

— Por favor, o chapéu — o porteiro disse a Lióvin, que se esquecera da regra do clube de deixar o chapéu na portaria. — O senhor não vinha faz tempo. Ontem mesmo o príncipe fez a sua reserva. O príncipe Stepan Arkáditch ainda não chegou.

O porteiro conhecia não apenas Lióvin, como todas as suas relações e parentesco, aludindo de imediato às pessoas próximas.

Após percorrer o primeiro salão de passagem, ladeado por biombos, e o aposento dividido à direita, onde estava o bufê de frutas, Lióvin, ultrapassando um velho que andava devagar, entrou no refeitório barulhento e cheio.

Passou pelas mesas, quase todas já ocupadas, fitando os clientes. Aqui e ali via as pessoas mais variadas, velhas e jovens, próximas e que mal conhecia. Não havia um rosto zangado ou preocupado. Todos pareciam ter deixado na portaria, com os chapéus, as inquietações e preocupações, e se preparavam para desfrutar sem pressa dos bens materiais da vida. Lá se encontravam Sviájski, Scherbátski, Nevedóvski, o velho príncipe, Vrônski e Serguei Ivânovitch.

— Ah! Por que se atrasou? — disse o príncipe, sorrindo e dando-lhe a mão por cima do ombro. — E Kitty? — acrescentou, arrumando o guardanapo, que ficara preso no botão do colete.

— Não tem nada, está bem de saúde; as três estão jantando em casa.

— Ah, Aline-Nadine. Pois bem, não tem lugar aqui. Vá para aquela mesa e pegue logo um lugar — disse o príncipe e, virando-se, segurou com cuidado um prato com sopa de lota-do-rio.

— Lióvin, aqui! — gritou uma voz bonachona, algo distante. Era Túrovtsyn. Estava sentado com um jovem militar e, ao lado deles, havia duas cadeiras emborcadas. Lióvin foi até eles contente. Sempre apreciara o pândego bonachão Túrovtsyn — ao qual associava as recordações de sua declaração a Kitty —, porém, naquele dia, depois de todas as conversas tensas e inteligentes, o aspecto bonachão de Túrovtsyn era-lhe particularmente agradável.

— Isso é para o senhor e para Oblônski. Ele já vem.

O militar, que se mantinha muito ereto, e de olhos sempre sorridentes, era Gáguin, de São Petersburgo. Túrovtsyn apresentou-os.

— Oblônski está sempre atrasado.

— Ah, ei-lo.

— Você acabou de chegar? — disse Oblônski, aproximando-se dele. — Olá. Tomou vodca? Pois bem, vamos.

Lióvin se levantou e foi com ele até a mesa grande, onde estavam servidos vodca e os mais diversos acepipes. Parecia que, de duas dezenas de acepipes, seria possível escolher algo a contento, porém Stepan Arkáditch exigiu algo especial, e um dos lacaios de libré imediatamente trouxe o que fora pedido. Tomaram um cálice e voltaram à mesa.

Imediatamente, quando ainda estavam na sopa, serviram champanhe a Gáguin, e ele mandou encher quatro copos. Lióvin não recusou o vinho oferecido, e pediu outra garrafa. Estava com fome, comeu e bebeu com grande satisfação, e com satisfação ainda maior tomou parte na conversa alegre e simples dos interlocutores. Gáguin, baixando a voz, contou uma nova anedota de São Petersburgo, e a anedota, embora indecorosa e boba, era tão engraçada que Lióvin gargalhou tão alto que os vizinhos olharam para ele.

— Essa é do mesmo gênero daquela: "Isso eu não poderia suportar!". Você conhece? — perguntou Stepan Arkáditch. — Ah, é um encanto! Traga mais uma garrafa — disse ao lacaio, e começou a contar.

— Oferta de Piotr Ilitch Vinóvski — um velho lacaio interrompeu Stepan Arkáditch, trazendo dois copos finíssimos, cheios de champanhe, e se dirigindo a Stepan Arkáditch e Lióvin. Stepan Arkáditch pegou o copo e, olhando para a outra ponta da mesa, para um careca de bigodes ruivos, meneou a cabeça para ele, rindo.

— Quem é? — perguntou Lióvin.

— Você o conheceu na minha casa, lembra? Um bom sujeito.

Lióvin fez o mesmo que Stepan Arkáditch, e pegou o copo.

A anedota de Stepan Arkáditch também era muito divertida. Lióvin contou sua anedota, que também agradou. Depois o assunto foram os cavalos, as corridas daquele dia e a audácia com que o Atlas, de Vrônski, vencera o primeiro prêmio. Lióvin nem viu o jantar passar.

— Ah! São eles — disse, já no fim do jantar, Stepan Arkáditch, debruçando-se sobre o espaldar da cadeira e estendendo a mão para Vrônski, que se aproximava com um coronel alto da guarda. O rosto de Vrônski também irradiava a bonomia geral do clube. Apoiou alegremente o cotovelo no ombro de Stepan Arkáditch, cochichando-lhe algo e, com o mesmo sorriso alegre, estendeu a mão a Lióvin.

— Fico muito contente por encontrá-lo — disse. — Procurei-o depois da eleição, mas me disseram que já tinha partido.

— Sim, parti naquele mesmo dia. Acabamos de falar do seu cavalo. Meus cumprimentos — disse Lióvin. — Cavalga muito rápido.

— Mas o senhor também tem cavalos.

— Não, meu pai tinha; mas eu me lembro, e conheço.

— Onde você jantou?

— Estávamos na segunda mesa, atrás das colunas.

— Felicitaram-no — disse o coronel alto. — O segundo prêmio imperial; gostaria de ter tanta felicidade nas cartas quanto ele com os cavalos. Pois bem, para que perder tempo precioso. Vou para o infernal[12] — disse o coronel, e se afastou da mesa.

— É Iáchvin — Vrônski respondeu a Túrovtsyn, sentando-se no lugar livre ao lado dele. Após tomar a taça que lhe fora oferecida, pediu uma garrafa. Fosse sob influência da impressão do clube, ou do vinho bebido, Lióvin falou com Vrônski sobre a melhor raça de gado, e ficou muito contente por não sentir hostilidade alguma por aquele homem. Chegou até a lhe dizer, entre outras coisas, que ouvira da esposa que ela o conhecera na casa da princesa Mária Boríssovna.

— Ah, a princesa Mária Boríssovna é um encanto! — disse Stepan Arkáditch, contando uma anedota sobre ela que fez todos rirem. Vrônski, em especial, gargalhou com tamanha bonomia que Lióvin se sentiu absolutamente em paz com ele.

— E então, terminaram? — disse Stepan Arkáditch, levantando-se e rindo. — Vamos!

---

[12] Salão de jogos do Clube Inglês. (N. da E.)

VIII

Ao sair da mesa, Lióvin, sentindo que, ao caminhar, balançava os braços de modo especialmente regular e leve, atravessou cômodos de teto alto com Gáguin, na direção da sala de bilhar. Ao passar pelo salão grande, deu de encontro com o sogro.

— E então? Que achou do nosso templo de ócio? — disse o príncipe, tomando-o pelo braço. — Vamos dar uma volta.

— Eu queria mesmo passear, dar uma olhada. É interessante.

— Sim, para você é interessante. Para mim, o interesse é diferente do seu. Pois veja esses velhinhos — disse, apontando para um sócio arqueado, de lábio descaído, que passou por eles, mal movendo os pés nas botas macias —, e pense, eles nasceram assim, como botes.

— Como botes?

— Ah, você não conhece essa alcunha. É um termo nosso, do clube. Sabe, quando rolam um ovo, rolam tanto que vira um bote.[13] Assim é conosco: você vai tanto para o clube que vira um bote. Sim, você está rindo, mas todos temos que ficar atentos para quando nós mesmos formos virar botes. Conhece o príncipe Tchetchênski? — perguntou o príncipe, e Lióvin viu, pela cara dele, que queria contar algo engraçado.

— Não, não conheço.

— Ah, como assim! Ora, o príncipe Tchetchênski é famoso. Pois bem, tanto faz. Ora, ele sempre joga bilhar. Há três anos, ele ainda não era um bote, e fanfarroneava. E chamava os outros de botes. Daí veio uma vez, e o nosso porteiro... você conhece o Vassíli? Pois bem, o gordo. É um grande gozador. Pois bem, o príncipe Tchetchênski pergunta: "E então, Vassíli, quem veio? Tem bote?". E ele responde: "O senhor é o terceiro". Sim, meu irmão, assim mesmo!

Conversando e cumprimentando os conhecidos que encontravam, Lióvin e o príncipe percorreram todas as salas: a grande, onde já tinham colocado mesas e os parceiros habituais jogavam com apostas pequenas; a do divã, onde jogavam xadrez, e Serguei Ivânovitch estava acomodado, conversando com alguém; a de bilhar, onde, em um aposento reservado, junto ao sofá, formara-se um grupo alegre, com champanhe, do qual participava Gáguin; deram uma olhada na infernal, onde se apinhavam em uma mesa, à qual Iáchvin já estava sentado. Tentando não fazer barulho, entraram tam-

---

[13] Tradicional brincadeira de Páscoa. (N. do T.)

bém na sala escura, de leitura, onde, junto a um abajur com lâmpada, estava sentado um jovem de rosto zangado, pegando uma revista atrás da outra, e um general careca, absorto na leitura. Entraram também na sala que o príncipe chamava de sala da sabedoria. Nessa sala, três cavalheiros falavam com ardor das últimas notícias políticas.

— Príncipe, por favor, estamos prontos — disse um de seus parceiros de jogo, ao encontrá-lo ali, e o príncipe saiu. Lióvin sentou-se e escutou; porém, lembrando-se de todas as conversas daquela manhã, de repente ficou terrivelmente entediado. Levantou-se apressadamente e foi procurar Oblônski e Túrovtsyn, com os quais se divertia.

Túrovtsyn estava sentado no divã alto, no círculo de bebedeira da sala de bilhar, e Stepan Arkáditch falava de algo com Vrônski, junto à porta, num canto afastado do aposento.

— Não é que ela esteja entediada, mas essa indefinição, a indecisão da situação — ouviu Lióvin, e quis se afastar depressa; porém Stepan Arkáditch chamou-o.

— Lióvin! — disse Stepan Arkáditch, e Lióvin observou que tinha nos olhos não lágrimas, mas uma umidade que sempre lhe ocorria ou quando bebia, ou quando se comovia. Agora eram ambas as coisas. — Lióvin, não se vá — disse, agarrando-lhe com força o braço, na altura do cotovelo, pelo visto sem nenhuma vontade de liberá-lo.

— É meu amigo sincero, se não for o melhor — disse a Vrônski. — Você também me é muito próximo e caro. E eu quero e sei que vocês têm de ser amigos e próximos, pois ambos são boa gente.

— Ora, só nos resta nos beijarmos — disse Vrônski, brincando com bonomia e estendendo a mão.

Ele rapidamente pegou a mão estendida e apertou-a com força.

— Tenho muito, muito prazer — disse Lióvin, apertando-lhe a mão.

— Garçom, uma garrafa de champanhe — disse Stepan Arkáditch.

— O prazer é meu — disse Vrônski.

Porém, apesar do desejo de Stepan Arkáditch, e de seu desejo mútuo, não tinham do que falar, e sentiam-no.

— Sabia que ele não conhece Anna? — Stepan Arkáditch disse a Vrônski. — E quero levá-lo até ela sem falta. Vamos, Lióvin!

— É mesmo? — disse Vrônski. — Ela vai ficar muito contente. Eu iria para casa agora — acrescentou —, mas estou preocupado com Iáchvin, e quero ficar aqui até que termine.

— O que é, vai mal?

— Só perde, e apenas eu posso apoiá-lo.

— E então, uma pirâmide? Lióvin, você vai jogar? Maravilha — disse Stepan Arkáditch. — Monte uma pirâmide — dirigiu-se ao marcador.

— Está pronta faz tempo — respondeu o marcador, que já colocara as bolas no triângulo, rolando a vermelha por diversão.

— Pois bem, vamos.

Depois da partida, Vrônski e Lióvin sentaram-se à mesa de Gáguin, e Lióvin, por sugestão de Stepan Arkáditch, pôs-se a apostar nos ases. Vrônski ora se sentava à mesa, rodeado de conhecidos que não paravam de chegar, ora ia à infernal, para saber de Iáchvin. Lióvin sentiu um descanso agradável do cansaço mental da manhã. Alegrava-o a interrupção da hostilidade com Vrônski, e a impressão de sossego, decoro e satisfação não o abandonava.

Quando a partida terminou, Stepan Arkáditch tomou Lióvin pelo braço.

— Pois bem, então vamos visitar Anna. Agora? Hein? Ela está em casa. Há tempos prometi levá-lo. Onde você ia passar a noite?

— Em nenhum lugar em especial. Prometi a Sviájski ir à Sociedade Agrícola. Vamos, por favor — disse Lióvin.

— Excelente, vamos! Vá ver se meu carro chegou — Stepan Arkáditch dirigiu-se ao lacaio.

Lióvin foi à mesa, pagou os quarenta rublos perdidos nos ases, pagou a conta do clube, que o velho lacaio junto ao umbral determinara de algum modo misterioso e, balançando os braços de forma peculiar, passou por todos os salões, até a saída.

IX

— O carro de Oblônski! — gritou o porteiro, com voz zangada de baixo. O carro veio, e ambos se acomodaram. Apenas no primeiro instante, enquanto o carro cruzava o portão do clube, Lióvin continuava a sentir a impressão de sossego, satisfação e decoro indubitável que o rodeavam; porém, bastou o carro sair à rua, e ele sentir o balanço da carruagem na via irregular, ouvir o grito bravo do cocheiro que vinha na direção contrária, avistar as placas vermelhas das tabernas e lojas debilmente iluminadas, e passou a refletir sobre sua conduta e perguntar-se se fazia bem ao visitar Anna. O que diria Kitty? Porém, Stepan Arkáditch não lhe permitiu matutar e, como que adivinhando suas dúvidas, elucidou-as.

— Como fico contente — disse — por você conhecê-la. Sabe, Dolly desejava-o há tempos. Lvov também já foi, e continua indo. Embora seja minha irmã — prosseguiu Stepan Arkáditch —, posso ousar dizer que se trata de uma mulher notável. Bem, você vai ver. Sua situação é muito dura, especialmente agora.

— Mas por que especialmente agora?

— Estamos em negociações de divórcio com o marido. Ele também está de acordo; mas há dificuldades relativas ao filho, e a questão, que já devia ter sido concluída há tempos, arrasta-se há três meses. Basta sair o divórcio e ela se casa com Vrônski. Como é estúpido esse velho costume de andar em círculos, "Rejubila, Isaías",[14] no qual ninguém acredita, e que atrapalha a felicidade das pessoas! — acrescentou Stepan Arkáditch. — Pois bem, daí a situação dela estará definida, como a minha, como a sua.

— No que reside a dificuldade? — disse Lióvin.

— Ah, é uma história longa e chata! Conosco, tudo é tão indefinido. Mas a questão é a seguinte: esperando esse divórcio em Moscou, onde todos os conhecem, ela está morando aqui há três meses; não vai a lugar nenhum, não vê nenhuma mulher, além de Dolly, porque, você entende, não quer que a visitem por caridade; aquela imbecil da princesa Varvara, até ela se foi, achando indecoroso. Pois bem, numa condição dessas, outra mulher não teria conseguido encontrar recursos em si. Mas ela, você vai ver como organizou a vida, como está calma e digna. À esquerda, na travessa, em frente à igreja! — gritou Stepan Arkáditch, debruçando-se na janela do carro. — Puxa, que calor! — disse, escancarando ainda mais a peliça já aberta, apesar dos doze graus negativos.

— Mas, afinal, ela tem uma filha; cuida dela, não? — disse Lióvin.

— Parece que você imagina toda mulher apenas como uma fêmea, *une couveuse*[15] — disse Stepan Arkáditch. — Se está ocupada, tem que ser com filhos. Não, cria-a maravilhosamente, ao que parece, mas não se ouve falar dela. Está ocupada, em primeiro lugar, em escrever. Vejo o seu sorriso irônico, mas é em vão. Ela está escrevendo um livro infantil, não contou para ninguém, mas leu para mim, e dei o manuscrito a Vorkúiev... você sabe, aquele editor... e ele mesmo é escritor, ao que parece. Conhece o ofício, e disse que é uma coisa notável. Mas você acha que é uma mulher autora? De jeito nenhum. Antes de tudo, é uma mulher, de coração, como você vai ver. Agora tem uma menina inglesa e toda uma família de que está cuidando.

— Como assim, é algo filantrópico?

---

[14] Faz parte da cerimônia ortodoxa de casamento andar em volta do altar, entoando "Rejubila, Isaías". (N. do T.)

[15] "Uma incubadeira", em francês no original. (N. do T.)

— Mas você quer ver tudo pelo lado ruim. Não é filantrópico, é de coração. Nós, ou seja, Vrônski tinha um treinador inglês, um mestre em sua atividade, porém bêbado. Embriagou-se por completo, *delirium tremens*, e abandonou a família. Ela os viu, ajudou, envolveu-se, e agora a família inteira está em suas mãos; porém não de cima para baixo, com dinheiro, mas ela mesma está preparando os meninos, em russo, para o colégio, e levou a menina consigo. Mas você vai vê-la.

O carro adentrou o pátio, e Stepan Arkáditch tocou a sineta, alto, da entrada, onde estavam os trenós.

E, sem perguntar ao trabalhador que abriu a porta se tinha gente em casa, Stepan Arkáditch entrou no vestíbulo. Lióvin foi atrás dele, cada vez mais em dúvida sobre se estava fazendo bem ou mal.

Olhando-se no espelho, Lióvin notou que estava vermelho; mas tinha certeza de não estar bêbado, e subiu a escada atapetada atrás de Stepan Arkáditch. Em cima, Stepan Arkáditch perguntou ao lacaio, que o cumprimentara como alguém próximo, quem estava com Anna Arkádievna, e recebeu a resposta de que era o senhor Vorkúiev.

— Onde estão?
— No gabinete.

Percorrendo a pequena sala de jantar com paredes escuras de madeira, Stepan Arkáditch e Lióvin entraram caminhando pelo tapete macio no gabinete em penumbra, iluminado apenas pela lâmpada de um grande abajur escuro. Uma outra lâmpada com refrator ardia na parede, iluminando um grande retrato feminino de corpo inteiro, no qual Lióvin prestou atenção a contragosto. Era o retrato de Anna, feito na Itália por Mikháilov. Enquanto Stepan Arkáditch passou por trás do espelho de três faces e a voz masculina que falava silenciou, Lióvin olhou para o retrato, que se destacava da moldura com a iluminação brilhante, e não conseguiu desviar o rosto dele. Até se esqueceu de onde estava e, sem ouvir o que era dito, não tirava os olhos do retrato impressionante. Não era um quadro, mas uma mulher viva e fascinante, de cabelos negros encaracolados, ombros e braços nus e um meio sorriso pensativo nos lábios cobertos de uma suave penugem, fitando-o de forma triunfante e meiga com olhos desconcertantes. Só não era viva porque era mais bela do que uma mulher viva poderia ser.

— Muito prazer — soou, de repente, perto de si, uma voz que, pelo visto, era dirigida a ele, a voz da mesma mulher que admirava no retrato. Anna saiu de trás do espelho de três faces em sua direção, e Lióvin avistou, na penumbra do gabinete, aquela mesma mulher, de vestido escuro, de vários tons de azul, nem na mesma posição, nem com a mesma expressão, mas com a mesma beleza elevada em que fora capturada pelo pintor no retrato. Era menos reluzente na realidade, porém a versão viva tinha atrativos novos, que não havia no retrato.

X

Ela se levantara para ir ao seu encontro, sem ocultar o contentamento por vê-lo. Na calma com que lhe estendeu a mão pequena e enérgica, apresentou-o a Vorkúiev e apontou para uma menina ruiva bonitinha que estava sentada ali, trabalhando, chamando-a de sua pupila, Lióvin reconheceu e apreciou os modos de uma mulher da alta sociedade, sempre tranquila e natural.

— Muito, muito prazer — repetia, e em seus lábios essas palavras simples adquiriam, para Lióvin, um significado especial. — Conheço-o e aprecio-o há muito tempo, pela amizade com Stiva e por sua esposa... conheci-a por muito pouco tempo, mas ela me deixou a impressão de uma flor encantadora, exatamente uma flor. E agora ela vai ser mãe em breve!

Falava com desenvoltura e sem pressa, transferindo por vezes o olhar de Lióvin para o irmão, e Lióvin sentiu que a impressão que produzia era boa, e de imediato ficou à vontade com ela, simples e agradável, como se a conhecesse desde a infância.

— Ivan Petróvitch e eu nos instalamos no gabinete de Aleksei — disse, respondendo a Stepan Arkáditch, que perguntara se podia fumar — justamente para fumar — e, olhando para Lióvin, em vez de perguntar se ele fumava, aproximou de si uma cigarreira de tartaruga e tirou uma cigarrilha.

— Como está a sua saúde hoje? — perguntou-lhe o irmão.

— Tudo bem. Os nervos, como sempre.

— Não é verdade que é de uma beleza extraordinária? — disse Stepan Arkáditch, reparando que Lióvin olhava para o retrato.

— Nunca vi retrato melhor.

— E de uma semelhança extraordinária, não é verdade? — disse Vorkúiev.

Do retrato, Lióvin olhou para o original. Um brilho particular iluminou o rosto de Anna ao sentir o olhar dele sobre si. Lióvin corou e, para esconder seu embaraço, quis perguntar se fazia tempo que ela tinha visto Dária Aleksândrovna; porém, nessa hora, Anna disse:

— Estava falando agora com Ivan Petróvitch dos últimos quadros de Váschenkov. O senhor viu?

— Sim, vi — respondeu Lióvin.

— Mas me desculpe, eu o interrompi, o senhor queria dizer...

Lióvin indagou se fazia tempo que ela tinha visto Dolly.

— Esteve em casa ontem, está muito zangada com o colégio, por causa de Gricha. Ao que parece, o professor de latim foi injusto com ele.

— Sim, eu vi os quadros. Não me agradaram muito — Lióvin voltou à conversa que ela começara.

Lióvin agora não falava com nada daquela atitude prosaica para com o assunto que adotara naquela manhã. Cada palavra da conversa com ela adquiria um significado especial. Falar com ela era agradável; escutá-la, ainda mais agradável.

Anna falava não apenas de modo natural e inteligente, mas inteligente e descuidado, sem conferir nenhum peso a suas ideias, e dando grande peso às ideias do interlocutor. A conversa versava sobre uma nova tendência da arte, a nova ilustração da Bíblia de um artista francês.[16] Vorkúiev condenava o pintor por um realismo que chegava à rudeza. Lióvin disse que os franceses estenderam o convencionalismo na arte como ninguém e, portanto, viam mérito especial no retorno ao realismo. Nisso, em já não mentirem, viam poesia.

Até então, jamais algo inteligente dito por Lióvin tinha lhe proporcionado tanta satisfação quanto essa. O rosto de Anna se iluminou por inteiro quando ela, de repente, reconheceu o mérito da ideia. Ela riu.

— Estou rindo — disse — como você ri ao ver um retrato muito fiel. O que o senhor disse caracteriza perfeitamente a arte francesa de hoje, a pintura, e até a literatura: Zola, Daudet. Mas pode ser que sempre seja assim, que primeiro formem suas *conceptions*[17] a partir de figuras inventadas, convencionais, e depois de feitas todas as *combinaisons*,[18] fartem-se das figuras inventadas e comecem a idear figuras mais naturais e justas.

— Isso é absolutamente certo! — disse Vorkúiev.

— Então vocês estavam no clube? — ela se dirigiu ao irmão.

"Sim, sim, isso é que é mulher!" — pensou Lióvin, esquecido de si e fitando obstinadamente seu belo rosto mutável, que agora tinha se modificado por completo, de repente. Lióvin não ouviu do que falava, inclinada so-

---

[16] Referência a Gustave Doré (1832-1883), em cujas ilustrações da Bíblia Tolstói via um tratamento meramente estético do tema. Doré, em sua opinião, abordava o tema bíblico como qualquer outro, e "preocupava-se apenas com a beleza". (N. da E.)

[17] "Concepções", em francês no original. (N. do T.)

[18] "Combinações", em francês no original. (N. do T.)

bre o irmão, mas ficou espantado com sua alteração de expressão. Anteriormente tão maravilhoso em seu sossego, seu rosto de repente exprimia uma curiosidade estranha, ira e orgulho. Mas isso só durou um minuto. Ela semicerrou os olhos, como que se lembrando de algo.

— Ora, bem, isso, a propósito, não interessa a ninguém — ela disse, e dirigiu-se à inglesa:

— *Please, order the tea in the drawing-room.*[19] A menina se levantou e saiu.

— E então, ela passou no exame? — perguntou Stepan Arkáditch.

— Maravilhosamente. É uma menina muito capaz, e de caráter gentil.

— No fim você vai amá-la mais do que a sua.

— É um homem falando. No amor não tem mais nem menos. Amo a filha com um amor, ela com outro.

— Eu estava dizendo a Anna Arkádievna — disse Vorkúiev — que, se ela depositasse na causa geral da educação das crianças russas um centésimo que fosse da energia que põe nessa inglesa, realizaria uma ação grandiosa e proveitosa.

— Como quiser, mas eu não consigo. O conde Aleksei Kiríllytch incentivou-me muito (ao pronunciar as palavras *conde Aleksei Kiríllytch*, lançou um tímido olhar de súplica a Lióvin que, sem querer, respondeu com um olhar cortês de aprovação) a me ocupar da escola do campo. Fui algumas vezes. São muito gentis, mas não consegui me afeiçoar a essa causa. O senhor fala em energia. A energia está baseada no trabalho. E o amor não tem de onde tirar, não se pode obrigar. Eu peguei amor por essa menina, nem eu mesma sei por quê.

E voltou a lançar um olhar para Lióvin. Seu sorriso e seu olhar, tudo lhe dizia que ela endereçava sua fala apenas a ele, valorizando sua opinião e, além disso, sabendo que entendiam um ao outro.

— Entendo perfeitamente — disse Lióvin. — Não dá para colocar o coração na escola nem, em geral, nesse tipo de instituição, e acho que é exatamente por isso que essas instituições filantrópicas sempre dão tão pouco resultado.

Ela ficou em silêncio, depois riu.

— Sim, sim — ela confirmou. — Eu nunca consegui. *Je n'ai pas le coeur assez large*[20] para amar um asilo inteiro de meninas abjetas. *Cela ne m'a ja-*

---

[19] "Por favor, peça que sirvam o chá na sala de visitas", em inglês no original. (N. do T.)

[20] "Não tenho o coração grande o suficiente", em francês no original. (N. do T.)

mais réussi.[21] Quantas mulheres fizeram disso uma *position sociale*.[22] E agora ainda mais — disse, com expressão triste e confiada, dirigindo-se, aparentemente, ao irmão, mas de fato, via-se, apenas a Lióvin. — E agora, quando preciso tanto de uma ocupação, eu não consigo. — E, franzindo o cenho de repente (Lióvin compreendeu que ela franzia o cenho para si mesma, por estar falando de si), mudou de assunto. — A seu respeito, eu sei — disse a Lióvin — que é um mau cidadão, e defendi-o como pude.

— Como a senhora me defendeu?

— De acordo com os ataques. Aliás, aceita um chá? — Ela se levantou e pegou um livro encadernado em marroquim.

— Dê-me, Anna Arkádievna — disse Vorkúiev, apontando para o livro. — Vale muito a pena.

— Oh, não, ainda está inacabado.

— Contei a ele — Stepan Arkáditch disse à irmã, apontando para Lióvin.

— Em vão. Minha escrita é como aquelas cestinhas da cadeia, com entalhes, que Liza Mertsálova me vendia uma época. Ela chefiava uma sociedade voltada para as cadeias — dirigiu-se a Lióvin. — E aqueles infelizes operavam milagres de paciência.

E Lióvin distinguiu um novo traço naquela mulher que o agradava de forma tão extraordinária. Além de inteligência, graça e beleza, nela havia franqueza. Não desejava lhe ocultar toda a dureza de sua condição. Após dizer isso, ela suspirou, e seu rosto de repente assumiu uma expressão severa, como que petrificando. Com tal expressão facial, ficava ainda mais bonita do que antes; mas essa expressão era nova; era completamente alheia àquela expressão de felicidade cintilante, que irradiava felicidade ao redor, captada pelo pintor no retrato. Lióvin olhou mais uma vez para o retrato e para sua figura, que tomava o irmão pelo braço e cruzava a porta alta, e sentiu por ela uma ternura e uma compaixão que o surpreenderam.

Ela convidou Lióvin e Vorkúiev a passarem para a sala de visitas, e ficou falando de algo com o irmão. "Do divórcio, de Vrônski, do que ele fez no clube, de mim?" — pensou Lióvin. E ficou tão agitado com a questão de sobre o que ela estava falando com Stepan Arkáditch que quase não ouviu o que Vorkúiev lhe contou a respeito dos méritos do romance infantil escrito por Anna Arkádievna.

---

[21] "Isso eu nunca consegui", em francês no original. (N. do T.)

[22] "Posição social", em francês no original. (N. do T.)

No chá, a conversa continuou agradável e cheia de conteúdo. Não apenas não houve um instante em que se fizesse necessário procurar assunto como, pelo contrário, sentia-se que não daria tempo para falar tudo o que se desejava, e todos se continham de bom grado, ouvindo o que dizia o interlocutor. E tudo o que era dito, não apenas por ela, mas por Vorkúiev e Stepan Arkáditch, adquiria, na impressão de Lióvin, graças à atenção e observação dela, um significado especial.

Acompanhando a conversa interessante, Lióvin admirava-a o tempo todo — sua beleza, inteligência, cultura e, junto com isso, sua simplicidade e sinceridade. Ouvia, falava, e o tempo todo pensava nela, em sua vida interior, tentando adivinhar seus pensamentos. E, embora antes a condenasse com tamanha severidade, agora, devido a alguma cadeia estranha de ideias, justificava-a e, ao mesmo tempo, compadecia-se e temia que Vrônski não a entendesse por inteiro. Às dez horas, quando Stepan Arkáditch se ergueu para partir (Vorkúiev fora embora mais cedo), Lióvin teve a impressão de que tinha acabado de chegar. Com pena, Lióvin também se levantou.

— Adeus — ela lhe disse, segurando-o pela mão e fitando-o nos olhos com um olhar atraente. — Fico muito contente que *la glace est rompue*.[23]

Largou a mão dele e apertou os olhos.

— Transmita à sua esposa que gosto dela como antes e, caso ela não possa me perdoar por minha condição, desejo que jamais possa me perdoar. Para perdoar, é preciso passar pelo que passei, e que Deus a poupe disso.

— Sem falta, sim, vou transmitir... — disse Lióvin, corando.

XI

"Que mulher espantosa, gentil e digna de pena" — ele pensou, saindo para o ar gelado com Stepan Arkáditch.

— Pois bem, e então? Eu lhe disse — falou Stepan Arkáditch, ao ver que Lióvin estava absolutamente subjugado.

— Sim — respondeu Lióvin, pensativo —, uma mulher extraordinária! Não tanto por ser inteligente, mas tem um coração espantoso. Dá uma pena terrível!

---

[23] "[...] o gelo tenha se rompido", em francês no original. (N. do T.)

— Deus permita que, agora, tudo se acerte. Pois bem, não julgue mais de antemão — disse Stepan Arkáditch, abrindo a porta do carro. — Adeus, não vamos pelo mesmo caminho.

Sem parar de pensar em Anna, em todas aquelas conversas muito simples que tivera com ela, e lembrando-se de todos os detalhes de expressão de seu rosto, colocando-se cada vez mais em seu lugar e sentindo pena dela, Lióvin chegou em casa.

Em casa, Kuzmá informou Lióvin que Ekaterina Aleksândrovna estava bem de saúde, que as irmãs tinham partido há pouco tempo, e lhe entregou duas cartas. Lá mesmo, na antessala, para não se distrair, Lióvin as leu. Uma era de Sokolov, o administrador. Sokolov escrevia que não era possível vender o trigo, que só dariam cinco rublos e meio, e não havia mais de onde tirar dinheiro. A outra carta era de sua irmã. Recriminava-o por ainda não ter resolvido seus negócios.

"Ora, vamos vender por cinco e cinquenta, se não dão mais" — Lióvin resolveu imediatamente, com facilidade extraordinária, a primeira questão, que antes lhe parecera tão difícil. "É impressionante como, aqui, todo o tempo é tomado" — pensou, sobre a segunda carta. Sentia-se culpado perante a irmã por ainda não ter concluído o que ela lhe pedira. "Novamente não fui ao tribunal, mas hoje realmente não tive tempo." E, decidido a ir no dia seguinte sem falta, encaminhou-se à esposa. Enquanto ia até ela, Lióvin repassou rapidamente na memória todo o dia. Todos os acontecimentos do dia tinham sido conversas: conversas que escutara e das quais participara. Todas as conversas eram sobre assuntos dos quais, se estivesse sozinho no campo, ele jamais se ocuparia, mas aqui eram muito interessantes. E todas as conversas tinham sido boas; só em dois lugares não foram completamente boas. Uma era o que dissera sobre o lúcio; outra, algo *impróprio* na compaixão terna que sentia por Anna.

Lióvin encontrou a mulher triste e chateada. O jantar das três irmãs tinha sido muito divertido, mas depois esperaram por ele, esperaram, todas se aborreceram, as irmãs se separaram, e ela ficou sozinha.

— Pois bem, e você, o que fez? — ela perguntou, mirando-o nos olhos com um brilho especial, desconfiado. Porém, para não impedi-lo de contar tudo, escondeu seu alerta e, com um riso de aprovação, ouviu sua narrativa de como passara a noite.

— Pois bem, fico muito contente por ter encontrado Vrônski. Foi muito fácil e simples com ele. Entenda, agora tentarei nunca vê-lo, mas esse incômodo tinha que acabar — ele disse e, ao se lembrar que, *tentando nunca se avistar com ele*, acorrera de imediato a Anna, corou. — Bem, nós dizemos que o povo bebe; não sei quem bebe mais, o povo ou a nossa classe; talvez o povo, nos feriados, mas...

Porém Kitty não se interessava pelo juízo sobre quanto o povo bebia. Vira que ele tinha corado, e queria saber por quê.

— Pois bem, e depois você esteve onde?

— Stiva me implorou terrivelmente que visitasse Anna Arkádievna.

E, ao dizer isso, Lióvin corou ainda mais, e as dúvidas sobre se tinha feito bem ou mal ao vistá-la foram definitivamente resolvidas. Sabia agora que não devia ter feito aquilo.

Os olhos de Kitty se abriram e cintilaram de modo peculiar ao nome de Anna, porém, fazendo um esforço, ocultou sua emoção e enganou-o.

— Ah! — foi só o que ela disse.

— Você com certeza não vai ficar brava por eu ter ido. Stiva pediu, e Dolly também queria — prosseguiu Lióvin.

— Oh, não — ela disse, porém ele viu em seus olhos o esforço que não prometia nada de bom.

— Ela é uma mulher muito gentil, dá muita, muita pena, e é muito boa — ele disse, contando em seguida sobre Anna, suas ocupações e o que ela mandara dizer.

— Sim, óbvio que dá muita pena — disse Kitty, quando ele terminou. — Você recebeu carta de quem?

Ele contou e, confiando em seu tom calmo, foi se trocar.

De volta, surpreendeu Kitty na mesma poltrona. Ao se aproximar dela, ela olhou para ele e se desfez em pranto.

— O que foi? O quê? — ele perguntou, sabendo de antemão *o que* era.

— Você se apaixonou por essa mulher nojenta, ela o cativou. Vi nos seus olhos. Sim, sim! E o que podia sair disso? No clube você bebeu, bebeu, jogou e depois visitou... quem? Não, vamos embora... Amanhã eu vou embora.

Lióvin ficou muito tempo sem conseguir acalmar a esposa. Finalmente acalmou-a, apenas ao admitir que o sentimento de compaixão, associado ao vinho, tinham-no derrubado, que ele tinha se rendido à influência astuta de Anna, e que iria evitá-la. Uma coisa que ele admitiu com mais sinceridade do que tudo foi que, morando tanto tempo em Moscou, apenas se ocupando com conversas, comida e bebida, ficara aturdido. Conversaram até as três da manhã. Apenas às três estavam reconciliados o suficiente para conseguir dormir.

XII

Depois de acompanhar as visitas, Anna, sem se sentar, pôs-se a andar pelo quarto, para a frente e para trás. Embora inconscientemente (como era sua conduta, nos últimos tempos, com todos os homens jovens) tivesse, a noite inteira, feito todo o possível para despertar em Lióvin um sentimento de amor por ela, e embora soubesse que o conseguira, na medida do possível com relação a um homem casado e honrado, em apenas uma noite, e embora ele a tivesse agradado muito (apesar da diferença nítida, do ponto de vista masculino, entre Vrônski e Lióvin, ela, como mulher, via o que tinham em comum, o mesmo que fizera Kitty amar ambos), assim que saiu do quarto, deixou de pensar nele.

Uma única ideia solitária perseguia-a obsessivamente, sob vários aspectos. "Se eu tenho esse efeito sobre os outros, sobre esse amável homem de família, por que *ele* é tão frio comigo?... E nem exatamente frio, ele me ama, eu sei. Mas algo de novo agora nos divide. Por que ele não esteve aqui a noite inteira? Mandou Stiva dizer que não podia abandonar Iáchvin e tinha que acompanhar seu jogo. Afinal, Iáchvin é uma criança? Mas suponhamos que seja verdade. Ele nunca diz mentiras. Mas, nessa verdade, há outra coisa. Ele fica contente por me mostrar que tem outras obrigações. Sei disso, estou de acordo. Mas para que me provar isso? Ele quer me demonstrar que seu amor por mim não deve atrapalhar sua liberdade. Mas não preciso de demonstrações, preciso de amor. Ele deveria compreender toda a dureza dessa minha vida, aqui em Moscou. Por acaso eu vivo? Eu não vivo, eu aguardo um desenlace que está sempre se alongando e se alongando. E outra vez não tem resposta. E Stiva diz que não pode ir até Aleksei Aleksândrovitch. E eu não posso escrever a ele. Não posso fazer nada, começar nada, mudar nada; eu me seguro, espero, inventando passatempos — a família da inglesa, a escrita, a leitura —, mas tudo isso é apenas um engodo, tudo isso é como a morfina. Ele deveria ter pena de mim" — ela disse, sentindo que lágrimas de compaixão por si mesma lhe afluíam aos olhos.

Ouviu a campainha impetuosa de Vrônski e, apressadamente, secou as lágrimas, e não apenas as secou, como se sentou à luminária e abriu um livro, fingindo calma. Era preciso mostrar que estava insatisfeita por ele não ter vindo como prometera, apenas insatisfeita, mas de modo algum exibir-lhe seu pesar e, principalmente, a pena de si mesma. Ela podia ter pena de si, mas não ele. Ela não queria brigas, recriminava-o por querer brigar mas, sem querer, colocava-se em posição de combate.

— E então, você não se entediou? — ele disse, achegando-se a ela animado e alegre. — Que paixão terrível, o jogo!

— Não, não me entediei, há tempos aprendi a não me entediar. Stiva esteve aqui, Lióvin também.

— Sim, eles queriam visitá-la. Pois bem, gostou de Lióvin? — ele disse, sentando-se a seu lado.

— Muito. Saíram há pouco. E o que Iáchvin fez?

— Estava ganhando, dezessete mil. Eu o chamei. Ele já tinha até saído. Mas voltou, e agora está perdendo.

— Então para que você ficou? — ela perguntou, erguendo subitamente os olhos até ele. A expressão de seu rosto era fria, e de desprezo. — Você disse a Stiva que ficaria para levar Iáchvin embora. E você o abandonou.

A mesma expressão de prontidão fria para o combate também se manifestou no rosto dele.

— Em primeiro lugar, não pedi a ele que lhe dissesse nada, em segundo lugar, eu nunca minto. E o principal é que eu quis ficar e fiquei — ele disse, franzindo o cenho. — Anna, para quê, para quê? — ele disse, após minutos de silêncio, inclinando-se na direção dela e abrindo a mão, esperando que ela colocasse a sua ali.

Ela ficou contente com esse convite à ternura. Porém, uma estranha força de raiva não lhe permitiu que se entregasse a essa inclinação, como se as cláusulas do combate não lhe permitissem se render.

— Óbvio que você quis ficar, e ficou. Você faz tudo o que quer. Mas para que me dizer isso? Para quê? — ela disse, acalorando-se cada vez mais. — Por acaso alguém está contestando os seus direitos? Mas você quer ter razão, e terá.

A mão dele se fechou, ele se afastou, e seu rosto assumiu uma expressão mais obstinada do que antes.

— Para você, é caso de birra — ela disse, olhando-o fixamente e, de repente, encontrando a denominação para aquela expressão facial que a irritava —, exatamente birra. Para você, a questão é se vai me subjugar, mas, para mim... — Voltou a sentir pena de si mesma, e não chorou por pouco. — Se você soubesse qual é a questão para mim! Quando sinto, como agora, que você me trata de forma hostil, precisamente hostil, se você soubesse o que isso significa para mim! Se você soubesse como estou próxima da infelicidade nessas horas, como eu tenho medo, tenho medo de mim mesma! — E se virou, escondendo o pranto.

— Mas do que estamos falando? — ele disse, horrorizado com sua expressão de desespero, voltando a se inclinar para ela, tomando-lhe a mão e beijando-a. — Para quê? Por acaso eu procuro diversão fora de casa? Por acaso não evito a companhia de mulheres?

— Era só o que faltava! — ela disse.

— Pois bem, diga, o que eu tenho que fazer para você ficar calma? Estou pronto para fazer de tudo para que você seja feliz — ele disse, tocado por seu desespero —, o que eu não faria para lhe poupar de um sofrimento como o de agora, Anna! — ele disse.

— Nada, nada! — ela disse. — Eu mesma não sei: se é a vida solitária, os nervos... Pois bem, não falemos disso. Como foi a corrida? Você não me contou — ela disse, tentando ocultar o triunfo da vitória que, de todo modo, estava do seu lado.

Ele pediu a ceia e se pôs a narrar os detalhes da corrida; porém, em seu tom e olhar, que se faziam cada vez mais frios, ela via que ele não lhe perdoava a vitória, que aquela sensação de birra, contra a qual ela se batera, voltava a se estabelecer nele. Estava mais frio para com ela do que antes, como que arrependido de ter se rendido. E, ao se lembrar das palavras que lhe tinham dado a vitória, ou seja, "estou próxima de uma infelicidade terrível, e tenho medo de mim mesma", entendeu que aquela arma era perigosa, e que não poderia empregá-la outra vez. E sentia que, junto com o amor que os unia, estabelecera-se entre eles um espírito raivoso de briga, que ela não conseguia expulsar do coração dele, e menos ainda do seu.

XIII

Não há condições às quais uma pessoa não possa se habituar, especialmente se vê que *todos* ao seu redor vivem daquela forma. Lióvin não teria acreditado, três meses antes, que conseguiria dormir tranquilo nas condições em que agora se encontrava; que, vivendo uma vida à toa, atrapalhada, uma vida aliás acima de seus meios, depois de uma bebedeira (não tinha como chamar de outro nome o que acontecera no clube), depois de se relacionar desajeitadamente com um homem do qual sua esposa estivera enamorada, e de uma visita ainda mais desajeitada a uma mulher que não podia ser chamada senão de perdida, e depois de se apaixonar por aquela mulher e desgostar a esposa, conseguiria dormir tranquilo. Porém, sob influência do cansaço, da noite insone e do vinho bebido, dormiu profunda e sossegadamente.

Às cinco, o rangido de uma porta abrindo o acordou. Levantou-se de um pulo e olhou ao redor. Kitty não estava na cama, a seu lado. Porém, atrás do tabique, havia uma luz se movendo, e ouviu os passos dela.

— O que foi? O quê? — proferiu, meio dormido. — Kitty! O que foi?

— Nada — ela disse, saindo de trás do tabique com uma vela na mão. — Nada. Estou indisposta — ela disse, sorrindo com um sorriso especialmente meigo e significativo.

— O quê? Começou, começou? — ele disse, assustado. — Temos que mandar buscar — e começou a se vestir, afobado.

— Não, não — ela disse, sorrindo e segurando a mão dele. — Provavelmente não é nada. Só fiquei um pouco indisposta. Mas agora passou.

E, indo para o leito, ela apagou a luz, deitou-se e se calou. Embora suspeitasse do silêncio dela, como se estivesse segurando a respiração, e acima de tudo da expressão de ternura e excitação peculiar com a qual, ao sair de trás do tabique, ela dissera "nada", ele tinha tanta vontade de dormir que adormeceu na hora. Só depois lembrou-se do silêncio de sua respiração, e compreendeu tudo o que se passava naquela alma querida e gentil na hora em que, sem se mexer, na expectativa do maior acontecimento da vida de uma mulher, estava deitada a seu lado. Às sete, foi acordado por um toque da mão dela no ombro e por um sussurro baixo. Era como se ela se debatesse entre a pena de despertá-lo e o desejo de lhe falar.

— Kóstia, não se assuste. Não é nada. Mas parece... Precisamos chamar Lizavieta Petrovna.

A vela foi acendida de novo. Ela estava sentada na cama, segurando o tricô que a ocupava nos últimos dias.

— Por favor, não se assuste, não é nada. Não tenho medo de nada — ela disse, vendo seu rosto assustado, e apertou a mão dele contra o peito, depois contra os lábios.

Ele deu um salto apressado, sem sentir a si mesmo nem tirar os olhos dela, vestiu o roupão e parou, sempre olhando para ela. Era preciso ir, mas não conseguia desviar o olhar dela. Amava seu rosto, conhecia sua expressão, seu olhar, porém jamais a vira daquele jeito. Como se achava vil e horrível perante ela ao se lembrar do desgosto da véspera, vendo como ela estava agora! Seu rosto ruborizado, rodeado pelos cabelos macios que assomavam por debaixo do gorro de dormir, irradiava contentamento e determinação.

Por pouco que houvesse de artificial e convencional no caráter de Kitty, de modo geral, ainda assim Lióvin ficou espantado com o que agora se desnudava diante dele, quando, de repente, todos os véus haviam sido retirados e o próprio núcleo de sua alma reluzia em seus olhos. Nessa simplicidade e desnudamento, ela, aquela mesma que ele amava, fazia-se ainda mais visível. Sorrindo, ela o encarava; porém, de repente, sua sobrancelha estremeceu, ela ergueu a cabeça e, acorrendo rapidamente a ele, tomou-o pela mão e se estreitou contra ele, cobrindo-o com sua respiração cálida. Sofria, e era como se se queixasse a ele de seu sofrimento. E, no primeiro instante, por hábito, ele achou que era culpado. Porém, em seu olhar havia uma ternura que dizia que ela não apenas não o recriminava como amava-o por aquele sofrimento. "Se não sou eu, quem então é culpado disso?" — ele pensou, sem querer, buscando o responsável por aquele sofrimento, para puni-lo; mas não havia responsáveis. Embora não houvesse culpados, será que não daria para simplesmente ajudá-la, livrá-la? Mas não havia como fazê-lo, nem era necessário. Ela sofria, queixava-se e triunfava nesse sofrimento, alegrava-se com ele e amava-o. Ele via que, na alma dela, realizava-se algo maravilhoso, mas não conseguia entender o que era. Estava acima de seu entendimento.

— Mandei chamar mamãe. E você, vá logo atrás de Lizavieta Petrovna... Kóstia!... Não é nada, passou.

Afastou-se dele e tocou a sineta.

— Pois bem, agora vá. Pacha está vindo. Não tenho nada.

E Lióvin viu, com assombro, que ela pegou o tricô que trouxera à noite, e se pôs novamente a tricotar.

Enquanto Lióvin saía por uma porta, ouviu uma criada entrar pela outra. Parou junto à porta e ouviu Kitty dar instruções detalhadas à moça, e se pôr a empurrar a cama com ela.

Trocou-se e, enquanto os cavalos eram atrelados, pois ainda não havia seges de aluguel, voltou a correr até o dormitório, não na ponta dos pés, mas sobre asas, como lhe pareceu. Duas criadas colocavam algo no quarto com cuidado, enquanto Kitty caminhava, tricotava, fazendo os pontos com rapidez, e dava ordens.

— Agora vou atrás do médico. Foram buscar Lizavieta Petrovna, mas eu também vou. Precisa de algo? Ah, devo ir até Dolly?

Ela olhou para ele, pelo visto sem ouvir o que dizia.

— Sim, sim. Vá, vá — ela disse, rápido, franzindo o cenho e abanando a mão para ele.

Ele já tinha saído para a sala de visitas quando, de repente, um gemido queixoso, que silenciou de imediato, veio do quarto. Ele parou e ficou muito tempo sem conseguir entender.

"Sim, é ela" — disse para si mesmo e, agarrando a própria cabeça, desceu correndo.

— Senhor, tende piedade! Misericórdia, socorro! — ele repetiu as palavras que, de modo inesperado, vieram-lhe aos lábios. Homem sem fé, reproduziu aquelas palavras não só com os lábios. Agora, naquele instante, sabia que não apenas todas as suas dúvidas, como também a impossibilidade de crer pela razão, que sabia ter em si, não o impediam em nada de se dirigir a Deus. Tudo aquilo esvoaçava em sua alma como pó. A quem lhe restava se dirigir senão àquele em cujas mãos sentia estarem ele mesmo, sua alma e seu amor?

O cavalo ainda não estava pronto, mas, sentindo uma tensão especial, força física e atenção naquilo que tinha a fazer, não esperou os cavalos e, para não perder um minuto sequer, saiu a pé, e ordenou a Kuzmá que o alcançasse.

Na esquina, encontrou um cocheiro noturno apressado. Em um trenó pequeno, de casaco de veludo, com um lenço amarrado, ia Lizavieta Petrovna. 'Graças a Deus, graças a Deus' — ele proferiu, reconhecendo, extasiado, o pequeno rosto loiro, que agora tinha uma expressão especialmente séria, até severa. Dizendo para o cocheiro não parar, saiu correndo ao lado dela.

— Então duas horas? Não mais? — ela disse. — O senhor vai encontrar Piotr Dmítritch, mas não o apresse. E pegue ópio na farmácia.

— Então a senhora acha que pode ser bem-sucedido? Senhor, senhor, misericórdia e socorro! — proferiu Lióvin, vendo seu cavalo sair pelo portão. Pulando para o trenó ao lado de Kuzmá, mandou tocar para a casa do médico.

XIV

O doutor ainda não tinha se levantado, e o lacaio disse que "foi se deitar tarde e mandou não ser acordado, mas logo vai se levantar". O lacaio estava limpando o vidro das luminárias, e parecia muito ocupado com isso. Essa atenção do lacaio para com os vidros e a indiferença para com o que acontecia com ele atormentaram Lióvin no começo, mas, repensando, entendeu de imediato que ninguém conhecia, nem era obrigado a conhecer seus sentimentos, e que era preciso agir com ainda mais calma, ponderação e determinação para abrir aquela parede de indiferença e atingir seus objetivos. "Não me afobar, nem deixar passar nada" — Lióvin dizia para si, sentindo uma elevação cada vez maior de força física e atenção para com tudo o que tinha por fazer.

Ao saber que o doutor ainda não tinha se levantado, de diversos planos que imaginou, Lióvin ateve-se ao seguinte: Kuzmá iria atrás de outro médico, com um bilhete, enquanto ele mesmo iria à farmácia, atrás de ópio, e se, quando estivesse de volta, o doutor ainda não estivesse de pé, então, subornaria o lacaio ou, caso este não concordasse, acordaria o médico à força, custasse o que custasse.

Na farmácia, o farmacêutico magricela, com a mesma indiferença com que o lacaio limpava os vidros, lacrou umas cápsulas de pó para o cocheiro que estava à espera, e recusou-lhe o ópio. Tentando não se afobar, nem se exaltar, Lióvin tentou persuadi-lo, dando os nomes do médico e da parteira, e explicando para que precisava do ópio. O farmacêutico pediu conselho, em alemão, sobre se devia liberar, e, recebendo por detrás do tabique a anuência, pegou um frasquinho, um funil, passou devagar do recipiente grande para o pequeno, colou um rótulo, lacrou, apesar da solicitação de Lióvin de que não o fizesse, e queria ainda embrulhar. Isso Lióvin já não podia suportar; de forma resoluta, arrancou de suas mãos o frasquinho e saiu correndo para a grande porta de vidro. O doutor ainda não estava de pé, e o lacaio, ocupado agora em estender o tapete, recusava-se a acordá-lo. Sem afobação, Lióvin sacou uma nota de dez rublos e, pronunciando as palavras devagar, porém sem perder tempo, entregou-lhe a cédula e explicou que Piotr Dmítritch (quão grandioso e importante parecia agora a Lióvin esse Piotr Dmítritch, até então irrelevante!) prometera acorrer a qualquer hora, que ele provavelmente não se zangaria e, portanto, deveria ser acordado agora.

O lacaio concordou, subiu e pediu que Lióvin ficasse na antessala.

Lióvin ouviu, por detrás da porta, o médico tossindo, andando, lavando-se e dizendo algo. Passaram-se três minutos; Lióvin teve a impressão de ter se passado mais de uma hora. Não podia esperar mais.

— Piotr Dmítritch, Piotr Dmítritch! — pôs-se a falar, com voz de súplica, para a porta aberta. — Pelo amor de Deus, desculpe-me. Receba-me como está. Já faz duas horas.

— Já vai, já vai! — respondeu uma voz, e Lióvin ouviu com perplexidade que o doutor dissera aquilo rindo.

— Um minutinho...

— Já vai.

Passaram-se ainda dois minutos até que o doutor calçasse as botas, e mais dois minutos para o médico vestir sua roupa e pentear o cabelo.

— Piotr Dmítritch! — Lióvin quis recomeçar, com voz queixosa, mas nessa hora o doutor chegou, vestido e penteado. "Essa gente não tem consciência — pensou Lióvin. — Pentear-se quando estamos morrendo!"

— Bom dia! — disse o médico, dando-lhe a mão, como que provocando-o com sua calma. — Não se apresse. E então, meu senhor?

Tentando ser o mais minucioso possível, Lióvin começou a narrar todos os detalhes desnecessários do estado da esposa, interrompendo a narrativa o tempo todo com pedidos de que o doutor fosse à sua casa agora mesmo.

— Mas não se apresse. Afinal, o senhor sabe que eu, provavelmente, não sou necessário, mas prometi e, portanto, vou. Mas não há pressa. Sente-se, por favor. Não desejaria um café?

Lióvin fitou-o, perguntando com o olhar se estava rindo dele. Mas o doutor nem pensava em rir.

— Eu sei, meu senhor, eu sei — disse o médico, rindo —, eu mesmo sou um homem de família; mas nós, os maridos, nesses momentos somos as pessoas mais lastimáveis. Tenho uma paciente cujo marido, nessa hora, sempre foge para a estrebaria.

— Mas o que o senhor acha, Piotr Dmítritch? O senhor acha que pode ser bem-sucedido?

— Todos os dados são por um desfecho bem-sucedido.

— Então o senhor vem agora? — disse Lióvin, olhando com raiva para o criado, que trazia café.

— Em uma horinha.

— Não, pelo amor de Deus!

— Pois bem, então me deixe tomar o café.

O doutor pegou o café. Ambos ficaram em silêncio.

— Veja só, os turcos foram decisivamente derrotados. O senhor leu o telegrama de ontem? — disse o médico, mastigando um pãozinho.

— Não, não posso! — disse Lióvin, levantando-se de um salto. — Então o senhor estará lá em um quarto de hora?

— Em meia hora.

— Palavra de honra?

Quando Lióvin voltou para casa, encontrou a princesa, e foram juntos até a porta do quarto. A princesa tinha lágrimas nos olhos, e suas mãos tremiam. Ao ver Lióvin, abraçou-o e caiu no choro.

— E então, querida Lizavieta Petrovna — ela disse, tomando pelas mãos Lizavieta Petrovna, que vinha ao encontro deles com cara reluzente e preocupada.

— Está indo bem — ela disse —, convença-a a se deitar. Vai ficar mais fácil.

Desde o instante em que acordou e percebeu do que se tratava, Lióvin preparou-se para, sem refletir nem antecipar nada, bloqueando todos os pensamentos e sentimentos, firme, sem afligir a esposa e, pelo contrário, acalmando-a e apoiando-a com bravura, suportar o que tinha pela frente. Sem se permitir sequer pensar no que seria, em como aquilo acabaria, julgando pelas indagações que fizera acerca de quanto aquilo normalmente durava, Lióvin preparara-se, em sua imaginação, para aguentar e ficar com o coração na mão por cinco horas, o que lhe parecera possível. Porém, ao regressar do médico e voltar a ver o sofrimento dela, repetia cada vez mais "Senhor, misericórdia e socorro", suspirava e erguia a cabeça para o alto; e tinha medo de não aguentar, de debulhar-se em lágrimas ou sair correndo, de tanto padecimento. E só tinha se passado uma hora.

Mas depois dessa hora se passou outra, duas, três, todas as cinco horas que estabelecera como o prazo máximo de paciência, e a situação era sempre a mesma; aguentava porque não havia nada mais a fazer além de aguentar, achando a cada minuto que tinha chegado ao último limite da paciência, e que seu coração logo, logo estouraria de compaixão.

Porém, passaram-se ainda minutos, horas e mais horas, e sua sensação de sofrimento e horror cresceu e se intensificou ainda mais.

Todas as condições habituais da vida, sem as quais não se pode conceber nada, não existiam mais para Lióvin. Perdera a noção do tempo. Minutos — aqueles minutos em que ela o chamava para perto de si e ele pegava em sua mão suada, que ora o agarrava com força extraordinária, ora afastava a sua mão — pareciam horas, e às vezes as horas pareciam minutos. Espantou-se quando Lizavieta Petrovna pediu-lhe para acender uma vela atrás do biombo, e ficou sabendo que já eram cinco da tarde. Se lhe tivessem dito que eram apenas dez da manhã, teria ficado pouco surpreso. Onde estava naquele instante, sabia tão pouco quanto que horas eram. Via o rosto dela, inflamado, ora atônito e sofredor, ora sorridente e desejando tranquilizá-lo. Via também a princesa, vermelha, tensa, com as madeixas grisalhas em desordem e em lágrimas, que engolia com esforço, mordendo os lábios; via também Dolly e o médico, fumando *papirossas* grossas, e Lizavieta Petrovna, de cara firme, resoluta e tranquilizadora, e o velho príncipe, passeando pela sala de cenho franzido. Mas como eles iam e vinham, onde estavam, ele não sabia. A princesa estava ora no quarto, com o médico, ora no gabinete, onde aparecera uma mesa posta; ora ela não estava, mas estava Dolly. Depois Lióvin entendeu que estava sendo mandado para algum lugar. Certa vez, mandaram-no buscar uma mesa e um sofá. Fez isso com aplicação, achando que era para ela, e só depois ficou sabendo que era para preparar seu próprio pernoite. Depois mandaram-no ao gabinete, para perguntar algo ao médico. O doutor respondeu, e depois falou de desordens na Duma. Depois mandaram-no ao quarto, para buscar, com a princesa, o ícone com adorno de outro e prata e, com ajuda da velha criada de quarto da princesa, subiu num pequeno armário para alcançá-lo e quebrou a lâmpada votiva, e a criada da princesa o tranquilizou a respeito da esposa e da lamparina, e ele pegou o ícone e colocou à cabeceira de Kitty, enfiando-o com esforço atrás do travesseiro. Mas onde, quando e por que aquilo tudo tinha acontecido, ele não sabia. Também não entendia por que a princesa tomara-o pelo braço e, fitando-o com dó, pedira-lhe que se acalmasse, e Dolly o persuadira a comer e levara-o para fora do quarto, e até o doutor encarara-o de forma séria e compadecida, e receitara umas gotas.

Só sabia e sentia que aquilo que estava ocorrendo era similar ao que ocorrera um ano atrás, no hotel da cidade de província, no leito de morte do irmão Nikolai. Mas aquilo fora um pesar, e isso era uma alegria. Porém, tanto aquele pesar quanto esta alegria estavam fora de todas as condições habituais da vida, como se fossem orifícios através dos quais se revelava algo de elevado. E o que estava ocorrendo agora se dava de forma igualmente dura e aflitiva e, à contemplação dessa elevação, a alma se erguia de modo igualmente inconcebível a uma altura tamanha, à qual jamais se elevara anteriormente, e que a razão já não acompanhava.

"Senhor, misericórdia e socorro" — não parava de repetir para si mesmo, apesar de seu afastamento longo e aparentemente completo, sentindo que se dirigia a Deus com a mesma confiança e simplicidade dos tempos da infância e primeira juventude.

Durante todo esse tempo, teve dois estados de espírito distintos. Um, sem a presença dela, com o doutor, fumando uma *papirossa* grossa atrás da outra, e apagando-as na beira de um cinzeiro cheio, com Dolly e o príncipe, onde se falava do jantar, de política, da doença de Mária Petrovna, e no qual Lióvin, de repente, esquecia-se absolutamente, por um instante, do que estava acontecendo, e se sentia como se estivesse acordando, e o outro, na presença dela, à sua cabeceira, onde o coração queria estourar e não estourava de compaixão, e ele não parava de orar a Deus. E a cada vez em que um grito proveniente do quarto o trazia de volta de um instante de esquecimento, recaía naquele mesmo equívoco estranho que o surpreendera no primeiro minuto; a cada vez que, ao ouvir um grito, erguia-se de um salto e corria para se desculpar, lembrava-se no caminho de que não era culpado, e tinha vontade de defender, ajudar. Porém, ao olhar para ela, voltava a ver que não tinha como ajudar, entrava em pânico e dizia: "Senhor, misericórdia e socorro". E, quanto mais passava o tempo, mais fortes ficavam ambos os estados de espírito: quanto mais calmo, esquecendo-a completamente, longe de sua presença, mais aflitivos se tornavam para ele os sofrimentos dela e sua sensação de impotência perante eles. Erguia-se de um salto, querendo fugir, e corria até ela.

Às vezes, quando ela o chamava de novo, e de novo, ele a acusava. Porém, ao avistar seu rosto submisso e sorridente, e ao ouvir as palavras "eu o aflijo", ele acusava Deus, mas, ao se lembrar de Deus, imediatamente pedia-lhe perdão e misericórdia.

XV

Ele não sabia se era tarde ou cedo. As velas já tinham ardido até o fim. Dolly tinha acabado de ir ao gabinete e sugerir ao doutor que se deitasse. Lióvin sentou-se, ouviu o relato do médico sobre um charlatão magnetizador e olhou para as cinzas de suas *papirossas*. Era um período de descanso, e ele caiu na modorra. Esqueceu completamente o que estava acontecendo então. Ouviu e entendeu o relato do médico. De repente, soou um grito, que não se parecia com nada. O grito era tão medonho que Lióvin nem se levantou, mas, sem tomar alento, lançou um olhar assustado e interrogativo para o doutor. O médico inclinou a cabeça de lado, apurando o ouvido, e deu um sorriso de aprovação. Tudo era tão extraordinário que nada mais espantava Lióvin. "Decerto tem que ser assim" — pensou, e continuou sentado. De quem era aquele grito? Levantou-se de um salto, correu até o quarto na ponta dos pés, contornou Lizavieta Petrovna e a princesa e assumiu seu lugar, na cabeceira. O grito silenciou, mas agora algo havia mudado. O quê, ele não via, não entendia, nem queria ver ou entender. Via-o, porém, no rosto de Lizavieta Petrovna: o rosto de Lizavieta Petrovna estava severo e pálido e igualmente resoluto, embora seu maxilar tremesse um pouco e os olhos estivessem fixamente cravados em Kitty. O rosto excitado e atormentado de Kitty, com uma mecha suada de cabelo grudada, estava voltado para ele, e buscava seu olhar. Suas mãos erguidas pediam as mãos dele. Ao agarrar, com as mãos suadas, as mãos geladas dele, estreitou-as contra o rosto.

— Não se vá, não se vá! Não estou com medo, não estou com medo! — ela dizia, rápido. — Mamãe, tire os brincos. Estão me incomodando. Você não está com medo? Rápido, rápido, Lizavieta Petrovna...

Falava rápido, rápido, e queria rir. Mas, de repente, seu rosto se transfigurou, e afastou-o de si.

— Não, isso é horroroso! Vou morrer, vou morrer! Vá, vá — ela gritava, e voltou a soar o mesmo grito, que não se parecia com nada.

Lióvin agarrou a cabeça e saiu correndo do quarto.

— Não é nada, não é nada, está tudo bem! — disse Dolly, atrás dele.

Porém, por mais que dissessem, ele sabia que agora estava tudo arruinado. No quarto vizinho, com a cabeça apoiada no dintel, ouvia o inaudito: ganidos, berros, e sabia que quem gritava era aquilo que antes tinha sido Kitty. Já não desejava o bebê há muito tempo. Agora odiava esse bebê. Agora não desejava nem que ela vivesse, desejava apenas a interrupção daqueles sofrimentos medonhos.

— Doutor! O que é isso? O que é isso? Meu Deus! — ele disse, pegando no braço do médico, que passava.

— Está terminando — disse o médico. E o rosto do doutor estava tão sério ao dizer aquilo, que Lióvin entendeu *terminando* no sentido de morrendo.

Sem se dar conta de si, entrou correndo no quarto. A primeira coisa que viu foi o rosto de Lizavieta Petrovna. Estava ainda mais carrancuda e severa. O rosto de Kitty não estava lá. No lugar em que antes estivera, encontrava-se algo medonho pelo aspecto de tensão e pelo som que de lá saía. Colou a cabeça na madeira da cama, sentindo que seu coração ia estourar. O grito terrível não emudecia, fazia-se ainda mais terrível e, como se tivesse atingido o último limite do terror, de repente se calou. Lióvin não acreditava em sua audição, mas não tinha como duvidar: o grito tinha se calado, e ouviu-se um rebuliço abafado, um farfalhar e uma respiração apressada, e a voz dela, entrecortada, animada, meiga e feliz, proferiu, baixo: "Terminou".

Ele levantou a cabeça. Com os braços largados sem forças no cobertor, extraordinariamente maravilhosa e calma, ela o fitava em silêncio, querendo sorrir para ele, sem conseguir.

E, de repente, daquele mundo misterioso e terrível, do além, em que vivera naquelas vinte e duas horas, Lióvin sentiu-se instantaneamente transportado para o mundo de antes, o de costume, que agora, porém, cintilava com uma nova luz de felicidade, tão forte que ele não a suportava. Todas as cordas esticadas arrebentaram. Soluços e lágrimas de felicidade, que não previra de forma alguma, ergueram-se nele com tamanha força, sacudindo todo seu corpo, que por muito tempo impediram-no de falar.

Caído de joelhos diante da cama, mantinha a mão da esposa nos lábios e a beijava, e a mão, com débeis movimentos de dedos, respondia a seu beijo. E, enquanto isso, ao pé da cama, nas mãos hábeis de Lizavieta Petrovna, como uma fagulha em um castiçal, vacilava a vida de uma criatura humana, que jamais existira antes e que agora, com o mesmo direito e a mesma importância para si mesma, iria viver e criar seus semelhantes.

— Está vivo! Está vivo! E ainda é menino! Não se preocupe! — Lióvin ouviu a voz de Lizavieta Petrovna, que batia nas costas do bebê com a mão trêmula.

— Mamãe, é verdade? — disse a voz de Kitty. A princesa só respondeu com soluços.

E, em meio ao silêncio, como resposta indubitável à pergunta da mãe, soou uma voz absolutamente diferente das que falavam de forma contida no quarto. Era o grito ousado, insolente, que não queria entender nada, da nova criatura humana, que surgira incompreensivelmente de algum lugar.

Antes, se tivessem dito a Lióvin que Kitty tinha morrido, que ele tinha morrido com ela, que seus filhos eram anjos, e que Deus estava diante dele, ele não teria se espantado em nada; porém, agora, de volta ao mundo da realidade, fazia um esforço maior para entender que ela estava viva, saudável, e que aquela criatura que se esganiçava de forma tão desesperada era seu filho. Kitty estava viva, os sofrimentos tinham terminado. E ele estava indizivelmente feliz. Isso ele entendia, e com isso estava plenamente feliz. Mas e o bebê? De onde, para quê, quem era?... Não conseguia entender de jeito nenhum, não conseguia se acostumar à ideia. Parecia-lhe algo demasiado, excessivo, a que ele ficou por muito tempo sem conseguir se acostumar.

XVI

Às nove horas, o velho príncipe, Serguei Ivânovitch e Stepan Arkáditch estavam na casa de Lióvin e, ao conversar a respeito da parturiente, falaram também de outros temas. Lióvin ouvia-os e, com essas conversas, lembrava-se sem querer do passado, de como era até aquela amanhã, lembrando-se também de si, de como fora na véspera, até aquilo acontecer. Era como se tivessem transcorrido cem anos. Sentia-se elevado a uma altura inacessível, da qual baixava com esforço, para não ofender aqueles com que falava. Falava e não parava de pensar na esposa, nos detalhes de sua condição atual e no filho, à ideia de cuja existência tentava se habituar. Todo o mundo feminino, que desde o casamento adquirira para ele um significado novo e desconhecido, agora, em seu entendimento, elevava-se tão alto que não conseguia abarcá-lo com a imaginação. Ouvia a narrativa do jantar da véspera no clube e pensava: "O que ela está fazendo agora, terá adormecido? Como ela está? O que está pensando? Meu filho, Dmítri, está gritando?". E, no meio da conversa, no meio de uma frase, levantou-se de um pulo e foi até o quarto.

— Venha me dizer se posso ir até ela — disse o príncipe.

— Está bem, agora mesmo — respondeu Lióvin, sem se deter, e acorreu a ela.

Não dormia, mas conversava com a mãe em voz baixa, fazendo planos para o futuro batizado.

Arrumada, penteada, com um gorrinho elegante azul-celeste, com os braços soltos no cobertor, estava deitada de costas e, ao encontrar seu olhar, atraiu-o com o seu. O olhar dela, tão reluzente, reluziu ainda mais à medida que ele se aproximava. Em seu rosto havia a mesma transformação do terreno para o sobrenatural que acontece nos rostos dos defuntos; só que lá é adeus, aqui é encontro. Novamente uma emoção similar à que experimentara na hora do parto afluiu-lhe ao coração. Ela o tomou pela mão e perguntou se ele tinha dormido. Ele não conseguiu responder e se virou, confirmando sua fraqueza.

— E eu peguei no sono, Kóstia! — ela disse. — E agora estou tão bem. Olhou para ele mas, de repente, sua expressão se alterou.

— Dê-o para mim — ela disse, ao ouvir o pio do bebê. — Dê, Lizavieta Petrovna, e ele vai poder ver.

— Pois bem, que papai o veja — disse Lizavieta Petrovna, levantando e carregando uma coisa vermelha, estranha e vacilante. — Espere, primeiro vamos nos arrumar — e Lizavieta Petrovna colocou aquela coisa vermelha e vacilante na cama, pôs-se a desenrolar e enrolar o bebê, erguendo-o e virando-o com um só dedo e salpicando-o de pó.

Lióvin, olhando para aquela criatura minúscula e lastimável, empreendeu esforços vãos para encontrar na alma algum sinal de sentimento paterno por ele. Sentia apenas nojo daquilo. Porém, quando despiram-no e surgiram aqueles bracinhos fininhos, bem fininhos, os pezinhos cor de açafrão, com dedinhos e até com um dedão que se destacava dos outros, e ao ver Lizavieta Petrovna apertar aqueles bracinhos arreganhados como se fossem molas macias, encerrando-os em trajes de linho, acometeu-o tamanha dó daquela criatura, e medo de que ela o machucasse, que segurou o braço dela.

Lizavieta Petrovna pôs-se a rir.

— Não tema, não tema!

Quando o bebê estava pronto e transformado em uma boneca firme, Lizavieta Petrovna passou-o, com que se orgulhando de seu trabalho, e se afastou, para que Lióvin pudesse contemplar o filho em toda sua beleza.

Kitty, sem tirar os olhos, também olhava para lá, de través.

— Dê, dê! — disse, e até quis se levantar.

— O que é isso, Ekaterina Aleksândrovna, não pode fazer esses movimentos! Espere, eu dou. Vamos mostrar para o papai como você é lindo!

E Lizavieta Petrovna ergueu até Lióvin, com uma mão (a outra escorava a nuca oscilante apenas com os dedos), aquela criatura vermelha estranha, oscilante e de cabeça escondida na ponta da fralda. Mas também havia um nariz, olhos enviesados e lábios que estalavam.

— Um bebê maravilhoso! — disse Lizavieta Petrovna.

Lióvin suspirou com amargor. Aquele bebê maravilhoso suscitava-lhe apenas uma sensação de repugnância e pena. Não era absolutamente o sentimento que esperava.

Virou-se enquanto Lizavieta Petrovna ajeitava-o contra o peito desacostumado.

De repente, uma gargalhada forçou-o a levantar a cabeça. Era Kitty rindo. O bebê tinha pegado o peito.

— Pois bem, chega, chega! — dizia Lizavieta Petrovna, porém Kitty não o soltava. Adormecera nos braços dela.

— Veja agora — disse Kitty, voltando-lhe o bebê, para que pudesse vê-lo. O rostinho de velho de repente se franziu ainda mais, e o bebê espirrou.

Sorrindo, e mal contendo as lágrimas de ternura, Lióvin beijou a esposa e saiu do quarto escuro.

O que experimentava por aquela pequena criatura não era absolutamente o que esperara. Não havia nada de feliz e alegre nesse sentimento; pelo contrário, era um novo medo, aflitivo. Era a consciência de uma nova área de vulnerabilidade. E, no começo, essa sensação era tão aflitiva, o medo de que aquela criatura desamparada sofresse era tão forte, que nem reparou na estranha sensação de alegria insensata, e até de orgulho, que experimentara quando o bebê espirrou.

XVII

Os negócios de Stepan Arkáditch encontravam-se em má situação.

O dinheiro de dois terços do bosque já tinha sido gasto e, com dez por cento de desconto, já pegara do comerciante, com antecedência, quase todo o último terço. O comerciante não daria mais dinheiro, ainda mais que, naquele inverno, Dária Aleksândrovna, afirmando pela primeira vez, verdadeiramente, o direito à sua propriedade, recusara-se a assinar o contrato de recebimento pelo último terço do bosque. Todo o dinheiro ia para despesas domésticas, e o pagamento de dívidas pequenas e infindáveis. Não havia dinheiro em absoluto.

Aquilo era desagradável, incômodo e não devia prosseguir assim, na opinião de Stepan Arkáditch. A causa disso, no seu entendimento, consistia em que recebia um salário pequeno demais. O cargo que ocupava tinha sido, evidentemente, muito bom há cinco anos, mas agora já não era. Petrov, diretor de banco, ganhava doze mil; Sventítski — membro de uma sociedade — ganhava dezessete mil; Mítin, que fundara um banco, ganhava cinquenta mil. "Pelo visto, dormi no ponto, e me esqueceram" — pensava consigo mesmo Stepan Arkáditch. E passou a abrir os ouvidos, os olhos e, no final do inverno, descobriu um cargo muito bom e empreendeu o ataque a ele, primeiro desde Moscou, atráves de tias, tios, amigos, e depois, quando o assunto amadureceu, encaminhou-se em pessoa a São Petersburgo, na primavera. Era um daqueles cargos com quantias que vão de mil a cinquenta mil ao ano de salário, e que agora há mais do que antes, uma sinecura de propinas; era o cargo de membro da comissão da agência unida de balanço de crédito mútuo das ferrovias do sul e instituições bancárias. Esse cargo, como sempre acontece com todos, exigia conhecimentos e qualificações tão imensos que era difícil unir em uma só pessoa. E, como não havia pessoa que reunisse essas qualidades, então era melhor, de qualquer forma, que o cargo fosse ocupado por alguém honesto do que desonesto. E Stepan Arkáditch era não apenas um homem honesto (sem acento), mas um homem *honésto* (com acento), com o significado especial que essa palavra tem em Moscou, quando dizem: líder *honésto*, escritor *honésto*, revista *honésta*, instituição *honésta*, tendência *honésta*, e que significa não apenas que a pessoa e a instituição não são desonestas, como ainda que são capazes ocasionalmente de alfinetar o governo. Em Moscou, Stepan Arkáditch frequentava os círculos em que essa palavra fora introduzida, era considerado honesto ali e, portanto, tinha mais direito que os outros a esse cargo.

Esse cargo dava de sete a dez mil por ano, e Oblônski podia ocupá-lo sem deixar seu cargo no Estado. Dependia de dois ministros, uma dama e dois judeus; e todas essas pessoas, embora já tivessem sido preparadas, Stepan Arkáditch devia ver em Petersburgo. Além disso, Stepan Arkáditch prometera à irmã Anna obter de Kariênin uma resposta decisiva sobre o divórcio. E, arrancando cinquenta rublos de Dolly, partiu para São Petersburgo.

Sentando no gabinete de Kariênin, ouvindo seu projeto sobre as causas do mau estado das finanças russas, Stepan Arkáditch apenas espreitava o instante em que ele terminaria para se pôr a falar de seu caso, e de Anna.

— Sim, isso é muito exato — disse, quando Aleksei Aleksândrovitch, tirando o *pince-nez*, sem o qual agora não conseguia ler, fitou o ex-cunhado —, isso é muito exato nos pormenores mas, mesmo assim, o princípio de nosso tempo é a liberdade.

— Sim, mas eu apresento um outro princípio, que abarca o princípio da liberdade — disse Aleksei Aleksândrovitch, enfatizando a palavra "abarca" e voltando a colocar o *pince-nez*, para ler para o ouvinte a passagem em que aquilo era dito. E, repassando o belo manuscrito de margens imensas, Aleksei Aleksândrovitch voltou a ler a passagem convincente.

— Não quero um sistema de proteção em proveito de indivíduos privados, mas para o bem comum, igualmente para as classes baixas e altas — disse, mirando Oblônski por cima do *pince-nez*. — Mas *eles* não conseguem entender, *eles* se ocupam apenas de interesses pessoais e frases atraentes.

Stepan Arkáditch sabia que, quando Kariênin começava a falar do que faziam e pensavam *eles*, os mesmos que não queriam aceitar seus projetos, e eram a causa de todo o mal da Rússia, já estava perto do fim e, por isso, renunciou então de bom grado ao princípio da liberdade, e concordou plenamente. Aleksei Aleksândrovitch se calou, folheando o manuscrito, pensativo.

— Ah, a propósito — disse Stepan Arkáditch —, queria lhe pedir que, caso encontre Pomórski, diga-lhe uma palavrinha a respeito de que eu gostaria muito de ocupar a vaga aberta de membro da comissão da agência unida de balanço de crédito mútuo das ferrovias do sul.

Stepan Arkáditch estava habituado ao nome daquele cargo, tão próximo ao seu coração, e pronunciou-o rapidamente, sem erro.

Aleksei Aleksândrovitch interrogou-o sobre em que consistia a atividade daquela nova comissão, e meditou. Cogitava se a atividade dessa nova comissão tinha algo de contrário a seus projetos. Porém, como a atividade da nova instituição era muito complexa, e seus projetos abarcavam uma área muito extensa, não conseguiu ponderar a respeito e, tirando o *pince-nez*, disse:

— Sem dúvida, posso falar com ele; mas para que, propriamente, você quer ocupar esse cargo?

— O salário é bom, chega a nove mil, e meus recursos...

— Nove mil — repetiu Aleksei Aleksândrovitch, e franziu o cenho. A cifra elevada daquele salário lembrou-lhe que, sob esse aspecto, a atividade a que Stepan Arkáditch se propunha era contrária à ideia principal de seus projetos, sempre inclinados à economia.

— Eu acho, e escrevi uma nota a respeito, que, em nossa época, esses salários enormes são sinais de *assiette*[24] econômica errônea de nossa administração.

---

[24] "Disposição", em francês no original. (N. do T.)

— Mas o que você quer? — disse Stepan Arkáditch. — Ora, suponhamos que um diretor de banco ganhe dez mil — afinal, ele vale isso. Ou que um engenheiro ganhe vinte mil. É um empreendimento vivo, queira ou não!

— Creio que o salário é o pagamento por uma mercadoria, e deve estar sujeito à lei da oferta e da procura. Se a fixação do salário renuncia a essa lei, como, por exemplo, quando vejo saírem do instituto dois engenheiros, ambos igualmente conhecedores e capazes, e um ganha quarenta mil, enquanto o outro se satisfaz com dois mil; ou que, para a diretoria de sociedades bancárias, com salários enormes, empreguem juristas, hussardos, que não possuem nenhum conhecimento particular e especial, concluo que o salário é fixado não pela lei de oferta e procura, mas simplesmente por favorecimento. E isso é um abuso, grave por si só, que se reflete de forma nociva no serviço público. Creio...

Stepan Arkáditch apressou-se em interromper o cunhado.

— Sim, mas convenha que está se abrindo uma instituição nova, indubitavelmente vantajosa. Um empreendimento vivo, queira ou não! Valorizam especialmente que o empreendimento seja dirigido de forma *honésta*! — disse Stepan Arkáditch, com o acento.

Porém, Aleksei Aleksândrovitch não entendia o significado moscovita de *honesto*.

— A honestidade é apenas uma qualidade negativa — disse.

— Mas você vai me fazer um grande obséquio, assim mesmo — disse Stepan Arkáditch —, se disser uma palavrinha a Pomórski. Assim, no meio da conversa...

— Mas, afinal, isso depende mais de Bolgárinov, ao que parece — disse Aleksei Aleksândrovitch.

— Bolgárinov, de sua parte, está absolutamente de acordo — disse Stepan Arkáditch, corando.

Stepan Arkáditch corou à alusão a Bolgárinov, pois, na manhã daquele mesmo dia, fora atrás do judeu Bolgárinov, e a visita deixara-lhe uma lembrança desagradável. Stepan Arkáditch sabia muito bem que o ramo para o qual queria trabalhar era novo, vivo e honesto; porém, naquela manhã, quando Bolgárinov, obviamente de propósito, deixara-o esperando por duas horas, com outros requerentes, na sala de recepção, ficou de repente desconfortável.

Ficara desconfortável ou porque ele, descendente de Riúrik,[25] prínci-

---

[25] Fundador mítico da monarquia russa. (N. do T.)

pe Oblônski, esperara por duas horas na sala de recepção de um *jid*,[26] ou porque, pela primeira vez na vida, não seguia o exemplo de seus ancestrais, servindo o governo, e ingressava em um novo campo, mas ficara muito desconfortável. Naquelas duas horas de espera por Bolgárinov, Stepan Arkáditch, passeando com desenvoltura pela recepção, ajeitando as suíças, entabulando conversa com outros requerentes e inventando um trocadilho sobre esperar por um *jid*, esforçou-se por esconder dos outros, e até de si mesmo, a sensação que experimentava.

Porém, por todo aquele tempo, ficara desconfortável e agastado, sem que ele mesmo soubesse por quê: ou porque o trocadilho não lhe saíra bem — "esperei pelo *jid*, e ele me *jideou*" —, ou por qualquer outra coisa. Quando, por fim, Bolgárinov recebeu-o com cortesia extraordinária, celebrando visivelmente sua humilhação, e quase o rejeitou, Stepan Arkáditch apressou-se em esquecer aquilo o quanto antes. E agora bastou lembrar para corar.

XVIII

— Agora tenho outro assunto, e você sabe qual é. A respeito de Anna — disse Stepan Arkáditch, depois de ficar um pouco calado e afastar de si a impressão desagradável.

Assim que Oblônski pronunciou o nome de Anna, o rosto de Aleksei Aleksândrovitch se modificou completamente: no lugar da animação anterior, passou a exprimir cansaço e lividez.

— O que, exatamente, o senhor quer de mim? — disse, virando-se na poltrona e estalando o *pince-nez*.

— Uma decisão, qualquer decisão, Aleksei Aleksândrovitch. Dirijo-me agora a você ("não como a um marido ofendido", quis dizer Stepan Arkáditch, porém, com medo de prejudicar a causa, substituiu as palavras:) não como homem de Estado (o que soou despropositado), mas simplesmente como homem, como um homem de bem e cristão. Você deve ter compaixão dela — disse.

— Quer dizer, de que jeito, exatamente? — disse Kariênin, baixo.

— Sim, ter compaixão dela. Se você a tivesse visto como eu — passei todo o inverno com ela —, teria se apiedado dela. Sua condição é terrível, exatamente terrível.

---

[26] Designação pejorativa de judeu. (N. do T.)

— Parecia-me — respondeu Aleksei Aleksândrovitch, com uma voz mais aguda, quase esganiçada — que Anna Arkádievna possuía tudo o que queria.

— Ah, Aleksei Aleksândrovitch, pelo amor de Deus, não vamos fazer recriminações! O que passou, passou, e você sabe o que ela deseja e espera: o divórcio.

— Mas eu imaginava que Anna Arkádievna renunciaria ao divórcio no caso de eu exigir o dever de deixar o filho comigo. Foi a minha resposta, e achei que o caso estivesse encerrado. E considero-o encerrado — guinchou Aleksei Aleksândrovitch.

— Mas, pelo amor de Deus, não se exalte — disse Stepan Arkáditch, tocando o joelho do cunhado. — O caso não está encerrado. Se me permite recapitular, o caso foi assim: quando vocês se separaram, você foi grandioso, o mais magnânimo possível: você lhe concedeu tudo — a liberdade, até o divórcio. Ela deu valor a isso. Não, não pense o contrário. Deu valor mesmo. Em tal grau que, naqueles primeiros instantes, sentindo a culpa que tinha perante você, ela não ponderou, nem tinha como ponderar tudo. Renunciou a tudo. Porém, a realidade, o tempo demonstraram que sua condição é aflitiva e impossível.

— A vida de Anna Arkádievna não tem como me interessar — interrompeu Aleksei Aleksândrovitch, erguendo as sobrancelhas.

— Permita-me não acreditar — retrucou, suave, Stepan Arkáditch. — Sua condição é aflitiva para ela, e sem nenhum proveito para quem quer que seja. Ela mereceu isso, você vai dizer. Ela sabe, e não lhe pede nada; diz francamente que não ousa pedir nada. Mas eu, todos nós, os parentes, todos que a amamos, pedimos, imploramos a você. Para que atormentá-la? Isso é bom para quem?

— Perdão, ao que parece, o senhor está me colocando na posição de acusado — proferiu Aleksei Aleksândrovitch.

— Mas não, mas não, de jeito nenhum, entenda-me — disse Stepan Arkáditch, tocando-o novamente, na mão, como se estivesse convicto de que esse roçar abrandaria o cunhado. — Só estou dizendo uma coisa: a condição dela é aflitiva, pode ser aliviada por você, e você não vai perder nada. Vou arranjar as coisas de um jeito que você não vai nem perceber. Afinal, você prometeu.

— Essa promessa foi feita antes. E eu imaginava que a questão do filho resolveria o caso. Além disso, esperava que Anna Arkádievna tivesse magnanimidade suficiente... — Aleksei Aleksândrovitch falava com dificuldade, pálido, com os lábios trêmulos.

— Ela deixa tudo à sua magnanimidade. Pede, implora uma coisa — tirá-la dessa condição impossível em que se encontra. Já não pede mais o filho. Aleksei Aleksândrovitch, você é um homem bom. Ponha-se por um momento no lugar dela. A questão do divórcio, para ela, na condição dela, é uma questão de vida ou morte. Se você não tivesse prometido antes, ela se resignaria à sua condição, viveria no campo. Mas você prometeu, ela lhe escreveu e se mudou para Moscou. E em Moscou, onde cada encontro é uma facada em seu coração, ela está morando a três meses, esperando todo dia por uma resposta. Pois isso é equivalente a deixar um condenado à morte com uma corda no pescoço por meses, prometendo talvez morte, talvez clemência. Apiede-se dela, e depois eu me encarrego de arranjar um jeito... *Vos scrupules...*[27]

— Não estou falando disso, não é disso... — interrompeu-o Aleksei Aleksândrovitch, com asco. — Mas pode ser que eu tenha prometido o que não tinha direito de prometer.

— Então você está retirando a promessa?

— Nunca me recusei a cumprir o possível, mas quero ter tempo para ponderar o quanto do prometido é possível.

— Não, Aleksei Aleksândrovitch! — disse Oblônski, dando um pulo. — Não quero acreditar! Ela é tão infeliz quanto uma mulher pode ser, e você não pode se recusar a uma tal...

— O quanto for possível cumprir o prometido. *Vous professez d'être un libre penseur.*[28] Mas eu, como homem de fé, não posso, em assunto tão importante, proceder de forma contrária à lei cristã.

— Mas em sociedades cristãs como a nossa, até onde eu sei, o divórcio é permitido — disse Stepan Arkáditch. — O divórcio é permitido também na nossa igreja. E vemos...

— Permitido, mas não nesse sentido.

— Aleksei Aleksândrovitch, não o estou reconhecendo — disse Oblônski, após um silêncio. — Não foi você (e nós não demos valor a isso?) que perdoou tudo e, movido exatamente pelo sentimento cristão, estava pronto a sacrificar tudo? Você mesmo disse: entregar a túnica quando tiram o manto, e agora...

— Peço — disse Aleksei Aleksândrovitch, com voz fina, erguendo-se de

---

[27] "Seus escrúpulos", em francês no original. (N. do T.)

[28] "O senhor professa ser um livre-pensador", em francês no original. (N. do T.)

repente nos pés, pálido e com o maxilar tremendo —, peço-lhe que interrompa, interrompa... essa conversa.

— Ah, não! Pois bem, perdoe-me, perdoe-me se o magoei — disse Stepan Arkáditch, com um sorriso embaraçado, estendendo a mão —, é que eu fui apenas um embaixador, transmitindo meu encargo.

Aleksei Aleksândrovitch deu-lhe a mão, ficou pensativo e proferiu:

— Tenho que considerar e buscar orientação. Depois de amanhã vou lhe dar uma resposta decisiva — disse, após ponderar.

XIX

Stepan Arkáditch já queria ir embora quando Korniei veio anunciar:
— Serguei Aleksêitch!
— Quem é esse Serguei Aleksêitch? — ia começar Stepan Arkáditch, mas se lembrou de imediato.
— Ah, Serioja! — ele disse. — "Serguei Aleksêitch" — achei que fosse o diretor do departamento. "Anna também me pediu que o visse" — lembrou-se.

E recordou a expressão tímida e penosa com que Anna, ao liberá-lo, dissera: "Mesmo assim, vá vê-lo. Apure em detalhes onde está, quem está cuidando dele. E, Stiva... se fosse possível! Seria possível?". Stepan Arkáditch entendia o que significava esse "se fosse possível" — se fosse possível obter o divórcio de modo que ele lhe entregasse o filho... Agora Stepan Arkáditch via que não dava nem para pensar nisso, mas mesmo assim estava contente por ver o sobrinho, e Aleksei Aleksândrovitch lembrou ao cunhado que nunca falavam da mãe para o filho, e pediu-lhe que não proferisse sequer uma palavra a seu respeito.

— Ele ficou muito doente após o encontro com a mãe, que nós não prevíamos — disse Aleksei Aleksândrovitch. — Chegamos a temer por sua vida. Porém, um tratamento racional e banhos de mar no verão reestabeleceram sua saúde, e agora, por conselho do doutor, coloquei-o na escola. De fato, a influência dos colegas teve efeito benéfico sobre ele, que está absolutamente saudável e indo bem na escola.

— Que rapagão ele virou! Não é Serioja, mas todo um "Serguei Aleksêitch" — disse Stepan Arkáditch, rindo, ao olhar para o menino belo e forte, de blusão azul e pantalonas largas, que caminhava com desembaraço e desenvoltura. Cumprimentou o tio como a um estranho, porém, ao reconhecê-lo, corou e, como se estivesse ofendido e zangado com algo, virou-lhe as costas apressadamente. O menino acorreu ao pai e lhe entregou um bilhete sobre as notas que tirara na escola.

— Ora, é satisfatório — disse o pai —, pode ir.

— Ele emagreceu, cresceu, e deixou de ser uma criança, virou um rapaz; gosto disso — disse Stepan Arkáditch. — Mas você se lembra de mim?

O menino lançou um olhar rápido para o pai.

— Lembro, *mon oncle*[29] — respondeu, dando uma olhada no pai, e voltou a baixar a vista.

O tio chamou o menino e tomou-o pela mão.

— Mas e então, como você está? — ele disse, querendo puxar conversa, sem saber o que dizer.

O menino, corando e sem responder, tirou com cuidado a mão da mão do tio.

Assim que Stepan Arkáditch soltou sua mão, ele, como um pássaro em liberdade, após lançar um olhar interrogativo para o pai, saiu do aposento a passos rápidos.

Passara-se um ano desde que Serioja tinha visto a mãe pela última vez. Desde então, nunca mais ouvira falar dela. E, nesse mesmo ano, fora colocado na escola, conhecera e gostara dos colegas. Os sonhos com a mãe e as lembranças que, depois do encontro com ela, tinham-no deixado doente, agora não mais o ocupavam. Quando eles vinham, expulsava-os com esforço, julgando-os vergonhosos e coisa de menina, não de um menino e aluno. Sabia que entre pai e mãe tinha havido uma briga, que os separara, sabia que estava destinado a ficar com o pai, e esforçava-se para se habituar à ideia.

Ver o tio, que era parecido com a mãe, desagradava-lhe, pois suscitava as mesmas lembranças que considerava vergonhosas. Era ainda mais desagradável que, por algumas palavras que escutara enquanto esperava à porta do gabinete e, especialmente, pela expressão facial do pai e do tio, desconfiava que deviam estar falando da mãe. E, para não condenar o pai com que morava, e de quem dependia, e, principalmente, para não se entregar a uma sentimentalidade que considerava tão humilhante, Serioja esforçou-se para não olhar para aquele tio que viera arruinar seu sossego, e não pensar naquilo que ele lhe fazia lembrar.

Porém, quando Stepan Arkáditch, que tinha ido atrás dele, avistou-o na escada, chamou-o e perguntou como passava o tempo entre as aulas, na escola, Serioja, sem a presença do pai, soltou a língua.

— Agora temos uma ferrovia — ele disse, respondendo à pergunta. —

---

[29] "Meu tio", em francês no original. (N. do T.)

Veja bem, é assim: dois se sentam em um banco. São os passageiros. E um fica de pé no mesmo banco. E todos se atrelam. Pode ser com a mão, pode ser com o cinto, e desembestam por todas as salas. As portas já foram abertas antes. E olha que é difícil ser o condutor!

— É o que fica de pé? — perguntou Stepan Arkáditch, sorrindo.

— Sim, tem que ser ousado e hábil, especialmente quando para de repente ou alguém cai.

— Sim, isso não é brincadeira — disse Stepan Arkáditch, perscrutando com tristeza aqueles olhos vivazes, da mãe, que já não eram infantis, não mais totalmente inocentes. E, embora tivesse prometido a Aleksei Aleksândrovitch não falar de Anna, não aguentou.

— E você se lembra de sua mãe? — disse, de repente.

— Não, não lembro — proferiu Serioja, rápido, e, ficando de um vermelho vivo, baixou os olhos. E o tio não conseguiu tirar mais nada dele.

Meia hora mais tarde, o preceptor eslavo encontrou o pupilo na escada, e ficou muito tempo sem entender se ele estava com raiva ou chorando.

— O que foi, caiu e se machucou? — disse o preceptor. — Eu disse que é uma brincadeira perigosa. Tem que contar para o diretor.

— Se eu me machucasse, ninguém ia perceber. Com certeza.

— Mas então o que foi?

— Deixe-me! Lembro, não lembro... O que ele tem a ver? Para que me lembrar? Deixe-me em paz! — já não se dirigia ao preceptor, mas ao mundo inteiro.

XX

Stepan Arkáditch, como sempre, não passava o tempo à toa em São Petersburgo. Em Petersburgo, além dos assuntos do divórcio da irmã e do cargo, precisava, como sempre, refrescar-se, como dizia, depois do mofo de Moscou.

Moscou, apesar de seus *cafés-chantants*[30] e ônibus, era mesmo assim um pântano estagnado. Stepan Arkáditch sempre o sentiu. Quando estava em Moscou, especialmente perto da família, sentia uma queda de ânimo. Ficando muito tempo em Moscou, sem sair, chegara ao ponto de começar a se preocupar com o mau humor e as recriminações da esposa, com a saúde e

---

[30] "Cafés-cantantes", em francês no original, estabelecimentos com música ao vivo. (N. do T.)

educação dos filhos, e os interesses mesquinhos de seu trabalho; até mesmo o fato de ter dívidas o preocupava. Mas foi só chegar e ficar em São Petersburgo, no círculo que frequentava, em que se vivia, vivia-se mesmo, e não se vegetava como em Moscou, para todos esses pensamentos desaparecerem e derreterem de imediato, como cera diante do fogo.

Esposa?... Naquele mesmo dia falara com o príncipe Tchetchênski. O príncipe Tchetchênski tinha esposa e uma família, filhos crescidos que eram pajens, e também uma outra, ilegítima, também com filhos. Embora a primeira família também fosse boa, o príncipe Tchetchênski sentia-se mais feliz na segunda. E levou o filho mais velho à segunda família, e contou a Stepan Arkáditch que achava aquilo proveitoso para o desenvolvimento do filho. O que diriam disso em Moscou?

Filhos? Em Petersburgo, os filhos não atrapalhavam a vida dos pais. Os filhos eram educados em estabelecimentos de ensino, e não havia aquela noção selvagem, disseminada em Moscou — como Lvov, por exemplo —, de que todo o luxo da vida era para os filhos, e para os pais apenas trabalho e preocupação. Aqui entendia-se que o homem tem a obrigação de viver para si, como deve viver um homem esclarecido.

Serviço! O serviço aqui também não era a lida obstinada e sem recompensa em que labutavam em Moscou; aqui havia interesse no serviço. Um encontro, um favor, uma palavra certeira, a capacidade de fazer diversas imitações, e a pessoa de repente faz carreira, como Briántsev, que Stepan Arkáditch encontrara na véspera, e que agora era alto dignatário. Esse serviço tinha interesse.

A visão petersburguense em questões monetárias agia de forma especialmente tranquilizadora sobre Stepan Arkáditch. Bartniánski, que gastava pelo menos cinquenta mil, pelo *train*[31] que levava, dissera-lhe na véspera algo notável.

Antes do jantar, conversando, Stepan Arkáditch dissera a Bartniánski:

— Você, ao que parece, é próximo a Mordvínski; poderia me fazer um obséquio; diga-lhe, por favor, uma palavrinha em meu benefício. Há um cargo que eu queria ocupar. Membro de uma agência...

— Ora, tanto faz, não vou lembrar... Mas que vontade é essa de se meter com *jides* em estradas de ferro?... Queira ou não queira, é uma coisa baixa!

Stepan Arkáditch não lhe disse que era um empreendimento vivo; Bartniánski não entenderia.

---

[31] De *train de vie*, "estilo de vida", em francês no original. (N. do T.)

— Preciso do dinheiro, não tenho como viver.
— Você não vive?
— Vivo, mas com dívidas.
— Como assim? É muito? — disse Bartniánski, condoído.
— Demais da conta, vinte mil.
Bartniánski gargalhou com alegria.
— Oh, homem feliz! — disse. — A minha é de um milhão e meio, não tenho nada e, como você vê, ainda é possível viver!

E Stepan Arkáditch via a justeza daquilo não apenas em palavras, mas de fato. Jivákhov tinha uma dívida de trezentos mil, sem um tostão no bolso, e vivia, e de que jeito! O conde Krivtsov já era dado como acabado faz tempo, e tinha duas manteúdas. Petróvski torrara cinco milhões e vivia exatamente como antes, era até diretor financeiro, e ganhava um salário de vinte mil. Mas, além disso, São Petersburgo tinha um efeito físico agradável sobre Stepan Arkáditch. Rejuvenescia-o. Em Moscou, encontrava de vez em quando um cabelo branco, caía no sono depois do jantar, espreguiçava-se, subia a escada devagar, respirando pesado, entediava-se com mulheres jovens, não dançava nos bailes. Já em Petersburgo, sempre se sentia com dez anos a menos.

Em São Petersburgo, experimentava o mesmo que lhe dissera na véspera o príncipe Oblônski de sessenta anos, Piotr, que acabara de regressar do exterior.

— Nós aqui não sabemos viver — disse Piotr Oblônski. — Acredite, passei o verão em Baden; pois bem, na verdade eu me senti completamente jovem. Via uma jovenzinha, e os pensamentos... Você janta, dá uma bebidinha — e tem força, ânimo. Cheguei à Rússia — tinha que ver a esposa, e ainda ir ao campo — e, bem, você não vai acreditar, em duas semanas estava de roupão, parei de me vestir para o jantar. E nada de pensar em jovenzinhas! Virei um velho completo. Só me restava pensar em salvar a alma. Fui a Paris — e voltei a ser senhor de mim.

Stepan Arkáditch sentia exatamente a mesma diferença que Piotr Oblônski. Em Moscou, deprimia-se tanto que, de fato, se ficasse muito tempo por lá, chegaria a pensar, na melhor das hipóteses, na salvação da alma; já em São Petersburgo voltava a se sentir um homem digno.

Entre a princesa Betsy Tverskáia e Stepan Arkáditch existiam relações antiquíssimas e absolutamente estranhas. Stepan Arkáditch sempre flertava com ela brincando, e lhe dizia, também brincando, as coisas mais desagradáveis, sabendo que era do que ela gostava, acima de tudo. No dia seguinte à conversa com Kariênin, Stepan Arkáditch, ao visitá-la, sentia-se tão jovem que, inadvertidamente, foi tão longe com esse flerte e lorota de brincadeira que já não sabia como escapar, já que, por infelicidade, ela não apenas não lhe agradava, como lhe era repulsiva. Aquele tom se estabelecera porque ele muito a agradava. De modo que ele ficou muito contente com a chegada da princesa Miagkáia, que interrompeu a tempo seu retiro a dois.

— Ah, o senhor está aqui — ela disse, ao vê-lo. — Pois bem, como está sua pobre irmã? Não me olhe assim — acrescentou. — Desde que todos se lançaram contra ela, todos aqueles que são cem mil vezes piores do que ela, acho que ela se portou maravilhosamente. E não posso perdoar Vrônski por não me ter dado a saber quando ela veio para Petersburgo. Eu a teria visitado, e teria ido com ela a toda parte. Por favor, transmita-lhe meu amor. Mas me conte a respeito dela.

— Bem, a situação dela é dura, ela... — quis começar Stepan Arkáditch, em sua simplicidade da alma, levando a sério as palavras da princesa Miagkáia "conte-me de sua irmã". Segundo seu hábito, a princesa Miagkáia interrompeu-o imediatamente, e se pôs a narrar ela mesma.

— Ela fez o que todas, menos eu, fazem, e escondem; só que ela não quis enganar, e se portou maravilhosamente. E fez ainda melhor por ter largado aquele seu cunhado meio louco. O senhor me perdoe. Todos diziam que ele era inteligente, inteligente, só eu dizia que era estúpido. Agora que se ligou a Lídia e Landau, todos dizem que é meio louco, e eu ficaria contente em não concordar com todos, mas dessa vez não consigo.

— Mas me explique, por favor — disse Stepan Arkáditch —, o que isso quer dizer? Ontem estive com ele, devido ao caso de minha irmã, e pedi uma resposta decisiva. Ele não respondeu, disse que iria pensar e, na manhã de hoje, em vez de resposta, recebi um convite para o serão de hoje, na casa da condessa Lídia Ivânovna.

— Então é isso, é isso! — disse, com alegria, a princesa Miagkáia. — Vão perguntar a Landau[32] o que ele tem a dizer.

— Como a Landau? Para quê? Quem é Landau?

— Como o senhor não conhece Jules Landau, *le fameux Jules Landau, le clair-voyant?*[33] Também é meio louco, mas é dele que depende o destino da sua irmã. Eis o que acontece quando se vive na província, fica-se sem sa-

---

[32] O "sonâmbulo vidente" é uma figura característica da vida mundana da década de 1870. O Landau do romance é inspirado em Daniel Dunglas Home (1833-1886), célebre médium daqueles anos, que se apresentou na América e na Europa, desfrutou da simpatia de Napoleão III e foi conhecido na corte do tsar Alexandre II. (N. da E.)

[33] "O famoso Jules Landau, o vidente", em francês no original. (N. do T.)

ber de nada. Landau, veja, era funcionário de uma loja em Paris, e foi ao médico. Na sala de espera do médico, adormeceu e, em sonho, pôs-se a dar conselho a todos os pacientes. E conselhos assombrosos. Depois a esposa de Iúri Meliédinski — conhece, o doente? — ficou sabendo de Landau, e levou-o ao marido. Ele tratou do marido dela. Não lhe trouxe nenhum proveito, na minha opinião, pois continua tão debilitado quanto antes, porém acreditaram nele e o levaram consigo. E trouxeram-no para a Rússia. Aqui, todos acorreram a ele, e ele começou a tratar de todos. Curou a condessa Bezzúbova, que ficou gostando dele tanto que o adotou.

— Como adotou?

— Assim, adotou. Agora ele não é mais Landau, mas conde Bezzúbov. Mas a questão não é essa, e Lídia — gosto muito dela, mas não tem a cabeça no lugar —, obviamente, agora se atirou em cima desse Landau, e sem ele, nem ela, nem Aleksei Aleksândrovitch decidem nada e, por isso, o destino da sua irmã está nas mãos desse Landau, aliás conde Bezzúbov.

XXI

Depois de um jantar maravilhoso e de uma grande quantidade de conhaque tomada na casa de Baratínski, Stepan Arkáditch entrou na residência de Lídia Ivânovna só um pouco atrasado quanto à hora marcada.

— Quem mais está com a condessa? O francês? — Stepan Arkáditch perguntou ao porteiro, ao ver o casaco conhecido de Aleksei Aleksândrovitch e um casaco estranho, singelo, com fivelas.

— Aleksei Aleksândrovitch Kariênin e o conde Bezzúbov — respondeu o porteiro, severo.

"A princesa Miagkáia adivinhou — pensou Stepan Arkáditch, subindo a escada. — Estranho! Contudo, seria bom me aproximar dela. Ela possui uma influência enorme. Se ela disser uma palavrinha a Pomórski, daí a coisa fica certa."

Ainda estava completamente claro no pátio, porém na pequena sala de visitas da condessa Lídia Ivânovna, de corrediças fechadas, as lâmpadas já estavam acesas.

Na mesa redonda debaixo da lâmpada estavam acomodados a condessa e Aleksei Aleksândrovitch, falando de algo em voz baixa. Um homem pequeno e margricela, de pélvis feminina, pernas encurvadas para dentro, muito pálido, bonito, de formosos olhos cintilantes e cabelos compridos caídos na gola da sobrecasaca, estava de pé, no outro canto, observando a parede com retratos. Depois de cumprimentar a dona da casa e Aleksei Aleksândrovitch, Stepan Arkáditch, involuntariamente, deu mais uma olhada no desconhecido.

— Monsieur Landau! — a condessa dirigiu-se a ele com uma ternura e cuidado que surpreenderam Oblônski. E ela os apresentou.

Landau lançou um olhar apressado, aproximou-se e, sorrindo, alojou a mão imóvel e suada na mão estendida de Stepan Arkáditch, para imediatamente se afastar e passar a observar os retratos. A condessa e Aleksei Aleksândrovitch se entreolharam de forma significativa.

— Fico muito contente em vê-lo, especialmente hoje — disse a condessa Lídia Ivânovna, indicando para Stepan Arkáditch o lugar ao lado de Kariênin.

— Apresentei-o como Landau — ela disse, em voz baixa, olhando para o francês, e depois, de imediato, para Aleksei Aleksândrovitch —, mas ele, na verdade, é o conde Bezzúbov, como o senhor provavelmente sabe. Só que ele não gosta desse título.

— Sim, ouvi dizer — respondeu Stepan Arkáditch —, dizem que ele curou a condessa Bezzúbova por completo.

— Ela esteve hoje aqui em casa, dá tanta pena! — a condessa dirigiu-se a Aleksei Aleksândrovitch. — Essa separação é um horror para ela. Para ela, foi um golpe!

— E ele vai decididamente embora? — perguntou Aleksei Aleksândrovitch.

— Sim, ele vai para Paris. Ontem, ele ouviu uma voz — disse a condessa Lídia Ivânovna, olhando para Stepan Arkáditch.

— Ah, uma voz! — repetiu Oblônski, sentido que tinha que ser o mais cuidadoso possível naquela sociedade em que estava acontecendo ou devia acontecer algo de especial, cuja chave ele não possuía.

Fez-se um silêncio momentâneo, depois do qual a condessa Lídia Ivânovna, como que entrando no assunto principal da conversa, disse a Oblônski, com um sorriso fino:

— Conheço-o há tempos, e fico muito contente por conhecê-lo mais de perto. *Les amis de nos amis sont nos amis*.[34] Porém, para ser amigo, é preciso que um medite sobre a condição do outro, e eu temo que o senhor não esteja fazendo isso com relação a Aleksei Aleksândrovitch. O senhor entende do que estou falando — ela disse, erguendo os formosos olhos pensativos.

---

[34] "Os amigos de nossos amigos são nossos amigos", em francês no original. (N. do T.)

— Em parte, condessa, entendo que a condição de Aleksei Aleksândrovitch... — disse Oblônski, sem entender muito bem qual era a questão e, portanto, desejando ficar em generalidades.

— A modificação não é em sua condição externa — disse a condessa Lídia Ivânovna, com severidade, enquanto seguia, com olhar apaixonado, Aleksei Aleksândrovitch, que se levantara para se aproximar de Landau —, foi seu coração que mudou, ele ganhou um coração novo, e temo que o senhor não tenha meditado por completo acerca da modificação que ocorreu nele.

— Quer dizer, em linhas gerais posso imaginar essa modificação. Sempre fomos amigos, e agora... — disse Stepan Arkáditch, ponderando de qual dos dois ministros ela era mais próxima, para saber para qual dos dois lhe faria o pedido.

— Essa mudança que lhe ocorreu não tem como enfraquecer seu sentimento de amor ao próximo; pelo contrário, a mudança que lhe ocorreu deve aumentar o amor. Mas temo que o senhor não esteja me entendendo. Não quer chá? — ela disse, apontando com os olhos para o lacaio que trazia chá numa bandeja.

— Não completamente, condessa. Óbvio que sua infelicidade...

— Sim, infelicidade que se tornou a mais alta felicidade quando seu coração ficou novo, encheu-se dela — ela disse, olhando apaixonadamente para Stepan Arkáditch.

"Acho que vai ser possível pedir que diga uma palavra a ambos" — pensou Stepan Arkáditch.

— Oh, claro, condessa — ele disse —, mas acho que essas modificações são tão íntimas que ninguém, nem a pessoa mais próxima, gosta de falar.

— Pelo contrário! Temos que falar e ajudar um ao outro.

— Sim, sem dúvida, mas acontece tamanha diferença de convicções, e, ademais... — disse Oblônski, com sorriso terno.

— Não pode haver diferenças em questão de verdade sagrada.

— Oh, sim, claro, mas... — e, desorientado, Stepan Arkáditch se calou. Entendia que o assunto era religião.

— Tenho a impressão de que ele vai adormecer agora — proferiu Aleksei Aleksândrovitch, com um sorriso significativo, achegando-se a Lídia Ivânovna.

Stepan Arkáditch lançou um olhar. Landau estava sentado junto à janela, acotovelado no braço e no espaldar da poltrona, de cabeça baixa. Ao notar os olhares dirigidos para si, ergueu a cabeça e sorriu com um sorriso infantil e ingênuo.

— Não deem atenção — disse Lídia Ivânovna, empurrando, com um movimento suave, uma cadeira para Aleksei Aleksândrovitch. — Reparei... — começou, mas um lacaio entrou no aposento com uma carta. Lídia Ivânovna percorreu a nota com rapidez e, escusando-se, escreveu com velocidade extraordinária, entregou a resposta e voltou à mesa. — Reparei — prosseguiu a conversa interrompida — que os moscovitas, especialmente os homens, são as pessoas mais indiferentes à religião.

— Oh, não, condessa, tenho a impressão de que os moscovitas têm a reputação de serem os mais firmes — respondeu Stepan Arkáditch.

— Sim, até onde entendo, o senhor, infelizmente, é um dos indiferentes — disse Aleksei Aleksândrovitch, dirigindo-se a ele com um sorriso cansado.

— Como é possível ser indiferente! — disse Lídia Ivânovna.

— Com relação a isso, não sou exatamente indiferente, mas estou na expectativa — disse Stepan Arkáditch, com seu sorriso mais apaziguador. — Não acho que, para mim, tenha chegado a hora dessas questões.

Aleksei Aleksândrovitch e Lídia Ivânovna entreolharam-se.

— Nunca podemos saber se a hora chegou para nós — disse Aleksei Aleksândrovitch, severo. — Não devemos pensar se estamos prontos ou não: a graça não se guia por considerações humanas; ela às vezes não é concedida a quem se empenha, e vai para os despreparados, como para Saul.

— Não, parece que ainda não é agora — disse Lídia Ivânovna, que nessa hora acompanhava os movimentos do francês.

Landau se levantou e foi até eles.

— Os senhores me permitem ouvir?

— Oh, sim, não queria incomodá-lo — disse Lídia Ivânovna, fitando-o com ternura —, sente-se conosco.

— É preciso apenas não fechar os olhos, para não ser privado da luz — prosseguiu Aleksei Aleksândrovitch.

— Ah, se o senhor soubesse a felicidade que experimentamos ao sentir Sua presença constante em nossa alma! — disse a condessa Lídia Ivânovna, com um sorriso beatífico.

— Mas a pessoa pode se sentir incapaz de se elevar a essa altura — disse Stepan Arkáditch, sentindo que era hipócrita ao reconhecer a elevação religiosa mas, ao mesmo tempo, sem se decidir a admitir seu livre-pensamento diante de alguém que, com apenas uma palavra a Pomórski, podia conseguir-lhe o cargo desejado.

— Ou seja, o senhor quer dizer que o pecado o impede? — disse Lídia Ivânovna. — Mas é uma opinião errônea. O pecado não existe para quem tem fé, o pecado já foi expiado. *Pardon*[35] — acrescentou, olhando para o lacaio, que já vinha com outra nota. Leu e respondeu verbalmente: — Diga que amanhã, na grã-duquesa. — Para quem tem fé não há pecado — continuou a conversa.

— Sim, mas a fé sem obras é morta[36] — disse Stepan Arkáditch, lembrando a frase do catecismo, e defendendo sua liberdade com um sorriso.

— Olha só, da epístola do apóstolo Tiago — disse Aleksei Aleksândrovitch, dirigindo-se a Lídia Ivânovna com alguma recriminação, como algo de que já tinham falado mais de uma vez. — Quanto dano foi causado pela interpretação errônea dessa passagem! Nada se afasta mais da fé do que essa interpretação. "Não tenho obras, não posso crer", quando isso não está dito em lugar nenhum. E está dito o contrário.

— Obrar por Deus, salvar a alma por obras, jejum — disse a condessa Lídia Ivânovna, com desprezo e repulsa —, são noções selvagens de nossos monges... Quando isso não está dito em lugar nenhum. É muito mais simples e fácil — acrescentou, olhando para Oblônski com o mesmo sorriso de aprovação com o qual, na corte, anuía para as jovens damas de honra desorientadas no novo ambiente.

— Somos salvos por Cristo, que padeceu por nós. Somos salvos pela fé — corroborou Aleksei Aleksândrovitch, aprovando as palavras dela com o olhar.

— *Vous comprenez l'anglais?*[37] — perguntou Lídia Ivânovna e, ao receber uma resposta afirmativa, levantou-se e pôs-se a examinar os livros na prateleira.

— Queria ler *Safe and happy*, ou *Under the wing*?[38] — ela disse, olhando para Kariênin de forma interrogativa. E, encontrando o livro e voltando a se sentar em seu lugar, abriu-o. — É bem curto. Aqui está descrito o caminho para adquirir fé, e a felicidade acima de tudo que é terreno que, desta

---

[35] "Perdão", em francês no original. (N. do T.)

[36] Tiago 2:20. (N. do T.)

[37] "O senhor entende inglês?", em francês no original. (N. do T.)

[38] "Seguro e feliz" e "Sob a asa", títulos em inglês de brochuras de "salvação da alma" da nova tendência mística associada à pregação de Lorde Granville Radstock (1831-1913) sobre a "salvação pela fé". Em 1874, Radstock pregou nos grandes salões da sociedade de São Petersburgo, onde desfrutava da proteção do ministro das vias de comunicação A. P. Bóbrinski. A ideia principal de Radstock consistia em que Cristo, ao morrer, "redimira a humanidade", portanto todo homem estava "salvo" ("o pecado já foi redimido" — diz Lídia Ivânovna) e, para ser feliz, precisava apenas da "fé". (N. da E.)

forma, preenche a alma. O homem de fé não pode ser infeliz, pois não está sozinho. Mas o senhor vai ver. — Ela já se preparava para ler quando o lacaio voltou a entrar. — Borozdiná? Diga que amanhã, às duas horas. — Sim — ela disse, colocando o dedo em uma passagem do livro e, com um suspiro, olhando para a frente, com os olhos maravilhosos e pensativos. — Esse é o efeito da fé verdadeira. O senhor conhece Marie Sánina? O senhor conhece sua infelicidade? Ela perdeu o único filho. Estava em desespero. Pois bem, e então? Ela encontrou esse amigo, e agora agradece a Deus pela morte do filho. Essa é a felicidade concedida pela fé!

— Oh, sim, isso é muito... — disse Stepan Arkáditch, satisfeito por começarem a ler e lhe deixarem se recobrar um pouco. "Não, pelo visto é melhor nem lhe pedir nada hoje — pensava —, apenas me livrar disso sem me atrapalhar."

— Vai ser chato para o senhor — disse a condessa Lídia Ivânovna, dirigindo-se a Landau —, que não sabe inglês, mas é curto.

— Oh, entendo — disse Landau, com o mesmo sorriso, e fechou os olhos.

Aleksei Aleksândrovitch e Lídia Ivânovna se entreolharam de forma significativa, e a leitura teve início.

XXII

Stepan Arkáditch sentia-se absolutamente desconcertado pelo discurso novo e estranho que estava ouvindo. A complexidade da vida petersburguense, no geral, agia sobre ele de forma estimulante, arrancando-o da estagnação moscovita; porém, apreciava e entendia essa complexidade nas esferas que lhe eram próximas e conhecidas; já nesse meio alheio sentia-se desconcertado, pasmado, e não conseguia abarcar tudo. Ao ouvir a condessa Lídia Ivânovna, e sentir os olhos belos, ingênuos ou velhacos — ele mesmo não sabia — de Landau cravados em si, Stepan Arkáditch começou a experimentar um peso peculiar na cabeça.

As ideias mais variadas se embaralhavam em sua cabeça. "Marie Sánina está alegre pelo filho ter morrido... Seria bom fumar agora... Para a salvação só é necessária a fé, os monges não sabem como fazê-lo, e quem sabe é a condessa Lídia Ivânovna... E por que tenho esse peso todo na cabeça? De qualquer forma, até agora não fiz, ao que parece, nada de indecoroso. Mas, mesmo assim, não dá mais para lhe pedir nada. Dizem que eles obrigam a rezar. Espero que não me obriguem. Já seria estúpido demais. E que absurdo ela está lendo, mas a pronúncia é boa. Landau é Bezzúbov. Por que ele é Bezzúbov?" De repente, Stepan Arkáditch sentiu que seu maxilar inferior começava irresistivelmente a armar um bocejo. Ajeitou as suíças, escondendo o bocejo, e sacudiu-se. Em seguida, porém, sentiu que estava caindo no sono, e prestes a roncar. Acordou no instante em que a voz da condessa Lídia Ivânovna disse: "Está dormindo".

Stepan Arkáditch acordou assustado, sentindo-se culpado e flagrado. Confortou-se, porém, de imediato, ao ver que as palavras "está dormindo" referiam-se não a ele, mas a Landau. O francês caíra no sono, assim como Stepan Arkáditch. Porém, se o sono de Stepan Arkáditch, em sua opinião, tê-los-ia ofendido (aliás, ele nem achava isso, de tão estranho que tudo lhe parecia), o sono de Landau alegrava-os de forma extraordinária, em especial à condessa Lídia Ivânovna.

— *Mon ami* — disse Lídia Ivânovna, erguendo com cuidado as pregas de seu vestido de seda, para não fazer barulho e, em sua excitação, não chamando mais Kariênin de Aleksei Aleksândrovitch, mas de *mon ami* —, *donnez lui la main. Vous voyez?*[39] Shhhh! — fez para o lacaio, que voltava a entrar. — Não estou recebendo.

O francês estava dormindo, ou fingindo que dormia, com a cabeça encostada no espaldar da poltrona e a mão suada, em cima do joelho, fazendo movimentos débeis, como que agarrando algo. Aleksei Aleksândrovitch se levantou e quis andar com cuidado, porém esbarrou na mesa e colocou a mão na mão do francês. Stepan Arkáditch também se levantou e, abrindo bem os olhos, querendo acordar, caso estivesse dormindo, olhava ora para um, ora para outro. Tudo aquilo era real. Stepan Arkáditch sentia que sua cabeça ficava cada vez pior.

— *Que la personne qui est arrivée la dernière, celle qui demande, qu'elle sorte! Qu'elle sorte!*[40] — proferiu o francês, sem abrir os olhos.

— *Vous m'excuserez, mais vous voyez... Revenez vers dix heures, encore mieux demain.*[41]

— *Qu'elle sorte!* — proferiu o francês, impaciente.

— *C'est moi, n'est ce pas?*[42]

---

[39] "Meu amigo, dê-lhe a mão. Está vendo?", em francês no original. (N. do T.)

[40] "Que a pessoa que chegou por último, a que está pedindo, que ela saia! Que saia!", em francês no original. (N. do T.)

[41] "O senhor me desculpe, mas está vendo... Volte pelas dez horas, melhor ainda amanhã", em francês no original. (N. do T.)

[42] "Sou eu, não?", em francês no original. (N. do T.)

E, ao receber uma resposta afirmativa, Stepan Arkáditch, esquecido do que queria pedir a Lídia Ivânovna, esquecido também do caso da irmã, com o único desejo de escapar dali o mais rápido possível, caminhou na ponta dos pés e, como se a casa estivesse contaminada, saiu correndo para a rua, conversando e brincando muito tempo com o cocheiro, no afã de recobrar ânimo o mais rápido possível.

No teatro francês, onde pegou o último ato, e depois no restaurante tártaro, após o champanhe, Stepan Arkáditch respirou um pouco do ar que lhe era peculiar. Mas mesmo assim, naquela noite, sentiu-se bastante desconfortável.

Ao voltar para a casa de Piotr Oblônski, onde estava hospedado em São Petersburgo, Stepan Arkáditch encontrou um bilhete de Betsy. Escrevia-lhe que desejava muito terminar a conversa interrompida, e pedia-lhe que viesse no dia seguinte. Mal teve tempo de ler o bilhete e fazer uma careta e, embaixo, soaram passos pesados de gente carregando algo pesado.

Stepan Arkáditch foi olhar. Era o rejuvenescido Piotr Oblônski. Estava tão bêbado que não conseguia subir a escada; porém, mandou que o colocassem de pé ao avistar Stepan Arkáditch e, agarrando-se a ele, foi até o quarto, onde contou como passara a noite, e adormeceu de pronto.

Stepan Arkáditch estava em um desânimo que raramente o acometia, e ficou muito tempo sem conseguir dormir. Tudo o que lembrava era repugnante, mas o mais repugnante de tudo, como algo vergonhoso, era lembrar-se do serão da condessa Lídia Ivânovna.

No dia seguinte, recebeu de Aleksei Aleksândrovitch a recusa categórica do divórcio de Anna, e entendeu que aquela decisão tivera como base o que o francês dissera na véspera, em seu sono real ou fingido.

XXIII

Para empreender algo na vida doméstica, é indispensável ou discórdia absoluta entre os cônjuges, ou concórdia amorosa. Já quando as relações entre os cônjuges são incertas, nem uma coisa, nem outra, não é possível empreender nada.

Muitas famílias permanecem por anos nas condições antigas, odiosas a ambos os cônjuges, apenas porque não há nem discórdia, nem concórdia completa.

Para Vrônski e Anna, a vida em Moscou, no calor e na poeira, quando o sol não brilhava mais como na primavera, mas como no verão, e todas as árvores dos bulevares há tempos estavam cobertas de flores, e as flores cobertas de pó, era insuportável; mas eles, sem se mudar para Vozdvíjenskoie, como havia sido decidido há tempos, continuavam a morar na Moscou que enojava a ambos porque, nos últimos tempos, não havia concórdia entre eles.

A irritação que os separava não tinha nenhuma causa aparente, e todas as tentativas de explicação não apenas não a eliminavam, como a aumentavam. Era uma irritação interna que, para ela, tinha como base a diminuição do amor dele e, para ele, o arrependimento por ter se colocado em uma situação difícil por causa dela, que, em vez de a aliviar, fazia-a ainda mais difícil. Nem um nem outro exprimiam os motivos, mas um considerava o outro errado e, a cada pretexto, procurava demonstrá-lo.

Para ela, ele, por inteiro, todos os seus hábitos, pensamentos, desejos, toda a sua constituição física e espiritual, era uma coisa: amor pelas mulheres; e esse amor, que ela sentia dever ser totalmente concentrado apenas nela, diminuíra; consequentemente, em seu raciocínio, parte daquele amor devia ter sido transferido para outra ou outras mulheres — e ficava com ciúmes. Tinha ciúmes dele não por causa de alguma mulher, mas pela diminuição de seu amor. Sem ter ainda um objeto de ciúme, procurava-o. À menor alusão, mudava seu ciúme de um objeto para outro. Ora tinha ciúmes das mulheres toscas, com as quais, graças aos laços de solteiro, teria tamanha facilidade de se relacionar; ora tinha ciúmes das mulheres de sociedade com as quais ele poderia se encontrar; ora tinha ciúmes da moça imaginária com a qual ele quereria, após romper sua ligação com ela, se casar. E esse último ciúme era o que mais a atormentava, especialmente porque ele mesmo, em momento de franqueza especialmente descuidada, dissera-lhe que sua mãe o entendia tão pouco que se permitira tentar convencê-lo a se casar com a princesa Sorókina.

E, enciumada, Anna se indignava com ele, e procurava todos os motivos para insatisfação. Por tudo que havia de difícil em sua condição, culpava-o. A situação aflitiva de expectativa que passara em Moscou, entre o céu e a terra, a lentidão e indecisão de Aleksei Aleksândrovitch, sua solidão — atribuía tudo a ele. Se ele a amasse, entenderia toda a dureza de sua condição e a tiraria dela. Por ela morar em Moscou, e não no campo, ele também era culpado. Ele não tinha como morar, enterrar-se no campo, como ela queria. Para ele, a sociedade era indispensável, e colocara-a naquela situação horrível, cuja dureza ele não queria entender. E ele era de novo culpado por ela estar separada do filho para sempre.

Nem os raros minutos de ternura que ocorriam entre eles acalmavam-

-na; na ternura dele, ela agora via uma sombra de serenidade, de confiança, que antes não havia, e que a irritavam.

Já estava no crepúsculo. Sozinha, aguardando seu regresso de um jantar de solteiro a que ele fora, Anna caminhava para a frente e para trás em seu gabinete (o aposento em que menos se ouvia o barulho da ponte), repassando todas as manifestações da briga da véspera. Recapitulando tudo, desde as memoráveis palavras ofensivas da discussão ao que fora seu pretexto, finalmente chegou ao começo da conversa. Ficou muito tempo sem conseguir crer que a desavença tivesse começado com uma conversa tão inofensiva e distante do coração de ambos. E, de fato, tinha sido assim. Tudo se iniciara porque ele se rira dos colégios femininos, considerando-os desnecessários, enquanto ela os defendera. Ele se referira desrespeitosamente à educação feminina em geral, dizendo que Hannah, a inglesa protegida de Anna, não tinha necessidade nenhuma de saber física.

Isso irritou Anna. Ela via ali uma alusão de desprezo à sua ocupação. E pensou e disse uma frase para retribuir-lhe a dor que lhe causara.

— Não esperava que o senhor me entendesse, ou meus sentimentos, como um homem apaixonado pode entender, mas esperava simplesmente delicadeza — ela disse.

E, efetivamente, ele ficou vermelho de despeito, e disse algo desagradável. Ela não se lembrava do que lhe respondera, mas apenas que ele, com desejo visível de também machucá-la, dissera:

— Verdade que não me interesso por sua paixão por essa garota, pois vejo que não é natural.

A crueldade com que ele demolira o mundo que ela construíra para si com tamanha dificuldade, para suportar a dureza da vida, a injustiça com que acusara-a de fingimento, de falta de naturalidade, revoltaram-na.

— Lamento muito que o senhor entenda como natural apenas o que é grosseiro e material — ela disse, e saiu do quarto.

Quando, na noite da véspera, ele a procurou, eles não aludiram à briga ocorrida, porém ambos sentiam que a briga tinha se acentuado, e não passado.

Hoje, ele tinha passado o dia inteiro fora de casa, e ela se sentia tão solitária e pesarosa por ter brigado com ele que desejava tudo esquecer, perdoar e se reconciliar com ele, desejava se culpar e justificá-lo.

"A culpa é minha. Sou irritadiça, de um ciúme louco. Vou fazer as pazes com ele, vamos partir para o campo, e lá ficarei mais tranquila" — ela disse a si mesma.

"Não é natural" — ela se lembrou, de repente, de que o que mais lhe ofendera não tinham sido tanto as palavras quanto a intenção de machucá-la.

"Sei o que ele queria dizer; ele queria dizer: não é natural, sem amar a própria filha, amar outra criança. O que ele entende de amor por filhos, do meu amor por Serioja, que sacrifiquei por ele? Mas é desejo de me machucar! Não, ele ama outra mulher, não pode ser outra coisa."

E, ao ver que, desejosa de se acalmar, voltara a percorrer o círculo que descrevera tantas vezes, voltando à irritação de antes, horrorizou-se consigo mesma. "Mas será que não é possível? Será que eu não consigo me controlar? — disse para si mesma, e recomeçou. — Ele é justo, é honrado, ele me ama. Eu o amo, em alguns dias vai sair o divórcio. De que mais preciso? Preciso de tranquilidade e confiança, e vou me controlar. Sim, agora, quando ele chegar, vou dizer que a culpa é minha, embora não seja, e nós vamos embora."

E, para não pensar mais, nem se entregar à irritação, tocou a sineta e mandou trazer a arca, para empacotar as coisas para o campo.

Às dez horas, Vrônski chegou.

XXIV

— E então, foi divertido? — ela perguntou, indo a seu encontro com uma expressão culpada e dócil no rosto.

— Como de hábito — ele respondeu, compreendendo de imediato, apenas com um olhar, que ela estava em um de seus bons humores. Já estava acostumado àquelas mudanças, e naquele dia aquilo o deixava especialmente contente, pois também se encontrava no melhor dos humores.

— O que estou vendo? Mas isso é bom! — ele disse, apontando para a arca na antessala.

— Sim, é preciso partir. Saí para passear, e estava tão bom que deu vontade de ir para o campo. Nada o retém, não?

— É tudo o que quero. Venho num instante e vamos conversar, só vou me trocar. Mande servirem o chá.

E ele passou para seu gabinete.

Havia algo de ofensivo no jeito como ele dissera "mas isso é bom", como dizem a uma criança quando ela para de fazer manha; e era ainda mais ofensivo o contraste entre o tom culpado dela e o tom confiante dele; e, por um instante, ela sentiu que lhe afluía o desejo de lutar; porém, com um esforço, reprimiu-o, e recebeu Vrônski com a mesma alegria.

Quando ele veio a seu encontro, ela lhe contou, repetindo em parte as palavras preparadas, sobre seu dia e seus planos de partida.

— Sabe, tive como que uma inspiração — ela disse. — Para que aguardar o divórcio aqui? Afinal, no campo não dá na mesma? Não posso mais aguardar. Não quero ter esperança, não quero ouvir nada a respeito do divórcio. Decidi que isso não vai exercer mais influência na minha vida. Você concorda?

— Oh, sim! — ele disse, fitando seu rosto agitado com desassossego.

— O que vocês fizeram lá, quem estava? — ela disse, após um silêncio. Vrônski disse o nome dos convidados.

— O jantar foi maravilhoso, a corrida de barco também, e tudo foi muito agradável, mas em Moscou não conseguem passar sem *ridicule*. Apareceu uma mulher, professora de natação da rainha da Suécia, e nos demonstrou sua arte.

— Como? Nadou? — perguntou Anna, franzindo o cenho.

— Num *costume de natation*[43] vermelho, velho, hediondo. Então quando é que nós vamos?

— Que fantasia estúpida! E daí, ela nada de um jeito especial? — disse Anna, sem responder.

— Decididamente não tem nada de especial. Eu disse, foi horrivelmente estúpido. Então, quando você pensa em ir?

— Quando ir? Quanto antes, melhor. Amanhã não conseguimos. Depois de amanhã.

— Sim... não, espere. Depois de amanhã é domingo, preciso estar na casa de *maman* — disse Vrônski, embaraçado porque, assim que proferiu o nome da mãe, sentiu em si um olhar fixo de suspeita. Seu embaraço confirmava a suspeita dela. Ela se ruborizou e se afastou dele. Agora já não era a professora da rainha da Suécia, mas a princesa Sorókina, que morava em uma aldeia nos arredores de Moscou com a princesa Vrônskaia, que ocupava a mente de Anna.

— Você pode partir amanhã? — ela disse.

— Mas não! O assunto que me faz ir, a procuração e o dinheiro, não estarão disponíveis amanhã — ele respondeu.

— Se é assim, não vamos de jeito nenhum.

— Mas como assim?

— Não vou mais tarde. Nem na segunda-feira, nem nunca!

---

[43] "Traje de banho", em francês no original. (N. do T.)

— Mas por quê? — disse Vrônski, como que espantado. — Pois isso não faz sentido!

— Não faz sentido para você, porque você não tem nada a ver comigo. Você não quer entender a minha vida. A única coisa que me ocupa aqui é Hannah. Você diz que é fingimento. Afinal, ontem você disse que não amo minha filha, que finjo amar essa inglesa, que isso não é natural; e eu queria saber que vida pode ser natural para mim aqui!

Instantaneamente ela voltou a si e se horrorizou por ter mudado seu desígnio. Porém, mesmo sabendo que estava se arruinando, não conseguia se conter, não podia não lhe mostrar como estava errado, não podia se submeter a ele.

— Eu nunca disse isso; disse que não simpatizo com esse amor repentino.

— Por que você, que se gaba de sua sinceridade, não diz a verdade?

— Nunca me gabo e nunca minto — ele disse, baixo, contendo a ira que lhe acometia. — Lamento muito que você não respeite...

— O respeito foi inventado para esconder o lugar vazio em que deveria estar o amor. E, se você não me ama, é melhor e mais honesto dizer.

— Não, isso está ficando insuportável! — gritou Vrônski, levantando-se da cadeira. E, parando na frente dela, proferiu, devagar: — Para que você fica testando minha paciência? — disse, com ar de que poderia dizer muito mais, mas se conteve. — Ela tem limite.

— O que o senhor quer dizer com isso? — ela gritou, contemplando com horror a expressão nítida de ódio que havia em todo o seu rosto e, especialmente, nos olhos cruéis e terríveis.

— Quero dizer... — quis começar, mas parou. — Devo perguntar o que a senhora quer de mim.

— O que posso querer? Posso querer apenas que não me abandone, como está pensando — ela disse, entendendo tudo o que ele não dissera. — Mas isso eu não quero, isso é secundário. Quero amor, e não tem. Ou seja, está tudo acabado!

Ela se dirigiu à porta.

— Pare! Pa... re! — disse Vrônski, sem desfazer a expressão sombria das sobrancelhas, porém segurando-a pelo braço. — Qual é o problema? Eu disse que precisávamos adiar a partida por três dias, você disse que estou mentindo e sou desonesto.

— Sim, e repito que alguém que me joga na cara que sacrificou tudo por mim — ela disse, lembrando-se das palavras de uma discussão ainda anterior — é pior do que desonesto: é uma pessoa sem coração.

— Não, paciência tem limite! — ele gritou, largando rapidamente seu braço. "Ele me odeia, isso é claro" — ela pensou e, em silêncio, sem olhar para trás, saiu do quarto com passos vacilantes.

"Ele ama outra mulher, isso está ainda mais claro — ela disse para si mesma, ao entrar em seu quarto. — Quero amor, e ele não. Ou seja, está tudo acabado — repetiu as palavras que dissera —, e tem que acabar."

"Mas como?" — perguntou a si mesma, sentando-se na poltrona, em frente ao espelho.

Pensamentos sobre para onde iria agora, se para a casa da tia que a criara, de Dolly, ou se simplesmente iria para o exterior, e sobre o que *ele* estava fazendo agora, em seu gabinete; se aquela briga era definitiva, ou se uma reconciliação era ainda possível, e sobre o que diriam agora a seu respeito todos seus antigos conhecidos de Petersburgo, sobre como Aleksei Aleksândrovitch encararia aquilo, e muitos outros pensamentos sobre o que seria agora, depois do rompimento, passaram-lhe pela cabeça, mas ela não se entregou a eles de todo o coração. Em sua alma havia uma ideia obscura, que era a única que lhe interessava, mas da qual não era consciente. Lembrando-se mais uma vez de Aleksei Aleksândrovitch, recordou-se da época de sua doença, depois do parto, e da sensação que então não a deixara. "Por que não morri?" — lembrou-se de suas palavras e seu sentimento de então. E, de repente, entendeu o que tinha no coração. Sim, era aquela ideia que, sozinha, resolvia tudo. "Sim, morrer!..."

"A vergonha e ignomínia de Aleksei Aleksândrovitch e de Serioja, minha vergonha horrível — tudo se salva com a morte. Morrer — e ele vai se arrepender, vai ter pena, vai amar, vai sofrer por mim." Com um sorriso travado de dó por si mesma, sentou-se na poltrona, tirando e colocando os anéis da mão esquerda, imaginando de forma viva, de diversos ângulos, os sentimentos dele após sua morte.

Passos a se aproximar, seus passos, distraíram-na. Como que ocupada com a arrumação dos anéis, nem sequer se dirigiu a ele.

Ele se aproximou dela e, tomando-a pela mão, disse, baixo:

— Anna, vamos depois de amanhã, se você quiser. Concordo com tudo.

Ela ficou calada.

— E então? — ele perguntou.

— Você sabe — ela disse e, naquele mesmo instante, sem forças para continuar se segurando, caiu no choro.

— Deixe-me, deixe-me! — dizia, entre soluços. — Vou embora amanhã... Faço ainda mais. Quem sou eu? Uma mulher depravada. Uma pedra no seu pescoço. Não quero atormentá-lo, não quero! Estou liberando-o. Você não me ama, você ama outra!

Vrônski implorou que se acalmasse e assegurou que não havia sombra de fundamento para seus ciúmes, que jamais deixara nem deixaria de amá-la, que amava-a mais do que antes.

— Anna, para que se atormentar e me atormentar tanto? — ele disse, beijando-lhe as mãos. Seu rosto, agora, exprimia ternura, e ela teve a impressão de ouvir, no som de sua voz, lágrimas, cuja umidade sentia em sua mão. E instantaneamente o ciúme desesperado de Anna converteu-se em ternura desesperada, apaixonada; abraçou-o, cobrindo de beijos sua cabeça, pescoço, mãos.

XXV

Sentindo que a reconciliação tinha sido completa, Anna desde a manhã empreendeu, animada, os preparativos para a partida. Embora não tivesse sido decidido se iriam na segunda ou na terça-feira, já que, na véspera, um tinha cedido ao outro, Anna preparava-se para a partida com energia, sentindo-se agora absolutamente indiferente quanto a partir antes ou depois. Estava em seu quarto, tirando coisas de uma arca aberta, quando ele veio, mais cedo do que de hábito, e já vestido.

— Agora vou até *maman*, ela pode me mandar o dinheiro por Iegórov. E amanhã estarei pronto para partir — ele disse.

Por melhor que fosse seu humor, recebeu a alusão à visita à dacha da mãe como uma pontada.

— Não, eu mesma não vou conseguir — ela disse, e pensou, de imediato: "Ou seja, teria sido possível se organizar para fazer as coisas do jeito que eu queria". — Não, faça como você queria. Vá para a sala de jantar, já irei, é só tirar essas coisas desnecessárias — ela disse, colocando algo mais nos braços de Ánnuchka, onde já havia um monte de trapos.

Vrônski estava comendo seu bife quando ela entrou na sala de jantar.

— Você não acredita como estou cheia desses quartos mobiliados — ela disse, sentando-se ao lado dele para o seu café. — Não há nada mais horroroso que essas *chambres garnies*.[44] Elas não têm cara, não têm alma. Esses relógios, cortinas e, especialmente, o papel de parede, são um pesadelo. Pen-

---

[44] "Quartos mobiliados", em francês no original. (N. do T.)

so em Vozdvíjenskoie como em uma terra prometida. Você ainda não despachou os cavalos?

— Não, eles vão depois de nós. E você, vai a algum lugar?

— Queria ir até Wilson. Ia levar uns vestidos a ela. Então é mesmo amanhã? — ela disse, com voz alegre; mas de repente seu rosto se alterou.

O criado de Vrônski veio pedir o recibo de um telegrama de São Petersburgo. Não havia nada de especial em Vrônski receber despachos, porém ele, como que desejando ocultar-lhe algo, disse que o recibo estava no gabinete, voltando-se a ela, apressadamente.

— Amanhã termino tudo, sem falta.

— De quem é o despacho? — ela perguntou, sem escutá-lo.

— De Stiva — ele respondeu, a contragosto.

— Mas por que você não me mostrou? Que segredo pode haver entre mim e Stiva?

Vrônski fez o criado voltar, e mandou que trouxesse o despacho.

— Não queria mostrar porque Stiva tem uma paixão por telegrafar; para que telegrafar, quando nada está decidido?

— Sobre o divórcio?

— Sim, mas ele escreve: ainda não pude conseguir nada. Prometeu uma resposta decisiva em dias. Mas leia.

Com mãos trêmulas, Anna pegou o despacho e leu o que Vrônski tinha dito. No final, ainda havia um acréscimo: a esperança é pouca, mas farei todo o possível e o impossível.

— Ontem disse que, para mim, dá absolutamente na mesma quando receberei, e mesmo se receberei o divórcio — ela disse, enrubescendo. — Não havia nenhuma necessidade de esconder de mim. — "Então ele pode esconder e esconde de mim sua correspondência com mulheres" — pensou.

— E Iáchvin queria vir hoje de manhã, com Vóitov — disse Vrônski —, parece que ganhou tudo o que Pestsov tinha, e até mais do que podia pagar — cerca de sessenta mil.

— Não — ela disse, irritando-se porque, com aquela mudança de assunto, ele lhe demonstrava de forma tão evidente que ela estava irritada —, mas por que você acha que essa notícia me interessa tanto que até precisa esconder? Disse que não quero pensar nisso, e gostaria que você tivesse tanto interesse nisso quanto eu.

— Eu me interesso porque gosto de clareza — ele disse.

— A clareza não está na forma, mas no amor — ela disse, irritando-se cada vez mais não com as palavras, mas com o tom de tranquilidade fria com que ele falava. — Para que você quer isso?

"Meu Deus, de novo o amor!" — ele pensou, franzindo o cenho.

— Mas você sabe para quê: por você e pelos filhos que houver — ele disse.

— Não haverá filhos.

— Isso é uma grande pena — ele disse.

— Você precisa disso para os filhos, mas não pensa em mim? — ela disse, esquecendo-se completamente e não ouvindo o que ele dissera: "*por você e pelos filhos*".

A questão da possibilidade de ter filhos irritava-a e era objeto de discussão há tempos. Para ela, o desejo dele de ter filhos explicava-se por ele não valorizar sua beleza.

— Ah, eu disse: por você. Acima de tudo por você — ele repetiu, franzindo o cenho, como se estivesse com dor —, pois estou seguro de que a maior parte de sua irritação vem de a situação estar indefinida.

"Sim, agora ele parou de fingir, e todo seu ódio frio por mim é evidente" — ela pensou, sem ouvir suas palavras, mas contemplando com horror o juízo frio e cruel que, provocando-a, emanava de seus olhos.

— O motivo não é esse — ela disse —, e eu nem entendo como a causa disso que você chama de minha irritação pode ser o fato de eu me encontrar completamente em seu poder. O que há de indefinido na situação? Pelo contrário.

— Lamento muito que você não queira entender — ele a interrompeu, desejando obstinadamente exprimir sua ideia —, a indefinição consiste em você achar que eu sou livre.

— Quanto a isso, você pode ficar absolutamente tranquilo — ela disse e, dando-lhe as costas, pôs-se a tomar o café.

Levantou a xícara, com o mindinho esticado, e levou-a à boca. Após tomar uns goles, olhou para ele e, da expressão de seu rosto, entendeu que tinha aversão por suas mãos, pelo gesto e pelo som que ela produzira com os lábios.

— Para mim dá absolutamente na mesma o que acha a sua mãe, e que ela queira casá-lo — ela disse, pousando a xícara com a mão trêmula.

— Mas não estamos falando disso.

— Sim, é disso mesmo. E creia que, para mim, uma mulher sem coração, seja velha ou não, seja sua mãe ou a de outro, não interessa, e não quero conhecê-la.

— Anna, peço que não fale desrespeitosamente de minha mãe.

— Uma mulher cujo coração não reconhece onde estão a felicidade e a honra de seu filho é uma mulher sem coração.

— Repito o meu pedido: não fale desrespeitosamente de minha mãe, que eu respeito — ele disse, elevando a voz e encarando-a com severidade.

Ela não respondeu. Olhando fixamente para ele, para seu rosto, mãos, lembrou-se de todos os detalhes da cena da reconciliação da véspera, e de seus carinhos apaixonados. "Esses, exatamente esses carinhos, ele esbanjou e vai esbanjar com outras mulheres!" — pensou.

— Você não ama a sua mãe. Tudo são frases, frases e frases! — ela disse, fitando-o com ódio.

— Se é assim, então é preciso...

— É preciso decidir, e eu decidi — ela disse, e quis partir, mas, nessa hora, Iáchvin entrou no aposento. Anna cumprimentou-o e ficou.

Por que, quando tinha uma tempestade na alma e sentia que estava num momento de reviravolta em sua vida, que podia trazer consequências terríveis, por que, naquele minuto, era preciso fingir na frente de um estranho que, mais cedo ou mais tarde, ficaria sabendo de tudo, ela não sabia; porém, acalmando de imediato sua tempestade interior, ela se sentou e se pôs a conversar com o visitante.

— Pois bem, como vai seu negócio? Recebeu a dívida? — perguntou a Iáchvin.

— Ah, tudo bem; parece que não vou receber tudo, mas tem que sair a metade. E vocês partem quando? — disse Iáchvin, fitando Vrônski com os olhos semicerrados, e obviamente adivinhando que acontecia uma briga.

— Depois de amanhã, ao que parece — disse Vrônski.

— Aliás, faz tempo que vocês estão se preparando.

— Mas agora já está decidido — disse Anna, fitando Vrônski nos olhos com um olhar que lhe dizia para nem pensar na possibilidade de reconciliação.

— Mas o senhor não está com pena desse infeliz do Pestsov? — ela prosseguiu a conversa com Iáchvin.

— Nunca me perguntei, Anna Arkádievna, se estou com pena ou não. É como na guerra, você não se pergunta se tem pena ou não. Afinal, todo o meu patrimônio está aqui — apontou para o bolso do lado —, e agora sou um homem rico; mas hoje vou ao clube, e pode ser que saia um mendigo. Pois quem se sentar comigo também vai querer me deixar até sem camisa, como eu a ele. Então nós vamos lutar, e nisso está o prazer.

— Ora, mas e se o senhor fosse casado — disse Anna —, o que seria da sua esposa?

Iáchvin se riu.

— Por isso que, obviamente, nunca me casei, nem tive a intenção.

— E Helsingfors?[45] — disse Vrônski, entrando na conversa, e olhando para a sorridente Anna.

Ao encontrar o olhar dele, o rosto de Anna de repente assumiu uma expressão fria e severa, como se lhe dissesse: "Não me esqueci. Está tudo na mesma".

— Por acaso o senhor já esteve apaixonado? — ela disse a Iáchvin.

— Oh, Senhor! Quantas vezes! Mas entenda, alguns podem se sentar para o carteado apenas para sempre se levantar quando chega a hora de um *rendez-vous*.[46] E eu posso me ocupar do amor apenas para não chegar atrasado para a partida da noite. Assim eu me organizo.

— Não perguntei isso, mas do presente. — Queria dizer *Helsingfors*; mas não queria dizer a palavra dita por Vrônski.

Entrou Vóitov, que tinha comprado um garanhão; Anna se levantou e saiu do aposento.

Antes de sair de casa, Vrônski foi até ela. Ela queria fingir que estava procurando algo na mesa mas, envergonhando-se do fingimento, olhou para a cara dele com um olhar frio.

— Do que o senhor necessita? — perguntou, em francês.

— Pegar o atestado do Gambetta, eu o vendi — disse, com um tom que exprimia com clareza: "Não tenho tempo para me explicar, e isso não vai levar a nada".

"Não tenho culpa perante ela — ele pensava. — Se ela quer se punir, *tant pis pour elle*.[47] Porém, de saída, teve a impressão de que ela tinha dito algo, e seu coração de repente estremeceu de compaixão para com ela.

— O que foi, Anna? — ele perguntou.

— Nada — ela respondeu, com a mesma frieza e calma.

"Se não é nada, *tant pis*" — ele pensou, voltando a esfriar, dando-lhe as costas e partindo. De saída, viu no espelho o rosto dela, pálido, de lábios trêmulos. Quis se deter e dizer-lhe uma palavra tranquilizadora, mas seus pés levaram-no para fora do quarto, antes que pensasse no que dizer. Passou o dia inteiro fora de casa e, quando voltou, tarde, a criada lhe disse que Anna Arkádievna estava com dor de cabeça, e pedia-lhe que não fosse até ela.

---

[45] Helsinque. (N. do T.)

[46] "Encontro", em francês no original. (N. do T.)

[47] "Tanto pior para ela", em francês no original. (N. do T.)

XXVI

Nunca tinham passado um dia inteiro brigados. Aquela tinha sido a primeira vez. E não era uma briga. Era o reconhecimento patente do esfriamento completo. Por acaso era possível olhar para ela do jeito que ele tinha olhado, ao entrar no quarto, atrás do atestado? Contemplá-la, ver que seu coração se partia de desespero, e continuar em silêncio, com aquele rosto calmo e indiferente? Ele não apenas tinha esfriado com ela; odiava-a, porque amava outra mulher — isso estava claro.

E, ao recordar sempre as palavras cruéis que ele dissera, Anna imaginava ainda as palavras que ele, evidentemente, quisera e não pudera dizer, e se irritava cada vez mais.

"Não vou retê-la — ele podia dizer. — Pode ir para onde quiser. A senhora não quis se divorciar do seu marido, provavelmente, para voltar para ele. Volte. Se precisar de dinheiro, eu dou. De quantos rublos precisa?"

As palavras mais cruéis que um homem rude poderia dizer ele lhe dissera em sua imaginação, e ela não o perdoava, como se ele de fato as tivesse dito.

"Mas ontem mesmo não me jurou amor, ele, um homem justo e honrado? Por acaso eu já não me desesperei em vão muitas vezes?" — dizia a si mesma, logo em seguida.

Aquele dia inteiro, à exceção da ida a Wilson, que a ocupou por duas horas, Anna passou na dúvida sobre se estava tudo acabado ou se havia esperança de reconciliação, e se devia partir imediatamente ou se avistar com ele mais uma vez. Aguardou-o o dia inteiro e, à noite, ao se retirar para seu quarto, mandando dizer que estava com dor de cabeça, pensou: "Se ele vier, apesar das palavras da criada de quarto, quer dizer que ainda ama. Se não, quer dizer que tudo acabou, e daí eu decido o que tenho de fazer!...".

À noite, ouviu o barulho de sua caleche parando, sua campainha, seus passos e a conversa com a criada: ele acreditou no que lhe disseram, não quis saber mais, e foi para seu quarto. Ou seja, estava tudo terminado.

E a morte se apresentou a ela, de forma clara e vívida, como o único meio de restaurar o amor no coração dele, puni-lo e alcançar a vitória na luta que o espírito mau que se instalara em seu coração travava contra ele.

Agora dava tudo na mesma: ir ou não ir a Vozdvíjenskoie, receber ou não receber o divórcio do marido — tudo era desnecessário. Só era necessária uma coisa — puni-lo.

Quando se serviu da dose habitual de ópio, e pensou que bastava tomar o frasco inteiro para morrer, aquilo lhe pareceu tão fácil e simples que novamente se pôs a pensar, com prazer, em como ele iria se atormentar, arrepender e amar sua memória quando já fosse tarde. Estava deitada na cama de olhos abertos, olhando, à luz apenas de uma vela gasta, para a cornija da moldura do teto e para a sombra que projetava no biombo, e imaginava de forma vívida o que ele sentiria quando ela já não existisse, e fosse apenas uma lembrança para ele. "Como pude lhe dizer aquelas palavras cruéis? — ele diria. — Como pude sair do quarto sem lhe dizer nada? Mas agora ela não existe mais. Partiu de nós para sempre. Ela está lá..." De repente, a sombra do biombo oscilou, tomou toda a cornija, todo o teto, outras sombras, de outros lados, prorromperam em sua direção; por um instante, as sombras se evadiram, mas depois, com rapidez renovada, as sombras avançaram, vacilaram, e tudo ficou escuro. "A morte!" — ela pensou. E foi acometida por um terror tamanho que por muito tempo não conseguiu entender onde estava, e por muito tempo não conseguiu, com as mãos trêmulas, encontrar fósforos e acender outra vela no lugar daquela, que se consumira e apagara. "Não, qualquer coisa, basta viver! Afinal, eu o amo. Afinal, ele me ama! Isso já aconteceu, e vai passar" — dizia, sentindo lágrimas de alegria pelo regresso à vida correrem-lhe pela face. E, para escapar do medo, acorreu precipitadamente ao gabinete dele.

No gabinete, ele dormia um sono profundo. Ela se aproximou e, iluminando-lhe o rosto de cima, observou-o por um longo tempo. Agora que estava dormindo, ela o amava tanto que, ao vê-lo, não conseguiu segurar as lágrimas de ternura; mas sabia que, caso acordasse, ele a encararia com um olhar frio e consciente de ter razão e que, antes de lhe falar de seu amor, devia demonstrar que ele tinha culpa perante ela. Sem despertá-lo, voltou para o seu quarto e, após outra dose de ópio, caiu ao amanhecer em um sono pesado e incompleto, sem perder a consciência em nenhum instante.

De manhã, um pesadelo terrível, que se repetia algumas vezes, ainda antes de sua ligação com Vrônski, despertou-a. Um velho mujiquezinho, de barba desgrenhada, fazia alguma coisa curvado sobre o ferro, proferindo palavras francesas sem sentido, e ela, como sempre nesse pesadelo (o que constituía seu horror), sentia que esse mujiquezinho não prestava atenção nela, mas fazia algo pavoroso com o ferro em cima dela, fazia algo pavoroso com ela. E acordou suando frio.

Ao se levantar, lembrou-se do dia anterior como em uma neblina.

"Houve uma briga. Houve o que já aconteceu algumas vezes. Eu disse que estava com dor de cabeça, e ele não veio. Amanhã nós vamos, é preciso vê-lo e se preparar para a partida" — disse para si mesma. E, ao saber que estava no gabinete, foi até ele. Passando pela sala de jantar, ouviu que havia um veículo parado na entrada e, olhando pela janela, avistou uma carruagem, da qual assomou uma jovem de chapéu lilás, dando uma ordem ao lacaio que tocara a campainha. Após tratativas na antessala, alguém subiu e, ao lado da sala de visitas, soaram os passos de Vrônski. Subiu a escada rapidamente. Anna voltou a ir à janela. Então ele saiu sem chapéu ao terraço de entrada e foi até a carruagem. A jovem de chapéu lilás entregou-lhe um pacote. Vrônski, rindo, disse-lhe algo. A carruagem partiu; ele voltou correndo, pela escada.

A neblina que lhe cobria a alma por inteiro de repente se dispersou. Os sentimentos da véspera apertaram-lhe o coração com dor renovada. Agora, não conseguia entender como pudera se rebaixar a ponto de passar um dia inteiro com ele, na casa dele. Entrou no gabinete para lhe comunicar sua decisão.

— Sorókina e a filha vieram me trazer dinheiro e papéis de *maman*. Ontem não pude receber. Como está a sua cabeça, melhor? — ele disse, calmo, sem querer ver nem entender a expressão sombria e solene do rosto dela.

Ela o fitou fixamente, parada no meio do aposento. Ele lançou um olhar para ela, franziu o cenho por um instante e continuou a escrever a carta. Ela se virou, e saiu devagar do aposento. Ele podia tê-la detido, mas ela chegou à porta, com ele sempre calado, ouvindo-se apenas o ruído do farfalhar das folhas de papel sendo viradas.

— Sim, a propósito — ele disse, quando ela já estava na porta —, vamos amanhã, certo? Não é verdade?

— O senhor sim, mas eu não — ela disse, voltando-se para ele.

— Anna, assim não dá para viver...

— O senhor sim, mas eu não — ela repetiu.

— Isso está ficando insuportável!

— O senhor... o senhor vai se arrepender disso — ela disse, e saiu.

Assustado com a expressão de desespero com que aquelas palavras foram ditas, ele se levantou de um salto e quis correr atrás dela, porém, pensando melhor, voltou a se sentar e, rangendo os dentes com força, franziu o cenho. Aquela ameaça, que ele considerava descabida, irritava-o. "Tentei de tudo — pensou —, só resta uma coisa: não dar atenção", e começou a se preparar para ir à cidade, novamente à mãe, com a qual precisava pegar a assinatura da procuração.

Ela ouviu o ruído de seus passos no gabinete e na sala de jantar. Na sala de visitas, ele parou. Porém, ele não se encaminhou para ela, apenas deu ordens de que entregassem o garanhão a Vóitov em sua ausência. Depois ouviu trazerem a caleche, abrirem a porta, e ele saindo de novo. Mas daí ele voltou para o alpendre, e alguém subiu correndo. Era o criado, correndo atrás das luvas esquecidas. Ela foi até a janela, viu-o pegar as luvas sem olhar e, batendo com a mão nas costas do cocheiro, dizer-lhe algo. Depois, sem olhar para a janela, sentou-se na caleche com sua pose de costume, com uma perna em cima da outra e, calçando as luvas, desapareceu atrás da esquina.

XXVII

"Foi-se embora! Acabou!" — Anna disse para si mesma, de pé, junto à janela; e, em resposta a esse problema, a impressão tenebrosa de quando a vela se apagara e o sonho pavoroso se fundiram em uma só coisa, um frio medonho que lhe encheu o coração.

"Não, isso não pode ser!" — ela gritou e, atravessando o quarto, tocou a campainha com força. Agora tinha tanto medo de ficar sozinha que, sem esperar a chegada do homem, foi ao seu encontro.

— Apure para onde o conde foi — disse. O homem respondeu que o conde tinha ido à estrebaria.

— Mandou informar que, caso a senhora deseje sair, a caleche volta imediatamente.

— Está bem. Espere, já escrevo um bilhete. Mande Mikháila à estrebaria com o bilhete. O quanto antes.

Sentou-se e escreveu:

"A culpa é minha. Volte para casa, preciso me explicar. Pelo amor de Deus, venha, estou com medo."

Selou e mandou o homem embora.

Agora, tinha medo de ficar sozinha e saiu do quarto depois do homem, dirigindo-se ao quarto das crianças.

"O que é isso, isso não está certo, esse não é ele! Onde estão seus olhos azuis, o sorriso gentil e tímido? — foi seu primeiro pensamento ao avistar sua menina gorducha e corada de cabelos negros, em vez de Serioja, que, em sua confusão mental, esperara ver no quarto das crianças. A menina, sentada à mesa, batia nela de modo obstinado e forte com uma rolha, fitando a mãe com olhar tresloucado, com seus dois olhos negros de cassis. Após responder à inglesa que estava perfeitamente bem de saúde, e que partiria para o campo no dia seguinte, Anna sentou-se junto à menina e se pôs a girar a rolha da garrafa na sua frente. Porém, a gargalhada alta e sonora da criança, e seu movimento de sobrancelha, fizeram-na lembrar tanto de Vrônski que, contendo o pranto, levantou-se apressadamente e saiu. "Será que tudo acabou? Não, não pode ser — pensou. — Ele vai voltar. Mas como vai me explicar esse sorriso, essa animação depois de falar com ela? Mas mesmo que não explique eu vou acreditar. Se não acreditar, só me resta uma coisa — e eu não quero."

Olhou para o relógio. Tinham se passado vinte minutos. "Agora ele já recebeu o bilhete, e está voltando. Não muito tempo, mais dez minutos... Mas e se ele não vier? Não, não pode ser. Ele não pode me ver de olhos chorosos. Vou me lavar. Sim, sim, devo me pentear ou não? — perguntava-se. E não conseguia se lembrar. Apalpou a cabeça. "Sim, eu me penteei, mas quando, decididamente não lembro." Sem acreditar em sua mão, foi até o tremó, para ver se tinha mesmo se penteado ou não. Estava penteada, e não conseguia se lembrar de quando o tinha feito. "Quem é essa?" — pensou, ao ver no espelho o rosto inflamado, com olhos de um brilho estranho, que a fitavam assustada. "Mas essa sou eu" — entendeu, de repente e, examinando-se por inteiro, sentiu o beijo dele em si e, estremecendo, mexeu os ombros. Depois levou a mão aos lábios e a beijou.

"O que é isso, estou ficando louca" — e foi para o quarto de dormir, que Ánnuchka estava arrumando.

— Ánnuchka — disse, parando na frente dela e olhando para a criada, sem saber o que dizer.

— A senhora queria ir à casa de Dária Aleksândrovna — disse a criada, como que entendendo.

— À de Dária Aleksândrovna? Sim, eu vou.

"São quinze minutos de ida e quinze de volta. Já está vindo, vai chegar agora. — Ela sacou o relógio e olhou para ele. — Mas como ele pôde sair e me deixar numa situação dessas? Como ele pode viver sem fazer as pazes comigo?" Foi à janela e se pôs a olhar para a rua. Naquela hora, ele já devia estar de volta. Mas a conta podia estar errada, e voltou a se lembrar de quando ele tinha saído, e a contar os minutos.

Na hora em que estava se afastando do relógio grande para verificar o seu, alguém chegou. Olhando pela janela, avistou a caleche dele. Mas ninguém veio à escada e, embaixo, ouviram-se vozes. Era o enviado, que voltava com a caleche. Ela foi até ele.

— Não acharam o conde. Já tinha ido para a estação de Níjni-Nóvgorod.

— O que está dizendo? O quê?... — disse a Mikháila, corado e alegre, que lhe devolvia o bilhete.

"Então ele não o recebeu" — ela se lembrou.

— Vá com esse mesmo bilhete à aldeia da condessa Vrônski, sabe? E traga a resposta imediatamente — disse ao enviado.

"E eu, o que vou fazer? — pensou. — Sim, vou à casa de Dolly, é verdade, senão vou enlouquecer. Sim, ainda posso telegrafar." E redigiu um despacho:

"Conversa indispensável, venha já."

Depois de mandar o telegrama, foi se trocar. Trocada e de chapéu, voltou a fitar os olhos de Ánnuchka, gorda e sossegada. Uma compaixão evidente era visível naqueles olhos pequenos, bondosos e cinzentos.

— Ánnuchka, querida, o que me resta fazer? — proferiu Anna, soluçando e largando-se desamparada na poltrona.

— Para que se inquietar tanto, Anna Arkádievna? Afinal, isso acontece. Saia que a senhora vai espairecer — disse a criada.

— Sim, eu vou — disse Anna, recobrando os sentidos e se levantando. — E se vier um telegrama na minha ausência, mande para Dária Aleksândrovna... Não, eu mesma volto.

"Não, não tenho que pensar, tenho que fazer alguma coisa, andar, o principal é sair desta casa" — ela disse, ouvindo com horror a fervura terrível de seu coração, saindo apressadamente e sentando-se na caleche.

— Para onde deseja? — perguntou Piotr, antes de se sentar na boleia.

— Para a rua Známenka, para os Oblônski.

XXVIII

O tempo estava claro. Por toda a manhã, caíra uma chuvinha cerrada, miúda, e tinha aclarado há pouco tempo. Os telhados de ferro, as lajes das calçadas, as rodas e o couro, o cobre e a lata das carruagens — tudo reluzia com força ao sol de maio. Eram três horas, o momento mais animado da rua.

Sentada no canto da caleche tranquila, que quase não balançava em suas molas flexíveis com o passo rápido do tordilho, Anna, ao estrépito incessante das rodas e às impressões rapidamente cambiantes do ar puro, voltou a examinar os eventos dos últimos dias, vendo sua situação de forma completamente diferente da que lhe parecera em casa. Agora, a ideia da morte não lhe parecia mais tão medonha e clara, e a própria morte não se apresentava mais como inevitável. Agora se recriminava pela humilhação a que se rebaixara. "Implorei que me perdoasse. Submeti-me a ele. Reconheci minha culpa. Para quê? Por acaso não posso viver sem ele?" E, sem responder à pergunta de como viveria sem ele, passou a ler as tabuletas. "Escritório e armazém. Dentista. Sim, vou contar tudo a Dolly. Ela não gosta de Vrônski. Vai ser vergonhoso, doloroso, mas vou lhe contar tudo. Ela gosta de mim, e vou seguir seu conselho. Não vou me submeter a ele; não vou deixar que me dê lições. Filíppov, *kalatch*. Dizem que mandam a massa para São Petersburgo. A água de Moscou é tão boa. E os poços de Mytíschi,[48] e as panquecas." E lembrou-se de como há muito, muito tempo, quando ainda tinha dezessete anos, fora com a tia para Tróitsa. "Ainda a cavalo. Será que aquela era mesmo eu, com as mãos vermelhas? Como muito do que então me parecia tão maravilhoso e inalcançável virou insignificante e, o que eu era então, agora se tornou inalcançável para sempre. Eu acreditaria, naquela época, que poderia chegar a tamanha humilhação? Como ele vai ficar orgulhoso e satisfeito ao receber o meu bilhete! Mas eu vou lhe mostrar... Como essa tinta cheira mal. Por que estão pintando e construindo o tempo todo? Modas e enfeites" — ela leu. Um homem se curvou para ela. Era o marido de Ánnuchka. "Nossos parasitas — lembrou-se do que Vrônski dizia. — Nossos? Por que nossos? Que horrível não poder arrancar o passado pela raiz. Não dá para arrancar, mas é possível esconder sua memória. E eu escondo." Daí lembrou-se do passado com Aleksei Aleksândrovitch, de tê-lo obliterado de sua memória. "Dolly vai achar que estou deixando o segundo marido e que, por isso, provavelmente estou errada. Por acaso eu quero estar certa? Eu não posso!" — afirmou, e teve vontade de chorar. Mas imediatamente começou a pensar sobre de que podiam estar rindo tanto aquelas duas moças. "Do amor, decerto? Elas não sabem como é triste, como é baixo... Bulevar e crianças. Três meninos correm, brincando com cavalinhos. Serioja! Vou perder tudo, e não vou recuperá-lo. Sim, vou perder tudo se ele não voltar. Talvez ele tenha se atrasado para o trem, e já esteja de volta. De novo você quer a humilhação! — disse para si mesma. — Não, vou até Dolly e lhe digo, sem rodeios: sou infeliz, mereço isso, a culpa é minha, mas mesmo assim sou infeliz, ajude-me. Esses cavalos, essa caleche — como tenho nojo de mim mesma nessa caleche —, é tudo dele; porém não os verei mais."

Pensando nas palavras com que contaria tudo a Dolly, e avivando o coração de forma premeditada, Anna foi até a escada.

— Tem alguém aí? — perguntou, na antessala.

— Ekaterina Aleksândrovna Lióvina — respondeu o lacaio.

---

[48] O aqueduto que leva água de Mytíschi a Moscou foi o primeiro da Rússia, feito por ordem de Catarina, a Grande, entre 1779 e 1804, e passou por diversas reconstruções desde então. (N. do T.)

"Kitty! A mesma Kitty pela qual Vrônski foi apaixonado — pensou Anna —, a mesma da qual se lembra com amor. Lamenta não ter se casado com ela. Mas, em mim, ele pensa com ódio, e lamenta ter se unido a mim."

Na hora em que Anna chegou, havia uma conferência sobre amamentação entre as irmãs. Dolly foi encontrar sozinha a visita que atrapalhava sua conversa naquele instante.

— Mas você ainda não partiu? Eu mesma queria ir à sua casa — ela disse —, hoje recebi uma carta de Stiva.

— Nós também recebemos um despacho — respondeu Anna, olhando ao redor para ver Kitty.

— Ele escreve que não consegue entender exatamente o que Aleksei Aleksândrovitch deseja, mas não vai partir sem resposta.

— Achei que tinha alguém com você. Posso ler a carta?

— Sim, Kitty — disse Dolly, embaraçada —, ela ficou no quarto das crianças. Ela esteve muito doente.

— Ouvi dizer. Posso ler a carta?

— Já trago. Mas ele não se recusa; pelo contrário, Stiva tem esperança — disse Dolly, parando na porta.

— Não tenho esperança, e nem quero — disse Anna. "O que é isso, Kitty acha humilhante me encontrar? — pensou Anna, deixada a sós. — Pode ser que tenha razão. Mas não cabe a ela, que foi apaixonada por Vrônski, mostrar-me isso, ainda que seja verdade. Sei que, em minha situação, não posso ser recebida por nenhuma mulher direita. Sei que, desde o primeiro minuto, sacrifiquei tudo a ele! E eis a recompensa! Oh, como eu o odeio! E para que vim para cá? Estou ainda pior, é ainda mais duro. — Ouviu, do outro quarto, as vozes das irmãs, conversando. — E o que direi agora a Dolly? Consolar Kitty por eu estar infeliz, submeter-me à sua proteção? Não, e Dolly não vai entender nada. Não tenho nada a lhe dizer. Seria interessante apenas ver Kitty e lhe mostrar como desprezo a tudo e a todos, como agora dá tudo na mesma para mim."

Dolly entrou com a carta. Anna leu e devolveu em silêncio.

— Eu sabia disso tudo — ela disse. — E isso não me interessa nem um pouco.

— Mas por quê? Eu, pelo contrário, tenho esperança — disse Dolly, fitando Anna com curiosidade. Jamais a vira em condição tão estranha e irritadiça. — Você vai para onde? — perguntou.

Anna, semicerrando os olhos, olhou para a frente e não respondeu.

— Por que Kitty está se escondendo de mim? — disse, olhando para a porta e enrubescendo.

— Ah, que bobagem! Está amamentando, e a coisa não está indo bem, eu lhe dei conselhos... Ela está muito contente. Ela já vem — disse Dolly, desconfortável, sem saber mentir. — Ei-la.

Ao saber que Anna tinha chegado, Kitty não quis sair; mas Dolly a convenceu. Reunindo forças, Kitty saiu e, enrubescendo, foi até ela e lhe deu a mão.

— Estou muito contente — disse, com voz trêmula.

Kitty estava confusa com a luta que acontecia dentro de si entre a hostilidade àquela mulher má e o desejo de ser condescendente para com ela; porém, bastou avistar o rosto belo e simpático de Anna para toda a hostilidade desaparecer de imediato.

— Não ficaria espantada se a senhora não quisesse se encontrar comigo. Estou acostumada a tudo. Andou doente? Sim, a senhora mudou — disse Anna.

Kitty sentia que Anna a fitava com hostilidade. Explicava essa hostilidade pela situação incômoda em que Anna agora se sentia diante de alguém que antes protegera, e teve pena dela.

Falaram da doença, do bebê, de Stiva, mas, obviamente, nada interessava a Anna.

— Vim me despedir de você — disse, levantando-se.

— Para onde a senhora vai?

Mas Anna, sem responder de novo, dirigiu-se a Kitty.

— Sim, estou muito contente por tê-la visto — disse, com um sorriso. — Ouvi tanto a seu respeito, de todos os lados, até mesmo do seu marido. Ele esteve na minha casa, e me agradou muito — acrescentou, com intenção obviamente má. — Onde ele está?

— Foi para o campo — disse Kitty, enrubescendo.

— Mande-lhe meus cumprimentos, mande sem falta.

— Sem falta! — disse Kitty, ingênua, fitando-a nos olhos com compaixão.

— Então adeus, Dolly! — E, beijando Dolly e apertando a mão de Kitty, Anna saiu, apressada.

— Sempre a mesma, e igualmente atraente. É muito bonita! — disse Kitty, a sós com a irmã. — Mas há algo nela que dá muita pena! Uma pena terrível!

— Sim, hoje ela tem algo peculiar — disse Dolly. — Quando a levei à antessala, tive a impressão de que ela queria chorar.

XXIX

Anna sentou-se na caleche em uma condição ainda pior do que estava ao sair de casa. Aos tormentos anteriores juntava-se agora a sensação de afronta e repúdio, que sentira com clareza no encontro com Kitty.

— Para onde deseja? Para casa? — perguntou Piotr.

— Sim, para casa — ela disse, agora já sem pensar para onde ia.

"Como elas me encaravam como algo terrível, incompreensível e curioso. O que ele pode estar contando para o outro com tamanho ardor? — pensou, ao olhar para dois pedestres. — Por acaso é possível contar para um outro aquilo que você sente? Eu queria contar para Dolly, e fiz bem em não contar. Como ela ficaria contente com a minha infelicidade! Ela o esconderia; porém, sua principal sensação seria de contentamento por eu ser punida pelo prazer que ela me inveja. Kitty, essa ficaria ainda mais contente. Como eu a vejo toda por dentro! Ela sabe que agradei a seu marido mais do que o normal. E ela tem ciúmes, e me odeia. E ainda despreza. A seus olhos, sou uma mulher imoral. Se eu fosse uma mulher imoral, poderia ter feito o marido dela se apaixonar por mim... se quisesse. Mas eu queria. Esse aí é satisfeito consigo mesmo — pensou, a respeito de um cavalheiro gordo e corado que vinha em sua direção, tomou-a por uma conhecida, ergueu o chapéu lustroso acima da cabeça calva e lustrosa, e depois viu que tinha se enganado. — Ele achava que me conhecia. Mas me conhece tão pouco quanto qualquer outra pessoa no mundo. Eu mesma não me conheço. Conheço meus apetites, como dizem os franceses. Eles querem esse sorvete imundo. Disso sabem com certeza — pensou, olhando para dois meninos que tinham parado o sorveteiro, que tirou a dorna da cabeça e enxugava o rosto suado com a ponta de uma toalha. — Todos queremos o que é doce, gostoso. Se não tem bombom, então um sorvete imundo. E Kitty também: se não tem Vrônski, então Lióvin. E ela me inveja. E me odeia. E todos nós odiamos uns aos outros. Eu a Kitty, Kitty a mim. Essa é a verdade. Tiútkin, *coiffeur... Je me fais coiffeur par Tiútkin...*[49] Vou dizer isso quando ele chegar — ela pensou, e riu. Nesse instante, porém, lembrou-se de que não tinha ninguém a quem dizer nada de engraçado. — Bem, e não existe nada engraçado, divertido. Tudo é vil. Estão soando as vésperas, e como o mercador faz o sinal da cruz com cuidado! Como se temesse deixar cair alguma coisa. Para que essas igrejas, esse chamado e essa mentira? Só para esconder que odiamos uns

---

[49] "[...] cabeleireiro. Tiútkin faz o meu cabelo", em francês no original. (N. do T.)

aos outros, como esses cocheiros, que xingam com tanta raiva. Iáchvin diz: ele quer me deixar sem camisa, e eu a ele. Essa é a verdade!"

Nesses pensamentos, que a arrebataram tanto que até parou de pensar em sua própria situação, foi surpreendida ao parar no terraço de entrada de casa. Foi só ao ver o porteiro vindo em sua direção que se lembrou de ter mandado um bilhete e um telegrama.

— Tem resposta? — perguntou.

— Já vejo — respondeu o porteiro e, dando uma olhada na mesa do escritório, tirou e entregou a ela o envelope quadrado e fino do telegrama. "Não consigo chegar antes das dez. Vrônski" — ela leu.

— E o enviado não voltou?

— Absolutamente — respondeu o porteiro.

"Ah, se é assim, sei o que tenho que fazer — ela disse e, sentindo que se erguia em si uma ira indefinida e necessidade de vingança, correu para cima. — Vou até ele eu mesma. Antes de partir para sempre, vou lhe dizer tudo. Nunca odiei ninguém tanto quanto esse homem!" — pensava. Ao ver seu chapéu no cabide, estremeceu de asco. Não percebia que seu telegrama era a resposta ao telegrama dela, e que ele ainda não tinha recebido seu bilhete. Imaginava-o conversando agora tranquilamente com a mãe e com Sorókina, e alegrando-se com seus sofrimentos. "Sim, tenho que ir logo" — disse a si mesma, ainda sem saber para onde ir. Desejava fugir logo das sensações que experimentava naquela casa terrível. A criadagem, a parede, as coisas daquela casa, tudo lhe provocava asco e ódio, oprimindo-a como um fardo.

"Sim, tenho que ir à estação ferroviária e, caso não esteja, ir até lá e apanhá-lo." Anna olhou nos jornais o horário dos trens. À noite, partia um às oito e dois. "Sim, chego a tempo." Mandou atrelar os outros cavalos, e colocou na bolsa de viagem coisas indispensáveis para alguns dias. Sabia que jamais voltaria para lá. Decidira confusamente, entre os planos que lhe passaram pela cabeça, que, depois do que aconteceria na estação, ou na propriedade da condessa, iria até a primeira cidade da ferrovia de Níjni-Nóvgorod, e lá ficaria.

O jantar estava na mesa; ela se aproximou, cheirou o pão e o queijo e, convencida de que o cheiro de tudo o que era comestível repugnava-lhe, mandou trazer a caleche e saiu. A casa já lançava uma sombra em toda a rua, e a tarde era clara, ainda quente ao sol. Ánnuchka, que trouxera suas coisas, Piotr, que colocara as coisas na caleche, e o cocheiro, evidentemente insatisfeito, todos lhe eram repugnantes, irritando-a com suas palavras e movimentos.

— Não preciso de você, Piotr.
— Mas e a passagem?
— Pois bem, como quiser, para mim dá na mesma — ela disse, com enfado.

Piotr pulou na boleia e, pondo a mão nos quadris, mandou tocar para a estação.

XXX

"Ei-la de novo! Volto a entender tudo" — Anna disse para si mesma assim que a caleche arrancou e, balouçando, ribombava pelo calçamento miúdo, e as impressões voltaram a se suceder, uma atrás da outra.

"Sim, qual foi a última coisa em que pensei tão bem? — tentou recordar. — Tiútkin, *coiffeur*? Não, não é isso. Sim, no que diz Iáchvin: a luta pela existência e ódio, a única coisa que une as pessoas. Não, vocês estão indo em vão — dirigiu-se mentalmente a um grupo numa caleche para quatro pessoas que, pelo visto, ia se divertir fora da cidade. — E o cachorro que estão levando não vai ajudá-los. De si mesmos vocês não escapam." Lançando o olhar na direção para a qual Piotr se virara, avistou um operário de fábrica meio morto de bêbado, de cabeça bamba, sendo levado por um policial. "Bem, esse aí foi mais rápido — pensou. — Eu e o conde Vrônski também não encontramos o prazer, embora esperássemos muito dele." E Anna agora, pela primeira vez, dirigia a luz forte com que olhava para tudo para sua relação com ele, na qual antes evitara pensar. "O que ele buscava em mim? Nem tanto amor quanto satisfação da vaidade." Recordava suas palavras, a expressão de seu rosto, que lembrava a de um perdigueiro submisso, no começo de sua ligação. E tudo agora confirmava-o. "Sim, nele havia o triunfo do êxito da vaidade. Óbvio, também havia amor, mas a maior parte era orgulho pelo êxito. Ele se gabava de mim. Agora isso passou. Não há de que se orgulhar. Não há de que se orgulhar, mas há de que se envergonhar. Tirou de mim tudo o que podia, e agora não precisa de mim. Está incomodado comigo, e tenta não ser desonrado com relação a mim. Ele deixou escapar ontem: quer o divórcio e o casamento, para queimar seus navios. Ele me ama, mas como? *The zest is gone.*[50] Esse aí quer deixar todos espantados, e está muito satisfeito consigo mesmo — pensou, olhando para um caixeiro cora-

---

[50] "O entusiasmo se foi", em inglês no original. (N. do T.)

do que ia em um cavalo de equitação. — Sim, ele não encontra mais esse gosto em mim. Se eu for para longe dele, vai ficar contente no fundo da alma."

Aquilo não era uma suposição — ela o via com clareza na luz penetrante que agora lhe revelava o sentido da vida e das relações pessoais.

"Meu amor está se tornando cada vez mais apaixonado e egoísta, e o dele vai se apagando e se apagando, e é por isso que vamos nos apartando — ela continuou a pensar. — E não há socorro. Para mim, ele é tudo, e eu exijo que ele se entregue a mim por inteiro, cada vez mais. E ele quer se afastar de mim, cada vez mais. Fomos exatamente ao encontro um do outro até nos unirmos, e depois nos apartamos de forma irresistível, em direções diferentes. E não há como mudar isso. Ele me diz que sou loucamente ciumenta, e eu disse para mim mesma que sou loucamente ciumenta; mas não é verdade. Não sou ciumenta, sou insatisfeita. Mas... — Abriu a boca e mudou de lugar na caleche, de tão nervosa e agitada que ficou com a ideia que lhe ocorreu de repente. — Se eu pudesse não ser nada além de uma amante, que ama apaixonadamente apenas suas carícias; mas não posso, e não quero ser diferente. Com esse desejo, provoco repulsa nele e raiva em mim, e isso não pode ser de outro jeito. Por acaso não sei que ele não começou a me enganar, que não está de olho em Sorókina, que não está apaixonado por Kitty, que não vai me trair? Sei disso tudo, mas isso não é fácil para mim. Se ele, sem me amar, for bondoso e meigo comigo por *dever*, isso não será o que eu quero — isso é mil vezes pior do que a raiva! Isso é um inferno! E é assim. Ele já não me ama há muito tempo. E onde termina o amor, começa o ódio. Essas ruas eu absolutamente não conheço. Umas colinas, e sempre casas, casas... E nas casas sempre gente, gente... Quanta gente, não tem fim, e todas odeiam umas às outras. Pois bem, vou pensar no que quero para ser feliz. E então? Recebo o divórcio, Aleksei Aleksândrovitch entrega-me Serioja, e eu me caso com Vrônski." Ao se lembrar de Aleksei Aleksândrovitch, imaginou-o de imediato, com rara vivacidade, como se estivesse vivo, na sua frente, com seus olhos dóceis, sem vida, apagados, as veias azuis nas mãos brancas, o tom de voz e o estalar dos dedos e, ao se lembrar do sentimento que houvera entre eles, e que também chamara de amor, estremeceu de nojo. "Pois bem, recebo o divórcio e viro esposa de Vrônski. E então, Kitty vai parar de me olhar do jeito que me olhou hoje? Não. E Serioja vai parar de perguntar ou pensar em meus dois maridos? E entre mim e Vrônski, que novo sentimento eu imagino? Seria possível algo que já não fosse felicidade, mas simplesmente não fosse tortura? Não e não! — respondeu para si mesma, agora sem a menor hesitação. — É impossível! Fomos afastados pela vida, eu faço a sua infelicidade, ele a minha, e mudar não é possível nem para ele, nem para mim. Todas as tentativas foram feitas, o parafuso está gasto. Sim, uma mendiga com um bebê. Ela acha que é digna de pena. Por acaso não fomos todos largados neste mundo apenas para odiarmos uns aos outros e, portanto, atormentarmos a nós e aos outros? Uns colegiais caminhando, rindo. Serioja? — lembrou. — Também achava que o amava, e me derretia com minha ternura. Mas vivi sem ele, troquei-o por outro amor, e não lamentei a troca enquanto satisfazia esse amor." E se lembrou com nojo do que chamava de amor. E a clareza com que agora via sua vida e a de todos deixou-a contente. "Assim somos eu, Piotr, o cocheiro Fiódor, esse mercador, e todas essas pessoas que vivem lá no Volga, para onde esses cartazes convidam, e em todo lugar, e sempre" — ela pensou quando já estava se aproximando do prédio baixo da estação de Níjni-Nóvgorod, e os carregadores corriam em sua direção.

— Deseja ir ate Obirálovka? — disse Piotr.

Esquecera-se por completo de para onde e por que ia, e apenas com grande esforço conseguiu entender a pergunta.

— Sim — disse, entregando-lhe um porta-moedas com dinheiro e, pegando uma bolsinha vermelha, saiu da caleche.

Rumando, em meio à multidão, para o salão da primeira classe, repassou pouco a pouco todos os detalhes de sua situação e as decisões entre as quais hesitava. E novamente, ora a esperança, ora o desespero, nos velhos pontos doloridos, puseram-se a avivar as feridas de seu coração torturado, que palpitava terrivelmente. Sentada no sofá em forma de estrela, à espera do trem, olhando com repulsa para quem ia e vinha (todos eram-lhe repugnantes), pensava ora que chegaria à estação, escreveria um bilhete e no que lhe escreveria, ora em como ele agora estaria se queixando à mãe (sem entender seu sofrimento) de sua situação, e como ela entraria no quarto, e no que lhe diria. Ora pensava em como a vida ainda podia ser feliz, e quão atormentadamente amava-o e odiava-o, e como seu coração batia terrivelmente.

XXXI

Soou uma campainha, passaram uns jovens feiosos, insolentes, afobados e, ao mesmo tempo, atentos à impressão que causavam; Piotr também passou pelo salão, de libré e sapatos, com a cara obtusa de animal, e se aproximou dela, para conduzi-la ao vagão. Uns homens barulhentos silenciaram quando ela passou por eles na plataforma, e um deles cochichou algo a seu respeito para outro, obviamente uma baixaria. Ela subiu em um degrau alto e se sentou sozinha em um compartimento, em um sofá de molas sujo, que um dia fora branco. A bolsa, depois de sacudir nas molas, parou. Piotr, com um sorriso imbecil, ergueu o chapéu com galões à janela, em sinal de despedida, o condutor insolente bateu a porta e trancou. Uma dama feiosa, de anquinha (Anna despiu a mulher mentalmente e se horrorizou com sua hediondez), e uma menina, com um sorriso artificial, corriam embaixo.

— É de Katerina Andrêievna, é tudo dela, *ma tante*![51] — gritava a menina.

"A menina, até ela é feiosa e afetada" — pensou Anna. Para não ver ninguém, levantou-se rápido e se sentou junto à janela oposta do vagão vazio. Um mujique sujo e feioso, usando um boné do qual sobressaíam cabelos desgrenhados, passou ao lado dessa janela, abaixando-se junto às rodas do vagão. "Há algo de conhecido nesse mujique hediondo" — pensou Anna. E, lembrando-se de seu sonho, foi para a porta oposta, tremendo de medo. O condutor abriu a porta, deixando passar um marido com sua mulher.

— A senhora deseja sair?

Anna não respondeu. O condutor e os que entraram não repararam no pavor de seu rosto sob o véu. Ela voltou para o seu canto e se sentou. O casal se sentou no lado oposto, examinando sua roupa de forma atenta, porém dissimulada. Anna achou marido e mulher repulsivos. O marido perguntou se ela lhe permitia fumar, obviamente não para fumar, mas para puxar conversa. Ao receber sua concordância, pôs-se a falar à mulher, em francês, de coisas que precisava ainda menos dizer do que fumar. Fingindo, disseram besteiras, apenas para ela ouvir. Anna via com clareza como estavam fartos um do outro, e como odiavam um ao outro. E não era possível não odiar uns monstros tão lastimáveis.

Soou uma segunda campainha e, em seguida, o avanço das bagagens, barulho, grito e riso. Para Anna, estava tão claro que não havia motivo para ninguém ficar contente, que aquele riso causou-lhe uma irritação dolorida, e teve vontade de tapar as orelhas para não ouvi-lo. Por fim, soou a terceira campainha, ouviu-se um apito, o ganido da locomotiva: a corrente partiu, e o marido fez o sinal da cruz. "Seria interessante perguntar o que pretende com isso" — pensou Anna, fitando-o com raiva. Olhou pela janela, além da dama, as pessoas que pareciam deslizar para trás, acompanhando o trem, de pé, na plataforma. Sacolejando com regularidade nas junções do trilho, o vagão em que Anna estava deslizou ao lado da plataforma, dos muros de pedra, dos discos, de outros vagões; as rodas, mais suaves e lubrifica-

---

[51] "Minha tia", em francês no original. (N. do T.)

das, produziam um leve ruído nos trilhos, a janela se iluminou com o sol forte da tarde, e uma brisa brincava com a cortina. Anna se esqueceu dos vizinhos de vagão e, ao balanço ligeiro do trem, que lhe soprava ar fresco, novamente se pôs a pensar.

"Sim, onde parei? Em que não posso conceber uma situação em que a vida não seja um tormento, que todos nós fomos feitos para nos atormentar, que todos sabemos disso e estamos sempre inventando meios para nos enganar. E quando você vê a verdade, o que fazer?"

— A razão é dada ao homem para se livrar daquilo que o inquieta — disse, em francês, a dama, obviamente satisfeita com sua frase, e fazendo um trejeito com a língua.

Essas palavras como que responderam à ideia de Anna.

"Livrar-se daquilo que inquieta" — repetiu Anna. E, olhando para o marido de bochecha vermelha e para a mulher magra, entendeu que a esposa doentia se considerava uma mulher incompreendida, que o marido a enganava e corroborava a ideia que ela tinha de si mesma. Era como se Anna visse toda sua história e todos os recantos de suas almas, levando luz a eles. Mas lá não havia nada de interessante, e ela prosseguiu com seu pensamento.

"Sim, muito me inquieta, e a razão foi-me dada para me livrar; ou seja, preciso me livrar. Por que não apagar a vela quando não há mais nada para ver, quando dá nojo olhar para tudo isso? Mas como? Por que o condutor passou correndo pelo estribo, por que eles gritam, esses jovens no vagão? Por que falam, por que riem? Tudo é mentira, tudo é engodo, tudo é engano, tudo é mal!..."

Quando o trem chegou à estação, Anna saiu na multidão de passageiros e, afastando-se deles como se fossem leprosos, ficou parada na plataforma, tentando lembrar para que fora para lá, e o que tencionava fazer. Tudo o que antes lhe parecera possível agora era muito difícil de considerar, especialmente na multidão barulhenta de toda aquela gente hedionda, que não a deixava em paz. Ora os carregadores acorriam a ela, oferecendo seus serviços, ora eram os jovens que batiam os saltos nas tábuas da plataforma e olhavam para ela, conversando alto, ora os transeuntes que se desviavam dela. Ao se lembrar de que queria seguir adiante, caso não houvesse resposta, parou um carregador e perguntou se não havia um cocheiro com um bilhete do conde Vrônski.

— O conde Vrônski? Acabaram de vir de lá. Receberam a princesa Sorókina e a filha. E como é esse cocheiro?

Na hora em que estava falando com o carregador, o cocheiro Mikháila, corado, feliz, de elegante *podiovka* azul e corrente, evidentemente orgulhoso de ter cumprido a tarefa tão bem, foi até ela e entregou o bilhete. Ela tirou o lacre, e seu coração apertou antes mesmo de ler.

"Lamento muito que o bilhete não tenha me alcançado. Chego às dez horas" — escreveu Vrônski, com letra desleixada.

"É isso! É o que eu esperava!" — disse para si mesma, com um sorriso mau.

— Está bem, então vá para casa — proferiu, baixo, dirigindo-se a Mikháila. Falava baixo porque a rapidez dos batimentos cardíacos atrapalhava sua respiração. "Não, não vou deixar que me atormente" — ela pensou, dirigindo a ameaça não a ele, nem a si mesma, mas àquilo que a obrigava a se atormentar, e caminhou pela plataforma, ao lado da estação.

Duas criadas que iam pela plataforma viraram as cabeças para trás, olhando para ela, fazendo considerações em voz alta sobre sua toalete: "De verdade" — disseram a respeito de suas rendas. Os jovens não a deixavam em paz. Olhando-a na cara, e gritando algo com uma gargalhada e voz artificial, voltaram a passar a seu lado. O chefe da estação, de passagem, perguntou se ela ia embarcar. Um menino, vendedor de *kvas*, não tirava os olhos dela. "Meu Deus, para onde vou?" — pensava, adiantando-se cada vez mais pela plataforma. No final desta, deteve-se. Umas mulheres e crianças, que recebiam um cavalheiro de óculos, e riam e falavam alto, calaram-se, observando-a, quando ela as alcançou. Ela apressou o passo e se afastou delas, para a beira da plataforma. Um trem de carga se aproximava. A plataforma estremeceu, e ela teve a impressão de que viajava de novo.

E, de repente, lembrando-se do homem esmagado no dia de seu primeiro encontro com Vrônski, entendeu o que devia fazer. Baixando com passos rápidos e ligeiros pelos degraus que levavam do reservatório de água aos trilhos, parou bem perto do trem que se aproximava. Olhou para a parte de baixo dos vagões, para os parafusos, correias, e para as rodas altas de ferro-gusa do primeiro vagão, que rolavam devagar e, a olho, tentou determinar onde ficava o ponto intermediário entre as rodas dianteiras e traseiras, e o instante em que esse ponto estaria na sua frente.

"Ali! — disse para si mesma, olhando para a sombra do vagão, para a areia misturada com carvão que cobria os dormentes. — Ali, bem no meio, e eu o castigo, e me livro de todos e de mim."

Queria cair no ponto intermediário do primeiro vagão, que a alcançou. Porém, a bolsinha vermelha, que quis tirar do braço, deteve-a, e já era tarde; o ponto passou por ela. Era preciso aguardar o vagão seguinte. Uma sensação similar à que experimentava quando, ao se banhar, preparava-se para entrar na água, apossou-se dela, que se benzeu. O gesto costumeiro do sinal da cruz despertou em sua alma toda uma fileira de recordações de juventude e infância, e de repente as trevas que lhe cobriam tudo se romperam, e a vida lhe apareceu, por um instante, com todas as suas radiantes alegrias passadas. Porém, ela não tirava os olhos das rodas do segundo vagão, que se aproximava. E exatamente quando o ponto intermediário entre as rodas a alcançou, ela jogou fora a bolsinha vermelha e, encolhendo a cabeça nos ombros, caiu embaixo do vagão, em cima das mãos e, como que se preparando para se levantar de imediato, ficou de joelhos. E, nesse mesmo instante, horrorizou-se com o que fizera. "Onde estou? O que estou fazendo? Para quê?" Quis se levantar, retroceder; porém, algo enorme, implacável, bateu em sua cabeça e puxou-a pelas costas. "Senhor, perdoai-me por tudo" — pronunciou, sentindo a impossibilidade de lutar. Um mujiquezinho, proferindo algo, trabalhava no ferro. E a vela sob cuja luz ela tinha lido aquele livro repleto de aflições, enganos, pesares e mal, ardeu com mais intensidade que nunca, iluminando tudo o que antes estava nas trevas, depois crepitou, começou a se apagar e se extinguiu para sempre.

PARTE VIII

I

Passaram-se quase dois meses. Já eram meados de um verão quente, e só então Serguei Ivânovitch preparou-se para sair de Moscou.

Nessa época, produziram-se alguns acontecimentos na vida de Serguei Ivânovitch. Já há um ano estava concluído seu livro, fruto de um trabalho de seis anos, intitulado *Ensaio de panorama dos princípios e formas da estrutura do Estado na Europa e na Rússia*. Alguns excertos desse livro e o prefácio tinham sido publicados em periódicos, e outras partes tinham sido lidas por Serguei Ivânovitch para pessoas de seu círculo, de modo que as ideias dessa obra não podiam constituir uma novidade absoluta para o público; mas, mesmo assim, Serguei Ivânovitch esperava que sua aparição causasse uma impressão séria na sociedade e, se não uma revolução na ciência, em todo caso uma forte comoção no mundo do saber.

O livro, após uma preparação minuciosa, tinha sido publicado no ano anterior, e distribuído aos livreiros.

Embora não perguntasse dele a ninguém, e respondesse a contragosto, e com indiferença fingida, às indagações dos amigos a respeito da carreira do livro, sem perguntar sequer aos livreiros como estavam as vendas, Serguei Ivânovitch acompanhava de forma vigilante e atenta as primeiras impressões que ele produziria na sociedade e na literatura.

Mas passou uma semana, outra, uma terceira, e na sociedade não se notava nenhuma impressão; seus amigos, especialistas e estudiosos, às vezes falavam dele, visivelmente por educação. Seus demais conhecidos, que não se interessavam por nenhum conteúdo intelectual, não o mencionavam de jeito nenhum. Também na literatura, no decorrer de meses, não houve uma palavra a respeito do livro.

Serguei Ivânovitch calculou detalhadamente o tempo necessário para a redação de uma resenha, mas passou um mês, outro, e continuava o mesmo silêncio.

Apenas no *Besouro do Norte*, em um folhetim cômico sobre o cantor Drabanti, que ficara sem voz, houve umas palavras de desprezo a propósito do livro de Kóznychev, demonstrando que o livro já tinha sido condenado por todos há tempos, e exposto ao escárnio geral.

Por fim, no terceiro mês, apareceu um artigo crítico em uma revista séria. Serguei Ivânovitch conhecia seu autor. Encontrara-o uma vez na casa de Golubtsov.

O autor do artigo era um folhetinista muito jovem e doente, bastante desenvolto como escritor, porém extraordinariamente pouco cultivado e tímido nas relações pessoais.

Apesar de seu desprezo absoluto pelo autor, Serguei Ivânovitch empreendeu a leitura do artigo com absoluto respeito. O artigo era horrível.

O folhetinista visivelmente entendera o livro, deliberadamente, de forma indevida. Porém, selecionara as citações com tamanha habilidade que, para quem não lera o livro (e, obviamente, quase ninguém o lera), ficava absolutamente claro que o livro inteiro não era nada além de palavrório empolado, e que seu autor era uma pessoa absolutamente ignorante. E tudo era tão espirituoso que o próprio Serguei Ivânovitch não se recusaria a lançar mão desse mesmo espírito; mas isso é que era horrível.

Apesar da absoluta escrupulosidade com que Serguei Ivânovitch verificou a justeza dos argumentos do resenhista, em nenhum instante se deteve nas falhas e nos erros que tinham sido ridicularizados — era evidente demais que tudo aquilo fora selecionado de propósito —, mas de imediato, e sem querer, pôs-se a recordar nos mínimos detalhes seu encontro e conversa com o autor do artigo.

"Não o teria ofendido de alguma forma?" — perguntou-se Serguei Ivânovitch.

E, lembrando-se de como, no encontro, corrigira o jovem de modo a expor sua ignorância, Serguei Ivânovitch encontrou a explicação do sentido do artigo.

Após esse artigo, instaurou-se um silêncio mortal, escrito e verbal, a respeito do livro, e Serguei Ivânovitch viu que sua obra de seis anos, elaborada com tanto amor e labuta, passara sem deixar traços.

A situação de Serguei Ivânovitch era ainda mais difícil porque, após concluir o livro, não tinha mais o trabalho de escritório que antes ocupava a maior parte de seu tempo.

Serguei Ivânovitch era inteligente, instruído, saudável, enérgico, e não sabia onde empregar toda a sua energia. Conversas em salas de estar, sessões, reuniões, comitês, em todo lugar onde era possível falar, ocupavam parte de seu tempo; porém, morando há tempos na cidade, não se permitia consumir-se todo em conversas, como fizera seu irmão inexperiente, quando estivera em Moscou; sobrava ainda muito ócio e força mental.

Para sua felicidade, na hora mais difícil para ele, devido ao fracasso de seu livro, no lugar das questões dos sectários, dos amigos americanos, da fome em Samara, das exposições, do espiritismo, instalou-se a questão eslava,[1] que anteriormente pouco interessara à sociedade, e Serguei Ivânovitch, que anteriormente fora um dos que a haviam levantado, entregou-se a ela por inteiro.

No meio a que Serguei Ivânovitch pertencia, nessa época, não se falava nem se escrevia sobre nada além da questão eslava e da guerra da Sérvia. Tudo o que a multidão ociosa normalmente faz para matar o tempo, era agora feito em prol dos eslavos. Bailes, concertos, jantares, brindes, trajes femininos, cerveja, tavernas, tudo testemunhava a simpatia para com os eslavos.

Serguei Ivânovitch não estava de acordo com os detalhes de muito que se dizia e escrevia a esse respeito. Via que a questão eslava tornara-se uma daquelas paixões da moda que sempre, substituindo uma à outra, servem de objeto de ocupação à sociedade; via também que havia muita gente que se ocupava da causa com objetivos interesseiros, de vaidade. Reconhecia que os jornais publicavam muita coisa desnecessária e exagerada, com o único objetivo de chamar a atenção e gritar mais forte do que os outros. Via que, nessa exaltação social generalizada, punham-se à frente e gritavam mais alto todos os fracassados e ofendidos; comandantes em chefe sem exército, ministros sem ministério, jornalistas sem jornal, líderes de partido sem partidários. Via que muito daquilo era leviano e ridículo; mas também via e reconhecia um entusiasmo indubitável e crescente, que unia todas as classes da sociedade, com o qual não tinha como não simpatizar. O massacre dos irmãos de fé eslavos suscitava compaixão para com os sofredores e indignação para com os opressores. E o heroísmo dos sérvios e montenegrinos, batendo-se por uma causa grandiosa, fez nascer em todo o povo um desejo de ajudar seus irmãos não com palavras, mas com atos.

Mas, além disso, houve outro fenômeno que alegrou Serguei Ivânovitch: a manifestação da opinião pública. A sociedade expressara seu dese-

---

[1] Os "amigos americanos" chegaram à Rússia em 1866, em missão diplomática dos Estados Unidos, recebida com festas e jantares na capital. A fome em Samara começou em 1873, devido a uma seca nos anos anteriores, e Tolstói teve um papel ativo na ajuda às vítimas. E a questão eslava se refere à luta dos povos eslavos dos Bálcãs contra o Império Otomano. (N. do T.)

jo de forma precisa. A alma do povo ganhara expressão, nas palavras de Serguei Ivânovitch. E, quanto mais se ocupava disso, parecia-lhe mais evidente que se tratava de uma causa que devia adquirir proporções enormes, marcar época.

Consagrou-se por inteiro ao serviço dessa causa grandiosa, e esqueceu-se de pensar em seu livro.

Agora, estava ocupado o tempo todo, de modo que não conseguia responder a todas as perguntas e demandas que lhe eram dirigidas.

Após trabalhar toda a primavera, e parte do verão, apenas em julho preparou-se para visitar o irmão, no campo.

Ia descansar por duas semanas, e no principal santuário do povo, nos confins do campo, para se deleitar com aquela irrupção do espírito popular, da qual ele e todos os habitantes das cidades e da capital estavam completamente convictos. Katavássov, que há tempos se preparava para cumprir a promessa feita a Lióvin de visitá-lo, ia junto.

II

Serguei Ivânovitch e Katavássov mal tinham chegado à estação ferroviária de Kursk, que naquele dia pululava especialmente de gente, e saído da carruagem para olhar o lacaio que vinha atrás com a bagagem, quando chegaram também os voluntários, em quatro seges de aluguel. Foram recebidos por damas com buquês e, acompanhados da multidão que se precipitava ao seu encontro, ingressaram na estação.

Uma das damas que recebera os voluntários, ao sair do salão, dirigiu-se a Serguei Ivânovitch.

— O senhor também veio se despedir? — perguntou, em francês.

— Não, eu mesmo estou de viagem, princesa. Vou descansar na casa de meu irmão. E a senhora sempre vem se despedir? — disse Serguei Ivânovitch, com um sorriso quase imperceptível.

— Mas não seria possível! — respondeu a princesa. — Verdade que oitocentos dos nossos já foram? Malvínski não acreditou em mim.

— Mais de oitocentos. Se formos contar os que não saíram direto de Moscou, já são mais de mil — disse Serguei Ivânitch.

— Olha só. Bem que eu disse! — secundou a dama, contente. — E é mesmo verdade que as doações agora estão perto de um milhão?

— Mais, princesa.

— E o telegrama de hoje? Voltaram a bater os turcos.

— Sim, eu li — respondeu Serguei Ivânitch. Falavam do último telegrama, que certificava que os turcos tinham sido batidos em todos os pontos por três dias consecutivos, estavam em fuga e, no dia seguinte, esperava-se um confronto decisivo.

— Ah, sim, sabe, um jovem maravilhoso voluntariou-se. Não sei por que criaram dificuldades. Queria lhe pedir, eu o conheço, escreva, por favor, um bilhete. Foi mandado pela condessa Lídia Ivânovna.

Após inquirir todos os detalhes que a princesa sabia a respeito do jovem voluntário, Serguei Ivânovitch, passando à primeira classe, escreveu um bilhete para a pessoa de quem o assunto dependia, e entregou-o à princesa.

— O senhor sabe, o conde Vrônski, famoso... está indo neste trem — disse a princesa, como um sorriso solene e significativo, quando ele a encontrou e entregou o bilhete.

— Ouvi dizer que ele ia, mas não sabia quando. Neste trem?

— Eu o vi. Está aqui, acompanhado apenas da mãe. De qualquer forma, isso é o melhor que ele podia fazer.

— Oh, sim, obviamente.

Enquanto estavam falando, a multidão passou por eles, precipitando-se para o refeitório. Eles também se moveram, e ouviram a voz alta de um cavalheiro que, com uma taça na mão, proferia um discurso aos voluntários. "Servir à fé, à humanidade, a nossos irmãos — dizia o cavalheiro, sempre erguendo a voz. — A mãe Moscou abençoa-os na causa grandiosa. *Jívio!*"[2] — concluiu, alto e lacrimejante.

Todos gritaram *jívio!*, e uma nova multidão se precipitou para o salão, quase derrubando a princesa.

— Ah! Princesa, veja só! — disse, irradiando um sorriso de felicidade, Stepan Arkáditch, que de repente aparecera no meio da multidão. — Não é verdade que ele falou de forma gloriosa, com calor? Bravo! E Serguei Ivânitch! O senhor deveria ter dito algo, sabe, umas palavras de aprovação; o senhor faz isso tão bem — acrescentou, com um sorriso meigo, respeitoso e cuidadoso, deslocando Serguei Ivânovitch pelo braço, de leve.

— Não, estou indo agora.

— Para onde?

— Para o campo, para a casa de meu irmão — respondeu Serguei Ivânovitch.

— Então o senhor vai ver minha esposa. Escrevi a ela, mas o senhor vai

---

[2] "Viva", em sérvio no original. (N. do T.)

vê-la antes; diga, por favor, que me viu, e que *all right*.³ Ela vai entender. E, a propósito, tenha a bondade de lhe dizer que eu fui nomeado membro da comissão unida... Ora, ela vai entender! Sabe, *les petites misères de la vie humaine*⁴ — dirigiu-se à princesa, como que se desculpando. — E Miagkáia, não a Liza, mas a Bibiche, está mandando mil espingardas e doze enfermeiras. Eu lhe disse?

— Sim, ouvi dizer — respondeu Kóznychev, de má vontade.

— Mas é uma pena que o senhor esteja indo embora — disse Stepan Arkáditch. — Amanhã vamos dar um jantar para dois que estão de partida: Dímer-Bartniánski, de São Petersburgo, e o nosso Vesselóvski, Gricha. Vão os dois. Vesselóvski casou-se há pouco. É um bravo! Não é verdade, princesa? — dirigiu-se à dama.

A princesa, sem responder, olhou para Kóznychev. Porém, o fato de Serguei Ivânitch e a princesa desejarem se afastar dele não perturbou Stepan Arkáditch nem um pouco. Sorrindo, olhava ora para a pena do chapéu da princesa, ora para os lados, como se se lembrasse de algo. Ao ver passar uma dama com uma caneca, chamou-a e depositou uma cédula de cinco rublos.

— Não posso contemplar essas canecas sossegado enquanto tenho dinheiro — ele disse. — E esse despacho de hoje? Bravos montenegrinos!

— O que está me dizendo! — ele gritou, quando a princesa lhe contou que Vrônski ia naquele trem. Por um instante, o rosto de Stepan Arkáditch manifestou tristeza, porém um minuto mais tarde, quando, balançando as pernas de leve e alisando as suíças, entrou no aposento em que Vrônski estava, Stepan Arkáditch já se esquecera por inteiro de seu pranto desesperado em cima do cadáver da irmã, e via Vrônski apenas como um herói e velho amigo.

— Com todos os seus defeitos, não há como não lhe fazer justiça — a princesa disse a Serguei Ivânovitch, assim que Oblônski se afastou deles. — É uma natureza completamente russa, eslava! Só tenho medo de que Vrônski não aprecie vê-lo. Diga o que disser, a sorte desse homem me toca. Fale com ele na viagem — disse a princesa.

— Sim, pode ser, se calhar.

— Jamais gostei dele. Mas isso redime muita coisa. Ele não apenas está indo, como está levando um esquadrão por sua conta.

— Sim, ouvi dizer.

---

[3] "Tudo bem", em inglês no original. (N. do T.)

[4] "As pequenas misérias da vida humana", em francês no original. (N. do T.)

Soou uma campainha. Todos se apinharam nas portas.

— É ele! — afirmou a princesa, apontando para Vrônski, de casaco longo e chapéu negro de abas largas, de braços dados com a mãe. Oblônski ia a seu lado, dizendo algo com animação.

Vrônski, franzindo o cenho, olhava para a frente, como se não ouvisse o que Stepan Arkáditch dizia.

Provavelmente por indicação de Oblônski, olhou para o lado em que estavam a princesa e Serguei Ivânovitch, e ergueu o chapéu, em silêncio. Envelhecido, e exprimindo sofrimento, seu rosto parecia de pedra.

Ao adentrar a plataforma, Vrônski cedeu passagem à mãe e desapareceu em um vagão à parte, em silêncio.

Na plataforma, soou *Deus, salve o tsar*, depois gritos: *hurra* e *jívio!* Um dos voluntários, alto, muito jovem, de peito escavado, inclinou-se de forma especialmente chamativa, abanando acima da cabeça o chapéu de feltro e um buquê. Atrás dele, também se inclinando, assomaram dois oficiais e um homem de meia-idade, com uma barba grande e quepe ensebado.

III

Após se despedir da princesa, Serguei Ivânovitch, junto com o recém-chegado Katavássov, entrou no vagão abarrotado, e o trem arrancou.

Na estação de Tsarítsyn,[5] o trem foi recebido por um airoso coro de jovens, cantando *Glória*.[6] Os voluntários voltaram a se inclinar e se mostrar, porém Serguei Ivânovitch não prestou atenção; lidara tanto com voluntários que já conhecia seu tipo genérico, e aquilo não o interessava. Já Katavássov, que, devido à sua atividade intelectual, não tivera ocasião de observar os voluntários, interessava-se muito por eles, e interrogava Serguei Ivânovitch a seu respeito.

Serguei Ivânovitch aconselhou-o a passar à segunda classe, para falar com eles pessoalmente. Na estação seguinte, Katavássov seguiu o conselho.

Na primeira parada, passou à segunda classe, e travou conhecimento com os voluntários. Sentavam-se à parte, em um canto do vagão, falando alto e obviamente cientes de que a atenção dos passageiros, e do recém-chegado Katavássov, estava dirigida a eles. Mais ruidoso do que todos falava o jo-

---

[5] Posteriormente Stalingrado, atual Volgogrado. (N. do T.)

[6] Coro de caráter patriótico que encerra a ópera *Uma vida pelo tsar* (1836), de Mikhail Glinka. (N. do T.)

vem alto, de peito escavado. Estava visivelmente bêbado, e contava uma história que acontecera na escola. Na frente dele, sentava-se um oficial que não era mais jovem, de jaqueta militar da guarda austríaca. Sorrindo, ouvia o narrador e o continha. Um terceiro, de uniforme de artilharia, estava sentado na mala, perto deles. Um quarto dormia. Ao entabular conversa com o jovem, Katavássov ficou sabendo que era um rico mercador moscovita, que dissipara uma grande fortuna antes dos vinte e dois anos. Não agradou a Katavássov por ser efeminado, mimado e fraco de saúde; estava visivelmente convicto, especialmente agora, bêbado, de que realizava um ato heroico, gabando-se da forma mais desagradável.

O outro, o oficial reformado, também produziu uma impressão desagradável em Katavássov. Era, pelo visto, um homem que experimentara de tudo. Estivera nas ferrovias, na administração rural e dirigira uma fábrica, e falava de tudo sem nenhuma necessidade, empregando palavras eruditas fora de propósito.

O terceiro, o artilheiro, pelo contrário, agradou muito a Katavássov. Era um homem modesto, silencioso, que visivelmente se rendera ao conhecimento do membro reformado da guarda e ao autossacrifício heroico do mercador, e que não falava nada a seu respeito. Quando Katavássov lhe perguntou o que o persuadira a ir à Sérvia, respondeu, tímido.

— Ah, o fato de que todos vão. Também preciso ajudar os sérvios. Dá pena.

— Sim, e lá há especialmente poucos de vocês, artilheiros — disse Katavássov.

— Mas eu servi pouco tempo na artilharia; talvez me coloquem na infantaria, ou na cavalaria.

— Mas como na infantaria, se o que mais precisam é de artilheiros? — disse Katavássov, calculando, pela idade do artilheiro, que ele já devia ter uma patente importante.

— Não servi muito na artilharia, sou um cadete reformado — ele disse, e se pôs a explicar por que não passara nos exames.

Tudo isso somado produziu uma impressão desagradável em Katavássov e, quando os voluntários saíram à estação para beber, ele quis pôr à prova, conversando com alguém, sua impressão desfavorável. Um passageiro, um velhinho de uniforme militar, ouvira toda a conversa de Katavássov com os voluntários. Deixado a sós com ele, Katavássov abordou-o.

— Sim, como é variada a condição de todas essas pessoas que estão indo para lá — disse Katavássov, de forma vaga, desejando exprimir sua opinião e, ao mesmo tempo, descobrir a do velho.

O velhinho era um militar que atuara em duas campanhas. Sabia o que era um militar e, pelo aspecto e discurso daqueles cavalheiros, pelo arrojo com que se aplicavam aos cantis durante a viagem, considerava-os maus militares. Além disso, era morador de uma cidade de distrito, e tinha vontade de contar que, de sua cidade, partira apenas um soldado dispensado por tempo indeterminado, bêbado e ladrão, que ninguém contratava mais para trabalhar. Porém, sabendo por experiência própria que, no estado de espírito atual da sociedade, era perigoso exprimir uma opinião oposta à geral, especialmente para condenar os voluntários, também examinava Katavássov.

— Ora, lá precisam de gente. Dizem que os oficiais sérvios não prestam para nada.

— Oh, sim, e esses vão ser galhardos — disse Katavássov, rindo com os olhos. E se puseram a falar das últimas notícias da guerra, ocultando um do outro sua perplexidade com o fato de que, no dia seguinte, esperava-se um confronto, quando os turcos, de acordo com as últimas informações, tinham sido batidos em todos os pontos. E, assim, separaram-se, sem exprimir suas opiniões.

Ao entrar no seu vagão, e traindo a consciência a contragosto, Katavássov narrou a Serguei Ivânovitch sua observação dos voluntários, que revelava que se tratava de rapazes formidáveis.

Na estação grande da cidade, cantos e gritos voltaram a receber os voluntários, voltaram a aparecer coletoras e coletores de donativos com canecas, e damas de província trouxeram buquês aos voluntários, acompanhando-os ao bufê; mas tudo isso já era bem mais fraco e menor do que em Moscou.

IV

Durante a parada na cidade de província, Serguei Ivânovitch não foi para o bufê, e se pôs a caminhar para a frente e para trás, na plataforma.

Da primeira vez que passou pelo compartimento de Vrônski, notou que a cortina estava fechada. Porém, ao passar uma outra vez, avistou a velha condessa na janela. Ela chamou Kóznychev.

— Estou com ele, vou acompanhá-lo até Kursk — ela disse.

— Sim, ouvi dizer — disse Serguei Ivânovitch, parando junto à janela e olhando para dentro. — Que ato maravilhoso da parte dele! — acrescentou, depois de notar que Vrônski não se encontrava no compartimento.

— Sim, depois de sua infelicidade, o que podia fazer?

— Que acontecimento horroroso! — disse Serguei Ivânovitch.

— Ah, o que eu passei! Mas entre... Ah, o que eu passei! — repetiu, quando Serguei Ivânovitch entrou e se sentou a seu lado, no sofá. — Não dá para imaginar! Por seis semanas, ele não falava com ninguém, e só comia quando eu implorava. E não dava para deixá-lo sozinho nem por um minuto. Recolhemos tudo com que ele poderia se matar; vivíamos no andar de baixo, mas não dava para prever nada. Pois o senhor sabe que ele já se deu um tiro por causa dela uma vez — ela disse, e as sobrancelhas da velha se franziram com essa lembrança. — Sim, ela acabou como uma mulher dessas tem que acabar. Até a morte que escolheu é vulgar, baixa.

— Não cabe a nós julgar, condessa — disse Serguei Ivânovitch, com um suspiro —, mas entendo como foi duro para a senhora.

— Ah, nem me diga! Eu estava na minha propriedade, e ele comigo. Trouxeram um bilhete. Ele escreveu a resposta, e mandou. Não sabíamos que ela estava na estação. À noite, eu tinha acabado de me recolher quando minha Mary me disse que, na estação, uma dama se jogara embaixo de um trem. Isso me afetou tanto! Entendi que tinha sido ela. A primeira coisa que eu disse: não conte para ele. Mas já tinham lhe dito. Seu cocheiro estava lá, e viu tudo. Quando entrei em seu quarto, ele já não dominava a si mesmo — era terrível olhar para ele. Não disse palavra, e saiu correndo para lá. Não sei o que aconteceu por lá, mas o trouxeram como morto. Era como se eu não o conhecesse. *Prostration complète*,[7] disse o médico. E depois começou quase um furor.

— Ah, que dizer! — disse a condessa, abanando os braços. — Época terrível! Não, você pode dizer o que quiser, é uma mulher ruim. Ora, que paixão tão desesperada é essa? Tudo isso para demonstrar algo de especial. Pois ela demonstrou. Arruinou a si mesma e a duas pessoas maravilhosas, seu marido e meu filho infeliz.

— E o marido dela? — perguntou Serguei Ivânovitch.

— Pegou a filha. No começo, Aliocha concordava com tudo. Mas agora está terrivelmente atormentado por ter entregado a filha a outro homem. Mas não pode voltar atrás na palavra dada. Kariênin foi ao enterro. Mas nos esforçamos para que ele não encontrasse Aleksei. Para ele, para o marido, de qualquer forma, é mais fácil. Ela o libertou. Mas o meu pobre filho entregou-se a ela por inteiro. Largou tudo — a carreira, a mim, e nem assim ela teve pena, e o liquidou por completo, deliberadamente. Não, diga o que quiser, mas a própria morte dela é a morte de uma mulher repugnante, sem

---

[7] "Prostração completa", em francês no original. (N. do T.)

religião. Deus me perdoe, mas não tenho como não odiar sua memória ao olhar para a ruína de meu filho.

— Mas como ele está agora?

— Foi uma ajuda de Deus para nós, essa guerra sérvia. Sou uma velha, não entendo nada disso, mas Deus mandou isso para ele. Óbvio que, como mãe, tenho medo; e, principalmente, dizem que *ce n'est pas très bien vu à Pétersbourg*.[8] Mas o que fazer! Só isso conseguiu levantá-lo. Iáchvin — seu amigo — perdeu tudo no jogo, e preparou-se para ir à Sérvia. Foi até ele e convenceu-o. Agora isso o ocupa. Por favor, fale com ele, desejo distraí-lo. Está tão triste. E, por desgraça, ainda está com dor de dente. Mas ficará muito contente em vê-lo. Por favor, fale com ele, está caminhando daquele lado.

Serguei Ivânovitch disse que teria muito prazer, e passou para o outro lado do trem.

V

À sombra inclinada do entardecer que os sacos lançavam sobre a plataforma, Vrônski, de sobretudo longo e chapéu enterrado na cabeça, caminhava, com as mãos no bolso, como uma fera na jaula, virando rapidamente a cada vinte passos. Ao se aproximar, Serguei Ivânovitch teve a impressão de que Vrônski o via, mas fingia não ver. Para Serguei Ivânovitch, isso dava na mesma. Estava acima de quaisquer considerações pessoais com Vrônski.

Naquele minuto, Vrônski, aos olhos de Serguei Ivânovitch, era um agente importante em uma causa grandiosa, e Kóznychev considerava seu dever incentivá-lo e dar sua aprovação. Foi até ele.

Vrônski parou, deu uma olhada, reconheceu-o e, dando alguns passos na direção de Serguei Ivânovitch, apertou-lhe a mão com força.

— Talvez o senhor não quisesse se encontrar comigo — disse Serguei Ivânovitch —, mas será que eu não posso lhe ser útil?

— Ninguém pode ser menos desagradável de encontrar que o senhor — disse Vrônski. — Desculpe-me. Não há nada de agradável na vida para mim.

— Entendo, e queria lhe oferecer meus serviços — disse Serguei Ivânovitch, examinando o rosto visivelmente sofrido de Vrônski. — Não precisa de uma carta para Ristic, para Milan?[9]

---

[8] "Isso não é muito bem-visto em Petersburgo", em francês no original. (N. do T.)

[9] Milan Obrenovic (1852-1901), rei da Sérvia. Em 1873, foi a Livádia, para se encon-

— Oh, não! — disse Vrônski, como se tivesse dificuldade em entender. — Se o senhor não se incomoda, vamos caminhar, os vagões são muito abafados. Uma carta? Não, agradeço-lhe; para morrer, não é preciso de recomendação. Nem para os turcos — disse, sorrindo apenas com os lábios. Os olhos continuavam a ter uma expressão zangada e sofrida.

— Sim, mas talvez seja mais fácil para o senhor estabelecer relações, que sempre são indispensáveis, com alguém preparado. Aliás, seja como quiser. Fiquei muito contente ao ouvir falar da sua decisão. Já houve tantos ataques aos voluntários que um homem como o senhor ajuda a elevá-los perante a opinião pública.

— Eu, como homem — disse Vrônski —, sou bom porque a vida não vale nada para mim. E que tenho energia física suficiente para irromper em seus quadrados de infantaria, e aniquilar ou tombar, disso eu sei. Fico contente porque existe algo por que dar a minha vida, que não me é apenas desnecessária, como odiosa. Para algo vai servir. — E fez um movimento impaciente com o zigoma, devido à dor de dente surda e incessante, que o impedia até de falar com a expressão que desejava.

— O senhor vai renascer, é o que prevejo — disse Serguei Ivânovitch, sentindo-se tocado. — Livrar seus irmãos do jugo é uma finalidade digna de morte e de vida. Que Deus lhe dê sucesso exterior e paz interior — acrescentou, e lhe estendeu a mão.

Vrônski apertou a mão estendida por Serguei Ivânovitch com força.

— Sim, como arma posso servir para algo. Mas, como homem, sou uma ruína — afirmou, pausadamente.

A dor agoniante no dente robusto, que lhe enchia a boca de saliva, impedia-o de falar. Calou-se, contemplando as rodas do tênder, que rolava de forma lenta e fácil e pelos trilhos.

E, de repente, não a dor, mas uma coisa completamente diferente, um desconforto interno geral e aflitivo, fê-lo esquecer por um instante da dor de dente. À visão do tênder e dos trilhos, sob influência da conversa com o conhecido que não tinha encontrado depois de sua desgraça, de repente lembrou-se *dela*, ou seja, do que ainda restava dela quando ele, como louco, entrou correndo na caserna da estação ferroviária: na mesa da caserna, desavergonhadamente distendido entre estranhos, o corpo ensanguentado, ain-

---

trar com o tsar russo Alexandre II. Seguro do apoio da Rússia, entrou em guerra com a Turquia em 1876. Depois de uma longa luta, a independência da Sérvia foi reconhecida e, em 1882, Milan Obrenovic tornou-se rei. (N. da E.)

da cheio da vida recente; a cabeça incólume caída para trás, com as tranças pesadas e os cabelos crespos nas têmporas e no rosto encantador, a boca rubra entreaberta, uma expressão hirta, estranha e penosa nos lábios, e terrível nos olhos abertos e fixos, como que proferindo aquelas palavras terríveis — que ele se arrependeria — que ela dissera em sua briga.

E ele se esforçava por recordá-la como era ao encontrá-la pela primeira vez, também na estação, misteriosa, encantadora, afetuosa, buscando e dando felicidade, em vez de cruel e vingativa, como se lembrava dela em seu último minuto. Esforçava-se por recordar os melhores momentos com ela, mas esses momentos estavam envenenados para sempre. Lembrava-se apenas de sua ameaça triunfante e consumada de um arrependimento totalmente desnecessário, porém indelével. Parou de sentir a dor de dente, e os soluços contraíram-lhe a face.

Depois de passar duas vezes pelos sacos, e de se dominar, dirigiu-se com calma a Serguei Ivânovitch:

— O senhor não recebeu nenhum telegrama depois do de ontem? Sim, foram batidos pela terceira vez, mas para amanhã espera-se um confronto decisivo.

E, após falar ainda da proclamação do rei Milan, e das imensas consequências que ela poderia ter, separaram-se, na direção de seus respectivos vagões, após o segundo sinal.

VI

Sem saber quando poderia sair de Moscou, Serguei Ivânovitch não telegrafara ao irmão para que mandasse buscá-lo. Lióvin não estava em casa quando Katavássov e Serguei Ivânovitch, de tarantasse alugado na estação, empoeirados como mouros, aproximaram-se do terraço de entrada da casa de Pokróvskoie, às doze horas. Kitty, sentada no balcão com o pai e a irmã, reconheceu o cunhado, e desceu correndo ao seu encontro.

— Como o senhor não tem vergonha de não avisar — disse, dando a mão a Serguei Ivânovitch e oferecendo-lhe a testa.

— Fizemos uma viagem maravilhosa, e não incomodamos vocês — respondeu Serguei Ivânovitch. — Estou tão empoeirado que tenho medo de tocá-la. Eu estava tão ocupado que nem sabia quando escaparia. E a senhora, como sempre — disse, a sorrir —, está se deliciando com a felicidade tranquila, longe da correnteza, em sua enseada tranquila. E o nosso amigo Fiódor Vassílitch finalmente se juntou a nós.

— Mas eu não sou negro, vou me lavar e ficarei parecido com uma pessoa — disse Katavássov, com seu tom habitual de troça, estendendo a mão e sorrindo de modo especialmente cintilante com os dentes, por detrás do rosto preto.

— Kóstia vai ficar muito contente. Ele foi à granja. Está na hora de voltar.

— Sempre ocupado com a propriedade. Isso é realmente uma enseada — disse Katavássov. — E nós, na cidade, não vemos nada além da guerra sérvia. Pois bem, como meu amigo está lidando com isso? Não como os outros, certo?

— Ora, mais ou menos, como todo mundo — respondeu Kitty, algo embaraçada, olhando para Serguei Ivânovitch. — Vou mandar buscá-lo. Papai está hospedado conosco. Voltou do exterior há pouco.

E, depois de dar ordens de mandar buscar Lióvin e de levar os visitantes empoeirados para se lavar, um no gabinete, outro no antigo quarto de Dolly, e sobre o desjejum dos visitantes, ela, desfrutando do direito a movimentos rápidos do qual estivera privada durante a gravidez, correu até o balcão.

— São Serguei Ivânovitch e Katavássov, o professor — ela disse.

— Oh, no calor vai ser duro! — disse o príncipe.

— Não, papai, ele é muito gentil, e Kóstia gosta muito dele — disse Kitty, sorrindo, como se suplicasse, ao notar a expressão zombeteira no rosto do pai.

— Mas eu não disse nada.

— Queridinha, vá até eles — Kitty dirigiu-se à irmã — e entretenha-os. Viram Stiva na estação, ele está bem. E eu vou correndo até Mítia. Que desgraça, não o amamentei desde o chá. Agora acordou, e deve estar berrando. — E, sentindo um afluxo de leite, foi ao quarto da criança com passos rápidos.

De fato, não é que tivesse adivinhado (sua ligação com o bebê ainda não tinha sido rompida), ela sabia com certeza, devido ao afluxo de leite, que ele sentia falta de alimentação. Sabia que ele estava berrando antes mesmo de se aproximar do quarto. E, de fato, ele estava berrando. Ela ouviu sua voz e apertou o passo. Porém, quanto mais rápido ela caminhava, mais alto ele berrava. A voz era boa, saudável, só que faminta e impaciente.

— Faz tempo, babá, faz tempo? — disse Kitty, apressada, sentando-se na cadeira e preparando-se para amamentar. — Mas me passe ele logo. Ah, babá, como você é chata, vamos, ponha a touquinha depois!

O bebê chorava, com berros ávidos.

— Mas assim não dá, mamãe — respondeu Agáfia Mikháilovna, que estava no quarto da criança quase o tempo inteiro. — Tem que deixá-lo em ordem. Oi, oi! — cantava para ele, sem prestar atenção na mãe.

A babá entregou o bebê à mãe. Agáfia Mikháilovna acompanhava-o com o rosto a se desfazer de ternura.

— Ele sabe, sabe. Creia em Deus, mamãe Ekaterina Aleksândrovna, ele me reconheceu! — Agáfia Mikháilonva gritou mais forte do que o bebê.

Mas Kitty não ouvia suas palavras. Sua impaciência crescia como a do bebê.

Devido à impaciência, a coisa demorou muito a ser solucionada. O bebê não conseguia pegar o que precisava, e zangava-se.

Por fim, após gritos sufocados e desesperados, e sucção no vazio, a questão se resolveu, mãe e filho sentiram-se tranquilizados ao mesmo tempo, e ambos sossegaram.

— Mas também, coitadinho, está todo suado — disse Kitty, sussurrando, apalpando o bebê. — Mas por que a senhora acha que ele a reconhece? — acrescentou, fitando de esguelha os olhos, que lhe pareciam velhacos, do bebê, que miravam por debaixo da touquinha caída, suas bochechinhas, que resfolegavam regularmente, e sua mãozinha de palma vermelha, com a qual descrevia movimentos circulares.

— Não pode ser! Se ele reconhecesse alguém, reconheceria a mim — disse Kitty, à confirmação de Agáfia Mikháilovna, e sorriu.

Sorria porque, embora dissesse que ele não podia reconhecer, sabia de coração que ele não apenas reconhecia Agáfia Mikháilovna, como sabia e entendia tudo, que sabia e entendia muita coisa que ninguém sabia e que ela, mãe, apenas ficara sabendo e começara a entender graças a ele. Para Agáfia Mikháilovna, para a babá, para o avô, mesmo para o pai, Mítia era um ser vivo, que só requeria cuidados materiais; porém, para a mãe, já era há muito tempo um ser moral, com o qual já havia toda uma história de relações espirituais.

— Quando ele acordar, a senhora vai ver, com a graça de Deus. Quando faço assim, ele fica todo radiante, o pombinho. Fica todo radiante, como um dia de sol — disse Agáfia Mikháilovna.

— Ora, está bem, está bem, então vamos ver — sussurrou Kitty. — Agora vá, ele adormeceu.

VII

Agáfia Mikháilovna saiu na ponta dos pés; a babá baixou a corrediça, enxotou uma mosca de debaixo da cortina de musselina da caminha, e uma vespa que se debatia contra o vidro do caixilho, e sentou-se, abanando a mãe e o bebê com um ramo de bétula murcho.

— Calor, que calor! Se Deus mandasse uma chuvinha — afirmou.

— Sim, sim, psiu... — foi só o que respondeu Kitty, balançando de leve e apertando com ternura a mãozinha roliça, que parecia ter fiozinhos no pulso, que Mítia sacudia bem fraco, ora fechando, ora abrindo os olhinhos. Essa mãozinha desconcertava Kitty: tinha vontade de beijá-la, mas temia que, ao fazê-lo, acordaria o bebê. A mãozinha, por fim, parou de se mexer, e os olhos se fecharam. Só de vez em quando, ao prosseguir na sua tarefa, o bebê, erguendo as sobrancelhas compridas e recurvadas, olhava para a mãe com olhos que, na penumbra, pareciam negros e úmidos. A babá parou de abanar e cochilava. Acima, ouvia-se o estrondo da voz do velho príncipe e a gargalhada de Katavássov.

"Com certeza, soltaram a língua sem mim — pensava Kitty —, mas mesmo assim é de lastimar que Kóstia não esteja. Com certeza foi de novo ao apiário. Embora seja triste que ele fique por lá com frequência, mesmo assim estou contente. Isso o distrai. Agora ele está mais alegre e melhor do que na primavera. Naquela época, estava tão soturno e tão atormentado que temi por ele. E como ele está engraçado!" — sussurrou, rindo-se.

Sabia o que atormentava o marido. Era a falta de fé. Embora, caso lhe perguntassem se ela achava que, na vida futura, ele, como não acreditava, estaria arruinado, ela teria que concordar que estaria, sua incredulidade não lhe causava infelicidade; e ela, admitindo que, para um incréu não podia haver salvação, e amando a alma do marido mais do que tudo no mundo, pensava na falta de fé dele com um sorriso, e dizia a si mesma que ele era engraçado.

"Por que ele passa o ano inteiro lendo essas filosofias? — pensava. — Se está tudo escrito nesses livros, ele pode entender. Se lá há inverdade, para que ler? Ele mesmo diz que gostaria de acreditar. Então, por que não acredita? Com certeza porque pensa demais. E pensa demais por solidão. Sempre só, só. Não pode falar de tudo conosco. Acho que vai gostar dessas visitas, especialmente de Katavássov. Gosta de discutir com ele" — pensou, e de imediato passou à ideia de onde seria melhor colocar Katavássov para dormir, isolado ou junto com Serguei Ivânitch. E de repente veio-lhe um pensamento que a fez tremer de nervosismo, e até alarmar Mítia, que, por causa disso, encarou-a com severidade. "Ao que parece, a lavadeira ainda não trouxe a roupa branca, e a roupa de cama dos hóspedes está toda gasta. Se eu não providenciar, Agáfia Mikháilovna vai dar lençóis usados para Serguei Ivânitch" — e, só de pensar nisso, o sangue afluiu ao rosto de Kitty.

"Sim, vou providenciar" — decidiu e, de volta aos pensamentos anteriores, lembrou-se de que não tinha refletido até o fim sobre alguma coisa espiritual importante, e se pôs a rememorar o quê. "Sim, Kóstia é incréu" — voltou a se lembrar, com um sorriso.

"Ora, incréu! Melhor ele ficar sempre assim, do que como a madame Stahl, ou como eu queria ser no exterior. Não, ele não vai se pôr a fingir."

E um traço recente de sua bondade surgiu vividamente perante ela. Duas semanas atrás, Dolly recebera uma carta de arrependimento de Stepan Arkáditch. Implorava que ela lhe salvasse a honra, vendesse a propriedade dela para pagar suas dívidas. Dolly estava em desespero, odiava o marido, desprezava, tinha pena, decidira se separar, recusara-se, mas acabou por concordar em vender parte de sua propriedade. Depois, com um sorriso involuntário de ternura, Kitty lembrou-se do embaraço de seu marido, sua abordagem desajeitada e reiterada do assunto e como ele, por fim, tendo pensado em um único meio de ajudar Dolly sem ofender, propusera a Kitty que desse à irmã sua parte da propriedade, coisa que ela antes não considerara.

"Que espécie de incréu é ele? Com seu coração, com esse medo de irritar quem seja, mesmo um bebê! Tudo para os outros, nada para si. Serguei Ivânovitch acha que é a obrigação de Kóstia ser seu administrador. A irmã também. Agora Dolly e as crianças estão sob sua tutela. Todos esses mujiques que vêm até ele todo dia, como se ele tivesse a obrigação de servi-los."

"Sim, seja apenas assim, como o seu pai, apenas assim" — ela afirmou, ao entregar Mítia à babá, e roçar-lhe a bochechinha com os lábios.

VIII

Desde o minuto em que, ao ver a morte do irmão amado, Lióvin, pela primeira vez, encarou as questões da vida e da morte através das novas convicções, como ele as chamava — as quais, imperceptivelmente, no período dos vinte aos trinta e quatro anos, substituíram suas crenças de infância e juventude, horrorizou-se não tanto com a morte quanto com uma vida sem o menor conhecimento de sobre o que se tratava, de onde vinha, para quê, por quê, e o que ela era. O organismo, sua decadência, a indestrutibilidade da matéria, a lei da conservação da energia, a evolução — essas eram as palavras que tinham substituído sua fé anterior. Essas palavras, e os conceitos a elas associados, eram boas para objetivos intelectuais; mas, para a vida, não forneciam nada, e Lióvin de repente sentiu-se na situação de uma pessoa que tivesse trocado um sobretudo quente por uma roupa de musselina e que, pela primeira vez, no frio, era convencida indubitavelmente, não pelo raciocínio, mas por todo o seu ser, que era como se estivesse nua, e que devia perecer de forma inevitável e dolorosa.

Desde aquele minuto, embora sem se dar conta disso, e continuando a viver como antes, Lióvin não parou de sentir esse medo por sua ignorância.

Além disso, sentia vagamente que aquilo que chamava de suas convicções era não apenas ignorância, mas um tipo de ideias com as quais seria impossível conhecer o que precisava.

Os primeiros tempos do casamento, as novas alegrias e obrigações que conheceu abafaram completamente essas ideias; porém, nos últimos tempos, após o parto da esposa, quando ficara em Moscou sem ocupação, a exigência de solucionar a questão apresentava-se a Lióvin com frequência e insistência cada vez maiores.

A questão, para ele, consistia no seguinte: "Se não aceito as respostas que a cristandade dá às questões de minha vida, que respostas aceito?". E não conseguia encontrar de jeito nenhum, no arsenal de suas convicções, não apenas respostas, como nada parecido com uma resposta.

Estava na condição de alguém que procura comida em lojas de brinquedos e de armas.

Involuntária e inconscientemente, em todo livro, em toda conversa e em toda pessoa, buscava agora uma relação e uma solução para essas questões.

Acima de tudo, o que mais o deixava pasmado e transtornado era que a maioria das pessoas de seu círculo e idade que tinham trocado, como ele, as crenças antigas pelas mesmas novas convicções que ele, não viam nisso nenhuma desgraça, e estavam absolutamente satisfeitas e tranquilas. De modo que, além da questão principal, Lióvin era atormentado ainda por outras questões: essas pessoas eram sinceras? Não estavam fingindo? Ou entendiam de forma diferente, e de alguma maneira mais clara, as respostas que a ciência dava às questões que o ocupavam? E estudava com aplicação as opiniões dessas pessoas, e os livros que expressavam essas respostas.

A única coisa que descobrira desde que tais questões tinham passado a ocupá-lo era que se equivocara ao supor, pelas lembranças de seu círculo de juventude, de universidade, que a religião caíra em desuso, e que não existia mais. Todas as pessoas que viviam bem e lhe eram próximas acreditavam. O velho príncipe, Lvov, de que tanto gostava, Serguei Ivânitch e todas as mulheres acreditavam; sua esposa acreditava como ele acreditara na primeira infância, e noventa e nove por cento do povo russo, todo aquele povo cuja vida lhe incutia o maior respeito, acreditava.

Outra coisa era que, após ler muitos livros, assegurara-se de que as pessoas que compartilhavam seu ponto de vista não pressupunham nada além daquilo e que, sem explicar nada, apenas negavam as questões, sem cujas respostas ele sentia que não podia viver, e se esforçavam para elucidar questões absolutamente distintas, que não podiam interessá-lo, como, por exemplo, a evolução dos organismos, a explicação mecânica da alma, e assim por diante.

Além disso, na época do parto da esposa, ocorrera-lhe um fato extraordinário. Incréu, pusera-se a rezar e, no instante em que rezava, acreditou. Mas aquele instante passou, e não conseguia dar a seu estado de espírito de então nenhum lugar em sua vida.

Não podia admitir que então conhecera a verdade, e agora se equivocava; pois, assim que começava a pensar com calma naquilo, tudo se estilhaçava em mil pedaços; também não podia admitir que então se equivocara, pois tinha em alta conta sua disposição espiritual daquele momento, e admiti-la como fruto de fraqueza seria profanar aqueles instantes. Estava em uma discórdia aflitiva consigo mesmo, e tensionava todas as forças espirituais para sair dela.

IX

Essas ideias afligiam-no e torturavam-no de forma ora mais fraca, ora mais forte, porém nunca o abandonavam. Lia e pensava e, quanto mais lia e pensava, mais distante se sentia do objetivo que perseguia.

Nos últimos tempos, em Moscou e no campo, convicto de que não encontraria a resposta nos materialistas, leu e releu Platão, Spinoza, Kant, Schelling, Hegel e Schopenhauer — filósofos que explicavam a vida de forma não materialista.

As ideias lhe pareciam frutíferas quando ele estava lendo ou quando pensava em refutações contra outros sábios, especialmente contra os materialistas; porém, bastava ele ler, ou pensar em soluções para as questões, que sempre se repetia a mesma coisa. Ao seguir a definição dada de palavras obscuras como *espírito*, *vontade*, *liberdade*, *substância*, entregando-se intencionalmente à cilada de palavras que os filósofos, ou ele mesmo, armavam, era como se começasse a compreender algo. Mas era só esquecer o curso artificial de ideias e, a partir da vida, voltar-se para o que o satisfazia ao pensar, acompanhando a linha estabelecida, que, de repente, toda essa construção artificial desmoronava como um castelo de cartas, e ficava claro que a construção tinha sido montada com palavras transpostas, independentes de algo mais importante na vida do que a razão.

Certa época, lendo Schopenhauer, colocou *amor* no lugar da *vontade*, e essa nova filosofia confortou-o, por dois dias, até se afastar dela; porém, desmoronou exatamente do mesmo jeito quando, mais tarde, a partir da vida, examinou-a, e ela se revelou uma roupa de musselina, que não aquecia.

O irmão Serguei Ivânovitch aconselhara-o a ler as obras teológicas de Khomiakov.[10] Lióvin leu o segundo tomo das obras de Khomiakov e, apesar do tom polêmico, elegante e ferino que inicialmente o repeliu, ficou impressionado com sua doutrina a respeito da igreja. Impressionou-se inicialmente com a ideia de que a compreensão das verdades divinas não fosse dada ao homem, mas dada a um agregado de pessoas, unidas pelo amor — a igreja. Alegrava-o a ideia de que era mais fácil acreditar em uma igreja existente, viva hoje, reunindo todas as crenças das pessoas, tendo à frente Deus e, portanto, sagrada e infalível, e dela receber a crença em Deus, na criação, na queda, na redenção, do que começar com Deus, um Deus distante e misterioso, com a criação, etc. Porém, lendo depois a história da igreja de um escritor católico, e a história da igreja de um escritor ortodoxo, e vendo que ambas as igrejas, infalíveis na essência, negavam uma à outra, também se decepcionou com a doutrina da igreja de Khomiakov, e esse edifício se desmanchou no mesmo pó que as construções filosóficas.

Por toda aquela primavera, não tinha controle sobre si mesmo, e passou por momentos terríveis.

"Sem o conhecimento do que sou e por que estou aqui é impossível viver. Não posso saber disso e, consequentemente, é impossível viver" — Lióvin dizia para si mesmo.

"No tempo infinito, na matéria infinita, no espaço infinito, surge um organismo-bolha, essa bolha se mantém por um tempo e estoura, e essa bolha sou eu."

---

[10] A. S. Khomiakov (1804-1860), poeta, publicista, maior representante dos eslavófilos, em suas obras teológicas (*Ensaio de exposição de catecismo da doutrina da igreja* e *Pensamentos sobre a história universal*) demonstrava que "a verdade é inalcançável pelo pensamento isolado"; "a verdade é alcançável apenas por um agregado de pensamentos, unidos pelo amor". (N. da E.)

Era um equívoco torturante, mas era o único e derradeiro resultado de séculos de trabalho do pensamento humano nessa direção.

Tratava-se da última crença em que se baseavam todos os estudos do pensamento humano, em quase todas as esferas. Era a convicção reinante, e Lióvin, de todas as explicações, adotara justamente esta, involuntariamente, sem saber quando nem como, como se fosse, de qualquer forma, a mais clara.

Mas não se tratava apenas de um equívoco, era a troça cruel de uma força perversa, perversa e abjeta, à qual não era possível se submeter.

Era preciso se livrar dessa força. E a libertação estava nas mãos de cada um. Era preciso interromper essa dependência da perversidade. E havia um meio — a morte.

E, pai de família feliz e homem saudável, Lióvin esteve algumas vezes tão próximo do suicídio que escondeu o cordão para não se enforcar nele, e tinha medo de andar de espingarda para não se dar um tiro.

Mas Lióvin não se deu um tiro, não se enforcou, e continuou a viver.

X

Quando Lióvin pensava no que era, e para que vivia, não encontrava resposta, e entrava em desespero; porém, quando parava de se perguntar isso, era como se soubesse o que era e para que vivia, pois vivia e agia de modo firme e determinado; inclusive, nesses últimos tempos, vivia de modo muito mais firme e determinado do que antes.

Regressando ao campo no começo de junho, regressou também às suas ocupações habituais. A agricultura, as relações com mujiques e vizinhos, a administração doméstica, os negócios da irmã e do irmão, que estavam em suas mãos, as relações com a esposa, parentes, os cuidados com o bebê, o novo gosto pelas abelhas, com o qual se distraía na primavera atual, ocupavam todo o seu tempo.

Essas questões não o ocupavam porque as justificava para si com alguma opinião coletiva, como antes fizera; pelo contrário, agora, por um lado, decepcionado com os fracassos das tentativas anteriores pelo bem comum e, por outro, ocupado demais com seus pensamentos, e devido à mera quantidade de coisas que lhe caíam em cima de todos os lados, deixara de lado por completo todas as considerações sobre o bem comum, e essas questões ocupavam-no apenas porque lhe parecia que tinha de fazer o que fazia — não podia ser de outro jeito.

Antes (isso começara quase na infância e continuara crescendo até o pleno amadurecimento), quando tentava fazer algo que causaria bem a todos, à humanidade, à Rússia, à província, a todo o campo, notava que pensar naquilo era agradável, porém a atividade em si sempre era incoerente, não havia plena convicção de que a questão era absolutamente necessária, e a própria atividade, que no começo parecera tão grande, ia diminuindo, diminuindo, e não dava em nada; já agora, depois do casamento, quando passara a se limitar a viver cada vez mais para si, embora não experimentasse mais nenhuma alegria ao pensar em sua atividade, sentia a convicção de que a coisa era indispensável, via que ela se desenvolvia muito melhor do que antes, e que se consolidava cada vez mais.

Agora, como que contra a vontade, entranhava-se na terra de modo cada vez mais profundo, como um arado, de modo que não dava mais para sair sem abrir sulcos.

Viver em família como estavam habituados a viver pais e filhos, ou seja, nas mesmas condições de instrução, e educar da mesma forma os filhos, era, sem dúvida, necessário. Era tão necessário quanto almoçar quando se tem fome e, por isso, tão necessário quanto preparar o almoço era gerir a máquina agrícola de Pokróvskoie de forma a dar lucro. Tão necessário quanto pagar uma dívida era manter a propriedade familiar em uma condição que o filho, ao recebê-la como herança, dissesse obrigado ao pai, como Lióvin dissera obrigado ao avô por tudo o que construíra e plantara. E para isso era necessário não arrendar a terra, mas administrar em pessoa, manter o gado, adubar os campos, plantar bosques.

Era impossível não cuidar dos negócios de Serguei Ivânovitch, da irmã, de todos os mujiques que acorriam em busca de conselhos e estavam habituados a isso, como era impossível largar uma criança que você tem nos braços. Era preciso cuidar do conforto da cunhada hóspede e seus filhos, da esposa e do bebê, e era impossível não passar com eles um pedaço, ainda que pequeno, do dia.

E tudo isso, junto com a caça e o novo gosto por abelhas, preenchia por inteiro a vida de Lióvin, que para ele não tinha sentido quando pensava nela. Porém, além de saber com firmeza *o que* devia fazer, Lióvin igualmente sabia com exatidão *como* devia fazer tudo isso, e qual questão era mais importante do que outra.

Sabia que devia contratar trabalhadores o mais barato possível; porém, mantê-los na dependência, pagando adiantado menos do que valiam, não era preciso, embora fosse muito lucrativo. Vender palha aos mujiques durante a escassez de forragem era possível, embora desse pena deles; porém a hospedaria e o botequim, ainda que dessem lucro, era preciso liquidar. O corte dos bosques tinha de ser punido com a maior severidade possível, porém não era possível cobrar multa pelo gado invasor, e, embora isso irritasse os vigias e acabasse com o medo, não havia como não liberar o gado invasor.

A Piotr, que pagava dez por cento ao mês a um agiota, era preciso dar dinheiro emprestado, para resgatá-lo; mas não podia baixar e prolongar o prazo do tributo dos mujiques inadimplentes. Não era possível desculpar o administrador pelo prado não ter sido ceifado, e pela grama se desperdiçar em vão; mas tampouco era possível segar oitenta *dessiatinas* nas quais tinha sido plantado um bosque jovem. Não era possível perdoar um trabalhador que, na época de trabalho, ia para casa porque o pai estava morrendo, por mais que lhe desse pena, e era preciso descontar-lhe os custosos meses de ausência; mas não era possível não dar mesada aos servos velhos, que não prestavam para nada.

Lióvin também sabia que, ao voltar para casa, antes de tudo devia ir até a mulher, que não estava bem de saúde; os mujiques, que já o esperavam há três horas, podiam esperar um pouco mais; e sabia que, apesar de toda a satisfação que experimentava ao lidar com a colmeia, devia se privar dela e, deixando o velho fazê-lo sozinho, sair para papear com os mujiques que o aguardavam no apiário.

Se sua conduta era boa ou má, não sabia, e não apenas não se punha agora a justificá-la, como evitava conversas e pensamentos a esse respeito.

Matutar levava-o à dúvida, e o impedia de ver o que era necessário e o que não era. Já quando não pensava, mas vivia, não deixava de sentir na alma a presença de um juiz infalível, que decidia, entre duas condutas possíveis, qual a melhor, e qual a pior; e bastava se comportar de forma indevida para senti-lo imediatamente.

Assim vivia, sem saber nem ver possibilidade de saber o que era e para que vivia, atormentando-se com esse desconhecimento em um grau que o fazia temer o suicídio e, ao mesmo tempo, erigindo com firmeza seu caminho próprio e determinado na vida.

XI

Quando Serguei Ivânovitch chegou a Pokróvskoie, Lióvin se encontrava em um de seus dias mais aflitivos.

Era a época de trabalho mais urgente, quando todo o povo manifestava um esforço de autossacrifício para o trabalho que não se manifestava em nenhuma outra condição da vida, e que seria altamente valorizado se as pessoas que manifestavam essa qualidade a valorizassem, se não a repetissem a cada ano e se as consequências desse esforço não fossem tão parcas.

Segar e enfeixar o centeio e a aveia e carreá-los, terminar de ceifar o prado, voltar a lavrar o pousio, debulhar as sementes e semear a sementeira de inverno, tudo isso parece simples e normal; mas, para conseguir fazer tudo isso, é preciso que todas as pessoas do campo, das velhas às jovens, trabalhem sem cessar duas vezes mais do que o normal por três, quatro semanas, alimentando-se de *kvas*, cebola e pão preto, debulhando e carregando feixes à noite, e não concedendo ao sono mais do que duas, três horas por dia. E todo ano isso acontece, em toda a Rússia.

Tendo passado a maior parte da vida no campo, e em relações próximas com o povo, sempre, na época de trabalho, Lióvin sentia que essa agitação geral das pessoas o contagiava.

De manhã, foi à primeira semeadura do centeio, à aveia, que carregou em medas e, voltando para casa ao despertar da esposa e da cunhada, tomou café com elas e foi a pé até a granja, onde deviam pôr em funcionamento a debulhadeira recém-instalada para a preparação das sementes.

Durante todo aquele dia, Lióvin, conversando com o administrador e os mujiques e, em casa, conversando com a esposa, com Dolly, com os filhos dela, com o sogro, pensava apenas numa coisa, a única que o ocupava naquela época, além dos afazeres agrícolas, e o tempo todo buscava uma relação com suas questões: "O que eu sou? E onde estou? E por que estou aqui?".

De pé, no frescor da eira recém-coberta, ainda cheirando às folhas soltas de aveleira do trançado, grudado nas traves de choupo frescas e descascadas do telhado de palha, Lióvin olhava ora para além dos portões abertos, onde a poeira seca e amarga da debulha rodava e brincava na grama da eira iluminada pelo sol ardente, e na palha fresca, recém-tirada do galpão, ora para as andorinhas de cabeça colorida e peito branco que esvoaçavam sob o teto sibilando e, tremulando as asas, detinham-se nas barras do portão, ora para o povo que formigava na eira quente e empoeirada, e ideava pensamentos estranhos.

"Por que se faz isso tudo? — pensava. — Por que fico aqui e os obrigo a trabalhar? Por que estão todos atarefados, tentando me mostrar seu afinco? Por que luta essa velha Matriona, minha conhecida? (Eu a curei quando uma viga lhe caiu em cima, num incêndio) — pensava, olhando para a camponesa magra que, empurrando o grão com um ancinho, pisava atentamente com os pés descalços negros e bronzeados o solo irregular e áspero. — Naquela época, ela se restabeleceu, mas hoje, amanhã, ou em dez anos, será enterrada, e não vai sobrar nada dela, nem dessa camponesa elegante de *paniova*[11] vermelha que, com gestos tão hábeis e meigos, tira a limpadura da espiga. Também será enterrada, e muito em breve também aquele malhado castrado — pensou, olhando para um cavalo que arrastava a pança pesadamente, resfolegando reiteradamente pelas narinas inchadas ao pisar na roda inclinada que lhe fugia das patas. — Também será enterrado, e também Fiódor, o alimentador, com sua barba encaracolada e cheia de limpadura, será enterrado de camisa rasgada nos ombros brancos. E ele está desfazendo os feixes, dando ordens, gritando com a mulher e, com um gesto rápido, recolocando a correia no volante. E, principalmente, não apenas eles, mas eu também serei enterrado, e nada vai sobrar. Para quê?"

Pensava nisso e, ao mesmo tempo, olhava para o relógio, para calcular quanto debulhavam em uma hora. Precisava sabê-lo para, julgando com base nisso, estabelecer a tarefa do dia.

"Já está perto da uma, e apenas começaram o terceiro monte" — pensou Lióvin, aproximou-se do alimentador e, por cima do estrondo da máquina, disse-lhe para colocar menos.

— Você está colocando demais, Fiódor! Veja, está engasgando, por isso não anda. Nivele!

Enegrecido com o pó que grudara no rosto suado, Fiódor gritou algo em resposta, mas continuava fazendo diferente do que Lióvin desejava.

Lióvin, aproximando-se do cilindro, afastou Fiódor, e se pôs a alimentar ele mesmo. Trabalhando até o almoço dos mujiques, para o qual não faltava muito, saiu da eira com o alimentador e se pôs a conversar, parando junto a uma meda de centeio ceifado, arrumada cuidadosamente no canto das sementes.

O alimentador era de uma aldeia distante, à qual Lióvin oferecera anteriormente terra, para o início de uma cooperativa. Agora, ela tinha sido arrendada a um caseiro.

Lióvin falou dessa terra com o alimentador Fiódor, perguntando se, no ano seguinte, Platon, um mujique rico e bom daquela aldeia, não a tomaria.

— O preço é caro, não compensa para Platon, Konstantin Dmítritch — respondeu o mujique, tirando restos de espiga do peito.

— Mas como compensa para Kiríllov?

---

[11] Saia camponesa de lã, colorida e de bainha enfeitada, usada por mulheres casadas. (N. do T.)

— Konstantin Dmítritch, como não vai compensar para Mitiúkha (assim o mujique designava o caseiro, com desprezo)! Esse espreme até tirar o dele. Não tem pena dos camponeses. E o titio Fokánytch (assim chamava o velho Platon) por acaso vai arrancar a pele de alguém? Onde tem dívida, ele perdoa. Daí não consegue. Também é um ser humano.

— Mas por que ele perdoa?

— É assim, quer dizer, as pessoas são diferentes; uma pessoa vive apenas para suas necessidades, como Mitiúkha, que só enche a barriga, mas Fokánytch é um velhinho justo. Ele vive para a alma. Lembra-se de Deus.

— Como se lembra de Deus? Como vive para a alma? — Lióvin estava quase gritando.

— Sabe-se como, pela verdade, por Deus. Afinal, as pessoas são diferentes. Tomemos o senhor, que também não ofenderia uma pessoa...

— Sim, sim, adeus! — proferiu Lióvin, arquejando de nervoso e, virando-se, pegou seu cajado e rapidamente foi para casa.

Uma sensação nova de contentamento se apoderou de Lióvin. Às palavras do mujique, de que Fokánytch vivia para a alma, pela verdade, por Deus, um tropel de ideias obscuras, porém significativas, pareceu prorromper de algum lugar, como se estivessem trancadas e, precipitando-se para um único objetivo, rodopiavam sua cabeça, cegando-o com sua luz.

XII

Lióvin caminhava a passos largos pela estrada grande, auscultando nem tanto seus pensamentos (ainda não conseguia ordená-los) como sua condição espiritual, algo que jamais experimentara anteriormente.

As palavras ditas pelo mujique produziram-lhe na alma o efeito de uma descarga elétrica, que de repente transfigurava e unificava o enxame de pensamentos isolados, soltos e impotentes, que nunca tinham cessado de ocupá-lo. Sem perceber, esses pensamentos tinham-no ocupado inclusive enquanto falava sobre a devolução da terra.

Sentia na alma algo novo, e tateava com prazer esse novo, sem saber ainda o que era.

"Não viver para as próprias necessidades, mas para Deus. Para qual Deus? Para Deus. E pode-se dizer algo mais insensato do que o que ele disse? Ele disse que não é preciso viver para as próprias necessidades, ou seja, não é preciso viver para o que entendemos, para o que nos atrai, para o que desejamos, mas que é preciso viver para algo incompreensível, para Deus, que ninguém entende, nem consegue determinar. Mas e daí? Eu não entendi essas palavras insensatas de Fiódor? E, ao entendê-las, duvidei de sua justeza? Achei-as tolas, obscuras, impróprias?

Não, eu entendi, e absolutamente como ele entende, entendi completamente, e com mais clareza do que entendo qualquer coisa na vida, e nunca na vida duvidei nem posso questionar isso. E não só eu, mas todos, o mundo inteiro só entende por completo isso, só não duvida disso, e está sempre de acordo sobre isso.

Fiódor diz que Kiríllov, o caseiro, vive para a barriga. Isso é compreensível e racional. Todos nós, como seres racionais, não podemos viver de outro modo que não seja para a barriga. E, de repente, o mesmo Fiódor diz que é ruim viver para a barriga, e que é preciso viver para a verdade, para Deus, e basta uma alusão para eu entendê-lo! Eu e milhões de pessoas, que viveram há séculos e que vivem hoje, mujiques, pobres de espírito e pensadores, que refletiram e escreveram a esse respeito, disseram a mesma coisa em sua língua obscura, estamos todos de acordo apenas quanto a isso: para que é preciso viver, e o que é bom. Eu e todas as pessoas possuímos um único conhecimento firme, indubitável e claro, e esse conhecimento não pode ser explicado pela razão, está fora dela, não tem causa e não pode ter quaisquer efeitos.

Se o bem tem uma causa, não é mais o bem; se tem um efeito, uma recompensa, tampouco é o bem. Ou seja, o bem está fora da cadeia de causas e efeitos.

Eu sei disso, e todos nós sabemos.

E eu procurava um milagre, lamentava não ter visto um prodígio que me convencesse. Mas eis o milagre, o único possível, que sempre existiu, ele me rodeava por todos os lados, e eu não reparava!

Que milagre pode ser maior que esse?

"Será que encontrei a solução de tudo, será que agora meus sofrimentos estão terminados?" — pensava Lióvin, andando pela estrada empoeirada, sem ligar nem para o calor, nem para o cansaço, e experimentando uma sensação de mitigação de um longo sofrimento. Essa sensação era tão alegre que lhe pareceu incrível. Estava ofegante de agitação e, sem forças para prosseguir, saiu da estrada para o bosque, sentando-se à sombra de um choupo-tremedor, na grama que não fora segada. Tirou o chapéu da cabeça suada e se deitou, apoiando o cotovelo na grama sumarenta e de folhas largas do bosque.

"Sim, preciso voltar a mim e meditar", pensou, olhando fixamente para a grama lisa que tinha à sua frente, e acompanhando os movimentos de um inseto verde que trepava pelo caule de uma gramínea, cuja subida fora detida por uma folha de angélica. "Desde o começo", dizia para si, virando a folha de angélica para que não atrapalhasse o inseto, e dobrando outra grama, para que o inseto passasse para ela. "O que me deixou contente? O que eu descobri?"

"Antes, eu dizia que no meu corpo, que no corpo dessa grama e desse inseto (que não quis passar para a outra grama, aprumou as asas e voou) ocorria uma troca de matéria, de acordo com leis físicas, químicas e fisiológicas. E em todos nós, junto com os choupos, as nuvens e as nebulosas, ocorre uma evolução. Evolução a partir de quê? Para quê? Evolução e luta infinita?... Como se pudesse haver alguma direção e luta no infinito! E me espantava por, apesar do grande esforço mental nessa direção, mesmo assim não se revelar a mim o sentido da vida, o sentido de meus impulsos e esforços. E o sentido de meus impulsos é tão claro para mim que vivo constantemente de acordo com eles, e me espantei e alegrei quando um mujique exprimiu-o para mim: viver para Deus, para a alma.

"Não descobri nada. Apenas me dei conta do que sei. Entendi a força que, mais de uma vez, no passado, deu-me vida, e agora também me dá vida. Libertei-me do engano, conheci o Senhor."

E repetiu para si, em resumo, todo o curso de ideias daqueles últimos dois anos, cujo início fora o pensamento claro e evidente na morte, à vista do irmão querido, doente e desenganado.

Tendo entendido então, pela primeira vez, que todos, inclusive ele, não tinham pela frente nada além de sofrimento, morte e esquecimento eterno, decidiu que não dava para viver assim, que precisava ou explicar sua vida de modo que ela não parecesse uma zombaria perversa de um diabo, ou se matar.

Mas não fez nem um, nem outro, continuou a viver, pensar e sentir, e até, ao mesmo tempo, casou-se, experimentou muitas alegrias e foi feliz enquanto não pensou no significado de sua vida.

O que isso queria dizer? Queria dizer que ele vivia bem, mas pensava mal.

Vivia (sem reconhecer) com as verdades espirituais que sugara com o leite materno, porém, ao pensar, não apenas não admitia essas verdades, como esforçava-se por evitá-las.

Agora estava claro para ele que pudera viver apenas graças às crenças em que fora educado.

"O que eu teria sido, e como teria vivido, se não tivesse essas crenças, não soubesse que é preciso viver para Deus, e não para minhas necessidades? Eu teria roubado, mentido, matado. Nada do que constitui as principais alegrias de minha vida teria existido para mim." E, fazendo o maior esforço de imaginação, nem assim conseguiu imaginar a criatura brutal que seria se não soubesse para que vivia.

"Busquei a resposta à minha pergunta. Mas a resposta à minha pergunta não podia ser dada pelo pensamento — ele e a pergunta são incomensuráveis. A resposta foi dada pela própria vida, por meu conhecimento do que é bom e do que é mau. E esse conhecimento eu não adquiri de nenhuma maneira, ele me foi dado, junto com tudo, *dado*, pois eu não poderia obtê-lo de lugar nenhum.

"De onde o obtive? Por acaso foi pela razão que cheguei à conclusão de que é preciso amar o próximo e não oprimi-lo? Disseram-me isso na infância, e acreditei com alegria, porque me disseram o que estava na minha alma. E quem descobriu isso? Não foi a razão. A razão descobriu a luta pela existência, e a lei que exige oprimir todos os que impedem a satisfação de meus desejos. Essa é a dedução da razão. A razão não pode descobrir o amor ao próximo, pois ele é irracional."

"Sim, o orgulho" — disse para si mesmo, virando-se sobre o ventre com dificuldade, e pondo-se a dar nós nos caules da grama, esforçando-se para não quebrá-los.

"E não apenas o orgulho da mente, mas a estupidez da mente. E principalmente a velhacaria, precisamente a velhacaria da mente. Precisamente a impostura da mente" — repetiu.

XIII

E Lióvin se lembrou de uma cena recente de Dolly com os filhos. As crianças, deixadas sozinhas, puseram-se a cozinhar framboesa nas velas e verter jatos de leite na boca. Pegando-as no ato, a mãe começou a persuadi-las, na presença de Lióvin, do trabalho que custava aos adultos construir aquilo que elas estavam destruindo, que aquele trabalho era feito em prol delas e que, se derramassem leite, não teriam nada para beber, e morreriam de fome.

E Lióvin se espantou com a incredulidade tranquila e triste com que os filhos ouviram as palavras da mãe. Estavam apenas agastados por sua brincadeira engraçada ter sido interrompida, e não acreditavam em uma palavra que a mãe dizia. Não podiam acreditar porque não podiam ter a real dimensão daquilo de que desfrutavam, e porque não podiam imaginar que o que estavam destruindo era a mesma coisa que os fazia viver.

"Tudo isso vem por si só — pensavam —, não há nada de interessante ou importante nisso, pois sempre foi e será assim. E é sempre a mesma coisa. Não é necessário pensar nisso, isso já está pronto; queremos inventar algo próprio e novo. Então inventamos de colocar framboesa na xícara e cozinhá-la na vela, e verter leite na boca um do outro, aos jatos. Isso é divertido e novo, e em nada pior do que beber na xícara."

"Por acaso não é o mesmo que fazemos, que eu fiz, ao buscar com a razão o significado da força da natureza e o sentido da vida humana?" — prosseguiu a pensar.

"E não é o mesmo que fazem todas as teorias filosóficas que, pelo caminho do pensamento, estranho e impróprio ao homem, querem levá-lo ao conhecimento do que sabe há tempos, e o sabe com tamanha certeza que não pode viver sem isso? Não se vê com clareza, no desenvolvimento da teoria de cada filósofo, que ele conhece de antemão, tão indubitavelmente quanto o mujique Fiódor, e sem maior clareza do que ele, o principal sentido da vida, e apenas deseja regressar, pelo caminho duvidoso da razão, àquilo que todos conhecem?

"Pois bem, deixem as crianças sozinhas, comprando e fazendo a louça elas mesmas, ordenhando o leite, etc. Elas fariam travessuras? Morreriam de fome. Pois bem, deixem-nos com nossas paixões, pensamentos, sem noção do Deus único e criador! Ou sem noção do que é o bem, sem explicação do mal moral.

"Pois bem, construa alguma coisa sem essas noções!

"Só destruímos porque estamos espiritualmente saciados. Exatamente como as crianças!

"De onde me veio o conhecimento alegre, compartilhado com o mujique, que me confere paz de espírito? Onde fui buscá-lo?

"Educado no entendimento de Deus, como cristão, com a vida cheia dos bens espirituais que o cristianismo me deu, repleto e vivendo com esses bens, eu, como as crianças, sem compreendê-los, destruí, ou melhor, quis destruir o que me fazia viver. E basta chegar um momento importante da vida, como crianças quando estão com frio e fome, e eu vou até Ele, e ainda menos do que as crianças, quando a mãe ralha com elas pelas travessuras infantis, sinto que minhas tentativas infantis de fazer manha não me desabonam.

"Sim, aquilo que sei, não o sei pela razão, foi-me dado, revelado, e o sei com o coração, com a fé na principal pregação da igreja.

"A igreja? A igreja!" — repetia para si mesmo Lióvin, deitando-se do outro lado e, apoiado no cotovelo, pôs-se a olhar para longe, para um rebanho que ia em direção ao rio pela margem oposta.

"Mas eu posso acreditar em tudo que a igreja prega?" — pensava, testando-se e imaginando tudo o que poderia destruir sua tranquilidade atual. Pôs-se a rememorar, deliberadamente, as doutrinas da igreja que, acima de tudo, sempre lhe tinham parecido estranhas e tentadoras. "A criação? Mas como explicar a existência? Com a existência? Com nada? — O diabo e o pecado? — Mas como explico o mal?... O Redentor?...

"Mas não sei nem posso saber nada, nada além do que foi dito a mim e a todos."

E agora tinha a impressão de que não havia nenhuma crença da igreja capaz de destruir o principal — a fé em Deus, no bem como único desígnio do homem.

Sob cada crença da igreja podia ser colocada a crença no serviço à verdade, em vez da necessidade. E cada uma não apenas não destruía como era indispensável para que se realizasse o milagre principal, que se manifestava constantemente na Terra, e consistia em que fosse possível para cada um, junto com milhões de pessoas das mais variadas, pensadores e idiotas, crianças e velhos, todos, mujiques, Lvov, Kitty, mendigos e reis, compreender a mesma coisa sem qualquer dúvida, e desta forma organizar a vida espiritual, que era a única pela qual valia a pena viver, e a única que valorizamos.

Deitado de costas, agora fitava o céu alto e sem nuvens. "Por acaso não sei que isso é um espaço infinito, e que não é uma abóbada redonda? Porém, por mais que aperte os olhos e force a vista, não tenho como não vê-la redonda e limitada e, apesar de meu conhecimento da infinitude do espaço, tenho razão, sem dúvida, ao vê-lo como uma abóbada azul, e mais razão do que quando me esforço para ver além disso."

Lióvin já tinha parado de pensar, e era como se auscultasse as vozes misteriosas que conversavam entre si com alegria e cuidado.

"Seria isso a fé?" — pensou, com medo de acreditar em sua felicidade. "Meu Deus, agradeço-Lhe!" — proferiu, engolindo os soluços que brotavam e enxugando com ambas as mãos as lágrimas que lhe enchiam os olhos.

XIV

Lióvin olhou para a frente e viu o rebanho, depois avistou sua carroça, com o murzelo atrelado, e o cocheiro que, aproximando-se do rebanho, dizia algo ao pastor; depois, mais de perto, ouviu o barulho da roda e o resfolegar do cavalo saciado; porém, estava tão absorto em suas ideias que nem pensou em por que o cocheiro estava indo até ele.

Lembrou-se disso só quando o cocheiro veio e o chamou.

— A patroa me mandou. Chegou o seu irmão e um outro fidalgo.

Lióvin se sentou na carroça e tomou as rédeas.

Como que despertando de um sonho, Lióvin passou muito tempo sem conseguir voltar a si. Olhava para o cavalo saciado, coberto de espuma entre as coxas e no pescoço, onde as correias se esfregavam, olhava para o cocheiro Ivan, sentado a seu lado, e lembrou-se de que esperava pelo irmão, de que a esposa provavelmente inquietava-se com sua longa ausência, e tentava adivinhar quem era o visitante que viera com o irmão. O irmão, a esposa e o visitante desconhecido pareciam-lhe agora diferentes de antes. Tinha a impressão de que agora suas relações com todas as pessoas já seriam outras.

"Com o irmão agora não haverá aquele alheamento que sempre existiu entre nós, não haverá discussões; com Kitty nunca há discussões; com o visitante, seja quem for, serei afável e bondoso; com as pessoas, com Ivan, tudo será diferente."

Contendo nas rédeas apertadas o bom cavalo, que resfolegava de impaciência e pedia velocidade, Lióvin dava uma olhada em Ivan, sentado a seu lado, sem saber o que fazer com a mão desocupada, apertando a camisa incessantemente e buscando um pretexto para começar uma conversa com ele. Queria dizer que Ivan ajustara a correia do dorso alto demais, mas isso pareceria uma recriminação, e desejava uma conversa amável. Só que nada mais lhe passou pela cabeça.

— Senhor, tenha a bondade de manter a direita, ali há um cepo — disse o cocheiro, corrigindo Lióvin na rédea.

— Por favor, não me toque e nem me dê lições! — disse Lióvin, vexado com a intromissão do cocheiro. A intromissão deixara-o tão agastado como sempre, e ele imediatamente sentiu, com tristeza, quão errônea fora sua suposição de que seu humor podia se modificar imediatamente, em contato com a realidade.

Lióvin não estava ainda a um quarto de versta de casa quando avistou Gricha e Tânia correndo em sua direção.

— Titio Kóstia! Estão vindo mamãe, vovô, Serguei Ivânitch e mais um outro — diziam, subindo na carroça.

— Mas quem?

— Um terror, horrível! Faz assim com os braços — disse Tânia, levantando-se na carroça e imitando Katavássov.

— Mas é velho ou jovem? — disse, sorrindo, Lióvin, a quem a imitação de Tânia fazia se lembrar de alguém.

"Ah, tomara que não seja aquele homem desagradável!" — pensou Lióvin.

Bastou dobrar a curva e avistar os que vinham a seu encontro e Lióvin reconheceu Katavássov, de chapéu de palha, andando e balançando os braços exatamente como Tânia imitara.

Katavássov gostava muito de falar de filosofia, e suas noções a esse respeito vinham de naturalistas que jamais tinham se ocupado de filosofia; em Moscou, nos últimos tempos, Lióvin discutira muito com ele.

E uma dessas discussões, que Katavássov, obviamente, achava que tinha vencido, foi a primeira coisa de que Lióvin se lembrou ao reconhecê-lo.

"Não, não vou discutir nem manifestar minhas ideias de forma leviana, de jeito nenhum" — pensou.

Saindo da carroça e cumprimentando o irmão e Katavássov, Lióvin perguntou da esposa.

— Ela levou Mítia para o Kolok (era um bosque perto de casa). Quis acomodá-lo lá porque em casa está quente — disse Dolly.

Lióvin sempre desaconselhava a esposa a levar o bebê para o bosque, pois achava perigoso, e a notícia o desagradou.

— Fica levando-o de um lugar para outro — disse o príncipe, rindo. — Aconselhei-a a levá-lo para o depósito de gelo.

— Ela queria ir para o apiário. Achou que você estivesse ali. Estamos indo para lá — disse Dolly.

— Pois bem, o que você tem feito? — disse Serguei Ivânovitch, separando-se dos outros e ficando junto do irmão.

— Ah, nada de especial. Ocupado com a propriedade, como sempre — respondeu Lióvin. — Mas e você, quanto vai ficar? Estávamos esperando por você faz tempo.

— Umas duas semaninhas. Tenho muito a fazer em Moscou.

A essas palavras, os olhos dos irmãos se encontraram, e Lióvin, apesar do desejo constante, e agora particularmente forte, de ter relações amáveis e, principalmente, simples com o irmão, sentiu desconforto em fitá-lo. Baixou os olhos, sem saber o que dizer.

Escolhendo temas de conversa que fossem agradáveis a Serguei Ivânovitch e o desviassem de falar da guerra sérvia e da questão eslava, às quais aludira ao mencionar os afazeres de Moscou, Lióvin pôs-se a falar sobre o livro do irmão.

— E então, houve resenhas do seu livro? — perguntou.

Serguei Ivânovitch riu do caráter premeditado da pergunta.

— Ninguém se preocupa com isso, e eu menos que os outros — disse.

— Veja, Dária Aleksândrovna, vai ter uma chuvinha — acrescentou, apontando com o guarda-chuva para nuvenzinhas brancas que se mostravam acima dos topos dos choupos.

E essas palavras foram suficientes para voltar a estabelecer entre os irmãos aquela relação não hostil, porém fria, que Lióvin tanto quisera evitar.

Lióvin foi até Katavássov.

— Como o senhor fez bem em planejar vir — disse-lhe.

— Eu queria há tempos. Agora vamos conversar, vejamos. Leu Spencer?

— Não, não li até o fim — disse Lióvin. — Aliás, agora não preciso dele.

— Como assim? É interessante. Por quê?

— Quer dizer, estou definitivamente convencido de que a solução das questões que me ocupam não serão encontradas nele, nem em seus semelhantes. Agora...

Mas a expressão facial calma e alegre de Katavássov de repente espantou-o, e ficou com tanta pena de seu bom humor, que visivelmente arruinava com aquela conversa, que, lembrando-se de sua intenção, deteve-se.

— Aliás, falamos disso depois — acrescentou. — Se formos ao apiário, é por aqui, por essa vereda — disse, dirigindo-se a todos.

Após percorrer uma vereda estreita até uma clareira que não tinha sido segada, coberta de um lado por amores-perfeitos densos e rutilantes, em meio aos quais cresciam com frequência arbustos altos verde-escuros de veratro, Lióvin instalou seus hóspedes à sombra espessa de choupos jovens, em um banco e cotos preparados especialmente para visitantes do apiário que tivessem medo das abelhas, e foi pegar pão, pepinos e mel fresco na cabana, para crianças e adultos.

Tentando fazer o mínimo possível de movimentos rápidos, e apurando o ouvido para as abelhas, que voavam em seu entorno com frequência cada vez maior, percorreu a vereda até a isbá. Bem na entrada, uma abelha pôs-se a zunir, emaranhando-se em sua barba, mas ele a soltou com cuidado. Ao entrar no galpão sombrio, tirou da parede sua máscara de rede, pendurada em uma estaquinha e, colocando-a e enfiando as mãos nos bolsos, entrou no apiário cercado, no qual, em fileiras regulares, presas às estacas com líber, encontravam-se, no meio de um terreno capinado, as colmeias antigas, que ele conhecia todas, cada uma com sua história e, em muretas de sebe, as novas, instaladas naquele ano. Na frente do alvado das colmeias, os olhos se turvaram com as abelhas e zangões a brincar, girando e trombando no mesmo lugar e, no meio deles, voavam as abelhas-operárias, todas na mesma direção, a da tília florida do bosque, voltando com a carga para a colmeia.

Seus ouvidos eram chamados constantemente por sons diversos, ora de uma abelha-operária atarefada voando rápido, ora pela proclamação de um zangão ocioso, ora por abelhas soldado alarmadas, guardando seu patrimônio do inimigo, preparando-se para picar. Daquele lado da cerca, um velho aplainava um aro e não viu Lióvin. Lióvin ficou parado no meio do apiário, sem chamá-lo.

Estava contente com a oportunidade de ficar sozinho, para se recuperar da realidade, que já conseguira deprimir o seu humor.

Lembrou-se de que já conseguira zangar-se com Ivan, demonstrar frieza para com o irmão e falar levianamente com Katavássov.

"Será que foi apenas um humor passageiro, que vai passar sem deixar traços?" — pensou.

Porém, nessa mesma hora, seu humor voltou, e ele sentiu com alegria que algo de novo e importante lhe ocorrera. A realidade apenas nublara temporariamente a tranquilidade de espírito em que se encontrava; porém, ela estava intacta dentro dele.

Assim como as abelhas que agora esvoaçavam a seu redor, ameaçando-o e distraindo-o, privavam-no de calma física completa, obrigando-o a se encolher para evitá-las, as preocupações que o rodearam no instante em que se sentou na carroça privaram-no de liberdade espiritual; isso, porém, durou apenas enquanto estava no meio delas. Assim como, apesar das abelhas, sua força corporal estava intacta, também estava intacta a força espiritual de que há pouco tomara consciência.

XV

— E você sabe, Kóstia, com quem Serguei Ivânovitch viajou até aqui? — disse Dolly, repartindo pepino e mel com os filhos. — Com Vrônski! Está indo para a Sérvia.

— E não apenas não está sozinho, como leva um esquadrão por sua conta! — disse Katavássov.

— Isso combina com ele — disse Lióvin. — Então os voluntários continuam a ir? — acrescentou, olhando para Serguei Ivânovitch.

Serguei Ivânovitch, sem responder, retirava cuidadosamente, com uma faca cega, uma abelha ainda viva e embebida em mel de uma xícara com um favo branco.

— Sim, e como! O senhor devia ter visto o que aconteceu ontem na estação! — disse Katavássov, mastigando ruidosamente um pepino.

— Ora, como entender isso? Por Cristo, Serguei Ivânovitch, explique-me para onde vão todos esses voluntários, contra quem estão lutando? — perguntou o velho príncipe, continuando, pelo visto, uma conversa iniciada na ausência de Lióvin.

— Contra os turcos — respondeu, sorrindo tranquilamente, Serguei Ivânovitch, libertando a abelha enegrecida pelo mel, que movia as patinhas de forma impotente, e colocando-a, com a faca, em uma folha firme de choupo.

— Mas quem declarou guerra aos turcos? Ivan Ivânitch Ragózov, a condessa Lídia Ivânovna e a madame Stahl?

— Ninguém declarou guerra, mas as pessoas simpatizam com os sofrimentos dos próximos e desejam ajudá-los — disse Serguei Ivânovitch.

— Mas o príncipe não está falando de ajuda — disse Lióvin, intercedendo em favor do sogro —, e sim de guerra. O príncipe está dizendo que indivíduos privados não podem tomar parte na guerra sem uma decisão do governo.

— Kóstia, veja, uma abelha! É verdade, vai nos picar! — disse Dolly, enxotando uma vespa.

— Mas isso não é uma abelha, é uma vespa — disse Lióvin.

— Pois bem, pois bem, meu senhor, qual é a sua teoria? — Katavássov disse a Lióvin, com um sorriso, e visivelmente provocando-o a discutir. — Por que indivíduos privados não têm direito?

— Bem, minha teoria é essa: a guerra, por um lado, é uma coisa tão animalesca, cruel, horrível, que ninguém, para não falar em um cristão, deve tomar pessoalmente a responsabilidade por começá-la, e só pode fazê-lo o governo, que é chamado a isso, e levado à guerra inevitavelmente. Por outro lado, de acordo com a ciência e com o senso comum, em assuntos de Estado, especialmente em questões de guerra, os cidadãos abdicam de sua vontade pessoal.

Serguei Ivânovitch e Katavássov tinham réplicas prontas, e se puseram a falar ao mesmo tempo.

— Mas a coisa, meu querido, é que pode haver um caso em que o governo não cumpre a vontade dos cidadãos, e daí a sociedade manifesta sua vontade — disse Katavássov.

Porém Serguei Ivânovitch visivelmente não aprovava essa réplica. Franziu o cenho às palavras de Katavássov, e disse outra coisa:

— Você está colocando a questão de forma equivocada. Não há aí declaração de guerra, mas simplesmente a expressão de um sentimento humano, cristão. Estão matando irmãos de sangue e de fé. Ora, suponhamos até que não sejam irmãos, não tenham a mesma fé, mas sejam simplesmente crianças, mulheres, velhos; o sentimento se rebela, e o povo russo acorre para ajudar a interromper esses horrores. Imagine você saindo à rua e vendo um bêbado bater numa mulher, ou numa criança; acho que você não se poria a pensar se declararam guerra a esse homem, mas se lançaria contra ele e defenderia a vítima.

— Mas não mataria — disse Lióvin.

— Sim, você mataria.

— Não sei. Se visse isso, eu me entregaria a meu sentimento imediato; mas não tenho como dizer de antemão. Só que esse sentimento imediato não existe e nem pode existir com relação à opressão dos eslavos.

— Pode ser que não exista para você. Mas para outras pessoas existe — disse Serguei Ivânovitch, franzindo o cenho, insatisfeito. No povo, estão vivas as lendas sobre os ortodoxos que padecem sob o jugo dos "agarianos[12] ímpios". O povo ouviu falar do sofrimento de seus irmãos, e se pronunciou.

— Pode ser — disse Lióvin, de forma evasiva —, mas eu não vejo isso; sou do povo, e não sinto isso.

— Nem eu — disse o príncipe. — Morei no exterior, lia os jornais e admito que, ainda na época das atrocidades búlgaras, não tinha como entender por que todos os russos tão repentinamente estavam apaixonados pelos irmãos eslavos, enquanto eu não sentia nenhum amor por eles. Fiquei muito aflito, achava que eu era um monstro, ou que era o efeito de Karlsbad sobre mim. Porém, ao chegar aqui, tranquilizei-me, vi que, além de mim, há gente que se interessa apenas pela Rússia, e não pelos irmãos eslavos. Assim como Konstantin.

— Opiniões pessoais, aqui, não significam nada — disse Serguei Ivânitch —, não é uma questão de opinião pessoal quando, em toda a Rússia, o povo manifestou sua vontade.

— Mas me desculpe. Não vejo isso. O povo nem sabe do que se trata — disse o príncipe.

— Não, papai... Como não sabe? E domingo, na igreja? — disse Dolly, prestando atenção na conversa. — Dê-me a toalha, por favor — ela disse ao velho, olhando para as crianças com um sorriso. — Mas não pode ser que todo mundo...

— Mas o que houve domingo na igreja? Pediram ao sacerdote que lesse. Ele leu. Não entenderam nada, suspiraram, como acontece em todos os sermões — continuou o príncipe. — Depois disseram que estavam coletan-

---

[12] De acordo com a Bíblia, Agar era a serva egípcia de Sara, que se uniu a Abraão. Dessa união, nasceu Ismael, patriarca dos povos árabes. (N. do T.)

do para uma causa piedosa na igreja, eles pegaram um copeque e doaram. Mas, para quê, eles mesmos não sabem.

— O povo não tem como não saber; a consciência de seu destino está sempre presente no povo e, em épocas como a atual, ela se torna clara para ele — disse Serguei Ivânovitch, olhando para o velho apicultor.

O belo velho, de barba grisalha escura e cabelos espessos e prateados, estava de pé, imóvel, segurando uma xícara de mel, olhando para o cavalheiro de forma afetuosa e tranquila, do alto de sua estatura, obviamente sem entender nem querer entender nada.

— Isso mesmo — disse, após as palavras de Serguei Ivânovitch, meneando a cabeça de forma significativa.

— Então pergunte a ele. Ele não sabe de nada, nem pensa nisso — disse Lióvin. Ouviu falar da guerra, Mikháilitch? — e se dirigiu a ele. — O que leram na igreja? O que você acha? Devemos lutar pelos cristãos?

— O que devemos pensar? Alexandre Nikoláitch, o imperador, pensou por nós, ele pensa em todas as coisas por nós. Ele é que vê... Trago mais um pãozinho? Mais para o rapazinho? — dirigiu-se a Dária Aleksândrovna, apontando para Gricha, que tinha acabado de comer uma côdea.

— Não preciso perguntar — disse Serguei Ivânovitch —, vimos e estamos vendo centenas e centenas de pessoas que largam tudo para servir à causa justa, vêm de todos os confins da Rússia e exprimem de forma direta e clara sua ideia e finalidade. Trazem seus copeques ou vão em pessoa, e dizem diretamente para quê. O que isso quer dizer?

— Na minha opinião, quer dizer — disse Lióvin, que começava a se exaltar — que, entre oitenta milhões de pessoas, sempre vão se encontrar não centenas, como agora, mas dezenas de milhares de pessoas que perderam a posição social, pessoas estouvadas que sempre estão prontas para ir para algum lugar — para a súcia de Pugatchov, para Khiva, para a Sérvia...

— Digo-lhe que não são centenas, nem pessoas estouvadas, mas os melhores representantes do povo! — disse Serguei Ivânovitch, irado como se estivesse defendendo sua própria dignidade. — E as doações? Com elas, o povo inteiro manifesta sua vontade de forma direta.

— Essa palavra "povo" é tão indeterminada — disse Lióvin. — Escrivães de *vólost*, professores e um dentre mil mujiques talvez saibam do que se trata. Já os oitenta milhões restantes, como Mikháilitch, não apenas não exprimem sua vontade, como não têm a menor noção do assunto sobre o qual precisam exprimi-la. Que direito temos de dizer que essa é a vontade do povo?

XVI

Experiente em dialética, Serguei Ivânovitch, sem retrucar, imediatamente levou a conversa para outra esfera.

— Sim, se você quiser apurar o espírito do povo pela via aritmética, obviamente será muito difícil de conseguir. E a votação não foi introduzida aqui, nem pode ser introduzida, pois não exprime a vontade do povo; mas, para isso, há outros caminhos. Ela se faz sentir no ar, ela se faz sentir no coração. Nem estou falando das correntes submarinas que se movem no mar parado do povo, e que são claras para qualquer homem sem preconceitos; olhemos para a sociedade, no sentido estrito. Todos os diversos partidos do mundo da *intelligentsia*, que antes eram tão hostis, agora se uniram. Toda a discórdia acabou, todos os órgãos da sociedade dizem apenas uma coisa, todos sentem a força espontânea que se apoderou deles, levando-os em uma única direção.

— Sim, todos os jornais falam a mesma coisa — disse o príncipe. — Isso é verdade. Só que é a mesma coisa que as rãs fazem antes de uma tempestade. Por causa delas, não se ouve nada.

— Rãs ou não, não publico jornais e não quero defendê-los, mas estou falando da unanimidade no mundo da *intelligentsia* — disse Serguei Ivânovitch, dirigindo-se ao irmão.

Lióvin quis responder, mas o velho príncipe interrompeu-o.

— Ora, a respeito dessa unanimidade, dá para dizer mais uma coisa — disse o príncipe. — Tenho um genro, Stepan Arkáditch, o senhor o conhece. Agora recebeu o cargo de membro do comitê de uma comissão e algo mais, não me lembro. Só que não tem nada a fazer — ora, Dolly, não é segredo! —, com oito mil de vencimentos. Experimente lhe perguntar se o serviço dele é útil; vai lhe provar que é o mais necessário. Ele é um homem justo, e não dá para não acreditar na utilidade de oito mil.

— Sim, ele me pediu para informar Dária Aleksândrovna sobre o recebimento do cargo — disse, a contragosto, Serguei Ivânovitch, deduzindo que a fala do príncipe fora inoportuna.

— A unanimidade dos jornais também é assim. Explicaram-me: basta ter guerra e o lucro deles dobra. Como então não vão considerar o destino do povo, os eslavos... e tudo isso?

— Não gosto muito dos jornais, mas isso é injusto — disse Serguei Ivânovitch.

— Eu só estabeleceria uma condição — prosseguiu o príncipe. — Alphonse Karr escreveu maravilhosamente a respeito da guerra contra a Prússia. "O senhor considera a guerra indispensável? Maravilha. Quem prega a guerra vai para uma legião especial, de vanguarda, para o assalto, para o ataque, à frente de todos!"

— Seria uma beleza ver os editores — disse Katavássov, rindo alto e imaginando todos os editores que conhecia nessa legião escolhida.

— Ora, eles fugiriam — disse Dolly —, só iriam atrapalhar.

— Se fugirem, colocamos metralhadoras ou cossacos de chicote atrás deles — disse o príncipe.

— Mas isso é uma piada, e desculpe-me, príncipe, uma má piada — disse Serguei Ivânovitch.

— Não vejo isso como uma piada, isso... — quis começar Lióvin, mas Serguei Ivânovitch interrompeu.

— Cada membro da sociedade é chamado a realizar sua própria tarefa — disse. — As pessoas do pensamento cumprem sua tarefa ao exprimir a opinião da sociedade. A expressão plena e unânime da opinião pública é mérito da imprensa e, ao mesmo tempo, um fenômeno feliz. Há vinte anos, teríamos nos calado, mas agora soa a voz do povo russo, pronto para se erguer, como um só homem, e a se sacrificar pelos irmãos oprimidos; é um passo grandioso, e um sinal de força.

— Só que não é questão apenas de se sacrificar, mas de matar turcos — disse Lióvin, com timidez. — O povo se sacrifica e sempre está pronto a se sacrificar por sua alma, mas não pelo assassinato — acrescentou, ligando sem querer a conversa aos pensamentos que tanto o tinham ocupado.

— Como pela alma? Entenda que, para um naturalista, essa é uma expressão difícil. O que é a alma? — disse Katavássov, rindo.

— Ah, o senhor sabe!

— Ai, meu Deus, não tenho a menor noção disso! — disse Katavássov, com uma gargalhada ruidosa.

— "Não vim trazer a paz, mas a espada",[13] disse Cristo — retrucou, de sua parte, Serguei Ivânovitch, citando com simplicidade, como se fosse a coisa mais inteligível, a passagem do Evangelho que sempre deixava Lióvin mais desconcertado.

— Isso mesmo — voltou a repetir o velho, que estava de pé, perto deles, ao responder ao olhar que lhe lançaram por acaso.

— Sim, meu querido, foi derrotado, derrotado, absolutamente derrotado! — gritou Katavássov, alegre.

---

[13] Mateus 10:34. (N. do T.)

Lióvin enrubesceu de desgosto, não por ter sido derrotado, mas por não ter se contido e entrado na discussão.

"Não, não posso discutir com eles — pensava —, eles têm uma armadura impenetrável, e eu estou nu."

Via que não havia como convencer Katavássov e o irmão, e via menos ainda a possibilidade de concordar com eles. O que eles apregoavam era aquela arrogância do intelecto que quase o arruinara. Não podia concordar que uma dezena de pessoas, dentre as quais seu irmão, tivesse o direito, com base no que lhes contaram centenas de voluntários falastrões que chegaram à capital, de dizer que eles e os jornais exprimiam a vontade e o pensamento do povo, um pensamento que se manifestava em vingança e assassinato. Não podia concordar com eles por não ver a expressão dessas ideias no povo entre o qual vivia, nem encontrar esses pensamentos em si (e não podia não se considerar uma das pessoas que formavam o povo russo), e principalmente porque, assim como o povo, ele não sabia nem podia saber no que consistia o bem comum, mas sabia com firmeza que a obtenção desse bem comum só era possível mediante a severa observância da lei do bem que se revela a todos os homens e, por isso, não podia desejar a guerra, nem pregar em prol de objetivos comuns, fossem quais fossem. Falava com Mikháilitch e com o povo, que exprimira seu pensamento na lenda da convocação dos varegues:[14] "Reinem e nos governem. Prometemos de bom grado plena submissão. Assumimos todo o trabalho, toda a humilhação, todos os sacrifícios; mas não vamos julgar, nem decidir". E agora, nas palavras de Serguei Ivânitch, o povo renunciava ao direito que adquirira a preço tão caro.

Tinha vontade de dizer ainda que, se a opinião pública era um juiz infalível, então por que a revolução e a comuna não eram tão legítimas quanto o movimento em prol dos eslavos? Porém tudo isso eram pensamentos, que não poderiam resolver nada. Só era possível ver uma coisa, indubitavelmente — que, no presente minuto, a discussão irritava Serguei Ivânovitch e, por isso, era ruim discutir; e Lióvin se calou, chamou a atenção dos convidados para as nuvens que estavam se formando e disse que, devido à chuva, era melhor irem para casa.

---

[14] De acordo com a lenda sobre a formação da Rússia, as tribos que deram origem ao país chamaram os varegues para governá-los. (N. do T.)

XVII

O príncipe e Serguei Ivânovitch se sentaram na carroça e partiram; o resto do grupo, apressando o passo, foi para casa a pé.

Mas as nuvens, ora brancas, ora negras, baixavam tão rápido que era preciso acelerar ainda mais o passo para conseguir chegar em casa antes da chuva. As da frente, negras e baixas como fumaça de fuligem, corriam pelo céu com velocidade extraordinária. Até a casa, faltavam ainda duzentos passos, o vento já se erguia e, a cada segundo, podia se esperar a enxurrada.

As crianças corriam à frente, com ganidos assustados e alegres. Dária Aleksândrovna, lutando com dificuldade com a saia que lhe grudava às pernas, não mais andava, e sim corria, sem tirar os olhos dos filhos. Os homens, segurando os chapéus, caminhavam a passos largos. Já estavam no alpendre quando uma gota grande golpeou e bateu na extremidade da calha de ferro. As crianças, com os adultos atrás, correram para se abrigar sob o teto, falando com alegria.

— Ekaterina Aleksândrovna? — perguntou Lióvin a Agáfia Mikháilovna, que os recebeu na antessala, com capas e mantas.

— Achamos que estivesse com o senhor — ela disse.

— E Mítia?

— Deve estar no Kolok, com a babá.

Lióvin pegou as mantas e saiu correndo para o Kolok.

Nesse breve espaço de tempo, as nuvens já tinham avançado tanto sobre o sol que estava escuro como num eclipse. Como que insistindo no que queria, o vento deteu Lióvin, obstinadamente e, arrancado folhas e flores das tílias, e desnudando os ramos brancos das bétulas de forma estranha e indecorosa, curvou tudo para um lado: acácias, flores, bardanas, a grama e as copas das árvores. As moças que trabalhavam no jardim correram com um ganido para o abrigo da criadagem. A cortina branca da chuvarada já se apoderava do bosque distante e de metade do campo próximo, movendo-se rapidamente para o Kolok. A umidade da chuva, dividida em gotas minúsculas, ouvia-se no ar.

Inclinando a cabeça para a frente e lutando contra o vento, que lhe arrancava a coberta, Lióvin já estava se aproximando do Kolok e avistando um brancor por detrás do carvalho quando, de repente, tudo se acendeu, toda a terra se incendiou, e era como se a abóbada celeste rachasse acima da cabeça. Ao abrir os olhos ofuscados, Lióvin viu com horror, antes de tudo, através da cortina espessa da chuva que agora o separava do Kolok, que a copa verde do carvalho que conhecia mudara estranhamente de posição, no coração do bosque. "Será que se despedaçou?" — Lióvin mal teve tempo de pensar quando, movendo-se cada vez mais rápido, a copa do carvalho desapareceu detrás de outras árvores, e ele ouviu o estrondo da árvore grande caindo sobre as outras árvores.

A luz do relâmpago, o som do trovão e a sensação do corpo instantaneamente banhado de frio uniram-se, em Lióvin, em uma única impressão de horror.

— Meu Deus! Meu Deus, neles não! — proferiu.

E, embora pensasse imediatamente em quão insensata era sua súplica para que eles não tivessem sido mortos pelo carvalho, que agora já tinha caído, repetia-a, sabendo que não podia fazer nada melhor do que essa súplica insensata.

Ao chegar ao lugar em que normalmente ficavam, não os encontrou.

Estavam na outra ponta da floresta, sob uma tília velha, e chamaram-no. Duas figuras de vestido escuro (que antes eram claros) estavam curvadas sobre algo. Eram Kitty e a babá. A chuva já cessara, e começava a clarear quando Lióvin se aproximou delas, correndo. A barra do vestido da babá estava seca, porém o vestido de Kitty se molhara por inteiro, grudando nela. Embora não houvesse mais chuva, continuavam na mesma posição de quando a tempestade se desencadeou. Estavam ambas de pé, inclinadas sobre o carrinho, com uma sombrinha verde.

— Estão vivas? Inteiras? Graças a Deus! — ele disse, chapinhando na água espalhada com a bota estragada e ensopada, e correndo até eles.

O rosto corado e molhado de Kitty estava voltado para ele, com um sorriso acanhado sob o chapéu que perdera a forma.

— Ora, como você não tem vergonha! Não entendo como pôde ser tão descuidada! — atacou a esposa, com irritação.

— Ai, meu Deus, não tenho culpa. Bastou querermos sair e ele começou um escarcéu. Tivemos que trocá-lo. Nós apenas... — Kitty começou a se desculpar.

Mítia estava inteiro, seco, e não tinha parado de dormir.

— Pois bem, graças a Deus! Não sei o que estou dizendo!

Recolheram as fraldas molhadas; a babá pegou o bebê e carregou-o. Lióvin caminhava ao lado da esposa e, culpado por sua irritação, apertava-lhe a mão, escondido da babá.

XVIII

Ao longo de todo o dia, durante as mais variadas conversas, das quais parecia participar apenas com o lado exterior da mente, Lióvin, apesar da decepção com a mudança que deveria ter sofrido, não deixava de escutar com alegria a plenitude de seu coração.

Depois da chuva, estava úmido demais para passear; além disso, as nuvens de tempestade não tinham sumido do horizonte, passando por aqui e por ali, negras e estrondosas, nas franjas do céu. Todo o grupo passou o resto do dia dentro de casa.

Não se desencadearam mais discussões; pelo contrário, depois do jantar, todos se encontravam no melhor dos humores.

Katavássov inicialmente divertiu as damas com suas piadas originais, que sempre agradavam no primeiro encontro com ele, e depois, a pedido de Serguei Ivânovitch, narrou suas observações muito interessantes sobre as diferenças de caráter, e até de fisionomia, entre fêmeas e machos das moscas domésticas, e suas vidas. Serguei Ivânovitch também estava alegre e, durante o chá, a pedido do irmão, expôs seu ponto de vista quanto ao futuro da questão oriental, e o fez tão bem e simplesmente que todos o ouviram com gosto.

Apenas Kitty não pôde ouvi-lo até o fim — foi chamada para lavar Mítia.

Alguns minutos depois da saída de Kitty, Lióvin também foi chamado para se juntar a ela no quarto da criança.

Deixando seu chá, lamentando a interrupção da conversa interessante e, além disso, inquieto por ser chamado, pois isso só acontecia em ocasiões importantes, Lióvin foi até o quarto da criança.

Embora o plano de Serguei Ivânovitch, não ouvido até o fim, de que o mundo de quarenta milhões de eslavos liberados deveria, junto com a Rússia, iniciar uma nova época da História, fosse algo absolutamente novo para ele, e muito o interessasse, embora a curiosidade e inquietação pelo motivo de estar sendo chamado ao quarto o perturbasse, bastou ficar a sós e sair da sala de visitas e ele imediatamente se lembrou de seus pensamentos matinais. E todas aquelas considerações acerca do elemento eslavo na história mundial pareceram-lhe tão insignificantes em comparação com o que se processava em sua alma que se esqueceu instantaneamente de tudo, e passou para o mesmo estado de espírito em que se encontrava naquela manhã.

Agora não se lembrava, como acontecia antes, de toda a cadeia de pensamentos (não precisava disso). Passou logo para o sentimento que o guiava, que estava ligado àqueles pensamentos, e encontrou em sua alma esse sentimento ainda mais forte e determinado do que antes. Agora não era como nos momentos inventados de serenidade do passado, quando precisava restabelecer toda a cadeia de pensamentos para encontrar o sentimento. Agora, pelo contrário, aquele sentimento de contentamento e serenidade era mais vivo do que antes, e o pensamento não acompanhava o sentimento.

Passou pelo terraço, olhou para duas estrelas que despontavam no céu já escuro, e de repente se lembrou: "Sim, ao olhar para o céu, pensei que a abóbada que vejo não é um engodo, e depois há algo em que não pensei até o fim, que escondi de mim mesmo — refletiu. — Porém, seja o que for, não pode ser uma objeção. Devo pensar, e tudo vai se esclarecer!".

Já estava entrando no quarto da criança quando se lembrou do que escondera de si mesmo. Era que, se a principal prova da divindade era sua revelação do que é o bem, por que essa revelação limitava-se apenas à igreja cristã? Que relação com essa revelação tinham as crenças dos budistas, dos maometanos, que também professavam e praticavam o bem?

Tinha a impressão de possuir a resposta para essa pergunta; porém, não teve tempo de exprimi-la para si mesmo antes de entrar no quarto da criança.

Kitty estava de pé junto à banheira, com as mangas arregaçadas, curvada sobre o bebê, que se agitava na água, e, ao ouvir os passos do marido, virando o rosto em sua direção, chamou-o com um sorriso. Com uma mão, segurava pela cabeça o bebê rechonchudo, que nadava de costas e retorcia as perninhas; com a outra, tensionando os músculos de forma regular, esfregava a esponja nele.

— Ora, veja, veja! — disse, quando o marido se aproximou. — Anna Mikháilovna tem razão. Ele reconhece.

A questão era que, a partir daquele dia, Mítia visivelmente reconhecia, sem dúvida, todas as pessoas próximas.

Assim que Lióvin se aproximou da banheira, apresentaram-lhe a experiência, que foi totalmente bem-sucedida. A cozinheira, que fora chamada expressamente para isso, substituiu Kitty, inclinando-se para o bebê. Ele franziu o cenho e meneou a cabeça de forma negativa. Kitty se inclinou para ele, e um sorriso se irradiou, ele apoiou as mãozinhas na esponja e borbulhou os lábios, produzindo um som tão satisfeito e estranho que não apenas Kitty e a babá ficaram admiradas e surpresas, como também Lióvin.

Retiraram o bebê da banheira com uma só mão, derramaram-lhe água, cobriram-no com uma toalha, enxugaram-no e, depois de ele dar um grito penetrante, entregaram-no à mãe.

— Ora, estou contente por você começar a amá-lo — Kitty disse ao marido após se acomodar tranquilamente no lugar de costume, com o bebê no peito. — Estou muito contente. Isso já estava começando a me irritar. Você dizia que não sentia nada por ele.

— Não, por acaso eu disse que não sentia? Só disse que estava decepcionado.

— Como, decepcionado com ele?

— Decepcionado não com ele, mas com meu sentimento; eu esperava mais. Esperava que, de surpresa, iria se espalhar por mim um sentimento novo e agradável. E, de repente, no lugar disso, repulsa, pena...

Ela o escutava com atenção, por cima do bebê, enquanto colocava nos dedos finos os anéis que retirara para lavar Mítia.

— E, principalmente, por haver muito mais medo e pena do que satisfação. Hoje, depois do medo na hora da tempestade, entendi como eu o amo.

Kitty iluminou-se com um sorriso.

— Mas você ficou muito assustado? — ela disse. — Eu também, mas agora que passou estou mais apavorada. Vou dar uma olhada no carvalho. E como Katavássov é gentil! E, no geral, o dia inteiro foi muito agradável. Você também é muito bom para Serguei Ivânovitch, quando quer... Pois bem, vá até ele. Depois do banho, aqui sempre fica quente e com vapor...

XIX

Ao sair do quarto e ficar sozinho, Lióvin de imediato voltou a se lembrar daquele pensamento em que havia algo de obscuro.

Em vez de ir à sala de visitas, de onde vinham vozes, parou no terraço e, apoiando-se na balaustrada, pôs-se a examinar o céu.

Já escurecera por completo, e no sul, para onde olhava, não havia nuvens. As nuvens pairavam do lado oposto. Lá se acendia um relâmpago, e ressoava um estrondo longínquo. Lióvin apurou o ouvido para as gotas que caíam regularmente das tílias do jardim, e olhou para o triângulo conhecido de estrelas e para a Via Láctea, cujas ramificações atravessavam-no. A cada clarão do relâmpago, desaparecia não apenas a Via Láctea, como as estrelas brilhantes, porém bastava o relâmpago se extinguir e elas voltavam a surgir nos mesmos lugares, como se fossem lançadas por uma mão certeira.

"Pois bem, o que está me perturbando?" — Lióvin disse para si mesmo, sentindo de antemão que a resolução de suas dúvidas, que ele ainda não conhecia, já estava pronta em sua alma.

"Sim, a única manifestação visível e indubitável da divindade são as leis do bem, que se manifestam ao mundo por revelação, que eu sinto em mim, e em cuja admissão eu não tanto me uno, como sou unido, queira ou não, a outras pessoas, em uma comunidade de crentes chamada igreja. Ora, e os judeus, maometanos, confucionistas, budistas, o que eles são? — e se fez a pergunta que lhe parecia perigosa.

"Será que essas centenas de milhões de pessoas estão privadas do maior dos bens, sem o qual a vida não tem sentido? — Meditou, mas de imediato se corrigiu. — Mas o que estou perguntando? — disse para si mesmo. — Estou perguntando a respeito da relação para com a divindade de diversas crenças, de toda a humanidade. Estou perguntando a respeito da manifestação geral de Deus para o mundo inteiro, com todas essas manchas nebulosas. Mas o que estou fazendo? A mim, pessoalmente, a meu coração, foi revelado um conhecimento inalcançável pela razão, e obstinadamente desejo exprimi-lo pela razão e pelas palavras.

"Por acaso não sei que as estrelas não se movem? — perguntou para si mesmo, observando o planeta brilhante que mudara de posição no galho mais alto da bétula. — Porém, olhando para o movimento das estrelas, não posso imaginar a rotação da Terra, e estou certo ao dizer que as estrelas andam.

"E por acaso os astrônomos conseguiriam compreender e calcular alguma coisa se levassem em conta os diversos e complexos movimentos da Terra? Todas as suas conclusões espantosas a respeito de distâncias, peso, movimentos e revoluções dos corpos celestes são baseadas apenas no movimento aparente dos astros ao redor da Terra imóvel, no mesmo movimento que agora tenho diante de mim, e que foi assim para milhões de pessoas ao longo dos séculos, e que será sempre o mesmo, e no qual sempre se pode confiar. E assim como as conclusões dos astrônomos seriam ociosas e precárias se não fossem baseadas na observação do céu visível com relação a um mesmo meridiano e a um mesmo horizonte, minhas conclusões seriam igualmente ociosas e precárias se não fossem baseadas naquele entendimento do bem que para todos sempre foi e será único, que me foi revelado pelo cristianismo, e em que sempre poderei confiar, em minha alma. A questão sobre as outras crenças e sua relação com a divindade, eu não tenho o direito nem a possibilidade de resolver."

— Ah, você não foi? — disse de repente a voz de Kitty, que ia à sala de visitas pelo mesmo caminho. — O que foi, está aflito com alguma coisa? — ela disse, examinando seu rosto com atenção, à luz das estrelas.

Mesmo assim, não poderia ter visto o rosto dele se um relâmpago não voltasse a cobrir as estrelas e iluminá-lo. À luz do relâmpago, examinou seu rosto inteiro e, ao ver que estava tranquilo e contente, sorriu-lhe.

"Ela entende — ele pensou —, ela sabe em que estou pensando. Digo-lhe ou não? Sim, vou dizer." Porém, na hora em que ele queria começar a falar, ela também se pôs a falar.

— Ouça, Kóstia! Faça-me um favor — ela disse —, vá até o quarto do canto e veja como prepararam tudo para Serguei Ivânovitch. Eu fico constrangida. Colocaram a pia nova?

— Está bem, vou sem falta — disse Lióvin, erguendo-se e beijando-a.

"Não, não preciso dizer — pensou, quando ela passou na sua frente. — É um segredo de que só eu preciso, importante, inexprimível em palavras.

"Esse sentimento novo não me modificou, não me fez feliz, não me iluminou de repente, como eu sonhei, assim como o sentimento por meu filho. Também não houve nenhuma surpresa. E, seja ou não fé, não sei o que é isso, mas esse sentimento entrou imperceptivelmente na alma, através dos sofrimentos, e se assentou nela com firmeza.

"Vou continuar me zangando com o cocheiro Ivan, vou continuar discutindo, vou manifestar minhas ideias inoportunamente, vai continuar existindo uma parede entre o mais sagrado de minha alma e os outros, inclusive minha esposa, vou continuar acusando-a por seu medo e me arrependendo disso, vou continuar não entendendo racionalmente por que rezo, e vou rezar, mas agora minha vida, toda a minha vida, independentemente do que possa me acontecer, cada minuto dela, não apenas não é absurdo, a exemplo de antes, como possui um sentido indubitável do bem, que tenho o poder de incutir nela!"

FIM

LISTA DOS PRINCIPAIS PERSONAGENS

ANNA ARKÁDIEVNA KARIÊNINA — irmã de Stepan Oblônski, esposa de Kariênin e amante de Vrônski

CONDE ALEKSEI KIRÍLLOVITCH (KIRÍLLYTCH) VRÔNSKI — amante de Anna, oficial de cavalaria

KONSTANTIN DMÍTRIEVITCH (DMÍTRITCH) LIÓVIN (KÓSTIA) — proprietário de terras, pretendente de Kitty e velho amigo de Stepan Oblônski

EKATERINA ALEKSÂNDROVNA SCHERBÁTSKAIA (KITTY) — irmã mais nova de Dolly e posteriormente esposa de Lióvin

STEPAN ARKÁDIEVITCH (ARKÁDITCH) OBLÔNSKI (STIVA) — servidor civil, irmão de Anna

DÁRIA ALEKSÂNDROVNA OBLÔNSKAIA (DOLLY) — esposa de Stepan

ALEKSEI ALEKSÂNDROVITCH KARIÊNIN — servidor público há vinte anos e marido de Anna

NIKOLAI DMÍTRIEVITCH (DMÍTRITCH) LIÓVIN — irmão mais velho de Konstantin, alcoólatra

SERGEI IVÂNOVITCH (IVÂNITCH) KÓZNYCHEV — meio-irmão de Konstantin, escritor

ELISAVIETA FIÓDOROVNA TVERSKÁIA (BETSY) — amiga rica de Anna e prima de Vrônski

LÍDIA IVÂNOVNA — condessa, melhor amiga de Aleksei Kariênin

CONDESSA VRÔNSKAIA — mãe do conde Vrônski

SERGEI ALEKSÊITCH KARIÊNIN (SERIOJA) — filho de Anna e Kariênin

ANNA (ANNIE) — filha de Anna e Aleksei Vrônski

NATÁLIA (NATALIE) SCHERBÁTSKAIA (LVOVA) — irmã de Kitty e Dolly, casada com o diplomata Lvov

ARSIÊNI LVOV — marido de Natália, cunhado de Kitty

SIERPUKHOVSKÓI — militar bem-sucedido, amigo de infância de Vrônski

IÁCHVIN — capitão de cavalaria, amigo de Vrônski

PIERRE PETRÍTSKI — tenente, amigo de Vrônski

MIKHAIL SEMIÔNITCH KATAVÁSSOV — colega de universidade de Lióvin e professor de Ciências Naturais

SOKOLOV — administrador da propriedade rural de Lióvin

NIKOLAI IVÂNOVITCH (IVÂNITCH) SVIÁJSKI — proprietário rural, amigo de Lióvin

PRINCESA MÁRIA BORÍSSOVNA — madrinha de Kitty

MIKHAIL VASSÍLIEVITCH SLIÚDIN — secretário de gabinete de Kariênin

STRIÊMOV — adversário de Aleksei Kariênin na política

VARVARA ANDRÊIEVNA (VÁRIENKA) — amiga de Kitty na estação de águas na Alemanha

PRINCESA VARVARA — tia de Anna Kariênina

MÁRIA NIKOLÁIEVNA (MACHA) — companheira de Nikolai Lióvin

PRINCESA MIAGKÁIA — amiga de Betsy

BARONESA STOLZ (SAFO STOLZ) — amiga de Anna e Betsy

MIKHAIL STEPÂNOVITCH SNETKOV — proprietário de terras reformista

TUCHKÉVITCH — amante de Betsy

TÚROVTSYN — amigo de Stepan Oblônski

VASSÍLI LUKITCH SÍTNIKOV — preceptor de Serioja

VÁSSIENKA VIESLÓVSKI — primo de segundo grau dos Scherbátski

MATRIONA FILIMÔNOVNA — babá a serviço dos Oblônski

NIKÓLIENKA — filho de Stepan e Dolly

TÂNIA — filha mais velha de Stepan e Dolly

VÁSSIA — filho de Stepan e Dolly

GRICHA — filho de Stepan e Dolly

DMÍTRI (MÍTIA) — filho de Lióvin e Kitty

KUZMÁ — criado de Lióvin em sua propriedade rural

MATVIEI — camareiro na residência de Stepan Oblônski

AGÁFIA MIKHÁILOVNA — governanta da casa de Lióvin

ÁNNUCHKA — criada de Anna Kariênina

PIOTR — lacaio de Kariênin

POSFÁCIO

Irineu Franco Perpetuo

Para Thomas Mann, *Anna Kariênina* é "o romance social mais poderoso da literatura mundial".[1] Na opinião de Vladímir Nabókov, "uma das maiores histórias de amor da literatura mundial".[2] Ivan Turguêniev, após uma reação inicial morna, escreveu, quando da publicação do romance, que "o conde Tolstói agora é o primeiro escritor não apenas na Rússia, mas no mundo todo. Algumas de suas páginas, por exemplo, o encontro de Anna Kariênina com o filho — que perfeição! Quando terminei de ler essa cena, o livro me caiu das mãos. Sim! Será possível — eu disse, mentalmente — escrever *tão bem?*". Guy de Maupassant ficou igualmente pasmado: "Hoje terminei de ler *Anna Kariênina*. Ninguém consegue escrever assim no mundo inteiro".[3]

Não seria fácil para ninguém escrever qualquer coisa depois de um monumento como *Guerra e paz* (1869), mas, como a breve e nada exaustiva amostra acima reunida demonstra de forma eloquente, o conde Lev Nikoláievitch Tolstói (1828-1910) parece ter se superado, granjeando a admiração não apenas de seus mais distintos pares, como de plateias do mundo todo — quer no formato original, quer nas inúmeras adaptações teatrais, cinematográficas, operísticas e coreográficas que *Anna Kariênina* vem recebendo desde sua publicação.

"Agora minha ideia está bem clara" — ele disse, em 1877, à sua mulher (devotada copista do romance, tal como foi de *Guerra e paz*), Sófia Andrêievna, após terminar o trabalho no livro. "Em *Anna Kariênina*, amo a

---

[1] Thomas Mann, "Tolstói no centenário de seu nascimento", em *O escritor e sua missão: Goethe, Dostoiévski, Ibsen e outros*, Rio de Janeiro, Zahar, 2011, p. 36.

[2] Vladímir Nabókov, *Lições de literatura russa*, São Paulo, Três Estrelas, 2014, p. 199.

[3] Viktória Górnaia, *Mir tchitáiet Annu Kariêninu* (*O mundo lê Anna Kariênina*), Moscou, Kniga, 1979, pp. 24-45.

ideia *familiar*, como em *Guerra e paz* amei a ideia *popular*, em consequência da guerra de 1812..."⁴

O estímulo inicial parece ter surgido logo depois da conclusão do romance anterior. "Ontem à noite ele me disse — escreveu Sófia Andrêievna em seu diário, em 24 de fevereiro de 1870 — que imaginou um tipo de mulher, casada, de alta sociedade, mas que se perdeu. Disse que sua tarefa era fazer essa mulher apenas digna de pena e sem culpa, e que bastou imaginar esse tipo e todos os personagens e tipos masculinos que imaginara anteriormente encontraram seu lugar e se agruparam em volta dessa mulher. 'Agora tudo se esclareceu para mim' — ele disse."⁵

Não há, contudo, novas menções ao tema até 1873. Antes disso, ele ocupou-se sobretudo de um romance histórico sobre Pedro, o Grande, fazendo nada menos do que 33 tentativas de iniciá-lo.

Em sua biografia do escritor, Rosamund Bartlett conta que Tolstói havia abandonado o livro sobre o tsar que ocidentalizou a Rússia quando, "em uma sombria e gelada noite de janeiro de 1872, uma mulher chamada Anna Pirogova chegou à estação de Iássenski, vizinha a Iásnaia Poliana, com uma trouxa contendo alguns pertences e uma muda de roupas de baixo, depois se persignou e por fim se atirou sob as rodas do trem de carga nº 77. Anna Pirogova, parente distante da esposa de Tolstói, tinha sido governanta e amante de um amigo do escritor, Aleksandr Bíbikov, então com cinquenta e poucos anos de idade — anos antes, Bíbikov fora seu sócio num projeto de destilaria, que teve vida curta. Bíbikov disse a Anna que planejava se casar com a nova preceptora de seus filhos, uma bela e jovem alemã. Em um acesso de fúria e ciúme, antes de tirar a própria vida, Pirogova enviou a Bíbikov um bilhete em que o acusava de ser seu assassino. Tolstói foi ver de perto o inquérito judicial e presenciou a autópsia da suicida, que tinha sido levada para um galpão da estação. O conde ficou profundamente abalado ao ver o cadáver mutilado da mulher que ele conhecera tão bem — Anna era uma bela mulher, de corpo bem talhado e olhos cinzentos. Foi um dos primeiros suicídios ferroviários da Rússia, cuja ainda incipiente malha ferroviária estava em franca e rápida expansão — dos cerca de 800 quilômetros da época de Nicolau I, já tinha aumentado para mais de 16 mil quilômetros em 1870. Sem sombra de dúvida foi o primeiro suicídio na estação local de Tols-

---

⁴ Citado por E. G. Babáev nos comentários à edição que serviu de base a esta tradução: L. N. Tolstói, *Sobránie sotchinênia v 22 tómakh* (*Obras reunidas em 22 tomos*), Moscou, Khudójestvennaia Literatura, 1978-1985, p. 417.

⁵ Babáev, *op. cit.*, p. 419.

tói. É claro que o escritor também usava a 'estrada de ferro', mas repugnava essa invasão da modernidade a seu santuário rural, e reforçaria tematicamente a complexa estrutura arquitetônica de *Anna Kariênina* associando eventos ligados à ferrovia à morte e destruição".[6]

Se o conteúdo vinha da realidade, a forma, em se tratando de um romance russo, só poderia ter se originado na fonte primordial chamada Púchkin. "Sob grande segredo" ele contou ao escritor Strákhov: "Quase todo o tempo de trabalho do inverno atual [1872] eu me ocupei de Pedro, ou seja, evoquei os espíritos daquela época, e, de repente, há uma semana... minha mulher trouxe os *Contos de Biélkin*... Depois do trabalho, peguei esse tomo de Púchkin e, como sempre (parece-me que pela sétima vez), li tudo, sem forças de me afastar, e efetivamente li de novo. Mas, além disso, ele efetivamente resolveu todas as minhas dúvidas. Tenho a impressão de que antes nunca admirara tanto uma obra de Púchkin ou de qualquer outro. 'O tiro', 'Noites egípcias', 'A filha do capitão'!!! E lá está o fragmento 'Os convidados se reuniram na dacha'.

"Sem querer, inadvertidamente, sem saber por quê, e o que seria, pensei em personagens e eventos, continuei, depois, obviamente, alterei, e de repente desenvolveu-se de forma tão bela e sólida que saiu um romance... um romance muito vivo, ardente e acabado, com o qual estou muito satisfeito..." Após citar a carta a Strákhov, Babáev observa que *Anna Kariênina* é o "romance puchkiniano" de Tolstói, guardando relação não apenas com as obras supracitadas, mas com a obra-prima *Ievguêni Oniéguin*. Basta ver que, nos primeiros esboços da obra, a heroína não se chamava Anna, e sim Tatiana, como a protagonista do romance em versos de Púchkin.[7]

Embora, na missiva acima citada, Tolstói se referisse a sua obra como "acabada", ela ainda lhe custaria bastante trabalho. Bartlett conta que "ao todo Tolstói produziu dez versões da primeira parte de *Anna Kariênina*, 2.500 páginas manuscritas".[8] No meio da tarefa, ele arrumou tempo ainda para posar para um de seus mais célebres retratos, pintado por Ivan Kramskói (1837-1887). *Anna Kariênina* foi publicado serializado, na revista *Mensageiro Russo*, entre 1875 e 1877, em condições financeiras vantajosas (500 rublos por fólio), que causaram inveja em Dostoiévski (que, à época, negociava a publicação de seu romance *O adolescente*): "eles não podiam deci-

---

[6] Rosamund Bartlett, *Tolstói: a biografia*, São Paulo, Globo, 2013, pp. 279-80.

[7] Babáev, *op. cit.*, pp. 420, 422.

[8] Bartlett, *op. cit.*, p. 287.

didamente *me* dar 250 rublos, mas pagaram a L. Tolstói 500 rublos com alegria! Não, estou valendo muito pouco, e é porque vivo do meu trabalho".[9]

Esse dinheiro todo, contudo, não garantiu uma relação pacífica entre Mikhail Katkov (1818-1887), editor do *Mensageiro Russo*, e o autor de *Anna Kariênina*. Os leitores da revista ficaram sem a oitava parte do romance, que só saiu quando ele foi publicado em livro, em 1878. O motivo: o conservador Katkov não apreciou a visão depreciativa demonstrada por Tolstói dos voluntários eslavófilos (dentre os quais Vrônski) que partiam para ajudar os sérvios na guerra contra a Turquia.

Em 1881, saiu sua primeira tradução para uma língua estrangeira — o tcheco. Em 1885, para o alemão e o francês, e, em 1886-1887, para o inglês, italiano, espanhol, dinamarquês e holandês. O impacto inicial parece ter sido forte sobretudo na França: entre 1885 e 1912, a primeira tradução do romance foi republicada doze vezes, e saíram nada menos do que cinco outras.[10] Se nessa época, nas palavras de Monteiro Lobato, o Brasil era "colônia mental da França", o que fazia sucesso por lá acabava chegando aqui. Em 1930, a Sociedade Impressora Paulista e a Companhia Editora Nacional publicam traduções brasileiras da obra, cujo título denuncia a presença do intermediário gálico: *Anna Karenine*.[11]

Artista-demiurgo

Em sua extensa análise do romance, Nabókov, ao comentar as últimas horas da protagonista, não hesita em atribuir ao autor de *Anna Kariênina* a paternidade do fluxo de consciência. "O fluxo de consciência, ou monólogo interior, é um método de expressão inventado por Tolstói, um russo, muito antes de James Joyce", afirma. "Ele busca apreender a mente do personagem no seu curso normal, em dado momento, correndo em meio às emoções e lembranças pessoais, para depois desaparecer sob a superfície e, mais adiante, ressurgir como uma fonte oculta que reflete os variados elementos do mundo exterior. É uma espécie de registro da mente do personagem em ação, passando de uma imagem ou ideia para outra sem nenhum comentá-

---

[9] Joseph Frank, *Dostoiévski: o manto do profeta, 1871-1881*, São Paulo, Edusp, 2018, p. 182.

[10] Górnaia, *op. cit.*, pp. 36-8.

[11] Informações do blog "Não gosto de plágio", de Denise Bottmann (<http://naogostodeplagio.blogspot.com/2012/11/tolstoi-no-brasil-i.html>, acesso em 20/05/2019).

rio ou explicação por parte do autor. Em Tolstói, o artifício encontra-se ainda em sua forma rudimentar, com o autor prestando alguma ajuda ao leitor, mas em James Joyce o estratagema é levado ao estágio final de um registro objetivo."[12]

Esse fluxo de consciência leva a personagem-título a um desfecho que pode parecer excessivamente melodramático a alguns leitores do século XXI, em que as relações conjugais se fazem e desfazem com muito mais facilidade do que na época de Tolstói, mas não soava nada exagerado para a opressiva Rússia do conde — ou mesmo a do começo do século XX. Fundadora do Partido Progressista das Mulheres, Mária Pokróvskaia, em palestra dada em 1914 (portanto, quase quarenta anos após a primeira edição de *Anna Kariênina*), cita o suicídio da esposa de um comerciante para exemplificar que "nossa lei força a esposa a viver com o marido, e a polícia deve cumprir essa exigência".

Pokróvskaia exemplifica com o "Estatuto do Passaporte, que estabelece que a mulher casada só pode obter um passaporte próprio com o consentimento do marido. Entre nós, os indivíduos sem passaporte são considerados vagabundos e enviados em comboio de presos para um lugar de moradia". E ainda "o parágrafo 107 do Código Civil determina: a esposa tem a obrigação de obedecer ao marido como chefe de família, viver com ele em amor, respeito e submissão ilimitados, conceder a ele toda complacência e afeição como dona de casa".

Pouco antes da palestra, a Duma russa aprovara a concessão de passaporte individual em separado às mulheres, sem a necessidade (que todas as mulheres anteriores, contemporâneas de Anna Kariênina, tinham) de autorização do marido. Pokróvskaia lembra, porém, que a polícia seguia possuindo o direito a colocar as esposas diante dos maridos, "pois continua em vigor o artigo 103, que reza: 'Os cônjuges têm a obrigação de morar juntos, e portanto: 1) proíbe-se rigorosamente qualquer ato que conduza à separação não autorizada; 2) em caso de mudança, admissão no trabalho ou qualquer outra alteração no lugar de residência permanente do marido, a esposa deve acompanhá-lo'. Essa lei entrou em vigor em 22 de janeiro de 1669. Agora tem mais de duzentos anos. Os maridos seguram as esposas com força em suas mãos".[13]

---

[12] Nabókov, *op. cit.*, p. 235.

[13] Mária Pokróvskaia, "Lei e vida", em Graziela Schneider, *A revolução das mulheres: emancipação feminina na Rússia Soviética*, São Paulo, Boitempo, 2017, pp. 62-3.

Na *História da literatura russa* da Universidade de Oxford, afirma-se que "*Anna Kariênina*, a partir das linhas de abertura, apresenta-se como um romance familiar. De fato, observamos diversos comportamentos femininos diferentes dentro do casamento: uma família está se desfazendo devido à esposa sucumbir a sentimentos eróticos por outro homem; outra está passando por completo caos em alguns momentos, e desfruta de paz relativa em outros, graças à esposa pacientemente — quase heroicamente — tolerar as infidelidades de seu marido; e, contudo, outra família está se formando belamente — experimentando dores de crescimento, mas superando-as porque a esposa e, especialmente, o marido querem dar um jeito nas coisas. E então há uma pseudofamília: a coabitação de Anna e Vrônski, que fundamentalmente não pode funcionar, e leva ao suicídio de Anna. É instrutivo contemplar o que pode ter contribuído para o sucesso ou fracasso de cada casamento do romance. Obviamente, as causas são múltiplas, mas, talvez, não seja coincidência que o personagem feminino cujo comportamento é mais destrutivo para a felicidade familiar, Anna, tenha crescido sob tutela. Vrônski também, como o romance informa o leitor, 'jamais conhecera vida familiar' devido ao estilo de vida devasso da mãe. Em contraste, Dolly e Kitty cresceram em uma família amorosa, que lhes ensinou como serem boas esposas e mães — no caso de Dolly, como manter a família unida apesar do comportamento infiel do marido (ele é irmão de Anna, afinal). Ao mesmo tempo, é importante lembrar que, por mais variadamente que o comportamento feminino possa ser apresentado em *Anna Kariênina*, os personagens femininos centrais, em contraste com 'mulheres necessárias', não são limitados — são, como os personagens masculinos, 'seres humanos completamente desenvolvidos, livres e inacabados'".[14]

É na trama de uma Kariênina aprisionada em um casamento claustrofóbico e sua relação extraconjugal com Vrônski que costumam se concentrar as adaptações do romance de Tolstói para o cinema e outras linguagens. Porém, como dito no parágrafo acima, no livro, a relação Kariênina-Vrônski é espelhada por outro par: Kitty-Lióvin.

Para George Steiner, o confronto dos dois casais "é o principal recurso com o qual Tolstói expressa seu conteúdo. O sentido de contraste, a justaposição das duas histórias, concentra a moralidade da fábula. Há algo de Hogarth aí — algo das séries de gravuras paralelas retratando um casamen-

---

[14] Andrew Kahn, Mark Lipovetsky, Irina Reyfman e Stephanie Sandler, *A History of Russian Literature*, Oxford University Press, 2018, p. 482.

to ou uma carreira virtuosa e licenciosa. Mas luz e sombra são mais sutilmente divididas; a nobreza de coração de Anna é indestrutível, e, no final do romance, Lióvin é mostrado no início de um caminho muito difícil".[15]

Steiner vê a gênese de *Anna Kariênina* no epílogo de *Guerra e paz*, onde "a vida de Nikolai em Montes Calvos e sua relação com a princesa Mária são um esboço preliminar do retrato de Lióvin e Kitty".[16] Mesmo antes disso, no segundo tomo do romance, as discussões de Pierre e do príncipe Andrei sobre como gerir uma propriedade rural parecem antecipar as reflexões de Lióvin. Que é, obviamente, o *alter ego* de Tolstói.

Como afirma Babáev, "o próprio sobrenome Lióvin foi formado a partir do nome de Tolstói: 'Liov Nikoláievitch' (como chamavam-no no círculo familiar)". Contudo, se "a semelhança entre Lióvin e Tolstói é indubitável, igualmente indubitável é sua diferença". Serguei, filho de Tolstói, observou que "meu pai, obviamente, copiou Konstantin Lióvin a partir de si mesmo, mas pegou apenas uma parte de seu 'eu', e longe de ser a melhor". E Sófia Andrêievna dizia ao marido, brincando: "Lióvotchka, você é Lióvin, mas com talento. Lióvin é um homem insuportável".[17]

Isso vale tanto para traços de personalidade quanto para episódios reproduzidos no livro. Pável Bassínski, em sua biografia do escritor, conta que "a história do casamento de Lióvin e Kitty coincide com a de Tolstói e Sônia nos mínimos detalhes".

Nos mínimos detalhes, porém com alterações. Bassínski cita, por exemplo, a declaração de amor de Lióvin a Kitty, em uma mesa de jogo, escrevendo apenas as iniciais das palavras que sua amada decifraria. Em *Anna Kariênina*, Kitty compreende e completa o que Lióvin quis lhe dizer. Na vida real, Sófia não conseguiu decodificar o enigma de Tolstói, que teve que lhe soprar as palavras que quisera lhe dizer.

Anna Kariênina como autoficção *avant la lettre*? Nem tanto. O engenhoso, para Bassínski, é que "a história de casamento de Lióvin, assim como outras páginas de *Anna Kariênina* e *Guerra e paz* dedicadas à família, foram criadas por Tolstói *antes* de elas serem deitadas no papel. Meio século depois, os simbolistas, futuristas e outros representantes das correntes radicais nas artes russas sonhariam com um artista-demiurgo que fundisse a ar-

---

[15] George Steiner, *Tolstói ou Dostoiévski*, São Paulo, Perspectiva, 2006, p. 71.

[16] *Idem*, p. 82.

[17] Babáev, *op. cit.*, pp. 440-1.

te e a vida num todo único. Tolstói conseguira fazer isso muito antes. Em certo grau, as histórias reais que ele 'representou' na vida, ou que foram 'representadas' sob sua observação, são até mais completas e abrangentes do que as versões 'em papel'".[18] Uma variante original do engenhoso jogo de imitações entre arte e vida.

---

[18] Pável Bassínski, *Tolstói: a fuga do paraíso*, São Paulo, LeYa, 2013, pp. 128-9.

SOBRE O AUTOR

Lev Nikoláievitch Tolstói nasce em 1828 na Rússia, em Iásnaia Poliana, propriedade rural de seus pais, o conde Nikolai Tolstói e a princesa Mária Volkônskaia. Com a morte da mãe em 1830, e do pai, em 1837, Lev Nikoláievitch e seus irmãos são criados por uma tia, Tatiana Iergolskaia. Em 1845, Tolstói ingressa na Universidade de Kazan para estudar Línguas Orientais, mas abandona o curso e transfere-se para Moscou, onde se envolve com o jogo e com as mulheres. Em 1849, presta exames de Direito em São Petersburgo, mas, continuando sua vida de dissipação, acaba por se endividar gravemente e empenha a propriedade herdada de sua família.

Em 1851 alista-se no exército russo, servindo no Cáucaso, e começa a sua carreira de escritor. Publica os livros de ficção *Infância*, *Adolescência* e *Juventude* nos anos de 1852, 1854 e 1857, respectivamente. Como oficial, participa em 1855 da batalha de Sebastópol, na Crimeia, onde a Rússia é derrotada, experiência registrada nos *Contos de Sebastópol*, publicados entre 1855 e 1856. De volta à Iásnaia Poliana, procura libertar seus servos, sem sucesso. Em 1859 publica a novela *Felicidade conjugal*, mantêm um relacionamento com Aksínia Bazikina, casada com um camponês local, e funda uma escola para os filhos dos servos de sua propriedade rural.

Em 1862 casa-se com Sófia Andréievna Behrs, então com dezessete anos, com quem teria treze filhos. *Os cossacos* é publicado em 1863, *Guerra e paz*, entre 1865 e 1869, e *Anna Kariênina*, entre 1875 e 1878, livros que trariam enorme reconhecimento ao autor. No auge do sucesso como escritor, Tolstói passa a ter recorrentes crises existenciais, processo que culmina na publicação de *Confissão*, em 1882, onde o autor renega sua obra literária e assume uma postura social-religiosa que se tornaria conhecida como "tolstoísmo". Mas, ao lado de panfletos como *Minha religião* (1884) e *O que é arte?* (1897), continua a produzir obras-primas literárias como *A morte de Ivan Ilitch* (1886), *A Sonata a Kreutzer* (1891) e *Khadji-Murát* (1905).

Espírito inquieto, foge de casa aos 82 anos de idade para se retirar em um mosteiro, mas falece a caminho, vítima de pneumonia, na estação ferroviária de Astápovo, em 1910.

SOBRE O TRADUTOR

Irineu Franco Perpetuo é jornalista e tradutor, colaborador da revista *Concerto* e jurado do concurso de música *Prelúdio*, da TV Cultura de São Paulo.

É autor de *Populares & eruditos* (Editora Invenção, 2001, com Alexandre Pavan), *Cyro Pereira, maestro* (DBA Editora, 2005), *O futuro da música depois da morte do CD* (Momento Editorial, 2009, com Sérgio Amadeu da Silveira), *História concisa da música clássica brasileira* (Alameda, 2018) e *Como ler os russos* (Todavia, 2021), além dos audiolivros *História da música clássica* (Livro Falante, 2008), *Alma brasileira: a trajetória de Villa-Lobos* (Livro Falante, 2011) e *Chopin: o poeta do piano* (Livro Falante, 2012).

Publicou as seguintes traduções, todas elas diretamente do russo: *Pequenas tragédias* (Globo, 2006), *Boris Godunov* (Globo, 2007) e *A filha do capitão* (Principis, 2020), de Aleksandr Púchkin; *Memórias de um caçador* (Editora 34, 2013), de Ivan Turguêniev; *A morte de Ivan Ilitch* (Coleção Folha Grandes Nomes da Literatura, 2016) e *Anna Kariênina* (Editora 34, 2021), de Lev Tolstói; *Memórias do subsolo* (Coleção Folha Grandes Nomes da Literatura, 2016), de Fiódor Dostoiévski; *Vida e destino* (Alfaguara, 2014, Prêmio Jabuti de Tradução em 2015 — 2º lugar) e *A estrada* (Alfaguara, 2015), de Vassili Grossman; *O mestre e Margarida*, de Mikhail Bulgákov (Editora 34, 2017); *Salmo*, de Friedrich Gorenstein (Kalinka, 2018, com Moissei Mountian); *Os dias dos Turbin*, de Mikhail Bulgákov (Carambaia, 2018); *Lasca*, de Vladímir Zazúbrin (Carambaia, 2019); *A infância de Nikita*, de Aleksei Tolstói (Kalinka, 2021, com Moissei Mountian); e *Meninas*, de Liudmila Ulítskaia (Editora 34, 2021).